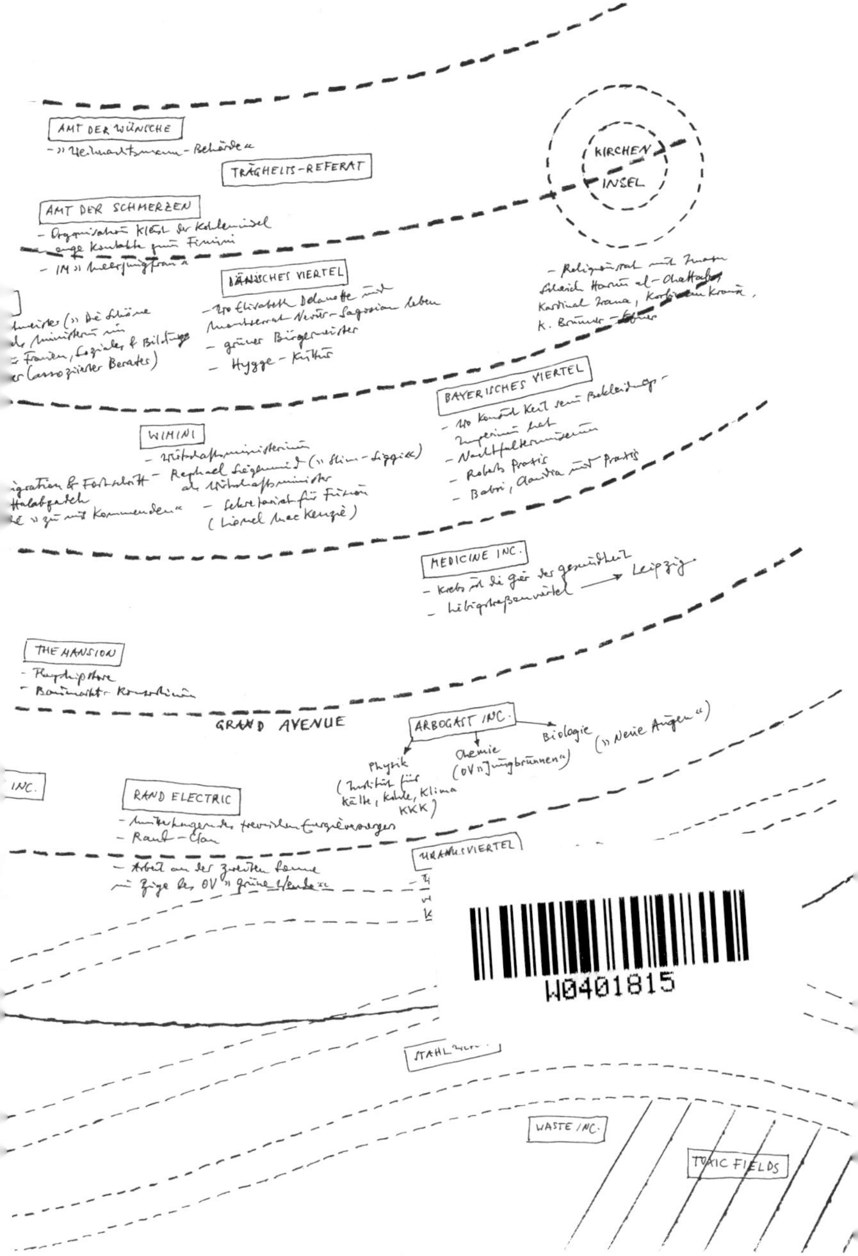
AMT DER WÜNSCHE
– »Weihnachtsmann-Behörde«
TRÄGHEITS-REFERAT
AMT DER SCHMERZEN
– IM »Meerjungfrau«
DÄNISCHES VIERTEL
– grüner Bürgermeister
– Hygge-Kultur
KIRCHEN INSEL
BAYERISCHES VIERTEL
– Roberts Praxis
WIMINI
– Wirtschaftsministerium
– Raphael Siegmund (»Slim-Siggie«) als Wirtschaftsminister
– Sekretariat für Fusion (Lionel MacKenzie)
MEDICINE INC.
– Liebigstraßenviertel → Leipzig
THE MANSION
GRAND AVENUE
ARBOGAST INC.
Physik (Institut für Kälte, Kohle, Klima KKK)
Chemie (OV »Jungbrunnen«)
Biologie (»Neue Augen«)
INC.
RAND ELECTRIC
– Rand-Clan
– Arbeit an der Zweiten Sonne
URANUSVIERTEL
STAHL
WASTE INC.
TOXIC FIELDS

SV

Uwe Tellkamp

Der Schlaf in den Uhren

Archipelagus 1

Roman

Suhrkamp

Die Handlung dieses Romans ist frei erfunden.
Die Personen, wie sie geschildert werden, leben in der Vorstellung und haben mit tatsächlich existierenden Menschen soviel gemein wie eine Skulptur mit dem Bildhauerton.

2. Auflage 2022

Erste Auflage 2022
Originalausgabe

Umschlaggestaltung: Hermann Michels und Regina Göllner
Umschlagfoto: Addictive Stock/photocase
Druck: CPI books GmbH, Leck
Dieses Buch wurde klimaneutral produziert:
ClimatePartner.com/14438-2110-1001.
Printed in Germany
ISBN 978-3-518-43100-9

www.suhrkamp.de

Der Schlaf in den Uhren

August 2015
Sommer 1989 – Januar 1990

I. Vigilie: Nemo

[*unleserlich*] ... ist die Ordnung. Wir von der Sicherheit haben nie daran gezweifelt. Er ist das Wort, und das Wort ist bei Ihm, der alles sieht und hört, nichts bleibt Ihm verborgen. Wie uns. Wir sind die Mitarbeiter des Systems, das Ihm auf Erden am nächsten kommt, wir, die Sicherheit. Es wäre falsch, uns zu den Ungläubigen zu rechnen. Die besten Köpfe unserer Behörde und der Kirche, die uns für Feinde hält, haben das immer gewußt.

Schon nach der ersten Wegbiegung befiel mich die alte Unsicherheit. Hier unten war nichts mehr zu hören außer dem Rieseln und Tropfen des Wassers, hin und wieder ein Hallen wie von einer Sprengung, ein ferner Pfiff der Schwarzen Mathilde, deren Tunnel weiter oben durch den Berg verlief. Ich nahm den Helm ab und wischte mir den Schweiß von der Stirn, die Wetterschächte waren lange nicht mehr gewartet worden. Einzelne Lichter hingen wie Zitronen an den Stiegen und vor den mit römischen Ziffern gekennzeichneten, vom Felsendom abzweigenden Gängen, ich fischte einen Kiesel aus der Manteltasche, warf ihn in die Schwärze, erst nach Sekunden ein Aufprall, Echos aus zunehmender Tiefe.

Mich aus der Verfassung zu befreien, die mich ans Gestern heftet, scheint nicht nur unmöglich, sondern Verrat zu sein; der Alte vom Berge verwies mich in die Abteilung zur Klärung von Sachverhalten:

– Wir haben davon noch keinen Begriff, sagte er, wir stehen immer noch am Anfang unserer Forschungen.

Waren sie anfangs noch nach außen gerichtet, in das

Andere, wie hier gesagt wird, so richteten sie sich inzwischen auf die Kohleninsel selbst, ins Innere, und vielleicht bin nur ich ein leidenschaftlicherer Erkunder gewesen als Altberg, einer meiner Lehrer, oder »Nemo«, Lektor und Chronist, er genoß die Protektion eines der mächtigsten Mandarine unserer Behörde, Marn, Leiter der Hauptverwaltung Aufklärung, des Lektorats I im Literaturkombinat.

Die Kohleninsel ein Labyrinth zu nennen wäre untertrieben, es gibt Labyrinthe auf mehreren vertikalen und horizontalen Ebenen, die den Archipelagus durchziehen, wie wir unser Gebiet vorzugsweise nennen. Der einfache und Staatsname erscheint uns unpassend und allzu oberflächlich. Wir dachten, wenn wir handelten, stets an das Ganze, nicht nur an den Klecks, dessen amtliche Bürger wir waren. Labyrinthe, manche in der Gestalt von Sternspindeln und Scheibengalaxien, deren Arme sich langsam und gleichmäßig in die Tiefe fraßen. Wie jede Behörde brauchten auch wir immer mehr Platz, die Abteilung Ozeanien glich, betrachtete man ihren Aufriß, einem Schneckenkegel, das Gerücht sagte, es sei möglich, von den Gängen unserer Kohleninseln zu denen der befreundeten Dienste zu gelangen, über Hunderte Kilometer, von unserer und von ihrer Seite gegraben. Labyrinthe, die ins scheinbare Nichts führen, seit Jahrzehnten tote Bereiche, die Totenkammern, wurde gesagt, wo nicht mehr im Umlauf befindliche Akten lagern und hinter verplombten Türen die Vergangenheit. In anderen Verzweigungen drangvolle Enge, viele der leitenden Mitarbeiter, sogar der Minister, hatten ihre Lieblingsaufenthalte, arbeiteten, wenn der Sommer oben zu heiß wurde, gern unter Tage, in der Stille der Welt hier unten.

Man mußte es beherrschen, wie eine Aufgabe oder ein Gedächtnis, dachte ich, dieses System, dieses Körpersystem aus Wegen, Schluchten, Verzweigungen. Wir hier unten sind die Liebhaber der Erinnerung und die Feinde des Vergessens. Es gibt bei uns eine der besten Bibliotheken, wir haben eine Neigung zur Geographie, zur Geschichte, die Kartenwerkstatt mit ihren Kupferstechern bekommt regelmäßig den Dank der Chefs und einen der begehrten Präsentkörbe.

– Gute Landkarten werden in Kupfer gestochen und auf Leinen gezogen, gute Landkarten, sagte der Alte vom Berge, werden für die Ewigkeit gemacht. Kostet uns ein Heidengeld, aber auch wir haben unsere Schwächen und Steckenpferde. Frag Meister Sperber nach seiner Sammlung menschlicher Abgründe. Ein schöner alter Geländeschnitt ist wenig gegen seine Kartographien.

Ich hatte einmal versucht, einen Lageplan zu zeichnen, doch hatte mich der Alte vom Berge an die ungeschriebenen Gesetze erinnert, eines davon wurde, wenn auch nicht offiziell, Sport und Spiel genannt, es wies auf die Freiheit hin, die das Auswendigwissen verschafft: Kenntnis und Gedächtnis, mit Mut verbrüdert, brauchten nichts Schriftliches, nichts, was etwas zeigte, und nichts, was verriet.

– Dabei sind wir hier unten auf Schriftliches versessen, sagte Altberg, nur was geschrieben ist, existiert, das ist auch eines der ungeschriebenen Gebote, ironischerweise. Man muß sich vor die Schreibmaschine setzen oder das Blatt Papier mit Handschrift bedecken, dann baut man sich hier eine Bleibe. Wir schätzen die Eleganz, wir ahnen, wo sie möglich wäre, aber wir begegnen ihr nur selten, hatte Altberg hinzugefügt, wir haben viel Sinn für Ästhetik. Während ich mit der Grubenlampe in die Gänge leuchtete, erinnerte ich mich daran, daß es auf der Kohleninsel Ost noch üblich war, Akten in preußischer und österreichischer Weise zu führen, letztere mit dem k.k. Aktenknoten versehen, viel verbindet uns mit Wien, und nicht nur der Minister hat bedauert, daß es von den sowjetischen Genossen, unseren Freunden, nicht besetzt geblieben ist. Eine Stadt wie geschaffen für uns. Ich verstehe, daß Altberg den Antrag gestellt hat, wieder Stahlfedern einzuführen, solches Schreibgerät, getaucht in die Kanzleitinte der Firma »Barock«, verbessert die Qualität der Texte ungemein, wobei es innerhalb der Kohleninsel die Blau- und die Schwarzfraktion gibt: Die einen bevorzugen das eigens für uns gemischte, zur Erhöhung der Farbbrillanz mit teuer importiertem Indigo statt einheimischem Färberwaid versetzte Dunkelblau, die anderen die Jahrhunderte überdauernde Eisengallustinte, die freilich den Nachteil hat, zu rosten und das Papier zu zerstören. Altberg und »Nemo« bringen es fertig, stundenlang vor alten Akten zu sitzen und sich an der Schönheit der Kanzleischrift zu berauschen, der Eleganz der Schnörkel und der Feinheit der Linien, mit denen man früher, als man noch wußte, daß Schnelligkeit allein nur Ungeduld ist, die Beute umgarnte. Eine Weile hat man hier unten erwogen, zur Sütterlinschrift zurückzukehren.

– Wenn uns die Amerikaner eines Tages doch kidnappen, sagte Altberg, werden sie nichts als Galimathias vorfinden. Die Amerikaner scheitern an der Sütterlinschrift. Sie wollen an unsere Stoffe und Hinterlassenschaften, sie glauben etwas vom Dritten Reich zu verstehen, wollen uns anzapfen, doch daraus wird nichts werden, wenn wir endlich beginnen, die Schrift der Väter zu übernehmen. Wissen Sie, daß Hitler die Fraktur gehaßt hat? Das sei die Schwabacher Judenletter. Und dabei hängt die Fraktur unabtrennbar am Dritten Reich, jeder halbwegs klischeebewußte Filmregisseur weiß das und läßt, wenn er Deutschland und Nazis inszenieren will, ein Schild mit Frakturschrift in die Kamera halten. Da steht dann natürlich »Arbeit macht frei« oder »Jedem das Seine« drauf, bestimmt nie »Ich liebe dich«. Die Fraktur ist unverdient gestorben, wir sollten ihr Gerechtigkeit widerfahren lassen. Jeder Grafiker wird Ihnen sagen, daß die Fraktur viel besser aussieht als die runden Schriften, die wir inzwischen benutzen. Das Leben schreibt sowieso in gebrochener Schrift. Aber man predigt tauben Ohren.

Meine hat er damit nicht gemeint. Wir in den Lektoraten haben die alte Schrift wieder eingeführt. Altberg verschwieg taktvoll, daß es auch auf der Kohleninsel Bequemlichkeit und Dummheit gibt, Verständnislosigkeit und sogar Feindseligkeit zwischen einzelnen Abteilungen, die Organisation Kleist wirft seit Jahr und Tag alles, was aus den Lektoraten kommt, in den Papierkorb, sie, die sich die Praktiker nennen, glauben, daß wir, die Theoretiker, wie sie sagen, nichts als unterbeschäftigte, überbezahlte Spinner sind, die von der Realität so weit entfernt kreisen wie Pluto von der Sonne.

Ich bin Mitarbeiter nicht nur der Lektorate, sondern auch der Chronik, des Zeitarbeiterkollektivs, wir haben unsere Neigungen hier unten, eine davon ist die Beschäftigung mit Uhren. Sie gehören zu den faszinierendsten menschlichen Erfindungen. Wir besitzen eine nicht unbedeutende Sammlung, und für die Uhrmacher aus Glashütte, Künstler ihres Fachs, haben wir immer viel Bewunderung gehegt. Das Zeitarbeiterkollektiv beschäftigt sich mit dem Utopischen Projekt, das inneramtlich, nach der treffenden

Bezeichnung eines dissidentischen Künstlers, der mit uns die Vorliebe für Höhlen und das Denken in Jahrhundertdimensionen teilt, das Geschichtsphilosophische Kombinat genannt wird. Dieses Vorhaben genießt das Wohlwollen einflußreicher Kreise, selbst des Ministers, über dessen Fähigkeit zur gedanklichen Vertiefung unserer Arbeit hier unten so mancher Witz kursiert. Aber auch er wußte, was unsere Aufgabe ist: die *Aufgabe im Grunde*, wie sie in den turnusmäßig wiederkehrenden innerbehördlichen Mitteilungen heißt.

Ich tastete mich voran. Sogar ganz oben, dachte ich, gibt es viel Sinn für Begegnungen von Genauigkeit und Schrulle, die manche unter dem Stichwort ›besondere Beziehung‹ abheften. Ich lauschte. Das Geräusch der Schwarzen Mathilde war verstummt. Das Ticken des Narrenturms war zu hören, auch diese Uhr eine der Besonderheiten der Kohleninsel.

– Es gibt kein größeres Geheimnis als das der Zeit, wie Altberg zu sagen pflegt, wenn wir in der Wiener Bibliothek beim Abendkaffee sitzen, vor uns die Träume der Seefahrer und Geographen, die Nacht mit ihren Plänen und Aufzeichnungen, ihrer Schlaflosigkeit, hinter uns einer der Tage, die uns der Wahrheit näherbringen sollten.

Einkreisen des Bedürfnisses nach Vergewisserung

Rohde bevorzugte bestimmte Wege, mit der Pünktlichkeit der Mönche würde er an der Weggabelung, an der ich auf ihn lauerte, auftauchen, anders gekleidet als am Tage, ohne die Kugelkopfpfeife, doch mit der abgeschabten Aktentasche, in der, im linken vorderen Fach, die »Alten deutschen Dichtungen« steckten, die zur Beglaubigung seiner ersten Existenz dienten, oben, in der Legende, die wie ein

Kokon aus Spinnenseide um ihn gewebt war. Durch den ehemaligen Luftschutzgang, in dem Kerzenstummel, tote Mäuse und verschimmelte Exemplare des ›Völkischen Beobachters‹ lagen, würde er hinabgelangen, Meno Rohde, mein Feind, meine Liebe, mein Schatten. Jetzt sah ich ihn. Er schien unsicher (die Anfragen, die Klärungen, die einzelnen Verwaltungen), in diesen Gängen konnte man sich selbst als Kundiger, wenn man nicht achtgab, hoffnungslos verlaufen. Auch Rohde trug Helm und Grubenlampe, er zog ein Stück Papier aus der Manteltasche und studierte es im Lampenschein. Ich konnte gelassen abwarten und verborgen bleiben, als er ging, ich sah, daß er einen der alten Gänge benutzte, die mit Steinmetzzeichen versehen waren. Ich wußte, wohin sie führten. Er verschwand im Gang mit dem Wels, Rohde wollte zu Vogelstrom, aber nicht ins Spinnwebhaus, sondern hinunter, in die Tiefe, zur Quelle der Kupfernen Schwester, die einer der acht Arme des Elbischen Flusses ist, der durch den Archipelagus fließt. Dort lag der Riesensaal, in dem wir unsere Feste feierten, die neuen Jahrgänge vereidigt, die Jahreskonferenzen der Kohleninsel abgehalten wurden, dort malte Vogelstrom die Studien zum Revolutionspanorama im Weißen Pavillon bei Barsano in Ostrom, dort malte er das Herzstück des Panoramas, den Altar.

Ich sah der Lichtbrigade zu, die am gegenüberliegenden Bogen der Rotunde, in die der Gang mündete, auftauchte, wie immer arbeiteten die Männer, die in ihren graublauen Kitteln Unmengen von Glühbirnen trugen, lautlos, was bei der Feinhörigkeit der Mauern und Gewölbe hier unten erstaunlich war. Ich beobachtete die Hantierungen, die mit dem Heben eines Zeigefingers begannen, rücksichtsvoll und doch gebieterisch wie das Auftaktzeichen eines Dirigenten, worauf sich die Glühbirne, sonst nur über Leitern erreichbar, wie von selbst aus ihrer Fassung zu drehen schien und in die erwartungsvoll geöffnete Hand des Lichtputzers sank. Von der Rotunde zweigten mehrere Gänge ab. Geflügelte Schatten bewegten sich nahe der Lichtbrigade, und ich fragte mich, ob es Rohde inzwischen gelungen war, eine unbegrenzt gültige Genehmigung für Rundgänge zu bekommen. Wahrscheinlich hat er nur die B-Variante, dachte ich. Obwohl Marn ihn schützt (ich war dem Geheimnis zwischen den beiden auf der Spur, es gab Hinweise in den Akten), ist es kaum vorstellbar, daß er zu allen Bezirken der Kohleninsel Zutritt hat. Ich dagegen war im Besitz des A-Passierscheins, der nicht allzuoft ausgestellt wurde und mir den Zutritt selbst ins Vorzimmer des Ministers gestattete. Die Behörde prüfte lange, die Ausfertigung dieses Dokuments gehörte zu den Auszeichnungen, und zwar zu den begehrten. Die Lichtbrigade macht eigentlich gar nichts her, dachte ich, sie ist ein wenig zu kurz gekommen, man hat ihre Mitglieder hier und dort aufgelesen, Gestrandete, die bei uns Gelegenheit bekamen, sich zu bewähren, der Behörde und damit dem Staat zu beweisen, daß sie das Gnadenbrot verdienten, das, im übrigen, gar keines ist. Der Alte vom Berge erzählte, wie die Mitarbeiter der Lichtbrigade nach Schichtschluß oft noch beisammensaßen, um beim Bier über ihre Lage und Funktion nachzudenken. Sie selber seien die Gnadenbrotphilosophen, niemand sonst. Es sei nicht unbekannt, daß die Mitarbeiter der Linie XXV (Hausmeisterabteilung) in der Tarifklasse 2B stünden, einer der höchsten, von wegen also zu geringe Bezahlung.

– Sie haben Minderwertigkeitskomplexe, hatte der Alte vom Berge gesagt, sie klagen gern, und doch ist ihnen niemand böse, für die Kunst, zu der sie ihre Arbeit entwickelt haben, gibt es hier viel Sinn. Es ist nicht so, daß Behörden, und speziell diese, mit den schönen, scheinbar überflüssigen oder nutzlosen Seiten des Lebens nichts anfangen können. Übrigens sind die Glühlampen von Narva, unserem Beleuchtungswerk, besser als ihr Ruf.

Mir war, als ob die Reden des Alten vom Berge und Marns in den Gängen widerhallten, aus denen mir jetzt frische Luft entgegenschlug, ich mußte also in der Nähe eines Wetterschachtes sein. Noch immer, selbst nach diesen vielen Jahren, die ich hier unten ein und aus ging, hatte ich das Bedürfnis nach Vergewisserung, tastete die Gangmauern ab, strich mit den Händen über den Stein, der an manchen Stellen schon feucht war, prüfte die Beschaffenheit des Mauerwerks. In dieser Ebene waren die Gänge noch ausgemauert, erst in größerer Tiefe, unterhalb der Telefonabteilung, des Kinosaals und der Lebensmittellager, traf man auf roh belassene Felsdurchbrüche, viele davon noch von der ursprünglichen Zimmerung abgestützt. Ich legte die Hand auf einen Mauerziegel, er war angenehm kühl, mein Taschenmesser ließ sich nur wenige Millimeter in die Mörtelfuge hineintreiben, wie immer verschaffte mir das Befriedigung, ebenso daß die Maurer am Mörtel nicht gespart hatten, zwischen den Ziegelkanten wölbten sich Mörtelwülste vor. Dort, wo eine Glühbirne ihren Schein ins Dunkel goß, war die hier unten allgegenwärtige Flechte zu erkennen, Rohde hatte sie mit den Augen des Naturwissenschaftlers registriert, es war dieselbe filzige, mißfarbene Art wie im Sanatorium, und mich hatte Rohdes Behauptung erstaunt, sie nirgendwo klassifiziert gefunden zu haben, er hatte ihr den Namen Griseldis, die Graue, gegeben. Der Alte vom Berge war darüber amüsiert gewesen.

– Sie werden noch ganz andere Flora hier unten kennenlernen, lieber Rohde, und die Fauna erst! Eine wahre Fundgrube für einen Zoologen. Zumal für einen, wie Sie es sind.

– Unser Beobachter, sagte der Alte vom Berge zu Marn, Rohde ist ein geborener Beobachter, und Marn bestätigte:

– Ja, Rohde liebt die Langsamkeit, er weiß, daß die Geduld eines der schönsten Geschenke an die Menschenkinder ist, die dieses Geschenk natürlich meistens mißachten. Alles soll schnellschnell gehen, zackzack, keine Umstände, lieber larifari und hudrifludri als gediegen und langsam. Diese Krankheit beginne bereits in klassischen Zeiten, habe ihren Höhepunkt noch nicht erreicht, wir würden uns noch wundern.

– Unsere Mühlen mahlen langsam, hatte der Alte vom Berge gesagt, hier unten ist nichts eilig. Dafür aber heilig (er hatte gelacht), und man sei gründlich. Das Wild sei scheu, und wer es jagen wolle, müsse Geduld mitbringen, genaue Kenntnisse, sonst werde es unweigerlich entwischen oder sogar niemals auftauchen.

– Hingabe und Geduld sind unsere Tugenden, hatte der Alte vom Berge gesagt, Treue zur Sache, wir sind das Schwert und der Schild. Wir sind ein Dienst, und der Dienst steht höher als alles andere, abgesehen von der Idee natürlich, der er dient. Befriedigend, zutiefst befriedigend sei es, im Dienst aufgehen zu dürfen, zu wissen, daß es ein Vorher und ein Nachher gebe, das die Begrenztheit des Einzelnen, die oft mehr hinderlichen als förderlichen Umstände seiner individuellen Existenz aufhebe, ihren Umriß unkenntlich mache und verwische im Großen Ganzen, von dem man dennoch Teil bleibe, dankbar dienend, bedankt vom Dienst.

– Man muß Zeit mitbringen, aber man bekommt sie

auch. Zehn Minuten oben – Stunden hier unten, das mächtige Geschenk der Zeit. Ich greife vor, hatte der Alte vom Berge gesagt, für Sie stehen zunächst andere Angelegenheiten auf dem Plan. Sie werden in die Lehre gehen und sich bewähren müssen. So der Alte vom Berge, vor wie vielen Jahren? dachte ich.

Ich wartete noch, bis die Lichtbrigade verschwunden war. Die verinnerlichte Konspiration: Wer gesehen wird, hat einen Fehler gemacht. Ich befand mich noch in der ersten Ebene und würde bald auf die Erweiterungen des Lichtzustandes treffen, wie die Sprache der Akten zunehmende Helligkeit umschrieb. Bevor man an die Förderkörbe und damit in die tiefergelegenen Ebenen gelangte, mußte man sich anmelden, ein zweites Mal, auch wenn man, wie ich, über einen Schlüssel zu den Sonderzugängen verfügte, zu den Treppensystemen, über die in die Tiefe vorzudringen freilich viel länger dauerte. Es gab nicht nur den Pförtner oben in der Haupthalle der Kohleninsel, es gab seine Kollegen hier in den Gängen, und sie versahen ihren Dienst nicht minder pflichtbewußt, obwohl der unterirdische Dienst bei ihnen weniger beliebt ist als der oberirdische. Es gab ein ganzes System von Pförtnern, von An- und Abmeldungen, und nur auf der Brücke nach Ostrom schien es in letzter Zeit nachlässiger geworden zu sein. Auf der Kohleninsel aber funktionierten die Kontrollen nach wie vor tadellos, es schien ein diesbezüglicher Ehrgeiz zu existieren, ein Kontrollehrgeiz, die Behörde war, was die Kontrollen und überhaupt ihr innerbetriebliches System betraf, um so strenger geworden, je stärker die Auflösung draußen, an der Oberfläche, spürbar war.

– Wir müssen denen zeigen, was Haltung ist, hatte einer dieser Pförtner, der in einer der entlegensten Logen der ersten Ebene seinen Dienst versah, zum Alten vom Berge und zu mir gesagt, wir waren auf einem Rundgang gewesen. Wer, wenn nicht wir, Genosse Altberg, soll diese Haltung bewahren, es ist ja nicht mit anzusehen, geschweige denn zu begreifen, was geschieht.

– Bravo, Genosse, das ist eine japanische Haltung, sie gefällt mir, hatte der Alte vom Berge den Pförtner gelobt. Die Japaner geben niemals auf, sie sind uns Europäern überlegen in Disziplin und Ehrgefühl, mich wundert, daß sie uns noch nicht zu Sushi verarbeitet haben. Das kommt vielleicht noch.

– Wissen Sie, Genosse Altberg, sagte der Pförtner, daß es über zehn Jahre dauert, bis man ein Meister der Sushiküche wird? Vorher ist man nichts als Lehrling und Novize, der Meister befiehlt, den Dreck wegzuräumen, und der Novize muß den Dreck wegräumen. Der Meister befiehlt, die Messer zu reinigen, der Novize verneigt sich vor dem Meister und vor den Messern und poliert die Klingen ohne Widerrede. Das müßten wir auch einführen, das wäre ein ausgezeichnetes Mittel gegen die Schlamperei und Nachlässigkeit. Die Abteilung Ozeanien hat wieder das Licht brennen lassen, obwohl ich schon x Rundschreiben herausgegeben und an ihre Türen genagelt habe.

Rohde war verschwunden, aber ich sah seinen Namenszug in der Kladde, die mir »Schleiereule«, der Pförtner, zum Unterschreiben hinschob. Vogelstroms Namenszug sah ich nicht, so daß ich mich fragte, ob Rohde tatsächlich hinunterwollte. Er wußte, daß Vogelstrom es nicht schätzte, wenn man seine Bilder ohne ihn betrachtete. Außerdem liebte Rohde die Erklärungen des Malers, seine Ausführungen zur Geschichte der Malerei und ihrer Techniken, seinen scharfen und überaus belesenen Geist. Niemand kam an den Pförtnern vorbei, ohne sich einzutragen. Also war Vogelstrom entweder nicht unten oder im Besitz eines Schlüssels zu den Sonderwegen, aber davon hätte ich wissen müssen, die Anträge darüber landeten in der Hauptverwaltung Aufklärung. Hatte man mich übergangen? Dieser Gedanke beunruhigte mich. Zugleich aber war das die Gelegenheit, Rohdes Stübchen aufzusuchen und ein wenig in seinen Papieren zu stöbern. Es gab zwei Stübchen: das oben im Tausendaugenhaus (aber dort bestand die Möglichkeit, von der schrecklichen Frau Honich, der Pionierleiterin, ertappt zu werden) und das hier unten, seinen Arbeitsplatz auf der Kohleninsel. Zu dieser Zeit herrschte wenig Betrieb in der Hauptabteilung XX, zuständig für Kunst, Kultur, Kirche, Staatsapparat und Untergrund.

Logbuch

1.8.2015 Sonnabend
Ruhige See. Castor und Pollux im Sternbild Zwillinge über dem Stier, dessen Hauptstern den Plejaden folgt. Karte Argo von Treva gezeichnet.

2.8.2015 Sonntag
Abschluß der ersten Fassung meines Beitrags zum 25. Jubiläum der Wiedervereinigung. Die Fassung geht, nach Kontrolle und Überprüfung sämtlicher Daten, in unsere Rohrpost, der nun folgende Prozeß heißt Die Genehmigung. Karte Brenta von Treva gezeichnet.

10.11.2021 Mittwoch

Wie es begonnen hat. Warum sitze ich, im Jahr zwei Corona, in einer mit Bürsten vom Bürstenbinder Zwazl (s. Operativer Vorgang »Reinigung«) und »Nautik«-Seife aus den Beständen des Flottenamts geschrubbten Kajüte und suche in meinen Aufzeichnungen nach Klarheit?

Ich: Fabian Hoffmann, Jahrgang 1968, aus Dresden, Filmvorführer, Dissident, Angehöriger der Novalisklasse der Kohleninsel, Chronist. Der im Dezember 1989 zum ersten Mal den Decknamen »Nemo« auf einem Blatt Papier sah und noch in der Nacht seiner letzten Vorführung im Urania-Kino beschloß, »Nemo« zu folgen, auch wenn das bedeuten würde, in die Kohleninsel einzutreten. Einer von ihnen zu werden, um »Nemo« folgen zu können. Die neue Kohleninsel würde der Demokratie dienen. »Nemo« folgen: in die Sicherheit. Wenn es sein mußte, bis auf den Grund, bis ganz nach unten.

Die Chronik ist teils in Quarantäne, teils im Home-Office, letzteres auf unbestimmte Zeit. Bedroht war die Chronik schon immer. Nicht jeder hat ein Interesse an der Darstellung dessen, was war – soweit es überhaupt möglich ist, das, was war, darzustellen. Nicht jeder liebt sie, die Konfrontation mit dem Gedächtnis. Ich bin nicht mehr offizieller Mitarbeiter der Chronik, damit auch nicht mehr der Tausendundeinenachtabteilung. Ich habe meine Wohnung in der Republik der Seeungeheuer verloren, hause, meine Siebensachen in dem von Muriel gefertigten Seesack, auf der »Nimrod«. Treva hat sich verändert. Mir erscheinen die Jahre vor 2015 wie eine kaum mehr glaubhafte, im Unwirklichen versinkende Zeit. Was ist geschehen, woher diese Düsternis?

Arme aus Schrift, die ins Dunkel tasten, wo bist du, ist

da wer, bin ich ein Planet, um eine Sonne kreisend, die ihn, in gehörigem Abstand, mit Wärme nährt und mit Vernichtung bedroht, bin ich ein Tiefseewesen, driftend in seiner natürlichen Umgebung, mit hinreichenden, aber rudimentären (im Vergleich zu den Lebewesen da oben – dringt etwas von ihnen nach hier unten, doch, das Konfetti ihrer Zersetzung) Sinnesorganen ausgestattet, Bewohner eines fließenden Bergwerks, das mächtige, schreibt Péter Nádas, unüberblickbare, von Tiefenströmungen durchzogene Wasser, dessen Sog mich erfaßt, dieser vertraute, einer Werbung ähnelnde Kampf.

Ad fontes. Wo »Nemo« an der Arbeit ist, »Nemo«, dessen Spuren ich verfolge, mein Begleiter hier unten, mein Schatten. Ich werde die Nachtwachen fortsetzen, werde den Stimmen der Inoffiziellen Mitarbeiter folgen, den Garnen, der *Aufgabe im Grunde.*

3.8.2015 Montag: Die Trevische Nachrichtenagentur

Das, was ist. Das aber, was ist, ist in Form von Nachrichten. Willkommen, sagte ich mir jeden Tag, an dem ich die Hohe Pforte der Torwächter durchquerte, willkommen in der Trevischen Nachrichtenagentur, abgekürzt tna, unserem Nachrichtendienst, unserem Quasimonopolisten. Ich passierte die Sicherheitsschleusen, in denen die Linie XXV, zu der die Pförtner und die hauseigene Security inzwischen gehörten, Kontrollen vornahm, ließ mich registrieren wie an Hunderten Tagen vorher, indem ich, ebenfalls wie an Hunderten Tagen vorher, an Gespräche dachte, die ich in der Trevischen Nachrichtenagentur geführt hatte (oder die mit mir geführt worden waren), an Dialogfetzen, Szenen, an das, was uns ausmachte. Wie so oft tauchte der Colonel vor meinem inneren Auge auf, Ferenc Rainer de

Manko-Bük, mein Chef im Flottenamt und Chefredakteur der Trevischen Nachrichtenagentur als Teil der Tausendundeinenachtabteilung, ein Nachrichtenmann von altem Schrot und Korn, wie es sie kaum noch gab. Er pflegte eine Liberalität britischen Zuschnitts, mit einem Schuß Franzosengeist, wenn man darunter die Liebe zur Nation, im guten Sinne, versteht. Wie viele langgediente Chefs liebte er es, jüngeren Mitarbeitern, die zuhören konnten (oder mußten), aus seinem windungsreichen Wanderleben zu erzählen, wobei natürlich gewisse Maximen immer wiederkehrten, die mich immer wieder dazu brachten, über den Umstand nachzudenken, wie alles Leben, mag es auch siebzig oder achtzig Jahre währen, wie es in der Bibel heißt, in der Rückschau auf wenige Momente zusammenschnurrt, wenige existentielle Augenblicke und Erfahrungen, aus denen dann für die nachfolgenden Generationen Sinnsprüche herausgepreßt werden, welche die nachfolgenden Generationen oft mit dem Blick zur Uhr aufnehmen.

– Nichts Neues unter der Sonne. Aber unter dem Mond. Wir sind doch alle Romantiker. Und hatte sich eine seiner usbekischen Lungenraspeln angesteckt, die er aus einem Laden in Brenta bezog, in dem außer Tabak und Zeitschriften auch Tickets für Aeroflot verkauft wurden. Der Colonel war Mitglied im Marineclub, wo man sich am ›Leuchtenden Schwein‹, unserer hauseigenen Satirezeitschrift, ergötzte, die ›Times‹, das ›Prager Tagblatt‹, die ›Rote Fahne‹ las, den auf großformatigen Schinken dargestellten Haudegen zuprostete, die noch ganze Kontinente in den Besitz der Krone gebracht und dabei das eine oder andere Massaker angerichtet hatten, aber überaus korrekt mit den Gefangenen umgegangen waren. In diesem Klub waren keine Frauen zugelassen, was der Colonel ausdrücklich begrüßte. Inzwischen hätten selbst die Wiener Philharmoniker Frauen in ihre Reihen aufgenommen, die Trevische Philharmonie sei schon lange eingeknickt, er habe den letzten Harfenisten noch gekannt. Ein Trauerspiel, dieser Verfall der Sitten. Usbekische Zigarren, dachte ich im Weitergehen, brachte man nicht ohne weiteres mit unserem Newsroom zusammen, in dem sich Monitor an Monitor reiht und unsere Hipster, ungebärdig und idealistisch, wie sie sind, mit den Bildern der Bildagenturen jonglieren. Aber auch den Scotch, den Colonel Rainer stets in Griffweite hatte, brachte man wohl nicht ohne weiteres mit dem Newsroom zusammen, seiner Sauberkeit, seinem aus Glasfasern gespeisten Flimmern, mit dem eine neue, vollkommen unverständliche Generation auf vollkommen selbstverständliche Weise heranwächst. Ferenc Rainer war an Schreibmaschinen groß geworden, er hatte die Zeiten noch erlebt, als in der Trevischen Nachrichtenagentur Fernschreiber gestanden hatten und Meldungen aus Kairo oder Kapstadt per Pressetelegramm geschickt worden waren.

Doch war er weder sentimental noch nostalgisch, er war, wie alle Journalisten, auf Neues erpicht und hatte nichts gegen den Fortschritt der Technik. Wir nannten Ferenc Rainer, den Colonel, ffolkes nach einer Figur, die von Roger Moore gespielt worden war, ffolkes mit zwei kleinen f. Rufus Excalibur ffolkes liebte Katzen, trank Whisky ohne Umweg über ein Glas, konnte Frauen nicht leiden, drillte auf seinem schottischen Schloß ein Privatkommando für Aufgaben leicht neben der Legalität. Wenn er sich konzentrieren wollte, zog er einen Stickrahmen hervor und stickte an einem Katzenbildnis weiter, das ihn seit Jahren beschäftigte. Für das Kreuzworträtsel der ›Times‹ brauchte er weniger als zehn Minuten. Ferenc Rainer, unser ffolkes, fragte Praktikantinnen mit ausgeprägten Wölbungen, ob sie sich schon auf Silikonunverträglichkeit hätten testen lassen, Praktikantinnen mit nicht so ausgeprägten Wölbungen, warum sie nicht zu ihrer Männlichkeit stünden. Er nahm keine Rücksicht auf Verordnungen, die seinem Gerechtigkeits- und Wirklichkeitssinn zuwiderliefen oder seine Freiheit angriffen, wozu die Freiheit seines Scotchs von Reinheitsgeboten gehörte. Das Geschäftsmodell der Trevischen Nachrichtenagentur war bedroht: seit es das Internet gab, war der Wert der Ware Nachricht rapide gesunken. Wofür wir Geld verlangten, stehe, hieß es, kostenlos im Netz. Guter Journalismus mußte sich auf einmal erklären, seine Notwendigkeit beweisen. Den Zeitungen brachen die Anzeigen weg, mit denen sie sich hauptsächlich finanzierten, in der Folge brachen uns die Zeitungen weg, oft mit dem Argument, daß kein Leser die Artikel der Trevischen Nachrichtenagentur vermißte, ja, daß die Leser nicht einmal wüßten, daß diese Artikel von uns und nicht von einem Redakteur der jeweiligen Zeitung stammten. Viele Zeitungen begannen sich neu zu erfinden, wollten unverwechselbar sein, und auf dem Weg zur Unverwechselbarkeit waren wir mit unseren wenig individuellen Nachrichten nur ein Hindernis. Rainer hatte diesen Trend schon früh bemerkt und gegenzusteuern versucht, allerdings nicht sehr erfolgreich. Die Märkte waren nicht nur schwach und anspruchsvoll geworden, sondern, und das war das Hauptproblem der Trevischen Nachrichtenagentur, immer unterschiedlicher, sie verwendeten immer weniger der von der Agentur angebotenen Nachrichten, kritisierten die Preise, wollten nicht mehr den ganzen

Dienst, sondern nur noch die Rosinen bezahlen, warfen der Agentur vor, daß die Nutzungsquote des Materials zurückgehe – wenn man das Angebot vergrößert, um den Wünschen der Kunden nachzukommen, ohne daß der Umfang der Zeitungen zunimmt, muß die Quote des genutzten Materials sinken.

Der Colonel wußte, daß Nachrichtenagenturen langsam sterben. Nicht der Infarkt oder Schlaganfall sei charakteristisch für ihr Sterbeverhalten, sondern das Siechtum. United Press International, die UPI, in der Rainer angefangen hatte, einst eine der größten und stolzesten Nachrichtenagenturen, gehörte inzwischen der sogenannten Vereinigungskirche des Koreaners Moon. Der Brief, den Virgil Pinkley, Vizepräsident der United Press und deren Generaldirektor für Europa, einst an einen Vorläufer der Trevischen Nachrichtenagentur geschrieben hatte, hing gerahmt in Rainers Büro.

Bedrohtes Geschäftsmodell: Noch galten sie, die Grundsätze, die einst im »Codex für journalistische Ethik« der Wisconsin Press Association formuliert worden waren und die jedem Mitarbeiter der Trevischen Nachrichtenagentur, und nicht nur ihnen, bei der Einstellung vorgelesen wurden: »Wir sind der Auffassung, daß eine Zeitung die volle Wahrheit und nichts als die Wahrheit in allen Angelegenheiten veröffentlichen sollte ... Nach unserer Auffassung hängt der Erfolg einer Demokratie von einer fundierten öffentlichen Meinung ab; die Zeitung soll ... dazu beitragen, daß eine fundierte öffentliche Meinung geschaffen und erhalten werden kann.« Nun war zwar die Trevische Nachrichtenagentur keine Zeitung, jedenfalls noch nicht (allerdings waren in letzter Zeit Gerüchte aufgekommen, unsere ohnehin schon enge Zusammenarbeit mit der ›Wahrheit‹, dem Flaggschiff des trevischen Journalismus, würde noch enger werden), ich wußte aus dem Sekretariat für Fusion, daß es Pläne gab, die Trevische Nachrichtenagentur und die ›Wahrheit‹ zu verschmelzen. Viele Journalisten der ›Wahrheit‹ hatten bei der Trevischen Nachrichtenagentur angefangen, umgekehrt gingen unsere Journalisten an der Speerspitze ein und aus, wo die ›Wahrheit‹ ihren Sitz hatte. Wir nennen das »die Außendarstellung«, kurz Außen Eins (die ›Wahrheit‹) und Außen Zwei (die ›Trevische Allgemeine‹). Was die Verflechtungen zwischen ›Wahrheit‹ und Trevischer Nachrichtenagentur einerseits und Tausendundeinenachtabteilung andererseits anbelangte, so veröffentlichten viele Journalisten der ›Wahrheit‹ Bücher und Schriften, die für die ›Wahrheit‹ zu umfangreich waren, im Hermes-Verlag, manche Journalisten hatten ein formales Anstellungsverhältnis in der 1001 (unser gängiges Kürzel), schrieben aber hauptsächlich für die ›Wahrheit‹, manche hatten ein formales Anstellungsverhältnis in der ›Wahrheit‹, schrieben aber hauptsächlich für uns, arbeiteten als Lektoren oder in der Trevischen Nachrichtenagentur. Ich beobachtete unsere Hipster im Newsroom, die Monitore flimmerten, Nachrichten, Bilder im Sekundentakt, und dachte an eine Bemerkung Lionels am Rande einer unserer Fechterrunden, daß nicht nur die Verbindung zwischen der Tausendundeinenachtabteilung und der ›Wahrheit‹, die inzwischen auf dem Weg zu einem Medienkonglomerat war (wie auch die Trevische Nachrichtenagentur längst nicht mehr nur Texte und Bilder anbot, sondern Blogs, Vlogs, Streams, Audiodateien, Grafiken, Portfolios für sogenannte Nichtmedienmärkte, meist Unternehmen), sodann die Verbindung zwischen Trevischer Nachrichtenagentur und ›Wahrheit‹ zu einer tna-Wahrheit, wie Lionel sagte, und der tna-Wahrheit wiederum mit der Tausendundeinenachtabteilung, daß also nicht nur diese Verbindungsverbindungen Fortschritte machten, sondern auch die Verbindungen der Bilder, das heißt derer, die sie lieferten, Lionel meinte, er wisse nicht, ob es außer unserer Agentur Zentralbild, einer Tochter der Trevischen Nachrichtenagentur, und ihrer größten Konkurrentin, Getty Images, überhaupt noch unabhängige Bildagenturen gebe. Der Colonel verwies auf die Websites der Bildagenturen: Mauritius Images und plainpicture, Stocksy und F1 online, Shutterstock, Bulls Press und die Spezialbildagenturen von Stockfood (für Lebensmittel, gern von Restaurants für Flyer und Speisekarten gebucht) über Okapia (Tierfotografien), laif (Reportagefotos), Disability Images (Fotos von Menschen mit Beeinträchtigungen), pixathlon (Sportbilder), Mother Image, die Women's Lifestyle propagierten. Der Colonel meinte, sie gehörten inzwischen alle zu Zentralbild. Nachrichten hielt er (zunächst und grundsätzlich) für Irrtümer, erklärte den Volontären, indem er ein Flugzeug durch den Newsroom kreisen ließ, keine Drohne, sondern ein Modell aus Kunststoff, das er am ausgestreckten Arm hielt:

– Ein Irrtum, meine Damen und Herren, wenn Sie glauben, daß auf den Flügeln der Nachricht auch schon die Wahrheit sitzt. Nachrichten können lügen, das ist trivial und nicht das, was ich meine. In diesem Flugzeug, das wir Nachricht nennen, sitzen ein paar hundert Passagiere, und nur manche von ihnen arbeiten für die Wahrheit, die anderen sind Touristen, die vom Urlaub träumen, Lobbyisten, die für die Firma unterwegs sind, die das Flugzeug baut, in dem sie sitzen, Geschäftsleute, die gar nicht mit Wahrheit, sondern mit Obst, Feuerwerkskörpern und Öl handeln, hauptsächlich aber mit Waffen und Kosmetik, und gewiß ist auch der eine oder andere Terrorist dabei, dessen Wahrheitswerkzeuge es hoffentlich nicht durch die Flughafensecurity geschafft haben. Dann natürlich noch die Crew und diejenigen, welche die Plätze im Flugzeug verkaufen und deren äußerste Boten beim Check-in unser Gepäck entgegennehmen, falls es nicht zum Schalter für Sperrgepäck muß.

Nachrichten seien die aus einem Ozean voller Fischschwärme geangelten Fische. Der einzelne Fisch aber könne nicht für den Fischschwarm stehen, auch wenn der Ozean längst an Überfischung leide und eine Makrele zugegebenermaßen so gut wie die andere sei. Er wolle damit sagen, daß eine Nachricht stets nur der sichtbare Teil der Wahrheit sei.

Wohl nur wenige der Menschen, die in Treva eine Zeitung aufschlugen oder anklickten, verwandten einen Gedanken darauf, woher die täglichen Nachrichten kamen. Vielleicht studierten sie die Namen der Korrespondenten, die aus Peking oder Moskau, New York und Istanbul berichteten, doch selbst unter diesen wenigen Menschen mochte es nur eine Handvoll sein, die sich für die Kürzel oder Namen unter den Artikeln interessierte, die nicht von einem dieser Korrespondenten stammten, tna, AP oder AFP, dpa, TASS, ANSA, PAP, Reuters und Belga, Xinhua, KNA, EFE, und vielleicht gaben sich von dieser Handvoll zwei mit dem Gedanken zufrieden, es handele sich um die Kürzel oder Namen von Journalisten. Mich erstaunte immer wieder, wie wenig die meisten Menschen, obwohl sie fernsahen, im Netz unterwegs waren, Tageszeitungen lasen, die immer häufiger in Artikel gebetteten Videos anklickten, Radio hörten, über Nachrichtenagenturen wußten. Keine Tageszeitung und kein Fernsehsender konnte es sich leisten, auf Nachrichtenagenturen zu verzichten, nur wenige Zeitungen leisteten sich noch Auslandskorrespondenten, was bedeutete, daß die meisten Zeitungen, die Auslandsnachrichten bringen wollten, auf Agenturmaterial zurückgriffen. Entsprechend galt das auch fürs Inland. Der Colonel verband den Nachrichtenstrom mit den vier in der Bibel erwähnten Wassern, die aus dem Garten Eden flossen: Pison, Gihon, Euphrat und Hiddekel, sie alle vermischten ihre Wasser zu einem einzigen, die ganze Welt überspülenden Strom, Twitter, Facebook, Google, AP alias Associated Press, Reuters, AFP alias Agence France-Presse und die tna, die Trevische Nachrichtenagentur. Die tna unter die Big Player zu rechnen war vermessen, zumal der Colonel die größte Nachrichtenagentur, Xinhua, Neues China, nicht erwähnte. Und was er ebenfalls nicht erwähnte: Woher eigentlich die Nachrichtenagenturen ihre Nachrichten bezogen.

– Wenn Sie etwas nicht verstehen, müssen Sie ad fontes gehen, pflegte er zu zitieren. Ad fontes: zu den Quellen. Er war wohl tatsächlich ein Romantiker. Die Wahrheit über die Verhältnisse stimmte mit der wahrgenommenen Wahrheit über die Verhältnisse nicht überein. Nachrichten trafen auf ungläubige Leser und Zuschauer. Wie sollten sie, die Leser und Zuschauer, auch wissen, daß hinter so manchen Nachrichten der Trevischen Nachrichtenagentur der Erdölinformationsdienst stand, für den wiederum unsere Rohstoffspezialisten aus der Tausendundeinenachtabteilung schrieben, von denen wiederum einige im Referat Rohstoffe des Wirtschaftsministeriums (Wimini) arbeiteten.

Ich blieb stehen. Gerade dieses Stehenbleiben war auffällig, hier, wo alles in Bewegung war. Wo die Schreiber, wie hier die Redakteure hießen, unablässig telefonierten, Texte übersetzten, strukturierten, umstellten, durchs Rechtschreibprogramm jagten, zum Gegenlesen an den Dienstleiter, den Slotter, gaben, der vor seinen Bildschirmen saß und aufs Eingangsgerät, auch Slot genannt, starrte: Böblinger, ein stets optimistischer, mit allen Nachrichtenwassern gewaschener Mensch, der in großer Schnelligkeit (auf mich wirkte es reflexhaft und intuitiv, doch wußte ich, daß er aus Erfahrung handelte) Nachrichten aussortierte, die unverwendbaren unter die Löschtaste des Slots, die verwendbaren, an denen nur wenig zu korrigieren war, auf den Redaktionscomputer daneben, wo er sie gleich selbst bearbeitete, diejenigen Meldungen, an denen mehr zu tun war, auf die Bildschirme der Schreiber, mit einer knappen Bemerkung. Zu übersetzende Meldungen druckte er aus, diese Meldungen kamen oft von Unserem Mann in Pakistan, Sri Lanka und Bangladesh, der nur englisch sprach und normalerweise seine Meldungen Unserem Mann in Neu-Delhi übermittelte, der die Meldungen übersetzte, veredelte und an die Zentrale weiterleitete. Die Arme Böblingers bewegten sich zwischen Eingangs- und Ausgangskorb, was im Eingangskorb schwand, wuchs im Ausgangskorb, was im Ausgangskorb schwand, schien im Eingangskorb nachzuwachsen, ohne daß der Assistent, ein Jüngling mit Bart und großem Wissen über Fair Trade, der nach altem Brauch als Schreibermoses bezeichnet wurde, in gleichem Maß nachfüllte, wie Böblinger entnahm oder die Körbe selbst mittels einer Hand von Böblinger entnahmen (die Hand kurvte wie die träumerisch fliegenden Papiere, die unsere Computer beim Herunterladen von Dateien einspielten), der Drucker druckte Dienstmeldungen aus, Böblinger sortierte sie mit der linken Hand, während die rechte Eingangs- und Ausgangspapiere umverteilte, nach Gültigkeitsdauer, wobei zwei Holztafeln, Bingo und Bongo genannt, als Ablage dienten: auf Bingo alle kurzfristigen Dienstmeldungen, sie waren nur für den Tag von Bedeutung, auf Bongo dagegen alle Informationen, die, weil sie über längere Zeit beobachtet werden mußten, für den Böblinger ablösenden Kollegen interessant sein würden.

4.8.2015 Dienstag: Das Seeminenreferat

Flottenamt, Erdölinformationsdienst, das Rosinenreferat im Wirtschaftsministerium mit seinen Schwebfliegenforschern, die mit dem Flottenamt seit Jahr und Tag Papierkrieg führen, die Dorotheenbehörde, die Tausendundeinenachtabteilung und ihre Lektorate: manchmal frage ich mich, ob wir existieren, und wenn ja, in welcher Form. Zu meinen Verträgen, meinem Vertragswust, wie der Colonel sagt, gehört eine grundlegende Unsicherheit: einerseits bin ich Mitarbeiter der Chronik, die der Colonel auch als unsere Abteilung Kriegstagebuch und Kriegsarchiv bezeichnet, so wie es im Ersten und Zweiten Weltkrieg solche Abteilungen gegeben hat, andererseits bin ich Mitarbeiter des Flottenamts im Referat für Seeminen, Abteilung Bekleidung/Ausrüstung, doch löst sich dieser Widerspruch (oder Zwiespalt) bei näherer Betrachtung auf: die Chiffre 1001 findet man in den internen Berichten, wir gehören zur Kohleninsel, zur Sicherheit, und sind, wenigstens behauptet das der Dienstweg, dem Verteidigungsministerium berichtspflichtig. Im Verteidigungsministerium, das mit der Kohleninsel West, genannt »Das Auge«, noch engere Verbindungen unterhält als mit der Kohleninsel Ost, genannt »Das Ohr«, herrscht eine gewisse Unsicherheit in bezug auf uns, immer wieder kommt es zu Anfragen, Revisionsbegehren, werden, wenn ein neuer Chef (zur Zeit eine Chefin, Brigitte Ursula von Cremmen) im Verteidigungsministerium aufschlägt, externe Berater hinzugezogen, die »den ganzen Laden«, wie wir im Verteidigungsministerium, abgekürzt Vemini, oft genannt werden, von oben bis unten durchleuchten und auskehren sollen, was aber, da wir wiederum unsere Berater bei den externen Beratern haben, in der Regel mißlingt; der Colonel ist ein langmütiger Mensch und hat sich meines Wissens nur einmal dazu hinreißen lassen, die sogenannte Aktion Schwarz zu starten, nach der, ebenfalls in der Regel, der Rücktritt des Verteidigungsministers erfolgt.

Das Seeminenreferat hat, wie so vieles bei uns, eine lange Tradition. Ein eigenes Büro hat es nicht, aber einen Schreibtisch: meinen. Neben mir sitzt, wenn er nicht die Hafenwetterwarte und die korrekte Anbringung der Ahmings, der Tiefgangsmarken, der Plimsoll- und der Lademarken an den trevischen Schiffen kontrolliert, Rasmussen, ich kenne ihn nur unter diesem Namen, habe noch nie seinen Vornamen gehört. Ich höre überhaupt wenig von ihm. Es kommt vor, daß er wochenlang schweigt, dann kommuniziert er nur über hausinterne Mails oder die Rohrpost, wenn sie nicht streikt. Die Seeminen gehören nicht in seine Zuständigkeit, wie ich umgekehrt nichts auf der Hafenwetterwarte zu suchen habe, das ist vermintes, rein dänisches Gebiet. Der erste menschliche Laut, ein mürrisches Ächzen, soll dort erklungen sein, als ein Däne mit grönländischem Migrationshintergrund die Wetterwarte zu betreten wünschte. Stolz macht mich die Ahnenreihe an der Wand. Ein Foto des jungen Ove Sprogøe ist dabei. Sprogøe, der später so berühmte Darsteller des Egon Olsen aus der »Olsenbande« von Erik Balling und Henning Bahs, war im Zweiten Weltkrieg Mitarbeiter des Seeminenreferats. Zu den Eigenheiten des Referats und seiner Mitarbeiter gehört eine Vorliebe für die Vogelkunde, die Ornithologie. Mein Vorgänger hat einen ausgestopften Riesenalk zurückgelassen. Rasmussen klebte eines Tages einen Zettel an sein Gefieder: Ich weiß, daß du ausgestorben bist. Dienstfahrten auf die trevische See, Planquadrate nach alten, unkartierten Seeminen absuchen ist eintönige Arbeit, die kartierten Seeminen wandern, müssen neu verzeichnet werden, dergleichen schärft das Auge. Der eine und andere Band zur Vogelkunde hat nach dem Tod seines Besitzers das Referat nicht mehr verlassen.

Seit der Scheidung von Elisabeth wohne ich in der Republik der Seeungeheuer, amtlich vom trevischen Senat, der die Miete einzieht, als Marineblock bezeichnet. Elisabeth Delanotte, Chefin der 1001, Abgeordnete der Grünen, Mitarbeiterin im Architekturbüro Kastan, Delanotte & Partner (das Arbeitsverhältnis ruht allerdings), fand eine Eigentumswohnung im Dänischen Viertel, Alexandra-Barsano-Projekt mit Freundinnenrabatt, hundertfünfzig Quadratmeter in unserer von Wohnungsnot geplagten Hauptstadt, Vorschuß aufs Erbe vom Papa, Entwicklungshilfe vom alten Grote. Meine Wohnung liegt im fünften Stock von Haus H, hat ein Bad mit Fenster (das ist nicht mehr selbstverständlich), Blick über den Sund, zu dem sich die Elbische Bucht verbreitert, auch Strohmeer genannt der hellen Farbe des Wassers an Sonnentagen wegen.

Die Karte der Seeminen

Operativer Vorgang »Sie«. Trägt Explosions- oder Zündhörner (sog. Hertz-Horns) mit jeweils eingebautem Glasröhrchen, das zerbricht, wenn das Zündhorn durch heftige Berührung verbogen wird. Säure fließt in ein trockenes galvanisches Element, dadurch wird der Strom für die Zündung erzeugt. Unberechenbare nächtliche Aktivität. »Sie« steht neben meinem Schreibtisch im Seeminenreferat. Spricht mit mir, wenn sie will.

Gürtel I vor Südtreva. Ausdehnung 85 sm West-Ost, 120 sm in Nord-Süd-Richtung. Gürtel I wurde von britischen Flugzeugen während des Zweiten Weltkriegs gelegt, ein Minenfeld, um das Auslaufen deutscher U-Boote zu erschweren oder unmöglich zu machen. Gehört zur sogenannten Feldkette mit den Feldern North Sea Mine Barrage (zwischen Schottland und Norwegen), Britannia Barrage (britische Ostküste), Straits of Dover, Heligoland Bight / Helgoländer Bucht, Terschelling, Wald von Skagerrak und Wald von Kattegat.

Gürtel II vor Treva Hafen West/Nord, Ausdehnung 32 sm West-Ost, 8 sm in Nord-Süd-Richtung, hier vorwiegend deutsche Minen, ihre Aufgabe war passiver Natur: sie sollten das Eindringen feindlicher Schiffe nach Treva und die Eroberung des Hafens verhindern.

Ankertaumine / Moored mine. Beim Operativen Vorgang »Ankertaumine« handelt es sich um den ältesten Minentyp, schon 1813 bei der Belagerung von Fort Richmond eingesetzt. Vorherrschender Minentyp bei Minensperren. Berührungszünder. Weibliche und männliche Form, oft in einer Mine gleichzeitig. Verfügt über den sogenannten Minenwagen, auch Werteformat oder Wertekoffer genannt, der die Ankertaumine über ein Ankertau im Wasser auf Höhe (oder Tiefe) hält. Die Ankertaulänge richtet sich nach der entsprechenden Wassertiefe in bezug auf das Einsatzziel: steht die Mine zu flach, ist das Minengefäß an der

Wasseroberfläche und verrät die Absicht, steht die Mine zu tief, fährt das Ziel der Absicht darüber hinweg. Die Absicht ist, Kanzler zu werden. Dazu muß die Ankertaumine allerdings aus Kanzlermaterial, sogenanntem Kanzlerstahl, bestehen (internationale Entsprechung: im Flur der Mitbringsel im Verteidigungsministerium ist eine sogenannte Präsidentenmine zu besichtigen, diese aus sogenanntem Despotenholz geschnitzt). Taktierer, der den sogenannten guten Eindruck erweckt, in Talkshows durch eine gewisse Eleganz, eine gewisse Abscheu vor dem Pöbel und seinen Neigungen, eine wohlgeformte Stimme, Plaudereien über Weine, Klassikerzitate (vom Referenten zusammengestellt) und jene sogenannte staatsmännische Zurückhaltung auffällt, die auf Gewinnmaximierungen beruht und dem Zuschauer mitteilt, daß Politik qua Bakschisch hier nicht anwendbar ist. Der Wertekoffer ist mit populären Bestandsgarantien gefüllt, an denen die Ankertaumine hängt wie ein Versprechen. Bewohner der Nordgewässer, schwankenden Strömungen und Beeinflussungen ausgesetzt, eher kühl temperiert, zögernd, betrachtend, taktisch, nicht zupackend konstruiert. Systeme automatischer Tiefenregulierung, Einstellung durch Wasserdruck halten die Waffe im Stand der Vorwärtsverzögerung und des Wertewechsels. Vertreter: IM »Mimose«. Seit seiner Entschärfung im Schmollstatus. Immer wieder in Talkshows und sogenannten Hintergrundartikeln als Geheimtip für die Windmühle gehandelt, da theoretisch von enormer Sprengkraft. Immer wieder praktisch nur theoretisch geblieben.

Küsters Feld zwischen dem Bohrturm X1 (auf dem der Colonel und Rasmussen leben), Bohrturm X2 (unbewohnt) und X3 (in der Nähe der Rand-Raffinerien), nach einem Tüftler (Leberecht Küster) benannt, der, ähnlich wie Bushnell im amerikanischen Unabhängigkeitskrieg für den Delaware River, im Ersten Weltkrieg Seeminen für Elbe Eins, Zwei, Drei, wie die sich im Hafengebiet verzweigenden Elbarme abgekürzt werden, entworfen und verlegt hat, für diese Elbarme (außerdem noch Elbe Vier) erschienen Seeminen effektiv, für die anderen hat man die mittelalterlichen Kettensperren zwischen den Elbtürmen wieder eingesetzt.

Elbe-Vier-Feld mit Oszillationsminen und Antiinvasionsminen verschiedener Herkunft. Zum Teil noch deutsche sogenannte Hafthohlladungen (»Panzerknacker«) der Kriegsmarine, bei der letzten Minenräumaktion drei Hafthohlladungen Typ H3 (drei Kilogramm) und zwei Typ H3,5 (dreieinhalb Kilogramm) entfernt. Der Typ Hafthohlladung findet sich häufig in den Operativen Vorgängen »Unterhaus« und »Oberhaus«. Die Oszillationsminen enthalten ein hydrostatisches Kontrollsystem, das ihnen erlaubt, eine vorgegebene Unterwasserposition unabhängig von Ebbe und Flut einzunehmen.

Grundmine/Bottom mine. Dieser Operative Vorgang wird oft als notwendiges Übel betrachtet. Kann diese Meinung nicht teilen. Was wären wir ohne diese submarine Bedrohung, ohne das Wissen, daß da unten etwas lauert, das auf akustische ebenso wie auf magnetische, seismische und Druckreize reagieren kann, in vergleichsweise flachen Wassern liegt und zum Teil jahrzehntelang überdauert. Diese Minen heißen auch Schläfer. Der sogenannte Abweichlertypus ist unter ihnen nicht selten. Er bildet sich in der Stille heran. Der Abweichler wird zum Abweichler gemacht: lag er längere Zeit unbehelligt im warmen Strom der applaudierten Meinungen, so genügt ein Umstand, ein Kontakt mit einer anderen Wirklichkeit, um von einem

Erweckungsschock aus dem Hauptstrom geschleudert zu werden und sich in kälteren, tieferen, deutlich nahrungsärmeren Gewässern wiederzufinden. Der Abweichler ist nun auf Abstand zu den applaudierten Meinungen und ihren Geburtskanälen, den sogenannten Hauptstrommedien, und innerhalb der Hauptstrommedien zu den Statthaltern des Hauptstroms. Sie lassen die abweichende Position nicht auf der sogenannten Augenhöhe gelten, sondern strafen sie mit sozialer Verachtung, was den Abweichler in die Position des Grüblers und psychisch Herausgeforderten versetzt. Schwächere Vertreter des Abweichlertypus knicken ein oder resignieren, die Grundmine gräbt sich in den Schlick und wird von Seepflanzen überwachsen. Stärkere Vertreter halten die Stellung, warten auf Beute.

Gürtel III vor Treva Hafen West/Süd, Ausdehnung 18 sm West-Ost, 5 sm in Nord-Süd-Richtung, mit einigen Auskurvungen des Minenteppichs (Wracks, Strömungen, ein Durchfahrtskorridor für unsere Schiffe). Hier vorwiegend Seeminen Typ Antiinvasion (Fluß-, Uferminen), Torpedominen Typ MK-60 Captor und MK-62 Quickstrike.

Gürtel IV vor Treva-Brenta Nordost, 2 sm Breite bei 27 sm Länge in sichelförmigem Verlauf, vorherrschend Kontakt-Ankertauminen polnischer (alliierter) Herkunft, immer wieder altersbedingt aus den Ankerkästen gelöst und daher driftend, nicht immer, wie im VIII. Haager Abkommen (»Abkommen über die Legung von unterseeischen selbsttätigen Kontaktminen«) von 1907 gefordert, beim Losreißen von selbst unscharf geworden.

Karl-Marx-Feld. Lage in den Sümpfen im ehemaligen Grenzgebiet zwischen Treva und Dresden. Wechselnde Tiefe der dort stark verzweigten Flußarme, Ausdehnung des Felds bis heute nicht eindeutig geklärt. Mindestens

20 sm Länge und mindestens 3 sm Breite (über mehrere Flußarme und ihre seenartigen Verbindungen gerechnet), dabei an den schmalsten Stellen besondere Minenkonzentration. Vorherrschender Typ die sowjetische Kontaktmine JAM, »die Kleine« genannt, in den Sümpfen benutzt als Grundmine, da die Wassertiefe meist unter zweieinhalb Metern. In Bereichen ab vier Metern Wassertiefe vorherrschend die M-08. Selten die Fernzündungsminen KMD-2-500 und 1000, vereinzelt, vor allem im über fünfzehn Meter tiefen Faulen See, die Kontaktmine KB, »die Große«.

Kontaktminen / Contact mines. Operativer Vorgang »Überläufer«. Der Überläufer (s. auch Operativer Vorgang »Treibmine«) wird gefeiert, nichts Berauschenderes gibt es, als einem Feind einen Anhänger abspenstig zu machen. Die Eigengewächse hat man selbst großgezogen, man ist mit ihnen lange umgegangen, doch keine Begeisterung kann sich mit der jenes Moments vergleichen, wenn vom Ufer hüben jemand erklärt, das Ufer drüben habe recht. So hat die Kirche die bekehrten Sünder immer am liebsten gehabt und nicht die treuen Glaubensschäfchen. Umgekehrt wird niemand härter verfolgt als der Überläufer – das Ufer, von dem er kam, wird die Schmach niemals verwinden. Der Überläufer sollte sich keine Illusionen machen. Zwar wird die neue Partei ihn ausstellen wie eine Trophäe, wird ihn in der Hoffnung vorweisen, alle Argumente seien durch dieses Beispiel überflüssig, doch wird sie niemals vergessen, daß der Überläufer, um zum anderen Ufer zu gelangen, einen Verrat begangen hat. Wer einmal verriet, kann es wieder tun, vermutlich, so rechnen die Taktiker, wird er es wieder tun. So ist der Überläufer bei näherem Hinsehen eine traurige Figur, heimatlos, ein verratener Verräter, der benutzt wird, und was man ihm gegenüber empfindet, ist die Anfangsbegeisterung verraucht, ist eine mit Scham, auch mit Grauen gemischte Verachtung. Er hat gewagt, wozu man selbst nicht in der Lage ist. Kommt es zur Wahl, wird es heißen: der nicht.

Dummy mines. Gefüllt mit Sand oder Beton. Gleichen in Form und Größe den echten Minen, dienen vor allem dazu, die Minenräumung zu verlangsamen.

Gürtel V vor Treva-Brenta Süd, unregelmäßige Lage, mehrere Verlegungsepisoden, deutsche Minen aus WK I und II, britische, dänische, kanadische und US-Minen, vereinzelt italienische Minen Typ Manta, auch iranische Minen sowjetischer Herkunft, mehrere Limpetminen (nach einer Seeschnecke mit besonderem Haftorgan) an den Gründungspfählen einiger unmittelbar an Kanälen stehenden Bauten (Anzahl und Lage bekannt).

Gürtel VI vor dem Marinehafen, ebenfalls unregelmäßige Lage, ebenfalls mehrere Verlegungsepisoden. Regelmäßig neu zu bestimmende Durchfahrtskorridore. Übungsgebiet.

Unkartierte und schlecht kartierte Minen. Meist von Flugzeugen aus großer Höhe abgeworfen.

There's no doubt that a mine is our greatest obstacle to success. A clear path to storm the beaches. The performance of the minesweepers can only be described as magnificent. And if we manage to reach the enemy coast without becoming disorganized and suffering serious losses we shall be fortunate. Concerning reality, Naval mines

Totensommer
Im Sommer des Jahres 1989 flogen die Marienkäfer in niegesehenen Schwärmen, belagerten die Häuser der Ge-

bliebenen, das Urania-Kino, in dem ich, als Gehilfe des alten Sulke, Filmvorführer war.

Wenn es dunkel wurde, begann meine Zeit. Dann konnte mir nichts mehr geschehen, schon wenn ich die Wohnung verließ, nicht mehr und nicht auf dem Weg zur Abendvorstellung ins Urania. Wenn ich die Leuchtschrift mit den an- und absteigenden Buchstaben über der runden Ecke des Kinos sah, blieb ich stehen, um mit der zwischen Freude, Ungläubigkeit, Schrecken pendelnden Empfindung fertig zu werden, Erstaunen über das Nichtvergehen von Zeit, das manchmal in ihrem Vergehen blieb wie ein unlöslicher Rest: daß ich nicht mehr der Junge war, der mit Muriel, Christian, Reglinde, Ezzo und Robert, seltener mit Ina, in eine Vorstellung der Tannhäuser-Lichtspiele ging, auch dieser Name in altmodischen Neonbuchstaben, aus der Vorkriegszeit übriggeblieben, daß es nicht der Fabian war, der mit Englisch Drops auf einem der Holzklappstühle der Tannhäuser-Lichtspiele Platz nehmen würde, um einen Sindbad- oder Gojko-Mitić-Film anzusehen, sondern ein Erwachsener, für den die Träume des Jungen noch immer gegenwärtig waren, als wäre dieser Junge in den Erwachsenen hinübergewandert, so wie ich aus dem Zuschauerraum einfach nur in den Vorführraum an einen Projektor gegangen zu sein schien, ohne das Kino zu verlassen. Als wäre meine eigentliche Existenz das Kino (noch nicht einmal die darin gezeigten Filme), als wären Kindheit, Eltern, Schule, Alltag nur eine flüchtige Beigabe oder Verkleidung, die mich davon abhielt, das Kino zu betreten und den Vorführraum, wo ich der Herr der farbigen Schatten sein würde. Urania-Lichtspiele, Schauburg, Faunpalast, Stephenson- und Schiller-Lichtspiele, Olympia, Namen mit einer Aura von Ufa und Nachkrieg, der

Not abgestohlenen Vergnügungen, ein Sternbild. Tagsüber schlief ich, so gut es ging. Ich stellte Muriel und Alexandra ein Frühstück hin, starrte auf einen der Doppeldecker, um mich zu beruhigen, denn meist war ich gedanklich noch im Film, den ich gezeigt hatte. Niemand lernt einen Film so gut kennen wie der Filmvorführer, der ihn täglich mehrmals, und das wochenlang, zeigt. Die Gerüche aus der Kofa, der Johannstädter Konservenfabrik, drangen durch die verschlossenen und mit Decken abgedunkelten Fenster. Noch kein Geschrei, irgendwo umgestürzte Möbel, noch kein Lustgekreisch des Sadomasopärchens am Ende des Flurs, »Hilfe, Hilfe«- und »Ich murks dich ab, du Sau«-Zärtlichkeiten, die an Sommernachmittagen ebenso regelmäßig wie ungehemmt durch den Neubaublock schallten und mit »Jetzt hol ich aber die Bullen«-Rufen quittiert wurden, noch kein Lärm von Dissidenten und Musenjüngern, die sich fluchend auf die Suche nach etwas Trinkbarem machten nach langem Tagschlaf, denn nachmittags erwachen die Kreativen, noch nicht »Die Firma« oder »Herbst in Peking« aus Kassettenrecordern auf den Treppen. Muriels und Alexandras Schritte, das Gestochere eines Schlüssels, der eine Schloßöffnung zu treffen versucht, in einer vom Maschinentakt noch zitternden Hand.

Muriel schlief auf einer Zwangsjacke, die sie sich beim Abbruch ihrer Lehre bei Schneider Lukas am Lindwurmring mitgenommen hatte. Über der Matratze hingen Doppeldecker, die meisten hatte Muriel gebaut, einen davon Günter aus Berlin, den wir Jünta nannten. Einmal, nach einer Kinovorstellung, in der ich dem alten Sulke beim Vorführen von Dreyers »Vampyr« behilflich gewesen war, fand ich Muriel in die Zwangsjacke verschnürt auf der

Matratze liegend, Alexandra hockte auf ihr, lachte, vielleicht, weil auch Muriel lachte.

Sie arbeiteten bei Pentacon, den früheren Zeiss-Ikon-Werken, an der Schandauer und Junghansstraße. Muriel hatte den Arbeitsplatz zugewiesen bekommen, außerdem schneiderte sie für private Kunden. Manchmal begleitete ich sie zur Nachtschicht. Jünta half in der Verpackung aus, fragte mich nach Kinofilmen und Gratiskarten, um auf diese Weise, dachte ich, ein Interesse an mir zu signalisieren, das eigentlich Muriel galt, er wollte sie aus ihrer Zurückhaltung locken, denn Muriel sprach wenig auf dem Weg zur Arbeit, die sie nicht mochte. Sie stand an einer Stanze, Alexandra war an der Taktstraße beschäftigt.

– Na dann, hau ab, sagte Muriel.

Aber wenn ich auf dem Absatz kehrtmachte, suchte Muriel erschrocken meine Hand, oder Jünta faßte mich am Ärmel, oder Alexandra bat mich, mit ans Betriebstor zu kommen, ich wisse doch, wie Muriel es meine.

Ich ging zum Urania-Kino durch die Reste einstiger Pracht, Atlanten trugen Gesimse, bewachten Höfe voller Sperrmüll, Sphinxen luden in Durchgänge, die Augen von Taubendreck verkleistert, die Wangen von Einschußlöchern aus dem Krieg aufgeplatzt, manchmal pulten Kinder in den Geschoßkanälen und versuchten, Kugeln herauszuholen, die in den Ziegeln schliefen wie Larven über Jahrzehnte reifender Insekten. Manchmal tauchte ein Gebäude auf, ein finsterer, gardinenloser Block, den man für unbewohnt halten konnte, die Türen zu den Wohnungen teils offen – die Wohnungen voller Schutt –, teils mit nagelneuen Schlössern versehen, der Hausflur mit Ölfarbe gestrichen, die in Farngefiedern abblätterte, so daß ich die Vorstellung hatte, mich nicht in Dresden zu befinden, sondern in einer von Dschungelpflanzen überwucherten Urwaldkultur, versunken und exotisch wie das Inkareich. Hauseingänge, in die ich eindrang, um mich zu vergewissern, ich wußte nicht, was es war, wonach ich suchte, was mir die fremden Türen verraten sollten, hinter denen ich wer weiß welche Geheimnisse und Überraschungen vermutete, einen Geheimgang nach unten, in die sagenumrankten Tunnelsysteme der Kohleninsel, einen Steg, der zu einem U-Boot führte. Die Hitze verstärkte den Geruch, über dem die Häuser zu brüten schienen wie rachsüchtige Glucken, Geruch nach Trabantabgasen und Müll, in dem, gleichmütig, ob sie jemand beobachtete oder nicht, Rentner wühlten, jeder für sich in einer von der heimsuchenden Sonne ausgeglühten Stille.

An den Abenden ohne Vorführung spielte Wostok, Gagarins Band, im Hauptsaal des Urania, und Johann der Eremit, Baßgitarrist, zelebrierte das Spaghettiriff für Ruth Sulke, die uns Essen kochte. Gagarin war stolz auf seine Tramperzehen, die sich, wenn er mit Alexandra schlief, in die von Frau Sulke gewaschenen und aus dem Schrank meiner Eltern stammenden Laken bohrten. Manchmal kam er nackt, bedeckt mit Theatergold. Muriel konnte Gagarins Auftritte nicht leiden. Er strebte, wenn er nicht schon völlig betrunken war, den Freien Weltkommunismus an, in dem alles allen gehören und jeder es mit jeder treiben sollte. Auf Hinterhöfen gab es Rockkonzerte, in der »scheune« an der Alaunstraße inszenierte Alexandra ein Theaterstück, Muriel kleidete die Schauspieler ein. Sie fertigte Kreationen aus Duschvorhängen, die ein Muster aus schwarzen Blumen trugen, Gürtel aus Silberpapier und futuristische Kopfbedeckungen. Im Stück ging es um Fliegenpilze, Liebe, die dunkle Seite von Daisy Duck.

Judith Schevola las in Kirchen und Abrißwohnungen der Neustadt, wo manchmal auch Meno war, um ihr zuzuhören und vielleicht, dachte ich, unter Menschen zu kommen, nie war er mir so einsam erschienen wie in jenen lichtfiebernden Augusttagen.

Wenn ich erwachte und Muriel noch schlief, zusammengekrümmt wie ein Igel, gab es Augenblicke, in denen ich weder mich noch überhaupt uns drei in Prag, geschweige denn im Westen sah. Prag war für mich die eigentliche Hauptstadt, nicht Berlin, das etwas Exotisches hatte, einen Sonderstatus: dort lebten »die Anderen«, die mit Westfernsehen und besserer Warenbelieferung, und manchmal, wenn ich vor dem Urania wartete, konnte ich den alten Sulke verstehen, der von den Flüchtlingen als Nörglern sprach. Ich hatte ihm nichts von unseren Plänen angedeutet. Ich schätzte ihn nicht als Spitzel ein, doch ich wußte, daß man niemandem trauen konnte, diese Vorsicht hatte sich eingebrannt. Was hatte ich zu verlieren? Ich hatte innere Freiheit und äußere Zeit. Ich verließ die Wohnung ungefähr eine Stunde vor der Abendvorstellung. Ich wollte allein sein. Im allmählich gleichgültiger und entrückter werdenden Verkehrslärm von der Schandauer Straße dachte ich, die mit zunehmender Dämmerung schärfer hervortretende Neonschrift des Kinonamens wie etwas betrachtend, das im nächsten Moment verschwinden konnte, an jene Tage, die ich als Kind krank im Bett verbracht hatte, im unteren Bett unseres Doppelstockbetts im Kinderzimmer an der Pfotenhauerstraße, und sah Mutter vor mir, wie sie sich über mich beugte, um meine Stirn zu fühlen oder mir ein Fieberthermometer aus einer Achselhöhle zu nehmen, und mir war, als fühlte ich die leichte, kitzelnde Berührung ihres Haars wieder, das nach vorn gerutscht war und das sie sich mit einer Routinegeste zurückstrich. Ob ich etwas brauche? Sie nickte dann, weil sie schon wußte, was ich antworten würde: Lies mir ein Märchen vor, erzähl eine Geschichte. Mutter war die Märchenerzählerin. Sie hatte diese Gabe von ihrer Mutter geerbt, von Oma Herta, wie wir sie nannten, Arbeiterin im Fallschirmwerk Seifhennersdorf, das Erzählen und einen Großteil ihrer Märchenbücher, und manchmal, wenn Mutter sich zu mir ans Bett setzte, glaubte ich eine Erinnerung über ihr Gesicht huschen zu sehen, vielleicht dachte sie sich an meine Stelle, sah sich selbst in einem Bett liegen, nicht in Dresden, sondern in Leutersdorf, wo sie aufgewachsen war, und ihre Mutter hielt das Buch »Die Wunderblume« in den Händen, Märchen aus der Sowjetunion, Verlag Kultur und Fortschritt, und würde »Die Sonnentochter« vorlesen, und weniger vorlesen als erzählen, da Iris, meine Mutter, es beinahe auswendig kannte (sie war als Kind oft krank gewesen), ein nganasanisches Märchen, und sie an meiner Stelle würde fragen, wer die Nganassanen seien, ein Volksstamm mit noch etwa tausend Angehörigen, so daß das Kind begriff, daß nicht nur Tierarten, sondern auch Menschenstämme aussterben können, ihre Sprache, ihre Sitten, doch nicht ihre Geschichten, wenn sie aufgeschrieben waren. Ich stand vor dem Urania und hörte die Stimme meiner Mutter mir meine Lieblingsmärchen erzählen: die Geschichte vom dummen Schah aus Usbekistan, »Die schöne Kunkej«, ein kasachisches Märchen, »Aldar-Koseh und die Teufel«, ein Splattermovie aus der Steppe, dessen Schlitzohrigkeit mich schon früh erheiterte, die Geschichte vom gierigen Kaufmann, ein udmurtisches Märchen, Mutter nannte immer die Namen der Völker, aus denen diese Märchen stammten, holte den Globus aus Vaters Arbeitszimmer, um mir zu zeigen, wo die Nganassanen, die Nenzen, die Swanen, die Udmurtier, die Chakassen, die Tschuktschen und das Volk der Komi lebten oder gelebt hatten. Das Kino war Muttergebiet. Mutter war es, die regelmäßig in die Filme ging, wenn auch nicht in die Western, die ich liebte, sondern ins italienische Gefühlskino mit Marcello Mastroianni, in die französischen Beziehungsdramen, die mit sehr wenig Aktion auskamen und fast nur aus Gesten, Andeutungen bestanden, den seelischen Zwischenstufen, wie Mutter sagte. Vater bevorzugte Sachthemen, las lieber Bücher, als daß er Filme ansah, und wenn, dann naturwissenschaftliche Filme, Dokumentationen über Tannenhäher, Flußneunaugen, Giftmedusen. Mutter mochte Tanzfilme, auch die von der Ufa mit Marika Rökk, sie saß, einsam unter lauter Teenagern, im »Beat Street«-Film, ich sah sie, ihren reglosen Rücken, die mir vertraute Silhouette in die flimmernden Projektionsstrahlen geschnitten, bei »Dirty Dancing« und »Fame – der Weg zum Ruhm«. Sie kannte den alten Sulke und seine kandierten, in Knisterfolie gewickelten Walnußhälften auf Holzstäbchen, die Walnüsse kosteten noch immer zwanzig Pfennige, aber Mutter bat mich nie, ihr welche mitzubringen. Das Kino sprach, und für mich sprach es mit der Stimme meiner Mutter. Seine Bilder waren Gestalt gewordene Sprache, und nicht immer waren sie so unlöschbar und phantastisch wie die Illustrationen in Mutters Märchenbüchern. Jaroslav Šerých und Mirko Hanák in den Büchern des Prager Artia-Verlags, die Muriel besonders liebte, Gerhard Goßmann in der »Wunderblume«, dessen haarfeiner Strich Drachen und Riesen, die Baba-Jaga, dicke Müllerburschen, den Zwergenkönig Och erstehen ließ, die mich in den Zustand zwischen Wachen und Schlafen verfolgten, in den Mutters Erzählungen mündeten wie Ströme ins Meer.

In diesem Sommer schienen die Magistralen, wie Alexandra spöttisch sagte, Fetscherstraße, Schandauer, Borsbergstraße, ausgestorben zu sein, öde Fluchten, als hätte eine Kriegserklärung die Stadt heimgesucht, woraufhin die Bewohner alles stehen- und liegengelassen hatten, um vor anrückenden feindlichen Truppen zu fliehen. Alexandra und Muriel verschwanden hinter den Toren von Pentacon und zogen etwas von mir mit, das dort bei ihnen sein wollte, umgeben von den Geräuschen der Taktstraßen, den Rufen der Arbeiter, den Fabrikhallen. Im Sommer schien das Kino außerhalb des Schwerpunkts der Stadt hängengeblieben zu sein im Versuch, diesen Schwerpunkt zu erreichen, aber den staubblinden Fenstern des Urania, der plötzlich, wie auf einen Befehl, armselig wirkenden Neonschrift, den trauernden Plakaten im Kinofenster wollte das nicht gelingen, zu klein und uneigentlich wirkte das Kino im August, um jene Anziehungskraft zu entwikkeln, ohne die ein Kino einfach nur ein Gebäude ist wie ein anderes. Eine Brise, die nach Getreide oder Tang roch, woher auch immer sie gekommen sein mochte, rief die Weite und Freiheit des Meers vor mein inneres Auge, ich dachte »Ostsee« und begriff, warum die Stadt so leer war: sie waren alle dort, auf Rügen, Usedom, Hiddensee, sie waren auf den verwunschenen Inseln, ich war allein hier zurückgeblieben. Selbst daß Muriel und Alexandra bei Pentacon arbeiteten und Jünta eine Schicht in der Verpakkung schob, war nicht sicher. Jünta nahm es mit der Arbeitsdisziplin nicht so genau, arbeitete nur, wenn er Geld brauchte, und wurde trotzdem immer wieder eingestellt, da Arbeitskräftemangel herrschte. Jünta mochte mit Gagarin und seiner Gang an der Ostsee sein. Ich hatte Lust, alles hinzuwerfen, den alten Sulke, der sommers oft mürrisch war, sich selbst zu überlassen, ohnehin kam er, wenn er nicht betrunken war, ganz gut allein zurecht und hätte die Spätvorstellungen im Hauptsaal ohne mich bestreiten können. In diesem Punkt waren Muriel und ich einander ähnlich: Eine frische Brise konnte genügen, damit wir unsere Siebensachen zusammenrafften und loszogen, so waren wir mit Alexandra nach Steinstücken zu Punkfestivals gefahren und als Hobos mit den Blueszügen zu den Jazztagen, die Pfarrer Glander organisierte. Ein Luftzug, der Spuren von Tanggeruch mit sich trug, und ich bekam Lust, mich sofort in einen Zug zu setzen und nach Stralsund zu fahren, wo ich allerdings ohne Übernachtung geblieben wäre, hätte ich die letzte Fähre nach Hiddensee verpaßt, und womöglich hätte ich die Fähre nicht betreten dürfen, ohne Quartierschein keine Passage. Jünta, Muriel und ich hatten einmal auf der Werft geschlafen, einmal in Heuschobern auf einer Landzunge, die vor der Stadt in den Sund griff, Blick auf die drei Kirchen unter Sternmassen. Am nächsten Tag hatte uns Gagarin mit auf die Fähre genommen, er hatte nie Schwierigkeiten. Er fuhr regelmäßig nach Hiddensee, sein Vater, ein renommiertes Mitglied der Akademie der Wissenschaften, besaß dort ein Haus.

Im Sommer schien das Kino fern zu sein, seine Träume wurden durch andere ersetzt, man konnte ihm untreu werden, ohne etwas zu vermissen. Gerade das aber machte mir das Kino lieb, niemals gehörte mir das Urania so wie im Sommer, niemals waren die vergilbten Kritiken von Ur- und Erstaufführungen an den Wänden des Vorführraums, die gerahmten Fotos der Filmstars so vergänglich wie im Sommer, so daß ich sie behüten zu müssen glaubte und manchmal sogar abnahm, um sie der Gleichgültigkeit der wenigen Besucher, die sich an heißen Tagen zu uns verirrten, zu entziehen. Muriel hatte mir einen Staubmantel gefertigt, wie ihn die Kopfgeldjäger in »Spiel mir das Lied vom Tod« trugen, und in diesem Staubmantel, dazu Stiefel mit hohen Absätzen (damit man nicht aus den Steigbügeln rutschte), schritt ich durch die Johannstadt und durch Striesen zum Kino, die imaginären Sporen klirrten in meinen Ohren, und die sich in schmuddligen Sporthemden auf Fensterbänken fläzenden Fettwänste, die das Treiben auf den Straßen und mich seltsamen Gesellen beobachteten, würden bald von meinem Smith & Wesson zu Hilfsteufeln gemacht werden.

Wenn ich die Wohnung verließ, war ich nicht mehr Fabian Hoffmann, ein Schlaks mit langen schwarzen Locken, die ich, bevor ich das Urania betrat, mit einem Gummi aufband, damit sie nicht in die drehenden Teile der Vorführmaschine gerieten, ich nahm das Gebaren eines Filmhelden an, imitierte einen Schauspieler in einer für ihn charakteristischen Rolle. Es waren überwiegend coole Helden, die ich liebte, Delon als Samurai im gleichnamigen Melvillefilm, als Corey in »Le cercle rouge« (um Corey zu ähneln, hatte ich mir einen Schnurrbart wachsen lassen), als Gangster im »Clan der Sizilianer« von Henri Verneuil, Eastwood als Joe im Kampf gegen die Baxters und die Rojos in »Für eine Handvoll Dollar«, dem ersten Teil der Dollartrilogie von Sergio Leone, als Monco in »Für ein paar Dollar mehr« mit Lee van Cleef als Colonel Douglas Mortimer und Gian Maria Volonté als Indio, die von Eastwood verkörperte Figur des »Blonden« im dritten Teil, »The Good, the Bad, and the Ugly«, mochte ich nicht so recht, da sie etwas Unmenschliches, Kalt-Perfektes an sich hatte. Im dritten Teil war meine Lieblingsfigur, eine der besten des Westerns überhaupt, Tuco, gespielt von Eli Wallach, der den Tuco als eine grandiose Mischung aus Schlitzohr, Gauner, armer Haut und Revolvermann gab. An Hitzeabenden sah ich nicht das Pentaconwerk, den Ernemannturm, die Straßen, sondern die Sierra, durch die Tuco den flüchtigen Blonden verfolgte, ihm immer näher kam, was Leone durch die in der Asche der Lagerfeuer steckenden Zigarillostummel, an denen Tuco sog, verdeutlichte, der erste war erloschen, kein Blonder weit und breit zu sehen, der letzte Stummel aber ließ sich von Tuco wieder anrauchen, gierig und triumphierend sog er daran, er würde den Blonden erwischen und ihn büßen lassen. Ich war Franco Nero als sargschleppender Django in jener Szene im ersten Teil, in der die Fronten geklärt werden, blitzschnell und reuelos, Django hat den Saloon betreten und wird von einigen Cowboys angepöbelt, die Schüsse fallen, der Colt raucht noch, die Cowboys rauchen nicht mehr, Djangos stahlblaue Augen sind aufgerissen und voll tödlichem Ernst, die Pranke hat zugeschlagen: Siehst du, so schnell kann das gehen, noch nicht einmal ihre Schatten haben kapiert, daß sie jetzt tot sind.

Meine Hemden hatten Rüschen, mein Staubmantel Mottenlöcher, aber meine Augen hatten den Porzellanblick der Gunmen, und dieser Blick tastete die Umgebung nach Feinden ab. Am Ernemannturm quietschte das Windrad der Präriebahnstation, an der Knuckles alias Al Mulock, Stony alias Woody Strode, der in »Hügel der Stiefel« als Artist in einem Wanderzirkus aufgetreten war, und sein Kamerad Snaky, gespielt von Jack Elam, auf Harmonica alias Charles Bronson warteten, auf meinen Hut, nicht auf Woody Strodes, ploppten die Tropfen aus dem lecken

Wassertank, meine Finger knackten, nicht die von Al Mulock, der während der Dreharbeiten in seinem Kostüm aus dem Hotelfenster sprang und starb, mich und nicht Jack Elam umsummte die Fliege, die ich Sekunden später im Lauf meines Revolvers fangen würde. Diese Szene ergötzte mich besonders. Sulke spielte sie mit voller Lautstärke ab, wodurch er das Gesirr der Fliege im Revolverlauf, sie konnte durch Elams (oder meinen) oben aufgelegten Finger nicht entkommen, zum Gekreisch einer Flexsäge an einem Metallrohr werden ließ. Spiel mir das Lied vom Tod. Harmonica greift einem von Cheyennes Bande an den Mantel. Cheyenne sagt:

– You are interested in fashion, Mr Harmonica?

– I saw three of these dusters a short time ago. They were waiting for a train. Pause. Inside the dusters there were three men.

– So?

– Inside the three men there were three bullets.

Der alte Sulke und ich krakeelten diesen Dialog mit.

– Wer da keine Gänsehaut kriegt, der kann nicht Gans sein!

Dieses Krakeelen, ich hatte es im Urania eingeführt, war schon eine Nachahmung. Ein anderes, beeindruckenderes war ihm vorausgegangen, nicht nur aus zwei Männerkehlen, das ganze vollbesetzte Kino hatte den Dialog auf englisch, die deutschen Stimmen Harmonicas und Cheyennes alias Jason Robards übertönend, mitgesprochen, in den Tannhäuser-Lichtspielen, in denen Iwailo Scholze Vorführer und ich zweiter Mann gewesen war. Die eine Kopie, welche die Bezirksfilmdirektion bekommen hatte, war nach festgelegtem Plan durch die Dresdner Kinos gereist und hatte dementsprechend gelitten: Lichtblitze, Tonstörungen, einmal riß der Film (kollektives Oooh! im Kinosaal), wir hätschelten, pflegten und reparierten, was wir konnten.

Es war die Begeisterung meiner Kindheit, die mich einholte. Niemand ermißt, was es für einen Jungen bedeutet, das Gesicht Lee van Cleefs zu sehen. Vielleicht nicht einmal der Junge selbst. Totalvision, close up, die Leinwand eingenommen von einem Gesicht, diesem Gesicht, das man, hat man es einmal gesehen, nie wieder vergißt. Es könnte von einem Chinesen sein, die Augen schräg, mandelförmig, die Nase wie ein Raubvogelschnabel, die Wangenknochen hoch, nichts an diesem Gesicht, dieser echten und krassen Westernvisage, wie der alte Sulke sagte, ist Kompromiß, die Züge wie mit dem Stechbeitel eingekerbt, von Anmut oder Hübschheit keine Spur, nichts Weiches, zwitterhaft Modelliertes, van Cleef war geradezu der Antibubi. Für Alexandra war er so häßlich, daß es schon wieder faszinierend war, das sei ein Kerl, ein Mann. Von Verletzlichkeit hin und wieder eine Andeutung wie in der Szene, in der Colonel Mortimer vor Eastwood seine Waffen reinigt, dieser etwas fragt und die Schatten der Vergangenheit über Mortimers – van Cleefs – Gesicht huschen. Das Gesicht Lee van Cleefs zu sehen, wie es die Leinwand ausfüllt, zuerst sich nähert, größer wird, die Annäherungsbewegung in die Kamera stoppt, wie es schräg ins Bild ragt, beschattet vom Hut, und die Augen das Gehöft und davor den Jungen sehen, der auf dem Muli sitzt und den Göpel dreht, um das Feld zu bewässern, die Augen der von van Cleef verkörperten Figur Sentenza verengt, mitleidlos, nicht einmal böse, denn böse mochte bedeuten, sich von einem Guten heran- oder herunterzubemühen wie von einem hohen Roß, böse mochte bedeuten, an einem Ende verschiedener Möglichkeiten angelangt zu sein nicht ohne eine gewisse Anstrengung, eben jetzt gerade einmal böse zu sein (bist du mir böse? fragt das Kind den Papa), aber sonst nicht, es ist nicht der natürliche Zustand, diese Augen blickten nicht böse, es war der Blick einer Schlange, die sich vor dem Beutetier aufrichtet und deren Blick nicht böse ist, sondern sachlich die Beute fixiert, um alle Fluchtmöglichkeiten zu erkennen. Sentenzas Augen waren die Natur selbst, die ungerührt an unseren Begriffen von Gut und Böse, Richtig und Falsch vorbeiblickt auf das, was notwendig und unumstößlich ist, nämlich zu töten, und das war es, was mir den namenlosen Schrecken einjagte: daß hier jemand kam, um zu töten, und nichts ihn davon abhalten konnte, nichts und niemand, noch nicht einmal der Regisseur, der seine Figur mit Rache oder Goldgier in Zusammenhang sah. Es war der Tod selbst, der so kam, zur Familie auf dem entlegenen Gehöft, und eines Tages zu uns, die wir im Kino saßen und den Atem anhielten, er sah noch an uns vorbei auf das Gehöft und den Jungen, aber schon waren wir gemeint, ich, ich war dieser Junge, ich sah den Mann, und er sah mich. Ich verkroch mich im Stuhl, krampfte die Hände um die Lehnen, machte mich klein wie eine Spinne, die in der Küche vom Besen entdeckt wird. Es waren Riesen, doppelt so groß wie das Leben, gekleidet in dusters like these, das Gesicht beschattet vom Hut, sie kamen auf schwarzen oder fahlen Pferden wie die Reiter der Apokalypse. Sie ritten durch die Sierra, oben die Sonne, unten der Sand und vielleicht noch der Schatten von drei Sukkulenten. Die Riesen trugen rosaseidene Sonnenschirme (wie Eli Wallach in »The Good, the Bad, and the Ugly« oder Tony Anthony als Stranger in »Un uomo, un cavallo, una pistola«), zitierten aus dem Koran wie Aladin alias Gianni Garko aus den »Vier Teufelskerlen«, sie ließen die Trommel einer Derringer auf dem Pokertisch kreiseln (wie Sartana), sie hatten Nähmaschinen der obskuren Firma Senger, die sich als Maschinengewehre entpuppten, klappten mitten in einer Revolutionsschlacht Reiseschreibmaschinen auf, um, von Kugeln umsaust, einen Vertrag zu tippen (Halleluja alias George Hilton), sie erklärten die Revolution auf dem Rücken einer nackten Mexikanerin (der Pole alias Franco Nero in »Mercenario«), rauchten Zigarillos (Eastwood) oder Pfeifen mit Bernsteinmundstück (van Cleef), waren dreckig wie der Rio Pecos bei Hochwasser (der Müde Joe alias Terence Hill), lachten, wenn sie prügelten, bekamen regelrechte Lachanfälle (Indio alias Gian Maria Volonté in »Für ein paar Dollar mehr«), tranken Whisky aus silbernen Teleskopbechern (der Graf alias William Berger), fluchten, pennten, spielten Poker, wenn sie nicht zum Duell oder Triell antraten. Drei Sukkulenten. Drei emporgehaltene Finger. Drei Whisky, Amigo. Mach drei Särge fertig (Eastwood zum Sargtischler). Was für Sukkulenten? Sulke diskutierte mit El Schello, der bei uns die Karten abriß, Plätze anwies, handwerkte und saubermachte, El Schello, nichts weiter, er wurde von allen so genannt und nannte sich selbst so, und ob das ein verballhornter Vorname, ein Spitzname oder ein Nachname war, erfuhr ich nie. El Schello war ein langer Kerl, dürr wie eine Hopfenstange, und wie der zugehörige Hopfen rankten seine Kleider um ihn herum, die er mit rosafarbenem Cordsamt von Muriel hatte flicken lassen, rosafarbener Cordsamt mußte es sein, El Schello bewunderte die rosafarbene Unterwäsche, die viele Westernhelden und die Soldaten der Nordstaatler trugen. Auch El Schello liebte die Western, allerdings nicht die Italowestern wie Sulke und ich, sondern die amerikanischen, die wiederum Sulke und ich nicht mochten. Wir hielten sie für behäbige Western mit Bierbauchsheriffs. Der Western kommt aus Italien, kein John Wayne, James Stewart, Henry Fonda, kein »Zwölf Uhr mittags« und kein Burt Lancaster konnte uns davon abbringen. »Highplains drifter«, Eastwoods zweite Regiearbeit, ist die Ausnahme, aber Eastwood gehört zum Italowestern. Der Western aus Italien kommt wiederum aus Japan, aus Kurosawas »Yojimbo« mit Toshiro Mifune, der erste Film der Dollartrilogie ist davon so sehr beeinflußt, daß Kurosawa Tantiemen verlangte und wohl auch bekam. Der moderne japanische Schwertkämpferfilm, die epischen Samuraisagas vom blinden Zatoichi oder von Ishi, der blinden Schwertkämpferin, sind vom Italowestern beeinflußt, so schließen sich die Kreise. El Schello wollte vom Italowestern nur die Hill-Spencer-Filme sehen. Er fand es schrecklich, daß Ramon Rojo sich eine Frau, Marisol, einfach nahm und Mann und Sohn wehrlos zusehen mußten, konnte es nicht ertragen, einen Mann mit der Schlinge um den Hals auf den Schultern eines kleinen Jungen, seines Bruders, stehen zu sehen (wie in »Spiel mir das Lied vom Tod«, Fonda der Böse: Keep your lovin' brother happy und steckt dem Jungen eine Mundharmonika in den Mund), irgendwann würde der Junge schwach werden und umfallen. El Schello war Heimkind gewesen, Vater unbekannt, die Mutter hatte Selbstmord begangen, Großeltern und sonstige Verwandte gab es nicht mehr.

Ich ging durch die sommerheißen Straßen, trug Hut und rosafarbenen Sonnenschirm. Der Hut war kein Stetson, Hutmacher Lamprecht am Lindwurmring hatte ihn nach meinen Angaben gefertigt. Ich wollte eine Kopie meines Lieblingswesternhuts, schwarz mit breiter Krempe, es war der von Franco Nero im ersten »Django«, ich war ja Django, war der Highplains Drifter, war der Mann mit dem rosaroten Sonnenschirm. Den Hut aufgesetzt, den Sonnenschirm aufgeklappt, im Staubmantel eine Kaffeeflasche und eine Brotbüchse: so näherte ich mich dem Urania und wußte, daß sie warten würden, die Freaks und Westernbesessenen, die Romantiker und Verrückten, wie ich einer war.

5.8.2015 Mittwoch: Chronos

... als ob

die Zeit verging, wenn Eisblumen an den Fenstern krochen und das Geräusch der in die Öfen geschütteten Kohlen mich wach bleiben ließ, wenn die Gedanken, in den Sommern, den Totensommern der vergangenen Jahre, in den Zimmern strandeten, unruhig von Hell und Dunkel, wenn die Uhren Schlaf und im Schlaf Aufstehen befahlen, nimm deinen Platz ein in der Mühle, zieh im Kreis und leb dahin, dem Tod entgegen, so verkreiselten Jugend, Reife, Alter, so kamen und gingen die Tage im vierzigsten Jahr der Republik, so klopften die Nächte an, kaum daß es Morgen war, so endete der Frühling und hatte keine Erinnerung, die Pförtner hockten in ihren mit Schlagbaum gesicherten Katakomben, die neue Schicht stellte die Maschinen an, Stahlfossile, deren Bestandteile sich schlottrig und von Fieberkrämpfen geschüttelt zu den Gesängen des Fortschritts fanden.

Siebenter Oktober
In der vogtländischen Stadt Plauen hatte es eine Demonstration gegeben, Anne hatte über Megaphon zu Besonnenheit, zu Gewaltfreiheit aufgerufen. Die Berufsfeuerwehr bekam den Befehl, die Demonstranten mit Löschfahrzeugen auseinanderzutreiben, was viele unbeteiligte Menschen so erbitterte, daß sie sich dem Demonstrationszug anschlossen. Einem Superintendenten gelang es, die aufgebrachte Menge zu beruhigen. Die Freiwillige Feuerwehr stellte sich auf die Seite der Demonstranten, verweigerte alle weiteren Befehle zum Auseinandertreiben. Viele Polizisten und Soldaten hatten sich zurückgezogen: am siebenten Oktober, dem Tag der Republik, war Plauen eine befreite Stadt. Demonstranten liefen den Altstadtberg hinauf, jubelnd, wohl auch erstaunt über ihren Sieg, den sie nach den Augenblikken der Euphorie bald wieder mit Angst bezahlten.

Das Politbüro tagte,
das Politbüro, von dem außerhalb der inneren und innersten Kreise kaum jemand etwas wußte, etwas, das hieß: Genaueres, als die Nachrichtensendung »Aktuelle Kamera« verbreitete an jedem Tag um neunzehn Uhr dreißig (diese Uhrzeit, damit, wurde gemunkelt, zwischen den »heute«-Nachrichten und der »Tagesschau« einige Zuschauer außer Raum Dresden vor den Bildschirmen blieben), das Politbüro also kam zusammen, alte Männer, ratlos, verwirrt, der Erklärung nach zu urteilen, die am Abend des elften Oktober verbreitet wurde, der Sozialismus braucht jeden, schrieb das Politbüro, das ließ aufhorchen, bislang war es dem Politbüro ziemlich gleichgültig gewesen, wer im Land war und wer nicht, wer warum wie gehen oder bleiben wollte oder durfte oder konnte, ich erinnerte mich an den

Tränen-Satz vom 2. Oktober (»wir weinen ihnen keine Träne nach«, ihnen: den Ausgereisten und Ausreisenden, ihnen: die es nicht mehr hielt im Lande), der Tränen-Satz, gesprochen vom Genossen Generalsekretär, hatte die Wut in einem Maße angefacht, daß selbst viele Genossen unten, an der Basis, also dort, wo das Volk lebte, ihre Erbitterung darüber, was »die da oben« so trieben, verzapften und daherschwafelten, nicht mehr verbergen wollten, die Wut kroch durch die Gesellschaft und verschwisterte sich mit dem Haß: all das wegzufegen, all die verkalkten Bonzen »da oben« endlich zu stürzen, ihnen (das andere ihnen) ein für allemal zu zeigen, daß sie unrecht hatten, gelogen hatten, die Wirklichkeit verdrehten, Verbrecher waren, mit denen man fertig werden würde, Haß bis aufs Blut, Haß auf »die anderen«, »die da oben«, »Konterrevolutionäre«, »Faschisten«, »rote Socken«.

Achter Oktober
Um fünfzehn Uhr sollte auf dem Theaterplatz in Dresden eine Demo beginnen. Anne holte Flugblätter aus der katholischen Pfarrei Zschachwitz.

Sie wußte nicht, wohin Christian gebracht worden war, wann und ob er freigelassen werden würde. Sie hatte Meno gebeten, nachzufragen, der Bruder hatte seine Kanäle, wie er sagte, sie fragte nicht weiter nach.

Sie wußte auch nicht, daß die Bezirksverwaltung der Staatssicherheit am Vormittag gezielte Verhaftungen vorgenommen hatte. Ihr Name stand auf einer Liste, war aber durchgestrichen worden. Ein Telefonat der Bezirksbehörde mit dem Sekretariat von Barsano hatte ergeben, daß das auch so bleiben solle. Telefonnotiz, Fragezeichen, Verwunderung. Der Chef der Bezirksverwaltung machte eine wegwischende Bewegung. Man werde alle kriegen, keine Sorge.

– Machen Sie einen Vermerk, Genosse, wie die Dinge hier laufen, ich rufe jetzt den Genossen Minister an.

Anne legte die Flugblätter in den Lada. Das Graubraun der Elbhänge, der Fernsehturm, auf den Wiesen Spaziergänger. Meno hatte Anne eine Warnung von Jochen Londoner weitergegeben, aus einer Parteiversammlung bei Barsano: Ein sogenannter Zentraler Zuführungspunkt war auf der Kurt-Fischer-Allee eingerichtet worden. Während der im Rathaus stattfindenden Feierlichkeiten zum vierzigsten Jahrestag der Republik zog eine Demonstration vom Hauptbahnhof über die Prager und die Ernst-Thälmann-Straße in Richtung Pirnaischer Platz, schwenkte in die Leningrader Straße, diszipliniert, feierlich, ohne den Blumenschmuck und die Festbühnen zu beschädigen. Rufe: »Bruder, schlag nicht« und »Vater, schlag nicht«, vor dem Rathaus »Wir sind das Volk« und »Schämt euch«. Im Rathaus nahmen fast nur ausländische Gäste an den Feierlichkeiten teil, die meisten Künstler der Stadt hatten sich geweigert, im Rathaus aufzutreten.

Republikgeburtstag am siebenten Oktober: Auszeichnungen wurden an »verdiente Werktätige« vergeben, es gab ein Fest, von einer Tribüne versicherte der erste Mann der Stadt den Abordnungen, daß der Sozialismus auf einem guten Weg sei.

Das Politbüro erklärte,
es werde weiter gegen konterrevolutionäre Bestrebungen vorgehen, es lasse sich nicht erpressen, die gute Sache läßt sich nicht erpressen, die richtige Seite ist nicht die falsche, die richtige Seite stellt sich der Diskussion, mit allen erfor-

derlichen Formen und Foren der sozialistischen Demokratie, die man noch umfassender nutzen kann, doch sagte das Politbüro auch, daß es gegen Vorschläge und Demonstrationen sei, hinter denen die Absicht steckte, Menschen irrezuführen und das verfassungsmäßige Fundament des Staates zu ändern, das Volk habe sich für immer für den Sozialismus entschieden. Im Forum wurde diskutiert, was diese Erklärung zu bedeuten habe, Säbelgerassel, gewiß, aber die Säbel klangen rostig, die Hände, die sie führten, zitterten, es gab, wenn auch noch so unscheinbar, Signale der Veränderung: alle erforderlichen Formen und Foren der sozialistischen Demokratie, wobei das Wörtchen »alle« und das Attribut »sozialistisch« die Zügel anzogen, Vorsicht, sagte das Lesegedächtnis des homo socialisticus, jedes Wort ist wichtig, jedes Wort wurde abgewogen, aber dennoch: das war nicht mehr der gewohnte Ton, wir horchten auf.

Elfter Oktober
Kundgebung an der Humboldt-Universität, Studenten sammelten Unterschriften für das Forum, dafür drohte ihnen Exmatrikulation. Genossen, ganze Parteiorganisationen, schrieben Briefe an das Zentralkomitee, forderten das Ende der bisherigen Meinungspolitik, innerparteiliche Demokratie, Eigenverantwortung für die Betriebe, sozialistische Rechtsstaatlichkeit, die in der Verfassung garantierten Grundrechte, ein neues Wahlsystem. Philipp Londoner stach das eine und andere durch, lancierte es in den Hermes-Verlag, damit es über Meno zu Judith vordrang, gab es unterderhand an Journalisten weiter. Die Freie Deutsche Jugend, die sogenannte Kampfreserve der Partei, hatte die Studenten nicht mehr im Griff, versuch-

te, gemeinsam mit der Staatssicherheit, die sich bildenden unabhängigen Studentenvertretungen zu unterwandern, FDJ-Chef Aurich, biste traurich, sangen Leipziger Studenten, Aurich war ein schon nicht mehr junger Mann im Blauhemd der Freien Deutschen Jugend, das Emblem mit der aufgehenden Sonne auf dem linken Ärmel, und vor Aurich war es Krenz gewesen, der diese Montur getragen hatte. Muriel hatte sie nicht getragen. Ich hatte sie nicht getragen. Mich erinnerte die Kluft an Lagerfeuer und Zelte, aber auch an die braunen Hemden der Hitlerjugend, auch das war eine Kampfreserve gewesen. – Wie kannst du das miteinander vergleichen! empörte sich Alexandra.

Siebenter Oktober
Semperoper, »Fidelio«, Regie Christine Mielitz, nach dem Gefangenenchor am Ende des ersten Akts stand das Publikum auf und klatschte minutenlang.

Die Demo zog in Richtung Dimitroffbrücke, schwenkte, abgedrängt von Polizei und Stasileuten, auf die Uferstraße der Altstädter Elbseite. Wer verhaftet wird, ruft laut seinen Namen. Keine Gewalt.

Anne und ich gingen untergehakt, ich hatte das Gefühl, getragen zu werden, eine Welle von Euphorie und Triumph, links und rechts wurde verhaftet, ich hatte kaum geschlafen. Rufe: Schließt euch an, wir brauchen jeden Mann. Wir bleiben hier. Perestroika. Auf der Kunstakademie die goldene Fama, die ihre Fanfare in den Himmel reckte.

Der Demonstrationszug teilte sich. Wir hatten den Eindruck, daß viele Stasileute mitmarschierten und die Aufspaltung steuerten, ein Teil des Zuges bog an der Rudolf-Friedrichs-Brücke in die Pillnitzer Straße in Richtung Fetscherplatz ab, der andere Teil bewegte sich an der Schießgasse mit dem Volkspolizeikreisamt vorbei, einem Betonklotz mit kupferfarbenen Fenstern, ließ Rathaus und Altmarkt hinter sich, sammelte sich auf der Prager Straße. Die Polizei sperrte die Straße vor dem Interhotel »Newa«, kesselte die Spitze des Zuges ein.

Die Prager Straße war breit, zugig, modern, der Pusteblumen- und der Schalenbrunnen waren in Betrieb. Aus vielen Fenstern der Interhotels »Newa«, »Lilienstein«, »Königstein« schauten Gäste, auf den Balkonen der Prager Zeile, eines zweihundert Meter langen, wie die Hotels gegenüber zehngeschossigen Wohnblocks, standen Schaulustige.

Kaplan Ruge stieg auf den Rand eines Springbrunnens. Die Fontäne wurde abgestellt, als Ruge zu sprechen begann. Er war schlecht zu verstehen, stieg vom Brunnen, hielt bereits ein Megaphon in der Hand, doch hing es an einer Schnur um den Hals eines Polizisten. Der weigerte sich, das Megaphon abzubinden, so daß Kaplan Ruge in gebückter Haltung, um den gedehnten Hals des Polizisten nicht zu gefährden, zu den Demonstranten sprach. Er bat, zehn Personen für ein Gespräch mit dem Oberbürgermeister zu bestimmen. Anne wußte, daß der einerseits der falsche Ansprechpartner war, aber es war illusorisch zu glauben, daß Barsano oder gar ein hoher Genosse aus Berlin mit den Demonstranten hätte sprechen wollen. Andererseits war es ein guter Schachzug von Ruge, den Oberbürgermeister zum Gespräch zu bitten, es suggerierte, daß es um örtliche, nicht um grundsätzliche Angelegenheiten ging und daß man die Staatsmacht nicht gleich bis hinauf zum Genossen Generalsekretär herausforderte.

Was sie, die Demonstranten, natürlich taten.

Aber man konnte, wenn man Berger ansprach, so tun, als wäre es nicht so, und so vielleicht etwas erreichen. Berger handelte nicht autonom, er konnte, das wußte Anne nicht nur von Kurt und Ulrich, keinen Schritt tun, ohne sich mit Barsano und über diesen mindestens mit den sowjetischen Genossen abzustimmen. Die sowjetischen Genossen blieben vorläufig im Hintergrund. Philipp Londoner, der guten Kontakt zu ihnen hatte, war der Meinung, daß sie Barsano und über ihn Berger, der seit einigen Tagen im Volk auch Bergatschow genannt wurde, nicht nur gewähren ließen, sondern deren Abweichlertum stillschweigend unterstützten. Auf Kaplan Ruges Bitte meldeten sich etwa fünfzig Demonstranten, darunter Anne und ich. Ruge schlug vor, möglichst viele Altersgruppen und Berufe zu versammeln. Die Führung sollte sehen, daß das hier das Volk war und nicht eine Randbewegung, die man als solche behandeln konnte. Die Demonstranten bestimmten zwanzig Personen. Anne hatte nach der ersten, spontanen Meldung gezögert, vielleicht war es nicht gut, wenn sie als Vertreterin des Neuen Forums zu den Gesprächen ging, vielleicht erwies sie damit dem Anliegen der Gruppe einen Bärendienst, Judith, Nina, Anne und viele andere Vertreter des Dresdner Forums verstanden sich durchaus als die Opposition, die man hier, zumindest in einem Gespräch mit Berger, nicht sein wollte: keine Provokation, Gewalt vermeiden.

Wir wurden aufgefordert, unsere Personalausweise abzugeben. Ein Leutnant notierte sich die Personalien. Kaplan Ruge forderte eine zweite Liste, sie sollte in einem Kirchenamtsraum deponiert werden. Nach geltendem Recht waren Anne und ich nun Rädelsführer, mußten mit Verhaftung und Verurteilung rechnen. Ich wollte, daß es keine Gewalt mehr gab. Daß Christian freikam. Gerechtigkeit für Muriel und meine Eltern. Daß ich sagen konnte, was ich wollte, ohne Nachteile. Daß die Lügen aufhörten. Daß dieser Staat seine Bürger freiließ und nicht mehr als Eigentum betrachtete.

Ein Auto näherte sich mit Blaulicht. Superintendent Rosenträger, Landesbischof Heerdegen und zwei weitere Männer stiegen aus, einer der beiden sprach mit einem Polizeivertreter. Rosenträger bekam das Megaphon. Der Oberbürgermeister hatte sich bereit erklärt, die Bürgervertreter am nächsten Morgen um neun Uhr im Rathaus zu empfangen. Es sollte wie ein Entgegenkommen aussehen, daß nicht die Demonstration ihn gezwungen hatte, mit ihren Vertretern zu sprechen, sondern daß er ihnen die Gunst erwies, sie überhaupt anzuhören und damit in gewisser Weise anzuerkennen. Die Demonstranten sollten zu ihm kommen, nicht er zu ihnen.

Rosenträger bat die Demonstranten, nach Hause zu gehen, freies Geleit sei ihnen zugesichert.

Sozialistische Partei- und Manövertaktik: Was wie Hochmut aussah, war in Wahrheit eine Verbündung, in der Form, die Berger zur Zeit wohl möglich war, wenn er nicht den Kopf verlieren wollte. Der Form halber mußte er auf den alten Formen bestehen, auch er befand sich in einem Schußfeld, und die Bürgervertreter mußten klug genug sein, Bergers Beharren auf der Form nicht zu ernst, sondern als Maskierung zu nehmen, die vor den eigenen Leuten schützen sollte.

Ob das veröffentlicht werde, Herr Superintendent Rosenträger.

In folgenden Kirchen: Kreuzkirche, Kathedrale, Versöhnungs- und Christuskirche, morgen um zwanzig Uhr.

Wann das in der Zeitung stehe.

Der Oberbürgermeister habe zugesagt, daß die Zeitungen darüber berichten.

Die Demonstration begann sich aufzulösen, die Polizisten zogen sich zurück.

Elfter Oktober
Die Zeitung ›Junge Welt‹ druckte einen Bericht über ein Treffen von Musikern, darunter Toni Krahl von der Rockband »City«, Tamara Danz von »Silly«, André Herzberg von »Pankow«, der Liedermacher Gerhard Gundermann, Eberhard Aurich, Chef der Freien Deutschen Jugend, bei diesem Treffen sei es, so die ›Junge Welt‹, vor allem um neue Auftrittsmöglichkeiten gegangen, die Musiker hätten nicht beim Forum unterschrieben. Judith suchte Krahl auf, der sich empört über die Darstellung in der ›Jungen Welt‹ zeigte, sie, die Musiker, seien betrogen worden. Judith alarmierte sämtliche Bekannte, ließ über die zur Verfügung stehenden Telefone verbreiten, daß die ›Junge Welt‹ eine Falschdarstellung gebracht habe, wir hatten kein Facebook, kein Twitter und keine Mails, wir hatten Kontakttelefone, Mundpropaganda, mit Trabis reisende Pfarrer, Brieftauben, wir hatten Westkorrespondenten (oder hatten sie uns?), die unsere Anliegen über ihre Kanäle weitergaben, am dreizehnten Oktober druckte die ›Junge Welt‹ eine Gegendarstellung der Musiker ab, zentraler Punkt der Diskussion sei nicht die Vereinbarung von neuen Auftrittsmöglichkeiten, sondern der Dialog über Inhalt und Veröffentlichung ihrer Resolution gewesen und »daß wir den Versuch von Bürgern unseres Landes, sich basisdemokratisch zu organisieren, ausdrücklich begrüßen«.

Noch immer lagen, am neunten Oktober,
von Wasserwerfern aufgeweichte und zerfetzte Pappschilder auf den Bahnsteigen, Pflastersteine, die Wurfgeschosse gewesen waren, Glassplitter unter erblindeten Anzeigetafeln, Spuren der Nacht, in der die Flüchtlinge aus der Prager Botschaft über Dresden in den Westen gebracht worden waren und panische Menschenmengen versucht hatten, die Ausreisezüge zu stürmen. Auf einem der Gleise hatte Anne einen Schlagstock entdeckt, Judith war vor den Augen einiger Reichsbahner hinuntergeklettert, um sich dies volkseigene Prügelobjekt, wie sie sagte, als Andenken mitzunehmen, für ruhigere Zeiten. Wir waren auf dem Weg nach Leipzig, Anne und Judith saßen einander schräg gegenüber, man konnte so die Mitreisenden auf beiden Seiten beobachten. Judith biß in einen Apfel, der Apfel knackte bei ihren gierigen, lebenshungrigen Bissen, und Anne sagte mir später, wir standen draußen im Gang, daß sie daran gedacht habe, ob Judith wohl auch so liebte und ob Judith wohl etwas für Richard gewesen wäre, geeigneter als sie, die kleine Krankenschwester, die man im Viertel, wie sie wußte, entweder bedauerte oder für unbedarft hielt, manche sagten auch, sie habe selbst schuld an ihren Problemen mit Richard, hätte sie mehr auf sich gehalten, hätte Richard keinen Grund gehabt, sich nach anderen Frauen umzusehen. Judith hatte inzwischen braunes Haar.

– Wie geht's euch, fragte Anne.

Judith blies durch die Nase, wie Erwachsene es vor Kindern tun, die dummes Zeug daherreden. Über Großenhainer und Hansastraße näherte sich der Zug dem Bahnhof Neustadt. In der Hansastraße, in einem Klinkerhäuserzug, der nach Flaggenmeer und Autokorso aussah, hatten

Richard und Anne ihre erste Wohnung gehabt, anderthalb Zimmer ohne Bad und fließend Wasser, eigentlich für Eisenbahnerjunggesellen gedacht und eigentlich gar keine Wohnung, sondern ein abgetrennter Teil des Dachbodens mit Kochnische (ein Siemenskohleofen, der gleichzeitig die Wohnung heizte, in der es durch alle Ritzen pfiff und zog), Toilette eine Treppe tiefer, für die sie keinen Schlüssel gehabt hatten, man mußte bei Nachbarn klingeln, und was, wenn die nicht da waren, aber wozu war Richard gelernter Schlosser, bald kam die Frau des Nachbarn zu ihnen, um zu klopfen (eine Klingel gab es nicht), der Nachbar, der Urlaub in den Fahrständen sowjetischer Eisenbahnzüge machte, hatte im Suff den Schlüssel das Klo hinuntergespült.

Hechtviertel, Pieschen, Mickten mit Straßenbahnhof, Werkstätten, Industrieanlagen, rechts, im Industriegebiet, das Krankenhaus Neustadt, wo Anne als Kinderkrankenschwester arbeitete. Lucie, Richards außereheliche Tochter, war auf ihrer Station vor einigen Tagen in Behandlung gewesen, elf Jahre alt und ihrem Vater wie aus dem Gesicht geschnitten. Radebeul mit den Hängen der Lößnitz, dem Spitzhaus auf den Weinbergen, die letzten Ausläufer der Stadt. Vor dem Abteil stand ein Reisender auf dem Gang, rauchte, hielt bei heruntergelassenem Fenster das Gesicht in den Fahrtwind, der Zug war werktäglich leer. Am späten Nachmittag und gegen Abend würde er sich füllen. Gleise, die sich geschmeidig ineinander- und wieder auseinanderflochten, Coswig mit seinem Stellwerksturm kam in Sicht, die Cosid-Kautasit-Werke, dann das flache Land vor Großenhain und Riesa, geduckte Häuser, Feldwege, Pappeln am Horizont.

Leipzig Hauptbahnhof, krächzte es aus einem Lautsprecher. Zuletzt hatte Anne diesen Bahnhof vor fast fünf Jahren gesehen, am Abend von Regines Ausreise, als sie gemeinsam auf den Zug gewartet hatten, der die Freundin und ihre Kinder in den Westen bringen sollte.

An den Straßenbahnhaltestellen wurden Schilder angebracht, daß die Bahnen heute abend vorübergehend nicht verkehren würden. Die Polizei wollte die Innenstadt ab siebzehn Uhr abriegeln.

In den Nebenstraßen standen Reisebusse mit Uniformierten, sie schienen auf einen Einsatzbefehl zu warten. Vor der Nikolaikirche stand bereits eine Menschenmenge. Magirius, der Superintendent und zweite Pfarrer von St. Nikolai, war unter den Oppositionellen umstritten, anders als der erste Pfarrer, Führer, der deutlicher gegen die alten Kräfte Position bezog. Anne las den von der Gruppe der Zwanzig verfaßten Text vor. Es wurde abgestimmt, ob der Text heute abend in der Nikolaikirche verlesen werden dürfe. Die Kirche, so Magirius, sei von eingeschleusten Personen besetzt. Anne heftete sich eine Gerbera an den Mantel. Judith kam nicht.

Schongscht bschmie wschtschynie

In Polen Kriegsrecht Anfang der Achtziger, landesweite Streiks, in Krakau heulten die Fabriksirenen, die Arbeiter standen mit gereckten Fäusten.

In einer Augustnacht durchquerten Anne und Judith die Neiße, hatten Görlitz gemieden, obwohl die Neiße dort im Sommer oft Niedrigwasser hatte. Sie hatten kein Visum bekommen und wollten nach Warschau, um sich mit Bürgerrechtlern zu treffen. Zwei Männer sprachen unnatürlich laut, einer begann zu pfeifen, der andere fiel ein.

– Die wollten uns warnen, sagte Judith. Unsere Leute lauern drauf, daß sie dich erwischen. Die Polen wollen dich nicht erwischen.

Auerhähne stolzierten im Warschauer Bahnhof. Passanten klappten ihre Mantelkragen auf, musterten die Entgegenkommenden. Anne sah bunte, im Stoff befestigte Röhrchen. Judith wollte zur Kirche des vom polnischen Geheimdienst ermordeten Priesters Popiełuszko.

– Eine große Figur, ein begnadeter Redner, das Volk ist zu ihm geströmt. Es gibt nicht nur die Solidarność. Leute wie Mazowiecki und der Philosophieprofessor Józef Tischner aus Krakau kommen aus dem KOR, Komitee zur Verteidigung der Arbeiter. Viele Rechtsanwälte sind dabei, beraten die Solidarnośćleute.

Die Wohnung war klein und brechend voll. Judith sagte ein paar Worte auf polnisch. Judith wollte den Kontakt zum polnischen Untergrund verstärken, seine Arbeitsweise kennenlernen, vor allem das Zusammenwirken von Arbeitern und Intellektuellen, wollte sich mit einem polnischen Möbelstück vertraut machen, dem Runden Tisch. Sie berichtete von den Fälschungen bei den ostdeutschen Kommunalwahlen im Mai und von der Arbeit der Forumgruppe in Dresden. Dann sollte Anne sprechen, Judith würde übersetzen, Anne erkannte kaum die Gesichter in dem völlig verrauchten Raum, berichtete von den vielen Schwierigkeiten und von den kleinen Erfolgen, spürte Wohlwollen. Sie bat um Entschuldigung: Sie spreche in einer Sprache, die in Polen nicht beliebt sei. Plötzlich wandten sich alle Köpfe zur Tür, Wałęsa kam, die lebende Legende, der Solidarnośćführer von der Leninwerft in Danzig. Er schien sich nicht wohl zu fühlen in seinem Anzug, strich über seinen Schnurrbart, gab Judith die Hand wie einer, der die Anerkennung, aber auch die Vorsicht einer solchen Geste kennt.

Im Badezimmer wurde gedruckt, Flugblätter trockneten an Wäscheleinen über der Badewanne. Die Druckerpresse stammte aus einem Museum, das Papier aus der Druckerei einer Zeitung.

– Schongscht bschmie wschtschynie. Ein Käfer zirpt im Schilf, sagte Judith.

– Alle, die ein Angebot von einer staatlichen Institution annehmen, werden von der Solidarność boykottiert. Einem Schauspieler seine Verachtung zeigen: hier wird geklatscht. Ununterbrochener Beifall. Der Schauspieler steht auf der Bühne, und kein Wort von ihm ist zu verstehen.

– Diese Röhrchen an den Mantelkragen, sagte Anne.

– Ihr Zeichen: Widerstände aus alten Radios.

Elfter Oktober

Die stellvertretende Chefredakteurin der ›Jungen Welt‹ veröffentlichte einen Artikel mit der Überschrift »Henrich! Mir grauts vor dir!« Rolf Henrich, den die Stellvertreterin ansprach, war einer der Begründer des Forums, gelernter Bergmann, Rechtsanwalt, SED-Parteisekretär seines Anwaltskollegiums in Eisenhüttenstadt, sein Buch »Der vormundschaftliche Staat« war im Westen erschienen, Henrich wurde aus dem Anwaltskollegium und der Partei ausgeschlossen. Das Buch kursierte in vielen Exemplaren, Meno hatte über seine Verlagskontakte eins bekommen und verborgte es freigebig, Philipp Londoner kritisierte die seiner Meinung nach allzu verwaschenen ökonomischen Schlußfolgerungen, in Nina Schmückes Kreis wurde das Buch neben Bahros »Alternative« und Texten von Havemann diskutiert, und nicht nur dort, sondern auch, wie ich von Alexandra erfuhr, im Politbüro, Egon Krenz, der Kronprinz und kommende Staatsratsvorsitzende, leitete die Sitzung, die sich mit einem Buch beschäftigte, Henrichs »Staat«, Krenz schlug vor, ein Gutachten von der Staatssicherheit anfertigen zu lassen und Henrich vorläufig nicht zu verhaften, der Genosse Generalsekretär habe seine Paraphe an Krenz' Schriftstück gesetzt und »Richtig!« danebengeschrieben. In seiner dunklen Lederjacke sah Rechtsanwalt Henrich seinen Kollegen Sperber, Joffe, Delanotte nicht ähnlich, er sah in dieser Lederjacke wie einer aus, der Rechtsanwälte braucht, Judith schätzte seinen scharfen, unabhängig denkenden Geist. Der Artikel der Stellvertreterin erregte nicht nur meine Wut, Thekla Oder schrieb einen empörten Brief, Judith ging mit einem Krug Urin in die Redaktion, schüttete ihn über den Konferenztisch.

Neunzehnter August, paneuropäisches Picknick in Sopron, für drei Stunden war der Eiserne Vorhang geöffnet worden, siebenhundert Menschen flohen in den Westen.

Vierzehnter Oktober

Erstes landesweites Koordinierungstreffen des Forums, über hundert Teilnehmer aus vierundzwanzig Städten, vereinbart wurde der Aufbau basisdemokratischer Strukturen.

Neunter Oktober

Leipzig schien zu warten, sich auf den Abend vorzubereiten. Anne und ich hatten Flugblätter im Gepäck und dachten, daß wir größere Chancen hatten, durch die Kontrollen zu kommen, wenn wir es einzeln versuchten. Anne hatte einen Strauß gelbe Gerbera gekauft, es war ihr vierundvierzigster Geburtstag.

Wir rechneten mit Umwegen, Kontrollen, Verhaftungen, Gewalt, aber nicht mit diesen Menschenmengen, die aus allen Straßen, Häusern, Betrieben herbeiströmten und sich schon weit vor dem Zentrum zu Demonstrationszügen zusammenschlossen. Den Polizeikordons, die noch auf Abstand hielten, den LKW, die mit heruntergelassenen Planen in Seitenstraßen warteten, wichen die Demonstranten aus.

Die Uhren, mir war, als ob ich die beiden Glockenschläger auf dem Krochhochhaus hörte, die einen hämmernden Takt vorgaben, der uns in das Kochen und Brodeln trieb, das nichts mit den üblichen Abendgeräuschen einer ostdeutschen Großstadt zu tun hatte, es war, als ob die Ausläufer eines Mahlstroms uns, die wir noch gut einen Kilometer von der Innenstadt entfernt waren, erfaßten und uns, unwiderstehlich, in sein Auge sogen, links und rechts kleinere Demonstrationszüge wie glühende, auf den Stadtkern zutreibende Flöße. Von einem LKW in einer Seitenstraße sprangen Häscher, rannten auf die Demonstranten zu. Die Schreie hörten sich anders als in Dresden an, hier triumphierte der für meine Ohren häßliche Singsang des Leipziger Sächsisch mit seiner Neigung, einen Wortklang durch Stimmschwankungen auszubeulen, einen Satz in Gebrumm zu zerweichen wie eine Semmel in Suppe, ihm zu allem Überfluß noch eine Heulschleife anzuhängen, eine Art Indianergemaul, von karikaturhaft vorgeschobenen Kinnladen produziert, so daß man nicht zur Kirche, sondern »zor Gärsche« strebte, jetzt allerdings rannten wir, schlüpften in einen Hausflur, der stockfinster war, der Geruch ausgeblasener Kerzen hing in der Luft. Als von draußen nichts mehr zu hören war, kein Schrittgetrappel, keine Schreie, kein Motorengeräusch, flammte

Licht auf, lemurenhafte, wie aus verbotenem Treiben geschreckte Gestalten bevölkerten das Treppenhaus.

– Wir sind ä Volk, hörte ich. Nu aber naus.

Am fünften Oktober

trieben Polizisten die Zugeführten, wie sie die Verhafteten nannten, mit Knüppelhieben von der LKW-Ladefläche vor ein flaches, schuppenartiges Gebäude bei Bautzen. Einzeln eintreten. Leibesvisitation. Frauen links an die Wand, Männer rechts, Arme hoch, Beine auseinander! Nach stundenlangem Stehen sperrte man die Verhafteten in Boxen, es handelte sich um einen ehemaligen Pferdestall, links die Frauen, rechts die Männer, je zu zehnt. Der Pferdestall mußte, den Echos der Schritte und der Schreie nach zu urteilen, ziemlich groß sein. Die Verhafteten bekamen weder Nahrung noch Decken, auf dem Boden lag feuchtes Stroh. Setzen verboten, reden verboten.

Jedesmal, wenn die Tür aufgerissen wurde und neue Verhaftete hineinstolperten, dachte ich, daß wir weggebracht und irgendwo vor einer Wand abgeknallt werden würden, einfach weil man Platz brauchte.

Hin und wieder holten die Polizisten jemanden heraus, der gesprochen hatte oder austreten wollte, der auf irgendeinem Recht zu bestehen wagte, prügelten, schleiften den Leib zurück in die Box. Ich suchte Anne, sie hatte auf dem Lastwagen über mir gelegen. Ich mußte austreten, ich hätte es mir, sagte ein Aufpasser, vorher überlegen sollen.

Ein junger Mann neben mir protestierte, der Aufpasser zog ihn heraus, ich konnte ihn bei der Prügelorgie beobachten, die er, vielleicht absichtlich, nicht in einer dunklen Ecke, sondern unter einer Stallfunzel abzog.

Er drosch auf den jungen Mann ein, der das Schwerter-zu-Pflugscharen-Abzeichen trug, Angst und Befriedigung lagen auf dem Gesicht des Polizisten, auch der war jetzt frei.

Nach vielen Gummiknüppelklatschern, die schon gar keine Reaktion des wahrscheinlich bewußtlosen jungen Mannes mehr bewirkten, schien die Angstlust auf dem Gesicht des Polizisten von einer Art Dankbarkeit abgelöst zu werden, er setzte sich auf eine Obstkiste, wirkte müde.

Am sechsten Oktober
wurden Anne und ich freigelassen, man warf uns irgendwo vor Dresden aus dem Lastwagen. Der Beifahrer, ein Offizier, beugte sich aus dem Fenster:

– Beim nächsten Mal stellen wir euch an die Wand.

Sechster Oktober, Judith, Nina Schmücke und Anne bereiteten mit Schauspielern, dem Regisseur Wolfgang Engel, technischen Mitarbeitern des Dresdner Schauspielhauses eine Protestresolution vor, abends, nach der Vorstellung im Kleinen Haus in der Togliattistraße, verlas das Ensemble die Resolution »Wir treten aus unseren Rollen heraus«. Das Publikum spendete stehend Beifall, Schauspieler schenkten dem Publikum Blumen, die das Publikum den Schauspielern zurückschenkte.

Sag mir, wo du stehst
Am neunten Oktober traf Meno Philipp Londoner in dessen Leipziger Wohnung.

– Eine Posse ist das, ein Spuk und Wahnwitz, eine Konterrevolution. Und du bist dabei, schimpfte Philipp.

– Sag den Genossen, daß es keine Gewalt geben darf. Keine chinesische Lösung.

– Was glaubst du, was drüben passieren würde, wenn

solche Angriffe auf ihren ach so demokratischen Staat geschähen? Fahren da keine Wasserwerfer auf? Steht keine Polizei da? Du solltest mehr Westfernsehen sehen.

– Judith ist verhaftet worden.

– Die Krawallmacher sind nicht von Bedeutung, sagte Philipp. Unzufriedene gibt es überall, vor allem Intellektuelle. Die Arbeiter sind auf unserer Seite.

– Du bist doch kein Betonkopf, Philipp.

– Sag mir, wo du stehst! Wir können es uns nicht mehr leisten, feinsinnig über unseren feinsinnigen Abhandlungen zu brüten. Philipp ließ sein Feuerzeug heftig zuklicken, blies eine Rauchwolke zur Decke. Wir haben dich machen lassen. Vater meckert auch rum, aber Urlaub in Taormina, Westhonorare, seine Texte erscheinen hüben wie drüben, und ohne Retuschen. Glaubst du, im Westen kannst du Bücher wie bei Hermes machen? Mit aller Zeit der Welt, um jedes Komma durchzusehen?

– Ihr habt mich machen lassen. Wer ist: Ihr?

– Der Staat. Das System. Philipp zuckte die Achseln. Nenn's, wie du willst. Ich habe mich entschlossen, was zu tun, dabeizusein, mein Teil der Verantwortung zu übernehmen. Ich bin Nomenklatura, lieber Meno, und ganz bewußt. Wer verändern will, sollte nicht nur reden. Vater und du, ihr steht hübsch außerhalb, genießt die Privilegien.

– Welche denn.

– Ach, komm! Philipp winkte ab. Ich bin Professor und Parteimitglied, und wo wohne ich? Und wie wohnst du? Was glaubst du, wem du die Wohnung verdankst, in eurem Bürgernest? Hanna hat deinetwillen auf die Wohnung verzichtet, normalerweise hätte sie ihr zugestanden.

– Gib mir jetzt bitte das Manuskript.

– Keine Sorge, ich werde euch nicht anzeigen. Übrigens

werde ich auch zur Demo gehen, es muß sich einiges im Land ändern, aber eben im Land, hin zu einem verbesserten Sozialismus. Philipp zog einen Packen Papier aus der Schreibtischschublade und warf ihn vor Menos Füße. Einzelne Seiten wirbelten herum. Violette Schreibmaschinenschrift, Judith war also klug genug gewesen, mehrere Durchschläge herzustellen. Philipp rauchte fahrig.

Meno nahm die Fährverbindung über die Askanische Insel.

– Joffe hat mich angerufen und prophezeit, daß Sie kommen werden. Seltsam, daß er es ablehnt, in diesem Fall etwas zu unternehmen. Peter Delanotte, Konsistorialrat und Mitglied des Rechtsanwaltskollegiums auf der Askanischen Insel, nahm seine Brille ab und betrachtete Meno nachdenklich.

– Aber vielleicht ist er einfach nur überlastet, es wäre kein Wunder in diesen Tagen. Der Konsistorialrat stand auf, lief im Zimmer auf und ab. Er drückte den Sprecher auf seinem Schreibtisch, fragte die Sekretärin nach anstehenden Terminen, bat um Kaffee.

– Trotzdem ist es nicht die übliche Verfahrensweise. Delanotte überlegte. Es wird immer schwierig, wenn sich die Verfahrensweisen ändern. Er trank gierig den dampfenden Kaffee, trank auch die zweite Tasse aus, mit der Meno schon fest gerechnet hatte. Ihn beunruhigte, daß den Konsistorialrat die Änderung der Verfahrensweise mehr zu beunruhigen schien als die Verhaftung Judith Schevolas.

– Ich wollte mit Ihnen das weitere Vorgehen besprechen, Herr Konsistorialrat.

– Ich schätze Sie, Herr Rohde, das wissen Sie. Mit Ihnen kann man vernünftig reden. Es ist nur so, daß ich selbst zur Zeit ein wenig in Schwierigkeiten bin, ich habe an einigen

Abenden bei Judith Schevola teilgenommen, gewissermaßen abseits meiner Funktion. Was natürlich so etwas wie ein Unding ist. Der Konsistorialrat kratzte sich am Kopf. Sie können einen Mantel an eine Garderobe hängen, aber nicht eine Position und einen Ruf. Ich bin gefragt worden, was ich dort zu suchen hatte.

Meno trat ans Fenster und sah auf ein schlangenhaariges Gesicht, das den gegenüberliegenden Giebel schmückte.

– Meine Position ist schwierig, Herr Rohde. Hier geht es zu wie in einem Hornissenschwarm. Ich werde einbestellt, ins Sekretariat für Kirchenfragen. Wieso ich ›die Kirche‹ nicht im Griff habe. Und ich stehe da und muß denen erklären, daß es weder ›die‹ Kirche gibt noch daß ich mir anmaßen kann oder auch nur will, irgendetwas in meiner Kirche ›im Griff‹ zu haben. Der Stellvertreter des Herrn Staatssekretärs bekommt einen Tobsuchtsanfall, es müßten andere Saiten aufgezogen werden, man habe zu lange weggesehen, der Kirche zuviel durchgehen lassen.

Auf dem Schreibtisch lag Delanottes Siegelring neben einer Martin-Luther-Büste aus Bronze, Sonderanfertigung des Staatssekretariats für Kirchenfragen für die führenden Vertreter der hiesigen evangelischen Kirche zum Lutherjahr 1983.

– Was will die Judith? Und überhaupt ihr ganzer Kreis? Mir scheint das nicht ganz klar. Umsturz um des Umsturzes willen, gewürzt mit den Bemerkungen von Eschschloraque junior, der auf mich den Eindruck eines Kindes macht, das losplärrt, wenn man ihm sein Spielzeug wegnimmt und dafür keinen Kuchen verabreicht. Auch Ihre Schwester sollte sich in acht nehmen. Noch hat man Geduld mit ihr.

Vor den mit Gardinen verhängten Parterrefenstern des Gebäudes gegenüber stand eine Reichsbahnuhr, aus den Stockwerken darüber war Schreibmaschinengeklapper zu hören, in der runden Ecke unter dem Steingesicht wurde an Zeichentischen gearbeitet. Die Tuschstifte bewegten sich in rhythmisch gegeneinander versetztem Takt, die Arbeitsflächen wirkten wie aus den dunkleren Zonen des Raums herausgestanzt. Über den Köpfen der Zeichnenden schirmten die Blätter einer Monstera das Licht der Neonlampen.

Das Literaturkombinat. Vestibül

Von den Wachttürmen am Ufer der Askanischen Insel blickten Soldaten mit ihren Feldstechern der Fähre nach, wo Meno im Gedränge der Spätschicht, die zur Insel der Spindeln wollte, nicht auffiel. Der Hermes-Verlag befand sich in einem ehemaligen Betriebsteil der Buntgarnfabrik, eine Brücke führte zwischen den Gebäuden über einen Kanal.

Der Pförtner, ein ehemaliger Philosophiestudent, unterzog die täglich eingehenden Manuskripte einer Vorauswahl. Es war dem Pförtner sogar einmal gelungen, Eschschloraque senior bei einer Schlußfolgerungsunschärfe zu ertappen, er hatte sie mit zartem Rotstift eingekreist und in die wendende Post gegeben, womit er erreichte, was er wollte, ein Treffen im Verlag.

– Guten Abend, grüßte Meno.

– Ich bin Pessimist, sagte der Pförtner-Philosoph.

Ob sonst jemand da sei.

– Pessimisten neigen zur Anwesenheit. Herr Schiffner ist abends auch Pessimist.

Meno quittierte auf dem vom Pförtner gereichten Block,

stemmte die Tür zum Vestibül auf, wartete, bis ein Klack signalisierte, daß der Flur mit der Pförtnerloge verschlossen war. Das Vestibül lag still im Licht der Tütenlampen an der Decke. Er ging an den Vitrinen mit den lebenslangen Bemühungen bedeutender Verlagsautoren vorüber, legte eine Hand aufs Treppengeländer, blieb wieder stehen, lauschte. Judith war verhaftet worden, das bedeutete Haussuchungen. Niemals hatte er erlebt, daß einer der Kollegen, Besucher, Autoren auch nur einen flüchtigen Blick auf die Ausstellungsstücke in den Vitrinen warf, manche dieser Manuskripte mußten, dem Verblassungsgrad der Tinte nach zu urteilen, seit Jahrzehnten in den Kästen schlummern. Meno wartete noch einige Augenblicke, dann hob er den Glaskasten von den Ausstellungsstücken des Arbeiterdichters Paul Schade, schob Judiths Manuskript, ohne das erste Blatt, unter den Papierstapel des Revolutionspoems »Brülle, Rußland«. Es fiel kaum auf, auch Judith verwendete vergilbtes Papier. Er stellte den Glaskasten wieder auf den Sockel, wischte die Fingerabdrücke ab, wunderte sich über das blanke Glas der Vitrinen.

Der Aufzug war gerufen worden. Legendären Ruf genossen die Fahrstuhlgespräche, die auf der ledergepolsterten Sitzbank gepflegt wurden. Es war vorgekommen, daß Verlagsdirektor Schiffner und seine Cheflektorin auf der Suche nach dem geschliffensten Bonmot über das Schicksal eines Romans mit dem Titel »Schlacht unterwegs« auszusteigen vergaßen, bis Eduard Eschschloraque hinzutrat und »Unterwegs geschlachtet« vorschlug.

Schiffner schlurfte, in der Linken einen Eimer Wasser, in der Rechten einige Lappen, durch das Vestibül auf die Schadevitrine zu und begann sie zu putzen.

– Das Problem mit unseren festangestellten Reinigungskräften, Herr Rohde, ist, daß sie die Tradition nicht achten. Und dabei zahlen wir gut. Es ist so schwierig, auch nur einigermaßen arbeitswillige Kräfte zu bekommen, selbst mit Zulagen, die ich unserer ökonomischen Abteilung kaum erklären kann. Unsere beste Kraft ist ja neulich ins Außenministerium gewechselt, dort zahlen sie nahezu das Doppelte, sie verdient inzwischen mehr als ein Abteilungsleiter. Ich gebe die Anweisung, ach was, ich bitte, sie mögen die Vitrinen putzen, unsere Tradition, unser Gedächtnis, die Summe unserer Kämpfe, sie putzen ebenso schlecht wie lustlos, stoßen mit ihren Besen ans Glas, zwei Vitrinen sind allein im letzten Monat zerstört worden. Ich überlege mir, einen Glaser einzustellen, das wäre nicht nur für den Verlag von Vorteil, auf diese Weise würden auch die Mitarbeiter für ihre Wohnungen leichter zu neuen Fensterscheiben kommen. Aber wie den Glaser in unserem Plan unterbringen. Niemand, Schiffner beugte sich vor, rückte an seiner Brille, beäugte das Manuskript von »Brülle, Rußland«, achtet die Tradition, Herr Rohde, wenigstens diese nicht. Alle laufen sie achtlos an diesen Kästen vorüber. Ich kenne inzwischen die Manuskripte von Paul Schade recht gut, Anordnung, Form, ich verbringe manche abendliche Stunde hier, wenn das Haus und ich allein sind. Das Seltsame ist, daß ausgerechnet das Manuskript von Paul Schade sich inzwischen solcher Beliebtheit erfreut. Vor zwei Tagen erst war Herr Lührer da und deponierte etwas, gestern kam Herr Blavatny, dem wir doch sonst angeblich so egal sind, und schob auch etwas in den Schade, und vermutlich in den Lührer, und heute kommen Sie. Inzwischen dürfte das Manuskript hier Mischkompott sein, buchtechnisch gesprochen ein Zwiebelfisch.

– Sie haben mich beobachtet?

– Wir werden alle beobachtet, Herr Rohde. Auch ein Paul Schade, mag man von ihm halten, was man will, hat seine Verdienste, und da niemand sonst da ist, der diese Vermächtnisse pflegt, Schiffner schwenkte einen feuchten Lappen über die Vitrine, tue ich es.

Meno fiel nichts Besseres ein, als die Ohren nach vorn zu klappen und sich Richtung Pförtnerloge zu drehen. Schiffner lächelte müde.

– Würden Sie ein Vestibül abhören? Diesen Ort der Vorspiele und der Nachspiele? Nicht daß ich mir Illusionen über die Loyalität unserer Pförtner mache, aber was bekämen sie schon zu hören außer Smalltalk, der die Aufregung der Eintretenden verbergen soll, der dem Warmwerden dient und außerhalb dieser Funktion ohne jede Bedeutung ist, und Verabschiedungsfloskeln, die man austauscht, wenn das Entscheidende gesagt oder getan worden ist, oben, in den Stuben? Kommen Sie, helfen Sie mir. Schiffner gab Meno einen Lappen.

– Nun habe ich mir natürlich schon überlegt, mein Lieber, daß die an unseren Gesprächen Interessierten solche Gedankengänge einkalkuliert haben könnten und also eben nicht die Stuben, sondern just das Vestibül mit Ohren ausstatten, das heißt, natürlich, sowohl die Stuben als auch das Vestibül, aber ich bin zu dem Schluß gekommen, daß das nicht sehr wahrscheinlich ist. Er griff vergnügt in die Jackettasche, holte einen Gegenstand in Größe und Form eines Männerdaumens heraus.

– Da hebt man die Bohrmaschine, um in seinem Büro endlich ein Foto von Kafka anzubringen, noch dazu das einzige, das ihn von der Seite zeigt, und worauf stößt man? Auf eine Unverschämtheit. Frau Schevola würde sagen: auf sozialistischen Realismus. Auf ihre Verwanztheit brauchen sich die Damen und Herren Bürgerrechtler nicht viel einzubilden.

Meno schwieg, putzte, kannte Schiffner lange genug, um zu wissen, daß auch Verleger sich hin und wieder aussprechen müssen, und mehr noch hätte er aus Dankbarkeit (Leutseligkeit und gemeinsames Putzen waren etwas anderes als eine Denunziation) Schiffner auf seine kleine Studie zum Vestibül mit einer zum Dasein eines Chefs antworten können: Er, der so viel Macht zu haben scheint und doch gegenüber seinen Angestellten hilflos ist, sosehr von ihm abhängig sie auch Außenstehenden vorkommen mögen, er, der sie nicht kennt und weiß, daß sie draußen anders sprechen werden als drinnen, der weiß, daß sie ihn umschmeicheln, hinter seinem Rücken aber ihre Geringschätzung äußern, daß sie ihresgleichen, um einen Vorteil zu erlangen, vor ihm schlechtreden, er, der seine Einsamkeit zu spüren bekommt, da er sich niemals sicher sein kann, daß irgendeiner seiner Mitarbeiter sich an ihn wenden wird, ohne auf den eigenen Vorteil und darauf bedacht zu sein, ihn, den Chef, nach Kräften auszunutzen, er wird immer nur »der Chef« und nie einfach Heinz Schiffner sein, ein Mensch mit Kindheit und Jugend, Sehnsüchten, Träumen, Zielen, mit Vorzügen und Fehlern, er, mit dem die Behörde, das Institut, die Fabrik identifiziert wird, weil sein Name darübersteht, und der doch feststellen muß, daß der mehr oder weniger zufällig entstandene Zusammenschluß von Menschen, die unter seiner Verantwortung handeln, ein Eigenleben führt, das zu ergründen ihm um so unmöglicher wird, je mehr er sich darum bemüht, es entzieht sich, anstatt ihm, wie man es denken könnte, zu gehorchen, ist von wechselndem Umriß wie eine Amöbe, weil er, der Chef, sich nicht nur um das Größte, sondern auch und gerade um das Kleinste kümmern muß, das von der mittleren Etage, der wahren Regentin im Haus, mit Mißachtung gestraft wird, bis er, der Chef, das Haus als eine einzige Verschwörung gegen sich empfindet, da er, der Chef, von Zuträgern Dinge zugetragen bekommt, die ihn zu diesem Schluß bringen, Dinge, die er, der Chef, als erster hätte erfahren müssen und nicht als letzter, wie es leider der Fall ist.

– Wir müssen uns überlegen, Herr Rohde, was wir mit dem Opus der Schevola machen.

– Wir drucken, sagte Meno.

– Bravo, Herr Rohde. Ich wußte, daß ich mich in Ihnen nicht getäuscht habe.

– Und die Hauptverwaltung Verlage?

– Kennen Sie den Spruch, daß die Behörde Sehnsucht nach einem hat, der die Regeln bricht? Schluß mit diesen Bittgängen! rief Schiffner vergnügt. Ich bin Verleger, und wenn Sie mir sagen, daß der neue Text von Judith Schevola was taugt, dann werden wir ihn drucken, auch ohne Genehmigung.

Meno beobachtete Schiffner eine Weile.

– Ich glaube, das wird ihr bester Roman.

– Besser als »Die Tiefe dieser Jahre«? Das will was heißen. Sie wissen, daß ich für die Schevola persönlich inzwischen wenig übrighabe. Für die Autorin dafür um so mehr. Harter Stoff? fragte Schiffner noch vergnügter und rieb sich die Hände. Na, geben Sie mir das Manuskript, ich lese es und werde Ihnen dann sagen, wie wir vorgehen. Wenn ich schon geradestehen muß, dann will ich wenigstens wissen, wofür. Und jetzt, finde ich, sollten wir uns einen genehmigen. Herr Altberg hat einen vorzüglichen

Zibartenbrand mitgebracht. Danach zeige ich Ihnen einiges von meinen Schätzen. Über Schiffners Gesicht glitt Vorfreude, gewiß dachte er an seine Grafiksammlung. Übrigens, falls was passiert: Versuchen Sie, das intern zu regeln – ohne Westmedien. Sagen Sie das der Schevola. Die Oberen Ränge sind ziemlich nervös.

Neunter Oktober
Das Licht in den Häusern war nicht das Licht einer Stadt, die sich auf den Schlaf vorbereitet und ihren Tag abstreift wie eine alte Haut. Brennende Kerzen, Zeichen des Widerstands in den Fenstern, die Straßen leuchtende Schluchten. Menschen mit Kerzen in den Händen, Transparente, noch eingerollt, selbstgebastelte Plakate, Gruppen und Grüppchen, noch lose.

Wir wollten uns mit Uwe Schwabe an der Nikolaikirche treffen. Er war einer der Gründer des Leipziger Forums und dessen Regionalsprecher. Anne und ich hatten ihn über Pfarrer Christoph Wonneberger kennengelernt, der, bevor er nach Leipzig an die Lukaskirche gegangen war, Pfarrer an der Dresdner Weinbergkirche gewesen war. Er hatte die Friedensgebete an der Dresdner Dreikönigskirche eingeführt, die Leipziger Nikolaikirche hatte diese Form des Protestes übernommen, aus den Friedensgebeten waren die Montagsdemonstrationen hervorgegangen. Anne erzählte, daß er am fünfundzwanzigsten September – Muriel, Alexandra und ich waren noch in Prag – zu Sankt Nikolai in Leipzig gesprochen habe: Stasiapparat, Hundertschaften, Hundestaffeln sind nur Papiertiger. Fürchtet euch nicht. Zweitausend Menschen sangen »We shall overcome«.

Neunter November
Menschen tanzten auf der Mauerkrone. Scheinwerfer und Peitschenlampen erhellten einen mit Panzersperren und Stachelbetten bestückten Streifen Niemandsland. Die straßenzerschneidende Betonwand war nur die erste einer Reihe von weiteren Mauern. Ein Zaun aus Betonpfählen, nach innen abgeknickt und mit Stacheldraht bewehrt, hinderte den Flüchtling am Weiterlaufen. Stachelbetten, breite Stahlplatten mit Stahlspitzen, in die der Flüchtling, wäre es ihm gelungen, den Zaun zu überwinden, gesprungen wäre. Der Weg für die Grenzpatrouille. Ein mehrere Meter breiter Streifen aus feinem, geharktem Sand, steckten Minen darin? Judith und Nina Schmücke hatten darüber diskutiert, sie hielten es für unwahrscheinlich, so was macht Krach, meinte Judith, und Krach können sie an dieser Grenze nicht brauchen. Im Sand, schwarz im Mauerlicht, eine Fußspur.

Kontakttelefon, oder: Die Görlitzer Prozedur
Die Wohnung in der Heinrichstraße diente als Quartier des Dresdner Forums, ich ging hin wie zur Arbeit. Konrad Vogt, der beste Freund meines Vaters, saß an einem Computer, den Anne über Ulrich Rohde aus dem Robotronkombinat besorgt hatte. Sie hielt die Verbindungen zwischen den verstreuten Forumgruppen, ich fungierte als Kurier zwischen Forum, Demokratischem Aufbruch, Demokratie Jetzt, Initiative für Frieden und Menschenrechte, Grünen, oft in sich auch noch zersplittert, das Forum war als eine Bürgerplattform gegründet worden, eine mehr oder weniger spontane Versammlung unterschiedlichster Menschen, die nur die Unzufriedenheit mit den Verhältnissen einte, kein deutliches politisches Profil, kein

Programm. Als Kurier war ich zuständig für das, was ich die Görlitzer Prozedur nannte: Konrad Vogt führte eine Namensliste, nicht immer standen Telefonnummern neben den Namen. Für Gera waren fünf Namen mit einer Klammer zusammengefaßt, die auf eine Telefonnummer wies, dahinter ein »K« und ein Fragezeichen. »K« bedeutete Kontakttelefon, was wiederum bedeutete, daß der Inhaber des Kontakttelefons keineswegs mit dem Forummitglied oder Forumsympathisanten identisch zu sein brauchte, die man unter der Nummer des Kontakttelefons zu erreichen hoffte. In Gera war es die Nummer einer Arztpraxis. Als ich anrief, meldete sich ein Spediteur. Der Doktor sei im Westen. Anschluß und Nummer habe man der Spedition zugeteilt.

Er kenne keinen der genannten Namen, wolle mir aber gerne helfen, freilich könne dies nicht mehr unter dieser Nummer geschehen, sonst käme er nie wieder zu einem Lieferanten oder Kunden durch. Die Verbindung wurde unterbrochen. Und blieb es. Am nächsten Tag konnte die Sache schon anders aussehen, dann bekam ich vielleicht gerade über dieses Telefon meine Kontakte. Unter drei der fünf Namen war eine Adresse angegeben. Ich überlegte, einen Brief zu schreiben, der Brief würde womöglich eher nach Gera durchdringen als ein Telefonat. Ich brauchte Telefonbücher von allen Städten und Gemeinden. Die hatte das Stadtbezirks- oder das Bezirkspostamt, bei Pfarrer Magenstock gab es zwar eine Liste mit Telefonnummern, aber nur eine Geraer Nummer, die gehörte dem Sekretariat einer Landwirtschaftlichen Produktionsgenossenschaft. Dort wußte man von nichts, vermutete, wegen eines Zahlendrehers in die Liste gekommen zu sein, die Sekretärin versprach zu helfen, einer der Namen war ihr bekannt. Ich brauchte Stadtpläne. Im Haus zu den Meerkatzen wohnte Herr Richter-Meinhold, Erbe des Dresdner Stadtplanverlags Meinhold & Söhne, der die berühmten gelbroten, gesuchten, da vor dem Krieg gedruckten, nicht gefälschten Stadtpläne veröffentlicht hatte. Wenn es zu einem Namen eine Adresse gab, sah ich auf dem Stadtplan nach, ob sich in der Nähe dieser Adresse eine Kirche oder eine Klinik befand, versuchte, das Pfarrbüro oder den Klinikpförtner zu erreichen, manchmal war der Name, den ich nannte, dort bekannt, und meist erklärte sich das Pfarrbüro oder der Pförtner bereit, die Nachricht zu übermitteln oder wenigstens eine Telefonnummer zu nennen, wo dann vielleicht jemand abhob, der Bescheid wußte und mir helfen konnte. Stadtpläne zu bekommen war zwar umständlich, besonders was die Pläne von kleineren Städten betraf, aber es war immerhin möglich. In der Sowjetunion war das anders. Judith hatte sogenannte UdF-Fahrten unternommen, »Unerkannt durch Freundesland«, wilde Reisen durch die Sowjetunion, Stadtpläne wurden handgezeichnet, Adressen per Mundpropaganda weitergereicht.

Die Görlitzer Prozedur: So nannte ich meine Kontaktaufnahme mit Görlitz. Ich kannte die Görlitzer Kinos, und Meno vermittelte mir die Adresse eines seiner Studienkollegen, Ameisen-Zieschang, der am Görlitzer Naturkundemuseum als Spezialist für Ameisen arbeitete. Judith meinte, diese Telefone würden abgehört, sie kenne einen vertrauenswürdigen Mann in Zgorzelec, dem polnischen Teil von Görlitz. Ich konnte vom Apparat der Karavellenwohnung nicht in Polen anrufen. Es war zwar möglich, ein Gespräch nach Polen anzumelden, doch seit dem siebenten Oktober kam keine Verbindung mehr zustande. Im Postamt arbeitete eine Telefonistin, die mit dem Forum sympathisierte, ich telefonierte nach Zgorzelec, wo ein Mann die Nachricht entgegennahm, der nur polnisch sprach, anfangs hatte Judith mit ihm telefoniert, inzwischen hatte sie für solches Kleinklein, wie sie sagte, keine Zeit mehr, so daß ich, der kein Polnisch konnte, mich damit behalf, dem Mann die Nachricht vorzubuchstabieren. Die Nachrichtenübermittlung ging per Brieftaube weiter. Der Kontaktmann wohnte am Neißeufer in der Nähe eines Hauses, in dem der Philosoph und Schuhmacher Jakob Böhme gelebt hatte. Das andere Ufer von Görlitz war nur eine Brücke, Grenzanlagen und Wachtposten entfernt. Ein Görlitzer Brieftaubenzüchter nahm die Nachricht entgegen, leitete sie weiter: zu einem Kontakttelefon.

Neunter Oktober
Wir erreichten den Ring, auf ihm würde die Demonstration um die Innenstadt ziehen. Weiße Flaggen, rote Buchstaben: In der ersten Reihe ging die Leipziger Sozialdemokratie. Viele Studenten, eine Studentenrevolution war es bisher nicht gewesen, jedenfalls nicht von Studenten staatlicher Hochschulen, weder in Dresden noch in Berlin, vielleicht hatte sich doch eine gewisse Systemtreue oder auch nur Bequemlichkeit beim intellektuellen Nachwuchs durchgesetzt, vielleicht waren die Leipziger Studenten aus anderem Holz als die Studenten im Rest der Republik, vielleicht stammten viele Leipziger Studenten aus dem Rest der Republik und die Stadt trug das ihre zur Aufmüpfigkeit bei. Vielleicht stimmte meine Beobachtung nicht. Es war kurz nach achtzehn Uhr, in den Lautsprechern des Stadtfunks, die am Ring standen, knackte es, die Erkennungsmelodie ertönte. Masur sprach, der Gewandhauskapellmeister. Ich starrte auf die Lautsprechersäulen, die ich mit Frühsport

und Marschmusik verband, hörte der Stimme zu, einer zivilen, schwankenden, um Besonnenheit werbenden Stimme, der man Erregung und Furcht anmerkte.

Ein Reisebus war in den Menschenmassen steckengeblieben.

Aufatmen, auf beiden Seiten, nach Masurs Rede.

Es hätte alles auch ganz anders kommen können.

Vor der Runden Ecke am Leipziger Dittrichring hätte sich die Demonstration nicht zu verlangsamen brauchen, so daß die hinten Laufenden gegen die Vorderleute prallten, Gedränge und Geschiebe entstand, der Demonstrationszug zu verebben schien vor dem finster daliegenden Gebäude, vor dem Hunderte brennende Kerzen standen, und noch immer wurden es mehr. Anne hatte Schwierigkeiten mit ihrem Transparent, Wind brachte es ins Schaukeln, ich bot ihr an, sie abzulösen, damit sie die Hände frei habe, eine schlanke Frau in Mantel zu bodenlangem Rock, der nur die Spitzen ihrer Schuhe freiließ und für Demonstrationen eher ungeeignet war. Sie ging langsam zum Eingang der Runden Ecke, zu den Kerzen, die einer nicht fertig gewordenen brennenden gotischen Kirche ähnelten. Anne bückte sich, kippte ihre Kerze, ließ Wachs auf dic Treppenstufe tropfen, drückte die Kerze hinein, wartete, ob es hielt, all das in einer tranceähnlichen Verlangsamung, die ich als einen Moment vollkommener Stille erinnere, schweigender Demonstranten und lautloser Schritte, lautlos heruntergeklappter Visiere der Polizisten vor uns, die Visiere spiegelten den sacht bewegten Kerzenschein. Einer der Hunde am Rand des Kordons setzte sich, wischte mit der Pfote über seinen Maulkorb. Aber die Erinnerung ist unzuverlässig, eine Konstrukteurin der Vergangenheit, in die Lautlosigkeit des Moments dringen plötzlich Geräusche, die Polizisten klappen erneut ihre Visiere herunter, und es klingt wie Eisschaber auf froststumpfen Windschutzscheiben, schlagen mit Stöcken gegen die Schilde, die Demonstranten stimmten die Internationale an, brüchig und, wie mir schien, verschämt, dieses Lied gehörte den alten Männern der Regierung, die es regelmäßig und mit hochgereckten Fäusten auf ihren Parteitagen sangen.

Dann sah ich meinen Schatten in diesem Gebäude, dieser Burg, die nicht verlassen war, wie es den Anschein hatte, sah ihn, meinen Schatten, in einem der bis zum letzten Mann besetzten, aber finster daliegenden Büros am Fenster an einer Jalousie stehen und zwei Lamellen auseinanderbiegen, um einen Blick auf die Straße werfen zu können, wo der Demonstrationszug auf der einen und die Polizisten auf der anderen Seite abwartend einander gegenüberstanden, die Polizisten unter widersprüchlichen Befehlen, manch einer von ihnen mit Verständnis für die Anliegen der Demonstranten, manch ein Demonstrant in seinem Herzen bereits ein guter Polizist, hinter meinem Schatten ein Telefon, jemand erkundigt sich nach Blutkonserven, man solle doch bitte das Kontingent aufstokken. Der Schatten hatte Eltern, die ihn liebten und nach ihren Überzeugungen erzogen, und zu diesen Überzeugungen gehörte, daß man für seine Überzeugungen einstand, nicht nur redete, sondern handelte, daß der Dienst bei der Staatssicherheit ein selbstverständlicher und nur konsequenter war für den, der an diesen Staat glaubte, daß es falsch war, in dieser Burg nur Spitzel und Niedertracht zu vermuten, im Gegenteil, diese Burg war gewiß bis in die Dachsparren von einem ganz anderen Gedanken erfüllt: Daß das Heldentum dort beginnt, wo man sich für die richtige Sache die Finger schmutzig macht, ohne Schmutz geht es leider nicht zu in dieser Welt, und wir, die wir in der Burg saßen in unseren abgedunkelten Büros, hatten es auf uns genommen, die Idee von ihren Feinden zu befreien, eine wenig angesehene und bei den Feinden natürlich verhaßte Tätigkeit, doch war sie nicht überflüssig, wir kamen in allen Systemen und Zeiten vor. Ich sah meinen Schatten am Fenster, die Finger zwischen den Lamellen einer Jalousie, erbittert über den Mangel an Anerkennung, über die Verachtung und den Verrat, der uns von denjenigen zuteil zu werden begann, auf deren Befehl wir gehandelt und für die wir unsere Arbeit getan hatten.

Das konnte auch die SS sagen.

Demonstranten drängten nach, ich konnte nicht weitergehen. Andere Eltern, andere Weichen: Vielleicht wäre ich hier gelandet, in der Runden Ecke, dem Hauptquartier der Staatssicherheit im Bezirk Leipzig. Ich würde nicht verstehen, was vorgeht, würde die Oppositionellen für Wirrköpfe und ihre Frauen für Kirchenspinnen halten, für Ruhestörer und Wichtigtuer, die mit dem Leben nicht wirklich zu Rande kommen, fragwürdige Existenzen, konsequent zwar, aber konsequent oft bis zum Lebensunmöglichen, sie blicken auf die sogenannten Angepaßten herab und verachten sie. Sie, wir: Helden, die einzigen, die stark genug sind, alles in Frage zu stellen und den ewigen Kompromissen zu entkommen, wenn ihr wüßtet, wie sehr ihr uns im Grunde ähnelt.

Vielleicht hatten die Schatten dort oben einfach nur Angst.

6.8.2015 Donnerstag: Die Kupferinsel

Jahre hatte ich hier zugebracht, und trotzdem war Treva mir ein Rätsel geblieben. Apparate, Strukturen, der

Machtkomplex, dies Gemenge aus Wünschen, Absprachen, Vorteilsstreben, Intrigen, Sacharbeit, Entscheidungsfindung, Hinterzimmerkungeleien und Einflußnahmen, hier war Administration und durchaus nicht verborgene Entscheidung, da gab es vielbetretene und gut ausgeleuchtete Pfade zwischen Exekutive und Legislative; rätselhaft war, wodurch die Macht verändert wurde, die Macht hinter der Macht also, das trübe und schlammschläfrige Auge, Fraktionskollegen, Mitarbeiter, Gegner, der Tisch, auf dem offen zu liegen scheint, was die Macht will, nur man selbst erkennt es nicht. Da war etwas gut gewesen, hatte funktioniert, aber das genügte nicht mehr, warum? Hatte es doch nicht funktioniert? Nein, aber jemand, den man nicht leiden konnte, hatte es vorgeschlagen oder auf den Weg gebracht. Es war, so einfach wie geheimnisvoll, Zeit vergangen, und es mußte sich etwas ändern, weil sich alle Jahre eben etwas ändern muß.

Auf der Westseite der Kupferinsel lag der Venusberg mit dem alten Kanzleramt, Palais Schaumburg, und den Häusern der pensionierten Politiker, auf der Ostseite, einst durch die Mauer vom Westen getrennt, die Waldinsel, das neue Regierungsviertel mit der Windmühle. Auf dem Venusberg, mit Blick auf den Rhein, residierte das Mammut, lud seine verbliebenen Getreuen vor (zu denen Delanotte, seitdem er in Annes Kabinett saß, nicht mehr gehörte), diskutierte die aktuelle Politik, ließ an der Kanzlerin, seiner Nachfolgerin, kein gutes Haar, telefonierte in die Partei, wie er es immer getan hatte, in der er jede Veränderung registrierte, traf Weggefährten, aber auch ehemalige Widersacher, die ihm nun gegen Anne nützlich sein konnten (und um Erinnerungen aufzufrischen, das Mammut schrieb seine Memoiren, mehrbändig, wie nicht selten bei erfolgreichen und also langgedienten Politikern), sondierte die Stimmung im politischen Betrieb, hielt den Kontakt zu Scharff, der Dunkelgrauen Eminenz im Fimini, der Mammuts Kronprinz gewesen war und die aktiven Vorgänge kannte wie kaum jemand. Berüchtigt waren die Dossiers, die das Mammut über die Funktionäre nicht nur der Union führte, dickleibige, wohlgeordnete Kladden, akribisch mit verschiedenfarbigen Tinten geführt (Aufstiege, Abstiege, knappe Einschätzungen des Potentials, mögliche Schwachstellen), eine ganze Wand seines Arbeitszimmers, an der seine Gäste erschauernd vorübergingen, ohne zu wagen, die Kladde mit den Anfangsbuchstaben ihres Namens herauszuziehen (der Buchstabe S war in fünfundzwanzig Unterkladden aufgeteilt) oder aufzuschlagen, das Mammut legte gern die Kladden mit den Buchstaben seiner Gäste gut sichtbar auf den langen Arbeitstisch.

Auf der Ostseite der Kupferinsel die Windmühle, das Kanzleramt, ein imposanter, Autorität ausstrahlender Bau. Martin Delanotte, der vor Sven Grützner, dem »Dicken«, Kanzleramtsminister gewesen war, hatte sich hier nicht wohl gefühlt. Der Bau habe eine dienende Funktion, was aber die Herren Delanotte, Kastan und Partner hier errichtet hätten, sei ein Protzbau, die Lichthöfe, die eine Agoravorstellung von Politik ausdrücken sollten, die Wintergärten seien nutzlos, niemand nutze die Wintergärten, nur Annes Felsenbirnen nutzten die Wintergärten, eine künstliche, vollkommen künstliche Sache, eine Inszenierung, so Delanotte, eine nach außen gekippte Privatangelegenheit des Architekten. Die Flure viel zu lang. Es gab Referenten, die auf Tretrollern durch die Etagen flitzten. Die Arbeitsebene mit genormten Büros, die man nicht von ungefähr Legebatterien nenne, 19,85 Quadratmeter, halbkreisförmige Schreibtische aus orangefarbener Buche, orangefarbene Regale, schwarze Stühle, orangefarbene Buchenholztüren. Die Leitungsebene mit ihren gebogenen Betonwänden, an denen man nicht einmal Bilder aufhängen könne, dazu – ich erinnerte mich an Delanottes angewidertes Gesicht – diese Farbe, dieser Grundanstrich des Kanzleramts, metalloxidgrün, intern Porschetürkis genannt, weil der Architekt im Jahre 1966, dem Jahr seiner ersten großen Liebe (das meinte seinen ersten Großauftrag als selbständiger Architekt), sich einen Porsche in ebenjener Farbe angeschafft habe, nur aus diesem Grund, dieser Idiotie, hatte Delanotte gesagt und sein sogenanntes eisernes Lächeln aufgesetzt, habe man täglich auf diese Grundfarbe im Kanzleramt blicken müssen, es sei ja manchmal nicht zum Aushalten gewesen, obwohl er, Martin Delanotte, für die Kraftfahrzeugvorliebe des Architekten (der sein Bruder und der Arbeitgeber seiner Tochter Elisabeth war) viel Verständnis aufbringen könne. Aber nicht das Porscheoxidgrün allein habe ihn deprimiert, sondern auch das gewissermaßen hauseigen zu nennende Windgeräusch, das mit Beginn der kalten Jahreszeit zu einem Brummen und Heulen anschwellen könne, er frage sich, was der Herr Architekt denen, die in der Regierungszentrale, der Machtmaschine, die er, Delanotte, immer als eine lautlose und reibungsarme verstanden wissen wollte, habe sagen wollen und ob, habe er sich des weiteren gefragt, wenn er in seinem Eckbüro mit Blick auf die Elbe gesessen habe, es gut sei für die Politik, so hoch und abgehoben zu residieren, daß die Menschen und Autos unten, vor dem Einkaufszentrum Jungfernpark, klein wie Lego-Spielzeug aussähen, er habe sich gefragt, ob es normal sei, daß in der Tiefgarage schon die Wurzeln der Bäume auf der Brandt-

Allee zu sehen seien und an den Tragsäulen der Tiefgarage Wasser durchsickere, ob es gut sei, daß der Herr Architekt für Jahrzehnte und bis ins Detail die Einrichtung der Arbeitsräume festlegen könne, nichts, auch nicht das kleinste Möbelstück, dürfe verändert, ja auch nur verrückt werden, so Delanotte.

Alle Politiker, alle Beamten waren Stellvertreter, es war, als ob das Amt selbständig handelte, sich die Verkörperungen seiner Amtsträger aus einem Angebot heraussuchte, die Angebote miteinander streiten ließ und ruhig zusah bei diesem Streit, der den oder die, der oder die das Amt besetzen und mit einem Gesicht versehen würde, übrigließ nach undurchschaubaren Regeln. Es gewann nicht immer der Stärkste oder Klügste, der Prinzipal der Aktenfresser, der beste Gesetzeskenner oder der in der entsprechenden Partei am besten Verankerte, soweit man hier von gewinnen überhaupt sprechen konnte, mir war die Überzeugung, daß man gewonnen hatte, wenn man Macht übertragen bekam, abhanden gekommen.

Der Machtkomplex im Umriß des Moments.
Der Sandkasten

Wenn die Fraktionen ihre Plätze eingenommen haben und wie auf ein Zeichen alles verlieren, was an der Grenze galt, dort, wo man sich aufstellte und sichtbar für Publikum sprach, auf das man einen sogenannten guten Eindruck machen wollte, wenn dieses »Wir werden alles dafür tun« und dieses »Wir müssen dafür Sorge tragen, daß«, »Wir dürfen nicht zulassen, daß«, dieses »Gemeinsam sind wir stark«, dieses »Brücken bauen für die Zukunft« und dieses »Wir müssen mehr Menschlichkeit leben«, dieses »Mit Fairneß und Respekt vor dem anderen«, dieses »Null

Toleranz für Intolerante«, dieses »Keinen Zentimeter« – wenn all dies abgeschminkt ist, kaum daß sie vom Bühnenrand, dem Balken um den Sandkasten, zurückgetreten sind, die höfliche Leere ablegen wie einen Harnisch und einander belauern; wenn es dann, wie gesagt wird, ans Eingemachte geht und jener Stadtrat, der gegen das neue Orang-Utan-Haus im Zoo gewesen ist und sich damit, wie gesagt wird, profiliert hat, plötzlich die Vorliebe seines Enkels für Zoobesuche allgemein und Affen im besonderen entdeckt, seine Meinung über ein neues Orang-Utan-Haus radikal, über Nacht, ändert und mit der gleichen Überzeugungskraft, mit der er noch vorgestern gegen das neue Orang-Utan-Haus gewesen ist, heute für das neue Orang-Utan-Haus stimmt und den Sinneswandel keineswegs mit seinem Enkel, sondern mit allgemein geänderten Bedingungen, der Bedrohungslage für Orang-Utans in den Regenwäldern von Borneo, dem zerstörerisch agierenden amerikanischen Präsidenten begründet; wenn ein anderer Volksvertreter, eine Stadträtin, ihren Posten von einem Konkurrenten aus der eigenen Fraktion bedroht sieht und, wie nach einem Gewitterguß, alle Solidarität mit dem und den Genossen einbüßt, Forderungen und Ultimaten, ungeheure Vorstellungen vom Wechsel in eine Fraktion entwickelt, die ebenso bis vor kurzem (wie die Zeit vergeht) der erklärte Feind gewesen ist, doch nun, da die Stadträtin ihre Felle, wie gesagt wird, davonschwimmen spürt, auf einmal in anderem Licht erscheint, Differenzen, die noch vor einem Augenblick gegolten haben, sind beseitigt, ein Posten winkt, auch winken freundlich lächelnde, bislang verkannte Wahrsprecher der Demokratie, dort gibt es für sie, die prinzipien- und geschmackssichere Kämpferin für die einzig richtige Sache, die Aussicht, Pressesprecherin zu werden und damit das Salär als einfache Stadträtin noch einmal um gewisse Sondervergütungen aufzustocken; wenn, sagt mir der Operative Vorgang »Marschallin«, die mit öffentlichen Mitteln geförderte Initiative »Rote Zora« entdeckt, daß ihr liebens- und lobenswerter Kampf gegen die Feinde unserer Gesellschaft noch mehr Unterstützung braucht als gedacht, die Stadträtin in feudaler Herrlichkeit eine Verdopplung fordert und auf den Einwand einer anderen Stadträtin, dies seien immerhin Steuergelder, nur erwidert, das Geld sei doch da und brauche nur abgerufen zu werden; wenn der Bürgermeister auf die Unverzichtbarkeit, Krise hin oder her, eines städtischen Projekts hinweist, eines neuen Rathauses nämlich, das der Bürgermeister sich in den Kopf gesetzt hat, weil ein Politiker nicht mit Streichungen, sondern nur mit Bauwerken bleibt, einem neuen Rathaus zum Beispiel, und das also gebaut werden muß, koste es, was es wolle, die Stadt nun aber Schulden hat und Haushaltssperre, man also keine Schulden als Stadt aufnehmen darf und in dieser Zwickmühle auf einen Kniff verfallen ist, nämlich, eine städtische Gesellschaft zu gründen, unter deren Fittichen das Rathaus gebaut werden kann, eine sogenannte hundertprozentige und also ganz natürliche Tochter, deren Verhältnisse undurchsichtig, aber mit der Eigenschaft versehen sind, Schulden aufnehmen zu dürfen, praktischerweise sitzt man auch gleich selber im Aufsichtsrat und bekommt dafür noch eine kleine Aufwandsentschädigung; wenn draußen vorm Sitzungssaal Kulturschaffende demonstrieren, da einer zum Leiter des Kulturamts gewählt wurde, der ihnen nicht gefällt, und die mit dem Rückgrat diesen den Anfängen wehrenden Widerspruch zur Demokratiefindung berücksichtigen müssen und die Wahl annullieren; wenn all das im Grunde nur um eines kreist: Pfründe – willkommen im Sandkasten, dort, wo der Gemeinsinn beginnt.

Der Machtkomplex im Umriß des Moments.
Die Windmühle

Die von entferntem Türenschlag, dem Hall von Schritten bewegte Luft, die, wie die Kreise auf der Oberfläche eines Gewässers nach einem Steinwurf, allmählich in eine Ruhe zurückrann, zurückschmolz, in der Tiefe ewig, unberührt von den Geschehnissen oben, die Stille, die sich in öffentlichen Gebäuden herstellte, wenn die Störung verklungen war, diese Stille gab mir das Gefühl, verschluckt worden zu sein, beobachtet zu werden und mit den eigenen ängstlichen Schritten die Stille nicht zu durchlöchern, sondern nur an ihr Geheimnis zu klopfen wie ein Geologenhammer an einen Fels. Die Existenz des leeren Raums in einer Behörde ging mir hier, wieder einmal, auf: Pförtner empfingen, wiesen Adressen zu und den Besucher ins Innere, wo er aber noch nicht angekommen ist, sondern die Tür mit der richtigen Ziffer oder Zahl erst finden muß, manchmal über kilometerlanges Treppauf und Treppab, und erst wenn das Herein hinter der richtigen Tür erschallt, ist man wieder in den Obliegenheiten der Behörde. War man es auf den Fluren und Treppen, im Zwischenraum, etwa nicht, bewegte man sich tatsächlich im Leeren, wie man es für den Raum zwischen Atomhülle und Atomkern im Physikunterricht gelernt hatte?

Die Abteilungsleiter der Windmühle unter dem Mammut und seinem Nachfolger, dem sogenannten Zigarrenkanzler, waren eher Kurfürsten als das gewesen, was sich unter »Mutti« als sogenannter Effizienzbeamter herauszuschälen begann. Hatten diese Abteilungsleiter, wie mir Tostik berichtete, viel Energie darauf verwendet, ihre Reviere und damit ihre Wichtigkeit gegeneinander abzugrenzen, hatten sie so lange auf der Bezeichnung »Berater« bestanden, bis dieser Begriff, geheimnisumwittert und machtraunend, wie er war, auf ihren Visitenkarten stand, so war seit dem Kabinett Hoffmann I ein Wandel eingetreten: »Berater« gehörten nicht mehr zum Team im Kanzleramt, sondern Mitarbeiter und, vor allem, Mitarbeiterinnen: bei gleicher Eignung waren bevorzugt Frauen eingestellt worden. Annes sogenannte Mädchenbrigade oder Girls Gang wurde im politischen Treva nicht nur lückenlos, sondern mit großem Mißtrauen beobachtet, ich hatte Teilvorgänge des Vorgangs »Müllerinnen« schon auf meinem Schreibtisch gehabt, doch hatte man mir den gesamten Hauptvorgang nie zum Studium, gar zur Bearbeitung überlassen, ich war »zu nahe dran«, wie gesagt wurde, man sah mich als Geschöpf der Kanzlerin, und das nicht einmal ganz zu Unrecht. Überall kamen sie zum Vorschein, diese äußerlich so glatt und einheitlich wirkenden jungenhaften Männer und mädchenhaften Frauen, mehrsprachig, mit internationalen Erfahrungen, exzellent ausgebildet an Eliteuniversitäten und Großkanzleien, die Rechtskonzerne mit Ablegern auf allen Kontinenten sind und wie Nebenregierungen auftreten, Eierköpfe, wie es hieß, effektiv, schnell, an Selbstdarstellung wenig und an der Sache geradezu maschinell interessiert.

Auch Clarissa Roquette war ein solcher »Eierkopf«, wenngleich ihr Kopf eher barock-rund als eiförmig war, auch hatte sie, im Gegensatz zum AL (Abteilungsleiter) Europapolitik, keine Glatze, jedoch die so hilfreichen, die »Anne«-Referenzen: Studium in Genf und Brüssel, viersprachig, ein weltgewandtes Geschöpf, wenn auch kein eigentliches Mitglied der Mädchenbrigade um Annes Büroleiterin und Annes Verantwortliche für politische Grundsatzplanung und Medien, Evelyn Sievert aus der trevischen Sievertdynastie, manche rechneten auch ihren Pressesprecher und Spindoktor Carl Rand zur Mädchenbrigade, mehr aus Tücke denn aus einem realistischen Grund.

Was aber tat man in der Windmühle? Man regulierte, man glich aus, die Referenten wurden wandelnde Vermittlungsausschüsse genannt. Sie mußten Generalisten sein und so zum Beispiel in der Lage, einen Fuchs, der vor einigen Wochen in den Garten des Kanzleramts gelaufen war (ein junger Rüde auf der Suche nach einer preiswerten Wohnung), einzufangen, vor allem ihn aber daran zu hindern, ins Kanzleramt zu gelangen, gar in den abhörsicheren Bereich oder zu den auf hohen Säulen wachsenden Felsenbirnen. Natürlich gehörte die Fuchsjagd, so publikumswirksam sie auch sein mochte, zu den sogenannten Improvisationen, die man hier im allgemeinen nicht schätzte, die aber einen immer größer werdenden Teil des Arbeitstages beanspruchten, die Legebatterie, die Arbeitsebene also, blieb im metaphorischen Raum des Landlebens, wie Karsten gesagt hatte, mit dem für ihn so charakteristischen Understatement, das ihn so geeignet für das Kanzleramt machte. Schon daß der AL 2, MinDir Dr. Bussenius, eine knallrote und weitflügelige Brille mit in gewissen Abständen aufleuchtenden Blinkelementen an der Brillenfassung trug (die sogenannten Busseniusschen Warnblinker, sie takteten, wurde behauptet, die Außen-, Sicherheits- und Entwicklungspolitik), galt als eher amtsfremd. MinDir Dr. Karsten Bramsincks (AL 4) anthrazitgraue Anzüge zu weißem Hemd (Landmann & Landmann, wie es sich gehörte) zu farblich zurückhaltender Krawatte (ebenfalls Landmann & Landmann, Tuchmachergasse), dieses Habit, wie Karsten sagte, erschien weitaus amtsgemäßer als die Knallfarbenbrille des MinDir Dr. Bussenius oder gar die Schabstellen an Kragen und Manschetten der Hemden, die MinDir Tostik (AL 6, als einziger Abteilungsleiter nicht promoviert) zu tragen pflegte, mit vorsichtigem Spott von Gruppenleiter MinDirig (Ministerialdirigent) Dr. Hansen und dem ebenso selbstbewußten wie einflußlosen Leiter des Referats 333 (Verbindung zu Kirchen und Religionsgemeinschaften, Sonderaufgaben) MR (Ministerialrat) Dr. Buddrulath bedacht – das von MR Dr. Buddrulath geleitete Referat 333 gehörte zur von MinDir Dr. Hustenhausen geleiteten Abteilung 3, den sogenannten Dreierdragonern oder auch, da viele Ostdeutsche in dieser Abteilung arbeiteten, Sachsendreiern, zuständig für Sozial-, Gesundheits-, Arbeitsmarkt- und Gesellschaftspolitik. MinDir Tostik begleitete MinDirig Dr. Hansen und MR Dr. Buddrulath um die Mittagszeit gern zur kulinarischen Meile, wie der Gang, eher ein Hasten, ja beinahe Rennen, aus den im äußersten Norden gelegenen Büros der Abteilungen 6, 2 und 3 in die im äußersten Süden der Windmühle gelegene Kantine genannt wurde, diese Kantine trug einen Spitznamen, den ich bereits von einem anderen Bauwerk kannte, es war allerdings längst abgerissen: der »Freßwürfel«, ein Gastronomiekubus, der am Dresdner Postplatz gestanden hatte. Der Spitzname »Freßwürfel« war ins Kanzleramt weitergewandert, vermutlich hatten Mitarbeiter der Abteilung 3 damit zu tun, der man nachsagte, über das größte Zeitbudget für Pausen zu verfügen. Die engere Führungsmannschaft sah man nur selten im Freßwürfel, ihre Termine waren im Fünfzehnminutenrhythmus getaktet, für

Hin- und Rückweg zum und vom Freßwürfel war allein schon eine Viertelstunde einzuplanen, außerdem schloß der Freßwürfel bereits um 17 Uhr. MinDir Dr. Hebenstreit, AL 1 (Zentralabteilung, Innen- und Außenpolitik), und die Leiterin der Gruppe 51, MinDgtin Roquette (Studium an denselben Universitäten, wenn auch in verschiedenen Jahrgängen), hatten Vorräte an Müsli und Naturjoghurts in den abteilungseigenen Kühlschränken angelegt, fuchssicher, aber machtlos gegen Macht, die Kanzlerin und ihr ChefBK, der »Dicke«, bedienten sich nachts gern aus diesen Vorräten. Auch blieb die Keksfrage laufend aktuell. Die Keksfrage war (wie gesagt wurde, »federführend«) im Referat 622, Leiter VLR (Vortragender Legationsrat) Hoppel – zuständig für Terrorismus, Extremismus und Sonderaufgaben – angesiedelt. Das Referat 622 unter VLR Hoppel unterstand MinDir Tostik, über die Keksfrage mit Annes Büroleiterin, dem Drachen, verbunden, über die Eisenbahnfrage in Gestalt des Vortragenden Legationsrats und Modelleisenbahnliebhabers Hoppel mit dem langjährigen MP (Ministerpräsident) Sachsen, Kornbieter, und dem Chef der CSU-Fraktion, Joachim Durrigel (die »Lokomotive«), ein Streckennetz, das Tostik nutzte, um die in der Regel heiklen Bund-Länder-Beziehungen, deren Koordination und sorgsame Pflege ebenfalls zu den Aufgaben des Kanzleramts gehörte, an bestimmten Stellen zu »gewichten«, wie es im Behördenslang hieß.

Macht. Ich war, als Chronist, noch nicht in ihre Tiefen vorgedrungen, ich hielt mich noch zu sehr bei dem auf, was sichtbar war. Die Macht, die hier herrschte, war jedoch unsichtbar. Sie lag nicht in den Errungenschaften des Fortschritts, die mit Anne zwar nicht ins Amt gelangt, aber erst unter ihrer Ägide so deutlich als Fortschrittsbemühung, ja Fortschrittsimpulse deutlich geworden waren: Das Biokraftwerk auf der Techniketage, die Rohrpostanlage, chipgesteuert in der Lage, ein liegengelassenes Smartphone aus der Leitungsebene zum Pförtner zu schießen, die computergesteuerte Felsenbirnenbewässerungsanlage, mit deren Geheimnis mich IM »Gärtner« näher bekannt gemacht hat, der Gärtner (ich bin nach wie vor dagegen, die Berufs- und die IM-Namen gleichzustellen, das führt nur zu Verwechslungen), IM »Gärtner« war einer der dienstältesten Mitarbeiter der Kohleninsel im Kanzleramt, noch aus Mammuts Zeiten. Der Einführung in die Geheimnisse war allerdings ein Satz gefolgt, den Hanspaul Hausen in einer Konferenz der Trevischen Nachrichtenagentur als Vorurteil bezeichnet hatte, die Vorurteile unserer einfachen Menschen, hatte Hausen ergänzt, seien nicht auszurotten:

– SPD kommt spät und geht früh, CDU kommt früh und bleibt etwas länger.

Das Kanzleramt war auch der Ort der Kabinettssitzungen. Die Tagesordnung einer Kabinettssitzung begann üblicherweise mit den sogenannten TOP-1-Punkten: Gesetzesentwürfe, Verordnungen, Stellungnahmen oder Berichte der Regierung, Antworten auf Große Anfragen aus dem Unterhaus. Ich meinte Martin Delanotte zu hören, als er noch ChefBK gewesen und Sven Grützner noch eine Personalie außerhalb der sogenannten Kabinettreife war, Delanotte war der Meinung, daß die meisten politischen Konflikte dadurch entstünden, daß die Teilnehmer sich nicht richtig mit dem Sachverhalt beschäftigt hätten. Was das betraf, lobte er die Kanzlerin, bei ihr stehe der Sachverhalt immer an erster Stelle, wie auch für ihn, Martin Delanotte, der Sachverhalt immer an erster Stelle stehe, unter ihm habe im Kanzleramt der Sachverhalt regiert, ja, der Sachverhalt habe in das Kanzleramt überhaupt erst Einzug gehalten, wenn man von der Periode absehe, in der die Dunkelgraue Eminenz, Hermann Scharff, ChefBK gewesen sei, aber sonst, außerhalb der Periode Scharff, der dem Mammut den Rücken wie kein zweiter freigehalten und dadurch das WuWu-Projekt wesentlich ermöglicht habe, hätten Inszenierung, mangelnde Übersicht und Eitelkeit anstelle des Sachverhalts geherrscht, und was jetzt unter dem Dicken herrsche, das wolle er aus Kollegialität jedenfalls nicht näher beleuchten, es sei jedoch, obwohl der Dicke nicht von ungefähr »der Dikke« genannt werde, ziemlich dünn. So dünn wie die Luft im Sommer in den Büros der Arbeitsebene, dünn zum Atmen, aber schneidend dick vor Hitze, computergesteuert selbstverständlich. Der hauseigene Computer, Hal genannt nach dem Bordcomputer aus Kubricks »Odyssee im Weltraum«, steuere alles, vom Biokraftwerk bis zur Bewässerung der Felsenbirnen, er sei lernfähig und habe schnell begriffen, daß in der Politik Fakten nur Instrumente sind, die man nutzen, mit denen man aber auch lügen kann, so wisse Hal zwar, daß sommers in den Büros der Legebatterien gern mal über 40 Grad herrschten, könne aber ebensowenig etwas dagegen tun wie gegen die über ein gewisses Stadium hinausgehende Austrocknung der Felsenbirnen, die zwar regelmäßig vom Gärtner mit dem Fernglas kontrolliert, aber ebenso regelmäßig, wie die Sprinklerköpfe der Bewässerungsanlage verstopften, gelb und mickrig würden, worauf der Gärtner regelmäßig mit einem Kran zu den Felsenbirnen emporfahre, so der Sachverhalt.

Operativer Vorgang »Marschallin«.
Anna Dugina Rohde

Lückenhafte Datenlage, schreibt »Nemo«, Herkunft als Abkunft, etwas, das sie verschweigt, auch wenn sie darüber spricht, ein Schweigen, wie es Kurt Rohde verwendete. Wahrscheinlich die Tochter des zu zwanzig Jahren Lagerhaft (achtzehnfacher Mord, Karlag Dolinka: Karagandinskij ispravitelno-trudovoj lager, Karaganda Besserungsarbeitslager, Kasachstan) verurteilten Kriminellen Semjon Nikolajewitsch Dugin, eines sogenannten Urkas, Mutter Luise Rohde, geborene Grote, Deckname Hilde Jahn, die unmittelbar nach Überstellung aus dem Butyrkagefängnis Teil der Duginfamilie wurde, Einzelheiten der Schwangerschaft, Arbeitsverpflichtung, Arbeit wo, ärztliche und geburtshilfliche Betreuung unbekannt, Geburtsdatum der Anna Dugina (Rohde, Angaben auf mitgegebenem Schriftstück, der Vorname Anna später geändert zu Anne, vermutlich Schreibfehler) 9.10.1945 nach Gregorianischem Kalender, Trennung von der Mutter, da diese an Entzündung beider Brustdrüsen (Mastitis phlegmonosa obliterans) erkrankt, Ernährung des Kinds durch eine Amme, Jekaterina Wassiljewna Blamuth, ebenfalls Angehörige der Duginfamilie (soweit eruierbar, aus achtzehn Frauen bestehend, darunter die ehemalige Dirigentin der Leningrader – andere Quellen: Moskauer – Operette, Marianna Leer), Dugin ließ das Kind nach Moskau überstellen, zur Behandlung einer Lungenentzündung nach dem Versuch der sogenannten Perwaja, 1. Familienfrau, Albina Nikolajewna Watuchina, ehemals Ingenieurin an den Menshinskiflugzeugwerken Moskau, das Kind zu ertränken, in Moskau Kontakt zu Kurt Rohde, Deckname Albert Jahn, der sich auf die Rückkehr nach Deutschland vorbereitete.

Das Märchenreich am Rhein
Youtube, Sendung »Zur Person«.
Günter Gaus interviewt Konrad Adenauer
Schwarzweiß. Format 4:3, wie es für Porträtdarstellungen am günstigsten ist. Wenige, aber sinnvolle Wechsel der Kameraperspektive, lichtbildnerischer Purismus. Frage, Antwort. Keine Einspiele, kein Dazwischenfahren, ruhige Position des Interviewers (von dem nach der ersten Frage nur der Hinterkopf zu sehen ist) und des Interviewten. Schwarzer Studiohintergrund. Keine Mätzchen. Keine Werbung. Keine Uhr, auf die der Befragte starren könnte.

– Herr Doktor Adenauer, man hat Sie oft den Kanzler der einsamen Entschlüsse genannt. Halten Sie den Beinamen Kanzler der einsamen Entschlüsse für zutreffend, oder lehnen Sie ihn ab?

– Ich halte ihn nicht für zutreffend, sagt Adenauer, ich habe in allen wichtigen Fällen vorher mich der Zustimmung versichert. Adenauer hält die Augen niedergeschlagen, hebt sie zögernd und selten in Richtung des Gesprächspartners, den er, so wirkt es, eher als Stichwortgeber denn als Gesprächspartner sieht, wenn er ihn denn überhaupt sieht, vielleicht ist Gaus durchsichtig, oder er wird es zunehmend, im Jahr 1965, in dem das Interview stattfindet, ist Adenauer neunundachtzig Jahre alt. Doch im Fortgang der Fragen schaut er Gaus häufiger an, strafft sich, scheint die Sache ernst zu nehmen. Die Antworten kommen zögernd, nach Pausen des Nachdenkens, die nicht durch Ähs und Hms unterbrochen sind, gelegentlich durch ein Hüsteln, der Mann sitzt gerade im Sessel, die rechte Hand auf der Armlehne, in der linken wohl einige Papiere, das ist (anfangs) nicht so genau zu erkennen. Dunkler Anzug mit Weste, weißes Hemd, Krawatte; Gaus ebenso, Gaus trägt, am Anfang zu erkennen, Einstecktuch. Der Kanzler der einsamen Entschlüsse holt nun hin und wieder zu kleinen Angriffen aus:

– Sie schreiben doch Bücher? fragt er Gaus, die Stimme mit dem kölschen Einschlag leicht und zu freundlichem Angriff erhoben.

Er wolle jetzt den Schrifts-teller (Gaus spricht mit hanseatischer Trennung) mit dem Regierungschef vergleichen?

Lässige Geste des entschlossenen Willens. Ob er, Gaus, denn seine Kollegen vorher frage, wenn er was schreibe. Durchgearbeitetes, abgezehrtes Gesicht. Wie von einem Indianerhäuptling, der als einziger übriggeblieben ist von einem einst stolzen und häupterreichen Stamm.

– Man hat Sie gern, Herr Doktor Adenauer, den großen Vereinfacher der Politik genannt. Halten Sie diese Charakterisierung für lobend oder für abwertend?

– Das halte ich, sagt Adenauer, ohne zu zögern, für ein ganz großes Lob. Denn in der Tat, man muß die Dinge auch so tief sehen, daß sie einfach sind. Wenn man nur an der Oberfläche der Dinge bleibt, sind sie nicht einfach. Aber wenn man in die Tiefe sieht, dann sieht man das Wirkliche, und das ist immer einfach. (Kurzes Zögern.) Ob das angenehm ist, das ist eine andere Frage.

Osram – Hell wie der lichte Tag, Hier fließt ein wunderbarer Quell ... für das Glück Ihres Kindes – Sanostol macht Kinder kräftig, Wer täglich beim Rasieren flucht, der hat noch nie den Braun versucht, Schauma – Das Schwarzkopf-Schaumpon in der Tube, Reine frische gesunde Haut – Nivea, ohne Krawatte ist der Mann die Hälfte wert, Sunkist-Fruchtsaftgetränke, Hohes C, Gut essen, gut kauen – mit Bullrich-Salz verdauen, Onko Kaffee Gold mit Glücksklee-Milch, Ein guter Start zu glücklicher Wiegenzeit – Penaten

Die Hellgraue Eminenz. Annäherungen an den Vergangenheitskomplex. Jupiterlampen. Bankier Pferdmenges, Regierungssprecher von Eckardt

Wieder und wieder versuchte ich, mich in den Politik- und also Machtkomplex hineinzuversetzen, hineinzugraben, ich hatte das Bedürfnis, ihn zu verstehen, was natürlich eine Vermessenheit war, wer versteht Macht, wer einen anderen Menschen oder auch nur sich selbst, wer versteht den ersten Kanzler der Bundesrepublik Deutschland, von dem bestimmte Bilder existieren und andere nicht: Adenauer der Fuchs, Adenauer der Taktierer, Adenauer, der die Kriegsgefangenen heimholt, Adenauer beim Bocciaspiel in Cadenabbia, Lügenauer, sagte Kurt Schumacher, sein Gegenspieler bei der SPD. Bestimmte Bilder und andere nicht, die Dunkelzonen, in denen er nicht vorkommt, die Flecken, von denen in jenem Interview Gaus einige aufzuhellen versucht, ohne jedoch die Distanz, die Kälte, die der Alte ausstrahlt, durchdringen zu können. Er war weit weg. Wirkte wie zu Besuch, als wäre sein Körper irgendwo festgefroren, nur noch als Hülle herübergeschickt, und damit das Ganze einigermaßen echt wirkte, bewegte sich der Kopf. Der Ring aus Kälte um den alten Mann. Aus einer heute verschollenen Würde aber auch. Hier spielte einer kein Theater. Alle übersteigerten Gesten, alles Schauspielergebaren schienen ihm fremd zu sein, würde er einem Schauspieler zusehen, er würde ihn wohl nicht verstehen, vielleicht auch verachten. Was mag er über Wehner gedacht haben, wenn der lospolterte? Aber Wehner war kein Schauspieler. Oder doch? Mimte er den Verbitterten, war die Bitternis um seine Mundwinkel eine gut eingesetzte Pose? Natürlich nicht, jedenfalls nicht nur. Wer das durchhat, was Wehner durchhatte, wird wohl so.

– Wir sind alle Schauspieler, sagte das Mammut, Politik ist immer Theater. Wir befinden uns im Zirkus, und wir müssen, wollen wir bestehen, viele Pferde zugleich reiten können.

Wer ihn, den Alten, den Fuchs, den Gehaßtgeliebten, verstehen wollte, mußte versuchen, die Anfänge zu verstehen. Die CDU war ja ein ziemlich wilder Haufen, hörte ich die Hellgraue Eminenz, unter dem Alten anfangs mehr Bündnis, mehr Union als Partei, überkonfessionell, Protestanten und Katholiken zusammengepackt, das war auch Pferdmenges' Verdienst. Pferdmenges: Das war der Bankier, nicht Banker, wie heutzutage gesagt wird, der Bankier war die linke Hand des Kanzlers, geboren 1880 in Mönchengladbach als Sohn eines Textilindustriellen und einer Frau, die aus der rheinischen Croondynastie stammte, was dem Namen Pferdmenges zu Glanz verhalf. Pferdmenges, das wurde ein Name am Rhein. Trat in die Discontogesellschaft ein, damals zweitgrößte Bank Deutschlands, sie schloß sich 1929 mit der Deutschen Bank in der bis dahin größten Bankenfusion der deutschen Geschichte zusammen. Förderer der Kölner Universität, Presbyter der evangelischen Gemeinde, 1931 Teilhaber des Kölner Privatbankhauses Sal. Oppenheim jr. & Cie, das er über das Dritte Reich zu bewahren half, indem er der Bank, als sie arisiert werden sollte, seinen Namen gab: Pferdmenges & Co, die Familie Oppenheim blieb Haupteigentümer, geschäftlich aber im Hintergrund. Eifriger und pflichttreuer Kirchgänger, der Kontakt zu Adenauer entstand, als Pferdmenges sich beim damaligen Kölner Oberbürgermeister Adenauer über ein Fußballspiel beschwerte, das an einem Karfreitag stattfand. Nach dem Krieg Mitgründer der rheinischen CDU, die Adenauer und er als marktwirtschaftlich orientierte, überkonfessionelle Volkspartei konzipierten, Adenauer, der Katholik, und Pferdmenges, der Protestant, unter seinen Verwandten Friedrich Engels, Mitverfasser des »Kommunistischen Manifests«. Die rheinische Verfilzung: Doktor honoris causa Robert Pferdmenges, Aufsichtsratsmitglied oder Aufsichtsratsvorsitzender unter anderem in folgenden Firmen: Allgemeine Elektrizitäts-Gesellschaft, Berlin; Colonia Kölnische Versicherungs A.G., Köln; Deutsche Centralbodenkredit A.G., Köln; Kabelwerk Rheydt A.G., Rheydt; Klöcknerwerke A.G., Köln; Kölnische Rückversicherungsgesellschaft, Köln; August-Thyssen-Hütte A.G., Duisburg; Vereinigte Stahlwerke A.G., Düsseldorf; H. Bahlsens Keksfabrik K.G., Hannover; Vereinigte Seidenwebereien, Krefeld; Rheinische A.G. für Braunkohlenbergbau und Brikettfabrik, Köln; Köln-Bonner Eisenbahnen A.G., Köln; Rheinische Stahlwerke, Essen; Vigognespinnerei Pferdmenges & Herren A.G., Mönchengladbach. Der Mann für die Wahlkampfkasse. Nicht der Plenarsaal, das Konferenzzimmer ist sein Arbeitsfeld. Er zieht das gedämpfte Licht des Salons den Jupiterlampen der Öffentlichkeit vor.

Pferdmenges klapperte die protestantischen Größen ab und überzeugte sie, für Adenauer und seine Union zu sein, die keineswegs eine Partei war, wie wir sie heute kennen, sondern eine Ansammlung der Konföderierten, ein Männer- und Rheinbund, man muß sich die Situation damals klarmachen: Nachkrieg, Verwüstung, eine Partei ist aufzubauen, natürlich nicht aus dem Nichts, Problem: Das gab es schon einmal. Vor der Haustür. Außer Adenauer gibt es in der deutschen Geschichte leider noch einen überragenden Parteiführer, wohlgemerkt: überragend als Parteiführer, nämlich Adolf Hitler, schreibt Hans-Peter Schwarz in seinen Anmerkungen zu Adenauer. Hitler, dem wie Adenauer das Kunststück gelang, gleichsam aus dem Nichts eine neue schlagkräftige und für viele unwiderstehliche Partei aufzubauen, als Parteiführer, wie Schwarz schreibt, schließlich das Kanzleramt zu erringen und aus der Partei, der NSDAP, ein tragendes Element zur Unterstützung des Regierens zu machen; überflüssig zu betonen, wie Schwarz schreibt, daß die Ziele der demokratischen und christlichen CDU Adenauers und die der totalitären NSDAP völlig konträr waren, das Beispiel der NSDAP und ihres Führers lehrt, schreibt Schwarz, wie eine Partei nicht sein darf und vielleicht auch deshalb vergleichsweise kurzlebig war, während sich die CDU bis heute als flexibles Zentralelement des Verfassungsstaats bewährt hat. Als Hitler, schreibt Schwarz, im Januar 1933 zum Reichskanzler ernannt wurde, hatte die zentralistisch organisierte NSDAP achthundertfünfzigtausend durchweg fanatische Parteigenossen. Als das Dritte Reich zusammenbrach, gehörten ihr sechs Millionen auf Pfiff dressierte Mitglieder an. Eine derartige Mixtur von Nationalisten, gesellschaftlich randständigen Brutalos, Idealisten, politkriminellen Narren, irregeleiteten Christen, Karrieristen und Angehörigen aller Schichten vom Hochadel bis zum ungelernten Industrieproletarier hat es seither nicht mehr gegeben. Aber es war, schreibt Schwarz, die erste umfassende Volkspartei, die Deutschland bislang gekannt hatte. Das war die Situation, das fand der Alte vor, damit mußte er klarkommen. Eine entscheidende Rolle spielte Pferdmenges. Adenauer kannte kaum seine Kreisvorsitzenden, schon gar nicht seine Kreisgeschäftsführer oder die Vorsitzenden der Fachvereinigungen, sein Führungsstil war anders als der des Mammuts oder von Effjottess, die führten durch Kumpanei, verschwitzte Männerbünde, trinkfest und bürgernah. Der Alte nicht. Der ging auf Distanz. Altes rheinisches Bürgertum: Distanz und Distinktion. Man kann auch sagen: Unnahbarkeit. Wie die Hanseaten. Zu denen Köln ja mal gehörte. Unnahbarkeit nicht nur in der persönlichen Begegnung, sondern auch was den Kontakt zur Partei betraf, Adenauer war mißtrauisch, niemand konnte sich seiner sicher sein, er rügte, wenn auch selten, aber nie ohne Bedacht, selbst seine engsten Vertrauten, Pferdmenges und Globke, er agierte wenig in die Partei hinein. Manchmal hat er auf Kommunikation in die Partei, die er klein hielt auch im numerischen Sinn, die Adenauer-CDU hatte keinen großen Apparat, nahezu verzichtet, er erklärte sich nicht vor den Gremien, wenngleich er deren Zustimmung brauchte, das durften dann andere für ihn hinbiegen, die Scharniere, wie gesagt wurde, die Zwischenfiguren. Globke vor allem, Krone, Blankenhorn, Hallstein, Pferdmenges, von Eckardt. Wie das nach draußen wirkte, was er tat, wie es in der Öffentlichkeit ankam, war dem Alten keineswegs egal. Da glich ihm das Mammut, da glich ihm selbst der wesentlich scheuere, auf wirkliche Distanz bedachte Brandt. Der Alte saß an seinem Schreibtisch im Palais Schaumburg, nörgelte, tobte über seine Presseleute, die das, was sein Kabinett leistete, nicht richtig verkauften, so die Hellgraue Eminenz, die diese Leistungen, schwer errungen und einmalig, wie sie waren, überhaupt nicht verkauften an die Presse, ans Fernsehen und damit an »die Leute«, wie auf der Regierungsinsel das Volk gern genannt wird, auch gern »die Wähler«, der

Souverän »da draußen«, wo der Rhein endet, obwohl er ja nie endet, der Rhein ist in Wahrheit ein Meer, wie die Elbe ein Meer ist. Der Pressesprecher sitzt zwischen allen Stühlen auf dem sogenannten Schleudersitz. Man geht als Regierungssprecher zum Bundespresseamt hinüber, wo sie schon hocken und begierig auf Nachrichten aus den inneren Kreisen warten, wirkliche News, keine Enten und kein Gelaber, das wir uns auch selbst zusammenreimen können, keine Wolken und kein Gedöns. Was will der Alte wirklich? Was der Alte wirklich will, ist geheim, genau das darf er, der Sprecher, eben nicht sagen, jedenfalls nicht hier vor den Kettenhunden der Boulevardpresse oder vor den Scharfschützen aus dem Nachrichtensicherheitshauptamt, die montags zur Jagd blasen, nicht vor den Kommentatoren der bürgerlichen und der linksliberalen Presse, die sich so verständnisvoll geben, aber viel besser wissen, wie man regiert, als der Alte selber. Alle diese Profis der Wirklichkeitsverwandlung, sie verwandeln Wirklichkeit in Schrift, erwarten Substanz, und die muß der Regierungssprecher liefern, will er ernst genommen werden. Substanz aber gibt es nur, wenn er dem Kabinett und dem Kanzler nahesteht, er muß die Interna kennen. Aber genau die sollen nicht raus. Der Regierungssprecher soll also den Alten zufriedenstellen, indem er für gute Presse sorgt, er soll aber auch die Presse zufriedenstellen, indem er für gute Informationen sorgt, ein verschwiegener Sprecher, ein Paradox auf zwei Beinen. Über einen verschwiegenen Sprecher aber beginnen die Journalisten bald zu murren, was zur Folge hat, daß die Regierung kritisiert wird, schlechte Presse bekommt, und die Regierung bin ich! so der Alte, so das Mammut, so im Grunde, meinte Delanotte, alle Chefs, was zur Folge hat, daß die Regierung unzufrieden ist mit ihrem Sprecher, weil ein unzufriedenes Mediencorps schädlich ist, schädlicher als die Opposition im Unterhaus oder der eine und andere Parteifreund, der sich zu kurz gekommen glaubt und herumzuintrigieren begonnen hat, es ist im Grunde, so Delanotte, wie in einer Schulklasse: der Primus, der Alte, will vom Lehrer, der Presse, gelobt und geliebt werden, will eine gute Zensur haben, verdammt noch mal!, und wenn er sie nicht bekommt, dann ist der Regierungssprecher schuld, also wird er den Regierungssprecher auszuschließen, aus dem engsten Kreis zu exportieren beginnen, Entfremdung ist die Folge, was natürlich die Journalisten spüren werden, ein Regierungssprecher, der nicht mehr im engsten Kreis dabeisein darf, wird nun aber erst recht uninteressant für sie, was zu weiteren Regierungsunzufriedenheiten führt. Ab jetzt ist es nur noch eine Frage der Zeit, bis der Schleudersitz wippt, der Kreis sich schließt und in den Bulletins die Nachricht erscheint, daß der Posten des Chefs im Bundespresseamt neu zu besetzen ist.

Der Alte saß über Akten, telefonierte, rannte auf und ab im Palais Schaumburg, ging im Park mit Globke spazieren. Um Angelegenheiten zu klären, die nur an der frischen Luft zu klären waren. Um von Globke Auskünfte einzuholen. Augen, Ohren überall. Um die Spaziergangslegende zu pflegen. Um sich die Beine zu vertreten. Um Eckardt zu demütigen, den Regierungssprecher, Felix von Eckardt, Paradiesvogel im Palais Schaumburg. Der Dandy im Kanzleramt, und das unter dem Alten, der alles war, nur kein Dandy, obwohl er, so die Hellgraue Eminenz, als Oberbürgermeister Köln auf Pump aufbaute, an der Börse zockte, einen Maßanzug zu schätzen wußte und die Bildwirkung seiner Rhöndorfer Rosenzucht nicht minder.

Aber der Dandy ist nicht nur eitel, zum Dandy gehört Leichtigkeit, und die hatte Eckardt. Der Alte nicht. Der Alte saß an seinem Schreibtisch im Palais Schaumburg und beobachtete seinen mehr oder weniger getreuen Eckardt: den peinlich genau gestutzten Schnurrbart, die schrillen Westen, von denen unser Paradiesvogel angeblich ein halbes Hundert im Schrank hatte, seine exzentrischen Neigungen – er schrieb Drehbücher, »Der Stern von Rio«, »Peter Voss, der Millionendieb«, beides Kassenschlager, er war berühmt-berüchtigt als Partylöwe, fuhr im Sulky Pferderennen, für einen Regierungssprecher reichlich bunt das alles, der Alte sah ihm zu, bewunderte ihn vielleicht auch ein Stück weit, wie gesagt wird, denn Eckardt konnte mit den Journalisten umgehen, hatte eine leichte Hand, Charme und Witz, und wenn er mal nichts wußte, sprang die wichtigste Gabe des Regierungssprechers ein: Schöne Schlaufen, Eiskunstlaufen, werden's mit Begeist'rung kaufen.

Eindringen, dachte ich, wenn die Hellgraue Eminenz versuchte, mir die Verzweigungen der Politik klarzumachen, die Allianzen und Gegnerschaften der Kupferinsel, den Komplex, in dem die Spinnen hocken und auf Beute lauern. Eindringen, es war dieses Wort, das die Hellgraue Eminenz oft gebrauchte, das mich faszinierte, weil es mir ein Versprechen gab: etwas zu verstehen von dem, was vorging, von der Politik, die, so dachte ich, unser aller Leben bestimmte, weil sie es zu ordnen versuchte und diejenigen, die Politik trieben, gegen die anscheinend allmächtigen, immer wiederkehrenden, alle Bemühungen um ein bißchen Dauer und Stabilität immer wieder zunichte machenden Kräfte des Chaos ankämpften. Die Hellgraue Eminenz verzog den Mund: ankämpfen, ja, mag sein. Allzu idealistisch und pathetisch ausgedrückt. Politik: Das ist, wenn sie Regieren ist, unausgesetztes Entscheiden, Entscheidungsfinden, Interessenabwägung, Freundfeinddenken, Einteilung der Menschen in Nützlich und Unnütz, ist Spiel auf dem komplizierten Instrumentarium zur Gleichgewichtsherstellung, Dienst, o ja, so die Hellgraue Eminenz, das auch. Es ist Lüge und Verzehr, Verkaufen und Inkaufnehmen, Schauspiel und der unausgesetzte Verrat, allerdings ein Verrat im Dienst der richtigen, der guten Sache. Es ist unausgesetzte Beschädigung durch den Feind, und daraus folgt, daß man sein eigener Feind wird, wenn man es nicht schon war, diese Beschädigung nimmt Zug um Zug die Möglichkeit, den anderen anzuerkennen und auf diese Weise ein vollständiges Bild der Wirklichkeit zu erhalten, man beginnt auszuschließen, man wird ganz und gar Partei, man vergißt den Spiegel und den darin sichtbaren Anderen. Politik ist Macht, Macht und Macht und im Grunde nichts anderes. Da sie Macht ist, so die Hellgraue Eminenz, braucht man die Interpretatoren, die Ausleger, die Sichtbarmacher, und das sind die Medien mit ihren Torhütern, ihren Gatekeepern zwischen Politik und Bürger. Und man braucht also, auf seiten der Macht, jemanden, der die Gatekeeper wiederum steuert, eine schwierige, fast unmögliche Kunst. Einer war Eckardt, der Paradiesvogel, der dem Alten die Journalistenmeute vom Hals hielt, ihre unbequemen Fragen, Eckardt mit dem Pfefferfresser Ramses im Schrank, dem Vogel aus Brasilien, den die Sekretärinnen verwöhnten und der mehr zu hören bekam als mancher Minister. Ramses, der Eckardt beobachtete mit schräggelegtem Kopf, und den Eckardt beobachtete, wenn es mal wieder was auszubrüten galt, 1957 im Wahlkampf gegen die SPD der fiese, aber wirksame Slogan: ein

Sieg der SPD bedeute den Untergang Deutschlands. Gleich den Untergang! Doch Adenauer hatte gesagt, in der Propaganda könne man nicht hart und scharf genug sein, das behalten die Leute, das macht Eindruck. Ob die Politik ihrer Natur nach ein schmutziges Geschäft sei: Ich möchte nicht sagen, ihrer Natur nach, so Adenauer, aber in der Tat. Da war der Alte, so die Hellgraue Eminenz, nicht zimperlich. Die alten Parteiführer teilten die Erfahrung, daß nichts politische Gemeinschaften so sehr festigt wie der Konflikt, wie die Polarisierung, die schroffe Abgrenzung vom Gegner. Und das betraf ja nicht nur Adenauer. Auch die Sozialdemokraten waren nicht fein, Schumachers Schärfe war berüchtigt, und Wehners Schärfe ebenso, die nahmen sich nichts. Wehner titulierte den Abgeordneten Wohlrabe mit »Herr Übelkrähe«, und bloß humoristisch war das nicht gemeint.

Direkt von der Quelle ist immer ein Vorteil – Quelle Internationaler Großversand, Zum Saubermachen Henkelsachen, 4711 Tosca Puder, 4711 – Die liebe Gewohnheit, Bauknecht weiß, was Frauen wünschen, Kühlschränke, Waschmaschinen, Bosch macht Frauenwünsche wahr, Wenn einem so viel Gutes widerfährt, das ist schon einen Asbach Uralt wert

Youtube, Film von Heinrich Breloer, Wehner, oder: Das Schweigen
Die Schatten im Zimmer. Die Schatten draußen. Die Lampe auf dem Tisch.

– Sie können gehen, sagt er zur Sekretärin, die sich ausweichend löst (von ihren Aufgaben hier, von ihm), als wäre alles getan. Ihm gegenüber sitzt Wienand, der junge

Abgeordnete, im Büro, sitzt vor der Bücherreihe, damals hatten Politiker noch Bücher im Büro, ließen sich vor Bücherreihen fotografieren, filmen, betrachteten Bücher als nützlich fürs Image. Wienand sitzt, rutscht noch unruhig hin und her, bleibt auf der Sofakante, wie auf dem Sprung, falls er ruft. Er steht am Fenster, stopft bedächtig seine Pfeife – eine seiner Pfeifen, er besitzt mehrere Dutzend, alle mit geradem Stiel, er schaut hinaus, sieht er den Rhein? Den Fluß, der die Schatten draußen wechselt? Dann dreht er sich um, geht zum Stuhl, setzt sich. Die Sekretärin hat Wienand eine Kaffeeflasche hingestellt, eine Tasse mit Untertasse dazu. Wienand wartet. Er, Wienand entfernt gegenüber, steckt sich die Pfeife an. Gleich wird er sprechen. Die Sekretärin hat noch einen schönen Abend gewünscht. Wienand hockt auf dem Sofa, rutscht vor, eifrig, schenkt sich eine Tasse Kaffee ein.

– Das war ein Fehler: sagt der alte Wienand, die Szene kommentierend. Der Fehler war, vor einem Termin bei Wehner nicht austreten gegangen zu sein.

Der junge Wienand sitzt, rutscht zurück, rutscht vor, wie ein Student beim Prüfer oder ein Vorgeladener beim Verhör. Wehner lehnt sich zurück, sieht Wienand nicht an, starrt nach draußen, die schlicht zurückgestrichenen Haare über der hohen Stirn bekommen Glanz vom Licht der Schreibtischlampe. Wienand hebt den Kopf. Wehner drückt sich ein wenig im Stuhl zurück, das Holz knarrt, er schmaucht die Pfeife, pafft den Rauch in Richtung Fenster. Wienand nimmt den Kopf wieder herunter, eine Sekunde lang hat er sich zu weit aus der Deckung gewagt, kippt den Kopf, ein, zwei Zentimeter nur, doch so, daß Wehner erkennen muß, daß hier eine Demuts-, eine Unterwerfungsgeste womöglich, vorliegt, wer ist er schon, mag der

Alte denken, Wienand, der junge Abgeordnete im Büro des Fraktionsvorsitzenden der Sozialdemokratischen Partei, der alte Wienand, von Breloer interviewt, empfängt auf einer Couchgarnitur vor furnierter Schrankwand, hinter Wienand ein Gummibaum, Wienand im Pullover, der beim Vietnamesen oder bei kik, wenn es das im Jahr des Interviews schon gab, für zwei fünfzig von der Stange gekauft sein könnte. Der alte Wienand lehnt sich zurück. Obwohl er einen bescheidenen, loyalen, uneitlen Eindruck macht, sagt mir dieses Zurücklehnen, daß hier ein Mann sitzt, der Bescheid weiß, sich zu den Eingeweihten zählt und zählen darf. Die Socken, die sichtbar werden, als er ein Bein übers andere schlägt, sind von schmutzigem Gelb, lassen Wadenfleisch frei. Schweres Kölsch der Rede. Der junge Wienand, in Wehners Büro, greift zur Tasse, trinkt, hebt die Tasse über Mundhöhe, senkt sie, setzt die Tasse ab. Auch Wehner hat eine Tasse in Reichweite stehen, nimmt die Tasse, zieht kurz die Pfeife aus dem Mund, wie ein Kommandeur einen Soldaten vom Posten abzieht, trinkt, setzt die Tasse auf die Untertasse, steckt die Pfeife wieder in den Mund, mustert den jungen Wienand mit einem knappen, leicht drohenden Blick. Der junge Wienand erinnert an ein Hündchen, das vor dem Herrn kuscht und nicht wagt, irgend etwas zu begehen, das den Zorn des Herrn weiter reizen könnte, aber daß Zorn da ist, spürt das Hündchen natürlich, es weiß nicht, was es Schlimmes getan hat, daß dieses Schweigen so auf ihm lasten muß, es weiß nicht, was dieses Schweigen zu bedeuten hat, ob es, das Hündchen, sich rühren und also etwas tun soll, es nimmt hin und wieder eine Haltung an, die der Herr als »offen« verstehen könnte, wenn er denn wollte, offen für einen Gesprächsanfang, ein Nachlassen der Spannung, für irgendeinen Ausdruck, was der Herr denn nun eigentlich will. Der rückt an der Brille, starrt nach draußen. (Ich stelle mir vor, was ich getan hätte: irgendwann zu erkennen gegeben, daß ich den Test als Test erkannt und angenommen habe? Das hätte den Test vermutlich entwertet, ein erkannter Test ist keiner mehr, hat man erkannt, daß man getestet wird, kann man sich auf die Situation einstellen und heldischer auftreten, als man ist. Eine Gefängnisstrafe, die auf zehn Jahre lautet, ist für den, der ihre wahre Dauer, die ein Jahr betragen wird, kennt, mit mehr Mut und größerer Widerstandskraft zu bewältigen, er kann aus der Zukunft in die Vergangenheit schauen und seinem anderen Ich dort zuraunen, daß es eine Revolution und damit seine Befreiung geben wird.)

Woran denkt Wehner? Denkt er überhaupt, wenn er so sitzt, oder sinkt er in eine Art Winterstarre wie eine Echse, ist er immun gegen die Pein, die sein Gegenüber empfindet, das da auf der Couch sitzt und seit Stunden – wie vielen? zwei oder schon drei? – auf Toilette muß und trotzdem eine Tasse Kaffee nach der anderen trinkt? Wehner steht auf, Wienand wagt schon gar nicht mehr aufzublicken, Wehner tritt an Wienand heran, die Kaffeekanne in der Hand, macht eine anbietende Geste, Wienand lehnt stumm ab. Wehner bleibt stehen, faßt nach der Pfeife, nickt, geht zum Schreibtisch zurück. Die Uhr tickt, in Wienands Ohren, stelle ich mir vor, wahrscheinlich überlaut. Wie lange kann man so sitzen und schweigen?

Der alte Wienand:

– Ach, das konnte manchmal die ganze Nacht sein. Drei, vier Stunden, das war noch gar nichts.

Die Schatten im Zimmer. Keine besondere Ausstattung, die üblichen schweren Möbel jener Zeit, wohl Anfang oder

Mitte der sechziger Jahre, Adenauerzeit, Erhardzeit, Übergang zur Großen Koalition unter Kiesinger. Gardinen vor den Fenstern. Polstermöbel. Bücher: Man ist doch kein Bürgerschreck. Man war das mal, der mit dem schwarzen Punkt im Herzen. Bürgerschreck? Darum geht es nicht. Das hier ist die Tradition der Arbeiterbildung, ein zutiefst sozialdemokratisches Anliegen. Und der Anarchisten. Die haben immer gelesen. Die kannten ihre Klassiker.

Säße ich an Wienands Stelle, hätte ich mich irgendwann zurückgelehnt, eins der Bücher aus dem Regal gezogen und darin zu lesen begonnen. Eine Frechheit, es wäre wohl mein Henkerslesen geworden, da die Henkersmahlzeit ja schon nur aus Kaffee besteht. Ich hätte gelesen oder zumindest so getan, als läse ich, und dabei das Tikken der Uhr und die Wehnerschen Atemzüge gehört, das gelegentliche Sückeln und Schmauchen an der Pfeife. Das Knarren des Wehnerschen Stuhls, des Fußbodens, auf dem sich die Gewichte verlagern. Wienand schwitzt. Er tupft sich die Stirn, den Hals mit einem Tuch ab. Wenn man so lange schweigt und angeschwiegen wird, steigen die tollsten Dinge aus den Geheimkammern, nichts dringt so umstandslos zu ihnen vor wie Schweigen, fordert sie heraus, die Geheimnisse, aus den innersten Kammern, in denen sie, sorgsam abgeriegelt, ruhten. Was aber, wenn Stille entsteht? Sich ausbreitet, nicht unterbrochen wird, da sie, das weiß der junge Abgeordnete, auf keinen Fall unterbrochen werden darf? Weil es eine Kraftprobe ist ähnlich der zwischen Wasserdruck und U-Boot, das ein Kapitänleutnant, der mit dem Wasser im Bunde ist, immer tiefer sinken läßt, bis das Gebälk nicht mehr nur arbeitet, sondern knackt und kracht. Die Stille ist es, die wir nicht ertragen, und je tiefer die Stille ist, um so bewußter und quälender wird die Schuld, die wir haben, auch wenn wir das noch nicht zu wissen glauben. Wir haben eine Schuld, alle. Das Gehirn wühlt in den Erinnerungen, um die Szene zu fördern, in der wir uns schuldig machten. Es muß sie geben, es kann nicht anders sein. Wenn er, der mächtige und gutinformierte Mann, mich einbestellt und dann nichts sagt, nur vor mir sitzt und an der Pfeife zieht und nach draußen starrt, dann muß etwas passiert sein durch meine Schuld, dann kann etwas nicht stimmen. Aber was? Sprich mit mir! Was ist es, das nicht stimmt? Wo liegt meine Schuld?

– Wir haben uns nun ausgesprochen, sagt Wehner nach einer solchen Nacht. Wir können miteinander arbeiten.

Neckermann macht's möglich, Nesquik schmeckt und gibt mehr Mumm, Sichern Sie sich den Wagen mit dieser einzigartigen Bürgschaft. Den wertvollen VW, Esso Motor Oil – ganz große Klasse, Borgward Hansa – Eine neue Welt verlangt den neuen Wagen, Mach mal Pause – Coca-Cola, … immer mit der Ruhe und 'ner guten Zigarre

Globke, oder: Die Verpuppung

Delanotte liebte diese Gespräche, die langsam einkreisenden Analysen, er liebte die Beobachtung, er wußte von seinen Vorgängern. Die Bezeichnungen Hellgraue und Dunkelgraue Eminenz existierten schon unter dem Alten. Eckardt: die Hellgraue Eminenz, Globke: die Dunkelgraue Eminenz, Pferdmenges, Krone, Hallstein, Blankenhorn: die Mittelgrauen Eminenzen. Globke, so Delanotte, Hans Maria Globke, der Mann hinter Adenauer. Die rechte Hand. Ein Dossier über ihn, so Delanotte, müßte den Titel »Globke, oder: Die Verpuppung« tragen, es wäre eine Untersuchung über Gestaltwandel, oder vielleicht gerade nicht, so Delanotte, vielleicht ist sich Globke im Grunde immer gleich geblieben. Im Grunde: Wo der innerste Globke haust, der die anderen Globkes nach außen schickt wie Wirkungen aus einer Ursache. Aber zunächst ein Ich, das aus zwei Körpern besteht, und der eine davon trägt eine Schuld. So daß der andere, mit dem einen verbunden, versucht, sich von diesem einen zu lösen, den Platz einzunehmen, den der erste Körper einnahm, ihn zu verdrängen, ungeboren zu machen, den Beamten im preußischen Innenministerium seit 1929, seit 1933 Oberregierungsrat, seit 1938 Ministerialrat, 1936 Leiter des Personenstandsreferats im Innenministerium, als solcher schrieb er den offiziellen Kommentar zu den Nürnberger Gesetzen, machte sie anwendbar, führte in ihnen die möglichen Fälle und Kombinationen auf und wie für jede Kombination zu verfahren sei. Einer meiner fähigsten Beamten, lobt Frick, der Innenminister, den ersten Körper Globke. Der erste Körper Globke ist auch im Palais Schaumburg anwesend: wenn es dunkel wird, die Schatten näher kommen, wenn die Verdrängungsmaschinen müder werden, kleine Fehler begehen, das schwere schwarze Telefon in Reichweite des zweiten Körpers Globke allzu vernehmlich schweigt, der zweite Körper Globke, der den Decknamen »Causa« trägt, Dossiers zur Hand nimmt. Aber auch der erste Körper Globke spaltet sich – in den pflichttreuen Staatsbeamten und in den Boten der katholischen Kirche, der seinen Bischof, Konrad Graf von Preysing, über die Vorgänge im Ministerium informiert. Gesetz zum Schutze des deutschen Blutes und der deutschen Ehre. Gesetz zum Schutze der Erbgesundheit des deutschen Volkes: Ehegesundheitsgesetz. Der erste Körper Globke sitzt im Reichsinnenministerium und schreibt den Kommentar zu den Nürnberger Gesetzen. Schafft die Grundlagen, womit man die Menschen klassifizieren kann in diejenigen, die deportiert und ermordet werden sollen, und diejenigen, die auf andere Weise zu diskriminieren sind. Stichwort Rassenschande. Nicht allein der Geschlechtsverkehr zwischen Juden und Ariern ist ein Straftatbestand, sondern auch »beischlafähnliche Handlungen«: Diese Erweiterung stammt von Globke. Das ist der katholischen Kirche nicht unsympathisch. Hier berühren sich katholische Sittenlehre, nach der sexuelle Betätigung ohne Zeugungszweck eine Sünde ist, und nationalsozialistische Ideologie. Nicht alles am Feind, so habe man wohl klammheimlich in Kirchenkreisen gedacht, so Delanotte, ist verwerflich, manches, das der Feind tut, hat er auch für uns getan. Der erste Körper Globke also spaltet sich: die eine Hälfte – der pflichttreue Beamte – schreibt den Kommentar, die andere Hälfte – der gute Katholik – geht zum Bischof, um mit ihm über die Rettung von zum Katholizismus konvertierten Juden, sogenannten katholischen Nichtariern, zu beraten. Preysing, ein Nazigegner, so Delanotte, versuchte die katholischen Nichtarier vor der Deportation zu bewahren, bat Globke, behauptete dieser, im Amt zu bleiben. Die Schuldabschreibung, so Delanotte, geht dann etwa wie folgt: Da mich der Bischof bat, mußte ich bleiben. Mußte meine Pflicht erfüllen. Mußte ein guter Beamter sein, um nicht aufzufallen. Mußte mich, um mich halten zu können, unentbehrlich machen. Und dabei war ich nur Befehlsempfänger.

Befehlsempfänger: Das war, worauf sich Eichmann berief, so Delanotte, worauf Eichmann immer wieder abhob im Eichmannprozeß, und Globke sollte als Zeuge vorgeladen werden. Was der Alte nicht wollte. Er brauchte Globke, und es war Wahlkampf. Ben-Gurion, der damalige israelische Ministerpräsident, sollte dafür sorgen, daß Globke nicht in den Eichmannprozeß hineingezogen wurde. Gegenleistung: Zahlung von soundsoviel Milliarden Mark an Israel, dazu Ausrüstungen, Waffen, die Israel dringend braucht, man ist dort von Feinden umgeben.

Nimmst du Geld von einem, der deine Familie ins Gas schickte?

Der, genauer, so Delanotte, die Voraussetzungen dafür schuf, damit andere deine Familie ins Gas schicken konnten: Kann man einen solchen, einen Voraussetzer, als Schreibtischtäter bezeichnen? Globke hat formal nicht an Gesetzen mitgewirkt, aber an Verordnungen, die Verordnungen jedoch füllen das Gerüst des Gesetzes aus. Die wichtigste, die Schlüsselverordnung für die Konsequenz Deportation, war die elfte Durchführungsverordnung, mit der die zu deportierenden Juden für staatenlos erklärt und ihre Vermögen eingezogen wurden. An der Ausarbeitung dieser Verordnung hat Globke teilgenommen.

War, so Delanotte, nie Mitglied der NSDAP. Sei im Ministerium geblieben, um Schlimmeres zu verhüten. Beliebtes Argument, dachte ich, auch nach dem Zusammenbruch der zweiten deutschen Diktatur. Läßt sich, so Delanotte, ja nur schwer widerlegen. Kontakt zum Widerstand. Die einen sagen: Weil er einigen Widerständlern auf den Ministeriumsfluren begegnete, in der Kantine. Was also heißt Kontakt? Die anderen, ausgewiesene Nazigegner, gaben nach 1945 Ehrenerklärungen für ihn ab. Die CIA meinte, so Delanotte, die Bestellung Globkes sei kein guter Stil, nach gründlicher Prüfung aber nicht illegal gewesen. Der zweite Körper Globke saß im Palais Schaumburg als Staatssekretär und zog, wie man sagt, die Fäden.

Wie von Zauberhand berührt, gelingen im Starmix, der neuen, elektrischen Küchenmaschine, in Sekunden die köstlichsten Speisen und Getränke, Mein Miele macht's, Dein Sekt sei Deinhard, Ist der Feierabend da, Hausschuhmarke Romika, Auf Schnupfennächten liegt ein Fluch! – Da hilft das Tempotaschentuch, Gut geschlafen – Schlaraffia

Die Hellgraue Eminenz setzt fort.
Erneutes Eindringen in den Machtkomplex
Vigilien, sagten wir, Nachtwachen, wenn der politische Betrieb oben zur Ruhe gekommen war, nur das eine oder andere Fenster auf dem Venusberg noch erhellt war, auf der Kohleninsel die Stunde der Pförtner und der Securitydienste anbrach, die ihre Runden machten. Wir saßen dann in der Englischen, in der Wiener Bibliothek oder im Büro der Hellgrauen Eminenz, unter den Instrumenten, wie er sagte, Wasserwaage, Maurerkelle, Peitsche, ein Stück Zucker, das an einem Faden an der Wand hing und immer wieder das Ziel von Ramses IV oder V war, dem Pfefferfresser, der in wiederkehrender Gestalt seit Eckardts Zeiten zum Traditionsbestand gehörte, die Hellgraue Eminenz am Schreibtisch, ich ihr gegenüber auf einem Stuhl, einem Armesünder- und Zuhörerstuhl, es war ein Liebesgruß aus Moskau, ein aus Hartholz gefertigtes Möbelstück aus Chruschtschows Büro. Immer wieder kam die Hellgraue Eminenz auf die Anfänge zurück, das Palais Schaumburg und Adenauers Zimmer darin, schilderte das Mobiliar, den Blumenstrauß auf dem Tisch, die Staubfängerlampen, sprach von den geschwungenen Beinen des Adenauerschreibtischs, als ob ihre Schwingung etwas mit den Entscheidungen zu tun gehabt hätte, die

der Kanzler an diesem Tisch gefällt hatte, räsonnierte, ob das Möbelstück Louis-Seize- oder Empirestil gewesen sei, schien sich am Alten gewissermaßen aufzuwärmen, bevor die Rede auf Globke kam, Adenauers rechte Hand. Bei aller Kritik schien die Hellgraue Eminenz diesen Mann auch zu bewundern, seine Verwaltungserfahrung, seine Kenntnisse des Politikbetriebs, sein sprichwörtliches und offenbar phänomenales Gedächtnis für Personen – Globke kannte jeden, der mit dem Machtkomplex, mittelbar oder unmittelbar, zu tun hatte, jeden Politiker, die Administration vom Staatssekretär bis zum Referenten, und das nicht nur im Kanzleramt, sondern in jedem Ministerium, er war die Spinne, die im Zentrum eines riesigen Netzes hockte und zu der alle Informationen liefen. Wer das Märchenreich am Rhein betrat, klebte schon an einem ihrer Fäden, kaum merklich, aber die Spinne hatte es registriert. Kannte Hunderte, Tausende Lebensläufe, Hobbys, Sorgen und Freuden, den Zustand der Ehe, Schwächen, Vorzüge und Verführbarkeiten, wußte, was die Kinder taten, wer Feinde und Freunde waren, mit wem man sich traf und mit wem nicht, es gab damals, so die Hellgraue Eminenz, im ganzen Märchenreich niemanden, der über Politik und ihre Hintergründe besser informiert war als Globke.

– Böll womöglich, wagte ich einzuwerfen. »Frauen vor Flußlandschaft«.

Böll, so die Hellgraue Eminenz, ein aufrechter Mann und ein gezeichneter dazu, der Kölner Katholik, das gute Gewissen des Märchenreichs am Rhein, ein Moralist, der sich immer wieder an der Politik, speziell der des Alten, rieb, im Grunde aber keine Ahnung von Politik, ihren Erfordernissen, ihrer Nüchternheit, ihrer grundlegenden Amoralität unter den Schichten von Moral, die ihren Alltag auch beschreiben, hatte, wie so viele Intellektuelle, so die Hellgraue Eminenz, die das Gute mit dem Gutgemeinten verwechseln, welchen Unsinn hat der Brock in dieser Hinsicht verzapft, der doch geniale Bücher schrieb, und welchen der Brandenstein, der immer glaubte, ein politischer Hellseher zu sein und alles besser zu wissen, der aber, so die Hellgraue Eminenz, unter der Narrenkappe, die er sich gerne überstreifte, kein Nationalliberaler war, sondern ein Nationalist pur sang, ressentimenterfüllt, überheblich, antifranzösisch, der in der ›Wahrheit‹ auch eine Art Mafianest von ehemaligen SS- und SD-Leuten aus dem Reichssicherheitshauptamt um sich versammelte und der, so die Hellgraue Eminenz, eine gut entwickelte Fähigkeit zum Aufstellen von todsicher falschen Prognosen hatte. Auch heute noch, so die Hellgraue Eminenz, habe ich, wenn ich die ›Wahrheit‹ aufschlage, recht schnell das Gefühl, daß der eine oder andere eine glänzende Karriere in Blättern wie ›Das Reich‹ oder ›Das Schwarze Korps‹ gemacht hätte, Goebbelszungen, Kopf-ab-Schreiber, Demagogen wie der Junior, Jan Brandenstein, und dabei gab es früher einmal sehr gute, genau recherchierte und um Fairness bemühte Artikel, vierzig, fünfzig Seiten waren keine Seltenheit, so die Hellgraue Eminenz, das waren bebilderte – und gut bebilderte! – Abhandlungen, intellektuelle Herausforderungen ohne Erziehungs- und Maßregelungsauftrag. Man lese, was die über Pferdmenges schrieben, den Mann für Adenauers Wahlkampfkasse, das konnte sich sehen lassen, das war echte grundlegende Arbeit. »Die Grundlage« oder »grundlegend« waren Wörter, welche die Hellgraue Eminenz, um wichtige geistige Auseinandersetzungen zu kennzeichnen, häufig gebrauchte, so in bezug auf Koeppens Buch »Das Treibhaus« und auf Franz

Walters »Charismatiker und Effizienzen«, ein Buch, das die Hellgraue Eminenz Schwarzbrot und Grundlage für alles Weitere, eine wirklich interessante und unverzichtbare Schrift nannte. Ich arbeitete das Buch durch, machte Anstreichungen, schrieb Kommentare ein, so hielt ich es immer mit dem Material, wie die Hellgraue Eminenz das nannte, Material für die Erforschung des Politik- und also Machtkomplexes. Obwohl es nicht selten viel mehr als das war, was das Wort Material einem kritischen Ohr besagen mag – manchmal, so dachte ich, war ich das Material dieses Materials, indem es mir ungewöhnliche Aspekte überhaupt erst eröffnete, indem es mir Hinweise gab, die ich ohne dieses »Material« wahrscheinlich nie bekommen hätte. Der Politiker, erst recht der Verwaltungsbeamte, so die Hellgraue Eminenz, müsse lesen, neugierig bleiben, er brauche das geistige Brot bei Strafe der Verflachung. Es komme immer wieder darauf an, den Bezug zur *Aufgabe im Grunde* herzustellen. Auch der Alte sei, was die Geistesnahrung betreffe, kein Kostverächter gewesen wie heutzutage so mancher Emporkömmling, so die Hellgraue Eminenz, immer habe der Alte in seiner Aktentasche einen Gedichtband dabeigehabt, habe Heine- und Goethegedichte auswendig gewußt, Teile der »Ilias«, welcher Politiker heutzutage könne das noch von sich sagen. Er sei ein Liebhaber der bildenden Kunst gewesen, habe sich manchmal, nach anstrengenden Sitzungstagen, seine Lieblingsbilder auf Dias angeschaut, um in eine andere Welt zu kommen, so die Hellgraue Eminenz, das habe der Alte mit den anderen Patriarchen gemeinsam gehabt, mit Hallstein etwa, dem brillanten, doch im Grunde mehr an Justizproblemen, juristisch exakter Verhandlungsführung als an den Erfordernissen der Realpolitik interessierten Verfasser der gleichnamigen Doktrin, ein Hagestolz, der Adenauer irgendwann so auf die Nerven ging, daß er ihn im Beisein des peinlich berührten britischen Botschafters mit Walnüssen bewarf. Klassische Bildung galt ihnen etwas, den Kurt Schumacher und Herbert Wehner, Theodor Heuss und Franz Blücher, Thomas Dehler und Heinrich von Brentano, den der Alte, so die Hellgraue Eminenz, freilich nicht ernst nahm, im Gegensatz zu dessen Nachfolger als Unionsfraktionschef, Heinrich Krone. Ludwig Erhard, des Alten Feindesfeind und Freundfeind, später Spezialfeind und also, um ein Lieblingswort des Alten zu gebrauchen, Gegner, Erhard, der mehr Professor war als ein Politiker, der die Feinheiten der Taktik, der Gegnererledigung, des Allianzenschmiedens beherrschte, obwohl er keineswegs öffentlichkeitsscheu war, und doch mehr genialer Konstrukteur im Hintergrund als Kanzler. Was er denn auch nicht lange blieb, aus verschiedenen Gründen, einer davon, so die Hellgraue Eminenz, war, daß der Alte in Rhöndorf Beziehungen spielen ließ und Erhard schlechtmachte, durchaus wirksam, an seinen Fähigkeiten zweifelte, ihm rundweg die Eignung, Bundeskanzler zu sein, absprach. Erhard, so die Hellgraue Eminenz, der Dicke, der plump wirkte, aber ein wirklicher Kopf war, ein begnadeter Volksredner auch, freilich viel weniger demagogisch als der Alte. Ich habe Krone erwähnt, so die Hellgraue Eminenz, ich muß noch etwas zu ihm sagen, wir waren bei Globke, aber manchmal erkennt man die Spieler am besten an ihren Begrenzungen, an ihren Gegen- und Mitspielern, auf die sie reagieren müssen, was ihnen Profil gibt. Über Krone weiß man heute noch weniger als über Globke, und dennoch ist der Rheinkomplex, der Politik- und also Machtkomplex, der frühe unter Adenauer wenigstens, ohne das Wirken dieser beiden Flügeladjutanten nicht zu verstehen. Ich stellte mir oft vor, so die Hellgraue Eminenz, wie sie neben dem Alten im Park des Palais Schaumburg spazierten, der eine links, der andere rechts, die Flügeladjutanten, der Tag- und der Nachtschatten. Globke, der Staatssekretär, für viele die moderne Ausprägung des Beraters von Kardinal Richelieu, Père Joseph, »l'éminence grise« genannt, weil er stets die graue Kapuzinerkutte trug, Globke, von dem man nichts hörte, wie Walter schreibt, und kaum etwas sah, der die Öffentlichkeit mied, kein Mann für Premierenabende und Pressebälle, Globke, dessen Einfluß so weit ging, daß der Politologe Hennis, einer meiner Lehrer, so die Hellgraue Eminenz, von der Ära Adenauer/Globke schrieb, auf der Regierungsinsel hieß sie, so die Hellgraue Eminenz, die Ära Globkenauer. Globke, de facto Kanzleramtschef neben und mit Otto Lenz, dem Mann fürs Grobe, Globke, der die Partei kontrollierte, sie dem Alten gefügig machte, überall seine Augen und Ohren hatte, Globke, der die entscheidenden Posten in den Ministerien, in der Partei und in der Verwaltungsbürokratie mit alten Kameraden und neuen, treuen Gefolgsleuten besetzte oder besetzen ließ, weil so die Kanzlerdemokratie funktioniert, so die Hellgraue Eminenz, nach dem Clan- und Versippungsprinzip, es ist ein Irrtum zu glauben, daß politische Entscheidungen, Entscheidungsfindung, administrative Akte, Gesetzesvorlagen, Gesetzeslesungen, Schnittstellen zwischen Exekutive und Legislative nicht beeinflußbar sind, alles kann, so die Hellgraue Eminenz, so oder so entschieden werden, ein streng katholisch geprägter Richter wird das Gesetz anders auslegen als einer, der nicht einmal daran glaubt, daß er nichts glaubt. Globke, die Graue Eminenz, die der Alte nicht fürchten mußte, Globke entwickelte keinen politischen Ehrgeiz, schien sich immer und ganz als Diener zu verstehen, er wußte, warum, und der Alte wußte es natürlich auch. Daneben Krone. Papa Krone, wie er genannt wurde. Er hielt die Fraktion zusammen, gerade weil er wenig Ehrgeiz hatte, so machte er sich niemanden zum Feind, so die Hellgraue Eminenz, Krone war der seltene Fall eines Allesklebers, er brachte die gegensätzlichsten und miteinander grausam verfeindeten Naturen dazu, sich wieder zu vertragen. Ein interessantes Studienobjekt, so Delanotte, für das Phänomen, daß sogenannte Selbstverständlichkeiten eben manchmal nur sogenannte sind. Man mag es für ganz selbstverständlich halten, schreibt Walter, daß der Fraktionsvorsitzende der stärksten Regierungspartei zum engsten Zirkel der Kanzlerberater gehört, man könne schließlich, so Walter, in jedem politologischen Lehrbuch über die Funktionsweise der parlamentarischen Demokratie nachlesen, wie unabdingbar in einem solchen System die sogenannte Aktionseinheit von Regierung und Regierungsfraktion ist, das heißt, der Regierungschef und der Chef der Regierungsfraktion müssen eng zusammenarbeiten, wenn das Regieren einigermaßen reibungsarm verlaufen soll. Krone regelte das. Zu ihm hatte der Alte einen guten Kontakt. Zu seinem Vorgänger, dem stolzen Abkömmling aus der lombardischen Uradelsfamilie derer von Brentano, nicht, zum Schaden von beiden.

In der Wiener Bibliothek, wo es den besten Kaffee auf der Kohleninsel gab, geriet die Hellgraue Eminenz endgültig in Fahrt, zog, dachte ich, Beweismaterial heran, schleifte mich von einem Regal zum andern, ich hörte zu, auch wenn meine Einwände wuchsen und ich bei der einen oder anderen Position gern etwas länger verweilt hätte, um nachzudenken, Fragen zu stellen. Ich hatte Einwände, was das Bild von der vierten Macht, den Medien im allgemeinen und der Presse im besonderen, betraf, deren Rolle mit Schlagwörtern wie Wahrheitsverzerrer, Karikaturenproduzenten, Scheinaufklärer meiner Meinung nach nicht richtig, jedenfalls nicht richtig in dieser Absolutheit und ohne Korrekturen, beschrieben war, ich hatte Einwände gegen das allzusehr aus konservativer Sicht gezeichnete Politikbild. Krone war für die Hellgraue Eminenz Anlaß, über Fraktionszwang bei vom Grundgesetz ausdrücklich angemahnter Abgeordnetenfreiheit, über Personalführung, Ausschüsse und Parteigremien zu räsonnieren, über die Kunst des Vermittelns, die Krone wie kaum ein zweiter beherrscht habe. Papa Krone, so die Hellgraue Eminenz, der neben Adenauer und Globke im Park des Palais Schaumburg die sogenannten Problemfälle besprach, obwohl er sonst, wie auch Globke, so gut wie nie sprach, die beiden Schweiger, so die Hellgraue Eminenz, ungewöhnlich wortkarg für Politiker, dafür beide ausgezeichnete Zuhörer. Seltsam, dachte ich, wenn ich die Hellgraue Eminenz zwischen den Bücherreihen auftauchen sah, wie vieles hatte sich seit damals verändert, und wie wenig, im Grunde, bei uns.

7.8.2015 Freitag: Bücherurlaub

Vormittags Schwimmbad. Staub aus der Sahara, die Jalousien an den Häusern im Portugiesischen Viertel geschlossen, im Haus H, genannt Indien-Rangun, machte Stella Tzschimmer, ehemals Funkenburgstraße zu Leipzig, auf Rationierungen des Trinkwassers aufmerksam. Die oberen Etagen hatten, wie oft im August, kein Duschwasser mehr, zu wenig Druck. Stella verlangte, die Ventilatoren nicht den ganzen Tag laufenzulassen, die Ventilatoren rührten nur die heiße Luft um, erhöhten die Stromrechnung, brächten aber keine Kühlung.

Kinder sperrten die Travessa do Corpo Santo ab, verlangten Maut von den wartenden Autos.

Wie in jedem Sommer ward auch ein Hydrant geschlachtet, das Wasser spritzte bis in die Kronen der Platanen, der Besitzer des Cafés »St. Malo« rückte die Schirme über den Gästen zurecht.

Wenn Treva sich leerte, die Grotes und Elisabeth, der politische Betrieb in die Ferien fuhr, blieb ich da, versehen mit den Schlüsseln zu den Wohnungen der Unsrigen, die mir Pflanzen, Post und Haustiere anvertrauten. Doderer schrieb vom Kampfergeruch der Sommerwohnungen, von Blöcken aus Kühle in den vornehmen Wiener Zimmern, ich dachte an das Kino, zu dem ich in den Sommern vor der neunundachtziger Revolution gegangen war, ich hatte den Staubmantel noch, den Hut, manchmal setzte ich ihn auf, wenn ich zu Alexandra fuhr, um in ihrer Wohnung im Viertel Neunelbe, in einem von der Barsano Group errichteten Wohnturm, Blick auf den Hafen, Muriels Doppeldecker anzusehen, in Architekturbänden aus dem Palais Lobkowicz und dem Büro Kastan, Delanotte & Partner zu blättern.

Bücherurlaub, wie ihn Meno und ich damals im Tausendaugenhaus hatten. Doch war es in diesem August keine freie Lektüre, die Chronik bereitete sich auf den Festakt zum fünfundzwanzigsten Jahrestag der Wiedervereinigung am 3. Oktober vor.

Rührend zartes, aus dem Himmelsraum über dem Strohmeer aufzitterndes Licht, gegen vier Uhr morgens im Vorerwachen der Stadt, Hellflößen, nannte es mein Nachbar Sykvelandt, der auf der »Pamir« gefahren war und nachts in Erinnerungen ertrank, Hellflößen, Einflößen von Grau, dann Blaßgelb in eine hier und da schon welke, von Vergangenheit befallene Dämmerung, Sternenkehricht am Horizont, den die Tanker der Borde- und Anker-Reedereien besetzten, das Blaßgelb schien innezuhalten, sammelte sich zu Flecken und Klumpen, die Vögel im Jungfernpark der Kupferinsel, in den Platanen der Travessa do Corpo Santo begannen zu lärmen, ich lauschte, mein Ritual beginnend, dem Fluchen und dem Gegröl der Kadetten, die zum Haus A zurückkehrten, um noch bis zum Pfeifengeschrill um sechs Uhr zu schlafen, ich mahlte Kaffee in der Kaffeemühle, die Elisabeth mir zur Scheidung geschenkt hatte, brühte Wasser im Kessel auf, musterte die Papiere, die Vorgänge auf dem Tisch.

Im August 1990 erlebte ich zum ersten Mal einen der Bücherurlaube, wie Meno sagte, im Garten des Tausendaugenhauses, unter dem Papiermond am Eisentisch. Die Kaminski-Zwillinge waren auf Mallorca, die Langes auf Kreuzfahrt in norwegischen Fjorden, die Honichs in Kühlungsborn an der Ostsee, Kater Chakamankabudibaba lag japsend im Schatten der Zinkwanne, das Telefon schwieg, kein Fernseher dudelte, nicht einmal Musik war zu hören, Stille, die lichtsatte, Gerüche entsiegelnde, in schlafenden Nachtfaltern wartende Stille der Augusttage durchfloß das Haus, den Garten. Meno saß unrasiert mit nackten, schwarz behaarten, nudelweißen Beinen, im Unterhemd, die Füße in Jesuslatschen auf einen Hokker gehoben, ein Buch auf einem Kissen im Schoß, mit Sonnenbrille und Pfeife, die er aber nach wenigen Zügen weglegte, las, machte sich Notizen in eine Kladde, die er sich aus seinem Zoologiestudium aufbewahrt hatte. Wir kauften Vorräte, um uns von diesen Ding- als Dringlichkeiten, wie Meno sagte, nicht übermäßig stören lassen zu müssen, das Ein-, das Hinüberschmelzen in die Stille zu unterbrechen, aufzuwachen aus der Tiefe, so Meno, die Worte fielen wie Bleitropfen unter den vom Grillengesäge, der Mittagshitze, dem starren Anblick der Heckenrosen bedrängten Eisentisch, auf dem Bücher in Zehner- und Zwanzigerstapeln lagen, mit Papierschnipseln bewimpelt, die als Markierungszeichen dienten. Meno im grünweiß gestreiften Liegestuhl, die grünen Streifen wurden immer blasser, obwohl wir den Schatten folgten. In der größten Mittagshitze, zwischen eins und zwei, dösten wir, ich träumte vom Gelesenen: Der Fürst von Salina ging durch den Garten, an seiner Seite der geriebene und skrupellose Don Calogero, der Hund Bendicò hob den Kopf, Kater Chakamankabudibaba auf der Spur, die Birnbäume auf der von Langes angelegten Terrasse verwandelten sich in Korkeichen, dahinter ein weites, aus Staubjahrhunderten bestehendes Land, Calogero trat zurück mit der Verbeugung eines Siegesgewissen, jetzt war Don Ciccio, der Organist, der Begleiter des Fürsten, der die Züge Burt Lancasters annahm, der Leopard in der Verfilmung Viscontis, Claudia Cardinale als Angelica (ihre tunisdunklen Augen), Alain Delon als Tancredi, Mario Girotti alias Terence Hill als Graf Cavriaghi, und während Meno, der den Roman zugleich mit mir las (der Beginn unseres Bücherurlaubs: die gemeinsame Lektüre des »Leoparden«, dann verzweigten wir uns, trafen uns erst nach drei Tagen im »Leoparden« wieder, Meno las mir das erste Kapitel vor, beendete es, indem er den ersten Satz wiederholte, das »Nunc et in hora mortis nostrae«) und sich in Sätzen wie »… die ganz zarten, mit rohem Mehl bestreuten muffoletti, die Don Ciccio mitgebracht hatte«, aufhielt, besonders beim »rohen« Mehl und den »muffoletti«, wobei er sich die Lippen leckte, während Meno also gleichsam vorkostete, gingen mir die Wörter »Risorgimento«, »Garibaldi«, »Marsala« nicht aus dem Sinn, ebensowenig wie der ungestüme Ernst, mit dem Cavriaghi, an der Spitze orangerot leuchtender Garden, für eine längst vergessene und versunkene Revolution gekämpft hatte, der blutjunge Terence Hill in diesem Viscontifilm, der mehr als ein Film wiederholte Wirklichkeit zu sein scheint, Giuliano Gemma tauchte auf, so daß ich mich fragte, wer in diesem Film nicht mitgespielt hatte. Ich sah Bendicòs purpurrotes Halsband, sah die Ameisen, die auf dem Stamm des Celliniapfelbaums eine Straße bildeten und, rinnend wie der schwarze Sand einer Sanduhr, das Fell Bendicòs wegtrugen. Sah Menos hängende Hand, wenn er eingeschlafen und sein Kopf im Liegestuhl beiseite gesunken war, als wäre er der Soldat vom Fünften Jägerbataillon, der im Garten des Fürsten von Salina starb.

Ich brachte am Abend nur Eierkuchen fertig, in Menos ungenügenden Pfannen, die Eierkuchen wurden erst am nächsten Tag besser, als Meno einfiel, daß er ja von Libussa die Schlüssel bekommen hatte, um die Blumen zu versorgen, woraus er das Recht ableitete, Libussas Küche zu benutzen.

Sieben Tage, in denen wir von den Bücherstapeln, die Meno aufgeschichtet hatte, immer wieder zum »Leoparden« zurückkehrten und an deren Ende, als hätten wir nichts anderes gelesen, der »Leopard« übrigblieb, den Meno, wie viele verehrte Bücher, mehrfach besaß, als hätte er Angst, daß ein Exemplar ihm abhanden kommen und er sich also um einen Genuß besonderer Art gebracht sehen würde, ein Buch für den Gebrauch, eines zum Verschenken, eines zum Ansehen, zum bloßen Inderhandwiegen. Ich durfte es als Vorzug betrachten, Menos Leseexemplar des »Leoparden« benutzen zu dürfen.

Wenn die Hitze unerträglich wurde, packten wir die Badesachen, liefen nach Bühlau ins Bachmannbad, manchmal auch, wenn Meno in den Sommergrund wollte, wie er sagte, fuhren wir mit der 11 bis Endhaltestelle, die damals noch Siegfried-Rädel-Platz hieß, und liefen über die Ullersdorfer Landstraße unter Buchen und Eichen, die ihre zu kleinen Eicheln schon abwarfen, so daß sie unter unseren Schritten knirschten, zum Marienbad, dessen Bademeister uns mißtrauisch Eintrittskarten ausstellte, vielleicht glaubte er selbst nicht, daß sein seit den Dreißigern nahezu unverändert gebliebenes Naturbad aus zwei Teichen geöffnet war und damit ein Leben vorgab, das sich nicht mehr in dieser Stadt und nicht einmal mehr im Stadtteil Bühlau abspielte, sondern an den plötzlich zugänglich gewordenen Orten des Südens. Meno stand im Teich, ließ sich ins Wasser sinken, wenn ein Badegast oder eine Ente ihm zu nahe kam, hob Sand vom Grund auf und betrachtete ihn nachdenklich, schwamm zur Insel mit der Schwarzerle hinüber, eines unserer Stammreviere in den Kindheitssommern, musterte den Himmel, der sich Tag um Tag steinern über Dresden wölbte, manchmal sprach er Verse vor sich hin, brach ab, wenn er mich bemerkte, er kam mir nicht wie der Mann von fünfzig Jahren vor, der er bald, allzubald, sein würde, sondern wie ein Junge, der durch eine Laune der Natur einen Vollbart und ergrauende Schläfen hat.

Der 8.8.90, Menos fünfzigster Geburtstag, brachte

keine Post in den Briefkasten mit dem altmodisch verschnörkelten »Briefe & Zeitungen« auf der Klappe, die so schmal war, daß ich, immer wenn ich Meno besuchte und den Kasten beachtete, nachschaute, ob tatsächlich eine Zeitung drinnen lag. Die ›Union‹, die Meno hielt (ein vielbeneidetes Privileg, Abonnements waren vererbt worden), paßte nur mehrfach zusammengefaltet in den Schlitz, und wenn Meno in Leipzig war, gab Schielauge, der Postbote des Viertels, verlobt mit einer von Griesels Töchtern, die Zeitungen und Briefe an Libussa, da der Kasten nicht mehr als zwei Zeitungen faßte. Kein Anruf, kein Besuch. Meno war zeitiger als sonst aufgestanden, jetzt, in den Ferien, allerdings nicht mehr zu den Laudes, wie er sagte, ich sah ihn auf der Treppe stehen und die Fotografien anblikken, den Golf von Salerno, den Leuchtturm von Genua, er hielt Christians Geschenk in der Hand, eine Zigarre von fürstlichen Ausmaßen, verschiedene Substanzen flugzeugförmig gekreuzt, eine sogenannte Bewußtseinsboeing, ein Begriff des Sekretärs Alfred Thulin, bei dem Robert ein Zimmer bewohnte, in einer Bröckelvilla in Leipzig-Gohlis. Meno ließ mich probieren.

Der Handschuhmacher

Brenta, zu dem das Portugiesische Viertel gehörte, der ältere Teil von Treva, war ein Refugium der Klaviere: bei Karsten Bramsinck und Juliane Becher-Stovar stand ein Bösendorfer, beim Anwalt Carabulis ein Yamaha, das Rönischklavier aus dem Musikzimmer von Haus Abendstern bei Reglinde Tietze, die mit Mann und Kindern in die Nähe ihres Vaters gezogen war, Kapellmeister Wolf-Walter (»Wowa«) Tammen putzte den Bechsteinflügel des Palazzo Missunde eigenhändig mit Rehleder, das er aus einem

Handschuhgeschäft in der Travessa do Corpo Santo bezog, unweit der Malteserkirche, in die ich, wenn ich Kühle und Stille suchte, manchmal ging. Tammen hatte mich gebeten, mit einer neuen Lieferung Rehleder zwei Paar Handschuhe abzuholen, eines als Geschenk für Meno, eines für die Sängerin Solveig Aidén, mit der Tammen in diesem August für die Festveranstaltung zum 3. Oktober probte.

Ein Sprengwagen fuhr durch die Travessa, ich hielt mich im Schatten der Platanen. Das Handschuhgeschäft war winzig klein, die Türen hielt es flügelartig ausgeklappt, in der Tiefe Kästen und Kasten, der Inhaber, mit Schuppenflechte geschlagen, trug weiße Handschuhe, stand in tadellosem Anzug mit lachsfarbener Krawatte hinter der Theke. Ich hatte ihn nie nach seinem Namen gefragt, auch im Netz nicht nachgesehen, zu diesem Mann, dachte ich, mußte man persönlich gehen. Er verneigte sich leicht, als er meine Bestellung hörte, griff, wobei er die Krawatte gerade rückte, nach einer Pappschachtel (ich sah an der eingeprägten Ziege, daß Schachtelbock, der Lieferant der Kohleninsel und des Verteidigungsministeriums, auch den Handschuhmacher belieferte), führte sie mit Schwung, ohne im engen Geschäft anzustoßen, in die Mitte des Ladentischs, stoppte vor dem Aufsetzen, als gälte es, eine Präzisionslandung vorzunehmen, präsentierte mir die Schachtel, indem er den Deckel abhob und schräg versetzt auf der Schachtel liegenließ, so daß er mir anheimzustellen schien, ob ich mich von der Ware überzeugen wolle, ich hatte ein schlechtes Gewissen, wollte seine Kunstehre nicht kränken, indem ich prüfte, zugleich aber seinen Kunststolz nicht verletzen, indem ich nicht prüfte. Er zog sich in den Schatten einer Werkbank zurück, schien nun mich zu prüfen. Ich tastete nach dem Einwickelpapier, das der Handschuhmacher verwendete, Spinnwebpapier mit eingeprägtem Lilienmotiv, nickte. Der Handschuhmacher trat vor, zog ein Paar Damenhandschuhe aus Saffianleder aus der Schachtel, bedauerte, daß Frau Aidén nicht persönlich habe kommen können, was er bei ihrem Terminkalender verstehe, auch habe man ja bereits eine Anprobe gehabt. Das Paar für Herrn Rohde, bitte: Er plazierte, mit gleich präziser Drehbewegung, eine zweite Schachtel auf den Tisch, doch rückte er die Schachtel mit den Aidénhandschuhen so weit zum Tischrand, daß diese und die Schachtel mit den Rohdehandschuhen nun wieder in der Mitte lagen, justierte nach, Unzufriedenheit glitt über das fleckige Gesicht. Der Handschuhmacher fuhr nun mit einem langschnäbeligen Instrument in die Finger der Rohdehandschuhe, weitete sie leise klappernd auf. Er wisse, daß Herr Rohde und ich dieselbe Größe hätten, doch bitte er mich, die Handschuhe nicht zu probieren, handgemachte Handschuhe wie die seinen gäben ihre Kraft derjenigen Hand, die als erste hineinfahre.

Um zum Palazzo Missunde zu gelangen, nahm ich die Fähre Nr. 14, die vom Handelsplatz aus das St.-Cecilia-Viertel quert, über den Stynon, den manche als zweite Elbe bezeichnen, da er abschnittsweise breiter als der Mutterfluß ist. Ich hätte, bequemer, da direkter, die Fähre Nr. 16 nehmen können, die den Brentakanal hinauffuhr, an den Palazzi Ormond-Alba, Zyx, dem Dampfer genannten Haus vorüber, dessen maurisch geformte Fenster sommers gelbweiße Markisen trugen. Sie erinnerten mich an das Urania-Kino, das Büro des Lichtspieltheaterdirektors Erich Sulke hatte ebenfalls solche Markisen gehabt, angefertigt von Ruth Sulke, seiner Frau. Im Dampfer wohnte die Marquesa, sie behauptete, Strawinski und Mussolini gemeinsam empfangen zu haben, Strawinski und Mussolini hätten sich über eine Jagdtrophäe, einen Elchkopf, an der Salonwand gestritten. Ich ging zum Handelsplatz, dem Empfangssalon des Viertels: Reiterstatue des Admirals Zebedeo Zurzur, abgeschabte Fassaden, bröckelig, teils mit Azulejokacheln, Alte Börse, die ehemalige Schiffswaage, Schiffszoll, Gesundheitsministerium (Gemini), der Handelsplatz war zur Elbischen Bucht hin offen. Zwei Säulen im Fluß, Stufen, glatt ausgetreten und schlickig. Um den Platz ein Gewirr von Gassen. Hier vergnügte sich die Jugend.

Von den Gründungspfählen einiger Bauten entlang dem Brentakanal hatten die Taucher des Flottenamts Minen entfernt, weiter draußen, vor der Hospitalinsel, lag die »Tampico«, an der deutsche und italienische Kampfschwimmer des Kommandos Wurzian während des Zweiten Weltkriegs Einsätze geprobt hatten.

Die Fähre war kaum besetzt. Treva dämmerte in diesem August des Jahres 2015, ächzte unter einer Sonne, die Tag um Tag wie eine Salzscheibe über den Himmel walzte, dem Wüstenwind, der sich gegen Abend erhob und knisternd in den Straßen erlosch, den Nächten, in denen die Ventilatoren an den Zimmerdecken schlappten, die Fenster offenstanden und doch nichts als der faulige Geruch stehenden Wassers in die Wohnungen drang. Ich stand auf dem Oberdeck, die beiden Kartons mit Handschuhen vor mir auf der Sitzbank, und dachte, den verschwitzten Oberkörper breitseits im Fahrtwind, an die Besatzung des Palazzo Missunde, Besatzung, wie Meno sagte, der, nach dem Tod des Konsuls Keil und seiner Tochter (Menos Frau) Elsa und Kundry Keil-Missunde, so etwas wie den Kapitän abgab, er hatte den Palazzo geerbt, dazu das

Bekleidungsimperium Keil, besaß eine Wohnung in der Walfischgasse Wien, ein Haus auf Hiddensee, das Bojenhaus. Auch Christian gehörte, obwohl er nicht dort lebte, zur Besatzung, dachte ich, vielleicht würde ich ihn treffen, geplant war, nach Mitternacht auf Menos Geburtstag anzustoßen. Theo und Clara, Christians Kinder, waren bei Reina, Christian wollte am Montag mit ihnen nach Kos fliegen, ich sollte noch den Schlüssel zu seiner Praxis und zum Zimmer bekommen, in dem er seit der Trennung von Reina hauste, mit Kochgelegenheit, doch ohne Bad, weswegen die Kinder an den sogenannten Vaterwochenenden manchmal bei mir übernachteten. Meno hatte ihm angeboten, im Palazzo Missunde zu wohnen, doch mochte Meno keine Kinder im Haus, seitdem Esther, die Tochter seiner ersten Frau, Hanna, eines Nachts aus einem Fenster in den Käferetagen gestürzt und ertrunken war.

Ich zog einen von Menos Handschuhen an, den rechten. Schwarze Handschuhe aus Pferdeleder, der Winter hier konnte unangenehm sein, die Mauern des Palazzo Missunde waren zugig. Niklas lebte seit 2008, als er siebzig geworden war und die Praxis am Lindwurmring an Christian verkauft hatte, hier bei Meno. Nach Gudruns Tod und vor seinem Umzug in die Dunklen Münder 23 (die Adresse des Palazzo Missunde) hatte Niklas lange allein gelebt, hatte die Abende im Freundeskreis Musik besucht, der sich ausgedehnt hatte, nicht mehr in der Schlehenleite bei Musikkritiker Lothar Däne und Komponist Jens Jakob Risse oder in der Praxis am Lindwurmring tagte. Nun war Christian unser Hausarzt, von Richard das chirurgische Handwerk, von mir das des praktischen Arztes, so Niklas, und Christian war ihm immer dankbar geblieben. Niklas' Wohnung lag gegenüber der von Melbo V, meinem Kollegen in der Chronik, und der des Opernkritikers Maxim Lövenich, die Kapellmeisterwohnung befand sich eine Etage tiefer. Ezzo, der bei den Trevischen Philharmonikern spielte, wohnte ebenfalls unten in der Kapellmeisteretage, wie er leicht mokant sagte, zwischen Wowa Tammen und Ezzo Tietze lagen einzelne Zimmer, dort wohnten Matteo de Nasi, Tammens Partner, und Ezzos Tochter Hedy.

Christian nahm mich hin und wieder zu Hausbesuchen in Brenta mit. Zu seinen Patienten gehörten bis auf Melbo sämtliche Insassen des Palazzo, wie Christian sagte. Im Winter schwappte das Wasser aus dem Rosengang, der die Dunklen Münder schnitt, mit anderen Klängen gegen die Steine, die Mauern, Christian saß am Steuer des Hospitalboots, fuhr langsam in das Kanalgewirr ein, Gelbgießergang, Schwanendrehergang, das Ypsilon, Rosengang, die Dunklen Münder, zu befahren durch ein im Wasser verankertes Tor, zu dem die Anwohner, die Lieferanten, der Besitzer des Lokals »Gempylus« und Christian Schlüssel besaßen. Im Sommer, wenn die Touristen kamen, wurde das Tor abgeschlossen, es gab eine Kette mit Vorhängeschloß, Melbo, der den Schließerdienst versah, berief sich auf ein altes Privileg der Missundes, denen einst alle Häuser hinter dem Tor gehört hatten. Es war eine schöne Schmiedearbeit mit einem Wappen, Panther, Löwe und Wölfin, in der Mitte. Im Winter stand das Tor offen, dann war es den Touristen möglich, das Lokal »Gempylus« aufzusuchen, um sich unter den Einheimischen wie ein Bewohner Brentas fühlen zu können. Der Wirt des Lokals war der Meinung, daß es in Brenta wenigstens ein Lokal geben müsse, in dem die Einheimischen in der Mehrzahl blieben.

Wolf-Walter Tammen saß auf dem Altan im Schatten der Dattelpalme, die mit Beginn der warmen Jahreszeit aus dem Wintergarten geholt wurde, winkte mir mit dem Taktstock zu. Frau Aidén stellte sich in Positur. Sie hatte auf Missunde, im Tonstudio des Kapellmeisters, eine Einspielung von Lutosławskis »Chantefleurs et Chantefables« gemacht, die ich liebte. Solveig Aidén hieß bei den Unsrigen »die schöne Magelone« nach dem Brahmsliederzyklus, bei dessen Einspielung sie sich in den Pianisten Conrad »Conny« Stovar verliebt hatte, Juliane Becher-Stovars Exmann. Ezzo nannte sie auch »der Auerochs«, da sie, wenn Stovar spielte, in der ersten Reihe saß und mit einer tiefen Stimme, die man ihrer Lage nicht zutraute, Beifall brüllte, daß der Saal zitterte. Zum Einsingen »O sole mio« oder »Der Kuckuck und der Esel«, bald würden die ersten Boote anhalten. Ich hob die rechte Hand mit dem Handschuh.

Der Oleanderschwärmer

Wir saßen auf dem Balkon, der zu Niklas' Wohnung gehörte. Niklas erzählte aus seiner Kindheit. Wie er in Nöthnitz gelebt und den Angriff auf Dresden dort gehört habe, das Wummern. Eine schwere Bombe habe sich nach Nöthnitz verirrt, den Krater gebe es heute noch. Seinen Vater habe er im Grunde nie kennengelernt. Sei Kommunist gewesen, in der Organisation Todt beschäftigt, beim Bau des Westwalls. Der Vater sei vor Kriegsende umgekommen. Nach dem Bombardement sei eine Verwandte mit zur Mutter gezogen. Mit ihrer Tochter, seiner Cousine, sei er wie Bruder und Schwester aufgewachsen. Erlebnisse mit Russen: Sie, die Kinder und die beiden Mütter, seien eines Tages mit Leiterwagen nach Hause gezogen, seitab eine Einheit Russen, einer habe gewinkt, herkommen. Die beiden Frauen befürchteten das Schlimmste, berieten. Niklas und die Cousine gingen vor. Der Russe habe ihnen ein Brot gegeben. Später Einquartierung des Kommandanten im Moosbudel, dem winzigen Haus, in dem sie gelebt hätten. Der Kommandant habe das Wohnzimmer requiriert, sie hätten zu viert in der Schlafkammer kampiert. Beim Abzug habe kein einziges Stück gefehlt, nicht das Radio, nicht die Uhr, nichts. Plünderungen der Einheimischen im Schloß. Der Bürgermeister habe Münzen geklaut und später in einem Geschäft auf der Prager Straße verkloppt. Ihm, Niklas, sei von einem der Plünderer einmal ein Prachtsäbel aus dem Besitz derer von Finckh angeboten worden, denen das Nöthnitzer Schloß nach den Bünaus gehört habe. Er habe die Signatur gesehen und abgewinkt.

Seine erste Weihnachtserinnerung, für ihn unvergeßlich, sei die Weihnacht 1944 gewesen, sein Vater im Sommer gefallen, die Mutter in Tränen, völlig niedergeschlagen, im finsteren Moosbudel. Ein Nachbar sei gekommen und habe für ihn einen kleinen Weihnachtsmann gebastelt, der, wenn man ihn auf eine Schräge stellte, langsam hinabgelaufen sei. Der Weihnachtsmann existiere noch.

Niklas trank einen Schluck Wasser, das Weiß seines Hemds begann mit dem des Oleanders zu verschmelzen, den Ezzo im Sommer auf den Balkon stellte.

Sonst habe er kein Spielzeug gehabt. Spielzeug seien für ihn die Schuhe der Familie gewesen, in Reihe aufgestellt für einen Marsch nach Rußland, in seiner Phantasie habe er alles gesehen: den Schnee, den Vater, die Marschkolonnen. Das Größte sei gewesen, wenn sie, die Kinder, den Soldaten hätten nachlaufen können, die durchs Dorf kamen, sie seien bis Kaitz nachgelaufen. Über die Nachkriegszeit, die er als ungeheuer reichhaltig erfahren habe, kulturell unvergleichlich, die Kontinuität des Schauspiels, der Oper, des Musiklebens, er sei stundenlang von Bannewitz in die Stadt gelaufen, um den Kulturhunger zu stillen. Opernaufführung »Salome« mit Christel Goltz in der Kulturscheune in Bühlau, worüber Erhart Kästner einen Aufsatz veröffentlicht habe zu Zeiten, als man wie gegen eine Wand geballten Wissens über Dresden angeschrieben habe und beim kleinsten Fehler korrigiert worden sei, jetzt Stille, Schweigen, Unkenntnis, Gleichgültigkeit, die Zeichen der Zeit. Selbst die ersten Namen, Palucca, Theo Adam, Peter Schreier, versinken allmählich, von der zweiten und dritten Reihe von Persönlichkeiten, die aber den städtischen Humus erst tief machen, zu schweigen. Pianisten wie Rudolf Dunckel, Annerose Schmidt, Dieter Zechlin (dessen Frau Ruth, eine Komponistin, die Scheidung einreichte, nachdem er der SED beigetreten war), Amadeus Webersinke, geschätzte und fürs Musikleben, den Alltag, unverzichtbare Persönlichkeiten, kennt so gut wie niemand mehr.

Etwas zu kennen aber, etwas zu wissen war notwendig. Not wendend.

Die Nachkriegszeit. Der unbändige Wille zum Wiederaufbau. Die Menschen hungerten und froren, aber sie klopften Steine, um den Zwinger wiederzuerrichten. Sie gingen aus den umliegenden Dörfern, aus der Innenstadt zu Konzerten in die Kulturscheune nach Bühlau, zwanzig, dreißig Kilometer zu Fuß, um ein Konzert zu hören. Eintritt: ein Brikett. Man studierte Klemperers »LTI«, um die Sprache des Dritten Reichs mit der des Vierten zu vergleichen. Wichtige Bücher, etwa Solschenizyns »Archipel Gulag« oder Koestlers »Sonnenfinsternis« wurden, weil es keine Kopiergeräte gab oder an den wenigen auch die Staatssicherheit mitlas, per Hand abgeschrieben und über Wartelisten verteilt.

Dresden, die Musikstadt. Namen, ich hörte sie wieder aus Niklas' Mund, wie damals in den Winternächten im Musikzimmer von Haus Abendstern: Maria Cebotari, Tino Pattiera, Carl Perron, Margarete Teschemacher, Minnie Nast, Elisabeth Reichelt, Mathieu Ahlersmeyer, Karl Scheidemantel, Arno Schellenberg, Ernst von Schuch, Fritz Reiner, Fritz Busch, Karl Böhm, Carl Elmendorff, Joseph Keilberth, Rudolf Kempe. Die Operngebetsschnur, wie im Turm gesagt worden war, diese Zeit war vorbei. Niklas meinte, Kempe habe die klarste Schlagtechnik gehabt, im Gegensatz zu Furtwängler. Es sei ein Rätsel, wie um alles in der Welt die Philharmoniker gewußt hätten, was er wolle. Schlagtechnisch eine Katastrophe, er habe Suppe umgerührt. Es müsse aber irgend etwas an ihm gewesen sein, sonst würden die Aufnahmen, die man von ihm kenne, nicht so faszinierend sein. Aus den wenigen vorhandenen Bildaufnahmen seiner Dirigate könne man diese Faszination nicht entnehmen, im Gegenteil. Lovro von Matačić, Otmar Suitner, Herbert Blomstedt, Giuseppe Sinopoli.

Wir hatten in Musik geschwelgt, hatten, wie Niklas sagte (mit lustvoll geblähten Nasenflügeln) Musik gesoffen, wieder einmal nach langer Zeit, hatten die Donnerstagsmusikgenüsse bei Lothar Däne und Jens Jakob Risse in der Schlehenleite fortgesetzt, zuerst eine Jochum-Aufnahme der 7. von Bruckner, einen Akt »Tannhäuser« unter Wowa Tammen (während der Kapellmeister in seiner Wohnung die Aidén am Flügel begleitete), denselben Akt unter Knappertsbusch, woraufhin Niklas lange schwieg, dann, in herrlicher Lautstärke, schon auf dem Balkon mit Plattenspieler und Boxen, die wir herausgeräumt hatten, den Eichendorffliederkreis von Schumann, Fischer-Dieskau,

Gerald Moore, bei der »Mondnacht« kam Musikkritiker Lövenich aus seinem Zimmer, die Aidén rief etwas hinauf.

Vor Niklas auf dem Tisch lag das mir aus dem Haus Abendstern vertraute Exemplar des »Zauberbergs«, dick wie ein Ziegel, das Papier inzwischen vergilbt. Niklas hatte, als Lövenich nach der »Mondnacht« gegangen war, das Kapitel »Fülle des Wohllauts« aufgeschlagen. Er las mir daraus vor, und ich erinnerte mich, wie wir zu diesem Buch gekommen waren, damals, als »Der Zauberberg« im Hermes-Verlag angekündigt wurde, eine Neuauflage nach der zigarren-, der mariamancinibraunen zu Thomas Manns achtzigstem Geburtstag. Erika Schröder, befreundete Buchhändlerin, hatte es in den Listen des Leipziger Kommissions- und Großbuchhandels entdeckt und Bescheid gegeben. Erika Schröder, meist nur Eri oder »Die Kammermusik« genannt, berichtete über astronomische Vorbestellzahlen. Chefärzte hatten über ihre Sekretariate ganze Listen eingereicht, Betriebsdirektoren Kontingente angefordert, beste Freunde und alte Bekannte, der überlebenswichtige Handwerksmeister aus der näheren Nachbarschaft meldeten ihre Ansprüche an: Eri Schröder, die befreundete Buchhändlerin, saß bedauernd, aber unternehmungslustig im Musikzimmer der Heinrichstraße 10, in dem die Bücherhungrigen tagten, um zu beraten, wie sie an ihre Geistesnahrung kommen konnten, wenn, wie absehbar im Fall »Der Zauberberg«, ein sogenannter Versorgungsengpaß, sprich: eine Versorgungslücke, im Volksmund auch genannt Totalausfall, drohte. Meno, natürlich. Aber Meno war heillos überbucht. Christian bei der Armee. Die dortigen Buchhandlungen, wußte Eri Schröder, bekamen auch Zuteilungen, und dort sei oft vorhanden, was im Zivilleben schon ausgestorben. Verwandtschaft

»drüben«, im Jenseits? Kostbar, selten, mit Samthandschuhen, Krokowskis fragwürdige Künste, Kräfte von drüben zum Erscheinen zu bewegen, hier in Form gelber Pakete der Deutschen Bundespost, Geschenksendung, keine Handelsware, mußten für die Grundlagen aufgespart bleiben, etwa Autozubehör oder Mischbatterien. Am Erscheinungstag bildete sich vor dem »Haus des Buches« am Dresdner Postplatz Ecke Thälmannstraße eine wohl zweihundert Meter lange Warteschlange, das unsterblichste aller planwirtschaftlichen Tiere. Eri Schröder winkte ab: Das Buch war ja schon durch die Vorbestellungen hoffnungslos überzeichnet, in die freie Verlosung kamen vier oder fünf Exemplare. Das gab Unruhe und Tumult. Manche Liebhaber hatten vor dem Gebäude in Schlafsack und Campingzelt gewartet, andere hatten Nachtwachen organisiert, es ging reihum in den Familien, dieses Anstellen, einer trug des anderen Last, einer hielt den Platz für den anderen, unbeliebt war die Hundewache von zwölf bis vier. Immerhin ging es noch nicht wie in Rumänien zu. Dort gab es die professionellen Schlangesteher, die ihre Plätze gegen Geld verkauften. Nun gab es aber nicht nur professionelle und nichtprofessionelle Schlangesteher, es gab auch mehr oder weniger professionelle Schmuggler, Buch- und Schallplattenschmuggler, auch von anderen Waren des täglichen Bedarfs, überaus nützliche und willkommene Vertreter des Zwischenhandels, genannt »die Buckligen«, weil sie die Bückware beschafften, die unter den Ladentischen lag. Eri Schröder kannte einen dieser »Buckligen«. Er reiste zu den Antiquariaten in Budapest und Krakau, Prag, Olmütz, Brünn und Lemberg, zu dem in den Umbrüchen übriggebliebenen Strandgut deutschsprachiger Literatur. Wie weit ging die Liebe? Bei der geringen Menge an Geld, die umgetauscht werden durfte? Hungern oder Buch kaufen? Für »Masse und Macht« von Canetti oder Freuds »Psychopathologie des Alltagslebens« war die Antwort klar. Die Antwort mußte über die Grenze gebracht werden, hier zeigte sich, daß es kein Nachteil war, nach dem Abitur im Staatsarchiv von Potsdam preußische Zollakten über den Schmuggel im damaligen Eisenbahnwesen studiert zu haben. Die preußischen Eisenbahnschmuggler hatten mit einem Schlüssel oder einem Schraubenzieher die Verkleidung an der Wand der Zugtoiletten entfernt und im plötzlich sichtbaren Hohlraum ihre Konterbande verwahrt. In den Zügen der Deutschen Reichsbahn, mehr als hundert Jahre später, verhielt es sich noch immer so. Man konnte Schmuggelgut auch in Plastiktüten verpackt über Grenzen bringen, an einem Kreuz im nach unten offenen (tief sind nicht nur die Brunnen der Vergangenheit) Reichsbahnplumpsklo, die Zollfahnder hatten nach vielstündigen Fahrten wenig Lust, diese Abgründe zu erforschen.

Der »Bucklige« war teuer. Zwar erklärte er, daß es kein Problem sei, den »Zauberberg« zu besorgen, verlangte aber dafür zweihundert Mark Aufwandsentschädigung oder, alternativ, einen Büstenhalter der Größe 80G, die sogenannte Große Extra-Hebe, die es in Dresden nur bei »Evana-Mieder« käuflich zu erwerben gab. Das Geschäft, von uns nach der Inhaberin Ruth Vogel »Busen-Vogel« genannt, bot nicht nur Einblicke in die Geheimnisse von Frauenunterkleidung, sondern auch in die der Mangelwirtschaft und Materialbeschaffung, wie wir erfahren mußten, als wir vorsprachen, man war bei »Busen-Vogel« selbst am Erwerb des Romans »Der Zauberberg« interessiert und gab die Große Extra-Hebe nur im Tausch gegen ein Exemplar des Buchs ab. Wir ließen die Adresse des Schmugglers da. Die Schriftstellerin Katja Lange-Müller, die damals in Udo Posbichs Druckerei als sogenannte Einarmige Elefantin an einer Linotypesetzmaschine stand und den »Zauberberg« als Privatdruck auf 444 Seiten setzte, kannten wir noch nicht. Blieben die Antiquariate. Im Antiquariat Dienemann residierten Herr Leukroth, Jahrgang 1899, noch in der alten Frauenkirche getauft, und seine Tochter, Fräulein Leukroth, sie legte Wert auf diese Bezeichnung. Das Antiquariat Dienemann bestand aus den vier Zimmern einer Altbauwohnung, in der sich vor den Büchern eine Elfenbeinschnitzerei befunden hatte. Fräulein Leukroth hielt die moderne Kunst, insbesondere die Literatur, für überschätzt, mit Ausnahme von Hermann Hesse, dessen Ausgaben, die hellblaue, in Unger-Fraktur gedruckte des Hauses S. Fischer und die grüngelbe aus dem Haus Hermes, in einem abschließbaren Schrank hinter Arzneiflaschen und einem Vorhang aus demselben moorgrün geblümten Stoff standen, aus dem Fräulein Leukroth für sich Kleider schneidern ließ. Fräulein Leukroth hatte die Schilder mit der Aufforderung »Bitte die Schuhe sorgfältig abstreichen!« (das »sorgfältig« war unterstrichen) handgeschrieben, die den Besucher über einem Fußabstreicher mit Bürsten (Hauseingang), einem ausgelegten dampfenden Scheuerlappen (Treppenabsatz) und einem Fußabtreter mit Stahllamellen (Eingangstür zum Antiquariat) zu Kultur und Sitte ermahnten. Ihr Vater, Georg Leukroth, strich seine Schuhe nicht ab. Seine Tochter forderte die Angestellten (schriftlich) auf, doch bitte sparsam mit dem Packpapier und dem Wasser für die Porzellanblume umzugehen. Herr Leukroth gönnte sich eine Zigarre der teuren Marke 8-9-8 (»totalmente al mano, tripa larga«) von Zigarren-Ziegenbalk am Schillerplatz und fuhr mittags per Taxi nach Hause. Den »Zauberberg« entdeckte ich sofort, er steckte im Thomasmannregal in der Gesamtausgabe aus dem Hermes-Verlag, 1953, in der ich rätselhafterweise nie die »Königliche Hoheit« und die »Betrachtungen eines Unpolitischen« zu Gesicht bekam. Niemand stand vor dem Regal, keiner der baskenbemützten älteren Dresdner Herren mit schräggeneigten Köpfen (um die Titel auf den Buchrücken zu studieren), die leider alle ebenso versessen auf Thomas Mann waren wie ich. Aber hier stand das Buch. Ein Glücksfall. Alle Seiten vorhanden. Die französischen Textstellen von Helmut Bartuschek übersetzt und im Anhang abgedruckt. Das Inhaltsverzeichnis hinten, nicht vorn wie in den Westbüchern. Werthaltige, beruhigende Ziegeldicke des Materials. Auf dem Schmutzblatt war mit dem Zitterbleistift der an Parkinson leidenden Hände des alten Leukroth eine »10« eingetragen. Fräulein Leukroth hatte mich natürlich entdeckt, sie saß am Tisch im sogenannten Zwischenzimmer, einem schmalen Gelaß zwischen dem eigentlichen Antiquariat und der Buchhandlung vorn, die ebenfalls unter der Institution Dienemann lief und von Fräulein Leukroth, ihrer Abneigung gegen aktuelle Druckerzeugnisse wegen, nur widerwillig betreten wurde. Sie saß am Tisch und telefonierte. Als ich vorüberschleichen wollte, legte sie die Hand auf den Hörer.

– Junger Mann, Sie können nicht einfach dieses Buch mitnehmen. Fräulein Leukroth warf empört den Kopf zurück.

– Geben Sie mal her. Den Titel musterte sie kurz, länger dagegen den Preis. Nahm einen Radiergummi und schabte ihn, den Telefonhörer zwischen Schulter und Kinn geklemmt, weg, schrieb einen anderen hinein. Ich wußte schon: Man mußte würdig sein, wollte man die Schätze des Antiquariats Dienemann käuflich erwerben. Man konnte nicht einfach daherkommen und glauben, hier jedes Buch mitnehmen zu dürfen, nur weil es in den Regalen stand. Fräulein Leukroth widmete sich wieder dem Telefon, bedeckte nach ein paar Minuten erneut den Hörer, warf mir eine Entscheidungsfrage zu:

– Wer hat die »Stunden im Garten« illustriert?

Eine Idylle von Hermann Hesse, Insel-Bücherei, Niklas besaß und liebte sie. Hexameter über Unkrautrupfen.

– Gunter Böhmer! Dresdner! Fräulein Leukroth überließ mir das Buch, in dem nun auf dem Schmutzblatt eine »50« eingetragen war. Mit meiner Beute ging ich nach vorn, klopfte bei Herrn Leukroth, der die Kasse verwaltete und gerade im Kabinett für Ankauf und Ersatzmaterial auf einer Leiter bei Packpapier und gestapelten Bohnerwachsdosen tätig war, eine Zigarre zwischen den Lippen.

– Na, junger Mann, was haben Sie denn da. Herr Leukroth blätterte im Buch, sein Gesicht verfinsterte sich. Von der »50« radierte er die Null ab, zögerte:

– Thomas Mann ist der Beste. Ein Heiliger der Schrift! Herr Leukroth hob die Hand mit der Zigarre.

– Aber ich geb's nich her, sagte er. Ich kann mich gegen Umsatz wehren, junger Mann.

Ein Falter landete auf dem Tisch. Es war ein Oleanderschwärmer, ein Nachtfalter aus der Familie der Sphingiden oder Schwärmer, hier ein Irrgast, vielleicht von den Saharawinden, die Treva mit feinem rötlichem Staub bedeckten, herangetragen, oder aus einer Zucht entwichen, auch gab es in den Sümpfen ausgetrocknete ehemalige Wasserläufe, an denen Oleander, die Futterpflanze der Raupen, wild wuchs. Niklas schien den Falter nicht bemerkt zu haben, las im »Zauberberg«, die riesige Brille, die er schon gehabt hatte, als er noch Arzt in der Praxis am Lindwurmring gewesen war, vorn auf der Nase, das Buch hielt er weit vom Körper weg in die geringe Helligkeit des Windlichts. Ich fürchtete, den Falter mit dem geringsten Zeichen, das ich Niklas gab, zu verjagen. Die Flügel waren in Ruheposition, bildeten ein gleichschenkliges Dreieck mit dem Kolibrileib als Achse, ein malachit- und blaßgrün marmorierter, an den Flügelansätzen rosafarben durchträumter kleiner Kitesurfer. Das Windlicht schien ihn nicht zu kümmern, er trippelte auf der Tischkante entlang, blieb stehen, spritzte einen Strahl in meine Richtung, Puppenharn, auch Mekonium genannt, der Oleanderschwärmer war also erst vor kurzem aus seiner Puppenhülle geschlüpft, die Flügel waren wohl noch weich.

Die Staatskapelle Dresden brach zu einer Tournee durch die Sowjetunion auf. Niklas, der als Vertrauensarzt mitreiste, brachte aus dem Moskauer »Meschdunarodnaja kniga« (»Internationales Buch«), ein Exemplar des »Zauberbergs« mit, hinten war der Preis eingestempelt: 1 Rubel, 25 Kopeken.

Ich erinnerte mich, wie einzelne Figuren des Romans nachgeäfft wurden und es eine Zeitlang viel Zustimmung einbrachte, im sogenannten Saftladen, einer Handlung des Kombinats Obst, Gemüse, Speisekartoffeln, seine Wünsche im Stil Mynheer Peeperkorns vorzutragen. Das Buch wurde abgeschrieben und abgetippt, wobei das Abtippen möglichst auf bundesdeutschem Blaupapier zu erfolgen hatte, man konnte damit sieben Kopien anfertigen, nicht nur zwei oder höchstens drei wie auf dem Kohlepapier der Papierwarenhandlung Matthes. Die wenigen Exemplare der Hermes-Ausgabe, die es in einen Haushalt hier oben geschafft hatten, wurden nach Vormerklisten ausgeliehen. Woher kam die Faszination? Wir lasen eine Sprache, die anders war als die, die man sonst im Alltag, in den Zeitungen, den Nachrichtensendungen zu hören und zu lesen bekam. Das war kein Parteideutsch, keine lingua tertii oder quarti imperii, das war eine edle, bis ins kleinste ausgehörte Sprache, schweifend und streng zugleich, die Kadenzierungen verrieten Gehör, die Klangbildung war satt, anspielungs- und farbenreich, die Satzperioden rollten geräumig und gleichmäßig wie Tiefwasserdünung, die Hypotaxen waren komplex, aber nicht undurchsichtig, die Anschlüsse und die Beziehungen der Satzglieder untereinander blieben immer erhalten. Mann schrieb klar, ohne den Gefahren der Klarheit zu erliegen, die Sätze hatten immer Parlando, etwas Einladendes und angenehm Geselliges, jemand sprach da und schien bequem, aber aufrecht zu sitzen, das wirkte zwar distanziert, aber nicht abweisend, das war bewegte Masse, die manchem schwerfällig erscheinen mochte, auf mich aber tänzerisch wirkte, viel wurde beim Bewegen mitbewegt, ein Musizieren voller Eleganz, gefährlich, mit hundertzüngigem Orchester, tonnenschwer und leicht. Gravitätisches kam vor, manche Umständlichkeiten auch, mich störten sie nicht weiter, doch bildete sich auch im Viertel bald jene Fraktion von Lesern, die mit Thomas Mann, bei allem Respekt, nun doch nichts anfangen konnte oder wollte und die auf seinen Bruder Heinrich oder Sohn Klaus umschwenkte; die Direktheit und Unmittelbarkeit der schönsten Stellen im »Wendepunkt«, Klaus Manns Autobiographie, sprach manche Leser mehr an als die Sprachgestaltung des »Joseph« oder des »Erwählten«. Das Schlichte stand Thomas Mann zur Verfügung, womöglich hat es ihm nicht genügt, haben die kurzen, kargen Sätze à la Hemingway seinen ästhetischen Sinn nicht befriedigt. Ich glaubte seine Bemerkung gegenüber einem Text von Anna Seghers verstehen zu können: Sie sei in sprachlichen Dingen nicht ehrgeizig genug. Meine erste Lektüre des »Zauberbergs« galt dem Stoff, die zweite Lektüre, nach ein paar Monaten, in denen Niklas' Exemplar anderswo kreiste, sollte Eindrücke wiederholen, wenn möglich, vertiefen, ich weiß noch, daß ich anfing, auf seine Spracharbeit zu achten, welche Verben er gebrauchte, die Substantivbildungen, »aufgetürmte Riesenmathematik« der Pyramiden aus dem »Joseph«, »die Atmosphäre der großen Meerstadt, diese feuchte Atmosphäre aus Weltkrämertum und Wohlleben« aus dem »Zauberberg«, zweites Kapitel. Die Adjektive, die Thomas Mann im Widerspruch zu Forderungen schon seiner Zeit ausgiebig benutzte, aber eben nicht zum Schmücken eines Substantivtannenbaums, sondern zur schärferen Charakterisierung, ich erinnerte mich an die schwingenfrohen Vögel aus dem Kapitel »Als Soldat und brav«.

Süße Gifte. Daß Thomas Mann von Giften, und nicht nur von süßen, sprach, diskutierte der Lesekreis, der sich um Frau Bibliotheksrätin Krummsdorf gebildet hatte. Ein anderer, der im Lingnerschloß unter dem Schirm des Barons von Arbogast tagte, im sogenannten »Klub der Intelligenz«, wagte sich an die Naphtagespräche. Bei Niklas wurden Castorps Platten nachgehört, dem »Lindenbaum«, gesungen von Schlusnus, hörte man respektvoll zu, bevorzugte aber das Duo Anders/Raucheisen oder Hans Hotter.

Gifte und Vergiftungen im Roman »Der Zauberberg«,

darum ging es auch in einem von Vaters Vorträgen, gehalten im »Haus des Lehrers«, Kaffee frei, Spirituosen und Tabakwaren bei Bedarf bitte mitbringen. Hans schenkte sich ein Glas Wein ein, ohne davon zu trinken, verschüttete einige Tropfen auf den Boden, so sei der Brauch bei den Abendgastmählern. Nachdem Hans sich eine Zigarre angezündet und zu hastig angeraucht hatte, wobei er blaß geworden war, äußerte er sich zum Kapitel »Die große Gereiztheit«, das ebenfalls Vergiftungsmerkmale schildere. Wie aus einer Krise, keiner wisse so recht, wie, ein bisher friedliches Volk in Zank und Streit verfalle, sich spalte in Gut und Böse, in aufgeklärte Demokraten und Pack, wie Zeitungen tendenziös würden und es noch nicht einmal bemerkten, wie Kultur- und Medienschaffende ihre Leser oder Zuschauer zu erziehen sich anmaßten und es eine Kluft, plötzlich?, gebe zwischen der Politkaste und dem Volk, jedenfalls doch beachtlichen Teilen von beiden, wie die Auseinandersetzungen infolge von Wahrheitskrümmung, -unterdrückung, -steuerung, -färbung, auch infolge von lücken- und lügenhafter und blödsinniger Berichterstattung, vielleicht werde es einen Donnerschlag geben wie am Ende des Romans. Und zitierte Brecht, ob es nicht besser sei, die Regierung löste das Volk auf und wählte ein anderes, und ob es nicht ein Problem sei, daß genau dies manche Regierungen mittlerweile täten. Es gebe noch ein Gift: die Tusche, die man für die Vertuschungen brauche, für die Abstreitungen bestimmter Sachverhalte, die Überschreibungen von im Grunde einfachen Wahrheiten, diese Tusche interessiere ihn.

Niklas streckte die Hand über den Tisch, nach einer Weile krabbelte der Oleanderschwärmer auf den Handrücken. Das Windlicht flackerte. Die Flügel des Falters begannen zu schwirren. Lövenich kehrte zurück, er hatte Wein, Gläser und Schallplatten mitgebracht. Der Balkon mit uns Erinnerungssüchtigen schien ins Dunkel fortzutreiben, in das der Falter verschwunden war.

8.8.2015 Sonnabend: Meno wird fünfundsiebzig. Hiddensee

Meno reiste am 1. August mit dem ICE, der sogenannten Ostseeschaukel, quäkende Kinder, verstopfte Gänge, genervte Eltern, die ihre Brut zu bespaßen versuchten, Meno mittendrin, ein alter Mann mit Lesebrille und gepflegtem weißem Vollbart inzwischen, einem goldenen Siegelring am rechten Ringfinger, Buch in den Händen (er weigerte sich, mit Tablet oder e-Book zu verreisen, für ihn kam nur die klassische Weise in Betracht), nach Hiddensee, »zu den Inseln«, wie er sagte, als wäre Hiddensee ein Beginn. Meno las Thomas von Aquin, dazu Arbeiten des Aquinforschers Jörg Alejandro Tellkamp, stieg in Stralsund aus, zog seinen Rollkoffer (vier Räder und aus Aluminium, o Lebenswirklichkeit der altgewordenen Linken) in Richtung Fähre, lauschte dem Klackern der Kofferräder auf den Pflasterbuckeln, dachte ans Bojenhaus, das ihn erwartete mit den Lichtbahnen auf dem Dielenboden im Erdgeschoß, wenn die Augustnachmittage zwar noch Sonne, aber kaum noch Hitze hatten; das Bojenhaus, in dem Schiffsarzt Lange in den Sommern bis zu seinem Tod gewohnt hatte. Meno ging, während er ans Bojenhaus dachte, über den Stralsunder Markt am gotischen Rathaus vorbei, betrachtete die Rosetten, die in den Himmel saugende Tore zu bilden schienen, dachte, daß es ein Fehler gewesen sei, Brenta zu verlassen und auf Hiddensee etwas zu suchen, zu glauben, dort etwas finden zu können, das es in

Brenta, auf Missunde, wie er sagte, nicht zu suchen und zu finden gab, wollte sofort umkehren und drehte den Koffer, was auf dem buckligen Pflaster unerwartet leicht möglich war, hatte nun das Rathaus zur Linken, Stralsunder und Hansefahnen wehten, dachte aber nun wieder an das Bojenhaus und den Frieden, der ihn dort erwartete, ein Frieden, von dem keiner der Reisenden in der Ostseeschaukel etwas wußte (und wenn, dann vielleicht als Sehnsucht), ein Frieden, wenn das Geschrei, die Unruhe der Züge, der Bahnhöfe abgeebbt sein und sich im ewigen Geräusch der See, der Brandung, überzeichnet von Möwen und Mauerseglern, wie eine Erinnerung an Unwirkliches verlieren würden.

Erneute Umkehr. Wieder drehte sich der Koffer leicht, was Meno eine Befriedigung verschaffte, die ihm sein Zögern als Flause, als Laune eines verwöhnt gewordenen und geschmäcklerischen Hagestolzes erscheinen ließ. Es war doch wunderbar, daß es solche Koffer mit vier kleinen Rollen gab, zwar deutlich teurer als solche mit zwei oder gar ganz ohne Rollen (Koffer, wie er sie in der Jugend geschleppt hatte, mit Schottengewebe bezogen, Riemen aus Lederimitat, das um die Verschlußösen aufplatzte), aber wenn einmal gekauft, zum teuren Preis, diesen auch, dachte Meno, jeden Cent wert, Meisterwerke der Mechanik, die das Reisen und damit das Leben um so vieles angenehmer machten.

Vor der Ablegestation der Fähre gab es einen Eisstand. Dort wurde das Softeis verkauft, das Meno aus der Kindheit kannte: rosarot und cremeweiß, beide Farben zugleich aus einer Düse in eine Muschelwaffel oder eine Kegelstumpfwaffel gedrückt, wobei die rosarotweiße Schlange spiralig in den Waffeln auflief. Meno kaufte sofort zwei Kegelstümpfe, die großen Portionen, aus Angst, der Eisstand würde verschwinden oder die Eisschlange aus der Düse vorzeitig enden, er wußte, welcher Genuß ihn erwartete, er sah es dem Eis an, ob es mehr cremig-sahnig oder mehr wäßrig-sorbetmäßig sein würde. Er konnte, wie Christian, Ezzo und ich, die cremig-sahnigen Eissorten nicht leiden, gab dem Wassereis (so hatte Ezzo es genannt) ohne Bedenken den Vorzug. Nun saß er auf einem Stein am Kai, wartete auf die Fähre, wenige Urlauber auf dem kleinen Anlegeplatz, sah ins Licht, hörte den Möwen zu, beobachtete einen Kormoran auf einem Dalben und schleckte sein Eis, abwechselnd aus beiden Kegelstümpfen. Aß es. Biß ins Eis wie andere ins Brot, machte mit dem abgebissenen Stück keine sogenannten Fisimatenten, drückte es in den Gaumen, um den vollen Anprall des kristallisch süßen Geschmacks zu spüren, schluckte den kaum zerkauten Bissen hinunter. Herrlich. Gab es Schöneres? Eine Fähre zu erwarten, Zeit zu haben, mit allen Möglichkeiten und Träumen des Urlaubs zu spielen, einem Kormoran zuzusehen, der sein Gefieder spreizte und in der Sonne trocknete, und Eis – dieses Eis, das Wasser- und Chemieeis der Kindheit, der Sommerkindheit in Schandau – zu essen? Bis zur Grenze der Übelkeit zu essen? Ohne Taschengeldknappheit, ohne Zuteilung, aus einer Düse von unbegrenzten Vorräten? Der Kormoran wandte sich um, schien Meno anzusehen. Er wandte nicht rasch den Kopf, wie es bei Vögeln üblich ist, sondern langsam, wie ein Mensch, wie ein als Kormoran erscheinender, ihm, Meno, an der Abfahrtsstation der Hiddenseefähre erscheinender Zauberer, dieses langsame Halswenden hatte Meno noch nie bei einem Vogel beobachtet, es beunruhigte ihn. Am Himmel zogen die Wolken in anderen als Menschenbahnen, der erste Eiskegel war gegessen, der zweite angebissen, doch es war zuviel, er hatte nicht mehr einen Jungenmagen, in den die Gier neben Bockwürsten, Marmeladenbrötchen, Bonbons auch noch zehn oder zwölf Eiskugeln kippen und sich alles in allem prächtig fühlen konnte; auch schien ihm das Rot, der geteilte Eisschlangenleib, auf einmal künstlich, ihm fiel ein, daß er ausgerechnet die Arbeitsmaterialien, die ihm völlig unverzichtbar vorkamen, in Brenta gelassen und ausgerechnet ihm jetzt völlig fremde und also für ihn völlig nutzlose Arbeitsmaterialien mitgenommen hatte, es war nicht richtig gewesen, zu reisen, er mußte sofort umkehren. Seine Vorstellungen vom Bojenhaus waren weltfremd idyllisch, er hatte dort schon gefroren und im vergangenen Sommer auch etwas durchmachen müssen, das es eben auch auf Hiddensee, dieser nach dem Vilm verwunschensten aller nördlichen Inseln, durchaus gab: eine Verstopfung der Badabflüsse am heißesten Tag des Jahres, ausgerechnet, Meno hatte, wie alle anderen, baden gehen und nur noch einmal seine Badehose auswaschen wollen, das Wasser floß nicht mehr ab, stand glucksend und schaumtrübe im Abfluß der Wanne. Auch die Toilettenspülung versagte. Den weiteren Sonntag mitten in der Urlaubshochsaison hatte dann Meno mit einem Handwerker von Hiddenseeservice, per Boot von Rügen gekommen (immerhin!), verbracht, Zu- und Ableitungen durchgestoßen, Kanäle aufgegraben, von deren Existenz er nichts gewußt hatte, er war in geheimnisvolle, uralte, mit verrosteten und bemoosten Eisenscheiben verschlossene Abwasserschächte gestiegen, der Handwerker neben ihm bemerkenswert geduldig: An einem Sonntag im August auf Hiddensee Scheiße wegräumen, dat ist een Abenteuer, nichwahr. Meno hatte dem Mann abends das beste Essen vorgesetzt, was Haus Hitthim in Kloster zum Mitnehmen anbot.

Also zurück. Es ging nicht. Urlaub war nicht für ihn und nichts für ihn. In Brenta wartete Arbeit. Die Bücher, die Literatur. Hiddensee war plötzlich unerreichbar geworden. Als sich die Fähre näherte, er sie anlegen, die von der Insel gekommenen Tagestouristen aussteigen sah (anders als die Urlauber hatten sie kaum Gepäck), sah er sich vor dieser Fähre stehen, unfähig, sich zu bewegen. Dabei war doch kaum etwas leichter und unkomplizierter als das: seinen Koffer mit den halb von allein rollenden Rädern zu nehmen, Schritt vor Schritt zu setzen, die Fähre zu betreten, den Fahrschein zu lösen, wenn das Zugticket schon nicht mehr galt, den Koffer irgendwo an der Reling abzustellen und die Hinfahrt, die schwebende Drift hin zur Insel zu genießen, die Fahrt durch die mit orangefarbenen und grünen Bojen markierte Fahrrinne, die ersten Bäumchen auf dem Gellen, dem Südausläufer der Insel, wie zarte Freunde zu begrüßen, den Leuchtturm zwischen Gellen und Neuendorf, der einem aus dem Wasser gewachsenen Pilz glich, den Schwenk in der Anfahrt auf Neuendorf und Vitte, bevor es, die Fähre hatte sich dann geleert, nach Kloster weiterging. Nur ein Bein heben und einen Fuß vor den anderen setzen. Auf einmal erschien Meno dies, worüber er bis zum Augenblick mit dem Kormoran nicht einmal nachgedacht haben würde, als unmöglich. Einfach nicht durchführbar. Nicht für ihn. Er konnte die Fähre nicht betreten. In einem anderen Leben vielleicht. In einem anderen Leben gab es nicht dieses Gewicht, das auf seinen Schuhen lag und von keiner Anstrengung aufhebbar war. Nicht nach Hiddensee. Die Fähre legte ohne ihn ab. Den Rest des Eises warf er weg. Er unternahm noch einen Versuch, auf die Fähre zu gelangen, schon abends. Er begann sich zu fürchten in der fremden, allerdings von Reisen mit Anne, Richard, Niklas besetzten Stadt. Zurück nach Brenta hätte aber wie eine Kapitulation ausgesehen. Das gestand er sich nicht zu. Er beschloß, sich eine Übernachtung in Stralsund, möglichst in der Nähe des Hafens, zu suchen und morgen, an einem neuen Tag mit neuen Kräften, neuer Sicht auf das Bojenhaus, Arbeitsmaterial, Brenta, Kormorane, einen neuen Versuch zu unternehmen, die Fähre zu betreten.

Abends lag er wach in einem Zimmer einer von Arbeitern der nahen Volkswerft frequentierten Kaschemme, es gab noch Gardinen in dem Zimmer, einen in eine Ecke gepreßten Badezimmerverschlag mit schimmeliger Duschzelle, die Bettwäsche war geflickt und roch nach altem Rauch, Meno dachte an sich als einen Versager, eine Fähre, einfach eine Fähre, nichts weiter! Am nächsten Morgen fühlte sich Meno wie ein Schmerzensmensch aus verschiedenen, ja verschieden schmerzenden Menschenstücken, vor allem die Ischiasbereiche signalisierten die endgültige Verflossenheit aller Jugend, er stand aus dem knarzenden Bett mit der Matratze auf, die weich wie eine Molluske war, schleppte sich ans Fenster, das er des Lärms wegen über Nacht hatte geschlossen halten müssen, draußen ein Hof mit Müllcontainern und einer Sackkarre, auf deren Hebeblatt, in Weiß, in Grobschrift »Volkswerft« stand. Diese Industrieschrift interessierte Meno, wer hatte sie entworfen, und wieso war es möglich, daß Besitz aus einer Ordnung, und sie konnte mit solchen Schriftsignalen sehr fest sein, in eine andere, banalere meist, überging, war das die Folge aller Revolutionen? Ein überraschend gutes Frühstück später stand er wieder an der Fähranlegestelle. Er wollte es jetzt wissen. Es würde gelingen. Es war die erste

Fähre. Hiddensee würde sich ihm nach der Nacht wie frisch gehäutet präsentieren, verletzbar, unsicher. Das machte ihn sicher. Rollkoffer über den Steg, der Schiffsmeister klapperte an der Absperrung herum, noch hallte der Krach des Sausenlassens nach, wie unwirsch dieser Mensch mit dem Schiff umging, war es nicht kostbar, waren diese Fähre und ihre Fahrt nicht etwas Einmaliges, diese Reise von Stralsund mit den zurückbleibenden Kirchtürmen, an der Volkswerft, dem Ozeaneum, an Ummanz vorbei, und wenn nicht einmalig (ein Bewohner des Palazzo Missunde kannte viele Fähren), so doch besonders? In Kloster beschloß Meno, sich einen Bollerwagen zu leihen (der Wagen, der zum Bojenhaus gehörte, stand am Haus in der Remise, er hätte ihn schon längst mal reparieren lassen sollen), setzte den Koffer hinein und zog den Wagen aus dem Hafen, am Kiosk vorbei (doch gab es nur noch Eis, Karten für die Vitter Festspiele und Souvenirs, die schon zu Beginn des Urlaubs von der Sonne gebleicht waren), den Biologenweg hinan. Der Biologenweg war sandig, bot den Bollerwagenreifen unerwartet zähen Widerstand. Der Koffer schwankte, Meno hatte ihn aufrecht gestellt, ein Fehler. Ein Auto knurrte an Meno vorüber, eine Elektrokarre zwar, doch, empfand Meno, ein Bruch in dem ungeschriebenen Gesetz der Insel: keine solchen Fahrzeuge mit Ausnahme des Arztautos, des LKW der Müllabfuhr, der »Schwalbe« des Abschnittsbevollmächtigten (es gab seit Jahrzehnten keinen Abschnittsbevollmächtigten auf der Insel mehr). Meno versuchte sich zu erinnern: Wohl auch der Bürgermeister und, natürlich, die Feuerwehr hatten Autos gehabt, aber das war's dann im großen und ganzen. Diese Elektrokarre mit Propangasflaschen war schon das vierte Fahrzeug gewesen, das ihm auf den paar Metern zwischen Hafen und Biologenweg begegnet war. Ein Fehler, dachte er, und mehr noch: eine Unverschämtheit, eine Gedankenlosigkeit, die es auf dem söten Länneken doch bisher nicht gegeben hatte. Der Wagen blieb im Sand stecken. Alle Anstrengung brachte ihn nicht wieder heraus. Das Bojenhaus war noch nicht zu sehen. Es lag hinter der Biegung des Biologenwegs auf halber Höhe, verborgen im Dünengestrüpp auf der anderen Seite des Hauptmannhauses. Dort hängte eine Stipendiatin, die gräßliche Bücher in gräßlicher Sprache schrieb, Handtücher mit aufgestickten Rentierprinzessinnen auf. Meno beschloß, den Bollerwagen stehenzulassen und sich mit dem Koffer auf die nächste Fähre zurück nach Stralsund zu scheren. Es hatte sich zuviel gegen ihn verschworen, das durfte nicht einfach mißachtet werden. In Stralsund bedachte er, die Hafenkaschemme als Strafe für seine Unentschlossenheit und Feigheit zu verwenden, alles dort widerte ihn an, doch er hatte vor dem Ziel Hiddensee und Bojenhaus kapituliert, hatte es trotz erfolgreich absolvierter Überfahrt nicht geschafft, zum Bojenhaus vor- und dann ins Bojenhaus einzudringen. Noch im Morgengrauen, geweckt vom Gekreisch der Volkswerftkrähen oder noch immer wach von einer Auseinandersetzung in der altmodisch so genannten Schankstube (Meno war dieses Bestehen auf bewährten Bezeichnungen sympathisch, kein WLAN machte aus einer Schankstube plötzlich eine Foodlounge), war ihm dieses Wort als Gespenst seiner Existenz und wie mit fangbereitem Dolch nachgeschlichen: Kapitulation, und noch dazu vor etwas so Lächerlichem wie dem Betreten eines Hauses, das ihm gehörte und um das (aber vor allem um das Privileg, Urlaub in den eigenen vier Wänden machen zu können) ihn wahrscheinlich alle in der Ostseeschaukel beneidet haben würden. Was für ein Drama machte er aus dieser Sache, eine lächerliche, schlimmer, völlig versnobte Farce, pack deinen Koffer, Mann, raus aus dieser Kaschemme, rüber ins Bojenhaus, wo dich Smut Mager, des Schiffsarzts rappeldürr gewordener Kater (um den sich sonst die Besatzung des Hauptmannhauses kümmerte), Tolstoi teils in Originalausgaben, der komplette Gorki in der Ausgabe aus dem frühen Hermes-Verlag, und Schiffsarzts Vorliebe, die er mit dir teilt: englische Literatur, erwarten; was für Flausen, was für ein kranker, in ein Gegenteil geschämter Luxus! Koffer an Bord. Kein Eis vorher (die Bude hatte gottseidank auch noch nicht geöffnet). Strenge Regeln. Oberdeck. Zum Genuß zwingen. Bier in der Fährenbar (Hafenbräu). Tabakpfeife mit Kopenhagener Vanilletabak. Herrlich das Pfeifchen bei steigender Sonne und problemlos sinkendem Stralsund. Ankunft Kloster. Der Bollerwagen wieder da. Vielleicht mit der Elektrokarre zurückbugsiert. Den Bollerwagenfehler diesmal vermeiden. Bojenhaus. Schlüssel ins Schloß, zweimal rumgedreht, von wegen Kapitulation. Als Meno im Flur stand und die Tür hinter sich geschlossen hatte, als er die sonnenlichten Staubbahnen auf den Dielen vor dem Kamin im Wohnraum sah, die stockige Luft, die nach heiß gewordenen Elektrokabeln und Holz roch, atmete, war er sich sofort klar, daß er die Richtung des Worts (als Begriff) Kapitulation falsch aufgefaßt hatte, daß es keine Kapitulation war, hierherzufahren und die meeresumrauschte Abgeschiedenheit des Bojenhauses, kaum zu entdecken am Ende des schmalen Seitenwegs, dem er den Namen Hauptmannssteg gegeben hatte, für Arbeit und Lektüre zu nutzen, sich den Büchern und mehr, als gut war, auch dem Nichtstun, der hier oben, auf der kleinen Lichtung hinter dem Bojenhaus, von der aus er die Badenden am Strand von Kloster beobachten konnte, nur für ihn scheinenden Sonne hinzugeben, all das war doch das Gegenteil von Kapitulation, und da in diesen Augenblicken, als er stand und seine Situation zu begreifen versuchte, keine Stimme widersprach, mußte also auch das genaue Gegenteil von dem unternommen werden, was er unternommen hatte. Er mußte zurück, und zwar möglichst spurlos, wie er dachte, die hoffentlich noch von keinem Elektrokarren zerstörten Schritte im Sand des Biologenwegs suchen, am Hauptmannhaus und an dem Häuschen mit dem einen oder anderen schon arbeitenden Doktoranden der Ernst-Moritz-Arndt-Universität Greifswald vorüber, an der Bäckerei Kasten mit der zu dieser Stunde bis zum »Dwarslöper« ausgeweiteten Warteschlange und vorher an den sich im Morgenlicht wie Reiher streckenden Tänzern des Paluccahauses vorüber in den Hafen, zurück nach Stralsund, in die Kaschemme. Kapitulation war, es in dieser zwar einigermaßen heruntergekommenen, aber immerhin überhaupt noch vorhandenen und mit Gardinen bestückten Hafenkneipe, um die ihn Exilanten (wie Kurt und Luise Rohde, wie die Londoners) beneidet hätten, nicht mehr als eine Nacht ausgehalten zu haben, dabei mußte Arbeit, die etwas taugte, Widrigkeiten wie einem Kabuff mit moddrigem Duschverschlag abgewonnen werden, nur solche Arbeit hielt stand gegen die Winde und Wasser der Zeit. Meno reiste tagelang zwischen Stralsund und Hiddensee hin und her, zur Arbeit kam er am ehesten auf der Fähre.

9.8.2015 Sonntag: Prager Botschaft

Sommer 2015, Treva leerte sich, die verbliebenen Besatzungen arbeiteten die täglichen Routinen ab, machten zeitig Schluß, um noch in die Schwimmbäder zu kommen. Alexandra war schon abgereist, ebenso Christian mit seinen Kindern, Lionel wollte umziehen, Karsten wartete darauf, daß Anne ihn, den Leiter der Abteilung 4 im Kanzleramt, in die Sommerpause entließ. Robert war auf einem Kongreß der Schönheitschirurgen in São Paulo. Elisabeth und Montserrat bereiteten sich auf den jährlichen Sommertörn mit der »Sonderborg« vor.

Ich sah das Foto aus dem Palais Lobkowicz in Alexandras Wohnung im Neunelbeviertel, ein Farbfoto, mit einer Sofortbildkamera aufgenommen, rotstichig und verblaßt, während die Schwarzweißaufnahmen aus jener Zeit ihre scharf geschlagenen, hungrigen Schatten bewahrten. Alexandra, einen Arm um Muriels Schulter gelegt, das Haar halb abrasiert, halb in Strähnen, im Hintergrund eines der im Botschaftsgarten aufgebauten Zelte. Im Flur hing der Doppeldecker, für Muriel angefertigt von Günter Hocke, den wir Jünta nannten. Alexandra und Muriel, Sommer 1989, der voller Marienkäfer war, orangerote Geschwader in der öden Hitze Dresdens. Wir wollten in die Prager Botschaft, in jenem Sommer, den wir Totensommer nannten: wieder einmal füllten sich die Ausreisebücher, Adressen wurden durchgestrichen und mit einem »a« (ausgereist) am Rande versehen, fort für immer, dachten wir damals. Ein Foto mit Anne, zwanzig Jahre später, Alexandra Barsano, die erfolgreiche Geschäftsfrau, Vorsitzende der Barsano Gruppe, Immobilien, Projektentwicklung, Anteile an der trevischen Verkehrsgesellschaft, dem Architekturbüro von Kastan, Delanotte & Partner, an Sleipner B, einer der größten Bohrplattformen der Welt. Alexandra, auf diesem Foto perfekt geschminkt, kurze, elegante Frisur, Kleid von Gustavo Landmann, Seniorchef von Landmann & Landmann, wo Muriel ihre abgebrochene Lehre beendet und versucht hatte, den Albträumen zu entkommen. Punkerin und Geschäftsfrau: nichts scheint sie zu verbinden, nicht einmal die Gesichtszüge, nach deren Ähnlichkeit ich, ein von Belo stammendes Kupfergießkännchen für Alexandras Tillandsien- und Kakteensammlung in der Hand, forschte, Alexandra Barsano, Tochter des ehemaligen Bezirkssekretärs der Sozialistischen Einheitspartei für Dresden, Max Barsano, unverheiratet, keine Kinder, wechselnde Beziehungen.

– Dieses Einbestellen, sagte Alexandra, er schickte ein Auto, ein unauffälliges aus dem Fuhrpark, allerdings mit Telefon. Eigentlich wollte er keine Bevorzugungen, für ihn war es die Partei der Arbeiterklasse, nicht der Bevorzugtenklasse, und es hatte schriftliche Anweisungen geben müssen, damit er die Dreizimmerwohnung aufgab und in den Block A zog, den er von Anfang an nicht mochte, den Mutter von Anfang an nicht mochte. Aber es gab die Parteidisziplin, und sie stand höher als das meiste, vielleicht sogar höher als alles, ich weiß nicht. Ohne Disziplin ist alles nichts. Ohne Disziplin erreicht man nichts, da sind wir Preußen, ich weiß das, und es wird uns vorgeworfen. Sagte er das? Ich weiß nicht. Ich kann ihn mir vorstellen, wie er das sagt. Seine Satzstummel, die zu seiner öffentlichen Sprache gehörten. Zu seiner unöffentlichen selten, ich erinnere mich an ein- oder zweimal, und vielleicht zitierte er sich nur. Warum diese Maskerade? Ich konnte es nicht anhören, wenn er im Fernsehen oder Radio eine Ansprache hielt. Ich krümmte mich vor Scham und auch im Gefühl, ihn in Schutz nehmen zu müssen, er, der vor Fremden so abgehackt sprach wie eine Maschine, war doch mein Vater, und ich ließ es nicht zu, ihn von anderen angegriffen zu hören. Auch wenn ich den anderen recht geben mußte. Dieses Einbestellen. Vielleicht kann er nicht anders. Und ich, die aufmüpfige Tochter, die so unabhängig sein will, aber die von ihm aufgegebene Neubauwohnung bewohnt, ich werde seinem Liebe verbergenden Befehl folgen.

Sie griff in die Durchreiche zwischen Küche und Wohnzimmer, trank den kalt gewordenen Kaffee, zog sich an, betont langsam, obwohl der Chauffeur schon geklingelt hatte. Durch das offene Fenster konnte ich die Kräne sehen, die sich vor dem Johannstädter Plattenwerk drehten, unruhig von den Lichtern einer Nachtbaustelle betastet, Tieflader mit Betonfertigteilen fuhren ein und aus. Vom Trinitatisfriedhof wehte kühle Luft. Der Wind sprang um, trug Müllgeruch heran: Neben dem Friedhof befand sich die Zentrale der Stadtreinigung. Alexandra schloß das Fenster. Der Chauffeur würde kein zweites Mal klingeln, wie ich wußte, er würde auch nicht warten, daß sie den Türsummer betätigte.

– Kannst du mir helfen? Alexandra wußte nicht (wie immer, sagte sie), was sie anziehen wollte. Der Schrank war voll, Klamotten von drüben und aus dem Exquisit, sie verdiente gut.

– Die Punkerin fragt sich, was sie anziehen könnte?

– Ich wähle meine Haut. Sie probierte FDJ-Bluse zu LEVI'S. Der alte Londoner, den sie mochte, hatte einmal gesagt, daß Provokation etwas für Schwache sei, das Eingeständnis einer Angst. Alexandra nahm ein T-Shirt und einen leichten Blouson statt der Lederjacke mit dem »Schwerter zu Pflugscharen«-Symbol auf dem Rücken und dem Parteiabzeichen am Revers, zog den vom Rand der Kaffeetasse verwischten Lippenstift nach.

– Wir kommen zu spät, Fräulein Barsano. Ihr Vater hat schon angerufen. Der Chauffeur schnippte mit den Fingern. Sie wissen, daß ich es büßen muß, wenn Sie nicht pünktlich sind. Er wies mit dem Daumen auf mich: Was das werden solle.

– Er ist dabei, sagte Alexandra. Nennen Sie mich nicht Fräulein.

– Ich muß anrufen, Fräulein Barsano.

Alexandra schnitt die Telefonschnur durch. Dem Chauffeur gab sie eine Packung Stuyvesant.

– Ich stellte mir vor, sagte Alexandra, daß Vater jemanden auspeitschen ließ, stellvertretend für mich, denn was kann schmerzhafter sein als fremdes Leid, das dein eigenes hätte sein sollen, so daß du dich verantwortlich fühlst. Das taten sie immer gern: einen bei der Verantwortung nehmen. Und so war es damals auch gar nicht der fürchterliche Streit, als er erfuhr, daß ich auf der Kohleninsel gewesen war, um meine Ausreise zu beantragen, sondern die leise Nebenbemerkung, die mich betraf, nicht sein Geschrei und sein Toben, das manchmal über Mutter und mich hereingebrochen war und, das spürten wir beide, eher seiner Entspannung diente, wie sich ein Blitz aus dem Gewittergebräu entlädt. Du schleichst dich aus deiner Verantwortung, Alexandra. Du drückst dich. Das hast du manchmal getan, aber eben nicht immer. Seine Tobsucht war schlimm, aber sie war nicht ganz ernst zu nehmen. Wer tobt, hat noch nicht aufgegeben, und er fürchtet sich. Außerdem ist ihm noch etwas wirklich wichtig, er spürt es entgleiten, noch ist es nicht weg, es ist noch zu halten, es könnte noch zu halten sein, wenn nicht Sturheit und Ungeschick wären und auch die Mißverständnisse, die immer kommen, wenn wir reden. Er ging hinaus, und ich wußte, jetzt ist Mutter dran. Die Ärztin. Einfühlsam und erfahren. Und wenn ich sage: Weißt du was, laß mich in Ruhe, dann würde sie's tun, voller Verständnis. Und wenn ich sage: Wir müssen nicht reden, ich bin kein kleines Kind, ich bin volljährig und kann für mich selbst einstehen, dann würde sie nicht: So? oder Meinst du? sagen, sie würde nicken, mehr entfernt als traurig. Vielleicht würde sie mir eine Zigarette anbieten. Oder einfach schweigen wie damals, als ich mir die Hand verletzt hatte und sie zum Telefonhörer griff ohne ein Wort des Vorwurfs oder auch nur der Verständnislosigkeit. Handeln, die richtigen Leute anrufen, die falschen Leute nicht anrufen, schon diese Kenntnis der richtigen Leute empfand ich als beruhigend, als eigentümlich väterlich. Denn es sind ja meist die Väter, welche die richtigen Leute kennen und sie anrufen, wenn es, wie man sagt, ernst wird. Der Beste ist Richard Hoffmann, sagte Mutter, sie hatte sich mit diesem Lächeln, das ich immer nur ›das abgewöhnte Lächeln‹ genannt habe, von mir weggewandt, vielleicht war gerade der Kontakt zum ›Teilnehmer‹, wie es im Schneckenstein hieß statt ›Gesprächspartner‹, hergestellt, und hatte, halb in die Muschel, gesagt: Oft sind die Feinde die Besten. Aber das ist natürlich dummes Zeug, Alexandra. Es gibt keine Feinde. Nur die anderen. Und die sind meistens auch Menschen. Mach die Binde fester. Und dann dieser Schlenker: Wir fuhren in die Akademie, zu Richard Hoffmann, meine Mutter sprach mit ihm, wir fuhren zurück ins Friedrich-Wolf-Krankenhaus, und mir war, als hätte ich Vater gesehen. Mutter rauchte, operierte selbst.

– Du willst die Ausreise. Na, wenn du denkst, daß du dort besser aufgehoben bist. Ich will dich nicht zurückhalten. Wenn du noch was brauchst: Du weißt, wo wir zu finden sind. Aber dann war es mit der Kühle, der Distanz doch nicht so weit her gewesen, sie hatte geschwiegen, nickend meine Frisur gemustert und gesagt:

– Ich hoffe, du weißt, was du ihm antust. Weißt du, ich meine nicht einmal seine gesellschaftliche Position, den Spott – Spott? – Tu nicht so naiv. Die Tochter des Ersten Sekretärs der Bezirksleitung. Er hat es nicht verdient. Du trittst alles mit Füßen. Abgesehen von allem anderen war es nie einfach. Ich wünsche dir kein Leben wie unseres. Vielleicht hattest du es zu leicht? Vielleicht habt ihr alle es zu leicht gehabt, der junge Eschschloraque, Philipp Londoner, Hanna, Meno Rohde, du. Ist euch das alles denn gar nichts wert? Unser Land? Unsere Menschen? Aber vielleicht führt das zu nichts, hatte Mutter gesagt, müde, wie ich sie selten zuvor erlebt hatte. Schuldzuweisungen, sagte sie, das ist der Fehler. Es gab so viel zu tun, immer. Dein Vater ist ein ehrlicher Mann.

– Ja, sagte Alexandra zu mir, ja. So sehr, daß es mir auf die Nerven ging, manchmal. Das Übel beginnt mit den Lügen, Alexandra. Nicht mit der Wahrheit, Alexandra. Wir lügen nicht, Alexandra. Arbeiter lügen nicht, Alexandra. Sie sagen offen ihre Meinung. Das Geschmier und Taktieren beginnt bei den Intellektuellen. Wir sind Arbeiter, und unsere Heimat ist die Arbeiterklasse. Sag, was du denkst, und sag es geradeheraus, ohne Berechnung. Damit machst du dir nicht nur Freunde, meine Tochter, aber du bleibst ein anständiger Mensch, kannst dir und anderen ins Gesicht sehen.

– Ja, sagte Alexandra. Was hielt Mutter von diesem Gerede? Die Ärztin, schmierte sie, taktierte sie? Ja, sie waren immer ehrlich. Trugen ganz ehrliche Decknamen in der Emigration. Wie die Rohdes, wie die Eschschloraques, wie alle anderen im Hotel Lux. Und dann das, wovon nie gesprochen wurde. Ja. Als ob es so einfach wäre.

Alexandra fiel ein, daß sie ohne Geschenke kam. Sie hatte bisher immer Blumen mitgebracht, Max Barsano freute sich darüber. Rosen mochte er nicht, er hielt es mit »ehrlichen Blumen«, Gerbera, im Frühjahr mit einem Strauß Krokus oder Gänseblümchen, die er, als er noch in der Johannstadt gewohnt hatte und jeden Morgen einige Kilometer entlang der alten Schiffstreidelpfade an der Elbe gelaufen war, für sein Büro gepflückt hatte.

– Wir müssen einen Umweg machen.

– Wenn Sie die Verspätung erklären.

– Ich brauch noch Blumen.

Der Chauffeur wendete in Richtung Medizinische Akademie. Im Feierabendverkehr ging es nur stockend voran, mehrere Straßenbahnen stauten sich auf der Loschwitzer Straße. Das Blumengeschäft am Klinikum hatte keine Gerberas, dafür aber Rosen.

– Müssen es wirklich ausgerechnet Gerberas sein? Der Chauffeur schaute auf die Uhr.

– Keine Rosen, erwiderte Alexandra.

– Dann nehmen Sie doch was von diesem Gemüse. Der Chauffeur wies auf eine Vase mit Anthurien neben einem Regal voller Alpenveilchen.

– Wir versuchen's im Friedrich-Engels-Weg. Das Blumengeschäft in Ostrom kannte Barsanos Vorliebe für Gerberas, hielt immer einige vorrätig.

– Wegen Inventur geschlossen, sagte der Chauffeur. Er packte einen Strauß Rosen ein.

– Sie können in der Friedhofsgärtnerei Tolkewitz welche kriegen, meine Schwester arbeitet da, mischte sich die Blumenverkäuferin ein. Sie beugte sich vor.

– Sie sind gut. Der Chauffeur musterte die Verkäuferin. Und wenn uns jemand erwischt? Dann schieben wir alles auf Sie, was?

– Na, bißchen Mühe geben müssen Sie sich schon, erwiderte die Verkäuferin gekränkt. Bis vor kurzem gab's da nur eine Nachtwächterin, komische Frau, Schriftstellerin. Wenn sie nicht geschrieben hat, ist sie ins Krematorium gegangen, um zu schlafen.

– Vielleicht kommen wir noch auf andere Weise an Gerberas, sagte Alexandra. Danke für den Tip.

– Bezahlen Sie aber bitte, falls Sie doch in die Friedhofsgärtnerei müssen. Auf dem Tisch steht eine Sparbüchse. Und den Schlüssel wieder hinlegen.

– Und wieviel kostet da eine Gerbera? fragte der Chauffeur. So mit Erschwerniszuschlag?

– Wo gibt's Gerberas? fragte ein Kunde, der sich mit einem Rosenstrauß zur Kasse drängte.

– Seien Sie großzügig, sagte die Verkäuferin.

Die Häuser, die Briefkästen: Alexandra kämpfte mit alten Gefühlen, als das Auto die Krupskaja-Straße hochfuhr, die Scheinwerfer gestutzte Hecken, Vorgartenzwerge, polierte Klingelschilder aus der Dämmerung schnitten, die Plastik »Aufrechte Kämpfer« vor dem »Haus der Kultur« sichtbar wurde, der Gagarinweg mit Friedrich-Wolf-Krankenhaus und Mitschurin-Küchenkomplex. Der Chauffeur hielt am Kontrollposten vor Block A. Der Posten leuchtete ins Auto, hielt den Lampenstrahl auf mein Gesicht, Alexandra beschwichtigte, der Posten hob den Telefonhörer, als der Lada anfuhr. Der Block. Alexandra klingelte, senkte den Kopf, als ob sie einen Angriff erwartete oder etwas nicht sehen wollte, die Stimme ihrer Mutter war keine Sekunde später in der Wechselsprechanlage zu hören.

– Du bist spät dran.

Karl-Marx-Flur, Leninflur, Thälmannflur mit Porträts der Namensgeber an den eigens beleuchteten Stirnseiten, jeweils einer gerahmten Hausordnung und Wandzeitungen mit Freizeitaktivitätenliste und Kulturprogramm. Alexandra fühlte sich zurückversetzt in das Mädchen von vierzehn, fünfzehn Jahren, das, den speckigen, zerlederten Schulranzen hinter sich her über den Flur schleifend, zur Wohnung links vor dem Thälmannporträt schlurfte, nachdem sie die Schulsachen aus der geliebten selbstgenähten Tasche in den ungeliebten, von ihren Eltern gewünschten Schulranzen umgepackt hatte (Schulranzen, mit vierzehn, ein Mädchen):

– Im Versteck, ich mit meinem Stolz und meinem Herzklopfen.

Die Tür stand angelehnt, der Lichtkeil enthielt immerhin so viel Einladung, daß Alexandra nicht sofort umkehrte. Sie wechselte die Schuhe, schlüpfte in die im Wohnungsflur schon bereitstehenden Pantoffeln, bedeutete mir, die Schuhe auszuziehen, ließ die Schlüssel im Bund klirren. Ingrid Barsano antwortete nicht.

– Seit den gefälschten Kommunalwahlen im Mai, sagte Alexandra, empfängt sie mich schweigend, auf der Couchgarnitur vor der Schrankwand, manchmal erledigt sie Post, sie kann das gut, sie formuliert besser als Vater, die Eingaben beantwortet sie handschriftlich, ihre Handschrift ist wie gestochen, beste preußische Schule.

– Ich wollte euch noch etwas mitbringen. Hat nicht geklappt.

– Deine Überraschungen. Ingrid Barsano wies auf mich, mehr müde als unfreundlich, vielleicht hätte Alexandra doch vorher etwas sagen, mich ankündigen sollen.

– Du kennst Fabian.

– Sascha, hör zu. Wir hatten dich zu einer Aussprache gebeten, dich. Wenn du jemanden mitbringen möchtest, ruf bitte vorher an, rechtzeitig genug, so daß wir uns vorbereiten können. So zwingt mich deine Unhöflichkeit, unhöflich zu einem Gast zu sein. Ingrid Barsano reichte mir die Hand. Ich dachte an Muriel, nahm die Hand nicht. Ich hätte nicht mitkommen sollen.

– Ich wollte mich von euch verabschieden.

Ingrid Barsano griff nach einer Postkarte auf dem Tisch.

– Dein Verlobter hat uns geschrieben. Vom ZK-Heim auf Hiddensee. Man kann noch baden.

– Ich habe keinen Verlobten.

Alexandras Mutter wies auf den Tisch. Kuchen, Teegläser, eine Zuckerdose, offen, mit Zuckerzange.

– Wir hatten zwischen Nachmittag und Abend vereinbart, und so habe ich Kuchen gebacken. In ihren schwarzen Lacklederhausschuhen bewegten sich die weißen Kreise der Deckenlampen langsam und stet wie Himmelskörper.

– Euch laufen die Leute weg, sagte Alexandra.

– Das ist ja auch das einfachste. Ingrid Barsano besah ihre Hände. Aushalten und besser machen, was uns stört, ist viel schwieriger. Das tut dein Verlobter. Er hätte dir gutgetan. Er ist wie Vater in jungen Jahren.

– Er mag deine Kuchen, sagte Alexandra.

– Jedenfalls macht er keinen Krach an der Ostsee, stellt um Mitternacht Boxen an den Strand und dröhnt gegen die Wellen mit, wie heißt das noch mal, Punk an, sagte Ingrid Barsano. Aber gut, vielleicht ist das eure Art, jung zu sein, vielleicht seid ihr anders, als wir es waren, ich habe meine Prägungen und Vorurteile.

– Danke für den Kuchen, sagte Alexandra.

– Pack ihn ein und nimm ihn mit, wenn du willst. Die Himmelskörper auf den schwarzen Lackschuhen verschwanden.

– Und Sie? Haben Sie eine Ahnung, worauf Sie sich einlassen?

Früher hatte sie mich geduzt.

– Vater ist noch auf Arbeit, ich weiß nicht, wann er wiederkommt. Nach dem, was du mir zu sagen für nötig gehalten hast, sollten wir warten, bis er da ist.

– Eure Rede: Ein Arbeiter lügt nicht. Ich bin eine Arbeiterin. Wollte mich von euch verabschieden, ohne Ausflüchte und ohne Postkarte aus der Botschaft, die jemand schreibt, der zu feige ist, von Angesicht zu Angesicht zu seinen Entscheidungen zu stehen.

Ingrid Barsano winkte ab.

– Das ist mir zu pathetisch. Und betrifft uns im übrigen nicht allein, immerhin gibt es Gesetze, du hast mir soeben mitgeteilt, daß du sie zu brechen gedenkst. Das haben wir dir ganz bestimmt nicht beigebracht.

– Willst du uns festnehmen lassen?

Ingrid Barsano trat ans Fenster.

– Du machst es dir leicht, stellst dich hier hin und fühlst dich wohl in deiner Opferrolle. Spekulierst auf Elternliebe. Die wir dir nicht entziehen werden, keine Sorge. Es besteht kein Anlaß zu Selbstmitleid. Ihre Stimme klang ruhig.

Alexandra trat neben ihre Mutter, reichte ihr die Hand. Frau Barsano sagte:

– Begreifst du eigentlich unsere Lage? Denkst du wenigstens mal eine Sekunde an die Situation, in die du uns bringst? Wir können nicht zulassen, daß du gehst. Nicht so.

– Dann solltest du anrufen. Alexandra winkte mich ans Fenster, ich rührte mich nicht vom Fleck.

– Punk ist Dagegensein. Ingrid Barsano musterte uns skeptisch. Ich war ziemlich gut angezogen, und meine Haare hatte ich auch gewaschen. Manche Punkbands kreuzten konventionelle Melodien und Krach.

– Hast du uns das nicht geschrieben, in einem deiner Briefe? Und plötzlich höre ich von dir moralische Töne. Ingrid Barsano schätzte mich ab. Als Mitwisser machen Sie sich strafbar, haben Sie das bedacht? Haben Sie meine Tochter angestiftet?

Alexandra angelte sich eine Zigarette aus der auf dem Wohnzimmertisch liegenden Packung »Duett«. Keine Arbeitermarke.

– Ich kann für mich selbst einstehen. Alexandra balancierte die Zigarette unschlüssig zwischen den Fingern. Ingrid Barsano hielt mir eine Packung Riesaer Sicherheitszündwaren hin.

– Ich werde mit Max reden. Wenn du wirklich gehen willst, bitte. Wir werden dich nicht noch einmal zurückhalten. Aber keine Flucht. Wir machen das diskret, per Ausreise. Sie wird dir und deinen Freunden so rasch wie möglich genehmigt werden. Das wäre der Handel. Ich denke, er ist fair. Ingrid Barsano setzte sich wieder hin. Alexandra wurde unsicher.

– Ich lass' mir kein schlechtes Gewissen einreden.

– Überlegt euch gut, was ihr tut. Das Kennzeichen deines Autos ist registriert. Wir können nicht für die Genossen an den Grenzübergängen einstehen, sie haben Befehle, an die haben sie sich zu halten. Noch eins. Falls es deine Idee ist, nach Prag zu fahren, machst du deine Freunde mitschuldig, und das fände ich noch schäbiger. Du weißt, daß Vater alles tun würde, um dich zu schützen. Deine Freunde aber hätten deinen Leichtsinn zu büßen.

– Ihr sorgt gut für eure Menschen, sagte Alexandra.

– Viel Glück, Sascha.

Vor dem Haus wartete der Chauffeur, die Rosen in der Hand.

– Ich würde mitkommen nach Prag. Sie würden nicht kontrolliert werden.

In Dresden-Johannstadt hatte unsere Familie im Neubaublock neben der Kaufhalle, gegenüber drei Schulen, gewohnt. Die Eltern waren froh über die Wohnung gewesen: Fernheizung, Innen-WC, fließend Warmwasser, trockene Wände. An die unseres Kinderzimmers klopfte jemand jede Nacht, die Tochter unserer Nachbarn, die Barsano hießen. Dem Mann fehlte der linke Zeigefinger, ich wagte nie, ihn danach zu fragen. Die Mutter, Ärztin, versorgte unsere Wehwehchen, lieh uns Bücher, über die wir bei Rückgabe mit ihr diskutieren sollten, Schallplatten mit Musik aus Chile, damals war die Zeit von Salvador Allende und Luis Corvalán, wir bastelten Plakate in der Schule, die Freiheit für die unterdrückten Völker forderten. Frau Barsano buk Kuchen, wie sie niemand sonst hinbekam, paßte auf uns auf, wenn die Eltern ins Theater oder Kino gingen, manchmal durfte Alexandra bei uns übernachten.

Muriel war zwei Tage vor uns aufgebrochen, hatte die grüne Grenze zur ČSSR überquert, rief uns aus Prag an. Sie wohnte bei Vaters Freunden, Familie Antoš, in Smíchov. Ihren Ausweis hatte sie noch nicht lange wieder.

Am Grenzübergang war nicht viel los. Wir stellten uns in die Reihe vor der Paßabgabe. Eine Holzrutsche fuhr aus, wir legten unsere Ausweise darauf, die Holzrutsche schnappte in die Baracke zurück. Ein Grenzer beugte sich über die Windschutzscheibe, leuchtete uns ins Gesicht, fragte, ob wir etwas zu verzollen hätten und was der Zweck unseres Besuchs in der ČSSR sei.

– Urlaub, sagte Alexandra.

– Wo denn, sagte der Grenzer freundlich.

– Stausee Orlík. Wir hatten uns sogar auf dem Zeltplatz angemeldet und ein Zelt mitgenommen. Der Grenzer schien nur halb bei der Sache zu sein, an der Durchsuchungsposition wurde ein Trabant entladen.

Der Grenzer winkte uns durch. An der Durchsuchungsposition arbeiteten sie jetzt mit Wagenhebern. Eine Holzrutsche spuckte unsere Pässe aus, frisch glänzten die Einreisestempel.

Wir hielten an einer Flußbucht und stiegen aus. Ein Boot lag am Ufer, wir legten uns darin lang, es schien im Raum zwischen Fluß und Himmel zu gleiten, leicht bewegt von weißgefleckten Wellen. Frösche röhrten. Vor dem heutigen Tag hatte Alexandra uns nur einmal zu Hause besucht. An manchen Winterabenden hatte sie eine große Mütze aufgesetzt und war mit der Standseilbahn hinaufgefahren, hatte das Haus Wolfsstein eingekreist, angezogen von der geschmiedeten Spinnwebe im Torbogen und von den Lichtern, die den Bau sprenkelten, besonders der Geschichtenlampe hinter den Fenstern des »Fagotts«.

Ich dachte an den Abend im Juli, der voller Johannisfünkchen gewesen war, im Garten des Tausendaugenhauses, als wir die Flucht beschlossen hatten inmitten des wirren, unter einem Papiermond von Rhododendrondunkel durchruderten Dickichts. Wenn Alexandra unvorsichtig gewesen war, mit Worten auftrumpfte wie »Kraft« oder »entpuppen«, zog Muriel beide Arme eng an den Körper, machte sich klein. Manchmal schrieb sie etwas in Alexandras Hand, mit übertrieben ausgefalteten Fingern, abrupt und albern aufkichernd, und Alexandra antwortete mit karikaturhaften Verrenkungen, die sie womöglich für die der Taubstummen hielt und mich, weil sie eine Oberfläche, aber nicht die Not darunter kannten, abstießen. Libussa hatte mit uns Tschechisch geübt, sie hatte nicht gefragt, wozu.

Wir schliefen ein paar Stunden in einer Seitenstraße von Nové Mĕsto, erwachten vom Lärm eines Müllautos. Eine Tonne kippte um, Orangenschalen kollerten auf die Straße. Zwei Müllmänner standen schimpfend um die verstreuten Schalen, hoben sie aber nicht auf, winkten einen Wassermann heran, der eben, angetan mit Schwimmbrille und Gummiflossen, aus dem Haus platschte, zu dem die Tonne gehörte. Wildes Gestikulieren, der Wassermann vollführte Schwimmbewegungen und schüttelte den Kopf, woraufhin die Müllmänner zum nächsten Haus gingen. Der Wassermann wartete, nach einer Weile verschwand er im Hauseingang, kam mit Schaufel und Besen zurück, fegte die Schalen zusammen, rollte die Tonne zum Müllauto, das inzwischen weitergefahren war. Er verneigte sich knapp. Die beiden Müllmänner erwiderten die Verbeugung.

Ein sachter Windstoß fuhr in die Bäume des Botanischen Gartens, auf den Häuserwänden schlichen plötzlich hellgrüne und gelbe Schattenpfoten, die geöffneten Fenster blinkten in die Straßentiefe. Beschriftungen, die wir nicht entziffern konnten, rote und blaue Hausnummern, dazwischen glitzernde Wasserperspektiven. Wir gingen über die Moldau. Alexandra zeichnete den Flußbogen mit dem Finger nach, Brücke des 1. Mai, die figurengeschmückte Karlsbrücke, hinter der die Moldau im Dunst von Letná,

Bubeneč, Holešovice verschwand. Der Verkehr auf den stromab gespannten Brücken hatte eine ferne, unbeteiligte Ruhe. Der Gedanke an das Palais Lobkowicz erschien mir jetzt wie eine Störung, die Botschaft wie ein Ziel, das seinen Reiz verloren hatte. Wir hatten es nicht mehr eilig.

Dana Antošova und ihr Mann Karel, Freunde meiner Eltern, ein Arztehepaar, hatten beide nach 1968 ihre Stellen verloren: Er arbeitete ein paar Jahre bei Tatra, sie als Reinigungskraft in Prager Hotels, dann bei Škoda, erst Anfang der achtziger Jahre hatten sie wieder praktizieren dürfen, in einem Krankenhaus am Rande der Stadt. Sie wohnten in der Vodní Nähe Staropramenbrauerei, Karel war froh, daß ihnen die Wohnung nicht weggenommen worden war.

– Das verdanken wir unserem Ladislav, sagte Dana. Er war etwas jünger als wir, spielte Eishockey in der tschechischen Nationalmannschaft. Dana hatte in Ruzyně gesessen, im Frauengefängnis, und in unserer Gegenwart nur ein einziges Mal darüber gesprochen, an einem Abend, als Ladislav sich verspätete und sie vor Angst auf und ab ging.

– Ihr wollt in die Botschaft?

Muriel öffnete das Fenster, sog die regenkühle Luft ein. Ein Abend kehrte zurück, an den ich lange nicht mehr gedacht hatte, ein Winterabend, wir logierten in Kladno in einem Neubauhotel, es war eine Geburtstagsreise für Muriel und mich gewesen. Wir fuhren mit der U-Bahn von Kladno nach Prag. Die Vodní war voller Gebrüll und Hurrarufe, Autos hupten, Fenster standen offen, Menschen warfen, weil sie keine Blumen hatten, Papierschnipsel über ihren Helden Ladislav Antoš, den jüngsten Eishokkeystürmer der ČSSR-Auswahl, seine Mannschaftskameraden trugen ihn auf den Schultern nach Hause, er hatte die Sbornaja und ihre Riege A geknackt: Makarow, Krutow, Kasatonow, Larionow, Fetisow und, im Tor, Tretjak, der legendäre Sturm von ZSKA Moskau, gegen den Kanada 1 mit Wayne Gretzky einst hatte ein Powerplay aufziehen wollen, fünf Kanadier gegen vier Russen, aber nicht die Kanadier hatten das Powerplay aufgezogen, sondern die Sbornaja in Unterzahl, und diese Mannschaft, die in einem geheimen Trainingslager irgendwo in der Sowjetunion von einem Granitgesicht namens Wiktor Kulikow gedrillt wurde, war vom Team der ČSSR, einem kleinen, der mächtigen Sowjetunion gehorsamspflichtigen Land, besiegt worden. Die Menschen tanzten auf den Straßen. All das kehrte plötzlich zurück, leidenschaftliche, meinen Eltern zuliebe auf deutsch geführte Diskussionen über die tschechische Moderne, František Halas, die Dichter Jiři Wolker und Jan Skácel, den Arzt und Dichter Vladislav Vančura und seine Erzählung »Der Messerschleifer«, über den Dichter Bohumil Hrabal, der als Sortierer in einer Altpapierpackerei arbeitete und als Statist an einem Theater in Prag-Libeň. Bohumil habe, sagte ein älterer Herr mit Fliege, Philosoph, Kipperfahrer in einer Düngemittelfabrik, gemeinsam mit ihm den englischen König bedient.

Die Ostdeutschen stiegen aus, ruhig, schnallten ihre Koffer ab, ließen die Autotüren offenstehen. Ein Fahrer schrieb etwas auf einen Zettel, blickte sich suchend um, warf einem Jungen den Autoschlüssel zu. Eine Frau hob einen Kinderwagen vom Dach, legte ihr Baby hinein. Ihr Mann studierte eine Karte, sah auf, orientierte sich, ihm folgten die anderen. Als sie weg waren, standen die Prager noch eine Weile reglos, als ob sie voreinander oder vor dem, was sie eben erlebt hatten, Scheu empfänden; einige Männer näherten sich den Autos, lugten durch die Scheiben. Auf einem der Zettel war zu lesen: »Letzte Durchsicht August, alles o.k.«. Je näher wir dem Laurenziberg kamen, desto mehr Autos mit ostdeutschen Nummern standen kreuz und quer am Straßenrand, umringt von Einheimischen: Waren diese Autos, vollgestopft mit der beweglichen Habe, nicht alles, was die Deutschen aus dem sozialistischen Brüder-und-Schwestern-Land besessen hatten? Dort ein Škoda voller Wäsche, darauf ein tragbarer Fernseher, Polizisten versuchten vergeblich, die Autos zu verschließen und zu versiegeln, es waren zu viele, und es kamen auch noch immer mehr; ein Auto wirkte wie ein geschlachtetes großes Tier, Urlaubskram und Unmengen Musikkassetten lagen verstreut, Kinder sammelten sie in ihre T-Shirts, während ihre Mütter, halb in den Autos verschwunden, nach Brauchbarem wühlten. Trabants und Wartburgs, des Ostdeutschen Stolz, nach fünfzehn Jahren Wartezeit ergattert, mit Wachs und Zuwendung und allen erreichbaren Köstlichkeiten diesseitiger Autopflege gehegt, standen jetzt einfach offen da, in manchen steckten die Zündschlüssel, in fast allen hingen Zettel am Lenkrad. Achtung, manchmal klemmt der zweite Gang. Neuer Keilriemen. Choque mit Gefühl ziehen. Einheimische stiegen in die Autos, fuhren sie beiseite, manche achselzuckend, manche mit zufriedenem Grinsen, manche nachdenklich; manche stiegen, nachdem ihre Hände schon Besitz ergriffen, bewundernd über Handschuhfach und Sitzgarnitur gestrichen hatten, wieder aus und gingen langsam davon. Am Ende der Karmelitergasse, auf Höhe des Schönborngartens, lagen Kinderwagen auf einem Haufen, davor einige umgekippte Motorräder.

Absperrzäune waren quer über die steil ansteigende Gasse gezogen, dahinter Einsatzwagen und Uniformierte. Menschen gestikulierten, drängten gegen die Gitter, einige hatten sich auf den Boden gesetzt und Speisen ausgepackt.

Wir näherten uns dem Durchlaß, der zwischen den Absperrzäunen gelassen worden war. Die Polizisten nahmen eine drohende Haltung an, einige stellten sich in die Lükke, um uns den Weg zu versperren. Wir gingen rascher, kamen in die Vlašská. Die Polizisten schoben die Hände in die Koppel. Aus den Häusern spähten Anwohner hinunter. Vor dem Botschaftsgebäude kampierten Hunderte Flüchtlinge.

– Wir probieren's am Zaun, sagte Alexandra. Eine Familie kletterte über die Mauer neben dem Hauptgebäude, jemand hatte von innen ein Seil herübergeworfen. Das Eingangstor des Palais Lobkowicz war von einem leuchtenden, tiefen, von eisernen Rauten durchkammerten Rot. Wir liefen zur Hinterseite der Botschaft, am Südhang des Laurenzibergs an einem von Bäumen beschatteten Weg gelegen. Flüchtlinge versuchten, über den Zaun zu klettern, Soldaten mit umgehängten Maschinenpistolen griffen ihnen in die Gürtel, an die Beine, ließen ab, als ein Kamerateam auftauchte.

Muriel wollte nicht in einem der Zelte bleiben, die im Garten des Palais Lobkowicz aufgebaut worden waren. Männlein und Weiblein lagen durcheinander, Kinder quäkten. Die Frau des Botschafters hatte ein Schulzelt einrichten lassen.

Ein Botschaftsmitarbeiter brachte uns auf dem Dachboden unter, wo einige Familien mit kleinen Kindern in selbstgebastelten Verschlägen hausten. Es war stickig, Radios dudelten, einige Männer hockten vor einem tragbaren Fernseher, wir Neuankömmlinge wurden kaum beachtet.

Muriel hatte an Kleidung nur das mitgenommen, was sie auf dem Leib trug. Wichtig waren der Koffer, das Bügeleisen, die Knopfsammlung, die Schachtel mit den Gütermanngarnen, die Muriel vom Ehepaar Lukas, Betreiber der Schneiderwerkstatt auf dem Lindwurmring, geschenkt bekommen hatte. Schneiderkreide, Scheren, eine glattgegriffene Holzelle, der braune Stopfpilz aus der Dresdner Nähmaschinenfabrik Müller, Jüntas blauer Doppeldecker.

Ständig wurden Nachrichten ausgetauscht, und als das Treppenhaus im Palais sich mit Flüchtlingen zu füllen begann, legte der Hausmeister einen Telefonanschluß auf den Dachboden, vor dem sich Schlangen bildeten. Tragbare Fernseher und Radios liefen den ganzen Tag, immerfort suchte irgendwer nach irgend jemandem, immerfort war irgendwer nahe am Durchdrehen.

In unserer ersten Nacht im Palais Lobkowicz kletterten wir durch eine offene Luke aufs Dach, badeten in einer aus Sandstein geformten Muschel voller Regenwasser.

Muriel eröffnete eine Schneiderei, nähte Kostüme für die Kinder, ein Tischler baute ein Puppentheater aus Obstkistenbrettern. Aus einem Prager Kino besorgte der Militärattaché einen Vorführapparat, wir bekamen Filme, allerdings nur auf tschechisch, Terence Hill und Bud Spencer, »Die rechte und die linke Hand des Teufels«, »Zwei Himmelhunde auf dem Weg zur Hölle«, »Hügel der blutigen Stiefel«. Den Ton stellte ich leise. Ich konnte die meisten Dialoge auswendig, ich stotterte kaum im abgedunkelten Zelt. Die Bohnenband, von geflohenen Musikern gegründet, spielte die Filmmusik. In den Baumkronen hockten morgens immer mehr Krähen. Die halbe Zeltstadt bastelte Katapulte, um sie zu jagen. Der Regen trommelte aufs Dach des Botschaftsgebäudes, niemand badete mehr in der Muschelwanne. Wurden abends alle Ölradiatoren eingeschaltet, brach das Stromnetz zusammen. Ein Mann joggte jeden Morgen im Kreis, eines Tages wurde er aufgefordert, dies zu unterlassen: Man sehe ihm zu, er laufe im Kreis, immer nur im Kreis, und mache es für jeden sichtbar, daß es hier nur diesen Kreis gebe, immer nur diesen Kreis. Einige Kinder waren von ihren Eltern, die über Ungarn geflohen waren, im Stich gelassen worden. Max Barsano wollte mit seiner Tochter sprechen. Alexandra mußte für einige Tage ausquartiert werden.

Im Palais herrschte keine Ruhe, der Treppenaufgang war belegt, nur eine Schneise in der Mitte frei gelassen. Ständiges Kommen und Gehen, in den Winkeln, in Schlafsäcken, funzelig beleuchtet von ein paar Kerzen oder Taschenlampen, hockten Leute, unterhielten sich miteinander oder drehten an Kofferradios, begierig nach neuen Nachrichten.

In der Nähe der Botschaft, auf dem Laurenziberg, gab es einen Rosengarten. In milden Dämmerungen, wenn der Wind günstig stand, blieb der Duft eine Weile über dem Botschaftsgelände, bevor er sich mit dem der Toilettengruben im Botschaftsgarten mischte. Das warme, trockene Sommerwetter endete, es begann zu regnen, die Temperatur fiel. Immer mehr Flüchtlinge trafen ein, der Platz vor der Botschaft war ständig besetzt.

Der Arzt hatte ein Zimmer in der ersten Etage. Ich mochte die Verträumtheit des Meeresschneckenhauses auf der Konsole über dem Waschbecken, die Holzklammer, die das offene Fenster am Zuschlagen hinderte, den

Arzt, der erheitert Medikamente durchmusterte, die er aus einem Karton auf seinen Schreibtisch gekippt hatte.

– Brauchen Sie Hilfe?

– Sind Sie Krankenpfleger?

– Hab' einen Rotkreuzkurs besucht.

– Ich kann jede Hand brauchen. Wenn Sie im Lager einen Arzt finden, schicken Sie ihn zu mir. Heute sind schon wieder hundert Gäste gekommen. So wurden die Flüchtlinge offiziell genannt. Mir gefiel die Großzügigkeit des Begriffs, der taktvoll über die hinwegsah, die sich nicht wie Gäste benahmen.

– Zeit für den Rundgang. Prankel zog seinen Kittel aus und Gummistiefel an. Ich trug schon welche, meine Aufgabe war es, die bettlägerigen Patienten zu versorgen.

– Wir müssen alle Krankenschwestern und sonstiges medizinische Hilfspersonal zusammentrommeln. Wir stimmen uns mit den Leuten vom Roten Kreuz ab. Irgendwas muß uns einfallen, wie wir das Sanitärproblem in den Griff kriegen. Er sah hinunter zur Orangerie, wo die Konsularabteilung gearbeitet hatte, inzwischen war sie in ein Ausweichquartier draußen gezogen. Die Büros im Palais waren voller Flüchtlinge. Prankel hatte schon Botschaftsbesetzungen in Budapest und Warschau mitgemacht, auch in Prag hatte es immer wieder Flüchtlinge gegeben, aber solche Dimensionen waren neu.

– Zwölf Toiletten für tausend Gäste, sagte der Arzt zum Botschafter, der ihn begleitete, ich habe schon Desinfektionsmittel von unserer Verbindungsstelle angefordert. Die wollen, daß ich erst einmal eine ordnungsgemäße Anforderung schreibe. Dabei besteht akute Seuchengefahr.

Schwangere und Kranke bekamen Passierscheine für die Toiletten. Auf der Treppe baten Mädchen um die Pille.

– Das Problem habe ich schon in Warschau gehabt, sagte der Arzt.

In den Räumen neben dem Ehrenhof hatte man Feldbetten aufgestellt, vier, fünf übereinander, und damit sie nicht umkippten, Befestigungsanker in die Wandfriese geschlagen.

– Die vom Medizinischen Dienst haben gesagt: Fahren Sie mal nach Prag, kontrollieren Sie die Apotheke und schauen Sie, ob die vierzig Flüchtlinge irgendwelche Hilfe brauchen.

Die Teppiche vollgesogen, übergelaufenes Toilettenwasser.

– Vierzig! Da waren's schon dreihundert. Da packst du mal lieber mehr Wäsche ein, hab ich gedacht. Aber das hätte ich mir doch nicht träumen lassen. Und wissen Sie, was ich vorhin gedacht habe? In jedem Zimmer stehen drei oder vier Betten übereinander, so eng, daß man kaum durchkommt. Das sind Tonnenlasten, auf jeder Etage, wieso stürzt dieses Gebäude nicht einfach zusammen? Der Botschafter zu mir: Fangen Sie nicht jetzt noch mit Statik an!

Der Außenminister sprach vom Balkon. Die drei Augenärzte einer Kreisstadt ließen, nachdem sie sich mit ihren Familien beraten hatten, die unterschiedliche Länge von Grashalmen entscheiden, wer zurückmußte, um die Patienten zu versorgen.

Überall auf den Straßen kampierten Flüchtlinge, teils in Schlafsäcken, die sie vom Roten Kreuz bekommen hatten, teils in ihrer Kleidung auf dem bloßen Pflaster, manche kamen aus unbewohnten Häusern, in denen sie sich eingerichtet und die tschechischen Polizisten sie geduldet hatten. Die Straßen waren von abgestellten Autos verstopft. Polizei riegelte den Zug ab, die Polizisten wirkten verstört und unsicher. Der Attaché hielt seinen Diplomatenpaß in der Hand, obwohl der in der Dunkelheit nur auf wenige Schritte Entfernung zu erkennen war. Quietschen und Klappern der Kinderwagen. Der Zug bewegte sich nahezu still durch die Stadt, in welcher der Abendverkehr nur auf entfernten Brücken und unter den Lichtern von Holešovice und Vyšehrad stattzufinden schien. Selbst die Babys in den Wagen schwiegen, wie es ihre erschöpften Eltern taten, die alles stehen- und liegengelassen hatten, was sie für die Reise nicht brauchten. Sie gingen von der Kleinen Seite über die Karlsbrücke hinüber zum Altstädter Ring. Hinter den erhellten Fenstern waren Gesichter zu erkennen. Passanten blieben stehen, wurden von den Polizisten zum Weitergehen gedrängt, gingen zögernd und nachdenklich, blieben wieder stehen. Neben dem Attaché ging der Discoman, er trug noch den schillernden, paillettenbesetzten Smoking, in dem er seine Diskothek verlassen hatte. Hinter ihm zwei Reichsbahner in blauen Uniformen mit roten Dienstmützen, die beiden Beamten hatten, bevor sie sich absetzten, ihre Züge ordnungsgemäß abgestellt. Am Bahnhof wartete der Botschafter, der mit den Bussen vorausgefahren war. Die Ankömmlinge drängten sich zum grünweißen Zug der Deutschen Reichsbahn, schrien, weinten, kämpften wie panisch um Plätze, ohne Rücksicht auf Frauen, Kinder, Alte, das Schweigen der vergangenen Stunde, in der sie nach Libeň gelaufen waren, galt hier nicht mehr. Fenster wurden aufgerissen, Fäuste reckten sich, Finger formten das V in Richtung der tschechischen Polizisten, Geldscheine und Münzen flogen auf den Bahnsteig. Der Zug fuhr ab. Die Flüchtlinge lehnten sich aus den Fenstern, brüllten ihre Freude und Erleichterung in die Nacht. Die tschechischen Polizisten und Soldaten begannen das weggeworfene Geld aufzusammeln.

Die Staatssicherheit war in den Zügen geblieben, alle Flüchtlinge hätten ihre Bürgerrechte verwirkt und seien jetzt staatenlos. Entlang der Bahnstrecke schrien und winkten unzählige Menschen, schwenkten Laternen, Taschenlampen, Kerzen, schwarzrotgoldene Fahnen, aus denen das Emblem in der Mitte herausgeschnitten war. Arbeitskolonnen der Reichsbahn bliesen auf Signalhörnern. Soldaten und Polizisten auf der Strecke hoben Finger zum V-Zeichen. Alexandra fuhr ohne uns.

Wir waren Anfang September in die Botschaft gekommen, es hatte etwa dreihundert Flüchtlinge gegeben. Mitte September waren es mehrere tausend. Der Garten bestand nur noch aus Schlamm. Die Streitereien häuften sich. Muriel entdeckte einen ihrer Erzieher aus dem Jugendwerkhof Torgau. Rechtsanwalt Sperber tauchte auf, ich sah, daß Muriel am Ende war, und nahm sein Angebot an, straffreie Rückkehr und schnelle Ausreise.

10.8.2015 Montag: Der Leuchtturm

Regelmäßige Kontrolle der Seeminen in der Trevischen See, der Versuchswindkraftanlage des Verteidigungsministeriums, ich will auf Schwarzer Ort übernachten, dem Leuchtturm. Schwarzer Ort steht im Meer. Die Fahrt von Treva Hafen bis zum Leuchtturm dauert mehrere Stunden, ab Seegang drei bis vier nach Petersen kann der Schlepper nicht mehr anlegen. Seegang drei entspricht Windstärke vier nach Beaufort, alle Segel voll »beim Winde«, Seegang vier entspricht Beaufort fünf, »beim Winde« mögliche Segelführung.

Der Leuchtturm steht frei in der Trevischen See, wo das

Meer beginnt und die Elbe endet. Ich hätte also, genaugenommen, schreiben müssen: Schwarzer Ort steht im Brackwasser, aber hin und wieder ist Genauigkeit auch die Feindin der Poesie. Auf Schwarzer Ort gibt es davon ohnehin nicht viel, auf Schwarzer Ort gibt es Arbeit. Zeit, Stürme, Strömungen, Rost und Havarien haben dem Turm zugesetzt. Er sollte abgerissen werden, doch hat die Fördergesellschaft Leuchtturm Schwarzer Ort, der ich ebenso angehöre wie mein Exschwiegervater, unser Innenminister Martin Delanotte, und sein Bruder Volker, Mann unserer Kanzlerin Anne Hoffmann, den Kontakt zur Deutschen Stiftung Denkmalschutz gesucht und gemeinsam mit ihr den Abriß verhindert, freilich mußte damals, Mitte der achtziger Jahre, der Leuchtturm grundlegend saniert werden, ein Kapitel für sich, und ein teures dazu.

Ich sitze im ehemaligen Dienstraum, vor mir auf dem halbrunden, der Leuchtturmwand angepaßten Tisch das Logbuch, die Geschichtenlampe, der Morsetelegraf, der zwar längst außer Betrieb ist, aber immer noch funktioniert. Früher hat man hier Telegramme aufgenommen, Schiffe, Pegelstände, Eisgang ans Tonnen- und Bakenamt gemeldet, später, nach dem Zweiten Weltkrieg, gab es Funkverkehr über eine Militäranlage, für den Sprechfunkverkehr auf der Grenzwelle ausgerüstet, dann eine UKW-Sprechfunkanlage, die eine Direktverbindung zwischen Turm, Tonnenlegern, Feuerschiffen, der Verkehrszentrale beim Wasser- und Schiffahrtsamt Treva (das der Nachfolger des Tonnen- und Bakenamts ist) ermöglichte.

Hier auf Schwarzer Ort setze ich meine Aufzeichnungen fort, per Hand, mit blauer Tinte aus dem VEB Barock. Mehrere Flaschen dieser Tinte haben sich im Schapp neben der Telegrafenstation erhalten. Ich benutze eins der

Logbücher, die der letzte Leuchtturmwärter, Ole Lukoie, hinterlassen hat. Einige Seiten dienten zur Fixierung bestimmter nixentypischer Formen, wie sie in langen und eintönigen Dienstwochen immer nixentypischer auftauchen mögen, außerdem finden sich Zehntelpfennigtabellen, zu Oles Zeiten waren drei Mann Besatzung auf dem Leuchtturm, Skatbrüder, die sich, wie die Eintragungen ausweisen, gegenseitig ihren kargen Lohn abknöpften.

Auf dem Turm gibt es für den Notfall etwas Proviant, Trinkwasser in Kanistern, einige Arzneimittel, Verbrauchsgüter. Internet gibt es nicht hier draußen, aber eine Funkverbindung und Festnetztelefon. Abends um einundzwanzig Uhr muß ich mich bei der Seenotleitung melden.

Zehnter August, Elisabeths und mein Hochzeitstag. Unsere Hochzeitsreise hat hierhergeführt, eine Woche auf Schwarzer Ort. Zunächst mit Gästen, die zwei Nächte bleiben mußten statt einer, wie gedacht. Die Hochzeitsreise auf den Leuchtturm war mein Wunsch gewesen, Elisabeth hatte nur widerwillig zugestimmt. Sie kannte Schwarzer Ort, fürchtete die Einsamkeit. Außerdem ist auf Leuchttürmen Alkohol verboten, wir durften keinen Tropfen dabeihaben, und das auf einer Hochzeitsreise. Bald nach unserer Ankunft zog Sturm auf. Christian versuchte uns aufzuheitern, bereitete in der Kombüse Bratkartoffeln mit Thüringer Rostbratwürsten und Spiegeleiern zu. Es gibt elektrischen Strom auf Schwarzer Ort, ein Kabel führt zur Erdbeerinsel, dem nächstgelegenen Festland. Christians Bratkartoffeln sind außergewöhnlich, doch beim täglichen Anblick verliert das Außergewöhnliche den Glanz. Das Catering der Roten Gourmet Fraktion, das ich bestellt hatte, fiel wegen des Sturms aus. Wir lebten von Vorräten, die Lorenz Grote, Vorsitzender der Anker-Reederei zu Treva und Elisabeths

Großvater, ein paar Tage vor der Hochzeitsreise hatte auf den Turm bringen lassen: Linsen, Bohnen, Eintopf in Konservenbüchsen, Pumpernickel, Zwieback, Reis, Tomatensoße und eben Kartoffeln, von denen zwanzig Säcke da waren, was zwar Christians und die Begeisterung seiner Kinder, Theo und Clara, fand, keineswegs aber Elisabeths, die, wie sie sagte, ihre Ration an Schiffsfraß seit der Kindheit weghatte. Lionel und Karsten, meine Freunde, lagen seekrank in den Kojen. Sonst hätte Lionel gekocht, unser Gourmet. Lionel bat mich, sein Testament aufzusetzen, Karsten ächzte, das hätte er schon an Land tun sollen, was nütze es ihm hier draußen, wenn wir alle absöffen. Die Wellen klatschten gegen den Turm, der Wind pfiff und johlte, trommelte gegen die Bullaugen. Wir fürchteten uns, da der Turm schwankte, aber nach ein paar Stunden war es großartig. Wir machten Musik auf Kochtöpfen, schauten, die Kinder ängstlich umklammernd (die begeistert waren und vor Freude trampelten, wenn ein Brecher überschlug), den Gischt- und Nebelfetzen zu, stiegen die Wendeltreppe zur Feuerkammer hinauf, sahen dem Leuchtfeuer zu und erzählten Geschichten. Kein Fernsehen, kein Internet, kein Computerspiel, statt dessen Plattenspieler, Bücher und das Teleskop, das mir Elisabeth zur Hochzeit geschenkt hatte.

Eine Woche auf einem Leuchtturm, von dem man nicht herunterkann, weil er im Meer steht und Windstärke acht herrscht, nannte ich eine gemeinsame Herausforderung, Elisabeth eine Schrulle, eine Fabianschrulle, wie sie sagte, nach vier Tagen nannte sie es einen Angriff. Wir schrieben einander Briefe, spielten Putbuser Postamt, ein Spiel meines Vaters, der letzte Brief, den mir das Putbuser Postamt auf Schwarzer Ort brachte, war als Einschreiben deklariert.

– Hibernatus, der junge Mann, der bei einem Schiffbruch in Glyzerin fiel und dort einfror, später wird er von einer Polarexpedition gefunden, er hat sich äußerlich jung erhalten, ist aber hundert Jahre alt. Film mit Louis de Funès. Du bist erinnerungssüchtig, erinnerungsselig, Gegenwart ist Dir nur wichtig, wenn Du irgendeinen Faden in die Vergangenheit findest, an dem Du Dich abseilen kannst. Gesund ist das nicht. Man lebt nicht ungestraft gegen seine Zeit.

Hier draußen gibt es keine Lichtverschmutzung wie in der Stadt, wo zuviel Helligkeit die Sternbeobachtung erschwert. Orion wird jagen, Kassiopeia und Pegasus erscheinen, vor ihnen Saturn, Andromeda kurz nach Sonnenuntergang im Südwesten. Nahe am Nordosthorizont glimmt im Sternbild Leier noch Wega, die einmal der Polarstern gewesen ist und es wieder werden wird, der Stern der Weberin, sagen die Chinesen. Vielleicht wird mir das Teleskop oben in der Feuerkammer die Wegastaubscheibe zeigen, die Uranusringe, die gläsern-duftigsten unseres Sonnensystems. Antares erscheint, der Nachtstern der Seefahrer im Sternbild Skorpion.

Auf dem Plattenspieler liegt der »Rosenkavalier«, den ich von Niklas Tietze bekommen habe: Eterna, Staatskapelle Dresden, Karl Böhm dirigiert, Marianne Schech singt die Marschallin. Mir ist, als ob ich sie hörte, die Stimmen, die Musik, Erinnerung. Als ob ich zurückkehren könnte ins Turmviertel, in den Wolfsstein, in die Sternwarte, Vaters Arbeitszimmer. Ich erinnere mich, und mir ist, als ob Muriel noch lebte, als ob ich sie berühren und Hand in Hand mit ihr ins Haus Wolfsstein gehen könnte, durch das Tor mit dem schmiedeeisernen Spinnennetz, und oben, im »Fagott«, wo Vaters Pflanzen nach der Wärme einer mit Braunkohle befeuerten Dampfheizung streben, brennt die Geschichtenlampe. Die Marschallin singt von der Zeit:

Manchmal hör ich sie fließen unaufhaltsam. Manchmal steh ich auf, mitten in der Nacht, und laß die Uhren alle stehen

Die 11 schlenkerte in den Schienen, Funken stoben, wenn sie, von der Haltestelle Leipziger Straße kommend, vor dem Bahnhof Neustadt um die Ecke bog, eine rotweiß gestrichene Tatrabahn mit den Haltestellenschildern aus Pappe, die gegen die Fenster schlugen, während vorn, in der Fahrerkanzel, das Mikrofon knackte und die horizontal angebrachten Zeiger der Volt- und Ampèremeter auf und nieder schaukelten. Der Geschwindigkeitszeiger (Formelzeichen v) funktionierte meist nicht, wenn der Fahrer, die Hände auf einen Querbügel gelegt, das blankpolierte Pedal trat, mit dem er Strom, nicht Gas, gab. Hin und wieder drehte er am gelb eingekreisten schwarzen Hebel, stellte auf »Fahrgastbedienung«, so daß die Aussteigenden den Knopf an der Haltestange vor den Stufen zur Klapptür drücken und sich selbst hinauslassen konnten. Sie schlugen ihre Kragen auf gegen den wehenden Schnee und verschwanden in der Alaunstraße oder Richtung Otto-Buchwitz-Straße, ein Sog von aschdunklen Mänteln, reifbedeckten Hüten, das einzige Licht noch im Geschäft für Papier und Füllfederhalter Maetzig? Maetzke?, ich weiß nicht mehr, ob es so hieß, nur daran, daß es mit M begann und wohl den Umlaut ae hatte, glaube ich mich erinnern zu können. Manchmal der Geruch vom VEB Elbe-Chemie, vielleicht kippten sie Reinigungslauge in Abfüllbehälter oder hatten einen Hebel an einem vom

Flugrost befallenen Zylinder gedrückt, aus dem die Zahnpastaration eines ganzen Monats in die roten »Putzi«-Tuben quoll. Alaunstraße, würde mir Vater erklären, Chromalaun, Kalialaun, Ammoniakalaun, und würde mir von Papiermühlen erzählen, wo Alaun zum Leimen des Papiers verwendet wurde, er würde mir vom Salmiakgeist erzählen, der die Häuser in der Neustadt mit Harnsalzschorf überzog. Muriel nahm ein Blatt Papier und entwarf mit ein paar Bleistiftstrichen das fürchterlich pausbäckige Gesicht des Salmiakgeistes, Rankenfinger mit Saugnäpfen, ein Kürbiswanst, in dem Schwefeldünste goren. Die Bahn gewann an Fahrt, bremste nach wenigen hundert Metern an der Rothenburger Straße wieder ab. Mädchen mit Geigenkästen, Angestellte mit abgewetzten Aktentaschen, noch den Dunst der Chemischen Reinigung, Zweigbetrieb des VEB Purotex, den Zigarettenrauch des Cafés in den Mänteln, Umsteiger aus der Linie 6: Werden sie wie die Mädchen mit den Geigenkästen die Nase rümpfen über das »Duchi«-Parfum der russischen Offiziersfrauen, an das sich der Geruchssinn der Fahrgäste bis zum Waldschlößchen, wo fast alle Russen aussteigen werden, nicht gewöhnt haben wird, Moschus und Patchouli, lastend, wie der Geruch der »Chokolade- und Cichorienfabrik« zwischen Alaun- und Königsbrücker Straße gewesen sein muß:

– »Tell«-Schokolade, Hartwig & Vogel, sagte Lucie Krausewitz, ich sehe sie lachen, die Hand heben und abwinken, Lucie Krausewitz, die mit ihrem Mann Arno, dem ehemaligen Flugplatzdispatcher, in der Hochparterrewohnung des Hauses meiner Kindheit wohnte, diese riesigen Schokoladewannen, Fabian, Kakaomasse, Zukker und Butter verknetet, dann erwärmt und umgerührt von forkengroßen Edelstahlbügeln, nach dem Krieg, als es wieder losging, dann VEB Elbflorenz hieß, füllten wir heimlich etwas ab in mitgebrachte Soldateneßgeschirre, um es gegen Kohle und Stoff zu tauschen, damit wir uns was schneidern konnten. Deine Fliegeruniform, Arno, war nur noch ein Bündel verlauster Lumpen, wir taumelten nach Hause, benommen vom Geruch aus den Schokoladewannen, der aber den Vorteil hatte, unsere Mägen zu füllen, wir mußten mittags etwas essen, das war Vorschrift vom Werkmeister, da wir die Erschöpfung sonst erst dann bemerkt hätten, wenn es zu spät gewesen wäre, der Körper braucht Nahrung, aber das Hungergefühl ist weg, und ich erinnere mich, Fabian

die Straßenbahn ruckte wieder an, ließ das Haus mit dem Ochsenauge links liegen, das Antiquariat mit seinen Antiquarinnen, die nur von Hermann Hesse und Goethe und Klaus Mann etwas hielten, weniger dagegen von Thomas Mann, die Schierlingsmienen aufsetzten, an den Brillen rückten und die Säbel in ihren Augen blankzogen, wenn einer der baskenbemützten Herren oder pickelgeplagten Oberschüler, die schweigend und mit andächtig die Schräglage wechselnden Köpfen – je nach Leserichtung des Buchrückens – vor den Regalen standen, einen der finster drohenden Bände der Pflicht-MEGA, Marx-Engels-Gesamtausgabe, aus ihrem unter dem Staub der Jahre festgekrusteten Verbund brach und tatsächlich die mit Zitterbleistift eingetragene Eins zu bezahlen gedachte – Eins Emm! rief die Antiquarin der anderen an der Kasse zu, schrie es nachgerade vor Pein, so daß das ganze Geschäft sich nach diesem Übertretling ungeschriebener Gesetze umwandte, Eins Emm der De-De-Err der Herr! woraufhin die zweite Antiquarin an der Kassenkurbel drehte, plingend sprang der Preis ins Sichtfenster, und die Lade aufrasseln ließ, um das Geldstück zu entfernen. Die erste Antiquarin hatte das in blaues – Leder? – eingebundene Werk in einen Bogen entschieden abgeratschtes Packpapier plumpsen lassen und mit geübten Griffen eingesargt, die Bahn gewann an Fahrt, verwischte den Schriftzug von »Eisen-Feustel«

– Erinnere mich, Fabian, wie die Bleuger Liese mir zuflüsterte: Wirst sehen, ich tu's, erinnere mich an den fetten, an diesem Tag besonders intensiven Schokoladengeruch, der Vorarbeiter hatte allen Kakao in die Wannen geschüttet, der noch übrig war, wir haben bis zum Schluß Schokolade produziert, wir waren ja kriegswichtig, die Flieger hatten Sonderrationen, die Nachtjäger der Messerschmitt 262 auf dem Flugplatz Klotzsche, nicht wahr, Arno, alles hatte er hineinkippen lassen: Die Russen bringen Hunde mit, Mädchen, wenn die Scho-klade, er sagte immer Scho-klade, euren Geruch übertüncht, finden sie euch nicht, und immer die Sirenen von den Tieffliegern, wir versteckten uns unter den Wannen, ich hörte über mir die Schokolade Blasen werfen, das Geräusch des Atmens und das Keuchen des Vorarbeiters, dessen Holzbein gegen den Wannenrand stieß, wenn er sich bewegte, und er bewegte sich zu oft

»Eisen-Feustel«, dieses Geschäft, das zwei Schwestern unter einer strengen, auf einer Emailtafel neben dem Eingang zu lesenden Maxime führten: »Werde zu Eisen, damit ich dich beachten soll, sagte Robinson auf der einsamen Insel zu dem Goldklumpen«, eine große dicke und eine kleine dünne Frau, die in ihren Kitteln erst allmählich sichtbar wurden in dieser Höhle, die ich in der Erinnerung erhellt von einem einzigen Fensterviereck sehe, vor dem sich die Silhouette eines riesigen pfeffergrauen Katers abzeichnete, der träge zwischen den bis an die Decke reichenden Regalen herumstieg, ohne eine Schraube aus den fragilen Gleichgewichten, den übereinandergestapelten Kartons und randvollen Drahtkörben mit seinem Staubwedelschwanz herunterzuwischen, eine von mehreren Generationen von Eisenwarenhändlern gefüllte Schatzkammer, zu der die Bauern aus dem Schönfelder Hochland, Quohren, Weißig Abordnungen schickten für Widiabohrer, Schraubenschlüssel, Bowdenzüge, Splintmuttern, Zimmermannsnägel, die es nur bei den beiden unter schläfrig herabhängenden Augenlidern taxierenden Schwestern geben würde:

– Was wünscht der junge Mann?

– Haben Sie so ein Taschenmesser wie Falkenauge? Ich wartete gespannt, welche der beiden Schwestern sich von ihrem Drahtstuhl erheben würde: War es die kleine, lag das Gewünschte über der zweiten Palettenebene in den Regalen, dann mußte sie auf eine Leiter steigen, war es die große, lag es darunter, sie würde, ohne zu zögern, die Kiste aus den Hunderten von Kisten fischen, mit zwei, drei energischen Handbewegungen den Kisteninhalt kämmen, um mit genau dem Messer zurückzukommen, das ich beim käseschneidenden Helden in einem Indianerfilm bestaunt und seither zu besitzen gewünscht hatte.

– Ein Laguiolemesser, Junge. Kommt aus Frankreich. Und dort sa-cht man, und das merkst du dir: Ressort silenzi-euks fifra fi-euks. Das heißt: Klinge langsam zusammenklappen, dann lebt sie länger. Erstens. Zweitens: Das kostet acht-zich Mark, ist nämlich echte Vorkriegsware, und das schenkt ä Vater seinem Sohne, wenn der ä Mann wird. Wir le-schens dir zurück bewegte sich zu oft, und draußen die Stimmen und das Geräusch von beiseite gestoßenen Blecheimern, übriggeblieben von Löscharbeiten nach den Angriffen, das Gelächter und die jaulenden Hunde, Stimmen auf dem hallenden Gang und die Hunde, die sich auf die Schokolade in den Wannen stürzten, ich konnte nichts sehen, es gab kein Licht, und die hohen Fenster waren rußverschmiert, die Stimmen, und plötzlich laut, dann zerrten sie uns unter den Wannen vor, gutte Frau Frau gutt Frau kommen mit, und leuchteten uns mit ihren Feuerzeugen ab, der Vorarbeiter trat dazwischen, als einer der Soldaten die Hand nach mir ausstreckte, ein anderer Soldat hielt dem Vorarbeiter die Pistole an die Schläfe, drückte ab und brüllte Faschist schlechte Faschist, wieder die Hand, dann hörte ich das metallische Geräusch, die Bleuger Liese hatte den Ring aus der Handgranate gezogen

– Haut ab haut ab, wir waren zu fünft, sie zu acht oder neunt, wie derselbe Soldat, der den Vorarbeiter erschossen hatte, zum zweitenmal die Pistole hob und die Bleuger Liese erschoß, auf die wegrollende Handgranate mit dem Stiefel trat, sie aufhob und aus dem Fenster warf und die anderen etwas brüllten, das Runter! oder Deckung! heißen mußte, wir warfen uns hin, bevor die Druckwelle aus Fenstersplittern, Schokolade, Mauerstücken uns traf, dann, nachdem es wieder still geworden war, standen die Soldaten auf, wollten sich den Staub von den Uniformen klopfen, hielten inne, als sie sahen, daß sie von oben bis unten mit Schokolade bespritzt waren, streckten die Zeigefinger aus, schleckten sie ab, gingen zu den umgekippten Wannen, vor denen zwei ihrer Hunde getötet lagen und der Vorarbeiter und die Bleuger Liese, schoben sich die Käppis zurück, grinsten:

– Deutsche Frau gutt hat Mutt, dann boten sie uns Papirossy an, schöpften Schokolade, aßen sie aus der hohlen Hand, dann zogen sie ab

»Duchi«-Parfum, die Bahn nahm Anlauf hinter der Nordstraße, schien die nächste Haltestelle so schnell wie möglich erreichen zu wollen, Waldschlößchenstraße: Ein Teil der Offiziere in den erbsgrünen Uniformen mit den radgroßen, fast immer in den Nacken zurückgeschobenen Schirmmützen stieg aus, ihre vom Kasernenstumpfsinn und Alkohol finnig gewordenen Gesichter wandten sich ab, sie vermieden den Blickkontakt mit uns, den »Freunden« – Arno Krausewitz lachte trocken, stieß einen Rauchpuff aus seiner »Sprachlos«-Zigarre an die Decke:

– UddSR, Unjon der deutschsprachischen Sofjettrepubliggen

und während die 11 wieder anzog, sah ich die Soldaten in Richtung Dr.-Kurt-Fischer-Allee verschwinden, sie warfen einen Blick auf ihre Uhren und schwenkten ihre Kunstlederaktentaschen, die es in den »Magasins« zu kaufen gab, wo Russinnen, die sich zwitschernd unterhielten, an den Abakus-Kassen warteten und verstummten, wenn jemand eintrat, der nicht dorthin gehörte. Dann taten sie mir leid, all die Offiziere, aber noch mehr die blutjungen, milchbärtigen Soldaten unter der Aufsicht bärbeißig dreinblickender Kasachen, Turkmenen oder Georgier, was mochten sie denken von diesem Land, in dem sie, die vielleicht in ihrem bisherigen Leben noch nie die Grenzen ihrer Dörfer überschritten hatten, stationiert waren, Tausende Kilometer von zu Hause entfernt, zum Stummsein verurteilt gegenüber diesen Menschen, die vor Jahrzehnten einen Krieg gegen ihre Väter und Großväter verloren hatten, aber sich darum wenig zu kümmern schienen, da sie die Soldaten der Roten Armee mit feindseligen Blicken bedachten. Sie, die Towarischtschi, wie sie genannt wurden, spürten es wohl, dachte ich, wenn ich sie beobachtete, die Offiziersfrauen schienen Scham und Schüchternheit mit ihren lauten, schrillstimmig geführten Unterhaltungen zu überspielen, schienen sich nicht darum zu scheren, daß der junge Mann im Parka mit dem Schwerter-zu-Pflugscharen-Aufnäher, der sie beobachtete und zu ergründen versuchte, womöglich verstehen konnte, was sie sagten, immerhin war er Mitglied der »Gesellschaft für Deutsch-Sowjetische Freundschaft«, besaß ein Mitgliedsbuch mit en bloc gekauften Beitragsmarken, immerhin lernte er seit der fünften Klasse Russisch in der Schule, Nina Nina tam kartina eto traktor i motor und weitere im Alltagsgespräch sehr nützliche Vokabeln wie Raketa und Sjelskochosjaistwennui Kooperativ und Kiew jestch otschen seljonnui gorod – Kiew ist eine sehr grüne Stadt. Es gab die Wachtposten vor dem Lazarett der Roten Armee oben im Turm, mit denen Muriel und ich Unterhaltungen angeknüpft hatten im Tausch gegen eine asthmatisch tickende Uhr aus Ruhla, Gespräche, die uns für die Russischprüfungen geholfen hatten, das Wort »Swolotsch«, Schweinehund, kannte ich aus den Flüchen der Wachtposten. Es war merkwürdig für mich, es aus den orangerot oder pinkfarben bepinselten Lippen der russischen Offiziersfrauen zu hören, die nach »Duchi« rochen, ich starrte auf die grellgeschminkten Gesichter, die pfauenblauen Lidschatten, die korallenroten Fingernägel, sah die Risse in dem wie Verputz aufgetragenen Make-up, die über den vertuschten Tränensäcken irrlichternden Augen, die Angst. Wir kannten die Kalte Klawdia, Heizerin im Lazarett, die manchmal bei Evana-Mieder Büstenhalter namens »Große Extra-Hebe« kaufte. Wie wir sie beobachteten, beobachtete sie uns, sammelte Fotos und hatte ihr Zimmerchen im Lazarett, dem früheren Sanatorium, mit Fotos von Ufa-Stars und anderen illustren Sanatoriumsgästen tapeziert. Sie führte im Speisesaal Filme für die Rekonvaleszenten vor, manchmal half ich ihr, bediente einen der beiden Projektoren.

Die Zeit im Grund, Quin-quin, die Zeit, die ändert doch nichts an den Sachen. Die Zeit, die ist ein sonderbares Ding. Wenn man so hinlebt, ist sie rein gar nichts. Aber dann auf einmal, da spürt man nichts als sie

sang die Marschallin mit der Stimme von Margarethe Siems, »Monarch Record«, auf dem Etikett die lange Röhre des Grammophons mit dem weißen Hund davor, der sich rasend drehte. Die Bahn fuhr, rote und graue Schalensitze in der Straßenbahn, das Brummen der Elektroheizungen unter den Sitzen der Fensterreihe in unregelmäßigen Abständen vom Knacken des anfahrenden oder abbremsenden Wagens unterbrochen, Angelikastraße nach der Anhöhe mit der einzelnen freistehenden Villa, die aus halbblinden Fenstern über das Elbtal, das gekrümmte Bleiband des Flusses zur Johannstadt hinüberblickte, zu drei einen Block mit AWG-Wohnungen aus den Fünfzigern klotzig überragenden Plattenbau-Fünfzehngeschossern, die Wiesen sanft abfallend zum Strom und zum Elbweg. Angelikastraße: Viele Fahrgäste hoben den Blick vom Buch, ließen die Zeitung sinken, um die Aussteigenden zu beobachten, sich ihre Gesichter einzuprägen, auf Gang und Kleidung zu achten, rechts, hinter der Betonmauer mit den beiden Posten vor einem schmalen, kameraüberwachten Durchgang, kam der graue Riegel der Staatssicherheit in Sicht, man lauschte, als die Bahn kurz stoppte, ob man schon etwas hören konnte, und als sie wieder anfuhr, ob das Fahrgeräusch sich veränderte. Unter den Schienen, sagte das Gerücht, lag ein Zellentrakt, in den die Staatssicherheit die in Dresden Verhafteten brachte, man hörte von Naßzellen, in denen Häftlinge im Stehen, bis zu den Knien im Wasser, ohne Schlaf und in ständiger Dunkelheit, »zur Räson gebracht wurden«, wie das hieß, es war nichts zu hören, kein Wehklagen der Gepeinigten, kein Hilferuf derer unten zu uns, die den Herren im Anorak, den Schlaks in handbreit aufgeschlagenen »Boxer«-Jeans und Parka musterten, um sie für immer im Gedächtnis zu bewahren, der Frau, dem Mann, den Kindern sein Habit als möglichst präzises Phantombild zu vermitteln: Schlagbaum herunter vor dem Mund, wenn ihr den seht, verstanden? Wilhelminenstraße, wo es eine Blindenschule gab und die Bahn vor einem Zebrastreifenübergang wartete, bis die Blinden, geführt von einer Erzieherin, sich mit ihren langen weißen Stäben über die Straße getastet hatten, was in meiner Erinnerung stets zuerst lautlos geschieht, dann, je mehr die ohnehin gedämpft geführten Gespräche in der Bahn verstummen, allmählich lauter wird, das Tacktack der einen Sektor vor den Füßen absuchenden Stäbe, dieses Geräusch der Heimgesuchten, die mit geneigten, wie nach innen lauschenden Köpfen die Straße überquerten, die verschlossenen Mienen, seltsam unzugehörig zu den Händen, die mit den Stöcken den Weg frei tasteten und also etwas mit der Gegenwart zu tun haben mußten, während die Gesichter oder besser: die Masken, zu denen die Gesichter geworden waren, in einem anderen Raum lebten, Tacktack in der Stille der stehenden Bahn, dieses Geräusch nicht nur der Heimgesuchten, sondern auch der Heimsuchenden, der Uhren

eins, zwei ... Ich hörte die Uhr der Marschallin schlagen

beobachtete die vor mir sitzenden Menschen, wie sie dasaßen, in ihre regenschweren, abgetragenen Wollmäntel gehüllt, wie sie die Köpfe senkten, wenn die Blinden vorübergegangen oder eingestiegen waren, als ob sie das fahle Licht fürchteten, das jetzt in der Bahn flackerte, und das Geräusch der Heizmotoren, die gegen die Plexiglasscheiben klopfenden Pappschilder mit den Haltestellennamen, schwarze Punkte bedeuteten, auch andere »Verkehrsmittel« hielten an der so bezeichneten Straße, schwarze Ringe, dort hielt nur die 11. Wieder beugten sich die Fahrgäste über ihre Zeitungen oder Bücher, hatten die Aktentaschen neben sich oder auf die Knie gestellt, und wenn sie ausstiegen, schlugen sie ihre Mantelkragen auf, die sie beim Einsteigen, sich abklopfend, umgelegt hatten, verschwanden in der Dunkelheit, schienen weniger zu gehen als zu gleiten, lemurenhaft, dachte ich damals und denke es noch heute, ein Wort, das ich zum ersten Mal von Muriel hörte. »Pionierpalast«, ich sah die Auffahrt, den Springbrunnen im Licht der wenigen Laternen, die dort zu dieser Stunde brannten, selten stieg hier jemand ein oder aus, das Schloß mit seinem drachenhaft gezackten Umriß lag schwarz und leer

– Die Abordnung der Schokoladenmädchen bewegte sich langsam vorwärts, mißtrauisch beäugt von der Abordnung der Volkskammer, vielleicht sahen wir verdächtig aus mit unseren gestärkten Hauben, den Schürzen und Rokokokleidern: Die Genossinnen lassen den Sinn für die gesetzmäßig historische Entwicklung der Zeitläufte vermissen, vielleicht dachten sie, die uns beobachteten, an einen Hinterhalt, in den der Genosse Vorsitzende sie gelockt hatte, womöglich steckte der Löffel in der Tasse auf dem Silbertablett nicht in Schokolade, sondern in Schierlingsmilch. Sie rückten an ihren Brillen, kratzten sich die Hände, es war seltsam, daß wir ihnen kaum näher kamen, obwohl wir unsere Schritte, immer noch angepaßt an den vorgegebenen langsamen Takt der Musik, schon vergrößert hatten, eine sich ängstlich aneinanderdrängende Traube verdienter Genossen, sie wichen vor uns zurück, bis eine Lücke zwischen ihnen und dem Genossen Vorsitzenden klaffte und sie sich in ihr Schicksal fügen mußten. Sie wirkten unsicher, dann sahen sie der sich nähernden Schokolade mit spanienkämpferisch erhobenen Häuptern entgegen, und ich weiß noch, Fabian, wie der Stoff meines Kleids kratzte, umgeschneidert aus einigen Kostümen aus dem »Theater des Volkes«, wie das Alberttheater unter den Nazis geheißen hatte

– Abgebrannt abgebrannt Pommernland ist abgebrannt, Lucie

– Ach was, Arno, das Theater hat der Engländer zerkloppt danach beim Angriff, wie der Stoff, Kretonne, nach Naphthalin und immer noch, aber das bildete ich mir wohl ein, Brandgeruch stinkend, gekratzt hat, und wir, die Abordnung Verdienter Aktivistinnen aus dem VEB Elbflorenz, schritten nun auf den Genossen Vorsitzenden zu, der zur Neutaufe des Albrechtsschlosses gekommen war, »Pionierpalast ›Walter Ulbricht‹« sollte es heißen, die Auffahrt nicht mehr voller Kutschen, sondern voller Staatskarossen, diese schweren schwarzen Särge

– Tschaikas! Daß du dir das nie merken kannst!

– Sei still, Arno, und paß lieber auf, daß die Asche von deinem Stumpen nicht runterfällt, wie oft hab ich dir schon gesagt, du sollst den Ascher drunterhalten, aber man redet ja gegen Wände, und überhaupt, guck dir die Gardinen an, völlig vergilbt durch diese ekelhaften Jägerstolz

– Nee. Sprachlos

– Also Tschaikas, und daneben die Chauffeure, die in regelmäßigen Abständen einknickten, als hätten sie was mit dem Magen und müßten dringend mal aufs Örtchen, und dabei sah man die Telefone neben dem Fahrersitz schon von weitem, ebenso die Ausbuchtungen unter den Achseln ihrer schwarzen, viel zu eng geschnittenen Anzüge, und natürlich war alles abgesperrt, Volkspolizei stand, Hände vor dem Gemächt, an den Kordons, Jung- und Thälmannpioniere schwenkten rote Wimpel und brachen, befördert vom Genossen Bürgermeister auf der Tribüne, in Jubelrufe aus, die uns, den Schokoladenmädchen, die Konzentration auf das Arbeiterlied »Wann wir schreiten Seit an Seit« erschwerten, dessen Takt wir bei der langsamen Annäherung an den Genossen Vorsitzenden zu folgen hatten, vorbei an dem noch frisch gestrichenen Gras, eine saphirblaue Wiese dank einem einfallsreichen, inzwischen flüchtigen Produktionsvorsitzenden des VEB Lacke und Farben »Lacufa«, schwitzend, weil der Genosse Vorsitzende wohlwollend nickend seinen Blick über die von Aprikosenbäumen gesäumte Auffahrt wandern ließ:

– Nu, Genossen, da habbder awwer scheene Frischde hier, was? mit heiserer Stimme ausstieß, hierhin und dorthin wies mit zukunftssichtiger, zukunftsempfindlicher Hand, während ihn der Genosse Bürgermeister umsichtig geleitete, schwitzend, er könnte eine der von der Patenbrigade »PGH Glaserhandwerk« und vom Kollektiv für Jugenderziehung an Drahtstielen in die Bäume gehängten Aprikosen pflücken wollen, könnte die Staatsratsvorsitzendenhosen schürzen und durch das hellblaue Gras zu waten beabsichtigen, dem der Produktionsvorsitzende des VEB Lacke und Farben »Lacufa« zusammen mit einem

Kollektiv von Initiativbewerbern und bewährten Genossen in der Nacht, beim Schein von Grubenstirnlampen, mit der Farbe »Grasgrün« aus Sprühtornistern zur gewünschten weltanschaulichen Bestimmtheit hatte verhelfen wollen.

– Nu, awwer die Schemie! Irschendeene schemische Reakzschjon, und aus Juchendschdiel wurde Eggschbressjonismus!

drei, vier ... Ich hörte die Uhr der Marschallin schlagen

Reifrock und Tänze, Lachen, Fächer, die sich spreizen, bemalt mit Vögeln und Gartenszenen, kreisende Schallplatte, überhuscht von Lichtreflexen, die Bahn raste die lange, gerade Strecke zwischen Schloß und Mordgrundbrücke entlang, stoppte nur kurz an der Haltestelle Wunderlichstraße, vor der Kurve an der Schillerstraße, auch hier stieg fast nie jemand aus oder ein, ich erschrak vor dem Zentauren, der sich schnaubend näherte, Bart und Schweif strähnig vom Regen, die Keule wie zum Schlag erhoben, er war aus dem Wald gekommen, links von uns, wo ein Weg auf eine Anhöhe und zum »Schlüsselloch« führte, er mußte von seinem Sockel gesprungen sein, als er die Scheinwerferaugen der Bahn gesehen hatte, die sich jetzt den Berg hinaufarbeitete und den Zentauren, vielleicht durchstieß sie eine unsichtbare Grenze, hinter sich zurückließ, ich sah seinen Körper in der Dunkelheit, als er, nachdem er auf die Hinterhand gestiegen war, umkehrte, hörte sein Waldhorn, dem aus der Ferne ein Echo zu antworten schien. Die Bahn beschleunigte vor der letzten Steigung des Bergs, der links jäh in den Mordgrund abfiel, in dem der Zentaur verschwand, und rechts, die Straße war in die Bergflanke geschnitten, ebenso jäh anstieg zu den Ausläufern des Turms. Das Sanatorium kam in Sicht,

Sowjetstern am Tor, im Regen frierende Posten, der von Bogengängen gerahmte Garten mit seinen Hermen und dem mit silberner Silikoneinbrennfarbe gestrichenen Leninkopf in der Mitte, links der luftig verglaste ehemalige Gesellschaftssaal, Kur- und Wandelhalle, die früher »Wanderhalle« geheißen hatte, weit hinten, von der Bahn aus nur kurz zu sehen, das Herrenbad mit dem nierenförmigen Fenster, Soldaten liefen mit verbundenen Armen und Köpfen, an Krücken, in Bademänteln unter den mit Delphinen und Mäandern verzierten Gebäuden, deren zerbrochene Scheiben und schief hängende Fensterläden den Eindruck starrer Traurigkeit erweckten

fünf, sechs ... Ich hörte die Uhr der Marschallin schlagen

es war nicht Niklas, dessen Grandseigneursgesicht mit der vom Punsch glühenden Adlernase sich über den Plattenspieler beugte, so daß sich in den Brillengläsern das dünende Kreisen der »Eterna«-Schallplatte widerspiegelte, der in Zeitlupe sinkende Abtastarm

sieben, acht ... Ich hörte die Uhr der Marschallin schlagen

sondern Vater legte den Kopf schräg und beäugte, das gelbe Staubtuch noch in der Hand, mit dem er die schwarze Scheibe blank gewischt hatte, so daß sie schon beim Auflegen knisterte und Funken zu schlagen schien, ein letztes Mal die Einstellung des Balancegewichts am anderen Ende des Abtastbügels, die Geschwindigkeitsregulierung, die auf »33« stehen mußte bei den Langspielplatten, und nicht auf »45«, was die Stimmen und das Spiel der Instrumente zu einem Parforceritt beschleunigt hätte, erst recht bei »78«, der Einstellung für die Schellackplatten, bei denen auch der Saphir gegen einen Stahlstift auszuwechseln war, hier hätte die Vorstellung jenen Filmen geglichen, die ein an abgründiger Pädagogik interessierter Vorführer im Zeitraffer durch die Kameralinse jagt, mit wild dahinschießenden Spaziergängern, Schwänen, die den Teich zum Autoscooter zu benutzen scheinen, im Nu überkochenden Suppen, einem Frisiersalon, wo einem offenbar elektrisch geladenen Herrn der Bart aus dem Gesicht gemäht wird, Mantel, Hut und Stock schlagen auf seinen Körper wie Eisenteile auf einen Magneten, der Herr schnurrt nach draußen. »33«, sonst würde die Oper zerspringen wie eine gebrochene Uhrenfeder. Die Hände in den weißen Handschuhen blieben in Wartestellung in der Nähe des Bügels, bereit, ihn sofort hochzunehmen, falls der Saphir nicht punktgenau den Beginn der Rille treffen, sondern in die Musik gerissen werden würde, was Niklas ebenso fürchtete wie wir, die wir mit angehaltenem Atem saßen und warteten

der tiefe Schlaf

pulsten die Schallplatten, ich sah die Posten vor dem Sanatoriumstor mit dem Sowjetstern, hörte das unablässige Brummen und Mahlen vom Heizhaus, wo Förderbänder Asche in die Schlucht schütteten

Winter, Mantelschwung, der tiefe Schlaf

und plötzlich, als die Bahn die Bergkuppe erreichte, gehörten die Gebäude nicht mehr zum Lazarett der Roten Armee, sondern wieder zum Sanatorium, einer Kuranstalt für Magen- und Darmkranke, Refugium für nervlich Überreizte und Sommerfrischler aus ganz Europa, die weniger Kartoffeldiät und Grahambrot, Massage- und Sturzbäder suchten als Ruhe von den Geschäften, der großen Politik

– Der Erzherzog ist ermordet worden

– Ermordet?

– In Sarajevo

sie wandelten noch in den Glasgängen, im Wintergarten, machten Liegekur in den Hallen am Konzertplatz, die Damen mit Diademen und Reiherfederagraffen, Pelzboas trotz der Sommerwärme, die Fräuleins der Jeunesse dorée mit belladonnageweiteten Augen, deren Blicke über Gruppen eleganter Herren mit Pomadehaar, Rittmeisterscheitel und weißen Westen zu schwarzem Frack und Zylinder schweiften, tadellos manikürte, nach Veilchenwasser duftende Kavaliere, aufschwimmende Walzertakte im viellüstrigen Saal, Stimmenrauschen, das zur Stuckdecke stieg und an den Springbrunnen, der Volière mit den Aras und Fächerpalmen verhallte, wie die Eisblumen

der tiefe Schlaf, kommt, ihr Blumen, Schnee, vergeh

über das Parkett krochen, das Geräusch der Förderbänder am Heizhaus, wenn Wind aufkam in der Nacht, wehte die Asche hinüber zu den Jahrhundertwendevillen, die auf etwas warteten, ein geheimes Signal

Husaren, die tänzelnde Schimmel halten, winkendes Kaiserpaar, Franz Joseph in Bad Ischl, eilig schreitend, auf dem Kopf einen bowlerartigen Hut, am Arm die Kaiserin, der Spazierstock, der einen Augenblick in der Luft geblieben zu sein scheint, diesen Augenblick und für immer, Champagnerflaschen, die gegen Schiffsrümpfe klatschen, »Blohm & Voss« die Schmiede, Wilhelm, der mit abenteuerlich kostümierten Generalen: eingeschnürt in Tressen und Litzen, schwankend unter Helmbüschen und Pickelhauben mit angeknüpften Pferdeschweifen, an der Reling eines Panzerkreuzers steht und nach vorn weist wie die Haubitze über ihm, der Kanonier kann aufrecht im Rohr stehen. Winken, freudig erregte Rufe auf den Bahnhöfen der Monarchie. Auf in den Kampf mir juckt die Säbelspitze. Jeder Stoß ein Franzos. Jeder Schuß ein Ruß. Blumen in den Läufen der Gewehre

ich stieg aus der Bahn, die Walzer verwehten, die lorgnettierenden Damen verschwanden, Fächerspiel, Anmut und französische Konversation, die Herren mit den Rittmeisterscheiteln wurden zu Silhouetten hinter den Fenstern, trugen keine Zylinder und Spazierstöcke mehr, sondern Käppis und Schirmmützen. Ich ging durch die Straßen, warf scheue Blicke auf die Häuser links und rechts: »Pension Steiner« mit der im Wind schwankenden Lampe über dem Torbogen des Eingangs, die Bucklige an der Rezeption, neben sich ein Bakelittelefon mit Wählscheibe und eine Kladde nebst Kopierstift und Wasserschälchen, in das sie die Spitze des Kopierstifts tauchte, bevor sie damit etwas in die Kladde schrieb. Evana-Mieder, oben in der Pension die Schatten auf und ab gehender Gäste hinter schiefhängenden Jalousien, durch deren Ritzen der gelbe oder grüne Schein der Lampen fiel. Haus Dilloo mit den Blutbuchen im Garten, die mich anzustarren schienen aus ihren Zweigen, die den Himmel dahinter gesprungen erscheinen ließen. Haus Wolfsstein mit dem achteckigen Turmanbau, den Muriel und ich »das Fagott« nannten. In unserem Wohnzimmer brannte noch Licht.

Der Wintermann

Vater liebte den Schneekristall. Vater liebte die Gifte. Wenn er winters, in der Dämmerung, die Wolfsleite entlangging, auf den Wolfsstein zu, und ich noch draußen war, ich zog meinen Schlitten nach Hause oder kam von einem Besuch im Tausendaugenhaus, erkannte ich ihn schon von weitem. Ich drückte mich in die Schatten der schneebedeckten Gebüsche an den Zäunen, hinter ein Auto, blieb an der

Ecke Mond- und Wolfsleite stehen, um ihn zu beobachten. Vaters Gang war unverkennbar. Mit gesenktem Kopf näherte sich ein schlanker, in einen langen Mantel gekleideter Mann, er trug einen schwarzen Hut von Hutmacher Lamprecht am Lindwurmring, ging langsam, offenbar in Gedanken versunken, über die Straße durch den Schnee, nicht über den Fußweg, wo der Schnee mehr oder weniger geräumt war, sondern in den Reifenspuren, zu denen die Helligkeit der Straßenlampen, silbrig und schütter, kaum noch hindrang. Hin und wieder bückte er sich, griff in das frischgefallene, in den Wintern meiner Erinnerung nahezu unablässig sinkende, stäubende Weiß, ging ein paar Schritte und hielt es in den Lichtkegel einer der quer über die Straße gespannten Tellerlampen, die an ihren Drähten wippten. Manchmal kam ein Auto, hupte, Vater schien überrascht zu sein, trat unwillig einen Schritt beiseite, und wenn das Auto vorüber war, betrachtete er wieder, was er in den Handschuhen hielt. Ich stand noch weit entfernt von ihm und sah ihm zu, in den Häusern gingen die Lichter an, die Bewohner waren von der Arbeit zurückgekehrt, viele arbeiteten in der Stadt an der Technischen Universität oder, wie mein Vater, an einer der Dresdner Kliniken. Im Wolfsstein brannte schon lange Licht, ich sah Schatten über die Decken der Wohnungen wandern. Das »Fagott«, wie wir den runden, asymmetrisch in den Baukörper gefügten Anbau nannten, war vom Licht unseres Wohnzimmers erhellt. Manchmal blieb Vater minutenlang stehen, er schien nicht zu frieren, selten kam ein Passant, er beachtete ihn nicht, schien ganz in die Betrachtung des Schnees vertieft. In meiner Deckung hörte ich die Uhren entlang der Straße schlagen. Die Töne drangen durch Fenster und Mauern, zuerst die Uhren im Haus Delphinenort, zittrig, klagend wie die Bewohnerin der Erdgeschoßwohnung, Frau von Stern, die alte Echse, wie Muriel sie etwas respektlos bezeichnete, dann, mehr oder weniger zugleich, die Uhren entlang der Mondleite. Ich meinte sogar die Uhr im Haus Veronika in der Querleite hören zu können, wo der blinde Unthan die Badeöfen heizte. Die Uhr im Haus Veronika hatte einen eigentümlichen, keuchenden Klang, Großvater sagte, wenn er aus Glashütte kam, um die Uhren des Turms zu warten, die Uhr des Hauses Veronika klinge falsch wie eine Verräterin. Vater schien die Uhren nicht zu hören, aber vielleicht täuschte ich mich, und er gab es nur nicht zu erkennen, oder er wollte sich von den Zeitmessern nicht zur Heimkehr drängen lassen. Wenn die Flocken groß und weich fielen, stellte er sich unter eine der Tellerlampen, so daß ich ihn im Lichtkreis gut erkennen konnte, streckte die Hand aus und betrachtete aufmerksam die liegenbleibenden Kristalle. Es schien ein Ritual zu sein, er befolgte es jeden Abend, wenn er nach Hause kam und mich zum Zeugen hatte. Heute, wo ich älter bin, als Vater damals war, bin ich geneigt zu glauben, daß er von meiner Anwesenheit wußte, daß er auch für mich stehenblieb, jedoch nicht, um mir etwas vorzuspielen oder die Beachtung seines Sohns zu genießen, sondern um mir etwas, das er liebte, auf diese Weise nahezubringen. Ich beobachtete ihn von meinem Versteck aus, frierend in meiner von Rodelpartien den Hang am Philalethesblick hinab nassen Kleidung, lutschte an den Eiskügelchen, die sich an meinen Handschuhen gebildet hatten, und fand meinen Vater, wie er dort stand und auf Schneeflocken starrte, absonderlich, solche Eigenarten hatten andere Väter, die ich kannte, nicht, höchstens Meno, aber der hatte keine Kinder, war gar kein Vater, sondern Erwachsener.

Richard und Niklas beteiligten sich zwar an Schneeballschlachten, auch Ulrich, Inas Vater, war für mancherlei Unsinn zu haben, aber keiner von ihnen blieb mitten auf der Straße stehen, hin und wieder angehupt von Autos, so daß er beiseite treten mußte, und starrte minutenlang, Hut und Mantel wurden weiß, die Hebammentasche schien mit Zuckerguß überzogen wie die von Bäcker Walther zu Weihnachten hergestellten Knusperhäuschen, auf ein zu dieser Jahreszeit immer wieder vorkommendes Niederschlagsprodukt.

Ich lauschte: Sie versorgten die Öfen, die Bewohner des Hauses Wolfsstein, kratzten die Asche des Vortags von den Rosten, ich hörte ihnen zu, ohne das Licht im Zimmer einzuschalten, das Muriel und ich bewohnten, das Muriel bewohnt hatte bis zu ihrer Einweisung in den Jugendwerkhof. Ich hockte in der Dunkelheit auf dem Bett, an der Wand daneben schien das Haus ein Ohr zu haben, wie Vater sagte, ich brauchte mich nicht an die Tapete zu legen und die Ohrmuschel dagegenzupressen, um ins Innere des Hauses lauschen zu können. Auf dem Bett in der Dunkelheit eines Winterabends hockend hörte ich alles, selbst Bildhauer Dietzschs Gemurmel vor dem Ofen in seiner Stube, die er auch als Atelier nutzte. Herr Knabe rüttelte den Aschkasten aus dem Fach unterm Rost. Er rüttelte erbittert, wenn er Streit mit seiner Frau gehabt hatte, der vollbusigen Zahnärztin Knabe, die ihre Kleider beim Schneider Lukas am Lindwurmring nähen ließ, er rüttelte gelassen, wenn der Frühling einzog, die Knospen an den Rhododendren im Garten des Hauses Wolfsstein erschienen und die Wolfsstatue aus Sandstein, die ein früherer Besitzer hatte aufstellen lassen, nicht mehr die Zähne zu blecken, sondern zu grinsen schien. Herr Knabe trug gewiß noch seinen Mantel, ich hatte ihn, den Mitarbeiter des Mathematisch-Physikalischen Salons im Zwinger, erst vor wenigen Minuten den Treppenflur hinaufstapfen hören, und nur an den Wochenenden versorgten die Bewohner des Wolfssteins ihre Öfen vormittags, unter der Woche mußten sie es abends tun, nachdem sie von der Arbeit nach Hause gekommen waren. Ich hörte, daß jemand den Keller aufschloß, gleich darauf begann das Hauslicht zu ticken. Nur Arno Krausewitz, Hochparterre, tappte im Dunkeln die Treppe hinunter, um Kohlen aus dem Keller zu holen. Wenn er aus der Wohnungstür trat, bekam er genügend Licht von einer Laterne draußen, deren Schein durch das hohe, mit Buntglas verzierte Flurfenster einfiel. Manchmal ging er gleich nach der Arbeit in den Keller, fluchend, eine Stunde Heimweg vom Flughafen Klotzsche lag hinter ihm, kein Vergnügen im Winter, wenn Bus und Bahn nicht selten Verspätung hatten. Als erstes dann nicht Pantoffeln, Bier und Fernsehen, der Feierabend, wie man sagte, sondern der Gang in den Keller, um Kohlen zu holen.

Noch war ich allein in der Wohnung, doch bald würde ich das Gekläff unseres Trabants hören, ein letztes Aufjaulen des Motors, bevor Vater ihn absterben ließ, das zweimalige Türenschlagen, wenn Vater Mutter abgeholt oder sie vom Pentacon-Kombinat zu ihm in die Akademie gegangen war, um auf ihn zu warten und einen Kaffee mit den Sekretärinnen des Pharmakologischen Instituts zu trinken. Vielleicht machten meine Eltern noch einen Umweg über die Schubertstraße, wo wir früher gewohnt hatten, sie lag nicht weit von der Akademie in einer Gegend, in der viele Ärzte aus Vaters Generation lebten. Dann würde ich Mutters Stimme ein wenig später im Hausflur hören.

Ich legte mich hin, näher an das unsichtbare Ohr. Die Geräusche des Hauses gerieten in einen Kreisel, der sich um meinen von der Dunkelheit verschluckten Leib zu drehen schien. Ich tastete nach meinen Knien, um mich zu vergewissern, daß es eine Verbindung zwischen Ober- und Unterschenkel gab. Den Kopf in Wandnähe, auf dem Bett und schweigend, überließ ich mich dem Kreisel, der mich aufzusaugen und zu verwandeln begann, der Oktopus aber, der ich werden würde, hatte keine Knie, die seine Erkundungen behindern würden, mußte er doch, ganz aus Sinneszellen bestehend, in alle Wohnungen des Hauses Wolfsstein, durch Rohre und Elektroleitungen, Mörtelfugen, Schlüssellöcher dringen können, in alle Wohnungen des Viertels, ja der ganzen Stadt. Mein Ich, das den Namen Fabian Hoffmann trug, verschwand. Herr Knabe zog eine Drahtbürste über den Ofenrost. Solche Drahtbürsten verkaufte Kohlenhändler Hauschild in der Kohlenhandlung an der Rißleite. Auf dem Handtuchgrundstück, das zwischen einer Brandmauer und dem Garten des Hauses Karavelle lag, arbeiteten Plisch und Plum, wie die beiden Gehilfen des Kohlenhändlers Hauschild im Viertel genannt wurden, stachen Forken mit vom Gebrauch krummen und blanken Zinken in die Kohle, die zu kegelförmigen Halden aufgeschüttet war, wuchteten die Last über eine Brikettwaage und ließen den Inhalt, wenn die Waage gefüllt war, in einen Rupfensack rauschen. Vom Zimmer meiner Cousins, Christian und Robert Hoffmann, hörte man jahrein, jahraus das gleichförmig weiche Poltern, mit dem die aus den Tagebauen Leipzigs oder der Lausitz stammende Kohle in die Blechmulden der Kohlewaagen, die jeweils einen Zentner faßten, geschippt wurde, unterbrochen nur vom Einrauschen der Briketts in die Säcke und vom Kollern an den Flanken der Kohlekegel, in die Plisch und Plum hineinstachen. Herr Knabe kratzte das Aschefach aus. Auch Vater benutzte eine solche Drahtbürste. Es galt, soviel wie möglich von der je nach Brennmaterial braunen oder grauen Asche aus dem Ofen zu befördern. Vater schabte den Rost blank und beugte sich dabei tief in den Geruch der Asche, atmete ihn ein, als bezweifelte er dessen Existenz, als wäre es ganz und gar unmöglich, Asche in einem Zimmer voller Bücher, Schallplatten, Möbel aus einem Ofen zu kratzen. Weder Muriel noch ich durften den Wohnzimmerofen versorgen, das war allein Vaters Sache. Meine Sache war es, Kohlen aus dem Keller zu holen, in Blecheimern, die Vormieter Erhart Kästner, Hauptmanns Sekretär, Autor des »Zeltbuchs von Tumilat«, hinterlassen hatte. Sie standen in einem Verschlag, der durch einen Stoffvorhang von der Küche abgetrennt war, sechs Eimer, die beim Anheizen der drei Öfen gefüllt sein mußten und die ich nach dem Anheizen erneut zu füllen haben würde. Zwölf Eimer jeden Tag im Winter, und wenn die Außentemperatur unter minus zehn Grad fiel, auch mehr, dann begleitete Vater mich in den Keller, ich mußte auch einen der beiden anderen Öfen übernehmen. Sie waren jünger als der Wohnzimmerofen, den Vater als holländischen oder Holländerofen bezeichnete, da eine Sitzbank um die flaschengrünen Kacheln lief. Die beiden anderen Öfen unserer Wohnung waren von Ofensetzern aus der Straße der Öfen errichtet worden, der zwischen Standseilbahn- und Schwebebahnelbhang einschneidenden Grundstraße. Die Zwillinge, wie Vater die Öfen nannte, waren schlichte strohgelbe Quader ohne Wärmstübchen, wie es eines im Holländerofen gab und das Mutter zum Erhitzen von Kirschkernkissen, Tee und, in der Weihnachtszeit, von Bratäpfeln diente, deren Duft bis in den Hausflur drang. Vater, der Aschenstocherer. Muriels Bezeichnung nach einer Geschichte aus dem Buch »Die Wunderblume«. Vater saß oft vor der offenen Klappe des Holländerofens und stocherte mit einem Stab in der Glut herum, so daß Funken auf das Ofenblech, den Teppich, in Vaters Haar sprangen, was ihn nicht zu kümmern schien. Der Ofen Fabian hatte einen schlechteren Schornstein als der Ofen Muriel, ich konnte aber, da das Anheizen länger dauerte und die angezündeten Späne meist verloschen, so daß ich Nachschub holen mußte, Vater vor dem Holländerofen beobachten. Er saß auf einem Hocker und starrte in die Flammen, deren Widerschein sein Gesicht überglutete. Doch schien er nicht nur etwas zu sehen, wenn er so dasaß und sein Gesicht den Flammen bot, er schien auch etwas zu hören, vielleicht Herrn Knabes energisches Nachstoßen, wenn die Kohlen aus der Schütte nicht in den Ofenschacht fallen wollten, vielleicht das Gequietsch der Ofenklappe im Haus Karavelle, bei Vaters Bruder Richard, der Eisenofen in der Küche dort, bei den anderen Hoffmanns, das Gequietsch der Ofenklappe rhythmisch und versetzt zum Gerumpel der eingekippten Kohlen, vielleicht hörte Vater die Chöre der Flämmchen, der Flammen, der Glut, die an den »Rekord«-Briketts emporwuchs, vielleicht hörte er, wie ich, nur den in der Ofenkammer tobenden Wind.

11.8.2015 Dienstag: Treva

Eine Stadt, ein Staat. Eine Maschine, in der Geld kreist, auf hanseatische Weise widerwillig sichtbar (der Neidkomplex), ein Konzept von Energie, das man oft genug nur an indirekten Spuren erkennt: wo Geld ist, da ist auch Interesse, Aufmerksamkeit, da sind Kameras, Klicks auf Youtube, Followerzahlen auf Social-Media-Plattformen, Influencing, wo Geld ist, da ist Kosmetik, tauschen sich Schönheitsblogs detailliert und blütenreich über Fingernagelpflege aus, Lipgloss, wenn ja, in welchem Licht und ob im Fernsehen, Body-Cremes und Haarspitzentönung, Geld: das ist, für mich und zunächst (jeder urteilt nach Zuschnitt und Weite seines Blicks), Karstens Gebiet, auf beinahe wissenschaftliche Weise. Karsten hat, obwohl er aus dem Finanzministerium kommt, kein engeres Verhältnis zum Geld. Kein inniges, wie einer, der keins hat, an Geld denkt, als Tauschmittel für Miete, Heizung, Essen, Kleidung, ein Auto, eine gute Schule für die Kinder, Karsten sieht Geld universeller, als Treibmittel der Gesellschaft, im Grunde für den Fortschritt, als weltgültige Verwandlungsessenz, Geld soll etwas ermöglichen, da denkt er redlich wie ein Sparkassenangestellter, der dem lokalen Handwerker die neue fahrbare Werkstatt vorschießt.

Ministerialdirektor Dr. Karsten Bramsinck leitete die Abteilung 4 im Kanzleramt und war doch gleichzeitig ein Geschöpf, wie gesagt wurde, Hermann Scharffs, der Dunkelgrauen Eminenz, Herrscher des Finanzministeriums. Unscharf sind die Ränder der Ressorts, zwiespältig die Verträge, die uns binden sollen. Karsten war offiziell vom Fimini ausgeliehen, hatte dort auch noch ein Büro, einen Arbeitsstab sogar, ließ manchmal seinen Stellvertreter in der Abteilung 4 die administrative Arbeit im Kanzleramt machen und widmete sich der operativen Arbeit im Fimini, das einen größeren Mitarbeiterstamm besaß als die Windmühle, in der außerdem, ein nicht zu unterschätzendes Moment, keine Gesetze erlassen wurden, im Gegensatz zum Fimini, das vor Gesetzesinitiativen nur so strotzte, seit vielen Jahren schon, genauer, seitdem es federführend, wie man sagte, in der Wirtschafts- und Währungsunion der beiden deutschen Staaten, der sogenannten WuWu, der Arbeit der Treuhand und in der Finanzkrise tätig gewesen war. Karsten Bramsinck hatte, ausgehend vom Finanzministerium, die Finanzkrise zu guten Teilen gemanagt, die Kanzlerin hatte ihn eng in ihr damaliges Krisenteam eingebunden und ihm später die vakante Abteilung 4, zuständig für Wirtschafts- und Finanzpolitik, übertragen, ich las an der Tür das Schild »MinDir Dr. Bramsinck« und dachte an seine Einordnung, die genaue Position dieses Ministerialdirektors Bramsinck im Operativen Vorgang »Kupferinsel«. Seit dem erfolgreichen (nun ja, so hieß es offiziell) Management der Finanzkrise wurde Ministerialdirektor Bramsinck mehr bei der Kanzlerin als beim Finanzminister gesehen, auch wenn einflußreiche Kreise im Fimini bei dieser Einschätzung lächelten und auf die Haltekraft alter Bindungen verwiesen. Karsten Bramsincks alte Bindungen lagen nun mal bei Hermann Scharff, der jetzige Finanzminister hatte Karstens Weg in die Politik wesentlich bestimmt. Karsten gehörte zu den sogenannten Scharffboys, zur »Grauen Gang«, die der Finanzminister als dienstältester und erfahrenster Parlamentarier über die Jahrzehnte aufgebaut hatte, die Kanzlerin war klug genug, es nicht auf einen Loyalitätskonflikt ankommen zu lassen, stillschweigend wurden Karstens Ausleihdaten in die Windmühle verlängert, stillschweigend wurden Beträge für Karstens Fiminibüro und sein Team aus der Windmühle bewilligt, liefen zu Hermann Scharffs Controllern, seinen Keksdosenverwahrern, wie man sagte, beide Seiten hatten Interesse am Karsten in zwiefacher Gestalt, am Doppelten Bramsinck: die Kanzlerin bekam einen überaus fähigen, dabei verschwiegenen und dem Amt loyalen Mann, Scharff wußte einen der Seinen in der Zentrale der Macht, konnte über diesen Vorposten gewisse haushaltspolitische Johannistriebe zum Verschneiden markieren lassen, das Fimini hatte mit Bramsinck an der Spitze der Abteilung 4 einen kurzen Draht zum sogenannten Spiegelreferat (im Kanzleramt gab es alle Ministerien, die Ressorts noch einmal im kleinen), Finanzminister Hermann Scharff war der einzige langgediente Politiker, den Anne siezte.

Treva läßt den Zweifel zu, aber nur an der Oberfläche. Will sagen: den Zweifel an den richtigen Dingen. Mit den richtigen, für angemessen erachteten Mitteln. Zweifel sind nichts Absolutes, sie sind, vielleicht, Voraussetzung und Bestandteil ehrlicher Wissenschaft (und das wäre eine, der es um Wahrheit geht), doch ist Wissenschaft, ehrliche zumal, manchmal nicht zielführend: Anne meint, Politik ist keine Wissenschaft. Was sie bedauert. Sie denkt durchaus wissenschaftlich. Sie sagt, sie hat als Krankenschwester gelernt, rational zu denken, die Dinge vom Ende her zu betrachten, die Ärzte in ihrer menschlichen Schwäche, aber im wissenschaftlich beglaubigten Autoritätszustand zu sehen, die Heilung der Kranken also von der Krankheit des Heilers unterscheiden zu können, sie schätzt die Klarheit, die Eindeutigkeit, welche Wissenschaften wie Mathematik und Physik bereitzuhalten scheinen, sie sagt, Politik ist Graugebiet, Kurshalten zwischen Scylla und Charybdis, ist das Dilemma, sich zwischen mehreren Übeln für das kleinste entscheiden zu müssen, das aber denen, die nicht dabei sind, wie ein Riese vorkommt.

Die Luft war feucht vom Fluß her, wie feingekämmt. In der Ferne der Rhein, davor die aus den Morgennebeln sich lösenden Höhen der Elbhänge, Villen, noch in Müdigkeitsduft gehüllt, auf dem Strom glitten Schlepper, wie von Magneten gezogen, in Richtung Trevische See. Anne mochte diese Stunde. Der Tag wirkte verletzlich und hatte noch alle Möglichkeiten. Früh genug würde sich alles auf die übliche Weise verfestigen, würden die Schalen trocknen und ihre Undurchbohrbarkeit zurückerlangen. Ohnehin täuschte der friedliche Anblick, die Abgeordneten waren an der Arbeit. Trotz nur vier Stunden Schlafs war Anne nicht müde. Sie hatte die für Politiker unverzichtbare Konstitution, die napoleonische, drei bis fünf Stunden Schlaf mußten genügen, wenn man in der Politik etwas werden wollte, mehr Schlaf brauchten nur Studenten und Schönheitsköniginnen.

Richard sagte (damals, 1990, als er schon in Inas Zimmer im Italienischen Haus wohnte):

– Anne ist intelligent, sie ist rasch, unterschätzt sie nicht, da kommen diese Wessis und denken, die kleine Krankenschwester sacken wir ein, ich habe manchmal nachts wach gelegen und mich vor ihr gefürchtet, sie neben mir im Bett, mit auf den Arm gestütztem Kopf, ich spürte ihren Blick in der Dunkelheit, der fragte, was sie bei mir machte, in dieser Wohnung, in dieser Familie, diesem Bett. Sie hat im Hintergrund gearbeitet, die Fäden in der Familie zusammengehalten, worunter sie die Hoffmanns und Rohdes und alle Anhänge verstand. Sie arbeitete unauffällig und effektiv, ich dachte, ich bin der Chef, aber vielleicht war es gar nicht so.

Sie prüfte die Nachrichten auf dem Handy, heute ND-Lage, dann Präsidentenlage mit den Chefs des Bundesnachrichtendiensts, Verfassungsschutz, Militärischer Abschirmdienst, dazu Innenminister Martin Delanotte. Der saß jetzt wohl auf seiner Rudermaschine oder kam vom Laufen, er war Militärischer Fünfkämpfer gewesen, beim Laufen schon Termine mit Journalisten, die dann hinter ihm herjapsten. Anne rührte sich ein Müsli ein, in ein paar Minuten würde die Fahrbereitschaft anrufen, die Büroleiterin, die ihren und Annes Arbeitskalender noch analog führte, Anne mochte es, sich diesen dichtgefüllten Arbeitskalender vorzustellen, die Anmaßung der einander auf die Buchstaben tretenden Kürzel, diese Versuche, die vierundzwanzig Stunden eines Tages zu erweitern. Sie mochte es, dies wegzuschaffen, wie sie sagte, ohne Palaver, das nur Zeit verschwendete, sofort zuzupacken und dadurch einen Vorsprung zu gewinnen, das verschaffte ihr Befriedigung, wie das Glas frisch gepreßter Orangensaft, das sie sich vor der Abfahrt ins Kanzleramt noch gönnen würde. Die einfachen, anfaßbaren Angelegenheiten und Freuden des Lebens. Wie dieser Orangensaft aus einer italienischen Maschine. So etwas konnte sie mit dem Gesamtkomplex Dasein versöhnen, wie Volker Delanotte das scherzhaft nannte.

Er hatte ihr Pläne gezeigt für Fußballstadien in Baku und in Kapstadt, er hatte sich auf den Flügel gestürzt, den er aus seinem Zimmer an der Elballee, wo sich das Büro befand, mit in die Ehe gebracht hatte, hatte das selbstgedichtete Lied vom Werwolf gespielt und dazu den Mond angejault, war in den Garten gerannt, kurz darauf waren Feuerwerkskörper aus Silvesteraltbeständen, die er im Bootsschuppen aufbewahrte, aufgestiegen, sie liebte seine Begeisterungsfähigkeit, das mit kindlichem Stolz gemischte Staunen, was ihm, Volker Delanotte, Flüchtlingskind aus Ostpreußen, möglich geworden war, mitten in der Nacht hatte er Alexandra Barsano angerufen, die in der

Investgesellschaft für die Stadienprojekte saß, hatte Anne schlafen lassen (dachte er, aber sie war von seiner Unruhe, seiner Aufgeputschtheit wach geworden, sie hatten zur Beruhigung noch in einen Sissifilm geschaltet), die Nacht war ungewöhnlich warm gewesen, von den Sümpfen wehte ein fauliger Geruch, und es kamen die Mücken. Volker wollte, solange es ihr und sein Kalender zulassen würde, wieder mit der »Sonderborg« auf einen Segeltörn, ob Atlantik oder Ostsee, wußte er noch nicht genau.

Das Handy grunzte, Volker hatte also noch heimlich einen neuen Anrufton heruntergeladen. So etwas fand er aufmerksam-kreativ, sie weniger, wenngleich sie lachen mußte, sie überlegte, das Schweinegrunzen in einer Kabinettssitzung auszuprobieren. Die Bürochefin sprach letzte Einzelheiten vor dem Einlaufen im Kanzleramt und der ND-Lage ab. Anne hatte mit Elisabeth gerechnet, die sich gern um diese Zeit meldete, meist mit einer politischen Spitze, die Anne nicht ganz ernst nahm. Elisabeth war stark und schroff und zugleich verblüffend schwach, ein verbeulter Charakter, der Beziehungsbereich gehörte hinein, oder vielmehr das, was davon mit Hormonen zu tun hatte: Elisabeth liebte die Schlingel, die Schlingel lächelten und versprachen Leichtigkeit, sie saßen in den Luftballons des Lebens. Behaupteten sie. Und nicht nur Frauen wie Elisabeth glaubten ihnen.

Die Lobbyisten warteten, die Flügel- und Richtungs- und Grabenkämpfer, in den Abgeordnetenbüros brannte schon oder immer noch das Wichtigkeitslicht, das die Kreuzungen zwischen Verwaltung und Wirklichkeit beleuchtete.

Anne, am Augustmorgen, nippt am Glas mit Orangensaft, der Blick ist kälter als früher, steinern und wach tastet er ab, was vor ihm liegt, die Kupferinsel mit Venusberg und Kanzleramt, sie wird siebzig in diesem Jahr.

... die sie in sich trug

Im Dezember 1989 reiste Anne nach Treva, um ihren Übertritt in eine der großen Parteien vorzubereiten, da man politisch wirksam nur über eine Partei handeln konnte. Judith warf ihr Verrat und angepaßtes Verhalten vor, was Anne wurmte, weil sie, erstens, fühlte, daß Judith am Grund dieses Vorwurfs recht hatte, und, zweitens, die Leere dieses Rechthabens mit der Oberfläche des Vorwurfs zu etwas Verachtenswertem zusammensetzte, zu einer Sache aus niedrigen Beweggründen, und das war, dachte Anne, eine Demütigung, und Demütigungen wie diese (die sie an die von Kurt und Richard, Ulrich und sogar manchmal von Meno zugefügten erinnerten) weckten einen lange verschüttet gewesenen, ja eingemauert gewesenen Haß. Richards Treuebruch und die Trennung hatten Breschen in die Ringwälle um dieses Gefühl gerissen und die inneren Temperamentskanäle, die Kapillaren und auch schon die größeren Gefäße dafür zugänglich gemacht, dieser Haß, den sie kannte und bei Judith wiedererkannte, schien in Schleiern auszusickern, sich an Krümmungen, in Hohl- und Warteräumen zu sammeln, zu verdichten und das, was Konrad Vogt als das innere Steuerungsgeschehen bezeichnete, zu verdunkeln, zu vergiften, zu entschiedeneren und dadurch oft undurchdachten Bewegungen zu treiben.

Es gefiel ihr, etwas zu bewegen.

Anne stellte sich vor, daß eine Regierung nur das Nötigste regelte, eine Art Schiedsgericht war bei Problemen, die auf anderen Ebenen nicht geklärt werden konnten; daß die Regierung eher als ein eingreifendes Staatsorgan etwas wie eine Zuhörerin sein sollte, freundlich, den Menschen zugewandt, ohne Vorurteile, und gerecht. Eine Gerechtigkeitskommission sollte für diese Regierung arbeiten, um herauszufinden, was Gerechtigkeit war und bedeutete, und um das, was sie für gerecht erkannt hatte, der Regierung zu empfehlen. Annes Vorstellung war, daß diese Regierung sich selbst irgendwann abschaffte, einfach, weil sie nicht mehr gebraucht wurde. Die Menschen lebten in kleinen, noch überschaubaren Strukturen miteinander, dörflichen Charakters, auf dem Dorf kannte man einander, jeder war aufgehoben in einer solchen Gemeinschaft. Natürlich war das Dorf keine heile Welt. Jeder war aufgehoben, aber jeder war auch unfrei, wurde beobachtet, konnte dem Kreislauf aus Saat und Ernte, Leben und Tod auf engstem, oft unnachsichtig kontrolliertem Raum nicht entkommen. Was aber, wenn solche Strukturen – sie hatte noch keinen Namen dafür – eine Stadt bildeten? Dann gab es die kulturellen Einrichtungen, die Liberalität und eine gewisse Unübersichtlichkeit, die den Reiz und wahrscheinlich auch Wert der Städte ausmachten. Trotzdem blieb man nicht anonym, die Einsamkeit, oft der Preis des Lebens in der Stadt, konnte durch das Leben in einer solchen Gemeinschaft, die überschaubar blieb, in Schach gehalten werden. Zelle, Kiez, Kibbuz: Es gab ja derlei. Doch nichts davon traf genau das, was Anne vorschwebte.

Manchmal wunderte sie sich über ihr Interesse an Politik. Fast immer hatten die Abende, an denen über Politik diskutiert worden war, in Zank und Streit geendet. Manchmal schwerem. Und doch hatte es immer wieder diese Abende gegeben, egal, welche Beleidigungen Richard und Niklas, Hans und Jürgen, Ulrich und Meno ausgesprochen oder eingesteckt hatten, man war wieder zusammengekommen, man konnte von diesen Gesprächen nicht lassen. Manchmal hatte sie den Eindruck gehabt, daß sich die Männer gegenseitig belauerten, in ihren Stuben hockten und geradezu gierig auf das nächste Treffen warteten. Sie bereiteten sich vor. Richard hatte sogar Marx und Lenin gelesen, um Meno, den er als linken Träumer bezeichnete, Paroli bieten zu können. Ihn mit eigenen Waffen zu schlagen, wie Richard sagte. Von diesem Schlagen, also Rechthaben, schien viel abzuhängen. Mehr noch: Es schien entscheidend zu sein, das Wichtigste. Anne hatte das immer befremdet, weil sie sich gedacht hatte: Und wenn ihr recht habt, was dann? Was habt ihr gewonnen? Eine Wüste. Niemand liebt euch, ihr seid allein, aber ihr habt recht behalten. Diesen Zug an Richard hatte sie gehaßt.

Man liebte und haßte einen Menschen, beides zugleich. Als wäre der andere Mensch ein Kleidungsstück, ein sehr schönes Kleidungsstück, nur leider mit einigen häßlichen Flicken darauf. Und gerade dieser Flicken wegen liebte man es.

… eine Vergangenheit, die sie in sich trug wie eine Tuberkulosekaverne, der Körper ist befallen, doch haben die Tuberkelbakterien eine Lipidschicht, die sie vor den Angriffen des Immunsystems und seiner Waffen, der Freßzellen, der Markierer, gut schützt, der Körper weiß sich, wie ein Staat, bald nicht mehr anders zu helfen, als eine Mauer zu bauen, den Feind mit einer für ihn undurchdringlichen Schicht, einer Kapsel, zu umgeben, Kalk, Beton, Minen, Sperren, so dringt nichts heraus, aber auch nichts mehr hinein, doch wenn eines Tages das Immunsystem geschwächt ist, kann es geschehen, daß die Kalkschicht um die Kavernen Risse bekommt und die Krankheit erneut ausbricht, die alten Herde virulent geblieben sind; eindringen, dachte ich, dieser Block, der sich auftürmte, aber dann, versuchte ich ihn zu fassen, zu umreißen, ihn mir klarzumachen als Ganzes, zerrann, ich nahm an einer Konferenz im Kanzleramt teil, scheiterte aber bereits am Widerspruch zwischen Sein und Erscheinung, dem, was am Ablauf nur Bühne war, ich spürte, daß es hinter der Erscheinung als Auftritt, hinter dem, was man für Politik halten konnte (weil sie in diesem Moment entstand) noch eine zweite Erscheinung, ein Hinterzimmer der Absichten, Wünsche, Hoffnungen, der persönlichen Prägungen aus Angst und Mut, gab, ein Gemisch, das augenblicklich die Ordnung seiner Bestandteile änderte, ein vernehmliches, das Bühnenspiel vorn erzeugendes Schweigen, ein Walten, schrieb »Nemo«, so daß die Anne, die belanglose Sätze sprach und mir in ihrer Geheimnislosigkeit (da ist nichts, da ist einfach nichts, sosehr du auch hinstarrst und ungläubig nach einer besonders perfide ausgetüftelten Verschwörung suchst), mit ihren abgekauten Fingernägeln, der Geste, mit der sie sich die Handinnenfläche krault, dem hängenden, trüben Blick, der von Gesicht zu Gesicht streift, schon wieder rätselhaft erschien, erkundenswert.

Brandt, oder: Von der Fliehkraft

Sie stand vor der verglasten, geschachtelten Fassade der Abgeordnetenbüros. Claas Gunte und Jacques Brunner, führende Sozialdemokraten, hatten der ostdeutschen Delegation distanziert die Hände gedrückt, Claas Gunte mit dem Kommentar, man solle sich doch lieber mit Österreich vereinigen, wieviel weniger Probleme gebe es da. Und hatte breit gegrinst, während Jacques Brunner den Besuchern aus dem Osten Kaffee anbieten ließ und um Verständnis für seine Position warb: Er sei nun mal Politiker im Westen und als solcher seinen Wählern im Westen verpflichtet. Sie sähen die Einheit und was dazugehöre nun mal mit anderen Augen als sie, die Besucher, Verdienste hin oder her, und nichts für ungut. Gunte hatte noch lauter gelacht und seine breite Hand auf Annes Schulter geschlagen. Wirklich! Nichts für ungut, Mädel! Die Herablassung und Arroganz dieser Geste hatten Anne erbittert, obwohl die kleine Szene sie ja im Grunde nichts anging, weder war sie ein Mädel (und wenn sie so wirkte, konnte man es ja auch als Kompliment verstehen) noch in der Sozialdemokratischen Partei wie Johannes Huke und Oswald Schwab, die betreten und blaß ein paar Schritte entfernt von Anne standen und die Behandlung durch ihre Bonner Parteikollegen nicht fassen konnten. Es gab doch so etwas wie Herkunftssolidarität und, abseits der politischen Meinungsverschiedenheiten, einen gemeinsamen Gegner. Huke warf seine Zigarette weg.

– Wir sind noch bei Willy eingeladen.

Hukes Mund wölbte sich aus dem Vollbart wie eine reife Süßkirsche vor, es konnte heißen: So leicht geben wir uns nicht geschlagen. So leicht sollt ihr es nicht mit uns haben. Sozialdemokratie bedeutet Kämpfenkönnen, das habt nicht ihr erfunden. Johannes Huke und Oswald Schwab waren Pfarrer. Wie viele Pfarrer es bei den Sozialdemokraten gab. Als Christen, dachte Anne, müßten ihnen doch die Christdemokraten näherstehen.

Willy Brandt hatte ein Büro am Ende eines langen Flurs, aber die Bewegungen, die Schritte hörten vor seinem Büro auf, es lag in Stille wie in Schlick. Auf dem Tisch standen

Fotos seiner Lieben und der Weggefährten, Schwab wies darauf und fragte nach, mehr aus Pietät denn aus echtem Interesse, wie Anne schien. Brandts Gesicht hellte sich auf, er begann zu erzählen, er hatte auch sofort Zeit, obwohl die ostdeutsche Delegation zu früh erschienen war. Er sprach von der vaterländischen Idee. Sie sei in der Sozialdemokratie nicht besonders ausgeprägt. Er verstehe das nicht ganz, sagte Brandt mit Kopfwiegen, die französischen Freunde seien da anders. Es habe auch keine historischen Gründe, die Sozialdemokratie des Kaiserreichs, er hob einen Finger, habe bedeutende Patrioten gehabt, selbst eine Figur wie Blut-Noske sei differenziert zu betrachten. Er rollte das R, ein nachdenklicher, vom Leben zerfurchter Mann, der auf die Delegation zutrat, jedem einzelnen die Hand gab, sich nach dem Wer und Woher erkundigte; seine Augen waren die eines verletzten und stolzen Mannes. Er sprach über Hilfe für die Ost-SPD. Warum denn der Albin nicht mitgekommen sei. Der junge Eschschloraque, auf den sie soviel Hoffnung setzten. Anne mochte ihn nicht, obwohl ihr Judiths Eifer, ihn zur Strecke zu bringen, wie sie sagte, unklug erschien, die Sozialdemokraten im Osten hatten Kredit bei den Menschen, aufrechte Bürger hatten diese Partei gegründet, viele Oppositionelle darunter, die ihre Meinung schon früh öffentlich vertreten hatten und dafür gemaßregelt worden waren, Huke in seinem Dorf, Oswald Schwab, der scharfsinnige und belesene Theologe, wegen seiner Schlagfertigkeit beliebt und gefürchtet, ein Mann mit Format, bedächtig, erfahren, differenziert und nüchtern, lebensklug, sie mochte ihn, mochte ihn mehr als die meisten sogenannten Freunde von der Ost-Union, deren Funktionäre ihr kriecherisch vorkamen und die Weichkirche, die Lavierkirche vertraten im Gegensatz zur

Hartkirche der kämpferischen Pfarrer wie Huke, Schwab, Führer und Wonneberger. Schwab war entschieden für die Wiedervereinigung, er fürchtete die Beharrungskräfte des alten Systems, das nun aufgebrochen war und, wie er Brandt schilderte, die Pandorabüchsenbewohner Verlogenheit, Niedertracht, Verrat, Freundes- und Bruderverrat, Haß, Gier, Kälte, Verblendung und menschliche Schwäche freigab. Ja, Brandt blickte ins Leere, das meiste geschehe aus menschlicher Schwäche, nicht aus Stärke und Vorsatz, die Menschen dürfe man nicht überschätzen, wenn man erfolgreich Politik betreiben wolle. Man müsse die Illusionen verlieren, auch wenn das bedrückend sei. Er habe Phasen gehabt, in denen er an nichts mehr glauben konnte, keinen Sinn in seiner Arbeit mehr gesehen habe.

Der Wiedervereinigungsgedanke stoße in der SPD auf Widerstand. Er bedaure das, er habe bei seiner Politik immer das ungeteilte Vaterland im Blick gehabt.

Kein Fahrer war abkömmlich. Brandt war einmal Kanzler gewesen, gestürzt über eine Spionageaffäre, Parteivorsitzender, in der Vitrine stand die gerahmte Urkunde des Friedensnobelpreises. Das Haus, durch das sie nach unten gingen, war von geschäftigem Leben erfüllt. Brandt wurde ehrerbietig gegrüßt, blieb hier und dort stehen, um eine Hand zu schütteln, ein paar Worte zu wechseln. Zur Wiese mit den Schaustellern, die zu besuchen er sich gewünscht hatte, fuhr ihn Schwab in seinem Trabant. Ob sie denn Mitglied in der SPD sei, fragte Brandt, als sie in der Achterbahn Platz genommen und sich gut festgeschnallt hatten, Anne schüttelte den Kopf. Ob sie denn in die Politik strebe. Die Achterbahn begann ihr Geschäft. Er habe ihnen das zeigen wollen, so sei die Politik, hinauf und hinunter, und auf Dankbarkeit oder Schonung solle niemand rechnen. Seine Haare wehten, der Wagen karriolte an den Gleisen entlang, riß sie nach links und rechts erbarmungslos, die Schwerkraft preßte sie ins Gestänge, die Fliehkraft zog sie heraus, Brandt warf die Arme:

– Von wegen, der Herr badet gerne lau! und lachte über das ganze Gesicht.

– Bewahren Sie sich eine Ecke Anarchie! rief er, die brüchige Stimme war im Geknirsch der Achterbahn kaum zu verstehen. Er küßte Annes Hand. Sein Lachen war das eines kleinen Jungen.

Aber was

Ich war wie ein Fossil immer tiefer in die Schichten der Vergangenheit gesunken, dann war etwas geschehen, hatte den Zustand verändert, die Bereitschaft, wahrzunehmen, was außerhalb lag, vielleicht hatte es mit der sogenannten Energiewende begonnen, nach Fukushima, dem Reaktorunglück in Japan, das uns etwas anging, weil die Tausendundeinenachtabteilung die Grüne Erzählung forcierte, Anne bemächtigte sich des Themas, von Evelyn Sievert ermutigt, ordnete Maßnahmen an, zeigte Initiative, wie gesagt wird, wirkte in ihre wie seit eh und je masseträge, veränderungsabholde Partei hinein (Umfragen, Volkes Stimme und – Wille), ich war, nach einer langen Phase des Einverstandenseins, einer Art Abwesenheit, stutzig geworden, nahm vom Gegenwartsgeschehen überhaupt wieder einmal Notiz – zu isoliert lebte ich hier unten, zu abgedichtet gegenüber dem, was oben vorging, bei Tage, wie es heißt. Irgend etwas war mit Anne geschehen, hatte sie anders reagieren lassen als sonst. Mißtrauisch geworden, überrascht, hatte ich nachzuprüfen begonnen, ob mein Eindruck stimmte, daß sie anders als sonst reagierte, fand gewisse Merkmale ihrer politischen Handschrift, die sich als neu vorstellten, bei genauerem Hinsehen schon früher ausgeprägt, es schien sich ein Muster zu wiederholen, ein Merkmalskomplex. Ich befaßte mich mit der sogenannten Wende, an der sowohl Anne als auch ich, im Dresdner Forum, beteiligt gewesen waren, setzte mich mit dem Begriff auseinander, untersuchte Biographien, die Geschichte von Bürgerrechtsbewegungen, führte Gespräche über damals, stellte Fragen, ohne doch dem Komplex »Wende«, diesem scheinbar so versunkenen Operativen Vorgang »Unio«, näherzukommen, ihn wirklich zu erfassen, was mich wunderte, ja unangenehm berührte, war ich doch dabeigewesen; alles entzog sich, blieb vage, undurchschaubar, uneindeutig, von einem hundertjährigen Dickicht umgeben.

Die Einladung

Anne und ich standen auf einer Anhöhe über der Zoll- und Grenzstation, die nicht mehr benutzt wurde, und sahen auf Treva. Die Wachtposten aus der Grauleite hatten sich zurückgezogen, nur der Wachtturm, zu dem Jochen Londoner jedes Jahr zwischen Weihnachten und Silvester spazierte, um dem Posten ein Geschenk vorbeizubringen, war noch besetzt, mehr pro forma, wie mir schien. Auf diese Anhöhe wären wir noch vor einigen Wochen nicht gelangt, nicht einmal in die Nähe der Zollstation. Schon vor der Brücke nach Ostrom, am Wachthäuschen, hätten wir unser Wegziel erklären müssen und wären abgewiesen worden. Auch im Wachthäuschen hatte es noch einen Posten gegeben, er hatte desinteressiert genickt, als wir unsere Forumausweise hochgehalten hatten, Viertel- und Achtelscheine, die den Aufenthalt in Ostrom begrenzten, wurden nicht mehr ausgestellt.

Der Sumpf, die Sümpfe hinter Ostrom, ein Geflecht aus Wassersprenkeln und Flußarmen, die Kupferne Schwester legte sich auch um den Teil der Kohleninsel, den der gewöhnliche Besucher von der Brücke zum östlichen Eingang nicht hatte einsehen können, da er Sperrgebiet gewesen war. Vom nun sichtbaren rückwärtigen Teil der Kohleninsel führte eine Verbindung, mehr ein Steg, ein Gespinst als eine Brücke, über die Sümpfe nach Treva hinüber, zu einem Palast aus Glas, Stahl und Beton. An den Ufern der Kohleninsel war die Mauer zu sehen.

Ich erkannte Meno am Gang, am Räuspern, das in den letzten Jahren zugenommen hatte, er rauchte zuviel, Anne machte sich Sorgen. Wir standen lange, ohne zu sprechen. Meno wies in die Ferne, wo im Dunst eine zweite Insel sichtbar wurde:

– Askania, er zeichnete mit dem Pfeifenstiel eine Linie von den Gerichtsgebäuden über die schimmernden Wasser nach Westen. Auch da gibt's eine Brücke.

Meno stand an der Hügelkante wie früher über den Abgründen der Schrammsteinfelsen in der Sächsischen Schweiz, wies hierhin und dorthin und wußte Bescheid wie einer, dem das alles nicht neu war.

– Judith sollte ihre politischen Aktivitäten drosseln, sagte Meno und beugte sich etwas vor. Wenn sie Schriftstellerin bleiben will, muß sie schreiben und nicht politisieren. Die Lesung ist eine große Chance für sie.

Unten fuhr ein Zug in die Grenzstation. Drosseln, dachte ich, das war auch Meno. Andere hätten reduzieren oder einschränken oder politisch weniger machen gesagt, er aber drückte sich aus: Aktivitäten drosseln. Abwürgen schwang darin mit.

Die Strecke war nach dem Mauerfall wieder geöffnet

worden, mit viel Pomp und Blitzlichtgewitter, das hatte sich inzwischen beruhigt, nach Treva gelangte man einfacher über die inzwischen ebenfalls wieder geöffnete Autobahn oder per Fähre. Der Zug, die Schwarze Mathilde, war von der Reichsbahn bereitgestellt worden, nachdem man den alten Viadukt, der über die Sümpfe führte, überprüft hatte, es hatte nur wenige Ausbesserungen geben müssen. Die Schwarze Mathilde war die einzige übriggebliebene Lokomotive mit der notwendigen Spurbreite, alle anderen waren nach und nach außer Dienst gestellt worden. Auf trevischer Seite gab es nicht einmal mehr die entsprechenden Eisenbahnwagen, da hatte wohl niemand mehr daran geglaubt, daß die Strecke je wieder betrieben werden würde.

– Judith wird zwar bekannt, immerhin taucht sie inzwischen in jeder zweiten Talkshow auf, aber, Meno klemmte die Pfeife zwischen die Zähne, kaute auf dem Stiel herum, es schadet ihrer eigentlichen Arbeit. Sie wird ungenauer, gröber, beginnt in Gut und Böse einzuteilen.

Von Treva aus führten einige unfertige Viadukte zur Kupferinsel West mit dem Venusberg, dort gab es ein dunkleres Wasser als das der Sümpfe, die von der Elbe und ihren acht Armen gespeist wurden, der Rhein, erklärte Meno.

Die Sonne brach durch den Dunst. Die Wasserfläche dehnte sich nun, mit einsetzender Flut, bis zum Horizont, zur Trevischen See, brachte die Häuserfronten Trevas zum Glitzern, Glas und Backstein, darunter der Hafen mit Krangewirr und Handelsriesen, Boote arbeiteten wie Putzerfische. Anne wies darüber hin: Eines Tages würden Fähren zwischen Treva und Dresden im Liniendienst hin- und herpendeln. An flachen Stellen würden Gassen und

Plätze, Straßen, ganze Stadtviertel gebaut werden, vielleicht konnte man den ganzen Sumpf trockenlegen.

Meno zog es in die mit Zeitungen und Zeitschriften aller Art vollgestopften Papierhöhlen. Ich folgte ihm, während Anne draußen wartete, sich auf das Treffen mit Lorenz Grote und mit Vertretern der trevischen Grünen vorbereitete. Man konnte alle diese Zeitungen lesen, und niemanden kümmerte es. Sie hingen oder lagen, trompeteten ihre Botschaft in den Tag hinaus, und ich dachte daran, was man für eine einzige solche Zeitung riskiert hatte, wie sie im Viertel von Hand zu Hand gegangen waren, als wären es Reliquien. Anne hatte ihr Begrüßungsgeld und noch einiges getauscht zu den horrenden Kursen einer Wechselstube. Robert hatte sich bei einem trevischen Bürowarenkonzern in der Nachtschicht verdingt, die dabei verdienten zweihundert Westmark eins zu zehn getauscht, die zweitausend Ostmark aber eins zu vier (wie immer und wo immer, mir war es ein Rätsel, wie Robert so etwas herausfand mit offenbar untrüglicher Witterung für Geschäfte und Marktlücken), machte fünfhundert Westmark, die er wieder eins zu zehn tauschte und das Ergebnis wieder eins zu vier, machte eintausendzweihundertfünfzig Mark West, dann hatten sich die Wechselkurse geändert, und Robert war wohlhabend. Meno stand reglos im Strom der Laufkunden vor den Zeitungen und den Ständern mit Taschenbüchern, blätterte hier, blätterte da, musterte die Fächer mit englischen, französischen, türkischen, italienischen Druckerzeugnissen. Ich beobachtete ihn, wie er mit hängenden Schultern und Hut, der allein schon auffällig machte, vor einem Regal mit Romanen stehengeblieben war, Anne hatte den abgeschabten, von Kurt stammenden Koffer genommen, damit Meno ein klein wenig Freiheit hatte; sie wußte, daß er es liebte, in bedrucktem Papier zu stöbern, ganz gleich, wo, ganz gleich, wann, und sie fand das liebenswert. Egal, was für Ziele man hatte und wie eilig man sie erreichen mußte, Meno schwenkte erst einmal in einen Buchladen. Dieser hier, sah ich, tat ihm nicht gut. Meno ging hinaus. Ich kaufte einen Donald-Duck-Jumbocomic für fünfzig Pfennige bei einem fliegenden Händler. Ezzo Tietze hatte mir einzelne von Westreisen seines Vaters Niklas mitgebrachte Donald-Bücher geborgt, daraus war mir eine Szene unvergessen geblieben: Donald liegt einschlafend auf dem Sofa, rums! fliegt die Tür aus den Angeln, Dagobert dringt mit dem Befehl: Genug geratzt, Neffe! ein, unsterbliche Prosa, hatte ich, der begeisterte Junge, gedacht und mit Ezzo über dem Problem gebrütet, nach welcher Regel Dagobert Duck den blauen oder den roten Rock anzog.

Im Durchgang zwischen Gleis- und Schalterhalle lockte ein Süßigkeitenstand. Der Süßigkeitenstand sah aus wie eins dieser merkwürdigen amerikanischen Restaurants, Diner, die ich in alten Filmen gesehen hatte, die Süßigkeiten standen in Glaströgen aufgereiht, Lakritzschnecken und Jellybeans und glasierte Apfelringe und getrocknete Apfelsinen- und Ananasstücke, halbe Birnen in Vollmilch- und Bitterschokolade, und in den Trögen steckten Blechschaufeln in den bunten Bergen, als dürfte man diese Köstlichkeiten nur scheffelweise nach Hause tragen. Man schaufelte sie in Zellophantüten, und bezahlt wurde nach Gewicht. Ich kaufte eine Tüte, zahlte mit einem Fünfmarkstück. Anne schüttelte den Kopf. Die Verkäuferin bedankte sich in Dresdner Sächsisch.

Schweigend gingen wir an den prallvollen Geschäften vorüber, aus denen die Waren zu quellen schienen wie aus Druckkammern, ein stet sich erneuernder gleißender Katarakt. In die Tuchmachergasse, ein schmaler Durchstieg zwischen der noblen Promenade und der Residenz, schäumte der Katarakt nicht. Ein zentrales, aber ruhiges Gäßchen. Anne machte es zu ihrer trevischen Lieblingsgasse. Hier leben. Nur die ganz Reichen, die Unberührbaren, konnten sich hier eine Wohnung leisten. Bei Landmann & Landmann in der Tuchmachergasse Krawatten für tausend Mark das Stück. Vor der Aegidienkirche lagen Männer in Schlafsäcken, Papptellerchen mit Münzen neben sich. Anne ging zu den Männern, legte jedem Geld auf den Teller. Was Meno nicht gefiel, er hielt die Männer nicht alle für echt und Anne in dieser Hinsicht für allzu mitleidsanfällig und ossinaiv.

Anne hielt die Einladung in der Hand, eine Karte mit gedruckten, Handschrift nachahmenden Goldbuchstaben. Begräbnis eines See-Esels am Sonnabend, Übernachtung bei den Grotes, Lesung Judith Schevola am Sonntagabend. Meno stand auf der Guthoffnungsbrücke und sah an den Backsteinklinkern des Ankerhofs empor, der inmitten der Speicherbauten am Guthoffnungs- und Nikolaifleet, die hier kreuzten, wie ein auf Wasser gesetztes Disneyschlößchen wirkte: efeuüberzogen, mit Türmchen und Dachreitern. Anne trug ihr bestes Kostüm. Barbara hatte es angefertigt, als Richard Oberarzt geworden war und die Einladungen begonnen hatten.

Lorenz Grote, der die Karte unterschrieben hatte, gehörten die Anker-Reederei, der Ankerhof und mehrere Anwesen in Treva, ein Stammsitz an der Elbe. Alte trevische Gesellschaft.

Der Pförtner sah nicht einmal auf, ließ sich die Karte geben. Dann griff er träge zum Telefon.

Kurz darauf erschien ein Herr im dunkelblauen Zweireiher, Einsteck- und Halstuch aus weißer Seide mit roten Ankern, die Hand, die er Anne reichte, trug einen Siegelring aus Gold. Goldene Knöpfe am Jackett. Kurzgeschorenes Haar, Goldrandbrille. Lorenz Grote, der Seniorchef des Hauses persönlich. Die beiden Statuen auf der Guthoffnungsbrücke – der heilige Prokop als erster Erzbischof der Stadt und ein trevisches Original, Wasserclaas, mit Joch und Eimern – hielten im einsetzenden Regen die Köpfe gesenkt. Grote erklärte, daß die beiden bei Sonne manchmal den Bronzepudel grüßten, der zwischen den Haupttürmen des Ankerhofs auf einem Dachpodest saß. Pudel, erfuhren Anne und Meno, sei der Spitzname der Frau des Firmengründers gewesen, auch der Name des ersten Schiffs der Reederei, es hatte glückliche Fahrt gemacht, man sei für die Namen aller folgenden Schiffe beim Anfangsbuchstaben P geblieben.

– Kommt, wir haben zu reden.

Schachbrettboden, die Schritte hallten. Galerien, die, von schwarzgelackten gußeisernen Säulen gestützt, die Etagen absetzten. Eine Spiraltreppe. Die Galerien hatten feingeschmiedete Geländer. Es gab einen Paternosteraufzug, einen der letzten in Treva, so Grote, eine Verordnung des Senats wollte sie verbieten. Ein Frevel! Mehr als achtzig Jahre hindurch habe sich hier niemand ein Bein gebrochen, jetzt aber sollten alle Paternoster s-tillgelegt werden.

– Der hier nicht, dafür lass' ich Martin sorgen. Oben sage ich euch, warum ich euch schon jetzt herbes-tellt habe. Das Begräbnis finde erst um sechzehn Uhr statt, da könne Anne ja noch auf einen S-prung zu den Grünen, wie vorgehabt.

Grote lächelte still. Ob die Judith Bescheid wisse? Wegen der Feinabs-timmung mit der Hausherrin. Hannelore Grote, die Hausherrin, lese gerne und sei überhaupt ziemlich kulturell, er habe es nicht ganz so mit der Kultur, und wenn, freue er sich über eine schöne Musik oder ein Bild mit maritimen Motiven, aber exakt müsse es sein, er könne es nicht leiden, wenn der Maler keine Ahnung habe.

Er musterte mich kurz. Meno und Anne hatten mich nach Treva mitgenommen, um mich mit Martin Delanotte näher bekannt zu machen, einem der Abgesandten der trevischen Politik, der sich besonders für die Spieler, wie er formulierte, bei den Oppositionellen »drüben« interessierte, er arbeitete im Kanzleramt für das Mammut, wie der Spitzname des Kanzlers lautete, CDU, war aber an der Schwesterpartei im Osten nicht sonderlich interessiert. Er hatte das Dresdner Forum bereits besucht, hatte uns bei der Arbeit beobachtet, aber nur mit Anne und Konrad Vogt gesprochen sowie, was mich erstaunte, mit Meno.

Neben dem Paternoster standen drei Bronzefiguren, sie s-tellten, erklärte Grote, einen Seemann, einen Werftarbeiter und eine die Versicherung verkörpernde Frau dar, Kraft, Fleiß und Fürsorge, die drei Bürgertugenden. Im Ankerhof hatten früher auch die Seeassecuradeure, die Schiffsversicherer, ihren Sitz gehabt.

Die Stille senkte sich wieder. Er liebe diese S-tille, die trevische S-tille, so Grote, die S-tille der an den Fleeten liegenden Kontorhäuser mit einem Bronzepudel oder einem patinagrünen Bienenkorb obenauf. Das Haus mit dem Bienenkorb gehöre der Patriotischen Gesellschaft, er habe da Freunde, wolle Anne mit einigen bekannt machen, das werde ihr nützen.

– Aber nun. Er sprang als erster in den Paternoster. An den Geländern Metalltäfelchen mit den Etagenziffern. Auf dem Täfelchen der obersten Etage stand in Frakturschrift das Wort Brücke. Grote stellte sich ans Geländer, erklärte wie ein Museumsführer, der stolz auf seine Kenntnisse ist, weil sie die so manches Experten übertreffen, wie ein Eigentümer, der das alles aus eigener Kraft aufgebaut hat, jeden Nagel kennt und seine Besitzfreude mit den Besuchern teilen will.

Schwarzgelackte Säulen mit Kapitellen, Treppenstufen, seitlich weiß, aber mit schwarzer Trittfläche. Weiße, vom Oberlicht gewärmte Wände zu schwarzen, weiß gebänderten Decken: Schwarz und Weiß, die Farben der Anker-Reederei und ihrer Flotte. Von den s-tolzen Viermastbarks, erklärte Grote, Kenntnisse darüber, was eine Viermastbark und was daran stolz sei, voraussetzend, waren nur wenige übriggeblieben: die »Peking« im Hafen von New York, die »Pommern« in Mariehamn, die »Padua«, die unter Sowjetflagge als »Krusenstern« Kadetten fuhr. Die S-tille der trevischen Kontore, so Grote, sei eine trügerische. Die Schiffahrt habe zu kämpfen, zweiundachtzig habe es die schwerste Krise der letzten Jahrzehnte gegeben, die Branche hatte sich noch nicht erholt. Das Wirtschaftsministerium, abgekürzt Wimini, hatte in Abstimmung mit dem Senat und mit Delanottes Abteilung eine strukturbildende Maßnahme nach der anderen aufgelegt, ohne Erfolg.

– Wir haben den Kampf aufgenommen. Grote schob wieder eine Hand in die Jackettasche. Der Daumennagel war manikürt.

– Nach dem Motto: Angriff ist die beste Verteidigung. Wir haben zwei große Containerschiffe bauen lassen, die »Panama Senator« und die »Paris Senator«. Er öffnete die Tür in der Mitte der Galerie, dem Aufzug gegenüber. Eine riesige Azalee stand am Geländer.

– Man konkurriert ja nicht nur mit der Welt, sagte Grote beim Eintreten, sondern vor allem mit ganz Treva.

Im Büro erhob sich ein Herr, der ebenfalls dunkelblauen Zweireiher, mit silbernen Knöpfen, trug. Grote stellte ihn als seinen Notar, Dr. Rensenbrink, vor, wies auf zwei Stühle vor einem schweren Schreibtisch. An der Wand hinter dem Schreibtisch hing eine Weltkarte mit Fähnchen: Schiffspositionen. Grote setzte sich, verschränkte die Hände, senkte den schöngeschnittenen weißhaarigen Kopf.

– Tja. Wir haben es noch mal prüfen lassen. Ihr seid meine Nichte und mein Neffe. Dazu Ulrich. Der kann nicht dabeisein, sein Kombinat ist in Schwierigkeiten.

Grote und Rensenbrink wechselten einen Blick. Grote tippte die Daumenkuppen gegeneinander.

– Eure Mutter war meine Schwester. Durch die Heirat mit Kurt hieß sie Rohde, ist aber eine geborene Grote.

Meno kramte im Koffer, brachte eine Flasche Cognac zum Vorschein.

Grote beugte sich zum Schreibtisch, stellte eine Flasche neben die von Meno, dazu vier Gläser. Das sei sein Vertragscognac, er werde doch als Gastgeber nicht zulassen, daß man sich aus den Vorräten der Gäste bediene.

Kurt habe bes-timmt nicht viel erzählt. Konspiration und so. Decknamen. Luise sei ein Bürgerstöchterchen gewesen, wie es in den S-tammbäumen s-tehe. Er habe sie sehr gern gehabt, sie sei seine Lieblingsschwester gewesen, obwohl zwölf Jahre älter. Es gebe tatsächlich noch ein paar Albums. Meno zuckte zusammen.

– Willkommen in der Anker-Reederei! Sie stießen mit Grotes Cognac an, Meno hatte seinen nach einem Blick auf das Etikett des Vertragscognacs wieder im Koffer verschwinden lassen.

In der Inflation, den Jahren der Wirtschaftskrise habe sich Luise verändert, sie sei zu Versammlungen der Kommunisten gegangen, dort habe sie Kurt kennengelernt, der einer der begabtesten Funktionäre der Kommunisten gewesen sei.

– Er wollte uns immer die Hälse umdrehen. Genau wie Eduard Eschschloraque, mit dem er viel zusammen war.

Das Telefon läutete. Die Silberknöpfe am Anzug des Notars waren gelochte Münzen. Das sei, so der Notar, in den alten trevischen Familien üblich.

– Man hat ja Handel mit aller Welt getrieben. Manche waren auch Piraten. Die Grotes nicht, soweit ich weiß.

12.8.2015 Mittwoch:
Operativer Vorgang »Marschallin«. Die Eiskönigin
Morgenlage, Leitungsebene. Carl Rand trug aus der Presseschau vor, Schlagzeilen, Lob und Kritik für die Kanzlerin, wobei sich bei besonders harten Worten die Stimme senkte, ja belegte, er mußte sich räuspern, schien um Verzeihung zu bitten für die Frechheiten, die er vortragen mußte. Annes Büroleiterin, genannt Der Drachen, hatte sich gesetzt, ließ einen Stift zwischen den Fingern wippen, klickte sich durch den Terminplan der Kanzlerin. Anne bat um Wortmeldungen. Die harte Kritik in verschiedenen Medien, vor allem in der ›Südtrevischen‹, dem COURIER, aber auch in einigen Erzeugnissen der Gelbpresse hatte sie getroffen. Allerdings ließ sie sich kaum etwas anmerken. Ihr Gesicht wirkte kühl, beherrscht, versteinert, unter den Augen lagen Schatten von einer wie immer zu kurzen Nacht, die Mundwinkel hatten sich leicht und wie betrübt über soviel Unverstand nach unten gekrümmt, mehr Kummer als Erregung, und doch arbeitete es in ihr, sie scharrte mit

dem Zeigefinger ihrer rechten Hand am seitlichen Ansatz des Daumennagels, um ein dort überstehendes Hautstück abzupolken, diese Geste kannte ich schon von der Anne, die mit Richard, meinen Eltern, Niklas und Gudrun im Haus Karavelle in politischen Diskussionen gesessen hatte.

Die Kanzlerin hatte auf ihrer Sommertour zu Land und Leuten einen kurzen Stop in einer Förderschule eingelegt, war einem Flüchtlingsmädchen begegnet, das vor laufenden Kameras in Tränen ausgebrochen war aus Angst, in Deutschland nicht bleiben zu können, die Kanzlerin war auf das Flüchtlingsmädchen zugegangen und hatte es kurz gestreichelt, ein zaghaft und unbeholfen wirkender Ausbruch spontaner Zuneigung, begleitet allerdings von einer Botschaft aus der Realpolitik, wie es in der Trevischen Nachrichtenagentur geheißen hatte, daß nämlich, so die Kanzlerin im Moment des Streichelns, wenn wir jetzt sagten, ihr könnt alle kommen, und ihr könnt alle aus Afrika kommen, daß wir das auch nicht schaffen könnten. Jedoch hatte der Clip, den die Trevische Nachrichtenagentur angefertigt hatte, eine sogenannte virale Wirkung entfaltet. Zunächst ohne weitere Beachtung im Regionalfernsehen gelaufen, zeigte er seine wahre Kraft, seine Potenz zum sogenannten Agendasetting, kurze Zeit danach im Netz. Die Tränen des Flüchtlingsmädchens, das noch dazu an einer Gehbehinderung litt und vielleicht ausgewiesen werden würde, dadurch nicht würde in Deutschland studieren können, und die auf diese Tränen, diesen Gefühlsausbruch, folgende Reaktion der Kanzlerin, kühl, geschäftsmäßig, im besten Fall noch linkisch – Spindoktor Rand und die Verantwortliche für politische Grundsatzplanung und Außendarstellung, Leiterin des Referats Medienberatung, Evelyn Sievert, sahen spätestens jetzt und allerspätestens, als auf Twitter der Hashtag #annestreichelt auftauchte, Handlungsbedarf, stellten gegen das verkürzte, dramaturgisch bearbeitete Stückchen Wirklichkeit die gesamte Szene ins Netz, den Zusammenhang also, den Kontext, wie gesagt wird, allein, es war zu spät, Zuschreibungen wie »die kalte Kanzlerin«, »kühl«, »emotionslos«, »empathiefrei« häuften sich, einen Tag später wurde die Szene von allen Zeitungen, Newsseiten, Fernsehsendern kommentiert, eine Comedyshow zeigte in einer Schleife, zum bitteren Gelächter des Studiopublikums, immer wieder die unbeholfen ausgestreckte und dann das Flüchtlingsmädchen streichelnde Hand. Es war die Hand, an der Anne von Ingrid Barsano und Richard operiert worden war, man sah in der Vergrößerung, die das wichtigste Organ unserer Gelbpresse online und dann auch in der Printausgabe brachte, zunächst nicht nur eine weintraubengroße Träne, sondern auch die Operationsnarben an Annes Hand, kurze Zeit darauf waren die Narben wegretuschiert worden und nur noch die Weintraubenträne zu sehen, auf der Titelseite bot sich diese Träne der mitleidenden Leserschaft dar, zeigte, unter der mit Gletscheroptik ausgestatteten Schlagzeile »Die Eiskönigin«, die Herzlosigkeit der Kanzlerin.

»Die Eiskönigin« und die Weintraubenträne des Flüchtlingsmädchens waren nur die Höhepunkte einer Entwicklung, die, gewissermaßen saugnapfähnlich, Punkt um Punkt und Fleck um Fleck von einer sorgsamen Inszenierung abgerissen hatte: Anne, die Kümmerin, Anne, die unaufgeregt-sachliche, allem Pathos abholde Bundeshauptsachverhaltsbearbeiterin, Anne, die »Mutti« geworden war und jetzt für dieses Flüchtlingsmädchen nicht mehr als eine linkische Geste und den Satz »das können wir auch nicht schaffen« übrig hatte, dabei mehrten sich die Attacken auf Flüchtlingsheime, rechte Gewalt, so sahen es viele Medien, nahm zu, und die Kanzlerin schwieg. Dazu kam, daß einer unserer prominentesten Schauspieler, Hauptdarsteller zahlreicher Actionstreifen, Frauenschwarm Nik Tschiller, dieses Schweigen unserer Kanzlerin nicht mehr hinzunehmen bereit war, er postete eine Aufforderung auf Facebook, die Kanzlerin und ihr Vizekanzler sollten doch endlich »übernehmen« (es hatte wieder einen Anschlag auf ein Flüchtlingsheim gegeben), Raphael Siegemund, unser Vizekanzler und Vorsitzender der Sozialdemokratischen Partei, meldete sich noch am gleichen Tag, woraufhin Tschiller auf Facebook jubelte:

– Bäm!!! Der Vizekanzler hat sich gemeldet!

Es war dieses Bäm!!! (mit drei Ausrufezeichen), das Spindoktor Rand so beeindruckte, daß er es in seinen Ausdrucksschatz übernahm, auch jetzt, in der Morgenlage, kennzeichnete er volle publizistische Wirksamkeit mehrmals mit dem Tschillerschen Bäm!!!, und immerhin war dem Tschillerschen Bäm!!! der Besuch unseres Vizekanzlers gefolgt. Gemeinsam hatte man sich den Kameras gestellt, denen unser Vizekanzler denn auch sofort erklärte, daß er Nik Tschillers Zorn gut verstehen könne, woraufhin Nik Tschiller erklärte, daß unser Vizekanzler ein gerader Mann sei.

Auch die Umfrageinstitute nahmen an der Meinungsbildung teil. Eine überwältigende Mehrheit der Befragten stimmte dem Vorschlag zu, daß unsere Kanzlerin ein Flüchtlingsheim besuchen und ihre unverständliche Zurückhaltung endlich aufgeben müsse, ein Monat war seit der Tränen- und Streichelimagekatastrophe verstrichen, das sogenannte Sommerinterview, jährlich einmal im Zweiten Trevischen Fernsehen ausgestrahlt, rückte näher,

Carl Rand und Evelyn Sievert sahen nun den Zeitpunkt der Enthaltsamkeitsenthebung gekommen und unterzogen »Mutti« (in dieser Rolle sollte unsere Kanzlerin auftreten) einem ausgiebigen Briefing. Das Sommerinterview hatte seine Tücken, es wurde nur wenige Stunden vor der Ausstrahlung aufgezeichnet und dann ungeschnitten gesendet. Was ein unerfahrener Konsument »von draußen« als Vorteil anzusehen geneigt sein mochte, war für die Imageberater, also die Profis, immer wieder ein Anlaß zur Bearbeitung ihrer Klienten, neigten diese Klienten doch regelmäßig dazu, in solchen unter den Jupiterlampen der Öffentlichkeit vollzogenen Bratvorgängen unnötige Details preiszugeben, ungeschickt zu formulieren oder sich in spontanen Ideen zu verheddern. Vizekanzler Siegemund hatte die Neujahrsansprache unserer Kanzlerin, in der sie ihre Wähler aufgefordert hatte, den islamfeindlichen Pegidademonstrationen fernzubleiben, zum Anlaß genommen, sich mit Pegidaanhängern und -gegnern auf eine Diskussion einzulassen (Siegemund trug dabei eine Lederjacke, das sollte wohl Volksverbundenheit signalisieren) und diesen Auftritt mit dem Satz zu begründen, es gebe ein demokratisches Recht darauf, rechts und national zu sein. Dieser Lederjackenausflug in den Populismus mißlang freilich, ein sogenannter Shitstorm ergoß sich über Siegemund, die Sozialdemokratische Partei büßte in den Umfragen ein, auch konnte sie sich mit solchen Eskapaden auch schon qua Selbstverständnis nicht einverstanden erklären, Siegemunds Idee wurde als parteischädigend eingestuft.

Glutsommer, Staubwinde, die Gärten stehen verdorrt, von den Obstbäumen fallen die gelben Blätter, brechen die vertrockneten Äste. Höchste Waldbrandwarnstufe.

Außer der »Diesbar«, dem ältesten, aber den geringsten Tiefgang beanspruchenden Dampfer der Weißen Flotte, fahren keine Schiffe mehr, die Elbe in Dresden hat noch etwa fünfzig Zentimeter Wasserstand. Die Fische haben sich in die Fahrrinne zurückgezogen. Wespenplage. Schienen verziehen sich, die Bahn läßt manche Strecken nicht mehr befahren. An manchen Tagen nahezu vierzig Grad im Schatten.

Nachtfalter
Anne hatte einen Termin bei den Grünen, deren trevische Zentrale nicht weit von der Anker-Reederei entfernt war. Meno wollte ins Nachtfaltermuseum und bat mich, ihn zu begleiten.

Das Nachtfaltermuseum lag im Bayerischen Viertel, wir gingen zu Fuß, die Straßenbahn, die hier Tram hieß, schien ein Fortbewegungsmittel für Millionäre zu sein. Meno und mein Vater hatten das zoologische Interesse bei mir geweckt, hatten von diesem Haus erzählt, dessen Ruhm bis in die Lepidopterologischen Gesellschaften von Budapest, Belgrad und Moskau, ja bis nach Vietnam reichte, was den Osten betraf. Es schien zu schlafen, ein heller, schwebender Schlaf, ein gegen Veränderungen sehr widerstandsfähiger Schlummer, so widerstandsfähig und dabei leicht wie Kokonseide. Fenster öffneten sich die Straße hinab, Kissen und Betten wurden ausgelegt.

Er mache sich keine Illusionen, so Meno, mit der offenen Grenze werde der Osten untergehen, in der bisherigen Form. Wir seien eine Familie, wir müßten zusammenhalten, die kommenden Zeiten würden rauh werden, für alle von uns, viele von uns würden ihre Arbeitsplätze verlieren, er habe mit Anne darüber gesprochen, mit Ulrich, der als

Technischer Direktor die sozialistische Wirtschaft von innen kenne. Ob ich schon einmal von der Novalisklasse gehört habe.

Wir gingen ins Haus. Menos Gesicht hellte sich auf, als er begann, von Zoologen im allgemeinen und Schmetterlingsforschern im besonderen zu sprechen; unter den Zoologen, erzählte Meno, trat die Art der Schmetterlingsforscher häufig in den schillerndsten Exemplaren auf. In Judiths neuem Buch gebe es einen längeren Abschnitt über Nachtfalter. Sie verwechsele Raupe und Puppe, dachte, daß Nachtfalter am Abend geboren werden, fragte sich aber nicht, was sie am nächsten Tag taten; wobei sie, so Meno, mit dem Geborenwerden am Abend nicht ganz unrecht hatte, in einem poetischen Sinn. Einer ihrer Nachtfalter sei ein seltsamer Geselle, er heiße Meno Rohde. Was die Nachtfalter im rein zoologischen Sinn betreffe, müsse ihr geholfen werden.

Meno fragte mich nach der Liebigstraße, wie es Christian und Robert dort erging. Ich sei, soweit er wisse, für die Novalisklasse vorgesehen, Christian für die Gulliverklasse, die Schiffsärzte, das sei aber nicht festgelegt, Wechsel seien möglich, die Aufnahme befestige nur eine vorläufige Zuschreibung. Zum Lehrplan der Novalisklasse, so Meno, gehöre die Literatur, die Politik, das Geschichtsphilosophische Kombinat und, wenngleich inzwischen reduziert, der Bergbau.

Meno sagte eine Weile nichts, ich spürte, daß er mich beobachtete, sich vielleicht die Frage stellte, ob er mich richtig eingeschätzt habe und es riskieren konnte, mir etwas anzuvertrauen, das ihn womöglich nicht in angenehmem Licht zeigen und nach der Rede unwiderruflich in der Welt sein würde.

Ob er bei der Staatssicherheit sei.

Er zuckte zurück, Entsetzen auf seinem Gesicht. Ich sann noch darüber nach, ob es echt war, ob ich mich in Meno getäuscht hatte, ob sich meine Eltern in ihm getäuscht hatten, wobei mein Vater ihm mehr vertraute als Mutter, für die er immer zu sehr Beobachter gewesen war, merkwürdig wenig anteilnehmend an den Gesprächen, dazu allein, ein komischer Kauz, wie sie sagte. Hans hatte ihr widersprochen, Meno sei Büchermensch und auch Wissenschaftler, und es seien nun einmal nicht alle Menschen so redefreudig wie die Hoffmanns. Ich sah Meno nicht an, verfolgte mit unaufmerksamen Blicken den Schatten, der zwischen den Schränken mit den Ausstellungsstücken entlangglitt.

Der Mann riß die Laden auf, als hätte er Hunger, und Nachtfalter wären seine Leibspeise. Seine Kleidung war starkfarbig, heftige, einander feindlich gesinnte Manöver in einen staunenswerten Stillstand balanciert, Stürme (rote Socken, violettes Einstecktuch) mit Stürmen (grüne Hosen, sandgelbes Sakko) bekämpft; er ließ eine Lade in den Schrank zurückrauschen und sah Meno über den Rand einer schweren Hornbrille an.

– Man muß die Nachbarn kennen. Eigentlich interessiere ich mich nur für Käfer. Schmetterlinge sind mir zu vergänglich. Schwer aufzubewahren, kaum haltbar. Sie müssen hier ja auch immer kräftig gasen. Schädlingsbekämpfung. Die halbe Straße beschwert sich dann. Worüber arbeiten Sie?

Meno schüttelte den Kopf. Er sei hier nur zu Besuch. Es gebe eine Schrift über Spinnen von ihm, abgelegen veröffentlicht, eher belletristisch-populär als wissenschaftlich. Der Mann ließ sich den Titel nennen. Doch, die Arbeit sei ihm bekannt, seine Tochter sei, unter anderem, Spinnenforscherin.

– Keil, stellte er sich vor. Das war der Konsul, wie er in Insektenforscherkreisen genannt wurde, Besitzer einer Bekleidungskaufhauskette und Multimillionär. Es hieß, daß er die größte private Käfersammlung der Welt sein eigen nenne. Auch das Schmetterlingsmuseum gehörte ihm.

– Ich glaube, Sie haben etwas mit meiner Tochter zu besprechen. Der Konsul gab Meno eine Visitenkarte.

Zwanzigtausend Kästen, einundfünfzig mal zweiundvierzig Zentimeter, untergebracht in Regalen zu zwei Reihen à neunzehn Stück, vor jeder Reihe ein Schließbalken. Wir kamen unangemeldet, doch war man hier an Besuch gewöhnt; Forscher aus aller Herren Ländern beugten sich über die Kästen und bearbeiteten das Material, das keineswegs vollständig klassifiziert war. Wie in vielen entomologischen Sammlungen überwog der unbearbeitete Teil den systematisch erfaßten bei weitem. Die Forscher rafften auf ihren Expeditionen zusammen, was sie konnten, ausgewertet wurde später.

Ob er einen besonderen Wunsch habe. Herr Rohde sei sein Gast. Der Konsul winkte einem Mitarbeiter. Obwohl Judith über das Abendpfauenauge geschrieben hatte, wollte sich Meno erst einmal einen allgemeinen Überblick verschaffen, das Museum als solches in groben Zügen erfassen, bevor er sich einzelnem zuwandte. Der Konsul nickte. Schmetterlingstouristen. Er bedauerte, für eine solche allgemeine Führung habe er leider keine Zeit, Herr Rohde könne aber ohne weiteres durch das Haus gehen, die Bibliothek stehe ihm offen, dort lägen auch Schaukästen mit Doubletten aus. Zur Zeit einiges aus der Familie der Schwärmer, der Sphingiden, erklärte der Mitarbeiter.

Meno hatte Judith eine Passage mit Rotstift angestrichen, sie betraf das Bild, das der Erzähler (sie schrieb aus der Perspektive eines Mannes) von den Schmetterlingssammlern zeichnete. Meno verstand nicht, wieso Judith es als Schrulle ansah, wenn jemand sich mit Schmetterlingen beschäftigte.

– Weil mich nicht Schmetterlinge interessieren, sondern Menschen, hatte sie geantwortet.

– Einverstanden, aber dann bleiben Sie bitte auch bei den Menschen und lassen das Abendpfauenauge, wo es ist.

Wir gingen in die Bibliothek. Einer dieser Schmetterlinge hieß Thomas Mann. Meno hatte einen Durchschlag von Judiths neuem Roman dabei und gab mir die betreffende Passage zu lesen.

Ein feiner und patrizischer Schmetterling, vom Rauch einer Cigarre (mit C) überduftet, die Flügel mahagonibraun, bürgermöbelbraun wie etwa beim Ligusterschwärmer, von zarten Spannrippen durchzogen wie beim Großen Weinschwärmer, das vordere Flügelpaar elegant geschwungen, für den Flug im Sinne der schieren Strecke zuständig, das hintere Flügelpaar für die Steuerung und damit für den Eintrag von Qualitäten in die Quantitätskurve. Beim Ligusterschwärmer trug das hintere Flügelpaar rosafarbene und schwarze Streifen, auch der stumpenförmig gedrungene Hinterleib, eine Zopfzeit- und Hofdamenkleidung, verfließend und wellig voller Übergänge und Überlappungen, das hintere Flügelpaar des Großen Weinschwärmers hatte auf schwarzem Grund rote Tupfen und präsentierte sich entschiedener. Die Waage schlug zugunsten des Großen Weinschwärmers aus, zumal die Raupe des Ligusterschwärmers ein Analhorn trug. Aber auch Einmischungen von Hemaris fuciformis, dem Hummelschwärmer, und dem Taubenschwänzchen waren diskutabel, im ganzen war Thomas Mann aber doch der Große Weinschwärmer, wenn denn Thomas Mann überhaupt zur Familie der Schwärmer zu zählen war. Ein Mondspinner? Manchmal war der Mond ein riesiges Gestirn.

Die Novalisklasse, die Gulliverklasse und noch andere: Das seien Projekte des Ostens, so Meno, nach dem Krieg geschaffen und doch, als Ideen, viel älter. Es gebe im Westen kaum Vergleichbares, wenn auch Interesse an einer Fortführung.

Das Abendpfauenauge, Smerinthus ocellata, hatte zwei schwarzblaue Augenflecken auf den Hinterflügeln, mit Röte beschminkt wie eine Esmeraldahetäre. In der Bibliothek fand ich ein Präparat dieses Falters. Meno lehnte sich zurück. Der Doktor schien vor ihm zu stehen, stand vor ihm, legte ihm, dem Meno von dreizehn oder vierzehn Jahren, die Hand auf die Schulter.

– Du bist also das Russenkind.

Doktor Fritz Sonnenfeld, genannt Mondschein. Das Russenkind, die Russenkinder: so hatten sie Ulrich und ihn und Anne genannt und ihnen Prügel nicht nur angedroht. Ulrich wechselte die Schule, Anne und Meno gingen ihn nichts mehr an, und Meno erinnerte sich voller Scham und Unbehagen, wie er Schleichwege gesucht hatte, um zur Schule zu gelangen, er wußte, daß sie ihm auflauerten, daß er für sie nicht nur ein Russenkind, sondern, fast schlimmer, ein Absonderer und Bücherwurm war, einer, der ihre Spiele nicht spielte, die mit dem Krieg noch viel zu tun hatten.

– Du bist also das Russenkind. Fritz Sonnenfeld war ihr Biologielehrer, eine Bezeichnung, die Sonnenfeld ablehnte, er lehre Naturkunde. Der Biologielehrer frage: Wie lauten die Mendelschen Regeln? Der Naturkundelehrer frage: Welches Tier hat diesen Zapfen angefressen? Der Biologielehrer wisse, was ein Korbblütler sei, der Naturkundelehrer, wo sie wüchsen.

Sonnenfeld, den die Jungen Mondschein nannten, weil sein Lieblingsgemälde Caspar David Friedrichs »Zwei Wanderer in Betrachtung des Mondes« war, von dem eine Replik im Kabinett hing, dem Vorbereitungsraum mit Herbarien und ausgestopften Tieren.

– Kannst du mir sagen, welche Früchte an den Kleidern hängenbleiben?

– Da gibt es einige, Herr Sonnenfeld.

– Im Wald:

– Hexenkraut, Waldmeister, Sanikel und Klette. An den Hecken die sogenannten Bettlerläuse: außer Klette Klebkraut, Nelkenwurz, Odermennig, Hundszunge, Igelsame.

– Die Möhre nicht zu vergessen, mein Junge.

– Und den Ackerhahnenfuß, Herr Sonnenfeld.

– Das interessiert dich also.

– Unter anderem.

Das Heuerbüro Ost befinde sich bei Arbogast, es gebe Kontakte zu einer entsprechenden Einrichtung in Treva, die Martin Delanotte leite, ich würde aber in seiner, Menos, Obhut bleiben. Er gebrauche dieses Wort bewußt, er habe hier und dort, bei Christian erfolgreicher als bei meiner Schwester Muriel, schon im Sinne dieses Worts zu wirken vermocht, Christian beispielsweise sei nach dem Zweihundertzwanziger, Öffentliche Herabwürdigung, bestraft worden, im Raum aber hätte der Tatbestand Angriff auf einen Vorgesetzten nach Militärstrafrecht gestanden, mit erheblich anderen Konsequenzen, bei Muriel Waffenbesitz in Tateinheit mit der Planung und Vorbereitung eines Staatsumsturzes, eine ungeheuerliche Anschuldigung, noch dazu gegen eine Minderjährige. Der Jugendwerkhof sei das blaue Auge gewesen, mit dem Muriel davongekommen sei, er, Meno, habe getan, was er konnte. Daß Muriel vom offenen in den geschlossenen Jugendwerkhof gekommen sei, hänge mit einer Sache im offenen Jugendwerkhof zusammen, Muriel sei leider ein unbeherrschter und zu Jähzorn neigender Charakter, in den offenen Jugendwerkhof komme man nicht so rasch, vom offenen in den geschlossenen dagegen bei schon geringen Vergehen, es tue ihm leid.

Ich wollte aufstehen und gehen. Mit der Stasi wollte ich nichts zu tun haben.

Meno hielt mich zurück.

Die Pädagogische Provinz: Das sage mir doch etwas. Goethe, »Wilhelm Meister«, es handle sich um ein Konzept, ein Projekt, die Bildungsidee des Ostens mit der Pädagogik zur Erschaffung eines neuen, auf lange Sicht besseren Menschen, mit gründlicher Durchdringung des Erbes, vor allem der Klassik und Romantik, mit der Bildung und Ausbildung einer staatstragenden Elite, die in allen Systemen, zu allen Zeiten unverzichtbar sei. Der Weg zur Erschaffung dieses neuen Menschen sei Bildung, und zwar eine nach dem Humboldtisch-Goetheschen Ideal, das hätten die Regierenden des inzwischen untergehenden Landes nach einer gewaltsamen, allzu ungeduldigen Phase verstanden, man habe sich auf die Tradition besonnen, das Verhältnis zur Kirche überprüft, die bürgerlichen Bestände auf ihren humanistischen Gehalt hin untersucht, und auch wenn die Bezeichnung »Entwickelte sozialistische Persönlichkeit« etwas albern klinge, allzusehr nach Funktionärsdeutsch, so gebe es darin doch einen ehrlichen und ernsthaften Kern, sei das Bildungsbestreben in dieser Bezeichnung ein echtes. Und sein, Menos, Bestreben sei es, alles ihm Mögliche dafür zu tun, dieses Konzept und Projekt, wovon das Literaturkombinat nur ein Teil sei, in die Einheit hinüberzuretten.

Das Abendpfauenauge: Doktor Fritz Sonnenfeld hatte eine Beziehung zu Nachtfaltern, die über gewöhnliches Interesse hinausging. Im Krieg hatte seine Einheit eine Woche lang in einem Schmetterlingsmuseum gelegen. Die Männer waren ausgehungert. Sonnenfeld hatte gewußt, daß Nachtfalter eßbar sind und selbst im präparierten Zustand noch einen gewissen Nährwert haben. Sie hatten sie alle gegessen, die Atlasspinner und Trauereulen, die eine Flügelspannweite von fünfundzwanzig Zentimetern aufwiesen und im Flug großen Vögeln glichen; die bemerkenswert vollständige Abteilung Bärenspinner mit vielen Exemplaren des Russischen Bären, eines auffallend gezeichneten gelbroten Falters, auch Spanische Flagge genannt; die Spezialabteilung Mönche, die zu den Eulenfaltern gehörten; Sonnenfeld zählte sie dem jungen Meno an den acht Fingern seiner beiden Hände her: Silbermönch, Asternmönch, Glockenblumenmönch, Hellgrauer Goldhaarastermönch, Lattichmönch, Rainfarnmönch, Dunkelgrauer Goldhaarastermönch, Hundsbraunwurzmönch, Verschollener Königskerzenmönch, Graubestäubter Wollkrautmönch (für die letzten beiden hielt Sonnenfeld noch einmal die Daumen hoch); sie aßen eine Sammlung von Wiener Nachtpfauenaugen, wie sie Sonnenfeld noch nie zuvor gesehen hatte. Das Wiener Nachtpfauenauge gehörte nicht wie das Abendpfauenauge zu den Schwärmern, sondern zur Familie der Pfauenspinner, den Saturniiden, die Trugaugen besaßen, mit denen sie Feinde erschreckten (aber die Soldaten erschraken nicht, sie stopften sich die Münder voll und strichen den bunten Staub der Schmetterlingsflügel von den Lippen), aus einem Dutzend Kästen starrten sie den Soldaten entgegen, die Trugaugen der Wiener Nachtpfauenaugen, Saturnia pyri, Flügelspannweite zehn bis sechzehn Zentimeter, dazu die Raupen, hellgrün mit hellblauen Punktwarzen, zwölf Zentimeter lang, und einer von Sonnenfelds Kameraden meinte, er könne noch herausschmecken, wovon die Raupen sich ernährt hatten, ob Walnuß oder Apfel, Pflaume oder Edelkastanie. Keiner von ihnen hatte je ein Wiener Nachtpfauenauge lebend gesehen, obwohl überdurchschnittlich entomologisch interessiert, wie so viele in Sonnenfelds Generation. Das Wiener Nachtpfauenauge war schon damals vom Aussterben bedroht. Das Abendpfauenauge aber hatte Sonnenfeld mitgenommen, in einer Blechbüchse auf Watte in Papier. Das Museum enthielt auch eine Sammlung Goliathkäfer, handlange Käferprachtexemplare, die den Hunger Fritz Sonnenfelds besser stillten.

– Im lebenden Zustand, sagte er zu dem jungen, begierig zuhörenden Meno, brummen sie wie Kampfgeschwader und können Fensterscheiben durchschlagen.

Um seine Arbeit für dieses Projekt fortsetzen zu können, so Meno, habe er sich nach Leipzig versetzen lassen, auf die Bücherinsel oder Spindel nach der dortigen Buntgarnfabrik, ins Lektorat III des Literaturkombinats.

Ich hörte nur zu.

Meno bot mir ein Mintkissen an. Wenn Siemens eine ostdeutsche Provinzbude übernehme, seien die Machtverhältnisse geklärt, von der Provinzbude werde nichts übrigbleiben. Ulrich sehe das kommen und arbeite inzwischen für die Regierung Barsano, um das Schlimmste verhindern zu helfen. Beim ideologischen, beim, neutraler gesprochen, Bildungsüberbau, verhalte sich das anders: da sei der Westen unterlegen trotz aller seiner angeblichen oder tatsächlichen Freiheiten, trotz einer kaum faßbar vielfältigen Geistes- und Presselandschaft, der Westen sei zwar frei, aber alles sei relativ, man sei offen, aber leer. Der Osten habe ein Ziel. Hier, beim Humboldtisch-Goetheschen Überbau, verhalte es sich mit den Provinzbuden und dem Konzern anders, der Konzern stehe im Osten, jedoch sei der Konzern, das Kombinat, durch die laufenden Vorgänge bedroht. Er gehe nach Leipzig, weil es der Logik seiner Entwicklung entspreche, alle Ergebnisse seiner Forschungen in dieses Zentrum des ostdeutschen Geistes wiesen. Ich sei doch Hesseleser. Kastalia befinde sich in Leipzig. Er wisse, daß auch mich das betreffe, wovon er spreche, mein Vater Hans habe mich im Sinne der Pädagogischen Provinz erzogen, im Sinne Humboldts und Goethes, dazu die Naturwissenschaft, insbesondere die Toxikologie, Vaters Giftbibliothek. Auch wenn ich ein sogenannter Dissident, ein Dissidentenkind gewesen sei, das seien viele gewesen im untergehenden Land, und seiner Beobachtung nach sei gerade diese Dissidenz mit dem Ursprünglichen der sozialistischen Idee vereinbar, ja gerade dafür sogar notwendig, er selbst sei ja gewissermaßen dissident als Abweichler aus der Nomenklatura, bei der Jungen Gemeinde und dann vergleichsweise untergeordnet in einem Verlag. Er hob die Hand. Er wolle mir nicht zu nahe treten, besonders meinem Vater nicht, der habe anderes erfahren müssen.

Die Bibliothek war still. Wir waren allein. Ich betrachtete das Abendpfauenauge.

Ob mir denn der Osten nichts bedeute. All dies: Meno

schwenkte seinen Arm, und ich verstand, meinte ich, was er damit sagen wollte, das, was wichtig war für ihn, für uns: die Bücher, die Bilder, das Gespräch, die stetige, ununterbrochene Arbeit am Projekt (nun ja, welchem? im Kino Filme vorführen, Flugblätter drucken und verbreiten, nach Prag flüchten, was ich Muriel zuliebe, nicht aus eigenem Antrieb getan hatte?):

– Wir nennen es die *Aufgabe im Grunde*.

Nach einer längeren Pause erzählte Meno wieder von Schandau, von der Kirnitzsch, der Uferstelle mit Weiden, Futterpflanze für die Raupen des Abendpfauenauges. Auf dem Markt in Schandau unterhielt sich der Lumpenfürst mit Doktor Sonnenfeld, auf lateinisch. Der junge Meno kam ihnen entgegen, sie beachteten ihn nicht. Er hielt sich hinter dem Brunnen, dem Sendigbrunnen, gestiftet von einem Hotelier, der für die Stadt viel getan und auch den Aufzug hinauf zur Ostrauer Scheibe hatte bauen lassen, wo die Rohdes wohnten.

Der Lumpenfürst war ein kleiner Mann, dem der linke Arm fehlte, der leere, abgerissene Ärmel schlenkerte in der Luft, obwohl sich Willi Kausius, wie der Lumpenfürst mit bürgerlichem Namen hieß, den Ärmel jeden Morgen vor Schulbeginn in der Sakkotasche feststeckte. Willi Kausius lehrte Deutsch und Musik, er hatte vor dem Krieg eine Abhandlung über den Bedeutungswechsel des Wortes »bunt« verfaßt, den er bemerkt hatte, als er der Frage nachgegangen war, warum der Buntspecht eigentlich Buntspecht hieß, obwohl er doch keineswegs bunt war.

– Weil, hämmerte Willi Kausius seinen Schülern ein, die ursprüngliche Bedeutung des Wortes bunt ›schwarzweiß‹ war, unser Buntspecht also ein Schwarzweißspecht ist, was doch der Erscheinung dieses Vogels besser gerecht wird als die Vorstellung, die wir heute mit dem Wort bunt verbinden.

Willi Kausius liebte nicht nur die deutsche Sprache und Literatur, nicht nur die Musik (er komponierte für den Schandauer Kirchenchor), er liebte auch die Vögel, er hatte die letzten lebenden Blauraken (er bestand auf der Endung »-raken«, lehnte die Schreibweise »-racken« ab) des Elbsandsteingebirges gesehen, er wußte, wo ein Uhupärchen in den Affensteinen nistete (die mit Affen nichts, mit einem alten Wort für Uhu, Auff oder Aff, dagegen viel zu tun hatten), kannte die Brutplätze der Wanderfalken am Falkenstein und die Orte der Regenpfeifer. Doch mehr als die Exoten, wie er sagte, interessierte ihn ein ganz alltäglicher Vogel: die Amsel oder Schwarzdrossel. Die in einer Beziehung nämlich nicht alltäglich war, ihrem Gesang, den Kausius seit vielen Jahren erforschte.

– Nicht die Nachtigall, ihr Lieben, die Amsel ist die Königin unter unseren Sängern, die Nachtigall trägt besser vor, aber ihr musikalisches Material ist dürftiger als das der Amsel. Die Amsel ist die bessere Komponistin, die Nachtigall liefert die bessere Vorstellung. Kausius schleuderte begeistert den mageren Körper vom Pult und lief an die Tafel, um es den Schülern anhand von Notenbeispielen zu erklären.

– Man muß sogar sagen, daß Schillers Ausspruch, die Kunst sei nur des Menschen Sache und komme nirgendwo sonst in der Natur vor, falsch ist.

Die Amsel komponiere. Es gebe in den Melodien der besten Amselkomponisten oder Komponistenamseln ein Plus, das mit den Forderungen der Balz nicht zu erklären sei. Kausius hatte Hunderte Melodien gesammelt, der Krieg hatte ihn vom Atlantik bis ans Schwarze Meer getrieben. Kausius wiederholte immer wieder, daß der Preis für diese Sammlung, sein linker Arm, ihm nicht zu hoch erscheine.

Mondschein und Lumpenfürst standen auf dem Marktplatz von Schandau und unterhielten sich lateinisch, sie taten es mit der Selbstironie zweier Gelehrter, die wissen, daß sie, von außen gesehen, ein seltsames Bild abgeben, der eine Lehrer groß und hager, mit langem Hals (Mondschein, Meno erinnerte sich, daß ihm, dem Jungen, der Spitzname in dieser Szene besonders passend vorgekommen war, obwohl die Nachmittagssonne die beiden Disputanden beschien), der andere Lehrer klein und in schlotternden, vielfach geflickten, von wenigen treuen Gewebsfäden zusammengehaltenen Kleidern, das Sakko hatte auf dem Rücken eine geplatzte Naht, die das blaue Futter durchließ. Kausius lebte allein, Kinder und Frau waren umgekommen. Am Reck turnte er die einarmige Riesenfelge, eine von allen Schülern bewunderte Leistung. Meno erinnerte sich, daß sein Banknachbar gesagt hatte: Er trägt seine Lumpen wie eine Auszeichnung. Einer, der die einarmige Riesenfelge zustande brachte (nicht einmal der Sportlehrer konnte das), mußte nicht solche Kleider tragen, hieß es im Ort, aber der junge Meno nahm ihn gegenüber den kritischen Stimmen in Schutz, wie, mit einem Arm, sollte Willi Kausius seine Kleidung in Ordnung bringen? Kausius lehnte auch alle Angebote, sie in einen schul- und schülerpräsentablen Zustand zu versetzen, ab. Mit Würde, sagten die einen. Hochmütig wie keiner, sagten die anderen. So hieß er der Lumpenfürst – ein Fürst war Kausius auf seine Art gleichwohl. In seiner unaufgeräumten Kammer wohnten Geister, von denen der junge Meno noch nie etwas gehört hatte: Hamann, Fabre, Barthold

Heinrich Brockes, Novalis, Stifter, es wohnten dort Tacitus und Seneca, die Kausius im Original las. Er kümmerte sich nicht um Äußerlichkeiten und war für Meno das Urbild eines ebenso seltenen wie interessanten Menschenschlags: des schlampigen Fanatikers. Ein schlampiger Fanatiker, war das nicht ein Widerspruch in sich? Kausius, die Holotype, das Referenzexemplar, das am Anfang jeder Artbestimmung stand oder, wie hier im Museum, auf einer Insektennadel steckte.

Zu den Nachtfaltern gehörten die Nachtfalterpflanzen, das wußte der junge Meno schon von Waldgängen, die er allein unternahm. Das war zur Stunde, wenn die Farben ihre Tagesschärfe verloren, zu pulsen begannen, wie Sonnenfeld das nannte, wenn ihr Hintergrund ein anderer wurde und die Pupillen sich weiteten. Die Stunde der Mondwesen, die in ihren Verstecken erwachten. Sie flogen nicht während der ganzen und auch nicht in jeder Nacht, die Spinner, Spanner, Schwärmer und Eulen, das Nachtfalterquartett, wie Sonnenfeld sagte, der den jungen Meno bald auf seine Wanderungen mitnahm. Sie erkundeten die Umgebung von Schandau, manchmal war der Lumpenfürst dabei, lernte etwas über Nachtfalter, erzählte von den Vögeln, besessen von einer weißen Amsel, die an der Kirnitzsch gesichtet worden war. Meist gingen sie an schwülen Sommerabenden mit einsetzender Dämmerung, wenn sich die Pflanzen veränderten, nicht mehr mit der Erscheinung, ihrer Blüte, sondern mit Duft lockten: Jasmin, Phlox, Seifenkraut und Natterkopf, die Tabakstaude und, reichlich am Bahndamm vor dem Schandauer Bahnhof, die Nachtkerze. Diese Pflanze hatte ihren eigenen Falter, den Nachtkerzenschwärmer, Proserpinus proserpina, was Sonnenfeld zu einer Abschweifung über die Göttin der Unterwelt verleitete, während er sich in den Schotter neben den Gleisen duckte. Er wartete, hob die Hand:

– Jetzt, und sie kamen, die zollbreiten Schmetterlinge mit grünen Vorder- und gelbschwarz gebänderten Hinterflügeln, den gedrungenen, Sonnenfeld sagte: patronenartigen Leibern. Die Nachtkerzenschwärmer gehörten zu den in der Dämmerung zuerst erscheinenden Faltern, und Meno erinnerte sich, wie Sonnenfeld gemurmelt hatte:

– Die Sphinxe, die Sphingiden, der Liguster- und der Wolfsmilchschwärmer, der Labkrautschwärmer, der Tannenpfeil, alle ausgezeichnete Flieger, sie setzen sich nicht zum Saugen, sondern verharren im Schwirrflug vor der Blüte.

Tagsüber hielten sie sich versteckt, in Spalten und auf Dachböden, in Hecken und Kellern, die Flügel dachziegelartig zusammengelegt, anders als die Tagfalter, die sie wie Segel aufstellten.

– Da! Ein Schlehenspanner! Dort! Meine Tante! rief Sonnenfeld, wenn ein Falter vor einer Nachtkerze in der Luft stillzustehen schien.

Eduard Eschschloraque war selbstverständlich ein giftiger und schillernder. Vielleicht gehörte er nicht einmal zur deutschen Fauna – und wenn, dann zog er abends vermutlich das braungelbe Kleid des Totenkopffalters über, der ein Nachtbummler war und viel später als der Liguster- und der Wolfsmilchschwärmer flog, viel später auch als Thomas Mann, der Große Weinschwärmer. Der Totenkopf besuchte keine Blumen (Eschschloraque hatte ein zwiespältiges Verhältnis zum Kitsch), er bevorzugte geplatzte reife Früchte, die deutsche Romantik zum Beispiel oder eine Wagnerpartitur, er schlemmerte Säfte an Baumwunden, hatte auch Sinn für die Komik von Einbrüchen in Bienenstöcke, wo er die Wabenzellen anbohrte und sich um das Wüten der Bienen keinen Deut kümmerte. Das Weibchen kittete die Eier an Nachtschattengewächse, die Eier des Totenkopfschwärmers hingen also am Kartoffelkraut oder an einer Tomatenpflanze und entwickelten sich zu prachtvollen Raupen. Und aus diesem Stadium direkt zu Studienrätinnen, die Thekla Oders Werke in die Leserkreise tragen, hätte Judith gesagt.

Thekla Oder war, faltermäßig gesprochen, eher zu den Eulen zu rechnen. (Leiterin des Eulenbüros im Hermes-Verlag.) Andere Eulen, gleiche Persönlichkeitsziffer, meinte Meno. Die Gemüseeule. Er hatte eine Schwäche für diesen Falter, der so gern ans Licht kam und auf verschiedenen Blüten beobachtet werden konnte. Gelegentlich fand man die Gemüseeule tagsüber lang ausgestreckt auf Blättern, wo sie sich sonnte. Man konnte die Gemüseeule leicht mit der Veränderlichen Kräutereule und der Erbseneule verwechseln, Pathosbrecher, doch nicht ohne Dämonie: die Raupe der Gemüseeule lebte polyphag, das heißt, sie fraß so ziemlich alles, was ihr vor die Kauwerkzeuge geriet. Von Kohl über Salat bis zur Besenheide. Nicht einmal Alpenveilchen verschmähte sie. Thekla Oder mochte Alpenveilchen. Eschschloraque, der Totenkopfschwärmer:

– Der Falter ist ein harmloses Insekt, das keinem etwas zuleide tut und glücklich ist, wenn es in Ruhe gelassen wird; er zirpt grell, wenn man ihn im Schlafe stört, schrieb Friedrich Schnack im Nachwort zum Inselbuch Nr. 226, »Das kleine Buch der Nachtfalter«.

Auch dieses poetische Brevier fand sich in der Bibliothek. Meno hatte anläßlich einer Neuauflage im Frankfurter Insel Verlag mit dem zuständigen Lektor korrespondiert. »R. Wicker Dotschenmühle bei Saulgau« stand auf dem Schmutzblatt des Bibliotheksexemplars, mit Eisengallustinte, Schnacks Nachwort in Fraktur, eine den Nachtfaltern angemessene Schrift.

– Die Staatssicherheit, Fabian, um das klarzustellen, ist eine Perversion, etwas, das sich wie eine Krankheit auf die ursprüngliche Idee gesetzt hat, das sie angefressen und vielleicht schon zerfressen hat, das ist die Sicht vieler, die nicht in der Lage oder willens sind, zwischen den Phänomenen zu unterscheiden, wenn eins das andere überlagert und sich für den oberflächlich wahrnehmenden Blick Identität herstellt. Aber diese Identität ist eine scheinbare, eine solche Idee, das Pädagogische Projekt, die *Aufgabe im Grunde*, bringt nichts um, sie gehört zum Menschen, solange er strebt. Menschen, die nicht mehr streben, werden keine Menschen mehr sein, vielleicht Maschinen oder etwas dazwischen, kybernetische Organismen.

Meno nahm das Kästchen mit dem Abendpfauenauge zur Hand. Schandau; Trauerfahnen an den Häusern, Stalin war tot, die sprudelnde, reißende Kirnitzsch, auf der, wie in jedem Frühjahr, Korkboote tanzten, die dazugehörigen Jungen waren nicht weit. Die reißende Kirnitzsch, damals noch voller Lachse. Eine Straßenbahn, die Kirnitzschtalbahn, fuhr am Flüßchen entlang. Willi Kausius hatte einmal in der Frühe, noch vor Sonnenaufgang, einen Luchs neben den Gleisen gesehen, das Tier hatte auf der Straße gesessen und Kausius angestarrt, die beiden Ohrpinsel steil in der Luft. An der Kirnitzsch gab es eine Stelle, an der Salweiden wuchsen, im Boden darunter überwinterten die Puppen der Abendpfauenaugen, geschützt vor den Frühjahrshochwassern. Die flacher liegenden Puppen der Pappel- und der Lindenschwärmer wurden manchmal weggetragen, mischten sich unter die Korkboote auf dem

Wasser. Sonnenfeld hatte Meno den Ort gezeigt und einige Abendpfauenaugenpuppen ausgegraben. Sie waren schwarzbraun und leicht gefettet, wodurch sie wasserabstoßend wurden, Sonnenfeld wischte über die Oberfläche der Kapseln und sagte, es sei das beste Öl, das er kenne, er schmiere damit seine Uhr. An dieser Uferstelle der Kirnitzsch, die unter den Weiden eine Ausbuchtung gegraben hatte, war Kausius an einem Ferientag ins Wasser gestiegen, vor den Augen Menos und einiger Jungen, mit denen Kausius an diesem Tag nach Dresden gefahren war, um Stadtamseln zu belauschen. Er hatte seine Lumpen abgelegt und gesagt, daß es zur Pädagogik gehöre, den Lehrer einmal nackt und somit verletzlich zu sehen, ohne jede Deckung und so häßlich oder schön (»sicherlich teilsteils«, so Kausius), wie der Schöpfer und die Zeit ihn gemacht hätten. Die Jungen hatten sich nach einer Schrecksekunde umgedreht, Meno aber nicht; die Kirnitzsch war ein tückischer Fluß.

Arbeit am Standpunkt, oder: Die Gefühlsschiene

Einen Tag nach der Abstimmung, wer zu den Grünen fahren sollte, war Judith in einer Talkshow aufgetreten, in der sie die basisdemokratischen Bemühungen des Dresdner Forums nach Kräften torpedierte. Man konnte im Fernsehen Entscheidungen, die eigentlich bereits gefallen waren, in Frage stellen; man konnte nachkarten, hatte eine Bühne für sich allein oder nur mit wenigen Diskutanten, meist nicht einmal solchen, die von dem, was man da vorbrachte, allzuviel verstanden; die Kriterien, nach denen solche Talkshowrunden besetzt wurden, schienen andere zu sein als bloßer Sachverstand, Aussehen spielte eine Rolle, die Fähigkeit, öffentlich Tränen rollen zu lassen.

Wulf-Jürgen Boose konfrontierte Anne gleich mit der Beobachtung, daß er mit wenigen Ausnahmen beim Forum keinen Marxismus mehr erkennen könne.

Der Wulf-Jürgen, so die Gabriele, komme wie der Libosch von der Front.

Wie sie, Anne, aber sich nun vorstelle, ohne marxistische Gedanken und dann also marxistisches Handeln in den anstehenden Konflikten zu reüssieren, Konflikte, die doch im wesentlichen einen Angriff auf »unsere Lebensgrundlagen« bedeuteten, vor allem das Gefasel über eine Wiedervereinigung, das man jetzt verstärkt »von drüben« höre, ein Rammstoß wider die Natur.

Daß der Wulf-Jürgen jetzt aus dem Westen auf den Osten blickte und »drüben« so sagte, als verstünde es sich von selbst, daß »drüben« nicht Treva meinte, sondern den Osten mit einer Geschichte, die so deutsch und damit nun »wirklich irgendwie von gestern« war, so die Abgeordnete Gabriele Krahl-Kerckenhoff, ließ mich an den »Möglichkeiten einer engeren Kontaktnahme« zweifeln. Auch vom Gesicht der Abgeordneten Rotraut Blau

– Ich bin die Rotraut, wir müssen zusammenhalten, ganz fest

war Zweifel abzulesen, in einer irgendwie erschütterten (Wulf-Jürgen zu Gabriele Krahl-Kerckenhoff) Weise, Zweifel von drüben und drüben gewissermaßen, die um so deutlicher zutage traten, je leidenschaftlicher die Rotraut am Libosch vorbeiargumentierte, was ich daran zu erkennen glaubte, daß der Libosch seine Fingernägel mit einem Schweizer Taschenmesser beknipste und in einer irgendwie schon auch grobrohrigen Art äußerte, man solle doch jetzt mal zur Sache kommen, wenn sie sich damals auf dem Pflasterstrand so lange mit Präliminarien aufgehalten hätten, würde die Gesellschaft noch heute faschistisch sein. Er habe übrigens die Judith erwartet und müsse jetzt gehen, die Konservativen im trevischen Senat planten eine Schweinerei, und er habe außerdem Zweifel, ob es angebracht sei, jetzt mit solchen Problemen aus dem Osten zu kommen, wo doch ganz andere, universelle Probleme im Mittelpunkt stünden, und der Wulf-Jürgen habe schon recht: das werde alles den Rechten Auftrieb geben, diese »Deutschland«- und »Einig Vaterland«-Rufe sagten ja schon genug. Die Gabriele war ganz beim Libosch und beim Wulf-Jürgen und hatte im Vergleich zur Rotraut zwar den weicheren Namen, aber die kantigeren Argumente, die Rotraut meinte, sie kriege jetzt irgendwie schon Tränen aufs Gesicht, das von blonden Haarfransen gerahmt und mit den dicken Lippen eines in seinem Unterwasserleben allerdings schon vielfach enttäuschten Friedfischs versehen war. Ich bemerkte, daß der Libosch die Rotraut mit einer gewissen Faszination betrachtete, ihre Tränen vor allem, die vom politischen Alltagsleben nicht am freien Fließen gehindert wurden. Obwohl die Gabriele und auch die Rotraut Anne bereits duzten, war sie noch mit Wulf-Jürgens Marxismusvorwurf beschäftigt, Wulf-Jürgen schwieg jetzt mit vor dem breiten Brustkorb verschränkten Armen, den Kopf gesenkt, und starrte die Bürgerrechtlerin aus dem Osten, die keinerlei Ochsentour im Westen mitgemacht und vom Überleben in den Spontikämpfen einer revanchistisch verhärteten, mit Kapitalismus bis ins Mark gefüllten Gesellschaftsordnung keine Ahnung hatte, mit abschätzendem, beinahe sogar feindseligem Blick an – als stellte er sich die Frage, wie so etwas überhaupt möglich war, sie waren doch die mit den Pflastersteinen, die richtigen Überzeugungen so verdammt ähnlich sahen, sie waren die, die im Blut gestanden hatten, eine Formulierung von Libosch Müller. Das Forum müsse wirklich basisdemokratisch werden, so Gabriele, und das sei nun tatsächlich so etwas wie, gewissermaßen, eine Instruktion, auf deren Grundlage man dann arbeiten und zu gemeinsamen Ergebnissen kommen könne: Abgeordnetenrotation, Öffentlichkeit, kompromißlose Öffentlichkeit, alle Vorgänge durchgängig transparent, keine Kompromisse, was die Bewahrung der Umwelt betreffe, und übrigens hätte sie jetzt gerne einen Kaffee. Sie sah Libosch Müller an. Der sah Wulf-Jürgen an, aber der sah an Libosch Müller vorbei und äußerte, er sei bereits beim letzten Mal drangewesen, nun sei der Libosch dran, und als der Libosch wartete, wiederholte der Wulf-Jürgen, der Libosch sei dran mit Kaffeekochen, und als der Libosch weiter wartete, sprang die Rotraut, die ihre Tränen trokkengetupft hatte, dem Wulf-Jürgen bei, der Libosch sei tatsächlich dran, und als der Libosch sagte, daß sie doch vorhin alle Kaffee gehabt hätten und er nur daran erinnern wolle, unter welchen Bedingungen

– Dieses Gesöff!

angebaut, geerntet und verschifft werde, das müßten doch gerade sie hier in Treva wissen, und daß er einen übermäßigen Verbrauch weder mit seinem ökologischen noch mit seinem Gerechtigkeitsgewissen vereinbaren könne. Der Wulf-Jürgen sah das jetzt aber als kleinliche Ausrede. Sie hätten ihre Grundsätze nicht von ungefähr, und sie hätten sie nun mal, alle, auch einem Fraktionsvorsitzenden breche keiner ab, wenn er sich an das halte, was sie gemeinsam beschlossen und festgelegt hätten, daß nämlich das Kaffeekochen reihum gehe, ohne Ansehen der Person jeden mal betreffe, und das gelte ja auch, der

Libosch wisse das doch genau, nicht nur für das Kaffeekochen. Libosch Müller war schon beim Wort

– Reihum

aufgestanden und hatte, die Tür knallend, das Zimmer verlassen. Anne fragte, wo denn der Kaffee sei, sie würde das übernehmen. Da sagte die Gabriele, daß sie das aber jetzt nicht so toll finde von der Anne, denn was der Libosch eben gezeigt habe, sei ein typisch chauvinistisch-reaktionäres Männerding, und sie, Anne, unterstütze das wohl jetzt, indem sie sich auch noch freiwillig in die Rolle begebe, die Frauen von Männern zugeschrieben würden, Kinder, Küche, Kirche, Kaffeekochen. Der Libosch sei dran, und der Wulf-Jürgen habe jetzt ihre volle Unterstützung, daß er den Libosch auf seine Pflichten hingewiesen habe.

Die Rotraut streckte die Arme aus. Legte sie Anne auf die Schultern. Der Blick ihrer braunen Augen wanderte kindlich offen in Annes Blick hin und her:

– Ich habe gerade das Gefühl, du bist irgendwie eingeengt. Rotraut umarmte Anne, schnellte zurück, wie um ihr Werk zu betrachten, wieder unter Tränen, sie fühle, daß Anne eine grüne Seele habe, sie fühle das einfach, der Libosch und der Wulf-Jürgen seien nicht wirklich immer auf der Gefühlsschiene unterwegs.

Rotraut wollte die Bürgerrechtler »drüben« unterstützen. Sie fragte, ob Anne ein paar Bögen »Atomkraft? Nein danke«-Aufkleber mitnehmen wolle. Die machten sich gut im Wahlkampf.

Ich beobachtete die junge Frau, die inzwischen das Kaffeekochen übernommen hatte, mir gefiel ihr Bubikopf, das pechschwarze Haar (gefärbt), der jungenhaft schlanke Körper, der ihr etwas Zartes, Zerbrechliches gab, ein

Eindruck, der täuschte: Elisabeth Delanotte, der ich bei den trevischen Grünen zum ersten Mal begegnete (und die ich bald darauf näher kennenlernen würde), kämpfte kompromißlos für ihre Ideale, war von zu Hause ausgezogen, weil sie mit dem Widerspruch zwischen ihren Überzeugungen und den ökologischen Sünden, mit denen die Flotte ihres Großvaters Lorenz Grote fuhr, nicht länger hatte leben wollen, sie hatte mit ihrem Vater, Martin Delanotte, fürs erste gebrochen, ihr Vater arbeitete nicht nur für die Christdemokraten, sondern sogar für das Mammut, bei den progressiven Kräften Trevas besonders umstritten, ja verhaßt, sie hatte bei ihrem Onkel hospitiert, Volker Delanotte, in seinem Architekturbüro Kastan, Delanotte & Partner, war aber noch unentschieden zwischen Architektur, Jura (was ihr für eine politische Karriere aussichtsreicher erschien) und einem Einstieg in die Anker-Reederei, wie es ihr Lorenz Grote angeboten hatte, damit sie die Reederei nach ihren Plänen zu einer ökologischen Vorbildfirma umbauen konnte, sie solle doch mit Ideen und Tatkraft wacker vorangehen, er werde ihr nicht im Wege stehen, ganz im Gegenteil: wenn es ihr gelinge, ihre Angestellten zu ernähren und dabei die Firma umweltneutral zu betreiben, werde er sie unterstützen.

Sie wollte in den Osten, für ein Jahr vorerst. Was im Osten vorging, erschien ihr spannend, wie sie plapperte (ich starrte auf ihren Mund, der so wasserfallartig und dabei kindlich vertrauensselig Worte zu entlassen imstande war, wie immer, wenn ich aufgeregt war, wurde mein Stottern zum geradezu unüberwindlichen Hindernis), sie zog Anne und mich hinaus, Anne wolle sich ja mit ihrem Vater treffen, und nun sei sie, Lisa, zwar mit ihm über Kreuz, aber doch nicht so sehr, daß sie eine Einladung auf ein Mittagessen abschlage, das eine seien ja politische, also weltanschauliche Differenzen, das andere aber sei ein emanzipatorisches Geschehen, ihr Vater finde es im übrigen gut, daß sie sich engagiere und nicht irgendwo einfach abhänge, sich gehenlasse wie die Monika, ihre Tante, wir würden sie heute abend beim Lorenz kennenlernen.

Delanotte küßte seine Tochter aufs Haar. Sie verzog das Gesicht.

– Darf ich Sie zum Essen einladen? Das Los des Konservativen. Er zahlt, dafür wird er verspottet oder verhöhnt, nicht wahr, Lisa.

Delanotte warf den Arm nach vorn, legte die Uhr frei, ein teures Stück, wie ich als Uhrmacherenkel erkannte.

Ins »Da Mario« werde er uns nicht führen, den Stammitaliener der Grünen und der Jungkonservativen, auch wenn Elisabeth das vielleicht gehofft habe, oder gefürchtet? dann gebe es ja Erklärungsbedarf beim Wulf-Jürgen und bei der Gabi (Elisabeth reagierte unwillig, er schien sie gern zu provozieren), auch nicht ins »Siegfriedseck«, dort säßen die Konservativen, die sich in Fronde zum Mammut befänden, da gebe es Erklärungsbedarf für ihn, im »Stiefelknecht« säßen die Liberalen, die Gaststätte »Zum treuen Kumpel« sei das Stammlokal der Sozialdemokraten, er sei ganz gern mal dort, das Essen sei redlich, die Politik handfest, und man ärgere einander doch ganz gerne mal hier im politischen Treva, die Sozialdemokraten nämlich tauchten schon auch mal im »Reichsapfel« auf, wo eigentlich die ultramontanen Kleriker und die Erzkonservativen beheimatet seien, dort gebe es nur treudeutsche Gerichte, manche dieser Ultrakonservativen seien schon beinahe wieder Monarchisten. Die echten Monarchisten freilich säßen nicht bei ihnen im Unterhaus, sondern im

Oberhaus, das dem trevischen Adel vorbehalten sei, die hätten hauseigene Köche oder das Recht, im Alten Schloß an der Tafel König Eberhards teilzunehmen. In den »Elbterrassen« standen keine Preise in den Karten. Anne und ich wählten Sauerampfersuppe und Brot, ich dachte, das sei das billigste Gericht, und fragte mich, als Delanotte eine Bewegung machte, ob das stimmte. Sofort bekam ich ein schlechtes Gewissen. Ein Lokal, in dessen Karten keine Preise verzeichnet waren, hatte ich noch nicht kennengelernt. Ich hatte überhaupt bisher wenige Lokale kennengelernt. Man ging im Osten nur selten essen. Sie werden plaziert! Delanotte bestellte ein Perlhuhn, für Elisabeth, die das mit der Kellnerin geklärt hatte, ein vegetarisches Gericht (die Sauerampfersuppe), begann Fragen zu stellen: wie Anne die Bürgerrechtler sehe, besonders das Forum, er verstehe dessen Kanzlerfeindschaft nicht, denn damit teile man doch die Position der Linken. Wie sie die Wirtschaft »drüben« einschätze. Ob sie ihm von ihrem Alltag »drüben« erzählen könne.

Delanotte blickte wieder auf die Uhr, und Anne reagierte patzig:

– Es war natürlich alles schlecht. Das ist die einzig logische Schlußfolgerung für jemanden, der keine Zeit hat.

Die Speisen kamen schnell. Delanotte wartete, bis Anne den ersten Löffel Sauerampfersuppe nahm.

– Es ist nie alles schlecht. Selbst im Dritten Reich nicht. Das ist das Schlimme im Schlimmen. Und macht alles so kompliziert.

– Für einen solchen Satz hätten Sie bei uns erhebliche Probleme bekommen, sagte Anne.

– Die bekäme ich bei uns auch, wenn Sie damit zur Presse gingen. Wenn Elisabeth ihre nette Seite zeigen und gleich auf dem Fernsehberg anrufen würde, was ihr Papa für ein Ding rausgehauen hat.

Er wartete. Elisabeth schenkte ihm einen Luftkuß.

– Das sind doch eigentlich Banalitäten. Oder sind Sie der Meinung, im Dritten Reich war alles schlecht? Das wäre zwar lobenswert moralisiert, aber am Alltag vorbei.

– Am Alltag von wem? Den Juden? Wollen Sie mich provozieren? Meine Eltern waren im Exil in Moskau, ich bin dort geboren.

– Ich meinte damit nur, daß man mit Hülsenfrüchten vom Acker der politischen Korrektheit nicht wirklich dorthin kommt, wo es ungemütlich wird, aber interessant. – Ich kann keine Sauerampfersuppe mehr essen. Delanotte zerschnitt sein Perlhuhn in große Stücke, stopfte sie hastig in sich hinein. Über Brücken auf leicht wirkenden Stelzen flogen Züge über die Elbe, die sich unter den Terrassen buchtartig verbreiterte. In der Ferne Schiffe. Sonnenstrahlen fielen schräg und rötlich ein, streiften eine der Inseln, die der Regierungsinsel vorgelagert und die noch nicht alle durch Züge miteinander verbunden waren. Es gab Fährverkehr. Von der Insel, der Roseninsel, wie Delanotte sagte, wehte Rosengeruch. Das Justizministerium befand sich dort.

– Warum können Sie denn keine Sauerampfersuppe mehr essen?

– Erzähle ich Ihnen später. Wenn Sie mögen.

Anne wollte das Gespräch auf ein sachlicheres Gleis stellen. Ob es denn hier für alles einen Markt gebe, sogar für Sonnenstrahlen. Delanotte beugte sich zurück: Sie habe recht, was sie da scherzhaft, aber mit einem ernsthaften Kern angesprochen habe, beschäftige ihn schon lange; im Markt müsse es tatsächlich auch Bezirke geben, die der reinen Ökonomie entzogen seien. Das Bildungssystem zum Beispiel. Es dürfe nicht nur das gelehrt und gelernt werden, was marktgängig zu sein verspreche. Es müsse Platz für Spiel, Ausprobieren, Zweckfreiheit geben. Er verwende dafür gerne ein Gleichnis: Latein. Die Prolateiner, so Delanotte, der auf das, was er aß, nun nicht mehr achtete, behaupteten, daß man durch Lateinlernen Logik erlerne, die Sprache besser beherrsche, er halte das für eine Ausrede – wer eine Sprache besser beherrschen lernen wolle, könne doch gleich in dieser Sprache arbeiten und brauche nicht den Umweg über Latein. Die wenigen gängigen lateinischen Begriffe wie »in dubio pro reo« oder »nulla poene sine lege« könne man auch einfach so lernen. Man müsse ja auch nicht die ganze Bäckerei kaufen, wenn man ein paar Brötchen haben wolle. Latein lernen habe keinen ökonomischen Wert außer für das Haus Langenscheidt und für Lateinlehrer. Eine tote Sprache, überflüssig und nutzlos. Aber genau darum dringend nötig, genau darum müsse ein reiches Land viel daransetzen, daß jeder, der wolle, Latein lernen könne. Ob sie eigentlich dauerhaft in die Politik strebe, so Delanotte. Es laufe ja wohl auf eine Vereinigung hinaus.

– Und dann gelten Ihre Regeln.

Die sich bewährt hätten, meinte Delanotte mit einem Gesichtsausdruck, als wollte er herausfinden, ob sie auch Spaß verstehe. Anne wischte die Suppenreste mit Brot aus. Wenn es einen Bedarf gebe nach Nutzlosem, dann gebe es doch auch schon wieder einen Markt.

Es sei, so Delanotte, ein alter linker Aberglaube, daß Marktwirtschaft, die soziale dazu, nur nach ökonomischen Effizienzkriterien funktioniere. Dann dürfte es nämlich keine Silvesterknaller geben, denn was sei deren Nutzen? Freilich habe Frau Hoffmann insofern recht, als

Markt die Frage stelle, was sich lohne – und wenn viele wollten, daß es Silvesterknaller gebe, dann würden sie hergestellt und verkauft.

Dann funktioniere der Markt aber doch nach Effizienzkriterien.

Delanotte hatte schon in Dresden Sondierungen betrieben. Anne hatte sich auch dort mit ihm gestritten. Mich faszinierte und beschäftigte, daß Delanotte den Streit zu suchen schien, den Widerspruch, um ihn durch eigenen Widerspruch produktiv zu machen, um andere Standpunkte kennenzulernen, Argumente, neue Gedanken und Ideen, er war aufgeschlossen für einen Konservativen, das sollte mir später auch bei Kornbieter auffallen. Inzwischen hatte Elisabeth ihren Hunger gestillt (sie hatte zwei Suppenschüsseln in Windeseile geleert, zugehört, war dabei sichtlich immer unruhiger geworden):

Man könne also den größten Blödsinn herstellen, wenn es eine Nachfrage gebe, werde dieser Blödsinn auch angeboten.

Schon recht, so Delanotte zu seiner Tochter, der Markt stelle keine Sinnfragen. Aber nicht alles, was sich finanziell lohne, sei gut, und nicht alles, was gut sei, lohne sich finanziell. Kinder zum Beispiel. Sie kosteten Geld, sogar eine Menge, und im Westen gebe es nicht wenige Menschen, die aus diesem und aus anderen mit Materiellem zusammenhängenden Gründen auf Kinder verzichteten.

Keiner Frau, die sie kenne, wäre es eingefallen, aus materiellen Gründen auf Kinder zu verzichten. Natürlich, so Anne, hätten materielle Anreize auch eine Rolle gespielt: Ehekredite habe man abkindern können. Delanotte stutzte bei diesem Wort. Pro Kind wurde eine bestimmte Rate des Kredits erlassen, ab einer bestimmten Anzahl Kinder brauchte man nichts mehr zurückzuzahlen. So manches Kind wurde auch angeschafft, ja, wiederholte Anne, angeschafft, um an eine Wohnung zu kommen. Scheidungen gingen schnell und waren billig. Sie kenne keine Frau, die auf ein Kind verzichtet habe, weil das Risiko bestand, es allein erziehen zu müssen. Kinder hätten im Osten einfach dazugehört. Im Westen sei das nach ihren Beobachtungen durchaus anders. Ein Grundproblem der Marktwirtschaft, ihrer Meinung nach.

Delanotte überlegte, sah wieder auf die Uhr. Fünf Minuten habe er noch.

– Jetzt spiele ich mal den marktradikalen Liberalen. Der Markt weiß, daß sich Kinder, solange sie im Haus sind, nicht bezahlt machen. Später aber sind sie Berufsteilnehmer, verdienen Geld, zahlen Steuern und Rentenbeiträge. Vielleicht sogar die Grünen, sagte er mit einem Blick auf Elisabeth, die mit den Schultern zuckte und ein Rhabarbereis löffelte.

Außerdem würde eine Gesellschaft ohne Kinder schlicht verschwinden. Der Markt sieht das und nimmt die vorübergehende ökonomische Leerstelle in Kauf. Die Politik versteht hier den Markt und gibt Erwachsenen Anreize, trotz der Verluste an Zeit, Nerven, Kraft, Geld Kinder in die Welt zu setzen. Eben weil sie über den Tag hinausdenkt, Frau Hoffmann.

– Und wer bleibt bei Ihnen zu Hause, um die Kinder zu versorgen, wenn sie klein sind? Oder krank? Von Kindergärten und -krippen kann ich bei Ihnen wenig entdecken.

– Wir wollen keine Kinderabrichtungsstätten, Frau Hoffmann. Im Gleichschritt auf Toilette.

– Was für ein Klischee. Immerhin haben wir die Revolution gemacht, nicht der Westen.

– Nicht so eilig, Frau Hoffmann. Soweit ich sehe, sind die Protagonisten dieser Revolution fast sämtlich ziemlich unangepaßte Menschen. Kommen aus Pfarrhäusern, Künstlerhaushalten, alternativen Lebensentwürfen. Sie haben die Revolution gemacht, Sie haben in Ihren Kindergärten das kollektive Töpfchengehen verweigert. Sie sind die mit den Eintragungen ins Muttiheft.

– Die Revolution ging vom Volk aus, und wie Sie es drehen und wenden, Sie können nicht ein ganzes Volk verunglimpfen. Gewisse Dinge sind bei uns einfach anders gelaufen als bei Ihnen, und das allein heißt noch nicht, daß es schlecht war.

Er könne an diesem Land bis jetzt wirklich nicht viel Verteidigenswertes entdecken.

– Sie überschätzen die Rolle, die der Staat für uns gespielt hat, Herr Delanotte. Wir haben auch geliebt, gelacht, geheiratet. Einfach so.

Delanotte bat sie, der Gesellschaft nachher etwas über den Osten zu berichten, über sich selbst auch:

– Aber nicht zuviel. Von sich zu erzählen, das muß man hier behutsam angehen, die Trevaner schätzen es nicht, wenn der Eindruck entsteht, jemand schiebe sich in den Vordergrund. Hier hat alles im Hintergrund abzulaufen, dort aber dann deutlich. Und wenn ich Sie noch um eins bitten darf – erzählen Sie nicht zuviel von Basisdemokratie und sonstigen Ideen, die Frau Schevola vertritt. Man könnte Sie sonst mit ihr verwechseln, und wenn Sie vorhaben, in der Politik was werden zu wollen, gehen Sie überhaupt weg vom Forum.

Anne schwieg. Elisabeth löffelte ein Walnußeis.

– Sie werden Ihre Revolutionäre noch kennenlernen, Frau Hoffmann. Da wird noch vieles hochkommen, warten Sie's ab. Viel Obrigkeitsdenken und viel Erwartung an Vater Staat. Und das hat doch wohl mit dem Töpfchen das eine oder andere zu tun. Er schob ihr einen Hundertmarkschein hin. Ob sie die Rechnung übernehmen könne? Er müsse jetzt leider los. Den Rest könne sie behalten.

– Bis nachher! Er schlenderte davon.

Anne gab das Restgeld der Kellnerin, in ziemlicher Wut, wie mir schien.

13.8.2015 Donnerstag: Die Unsrigen, unvollständig
Christians Praxis liegt in einer Vorstadtgegend auf Argo, dem größten Stadtteil von Treva, Montstraße, parallel laufende Straßenbahnlinien, Busse, die auf die Gleise fahren, die Bestückung – Funktionsalltag – der Häuserzeilen westlich-universell: ein Fitneßcenter, ein E-Zigarettenladen, ein Optiker, eine Tanzschule, ein Hörgeräteladen, Physiotherapie, ein sogenannter Businesspark mit Steuer- und Anwaltsbüros, Wirtschaftsprüfern, Vertretungen der trevischen Baugewerke und der trevischen Wirtschaftsförderung, einem Massagestudio. Ich denke über die Nachbarschaft von Zahlen und Entspannung nach, präge mir aus Gewohnheit die Aufschriften auf dem Schild vor dem Businesspark ein. Christian hat keine Urlaubsvertretung für seine Praxis bestellt. Über die Glasröhren zweier Fahrstühle, die lautlose Hebe- und Senkarbeit verrichten, sind die Galerien der Etagen erreichbar, zu den Büros strahlen schmale Brücken ab, wie auf einem Schiff. Ich bleibe auf der Brücke zu Christians Praxis stehen, blicke ins Atrium hinunter, zum verwaisten Empfangstisch (mit einer anderen Stille als in den trevischen Kontoren am Nikolaifleet oder in der Windmühle, keine Behördenarbeitsstille), das Anthrazitlicht, in dem die Geräusche wie in einem boden-

losen Gähnen verschwinden, ich wartete, ich mochte das, diese perlenschnurleicht wirkenden Brücken im Haus, das von außen so nichtssagend und zweckmäßig-unspielerisch wirkte, sachdienlich, hätte Delanotte gesagt, vielleicht hatte Christian, der die Schiffe und die See liebte wie ich, diese Praxis nur wegen des Zugangs über die Brücke bezogen.

Ich nähere mich, sehe meine Hand, höre meine Schritte: der dichte Fluß des Wirklichen. Die Praxistür, der Schlüssel, den Christian mir gegeben hat. Hinter dieser Tür würde die Flußdichte sich abrupt verändern, ich wäre mit anderen Eindrücken konfrontiert, einer Unbedingtheit der Gegenstände, Christians Berufs- und Zweithaut, seiner Alltagstechnik, die den privaten Christian löscht, wenn auch die meisten Stücke aus Niklas Tietzes Praxis am Lindwurmring geblieben sind. Schränke aus Metall unter beigefarbenem Schleiflack, Glasböden, der Sterilisator, den Brünhild Tobisch, genannt Das Prinzip, benutzte, ein Wärmestrahler aus dem Kombinat Transformatoren und Röntgen, die Schenkel, die ihm das Aussehen einer großen Wäscheklammer geben, aus Holz, Reina hatte ihn bei Ischiasschmerzen in der Schwangerschaft aufgesetzt bekommen, manchmal auch Elisabeth, wenn sie sich von Wahlkämpfen erholen wollte oder genug hatte von meinen Lobhudeleien, wie sie es nannte, ich mochte es, ihren grünen Freundeskreis mit Anerkennung für unbeliebte Politiker zu provozieren. Ich sollte nach der Porzellanblume sehen, die Christian einst Richard geschenkt hatte und die nach Richards Tod wieder an Christian gegangen war. Ein von Fräulein Leukroth, Antiquariat Dienemann, handgeschriebener Zettel mit Pflegehinweisen für die Porzellanblume hing gerahmt zwischen den Sängerfotos aus der Praxis am Lindwurmring.

Lionel faßte das Leben als eine Abfolge von Partys auf, von Unangestrengtsein, mit harten Arbeitstagen, die dafür die Mittel aufbrachten, dazwischen, er vermißte das bei mir, die Konzentration auf das eine und, davon präzise getrennt, das andere, fand mich in ineffektiver, weil unausgesetzter Bereitschaft, ich sei ein Zeitverschwender, könne weder richtig feiern noch richtig arbeiten:

– Du bist zu ernst, du hast keinen Spaß, du hast immer eine – deine – Aufgabe, achtenswert und ziemlich langweilig, findest du nicht? Er konnte nicht lange ruhig sitzen. Er las nicht, jedenfalls keine Belletristik, fand das nur abgeschrieben, überflüssig, Leben sei spannender als jeder Roman, uneinholbar differenziert. Er zeigte mir die Bars, das Ootsopalooka, das Delft's im Portugiesischen Viertel, die irischen Pubs in Neunelbe, wohin er umziehen würde, er freute sich wie ein Junge.

Er hatte mich gebeten, ihm beim Umzug zu helfen und aus dem Flottenamt zwei Schutzanzüge, sogenannte Jumbos, mitzubringen. Er war achtundvierzig, lebte noch bei seiner Mutter, Marianne MacKenzie, geborene von Reinshausen, ihr Großvater war sächsisch-königlicher Kammerherr in Dresden gewesen. Lionel war der Meinung, wir sollten nur die 23., die Devotionalienkiste, selbst packen (er gehört wie ich zu den sogenannten Dreiundzwanzigern, wir begehen Weihnachten einen Tag früher als üblich), den Rest aber den Profis der Umzugsfirma »Nickern–New York« überlassen. Die Kiste Nr. 23 enthielt Lionels Sammlung von Kochrezepten, Fotos, Briefe von Archibald MacKenzie an seinen Sohn: Betrachtungen zur Entwicklung der Toilette in den verschiedenen Kulturen. Archibald hatte diesen Briefen einen Titel gegeben: Double-O, or Secrets below.

– Kennst du das Land, wo die Zitronen blühn, fragte Lionels Mutter, die wir Mary nannten. Sie lag im Liegestuhl, beschattet von einem Sonnenhut, dessen ausladende Krempe sich im kaum spürbaren Luftzug träumerisch wie ein Mantelrochen auf und ab bewegte.

– Lio, tust du mir einen Gefallen und bringst mir aus dem Bad oben diese Flasche von Belo, dieses Erfrischungswasser. Foucaultsches Pendel oder so.

– Friction de Foucaud, sagte Lionel. Mary hob die Hand mit den beiden Eheringen. Drei Mitarbeiter von »Nickern–New York« packten Kisten. Lionel hatte vor ein paar Tagen ein Wespennest unter einem Toilettenhäuschen aus Archibalds Sammlung entdeckt und Bauschaum in die Fluglöcher gespritzt, heute morgen aber Fraßgeräusche im Bauschaum gehört. Ob ich die Schutzanzüge dabeihätte. Mary und Archie hatten sich in diesem Toilettenhäuschen verlobt, auf dem ersten Toilettenbecken aus Archibald MacKenzies Produktion. Lionel hatte immer wieder Wespen ein- und ausfliegen gesehen.

– Alexandra hat angerufen. Ihr sollt nichts allein unternehmen, nicht räuchern, nicht mit dem Gartenschlauch rumspritzen. Mary benetzte sich die Schläfen mit Friction de Foucaud, zog sich an meinem Arm aus dem Liegestuhl. Leider könne Lionel die Wespen nicht einfach ermorden. Wespen seien Wildtiere, stünden unter Naturschutz. Max Barsano habe schon gefragt, was sie mit den Wespen zu tun gedächten. Mary nannte Barsano manchmal den Backbordnachbarn. Der Steuerbordnachbar war der Schwiegervater der Ingenieurin und Alternativeabgeordneten Katharina Roquette und Vater der Leiterin der Gruppe 51 im Kanzleramt, Clarissa Roquette.

Katharina Roquette, geborene Krause, Korbinian Krauses Schwester, radelte über den Gartenweg. Sie brachte zwei Männer von der trevischen Wespenhilfe mit. Sie habe Kreiselwespen im Garten ihres Schwiegervaters beobachtet, die seien hier selten, vielleicht sei das Nest bei MacKenzies ein Kreiselwespennest. Das müsse untersucht werden, deshalb die Spezialisten. Wenn das tatsächlich Kreiselwespen seien, müsse das Nest umgesetzt werden. Lionel habe jedenfalls völlig richtig gehandelt, nicht auf eigene Faust was zu unternehmen, ihr Vater habe schon den Verdacht geäußert, der Herr Staatssekretär wolle zum Wespenfrevler werden. Sie habe einige Journalisten von ihrer Entdeckung in Kenntnis gesetzt, Jo Jungmeyer von der ›Trevischen Allgemeinen‹ sei für diese Thematik aufgeschlossen und kompetent, Jungmeyer habe ja immerhin über ein biologisch-ökologisches Thema promoviert, über blinde Fische im Kongofluß. Was wir mit diesen Schutzanzügen wollten.

Die Spezialisten stellten Köder auf, überreife, ungespritzte Weintrauben, beobachteten die Wespen, die sich darauf niederließen, waren nicht überzeugt von Katharinas Kreiselwespenthese. Kreiselwespen lebten in Wohnröhren auf offenen, sandigen Flächen. Hier handele es sich um die Gemeine oder die Deutsche Wespe, die beiden seien nicht immer einfach auseinanderzuhalten, beides Erdwespen mit zum Teil ausgedehnten Bauten. Wer den Bauschaum eingespritzt habe, das sei strafbar. Ob Frau Roquette tatsächlich daran denke, das Nest umzusiedeln, im Herbst sei es sowieso leer, da nur die neuen Königinnen überwinterten. Außerdem sei es zu hell, das müsse man in der Dunkelheit machen, und besser wäre es im Herbst.

– Aber das ist eine Kreiselwespe, sagte einer der beiden.

– Zufällig, ja, sagte der andere, es ist nicht das Habitat. Kreiselwespen sind Grabwespen, die bilden keine Staaten.

– Hier noch eine.

– Vielleicht Symbionten? Katharina zog behutsam eine Wespe aus dem Arm.

– Vespula vulgaris und Bembix rostrata zusammen? Wäre ein Schlachtfeld.

Wir gingen zum Haus zurück.

– Wir müßten unsere richtige Ausrüstung dabeihaben, sagte der eine Wespenspezialist zu Katharina, Dielen rausnehmen, eventuell mit Endoskop reinschauen, wie tief der Bau geht.

– Da wäre ich Ihnen verbunden, sagte Mary.

– Ich hole mein Imkerzeug, sagte Katharina.

– Ich wollte den Flammenwerfer nehmen, sagte Lionel leise zu mir. Oder das Nest fluten.

Mary kam mit der Nachricht von der Entführung eines Mädchens bei Meißen. Sie sei mit dem Hund Gassi gegangen und nicht wiedergekehrt. Der Vater habe nach ihr gesucht, den Hund und wohl auch ein Fahrrad in der Nähe gefunden. Die Entführer wollen bis morgen 1,2 Millionen Euro per Onlinebanking eintreiben. Das SEK stürmt ein Gehöft in der Nähe von Meißen, erfolglos. Beim Anruf der Entführer habe der Vater die Schreie seines Kindes im Hintergrund gehört.

Die Zwangsjacke

Herr Lukas trug weiße Hemden, die seine Frau, eine gelernte Weißnäherin, für ihn fertigte. Er führte das Geschäft in der dritten Generation. Man hatte ihn enteignen wollen, dann aber doch in Ruhe gelassen, was nützte ihnen, meinte Herr Lukas, ein verbitterter Schneider mehr, der nach seiner Enteignung wahrscheinlich in den Westen gegangen wäre? So ist er Teil des Plans, und im übrigen wissen auch diese Herren um den Unterschied zwischen einem Anzug von der Stange und einem aus der Maßschneiderei Lukas. Damals trug ich Brötchen aus, nach ungefähr einer Woche lieferte ich bei Lukas zuletzt ab, begann meine Tour im Spinnwebhaus am Buchensteig, wo mich ein morgendlich mürrischer Maler Vogelstrom und am Wochenende irgendeine Falle, ein Schabernack der Brüder Trützschler, erwartete, sei es eine quer über den Hausflur gespannte Angelsehne, die dazu führte, daß das von Vogelstrom bestellte Brot wie ein Curlingstein in eine Pyramide vor dem Atelier aufgestellter Farbbüchsen schlidderte und, ganz mit leuchtendem Orange übergossen, zwar zum Verzehr nicht mehr zu gebrauchen war, aber Teil eines Konzeptkunstwerks von Vogelstrom Sohn wurde, sei es der unter Strom stehende Messingklingelknopf des Rüsselkäferforschers Oswald Trützschler, so daß ich nicht nur einen »Retsch« bekam, sondern auch das drekkige Gelächter des Gelehrten ertragen mußte, oder ein mit Wasser gefüllter Luftballon, der bei Betätigung des zweiten Trützschlerknopfs, zur Wohnung des Schwammforschers Ingo Trützschler, direkt über meinem Kopf zerplatzte. Im Spinnwebhaus befanden sich außerdem Büros der Konzert- und Gastspieldirektion, ich hätte den Sopranen, Tenören, die sich schon in aller Frühe in den hallenartigen Fluren des Spinnwebhauses einstimmten, den Schauspielern und Artisten gern länger Gesellschaft geleistet, wenn mich nicht die Entwicklung meiner Schwester in der Schneiderei Lukas so gefesselt hätte. Dadurch, daß ich meine Tour bei Lukas beendete, statt dort zu beginnen, konnte ich in der Werkstatt mehr Zeit verbringen und so auch hinter das Geheimnis zweier Schränke kommen, von denen mir Muriel eines Abends erzählt hatte. Sie brachte nicht den Mut auf, den alten Lukas danach zu fragen. Herr Lukas schien erfreut über mein Interesse zu sein, suchte an seinem Schlüsselbund die beiden Schlüsselchen hervor. Der erste Schrank lag voller Kindersachen, säuberlich geordnet in allen Größen, etwas altmodisch und nach Mottenkugeln riechend, Schneider Lukas hatte die Sachen für das Neugeborene einer jüdischen Familie angefertigt, die sich im Keller der Lukasschen Schneiderei versteckt hatte, er habe den Arbeitstisch über die Kellerklappe geschoben, die Mutter habe dem Neugeborenen bei Razzien, die verschiedener Denunziationen wegen vorgekommen seien, das Mündchen zugehalten, einmal aber doch nicht richtig. Aber das war es nicht, was Muriel so bestürzte, daß sie die Schneiderei Lukas wieder verließ. Wohl auch nicht das Erscheinen des Messer-und-Scheren-Schleifers, der dem Dienstleistungskombinat Ost und seinem Werkzeugservice Konkurrenz machte, indem er als eine Art Vagabund durchs Land zog, mir ist es heute noch schleierhaft, wie ihm das bei den damaligen Verhältnissen, der Enge und amtlichen Kleinkariertheit, gelungen ist, doch gab es solche freien, vogelfreien Existenzen auch bei uns. Es war der Inhalt des zweiten Schranks, der Muriel aufbrechen ließ, nicht sofort, sie war erst am nächsten Tag verschwunden, die Kollektion eines unter Alltagsumständen gar nicht sichtbaren wie beste Handwerksqualität erfordernden Kleidungsstücks, einer Garnitur Zwangsjakken, die Schneider Lukas auf dem Ateliertisch ausbreitete. Muriel sagte kein Wort, ging hinaus. Etwas über Zwangsjacken zu erfahren interessierte mich, wann bekam man schon die Gelegenheit dazu, im Gespräch. Schneidermeister Lukas erklärte sachlich, begann beim Stoff, er, Lukas, sei von den zuständigen Stellen beauftragt worden, wieder

Segeltuch zu verwenden, Experimente mit Drillich oder Baumwollköper, sogenanntem Kavallerietuch, hätten sich nicht durchzusetzen vermocht, freilich sei Segeltuch schwerer zu beschaffen, es gebe nur noch wenige Segeltuchhersteller an der Küste. Unsere Zivilisation beruhe auf dem Segeltuch, ohne das sich die Karavellen, Koggen und Windjammer ja gar nicht hätten fortbewegen können, die Handelsschiffahrt sei durch das Segeltuch und mithin das Segel möglich gewesen, wenn man von ein paar durch Rudersklaven angetriebenen römischen Galeeren absehen wolle, selbst die Wikinger unter Erik dem Roten hätten auf ihren Schiffen Segel gehabt.

– Segeltuch, rief Lukas, das Material, das uns vorwärtsträgt wie kaum ein anderes, wird auch für das Kleidungsstück verwendet, das uns fesselt wie kaum ein anderes. Wobei diese Fixierung in einem natürlichen Gewebe geschieht und im Vergleich zu anderen Methoden bequem ist, freilich nur für den ersten Moment, in dem der oder die in die Jacke Gesteckte mit der Jacke Kontakt bekomme, die Jacke trage ihren Namen nicht von ungefähr.

Muriel kam nicht zurück. Ich wollte nach ihr sehen, aber Lukas hielt mich fest, geriet in Fahrt, tänzelte, indem er sich eine der Jacken überstreifte, im Atelier herum, an seiner Frau vorbei, die zwischen den Regalen mit Stoffen und dem Bord für die Nähgarne stand und ins Leere starrte, als wäre sie selbst eine der in ihrer anmutigen Stummheit gefangenen Schneiderpuppen. Die Ärmel schlackerten vor Lukas' Körper, er winkte und wedelte, wischte Stoffproben vom Tisch, kam auf mich zu und forderte mich auf, die überlang baumelnden Ärmel nach hinten durch die seitlich an der Jacke angebrachten Schlaufen zu ziehen und zu befestigen, Lukas kehrte mir den Rücken zu, rief, ob ich denn die Schnallen sähe, die drei schönen schwarzen Schnallen aus Metall, mittels derer die Jacke hinten zu schließen sei, ich solle das doch bitte tun. Ich zerrte die Ärmel nach hinten durch die Schlaufen, zurrte sie fest, schloß die Schnallen, eine nach der anderen, ich empfand Genuß, wie widerstandslos die Metalldorne in die qualitätsbewußt mit Metall eingefaßten Ösen drangen und selbst bei starkem Rütteln um nichts nachgaben, Lukas hatte mich darum gebeten, mir war es, allerdings nur im ersten Augenblick, peinlich, das weiße Haar des alten Mannes so wirr und gerüttelt umherfliegen zu sehen.

– Segeltuch, rief Lukas mit erstickter, aber immer noch begeisterter Stimme, ist ein schwerer, ursprünglich aus reinem Hanf, heute meist aus Werggarn gefertigter Stoff, was glaubst du, Fabian, wie schwierig es ist, einen solchen Stoff zu verarbeiten. Als ich den Auftrag bekam, die Zwangsjacken für unseren Bezirk herzustellen, mußte ich mir, rief Lukas keuchend, eine Sattlernähmaschine besorgen, man kann diesen Stoff nur mit einer Sattlernähmaschine und mit extra starken Nadeln überhaupt verarbeiten, und hier, er reckte triumphierend einen Arm, das heißt, er wollte ihn recken, geriet aber sofort an die Grenzen der Jacke, schau hier, unter meinen Arm, Fabian, hier mein Daumen, wirklich gelang es Lukas, den Daumen mit geringem Spiel zu bewegen, die dicke Sattlernadel habe ich mir durchgejagt, ich habe es erst selbst nicht geglaubt, ich, der Schneidermeister Lukas, dem solches nicht einmal während seiner Gesellenzeit bei Renner auf dem Altmarkt passiert ist, und nicht einmal bei Vater, der rücksichtslos gegen alle Lehrlinge war und uns im Akkord schaffen ließ, nie ist mir so etwas passiert, und ausgerechnet dieses Trumm von einer Nadel, eine Ahle eigentlich, ja eine Stahlahle, rief Lukas, indem er versuchte, auf einem Bein hüpfend, von mir wegzustolpern, ausgerechnet diese Stahlahle jage ich mir mittenmang durch mein Daumenfleisch und durch den Knochen, ich habe mir das bisher nur vorgestellt, Fabian, das gehört ja zu den Albträumen der Schneider, man überlegt hin und wieder, wenn man an der Maschine sitzt, das Pedal betätigt und die Nadel surren läßt, wie es wäre, sollte man einen Finger nicht rechtzeitig zurückziehen können. Die Nadel ging ganz sauber durch den Knochen, und was man hörte, war ein Stanzgeräusch ähnlich dem, das die Zange des Fahrkartenkontrolleurs, die Revolverlochzange, beim Stanzen der Fahrkarten macht, und das Problem, Fabian, ist ja, daß die Nadel dann durch ist und das Garn auch durch und der Daumen nun aber doch blutig am Tuch festsitzt und es immer mehr ruiniert, das Losmachen ist das Problem, Fabian, rief Lukas und bat mich, auch den Schrittgurt zu befestigen, Frau Lukas hatte sich aus ihrer Starre gelöst, blickte an ihrem Mann vorbei in das Atelier und reagierte auch nicht, als Lukas fragte, ob der Scheren-und-Messer-Schleifer denn noch hinten zugange sei.

– Das Problem ist, Fabian, den angenähten Daumen wieder herauszubekommen, so eine normale Schneidernadel kann man lösen und mit einem willensstarken Ruck herausziehen, Lukas hüpfte mit noch losem Schrittgurt durch das Atelier, exakt zwölf Uhr mittags war es, Fabian, die Uhr nebenan begann zu gongen, und ich wartete, ob die Uhr von nebenan, bei Hutmacher Lamprecht, gleich einstimmen würde, sie ging immer ein wenig nach, wie dein Großvater, der unsere Uhren wartet, bestätigen kann, und vielleicht, Fabian, war es diese eine Sekunde des Abgelenktseins, als ich mich auf die Uhr des Hutmachers konzentrierte und auf den verzögerten Schlag wartete, vielleicht dieser eine Moment des Nichtbeimirseins, dem ich dieses Erlebnis verdanke. Natürlich gelingt es auch nicht, eine solche Nadel abzubrechen, um den Finger freizubekommen, es gelingt ganz und gar nicht, die Weichteile sind ja beim Menschen.

Es gelang mir nun, Lukas einzuholen und den Schrittgurt wie gewünscht zu befestigen, Lukas hatte seine Bitte wiederholt und sogar auf mich gewartet, seinen Galopp gezügelt, er war für sein Alter und die Situation, in der er steckte, verblüffend behende.

– Der Schrittgurt, rief Lukas, zurr ihn nur ganz fest! Der Schrittgurt, Fabian, ist nicht meine Erfindung, das nicht, wir wollen beim Leisten des Schneiders, Nadel, Maßband, Schere, Faden, bleiben, aber ich habe durchaus einige entscheidende Verbesserungen einführen können, die zuständigen Stellen, denen ich ja ebenso eine Probe liefern mußte wie jetzt dir, waren überzeugt, es gab natürlich auch skeptische Stimmen, was die Verlagerung der Produktion aus einer bewährten Spezialabteilung eines volkseigenen Betriebs hierher betraf, ins ja ohnehin eher geduldete als geförderte, wenn auch insgeheim durchaus anerkannte und geschätzte private Handwerk, wieso Zwangsjacken nach Maß, Genossen, erinnere ich mich an eine dieser skeptischen Stimmen, eine bedeutende Stimme, eine Generals- und also Rotestreifenstimme, wenn du weißt, was ich meine, die Schneiderei Lukas hat eine lange Tradition im Uniformschneidern, schon mein Großvater hat die Kasernen der Albertstadt bedient und regelmäßig auch die Herren von Golßenau, von denen einer sich später Ludwig Renn nannte. Es hat seinen guten Sinn, rief Lukas, der jetzt stehenblieb, sein Gesicht hatte eine kupfrige Tönung angenommen, das Weiß seines Haars harmonierte mit dem Weiß der ihn nun vollständig einschnürenden Jacke, weißrotweiß, so stand Lukas nun vor mir und demonstrierte, indem er sich in der Jacke zu bewegen versuchte, mit aller Kraft an den Ärmeln zog und zerrte, worin seine Verbesserungen und worin also auch die Eigentümlichkeiten einer solchen Jacke bestanden.

– Man muß sich mit dem Zweck vertraut machen, Fabian, man muß jedes Detail genau durchdenken und sich ganz in den Ablauf, die entscheidenden Punkte des Prozesses hineinversetzen, man muß die gestellten Ansprüche im Auge behalten und in der Praxis sehen, was davon abhält, sie zu erfüllen. Das Überraschende ist nämlich, daß es durchaus sinnvoll ist, diese Jacken vom Maßschneider anfertigen zu lassen, die Einheitsgrößen sind zwar rascher hergestellt und kosten weniger, aber nur zunächst und also scheinbar. Einheitsgrößen passen nicht, sind sie zu groß, dann schlottert die Jacke, der in der Jacke Steckende vermag sich unter Umständen daraus zu befreien, außerdem, wenn er nicht in einer sogenannten Gummizelle untergebracht sei, erheblich den Kopf zu prellen, sich den Kopf sogar blutig zu stoßen, dann muß man den Gefangenen ins Haftkrankenhaus verlegen, wo er erstens eine etwas andere Welt sieht, was für die Psychologie des Gefangensetzens nicht günstig ist, zweitens den Staat noch mehr kostet, freilich eröffnet es die Möglichkeit, die milde Seite unseres Strafvollzugs zu demonstrieren. Ist aber die Jacke zu klein, entwickelt sich beim Tragen recht schnell eine hohe Körpertemperatur, es sind schon, habe ich bei meinen Erkundigungen herausgefunden, Hitzschlag- und Erstickungsfälle in der Geschichte dieses Kleidungsstücks vorgekommen. Nun kann ich natürlich nicht jedem eine solche Jacke eigens auf den Leib schneidern, was gäbe das erst für Kosten und für einen Aufwand, aber ich habe inzwischen meine Erfahrungen, habe Maßtabellen, ererbt über mehrere Generationen, etwa zehn Körpergrundtypen schälen sich da heraus, grob und über den Daumen, den durchstochenen, gepeilt, meine Auftraggeber haben mit solchen Kenntnissen gerechnet und waren zufrieden, als ich ihnen eine solche Typisierung bestätigen konnte. Ein Problem freilich bleibt doch, sagte der inzwischen hochrote Lukas, die weibliche Variante. Lukas bat seine Frau, die Ateliertür vorläufig abzuschließen, eintreffende Kundschaft solle ihn besser nicht in diesem womöglich verwirrenden Aufzug antreffen, das tue er nur für mich, er habe gleich gesehen, daß ich ein pfiffiger Kerl sei. So hoch seien ja die erforderlichen Stückzahlen nicht, erfreulicherweise, seine Maßschneiderei aber könne den Auftrag zu vernünftigen Kosten und, wie sich verstehe, in hervorragender, mit keiner Konfektion erzielbarer Qualität bedienen. Außerdem habe es Weigerungen gegeben in dem bereits erwähnten volkseigenen Betrieb und Produktionszweig, einige Frauen hätten, so Lukas, die weitere Arbeit mit der Bemerkung verweigert, sie wollten, wenn sie ihre Rentenanträge ausfüllten, in der Spalte »Tätigkeit« nicht schreiben müssen: Herstellung von Schutzjacken, so übrigens die offizielle Bezeichnung. Er sei zur Verschwiegenheit verpflichtet worden, aber er sehe nicht, was so furchtbar und falsch daran sei, wenn er davon erzähle, es gebe nun einmal auch diese Aspekte des Lebens, irgendeiner müsse diese Aspekte beziehungsweise Aufgaben ja schließlich übernehmen. Die Leute dächten, sagte Lukas, die Milch zum Frühstück komme ohne Kälber, und die Zwangsjacken, deren Schrittgurt verhindere, daß der in die Zwangsjacke Gesteckte die Zwangsjacke sich über den Kopf zu streifen vermöge, die Zwangsjacke, deren Ärmelschlaufen verhinderten, daß der in die Zwangsjacke Gesteckte die Ärmel über den Kopf zu ziehen und sich so einerseits wie Houdini zu befreien, andererseits unter unglücklichen oder aber bewußt herbeigeführten Umständen auch zu erdrosseln in der Lage sei, die Zwangsjacke, dächten die Leute, sei immer da und kein Ding von Menschenhand, ob durchbohrt oder nicht.

14.8.2015 Freitag:
Die Unsrigen. Weißewandparty bei Lionel

Wie meist, wenn ich Lionel MacKenzie besuchte, hatte ich mit einem Minderwertigkeitskomplex zu kämpfen. Lionel war beamteter Staatssekretär im Wirtschaftsministerium, leitete das Sekretariat für Fusion, fuhr einen Jaguar, hatte eine Eigentumswohnung im ehemaligen Kohlekraftwerk Neunelbe gekauft, das die Barsano Immobiliengruppe mit Kastan, Delanotte & Partner zu einer der meistbeachteten Luxusimmobilien der letzten Jahre umbaute. Natürlich reichte auch das Einkommen eines beamteten Staatssekretärs nicht aus, um eine Eigentumswohnung, noch dazu eine von zweihundert Quadratmetern, im Kohlekraftwerk finanzieren zu können, Lionel hatte einen Zuschuß von seiner Mutter, Alleinerbin der Toilettenbeckenfabrikantendynastie MacKenzie & Cie., bekommen, und außerdem hatte die Protektion Alexandras gewirkt, sie war Bauherrin (und Lionels ehemalige Geliebte). Die Unsrigen, dachte ich, während sich das Wassertaxi dem Bauwerk näherte, das mehr einer Burg als einer Wohnanlage ähnelte. Noch gelangte man nicht mit der U-Bahn dorthin. Die Strecke war im Bau, die geplante Erweiterung der Linie 6 nach Neunelbe, wie das Viertel um das Kohlekraftwerk nach einer Auszweigung des Flusses genannt wurde, sollte etwa vierhundert Millionen Euro kosten und von der Barsano Group, einigen anderen wichtigen Grundstücksbesitzern und Investoren, unter anderem der Rand Inc., getragen werden, was diesen Abschnitt zur ersten privat bezahlten Erweiterung des trevischen U-Bahn-Netzes machen würde. Lionel wohnte noch nicht im ehemaligen Kraftwerk. Was mich erwartete, würde wohl eine Housewarming party oder eine Weißewandfeier sein, die Lionel als »eine Art Familientradition« bezeichnete: Vor dem endgültigen Bezug einer Wohnung wurde bei schon geweißten Wänden und vollständig eingerichteter Küche eine Einzugsfeier abgehalten, zu der jeder Gast ein Stück aus der alten Wohnung mitbrachte, Kleinigkeiten nur wie ein Buch, einen Wecker oder ein Couchkissen, Umzugskisten oder Möbel waren Sache der Profis von »Nickern–New York: Umzüge aller Art«. Daß viele der Unsrigen dabeisein würden, hatte mir erst eine Mail von Karsten verraten, der nach meinem Geschenk für Lionel fragte. Er werde etwas Lebendiges mitbringen, ein lebendes Amulett für die neue Wohnung. Für solche Fälle hatte er in seinem Notizbüchlein (Moleskine, Karsten nutzte so etwas noch trotz Smartphone und Tablet und Sekretärin) eine Liste mit ungewöhnlichen Geschenkideen angelegt. Und Lionel sah die Geheimnistuerei, das Understatement, ähnlich. Er wollte seinen Freunden etwas Gutes tun, sie bekochen, schwarze Witze erzählen, einen Film gemeinsam anschauen, seine Freude über all die schönen Dinge, die ihn erwarteten, mit uns teilen. Ich brachte ein Beschneidungsset und eins von Lionels Souvenirs mit, eine Kurbel. Sie stammte von einem Kinematographen, mit dem der Einsturz eines trevischen Wahrzeichens gedreht worden war, des Alten Rathauses am Triester Platz, an dem einst die Segelschiffe und, im Mittelalter, die Hansekoggen eingelaufen waren. Vom Film selbst, den der Kameramann unter Lebensgefahr während des Großangriffs im Dezember 1943 gedreht hatte, waren nur noch ein paar Schnipsel im Heimatmuseum übrig, ausgerechnet die Schnipsel, die der Kameramann nicht hatte verwenden wollen und deshalb aus dem Film geschnitten hatte.

Ich hätte auch über die Novemberbrücke gehen können. Die Novemberbrücke (offiziell: Brücke des 9. November) verband Argo mit Brenta, war aber hauptsächlich für Eisenbahn- und Autoverkehr gedacht (die Eisenbahn fuhr unten, die Autos eine Etage darüber), sie war mehr als einen Kilometer lang, für Fußgänger gab es nur einen Steg an der von Argo aus gesehen rechten Außenseite, kaum jemand außer dem Instandhaltungsteam vom Straßen- und Tiefbauamt überquerte diese Brücke zu Fuß.

Wie meist vor solchen Treffen war ich zu früh gekommen. Ich liebte sie nicht, die Überraschungen, die Unsicherheit. Ich hatte mir den Wikipediaartikel über das Kohlekraftwerk Neunelbe ausgezogen, eins der größten Ziegelbauwerke Europas, als Kraftwerk von 1933 bis Ende der achtziger Jahre in Betrieb, Ende der zwanziger Jahre erbaut als Ausdruck des Versuchs der Trevischen Elektrizitäts-Gesellschaft, dem Wirrwarr kleiner und kleinster Elektrizitätswerke, die einen ebensolchen Wirrwarr verschiedener Spannungen und Netzfrequenzen erzeugten, ein Ende zu bereiten, damals waren elektrische Maschinen in der Regel Spezialanfertigungen, die an die jeweils verfügbare elektrische Versorgung angepaßt werden mußten. Schräg und von Scheinwerfern angestrahlt lag das Kohlekraftwerk vor mir, eine massive, an eine Lego-Phantasie erinnernde Festung, aus einem Block A und einem Block B bestehend, Block B war erst nach dem Zweiten Weltkrieg angebaut worden. Es gab vier Schornsteine, über hundert Meter hoch ragten sie aus den Ecktürmen. Die beiden Blöcke hatten fünfhundert Megawatt Leistung erbracht und pro Jahr über eine Million Tonnen Kohle verbrannt.

Lionel hatte einen Tisch neben dem Eingang aufgestellt, neckische Pfeile um ineinandergestapelte Schutzhelme gemalt, das Kraftwerk war noch Baustelle, Bauarbeiter und Handwerker liefen herum, in den Schornsteinen waren Aufzüge eingerichtet worden, funktionierten aber noch nicht.

Ich suchte mir einen Standort, von dem aus ich die Szenerie beobachten und durchatmen konnte, enthoben den Anforderungen nach Kommunikation, Haltung, Gutefigurmachen, die folgen würden, dem Erklären, daß ich stotterte. Unwillkürlich hielt ich Ausschau nach Christian. Er war noch im Urlaub, auf Kos, mit den Kindern. Robert war da. Sein Haar war grau geworden, auch war Robert nicht mehr der schlanke, sprungbereite Mann von einst. Verheiratet, geschieden (eine traumatische Scheidung mit Gehaltspfändung und Gerichtsvollzieher, Elisabeth hatte mir, als wir selbst in Scheidung begriffen waren, von Roberts und Constanzes Fall erzählt, sie kannte ihn über eine Freundin, die als Familienrichterin tätig und einst Roberts Freundin gewesen war), eine Tochter aus der ersten Ehe, Paula, die Robert selten sah, zweite Ehe mit Henriette, genannt Helly, drei Kinder. Robert war einer der besten und daher gesuchtesten Plastischen Chirurgen weltweit, Mannschaftsvertrauensarzt des 1. FC Treva, Multimillionär, der von seinem Vermögen kein Aufhebens machte, sondern heimlich Christians Praxis unterstützte, in der Christian auch Artisten und Varietékünstler behandelte, die auf Fun Island auftraten, Arbogasts Vergnügungsreich. Er behandelte sie kostenlos aus Dankbarkeit für Steffen Kretzschmar, genannt Pfannkuchen, der ihm bei der Armee beigestanden hatte. Die Praxis war die reinste Geldversenkung. Sogar Christian wunderte sich, daß sie noch nicht pleite gegangen war. Ich sagte ihm nie etwas von Roberts Beihilfen, von denen ich über meine Kontakte innerhalb der Kohleninsel, aber auch von Karsten wußte, der als leitender Mitarbeiter im Finanzministerium alle Steuereingänge einsehen konnte: Robert spendete hohe Summen, setzte sie aber, geschäftstüchtig, wie er war, von der Steuer ab, ihn (wie auch Alexandra und Grote) berieten Baumgarten & Bludig, überaus gerissene Vertreter ihrer Zunft. Am meisten hatte Robert an seiner Scheidung, was das rein Finanzielle betraf, gewurmt, daß auch der Hispano-Suiza, den Robert von Richard geerbt und in mühevoller Kleinarbeit wieder hergerichtet hatte, unter die Pfändung gefallen war, seine erste Ex (Elisabeths Freundin) hatte Robert angeboten, ihn zu beraten, Robert hatte mit der Bemerkung abgelehnt, er betrachte Trennungen als etwas Ernstgemeintes; die Anwältin, die er fand, war ebenso unerfahren wie unfähig, hatte von Roberts Fall gelebt und nach Abschluß Insolvenz angemeldet.

Urlaubsbilder wurden gezeigt. Ich drückte mich in die Wohnung, in der es außer der Eingangstür noch keine weiteren Türen und an den Fenstern noch Folien mit gekreuzten Abklebungen gab, ich wollte solange wie möglich unbeobachtet und außerhalb der Gespräche bleiben. Eine Djane legte auf. Robert sprach mit Lucie Malongwa, seiner und Christians Halbschwester aus Richards Seitensprung mit Josta. Lucie lebte in der Bergrepublik. Für

Lucie war Robert ein Kapitalist. Auf das Gespräch mit Lucie war ich gespannt, ich mochte sie, ihren Ernst, ihr Einstehen für ihre Überzeugungen, so verquer sie mich auch anmuteten, sie lebte das, war konsequent, das war mir lieber als das Getue einiger Freunde von Elisabeth, die Öko verkündeten, aber SUVs fuhren. Lucie mochte mich nicht, auch ich war für sie einer von den Angepaßten, den Treibern des Systems, wie es in den Verlautbarungen aus der »Roten Zora«, meist auf ›indymedia‹ oder im ›rotfuchs‹ verbreitet, hieß, auch ich hatte, für Lucie, an den Idealen der Jugend Verrat begangen. Sie erinnerte mich an Muriel, vielleicht war auch die junge Judith so gewesen.

Lionel stand bei Karsten und seiner Partnerin, Juliane Becher-Stovar. Sie war Schauspielerin und Sängerin am Andersentheater, das neben dem klassischen Theater noch die Opera buffa und die Operette pflegte. Juliane winkte mir zu, als wäre sie sich unsicher, ob sie mißverstanden werden, zu kindisch wirken könnte, schon nahm sie die Geste zurück, kaschierte, was ich als Widerspruch zu ihrer exaltierten Art auf der Bühne, vor allem wenn sie Operetten sang, empfand, doch hatte mir Juliane erklärt, daß sie auf der Bühne nicht sie selbst sei, dort sei sie von einer schützenden Hülle umgeben, der Rolle, und da die Zuschauer wüßten, daß die Sängerin und Schauspielerin vor ihnen eine Rolle angenommen habe oder von dieser angenommen worden sei, könne sie freier agieren als außerhalb der Rolle, was für ein Paradox.

Ihr erstes Engagement hatte Juliane in Wien an der Volksoper gehabt, dort hatte sie den Pianisten Conrad Stovar kennengelernt. Ihre Garderobe im Andersentheater war voller Probenfotos. Juliane nahm manchmal ihren Kater Rumburak ins Theater mit (schwarz mit Schlitzohr, nach einer Figur aus der tschechischen »Arabella«-Serie, die Juliane als Kind gern gesehen hatte), der Kater tobte während der Vorstellungen auf der Jagd nach Theatermäusen über den Schnürboden. Sie schrieb gelegentlich für das RFT-Lektorat (Rundfunk, Fernsehen, Theater), auch Gesellschaftslektorat genannt, das einen Großteil meiner Arbeit beanspruchte, war, wie man sagte, gesellschaftlich und ehrenamtlich engagiert, eine umtriebige, unter der manchmal flatternden Oberfläche unsichere und schüchterne Frau. Anne lud sie regelmäßig zu ihren Treffen mit Schauspielern, Film- und Fernsehleuten ein. Sie bewunderte Anne für ihre unaufgeregte Art, Probleme zu lösen. Juliane verschenkte Bücher, CDs, stellte, wenn sie auf Tournee und Karsten auf Dienstreise war, Menschen, die sie kaum kannte, die Wohnung zur Verfügung, organisierte Hausmusik (für Stovar stand ein Flügel bereit), lud Gäste ein, gab für das Catering der Roten Gourmet Fraktion eine Monatsgage aus, stritt sich mit Jurko Siegfried Filipetti-de Glurić, Hausherr der Casa Filipetti, genannt »Composition«, über die Erziehung seines Hundes, der mit dem Kater, wie der Hausherr beteuerte, nur spielen wollte. Der Hund hieß Herrchen.

Lionel hielt Karstens und Julianes Geschenk, ein kleines Chamäleon, in der Hand. Zwei mir unbekannte Frauen begutachteten es, eine streckte vorsichtig einen Zeigefinger aus, zog ihn aber sofort zurück, als das Chamäleon, vielleicht aus Angst, die Augen zu rollen begann, jedes einzeln, wie es für diese Tiere charakteristisch ist.

Karsten war ein Bramsinck mit schlechtem Gewissen. Er hatte das Privileg, ein weißer Mann in führender Position in Treva zu sein, er war der Meinung, dies sei nicht nur Verdienst, nicht jedem gehe es so gut, er müsse der

Gesellschaft etwas zurückgeben. Das traf sich mit dem trevischen Bürgersinn.

Die Bramsincks waren schon ein trevisches Haus, aber noch keine trevische Dynastie. Karstens Vater war Steuerberater für die Anker-Reederei gewesen, er stammte aus einfachen Verhältnissen, hatte den Namen seiner Frau, ihre Beziehungen und den unausgelebten Ehrgeiz der Bramsincks angenommen. Karsten war zwar Leiter der Abteilung 4, Finanzen, im Kanzleramt, aber eben kein Minister, wie seine Mutter ihn hatte wissen lassen. Zu Hause sollte alles von ihm abfallen. Immer war jemand zu Besuch, trieb sich einer von Jurkos Gespielen in der Küche herum, befummelte die Kaffeemaschine (von einem Start-up-Unternehmen namens Bohnenhafen.com, Empfehlung von Lionel und Ezzo Tietze, Kostenpunkt zehntausend Euro), klopfte sinnlos Tonleitern auf dem Bechstein, bewunderte Karstens IT-Equipment, für das Extraleitungen hatten gezogen werden müssen, Julianes Freundinnen sprudelten herein, wollten Ayurvedakurse, Waldlauf (wo bitte in Brenta!?), Beratung in Geldanlagen, sprachen über toxische Männlichkeit, über ihre Urlaube mit ökologischem Fußabdruck. Karsten ging in dieser Zeit in die Kammer, in der er seine Rasiermesserschleifsteine aufbewahrte, und zog langsam, präzise, mit nicht zuviel und nicht zuwenig Druck, wie von den Freunden nur er es konnte, seine Vollhohlschliffklingen ab.

Karsten und Juliane hatten erst vor kurzem ihre Living-apart-together-Beziehung beendet und in der »Composition« eine gemeinsame Wohnung bezogen. Von Jurko Siegfried, im Kreis der Unsrigen Siggi, manchmal boshaft Das Gräflein genannt, stammte das Terrarium, in das Karsten das Chamäleon setzte.

– Es gibt Urlaubssperren, Scharff hat mit Budapest telefoniert und die Abteilungsleiter aus dem Urlaub zurückholen lassen. Vor ein paar Tagen erst der Anruf von Evelyn, Anne wünsche das Sommerinterview bei Siggi zu machen, in der »Composition«, Juliane sei fast in Ohnmacht gefallen, die Manz wolle einige Takte Hausmusik als Intro und Extro des Sommerinterviews. Karsten blickte auf sein Smartphone, ging zum Telefonieren hinaus.

Die Wohnung schien aus einem einzigen Raum zu bestehen. Farbeimer vor den bodentiefen Fenstern zum Sund. Davor Filzbahnen auf den Dielen. Lionel hatte einen Flügel aufstellen lassen, vielleicht für Stovar, Juliane hatte freundschaftliche Beziehungen zum Vater ihrer Kinder bewahrt, und Lionel mochte ihn, war auch am Praktischen interessiert: wenn er eine Dienstreise nach Wien hatte, stieg er bei Conny Stovar ab. Ich war auf das Programm des Abends gespannt. Wie sollte ich einen Film zeigen, wenn eine Djane am Werk und wohl noch ein Konzert geplant war? Lionels Beamer oder ein ähnliches Vorführgerät sah ich nicht. Wahrscheinlich wieder eine von Lionels spontanen Änderungen, man durfte seine Abendprogramme außer allem, was das Kochen betraf, nicht allzu ernst nehmen. Für das Kochen allerdings, das zeigte schon ein flüchtiger Blick, war gesorgt: In der Mitte des Lofts, angestrahlt von einer Reihe Industrielampen (bei Lionel natürlich nicht Amazons Choice, Dänisches Bettenlager oder der Baumarkt, sondern die Bolero von cattelan italia), stand die neue Küche mit einem Arbeitstresen von fünf Metern, Strato, wie ich wußte, ein Luxusküchenhersteller aus Mailand, dessen Motto »Cooking is love, is culture, is art« Lionels Überzeugung entsprach, er hatte lange nach dieser Küche gesucht und sogar die

Rechercheabteilung des Wirtschaftsministeriums für seine Zwecke mißbraucht. Von den deutschen Küchen kamen überhaupt nur Poggenpohl oder Bulthaup für ihn in Frage. Er neigte zu italienischen Küchen, hatte bei Mary eine Boffi und im Sekretariat für Fusion eine von Minotti mit Kühlbereich in der Arbeitsplatte, ich wußte das, weil Lionel es liebte, von Küchen und allem, was dazugehörte, zu erzählen. Er galt als ein Gourmet, sein schönstes Geburtstagsgeschenk sei ein Anruf von René Redzepi gewesen, Koch des mit zwei Michelinsternen ausgezeichneten Restaurants »Noma« in der Speicherstadt, ob er, Lionel MacKenzie, kommen könne, ein Assistent sei ausgefallen. Dabei habe er, behauptete Lionel, Redzepi nur von einigen Besuchen im »Noma« gekannt, er sei Redzepi nie vorgestellt worden, und er wisse nicht einmal, woher Redzepi seine Handynummer gehabt habe.

Ich dachte an einen Brief aus dem sogenannten Bindungsausschuß. Der Bindungsausschuß war beim Sekretariat für Fusion und damit beim Wirtschaftsministerium angesiedelt. Der Brief enthielt eine Ladung, unterschrieben von Dorothea van Akeren, Dorothea leitete die sogenannte Dorotheenbehörde, die sich um Gleichstellungsfragen, Frauenquoten besonders in den trevischen Behörden, geschlechtergerechte Sprache kümmerte (mit Schwerpunkt auf dem Schriftverkehr der trevischen Behörden und der Universitäten) sowie, in enger Zusammenarbeit mit dem Bildungs- und Familienministerium der Schönen Manuela, um Fragen der Demographie.

– Verdanke ich dir das, sagte ich zu Elisabeth, die sich wenige Meter vor mir umdrehte und Belo Djibrine begrüßte, Verkäufer beim trevischen Ableger des Versandhauses Manufactum im sogenannten Bügeleisen, einem ehemaligen Kontorgebäude in der Speicherstadt. Belo war gerade dabei, Schalotten feinzuhacken, reichte Elisabeth den Ellbogen, winkte mich heran, ohne sich weiter um Elisabeth zu kümmern, die von Belos Unhöflichkeit ihr gegenüber sichtlich nicht begeistert war. Aber Männern, die oft lachen, verzeihen Frauen fast alles.

– Na, Stotterer, sagte er auf seine sympathisch direkte Art. Seine Vorfahren stammten aus dem Tschad, einer seiner Onkel, behauptete er, sei mit Heyerdahl auf dem Papyrusboot Ra über den Atlantik gefahren. Hast du schon gehört? Dieser Roman von Joseph Conrad, »Der Nigger von der Narcissus«. Soll umbenannt werden. Was sagst du dazu, Lisa. Ich als Nigger darf Nigger sagen, ich darf sogar Neger sagen, und weißt du, was ich neulich einem Kunden gesagt habe, der da vor mir rumdruckste, weil er nicht wußte, was ich für einer bin? Ich bin die Zukunft, hab ich gesagt.

– Wie geht's Jolanda, fragte Elisabeth, sie mochte diese Art von Humor, das hatte ich an ihr gemocht. Sie vertrat, ähnlich wie Lucie, ihre Überzeugungen, aber nicht verkniffen wie manche ihrer Parteigenossen. Es hing von ihrer Tagesform ab.

– Ich hab eine La, eine La. Ich setzte ab, als ich Belos Grinsen sah.

– Scha-lotte, Fabian. Nicht Latte. Lot-te.

– Ladung vor den Bindungsausschuß. Bist du das, bist du dahinter, fragte ich Elisabeth, die eine in der Spüle angebrachte Pfannenablage beäugte. Belo lenkte ab, indem er in Richtung einer Frau nickte, mit der Alexandra sich unterhielt.

– Home stagerin. Für die Klientel, die hier einziehen wird, engagiert. Wißt ihr, was eine Home stagerin macht?

– Oh, da kommt Montserrat. Elisabeth wusch sich die Hände, trocknete sie an den Hosen ab, durchquerte den Raum in Richtung Djane, vor der Montserrat Nevier-Sagosian stehengeblieben war und die Fingerspitzen ihrer kirschroten Lammlederhandschuhe locker zupfte. Sie war also mit ihrem Porsche gekommen. Montserrat, die ihre Freunde meist nur Montse nannten, war inzwischen Lehrstuhlinhaberin für Verfassungsrecht an der Universität Treva, Mitglied im trevischen Mopsclub, Jägerin und seit einiger Zeit mit Elisabeth in einer gemeinsamen Wohnung in der Elsbjergstraße im Dänischen Viertel und, wie mir Alexandra erzählt hatte, wohl auch in einer Beziehung lebend. Montserrat hatte Elisabeths Brüste zu groß gefunden, sie solle sich doch behandeln lassen, am besten von Robert Hoffmann, und wie sie mit mir, nach allem, was passiert sei, noch Zeit verbringen könne.

Elisabeth hatte sich ein gutes halbes Jahr nach dieser Bemerkung von Robert operieren lassen. Sie hatte die Befreiung, wie sie sagte, mit einer Wenigeristmehrparty gefeiert, auf der sie mit kurzem, wie abgeknabbert wirkendem Haar auftrat, schlank, wie ich sie nie gekannt hatte, jungenhaft. Montserrat neigte ein wenig den Kopf, als Elisabeth ihr einen Begrüßungskuß gab.

Die Djane mixte House mit Partien aus dem »Rosenkavalier«, Montserrat schien fasziniert zuzuhören. Mich hatte Montserrats Faible (das sie mit einigen mir bekannten Lesben teilte) für die Oper, besonders den »Rosenkavalier«, immer gewundert, diese so hart und herrisch wirkende Frau, die mit eisernen Händen nach einem Sitz im Verfassungsgericht griff (und ihn wahrscheinlich auch bekommen würde) und die Oper »Rosenkavalier« mit ihrem falschen Rokoko, dem grobianischen Ochs und ihrer durchaus berechneten Sentimentalität, echt das Ganze, für mich, nur im Monolog der Marschallin. Montserrat war zu Beginn der Finanzkrise in die von Lionel und Karsten beworbene Stiftung für Effektiven Altruismus eingetreten, die auf Hilfe mit Verstand abzielte, was für Montserrat bedeutete, daß sie den Bettlern Trevas nie einen einzigen Cent gab, das aber keineswegs, darauf bestand sie, weil sie kaltherzig, sondern weil in Afrika die Kaufkraft eines Euro um ein Vielfaches höher war als in Treva, man also, wenn man einen Euro für Afrika spendete, ungleich mehr half, als einem Bettler in Treva mit demselben Euro geholfen worden wäre. Lionel und Karsten hatten in Nigeria investiert, wie sie das nannten, in Malarianetze (die hielten die Anopheles-Mücken vom Stechen und damit von der Malariaübertragung ab), ein Netz kostete ein paar Cents, und ihre Argumentation war, daß diese paar Cents dort Leben retteten, in Treva nicht. Wir hatten über das Problem in der Fechterrunde gesprochen. Wie kann man am besten helfen, wo erzielte das eingesetzte Geld den höchstmöglichen Nutzen?

Karsten hatte die Idee im Fimini entwickeln lassen, in Abstimmung mit dem Bildungs- und mit dem Entwicklungsministerium, das keinen besonders guten Ruf genoß. Nicht nur viele der trevischen Wähler glaubten, daß das Entwicklungsministerium sinnlos Geld in gewissen sand- und sonnereichen Gegenden versenkte, es existierte dieses Vorurteil auch in weiten Teilen der trevischen Verwaltung. Begonnen hatte die Idee für Effektiven Altruismus in Oxford um William MacAskill und seine Schrift »Doing Good Better«. Für Treva aufgegriffen und mit Impulsen versehen, wie behauptet wurde, hatte die Idee Wiggo Ritter, Berater im Bildungs- und Familienministerium. Die

Impulse standen natürlich unter Finanzierungsvorbehalt, deswegen nahm man Kontakt zu Karsten auf, den Wiggo als einen der Unsrigen kannte. Wiggo Ritter, der Philosophie studiert und mit seinem Vater, einem Investmentbanker, zunächst gebrochen hatte, war, nachdem er in einem ziemlich aufsehenerregenden Prozeß um den Tod des terroristisch angehauchten neurechten Patentanwalts Mauritz Kaltmeister freigesprochen worden war, nach Indien gereist, um sich dort selbst und, vor allem, wie er schrieb, »die Anderen zu finden, die ich bisher vernachlässigt hatte, weil ich blind gewesen war, in meiner Wohlstandsblase voller Wohlstandsprobleme gelebt hatte«. Zuvor aber hatte »das Problem Kaltmeister« überwunden werden müssen. Die Prozeßbegleitung, die Wiggos Vater zu finanzieren imstande war, gewisse therapeutische Anstrengungen, intensive und nachhaltige Gespräche mit Kirchenvertretern und eine mit wohlwollender Besorgnis um »unsere Jugend, die wir nicht aufgeben dürfen«, nicht geizende Presse hatten dabei geholfen. Nicht nur Wiggo, sondern auch die Schöne Manuela schienen »das Problem Kaltmeister« endgültig überwunden und so auf den rechten Weg zurückgefunden zu haben. Dieser Kaltmeister hatte mit einer Organisation namens Wiedergeburt unsere Demokratie stürzen und sich selbst zu einer Art Wiederkönig, Wiggo zu seinem Philosophenberater in der Tradition der Antike krönen wollen. Wiggo aber machte, wie es in der ›Südtrevischen‹, die den Prozeß begleitete, geheißen hatte, einen tiefen und eindrucksvollen Sinneswandel durch, der ihn nicht nur nach Indien, in die Slums von Kalkutta, sondern auch in eine dann bleibende Freundschaft mit der Schönen Manuela, der Schwester des mit zwei Pistolenschüssen in einer brennenden Lagerhalle niedergestreckten terroristischen Patentanwalts, geführt hatte. Die Zunft der Patentanwälte hatte sich von ihrem Mitglied distanziert, man sollte nicht auf die Idee verfallen, daß Patentanwälte im allgemeinen und ihre Beschäftigung mit Erfindern und ihren Erfindungen im besonderen zwangsläufig im Terrorismus enden würden. Die Schöne Manuela, inzwischen Chefin des Frauen- und Integrationsministeriums (dazu Soziales und Bildung), abgekürzt Frimini, Mitglied der Sozialdemokratischen Partei, hatte ebenfalls eine Wandlung durchgemacht, war in die Politik gegangen, um für die Benachteiligten unserer Gesellschaft etwas zu tun, so stand es jedenfalls im Elektroauftritt des Frimini. Als Berater im Frimini hatte Wiggo eine umfangreiche Aktivität entwickelt, auf der Kohleninsel wurde gemunkelt, daß verschiedene Maßnahmen der letzten Zeit, das Integrationspapier, mindestens aber der Integrationspapierentwurf, nicht aus dem Amf, sondern von Wiggo Ritter stammten, allerdings hatte das Amf enge Kontakte zum Frimini. Ich hatte einige seiner Schriften auf meinem Schreibtisch gehabt, die Initiative »80 000 Stunden« war mir in Erinnerung geblieben, der Titel meinte die Zeit, die ein Mensch im Lauf seines Lebens arbeitet, diese Initiative aus unserem Bildungs- und Familienministerium hatte zum Ziel gehabt, Menschen bei ihrer Berufswahl zu beraten, ob es zum Beispiel sinnvoller war, Investmentbanker zu werden und nachher die Hälfte seines Einkommens für karitative Zwecke zu spenden, oder Philosophie zu studieren, in rechtsgerichtete Kreise zu driften, einen Menschen zu töten und nach einem ebenso aufsehen- wie kostenerregenden Prozeß nach Indien zu pilgern, um dort, in den Slums von Kalkutta, das Elend zu sehen, dem man mit einem Pilgergehalt nicht abhelfen kann.

Das Chamäleon war inzwischen in sein Terrarium gesetzt worden. Es hockte graphitgrau auf einem Ast. Ob es überhaupt hier sein durfte? Gab es nicht eine Verordnung, welche die Einfuhr solcher Tiere verbot? Elisabeth wußte dergleichen, hatte aber kein Erregungspotential auf dem Gesicht, wie Lionel es ausdrückte, wenn er mit Elisabeth stritt.

Man hielt sich an den Weingläsern fest. Das mochte für die Djane kränkend sein. Mir gefiel ihre Musik. Eine Wienerin, sie hatte beim legendären jährlichen Silvester-DJ-Rundown des Rundfunksenders FM4 mitgemacht, ich hörte ihn regelmäßig, wenn ich abends und nachts in meiner Wohnung arbeitete. FM4, mein Lieblingsradiosender, nur das Trevische Ausbildungsradio konnte da mithalten.

Die Djane nannte sich Misonica, ich googelte sie auf dem Smartphone: transportiert ihre Vision von House in ihren Sets, Ausflüge in Richtung Techno, Acid, Wave, auch soulig-funkiger Discohouse, vor allem mit ihren Kollegen Neubaukind und Therese Terror. Eigene Veranstaltungsreihe im Elektro Gönner, bietet dort eine Plattform für unterschiedliche elektronische Musik.

Ich sagte zu Misonica, daß ich es gut fände, daß Frauen solche Musik machten. Sie fragte mich, wo hier die Toilette sei. Ich sagte, ich höre auch gerne den Nino aus Wien, der seine Platten auf Problembär Records veröffentlichte. Mich interessierte, wie Lionel an Misonica herangekommen war. Meine Vorliebe für den Sender FM4 bezeichnete er als Schrulle, die gar nicht zu mir passe, ich sei doch ein konservativer Freak.

Karsten sprach mit einer Kollegin aus dem Fimini über die Risiken produktiver und investiver Kreditgewährung bei einheitlichen Bonitätsstandards. Lionel bat ums Wort, bedankte sich bei allen fürs Kommen, er meine das ernst, obwohl er wisse, daß die akademische Ökonomenszene ein Sexismusproblem habe, wie jeder erkennen könne, der auch nur einen Blick auf die Website Economic Job Market Rumors, abgekürzt EJMR, werfe. Die Finanzbeamtin, die mit Karsten gesprochen hatte, war blond, ich fragte mich, warum gerade diese Eigenschaft mir auffiel, nicht die im Vergleich zu Finanzbeamtinnen, Steuererklärerinnen, Juristinnen, Geschäftsfrauen, die ich (mehr oder weniger flüchtig) kannte, weichen Gesichtszüge, nicht der Exportüberschuß ihres Mittelstands. Lionel erklärte, daß wir heute abend von Herrn Fukugawa bekocht werden würden, Chef des Restaurants »Desune«, was etwa »So ist es« bedeute und das hier im Kohlekraftwerk eröffnen werde. Fukugawa-san sei eine Größe, eine Art Außenminister der japanischen Küche. Wenn es den Weg des Kriegers (Ju-do, sagte Lionel, Bushi-do, mit deutlichen Pausen), den Weg des Pinsels (Sho-do, die Kalligraphie), den Weg des Schwertes (Ken-do) oder das Sa-Do (den Weg des Tees, nicht, was ihr denkt, erklärte Lionel) gebe, dann, so Lionel stolz, würden wir heute abend den Weg des Fischs erleben, in der Kunst des Fukugawa-san.

Herr Fukugawa verneigte sich. Er hatte einige Hilfskräfte mitgebracht, drei Köche, die mit Lionels Küche bereits vertraut waren, Messer erschienen in ihren Händen, Schüsseln, Schneidblöcke, Edelstahlware, die ich noch während Lionels Ansprache nicht gesehen hatte, befanden sich plötzlich und ohne Geräusch auf den Arbeitsplatten, als hätten sie schon vorher da gestanden, verborgen von blonden Wölbungen. Dabei interessierte mich diese Finanzbeamtin nicht wirklich (solche Frauen pflegten ihr Selbstbewußtsein, ihr Konto und ihre Fingernägel), mich interessierte ihre Kollegin, die unscheinbarer wirkte, Lionel aber einen Topf mit einer kleinen fleischfressenden Pflanze mitgebracht hatte. Die Pflanze stand auf einem der Tresen, an denen serviert werden sollte, man konnte von dort aus, wie in manchen japanischen Restaurants, dem Koch bei der Arbeit zusehen, was ich immer als angenehm empfunden habe. Daß diese Pflanze fleischfressend war, schlußfolgerte ich aus dem Umstand, daß die Frau noch vor Lionels Rede aus ihrer Handtasche eine Fliege entnommen und sie der Pflanze, allerdings nicht ohne sich rasch umzusehen, angeboten hatte, die Pflanze hatte ihren stachelbewehrten Mund ziemlich gelangweilt, wie mir schien, dem Insekt zugewandt, es aber verschmäht. Auch bei den fleischfressenden Pflanzen, dachte ich, gab es also Verwöhntheit, vielleicht sogar Dekadenz oder Veganismus.

Fisch wurde geliefert, fangfrisch, Lionel kündigte an, der Fisch sei noch nicht einmal von den Einkäufern des Fischmarkts gesehen worden, er sei direkt für uns, seine Freunde, bestimmt.

Ina Rohde, geschiedene Wernstein, hatte abgesagt, sie war Direktorin einer sogenannten Brennpunktschule, bereitete sich auf das neue Schuljahr vor. Auch Babsi sah ich nicht. Schade, wenn jemand den neuesten Klatsch aus der trevischen Gesellschaft wußte, dann Babsi, Christians und Roberts ehemalige Kommilitonin. Korbinian Krause war inzwischen Pfarrer an St. Nikolai, ein hohes Tier auf der Kircheninsel, saß im Religionsrat, ich hatte ihn schon eine Weile nicht mehr gesehen.

Herr Fukugawa nahm einen Nagel und einen Edelstahlhammer. Ein Assistenzkoch legte einen Aal, dünn und lang wie ein Schlagzeugstock, auf eine Holzplatte. Herr Fukugawa schlug den Nagel in die Wirbelsäule. Der Aal kreiste auf der Holzplatte. Herr Fukugawa schlitzte mit einer von einem zweiten Assistenten gereichten Fischklinge dem Aal den Bauch auf, entfernte die Eingeweide, die der Assistent in eine Schüssel wegstrich, zog dem Aal mit einem Griff die Haut ab. Der erste Assistent legte den nächsten Aal bereit. Lionel stellte mich der Frau mit der fleischfressenden Pflanze vor. Ich erfuhr, daß die Pflanze ein Sonnentaugewächs war und daß die Frau Clara hieß wie Christians Tochter. Sie redete etwas, ich dachte darüber nach, warum ein Name, der in unserer Vorstellung meist mit nur einer Person verbunden ist, von einer anderen Person getragen werden kann, als ob Name und Person eins wären, und vielleicht waren sie das einmal gewesen, in früheren, den Benennungen als Bann zugeneigten Zeiten. Clara war schlicht gekleidet, trug eine Kette aus kleinen Silberrhomben, einfache silberne Ohrringe und am Mittelfinger der rechten Hand einen zentimeterbreiten Silberring. Ich ahnte, daß sie ihre Nase nicht mochte, Clara wußte, wie sie zu stehen hatte, damit der Gesprächspartner sie von der besten Seite sah. Clara bemerkte meinen Blick, errötete, das gab es also noch, eine Finanzbeamtin, die rot wurde.

Ich sagte, einem Mann Blumen zu schenken, als Frau, sei ja verkehrte Welt, aber eine Pflanze, noch dazu fleischfressend, sei für Lionel durchaus das Richtige. Ich drückte bei diesen Worten Lionel das Beschneidungsset in die Hand. Ich hatte es auf Amazon erworben, ein Medizinversandhaus vertrieb es dort. Auf die Idee, Lionel ein sogenanntes »kleines Beschneidungsset« zu schenken, hatte mich der Film gebracht, den ich für heute abend dabeihatte und den wir wahrscheinlich gar nicht sehen würden, »Hausu« aus der Reihe Nippon Classics, ein »psychedelischer Trip« des Regisseurs Nobuhiko Obayashi, wie es auf der DVD-

Hülle hieß. Es ging um ein Mädchen, die sechzehnjährige Oshare, die mit einigen Schulfreundinnen im abgelegenen Landhaus ihrer Tante die Ferien verbringen will, leider aber (für die Mädchen) entpuppten sich die an den Rollstuhl gefesselte Tante und ihr Haus als menschenfressende Dämonen.

An Lionels Blick erkannte ich, daß er froh war, Clara und mich gemeinsam eingeladen zu haben. Clara hatte »Hausu« in der Lupe, einem Programmkino im Bayerischen Viertel, gesehen. Sie gab mir recht: überbordende Phantasie, knallbunte Farben. Lionel wies mich darauf hin, daß bei ihm das Problem, wogegen das Set gedacht sei, nicht mehr bestehe. Ich hielt das Beschneidungsset trotzdem für eine originelle Geschenkidee und »Hausu« für den richtigen Film anläßlich einer Wohnungseinweihung, bei der ein japanischer Meisterkoch für uns tätig sein würde, was ich allerdings vorher nicht gewußt hatte. Ein Zusammenhang zwischen Beschneidungsset und »Hausu«: Ich zog Clara beiseite, der Zusammenhang war nicht so leicht zu durchschauen. Es gebe eine Szene in »Hausu«, was übrigens Haus bedeute, in der eins der Mädchen, wenn ich mich richtig erinnere (bei mir lag der Film schon länger zurück), mit einem Kohlkopf zu einem Brunnen gehe, dann aber von einer geheimnisvollen Macht enthauptet werde. Clara korrigierte mich: Ein Mädchen hole einen Kohlkopf, der aber verwandle sich in das frech grinsende Haupt eines weiteren Mädchens. Beim Herumsurfen auf Amazon war ich zunächst auf eine Seite mit Burkas gestoßen, hatte überlegt, bei Lionel in einer Burka aufzukreuzen, die Idee aber verworfen, war dem Hinweis »Kunden, die … kauften, kauften auch …« gefolgt und auf das Angebot des Medizinversandhauses gestoßen.

Die Djane bot jetzt Pentatonisches. Lionel brachte feuchte Handtücher. Herr Fukugawa bereitete die Aale, seine Assistenten reichten eine Suppe und grünen Tee aus. In der Suppe trieben kleine Oktopusse. Wenn ich umrührte, schienen die Ärmchen einander in Slow motion, wie der Filmemacher sagt, zuzuwinken.

Karsten wendete das Set mit der Bemerkung, es sei kein Betäubungsmittel dabei, mißtrauisch hin und her. Es bestand aus achtzehn Teilen, mehreren Klemmen, Tupfern, Kompressen, einer Langnadel. Belo unterhielt sich mit Elisabeth und Montserrat, ich überlegte, ihn zu rufen, er war Muslim und würde uns aufklären können. Ob es Misosuppe war, was ich in der Hand hielt? Ich hatte wieder einmal keine Ahnung. Ich war eben ein Provinztölpel und wußte schon, warum ich mit Minderwertigkeitsgefühlen zu Lionel und den Unsrigen ging. Die Baby-Oktopusse trudelten in der Suppe herum, berührten einander mit den Ärmchen, ich hatte die Vorstellung, daß sie winzig kleine Staffelstäbe weiterreichten. Clara beugte sich zu mir (wir saßen nebeneinander auf den privilegierten Plätzen vor Herrn Fukugawa): Ob Lionel immer so spendabel sei, was das alles koste! Sie kenne Herrn Fukugawa, er sei früher in Düsseldorf gewesen, dort gebe es eine große japanische Community. Ein Abendessen für hundert Euro und darüber, pro Person.

Ich fragte Clara, woher sie Lionel kenne. Sie solle sich über mein gelegentliches Stottern keine Gedanken machen.

– Mein Chef stottert auch, sagte Clara. Sie sei beim Zoll. Der Zoll sei beim Finanzministerium angesiedelt, was ja auch Sinn mache (ich zuckte zusammen), der Zoll sei der größte Steuereinnehmer der Republik. Zum Beispiel nehme er die Kraftfahrzeugsteuer ein.

Ich sagte, daß ich keine Kraftfahrzeugsteuer überweise.

Clara trank vom grünen Tee. Sie könne eigentlich nur garstige Tiere essen, keine, die süß seien. Sie habe mal einen Freund gehabt, bei dem sei es genau umgekehrt gewesen. Sie habe irgendwie einen Widerwillen dagegen, die kleinen süßen Oktopusbabys aufzuessen, obwohl sie sehr gut schmeckten. Ob ich auf japanische Küche stehe. Ich rührte in der japanischen Küche, sah den fliegenden Ärmchen zu. Herr Fukugawa schnitt rohen Fisch in blätterdünne Scheiben.

Ich hätte einige Zeit daran gedacht, stotterte ich, daß ein Auto und ich zusammenkommen könnten, aber dann hätte ich es nicht mehr gedacht.

Clara rückte von mir ab. Lionel und Karsten pulten im Beschneidungsset herum. Ob wir es nicht doch gleich mal ausprobieren sollten, sie seien in Stimmung, freilich sei Robert der Fachmann, aber Robert sei auch sehr teuer.

Die andere Finanzbeamtin hatte unterdessen die Kurbel betrachtet, watete heran (Stiefel im Flecktarnlook, Plateausohlen), setzte sich neben Lionel. Ingwer, verstand ich, als sie ihren Namen sagte. Sie sei Schwedin, ihr Vater sei ein bekannter Kaffeeröster in Stockholm gewesen, sie kenne solche Kurbeln von den Maschinen in seiner Fabrik. Ob sie die Kurbel behalten dürfe: Sie wandte sich Lionel zu, mit schmollend gespitztem Mund.

– Schwedin, sagte ich. Wie geht ihr da mit dem Kopftuchproblem um?

Sie lebe hier. Das Beschneidungsset sei aber schon cool. Ihre Nachbarin habe zwei Singvögel, wenn man das Beschneidungsset an denen ausprobiere, könne es sein, daß der eine dann »Schalom« und der andere »Salam alaikum« singe.

Clara fand, das gehe zu weit.

Ich war mir nicht mehr sicher, ob mein Geschenk originell oder nur gedankenlos gewesen war.

Robert und Lucie standen an einem Fenster, Lucie sprach auf Robert ein, er sah nach draußen. Sie hatte die Suppenschüssel zurückgewiesen, der Koch hatte mit einer leichten Verbeugung geantwortet. Inzwischen standen alle Köche an der Arbeitsplatte, das Servieren hatten zwei japanische Kellnerinnen übernommen, in ihren grauen Kimonos erinnerten sie mich an die Geishas aus den japanischen Märchen, die Muriel und ich als Kinder gelesen hatten. Ich besaß das Buch noch. Wenn Theo und Clara bei mir waren, las ich ihnen manchmal daraus vor.

Belo pflanzte sich neben Clara. Sie sei bestimmt vom Aaleschlachten beeindruckt. Japaner seien so. Brutal und grob. Das wisse jeder, der schon mal einen Schwertkämpferfilm gesehen habe. Dabei folge Herr Fukugawa genau der Tierschutz-Schlachtverordnung, und zwar der hiesigen.

– Ich weiß, sagte Clara. Soweit sie es beurteilen könne, würden Aale in Japan nicht so geschlachtet. Sie sei manchmal bei Geschäftsessen mit Japanern dabei, sei auch schon einige Male in Japan gewesen. Belo kritisierte mich für das Beschneidungsset. Das sei doch Geldverschwendung, das könne man einfacher haben, der Kumpel lege sich auf den Rasen, den Rasenmäher auf die richtige Höhe eingestellt, da lacht der Sonnentau.

Haus Wolfsstein

… und höre das schwarze, schmiedeeiserne Tor hinter mir ins Schloß fallen mit jenem Geräusch, das mir lange vertraut gewesen war, ich streckte die Hand nach dem Türknopf, die kühle Berührung des glattgegriffenen Metalls war mir angenehm. Ich schloß die Tür. Das Geräusch: ein glattweiches Ineinanderschränken altväterlich verschnörkelter Metallformen. Türkenbundlilien, zu denen sich die beiden Torflügel zusammenfügten, der Türknopf war aus Bronze und zu blankem Gelb gerieben. Ich ließ die Nuß noch einmal in die Falle schnappen, der Zaun schloß sich zu einer Welle aus Lanzen, kunstvolles Schmiedewerk, Türkenbundlilien wie am Tor, doch hier mit scharfen Spitzen über dem Turban, Rost war unter die schwarze Farbschicht gekrochen und hatte sie an vielen Stellen aufplatzen lassen. »Kelle & Hildebrandt«, Zaun und Tor waren in dieser Dresdner Firma geschmiedet worden, die auch die meisten Regendeckel des Turms hergestellt hatte, in Jahrzehnten blankgewaschenes zolldickes Eisen, Vorkriegsware, hörte ich sagen von den alten Damen, die bei Wachendorf oder Pospischil, im nicht mehr ganz vornehmen Hotel Schlemm an der Bautzner Straße, Eierschecke zum Kaffee verspeisten, nickend, mit langen Löffeln gestikulierend – 90er Silber –, einen Strauß Maiglöckchen an der Bluse oder am Topfhut, und wenn es die Jahreszeit nicht war, dann künstliche von »Blumen-Meyer« hinter der Ampel an der Landstraße. Ich schob das Fahrrad (Marke »Diamant«, »wer MIFA lenkt, wird aufgehängt«) über die hellen, moosdurchwachsenen Steinplatten des Weges auf das Haus zu, am Holunderstrauch vorbei, der von Jasmin durchwuchert war, dessen Duft nach den Juliregen wie eine betäubend süße Rauschdolde über Weg und Straße hing, bugsierte es den grasigen Pfad zum Garten hinab, vorbei an Rotdornhecken und Gartenazaleen entlang der efeubewachsenen Mauer des Wolfssteins, stellte es in der Remise ab, in der Iris Harken, Grubber, Rechen,

Spaten mit wurmstichigen Stielen, zerbeulte Zinkgießkannen, Plasteimer und Gummistiefel aufbewahrte, bedeckte das Rad mit der Schabracke aus Igelit, ging den Pfad wieder vor und durch den dämmrigen Hausflur nach oben, schloß die Wohnungstür auf, sah den Kleiderständer beim Eintreten und wußte: Mutter ist noch nicht da, die Zwischentür des Korridors war geschlossen, das Glas darin eisenblau vom Dunkel des hinteren Korridors, und als ich nach rechts, durch die offene Küchentür, blickte, auf den runden Tisch in der Mitte der Küche, sah ich, daß die Zeitung, die ›Sächsischen Neuesten Nachrichten‹, noch unberührt lag. Ich warf den Ranzen in die Ecke neben dem Schuhschrank, streifte die Schuhe ab, pfiff nach Bummer, den ich auf der roten Holzbank in der Küche hatte dösen sehen, hängte die Jacke an den Kleiderständer, setzte Teewasser auf und durchblätterte dann rasch die aus vier oder fünf Seiten bestehende Zeitung mit der Kopfzeile in grüner Fraktur, wartete, bis das Wasser im Kessel brodelte und es Zeit war, den Tee für Iris, meine Mutter, zuzubereiten. Die Bilder neben der Eingangstür und in der Ecke neben dem Trumeauspiegel zogen mich an, die »Schwarzen Pflanzen« des Malers Bourg, vor denen Muriel sich fürchtete, sieben schmalhochformatige Aquatintagrafiken, ein Zyklus, den der Maler Bourg meinem Vater nur geschlossen verkauft hatte. Wenn Vater vom Maler Bourg erzählte, begann er meist mit diesen Blättern, den »Schwarzen Pflanzen«.

– Tausend Mark, höre ich Vater sagen, damals, 1973, war das ein ordentliches Monatsgehalt. Bourg hatte bemerkt, daß ich von diesen Blättern nicht loskam, nach fünf Minuten waren wir in ein Gespräch über Giftpflanzen verwickelt, über die er mehr wußte als manche meiner Studenten.

– Sie sind vom Fach, nicht wahr.

– Toxikologe, antwortete ich, wir sprachen über das Zinnkraut und den Blauen Eisenhut, er zeigte mir Silberstiftzeichnungen von phantastischer Qualität, ein dünner, leicht gebückt und lautlos, beinahe huschend, gehender Mann, der auf mich wie ein Eremit wirkte in seinem schwer zu erreichenden, hinter Gebüsch verborgenen Haus. Er hätte ein Mönch sein können mit seinem Ordensbruderhaarschnitt, dem schwarzen Malerkittel, in dem er mich empfangen hatte, dem vergeistigten Gesicht.

»Schwarze Pflanzen«, messerhafte Gewächse mit Dornen und lappenhaften Auswüchsen, in denen erhellte Fenster verborgen waren, oder hatten die Pflanzen sie verschlungen, in Schlaf genäht mit den spinnwebfeinen Fasern, die von ihren Stielen flogen. Diese Grafiken hingen neben der Mitteltür im Korridor auf der Seite von Vaters Arbeitszimmer, wo ein »Räth«-Globus auf dem Schreibtisch thronte, umgeben von Folianten, über denen Vater abends forschend und ausschreibend saß.

Vielleicht aber hatte ich schon ein Ohr für die Zeit, einen Sinn für ihre Berührungen, war schon ebenso sinnend wie ein paar Jahre später die Treppe im Hausflur hinaufgestiegen, in den Augen, den waldhonigfarbenen, den Augen Vaters und Muriels, die Erinnerung an den auf einem Sockel vor der massiven Tür des Eingangs liegenden Wolf, der zu lachen schien und den weder Muriel noch ich fürchteten, im Winter warfen wir Schneebälle dagegen, vom Türkenbundlilientor aus, um es schwieriger zu machen, seine Stirn, einen der Eisengitterstäbe, die zepterschwere blankgegriffene Bronzeklinke der Haustür zu treffen. Das Geräusch von Vaters Schritten im Hausflur, von Muriels Schritten, die zu schweben schien, das

Geräusch, wenn Iris die Einkaufsnetze verschnaufend absetzte, jenes schlappmacherische, quallige Geräusch von Siebzigpfennigmilchtüten, die auf den Boden gelegt wurden, das Klirren der seltener vorrätigen kleinen Milchflaschen, die mit Aluminiumfolie zugeschweißt waren, die Geräusche der Hausbewohner, das Rauschen der Bäume. Wenn der Tee für Iris in die Thermoskanne gefüllt und die Zeitung durchmustert war, ging ich nach hinten, ins Wohnzimmer, oder, vor allem in den Sommermonaten, ins »Fagott«, das durch seine hohen, in vielen Regen eigenwillig gewordenen Klappfenster auch am Abend noch breites Licht bekam. Tillandsien, Orchideen und Bromelien, blaublühende Brunfelsien, Araceen standen und hingen in Rinnen, Kübeln, Schalen und Trögen über- und untereinander, oft saß ich dort, verborgen vor den Blicken Muriels, saß inmitten des Tropendufts mit einem Buch, das ich nicht las, spannender war die Vielfalt der Blütenformen, der zarten, ineinanderspielenden Farben, die sich in der Stille, je nachdem, ob ich den Kopf nach links oder rechts neigte, zu verschiedenen Bildern eines Aquarellkaleidoskops zu ordnen schienen. Ich sah die Storchschnäbel an der Brüstung des zu unserer Wohnung gehörenden Balkons vor mir, das überquellende Rot im Grün, gesund und kräftig gezogen unter Iris' Fürsorglichkeit, die sie allen ihren Pflanzen (das »Fagott« allerdings war Vaters und Muriels Angelegenheit) zukommen ließ, ein Kokon taktiler Liebe, mit vorsichtigen Beigaben von gutem Zureden, Beschwörungen und murmelnd geäußerten kleinen Bekümmernissen, vor allem zu ihren Lieblingen, den Kakteen, die wie mehrere Wiegenreihen kälbchenäugiger Säuglinge auf den Fensterbrettern standen und verborgenen Gesetzen des Gedeihens oder des Micker- und Runzeltums, der griesgrämigen Verzwergung folgten. Ich sah den Wilden Wein vor mir, der im Herbst als Feuerlohe am »Fagott« leuchtete und von Bummer als Katzenleiter benutzt wurde, den rostigen Briefkasten, dessen Schlüssel Muriel eifersüchtig hütete, sie wollte die erste an der Post sein, wollte für sich die für Vater aus aller Welt gekommenen Kuverts bestaunen, Nachrichten wissenschaftlicher Gesellschaften, Akademien, von Gelehrtenzirkeln mit lateinischen Namen und kauzigen Eigenbrötlern, die auf Tafelbergen im venezolanischen Urwald gehaust hatten und von Tier- und Pflanzenarten schrieben, die es nur auf diesem einen einzigen Berg, noch nicht einmal auf dem Nachbarberg, zu finden gab. Ich sah die Dämmerung des Flurs, die mir Geschichten verriet, denen ich mich nachmurmelnd hingab, zu Iris' leichtem Spott, wenn sie mich so fand, eine von Dietzschs Skulpturen auf den Fensterbrettern der Treppenabsätze betrachtend, den Stimmen nachlauschend, die über dem Linoleum der Stufen und den ockerfarbenen, an den Belag römischer Thermen erinnernden Mosaikfliesen vor Knabes und Krausewitz' Wohnungen hingen. Gerüche, im Wolfsstein ein Gemisch aus den Aromen eingekellerter Kartoffeln und Winteräpfel, des Bohnerwachses im Hausflur, der Ölfarbe an den Wänden, der Tinkturen aus Dietzschs Werkstatt und, sehr schwach, aus dem Duft von Iris' Alpenveilchen auf dem Fensterbrett vor unserer Wohnung, selten stieg eine Rauchspindel von Arno Krausewitz' Zigarren bis in unsere Etage. Im Holzgeländer, dessen Lackierung zu Honiggelb verblaßt war, hatten die Taschenmesser der Hoffmannsöhne, Ezzo Tietzes und mein eigenes, das Laguiole aus »Eisen-Feustels« Laden, Kerben hinterlassen, über deren vertrautes Muster meine Hand tastete. In der Nische der Treppenkehre stand Mutters Trockenblumenstrauß im kobaltblauen Krug, mich trieb es, über die Blumenblätter, die pelzig-spröd waren wie Flügel jahrzehntealter, längst zu bloßer Gerippeform erstarrter Schaukastennachtfalter, zu streichen, die hellgrünen Stoffbänder zu betasten, die den Strauß zusammenhielten, so daß er dem Aufputz eines Belle-Epoque-Damenhuts ähnelte. Ich höre Vaters Schritt, der sich zu den vielen längst verhallten, in die Gewölbedecke des Flurs entschwundenen Schritten löscht, allmählich, noch ist es gegenwärtig, ist »jetzt«, das hastige Schlurren seiner Schuhe auf dem Linoleum, sein knappes Atmen, das Knacken des rechten Knies auf jeder zweiten Stufe, ich hörte, wie er die Treppenkehre passierte und einen Moment zögerte, vielleicht sah er zu den Trockenblumen und ihrem zeitlosen Willkommen, bevor er weiterging, wobei er das Schlüsselbund in seiner Manteltasche klirrend hin und her warf, um schließlich, den sonderbar geformten, fingerlangen Wohnungsschlüssel in der Hand, sinnend den wie Zanderfinnflossen gezackten Bart betrachtend, an der Tür zu klingeln – er klingelte immer –: wie um seine nunmehrige Anwesenheit, sein endgültiges Eintreffen unmißverständlich anzuzeigen mit diesem kurzen Klingelstoß, wie abgehackt von einer langen akustischen Möglichkeit: Ich bin es, sollte es wohl heißen, sofort änderte sich die Atmosphäre.

Seltsam, daß es mir leichter fällt, ihn mir im Winter vorzustellen, seine Wintergestalt ist präsenter, körperlicher für mich als seine Sommergestalt, die, wenn unsere Erscheinung für andere von dem bestimmt wird, was wir tun, die wirklichere sein müßte. Die Vipern im Serumwerk, mit denen er arbeitete, brauchten tropische Temperaturen, und überheizt habe ich auch das Labor in der Akademie in Erinnerung. Wenn ich Vater besuchte, empfing er mich meist in einem kurzärmligen weißen Klinikhemd, der Kittel hing unbenutzt an einem Haken. Vaters Wintergestalt, obwohl er wie ein Tennisspieler mit nackten, sommersprossenübersäten Armen zwischen den Schlangenvitrinen und den Versuchsanordnungen umherging, seine bleichen Züge unter dem fast japanisch schwarzen Haar, in das er links einen strengen Scheitel gezogen hatte, die Energie verratende, im Profil klassisch geformte Nase über dem feingeschnittenen Mund, den ich Rauchwölkchen ausstoßen sah, wenn Vater die Frontscheibe unseres »Trabant 601« von der Eisschicht befreite, den ich

– Es wird ein kalter Winter werden

feststellen hörte, wobei Vater die Hand sinken ließ, mit der er an das Barometer geklopft hatte, was die Position der Nadel nicht änderte. Mutter öffnete ihm, er beugte sich zu ihr, in der Rechten den Hebammenkoffer, den er seit dem Medizinstudium besaß und benutzte, in der Linken meist einen Beutel mit etwas durch »Vitamin B«, Beziehungen, Ergattertem: eine runde weiße Plastdose mit orangefarbenem Deckel etwa, die ihm Frau Vogelsang, die Fleischermeisterin vom Geschäft an der Rißleite, gegen Orchideenschößlinge aus dem »Fagott« gefüllt hatte (»Für Herrn Doktor Hoffmann mit bestem Gruß an die Frau Gemahlin und die Kinder«), Kunstbände von »E.A. Seemann«, Leipzig, Schallplatten aus dem »Kunstsalon am Altmarkt«. Vater sagte, nachdem er Mutter geküßt, Tasche und Beutel abgestellt hatte:

– Tag, Iris. Und Mutter antwortete ihm, ihn fest an sich drückend:

– Tag, Hans. Deine Nase ist aber kalt. Komm, leg erst einmal ab, ich nehme die Sachen. Tee?

– Milch mit Honig. Bei der Kälte.

Muriel und ich kamen aus dem Wohnzimmer, wir kannten sein Klingeln, diesen kurzen, aber nachdrücklich federnden Stromstoß. Muriel begrüßte Vater auf ihre besondere Art, ich ging hinter ihr, um sie beobachten zu können, Feuerpuder, das vom Korridorleuchter über Muriels Haar huschte und über Vaters schwarzes, das an den Seiten und im Nacken feucht glänzte von schmelzenden Schneeflocken. Ich sah Muriels Schatten an der Wand, der in die »Schwarzen Pflanzen« des Malers Bourg floß und sich löste, wenn sie sich rasch durchs Haar fuhr und auf Vater zuschlich, ihn an den Schultern faßte, sich auf die Zehenspitzen stellte, um ihm etwas ins Ohr zu flüstern, bevor sie ihn auf die inzwischen von Wärme geröteten Wangen küßte, knapp unter die beiden schwarzen Bartstoppeln am Kieferwinkel, die Vater bei seinen allmorgendlichen Rasuren tagelang übersah, bis sie zu Zentimeterlänge gesproßt waren und ihn Muriel daran zupfte. Immer nickte er bei ihren Begrüßungen, schien unsicher, wenn der Augenblick des Flüsterns, des Vor- und Zurückbeugens, des Kusses vorüber war, es blieb Geheimnis zwischen den beiden, das Scheu mir zu ergründen verbot, eine Scheu eher vor Muriels feinem, aber nicht spöttischem Lächeln, vor einem kaum merklichen Auffunkeln ihrer zu Halbmonden verengten Augen, als vor der Befürchtung, zu einer so eigenwilligen, ritualhaft vollzogenen Begrüßung nicht fähig zu sein, eigenwillig jedenfalls nicht auf Muriels Art. Obwohl die Befürchtung grundlos war, hatte ich Herzklopfen, wenn ich vor Vater trat, auch meine Begrüßung war eigen, allerdings dadurch, daß ich alles vermied, was ihn oder Muriel oder Mutter, die in die Küche gegangen war, um heiße Milch mit Honig vorzubereiten, auf den

Gedanken gebracht hätte, ich imitiere meine Schwester. So flüsterte ich ihm nichts zu und umarmte ihn nicht und küßte ihn nicht, sondern näherte mich ihm nur und wartete auf seinen Kuß, den vertrauten Geruch seines Atems nach Kaffee, Pfeifentabak, Anisdrops, gestreift von einem Hauch Kölnisch Wasser und der unbestimmbaren, nicht mehr aufzulösenden Geruchsnote, die jeder Mensch für sich besitzt, er strich mir übers Haar und sagte

– Na, Rabi, oder

– Na, mein Sohn, und während er die Handschuhe auszog und sich die von Kälte trägen Hände rieb, fragte er nach unserem Ergehen, nach der Schule, nach Klassenarbeiten, geschriebenen und anstehenden, nach Zensuren, hängte seinen schweren, schäbigen, an den Ärmeln und besonders an den Ellbogen fettig verglätteten Wildledermantel, Muriel nannte ihn Vaters Seehundshaut, in den Kleiderschrank des Arbeitszimmers, legte die steife, altmodisch genähte Biberpelzmütze auf die Heizung, sagte, die Schneeflocken und Eisnadeln auf der Mütze wurden allmählich unsichtbar in der Wärme, daß er gleich kommen wolle, um Muriels und meine Hausaufgaben durchzusehen. Er tastete, wenn er abgelegt hatte, nach dem Heizkörper neben der Zimmertür, von dem die Wärme in Schleiern wellte, und ich wußte, daß er, bevor er geklingelt hatte, im Hausflur die Tür zum Kohlenverschlag geöffnet hatte, um nachzuschauen, ob noch genügend Kohlen vorrätig waren: die schlecht heizenden, zu Unmengen grauer Asche verbrennenden Bulettenbriketts, die besseren »Rekord«-Briketts aus dem VEB Kohlenhandel an der Rißleite, und oft ging er noch einmal hinaus nach diesem Wärmetasten, Wärmefühlen an der Heizung, um eine Schütte zu holen und nachzulegen, das schieferige

Geräusch, mit dem die geöffnete Klappe des Ofens in der Küche hin- und herschwang, das Rütteln der Schütte, nachdem die Briketts auf den Feuerrost gepoltert waren, ein wütend und manisch, weniger verzweifelt klingendes, von Kindheitserfahrungen erzählendes Nachstoßen, mit dem Vater den Kohlenstaub löste, der die Feuerzungen befachte und im Funkenstieben verbrannte wie abgeschnittenes Haar. Er blickte in die Flammen, hielt die Hände an das kupfrig überglutete Quadrat der Einschüttöffnung, Vater fror oft, es konnte ihm nicht warm genug sein. Mit den ›Sächsischen Neuesten Nachrichten‹ in der einen Hand, in der anderen die Tasse mit heißer Honigmilch, ging er nach hinten, überprüfte, bevor er sich zum Lesen niedersetzte (unsere Hausaufgaben schien er vergessen zu haben), die Temperatur im »Fagott«, hielt einen befeuchteten Finger unter die Fensterrahmen, sie bereiteten ihm immer wieder Sorgen, kein noch so sorgfältiges Kitten half, keine Behandlung mit dem schon im Frühjahr für den jeweils kommenden Winter auf Vorrat gekauften Silikonfugendichtmittel, immer wieder krochen die Eisfarne an den Fensterrändern empor, erschienen wie eine frostblaue, verzerrte Spiegelung der Orchideenblüten, der Tillandsien, die in Fensternähe hingen. Die Wärme, die uns entgegenschlug, Muriel und mir, die wir Vater folgten, um ihn von der Wolfsmilch erzählen zu hören, vom Fingerhut und vom Schwarzen Bilsenkraut, schien ihm nichts auszumachen, stundenlang konnte er im »Fagott« hantieren, ohne daß er seine graue Wollstrickjacke mit den Lederknöpfen ablegte. Vater bewegte sich im »Fagott« mit einer ans Traumwandlerische grenzenden Sicherheit. Ich hatte Angst, die Blüten zu berühren, im Gegensatz zu Vater, der gar nicht so sehr zart und behutsam mit ihnen umging, auch Muriel griff vorsichtig, doch fester zu als ich, nahm Vaters Unbefangenheit an, traf so etwas wie den richtigen Ton gegenüber den Pflanzen, der mir unerreichbar blieb, ich war entweder zu behutsam oder zu forsch, und beides schadete, wie mir Muriel manchmal zu verstehen gab. Es war, als ob meine Angst den Orchideen angst machte, so daß schon die beiläufigste Berührung der kleinen Gießkanne die Blütenblätter in einen Schockzustand zu versetzen schien und zum Welken bringen konnte, während Muriel und Vater, wenn sie gossen, forsch in den Blattseen herumschwammen, kein Blütenblatt fiel herunter, nichts welkte oder zog, beleidigt von einer unkundig zausenden Hand, die grünen Ohren ein.

– Sarajevo

– Wo unsere Eisprinzessin tanzt

und höre ihn wieder, den Klang von in die Öfen polternden Briketts, die eingeschüttet wurden, nachdem die Asche des Vortags vom Rost gekratzt und der Aschkasten aus seinem Fach unter dem Rost gerüttelt worden war, energisches Nachstoßen, wenn die Briketts aus zu vollen Eimern nicht in den Schacht fallen wollten, das Gequietsch der hängenden Ofenklappe rhythmisch und versetzt zum Gerumpel der eingeschütteten Kohlen, dieser Klang, diese Klangfolge als täglich wiederholte Kohlenkantate vermischte sich mit dem Geruch von Braunkohlenasche über der Stadt, Klang und Geruch und die Chöre der Flämmchen, der fuchsroten Flammen und der ihnen aufspielenden Winde in den Öfen, die wie Sommergrillen zirpten, wie angegriffene Katzen fauchten, Klang der aufeinander- und an die Schamottesteine stoßenden Kohlen, darüber der zwischen Sauerkraut und faulem Ei schwankende Aschegeruch, Asche, zu der die Briketts verbrennen würden in der Ofenkammer, in die der Wind aus den Schornsteinen stoßweise einfiel, unter der Asche die Glut, ein zyklopischer, in die Kachel-, Kanonen-, Holländeröfen des Viertels gebannter, kaum noch aus Materie bestehender, von den singenden Hämmern des Winds zusammengestauchter Feuerkern.

15.8.2015 Sonnabend: Rasiermesser
Gegen vier Uhr morgens herrschte Stille, war die Temperatur noch erträglich, ich legte die Schallplatte mit Benngedichten auf den Plattenspieler, Deutsche Grammophon, »Gottfried Benn liest«, das Foto des alten Benn auf dem Cover, der Arzt in seiner Praxis Bozener Straße, Anzug mit Weste, Krawatte, Brille in der Sakkotasche, Zigarette in der Hand, »Wer allein ist«, »Einsamer nie«, »Aus Fernen, aus Reichen«, »Nur zwei Dinge«, »Dennoch die Schwerter halten«. Benn, der einzige Lyriker für Männer.

Ich nahm die Lederrollen mit meinen Rasiermessern aus dem Wandschapp im Bad. Die Lederrollen enthielten eine ebenso kostbare wie gefährliche Sammlung, vor der Elisabeth immer zurückgewichen war. Im Wandschapp überalterte Arzneien: Fieber- und Hustensaft für die Kinder, Kopfschmerztabletten, Aspirin für Alexandra, eine angebrochene, aber nie aufgebrauchte Packung Paracetamol für Elisabeth, ein Antihistaminikum für mich, Pflaster mit aufgedruckten Bärchen und Flugzeugen, Mutters Wärmflasche aus Kupfer, die Vater »Quoof« genannt hatte nach einem Gedicht auf eine Wärmflasche von Paul Muldoon, das Fieberthermometer, das Mutter für Muriel und mich benutzt hatte, eine Reihe Prüfchargen von Vater. Christian hätte mir Vorwürfe gemacht, wenn er gewußt hätte, daß ich sie hier aufbewahrte, wenn auch in einer abschließbaren Stahlkassette, und hätte wahrscheinlich den Kindern Besuche bei mir untersagt. Die Prüfchargen enthielten Meerzwiebel-, Schierlings- und Stechapfelextrakt; Digitoxin, das Gift des Fingerhuts; Aconitin, das Gift des Eisenhuts, und verschiedene Schlangengifte.

Durch den Lederduft drang der nach Waffenöl, das ich regelmäßig auf die Klingen gab. Ich öffnete beide Rollen. Die Messer ruhten in ihren Pferdehautsarkophagen. In der einen Rolle französische, englische, japanische und spanische Messer, in der anderen die Solinger Sammlung. Dreiundzwanzig Klingen in der einen, vierundzwanzig in der anderen Rolle. Siebenundvierzig Messer, ein Fach war leer geblieben und würde es bleiben, eine Tonart fehle in diesem wohltemperierten Klavier, hatte Elisabeth gespottet. Jede Klinge hatte ihre eigene Stimme, jede war verführerisch. Ich wußte noch nicht, welches Signal gelten sollte, ob die deutsche oder die Weltlinie, die eine oder andere Rolle, dann erst, nach dieser prinzipiellen Festlegung, galt es innerhalb der Rolle zu wählen, wobei das am Vortag gebrauchte Messer ausschied, der mindestens vierundzwanzigstündigen Ruhezeit wegen, die der Grat auf der Schneide brauchte, um sich aufzurichten. Ebenso schied aus, die Rollen zu vermischen, also für den ersten Gang etwa eine Klinge aus der Weltrolle, für den zweiten eine aus der Solinger Rolle zu wählen. Aber da ich mich gestern mit zwei Messern aus der Solinger Rolle rasiert hatte, einem 7/8-Zoll-»Zwilling« für den ersten Gang und einem »Bergischen Löwen«, 5/8-Zoll-Klinge mit spanischem Kopf, für den zweiten Gang, würden heute zwei Messer aus der Weltrolle an der Reihe sein. Karsten und Lionel beneideten mich um meinen Bestand. Die Sammlung war einige tausend Euro wert. Gute Rasiermesser hatten, wie Geigen, Namen. Rasiermesser und

Geigen hatten noch mehr gemeinsam: Sie konnten singen. Die besten Kehlen unter ihnen sozusagen Thomaner, Kruzianer, Wiener Sängerknaben, Regensburger Domspatzen, ich hatte in den beiden Lederrollen einen noblen Kreuz-und-quer-Chor beieinander. Sie lagen im Licht und schimmerten matt, die Messer von »Wade & Butcher«, Sheffield, »Thiers-Issard« aus Frankreich, deren bissige Schärfe sie für Anfänger ungeeignet macht, die Kamisori aus Japan und die »Filarmónica«-Klingen von José Monserrat Pou aus Barcelona, geschmiedet aus Toledostahl, wie er auch für Stierkämpferdegen verwendet wurde. Die Lücke blieb für Ockhams Rasiermesser. Auch Karsten und Lionel hielten das in ihren Sammlungen so. Lionel hatte sogar zwei Fächer unbesetzt gelassen: ein Fach für die lex parsimoniae, das Sparsamkeitsprinzip, das dem mittelalterlichen Philosophen Wilhelm von Ockham zugeschrieben wird und mit dem einprägsamen Titel »Ockhams Rasiermesser« versehen worden ist. Das Sparsamkeitsprinzip verlangt, von allen zureichenden Erklärungen eines Sachverhalts die einfachste zu wählen. Alle anderen sind wegzurasieren. Ein zweites Fach hielt Lionel für »Hanlon's Razor« frei, eine Lebensweisheit, angeblich von einem gewissen Robert J. Hanlon als Zusatz zu »Murphys Law Book Two. More Reasons Why Things Go Wrong« formuliert: »Never attribute to malice that which is adequately explained by stupidity.« Lionel zitierte es gern. Frei übersetzt: Niemals der Bosheit zuschreiben, was auch mit Dummheit erklärt werden kann. Der Pressesprecher der britischen Premierministerin hatte formuliert: »Cock-up before conspiracy.« Pfusch kommt vor Verschwörung. Diesen Spruch wiederum schätzte Anne.

Die Wissenschaft vom Naßrasieren begann mit der

Wissenschaft vom Einseifen. Karsten legte zuerst ein heißfeuchtes Handtuch auf, nicht irgendeins, seine Handtücher kamen aus einer spezialisierten Weberei in Brenta. Er verwendete das Handtuch nur einmal, da gebrauchte Handtücher, wenn man sich nach der Rasur damit abtrocknete, in die frisch gereizte Haut Bakterien eingetragen hätten. Lionel wies heißfeuchte Handtücher, sie sollten der Vorbereitung der Haut auf die Rasur dienen, als unkünstlerisch zurück, seiner Meinung nach übernahm die Aufgabe, die Haut aufquellen und damit die Barthaare sich aufrichten zu lassen, der Rasierschaum. Ich verwendete eins der Tücher, die Karsten mir geschenkt hatte. Um Rasierschaum zu erzeugen, brauchte man eine Rasierseife. Schaum aus einer Spraydose kam nicht in Betracht, das hätte mit allen guten Sitten der Naßrasur gebrochen. Lionel als Halbengländer und Nachkomme einer Toilettenbeckenfabrikantendynastie verwendete nur Bronnley oder Taylor of Old Bond Street. Bronnley belieferte auch den trevischen Hof. Karsten verwendete die Seife von Klar aus Heidelberg, manchmal auch Golddachs, an Wochenenden Musgo aus Portugal oder Tabula rasa (passender Name) aus Spanien. Meine Rasierseife bezog ich von Valobra aus der Genueser Straße, Elisabeth mochte den Duft von Marzipan. Christians Tochter Clara hatte einmal in das Seifenstück hineinzubeißen versucht, sie verstand nicht, daß die cremeweiße Masse nicht aus Marzipan war, sondern nur so roch.

Zur Wissenschaft der Naßrasur gehörte der Rasierpinsel. Der Herrgott, über dessen Rasurgewohnheiten man wenig erfuhr, hatte den Dachs erschaffen. Er hatte ihn erschaffen, damit es Rasierpinsel gab, wie er die Gebirge erschaffen hatte, damit man nach Erz für den Klingenstahl graben konnte, das Holz des Grenadillbaums, das Ebenholz, Veilchen- und Bocoteholz, damit man Griffschalen für das Rasiermesser herstellen konnte, er hatte Adam erschaffen und mit Bartwuchs versehen, damit er sich rasieren konnte. Ich hielt meinen Silberzupf ins Wasser, schlug ihn kurz ab und bereitete im Tiegel einen fachgerechten Schaum, schloß die Augen, während ich mich einseifte und der Marzipanduft mich beruhigte.

Zeit, ein Messer zu wählen. Die Solinger Rolle war doch noch nicht ganz außen vor. Sie blinkten verlokkend, die Preziosen einer fast ausgestorbenen Schmiede- und Schleifkunst aus der Stadt im Bergischen Land, die »Wacker«- und »Zwilling«-Friodurklingen, das »Bartmann« der Gebrüder Geldmacher, der »Bergische Löwe« (aber der mußte ruhen), der »Timor Löwe« von Giesen & Forsthoff, die beiden »Globusmen« von Eduard Bargfeld, das »Puma«-Messer, das »Crown & Sword« von Friedrich Ern, das »Tückmar«, das »Grah« mit dem eingravierten Trichter, das »Weyersberg« mit der Trompete, die »Dorko«- und die »Revisor«-Reihe in 7/8- und 8/8-Zoll-Ausführung, wahre Breitschwerter mit französischen und spanischen Köpfen, die »Revisor« mit dem in die Klinge geätzten Motiv der Müngstener Brücke.

Letzten Endes blieb einem Mann nur der Bart. Alles andere perdu: Porsche, Rolex, Frau, Kinder, Weisheitszähne, nur der Bart war treu, man nahm ihn sogar mit ins Grab, er wuchs selbst nach dem Tod weiter. Karsten, Lionel und ich hatten auf einer unserer unregelmäßigen Zusammenkünfte, den Fechterrunden, eine Vereinbarung getroffen, daß die letzte Rasur mit zwei im jeweiligen Testament bestimmten Messern von einem der noch lebenden Freunde vorgenommen werden sollte. Über diese beiden Messer war ich mir noch unschlüssig. Das Leben steckte voller tückischer Details, so konnten Karsten und Lionel vor mir sterben, und wer rasierte dann mich? Ich hatte schon überlegt, Claras Bruder Theo anzulernen. Etwas anderes, das Kopfzerbrechen bereitete, war, ob man die beiden letzten Messer mit ins Grab nahm. Gemeinsam rosten. Vielleicht herrschte dort, wo man hinging, ein Mangel an guten Rasiermessern. Karsten wollte seine beiden besten eisgehärteten »Zwilling«-Klingen und seine japanischen Schleifsteine dabeihaben. Seinen »Belgischen Brocken«, einen legendären Schleifstein aus den Ardennen, wollte er den Freunden vererben, sollten sie ihn überleben.

Nachdem der Schaum die vorgeschriebenen fünf Minuten auf meinem Gesicht gelegen hatte, nahm ich den Pinsel, trug frischen Schaum auf die zur Kruste geronnene Schicht. Ich griff zur Weltrolle. Die Spanier, die »Filharmónicas« oder »Fillies«, wie sie unter Aficionados, den Kennern, liebevoll genannt wurden, grüßten aus den Tiefen ihrer Vollhohlschliffe. Ich wählte für den ersten Gang ein »Thiers-Issard Sabatier Loup et Bélier« mit Schlangenholzgriff, 5/8-Zoll-Klingenbreite, für den zweiten Gang, wo gegen den Strich rasiert wurde, eins meiner Lieblingsmesser, schwarzer Griff mit eingravierter weißer Lyra, das »Filarmónica Medalon Taurino Muleta« mit der am Erl eingeschlagenen »13« vor der Firmenbezeichnung. Ich zog beide Messer auf dem Juchtenleder ab. Nichts rasierte so gründlich wie ein liebhaberscharf geschliffenes Rasiermesser. Liebhaberscharf bedeutete, daß die Klinge den Haartest bestand: ein zwischen Daumen und Zeigefinger gehaltenes Kopfhaar mußte einen Zentimeter von Daumen und Zeigefinger entfernt durchtrennt werden können. Meine Klingen aus den alten Kohlenstoffstählen schafften das mühelos, besonders das »Thiers-Issard«, das vierzehner »Filarmónica Especial Para Barbas Duras«, unter Kennern EPBD abgekürzt, und das »Wade & Butcher« aus bestem Sheffield-Silberstahl. Karsten schliff die Klingen für mich. Karsten hatte aus dem Schleifen von Rasiermessern ebenfalls eine Wissenschaft gemacht, wie es sich für ein Mitglied der Fechterrunde gehörte. Er lagerte seine Steine in eigens angefertigten Wannen, in einer abgedunkelten Kammer, weil sich sonst Algen im Wasser bildeten und die Anreiber, mit denen der Schleifschlamm erzeugt wurde, die Naniwa und Nakayama Maruka Kita (mit Birnenhaut), die Thüringer und »Belgischen Brokken« ruiniert hätten. Karsten tappte im Dunkeln in der Kammer mit den Steinen herum und war eines Tages über eine Wanne in eine andere gefallen, hatte sich das linke Handgelenk gebrochen und monatelang daran herumlaboriert. Die Steine waren heil geblieben.

Kurz bevor ich das »Thiers-Issard« ansetzte, überlegte ich, ob ich nicht doch das »Dubl Duck« nehmen sollte. Oder auf die Solinger Rolle umschwenken. Das »Horstator« in der Solinger Rolle hatte Helmut Rahn gehört, dem Boß. Sich damit zu rasieren machte treffsicher. Einerseits. Andererseits war das »Dubl Duck« auf einem Trampdampfer zwischen Monrovia und São Paulo über die oft schweren Atlantikwasser gereist und hatte die Wangen eines polnischen Seemanns geglättet: »T. Korzeniowski« war ins Heft des Messers graviert. Der Trampdampfer war gesunken, wie hatte es das Messer in ein Auktionshaus nach Treva geschafft?

Blieb, natürlich, das »Wade & Butcher«, »The Celebrated Hollow Ground Razor for Barber's Use«, auf der Klinge das eingekreiste B mit Pfeil, der auf ein Malteserkreuz zeigt.

Ob sich der Philosoph Wilhelm von Ockham mit einem Rasiermesser rasiert hatte? Aus dem Mittelalter waren nach meiner Kenntnis keine außermetaphorischen Rasiermesser überliefert. Aber wie Dinge und Erklärungen einfach halten, wenn schon die Rasiermesser, die sie einfach halten sollten, nicht einfach waren.

Empfang im Ankerhof. Begräbnis eines See-Esels

Soviel ich auch beobachtete und mir Mühe gab: Ich durchschaute die Trevaner nicht, ihre Art, miteinander zu sprechen, was sie sagten und was sie beim Sagen verschwiegen, ihre Verbindlichkeit und Höflichkeit, die ich als Tarnung empfand. Man sprach nicht über Geld, man hatte es. Abweichungen wurden genau registriert, kleinste Nachlässigkeiten, die darauf hindeuteten, mit einem Geschäftspartner sei es nur noch an der Oberfläche in Ordnung. Die Blicke der Frauen glitten rasch und erfahren über Annes Kleidung und Frisur.

Man würde es wohl leider zu retten haben, das Land da drüben. Es ging ihnen hier ja gut. Man hatte prächtig ohne den Osten gelebt. Unter einer vernünftigen sozialdemokratischen Regierung. Aber Schiffe loszuschicken, um aus der weiten Welt mit Öl und Gewürzen, Maobibeln und Haselnüssen zurückzukehren, hatte durchaus etwas Phantastisch-Idealistisches; das Wort Pfeffersäcke, das Meno mir zugeflüstert hatte, schien unpassend zu sein für diese in feines Tuch gewickelten Herrschaften, diese Bramsincks, auf Cranges und Iversens, Hansens und Sieverts, Roquettes und Gueffroys, für die einer wie Hitler »der S-pinner ausm Süden« und einfach »der Wahnsinnige« gewesen war; seine Vorstellungen von Rasse, Größe, Deutschland über alles hatten bei ihnen kein Verständnis gefunden. Freilich, so Elisabeth auf den Elbterrassen, gab es auch andere hier, auch Treva war anfällig und pflegte Legenden. Sie lebten von der Seefahrt, und wer von der Seefahrt lebte, wußte, wie vielfältig, unwägbar, nicht einzuordnen, mit Fremdem unlösbar verflochten das Leben war. Elisabeth nannte sie knallhart kalkulierende Verrückte, im Grunde romantisch wie Politiker. Die Ochsentour verbog und verbeulte die Politikerseele, mehr oder weniger, und doch dämmerte es immer noch, das Fünkchen Romantik, konnte wieder zum Feuer werden.

Mindestens für die »Contenance« war man verantwortlich. Contenance, so hatte das Frau Dr. Rensenbrink genannt, und mit stiller Herablassung Annes Kostüm in die Kategorie »zeitlos« eingeordnet, was hieß: modisch ist es nicht, aber macht nichts. Man war hier immer Blikken ausgesetzt, es gab keine toten Winkel, dafür sorgte schon die habichthaft aufmerksame Gastgeberin Hannelore, die sich fortwährend unter die Gäste mischte, hier einen Rechtsanwalt, der vor dem Buffet zu vereinsamen drohte, mit einem Quastenflosser, wie die Schiffsversicherer genannt wurden, zusammenbrachte, dort einen der Geschäftspartner der Anker-Reederei mit einem anderen Geschäftspartner der Anker-Reederei, aber tunlichst nicht mit jenem Herrn, der im Lichthof beim Paternoster stehengeblieben war und mit erhobenem Kopf den Windungen der Treppenspirale zu folgen schien, einen Stock mit Silberkrücke überm Arm, in der Hand eine Schnitte mit grellrotem Lachsbelag: das war die Konkurrenz, die Containerkonkurrenz, hatte ich von Grotes Sohn erfahren, der das locker zu nehmen schien, man konkurrierte also, und trotzdem (oder gerade deswegen) lud man sich gegenseitig ein. Der Grotesohn hieß Stefan, er redete nicht viel, ein zurückhaltender Mann von Mitte, Ende Dreißig mit schon gelichtetem Haar und glühend roten Ohren, was im Kontrast stand zum dunkelgrauen Tuch seines Maßanzugs von Landmann & Landmann. Die Bemerkung von der Herkunft des Anzugs hatte Daniel Redding fallengelassen, ein Herr mit sorgfältig getrimmtem Vollbart, korallenriffbunter Seidenweste, Gamaschenschuhen und Brillanten im Halstuch, eben unterhielt er sich mit Meno, der auflebte, als wäre Luft in ihn gefahren, sie sprachen über Judith.

Grote gab der Kapelle und dem Chor der trevischen Elbelotsen, die im Hintergrund Aufstellung genommen hatten, ein Zeichen. Delanotte hielt sich bei den Angestellten und Kontoristen der Reederei, die ein Völkchen für sich bildeten. Grote hatte gesagt, Delanotte sei sein Schwiegersohn, aber eine Frau, die sich in seiner Nähe aufhielt oder sie suchte, konnte ich nicht entdecken.

Von der ersten Galerie herab wurde ein schwarzes Tuch entrollt. Die Kapelle blies einen Tusch. Man hob die Gläser. Uwe war gestorben. Das Maskottchen der Reederei, Liebling der Guthoffnungsbrücke mit eigenem, eigens angefertigtem Stall. Uwe war ein Esel. Zwar hatte er es bis zum Kapitän nicht gebracht, doch zum See-Esel schon, in der Reederei wurde er konsultiert, wenn einer der großen P-Liner ausfuhr: Ob die Reise von Glück begleitet sein, das Schiff problemlos durch den Panamakanal und die gefürchtete Torresstraße kommen werde, ob die Piraten am Horn von Afrika die Enterleitern von den schwimmenden Legenden, Stolz und Kapital der Reederei, lassen würden, der Vorstand fragte, Uwe wedelte zur Antwort mit dem Schwanz oder nicht, schüttelte das Grauhaupt, scharrte mit dem rechten oder linken Vorderhuf oder konnte sich nicht zwischen zwei Heuhaufen entscheiden, beide unter naturkrummen Apfelbäumen handgemäht auf einer von Deichschimmeln gedüngten Wiese. Wenn er einen seiner rauhen Rufe ausstieß, die nach I-Ah nicht klangen, sondern, hatte Grote gesagt, nach Walter Ulbrichts Filzsächsisch, wußte man an der Guthoffnungsbrücke, daß es Sturm geben werde, keinen gewöhnlichen Sturm, sondern einen Orkan, einen von denen, die das Schiff bis zu den Werftkäfern und die Mannschaft bis ins Knochenmark durchschütteln.

Krachen und Heulen und berstende Nacht!
Dunkel und Flammen in rasender Jagd –
Ein Schrei durch die Brandung!

Uwe wurde auf einer Bahre durch die Halle getragen von sechs weißbärtigen Fahrensleuten mit Zweispitz über englisch anmutenden Uniformröcken. Man hatte ihn schön hergerichtet. Er trug seine am ersten Tag auf der Guthoffnungsbrücke angemessene Uniform mit sämtlichen Auszeichnungen. Der Kopf war sauber gestriegelt, die besonders langen und zum Anlaß extra ausgeputzten Ohren ragten wie lauschend über die Bahrenränder, die Augen waren geschlossen, sein Gesicht hatte einen friedlichen Ausdruck. Uwes Uniform stammte von Landmann & Landmann, der Seniorchef des Hauses persönlich hatte einst Anmessung und Zuschnitt des dunkelblauen Seemannszwillichs vorgenommen. Der Admiralshut lag auf dem Bauch, das zum Hut gehörende Blechfutteral aufgeklappt zwischen den Hufen. An den Hufen blinkten Schlittschuhe, glänzend poliert: Uwe war nicht nur kompaß- und windkundig gewesen, wie es sich für einen See-Esel gehörte, sondern war auch ausnehmend schön

Schlittschuh gelaufen. Der Chor der trevischen Elbelotsen sang die Ballade »Nis Randers«, einen Heldenfetzen, wilddramatisch und gereimt, über die Rettung von »'s ist Uwe« aus Feuer und Schiffbruch.

Nun springt er ins Boot und mit ihm noch sechs:
Hohes, hartes Friesengewächs;
Schon sausen die Ruder.

Grote gab ein Kommando. Die Bahrenträger warteten, ohne die Last abzustellen. Rum wurde ausgeschenkt, echter Kuba-Rum, wie Grote in einer kurzen Ansprache betonte, in Flensburg gehandelt, mit dem Segelschiff versailt, wie es sich gehöre und Tradition sei, ein Gläschen dieses heiligen Geists koste fünfzig Mark, also bitte nichts verschütten außer einem Tropfen, der für Uwe sei, und einem, der dem Beschützer der Kaufleute, der Reisenden und der Diebe gehöre. Sie standen, eine Hand auf der Brust, die andere mit vorgehaltenem Rumglas, und sangen mit, die Rechtsanwälte, Geschäftspartner und Kontoristen, Schiffsversicherer und Mitglieder des Senats. Die Ballade war so etwas wie die Hymne eines meeresdeutschen Nationalkonvents. Man ging nach draußen. Die Flagge der Reederei auf dem Dach – Anker, zwei Steuerräder über den Ankerflunken – senkte sich auf halbmast, als Uwe vorbeigetragen wurde. Weiß wehte das Tuch im Licht. Rauh klang der Gesang der Elbelotsen von Nis Randers, von Uwes Heimholung. Die Bahre wurde über die Guthoffnungsbrücke bis an die Kehrwiederspitze getragen, wo ein Boot wartete.

– Sie haben über die Toppen geflaggt, sagte Elisabeth und wies auf ein elbeab ankerndes Segelschiff.

Grote sah durch einen Feldstecher:

– Die Kanone ist abgeprotzt. Hoffentlich hat Volker sie nicht wieder mit Klopapier geladen.

Die Gäste salutierten.

Die Lotsen sangen den entsprechenden Shanty.

Die Schiffskanone feuerte Salut.

Elisabeth bewunderte den Skipper. Profisegler, früher in der Beringstraße bei den Krabbenfischern gewesen, Knochenjob in Kälte und Finsternis. Beim America's Cup mitgemacht, mit der »Svendborg« die Magellanroute um die Welt gefahren. Der Ankerball wurde eingeholt, der Blaue Peter, Zeichen für die Ausfahrt des Schiffs, geheißt. Die Rechtsanwälte diskutierten, ob es zulässig sei, beim Begräbnis eines See-Esels über die Toppen zu flaggen.

– Der ganze Dreimastbramsegelschoner voller Flaggen und Stander!

Die Reihenfolge genau festgelegt. Für Uwe mochte es angehen. Sie freuten sich auf das Essen, Koch Ebbe verstehe sein Handwerk.

– Tolles Labskaus, schwärmte Elisabeth. Ebbe war früher Perlenzüchter auf Tahiti gewesen, die »Svendborg« hatte ihn von dort mitgebracht. Solche Biographien, meinte Elisabeth, seien in Treva nicht ungewöhnlich. Man hieß hier Percy oder James, und nicht immer mit dem zweiten Vornamen. Es gab in der Speicherstadt ehrbare Kaufleute, die noch Ohrring trugen, wie es unter Seeleuten einst Brauch gewesen war. Die Schiffsversicherer taxierten das Quarantänerisiko, wenn Uwe noch vor der Elbmündung verwest sein und ein Hygieneheini das mitkriegen würde.

– Da s-teckste s-trudeltief in S-trafe, mein Lieber!

Die Zweispitze wurden abgegeben. Die Krawatten lokkerten nur die jüngeren Semester, die älteren teilten Seefahrtssprüche aus:

– Früher waren die Schiffe aus Holz und die Männer aus Eisen, heute sind die Schiffe aus Eisen …

– Da kommen Kinken ins Reep, wenn du nich mitm Kardeel gehst.

Der Chor der Elbelotsen verabschiedete sich mit gelüpften Hüten und einem der »Svendborg« hinterhergewünschten »Reise, Reise«.

Drinnen hielt Anne eine kurze Ansprache. Sie brachte, als alle schwiegen, sie musterten, mehr neugierig als mißtrauisch immerhin, vor Aufregung nur einen einzigen Satz vor: Daß sie hier sei, um zu lernen, sie aber darum bitte, daß man auch bereit sei, umgekehrt von ihnen im Osten zu lernen.

Er sei auch schon in Dresden gewesen, so Senator Carlsen.

– Ziemlich trübe dort, aber sympathische Leute! Voller Ongaschmang. In der jetzigen Situation s-tehe doch keiner abseits.

Rechtsanwalt Commichau ergriff das Wort: Man wolle einen Verein gründen: Adiuvat in itinere, Anwaltschaft hilft Anwaltschaft. So müßte es auf allen Ebenen, in allen Bereichen geschehen. Kleine, schlagkräftige Truppen, die ihren Zwilling drüben unterstützten.

– Was braucht ihr am dringendsten? fragte der alte Grote.

– So gefragt: Fachliteratur, Bürogeräte, Leute.

– Da gründen wir gleich 'n S-tab für. Wer ist dabei? Wer organisiert?

Wie sie auflebten, Abenteurer, die sie eben auch waren, unternehmungslustig wie unter Marschall Vorwärts. Die Sache außerdem steuerlich absetzbar. Nichts glich dem Glück einer großen Aufgabe.

– Nicht einmal der Besitz, spottete Redding.

– Aufs Vaterland, sagte Lorenz Grote. Sie hoben die Gläser. Auch Senator Carlsen. Treva, Bastion der Sozialdemokraten, doch unter den Ideologien lag die Vernunft, und in der Vernunft schlug ein patriotisches Herz.

Dann tranken alle noch mal vom echten Kuba-Rum ein Prosit auf den Heimgegangenen. Einen Nachfolger hatte man noch nicht gefunden. Es gab auch promovierte Esel, aber die schätzte der alte Grote nicht so sehr. An Uwe hatte er gehangen, und Uwe an ihm. Hatte der Reederei Glück gebracht, obwohl der Name nicht mit einem P begann wie sonst fast alles bei Anker, was schwimmen oder Schlittschuh laufen konnte. War vielleicht schon in der Trevischen See, der Gute. Tote reisen schnell.

Mitternachtsschlosser. Judith will nach Paris

Meno und ich holten Judith ab, die noch das Rotlichtviertel um den Bahnhof hatte besichtigen wollen. Elisabeth fuhr uns mit ihrer Ente, ein zitronengelbes, bei jeder Straßenunebenheit puddingartig wackelndes Gefährt, mit dem sie Frankreich und Italien erkundet habe, bis nach Griechenland gekommen sei, wo ihren Gagus, wie sie das Auto nannte, kurz vor der Überfahrt nach Korfu ein wildgewordener Widder, der einen Abhang hinabgerannt sei, gerammt habe, Gagus sei in einen Olivenhain gekippt, und ihr erstes Bild nach dem Schrecken sei der Kopf des Widders gewesen, der sich über das Auto gebeugt und sie, wie um sein Werk zu betrachten, wiederkäuend, aber irgendwie auch besorgt angeglotzt habe (Elisabeth sagte häufig, dabei mit der rechten Hand ausfahrend, »irgendwie«), Meno saß vorn, zusammengesunken, wendete bei Elisabeths Erzählungen über die Gesellschaft der Elballee hin und wieder den Kopf zum Fenster, wie abwesend. Mich beschäftigte unser Gespräch im Nachtfaltermuseum, es schien mir nach den Eindrücken bei Grotes schon lange her zu sein, durch Menos Anwesenheit aber wiederum gegenwärtig wie ein sich der Idylle nähernder Meteor aus Wirklichkeit; ich mußte mich konzentrieren, um Elisabeth folgen zu können, aus der die Empfindungen, Geschichten, Einfälle ungehemmt hervorzusprudeln schienen, doch lenkte das ab, und ich war dankbar, daß sie den unterhaltenden Teil übernahm.

Sie bremste. Ich hatte die beiden Männer nicht gesehen, den älteren im blaurot längsgestreiften Pyjama, den jüngeren, der den älteren davon abzuhalten versuchte, sich auf die Motorhaube von Gagus zu legen. Er schwenkte eine Flasche, gab sie dem jüngeren, stierte, wobei er die Arme unter den Kopf legte, durch die Frontscheibe auf Elisabeth und Meno. Das sei Hannes Jensen, der Maler, der Zeichner, Goldnugget der Elballee, Liebling der trevischen Gesellschaft. Elisabeth hatte sich rasch gefangen, hob die Hand zum Gruß, der Mensch neben Jensen heiße Roland Kolisch, sei mit ihr in eine Klasse gegangen, schreibe Bücher. Hannes Jensen hatte sich aufgerafft, hielt Skizzenblock und Stift in der Hand, fuhrwerkte auf dem Block herum, drehte ihn nach ein paar Sekunden grinsend um: ein Hahn mit einer riesigen Vulva, oder war es eine Vulva als Hahn, eine mal eben hingekritzelte, vollkommen treffsichere Zeichnung, Elisabeth lachte beim Aussteigen, Jensen riß das Blatt ab, schob es Kolisch in den Mantel und krähte:

– Zwei Maak! Zwei Maak!, die Elisabeth ihm bezahlte, woraufhin ein Streit um die Skizze begann. Jensen meinte, wir sollten alle aussteigen, er müsse uns eine Swieht (Suite) zeigen, sofort, und mich müsse er gleich mal zeichnen, ich hätte ein Dürergesicht, das lange Haar wie auf Dürers Selbstporträts, der Jürgen Stein werde vorbeikommen, und wenn der komme, dann auch der Große Burstah, Eifersucht zwischen Zeitungsgranden, Elisabeth sah hilflos zu Meno, aber der winkte ab, er finde den Weg schon allein, und er gehe, um sich zu sammeln, gerne zu Fuß.

Judith drückte Meno ihr Gepäck in die Hand. Wie auf Hiddensee, nur hatte sie damals noch weißes Haar gehabt, jetzt war es braun, vielleicht ihre echte Haarfarbe. Es machte sie jünger. Sie war magerer geworden, die Arbeit für das Forum zehrte, auch Anne hatte diesen Zug zarter Müdigkeit um die Augen, der den beiden Frauen etwas Melancholisches, Angegriffenes, aber auch Anziehendes gab. Wie Anne mit geröteten Wangen, angeregt vom Sekt, der nicht besonders gut gewesen war, mit all den Industrieleuten und wichtigen Persönlichkeiten gesprochen hatte, mit Delanotte vor allem, der etwas allzu offensichtlich um Anne herumscharwenzelte, aber doch wohl noch verheiratet war, wenn Grote ihn als seinen Schwiegersohn vorstellte: Meno hatte das junge Mädchen wiedergesehen, das er gekannt und Richard nicht gegönnt hatte; auch daher so manche der Spannungen zwischen Richard und ihm.

Als Judith sich umdrehte, die Hände in die Taschen schob, hörbar ausatmete, wie es Anne manchmal tat, wenn sie aufgeregt war oder über etwas, das sie beschäftigte, nicht mehr nachdenken wollte, entdeckte er einige graue Haare an Judiths Nacken, das rührte ihn.

– Sie geben natürlich Ihr Begrüßungsgeld nicht für einen Kaffee aus? Oder haben Sie's noch gar nicht abgeholt? Würde ich Ihnen zutrauen, Herr Lektor.

– Waren wir nicht schon beim Du?

– Ich weiß, wie selten das bei Ihnen ist und welche Ehre, aber ich glaube, nein, und jetzt würde ich gern beim Sie bleiben.

Er trat neben sie, in der Hand das wie immer bei ihr überdimensionierte, bestimmt chaotisch zusammengeworfene Gepäck. Wahrscheinlich war ein Radio oder sonst irgend etwas Voluminöses, Überflüssiges darin, aber keine Zahnbürste. Es war Nachmittag, die Sonne stand schräg, wärmte nicht mehr, Judith trug nur einen Übergangsmantel, gepunktet, und dazu hatte sie passende Handschuhe, auch davon hatte sie ihm einmal, erinnerte er sich, vorgeschwärmt: daß man so etwas in Paris trage, also vielleicht überhaupt im Westen, und jetzt war man im Westen, in der reichen Stadt Treva, in die Judith zu einer Lesung aus ihrem neuen Buch eingeladen worden war. Darauf war Meno stolz, und dieses Gefühl erlaubte er sich nicht so rasch. Er hatte sich die Finger dünn telefoniert, um diese Lesung zu arrangieren, und Hannelore Grote hatte ihm dabei geholfen.

– Ich lad Sie ein, ich hab ja einige Honorare hier stehen, sagte Judith.

– Haben Sie eine Zahnbürste dabei?

– Wie kommen Sie jetzt auf Zahnbürste?

– Ihre Tasche ist schwer, viel zu schwer für eine Zahnbürste.

– In Treva braucht man keine Zahnbürste. Da sind selbst die Bakterien aus edlerem Stoff, die Zähne ja sowieso. Haben Sie gesehen, was für tolle Zähne die alle hier haben?

– Die sich's leisten können, sagte Meno. Hannelore hatte Meno die Einladungsliste zugeschickt. Zu seiner Überraschung hatte Meno auch den alten Eschschloraque auf der Liste entdeckt. Was der wohl auf einer Party der Reichen und der Schönen zu suchen hatte.

– Ich hab zwei Zahnbürsten mit, sagte Meno.

– Danke, ich hab noch meine ausm Knast. – Also, Café?

– Da hätte ich eine bessere Idee, Frau Schevola, sagte eine kehlig hohe Männerstimme hinter ihnen. Sie gehörte Daniel Redding, Meno hatte ihn nicht herankommen gesehen. Judith war zusammengezuckt. Im Gegenlicht wirkte Reddings vollbartumrahmtes Gesicht ungewöhnlich bleich, er schien sich dick eingecremt zu haben und trug, wohl wegen eines Augenleidens, eine dunkle Brille.

– Es gibt einen wunderbaren Buchladen hier in der Nähe. Mit einem Kaffee, wie Sie ihn noch nicht getrunken haben.

Die Einladung klang freundlich, aber Judith zögerte. Sie habe vorgehabt, den Hafen anzusehen.

Aber die Buchhandlung liege ja im Hafenviertel. Redding zog den linken Mundwinkel hoch, kaum merklich, es sollte wohl ein Lächeln oder Einverstandensein andeuten, wirkte aber, da weiter nichts mitlachte und die Augen hinter den dunklen Brillengläsern nur als schwarze Punkte zu erkennen waren, eher höflich-müde als freudig. Im berüchtigten Hafenviertel? Judith henkelte sich bei Redding unter, dessen Mundwinkel noch ein Stückchen höher gehievt wurde, ob von Muskeln oder von einer Befehlsgewalt namens Freude konnte Meno nicht erkennen. Etwas schien Redding zu bedrücken, keine Tagessorge, Grundsätzliches. Alles an ihm war Haltung, Contenance, wie die fürchterliche Frau Rensenbrink vorhin zu Anne gesagt hatte (und vorher eine beleidigende Bemerkung über Annes Kleid), Redding hielt sich gerade, schwang beim Gehen ein Stöckchen, obwohl er es nicht brauchte (er stützte das falsche Bein damit, soviel hatte sich Meno aus Richards Erklärungen gemerkt), die Farben seiner Kleidung waren auffällig, kurz unterhalb des Knalligen, noch nicht im Bombast, aber so, daß man den Bombast, das Pathos, mitnehmen konnte, wenn man wollte: was doch den Kenner und guten Beobachter verriet. Redding war eitel, wußte genau, wie er wirkte. Setzte kleine Zeichen, sortierte: in diejenigen, die davon nichts mitbekamen, weil die Zeichen zu fein oder zu wenig bekannt waren, unterhalb der Wahrnehmungsschwelle blieben, und in diejenigen, die Redding damit ansprechen wollte:

– Menschen wie Sie, hatte er zu Meno gesagt, dabei aber zu Kolisch geblickt, der auf einer Treppenstufe des Ankerhofs gestanden und dem bewundernd aufblickenden Publikum, mehr Frauen als Männer und bei den Frauen die in den sogenannten besten Jahren, von einer wahrhaft befreiten Gesellschaft vorgeschwärmt hatte, die eben im Osten im Entstehen begriffen sei. Es hätte Judith sein können, auch bei ihr diese Glut, der Idealismus, den Meno liebte, ohne es zu sagen, weder zu Roland Kolisch noch zu Judith. Beide hatten Manuskripte bei Meno liegen, beide, obwohl ganz unterschiedlich (Kolisch schrieb avantgardistisch und dabei verspielter als Judith), hatten den Zug ins Große, auch ins Pathos; Meno kreidete es an – und strich seine eigenen Schlängellinien wieder durch, mitgerissen vom Schwung ihrer Liebe, ihres Hasses.

Für Kolisch mußte er noch etwas tun. Dessen Text aber war noch nicht fertig. Kolisch brachte einzelne Kapitel, sogar nur Szenen, Entwürfe in den Verlag, liebte es, stundenlang mit »Ansprechpartnern«, wie er sagte, zu diskutieren, dabei schien ihm das, was er wollte, klarer zu werden. Judith brachte nichts Unfertiges in den Verlag. Das war ihr ein Greuel, wie sie sagte. Sie konnte es nicht leiden, über etwas zu sprechen, das noch in Arbeit war, und schon gar nicht mit ihm, ihrem gestrengen Lektor, wie sie sagte.

– Sie töten mein Kind, Sie nörgeln dran herum, das ist wie eine Abtreibung. Und schon das Risiko, daß es so sein könnte, ist viel zu hoch.

Kolisch suchte den Rat, hielt sich aber so gut wie nie daran. Er sagte:

– Okay, leuchtet mir ein

aber was herauskam, war genau das, was er eigentlich hatte verändern wollen.

Jetzt aber galt es erst einmal, Judith zu lancieren. Wenn sie das denn nötig hatte. So wie sich Redding abführen ließ. Wie er den Kopf, auf dem ein weicher violetter Hut saß, wiegte und, gertenschlank im cremeweißen Anzug unterm Mantel mit umgelegtem Fuchs als Kragen, Stöckchen überm Arm, davonstackelte, schön aus der Hüfte. Eine anerkennende Bemerkung über ihr Äußeres machte, nichts Billiges, kein Schmelzkäse, so daß Judith sich etwa beschmiert fühlen könnte, aber doch etwas nett Direktes, und offenbar »aus der Kalten«, wie man hier zu sagen schien.

So etwas zu können war eine beneidenswerte Gabe. Meno wußte, daß er sie nicht besaß. Er war zu verstockt, zu sehr in sich selbst verkauert, brauchte für alle und alles einfach viel zu lange, seine Arbeiten waren zwar gründlich und genau, die meisten Autoren, selbst solche, die ihn nicht mochten (Eschschloraque, Mellis), wollten mit ihm arbeiten, weil sie sich darauf verlassen konnten, daß er ihre Texte wirklich las, und zwar mit dem Bleistift, Zeile für Zeile, daß er nicht etwas anmerkte, um sich selbst zu profilieren, sondern, weil er dem Text dienen wollte. Er hatte auch, wie er wußte (ein Verlag ist eine Welt für sich und eine schwatzhafte dazu), etwas Betuliches, lange Leitung, Judith hatte ihm mehr als einmal Leidenschaftslosigkeit vorgeworfen.

Hanna auch, wie er sich voller Ärger eingestand, zwei, drei Schritte hinter Redding und Judith, die sich bestens zu verstehen schienen. Was sie sagten, hörte er trotzdem. Sein Haus, so Redding, nenne er Handschuhfach, er lade sie beide gerne mal ein. Die Gesellschaft heute abend werde seiner Erfahrung nach nicht sehr literarisch sein, nicht wirklich, obwohl – oder gerade weil, bemerkte er mit nun bösem Lächeln, er hatte sich zu Meno umgedreht – es von Literaten wimmeln werde. Aber er schäme sich, dieses Wort jetzt benutzt zu haben. Nichts Schäbigeres nämlich als ein Literat, der Literaten Literaten nenne. Für einen Moment fiel Redding in sich zusammen, als hätten alle Stützen, die er in sich hatte, aufgegeben, über sein Gesicht legte sich Melancholie, aber nur kurz, ein Schatten, der verschwand, als die Elbe sich verbreiterte und sie die ersten Schiffe sahen.

Die Hannelore, so Redding, tue ihm leid, sie gebe sich wirklich Mühe und sei auch eine Gastgeberin, die diese Bezeichnung verdiene:

– Glauben Sie mir, das ist nicht bei allen Gesellschaften hier so.

Sie kenne noch die Balance (Redding sprach das Wort sehr nasal) von Leichtigkeit und Ernst und Reden. In Gesellschaften komme es darauf an, so Redding, daß die Gäste im Mittelpunkt stünden, nicht die Gastgeber. Er wartete, ließ Meno aufschließen.

– Als Lektor dürfen Sie eigentlich nicht so enthusiastisch sein, sagte Redding. Das steigt den Autoren zu Kopf, sie werden Diven. – Sie wahrscheinlich nicht, sagte er zu Judith Schevola, Sie sind ja Bürgerrechtlerin. Das wissen die hier gar nicht, was das bedeutet. Sie sind zu extravagant gekleidet für eine Bürgerrechtlerin.

– Und Sie? Judith wies auf Reddings Mantel. Haben Sie so im Hermes-Verlag gesessen und auf Ihre Verhaftung gewartet?

Jähe Freude auf Reddings Gesicht.

– Ich hatte Chuzpe, stimmt. Aber ich war kein Bürgerrechtler, das nicht.

– Sie, im Hermes-Verlag? fragte Meno. Redding rückte an der Brille, eine leicht abfällige, ungläubige Geste, wie Meno schien. Judith versuchte, Meno den Hut ins Gesicht zu ziehen.

– Sagen Sie bloß, Sie wissen nicht, daß Daniel Redding den Hermes-Verlag gemacht hat?

– Na ja, gemacht würde ich nicht sagen. Redding wies mit dem Stock auf ein grün gestrichenes Backsteinhaus, in dem sich eine Buchhandlung namens »Mitternachtsschlosser« befand.

– Das waren schon noch andere. Walter Czollek zum Beispiel und Marianne Spaniermann-Dreifuß. Sie gebildete Wienerin, die ins Exil gehen mußte, er war im KZ Buchenwald, dann im Exil in Shanghai.

– Wir haben Meno Rohde bei einer Bildungslücke ertappt! Judith trommelte mit beiden Händen auf einer Mülltonne.

– Nun, ich glaube, sagte Redding gedehnt und freundlich zähnezeigend, Herr Rohde hat noch andere Bildungslücken, wie wir alle, nichts für ungut, bitte. Er machte eine vermittelnde Bewegung.

– Sie arbeiten mit Kolisch?

Meno antwortete ausweichend, als er Judiths Gesichtsausdruck sah. Das freue ihn, so Redding, daß sich wieder ein Verlag, und ein so angesehener wie Hermes dazu, traue, Roland Kolisch zu veröffentlichen. Hier sei nicht alles Gold, was glänze, und hinter den lächelnden Kulissen lauerten die Kalkulateure, er wisse, wovon er rede, er habe Erfahrungen in beiden Systemen.

– Hoffentlich werden Sie gewisse Erfahrungen mit diesem nicht machen müssen. Kolisch ist ein ernsthafter Künstler, die haben es schwer. Ich bewundere ihn. Ich bin beim COURIER, ich könnte was für ihn tun. Er hält die Zeitungsschreiberei für Prostitution, er hat leider nicht ganz unrecht. Wir müssen ihm hinter den Kulissen helfen.

In der Buchhandlung, die ein griesgrämiger Mittvierziger eigens für Redding öffnete, fand sich Meno nicht zurecht. Redding beobachtete ihn mit unbewegtem Gesicht. Judith war sofort zu den alphabetisch sortierten Regalen gegangen, zum Buchstaben S wie Schevola, fand ihren Roman »Die Tiefe dieser Jahre« in der Lizenzausgabe des Munderloh-Verlags und begann, andächtig darin zu blättern. Es lagen auch Bücher von Eschschloraque und Thekla Oder auf einem Tischchen, sonst aber konnte Meno auf die ersten Blicke außer einem langen Regal Thomas Mann, einem noch längeren seines Sohnes Klaus nichts entdecken, was er kannte. Doch, Gide, auch ein langes Regal, Kolisch, die »sebastianstage«, Jean Genet, allein sein Roman »Notre-Dame des Fleurs« nahm einen guten Meter ein, wohl Übersetzungen, von Genet war, erinnerte sich Meno, das Stück »Die Zofen« in Dresden gelaufen, eine schöne Provokation und ein mäßiger Erfolg. Meno las mit auf den Rücken gelegten Händen die Buchtitel und dachte, daß Redding wohl recht hatte mit seiner Bemerkung über die Bildungslücken. Da stand er nun, ein Lektor in einem der führenden Verlage, kam sich dumm und unbeholfen vor, wußte nichts, hatte diese Autoren, die offenbar im Westen gängig waren, nicht gelesen, sie hatten im Hermes-Verlag, dachte Meno beschämt, die Entwicklung der internationalen Literatur verschlafen, obwohl sie doch mit dem Anspruch veröffentlichten, ein Fenster zur Welt zu sein. Der Buchhändler machte sich an einer Apparatur zu schaffen, die mit ihren Röhren und Skalen aussah wie ein U-Boot-Funkgerät, stellte hier einen Regler, drückte da einen Knopf, die Apparatur begann zu arbeiten; der Buchhändler stellte zwei weiße Täßchen unter, in die aus der Apparatur erst Dampf schnaubte, dann je ein Zwirbel dickschwarzer Flüssigkeit, die bald nach einem Kaffee duftete, den Meno allerdings, da sollte Redding recht behalten, noch nie getrunken hatte. Der Buchhändler sah Meno zu, als der aus dem winzigen Täßchen tröpfchen-, perlchenweise den Kaffee trank, der nicht Kaffee hieß, wie Meno in seiner Ahnungslosigkeit gedacht hatte, sondern Espresso.

Die Maschine sei eine für Profis, so der Buchhändler, die gebe es nur in Italien und eigentlich nur für den Gastronomiebedarf. Judith hielt einen Bücherstapel, auf dem, von Judith mühsam balanciert, in Klarsichtverpackung ein erigierter Penis aus schwarzem Gummi stand, sogar mit Adern, die Spitze eine knallrote Gummierdbeere, ob sie den mal auspacken dürfe?

Selbstverständlich, so der Buchhändler, es seien auch Batterien dabei, er könne ihr das Gerät gerne demonstrieren. Eigentlich sei das ein Kugelschreiber.

Judith nahm ein Buch nach dem anderen aus dem Stapel, tätschelte die Schutzumschläge, bewunderte das Papier, roch daran, es rieche, so Judith zu Meno mit vorwurfsvoller Stimme, ganz anders als das im Osten verwendete, sie könne stundenlang an diesem Papier riechen. Wieso all diese herrlichen Bücher nicht in Leinen gebunden seien, und hier – sie schlug eins auf, knickte die Flügel nach hinten, daß der Leim knackte – die Seiten bloß eingeklebt, so herrliches Papier und dann so billige Bindung, schade, sie habe kein Geld, sie würde am liebsten alle kaufen, sie müsse viel mehr lesen, sie wisse nichts. Redding hatte die Brille ins Haar geschoben.

– Die setzt du mir auf die Rechnung, sagte er zum Buchhändler. Und zu Meno:

– Suchen Sie sich heraus, was Sie wollen. Wenn es nicht gerade die ganze Buchhandlung ist. Oder die Kaffeemaschine.

Meno suchte sich nichts heraus, fand es unwürdig, wie Judith zu den von ihr schon zusammengerafften Büchern noch weitere raffte, Redding hatte vorgeschlagen, sie schicken zu lassen, auf seine Kosten, selbstverständlich, und dabei hatte Judith ihn, Meno, noch vorhin mit dem Hinweis, in Treva Honorare stehen zu haben, auf einen Kaffee eingeladen, ihr Getue entpuppte sich also als bloßer Geiz oder Ausnutzung, und das konnte Meno nicht leiden. Redding sah ihr mit stiller Amüsiertheit zu. Den Gummipenis, der eigentlich ein Kugelschreiber war, wollte Judith allerdings selbst bezahlen, da ließ sie nicht mit sich reden. Es wanderten ganze Gesamtausgaben über den Tisch des schon lange nicht mehr griesgrämigen Buchhändlers, der kopfschüttelnd und händereibend, dabei leise glucksend, zwischen Espressomaschine und Kasse hin- und herlief. Redding zahlte mit zwei Tausendern, zog die Scheine aus der Hosentasche und schob sie dem Buchhändler hin, ohne ihn anzusehen.

– Sie lieben Paris, sagte Redding, sagte es aber nicht zu Judith, sondern zu Meno, zog die Brille über die Augen, als ein paar späte Sonnenstrahlen durch die Fenster der Buchhandlung brachen.

– Aber ich kenne es nicht, sagte Judith, ihre Wangen waren rot wie die eines kleinen Mädchens, kurz bevor der Weihnachtsmann kommt.

– Das sollten Sie ändern, sagte Redding. Schon um Illusionen loszuwerden. – Fahren wir? Er bot Judith den Arm.

– Sie haben eine Lesung heute abend, erinnerte Meno. Judith sah ihn an wie jemanden, von dem sie schon immer wußte, daß er sein ganzes Können ins Spaßverderben legt.

– Wir fahren. – Wie?

– Mit meinem Jaguar. Ihr Gepäck?

– Mein Lektor wird so freundlich sein. Judith hatte nur noch Augen für Redding.

– Ich bin nicht Ihr Lakai, sagte Meno.

– O doch, sagte Redding, und obwohl er es nicht scharf oder herablassend sagte, sondern bedauernd, ja traurig, war Meno verletzt. Judith wollte es mit einem Lachen wegwischen und drückte ihm den Gummipenis in die Hand, den habe sie für ihn gekauft, zur Aufmunterung, sie fände es lustig, wenn er damit ihr Manuskript korrigiere. Meno, der seine Kränkung nicht zeigen wollte, sagte:

– Nehme ich nur signiert.

Judith suchte nach einem Stift, bekam vom Buchhändler einen schwarzen Edding gereicht, der ihr zu dünn schrieb und außerdem zu wenig Kontrast auf dem dunklen Penismaterial bot. Erst ein Silberedding gefiel ihr.

– Sie wollen wirklich fahren, die Lesung sausenlassen?

– Sie haben mein Manuskript, rief Judith. Redding trug das Gepäck, folgte ihr zur Tür hinaus.

Anne bestand darauf, der Hausherrin, dem Koch Ebbe und Hannelores Schwester Inge Sievert aus der trevischen Sievertdynastie bei der Zubereitung der Mahlzeiten zu helfen, was keine Kleinigkeit war bei geplanten drei Gängen für etwa fünfzig geladene Gäste. Und nach der Sitzung bei Jensen, die mit einem Eklat endete, weil Jensen zu einer Flasche griff, die er in die Büsche nach Jens Brandenstein (alias Großer Burstah) schleuderte, die ihn aber verfehlte, woraufhin er vom Balkon gesprungen war, um, in heller Wut, den Großen Burstah zu verfolgen und ihm einen verlogenen Artikel in der ›Wahrheit‹, der kommenden Montag erscheinen sollte, um die Ohren zu hauen, wie Jensen gebrüllt hatte, wobei Jürgen Stein seelenruhig die Plattensammlung und Elisabeth die im Zimmer drunter und drüber herumliegenden Zeichnungen betrachtete, der Große Burstah war während der Sitzung auf und ab gegangen und hatte den Artikel vorgelesen, es ging um Jensens Talent und Suff, seine Zeichnungen und Weibergeschichten; nach dieser Sitzung also fand ich mich vor einer Menge Kartoffeln neben Ebbe, der eine Schälmaschine aus der Kriegszeit verwendete, die Kartoffel wurde auf einen Dorn gespießt und von einem beweglich aufgehängten Messer wie ein Bleistift im Bleistiftspitzer geschält. Die Augen auszustechen überließ er mir, er müsse nebenan nach dem Fisch sehen.

Den Nachtisch hatte Hannelore bei einem Caterer bestellt. Weder Anne noch ich trauten uns zu fragen, was ein Caterer sei.

Was die Gesellschaft sagte, war wichtig, was die Gesellschaft, die für Hannelore nur in Form der trevischen oberen Tausend zu existieren schien, ablehnte, war abzulehnen, was sie gut fand, das schien in ihren, Hannelores, Augen, gut zu sein ohne Einwand, und das wiederum weckte Annes Widerspruchsgeist, sie wagte aber nicht, etwas zu entgegnen, sie war hier zu Gast.

– Ich habe die Judith Schevola deinem Bruder zuliebe eingeladen, sagte Hannelore, trocknete sich die Hände an ihrer Schürze ab, auf die Seepferdchen gedruckt waren, und blickte über den Tisch voller halbierter und ausgeschnittener Kochbirnen, die es zu Bohnen und Speck geben sollte. Ebbe hantierte an Schwarzsauer, trevischer Scholle, Fliederbeerensuppe, die Anne als Holundersuppe kannte, trevische Nationalgerichte, wie Ebbe mehr gemault als gesagt hatte; Hannelore und er hatten über den Nachtisch gestritten, er war für Großen Hans gewesen, Hannelore aber, indem sie auf einen Korb mit altem Brot wies, für Brotsuppe. Sünde sei es, Brot umkommen zu lassen, das hätte es hier im Hause nie gegeben, nicht bei den Grotes, nicht bei den Sieverts, von denen sie stamme.

– Ich finde das schön, daß wir die Familie nun nach Osten erweitern, sagte Hannelore, der Lorenz hat mir oft von Luise erzählt, und wir haben euch ja immer Pakete geschickt.

Daran konnte sich Anne nicht erinnern. Pakete waren von Alice und Sandor gekommen, aus Quito oder, wenn sie den Winter über in Deutschland waren, aus Röttenbach, aber nicht von einer Familie Grote oder der Anker-Reederei.

– An Meno, an Ulrich?

– Nein, an euch, Heinrichstraße elf.

– Ist nie eins angekommen.

– Wir dachten, ihr wollt nichts von uns wissen. Oder der Kurt hat was dagegen. Mein Gott, ges-tohlen. Ist das denn möglich. Hannelore spähte in die Töpfe mit geschälten Kartoffeln, es seien noch nicht genug.

– Die Kochbirnen hat Ebbe besorgt, ein Aufwand, was glaubst du, jetzt im Winter. Eigentlich hat er recht: Es ist nicht ganz in der Tradition, die jetzt zu servieren. Nur weil der Lorenz sich das ausdrücklich gewünscht habe. Er sage immer Grüner Hein zu Bohnen, Birnen, Speck. Die Kochbirnen gebe es normalerweise im August und September, die hier stammten von einem Gärtner, der sie sich teuer bezahlen lasse.

– Brotsuppe können wir doch morgen noch machen, Frau Grote. Ebbe war, eine Fischklinge in der Hand, aus der anderen Küche, der sogenannten Gesindeküche, gekommen, wo er mit Inge Sievert arbeitete, atmete schwer, als wären grundlegende trevische Prinzipien in Gefahr.

– Für heute reicht's sowieso nicht, und frisches Brot einzubrocken wäre Sünde.

– Sünde, ja. Und nicht in der Tradition, sagte Hannelore.

– Außerdem.

– Vielleicht lassen wir für die Stippe den Speck und die Zwiebeln weg.

– Also für die Zwiebeln wär ich schon, sagte Ebbe.

– Den Speck haben wir ja schon beim Grünen Hein. Hannelore wischte über einen Kupferkessel, der neben anderen Kupfergerätschaften hing. Die Kupferküche, die gute, die teure.

– Der Oskar mag Zwiebeln, von den Grotes mag keiner Zwiebeln, die Sieverts mögen keine Zwiebeln, von den Bramsincks nur der Otto und die Lilo.

– Die Herren Kritiker mögen Zwiebeln. Dann schreiben sie schön scharf.

– Ich weiß immer noch nicht, ob der Brandenstein nun

kommt oder nicht. Er hat zwar zugesagt, aber morgen ist ja Magazintag.

– Der mag aber Zwiebeln, Frau Grote. Kriegsessen, sagt er. Und Kriegsessen findet er ja gut.

– Ich fand Zwiebeln für trevische Scholle noch nie in der Tradition. Die Sieverts haben trevische Scholle immer ohne Zwiebeln gemacht. Nicht wahr, Inge.

– Immer! Der Ebbe soll man mal nicht soviel diskutieren.

– Aber dann mit Garnelen, Frau Grote.

– Einvers-tanden.

– Trotzdem muß ich sagen, Stippe zu trevischer Scholle ohne Zwiebeln. Es ist nicht in der Tradition, Frau Grote. Also, nicht in unserer.

– Na dann eben mit Zwiebeln, Ebbe. Aber dann auch diskret mal lüften.

– Ich sag's auch dem Stefan, der ist gut diskret, Frau Grote. Der macht das ganz unauffällig.

– Und laß mir, wenn's geht, die Hunde draußen.

Oskar Brock hatte eine Ecke für sich. Oskar Brock war auch eine Kategorie für sich. Der Hermes-Verlag hatte Brocks Haupt- und Meisterwerk, »Die Heringe«, vor einigen Jahren in Lizenz verlegt, Brock war im Osten lange unerwünscht gewesen, man hatte das Problem gemeinsam mit Samtleben, dem Buchminister, mit der in solchen Fällen bewährten Versuchsballonstrategie gelöst, hatte zuerst einen schmalen Text, »Die Krähen«, in der Schwarzen Reihe veröffentlicht, dem, da Brock nun als eingeführter Autor galt, natürlich das Hauptwerk folgen mußte. Brock hatte sich eine Pfeife unter den Schnauzbart geklemmt, ein Bein übers andere geschlagen, äugte über den Rand seiner Lesebrille auf Wiktor Hart, der einen eigenen Kreis neben dem von Brock bildete, riß ein Streichholz nach dem anderen an, sog an der Pfeife, die nicht brennen wollte, und sprach auf einige Politiker ein, die artig vor ihm saßen und lauschten, was der Große Oskar, wie er respektvoll von Hannelore genannt worden war, zu sagen hatte. Es saßen nicht nur Politiker um ihn herum, ich sah Kolisch und den alten Eschschloraque. Kolisch hatte die Augen geschlossen und schien den Worten Brocks nachzusinnen, Eschschloraque ließ die cremeweißen Schuhe wippen (zu cremeweißem Anzug und Bolerobinder), hielt den Mundwinkel gekrümmt wie vorhin Daniel Redding und studierte Brocks Hals.

Brock dozierte über die führende Rolle der Sozialdemokratie im anstehenden Vereinigungsprozeß. Legte den Kopf mit dem starr nach vorn stehenden Haar schräg, stach mit dem Pfeifenstiel in die Luft bei wichtigen Argumenten, die dunkle, angenehme Stimme rollte, sie erinnerte mich an die Thomas Manns, war aber nicht so nasal, vielleicht hatte Thomas Mann Nasenpolypen gehabt. Ich überlegte, mit welchem Schmetterling ich es wohl hier zu tun hatte. Brock sprach über den Osten im Ton, in der Haltung eines Mannes, der nicht nur viel, sondern fast alles gesehen hat, jedenfalls genug, um den trevischen Politikern hier die Meinung zu sagen. Sie machten alles falsch, wenn Oskar Brock zu glauben war. Oskar Brock schien ein Fachmann für den Osten zu sein. Judith war auf dem Weg nach Paris. Die hier würden den Osten über die trevischen Tische ziehen. Jetzt sprach Oskar Brock davon, daß es »drüben« gar nicht so schlecht gewesen sei, man habe im Hermes-Verlag alle seine Arbeiten aufs beste betreut, mit vorzüglicher Sorgfalt, habe sogar Fehler der Originalausgaben verbessert, niemand habe ihm irgendwelche Änderungen vorgeschlagen, man habe ihn sogar nach seinen Wünschen in bezug auf Satzspiegel, Schrift, Einbandfarbe gefragt, das sei zwar hier im Westen auch so, aber man solle jetzt bitte nicht so tun, als ob im Osten nur Wilde lebten. Es sei eine Diktatur gewesen, aber eine kommode Diktatur.

– Ganz so kommod war es nun nicht, Herr Brock, sagte Anne.

– Der Große Kommodenfalter, sagte Meno.

Brock sah über seine Lesebrille auf Meno, nahm die Pfeife aus dem Mund. Er habe lange und intensive Beziehungen in den Osten, er stamme, gewissermaßen, selbst von da, und Dresden sei, bei allem Respekt, nicht der Osten.

– Vielleicht war dort die Diktatur noch am kommodesten, sagte Anne, auch wenn wir kein Westfernsehen hatten.

– Ich meinte mit diesem Begriff, sagte Brock, daß es bei Ihnen nicht zuging wie in der Sowjetunion zu Stalins Zeit. Er kenne Frau Hoffmann über Judith Schevola, die er regelmäßig besuche, wenn er in Dresden sei. Frau Hoffmann vertrete recht konservative Ansichten, und bei allem Respekt: sie sei nur eine Stimme im Chor, er reise sehr viel und kenne so ziemlich den ganzen Chor. Er habe darüber geschrieben und gerade aus dem Osten sehr viel Zustimmung bekommen. Eschschloraque schaltete sich ein. Im Osten habe es nicht nur keine kommode, sondern überhaupt keine Diktatur gegeben. Nicht einmal die des Proletariats.

– Und selbst wenn eine Diktatur, Frau Hoffmann, sagte er und wippte auf den Zehen, dann eine Diktatur, die notwendig war. Es war die der richtigen Sache über diejenigen Kräfte, die auf der falschen Seite standen und die falsche Sache vertraten.

– Und wer wer oder was ist, bestimmen Sie.

– Wer Ordnung und Frieden liebt, wer daran glaubt, daß aus dem Schoß des Kapitalismus die schlimmsten Kreaturen hervorgekrochen sind, dem ging es gut bei uns, für ihn gab es keine Diktatur. Das Gute konnte gedeihen, das Böse wurde bekämpft.

Einige Politiker wurden unruhig. Brock hob den Zeigefinger, an dem ein Totenkopfring steckte: Da habe Herr Eschschloraque nicht recht.

Hannelore bugsierte Meno und mich an den Ärmeln aus der Brockrunde. Wo denn Frau Schevola sei, es gebe ja noch Vorbereitungen. Meno sagte, mit einer gewissen Genugtuung, wie mir schien, wobei ich an das von Judith signierte Gerät dachte, daß Frau Schevola plötzlich erkrankt sei, ziemlich schwer, wie er gehört habe. Er werde an ihrer Stelle lesen. Hannelore hob die Augenbrauen.

Sie sei einverstanden. Die Mißbilligung von Judiths Benehmen war der Unerschrockenheit von Hannelores Blick beigegeben. Vielleicht meinte sie aber die Hunde, die mit ungeschnittenen Krallen über Parkett und Orientteppich liefen. Es waren Doggen, sie hießen Piet und Peer.

Hannelore entließ uns zu Oskar Brock. Dort wagte sich kaum jemand zu regen. Brock streute anerkennende Floskeln über Eduard Eschschloraques Essays hin, ließ die Stücke jedoch unerwähnt, so daß Eschschloraques Lächeln mitten im Aufgang gerann. Er schätze, wie Oskar Brock sein Stück über den »Chef« (es hieß auch so) beginnen lasse, ein ganzer Brock übrigens, ein Schauspieler halte einen Monolog mit dem Rücken zum Publikum und sage gleich einen für den Verlauf ganz wichtigen Satz, das verrate den Provokateur, wenn auch nicht den erfahrenen Theatermann. Am Anfang, wenn alles noch raschele und sich zurechtrücke, die Frau Kommerzienrat die Frau Direktorin begrüße, dürfe man nichts Entscheidendes sagen lassen, das gehe unter, und das sei doch schade. Brocks Mißachtung dieser Theaterhasenweisheit im »Chef«-Stück jedoch imponiere ihm, leuchte ihm auch ein. Das Stück sei ja gewissermaßen ein immer wieder erneuerter Einsatz, als Ansatz verstanden, so wie er es verstehe, es mache nichts, daß das Publikum da nichts verstehe, denn es selbst sei der Chef, auch wenn ein Chef im Stück vorkomme. Ein Chefstück sozusagen, und man wisse ja, daß ausgerechnet die Chefs von nichts eine Ahnung hätten.

Herr Eschschloraque solle nicht so um den heißen Brei herumreden, ließ sich jetzt der Kritiker Wiktor Hart vernehmen, das Stück tauge überhaupt nichts, das habe er in einer Kritik in der ›Trevischen Allgemeinen‹ unmißverständlich dargelegt. Oskar Brock war sichtbar anderer Meinung. Der Kritiker Hart bewies, daß das Stück nichts taugte, mit einem einzigen, allerdings schlagenden Argument: er habe sich gelangweilt. Außerdem sei die Cheffigur dem Brecht nachempfunden und verhalte sich wie ein Idiot. Der Brecht sei alles mögliche gewesen, aber ganz gewiß kein Idiot.

– Genau so habe ich das in einem Vortrag auch gesagt! Ein glatzköpfiger, kugelig wirkender Mann neben Hart hob den Zeigefinger und tänzelte nach vorn, eine der Leuchten der alten Leipziger Universität: Hans Mayer. Wenngleich er seinem guten Freund Wiktor in einem Punkt widersprechen müsse: Das Stück tauge sehr wohl was, denn gelangweilt habe er sich keineswegs. Aber wo sei eigentlich die Schevola.

– Aber es enthält doch einige für Oskar typische Eigenheiten, sagte ein Herr mit zarten Gesichtszügen und Haartolle, die an die des Dirigenten Karajan erinnerte: der Chefmusikkritiker der ›Südtrevischen Nachrichten‹, Jochen Pabst. Und ob es nicht doch ... Er betonte das »doch«, indem er mit dem rechten Zeigefinger, den er an die Lippen gehalten hatte, nach unten sichelte, ein wenig ein verkappter Essay sei, mehr Meinung als blutvolle Szene, wovon der Oskar Brock ja gottseidank (der Kritiker Pabst verdrehte die Augen) in seinen Gedichten frei sei, wenigstens den frühen.

Er rollte das R, er stammte aus Masuren, er hatte, das wußte ich aus dem Freundeskreis Musik, der sich oft über Pabst und seine Mannschaft aus der ›Südtrevischen‹ unterhielt, den Pianisten Wilhelm Kempff noch gekannt. Pabst hob den Zeigefinger behutsam, wie ein Dirigent den Stab zum Pianissimoeinsatz hebt, und führte ihn zurück an die sensitiven, aber vortragsgewohnten Lippen. Brock blieb äußerlich gelassen, zog nur kurz die Pfeife aus dem Mund und steckte sie wieder hinein.

Ebbe trug das Schwarzsauer auf, vor der Lesung sollte gegessen werden, nach der Lesung ebenfalls, dann aber der Hauptgang. Die bleichen Gesichter belebten sich. Man zog hinter Ebbe her. Die Doggen voraus. Brock hob sich aus der Tiefe seines Blausamtsessels, klappte die Lesebrille zusammen, schlurfte an mir mit der Frage

– Und Sie sind?

vorüber, ohne eine Antwort abzuwarten.

Schwarzsauer

– Die Köpfe werden rollen, Rohde. Die hübschen reichen Kaufmannsköpfe.

Aber vorher, entnahm ich Eschschloraques Händereiben, mußte gegessen werden, und zwar von den Tellern der reichen Kaufmannsköpfe.

– Weißt du, was Schwarzsauer ist? Anne trat neben mich, sah dem sich entfernenden Eschschloraque nach. Ich verneinte. Essen gehörte zu meinen Bildungslücken. Nicht nur Essen, wenn ich den Teppich ansah, das feine weiße Geschirr, den Kamin in der Mitte des Raums.

– Blut. Schweineblut mit Sud.

– Ich würde trotzdem vor der Lesung gern was essen.

– Der Sud ist mit Lorbeer, Pfefferkörnern, Nelken und Wurzelgemüse gemacht. Dazu der Darm einer frisch geschlachteten Ente. Und die Entenfüße. Der Darm wird gewaschen und um die Entenfüße gewickelt. Die kochen im Sud mit.

– Die Entenfüße sind auch gewaschen? fragte Meno.

– Da gehen die Vitamine raus.

Sie nannte ihn Mo, sie schien sich wohl zu fühlen.

Meno saß zwischen Frau Doktor Rensenbrink (sie war nicht promoviert, der Doktor aber sei Namensbestandteil, erklärte sie, und sie sei ja noch so altmodisch gewesen, den Namen ihres Gatten anzunehmen) und Monika Grote, meiner Tischnachbarin, die Meno unter träumerischem Augenaufschlag die Hand gereicht hatte: Sie sei die verbliebene Tochter des Hauses. Er sei also der Meno, schön, sich kennenzulernen, er dürfe aber bitte niemals Moni zu ihr sagen.

– Aber so nennen dich doch nun mal alle, sagte Frau Doktor Rensenbrink. Sie schob eine der beiden Doggen weg. Die andere lag unterm Tisch, hin und wieder spürte ich die sich nähernde feuchte Schnauze, die zwischen meinen Beinen herumschnüffelte.

– Das ist es ja eben. Monika pflückte zerstreut einige Beeren von einer Weintraube. Die Trauben lagen zwischen den Tellern und erinnerten mich an Gardinentroddeln. Ich traute mich nicht, davon zu nehmen, obwohl ich Hunger hatte und mir schon vom Anblick des Schwarzsauers, das Ebbe aus einer großen silbernen Kelle (mit Anker auf dem Stiel) in die Teller kippte, schlecht wurde.

Ich dachte über das Wort Weintraube nach, wie der Volksmund die Beere nannte. Die Trauben hingen also an der Traube. Kein Mensch sagte Weinbeere zur Weintraube.

– Das ist es ja eben, wiederholte Monika, niemand von euch nimmt mich ernst.

Sie fiel auf in der Runde. Die Männer trugen Anzug oder Kombination, die Geschäftsleute Krawatte, die schöpferisch Tätigen, wie Hannelore die Gruppe um Brock, Eschschloraque, den Kritiker Hart genannt hatte, mehrheitlich Fliege, die Frauen Kostüm. Monika trug eine verwaschene Bluse zur verwaschenen Jeans, das Haar war wirr wie das eines Kindes, das eben aufgestanden ist. Monika war noch bleicher als die anderen, eine durchscheinende Blässe, auf der Stirn zartblaue Adern. Als Ebbe ihr eine Portion Schwarzsauer in den Teller schüttete – er sah zu Hannelore, sie senkte kaum merklich den Kopf –, bleckte sie die Zähne. Delanotte saß am anderen Ende des Tischs, neben ihm Anne. Frau Doktor Rensenbrink fand das unpassend. Monika hatte sich die verbliebene Tochter genannt, war also womöglich gar nicht Delanottes Frau. Herr Doktor Rensenbrink saß neben seiner Gattin (Frau Doktor beugte sich zu einem Gesprächspartner über den Tisch, »mein Gatte sagt«, »mein Gatte ist der Meinung«), Frau Senator Carlsen saß neben Senator Carlsen, auf Grotes Seite die Geschäftspartner, auf Hannelores Seite das künstlerische

Element, nur Kritiker Mayer und Eschschloraque waren unter die Geschäftsleute plaziert worden, allerdings weit auseinander.

Als Ebbe aufgetragen hatte und das Schwarzsauer in den Tellern dampfte, attraktiv der dunkle Brei im Tellerweiß, hielt Lorenz Grote eine kleine Rede aufs Beisammensein. Allerdings gebe es eine Fahrplanänderung, da Judith, wie er erfahren habe, plötzlich erkrankt sei.

Kritiker Hart runzelte die Stirn, man sah ihm an, daß er nicht hergekommen war, um Meno Rohde vorlesen zu hören.

Man stand auf, als Grote das Glas hob und erst Anne, dann Meno zuprostete.

– Beim Sekt habt ihr wieder gespart, sagte Monika in die Runde, trank ihr Glas aus. Hannelore wünschte guten Appetit. Was wohl auch der Ermunterung zu weiterer Konversation gleichkam, ins Löffelgeklapper hinein sagte Oskar Brock, daß man die Wiedervereinigung viel zu schnell aufs Tapet gebracht habe und der Osten Gefahr laufe, leer gekauft zu werden. Er habe das im einzelnen in einem Artikel in der ›Wahrheit‹ dargelegt, der morgen erscheinen und wahrscheinlich stark diskutiert werden würde. Brandenstein habe ihn angerufen und gesagt, daß er stolz sei, solche Artikel in seiner Zeitschrift zu haben.

Er empfehle vor allem den anwesenden Herren Politikern, seinen Artikel zu studieren. Es seien schon viele Fehler gemacht worden. Die anwesenden Herren Politiker wandten sich ihrem Schwarzsauer zu. In der Schwärze auf meinem Teller steckte ein Entenfuß, die Schwimmhäute zwischen den Zehen waren weit aufgespannt. Eschschloraque warf ein, daß er Herrn Brocks politische Analysen schätze, sie würden im Osten viel beachtet und hätten

Einfluß auf »gewisse Entscheidungsträger«, die er, Eschschloraque, Eduard, berate, vor allem Max Barsano.

– Aber meine Herren, sagte Hannelore mit gewinnender Zuwendung, bitte heute nicht soviel Politik. Ich beobachtete den Entenfuß. Frau Doktor Rensenbrink und Monika sprachen von ihrem letzten Urlaub. Anne war in einen Streit mit Delanotte vertieft, Röte war in ihr Gesicht gestiegen; ihre Augen glänzten vor Widerspruchslust, Delanotte schien sie zu provozieren, faßte immer wieder lächelnd nach, wenn Anne sich gerade über den Teller beugen wollte.

Elisabeth war bei Jensen geblieben, weder Frau Doktor Rensenbrink noch Monika erkundigten sich nach ihr.

Monika spreizte ihre Finger, an denen viele Ringe steckten, einer mit einem riesigen Stein, wie ein Eulenauge.

– Meno. Komischer Name.

Er schob den Löffel tapfer ins Schwarzsauer.

– Meno hatten wir schon mal, sagte Frau Doktor Rensenbrink. So hieß unser Pastor an St. Nikolai.

An der Lübecker Marienkirche war ein Meno, zu Thomas Manns Mengstraßenzeit, Organist und Pastor gewesen. Der alte Grote hatte erklärt, der Meno Burg sei doch der erste – und einzige – Jude gewesen, der in der preußischen Armee Offizier habe werden dürfen. Und dann gab es einen Germanisten, der über Thomas Mann forschte, Meno Spann.

– Und Sie kommen also aus dem Osten, Monika kratzte sich am Arm. Sie klagte über Rückenschmerzen, die habe sie in letzter Zeit öfter, ob er vielleicht einen guten Doktor kenne, er sehe wissend aus.

– Monimaus, der Herr Rohde ist Zoologe und Lektor, kein Arzt, und woher soll er denn hier einen guten Arzt kennen.

– Ich meinte ja auch nicht unbedingt von hier. Es gibt ja bestimmt auch drüben gute Ärzte.

– Mag sein, Moni, aber das Gesundheitswesen ist Teil des Systems und deswegen auch verrottet. Ich will Ihnen ja nicht zu nahe treten, sagte Frau Doktor Rensenbrink, aber mein Gatte kennt sich bei Ihnen gut aus, er hat für Edi schon einiges gemacht. Sie nickte in Richtung Eduard Eschschloraque.

Es gebe drüben aber trotz aller Mängel ausgezeichnete Ärzte, wagte Meno einzuwenden. Sie seien, nur weil sie im Osten tätig seien, nicht dümmer oder klüger als ihre Kollegen im Westen.

Moni knabberte an einer Beere. Sie hätten mal eine Klassenfahrt nach drüben gemacht. Alles so trist und grau, schrecklich.

– Zoologe sind Sie? Was macht man da?

– Ihr habt doch hier den Igor. Ein Zoologe, sagte Frau Doktor Rensenbrink, kann sagen, daß der Igor ein Schwarzspecht ist.

– Der immer am Baum vorm Gewächshaus klopft, sagte Monika, das ist ein Schwarzspecht?

– Hat er schwarzes Gefieder und einen roten Scheitel? fragte Meno.

– Nein, ich glaube, der ist grün, sagte Frau Doktor Rensenbrink.

– Aber wieso dann Schwarzspecht. Monika angelte sich noch eine Traube.

– Wahrscheinlich ein Grünspecht, wenn er grün und ziemlich groß ist und auch was Rotes auf dem Kopf hat, sagte Meno.

– Der Paps hat mir mal gesagt, daß die Anne mit einem Arzt verheiratet ist.

– War, sagte Frau Doktor Rensenbrink. Auch sie angelte sich eine Beere, betrachtete sie, legte sie wieder hin und nahm eine andere.

– Weiß ich vom Bopp.

– Ist. Mit einem sehr guten, verteidigte Meno. Bopp, das schien ihr Gatte zu sein.

Monika gähnte, hob die Hand mit dem Eulenaugenring.

– Sie wirken auf mich so deprimiert. So gebeugt. Und dann kommt man in ein Hotel, in Leipzig, noch dazu ins sogenannte erste Haus am Platz, für Sie als Ossis noch nicht mal zugänglich, und dann gibt's dies nicht und jenes nicht, und das hamwer nich, und das hamwer aber nur für Westgeld, und Ihre Kellner Mitarbeiter der Stasi.

Gebe es denn da überhaupt Kreativität? Was Spontanes, Wildes? Was der Bopp ihr erzähle, so Frau Doktor Rensenbrink, sei nicht verlockend, um es höflich auszudrücken.

Von den Namen, die Meno nannte, hatte Frau Doktor Rensenbrink noch keinen gehört. Wahrscheinlich alles Untergrund. Davon halte sie gar nichts.

Meno suchte aus seiner Aktentasche, die er unter den Tisch gestellt hatte wie Stauffenberg seine Bombe im Führerhauptquartier, den in Seidenpapier eingepackten und von Judith signierten Dildo heraus. Es handele sich um Kunst aus dem Osten, Judith Schevola persönlich habe die Skulptur signiert.

Frau Doktor Rensenbrink nahm das Kunstwerk in die Hand.

– Sie sind ja witzig! Wissen Sie was? Ich kauf Ihnen das ab. Das mach ich. Bopp hat sowieso zuviel Geld, und er glaubt an den Wert der Kunst. Auch wenn sie aus Kunststoff ist. Sie lachte, versuchte den Dildo unter dem Tisch zu verbergen. Monika betrachtete ihn mit verhangenem Blick.

– Rensi, also der Bopp, ist unser Notar, müssen Sie wissen. Monika legte den Kopf zurück und ließ das Schwarzsauer langsam durch die Kehle rollen. Ein alter Gauner, aber Paps hält große Stücke auf ihn. Sag mal, Kutti ...

Ich brauchte eine Weile, bis ich begriff, daß Kutti keine Verbildung des Worts Kutteln war, sondern der Spitzname der Frau Doktor Rensenbrink. Ich grübelte dem Namen zu diesem Spitznamen nach und beobachtete Monikas Löffel, mit dem Monikas rechter Zeigefinger einen Entenfuß in kreisende Bewegung versetzte. Der Entenfuß schien zu einer noch lebenden Ente zu gehören, die im Schwarzsauer gründelte, der Fuß tauchte auf, winkte wie eine Taucherflosse durch das Schwarzsauer, verschwand in der Tiefe. Aber Monika schien schon vergessen zu haben, was sie hatte sagen wollen, Kutti Rensenbrink hatte es denn auch nicht ernst genommen, sondern Meno gefragt, was er sich denn so vorstelle als Preis für das Kunstwerk. Sie werde es dem Bopp in die Kanzlei stellen, aber natürlich nicht in den Raum, wo er Mandantengespräche führe, sondern in die Kunstgalerie.

– Tausend Mark, sagte Meno. Die Unterschrift sei echt, dafür bürge er. Die Kanzlei Rensenbrink hatte also eine Kunstgalerie.

Kutti Rensenbrink sagte, der Herr Rohde gefalle ihr. Tausend Mark seien selbstredend eine Unverfrorenheit, aber das sei auch dieses Kunstwerk, und von ihrem Gatten wisse sie, daß man Unverfrorenheiten richtig angehen müsse, als Schuß auf den Himmelsscheitel und nicht auf irgendeinen Horizontstern. Hoch gezielt und vorbei sei dann immer noch niedrig getroffen.

Hannelore stand auf, räusperte sich. Ja, wenn alle soweit seien, dann bitte sie doch zur Lesung. Sie wies mit geöffneten Händen auf Meno.

Die Augen waren auf ihn gerichtet. Frau Doktor Rensenbrink entfernte einen Fussel von ihrem Knie.

Meno schwitzte.

Der Entenfuß in meinem Schwarzsauer tauchte wieder auf, träge winkte der Fuß von Monikas Teller.

Die Blechbrille
deckt die Augen, doch Augen sind nicht alles, was optisch wahrnimmt; der Gesichtssinn umfaßt mehr. Kann man mit den Ohren sehen? Eine Frau führt dich in einen Raum, in dem du dich auszuziehen hast.

– Komplett, sagt die Frau. Sagt:

– Mund auf. Sagt:

– Vorbeugen. Legen Sie die Hände auf die Pobacken. Spreizen.

Leuchtet mit einer Stablampe in alle Körperöffnungen. Hände vor, Beine auseinander, drei Kniebeugen machen. In der Tür ein Guckloch, jemand beobachtet dich. Du willst etwas sagen, die Frau sagt:

– Sie können sich ja beschweren.

Während du Kniebeugen machst, durchsucht eine zweite Frau deine Kleidung. Hebst du den Fuß, bleibt auf dem Boden ein Abdruck, der langsam verblaßt.

– Alles abgeben. Ihren Ring, sagt die erste Frau. Du ziehst, der Ring geht nicht ab. Die Frau bringt eine Schüssel mit Wasser und Seife, reibt den Finger ein, zieht einen Seidenfaden durch den Ring, zerrt ihn Millimeter um Millimeter vor. Die zweite Frau gibt dir neue Kleidung, Trainingshose, einen ausgeleierten Pullover, noch stärker ausgeleierte Schlüpfer, Nachthemd, Handtücher, Waschlappen, Zahnbürste, Zahnpasta, ein Stück Kernseife.

– Unterschreiben. Die erste Frau tippt auf das Effektenbuch, du quittierst. In der Mitte des Raums, in den du geführt wirst, steht ein Holzstuhl auf einer Holzscheibe und diese wiederum auf einem länglichen Podest, ein überdimensionaler Schallplattenteller mit Sitzgelegenheit, in der Mitte der Musik hört man besonders gut. Aus dem Podest ragt ein Hebel. Der Hebel erinnert dich an die Geschwindigkeitsregulierer in alten Straßenbahnen. An der Seite ein Holzarm mit einschiebbaren Zahlentafeln. Du wirst aufgefordert, dich auf den Stuhl zu setzen und geradeaus nach vorn zu blicken. Lampen blenden, wie ein Rangiersignal klappt der Holzarm ins Bild. Du wirst fotografiert. Die erste Frau zieht an dem Hebel: krach! saust der Stuhl herum, Aufnahme im Profil, krach! andere Richtung, Aufnahme im Halbprofil. Benommen steigst du ab.

– Beeilung, nach nebenan!

Dort werden die Fingerabdrücke abgenommen, alle zehn Finger, sie werden säuberlich in ein Formular gedrückt, das auch irgendwo hergestellt worden sein muß und also dem Plan unterliegt. Deine Hände werden gehoben und die Finger einzeln ausgestreckt, als hättest du deine Hände nicht selbst bis zur Schranke zu Stempelkissen und Papier heben können; die Fotografin nimmt deine Finger wie die eines Kleinkinds, das noch nichts weiß und nicht einschätzen kann, was zu seinem Besten geschieht, und legt sie nacheinander vorsichtig in die sattschwarze, bei leichtem Pressen schon austretende Brühe des Stempelkissens, dann, nach je einer Wartesekunde, aufs Papier, wobei sie die wie nach einer Elektroverbrennung verfärbten Finger beinahe zärtlich, als käme es gerade in diesem

Moment auf Behutsamkeit bei gleichzeitiger Akkuratesse an, seitlich mit Schwung bei gleichbleibendem Druck abrollt. Der Abdruckbogen muß unterschrieben werden, du überlegst dir, während du mit dem Stift etwas Vertrauenerweckendes in der Hand hältst, was der Sinn dieser Unterschrift sein kann, Identitätsfeststellung, natürlich, aber sie wissen doch, von wem die Fingerabdrücke stammen, am Kopf des Bogens steht der Name, und wenn sie befürchten, einer Verwechslung oder Fälschung aufzusitzen, was dir unwahrscheinlich vorkommt, ändert deine Unterschrift nichts. Aber es sind die Abdrücke deiner Finger, und damit du siehst, daß du das begriffen hast (und damit wir es sehen), unterschreibst du das Offensichtliche. Die Unterschrift verhindert, daß du die Prozedur verdrängen kannst. Sie sagt: Das geschieht mit dir. Das machen Fremde mit dir. Aber du bist nicht beteiligt, und also hast du dir einen Rest Unabhängigkeit bewahrt. Die Unterschrift aber beteiligt dich, leimt dich an die Prozedur, macht dich zum Komplizen. Man wird dazu gezwungen, denkst du, aber es ändert nichts daran, daß etwas Persönliches auf diesem Bogen zu finden ist. Deine Fingerabdrücke, denkst du, sind nichts Persönliches, jeder weiß, daß sie genommen werden. Deine Unterschrift aber kann nicht vollständig genommen werden; daß die Buchstaben auf persönliche und also unverwechselbare Weise fließen, hängt bis zu einem gewissen Grad von dir ab, die Form deiner Fingerabdrücke dagegen hängt nicht von dir ab, sie ist festgelegt von Geburt an. Du wirst gemessen, gewogen, Feststellung Augen- und Haarfarbe, Eintragung in einen gesonderten Signalementbogen, auch der muß unterschrieben werden. Du denkst über die Rangiervorrichtung nach, die beim Fotografieren ins Bild ragte. Das läßt dir keine Ruhe, du kannst dir nicht erklären, warum. Denk den Ablauf: Hättest du, wie du dir das zunächst vorgestellt hast, eine Tafel ins Bild halten müssen, eine Verrenkung wäre bei den Profilaufnahmen nötig geworden, der verdrehte Oberkörper hätte womöglich der Aufnahme ein verkrampftes, zurechtgebogenes Aussehen gegeben, abgesehen davon, denkst du, kommt es vor, daß schwache Naturen eine solche Tafel einfach mal fallen lassen, so die Prozedur hemmen, es hat also, denkst du, hier irgendwann einmal jemand nachgedacht, mitgedacht, wie hier gesagt wird.

Jemand legt dir eine Kette ums Handgelenk, klinkt den an einem Kettenende angebrachten Griffbügel in die Führung am anderen Ende, verdreht die Kette, hält den Bügel und so die gestraffte Kette und so auch dich zwischen zwei Fingern der geballten Faust. Verhörraum. Setzen. Der Hocker ist an den Boden geschraubt. Du hast damit gerechnet, hast dich vorbereitet, du weißt, daß dies, die dir gegenüber an den beiden T-förmig gegeneinandergeschobenen Tischen sitzenden Männer, der Raum, die Lampe, der Stahlschrank, die Schreibmaschine, die Topfpflanze, einen Namen trägt: das Untersuchungsorgan. Die Bearbeitungskonzeption. Du bist vorbereitet. Du hast mit deinen Freunden geübt. Es nützt nichts, hier ist Angst, lückenlos, ausweglos. Einer sitzt am Schreibtisch, einer davor. Du bewunderst die Bügelfalte in seinen Hosen. Er bietet dir eine Zigarette an. Ein freundlicher, höflicher Mensch, und ganz korrekt. Die Wangen sind glatt rasiert. Der Mann hat viel Verständnis für dich und deine Sorgen. Er will dir helfen. Dann stehst du wieder in der Zelle, trägst eine Nummer. Mit der wirst du angesprochen:

– Eins. Sie heißen nicht Judith Schevola. Sie heißen: Eins.

Die Zelle. Glasbausteine, die nur diffuses Licht durchlassen. Lüftungsklappe. Zwei Holzpritschen mit erhöhtem Kopfteil. Blauweiß gewürfelte Bettwäsche. Ein aus der Wand geklappter Tisch. Zwei Hocker. Ein kleiner Wandschrank fürs Waschzeug. Toilette. Im Sichtbereich des Türspions. Du stehst, denn Liegen ist tagsüber nicht gestattet. Die Hausordnung ist dir bereits vorgelegt worden, es muß alles seine Ordnung haben. Es wird still, etwas senkt sich, fällt ab. Dafür kommen die Fragen. Immerhin weißt du aus der Hausordnung, daß du dich in einer U-Haft-Anstalt befindest. Kenntnisnahme, Unterschrift.

– Stehen Sie gerade, Nummer Eins.

Inhaftierte werden mit der Verwahrraum- und Belegungsnummer angesprochen. Beim Gespräch ist eine aufrechte Haltung anzunehmen. Die Entbietung des Tagesgrußes an Angehörige der Untersuchungshaftanstalt ist zu unterlassen.

Als erster sprach Kritiker Hart: Ob das so weitergehe? Stasiprosa langweile ihn. Die sei so muffig wie die Stasi selber. Und wieso der Gesichtssinn mehr als die Augen umfasse, und wieso die Augen nicht alles seien, was optisch wahrnehme. Das verstehe er nicht. Das sei doch Mumpitz.

Na ja, also Mumpitz, das finde er aber nun doch … Kritiker Pabst hielt inne, sann seinen Vorhaben nach. Mumpitz sei übertrieben, sein Freund Wiktor neige ja zu Übertreibungen, wie man aus dem Fernsehen wisse. Klare, rasche Urteile, das mache beliebt, die Leute schätzten so etwas, freilich … Aber er habe da immer ein Problem mit in die Autorprosa eingeschmolzener wörtlicher Rede, kenntlich an Interjektionen wie Na ja oder Nun, die mehr auf ein Selbstgespräch der Figur hinwiesen oder es jedenfalls simulieren sollten, man kenne das auch aus der

Musik, da gebe es bestimmte, wenn er so sagen dürfe, Redefiguren beim späten Beethoven …

Also er finde das Textstück beeindruckend, so der Kritiker Mayer, er fühle sich an einen Vortrag erinnert, den er vor kurzem gehalten habe, und er schreibe gerade an einem Buch mit dieser Thematik.

– Der in den Boden geschraubte Hocker, ob das nicht doch …, so der Kritiker Pabst, nicht doch ein wenig allzu prätentiös sei, ein einfacher Hocker hätte ihn mehr überzeugt.

– Aber die waren am Boden festgeschraubt, wagte einer der anwesenden Politiker einzuwerfen. Er habe das Untersuchungsorgan durchlaufen und wisse, wovon Frau Schevola da schreibe.

– Aber das ist kein Kriterium für gute Literatur. Oskar Brock schob den leeren Teller von sich, holte die Pfeife hervor, ohne sich im geringsten um Hannelores Blick zu kümmern. Wenn er schreibe, versuche er immer das autobiographische Moment herauszuhalten. Es sei doch autobiographisch? fragte er in Menos Richtung.

Wahrscheinlich autobiographisch, die Schevola sei ja noch sehr jung, pflichtete Kritiker Hart bei. Die meisten jungen Autoren schrieben autobiographisch, ein klassischer Anfängerfehler.

Der Text gefalle ihm, wenn er auch etwas zu trocken sei, Brock beachtete Harts Einwurf nicht, ein wenig handlungslos außerdem, was sei die Story? Und Schevolas Lektor solle bitte auch folgendes bedenken, das heißt, der Schevola zu bedenken geben: die CIA halte das ganz genauso. Und auch der BND werde nicht von Blumenkindern betrieben. Ein wenig klinge ihm das nach Renommee, nach: seht her, was ich Schlimmes durchgemacht habe. Als ob gute Literatur nur dort entstehen könnte, wo ihre Verfasser miteinander um die wildesten Erlebnisse konkurrierten. Da müßten ja die größten Verbrecher die besten Romanciers sein, so Brock.

Es sei im übrigen, so Kritiker Pabst, ein Irrtum von Frau Schevola zu glauben, man höre mitten in der Musik besonders gut. Das hänge durchaus vom Konzertsaal ab. Die Weinbergarchitektur, der Saaltyp Trevische Philharmonie sei keineswegs für jede Musik ideal. Ob die Wendung von der gleißenden Angst nicht doch …

Die Kritiker und Oskar Brock unterhielten sich noch eine Weile über Judiths Text, während Hannelore mit Blick auf Meno, der schweigend zugehört hatte, einen Trost auszusprechen versuchte. Wie schön, daß man hier zusammengekommen sei, sie bitte nun zum Hauptgang.

16.8.2015 Sonntag: Der Machtkomplex im Umriß des Moments. Sommerinterview

Was die Arbeit mit den Medien betraf, handelte Anne niemals aus purer Laune heraus. Freund und Feind registrierten, unter welchen Umständen welche Schwäche aufgetreten war, ob es möglich sein würde, die Umstände und also die Schwächen künstlich herzustellen, etwa in einem Wahlkampf oder einem Fernsehauftritt – die einen, um Anne so unter Druck zu setzen, daß sie im Amt nicht mehr zu halten sein würde, die anderen, um das Angriffsgebiet zu verkleinern, die Lindenblattstellen. Evelyn Sievert hatte sich seit unserer gemeinsamen Zeit in der Novalisklasse zu einer erfahrenen Medienberaterin entwickelt, von ihr, in wesentlichen Teilen, stammte das sogenannte Stupskonzept, das eine Beobachtung aus dem politischen Alltag berücksichtigte, nämlich daß man die meisten Menschen nicht gewaltsam, jedenfalls nicht mit einem Ruck, von einer ihnen fremden Ansicht überzeugte, sondern Änderungen, wollte man Erfolg haben, in kleinen und kleinsten, kaum spürbaren Portionierungen vornehmen mußte, so wie man Produkterzählungen nicht abrupt ändert, Logos, die sich dem Bildgedächtnis des Konsumenten eingebrannt haben (welcher Markenwart würde, ohne für verrückt gehalten zu werden, auf einen Schlag die spezifische Schwingung des Coca-Cola-Schriftzugs aufgeben?), es war, wie ich dachte, eine weibliche Strategie, Frauen waren die körperlich Schwächeren, ihnen blieb nichts anderes übrig, als ihre Männer behutsam zu ändern: da eine Socke in einer etwas dezenteren Farbe im Schrank, dort eine geschmackvollere Krawatte und dort, wiederum, die Krawatte, die man schon immer nicht ausstehen konnte, seit unbestimmten Tagen durch eine genügend ähnliche ersetzt, vorläufig, bis der Mann, wie immer schon in Gedanken woanders und in Eile, sein Lieblingsstück nicht mehr vermißte, weil es in immer größeren Abständen unauffindbar war, in immer kleineren Abständen immer unähnlicher der Originalkrawatte, dem Primärscheusal; so auch verfuhr Evelyn mit jenen, die sie die Ungehorsamen nannte und die zu züchtigen sie, wie ich wußte, ein gewisses Bedürfnis hatte. Sanft ist die nachhaltigste Macht, sanft muß man sie führen, die Kinder, die im Volk stecken und es renitent machen. Evelyn hatte Kurse in Kinderpsychologie belegt, wir hatten uns gewundert, Karsten hatte den Sinn dahinter früh erkannt und uns vor Evelyn gewarnt, sie sei zwar eine dieser brillentragenden, müsliessenden Neoneurotikerinnen, die unsere Zeit hervorbringe wie bestimmte Böden bestimmte Pflanzen, sogenannte Zeigerpflanzen, doch sollten wir sie nicht unterschätzen, hinter der magersüchtigen Fassade sei sie zäh wie Peitschenleder. Das Stupskonzept, von Evelyn aus dem Marketing in die Politik übertragen, hatte einen Dämpfer (den man allerdings auch als Bewährungsprobe verstehen konnte) 2011 bekommen, als nach dem Reaktorunglück in Fukushima in Treva Armageddon drohte und die Öffentlichkeit die sofortige Abschaltung aller Kernkraftwerke verlangte – wobei diese Öffentlichkeit, wie so oft, hauptsächlich die der Tausendundeinenachtabteilung war, von der ›Wahrheit‹ (Außen Eins) über die TRAZ (Außen Zwei) bis zu ›So!‹ und der ›anderen zeitung‹, die mit fossilen Energieträgern, ausbeuterischer Bewirtschaftung der Böden, rückwärtsgewandten Bergbau- und überhaupt Grabungsvorgängen nichts mehr zu tun haben wollten, erst recht nicht mit Atomkraftwerken, deren Restmüll unsere Endlagerstätten auf Hunderttausende Jahre verseuchen und das Grundwasser vergiften würde. Das Stupskonzept wurde, wenn auch vorübergehend, als überflüssig angesehen, die Öffentlichkeit, unter dem Eindruck der Bilder aus Fukushima, war vollends auf der Seite der Tausendundeinenachtabteilung, verlangte die sofortige Stillegung von Vendel 1, unserem größten (und modernsten) Atomkraftwerk, das die halbe Grundlast von Argo liefert, Schauspieler gaben Interviews, in denen sie ihre Sympathie für die Grünen erklärten, Politiker der Grünen begannen, die Talkshows zu dominieren, mehrmals war bei den Drei Schwestern (Drommetta, Manz, Schüttlhofer) zur Anwesenheitsdominanz der Grünen die inhaltliche gekommen: grüne Themen schlugen ein, die anwesenden konservativen oder sozialdemokratischen Politiker machten mit Finanzkrise oder Verbrennerverkehrskonzepten keine Punkte mehr, wie man sagte, schwenkten nach und nach (und hier begann es schon wieder zu greifen, das Stupskonzept) auf ökologische Themen um, geschubst, gestoßen von einer Wirklichkeit, in der die Finanzkrise nur ein Klacks gegen den Weltuntergang war.

Anne hatte anfangs mit den Fernsehinterviews, mit der Medienwelt überhaupt, gefremdelt, konnte aber, wie jeder Politiker, der Reichweite und damit der Bedeutung nicht ausweichen. Sie beobachtete lange, machte Fehler nur einmal, begriff rasch, wie man Medien nutzen konnte, hatte sich, als sie noch nicht Kanzlerin gewesen und mit Einzelinterviews privilegiert worden war, die Einladungslisten der Talkshows schicken lassen, ging sie mit ihren Beratern durch, wir legten Dossiers an, was wer wo gesagt hatte, mit welchen Schwerpunkten und Problemen man es gegebenenfalls zu tun haben würde. Anne klopfte diese Listen auf Brauchbarkeit im Sinne politischer Vorhaben ab, sonderte von vornherein jeden aus, der ihr um ein bestimmtes Maß rhetorisch überlegen war, sie, wie Anne sagte, an reiner Linsenbrillanz übertraf (so ließ sie sich nur ungern auf Debatten mit Kolja Joffe ein, der seiner Intelligenz und Schlagfertigkeit wegen gefürchtet war und, vor allem, nur selten mit den Widersprüchen zwischen seinen rhetorischen und seinen politischen Leistungen konfrontiert wurde), war aber mit den, wie sie sagte, Sonnenseglern und Schillerfaltern aus den Darstellenden Künsten der Politik durchaus einverstanden. Dann konnte ihr niemand vorwerfen, sie würde kneifen. Auch hatten wir beobachtet, daß übermäßiges Glänzen vom Publikum oft als Federnspreizen auf Kosten der anderen wahrgenommen wurde, daß es dann bereit war, besser zuzuhören und den scheinbar Unterlegenen in Schutz zu nehmen. Wo lagen die Mehrheiten, das war die entscheidende Frage, und auf sie zielten die Aufklärungsmaßnahmen, die Anne mit der Hilfe Evelyns, Carl Rands und der Girls Gang (OV »Müllerinnen«) betrieb. Hier galt es, Einbußen auf der Skala der öffentlichen Beliebtheit zu vermeiden. Das Sommerinterview war ein wichtiges, gut vorbereitetes Format, weswegen mich die Wahl des diesjährigen Ortes dafür erstaunte, die »Composition« (Casa Filipetti, auch Casa Britten) von Jurko Siegfried Filipetti-de Glurić, der als Head of Technics and Distribution in einem Autozulieferer, einer Fabrik für Preßschaumstoffe (Armaturen, Sitze), arbeitete und von Anne hin und wieder in Stilfragen kontaktiert wurde. Filipetti hatte ein gutes Auge für den sogenannten Außenauftritt, wobei Anne nicht an den gewöhnlichen Außenauftritt, sondern den des »Punkts« dachte, der im Sommerinterview der auf eine Stunde gedehnte vor den Fernsehkameras des Manzteams sein würde, wo der Außenauftritt vom Innenauftritt in bestimmter Weise ablenken oder mit dem Innenauftritt eine sogenannte positive Wechselwirkung eingehen sollte. Evelyn versuchte, Anne den Ort auszureden. Vielleicht unterschätzte sie eine gewisse Launenhaftigkeit, die sich bei Anne, je länger ihre Kanzlerschaft dauerte, desto mehr zu entwickeln schien, eine Neigung zur Improvisation und zum Augenblickseinfall, über den sich die Auguren beugten, ohne tiefere Gründe dauerhaft entdecken zu können, eine Neigung, an der sich Evelyn und Carl Rand abarbeiteten, was sie Schadensbegrenzung nannten, wobei Anne sie ebenso verächtlich wie nachsichtig auf die Umfragewerte hinwies, die ihr eine von alternativen Medien unterstellte Wurschtigkeit als Egalphilosophie nicht übelnahmen. Es würde diese Spekulationen auch in bezug auf die »Composition« geben, warum hier, warum zu diesem Zeitpunkt hier, warum dieser halb private Besuch nicht nur bei Jurko Siegfried Filipetti-de Glurić, sondern auch bei Karsten Bramsinck, was ja auf den ersten Blick einer öffentlichen Bevorzugung gleichkam, auf den zweiten allerdings einem Fadenkreuz, Anne wußte, daß sich mit der Wahl der »Composition« für das Sommerinterview die inner- und außerparteilichen Geschütze auf ihren Mitarbeiter richten würden. Hier konnte man Absichten unterstellen. Karsten war der sichtbarste Posten einer im Finanzministerium entstehenden Fronde, ihn freundschaftlich zu besuchen, konnte dort als Warnung gelesen werden. Natürlich besuchte Evelyn vorab die »Composition«, prüfte mögliche Kamerapositionen, Ausweichmöglichkeiten im Fall eines Wetterumschwungs, ging (ohne Schuhe, die Kühle war angenehm) über die Fliesen mit den Malteserkreuzen, fragte sich, wie man Annes Politik, sollte die Kamera über diesen Prunk schwenken (was sie natürlich tun würde, der Kameraschwenk ist der Kommentar, die Waffe des Kameramanns), noch würde erklären und als eine im Sinne des Volks (der Bevölkerung, meinte Evelyn), der sogenannten »Menschen da draußen«, würde verkaufen können; was sollte mit diesen Fliesen transportiert werden, mit dem altjüngferlichen Licht, das durch das Bleiglasfenster zwischen erster und zweiter Etage einfiel (eine blaugewandete, zitherspielende Genoveva im Wald als Motiv), was sollte der Fernsehzuschauer vom Vestibül halten, in dem gotisch geschnitzte Stühle vor einer Standuhr mit Spinnwebzeigern standen und über einem Brett mit Filipettis Gartenkleidung zwei Schildkrötenpanzer hingen, die Vater Filipetti (»ein bezaubernder Wüstling«, meinte Jurko) von einem Raubzug durch die Inselwelt der Andamanen mitgebracht hatte. Die Kameras würden, begeistert von den Schauwerten, über die Naturputzfassade der »Composition« schwenken, womöglich mit Filipettis Kommentaren zur denkmalpflegerischen Leistung, die er unter Aufwendung beträchtlicher Eigenmittel und gegen so manchen behördlichen Widerstand vollbracht hatte. Man würde Erklärungen zum Putz hören, von dem der Quadratmeter achtzig Euro kostete, aus den Sümpfen gewonnen, mit Fossiliensplittern vermischt, die den Putz zum Leuchten und Glitzern brachten, wenn die Sonne darauf schien, Filipetti würde über seine Fenster sprechen, das Fensterglas war kein gewöhnliches, handelsübliches, das glatt und stumpf das Licht reflektierte, sondern Walzglas mit leichten Unebenheiten, es stammte aus einer der letzten Glasbläsereien von Brenta. Filipetti meinte, er brauche dieses Licht zum Malen. In seinem Atelier hing ein präparierter Mondfisch, ein fast zwei Meter langes, einst an den Wassertreppen der »Composition« gestrandetes Exemplar.

Evelyn verlangte, wenigstens die Schildkrötenpanzer abzuhängen, am besten sofort und auf jeden Fall, bevor das Team Manz die Location gesehen haben würde. Wie wollte man das Team Manz davon abhalten, mit dem Smartphone heimlich Aufnahmen zu machen und die Schildkrötenpanzer, womöglich noch mit einem Hashtag versehen, als Eingangsbild, sogenanntes Intro, für die inoffizielle Version des Sommerinterviews zu verwenden, für ein Filmchen auf Twitter oder Instagram, womöglich würde das Sommerinterview mit der Szene »Kanzlerin auf dem Weg zum Sommerinterview« beginnen, auf dem Weg in die »Composition«, die Kameras würden die Umgebung erfassen, eine exklusive Umgebung, eine auf die Mehrheit der Wählerinnen und Wähler, so Evelyn, ausschließend und elitär wirkende Umgebung:

– Die Message wäre nicht gut, Frau Bundeskanzlerin. Die Message wäre: Die Hoffmann abgehoben in einer Welt, in der sich die Mehrheit der Wählerinnen und Wähler nicht wiederfindet.

– Warum sagen Sie jetzt eigentlich immer Wählerinnen und Wähler? Ich finde das auch in Ihren Dossiers in letzter Zeit.

– Gerechter Sprachgebrauch, Frau Bundeskanzlerin.

– Aha. Sollte ich das auch sagen. Ist ziemlich umständlich.

– Die Mehrheit der jungen Wählerinnen und Wähler findet das gut, hat eine Umfrage ergeben, die der COURIER kürzlich gemacht hat.

– Jaja, nur müssen wir sehen, wer den COURIER liest. Das ist das Hausblatt der Elballee. Aber die Elballee ist ja nicht alles. Herr Rand, was meinen Sie?

– Hab's durchchecken lassen, Frau Bundeskanzlerin, scheint in Ordnung zu sein, eine repräsentative Umfrage. Und natürlich ist die Elballee nicht alles, aber sie ist meinungsbildend, dort sitzen wesentliche Influencer, interessanterweise gerade auch der jungen Leute. Das führt mich zu den anstehenden Themen. Meine Quelle im Team Manz sagt, es wird noch mal um Ihren Auftritt mit der Kleinen gehen, das Eisköniginnarrativ, die Reaktion von Nik Tschiller, ob Sie sich also von Schauspielern und von Facebook zu politischen Entscheidungen drängen lassen, die Manz will ein bißchen drauf rumreiten, das gehört ja zu ihrer Rolle.

– Was Herr Tschiller kann, das kann eine Manz erst recht, meinen Sie? Ich soll also öffentlich zugeben, daß ich meine Politik nach den Vorgaben der Talkshows und Schauspieler mit Followern auf Facebook ausrichte. Oder daß das möglich wäre. Frau Sievert.

– Geben Sie der Manz ein bißchen was, Frau Bundeskanzlerin, Sie sollten sie nicht allzu offensiv behandeln. Ein kleines vergiftetes Lob ist effektiver, und niemand verliert sein Gesicht. Ich habe Ihnen was rausgesucht, das Sie verwenden könnten, einen Ausschnitt aus einer schon länger zurückliegenden Talkshow mit Giegold. Wenn Sie darauf anspielen, würde das zweierlei bewirken: Erstens hätten Sie gezeigt, daß Sie die Arbeit der Manz ernst nehmen, ja wertschätzen, daß Sie selbst länger zurückliegende Ereignisse nicht vergessen haben, zweitens hat die Manz den Giegold ziemlich in die Enge getrieben, Ihr Lob für die Arbeit von Manz wäre mit einem Platzverweis für Giegold verbunden, der zur Zeit so ziemlich der unbeliebteste Politiker in Treva ist.

Außer im Sommerinterview bei Manz und der jährlichen Weihnachtsansprache trat Anne nicht mehr vor Fernsehkameras. Der Tannenbaum des Kanzleramts stellte keine Fragen, die Evelyn »diese Fragen« nannte.

So wie Anne Hoffmann Regula Manz beobachtete, als mächtigste der Drei Schwestern vom Fernsehberg, beobachtete Regula Manz Anne Hoffmann, als mächtigste Politikerin von Treva, man kannte einander seit vielen Jahren, der Aufstieg beider Frauen hatte etwa zur selben Zeit begonnen. Manz hatte Annes Weg, seitdem Anne Umweltministerin unter dem Mammut gewesen war, wohlwollend begleitet, Anne hatte über den Einfluß ihrer Partei in den Rundfunkgremien der Karriere der Manz hier und dort unter die Arme gegriffen, ein wechselseitiges Geben und Nehmen, wie es zwar üblich ist, aber nur selten offen eingestanden wird.

Dann geht es los, aber nicht in der »Composition«, die Filipetti, seitdem er von Annes Wunsch erfuhr, auf den

Kopf gestellt hat, ganze Reinigungsbrigaden hat er durchgescheucht, jedes Staubkorn beseitigen, die Toiletten von Spezialisten der Firma MacKenzie & Cie. grunderneuern lassen, Bauarbeiter mußten einen Wasserschaden im Keller beseitigen, Mitarbeiter von »Nickern–New York« haben nach Evelyns Anweisungen Umzugskisten gepackt und diese in einem leeren Speicher der Anker-Reederei verstaut, ein Jalousiebauer hat ein farblich mit den Stylistinnen der Kanzlerin und der Manz auf die Kostüme abgestimmtes Sonnensegel über dem von Evelyn und dem Manzvorauskommando ausgesuchten Platz im Garten angebracht, eine Gartenbaufirma hat im Garten der »Composition« vertrocknete Äste abgeschnitten, einige gelbe Stellen in dem von mir täglich gegossenen Rasen durch frischgrüne ersetzt, ein Beet mit gelber Gerbera bepflanzt, sämtliches Unkraut entfernt und gegen die Katzen der Nachbarschaft Abschreckungsmittel ausgelegt. Die »Composition« fiel bei der Vorabbesichtigung aus: die Lichtverhältnisse, die Windverhältnisse. Anne wollte nicht auf den Fernsehberg, das hätte man als Gang nach Canossa interpretieren können, die Manz ruft, die Kanzlerin kommt, der Troß zog ins Camp Eins um, das Flüchtlingszentrum am Hafen.

Was ist das, was Gesetz und Strömung an ihnen hinterlassen, gibt es etwas spezifisch Trevisches an den beiden, die mir momentweise wie zwei Damen vorkommen, die Weiß in einem Schachspiel hat, zwei furchtbare Waffen, denen die schwarze Dame machtlos gegenübersteht, sie wird bald vom Brett geschlagen unter den konzentrierten und brutalen Angriffen der beiden, die mit ihrem König so gut wie nichts mehr zu tun haben, sondern für sich unterwegs sind, Herrscherinnen über eine Sonderform des Machtrauschs, die Vernichtung. Im Schach der Meister (ich sehe regelmäßig die Videos von Agadmator und Mato Jelić, Magnus Carlsen und Hikaru Nakamura) kommen Siege durch die Häufung geringster positioneller Vorteile zustande, den Gewinn eines Mehr- und Freibauern, der in einem zermürbenden Endspiel in eine Dame verwandelt werden kann und schon vorher, ist sein Durchbruch nicht mehr zu verhindern, zur Aufgabe des Kontrahenten führt. Zwei Damen bei einem Spieler sind sehr selten, und wenn, hat der Gegner auch zwei, berühmt ist eine Aljechinpartie mit fünf Damen. Trevisch könnte der Furor sein, mit dem die beiden Damen, die Kanzlerin und die Königin der Polittalkshows, äußerlich gelassen zusammenwirken, die schiere Wut auf die Festung des Unverstands »da draußen«, die mit Floskeln bedeckte Energie für das Richtige.

Ich sehe zu. Ich versuche, nur dies zu sein: ein Zuseher. Ein Zuseher hat mitgewirkt, aber losgelassen, ein Zuschauer ist unbeteiligter, entrückter im Wirbel der Geschehnisse, ein buddhistischer Standpunkt, der Zuschauer ist der Zuseher in Rente. Oder umgekehrt? Egal, sagt die PR-Abteilung. Entscheidend ist: Bringt er Quote, ist er relevant, twittert er noch? Der buddhistische Standpunkt twittert nicht, wandert somit in den Totholzbereich des Aufmerksamkeitsdschungels. Anne ist unsicher, das verraten mir die kleinen Zeichen, sie fürchtet das Fernsehen und seine Macht, ein Fehler, und man kann erledigt sein, unbedacht eine Halskette angelegt, deren Farben von ferne an die eines diktatorischen Regimes erinnern (Uganda oder so), die in ein Symbol auslaufen, das irgendeine separatistische Bewegung für ihres hält, schon hat man Probleme in einer Demokratie, schon hat man die Kontrolle verloren. Anne will Kontrolle, Kontrolle bietet einen Halt, Kontrolle bindet an eine Form, Kontrolle rettet.

Bei solchen Auftritten überläßt sie nichts dem Zufall, und wenn sie einen schlechten (löchrig konzentrierten) Tag hat, überlassen Carl Rand und Evelyn, die Büroleiterin Bergmann, spätestens Volker Delanotte, ihr Ehemann (der in ihrer Öffentlichkeit so gut wie nie auftaucht, das war der Deal) nichts dem Rest, der von den Zufällen, denen sie nichts überlassen wollte, geblieben ist. Über Manz und ihre Mitarbeiter gibt es Dossiers, so wie Manz und ihre Mitarbeiter Dossiers über Anne und ihre Mitarbeiter haben. Anne hat Manz in ihre politische Arbeit eingebunden, das ist noch immer die beste Methode, eine gewisse Form der Loyalität einzukaufen (sie weiß, daß man von Journalisten weder eine erwarten kann noch eine bekommt, jedenfalls nicht auf Dauer, sie unterliegen den Eigenarten ihres Berufs), eine gewisse Form: daß es nicht in den letzten Dreck, ins öffentlich verabreichte Zyankali geht. Die Stufen davor gehören zum Geschäft, die Stufen davor sind die zur Küche, in der sich nicht aufhalten soll, wer die Hitze nicht verträgt.

– Frau Bundeskanzlerin, Sie stellen sich also, man sieht es an unserer Umgebung, Ihrer Verantwortung und besuchen mit Camp Eins eine Flüchtlingsunterkunft.

Der Warm-upper, der erste Versuch, babyhaft knuffig und freundlich als Punch, aber die Würde des Elfmeterschützen besteht auch darin, den Elfer nicht zu versenken, wenn alle es erwarten, man wird ihr das vorwerfen, daß sie nicht härter einsteigt, die Kanzlerin nicht gleich anfaßt, wie es heißt, die Manz beugt sich vor, eine hübsche Bewegung, die ihr Haar elegant rutschen läßt, sie hat die Größe, auf Wirkung zu verzichten, im Sinne der Sache vorzugehen, das kommt selbst bei ihrem Team nicht immer gut an, ich sehe es an gewissen Mundkrümmungen, die wissen, daß die lieben Kollegen in den Onlineredaktionen, die dem Ganzen hier wie ein Kongreß von Aasgeiern auflauern, diesem für Manz so charakteristischen Rückzug ins Noble, das ritterliche Ausschlagen des Punkts, der zu leicht gemacht wäre, zu sichtbar auf Kosten des Gesprächspartners ginge, nicht folgen werden, wahrscheinlich nicht einmal in der Lage sind, das (den Punkt nicht zu machen) als Punkt für die Manz zu verstehen, nach den Maßgaben ihrer Begreifungskraft, meine Güte, sehe ich auf dem Gesicht von Carl Rand, in der Trevischen Nachrichtenagentur hat IM »Pudel« Onlinedienst, eine unserer gesamtredaktionell eher gedimmten Leuchten, dafür strahlen seine Gewißheiten um so heller. Ich nehme Versuche wahr, zur Gegenwart vorzudringen, diese beiden Frauen, die sich mit einigen scheinbaren Banalitäten herumplagen (Frisur, Windverhältnisse, Kleiderfalten, die noch rasch beiseite gezupft werden müssen, das Gewusel des Sicherheitspersonals), wollen so etwas wie die Totale Gegenwart, das, was sie tun (reden, beim Reden von Zusehern und Zuschauern gesehen werden, nach dem Reden beurteilt werden, möglichst günstig), soll Wirklichkeit ersetzen, soll eine eigene Form von Wirklichkeit gründen, Verschmelzung von Realität und Fiktion, und das auf eine Weise, die das Geborgte daran (darin) überwindet, vielleicht hat die Manz (oder Anne) diesen metaphysischen Ehrgeiz, Fiktion wird in die Wirklichkeit, die man zu kennen meint, implantiert, kann dadurch nicht mehr vernachlässigt oder zu etwas Belanglosem erklärt werden. Fiktion ist eine eigene Form von Wirklichkeit. Ich beobachte. Fernsehen müßte eigentlich Nahsehen heißen.

Zuerst die vorsichtigen Fragen, die Boten. Insektenkundlich gesprochen, die fliegenden Nichtflügler, ausgerüstet mit verblüffend fähigen Behelfen, Arbeiterameisen steigen bis zu einem Kilometer Höhe, kleine Spinnen lassen ihre Seidenfäden schießen, beherrschen die Ballooning genannte Technik, treiben im Passat, ein Flugstrom aus Spinnen, man hat sie in viertausend Metern Höhe gefunden, vorsichtige Fragen, deren Vorsicht beim Kopf (dem mit »der Verantwortung stellen«) der ersten Staffel, dem Warm-upper, in etwas rüde Direktem kauert, der Wille zum Fliegen wird mit Seidenfäden abgetastet, die von den Fragen wie elektrisiert abstehen für die Reise ins Blaue, und doch, Abtasten ist bereits zu nah, die Gesprächspartner fühlen etwas, Berührungen und ihre Indiskretion, es gilt: mit Blicken abtasten, auch dafür gibt es Sensoren, erst recht für die ziemlich fälschungssichere Sprache dann, wenn die der Worte sich konzentrieren muß, die Manz hat Zettel in den perfekt manikürten Fingern, liest vor und sieht Anne dabei nicht an, was Delanotte schon immer für einen Fehler gehalten hat, Schüttlhofer und Drommetta verfahren anders, verzichten auf Zettel, die sich wie Karteikarten verhalten und nach hinten schieben (abhaken) lassen, Manz' Konkurrentinnen geben ihre Fragen direkt ins Angesicht ihres Gegenübers ab, registrieren, im Bund mit der Kamera, noch beim Fragen jede Reaktion, regeln bei Bedarf sofort nach (Gas und Bremse, dazwischen wird gekuppelt, es sollte kein Automatikgetriebe in Talkshows geben, heißt es in der Trevischen Nachrichtenagentur). Nach diesen Ausflügen, diesen ersten Weisen der Vorsicht und des Austauschs Sinkflug, Bodenberührung, Gleitzeit ins Bergmännische (sollte ich den Forderungen der Dorotheenbehörde nachgeben und »ins Bergfrauliche« schreiben? es widerspricht meinem inneren Bildervorrat), Staub wird untersucht, Erde aufgenommen und zwischen kundigen Fingern zerbröselt, die Verhältnisse der Landschaft werden geprüft, beide Bergfrauen halten ihre Teams (die äußeren und die inneren Ratgeber) zu vorerst archäologischer Arbeit an; die Fragen entwickeln, je weiter vorn in der Riege sie warten, festere Konturen, doch bleibt genügend Arbeit für die freilegenden Werkzeuge, die Pinsel mit den Marderhaaren der Einfühlung und die Schrubberbürsten des Mißtrauens:

– Sie wirken entspannt, Frau Bundeskanzlerin. Die meisten Menschen haben das Gefühl, bei Ihnen in guten Händen zu sein. Das sagen ja auch Ihre Umfragewerte, Sie sind zum dritten Mal in Folge zum beliebtesten Politiker gewählt worden, in einigem Abstand erst folgt der Bundespräsident.

Das sind keine Fragen, das sind Vorschläge. Manz beschreibt die Basis, auf der sie zu verhandeln gedenkt. In den Vorschlägen stecken Möglichkeiten zu Fragen, behutsam temperiert, wieder und wieder auf Handwärme untersucht, Anne hat dieses Stadium einmal mit der Milchküche in einer Kinderklinik verglichen, wo die Fläschchen für die Säuglinge vorbereitet werden. Lullen: Es ist im englischen Wort für Wiegenlied, Lullaby, noch enthalten, im einlullen, Anne kann sich aussuchen, ob sie eine Frage aus diesen Vorschlägen für einen Gesprächsbeginn heraushört, und wenn ja, welche, sie sitzt aufrecht, Hände sichtbar auf den Stuhllehnen, die Entspannung, die Manz sieht, ist eine interpretierte, sie hätte genausogut: Sie wirken angespannt, sagen können, oder: Wer Sie näher kennt, weiß, daß Sie sich Sorgen machen, unter dem starren Gesicht, ihrer Öffentlichkeitsmaske, arbeitet es, Annes Blick ist zwar auf Manz gerichtet, fixierend, sie weiß, daß sie den Eindruck von Melancholie, durch hängende Mundwinkel hervorgerufen, aufwiegen sollte, will sie nicht über sich lesen, sie habe den Eindruck von Melancholie (und damit Überforderung) gemacht, also ein Lächeln zum Einstieg, mädchenhaft verschämt, eine Regung, die ihre Imageberater unter sympathisch verbuchen, wenn sie nicht zu häufig angewandt wird:

– Na ja, sagt sie, wie das so ist mit den Umfragen.

17.8.2015 Montag: Die Tausendundeinenachtabteilung zeichnet auf der sogenannten Ebene 1, intern auch die Ultrakurzwelle genannt, täglich »die Lage«, manche nennen es eine Vorzeitung, ein digitales Kompromat der Social Media, erstellt und auch schon ausgewertet vom Social-Media-Dienst, meist nur kurz SM-Dienst, auf der Kohleninsel West (das »Auge«), viele Quellen fließen ein, Unser Mann in Bagdad, seitdem im Nahen und Mittleren Osten Öl auf Krieg und Krieg auf Kollateralschäden trifft, Unser Mann im Weißen Haus, in Peking und Shanghai, Unser Mann im Osten (seitdem die populistischen Bewegungen dort zunehmen und die Windmühle in Übereinstimmung mit der Kohleninsel, dem Vemini, entschied, dies zu beobachten). Wir gehören zur Sicherheit, Tostik aus dem Kanzleramt, der Stab des Außenministeriums (Amini), Delanotte und das Imini stimmen das weitere Vorgehen mit uns ab, schicken ihre Vertreter auf unsere Konferenzen oder sind selbst anwesend, wir befinden uns auf wechselnder Position in Netzwerken wechselnder Gestalt, ein Geflecht aus Einflußsphären und Ansprüchen, immer wieder wird überprüft, was die Sicherheit ausmacht, was in ihrem Interesse ist und was nicht, wird aus der Rohgestalt der Informationen, ihrer, wie die Plotabteilung sagt, ungeschnittenen Gestalt, der brauchbare, das heißt anwendbare Kern präpariert, bevor der Kampf gegen die »Spinnen«, wie wir sie nennen, beginnt, die Spinnen in den Spinnennetzen Trevas, die PR-Abteilungen der Grünen, der Union im Adenauerhaus, der Sozialdemokraten im Willy-Brandt-Haus, der Linken im Rosa-Luxemburg-Haus, der Liberalen, die ihre PR-Berater seit einiger Zeit aus der Hotelbranche holten, was mir Lionel anhand einiger besonders erfolgreicher Kampagnen von Wellnessresorts in der Karibik erklärte, man habe dort informelle Treffen der Spitzen liberaler Parteien abgehalten, um sich über gemeinsame Ziele und Mittel, sie zu erreichen, zu verständigen angesichts der immer prekärer werdenden Umfragezahlen für Liberale weltweit, angesichts der offenbar immer weniger attraktiven liberalen Idee. Dabei sei dem Organisationsteam der trevischen Liberalen die Kampagne einer bestimmten PR-Agentur aufgefallen, man habe Felgentreu, Chef der trevischen Liberalen, vorgeschlagen, diese Agentur für eine Imagekampagne anzuheuern, Felgentreu, jung, durchtrainiert, klar, habe als Unterwäschemodel mit Dreitagebart auf seinem Bett posiert.

Nachrichten seien Gifte: Redakteure, die den Colonel, die Tausendundeinenachtabteilung ohnehin mit Argwohn betrachten, meinen, die Trevische Nachrichtenagentur sei ein Dienstleister, sie liefere Nachrichten, nichts weiter, ohne Verschwörungen rund ums Gatekeeping, wenngleich das Gatekeeping selbstverständlich vorkomme, wie auch nicht, Wirklichkeit passiere immer und überall, und es sei unsere Aufgabe, dasjenige aus der Wirklichkeit herauszuholen, was es wert sei, eine Nachricht zu sein. Als Beispiel brachten sie dann eine Pressekonferenz unserer Kanzlerin, in der sie selbst (und nicht ihr Pressesprecher) etwas zur Zusammenarbeit mit einem wichtigen nahöstlichen

Verbündeten erklärte, kritisch erklärte, so konnte man es interpretieren, und die Erklärung anbrachte in einem Moment, der gewiß mit ihrem Spindoktor abgesprochen war: Ein zitatreifes oder wenigstens zitierfähiges Wort fiel, schon tippte es Xaviera Felgenhauer, unsere Bundeskorrespondentin, verantwortlich für alles rund um die Kanzlerin, in ihr Galaxysmartphone, schon war es gesendet an Unseren Mann im Newsroom, der sofort eine Meldung daraus machte und sie, wie es hieß, auf den Draht gab, schon lief das Zitat unserer Kanzlerin über die Liveticker der Nachrichtenmagazine, die Laufbänder der TV-Anstalten, die Kanzlerin hatte ihr Statement noch nicht zu Ende gesprochen. Aber Sprache ist nicht alles. Sprache besteht aus Wörtern, und die muß der Kunde lesen können, auch sagt (dies ist das abgegriffenste Zitat, leider sitzt es im Cockpit unseres Flugzeugs) ein Bild mehr als tausend Worte, haben wir ein Bild? Fotografen sitzen in der Pressekonferenz auf dem Boden vor der Kanzlerin, was leichte Untersicht gewährt und eine bestimmte Form von Authentizität, glauben die Fotografen, man sieht, glauben sie, über sie hinweg, dabei wird man sich, glauben sie, öfter mal ertappen lassen. Es sind Kameras da, die beim Filmen nicht nur die Kanzlerin, sondern auch die Fotografen beim Fotografieren filmen, die ihrerseits die Kameras beim Filmen fotografieren (mindestens ein Bild der Strecke, alter Fotografenaberglaube), wobei die Kameras auch die Kameras der Konkurrenz mitfilmen. Die Fotografen jedenfalls haben exakt jenen Moment abgepaßt, in dem die Kanzlerin ihr bekanntes leicht gequältes Lächeln abgibt, das jenes Zitat begleitet, das längst in den Onlineportalen, Redaktionen hockt wie eine Mücke, die vielleicht oder wahrscheinlich und wahrscheinlich sogar sehr wahrscheinlich eine

Tarantel ist, in der unsere Kollegin von tna Audio längst das erkannt hat, was sie in Wahrheit ist, nämlich ein als Mücke verkleideter Elefant, der, das muß gleich aus dem schalldichten Studio über den Äther in die Radiosender, sich zwei zusätzliche Beine umgeschnallt hat, während die großen Ohren selbst für den ungeübten Beobachter eben schon als Ohren, und zwar als Flügel getarnte Ohren, erkennbar sind, nebenan schreibt unsere Bundeskorrespondentin den Korrespondentenbericht, der nicht direkt zum Kunden, sondern noch rasch über den Tisch des Redakteurs geht. Der Redakteur checkt, ob alles verständlich ist und sich kein Fehler eingeschlichen hat, der Bericht wird, wenn er clean ist, wie unsere Redakteure sagen, sofort gesendet, zum Kunden, wir haben, kaum zwei Stunden nach der Pressekonferenz, mehrere Texte, Fotos, Videos, Radiobeiträge, sie werden, noch dampfend, von unseren Auslandsdiensten übersetzt, ins Englische, Russische, Spanische, Arabische, alles geht hinaus, mehrfach gecheckt, gesehen, kommentiert: die Bemerkung der Kanzlerin, deren Tonfall noch etwas geschärft, gewissermaßen herangezoomt, ist, der Augenblick ihres Leids in Großaufnahme und HD, was Spekulationen über ihr Make-up und Faltencremes auf den Social Media nach sich ziehen wird, alles geht raus: in die Politikredaktionen, die Spekulationen um das Zitat und, vor allem, das, was das Zitat nun besagen soll, kochen bereits hoch, die Politikredaktionen haben längst bei uns, bei Zentralbild, ähnliche Fotos zu ähnlichen Situationen abgerufen, die Konkurrenz hat bei unserer Grafikabteilung Erklärgrafiken geordert, welche die Tiefe der Mundwinkelkrümmung der Kanzlerin mit dem Rot der Landesfahne jenes nahöstlichen Verbündeten abgleichen, mit dem »wir« zusammenarbeiten wollen, in den Kulturredaktionen gibt es schon Standleitungen zu unseren Lieblingsprovokateuren, zu Comedians und zu einer Stipendiatin, die sich gerade in der Hauptstadt des nahöstlichen Verbündeten aufhält, schon gibt es erste Stimmen aus der Opposition, O-Töne von Mitgliedern der Regierungskoalition, und was sagt unser Königshaus dazu? Blog Royal ist schon unterwegs.

Die Tausendundeinenachtabteilung
veröffentlicht, auf Ebene 2, intern die Kurzwelle genannt, die »Lage« dann auch in Papierform, die ›Wahrheit‹ als Außen Eins gehört dazu, die TRAZ als Außen Zwei. Der Colonel sitzt in seinem Ohrensessel in der Trevischen Nachrichtenagentur, die sich wie die Chronik und das Flottenamt in der Kohleninsel Ost befindet, hat einen seiner Pläne aus Zeitungspapier entfaltet, unbedrucktem Zeitungspapier im Broadsheetformat, mit den Spuren der Punktur, jenen Löchern am unteren Seitenrand, die für den Zuschnitt nötig sind. Der Colonel streicht über den Plan, den er bereits vielfach geknickt hat, erhebt sich ächzend aus seinem Ohrensessel, steckt sich eine ukrainische Rauchschraube an, geht zur Schlagschere in der Ecke seines Büros und schneidet das Blatt, den Plan, in Stückchen von etwa Kreditkartengröße, seine Wasserbomben (Wabos), womit er an sein von Max Brod beschriebenes Vorbild, Dr. Simta vom ›Prager Tagblatt‹, und dessen sogenannte Schrapnelle erinnert, diese Wabos wird der Colonel mit Ideen, Mahnungen, rätselhaften Kürzeln beschriften und in die hausinterne Rohrpost geben, er könnte es digital haben, mißtraut aber der Elektronik und wird darin von unserer Netzabteilung nicht widerlegt. Einige dieser Wabos habe ich für die Chronik aufgehoben:

Der Handschuh: Außen ist er rot, eine kräftige Farbe, Zinnober, Sie wenden ihn, wir sehen nun ein schwaches, poröses Rot, noch ist erkennbar, was gemeint gewesen sein könnte, doch haben wir noch die Form, es ist immer noch ein Handschuh, der gleiche, vielleicht sogar derselbe, formal betrachtet.

Das Hohe Roß: Sitzen, oben, schauen, grüßen, von oben herab, hold und leutselig, wenn die Stimmung gut ist, doch mit einem Schuß Strenge dabei für die Abweichler und Minderbemittelten, die es in der Menge immer gibt. Das Hohe Roß ist im Besitz. Das Hohe Roß weiß genau. Das Hohe Roß kennt. Das Hohe Roß trabt in anderen Regionen, das muß den Niederen Rössern, den Ohnrössern darunter deutlich gemacht werden; das Hohe Roß kommt von einer Hohen Schule.

Warum eine Schabe totgeschlagen werden muß: weil sie, obwohl sie das immer wieder bestreitet, eine Schabe ist und eine Schabe ein häßliches, ja schädliches Insekt ist, noch dazu flink und intelligent, und niemals allein. Die Schabe bedroht uns. Die Schabe kann alles zerstören. Schabenschlau ist die Schabe. Wir, die Menschen, dürfen uns von den Schaben nicht erpressen lassen. Wir dürfen ihnen keinen Raum geben. Die Schabe hat ein menschliches Gesicht, aber das ist Täuschung; das eben ist ihr Trick, ihre Schlauheit, Menschen wie uns mit einem Menschengesicht wie von uns anzusehen, aber hinter dieser Maske ist alles ekelhaft und verdorben. Die Schabe klagt, sie werde ausgegrenzt. Hat sie sich jemals gefragt, ob sie nicht selbst daran schuld ist? Wer sich wie eine Schabe verhält und also wahrscheinlich eine ist, der wird nicht ausgegrenzt, der grenzt sich selbst aus. Die Schabe klagt, es gebe keine Meinungsfreiheit, sie verliere ihre Freunde, ihr Arbeitsplatz sei bedroht, wenn es ihr nicht mehr gelinge, ihr schäbiges wahres Ich zu verbergen; hat sie sich je gefragt, warum sie die Freunde verliert und ob die Freunde nicht recht haben könnten, sich von so etwas abzuwenden? Die Schaben werden immer mehr. Wehret den Anfängen.

Der Colonel, Ferenc Rainer de Manko-Bük, ist mein Vorgesetzter im Flottenamt und also in der Chronik, Verbindungsoffizier ins Vemini und, er stammt aus einer alten k.u.k. Familie, in die Österreichische Correspondenz, in der auch Meno, wenn er in den Lektoraten vorbeischaut, seinen Arbeitsplatz hat. Viele seiner Wabos gelten der Organisation Kleist, Sitz inzwischen auf beiden Kohleninseln, den Gewalt- und Angstforschern, die Angst, so der Colonel, ist der Motor, Angst ist das Herz der Politik. Er versteht sich als altliberal, wie das ›Prager Tagblatt‹, dessen Nummern er in den Archiven bewahrt und hin und wieder in Auszügen bei Konferenzen vorliest, begeistert über einen Journalismus, der Politik als Theater verstand und auch so behandelte, ohne unangemessen ins Klamaukhafte oder Belanglose abzugleiten, er vergleicht Stücke seiner Lieblingsautoren, Polgar, Kuh, Sándor Márai, Doktor Simta, mit Stücken aus der ›Wahrheit‹, in den Sechzigern, sieht hier einen Gipfel der journalistischen Kunst und Verfall seitdem, mit wenigen Ausnahmen, seine Lieblingsfigur im ›Prager Tagblatt‹ ist der Sportredakteur, der in einem völlig verwilderten Büro saß, nichts mehr überblickte, fanatischer Fußballfan, eine Leidenschaft, die dieser Sportredakteur

– Hätte ihn sofort eingestellt!

mit dem Colonel teilt, dessen Anteilnahme besonders zwei Mannschaften gilt, Austria Wien und Rapid Wien, der Zeit der österreichischen Wundermannschaft mit Matthias Sindelar als Mittelstürmer, Friedrich Gschweidl als sogenannter Rechtsverbinder, Linksverbinder Anton Schall und Bäckermeister Rudi Hiden im Tor. Wieder kritzelt der Colonel eine Wabo, der Colonel ist der Meinung, daß unser Laden regelmäßige Aufmischung als produktive Störung gut gebrauchen kann, schiebt die Wabo in die Rohrpost, die zu unserem Kunstlektorat führt, in dem heute Kunstkritiker Tischler (IM »Turner«) und Musikkritiker Brachvogel (IM »Meistersinger«) Dienst haben, bereitet gleich die nächste Wabo vor, fragt, woran ich eigentlich arbeite, man höre so wenig von mir, lese nichts, ob ich in die Akten übergegangen sei da unten:

– Haben Sie am Sonnabend die ›Südtrevische‹ gelesen, sie haben einen Artikel von Pabst wieder gebracht, als Hinweis auf seine Videosendung ›Pabsts Preziosen‹, dieser Artikel hat mir ausgezeichnet gefallen, eine Erinnerung an den Dirigenten Carlos Kleiber, ohne jeden Aktualitätsbezug, einfach so wiederveröffentlicht, weil er glänzend geschrieben ist, und somit absolut sicherheitsrelevant, Hoffmann, das ist ja das Interessante, ich werde es gleich mal dem Brachvogel weiterleiten.

Der Colonel las viel, Artikel, Nachrichten, Sachliches, aber das war nicht das, was er unter Lesen verstand. Artikel, Sachliches: das war Arbeit, Lesen dagegen sehendes Hören, wie er sagte, Vergnügen, eine Schule des Stils. Der Colonel strebte das Ideal eines Gentlemans an, ein Gentleman, fand Rainer, war auf dem Weg zur Menschwerdung.

Ad fontes, heißt es immer wieder, zu den Quellen, wenn

es Diskussionen um saubere journalistische Arbeit gibt, darum, wer welche Nachricht verfaßt und wie verändert hat, wer etwas hinzufügte, was nicht dazugehörte, wer etwas wegließ, was dazugehörte, wer das absichtlich tat und wer nur aus Bequemlichkeit oder Schludrigkeit oder weil schlicht kein Platz mehr war in der ›Trevischen Allgemeinen‹ oder in der ›Südtrevischen‹ (immer passiert nur soviel in der Welt, wie in eine Zeitung paßt), kurz, wer zu den Quellen will, der will zu uns. Unsere Zeitungen beziehen ihre Nachrichten zum großen Teil von der Trevischen Nachrichtenagentur oder ihren Konkurrenten (sofern es die noch gibt, die Trevische Nachrichtenagentur hat überall ihre Netzwerke), die Korrespondenten, die sich manche Zeitungen noch leisten, decken ganz Afrika und halb Asien ab, sitzen in Panama, sind aber auch für Feuerland zuständig. Die Trevische Nachrichtenagentur ist der Nachrichtengroßlieferant. Woher aber bezieht die Trevische Nachrichtenagentur ihre Nachrichten? Von ihren Korrespondenten (Ebene 1). Aber auch diese Korrespondenten, wie die der Zeitungen und des Fernsehens, sitzen in Panama und müssen nach Feuerland, wenn es dort brennt. Zack Rotbarth, Plotabteilung, widerspricht immer wieder der Auffassung, Literatur habe keinen Einfluß auf das sogenannte wirkliche Leben, zitiert den Spruch, der im Vestibül der ›Wahrheit‹ an der Speerspitze zu lesen steht, ein Spruch des alten Brandenstein: »Das Leben ist ein Roman. Wir schreiben ihn.« Einiges sprach dafür, daß dieser Spruch des alten Brandenstein mehr denn je gültig war, wenngleich neue Erzählformen das Romankonzept, an das der alte Brandenstein gedacht hatte, in Frage stellten.

Die Trevische Nachrichtenagentur gibt Vorschläge nach draußen, aber was daraus wird, was davon in welcher Gestalt in der Außen Eins, der Außen Zwei erscheint, wird in der Außen Eins und Zwei entschieden. Obwohl sie zur Tausendundeinenachtabteilung gehören, haben sie Entscheidungsfreiheit, können weder Elisabeth noch der Colonel mit Anweisungen oder Befehlen arbeiten, das hätte kontraproduktiv gewirkt, wie Analysen zeigen, die Journalisten der ›Wahrheit‹ und der TRAZ stehen nicht in einem militärischen Dienstverhältnis und hätten Anweisungen von außen niemals akzeptiert, hätten sie wahrscheinlich sogar publik gemacht, das wäre für die Sicherheit ein Desaster gewesen, die Sicherheit muß, so gut es geht, unsichtbar bleiben.

Die Nachrichten über Flüchtlinge nahmen zu, standen noch weit hinten, unter Vermischtes (»ferner liefen«, wie es in der 1001 hieß), schienen Anlauf zu nehmen, sickerten in die Social Media, drangen in den ›Südtrevischen Nachrichten‹ auf die »Seite Drei« vor, die Reportagen gewidmet ist, so etwas wie der ausgiebigere und oft sofort gelesene Teil, die Vertiefung des Kommentars, der mehr oder weniger knappen Meldungen der Onlineredaktion, erschienen im ›Trevischen Boten‹ bereits in der sogenannten Griffecke auf Seite 1, in der TRAZ, in der genau beobachtet wird, was der ›Trevische Bote‹ macht, da man sich um den besten Konservatismus streitet, ebenfalls Frontseite, aber weder im Großen Kommentar, der den Ressortchefs vorbehalten bleibt, noch im Kleinen Kommentar, der ein besonders drängendes Problem besonders pointiert zu fassen versucht, im COURIER (zwischen Donnerstag und Donnerstag kann die Welt untergehen) hatte die Onlineredaktion Witterung aufgenommen, man konzentrierte sich auf einige Proteste im kollektiven Gedächtnis, brachte Stücke über die fremdenfeindlichen Ausschreitungen von Rostock-Lichtenhagen, Mölln, Sebnitz, was in den Kommentarspalten bereits zu einigen hämischen Reaktionen geführt hatte, doch wurden, wie immer im COURIER, diese wenigen Abweichler in der Flut progressiver Kommentare förmlich ertränkt, der COURIER gab sich als gediegenes, betont bürgerliches Blatt, man hatte seine Leser an der Elballee, die Oberstudienrätinnen, Waldorf- und Montessoriklientel, Beamtengattinnen, Yogalehrer, Pfarramtsmitarbeiterinnen, die Damen von Rosenzopf.com, die Sieverts und Grotes, auf Cranges und Iversens, die auf englische Weise den Fünfuhrtee begingen und zu Löffelbiskuits den kleinen Finger über dem Familienmeißner spreizten, dazu den neuesten Klatsch aus der Gesellschaft besprachen, kopfschüttelnd über das, was man nicht tat, tolerant gegenüber den Abweichungen und Verfehlungen der eigenen Kinder, ihrer Lieblinge und derer, »die man wählen kann«, weil der COURIER es sagt.

Die Tausendundeinenachtabteilung,
Ebene 3 (die Langwelle: Lektorate, Chronik), veröffentlicht Broschüren, Rundschreiben, Abhandlungen, Memoiren (bedeutender Politiker und sonstiger Staatsmänner, wichtiger Verwaltungs- und Finanzbeamter, aber auch die Erinnerungen von Fußballstars und Showgrößen), ganze Bücher, sogar Romane und Gedichtbände, zuletzt von Justizminister Andreas Mehmel, Liebesverse an eine Operndiva (immerhin hatten ihm seine Referenten die Reimkette Herz-Schmerz-jetzt mach keinen Terz herausgestrichen und damit dem zuständigen Lektor viel erspart, übrigens war der Lektor per Los bestimmt worden), wir haben die Vinetapresse, die von derlei freizuhalten unseren Senior Consultant Meno Rohde viel Mühe kostet.

Meno war wohl über die tiefste Trauer hinweg, Elsa war schon viele Jahre tot. Wenn ich auf Missunde war, blieb ich, wenn ich mich unbeobachtet fühlte, oft in der Eingangshalle stehen, um das von Martin Rahe gemalte Porträt von Elsa anzusehen. Meno hatte in seinem Büro einen Wandstreifen neben dem Fenster freigeräumt, dort zeichnete er die Tagesstriche, wie ein Gefangener in seiner Zelle, ich zählte sie nicht, manches Wissen gebührt nur einem Menschen allein.

Die Lektorate befinden sich in der ehemaligen Buntgarnfabrik auf der Spindel, die als der Askanischen Insel vorgelagertes Eiland Teil der Trevisch-Leipzig-Dresdener Sumpfgrenze gewesen war. Die Buntgarnfabrik war im Zuge des Operativen Vorgangs »Wende«, der Operation »Unio« abgewickelt worden. Der zuständige Beauftragte der Sicherheit, der Colonel (der Beauftragte dieses Beauftragten war Martin Delanotte gewesen), zog in die Buntgarnfabrik um, beste Industrieklinkerbauweise, die Etagen trugen Tonnenlasten, ideal für kilometerlange Aktenvorgänge. Die Kohleninsel Ost, das »Ohr«, lag in der Nähe, war über Brücken und Gangsysteme zu Fuß erreichbar. In der ehemaligen Buntgarnfabrik nun wurden die Lektorate zu neuem, unverhofftem Leben erweckt. Hier zogen sie ein oder blieben, die arbeitslos gewordenen, zu verbittern drohenden Marxisten, Gesellschaftswissenschaftler, denen die Gesellschaft abhanden gekommen war, abgebrochenen Kunst- und Philosophiestudenten, umgeschulten Journalisten (die nach Fouché so genannten »Motten«), Kommunikationsforscher, Soziologen, Germanisten, Philologen, Politologen, ehemaligen Parteifunktionäre und solche ihrer Begleitorganisationen, und erweiterten Delanottes Traum, die Tausendundeinenachtabteilung der

Kohleninsel West zu etwas Richtigem, wie gesagt wurde, zu einer schlagkräftigen und von vielerlei Gerüchten umraunten Organisation formen zu können.

Die Lektorate veröffentlichten ein selbst mit den Maßstäben der atlantischen Buchkultur gemessen überaus ansehnliches Programm. Munderloh, Hermes, Crüger, S. Fischer, Rowohlt, die Wiener Presse in der Österreichischen Correspondenz (eine Außenbasis) fusionierten, einer nach dem anderen, wie sich versteht, ein längerer Prozeß, beginnend mit der 89er Revolution, über die Neunziger bis in die Gegenwart, wo die letzten verbliebenen unabhängigen Verlage mit dem Dach, das Hermes in der Tausendundeinenachtabteilung bietet, liebäugeln.

Das Wirtschaftslektorat arbeitet eng mit dem Wimini zusammen, besonders mit Lionels Sekretariat für Fusion, Lionel befaßt sich seit einiger Zeit mit privaten Militärfirmen und bestimmten Kanzleien, etwa Greenfield Associates, vom ehemaligen amerikanischen Außenminister gegründet, das Wimini gibt Analysen in Auftrag, etwa, was bestimmte Personalveränderungen zu bedeuten haben, wer an den Eliteschulen in den Abschluß- und Vorabschlußjahrgängen sitzt, Pokale oder Preise gewonnen hat, von Kanzleien wie Greenfield Associates oder Boston Beceldes (in der Montserrat tätig war) bereits umworben wird. Zur *Aufgabe im Grunde* gehört es für die Tausendundeinenachtabteilung, die Sicherheit auf dem Gebiet von Wort und Schrift zu gewährleisten, wir nennen es Narrative oder »die Erzählungen«. Es gibt den »Eingang« in der Trevischen Nachrichtenagentur, hier fluten die Nachrichten an, werden sortiert und weitergegeben, analysiert, komprimiert, auf allen Ebenen der 1001 werden Vorlagen erstellt, Operative Vorgänge ausgearbeitet, Dossiers angelegt, alles trägt zur »Lage« bei, die von Kurieren oder über sichere Leitungen direkt ins Vemini weitergegeben wird, wo die wechselnden Anteile der »Lage« wiederum analysiert werden, um, schließlich, im »Ausgang« in Handlungen zu münden. Im Wirtschaftslektorat arbeitet einer der TRAZ-Herausgeber, teilt sich den Schreibtisch mit Münzfranz, der über Kryptobanking und Notgeldsysteme forscht.

Fusionen von Unternehmen, noch dazu solchen aus der Papierwelt, bringen Spannungen und Kompetenzverwischungen mit sich. Ein Munderloh, ein Töpfer, ein Heinz Schiffner ließen sich in ihre Programmplanung nur von den sogenannten Frontsoldaten hineinreden, den Vertretern, die in den Buchhandlungen erfahren, daß der »Faust« liegenbleibt, dagegen ein Dialog mit dem Darm als verkannter Instanz des Alltagslebens ein sogenannter Schnelldreher ist, eine Stütze des Weihnachtsgeschäfts. Die Spannungen und Kompetenzverwischungen waren in der 1001 nicht kleiner geworden im Lauf der Jahre, Elisabeth hatte zu diesem Problem schon eigene Konferenzen anberaumt, war doch durch diese Spannungen und infolge der Kompetenzverwischungen eine gewisse Widersprüchlichkeit in unser sogenanntes Kerngeschäft, die Herstellung von Nachrichten, eingezogen, wobei hier Verschwörungstheorien gleich der Wind aus den Windrädern genommen werden soll, Nachrichten, das hieß Informationen, Informationen, das waren auch Bilder, Informationen, das waren die Wirbel in der Wirbelsäule der Demokratie. Selbstverständlich kam es dabei auf jede Hand an, selbstverständlich, so mein Kollege Melbo V, auf jede Hand in den laufenden Prozessen, die umeinander prozessierende Prozesse geworden waren, so Melbo mit seinem ewigen sardonischen Lächeln (Risus sardonicus nannte es Meno), diese laufenden Prozesse hatten so lange keine eindeutigen Konturen infolge von Kompetenz- als Transparenzverwischungen, bis sich aus dem Laufenden so etwas wie ein Läufer herauszukristallisieren begann. Melbo pflegte mehrere Steckenpferde, eins war der Untergang des Mannes mit besonderer Beachtung der Muttersöhne (Melbo hatte eine Psychoanalyseausbildung bei mehreren Koryphäen des Fachs absolviert), ein zweites war das Klavierspiel, ein drittes das Film- und Fernsehwesen (er war Student an einer entsprechenden Hochschule gewesen), ein viertes waren Serienkiller, ein fünftes Sex unter Extrembedingungen mit besonderer Berücksichtigung der Antarktis, die aber alle nur seinem Hauptsteckenpferd dienten, das eigentlich gar kein Steckenpferd mehr war, sondern ein ausgewiesenes Schlachtroß, was Melbo Schlacht-Roß schrieb, um klarzustellen, wie er es meinte, ein Roß als Schlächter, nämlich Adolf Hitler oder A.H., wie er schrieb, AHa, wie er immer wieder, über Papieren brütend, die im weitesten Sinne alle mit AHa zu tun hatten, ausrief. Melbo hatte entdeckt, daß es zwei Hitlers gab, nämlich Hitler 1 und Hitler 2, dic Grenze lag in Pasewalk, genauer: im dortigen Militärlazarett, wo Hitler 1 eine geheimnisvolle Metamorphose zu Hitler 2, dem eigentlichen, dem Weltpolitiker und Abgrundreiter Hitler, durchlaufen habe; einem Militärpsychiater sei bei der Behandlung von AHas Gasvergiftung ein Kunstfehler unterlaufen, ein Kunstfehler, der den Hitler 2 aus dem Hitler 1 befreit, ja gewissermaßen gezündet habe: die innere nicht V, sondern HaZwo, so Melbo. All das war sehr interessant, und Melbo konnte durchaus überzeugend seine Thesen untermauern, hatte er doch durch seine multifunktionale und Draufsichtsausbildung allein das Rüstzeug für die nötige ganzheitliche Betrachtung des »Phänomens« (rein als Erscheinung verstanden) Hitler, der Schlüssel zum Aufschluß all der Geheimnisse und verborgenen Rätsel war, so Melbo, eine mehrdimensionale Perspektive, erst in diesem Kaleidoskop würden sich die Problemsplitter ordnen. Melbo hielt mit seinen Steckenpferden die Tausendundeinenachtabteilung und den Palazzo Missunde wach. Das V seines Namens war wohl ein Nachname, Melbo behauptete, es aus dem Indischen übernommen zu haben, wo solche Nachnamen, die nur aus einem Buchstaben bestanden, zwar selten, aber doch gebräuchlich seien. Er hatte mir eine auf Youtube analysierte Schachpartie des Schachwunderknaben Gukesh D zum Beweis gezeigt und sein Pferdegebiß gebleckt. Jeder solle sieben Steckenpferde haben, so Melbo, sein siebentes waren Gespenster. Er behandelte sie in seinen Nachrichten, seinen ausschweifenden und immer wieder skurrilen, immer aber auch ungewöhnlichen Bulletins nicht als etwas, das nicht existierte, sondern als überaus reale Phänomene, die Klimadebatte zum Beispiel war für ihn ein solches Gespenst:

– Weißt du, sagte er in seiner zutraulichen, kindlichen Art, ich meine das folgendermaßen. Wir haben ja eigentlich eine Demokratie, also eine Gesellschaftsordnung ohne Führer, aber nur nach außen hin, ein Führer braucht gar nicht so aufzutreten wie AHa. Etwas kristallisiert sich heraus, meist von den Agendasettern in unseren Abteilungen bestimmt, überschreitet eine kritische Klickzahl, die ~~ersten~~ Politiker springen auf, Medien fahren mit, plötzlich ist dieses Thema en vogue (Melbo mochte das trendigere »in« nicht), es führt die Debatten, es ist ein Gespenst, das als Produkt unserer Gehirne existiert, die miteinander vernetzt sind wie Computer, und plötzlich erscheint da etwas, das weiß, was es will, und die große Leere drum herum ist dankbar, läßt sich von diesem Gespenst führen. Ist das Demokratie?

Die Nutzungsquote von Melbos originalen (unbearbeiteten) Materialien war naturgemäß gering. Er lächelte und verwies auf eine Broschüre, die er für die interne Aufklärung geschrieben hatte, es ging um anwesende und abwesende Gespenster und deren jeweilige Machtausübung, nicht immer waren die anwesenden, also gewissermaßen positivistischen Gespenster die erfolgreichsten, manchmal waren Nachrichten viel erfolgreicher, in denen etwas fehlte. So bestückte Melbo nicht etwa mit seinen Pasewalkforschungen zu Hitler 1 und Hitler 2 die Kanäle, nicht mit dem Gesamtgespenst, wie er sagte, sondern nur mit dem noch wirksamen, wir sagten, radioaktiven Teil davon, etwa mit Sprach- und Zitatanalysen zwischen »Mein Kampf« und Reden von Torsten Hieronymus, dem Führer der Alternative (auch den Begriff »Führer« in Zusammenhang mit Hieronymus hatte Melbo lanciert), oder Thorben Giegold, der mit solchen Wendungen bewußt zu spielen schien. Wenn Melbo hier Übereinstimmungen lieferte, glühten, wie gesagt wurde, die Drähte, schon die Trevische Nachrichtenagentur riß uns das Material förmlich aus der Rohrpost, und wiederum riß man der Trevischen Nachrichtenagentur dieses Material vom Newsdesk, wo es direkt zu den Assistenten der Drei Schwestern, in die Talkshows auf dem Fernsehberg, ging.

Das Literaturkombinat. Die Buntgarnfabrik

Der Ort der Literatur, die Geistesrepublik, dachte Meno, als sich die Fähre der Spindel näherte und die Buntgarnfabrik auftauchte, der Park mit der Mauer und den Sicherungsanlagen, den Löschteichen zwischen Leim- und Papierfabrik, den Lagerschuppen, Bunkeranlagen, den ziegelgemauerten Werkhallen hinter dem monumentalen Eingang mit der Aufschrift Ordo restaurationis – restauratio ordinis; Kastalia, hatte Meno geschrieben.

Hier und dort gab es in den Fluren des Hermes-Verlags Überreste der einstigen Verwendung des Gebäudes: Spindeln, sogar ausrangierte Spinnmaschinen in dunklen Ekken, Palettenheber, mit denen nicht mehr Rohgarne, sondern Bücher und Manuskripte transportiert wurden, an den Treppenabsätzen vergilbte Bestentafeln, die Schiffner aus Pietät beließ.

Telefone schrillten, Türen knallten, in den Zimmern erregtes Durcheinandersprechen, ja Streit. Meno hatte noch keine feste Unterkunft in Leipzig, er schlief im Verlag auf einer Matratze. Vor ihm auf dem Tisch lag Judiths neues Manuskript. Er trat ans Fenster. Unten klopften die Mauerspechte, eine Limousine fuhr vor, Buchminister Samtleben stieg aus, ihm folgte Karlfriede Sinner-Priest, die gefürchtete Zensorin und Urwala aus der Hauptverwaltung Verlage, schmal und gebeugt ging sie am Arm des Buchministers auf den Eingang des Hermes-Verlags zu, sie, die alterslos dazu bestimmt zu sein schien, in einem Büro der Kohleninsel zu sitzen, drahtig und unverwüstlich ohne Jugend und Greisentum in der stillstehenden Zeit einer Behörde.

Die verknöcherten Greise an der Staatsspitze mußten weg. Teils waren sie es ja schon, teils klammerten sie sich noch an ihre Sitze. Auch den Buchminister gab es ja noch, freilich gehörte der seit einiger Zeit zu den Ermöglichern, hatte sich für Judith Schevola eingesetzt und auch sonst dem Verlag zur Seite gestanden.

Ein Verlag – eine Ansammlung von Irren für im Grunde irre Projekte, die allerdings schon wenige Zentimeter über dem Grunde zu Angelegenheiten der Vernunft wurden. Meno ging durch die Flure, dachte an seine Zeit bei Insel und B.G. Teubner, damals, am Anfang seiner Lektoratstätigkeit, B.G. Teubner im Verbund mit der Akademischen Verlagsgesellschaft Geest & Portig sowie Salomon Hirzel in der Sternwartenstraße 8 zu Leipzig. Meno sah durch die offenen Türen des ganz und gar verrauchten Lektorats II, das seine Kollegin Jutta Janke leitete.

– Ist schon Konferenz? rief sie, selbst bei diesen wenigen Worten von Husten unterbrochen. Hier, das mußt du unbedingt lesen! Aus den Papierbergen auf ihrem Schreibtisch angelte Kolumbine, wie sie im Verlag genannt wurde, einen Hefter heraus. Ganz tolle Sache, die muß unbedingt noch in den Plan.

Draußen verschwand die Mauer, Kolumbine las ein neues Stück von einem ihrer geliebten polnischen Autoren. War es von Witkiewicz, dem genialen Dramatiker, Maler und Philosophen, der sich 1944 nach dem Einmarsch der Roten Armee in Ostpolen umbrachte, lange vor dem Erscheinen Hitlers das Porträt eines größenwahnsinnigen Diktators geschrieben hatte, »Gyubal Wahazar«, und das Stück »Die Schuster«, in dem die korrupte Bourgeoisie durch die Arbeiterklasse, diese aber von den Herren mit den schwarzen Aktenmappen abgelöst wird, keines dieser Stücke hierzulande gespielt? Kolumbine: ein weiblicher Kolumbus, immer unterwegs zu neuen Ufern, eine kompromißlose Entdeckerin aus den Literaturen von Tirana bis Pjöngjang, der gesamten slawischen Literatur mit Ausnahme der Sowjetunion, auf dem Großsegel ihrer Karavelle stand »wie machen wir das, wie kriegen wir das durch?« anstelle von »nur nichts riskieren«. Meno blätterte in dem polnisch geschriebenen Text. Jutta Janke hatte sich wieder an den Schreibtisch gesetzt, hielt den Kopf in den Händen, steckte mit der einen kaum aufgerauchten Zigarette schon die nächste an. Im Winkel zwischen Schreibtisch und Fenster ein Stalinporträt, darunter Kolumbines Papierkorb, Kolumbine mochte hintersinnige Ironie. Meno fragte sich, ob Kolumbine ein Zuhause außerhalb des Verlags hatte – ganz gleich, wie früh man kam oder wie spät man ging, im Lektorat II brannte noch Licht, saß Kolumbine über ihren polnischen Autoren, redigierte Übersetzungen, pflegte ihre Lieblinge: Gombrowicz, Różewicz, Mrozek, die Szymborska (die sie selbst übersetzt hatte), dachte über Tricks und Kniffe nach, wie man einen Text »durchbringen«, also von einem Manuskript zu einem Buch werden lassen konnte. Es waren keineswegs nur die Zensoren, die es zu überwinden galt, nicht nur das Buchministerium und die für Kultur zuständige Abteilung im Zentralkomitee der Sozialistischen Einheitspartei, es waren auch die Kollegen, die ihrerseits Texte durchbringen wollten, Papier, Devisen, Druckkapazität beanspruchten.

– Was wird werden? Kolumbine sah Meno angstvoll an. Er trat ans Fenster. Im Hof dirigierte der Hausmeister einen Lieferwagen. Udo Männchen steckte seinen Kopf durch die Tür.

– Wir sind ein komischer Verlag in einem komischen Land. Wir bringen den Leuten, die nicht in die Welt dürfen, die Welt herein, das aber aufs allerfeinste. Und heißen ausgerechnet Hermes. Na, Kolumbine, mal wieder in slawischen Dissidenten gefischt? Alle surreal, aber der Surrealismus ist das Paradies der Grafiker. Jetzt, wo sich bei uns endlich was bewegt. Die Möglichkeiten! Das Material! Die Möglichkeiten! Er zog Meno auf den Flur.

– Du mußt mir einen Rat geben. Ich habe mehrere Entwürfe für den Schevolaschutzumschlag und kann mich nicht entscheiden. Außerdem die Schrift. Ich bin für die Bodoni, Lothar aber will die Garamond, und der Chef will eine alte, sehr schöne Schrift haben, die Prillwitz, die Cotta für seine Goetheausgabe verwendet hat. Dagegen ist nun Lothar entschieden, die Schevola mit Goethe in eine Schrift zu stellen. Außerdem ist die Prillwitz ja bisher dem Eulenbüro vorbehalten. Udo Männchen trug einen Indianerponcho, den er vom Begrüßungsgeld gekauft hatte. Udo Männchen und sein Abteilungsleiter Lothar Ricken betreuten die Schwarze Reihe, die »kleinen Bände zum kleinen Preis«. Welcher Verlag wagte es, schwarze Umschläge für eine Buchreihe zu wählen? Und doch gehörte diese Reihe zur begehrtesten Bückware der Republik. Meno hatte im Schallplattenladen »Philharmonia« bei Rudolf Trüpel mit der Schwarzen Reihe hervorragende Tauschgeschäfte tätigen können, mit deren Ergebnis (Schallplatten) er wiederum hervorragende Tauschgeschäfte hatte tätigen können, mit deren Ergebnis wiederum (bestimmte Ersatzteile) er nicht weniger hervorragende Tauschgeschäfte hatte tätigen können. Udo Männchen führte ein Absurditätenjournal im Hermes-Verlag. Verzeichnet darin die Geschichte vom Arzt aus Karl-Marx-Stadt und vom amerikanischen Verleger aus der großen Stadt New York: Der eine hatte den anderen an einem Strand in Rumänien dabei beobachtet, wie er ein Buch aus der Schwarzen Reihe las. Wie denn ein Amerikaner zu einer solchen Lektüre komme? Nun, so dieser zum Arzt, ich kenne den Verleger, er schickt mir sein Programm. Das, so der Arzt, hätte er auch gerne. Da könne er ihm helfen, so der amerikanische Verleger, er brauche ja die Bücher nicht alle und werde sie ihm nach Karl-Marx-Stadt schicken. Beim Zoll sei man recht verwirrt darüber gewesen, daß neuerdings Bücher aus hiesiger Produktion aus den USA eingeführt würden, aber nach dem dritten oder vierten Paket habe der Arzt die Bücher ausgehändigt bekommen, ohne sie noch auspacken und vorzeigen zu müssen.

Im Lektorat »Bücher der sieben Meere« arbeiteten Welta Ehlert, genannt die Kalifin, und ihre Tochter Malasintha Ehlert, genannt Prinzessin Nuri. Vor Prinzessin Nuri schmolz ein Eis aus dem Verlagskühlschrank, die kleine Frau hockte mit untergeschlagenen Beinen auf einem Polster und las, die Worte mit den Lippen nachformend, in einem Märchenbuch, das der Verlag im letzten Programm veröffentlicht hatte. Es war auf der Messe zu einem der schönsten Bücher gekürt worden. Die Kalifin saß, umgeben von Stapeln aufgeschlagener Bücher, deren Seiten vom Luftzug der Heizung sacht bewegt wurden, auf einem von unzähligen Schritten abgewetzten Pfauenaugenteppich aus dem Iran, in der linken Hand einen Fächer, in der rechten einen Krummsäbel aus einem Theaterfundus, der wie zur Abwehr böser Dschinns erhoben war.

Josef Redlich, der kugelige Mann voller Lichtenbergzitate und gelassener Ironie, rannte grußlos vorüber.

Meno hatte Josef Redlich noch nie rennen gesehen, überhaupt war im Verlag, soweit Meno sich erinnerte, noch nie jemand gerannt. Er lehnte sich gegen die Flurwand, versuchte, ruhig zu atmen. Seine Hände zitterten. Er hatte auf dem Weg in den Verlag einen Apfel gegessen, seither nichts mehr zu sich genommen außer zwei Tassen Kaffee von Frau Zäpter, Schiffners Sekretärin. An der Wand hingen Fotos der Verlagsgründer Tschesno-Hell und Joffe (der Vater des Rechtsanwalts), daneben die Reihe der Verlagsdirektoren, sie war nicht lang, bei Hermes hielt man aus. Verlagsdirektor Schiffner warf Meno ein strenges Frohlocken aus einem Porträt des Fotografen Roger Melis zu. Sie, die man im Verlag die Ahnen nannte (nur Schiffner und Thekla Oder, die bedeutende Autorin, Cheflektorin, die außerdem das Eulenbüro leitete, waren noch dabei), hatten 1945 in einem zerbombten Haus angefangen, Bücher zu machen, hatten gefroren, abends ihre Kleidung geflickt, ihren Zehen in den kaputten Strümpfen in den kaputten Schuhen zugezwinkert (man lebte noch, alles andere würde sich finden), Brotscheiben auf den Kanonenöfen geröstet. Schiffner war damals ein dreizehnjähriger Junge und Soldat im letzten Aufgebot gewesen, er hatte, als Schwarzmarktstratege, das Papier für den Verlag besorgt.

Die Porträts der Verlagsautoren hingen zwischen Schränken mit Akten und Garderobe, Schwarzweißaufnahmen, darunter ein Foto von Kurt Rohde, mehrere seiner Bücher waren bei Hermes erschienen. Kurt Rohde war Stellvertretender Kulturminister gewesen, zuständig für Theater. Willi Bredel. Von ihm war der Roman »Die Väter« in den Schulen gelesen worden. Jochen Londoner. Alexander Abusch: Mitglied der Résistance, Exil in Mexiko, dort Mitbegründer des Nationalkomitees Freies Deutschland, später Kulturminister, Kurt Rohdes Vorgesetzter. Ludwig Renn: Vieth von Golßenau, geboren in Dresden. Spanienkämpfer. »Adel im Untergang«. Anna Seghers, eigentlich Netty Reiling, geboren in Mainz, Schullektüre: »Das siebte Kreuz«, das Meno weniger schätzte als die männlich rauhe Prosa von »Transit« und vom »Ausflug der toten

Mädchen«. Thekla Oder. Die Weltautorin, sagte Schiffner. Judith nannte sie Frau Studienrätin ihrer vorsichtigen, wohlabgewogenen Meinungen wegen, schimpfte über ihre Romane »Wir wissen, was kommt« und »Kolchis«. Meno führte das auf Eifersucht zurück. Judith hatte alle von »Frau Studienrätin« produzierten und überall im Verlag ausliegenden Denkschriften gesammelt und in besonders kleine Fetzen gerissen. Thekla Oder, bekannt für ihre mütterlichen Neigungen, setzte unbeirrt auf Gewaltlosigkeit und Argumente, sah über die Temperamentsausbrüche ihrer jüngeren Kollegin hinweg. Bertolt Brecht. Vorzügliche Biographie des Autors Mittenzwei, der inzwischen an einem Buch mit dem Arbeitstitel »Die Intellektuellen« schrieb, Meno hatte Auszüge mit Skepsis gelesen, man würde miteinander zu arbeiten haben. Arnold Zweig: »Erziehung vor Verdun«, »Der Streit um den Sergeanten Grischa«. Schullektüre.

– Es gibt noch einen Zweig, hatte Meno kommentiert, und vielleicht war es dieser Hinweis gewesen, der mich zu den Büchern gebracht hatte, den Erwachsenenbüchern bei Meno und im Wohnzimmer meiner Eltern. Ich hatte Stefan Zweigs »Die Welt von gestern«, die »Schachnovelle« und »Sternstunden der Menschheit« gelesen, die alle aus einer hemmungslos gequetschten Gefühlstube zu stammen schienen, damals hatte ich zum ersten Mal erfahren, daß es einen Unterschied zwischen schriftstellerischem Erfolg und erzählerischer Qualität geben konnte. Meno stand eine Weile vor dem Porträt Eduard Eschschloraques, daneben Georg Altberg am Grab von Trakl in Salzburg. Am Ende der Galerie, von Meno eines Nachts befestigt, Judith Schevola, mit melancholisch geneigtem Kopf, eine Zigarette in der Hand.

Der Paternoster trug ihn zum Lektorat Klassisches Erbe. Es bestand aus der Weimarer Außenstelle, dem Wölfin- und dem Eulenbüro. Der Flur war dunkel auf der linken und hell auf der rechten Seite. Links standen die Bände der Bibliothek Deutscher Klassiker, die das Weimarer Lektorat herausgab, rechts die in Weiß gehaltene Sammlung antiker Autoren. Im Eulenbüro beschäftigte man sich mit den alten Griechen, im Wölfinbüro mit den alten Römern, im Wölfinbüro hockte Karlfriede Sinner-Priest, wenn sie nicht auf der Kohleninsel tätig war. Der Name ihres Büros blieb im Haus nicht unkommentiert. Die Editionen mit den weißen Umschlägen und der schwarzen Eule oder Wölfin waren so anerkannt, daß selbst griechische und italienische Verlage diese Ausgaben zu Rate zogen. Thekla Oder, seit undenklichen Zeiten Chefin des Eulenbüros, wurde vom ganzen Verlag um Rat aufgesucht. Das Eulenbüro war einer von Schiffners Lieblingsaufenthalten, man traf sich zu Tee, geschälten Möhren und Homer, den Thekla Oder seitenlang im Original zitierte.

Thekla Oder breitete ein Geschirrtuch auf der gesäuberten Schreibtischplatte aus, nahm Teller und Tassen vom Regal und begann Tee in einem Samowar zu brühen.

– Was da auf uns zukommt. Wenig Gutes, fürchte ich. Man wird unser Land preisgeben, ihm keine Chance lassen. Man liebt uns nicht, da drüben.

Sie holte ein Schnittenpaket, Obst, Gemüse, ein Schälmesser aus dem Schreibtisch hervor. Ob Judith wohl wußte, daß sich Thekla Oder für sie bis hinauf zum Generalsekretär eingesetzt hatte? Daß sie aus Protest über die Ablehnung von Judiths Roman »Die Tiefe dieser Jahre« aus dem Verlagsbeirat ausgetreten war und dafür selbst Unannehmlichkeiten in Kauf genommen hatte?

Das Emblem des Verlags, eine gezackte Schlange, hing als Originalzeichnung gerahmt an der Wand, hier und nicht bei Schiffner im Büro, die Zeichnung stammte von Thekla Oder. Auf dem Schreibtisch nur ein Schmuck: die Skulptur des Gotts mit den Flügelsandalen, dem Schlangenstab und Reisehut. Thekla Oder betrachtete einen halbgeschälten Kohlrabi, goß Meno Tee ein.

– Ich liebe diesen Verlag. So etwas wie uns gibt es kein zweites Mal. Na, hoch die Geige! wie man zu Lemberg sagt.

Das Literaturkombinat ist für unser Land

Thekla Oder, Judith Schevola und ihr Kollege David Groth hatten einen Aufruf vorbereitet. Sie wollten ihn im Hermes-Verlag vorstellen.

Albin Eschschloraque reichte Meno die Hand zum schlafffleischigen Gruß.

– Es passieren jetzt große Dinge, und Sie werden sagen können, ich bin dabeigewesen.

– Sie sind noch am Theater?

– Sowieso. Der Alte hat jetzt Sendepause. Sitzt zu Hause und schreibt Briefe, die er dann doch nicht abschickt. Oder ans ›Neue Deutschland‹, unsere Festung der Aufrechten. Übrigens bin ich verhaftet worden.

Albin Eschschloraque nahm ein Schnittchen vom Tablett, das Frau Zäpter herumtrug.

– Man hat mich geschlagen, Herr Rohde, meine Arme sahen aus wie Blutwürste! Mit diesen Schuften werden wir noch ein Wörtchen reden. Der Alte hat nun völlig den Verstand verloren.

– Über Verstand reden wir noch, Sohnemann. Was macht dein neues Stück? Der alte Eschschloraque, stolz und weißgekleidet, würdigte Sohn Albin keines Blickes und ging langsam zur Gruppe um Kolja Joffe weiter. Der Rechtsanwalt spielte inzwischen eine Rolle in der Sozialistischen Einheitspartei. Ich kannte ihn nicht nur als Anwalt und Verfasser von Kriminalkomödien, sondern auch aus dem Freundeskreis Musik bei Lothar Däne in der Schlehenleite. Meno hatte ihn Christians wegen konsultiert; Joffe war einer der wenigen Anwälte, die man bei solchen Schwierigkeiten aufsuchen konnte. Zu diesen Anwälten gehörten Sperber, inzwischen bei der Deutschen Sozialen Union, einer Art von CSU-Ostableger, Axel Zybarth, einer von zwanzig Einzelanwälten im Land, und Peter Delanotte.

Albin beugte sich vertraulich zu Meno, der zurückwich.

– Wissen Sie, was jetzt in der Partei los ist? Es gibt Massenaustritte. Gestern stand ich vor dem Großen Haus, dem Zentralkomitee, Genossen aus der Provinz demonstrierten, haben ihre Ausweise vor die Tür geworfen. Das ist doch mal wirkliche Verzweiflung, meinen Sie nicht? Kolja hat dort gesprochen. Er nickte in Joffes Richtung. Eduard Eschschloraque stand neben Joffe, hörte ihm zu, die Hände in den Taschen seiner weißen Anzughose. Gäste drängten nach. Thekla Oder, Mitverfasserin des Aufrufs und sein prominentestes Gesicht, war noch nicht zu sehen.

– Kolja, der Goggo, sagte der junge Eschschloraque, ich mag ihn nicht. Dabei bin ich quasi mit ihm aufgewachsen. Der Goggo ist voller Komplexe, leidet unter einem übermächtigen Vater. Genau wie ich. Eschschloraque klappte die flossenartige Rechte ab und ahmte Joffe nach, was Joffe, der nur wenige Meter entfernt kritische Anmerkungen zur Regierung Barsano machte, nicht zu beeindrucken schien.

– Goggo hat mich verteidigt, in seiner gerissenen Art, die das Gericht immer beeindruckt. Unter uns, Eschschloraque zwinkerte Meno zu, ich denke, der Goggo ist bei der Firma.

– Herr Eschschloraque, wenn Sie solche Anschuldigungen vorbringen, dann doch bitte laut und vor allem so, daß der Angeschuldigte sich wehren kann. Anschwärzerei kann ich nicht leiden, sagte Meno, und übrigens auch nicht, wenn man sich auf fremde Kosten lustig macht.

Albin straffte sich, sein Gesicht hatte jeden Anflug von Scherz und Ironie verloren.

– Da kommt Judith, unsere Richterin. Wäre ich ein Dramatiker wie Papa, würde sich hinter ihrer Strenge was ziemlich Häßliches verbergen.

– Was wollen Sie damit sagen?

Albin Eschschloraque wedelte mit der Hand. Das kasperhafte Benehmen erschien Meno aufgesetzt, dieser Mann war alles mögliche, nur kein Kasper.

– Im Knast hört man so manches. Unter uns: Man hört so einiges auch über Sie. Ich werde nachher als Vertreter der sozialdemokratischen Partei sprechen, ob es der lieben Judith oder dem Herrn Papa nun gefällt oder nicht. Sie sind auch da, Frau Schevola, prima, Sie sind ja eine Figur geworden, wenn ich so sagen darf, ich bewundere Ihre Fernsehauftritte. Aber warum haben Sie eigentlich früher nie was gesagt, wenn Sie sich so furchtbar unterdrückt fühlen? Ich hätte Sie da gerne schon eher gehört.

– Sie scheinen überhaupt viel zu hören, Herr Eschschloraque, sagte Judith. Ich fände es ganz nett, wenn Sie Ihren Einfluß geltend machen könnten, daß die notwendigen Veränderungen in diesem Land nicht immer wieder zerredet und torpediert werden.

– Was meinen Sie? Wir torpedieren nicht. Die sozialdemokratische Partei ist die einzige Parteineugründung hier, die einzige, die unbelastet ist.

– Ich meine Ihre Genossen im Westen, bei denen Sie, hört man, Judith nahm eine Weinbeere, zerquetschte sie zwischen den Fingern, viel Einfluß haben sollen. Hat nicht eine Sozialdemokratin aus Treva angeboten, Sie unter ihre Fittiche zu nehmen, weil Sie vom Leben hier doch so schwer traumatisiert sind. Vom vielen Dusagen zu Genosse Barsano.

– Ihre Beleidigungen, Frau Schevola, entgegnete Albin kühl, schwächen Ihre Argumente. Ihr Forum ist ein zerstrittener Haufen. Wir von der Sozialdemokratie dagegen haben ein Konzept, ein wirkliches Konzept und keine moralinsauren, aber politikfernen Produkte aus der Abteilung Wünschdirwas. Ein Konzept, wie wir dem lieben Max Barsano einerseits auf seine zehn, nein: neun Finger schauen, andererseits ihn unterstützen können, die ehrliche Haut. Es ist nun einmal leider so, daß man das Monster, das man weghaben will, zunächst füttern muß.

Man müsse nun alles in die sozialdemokratische Richtung bringen. Gerechtigkeit, gerechte Verteilung der Güter, Wohlstand für alle. Gewaltige Umwälzungen stünden bevor, man müsse sich wappnen und vor allem den Arbeiter und kleinen Mann.

– Sie werden verlieren, Judith. Ich sage Ihnen voraus, daß das Volk von Ihren Ideen nichts hält. Albin schlenderte davon, um Max Barsano zu begrüßen, den neuen Ministerpräsidenten.

– Der Wolf nennt sich jetzt Lamm, sagte Judith. Herr Lamm aber kaut Lämmer, dieser eingefleischte Vegetarier.

Barsano erschien, wehrte die Aufmerksamkeit ab, bat

nur darum, das Telefon in Schiffners Büro für ihn freizuhalten, er werde leider nicht den ganzen Abend bleiben können.

Barsano, der neue Ministerpräsident, gehörte zu den Politikern, die, wie es hieß, einem Ideal dienten. Barsano setzte sich ein, opferte sich auf, war von früh bis spät im Dienst. Die Ehrenbezeigungen der Wachen auf den Fluren mit den roten Teppichen nahm er abwinkend hin, irgendwann hatte er die Wachen abziehen lassen, Wachen vor dem Büro eines Regierungschefs waren nicht mehr zeitgemäß. Barsanos Ideal hieß: Keiner darf zurückbleiben, wir nehmen alle mit. Dazu gehörten auch die Genossen und Mitarbeiter der Staatssicherheit, was nicht nur Judiths Zorn erregte. Den Eindruck eines Intelligenzriesen hinterließ Barsano nicht, doch war er auch kein Zyniker, jedenfalls kein offener. Vielleicht gelang es ihm, sich zu tarnen, die brüchig gewordene Stimme, die preußische Arbeitsauffassung, die Blässe seines zugänglich wirkenden Gesichts, der oft zitierte Spruch: Seien wir doch ehrlich miteinander, die Müdigkeit abends – die Tage bestanden mehr oder weniger aus Hiobsbotschaften – lenkten womöglich von jenem Barsano ab, den niemand kannte, vielleicht nicht einmal seine Frau.

– Würden Sie von ihm ein Auto kaufen? fragte Judith.

– Nein, antwortete Meno. Weder er noch Judith machten Anstalten, Barsano zu begrüßen.

– Aber nicht, weil ich ihn für falsch halte, sondern, weil er keinen Wert auf Autos legt.

– Wie dieser Tintenfisch um den rumschleimt. Geben Sie mir mal von dem Wodka, diese Gesellschaft ertrag ich nur betrunken.

Der junge Eschschloraque brach in ein gickerndes Lachen aus. Er warf die Arme, rempelte den Philosophen Fritz Peschel beiseite, der quäkend und völlig unberührt von Barsanos Eintreffen über den Philosophen Nicolai Hartmann dozierte.

Judith nannte Albin Eschschloraque gerne IM »Tintenfisch«. Sie goß sich Wodka ins Weinglas.

Der alte Eschschloraque hörte sich, auf den Fußballen wippend, die Vorstellungen des Kollegen David Groth an, zu denen gehörte, Abordnungen von Maurern mit der Wiederverschließung der Mauer zu beschäftigen. Eschschloraque ließ die rechte Handkante nach unten sausen (links hielt er ein Glas Wein):

– Ganz meine Meinung. Radikal. Kopf ab. Wiedereinführung der Guillotine und des Standrechts.

Für ihn herrschte Ausnahmezustand, Krieg, Konterrevolution, vor allem aber herrschte der amerikanische Geheimdienst. Dieses sogenannte Volk – in Wahrheit durchsetzt von Agenten – werde vom Kapital gesteuert und beherrscht, besoffen und besinnungslos sei es am schwärzesten Tag des Sozialismus in den Westen getrampelt, ohne eine Ahnung davon, wie es betrogen und manipuliert werde. Nur die CIA konnte die Mauer eingerissen haben.

– Judith hat versprochen, mich zu jagen.

Judith war in Hörweite, sah auf den alten Eschschloraque, als wäre er ein giftiges Reptil.

– Fühlt sich zu kurz gekommen, die Gute, sagte David Groth. Wir waren dumm damals auf dem Kongreß, haben eine Märtyrerin aus ihr gemacht. Ich fand den Ausschluß schon damals falsch.

Judiths Ausschluß aus dem Verband der Geistestätigen hatte hohe Wellen geschlagen.

– Wir haben uns ja nicht geduckt, sagte Eschschloraque.

War ja eine Unverschämtheit, daß der Lührer dich mit Schevola, Blavatny, Rieber in einen Topf geworfen hat.

– Kaputte Typen, sagte David Groth, das ging wirklich zu weit. Aber der Mellis hatte in einem Punkt recht: Bei manchen reicht's nur zu Märtyrermeriten. Die Judith hat sich sonderbar entwickelt. Ganz schön große Klappe, das Mädel. Die will dich jagen?

– Hab ihr Waidmanns Heil gewünscht, sagte Eschschloraque achselzuckend.

Judith hob das Glas.

Im Konferenzraum des Hermes-Verlags drängten sich Schriftsteller, Verlagsmitarbeiter, Mitglieder der Regierung Barsano, Schauspieler, einige Maler: Der alte Vogelstrom unterhielt sich mit Caspar Heesen, daneben in respektvollem Abstand Thomas Vogelstrom, der am 19. November eine mutige Rede auf der Künstlerdemo am Dresdner Theaterplatz gehalten hatte. Schiffner stand abseits, obwohl er Gastgeber war, blätterte gierig in Grafikmappen von Karl-Georg Hirsch und Baldwin Zettl, zwei Leipziger Künstlern. Meno stand bei Gerald Oder, dem feinsinnigen Essayisten, Herausgeber, Romantikforscher, Mitarbeiter des Hermes-Verlags. Er hielt sich abseits wie jemand, der schon viele hat kommen und gehen sehen, ließ David Groth den Vortritt ins Licht, das entsprach seinen Neigungen als Herausgeber und wohl auch als Ehemann einer Berühmtheit wie Thekla Oder. Meno schätzte ihn, sogar mehr als Thekla Oder, die für seinen Geschmack zu wenig Erzählerblut hatte, darin Judith unterlegen war. Gerald Oder hatte eins von Menos Lieblingsbüchern überhaupt geschrieben, die »Beschreibung eines Zimmers – fünfzehn Kapitel über einen Dichter«; Meno hatte es allen Bekannten und Verwandten, bei denen er Sinn für dieses Kleinod vermutete, geschenkt.

David Groth trat an den Tisch und begann den Aufruf vorzulesen, er hieß »Für unser Land« und sprach von einem erneuerten Sozialismus.

Barsano telefonierte. Mit dem Apparat in der Hand, den er an einer langen Schnur führte, lief er auf und ab. Im Konferenzraum gab es Unruhe. Einige Bürgerrechtler erschienen, erklärten den Verlag für besetzt. Inzwischen war Thekla Oder eingetroffen, versuchte zu schlichten. Einer der Revolutionäre, Vertreter des Leipziger Forums, hatte mit der Bemerkung, niemand wisse, wer hier wer oder was sei, mehrere Hefter mit Unterlagen aus Schiffners Büroschrank genommen, blätterte darin herum und warf sie beiseite, als Schiffner erklärte, es handele sich um Lizenzverträge ins westliche Ausland. Fritz Peschel intonierte die Marseillaise. Thekla und Gerald Oder diskutierten mit den Besetzern. Eduard Eschschloraque kramte in einem Rucksack, zog eine Pistole heraus. Alle diese sogenannten Revolutionäre gehörten vor ein Standgericht.

– Der Staatsdramatiker bewaffnet, sieh an, sagte Judith. Schiffner stand reglos, Barsano hielt den aufgelegten Hörer nebst Apparat in der Hand. Genosse Eschschloraque möge bitte bedenken, daß er hier nicht am Theater sei.

– Na los, Sie Maulheld! Judith sah Eschschloraque herausfordernd an.

– Nehmen Sie die Knarre weg, Sie sind ja verrückt, sagte der Bürgerrechtler, der die Hefter aus dem Büroschrank genommen hatte.

– Und Sie, rief er Barsano zu, rufen endlich die Polizei.

Von nebenan war die schrille Stimme Fritz Peschels zu hören, er beschwerte sich über Nazimethoden.

– Ich denke, Sie machen Revolution, kehren das Unterste zuoberst? Und dann wollen Sie die Polizei rufen, die doch den Staat verkörpert. Eschschloraque verzog angewidert das Gesicht. Wissen Sie, ich arbeite gerade an einem Stück über die Französische Revolution.

– Wen interessiert das jetzt, Sie eingebildetes Ekel, sagte Judith.

– Zu Ihnen kommen wir noch, entgegnete Eschschloraque, legte den Pistolenlauf an die Lippen. Die Französische Revolution hat mit unserer Zeit so einiges zu tun. Ich glaube, ich sollte meinen Danton nicht auf die Idee kommen lassen, mitten im Gefecht nach der Polizei zu rufen. Oder doch?

– Die Waffe. Meno stellte sich vor Judith.

– Ich sehe, Genosse Schiffner bearbeitet Ihr neuestes Opus, sagte Eschschloraque zu Judith, setzte den Pistolenlauf auf den Papierstapel und drückte, wobei er Meno ansah, ab. Korkiger Knall.

– Die weggepusteten Wörter, sagte Eschschloraque ins Papiergestöber, sind bestimmt entbehrlich. Sie neigen zu Redundanzen.

– Die Kugel hätte ich gern, wenn Sie sie finden, sagte Judith zu Schiffner.

– Das kommt in meine Ausstellung unten, in die Vitrinen. Schiffner klopfte auf Judiths Manuskript. Ich schlage vor, daß wir das Ganze als Burleske auffassen und uns ein bißchen beruhigen. Es ist doch ein schöner Abend. Wir haben Kunst gesehen. Der Aufruf wird seine Wirkung haben. Ich habe einen herrlichen Zibartenbrand im Schrank.

Eschschloraque nahm ein von Schiffner gereichtes Glas, roch daran, als ob es von seinen Feinden, den Romantikern, gespendet worden wäre.

Auf dem Hof wurden Silvesterraketen gezündet, sie zischten zwischen den Laternen herum.

– Haben Sie eigentlich einen Kommunikationsberater, fragte Judith Barsano, der nach dem Zwischenfall ungerührt weitertelefoniert hatte. Früher haben Sie wie ein Holzhacker gesprochen, jetzt geschmeidig, verbindlich. Ich weiß nicht, was ich für gefährlicher halten soll.

– Wollen wir den Laden jetzt hier besetzen oder nicht, sagte der Revolutionär zu Judith. Sie ging nicht darauf ein, blickte Barsano unverwandt an.

– Ist Ihnen egal, was das Volk über Sie denkt?

– Mir ist bewußt, daß Fehler begangen worden sind, erwiderte Barsano. Und daß die Partei, der ich angehöre, in leitender Funktion seit langem angehöre, daran einen Anteil hat. Aber zum Volk gehören auch die Mitglieder dieser Partei, immerhin über zwei Millionen, und nicht alle sind aus Opportunismus eingetreten.

Barsano sah auf die Uhr.

– Ich habe mich übrigens damals für Ihr Buch eingesetzt. Obwohl ich Bedenken hatte.

Er nickte Schiffner zu, der sich mit der Flasche Zibartenbrand setzte.

– Bedenken nicht gegen Ihren Roman. Den fand und finde ich gelungen, und es ist eine Schande, welche Verrenkungen ihr hier habt machen müssen, damit das endlich gedruckt wird.

– Die Genossen im ZK, sagte Eschschloraque, waren leider nur selten souverän.

– Der Zensor spricht, sagte Judith.

– Der freie Geist, Frau Schevola. Meine Erde ist eine Kugel.

– Was waren denn Ihre Bedenken, fragte Meno. In mehreren Treffen bei und mit Barsano hatte er davon nichts gehört.

– Gegen den Einsatz seines Namens, antwortete Schiffner. Es ist nicht immer ein Vorteil, wenn Max Barsano unter einer Empfehlung steht.

– Sofort, Barsano machte eine unwirsche Geste zu einem seiner Mitarbeiter. Wir haben eine sehr schwierige Situation. Die Verfassung sieht nicht einmal den Rücktritt des Kabinetts vor. Undenkbar eine neue Regierung, die nicht vom Politbüro beschlossen ist. Sondierungsgespräche, Koalitionsverhandlungen? Fehlanzeige. Kannten die gar nicht.

– Die? Sie haben doch dazugehört, sagte Judith.

– Gehöre noch, Frau Schevola. Man wechselt seine Überzeugungen nicht wie Kleider. Wenn es nur so einfach wäre: die einen schwarz und die anderen weiß. Aber es kommt vor, daß einer Schwarz trägt, aber mit Weiß sympathisiert. Wußten Sie, daß ich abgesetzt werden sollte?

– Sie waren ein Widerständler, Herr Barsano. Wann lösen Sie denn die Stasi auf?

– Ich höre Ihren Sarkasmus, Frau Schevola, ich bitte Sie, fair zu sein und mich nüchtern zu beurteilen. Sonst könnte ich nämlich sagen, daß Sie auch nicht gerade Widerständlerin waren. Haben Sie sich zum Beispiel für die Stadt engagiert, in der Sie leben? Oder Sie, Herr Rohde, da drüben in Ihrem Elfenbeinturm? Oder ob Ihre Schwester, ihr Mann überwiegend an Karriere gedacht haben?

Das Telefon auf Schiffners Schreibtisch schrillte.

– Ein Bürgermeister, Max. Schiffner hielt die Sprechmuschel zu. Er will nur der guten Ordnung halber mitteilen, daß er soeben verhaftet wird. Und die Eisenbahner streiken.

– Ich zeichne übrigens unsere Unterhaltung auf, sagte Judith. Ich habe mir neulich im Westen so ein nettes kleines Ding gekauft.

Barsano erklärte die Versammlung für beendet und ging hinaus. Das Telefon klingelte nun ununterbrochen.

Weitere Betrachtungen zur Tausendundeinenachtabteilung. Intransparenzen, oder: Nachwirkungen des Großen Burstah

Die Gespensterdebatten mit Melbo V alias IM »Pilgrim« (er hatte sich den Decknamen selbst gegeben, sah sich als Wanderer durch Zeit und Raum) waren nun keineswegs eine Spezialangelegenheit der Chronik, Melbo hatte hier einen durchaus schwankenden, immer wieder auf- und niedersteigenden Diskurs gewissermaßen von der Seite seiner vollen Höhe genommen und damit bei Elisabeth Delanotte (IM »Morgenstern«), Chefin der 1001, viele sogenannte Pluspunkte gesammelt, war doch Elisabeth schon lange der Meinung, daß dem Spirituellen, Paranatürlichen und überhaupt einer im weiten Sinne mit Religion verbundenen Geisterwelt nicht nur die Zukunft, sondern bereits die Gegenwart gehöre. Melbo war stolz darauf, einen Nerv von Elisabeth getroffen zu haben. Gespenster und Geister hatten sie immer schon interessiert, gerade in ihrem ersten Leben als Architektin im Büro ihres Onkels Volker Delanotte – jedes Bauwerk habe seinen Geist oder, wie Elisabeth sagte, seine Klabauterfrau. Auch was ihre Tätigkeit als Abgeordnete der Grünen im trevischen Senat anbelangte, schienen Geister und Gespenster prozeßtreibend zu sein, doch obwohl gewisse sogenannte Wiedererkennungseffekte vorkamen, Rückkoppelungen aus der 1001 in die Politik und umgekehrt, schien Elisabeths Tätigkeit für die Grünen inzwischen so zeitraubend und anspruchsvoll geworden zu sein, daß ihre Arbeit in der 1001 ruhte oder nur eine kommissarische war, was zu einiger Unruhe geführt hatte. Stellvertretend führte unser Senior Consultant Meno Rohde die Geschäfte. In Abstimmung mit Elisabeth und dem Colonel suchte Meno nach einem Nachfolger, einer Nachfolgerin, einer NachfolgX (die Dorotheenbehörde bitte ich zu beachten, daß ich mich durchaus nicht immer gegen ihre Vorgaben sträube). Dieser verantwortungsvolle Posten mußte vor allem in das Konzept des »Romans der Wirklichkeit« passen, das war die Conditio sine qua non. Das Konzept stammte vom Großen Burstah und meinte die strategisch-taktische Linie der 1001, vor allem die sogenannte Außendarstellung. Weiter oben schrieb ich von Kompetenzverwaschungen und -verwischungen, die infolge von Fusionsprozessen bestimmter Dauer und Größe, dem sogenannten Merkmalskomplex, regelmäßig auftreten, dieser Merkmalskomplex hatte im Zuge mehrerer Verlagsfusionen auch auf den sich neu bildenden Hermes-Verlag übergegriffen, begann auch in der neuen Operation »Gold« (»Gold II«), mit der intern die Flüchtlingsherausforderung bezeichnet wird, eine Rolle zu spielen. Die Definitionshoheit, die sogenannte Diskursherrschaft, war berührt, und zwar zugleich von beiden Seiten der Nachrichtenlage: die 1001 hatte mit ihrer zweiten Außendarstellung (Außen Zwei), der ›Trevischen Allgemeinen‹, den Begriff, das Speerspitzenkonzept des Romans der Wirklichkeit schon auf eigene, durchaus eigenwillige Weise zu interpretieren begonnen, als diejenigen Kollegen der 1001, die an der Speerspitze selbst, der ersten Außendarstellung (Außen Eins), tätig waren und sich dem Hausgeist des Großen Burstah viel unmittelbarer verpflichtet fühlten als die sogenannten TRAZkes in ihrem Hauptquartier in der Papierfabrik, die Rechte am Konzept für sich beanspruchten und dazu eben auf die Vorarbeit, als Ideenherrschaft, des Großen Burstah verwiesen. Die Formel »Roman der Wirklichkeit« kam in dieser Anspruchsklarheit nicht mehr vor, jedenfalls nicht im Schriftlichen, als Anspruchsabsicht dagegen durchaus: Wir schreiben den Roman der Wirklichkeit, hatte der Große Burstah nach einem sogenannten Redaktionsrausch (nicht zu verwechseln mit einer Redaktionskonferenz) ausgerufen, was natürlich sofort in die TRAZ vorgedrungen war, in ihre edle, samtig abgepolsterte Stille, in der, wie gesagt wurde, der Geist des Konservatismus wie in einer Salomonsflasche bewahrt wurde und sich auch durch den Umzug der TRAZ auf die Spindel nicht hatte austreiben lassen. Der Große Burstah ergänzte:

– Die Wirklichkeit wird immer romanhafter, Kollegen! und begann, seine Redakteure auf diese Erkenntnis, die der Große Burstah, der alte Brandenstein, in aller Bescheidenheit als bahnbrechend bezeichnete, einzustimmen, ja einzuschwören – ab dato betrachte er die ›Wahrheit‹ als in Fortsetzungen erscheinenden Roman. Er verpflichtete seine Redakteure zu nächtlichen Sitzungen über Thomas Mann, Dostojewski, Siegfried Lenz und Johannes Mario Simmel, bestimmte regelmäßigen Austausch mit dem Büro Ableben (Referat 64 der 1001), man wolle ja nicht die Lesebedürfnisse irgendwelcher Fööljetongpiefkes oder Geisteswissenschaftler befriedigen, sondern die der Müllfahrer, der kleinen Angestellten mit kranker Mutter und Hund, aber ohne Mann, des Hafenarbeiters, der Friseuse:

– Roman mit Action, Volksgenossen!

Wenn sie sich wieder einmal gesammelt an Nationalismus und Rassismus abarbeiteten, sprach er sie mit Kameraden an, sie übergingen diese Art von Scherzen, der eigene Chef fiel ihnen in den Rücken, noch dazu auf solch stammtischhafte Weise.

Roman also. Es durfte, so der Große Burstah, kein Auge trocken bleiben. Ein Roman in Ressorts, nichts anderes sollte die ›Wahrheit‹ sein, nichts anderes eine Zeitung überhaupt, nichts anderes wir, die 1001, wobei die ›Wahrheit‹ mehr den belletristischen Teil, die TRAZ mehr den essayistisch betrachtenden Teil übernehmen sollte:

– Ihr könnt nicht erzählen, warf der Große Burstah den seiner Meinung nach viel kleineren Burstahs der TRAZ zu, ihr polkt stundenlang in Sonnenuntergangsbetrachtungen rum, wo es doch um Handlung geht, um eine packende Story! Na, dafür sind wir ja da. Er sei doch Literat genug, um die Notwendigkeit von beidem anzuerkennen: packende Story und tiefgründige philosophische Betrachtung, beides schätze der Kunde, genauer: für beides gebe es Kundschaft, so verbreitere sich die Wirkung des gesamten Vorhabens, des Konzepts Brandenstein.

Ich hatte Jens Brandenstein noch kennengelernt, ihn, den schon beinahe mythisch gewordenen Gründer der ›Wahrheit‹, des neben ›So!‹ auflagenstärksten und trotz aller Probleme, die das Netz schafft, immer noch einflußreichsten trevischen Printprodukts. Es war in der »Möwe« gewesen, dem Künstlerklub in der Luisenstraße, Meno hatte mich mitgenommen zu einem Treffen von Journalisten aus Ost und West, Meno wollte etwas für den Hermes-Verlag erreichen, hoffte auf den Großen Burstah, wie Jens Brandenstein genannt wurde (und was er nicht ungern hörte, der Große Burstah war ein kleingewachsener Riese), hoffte überhaupt auf die Abgeordneten des trevischen Journalismus, wie er sie nannte, vom COURIER Daniel Redding und Ansgar Schreymann, ein sanftgescheitelter Feuilletonist aus der Schule Wiktor Harts; die in ernstgrauen Zwirn von Landmann & Landmann gesponnenen Botschafter der ›Trevischen Allgemeinen‹, die sich einen Kirchenkorrespondenten und einen Militärsachverständigen mit Ritterkreuz und Mops, Adalbert auf Crange, genannt Zangen-Crange, hielt, Korrespondenten der ›Südtrevischen Nachrichten‹, die mit ihren Kollegen von der ›Wahrheit‹ in der Leipziger Straße residierten und von dem Land, das sie in besonders gekennzeichneten Autos bereisten, mehr wußten, als Philipp Londoner und Kolja Joffe, die an diesem Land fast nur Vorzüge entdeckten, lieb sein konnte. Seit dem Aussterben des Homo neandertalensis, der allerdings bei führenden Vertretern gewisser Sportarten wiederzukehren scheint, gab es nur noch Homo sapiens sapiens, genannt die Krone der Schöpfung, und dennoch schienen die Journalisten eine eigene Art Mensch zu sein, Homines actualenses, neugierig, rasch zuschnappend, unstillbar hungrig nach Geschichten oder, wie sie lieber sagten, Storys. Ihr Verhältnis zur Literatur interessierte Meno naturgemäß. Schon damals sahen die einflußreichen Ressorts Politik und Wirtschaft auf das ungeliebte Stiefkind, den Tummelhimmel der Wolkenkuckucke, wie es hieß, das Feuilleton, herab, hielten es für überflüssig, weil die Leserbriefe, das meistgelesene Ressort der Zeitungen, auf Angelegenheiten wie Waldsterben, Aufrüstung, die Verfehlungen, Beschränktheiten und allgemein den Irrsinn unserer Politiker abhoben, im Lokalteil noch auf den Ausbau einer Straße und die daraus folgenden Mobilitätseinschränkungen der trevischen Bürger. Meno nahm im Verhältnis Journalismus–Literatur vor allem zwei Zutaten wahr: Neid und Verachtung. Neid, so schien ihm, auf die langsame Fahrt der Literatur, auf die Möglichkeit, erzählerisch zu gestalten, eine Welt erstehen und innerhalb dieser Welt nichts mit Akzent versehen zu müssen, außerdem konnte diese Welt hemmungslos von gestern sein, ohne, und das schien Journalisten am meisten zu erstaunen, an Überzeugungskraft oder, wie sie sagten, an Relevanz zu verlieren. Einige der trevischen Journalisten traten auf, als hätte es Journalisten auf der »Möwe«-Seite der Mauer nicht gegeben. Gab es echten Journalismus im Osten? Was unterschied die Journalisten, die ich aus der ›Union‹, Blatt der ostdeutschen Christdemokratie im Bezirk Dresden, dem ›Sächsischen Tageblatt‹, den ›Sächsischen Neuesten Nachrichten‹, dem ›Morgen‹, der ›Jungen Welt‹, dem ›Neuen Deutschland‹, der ›Wochenpost‹, dem ›horizont‹, ›Sonntag‹, dem ›Eulenspiegel‹ kannte, von den Journalisten der trevischen Blätter? Es waren nicht nur die altertümlichen Formate der hiesigen Lokalzeitungen, der Bleisatz, die wenigen, meist grobkörnigen Schwarzweißbilder, es schien das Verhältnis zur Idee des Journalismus zu sein und, damit zusammenhängend, zur Rolle des Journalisten in der Gesellschaft. Die hiesigen Journalisten waren meist Absolventen des Roten Klosters, der journalistischen Fakultät an der Karl-Marx-Universität Leipzig, hier der einzigen universitären Ausbildungsstätte für diesen Beruf. Meno erzählte von einem Kommilitonen, der sich am Roten Kloster beworben hatte und vom Dekan mit der Bemerkung abgelehnt worden war, er solle sich lieber ein unideologisches Fach suchen. Die trevischen Journalisten hielten hof. Sie traten selbstbewußt und frei auf, verstanden sich als Vierte Gewalt des Staats. Die Artikel des Großen Burstah wurden vom Arbeiter bis zum Aufsichtsrat gelesen, vom Gewerkschaftler bis zum Kanzler, der den Großen Burstah nicht ausstehen konnte (was auf Gegenseitigkeit beruhte), aber an ihm, der die Vierte Gewalt verkörperte wie kaum ein zweiter Journalist in Treva, nicht vorbeikam, der Kanzler, das Mammut, mußte mit enormem Gegenwind rechnen, wenn er eine Politik verfolgte, die den Überzeugungen des Großen Burstah zuwiderlief. Kein Journalist des Ostens verfügte über eine solche Macht. Einer von Menos Lektoratskollegen war früher Journalist bei einer der fünfzehn Bezirkszeitungen der Sozialistischen Einheitspartei gewesen, wo Journalismus nicht als Gelegenheit zur Wahrheitsfindung, sondern als Propagandainstrument im Sinne der Partei verstanden worden war; die Partei entschied, was gedruckt wurde und was nicht. Es hatte in der Sport- und Lokalberichterstattung und in der Kultur Spielräume, wenn auch keine Freiräume, gegeben. Noch zu Beginn des Jahres 1989 war am Roten Kloster ein Mitarbeiter der Abteilung Agitation und Propaganda beim Zentralkomitee der Partei aufgetaucht und hatte den Studenten anhand eines Artikels über die Umarbeitung von Zahnbürsten zu Armreifen die Verantwortung des sozialistischen Journalisten erklärt, es war nach diesem Artikel zu Zahnbürstenengpässen gekommen, man hatte Zahnbürsten gegen Devisen einführen müssen. Ich beobachtete sie, die Beobachter, denen anscheinend nichts entging: Gips, Stuck, Stucco lustro, angefertigt in den Theaterwerkstätten des nahen Schiffbauerdamms, die Raffstores und Kronleuchter im Hans-Otto-Saal, Sophia Loren war hiergewesen, Gérard Philipe (»Fanfan der Husar«), Yves Montand hatte ein Chanson vor dem Aquarium zum Besten gegeben, Gesang für die Fische, Haustradition, die Fische sämtlich Alkoholiker, da die Gäste des Zentralen Klubs der Gewerkschaft Kunst, so die amtliche Bezeichnung der »Möwe«, Schnaps und Bier ins Aquarium zu kippen pflegten. Was wußten sie, die beobachteten Beobachter, von den Arbeitsbedingungen ihrer ostdeutschen Kollegen? Kannten sie ihre Namen? Uta Dittmann, Ingrid Wenzkat, Baron von Saß alias Matthias Walden von der ›Union‹, Hans Böhm von den ›Sächsischen Neuesten Nachrichten‹, dessen Musikkritiken mit denen von Wilhelm Hübner, Lothar Däne, Dieter Härtwig konkurrierten, Böhm schrieb seine Kritiken mit Bleistift, brachte sie in die Redaktion Antonstraße 8, die es wagte, Texte von Karl May abzudrucken, wußten sie vom ›Sächsischen Tageblatt‹, das 1950 als einzige Zeitung über die Flucht der damals im Osten populärsten Fußballmannschaft, der SG Friedrichstadt, vormals Dresdner SC (die Schwarzroten waren die eigentlichen in Dresden, nicht die Schwarzgelben!) mit dem späteren Bundestrainer Helmut Schön berichtete? Nach dem 17. Juni 1953 setzte sich fast die gesamte Redaktionsführung nach Westberlin ab, zwei Ressortleiter unterhielten ein illegales Korrespondentennetz mit dem RIAS, der Leiter des Wirtschaftsressorts, Rudolf Jordan-Bautzen, wurde verhaftet und zu einer langjährigen Zuchthausstrafe verurteilt. Karl-Wilhelm Fricke, der beim Deutschlandfunk maßgeblich die Sendung »Hintergrund« gestaltete, Pflichtprogramm meines Vaters, Niklas Tietzes und Richards, Fricke, der in den Osten entführt wurde, im U-Boot in Hohenschönhausen und in Bautzen saß, er kannte wohl die Namen, die Begebenheiten. Daniel Redding kannte sie wohl auch, er kam aus dem Osten, was man ihm allerdings nicht mehr anmerkte. Wie so oft, wenn man näher hinsah, löste sich die Trennschärfe von Schwarz und Weiß auf, verwischten die Konturen. Menos Kollege hatte von der Verachtung erzählt, die zwischen den Journalisten seines Bezirksblatts und der Bezirksparteileitung geherrscht habe, vom gegenseitigen Mißtrauen. Die Genossen der Bezirksparteileitung sprachen, wenn es um die Genossen im Organ der Bezirksparteileitung ging, von den Sesselfurzern an ihren Schreibmaschinen, die Sesselfurzer an ihren Schreibmaschinen dagegen sprachen, wenn es um die Bezirksparteileitung ging, von Bonzen, die den Sozialismus und seine Idee verrieten. Und doch, auch Menos Kollege hatte es zugegeben, waren es keine Journalisten, sie wußten es selbst, trauerten darüber, sahen, wenn sie unterwegs waren, ihre Zeitungen in ein paar Augenblicken durchgeblättert und weggeworfen. Trotzdem machten sie weiter und schrieben, was ihnen zu schreiben vorgeschrieben war (der Zensor hockte schon im eigenen Kopf, sie nannten es »die Schere«), bestellten Kleingärten der Hoffnung, reihten Gedankenschablonen, Floskeln, die niemandem etwas bedeuteten, nur Gewohnheit waren und Verläßlichkeit ausdrücken sollten, Unabänderlichkeit, sie wurden bitter, zynisch und hätten ihren Beruf doch nicht hergegeben, man lernte Menschen kennen, man erlernte die Kunst der Andeutung, der winzigen Signale und Verschiebungen, der Schattenspiele, die im Weiß zwischen den Zeilen das, was zu schreiben war, in das, was zu schreiben gewesen wäre, verwandelten.

Jede Organisation hat ihre Erzählungen und Konzepte, auch wenn sie im Lauf der Jahre verwässert werden. Das Konzept Brandenstein ging in die Operationen, in die nach außen gerichteten Prozesse der 1001 ein, weniger in die Chronik, die nach älteren Prinzipien arbeitete und darauf verwies, daß das Konzept Brandenstein ja nur den Umgang mit dem Material, in der ›Wahrheit‹ meist das Aktuelle, betreffe, aber nicht das Material selbst. Jedoch: Während die innerbetriebliche Debatte darüber, ob es nicht ausgesprochen paradox sei, daß die ›Wahrheit‹ für den Belletristikteil der Wirklichkeit zuständig sein sollte, für das Filetstück des Konzepts Brandenstein also, wie die eine und der andere klagte, die TRAZ aber für den Sachteil als, gewissermaßen, Nonfiktion, gingen die Begeisterung über den Brandensteinschen Durchbruch einerseits und die unmittelbar einsetzenden Verteilungskämpfe andererseits jene charakteristische Mischung ein, die der Colonel, der dem Ganzen mit der Ruhe des Kriegskünstlers zusah, als realitätsnah bezeichnet.

Und dabei war längst alles im Fluß, hatte sich das Nachrichtengeschäft seit den Tagen des Großen Burstah sehr verändert. Sogenannte vertikale Beeinflussung fand statt, ein Getriebensein von oben, genauer: von den verschiedenen Stufen dieses Oben, das keiner der Journalisten oder Mitarbeiter der 1001 als ein »Oben« bezeichnet hätte, dagegen sprach bereits die sogenannte Berufsehre (die auch in unserer Branche in Schüben, sogenannten Tröpfcheninfektionen, also anfallsweise, immer wieder mal vorkommt), eine Form der Selbst- als Auf-Sicht, hätte Melbo geschrieben, die ein Oben im Sinne einer Beeinflussung (etwa aus der Windmühle oder aus den Parteizentralen) für unsinnig, ja wirklichkeitsfremd, erklärte, für Verschwörungstheorie, wie sie vor allem in gewissen Gebieten der Social Media, in der ›Wahrheit‹ Dunkelonien genannt, vorkamen, und nicht nur vorkamen im Sinne mehr oder weniger naiver Wiederkäuung, sondern erzeugt wurden von ganzen Horden bezahlter Foristen, Trollarmeen, Bots, Algorithmen und Maschinenprogrammen, deren Qualität inzwischen beeindruckend hoch war. Vertikale Beeinflussung also, ein Flow von Informationen. Digitalisierung, Onlinegeschäfte, Abwanderung der Leserschaft, immer älter (und damit alternativeanfälliger) werdende Stammleserschaft, die zwar noch die herkömmliche Leser-Blatt-Bindung vollziehe, aber doch irgendwann »den Biologischen machen« werde, wie es in der ›Wahrheit‹ heißt, und was folge dann? Die Jugend daddele auf Smartphones herum und lese kaum noch, wer lese noch die klassische, auf Papier gedruckte Zeitung? Die werde wohl im Museum landen wie Röhrenfernsehen, Schreibmaschine, Rechenschieber. Die Lösung konnte nur Konzentration heißen. Konzentration auf das Wesentliche, auf die sogenannten Kernkompetenzen, die *Aufgabe im Grunde*, wie es in der Kohleninsel heißt. Wir sind nicht Nervensystem, pflegte der Colonel zu sagen, wir sind der Knoten im System. Wir sind die Sicherheit. Wir sind das Gehirn. Wir sind die Nachrichten.

Logbuch

18.8.2015 Dienstag
Das Mädchen Anneli wurde heute tot aufgefunden. Die beiden Mörder werden verhaftet, da sie DNS-Spuren am Fahrrad hinterlassen haben und einer der Täter erkennungsdienstlich erfaßt war. Sie haben das Mädchen ohne Maske entführt und es aus Angst, daß Anneli sie wiedererkennen könnte, schon am Freitag vergangener Woche umgebracht. Liege nachts wach in Gedanken an die Eltern und Angehörigen des Mädchens, denke an Theo und Clara. Das Leben des Mädchens ausgelöscht, das der Angehörigen für immer zerstört. Was tut man nach einer derartigen Katastrophe? Was tut man mit zwei Mördern, die offenbar aus Habgier handelten und aus Überforderung und Blödheit mordeten? Sie werden wohl die Höchststrafe bekommen, vielleicht 20 Jahre Gefängnis, falls nicht

vorher amnestiert und keine Sicherungsverwahrung angeordnet wird. Rache soll es nicht geben, aber liegt nicht auf dem Grund allen Rechts auch Rache, das Verlangen nach Genugtuung?

Trennung vor einem Jahr. Packte Elisabeths verbliebene Sachen in ihre Kraxe, ging zur Bahn, vor einem Barsanoimmobilienbüro spielte eine Band »La Paloma«, legte dem Akkordeonspieler einen Euro aufs Instrument, er schüttelte den Kopf, nur eine Reklameaktion. Ich fuhr zur Wohnung, die mal unsere gewesen war, stellte alles auf die Couch, ging zum Bäcker, kaufte zwei Stück gedeckte Apfel, der Bus kam schon.

Sonne, Licht, Bäume, kriechende und krabbelnde Lebewesen, der Himmel, über den die Sommerwolken der Kindheit ziehen.

Abends auf Missunde. Niklas erzählte von seinem Studium in Berlin, Skripten von Waldeyer, schwer zu besorgen, gefürchtete Prüfungen bei Rapoport, dessen Frau noch lebt und kürzlich, nach einem Dreivierteljahrhundert, ihre von den Nazis verweigerte Promotion verteidigen konnte. Damals lernte er Gesa kennen, sie waren Kommilitonen. Gesa hatte 1959 das Studium begonnen, »als behütete Achtzehnjährige«, erste Unterkunft in einem Massenheim mit Zimmern, in denen Betten dreifach übereinandergestapelt waren, zwei Toiletten. Dann mit einer Freundin auf Zimmersuche, Biesdorf, Mahlsdorf, dreiviertel Stunde S-Bahn zu den Vorlesungen, eine Hütte in einer Kleingartensiedlung gefunden, die Vermieterin habe auf die Frage der Mädchen, wo denn die Toilette sich befinde, auf einen Sandhaufen gewiesen. Gesa:

– Was möchtest du trinken? Einen Fruchtsaft.

– Gerne. Danke.

– Welchen? Niklas' Lieblingssaft sei Orange-Maracuja.

– Einen Apfel?

Aber der Orange-Maracuja sei zum Trinken da.

– Welcher von beiden ist denn offen?

Beide seien noch geschlossen.

– Dann bitte den Apfel. (Ich wollte ihm seinen Lieblingssaft nicht wegtrinken.) Gesa schenkte mir ein Mineralwasser ein.

– Gesa, das ist ein Fehlgriff. Niklas tauschte die Gläser aus. Ob ich Apfelsaft mit Wasser zu einer Schorle verdünnt oder puren Apfelsaft haben möchte. Ich könnte den Apfelsaft auch mit Mineralwasser verdünnt haben. Nichts gehe geschmacklich freilich über den Apfelsaft pur. Freilich (Gesa) lösche die Schorle den Durst besser.

Wechsel ins Wohnzimmer. Gesa: Die Wohnzimmerlampe sei ihr zu dunkel, sie bevorzuge die Stehlampe. Das Stehlampenlicht aber zu kalt und zu klinisch. Zwischenvariante Wohnzimmer- und Stehlampe. Niklas bevorzugte das Wohnzimmerlampenlicht allein. Die Stehlampe wurde ausgeschaltet, gleich darauf aber wieder eingeschaltet, das Wohnzimmerlampenlicht dagegen wurde ausgeschaltet. Oder überhaupt nur Teelichter? Aber das sei unpassend zu Apfelsaft und Orange-Maracuja. Das Wohnzimmerlicht wurde wieder eingeschaltet, die Stehlampe wieder ausgeschaltet. Gesa: Das sei das wärmere Licht. Niklas: Am besten vielleicht ohne Licht. Es sei noch hell, und das Licht zöge das Viehzeug an. Gesa: Man habe Kreise umeinander gesponnen, das reiche weit zurück. Ohne noch voneinander zu wissen, sei man in den Sommern ins Mockritzer Bad gegangen, habe Filme im Olympia-Kino (jetzt Pitstop) gesehen. Gesa wohnte lange in Leubnitz, Neubauwohnung, anderthalb Zimmer, von denen aus sie den Blick auf zwei Kirchen gleichzeitig gehabt habe: die Christuskirche in Strehlen und die Leubnitzer Kirche.

Niklas über Rudolf Koeckert und sein Quartett. Wunderbarer sogenannter Tongeiger. Sei hin und wieder im Gemeindesaal der Christuskirche Strehlen aufgetreten, Gesas Gemeinde. Über Dirigenten und Ezzo, den kein Dirigent zufriedenstelle. Nur Fabio Luisi lasse er als ganz präzisen Handwerker gelten, freilich mit gestalterischen Schwächen. Wowa Tammen mehr wurschtig, aber Abendkapellmeister, kein Probenkapellmeister. In den Proben: Die Philharmonie müsse saftiger spielen! Wie der Maestro sich das vorstelle, habe Konzertmeister Schüttler gefragt, saftiger? – Na, wie ein Steak! Abends, so Konzertmeister Schüttler, Klangerlebnis Texasrestaurant. Niklas erzählte von einer Amsel, die in den Gärten hinter Missunde absteigende Tonleitern gepfiffen habe, nie dergleichen erlebt, nur einmal, in den Ahornen der Heinrichstraße, einen Pirol »Bülow, Bülow« flöten gehört, mit dem Fernglas rübergerannt, »aber nischt gesehen gegens Licht«. Gesa und er hätten sogar, des Tonleitervogels wegen, einen Vogelexperten konsultiert, sie hätten den Gesang beschrieben. Eine Singdrossel? Dann aber habe er, Niklas, den Sänger, eine Sängerin, entdeckt: eine Amsel. Gesa und er hätten sie »Wunderlich« getauft, nach dem Sänger Fritz Wunderlich. Es sei aber noch eine Amsel aufgetaucht, ebenfalls eine Tonleiteramsel, aber aufsteigend, eine Konkurrenzamsel zu »Wunderlich«, die Konkurrenzamsel heiße »Schreier«.

Niklas kramt Fotos heraus: Emmy als junge Frau. Richard und Hans als Jungen. Eigentlich seien Arthur und Emmy schon auseinander gewesen, da sei Hans noch gekommen, Emmy habe Hans nicht geliebt. Stehende Anekdote, Hans: Du, Emmy, wann bin ich geboren? Sie: Sechsunddreißig war Olympia, Fünfundvierzig war erst der Angriff und dann der Krieg aus … da warste noch nich da. Oder doch? Achtundvierzig war die Währungsreform … ja, ich gloob, du bist nach der Währungsreform geboren.

Niklas über den Bannewitzer Dorfdoktor Schlohbach aus der Schlohbachdorfdoktorendynastie. Den alten Schlohbach habe man nachts um drei wecken können, und er sei zu den Patienten gegangen, ganz gleich, wie weit und beschwerlich es gewesen sei, der ideale Landarzt. Der alte Schlohbach habe für ihn den Ausschlag gegeben, damals, nach dem Unfall, von der Musik in die Medizin zu wechseln.

Anfang August: Theo und Clara bei mir, Christian arbeitet in einem Flüchtlingslager in Dresden. Ausflug in die Bagni, Wassertemperatur 26 Grad. Clara braucht neue Schwimmärmel, rollt wie ein Fischotter im Wasser herum und freut sich des Lebens. Ausflug nach Schandau, wo wir im Elbhotel gebucht haben. Gluthitze, Temperaturen nahe vierzig Grad. Die Kinder platschen im Brunnen vor der Toscanatherme. Stadtbummel. Poststraße mit alter Post, Juwelier Engelhardt, Elektro-Domsch, im linken Schaufenster moderne Technik, im rechten alte Ware und Kataloge. Das Geschäft existiert seit fast hundert Jahren. Am Freitag Ausflug nach Wehlen, Besuch des Freibads, Clara begeistert von der großen Rutsche. Wespenplage. Eisessen am Markt, der mir besser gefällt als der von Schandau, Radfahrerkirche. Am Sonnabend Ausflug zum Botanischen Garten, dann, ab Haltestelle beim Dekorahaus, das früher Dekorateursschule und noch früher das Theater war, in dem Hans Albers debütierte, mit der Kirnitzschtalbahn zum Lichtenhainer Wasserfall trotz Warnung der Hotelwirtin, daß dort ein Wespennest von der Feuerwehr ausgehoben werden mußte und die Feuerwehrleute die Ärmel ihrer Anzüge voller Wespen hatten. Die Kinder spielen an der Kirnitzsch. Theo läßt einen Schuh fallen, der rasant abtreibt, die Ufer sind zu steil fürs Hinunterklettern, ich muß bis zur Kurklinik zurück, um den Schuh auffischen zu können. Einkehr in der Schänke beim Lichtenhainer Wasserfall. Theo wird von einer Wespe gestochen und in der Bahn von einem mitleidigen Ehepaar mit Nierenentkrampfungsmittel behandelt, das gut anschlägt. Nachmittags Toscanatherme, Clara liegt im Solbad auf dem Rücken, beobachtet die Farb- und Ornamentwechsel an der buntbeleuchteten Decke und läßt sich von der Musik berieseln, man sieht nur Schwimmärmel, Näschen und Füßlein aus dem Wasser ragen. Theo schläft in meinen Armen ein, ich führe ihn im Kreis langsam durchs Wasser. Am Sonntag Spaziergang an der Elbe. Die Apfelbäume haben viele ihrer noch unreifen Früchte abgeworfen. Theo sehr geschickt an einer Kletterwand, Clara schlägt drunter Purzelbäume. Die beiden lachen, kullern im Gras umher, wollen ein Eis nach dem anderen und hören kein bißchen. Mit dem Sendigaufzug hinauf zur Ostrauer Scheibe. Ulrichs, Menos, Annes Schulweg. Dunkler Wald, steiler Weg, es beginnt zu regnen. Kurts Haus. Sendigvillen im skandinavischen Stil. Zurück über den Lutherweg. Kirche St. Johannis mit dem ursprünglich für die Kreuzkirche gedachten Altar. Die Flutmarke von 2002 knapp unterhalb der Emporen. Fotos vom Hochwasser. Clara malt einen Schmetterling ins Besucherbuch und schreibt daneben siebenmal ihren Namen. Theo bricht in Lachen aus und schreibt nach einigem Zögern seinen Namen ebenfalls hin. Mit der Fähre zum Bahnhof. Die Berge elbauf und der Lilienstein elbab im Nebel.

Einsamer nie als im August –
Dieses ungewöhnliche Buch, »Meine liebsten Gedichte«, »Eine Auswahl deutscher Lyrik von Martin Luther bis Christoph Meckel«, 1985, Union-Verlag, 24,80 Mark, für unsere Bücherlandschaft sehr teuer, das Signal war: Dieses Buch soll nicht gekauft werden. Ich fuhr sofort zum »Haus des Buches«, wo in der Warteschlange gemutmaßt wurde, das sei vielleicht die raffinierteste Strategie, Bücher an den Leser zu bringen, einfach die Preise ins Astronomische, schon werde auch im Lenin Dissidenz vermutet. Brentano: »Wenn der lahme Weber träumt, er webe, / Träumt die kranke Lerche auch, sie schwebe«, das berührte mich, ich schlug das Buch an anderer, zufälliger Stelle auf, Seite 235, Gottfried Benn, »Schleierkraut«, las die erste Strophe: »Schleierkraut, Schleierkraut rauschen, / rausche die Stunde an, / Himmel, die Himmel lauschen, / wer noch leben kann, jeder weiß von den Tagen, / wo wir die Ferne sehn: Leben ist Brückenschlagen / über Ströme, die vergehn«, ein Singsang, der knapp den Schlager unterlief und etwas Uraltes, Vergessenes wiederfand, weich, aber nicht sentimental, ein Lied für Kinder, die keine mehr sind. Ich lernte das Gedicht auswendig. Benn: skeptischer, väterlicher Freund, der zwei Kriege überlebte, Schiffsarzt war, alles aushielt und dem jüngeren Kollegen schweigend ein Bier rüberschiebt.

Nachricht, daß Alois Lange am 12. Juni gestorben ist. Der Schiffsarzt aus dem Tausendaugenhaus, der als Arzt in

Frenda/Algerien tätig war, Reisen nach Yokohama und Mopedfahrten in Südasien unternahm, ein bunter Hund, von gewissen Gerüchten umraunt (wer konnte schon solche Reisen unternehmen), malender Abenteurer, stammte aus armen Verhältnissen im Erzgebirge, mußte bereits als Dreijähriger mit hinaus und Kühe hüten. Als Reina an Schwangerschaftsischias litt, wurde sie von Lange mit einigen Akupunkturstichen kuriert. Die Akupunktur erlernte er während eines unfreiwilligen Aufenthalts im Hafen von Shanghai, die Kulturrevolution war in vollem Gange, das Schiff lag auf Reede, durfte den Hafen für mehrere Monate nicht verlassen, zum Zeitvertreib ließ sich Lange von einem chinesischen Kollegen die Akupunktur beibringen, kehrte als ein Akupunkturexperte zurück (einer der ersten hierzulande). Die Schlangenhaut an der Wand. Diagnostiker und Kliniker alter, mit allen Medizinwassern gewaschener Schule. Sein Seefahrtsbuch, blau wie seine Kinderaugen.

Briefwechsel Bernhard / Munderloh, von Meno empfohlen. Einige Briefe Bernhards sind im stilistischen Sinn bewundernswert. Die Fieberkurve seiner Wünsche und Verdammungen ist die eines Neurotikers, freilich ist dieser Neurotiker eine Form des Schelms, der mit den Möglichkeiten der Neurose auch zu spielen vermag. Munderloh riecht den Braten beizeiten und scheint mit diesem schwierigen Patienten ganz gut zurechtgekommen zu sein, immer wieder gelingt es ihm, das bekannte (und manchmal einfach nur nervtötende) Bernhardsche Gefuchtel mit seinem Verlagssiegel zu versehen. Bernhard ist im Grunde ein Idylliker, so furchtbar, wie er glaubte, ist er nie gewesen, ich konnte weder seine Rodomontaden noch seine Todesgebetsmühlen je recht ernst nehmen, sie erschüttern mich nicht, sie verlieren, für mein Gefühl, nie ganz die Koketterie, das »Ätsch, ich spiele doch nur«. Seine Helden leiden an verschiedenen Unfähigkeiten, die so verschieden eigentlich nicht sind, sondern meist darin bestehen, eine Studie nicht »aufs Papier kippen« zu können, ob über das Gehör (Konrad im »Kalkwerk«) oder über Mendelssohn Bartholdy (Rudolf in »Beton«), ist austauschbar, weil gleich gültig. Stark sind seine Sprachbewegungen, seine Einsätze (oft auch als erste Sätze, meisterhaft der von »Korrektur«), seine Art von Wirklichkeitserzeugung, die Fähigkeit, aus der Beobachtung eines abbrennenden Streichholzes eine oder zwei Seiten Virtuosenprosa zu schlagen, dagegen waren Handlung oder Charakterentwicklung nie seine Sachen. Hat man einen Bernhard gelesen, hat man alle gelesen, an dem giftigen Wort ist schon etwas dran, da aber der eine gut ist, will man alle anderen auch haben, wie bei einem besonderen Wein, von dem man ja auch nicht genug Flaschen haben kann, obwohl das dem »besonderen« schon widerspricht. Die tiefste Wirkung seiner Prosa scheint mir darin zu liegen, daß sie beruhigt. Sie verstört eben gerade nicht, sondern ist in ihrer behaupteten Unberechenbarkeit erstaunlich vorhersehbar. Seinen Helden geht es materiell gut, sie haben Kohlmarktwohnungen oder Wolfseggschlösser, ihre Probleme würde man, denkt man sie sich real, nicht haben wollen, doch so wie Bernhard sie schildert, sind sie mehr-weniger zu verschmerzen, all seine Worte machen sie für mich nicht ernst, sondern nur zu Ticks. Wortreich wird die Schlechtigkeit der Welt herbeigeredet, aber sie wird eben nur beredet, nicht gezeigt, sinnfällig und spürbar gemacht. Damit aber wird das Reden zur Pose, die von dem, was sie meint, nicht wirklich bestimmt wird und dadurch Gemütlichkeit, die Essenz des

Heimatdichters, aufkommen läßt. Der Idylliker und der Antiidylliker sind beide gleich weit entfernt von der Wahrheit, beide bearbeiten eine Sehnsucht. Bernhard lebt, auch wenn er das gewiß ganz anders gesehen hätte, im Grunde von den Werten, die er zu verabscheuen vorgibt: Heimat, engumgrenzte, überschaubare Welt, Natur, Bildung, Lektüre, Qualitätsarbeit, ihre Aura, und nicht ihr Gegenteil, transportiert seine Prosa. Die Welt ist doch noch in Ordnung: Literatur und klassische Musik, Theater und Kunst, Philosophie, der ganze Planet Humanismus also, werden, anders als heute, nicht ernsthaft hinterfragt, sie gelten und sind gültig, sie spielen eine Rolle, danach sehnen sich offenbar viele seiner Leser, gerade heute. Krankheiten, die geliebte Frau stirbt, Schreibblockaden: das gibt's immer. Die Kohlmarktwohnungen dazu aber nicht. Dennoch: Dieser Autor reift wie alter guter Wein. Ich finde ihn dort am stärksten, wo er erzählt, Szenen aus einem für uns heute versunkenen Alltag aufleben läßt: Gespräche in der Gentzgasse im Wien der frühen achtziger Jahre, die harte und stachlige Eingangsprosa von »Frost«, die Schilderung der Orangerie auf Wolfsegg in »Auslöschung«, der Wittgenstein in »Wittgensteins Neffe«, außer dem Ich seiner autobiographischen Arbeiten vielleicht seine einzige Figur, die keine Karikatur ist. In Bernhards Texten spricht ein Ich, eine Persönlichkeit, wie knorrig und grantig auch immer, sie ist die eines geliebten Großvaters, den man als tyrannischen Vater nicht erleben mußte, sondern als Enkel erleben darf, bei dem der Großvater plötzlich liebenswerte Seiten zeigt. Eine meiner Lieblingsarbeiten von ihm ist immer noch »Goethe schtirbt«. Schade, daß er daraus keinen Roman gemacht hat, er wäre der »Lotte« ebenbürtig gewesen.

(Brief Christian, 16. August): In der Praxis alles o.k.? Fräulein Leukroth bitte nur sparsam gießen. Wir sind auf Kos. Wir haben Delphine gesehen. Die Platane des Hippokrates. Er soll den Baum gepflanzt und unter seinen Zweigen Schüler in der Heilkunst unterrichtet haben. Der Stamm ist von Pilzbefall und Schadinsekten vollständig ausgehöhlt. Brunnen mit dem angeblich heilkräftigen »Wasser des Hippokrates«. Ein Flüchtling, der auf Pappkartons kampiert, gibt Theo aus einer Schöpfkelle davon zu trinken. Der Apostel Paulus soll unter dem Baum das Christentum gelehrt haben.

Die Flüchtlinge kommen meist nachts mit Booten von der nur fünf Kilometer entfernten türkischen Halbinsel Bodrum. Die angekommenen Flüchtlinge müssen zuerst zur Polizei, um sich vorläufige Aufenthaltsgenehmigungen abzuholen. Alle, mit denen ich sprechen konnte, wollen weiter, nach Norden. Ohne die vorläufigen Aufenthaltsgenehmigungen läßt keine Fähre die Flüchtlinge an Bord. Sie wollen nicht bleiben, dürfen aber nicht weg – um das zu können, müssen sie erst bleiben dürfen, vorläufig. So sitzen sie fest, Tage, Wochen, sich selbst überlassen. Man verweist sie in ein noch vor kurzem leerstehendes Hotel, das inzwischen überfüllt ist, und in ein Stadion, wo 1500 Menschen auf Registrierung und Nahrung warten.

Ausflug zum Asklepieion, Heiligtum des Asklepios oder Aeskulap, Gott der Heilkunst. Ihm gelang mit Hilfe des Bluts der Medusa die Wiedererweckung eines Toten. Der Stab mit der Schlange, der Aeskulapnatter, ist sein Zeichen. Auf dem Rückweg Urlauber, die sich über die Flüchtlinge unterhalten. Man wisse ja, daß die Furchtbares durchgemacht hätten. Man habe jahrelang auf diesen Urlaub gespart. Die meisten Flüchtlinge machten ja nichts, und doch sei die Unbeschwertheit dahin, die man als Urlauber für teuer Geld ja mitkaufe. Die meisten schauen weg. Die erschöpften Gestalten, die an den Wegen in Zelten, auf kaputten Luftmatratzen oder einfach auf der Erde kampieren. Theo und Clara beschließen, Wasser zu verteilen. Auf meine Frage, woher sie das Wasser nehmen und wie lange sie verteilen wollen, erinnern sie mich an den Brunnen. Am nächsten Tag ist der Brunnen gesperrt, Seuchengefahr.

Wir liegen am Strand, die Sonne scheint uns. Jetzt kommen die Boote auch tagsüber, Flüchtlinge landen zwischen den Badenden. Ein Mann wäscht seine Wäsche im Meer. 4000 Euro hat er für ein Schlauchboot mit Motor bezahlt, für ihn und seine Familie: Frau, drei Kinder. Des Nachts auf See wurden sie von einem Motorboot geentert, maskierte Männer stahlen Geld und Motor, zerstachen das Schlauchboot.

– We had a quiet sea, fortunately, and our life vests. The coastguard picked us up, all of us.

Im Meer treiben Schwimmwesten. Theo und Clara haben ein Spiel: Wer die meisten Westen einsammelt, bevor fünf Boote am Strand landen, hat gewonnen.

Ich denke über den Mann und seine Geschichte nach. Wieso muß er 4000 Euro für ein Schlauchboot mit Motor bezahlen, und wozu braucht er einen Schlepper für die fünf Kilometer von Bodrum nach Kos? Will unter den Urlaubern für eine Hilfsaktion werben, wir können doch nicht in der Sonne liegen, während vor unseren Augen Leichen angespült werden, Menschen auf Kartons schlafen und nicht wissen, was sie essen und trinken sollen.

Die Fotografen am Strand, frühmorgens. Aufnahmen für den ›Corriere della sera‹, ›Le Monde‹, ›Time Magazine‹. Ein Deutscher dabei, der nicht nur die einlaufenden

Flüchtlingsboote, sondern auch die Fotografen beim Fotografieren fotografiert. Die regen sich auf: Er verletze den alten Fotografenkodex: Der Fotograf solle das Bild nicht beeinflussen. Er entgegnet, das täten sie doch schon.

– Die denken, wir sind Polizei. Weist auf ein anlandendes Boot, aus dem angesichts der Fotografen Flüchtlinge weglaufen.

Die Insel besteht aus Schiefer, Kreidekalk und Tertiärschichten, mit mehrere Meter dicken Lagen quartären vulkanischen Tuffs. Traube, Mandeln, Feigen, Zitrusfrüchte. Zum Hotel gehört ein Orangenhain, der Hotelier erntet das Öl für eine kleine hauseigene Körperpflegeproduktion.

Viele Einheimische helfen, tragen Wasser und Nahrungsmittel zu den Flüchtlingen. Theo hat einen Vertrieb für Seife und Shampoo aufgezogen, reitet mit gespendeten Shampoos auf einem vom Hotelier geliehenen Maulesel zum Strand hinunter, um sein Gut zu verteilen. Er schreibt an Anne: Libe Oma! Wir sind hir und ich verteile Seife un Schampu. Ich heiß der Seifenjunge. Clara hat kein Bok.

Ich schicke Fotos und ein paar Zeilen ans Kanzleramt. Niemand reagiert.

Der Duft der Orangen, abends, wenn der Wind vom Meer kommt.

Hörst du das nicht?

Als Muriel kleiner war, durfte sie oft zu Vater in die Sternwarte, ins Zimmer mit den Schneekristallen, wie sie sagte, wenn sie, nachdem sie angeklopft hatte, auf Vaters Herein! wartete. Vater stand auf, so daß Muriel mit gesenktem Blick ihre Schularbeiten vorwies und das Heft mit beiden Händen festhielt, als trüge sie ein leeres Tablett aus dem Kinderzimmer in die Küche zurück oder als wäre das Heft der Beweis, daß es Schulaufgaben und damit die Schule und damit Schüler und damit auch eine Schülerin Muriel Hoffmann gebe, die der Hilfe des Vaters bedurfte, weil ihr Bruder Fabian verächtlich die Schultern gehoben und ihre Mutter Iris, noch atemlos von Besorgungsgängen und gefangen in den Vorbereitungen gegen den Hunger einer vierköpfigen Familie, gegen die alltäglichen Hintertreibungen ihres Bilds von Sauberkeit in einer vierköpfigen Familie, gegen die Zeitgefräßigkeit einer vierköpfigen Hydra namens Familie, gehetzt und bedauernd die Arme gebreitet hatte – und nun also der Vater, die Respektsperson, der Ernste Schatten. In jenem Moment mochte er für Muriel all das verlieren, was »die Sternwarte«, was »das Arbeitszimmer« bedeutete, Vater und ich sprachen kaum über solche Angelegenheiten. Es waren »Angelegenheiten« für ihn, das verriet mir Muriels Verhalten aus kleinen Vermeidungen, wenn sie und Vater und ich in einem Raum waren, »Angelegenheiten«, nicht »Dinge« oder »Sachen«, wie wir sonst zu sagen pflegten, und dieses Wort hatte den Beigeschmack von Pflicht und von »etwas erledigen müssen«. Vater stand vor Muriel und hatte den Kopf erhoben, an seinen Händen las sie, was geschehen würde, wenn sie es wagte, ihn mit Unwichtigem zu stören, ihn zurückzuholen in den Alltag aus Verantwortung und Überlebenswillen, Unterdrückung und dem Lauf der Sonne über den Horizont, alles war festgelegt im Moment der Zeugung, wo Ei- und Samenzelle verschmolzen zum Dritten, das wachsen, geboren werden, sich entwickeln, aber nicht mehr grundsätzlich ändern würde, kein Zureden, keine Ermunterung, keine Strafe würde helfen, und vielleicht war es das, was Vater unnahbar werden ließ: daß man sich nicht fortsetzte in seinen Kindern, daß sie anders waren, daß man sich zwar wiedererkannte, aber nur wie ein Bild, das zerschnitten und in falscher Ordnung wieder zusammengesetzt worden war, die Farben muten noch vertraut an, aber dieses Motiv existiert nicht mehr, dafür ist dort ein anderes entstanden, das man nicht kennt. Der Wintermann, der in der Sternwarte wohnte, ließ nur die Besten gelten.

– Die Anderen, das sind die Angestellten des Lebens. Es winkt sie durch für den täglichen Dienst, für das Repertoire, das sie zu pflegen haben, es bedarf dieser Angestellten, wie ein Staat ihrer bedarf.

War es bei Vater gleich das ganze Leben, so bei Niklas die Musik, und sie, die Angestellten des Lebens und der Musik, waren nicht die, um die es ging, wenn Niklas sagte: Diesen liebt sie, diesen hat sie geküßt, von Mozarts Hand läßt sie ihres Busens liebliche Form erfühlen, von Wagner läßt sie sich fesseln und demütigen und hat Lust dabei, von Bach läßt sie sich ihren Altar bauen. Niklas nannte ihre Boten: Heifetz, Oistrach, Ginette Neveu auf der Geige, Rubinstein, Lipatti, Horowitz, Gould, Gilels auf dem Flügel, Furtwängler am Pult, Rostropowitsch und Jacqueline Du Pré auf dem Cello. Die Anderen waren die, bei denen es, wie Vater und Niklas sagten, nicht reichte. Muriel stand immer noch vor Vater und wußte nicht, was tun, ertrug sein Schweigen, mit dem er ihr den Hefter zurückgab, wagte aber nicht, seinen Blick zu suchen, diesen nicht mehr eisigen und zornigen, sondern müden Blick. Niklas hatte einmal die Tür aufgeschleudert, hinter der Reglinde am Klavier saß und übte und sich an derselben Stelle immer wieder verspielte, war neben sie getreten, groß und mächtig, Falten über der Nasenwurzel, und hatte gesagt, leise vor Zorn:

– Hörst du das nicht? Hörst du das nicht? Und hatte die Noten vom Klavier gerissen.

Muriel träumte von Melli Beese, der Fliegerin, von den Doppeldeckern und vom Fliegen, von der Grenzenlosigkeit. Sie las Saint-Exupéry, »Nachtflug« und »Südkurier«, »Wind Sand und Sterne«.

Wenn sie fliegen konnte, war sie glücklich.

Als kleines Kind lief sie Vater mit ausgebreiteten Armen entgegen, und ich, dem sie davongerannt war, dachte, sie müßte abheben und fliegen. Muriel in den Wolken. Es hatte einen Segelfliegerklub an der Elbe gegeben, er war Ende der Siebziger geschlossen worden. Ihre Tochter fliegt nicht, hatte man Vater erklärt. Sie liebte »Die Abenteurer« mit Delon und Ventura.

Und glücklich, vielleicht, damals, als sie die Stoffe bei Schneidermeister Lukas entdeckte, die Schnitte und Kleider in einer Ausgabe von ›Paris Match‹, die erst bei Wiener im Salon, dann unter Muriels Kopfkissen lag.

Wenn sie fliegen konnte

Es war Richards Idee, uns Kinder im Winter, wenn die Stromausfälle sich häuften und in der Stadt alles zusammenzubrechen schien, ins Handwerk zu schicken, wie er sagte, Robert und mich zum Bäcker Wachendorf, Christian zum Schuhmacher Grün an der Rißleite gegenüber dem »Saftladen« mit Weißkohl- und Rotkohlkasse, Muriel zum Schneider Lukas auf dem Lindwurmring und Ina, die Tochter von Barbara und Ulrich Rohde, in die Schneider- und Kürschnerei »Harmonie« an der Rißleite gegenüber vom Bäcker Walther. Später kam für Robert und mich noch der »Aufbaukurs« in der Fleischerei Vogelsang hinzu, wo wir mehrmals die Gelegenheit hatten, die Metamorphose eines von Förster Busse gelieferten Wildschweins in Bestandteile der Vogelsangschen Angebotspalette zu verfolgen, deren bedeutenderer Teil freilich hinten lag, wie die Meisterin es ausdrückte. Richards Idee, die Kinder sollten etwas lernen, was sie im Fall des Falls, und das hieß, im Gefangenenlager, gebrauchen konnten, im Gulag, wie Richard meinte, der wahrhaft finstere Zeiten wiederkehren sah:

– Was sollen sie mit ihrer schönen Bildung, wenn es soweit kommt, werden wir alle verhaftet, es existieren ganz bestimmt schon schwarze Listen mit unseren Namen darauf, und was dann? Im Lager überlebt man nur, wenn man etwas kann, das wirklich gebraucht wird, und alles, was wirklich gebraucht wird, hat mit dem Körper und seinen Bedürfnissen zu tun. Essen muß man, schlafen muß man, trinken muß man, sich entleeren muß man, beischlafen muß man, zumindest wenn man jung ist, sich kleiden muß man, Schuhe braucht man! So ging er in die Geschäfte, zahlte einen gewissen Betrag, den er Christian und Robert vom Taschengeld abzog (sie sollten sich auch beizeiten mit der Weltungerechtigkeit vertraut machen), für mich kam Hans auf, der Richards Erziehungsmethoden Praxisnähe nicht absprechen konnte. Muriel brauchte beim Ehepaar Lukas nichts zu bezahlen, desgleichen Ina in der »Harmonie«. Robert und ich trabten, Robert sichtlich verstimmt nach einer kurzen, in Ladislaus Pospischils Paradiesvogelbar versumpften Nacht, »hundemüde«, wie er stöhnte, im nachmitternächtlichen Dämmerschein der noch funktionierenden Lampen entlang des Lindwurmrings in die gegenüber von »Evana-Mieder« und »Uhren-Pieper« gelegene Bäckerei und Konditorei Wachendorf. Bäcker Wachendorf und seine Gesellen musterten uns skeptisch, betrachteten unsere Hände, die von mäßigen körperlichen Arbeitsleistungen erzählten, die Bäckerin meinte sogar, das Unternehmen des Doktor Hoffmann, bei allem Respekt, entbehre nicht einer gewissen Sinnlosigkeit, ihr Vater, ebenfalls Bäcker, habe als Kriegsgefangener tatsächlich in einem sowjetischen Lager gesessen, und seine Kunst habe ihm nichts genützt, sie hätten dort nur Buchweizengrütze zu essen bekommen, wenn überhaupt, und nie habe es dort eine Stube gegeben, voller Mehl und Hefe und sonstiger nützlicher Zutaten, die man zum Backen brauche. Aber da wir nun einmal da und lernwillig seien, sei's drum, und der Doktor Hoffmann habe ihnen ja auch schon manchen Gefallen getan.

Der Obergehilfe befand unsere Oberarmmuskeln für zu intellektuell, wir könnten am Teigbottich trainieren, Wachendorfs besaßen noch keinen elektrischen Rührer. Die zum Kneten und Backen unentbehrliche Musik aus dem Sender Dresden (»Wunschmelodie« oder »Aus dem erzgebirgischen Liederschatz«) quoll aus einem Apparat namens »Fidelio«, vorher Waschpaste und Wurzelbürste, wir mußten sauber sein wie die Chirurgen, beschied uns die Meisterin, nur Mädchenschweiß tue Brot und Semmeln gut, Jungen dagegen schwitzten reine Buttersäure aus, dagegen sei zunächst nichts zu sagen, aber zu tun, Baron von Arbogast beispielsweise verfüge über eine feine Nase und lasse von Männerhänden vollgeschwitzte Brötchen unnachsichtig zurückgehen. Nach einer Folge der beliebten Ertüchtigungsfernsehsendung »Medizin nach Noten« hatte ich mir von Niklas Tietze einen Handkrafttrainingsring aus Gummi verschreiben lassen, der allerdings, wie sich herausstellte, in Form eines sogenannten Prolapsrings eintraf, der das Absenken der Gebärmutter in den höheren

Jahren verhindern soll, wenn Bindegewebsschwäche für eine unliebsame, da die Blasenentleerung anregende Wanderung sorgt. Training hin, Training her, bald spürte ich nur noch die Schmerzen, sah meine Hände eigentümlich unabhängig von meinem Willen im Bottich herumzucken, da und dort von Roberts Händen gepackt und umklammert, seine Finger hätten vom Klarinettenspiel doch geschulter sein müssen. Ich hoffe, daß mein schöner blauer Trainingsring nicht im Kontingent etwa des Anton-Saefkow- oder des Elsa-Fenske-Pflegeheims gefehlt hat, ich gab ihn an die Vogelhandlung Bassaraba weiter, nachdem ich, beim Ausfahren der Wachendorfschen Semmeln, gesehen hatte, unter welchen zum Teil problematischen Bedingungen einige der Tiere ihr Leben fristeten. Detlef, ein grüner Zwergpapagei, hockte trübsinnig in seinem viel zu kleinen Bauer und trauerte, die Zwergpapageiin Daphne lag eines Morgens im Sand des Bauers, mit zur Decke weisenden Krallen. Der Vogelhändler hängte den Kraftring ins Bauer, um Detlef wieder zu Kletterkünsten zu animieren, es würde wohl nicht viel nützen, wie Bassaraba zu bedenken gab, Zwergpapageien seien Gesellschaftstiere, er hatte sich geweigert, Detlef und Daphne durch Einzelverkauf voneinander zu trennen. Bassaraba versuchte, Detlef aus seiner Melancholie zu scheuchen, indem er ihn in ein größeres Bauer zu Wellensittichen und einem Kakadu steckte, die Detlef mobbten.

Ich lernte sie nicht, die Kunst des Brötchenbackens. Weder Bäckermeister Wachendorf noch seine Frau oder einer der Gehilfen unterwies uns, Robert und mich, in den Geheimnissen der Teigzubereitung, der Hefe, der Mehlsorten aus der Bienertmühle im Plauenschen Grund. Robert bekam am zweiten Tag eine Ofenschosse in die

Hand und durfte dem Meister beim Ausholen der duftenden und knusprig braun gebackenen Laibe aus den Backöfen helfen, sie in eine der Kiepen vom Korbmacher Zückel schaufeln und hinüber in die Verkaufsstube tragen, wo Wachendorfs Angestellte mit weißen Schürzchen und weißen Häubchen die Wünsche der Kundschaft entgegennahmen, die in langer Schlange, am Schirmständer vorbei, durch die hölzerne Drehtür des Eingangs vorwärts rückte und die Wartezeit trotz der frühen Stunde zum Plaudern nutzte. Ich fuhr Brot und Semmeln aus, nicht alle von Wachendorfs Kunden kamen in die Bäckerei. Die Brotbeutel für diese Kunden lagen, mit Bestellung und Namen versehen, im zweirädrigen Karren am Wachendorfschen Dienstfahrrad. Ich freute mich auf die Schneiderei, meine Schwester wiederzusehen, die das Geschäft mit der Schneidermeisterin ebenfalls um sieben Uhr betreten hatte (und, im Gegensatz zu Robert und mir, das gern tat, diese Schulungen fielen in unsere Ferien). Mich wunderte, daß Muriel blieb. Sie riß nicht schon am ersten Tag aus wie oft sonst, sie hielt es nirgends lange aus, Vater sagte:

– Du bist eine Zigeunerin, Muriel, manchmal frage ich mich, woher du das hast, wovor reißt du aus?

Muriels Unbotmäßigkeit, ihr Widerspruchsgeist, der sie mit jedem Lehrer außer der Bachmayer, die Physik und Mathematik gab, streiten ließ, selbst mit dem gefürchteten Herrn Koch, der Chemie unterrichtete. Manchmal hatte Muriel recht, ich erinnere mich an einen strittigen Passus, der ihr angestrichen worden war, sie zeigte Vater das Diktat, der war empört, er kannte einen Germanistikprofessor von der Universität, der sich die Sache besah, Vater und also auch Muriel recht gab, über den mit roter Tinte markierten und als falsch bezeichneten Passus seinerseits mit roter

Tinte »richtig!« schrieb, es der Deutschlehrerin also einmal so richtig zeigte, wie Vater sagte. Muriel knallte das Heft unserer Lehrerin, Frau Schatzmann, aufs Pult, tippte auf die Bemerkung des Germanistikprofessors, woraufhin die Schatzmann einlenken mußte, zum Stift griff und stumm oben den angeblichen Fehler, unten die Note ausstrich und mit dünngekniffenen Lippen eine andere hinschrieb. Muriel hatte sich triumphierend zur Klasse gedreht, was die Schatzmann natürlich bemerken mußte, beliebt machte sich meine Schwester damit nicht, jedenfalls nicht bei den Lehrern, die sich, mir fällt das Wort von den Krähen ein, mit ihrer Kollegin solidarisierten. Irgendwann zwischen siebter und achter Klasse begann Muriel die Schule zu schwänzen, ich weiß nicht, wie oft meine Eltern zur Direktorin unserer Schule mußten, um sich dort Reden von Erziehungspflicht und mangelnder Persönlichkeitsreife (Muriels? oder meiner Eltern?) anzuhören, die leise Drohung von »Maßnahmen« und »Meldungen« inbegriffen. Der Hefter mit Briefen, die Vater an Schulräte, das Eltern- und Lehrerkollektiv, an die Direktorin schrieb, ist zwei Finger dick, »Muriel« steht darauf in kräftiger, gleichsam warnender Schrift, angelegt vor Schulbeginn, als hätte Vater die Probleme geahnt, die ihm seine Tochter bereiten würde. Der Hefter mit meinem Namen enthält nur einige wenige, unbedeutende Blätter und Urkunden, Plazierungen bei Stadtbezirksschachmeisterschaften, Deutschwettbewerben, »Für gutes Lernen in der sozialistischen Schule«, Beurteilungen aus den Arbeitsgemeinschaften »Wissenschaft und Technik« und »Film«. Ich nahm den Beutel mit den Semmeln für die Schneiderei Lukas, zögerte, bevor ich die Werkstatt betrat. Muriel bei einer Arbeit zu sehen, die sie mochte und die sie nicht einfach hinschmiß (wie oft war Vater mit ihr auf der Berufsberatung gewesen, außer Theater schien Muriel nichts zu interessieren) – ich war gespannt, mit welchen Tricks es dem Ehepaar Lukas gelungen war, Muriel zum Bleiben zu bewegen. Sie lachte, als sie mich eintreten sah. Wie selten habe ich meine Schwester lachen gesehen, erleichtert, zufrieden (ein Wort, das nicht zu ihr paßte), bei sich selbst angekommen, als hätte sie endlich, in diesem Atelier voller Regale mit Stoffbahnen, Knopfkästen, hölzernen Schneiderpuppen, gefunden, wonach sie gesucht hatte. Schneidermeister Lukas und seine Frau hatten keine Kinder und bemutterten Muriel, wo sie nur konnten. Ich sah das sofort, wenn ich die Tür öffnete, um meine Semmeln abzuliefern, im sonst peinlich aufgeräumten Atelier herrschte Unordnung, auf dem Tisch in der Mitte des Raums lagen kreuz und quer Stoffproben, Muriel grub, zum Vergnügen des Schneidermeisters und seiner Frau, beide Arme bis zu den Schultern hinein, um in den Stoffen zu wühlen. Frau Lukas, die sonst sofort mißbilligend äugte, wenn man nur die Hand nach einem Knopf oder einem fertigen Anzug ausstreckte, um die Stoffqualität zu prüfen, schien glücklich darüber zu sein, daß Muriel sich wie ein staunendes Kind benahm und ihre Freude daran hatte, eine Stoffbahn nach der anderen aus den Regalen zu holen, wo sie nach Farben und Farbtönen geordnet auf Kante gelegen hatten, mit einem Kleid in der winzigen Anprobekabine beim Ladentisch zu verschwinden, mit einer der Schneiderpuppen, die eine Uniform für einen Märchenfilm der DEFA trug, zu tanzen.

– Mag sie Kakao, fragte mich Frau Lukas, gekocht oder kalt? Wir haben nämlich auch Kaba, aus dem Westen, sagte Frau Lukas mit verschwörerisch gesenkter Stimme. Oder mag sie lieber Zitronenlimonade? Drüben in der

Pension Steiner machen sie sehr gute Zitronenlimonade, da kann ich einen Krug holen. Muriel könnte sofort bei uns anfangen, wir brauchen einen Lehrling, und bei ihr sehe ich gleich, daß sie begabt ist, sie hat ein Gefühl für Schnitt und Stoffe.

Frau Lukas streichelte sie oft, anstatt etwas zu sagen, berührte einen Arm, die Hände, nicht aufdringlich, ich sah, daß Muriel nichts sagen mußte, keine der vielen Erklärungen, die sonst notwendig zu sein schienen, wenn sie einen Fehler machte, keine Zurechtweisung, kein Infragestellen des gesamten Seins und Werts, wie bei Vater manchmal, bei dem ich, als er ein Mann von vierzig Jahren und ich ein Halbwüchsiger war, den Eindruck hatte, daß ein Fehler nichts Natürliches, für einen jungen Menschen womöglich sogar Wichtiges sei (wie lernt man, wenn nicht aus Fehlern), sondern etwas, das nicht vorkommen durfte, das unverzeihlich war. So dachten viele hier oben, Niklas in bezug auf die Musik, Richard und Meno in bezug auf das Verhalten in Schule und Beruf, sie hatten, meine ich, Gründe, so zu denken. Das Ehepaar Lukas dachte nicht so, und wenn überhaupt, dann ist Muriel beim Ehepaar Lukas und damals in Pillnitz glücklich gewesen, in den Kindheitssommern im Park und im Schloß bei der Teppichweberin.

Und wenn sie fliegen konnte.

19. 8. 2015 Mittwoch: Chronos

Berger, oder: Mühen der Ebene

Noch in der Nacht zum neunten Oktober kam das Bürgerkomitee, die spätere Gruppe der Zwanzig, im Dompfarramt zusammen, ein Positionspapier mit Themen, für die Diskussionsbedarf bestand, sollte vorbereitet werden. Am Vormittag empfing Oberbürgermeister Berger im Rathaus.

Anne wartete, bis die Männer, die ihr Gefieder spreizten, einander abtasteten, umeinander herumwitterten, ihre Energie abgenutzt haben würden, bis das Revierkikeriki zur Episode in einem Protokoll abgelegt und von diesem Augenblick an eigentümlich gegenstandslos geworden sein würde. Dann erst kam Anne aus der Deckung, faßte zusammen, verteilte Punkte, die zu bestreiten die anderen dann zu müde waren, sie hatten ihre Federn schon auf den Schauplätzen der Balz stumpf gekämpft; hier im Sitzungssaal konnte ich bereits studieren, was mich bald tiefer interessieren würde, den politischen Kampf, der so häufig kein offener, freimütig ausgetragener ist, sondern ein Hin und Her voller Anspielungen und Ablenkung, ein ewiger Zwist zwischen äußerlich höflichen und mit den Attributen des Anständigen ausgerüsteten (Krawatte, Anzug, Kostüm, Kameras sind immer in der Nähe), gleichwohl einander mit allen Mitteln befehdenden und, in verschiedener Gestalt, immer wiederkehrenden Prinzipien, die sich zur Verwirklichung ihrer Vorstellungen Menschen überzuziehen scheinen wie Puppenspielerhände Puppen; hier die Staatsmacht in Gestalt von Berger mit salopp-jugendlichem Auftreten, einer für Parteifunktionäre ungewöhnlichen Aura von Unverbohrtheit und Pragmatismus, dort die Bürgervertreter, mehr oder weniger unerfahren in den Schlichen der Politik, vorsichtig, überall Fallen vermutend, ich saß neben Anne, da ich so besser beobachten konnte als an der Seite Rosenträgers und Heydts, die sofort auf Angriff schalteten (unterschiedlich temperamentvoll) und also das volle Aufmerksamkeitslicht der Gegenseite abbekamen. Berger war in Begleitung einiger Mitarbeiter erschienen, die sich als Vertreter des Rates der Stadt vorstellten, neben Genossen Angehörige der sogenannten Blockparteien: National-, Liberal-, Christdemokraten, eine Alibiveranstaltung, die politische Vielfalt simulieren sollte, diese Blockparteien waren keine Opposition. Konrad Vogt hatte gesagt, er wisse nicht, was schlimmer sei: echte Genossen, mit denen könne er umgehen, oder Genossen, die sagten, sie seien keine, und dabei auf ihr national-, liberal-, christdemokratisches Abzeichen pochten.

Rosenträger blieb gelassen, machte nicht den Eindruck eines Bittstellers. Anne saß neben den Kirchenvertretern, den Kaplänen Ruge und Lohwinkel, Pfarrer Hahn aus der Versöhnungskirche. Berger begrüßte zum Gespräch, einem Gespräch, das im Ergebnis der Unterredung zwischen ihm, Herrn Superintendenten Rosenträger, Herrn Bischof Heerdegen und dem Oberlandeskirchenrat stattfinde, eine Unterredung also zwischen der Stadt und Teilen der Kirche, die aber Bestandteil der Gesellschaft sei; nur konstruktiv und im Dialog ließen sich, so Berger, die Probleme lösen, Bewährtes verdiene Akzeptanz und Anerkennung. Er sei sehr oft im Gespräch mit Dresdnern, kenne viele ihrer Positionen und wisse, daß die Gruppe nicht legitimiert sei, für alle Dresdner zu sprechen.

Rosenträger legte die Kuppen seiner außergewöhnlich langen Finger aneinander. Er wolle betonen, daß das Gespräch nicht von den Kirchen, sondern von den Demonstranten ausgehe.

Berger, der Pragmatiker, hätte einen guten Manager abgegeben, einen, der ein Ziel hat und für dieses Ziel Erzielungsstrategien, und wenn eine davon seiner Überzeugung widerspricht, aber Erfolg verheißt, kann es nicht um die Überzeugung gehen, sondern um den Erfolg:

– Einige von Ihnen sitzen während der Arbeitszeit hier, sagte Berger, aber sozialistische Demokratie ohne wirtschaftliche Dynamik bleibe Gerede.

Ob er denn der Meinung sei, so Anne, sie sollten lieber zuerst arbeiten, ihre sozialistische Pflicht erfüllen, und dann protestieren, sich den Protest verdienen?

Ihm seien, so Kaplan Ruge, Beschwerden zugetragen worden, daß Verhaftete von ihren Betrieben arbeitsrechtlich belastet würden.

Die Beisitzer schrieben fleißig mit. Berger: Er gebe ihnen allen, wie sie hier säßen, für heute frei. Um aber auf den Punkt zurückzukommen: Die weitere Ausgestaltung des Sozialismus sei eine ernsthafte und anspruchsvolle Angelegenheit:

– Sie erfordert Mut, viel Kreativität und, möchte ich betonen, äußerste Sachlichkeit. Dazu braucht man ein politisches Klima, das man nicht auf der Straße findet. Was das Neue Forum betreffe, so Berger, sei zentral festgelegt worden, daß es nicht zugelassen sei:

– Über Einzelheiten der Begründung kann ich nicht reden, ich bin Kommunalpolitiker und mache die Gesetze nicht, treffe nicht die Anordnungen.

Im übrigen sei er der Meinung, daß es sich beim Neuen Forum wohl eher um eine gesellschaftliche Randgruppe handele, die sich gleichwohl anmaße, die Bedingungen des politischen Gesprächs zu diktieren.

Die Gruppe geriet in Gefahr, von den taktisch erfahreneren Stadt- und Parteivertretern in argumentative Scharmützel verwickelt zu werden, Ablenkungsmanöver. Rosenträger blieb ruhig. Er habe einen Katalog mit Forderungen mitgebracht. Man sei in Form dieser Gruppe von der Demonstration legitimiert, die Forderungen vorzubringen.

Berger überflog das Papier:

– Freiheit, Demokratie, Reformen, Herr Rosenträger, das ist noch kein Programm.

Rosenträger bat, im Gespräch zu bleiben. Natürlich, so Berger, müsse man miteinander im Gespräch bleiben, man müsse sachlich sein und in Ruhe über diese Punkte sprechen, das könne man nicht an einem Termin bewältigen, er schlage vor, sich erneut zu treffen, am sechzehnten Oktober. Freilich, er blätterte wieder im Manuskript, dürften nicht Reformen zu Anarchie und Chaos gemeint sein, keine Demokratie der Pflastersteine, meine Damen und Herren, er hoffe, da stimme man überein. Glücklicherweise sei die Polizei bislang besonnen geblieben trotz erheblicher und immer wieder vorkommender Provokationen, nur gegen ein paar Rowdys sei sie bisher vorgegangen.

– Wir möchten, daß die Verhafteten freigelassen werden, sagte Rosenträger. Die meisten sind nur deshalb verhaftet worden, weil sie demonstriert haben, und nicht, weil sie Rowdys sind, wie Sie sagen.

– Wir verlangen Auskunft über Vermißte, sagte Anne.

Das »möchten« des Herrn Superintendenten Rosenträger komme ihm angemessener vor als das »verlangen« von Frau Hoffmann. Die Rolle des Forums in der Gruppe empfinde er als problematisch.

Die Partei hatte die Telefone, die Büros, die Staatssicherheit. Aber sie hatte nicht das Volk. Nicht einmal alle ihre Genossen.

Rosenträger: Die Menschen kämen zu ihm mit ihren Sorgen und Nöten, er habe mit seiner sprachlichen Differenzierung ein Angebot gemacht. Herr Oberbürgermeister Berger verschätze sich womöglich darin, was Dresdner Bürgerinnen und Bürger wünschten. Rosenträger pokerte hoch, er war in der Verhandlungsführung erfahrener als die meisten Bürgerrechtler. Rosenträger hatte ein Büro einrichten lassen, das Verhaftetenbüro in der Kreuzkirche, dort konnten sich die Angehörigen nach den Verschwundenen erkundigen, Gedächtnisprotokolle der Verhaftungen wurden angefertigt auf Empfehlung von Stefan Heydt, Kirchenjurist und Pfarrer, schmal, intellektuell, geschorener Kopf wie ein Mönch oder Häftling, er beriet den Kreis um Nina Schmücke.

Kaplan Ruge schied aus der Gruppe aus: ihre offen politische Arbeit widerspreche seinem und dem Selbstverständnis der Kirche. Für ihn kam ein bedächtig und trocken wirkender Ingenieur, Karras, die Gruppe reagierte ablehnend, man dürfe Berger keinen Vorwand bieten, sich aus dem Gespräch zurückzuziehen. Wenn er ein neues Gesicht sähe, könnte Berger behaupten, die Gruppe werde unterwandert. Karras schlug eine Tagesordnung vor. Er sei kein Stasispitzel, aber ohne Tagesordnung komme man nicht voran, er habe diese Erfahrung in der kirchlichen Gruppenarbeit gemacht. Die Gruppe diskutierte, wie sie sich verstehen wollte: sage sie, sie sei Opposition, dann bedeute dies, daß sie aus Staatsfeinden bestehe. Opposition, so Rosenträger, sei ein mit Vorsicht zu gebrauchender Begriff, er bedeute für Berger, Barsano und die Staatssicherheit Konfrontation, nicht Kooperation. Opposition sei strafbar, immer noch. Er habe die größten Schwierigkeiten, seinen Ökologischen Arbeitskreis an dieser Klippe vorbeizuführen. Heydt gab zu bedenken, daß man Berger Luft lassen müsse. Der stecke in der Zwickmühle, würde vielleicht gerne, wie die Gruppe wolle, bekomme dann aber von oben Prügel. Er habe aus Berlin gehört, daß Berger abgeschossen werden solle, Barsano auch: wegen Hochverrats. Die Frage stelle sich, wie Berger sein Gesicht wahren und die Gruppe trotzdem ihre Forderungen durchsetzen könne.

– Revolutionäre Geduld! mahnte Vogt, neben Judith der Ungeduldigste im Dresdner Forum.

Das Krankenhaus am Rande der Stadt

In der Linie 4 war die Frühschicht unterwegs zum Arzneimittelwerk, zum VEB Sanitärporzellan an der Leipziger Straße, zum Transformatoren- und Röntgenwerk in Mickten an der Overbeckstraße, ich sah die Arbeiter von TuR, wie der Werksname abgekürzt wurde, in Pieschen in die 9 umsteigen, aufsässig, stolz und pflichtbewußt, die 4 würde Anne und mich weiter zum Krankenhaus Neustadt an der Industriestraße fahren, ich half für ein paar Tage auf Annes Station aus. Manche Fahrgäste kannte Anne, grüßte manche, wurde gegrüßt. Die 4 war früher von Pillnitz über das Blaue Wunder bis nach Weinböhla gefahren auf der längsten Straßenbahnstrecke Europas. Bis vor kurzem noch mit den gelben Gothawagen, ich hatte in den Gothawagen immer versucht, einen Platz in der Nähe des Fahrers zu bekommen, um ihn beobachten zu können, seine Manöver an den Stellhebeln und einem Steuerrad mit Haltegriff, das der Fahrer nach links und rechts kurbelte. Ich erinnerte mich, während die Bahn, seit vergangenem Jahr eine rotweiße Tatrabahn, in die Leipziger Straße bog, an die Atmosphäre in der alten 4: Das dunkelgrüne Leder der Einzelsitze bildete mit der Furnierholzverkleidung, den Holzbänken einen reizvollen Kontrast, dazu, wenn sich die Bahn in eine Kurve legte, das Knarren der Lederriemen, die von einer Haltestange herabhingen, das Gehüstel und Zeitungsrascheln der Fahrgäste, Arzneimittelwerker, die sich über die letzten Spiele von Dynamo austauschten, Gerüche: im Winter oder bei Regen nach Feuchtigkeit und Tabak, nach Machorka, wenn die sowjetischen Offiziere zustiegen, die zum Puschkinplatz wollten, ins Haus der Deutsch-Sowjetischen Freundschaft, ehemals Villa des Holzgroßhändlers Grumbt, im Sommer die Parfums der vorwiegend weiblichen Belegschaft der Schiffchenfabrik, die zum VEB Nähmaschinenteile Dresden gehörte, ab Sachsenbad viele Pendler zur Teekannefabrik, zum Madauswerk, zur Raschufa, der Radebeuler Stoffschuhfabrik, zum VEB Spezial, der die Republik mit seinen Rapidowaagen belieferte, mit Waffelbackanlagen und seit kurzem sogar mit Geldautomaten; vertraut war Anne das Gekicher und Genecke der Vadossifrühschicht, jenes Radebeuler Betriebs, in dem die Nußnougatcreme Nudossi (mit mehr Haselnüsen als in Nutella) hergestellt wurde. Manchmal traf Anne Veronika Sedens, Mutters beste Freundin, auf dem Weg zur Schiffchenfabrik, oder Barbaras Bruder Helmut Hoppe, Patissier im Kombinat Elbflorenz, wenn er bei Vadossi in Radebeul zu tun hatte.

Die Bahn fuhr jetzt langsam, obwohl die Strecke frei und die Haltestelle beim Arzneimittelwerk noch nicht erreicht war. Die Aufschrift über der Fahrertür: »Gespräche mit dem Fahrer während der Fahrt verboten«, galt nicht mehr, in der Passagierkabine brodelten die Stimmen, jemand gab eine Zeitung zum Fahrer durch. Die Bahn hielt. Ein Artikel wurde vom Fahrer über die Durchsage vorgelesen. Er stammte aus der Zeitung ›Die Union‹.

Das sei, sagte der Fahrer, die erste wahrheitsgetreue

Darstellung der Ereignisse, die er in einer hiesigen Zeitung gelesen habe. Der Artikel stammte von der Journalistin Uta Dittmann.

Begann sonst der Arbeitstag der Schwesternfrühschicht mit Bettenmachen und dem Waschen der Patienten, das man überleitend mit der Nachtschicht erledigte, mit Blutabnahme und der Vorbereitung der Visite um sieben Uhr, wenn die Ärzte zur Arbeit kamen, so diesmal damit, daß Else-Öse, Annes Stationsschwester, die Morgenrunde zu einer kleinen Konferenz zusammenrief: Von den fünf Schwestern des Frühdiensts waren nur drei erschienen, Else, Anne und die junge Schwester Kerstin; von einer der beiden nichterschienenen Schwestern hatte Else einen Brief erhalten, den sie nun verlas, die Schwester war in die Bundesrepublik ausgereist, der Brief trug den Stempel von Heilbronn. Die andere nichterschienene Schwester, Irmela, kannte Anne als eine zuverlässige Kollegin, die sich, selbst wenn sie krank war, zum Dienst gemeldet hatte – was Else nicht gern sah, denn solche Heroinen, wie sie sagte, gefährdeten erstens die Patienten, die hier auf der Kinderstation besonders anfällig waren, und zweitens sich selbst, indem sie sich nicht ordentlich auskurierten. Schwester Irmela, die allein lebte, hatte natürlich kein Telefon.

– Werd mal nach Dienstschluß zu ihr fahren, sagte Else.

– Ich habe die Chefs darum gebeten, daß wir nach der Visite mit allen Stationen der Kinderklinik, der Inneren und der Chirurgie eine Konferenz halten, sagte Else. Wir müssen beraten, wie das alles hier weitergeht.

– Wenn ich ins Krankenhaus kam, die altersschwachen, aus undichten Fenstern und Mauerrissen dampfenden Gebäude sah, die hin und her laufenden Patienten, die Schwestern und Ärzte, die eiligen Schritts, Röntgenfilme,

Krankenakten unterm Arm, zwischen den Stationen unterwegs waren, dachte ich, daß ich hierhergehörte und nicht zu den Bürgerrechtlern, Fabian.

– War ich bei den Bürgerrechtlern, war das Krankenhaus fern, dann schien nichts wichtiger zu sein als die Vorbereitung auf die nächste Demo, die Eroberung des politischen Raums.

Kein anderes Krankenhaus der Stadt Dresden bestand aus so vielen Häusern an weit verstreuten Standorten. Es versorgte den Dresdner Norden von der Oberlößnitz über Hellerau, Klotzsche, Trachau, Pieschen bis nach Bühlau und Weißig, mit dem Diakonissenkrankenhaus die Neustädter Elbseite.

– Als junge Krankenschwester hatte ich bedauert, nicht an der Akademie bleiben zu können. Die Oberin hätte mich zwar gerne behalten, aber natürlich hatte sich mein Verhältnis zu Richard herumgesprochen, und es war ein ungeschriebenes Gesetz, daß man darauf achtete, möglichst nicht mit dem Partner am selben Haus zu sein, das vermied zusätzliches Gerede. Wenn auch das Haus groß und ich nicht mehr an der Chirurgie war.

– Richard hatte darauf gedrängt, daß ich von der Akademie wegging. Seine Argumente hatten mich zunächst nicht überzeugt, aber nach dem ersten Jahr am Neustädter Krankenhaus verstand ich ihn.

Natürlich kümmerte sich die Akademie wie jedes andere Krankenhaus zuallererst um das Wohl der Patienten. Aber die Akademie war die Leitklinik, das Flaggschiff der Dresdner Krankenhäuser, die Partei hielt hier anders Einzug und hof als an den reinen Versorgungskrankenhäusern. Im Krankenhaus Neustadt (und so in Friedrichstadt, im Diakonissenkrankenhaus und im St.-Joseph-Stift) ging es weniger um Ideologie als um die sogenannten Sachfragen, die ja die unangenehme Eigenschaft besaßen, der Ideologie immer wieder in die Quere zu kommen.

Wie Else die Spritzen aufzog, mit den raschen, sicheren Bewegungen einer Stationsschwester, der in ihrem Beruf niemand etwas vormacht, sie spritzte, wenn sie das Medikament aufgezogen und die Kanüle aufgesteckt hatte, nicht wie in dramatisch aufgebürsteten Filmen Fontänen des teuren Spritzeninhalts in der Gegend herum, sondern ließ einen Tropfen aufquellen, das genügte, Spritze und Kanüle waren luftfrei, die richtige Menge hatte Else schon beim Aufziehen im Gefühl. Auf Annes Station wurden noch Glasspritzen verwendet, seitdem sich herausgestellt hatte, daß bei den Wegwerfspritzen aus Plast, die sie bekamen, manchmal die Kalibrierungen nicht stimmten. Bei den westdeutschen stimmten sie, dazu gab es bunt gefaßte, vor allem aber scharfe Kanülen. Die aber bekam vor allem die Akademie, das Vorzeigehaus. Die wiederverwendbaren Stahlkanülen, die wie die Glasspritzen sterilisiert werden mußten, waren schon lange ein Problem. Die Qualität war gut, wenn man die Kanülen neu bekam, über die Jahre und nach Tausenden Injektionen aber wurden selbst die besten Nadeln stumpf. Das Krankenhaus Neustadt hatte, wie viele Bezirks- und Kreiskrankenhäuser, sich selbst zu helfen versucht und die technische Abteilung zu einem Betrieb im Betrieb ausgebaut. Dort wurde alles hergestellt, was die Planwirtschaft nicht zu liefern vermochte. Für diese technische Abteilung arbeitete Benni, ein Scherenschleifer, der es beim Schärfen der Kanülennadeln zu wahrer Meisterschaft gebracht hatte.

Else legte die Spritzen in eine Reihe, auf ein zweites Tablett den Stoffelefanten Freddi, den Anne für einen Jungen gebastelt hatte, der an Windpocken litt. Der ganze Körper war mit Pusteln übersät, Blasen hatten sich gebildet, der Junge litt an Juckreiz, kratzte die Pusteln auf. Die aufgekratzten Pusteln hatten die unangenehme Eigenschaft, sich zu entzünden und später Narben zu bilden. Kinder mit nässenden Windpocken hörten manchmal auf, sich zu kratzen, wenn sie stellvertretend ein Kuscheltier kratzen konnten.

Jemand wie Else-Öse – die Bezeichnung Öse stand im Medizinchinesisch für Stationsschwester – hatte keine Zeit für Ideologie. Sie war zweiundsechzig Jahre alt und damit zwei Jahre über dem gesetzlich festgelegten Rentenbeginn. Sie arbeitete weiter, weil die Personalnot inzwischen so groß geworden war, daß Stationen hatten schließen müssen.

– Ich dachte an Menschen wie Else Marquardt, wenn ich an das Krankenhaus Neustadt dachte, das Krankenhaus am Rande der Stadt, wie wir es nach einer beliebten tschechischen Serie nannten, beliebt, weil es den Alltag an einem Provinzkrankenhaus wahrheitsgetreu darstellte und die Akteure keine Pappkameraden, sondern Menschen waren. Doktor Sova, der Chefarzt mit Haushälterin, Karel, sein Sohn, der aufbrausende Chirurg, Doktor Štrosmaier mit seinem trockenen Witz, Alzběta Čeňková, die junge Assistentin, und Doktor Blažej, dem mein Vater so ähnlich sah.

– Und der ein Verhältnis mit der Krankenschwester Ina hatte. Der Klassiker, Fabian. Wir müssen mal wieder einen Kinoabend machen.

Daß eine Konferenz der Chefärzte, der Stations- und einfachen Krankenschwestern stattfand, war neu. Auch in einem Krankenhaus am Rande der Stadt galten die geschriebenen und ungeschriebenen Ansprüche der Hierarchie. Aber Hierarchie hin oder her – die »endgültige Zuspitzung des Spritzenproblems«, wie im Bürokratendeutsch der Umstand ausgedrückt wurde, daß es nicht mehr genügend Spritzen gab, stand ja als Metapher und somit stellvertretend für andere endgültige Zuspitzungen, mit denen das medizinische Fachpersonal die Krankenhausleitung in zugespitzter Weise konfrontierte, es ging, das hatte ich auch im Forum erlebt, bei solchen Besprechungen zunächst einmal darum, sich Luft zu machen, die Lage zu beschreiben. Die Krankenhausleitung kannte sie durchaus, nur stand man unter Druck von oben. Die Dinge, die waren, wie sie waren, waren denen, für die sie, wie sie waren, waren, nicht im wahren Licht erschienen, und es war dieser Unterschied, zugespitzt, wie er war, der bei einem Mann wie Klinikparteisekretär Thomek irgendwann (zur Hebung der geistigen Gesundheit vor allem) die Idee von der Perspektive geboren hatte: Die Dinge waren gar nicht, wie sie waren, sie waren, wie man sie sah. Das konnte man Interpretation nennen, der Chronist meint: moderne Rechtsprechung oder Politik. Parteisekretär Thomek hatte, ohne es zu wissen und zu wollen, rechtsstaatliches Denken verinnerlicht: Der Angreifer könnte auch einer sein, der sich verteidigt, und einer, dem Geld gestohlen wurde, könnte dafür unter Umständen noch Zinsen zahlen müssen. Für Parteisekretär Thomek war die Information, daß im Krankenhaus von neununddreißig Sekretärinnen sechzehn fehlten, keine Katastrophe, sondern eine Herausforderung. Dozent Kerber, Chef der Kinderklinik, Stationsschwester Else und Dr. Neugebauer, Chef der Chirurgie, in der besonders viele Sekretärinnen zu solchen Herausforderungen geworden waren, konnten dem Parteisekretär Thomek hier nicht folgen. Sie sahen die Herausforderung anderswo, nämlich darin, dem einen Thomek, den sie im Grunde auf ihrer Seite wußten, zu helfen und den anderen Thomek, der immer noch Macht hatte und den sie nicht auf ihrer Seite, sondern auf der der Herausforderungen wußten, nicht zu sehr zu reizen. Stationsschwester Else waren solche Spielereien und Vorsichtigkeiten egal. Sie erklärte, daß sozialistischer Wettbewerb, Sicherheits- und Betriebsgewerkschaftskonferenzen für alle künftig zu unterbleiben hätten, daß die aufgelaufenen Gehälter der in den Westen herausgeforderten Schwestern und Ärzte unter den Hiergebliebenen aufzuteilen seien, daß eine Lösung für die vielen Pflegefälle, die ein Drittel der Stationsbetten blockierten, gefunden werden müsse. Die Küchenversorgung sei an manchen Tagen nicht mehr sichergestellt, und durch die Kontingentierung des Benzins würden Fahrten zu besonderen Röntgenuntersuchungen erschwert.

– Außerdem fehlt's überhaupt an Kraftfahrern, sagte Schwester Waltraud Handschugg, Urgestein der Chirurgie. Sie hatte 1947, damals war eine Kinderlähmungsepidemie ausgebrochen, im damaligen Infektionskrankenhaus Trachau angefangen. Die Schwestern hatten, der Wohnungsnot wegen, inmitten der Patienten auf den Stationen gelebt. Eine der gemeinsam mit Werftingenieuren aus Torpedodecksbehältern deutscher Unterseeboote gebauten Eisernen Lungen existierte noch, Schwester Waltraud führte jede neue Krankenschwester und die jungen Ärzte zu Frau Xylander, die in und mit dieser Eisernen Lunge lebte.

Es fehle an Heizern, an Küchenpersonal, die Schwestern wechselten aus dem Dreischichtsystem in die Polikliniken, wo der Dienst weniger anstrengend sei, wer könne es ihnen verdenken.

– Und immer wieder müssen wir Schwestern zur Musterung von Soldaten abstellen. Das erhöht natürlich die Belastung für die anderen.

– Schon wieder sollen zwei meiner Chirurgen zum Reservistendienst, sagte Dr. Neugebauer. Er knallte die Schreiben auf den Tisch, stand auf und lief mit rotem Kopf hin und her.

– Achtundsiebzig Wochen warten unsere Patienten mittlerweile auf geplante OPs. Aber meine Chirurgen müssen durch den Sand robben. Dann können wir den OP dichtmachen. Herr Thomek, er beugte sich zum Parteisekretär, aber dann lernen Sie mich als Herausforderung kennen.

Parteisekretär Thomek nahm die beiden Schreiben und zerriß sie.

Am 13. Februar 1945 hatte Else Marquardt den Bombenhagel in der Frauenklinik an der Pfotenhauerstraße miterlebt und mit anderen Schwestern dreiundsiebzig Neugeborene aus den verschütteten Kellern geborgen.

Rosenträger, oder: Von der Geduld

Judith wollte den Umsturz sofort, ohne Kompromisse, ohne Kleinklein, wie sie sagte beflammten Gesichts, wenn sie in der Karavellenwohnung vom Stuhl aufsprang und die Zeitungen vom Tisch fegte, welche die anderen, auch Anne und selbst Vogt, nicht nur mit Judith der ungeduldigste, sondern auch der radikalste Kopf der Forumgruppe, anstaunten: was jetzt möglich war. Daß Wahrheit auf einmal möglich war. Daß man sie öffentlich aussprechen, gedruckt lesen durfte beinahe über Nacht. Daß Journalisten, die man als Systemschreiberlinge, als aggressive

Kriecher kennengelernt zu haben meinte, ihre ganz eigenen Konflikte gehabt hatten, längst im Zwiespalt gewesen waren mit den gestanzten Formulierungen und den Vorgaben von oben, Gefangene alter Überzeugungen, auch von Drohungen. Judith erklärte das für nichts, für Ausreden und Ausweichen vor der einen Wahrheit, daß alle diese Schmier- und Schmutzfinken ihre Seele verkauft hätten für ein bißchen Eitelkeit, ein paar Groschen und Heilsglauben, jetzt kröchen sie aus ihren Löchern und meldeten Mut an, den andere vor ihnen noch zu anderen Preisen gehabt hätten, Knast und Veröffentlichungsverbot, Leben, Gesundheit, und im übrigen sei der Forderungskatalog, den man Berger, diesem gutgetarnten Schwein, präsentiert habe, viel zu wischiwaschi, das sei nicht die Handschrift von Revolutionären, sondern von Duckmäusern.

Rosenträger wußte es vorsichtiger.

Hans warf ihm vor, den Forderungskatalog in einem Vieraugengespräch bereits an Berger übergeben zu haben, ohne Kenntnis der Gruppe. Warum er ein solches Vorgehen für nötig erachtet habe, das hätte mit der Gruppe abgestimmt werden müssen. So habe er Berger und den hinter ihm stehenden Genossen Zeit verschafft, sich auf die Forderungen einzustellen. Rosenträger verteidigte sich: Sie alle stünden unter Beobachtung, er habe erfahren, daß die Staatssicherheit ihn und Heydt als Kräfte im Hintergrund einschätze, die über ihre Beratertätigkeit die Gruppe staatsfeindlich zu beeinflussen versuchten, was das bedeute, müsse er wohl nicht ausführen. Sein Vorstoß beruhe auf langen Erfahrungen mit der Staatsmacht, er habe im Ökologischen Arbeitskreis der Dresdner Kirchen oft genug mit Berger und Barsano zu tun gehabt. Sie, die Gruppe, seien Bürgervertreter, aber noch ohne geprüfte, in

Wahlen bestätigte Macht. Sie müßten vorsichtig agieren, klug, sie dürften sich nicht von Emotionen überwältigen lassen. Frau Schevola.

Ihre Macht sei die Straße, was aber sei Bergers Macht? Sowjetische Bajonette! Die Partei habe sich noch nie einer Wahl stellen müssen. Deswegen fordere ja das Forum freie Wahlen.

Rosenträger schlug nicht auf den Tisch, gab keine schneidenden oder patzigen Antworten, hielt den Blick aufs Machbare gerichtet. Trotzdem wuchs das Mißtrauen. Bei allen Erklärungen verstand niemand in der Gruppe, warum die Abgabe des Forderungskatalogs unter vier Augen und ohne Absprache mit der Gruppe notwendig gewesen war.

Anne konnte Judiths Ungeduld verstehen, aber Rosenträgers Bedächtigkeit führte weiter. Anne hielt sich aus diesen Debatten meist heraus. Sie machte in den verschiedenen Bürgerrechtsgruppen bekannt, was beschlossen wurde, äußerte sich aber kaum dazu. Studierte die Reaktionen. Welche der Forderungen des Forums Beifall fanden und welche nicht, versuchte, die Gründe für Ablehnung oder Zustimmung herauszufinden; ich hatte nicht den Eindruck, daß ihr irgendein Inhalt in diesen Papieren so wichtig war, daß sie ihn verteidigt hätte und bereit gewesen wäre, notfalls auch die eigene Person zur Verhandlung zu stellen.

– Sie wollen hoch hinaus, sagte Rosenträger mit hintergründigem Lächeln, das wohl Menschenkenntnis anzeigen sollte.

– Oder vielleicht auch weit hinaus, ich bin da noch nicht ganz schlau aus Ihnen geworden.

Konrad Vogt blieb Anne gegenüber zurückhaltend, er

hatte härtere Erfahrungen mit dem Leben im System, wie er sagte, hinter sich, darin Judith vergleichbar. Er stammte aus Thüringen, aus Weida im Vogtland, hatte in Greiz Abitur gemacht und in Dresden Mathematik studiert. Nach seiner und Vaters Weigerung, den Dienst als Reservisten bei der Nationalen Volksarmee anzutreten, saßen die beiden in Unterwellenborn im Gefängnis, leisteten Strafarbeit in der Maxhütte, einem über die Aktion »Max braucht Wasser« republikweit bekannten Stahlwerk. Dort hatten die beiden einander mehrfach das Leben gerettet. Annes und Richards Lebensumstände befremdeten Vogt, schienen ihn aber auch zu faszinieren: was im Sozialismus möglich gewesen war, eine für Menschen wie ihn, sagten seine Blicke auf die Gemälde, die Möbel der Karavellenwohnung, ganz und gar unerreichbare, ja kaum vorstellbare Welt. Er bewegte sich zögerlich, saß während der Diskussionen auf der Sofakante, zum Aufspringen und Davonlaufen bereit, gesenkten Kopfes, rührte das von Anne bereitete Essen kaum an, ins Zuhören oder in Gedanken versunken, in seinen runden Brillengläsern spiegelten sich die Teppichmuster. Er wirkte wie ein Junge, bewegte sich schlaksig, unsicher, als gehörte die Wohnung den feinen Leuten, zu denen er mit seinem großkarierten Hemd, dem »aus Anlaß«, wie man es gelernt hatte in den strengen Erziehungsreglements seiner Jugend, übergeworfenen, aber viel zu großen Jackett, niemals Kontakt gehabt hatte, und wenn, dann wie sein Großvater, als Bauer mit kleiner Landwirtschaft, einen zu den Gutsherren. Anne war das unangenehm, sie spürte, daß Vogt sie beobachtete, weil sie ihrerseits viel beobachtete, darin Meno ähnlich, manche sagten, sie würden nicht schlau aus ihr, mißtrauten ihr wegen ihrer Familie: Kurt Rohde, Meno, der Genosse Ulrich Rohde, Technischer Direktor eines Kombinats. Vogt sprach es nicht aus, doch Anne wußte, daß er sich bei Hans, im Schmückekreis und bei anderen Bürgerrechtlern über sie und ihre Familie erkundigt hatte.

Wenn ein Problem zu klären war, ging er auf und ab, nannte das Philosophieren. Er philosophierte über den Stand der Dinge, wie er sagte, und über die Zukunft, besonders gern über die Zukunft ausgehend vom Stand der Dinge, und das ganz logisch, wie er fand; die meisten Mitglieder der Gruppe hörten ihm fasziniert zu, Vogt verband die Zukunft mit Aufgaben für jeden einzelnen in der Forumgruppe, und wer hörte nicht gern, daß er wichtig war. Bei aller Basisdemokratie, die er im übrigen als politisch unwirksam ablehnte, würde es auch in der Zukunft Posten geben, und die mußten besetzt werden. Daß das nicht mit den derzeitigen Inhabern geschehen konnte, verstand sich, meinte er, von selbst, mit den alten Kräften war kein Staat mehr zu machen, jedenfalls kein neuer, die alten Kräfte mußten weg.

Anne sah das weniger radikal. Sie hatte sich vorgenommen, offen zu sein, Urteilen und Vorurteilen zu mißtrauen, auch hatte sie etwas dagegen, daß Richard (dessen Argumente sie bei Hans wiederfand) recht behielt; doch hatte sie bereits festgestellt, daß Ämter aus Menschen und Menschen aus Urteilen, Vorurteilen, aus Erfahrungen gewonnener Weltsicht, vor allem aber aus Interessen bestanden, und innerhalb dieser Interessen war das für Anne interessanteste Interesse, daß jemand, der Macht hatte, ganz gleich, wie groß oder klein diese Macht war, sie nicht freiwillig abgab.

Hans bohrte nach. Ihn hatten Rosenträgers Erklärungen nicht überzeugt.

Zum ersten Mal erlebte ich Rosenträger unwirsch: Zur Diskussion innerhalb der Gruppe sei überhaupt keine Zeit gewesen. Wie man sich das denn vorstelle. Er habe die Gelegenheit, den sich öffnenden Augenblick, ohne Zögern ergreifen müssen.

Das hagere, streng arbeitende Gesicht von weißgrauem, schulterlangem Haar umrahmt, was Rosenträger das Aussehen eines Gurus, eines Indianerhäuptlings verlieh, die Schärfe seiner Züge, noch unterstrichen von einer Brille mit großfunkelnden Gläsern, wurde von der Gestik gemildert, den Luftzeichnungen seiner wie von Riemenschneider geschnitzten Hände, mit denen er die wohlgeschnittenen Reden seines Mundes begleitete. Neben Mund und Händen redeten auch Rosenträgers Augen, die Haltung seiner Schultern und seines kastenhaft eckigen Oberkörpers, all diese Reden ergaben ein scheinbar nachlässig übereinandergelegtes Potpourri aus Fragezeichen, die zusammen ein Ja, ein Nein, ein Möglicherweise anheimstellten, Rosenträger vermittelte der Gruppe Lektionen in Diplomatie. Rosenträgers Fähigkeit, bei klarer Rede des Mundes in seiner Körpersprache Möglichkeiten anderer, sogar gegenteiliger Deutung mitzuführen, dazu seine öffentliche Stellung als Superintendent der Kreuzkirche, ein weithin anerkanntes Mitglied der Gesellschaft, machte ihn für das Bürgerkomitee zum idealen Verhandler mit Berger und Barsano, die beide Judith ablehnten, und zwar nicht deshalb ablehnten, weil ihnen Judiths Aggressivität den Blick auf die Qualität ihrer Argumente verstellte, sondern, weil sie selbst lavierten und im verbindlich wirkenden Rosenträger einen gefunden zu haben glaubten, den sie ihren Vorgesetzten in Berlin (und immer noch in Moskau) als einen verkaufen konnten, der wie sie ein Sozialist war, nicht nur im Grunde seines Herzens, sondern im Einklang mit führenden Vertretern des Prinzips Kirche im Sozialismus, als einen, der das System nicht grundsätzlich in Frage stellte, sondern es nur von seinen Auswüchsen befreien wollte, eine ja an sich, wie schon führende sowjetische Genossen feststellten, richtige und von Zeit zu Zeit notwendige Maßnahme.

Zweites Treffen, sechzehnter Oktober: Berger eröffnete pünktlich um siebzehn Uhr. Begann mit allgemein gehaltenen Erwägungen zum Charakter des Dialogs, es sei ein Dialog zwischen einem Bürgermeister und besorgten Bürgern, nicht mit einer Gruppe, die für sich beanspruchen könne, für die Mehrheit der Dresdner oder gar für ganz Dresden zu sprechen, er fasse das als eines der Beschwerdegespräche auf, wie er sie auch sonst mit Bürgern regelmäßig führe, da kämen auch schon zwanzig, dreißig Bürger auf einmal in seine Sprechstunde. Sie aber, die Gruppe der Zwanzig, wie sie sich inzwischen nenne, sei nicht legitimiert, und er wehre sich dagegen, die Bereitschaft zum Dialog davon abhängig zu machen, daß es eine organisierte Opposition gebe. Opposition lähme die Gesellschaft, behindere eine gedeihliche Entwicklung. Es sei unnötig, so aufzutreten, wie die Gruppe der Zwanzig auftrete, es gebe vielerlei Foren der sozialistischen Demokratie, Arbeitskollektive, Parteien, Massenorganisationen wie die Freie Deutsche Jugend, den Gewerkschaftsbund, es gebe Jugendklubs und Versammlungen im Wohngebiet, dort könne man sich einbringen. Überall dort, so Berger, könne man auf einem bereits erreichten hohen Niveau der Demokratie aufbauen, und später, wenn diese Formen ausgereizt seien, was ja erst einmal erreicht sein wolle, könne man prüfen, ob man tatsächlich neue Organisationsformen des Mitregierens der Bürger benötige.

Dieses Wortungetüm auf Rosenträgers Notizblock, Organisationsformen des Mitregierens der Bürger.

Rosenträger blieb äußerlich ruhig. Palm, der Chef der Dresdner Staatssicherheit, hielt Rosenträger für den gefährlichsten Gegner, für einen gutgetarnten Feind sogar, gefährlicher als Judith, die zwar die Menschen aufzurütteln verstand, aber das meist über Haß und Wut erreichte, starke Kräfte, wenn man mobilisieren will, aber sie halten nicht lange vor, anders die Begeisterung über Vernunft und Miteinander, die Rosenträger zu wecken vermochte, ein positives Ziel.

Heydt saß gerade wie ein Stock, eine Hand unterm Kinn, die andere flach am waagerecht gehaltenen Arm vor der Brust, Fachmann, bohrend in den Sachfragen, zu intellektuell für die Masse, aber als Berater der Gruppe inzwischen unverzichtbar:

Recht auf freie Meinungsäußerung, Versammlungs- und Demonstrationsfreiheit, Schluß mit der Bespitzelung, echte Öffentlichkeit, so Heydt auf Bergers Verschiebeversuche ungerührt, den Mönchsschädel schräg ins Licht des Großen Sitzungssaals geneigt, die Finger ausgestreckt ineinandergeschoben, gesenkte Speere, die Augen glitzerten, achteten auf jede Regung Bergers, der ihm gegenübersaß als schon vorsichtiger gewordener Posten der Sache, in deren Dienst er sich aufrieb, ein Mann im Spannungsfeld der Kräfte, vorgeschoben von denen, die, wie Barsano, wirklich entschieden, und doch war Berger ein Mann, der bei aller Müdigkeit und Leutseligkeit

– Wir haben auch Cola, wenn Sie möchten

keinen Zentimeter freiwillig preisgab, nichts wirklich zugestand, Kundgebungen und Demonstrationen für nicht sinnvoll erklärte, in die Gruppe und ihre verschiedenen Persönlichkeiten vorstieß, um nach Schwächen zu fahnden, die man ausnutzen konnte.

Änderung des Wahlgesetzes, so Heydt.

Das sei nicht nötig, so Berger, es gebe bereits ein demokratisches Wahlgesetz, es biete viel mehr Möglichkeiten, als bisher genutzt würden. Selbstverständlich könne man noch mehr Kandidaten zur Wahl stellen als bisher schon, er allerdings sehe dazu keine Notwendigkeit, es seien ja bisher schon alle Klassen und Schichten vertreten.

Freier Zugang zu Medien, so Heydt.

Erst sollte Rosenträger sprechen, dann würde er sich zurücknehmen, Heydt den Vortritt lassen, der unnachgiebiger wirkte, dann wieder, wenn die Gruppe das Gefühl hatte, Heydt hätte sich bis an eine Grenze bewegt, die Kommunikationsform Heydt sei ausgereizt, Rosenträger unter Rückzug der Reizfigur Heydt, Wiederholung der in der Reizrede reizend verpackten Inhalte von Rosenträger in verbindlicherer und von Karras in sachlich-trockener Prosa, Kirchenprosa, Kriegermönchsprosa, Ingenieursprosa in kalkuliertem Wechsel, sie hatten das geprobt, das Konzept hatten Rosenträger, Vogt, Hans und Anne entwickelt. Judith und Vogt waren bei diesen Verhandlungen nicht dabei, das Neue Forum durfte die Gruppe der Zwanzig nicht dominieren. Anne war auf der Prager Straße zufällig bestimmt worden neben Kaplan Ruge und Kaplan Lohwinkel, mußte die Balance halten zwischen der Gruppe der Zwanzig und dem Forum, war Brückenkopf von einem zum anderen, durfte es aber nicht zu offensichtlich sein, das Neue Forum war nicht ausdrücklich verboten, aber eben auch nicht zugelassen.

Herr Heydt solle doch bitte nicht so tun, als gäbe es für ihn nicht die Möglichkeit, in einer unserer Zeitungen seine Positionen zu vertreten. Heydt lachte kurz. Ja, natürlich gebe es diese Möglichkeit, aber nur dann, wenn seine Positionen mit denen der Zeitung übereinstimmten.

– Und das tun sie nicht? fragte einer der Beisitzer. Bisher hatten sich die Beisitzer zurückgehalten, Notizen gemacht, Berger Zettel zugereicht. Dieser Beisitzer war neu in der Runde.

– Das wäre natürlich eine merkwürdige Sache, sagte der Beisitzer gedehnt, unsere Zeitungen vertreten ausgesprochen humanistische Standpunkte, und darin finden Sie sich, ein Vertreter der Kirche, nicht wieder? Sie glauben, eine unserer Zeitungen ist nicht interessiert an den humanistischen Beiträgen eines so klugen und schriftgewandten Mannes, wie Sie es sind?

Heydt aufsässig, funkelnd, starrsinnig:

– Was verstehen Sie denn unter humanistisch?

– Das muß ich Ihnen doch nicht auseinandersetzen. Oder? Gegenseitige Achtung. Antifaschismus, Frieden, eine Gesellschaft ohne Ausbeutung. Wenn Sie hier erklären, mit diesen Positionen nicht konform zu gehen, eine Freiheit der Medien zu verlangen und damit im Grunde zu postulieren, Freiheit der Medien bestehe darin, von ihren humanistischen Grundsätzen abzurücken …

Das postuliere er keineswegs, er stelle nur fest, so Heydt, daß zwischen Anspruch und Wirklichkeit gelegentlich eine Lücke klaffe.

Da unterstelle er, das sei eine ziemlich gewagte Behauptung, wo denn bitte die Belege für diese Behauptung seien? Und noch etwas: Herr Heydt habe vorhin die Formulierung »Schluß mit der Bespitzelung« gebraucht. Ob er denn der Meinung sei, unsere Sicherheitsorgane seien Spitzeldienste? Das nähere sich bereits der Verunglimpfung staatlicher Organe, darüber wolle er hinwegsehen, denn er sähe auch die Situation von Herrn Heydt und der Gruppe: Eine Abordnung emotional aufgewühlter, besorgter Bürger, wie Genosse Berger schon richtig festgestellt habe, Bürger, die etwas umtreibe und die sich engagierten, das sei ja grundsätzlich positiv, hier nur leider in einer Form, die es Genossen Berger sehr erschwere, eine ausgestreckte kooperative Hand darin zu finden.

Es sei nicht im Interesse von Ordnung und Sicherheit, so Berger, die Bevölkerung öffentlich zu informieren.

Diese Unterbrechung des Genossen Beisitzer war ein Fehler, dachte ich, eine unerwartet grobe Grätsche, und Berger schaute denn auch nicht auf Karras, der eine seiner Zusammenfassungen vorbereitet hatte, trocken erledigte Markierungen von Istzuständen, sondern auf Rosenträger, der die Ballistik dieser aus den Kulissen unerwartet schnörkellos hervorgebrochenen Granate umgehend begriff: auf die Bürgerrechtler gerichtet, sollte sie von ihnen abprallen und zurück in die Gegend der Kulissenschieber springen, nun kam es darauf an, eine Form der Abwehr zu finden, die das ermöglichte:

Dann widerspreche er, Berger, bereits gemachten Vereinbarungen, die Bekanntmachungen in den Kirchen hätten sich bewährt und als genau das erwiesen, was Berger und natürlich ebenso der Gruppe wichtig sei: Stabilitätsfaktoren. Ordnung und Sicherheit hätten durch diese Art der Kommunikation nicht gelitten, im Gegenteil, er wolle das nur zu bedenken geben, man sei auch in einer Art von Experiment um die geeignetste Weise, Ordnung und Sicherheit zu gewährleisten, und nach seinem, Rosenträgers, Eindruck, sei gegenwärtig Ordnung und Sicherheit mehr durch Nichtinformation als durch Information gefährdet.

Es drohten Streiks, so Heydt. Man sei ja unter anderem hier zusammengekommen, um derlei zu vermeiden.

Wie Herr Heydt hier spreche, zeige ihm, Berger, daß die Gruppe der Zwanzig von der Kirche gesteuert werde.

Zweite Granate. Absicherung der ersten, der Genosse Beisitzer mochte den Rückprall inzwischen gespürt haben, vielleicht überschätzte ich Berger.

Heydt blieb uneinsichtig. Superintendent Rosenträger und er als Kirchenjurist berieten die Gruppe, steuerten sie aber nicht. Um dieser Interpretation vorzubeugen, war Kaplan Ruge ausgeschieden, hatte Karras Platz gemacht. Heydt zog an: Er habe den Eindruck, Herr Berger wolle die Gruppe in die Kirche abschieben, um alles, was schiefgehe, der Kirche anlasten zu können. Dagegen werde die Kirche protestieren, Landesbischof Heerdegen sei informiert. Man sei im ersten Gespräch schon weiter gewesen.

Organisationsformen des Mitregierens der Bürger. Rosenträger wartete ab nach dieser Spitze Heydts, dieser Zurechtweisung. Wenn auch vorab die Rollen verteilt worden waren und Heydt die undankbare Aufgabe zufiel, auszuloten, was ging und was nicht, so war doch die Schärfe, die Arroganz, ja Chuzpe des Angriffs auf Berger gewagt, der versuchte, mit seiner Hemdsärmeligkeit zu punkten, Heydt riskierte es, mitten in der Höhle des Sandsteinlöwen Bergers Brillanz und seines Beisitzers Macht anzugreifen, Wagemut oder Leichtsinn oder eine Mischung aus beidem, Rosenträger schien das zu genießen mit dem Draufgängertum, der Neugier des Spielers, der er, mit zarten, aber spinnwebenfesten Fäden in der Hand, wohl auch war, unterschätzt von der Führung, aber nicht von Berger und seinen Beisitzern, die Heydt als ein Geschöpf des Superintendenten auffaßten, und schon gar nicht unterschätzt von Generalmajor Palm, der ziemlich verzweifelt darüber war, daß man hier nicht einfach reinen Tisch machte und allen, die es wagten, aus ihren konterrevolutionären Löchern zu kriechen, Organisationsformen des Mitregierens der Gummiknüppel zeigte.

Er könne, so Berger, der Gruppe in der Inhaftiertenfrage entgegenkommen, er werde mit Barsano und Vertretern des Stadtrats beraten, ob es sinnvoll sei, eine Untersuchungskommission einzusetzen, etwa bei der Ständigen Kommission für Inneres beim Rat der Stadt.

Karras griff zu. Der Vorschlag: Arbeitsgruppen bilden. Er schob Berger ein Papier hin. Der Forderungskatalog lag aufgeschlagen vor Karras, Wichtiges mit Lineal dreifach unterstrichen, gleiche Abstände zwischen den Linien, daneben Anmerkungen in wie gestochener Schrift. Die Arbeitsgruppen sollten die Probleme entsprechend ihrer Natur behandeln. Eine Arbeitsgruppe Recht die Rechtsprobleme, eine Arbeitsgruppe Wirtschaft die Wirtschaftsprobleme undsoweiter. Dazu seien Arbeitsräume notwendig, Büros, Sekretärinnen, Papier.

Berger wiederholte, daß die Gruppe nicht legal entstanden sei und sie deshalb für ihn eigentlich kein Gesprächspartner sein dürfte. Deshalb könne er auch keine besonderen Arbeitsmöglichkeiten einräumen.

– Sollten Sie dagegen in einer bereits bestehenden Arbeitsgruppe mitwirken wollen, gibt es selbstverständlich auch eine Sekretärin, Papier und einen Sitzungsraum. Wenn Sie einen eigenen Status einfordern, muß ich das Gespräch beenden.

– Herr Berger, wir sehen Ihre Lage, erwidert Rosenträger. Man habe im Vorabgespräch …

– Sie wollen mich in eine Konspiration mit Ihnen lotsen?

Die vorgeschlagenen Arbeitsgruppen könne er so nicht akzeptieren. Die Kirche wolle offenbar die Kontrolle über diese Arbeitsgruppen haben.

Der Genosse Berger, so der Beisitzer, habe sich schon sehr entgegenkommend verhalten, beuge sich weit hinaus, sei dabei, seine Kompetenzen zu überschreiten, verstoße womöglich gegen die Verfassung und gegen das Kommunalgesetz, könne sich, das habe ihm der Genosse Berger vor der Sitzung gestanden, nicht einmal sicher sein, daß nicht bereits der Prozeß drohe. Genosse Berger verhalte sich nahezu heroisch. Er habe nicht den Eindruck, daß gebührend eingeschätzt werde, was für ein Glück man mit dem Genossen Berger habe.

– Sie wollen ins Stadtparlament, wie ich Ihren Papieren hier entnehme, fuhr Berger fort, aber es gibt gewählte Vertreter, die sehr gut arbeiten. Die Gruppe sei nicht gewählt, nicht legitimiert. Heydt, wütend: Aber er, Berger, und seine Partei, sie seien legitimiert seit vierzig Jahren!

Berger wollte das Gespräch abbrechen. Rosenträger schlug eine Pause vor.

Neue Möbel

Siebenter Dezember, der Zentrale Runde Tisch tagte im Bonhoefferhaus. Der Runde Tisch war viereckig, die Bürgerrechtsbewegung Demokratie Jetzt hatte ihn zur Kontrolle der Regierung nach polnischem und ungarischem Vorbild angeregt.

Der Ton verbindlich, der Staat, der in verschiedenen Formen am Tisch saß, ein Feind. Die Hände der Bürgerrechtler. Wie sie vorsichtig um die Papiere griffen unter vorgebeugten Oberkörpern. Als wären die Papiere Fremdkörper, die man erst einmal kennenlernen mußte, um sie begreifen zu können, im Wort- und im übertragenen Sinn, als wären sie noch nicht ganz wirklich, aber schon materiell, Angebote an den Tastsinn mehr als an die Augen. In der ersten Sitzung wurden freie Wahlen beschlossen.

Gegen Mitternacht suchte einer der Moderatoren, Monsignore Ducke, noch den Hausmeister, um eine Schreibmaschine zu finden, auf der die Beschlüsse getippt werden konnten.

Fünfter Dezember,
und sehe Hans den Telefonhörer abnehmen im Pharmakologischen Institut an der Medizinischen Akademie, die Stimme Konrad Vogts im Apparat ist ruhig, um exakte Formulierung bemüht, als würde das die Glaubwürdigkeit der Meldung erhöhen, die Staatssicherheit vernichte Akten, Lastwagen sollen gesehen worden sein, Akten sollen verbrannt worden sein in der Bezirksverwaltung der Staatssicherheit Dresden, man müsse sich etwas überlegen, um weitere Aktenvernichtung zu verhindern und die Akten sicherzustellen. Hans fragte, woher Vogt das denn wisse, das mit den Akten, Vogt antwortete, nach kurzem Zögern, er wisse das aus der Staatssicherheit selbst, er habe von dort einen Anruf bekommen. Hans bat um Bedenkzeit. Ich sehe ihn vom Schreibtisch mit den Versuchsnotizen aufstehen, hin und her laufen, dabei die Fäuste ballen, den Telefonhörer, in dem Vogts Stimme, zu einem hörbaren Atmen geschrumpft, wartet, ans Ohr reißen, entweder ist das eine Finte, Konrad, dann will die Stasi die Aufmerksamkeit auf sich ziehen und vom eigentlichen Machthaber, der Partei, ablenken, oder es ist keine Finte, dann will man uns hineinlocken und womöglich festhalten, weil wir irgendeinen Paragraphen verletzen, Hausfriedensbruch

begehen. Oder man betreibt verbrannte Erde. Oder es ist Barsanos Strategie, die Stasi zu opfern, damit die Partei überleben kann. Vogt blieb immer noch ruhig, vielleicht maß er der Nachricht keine große Bedeutung bei, hielt sie womöglich für ein Gerücht oder ein Ablenkungsmanöver, er schlug vor, der Sache nachzugehen. Ob Hans mitkommen könne, es sei wichtig, legal zu bleiben, sich keine formale Blöße zu geben. Er habe das Strafgesetzbuch durchforstet und einen Paragraphen gefunden, der Sabotage unter Strafe stelle, und nicht nur das, der auch sage, was unter Sabotage zu verstehen sei, unter anderem die Vernichtung wichtiger Unterlagen. Man müsse zur Polizei und die Stasi anzeigen unter Berufung auf diesen Paragraphen. Die Stasi anzeigen. Vater lachte, angetan von Vogts Chuzpe, ein Überraschungscoup, waghalsig und reizvoll, die Attacke eines Reiters mit gesenktem Besenstiel gegen ein Panzerheer, Hans ging durch das Institut, erzählte, was er eben gehört und was er vorhatte. Professor Feller, der Chef des Instituts, rückte an seiner mächtigen Brille, wünschte Hans viel Glück, er hatte Vater immer unterstützt, Vater verdankte ihm, daß er noch wissenschaftlich tätig sein konnte, nach mehreren Verhaftungen und einer Verurteilung wegen Verweigerung des Reservistendiensts galt Vater als vorbestraft. Feller schätzte ihn, hielt, wie gesagt wurde, die Hand über ihn, klemmte sich höchstpersönlich ans Telefon, um Kollegen in der Akademie über die neueste Schweinerei der Staatssicherheit, wie er sagte, zu informieren. Vater stellte sich auf die Hauptachse der Akademie, zwischen Chirurgie, Klinik für Geburtshilfe, Wäscherei und Institut für Gerichtsmedizin, wo um diese Stunde (es war noch am Vormittag) viele Ärzte, Krankenschwestern, Angestellte unterwegs waren, bat um Hilfe, berichtete von Vogts Vorhaben, rief dazu auf, vor der Bezirksverwaltung der Staatssicherheit zu demonstrieren, friedlich, um die Herren nicht noch nervöser zu machen, als sie ohnehin schon waren, manche Ärzte zuckten die Achseln, sie seien nicht abkömmlich, sie müßten die Patienten versorgen, andere versprachen, in den Dresdner Betrieben anzurufen und die Arbeiter zu informieren

und sehe Vater neben Vogt im Polizeigebäude, einem Neubau mit Stufenetagen, deren Kupferglasfenster Blicke von außen abwehren, das Büro von Polizeichef Nyffenegger suchen und dabei verschiedene Szenen durchspielen: ob Nyffenegger sie beide, statt ihre Anzeige entgegenzunehmen, verhaften lassen, die Staatssicherheit informieren würde. Nyffenegger blieb ruhig, hörte Vogt zu, bat zwei Polizisten zur Beratung, nahm die Anzeige entgegen, hob die Hand, als Vogt den Staatsanwalt erwähnte, der Staatsanwalt könne erst heute nachmittag tätig werden, so schnell gehe das nun auch nicht, woraufhin Vogt Hans beiseite zog: Er finde das seltsam, nicht, daß sie hier offene Türen einrannten, mit einem Plan gekommen zu sein glaubten, aber in einen anderen Plan, mit zwar schwindender, aber immer noch landesweiter Macht inszeniert, hineingerieten. Das Neue Forum, so Hans zu Nyffenegger, habe zur Staatsanwaltschaft kein Vertrauen, sie sei ebenfalls parteigesteuert, das Neue Forum wolle an den staatsanwaltschaftlichen Maßnahmen, der Durchsuchung vor allem, teilnehmen. Auch dies sicherte Nyffenegger zu.

– Was passiert, wenn wir dort zu zehnt aufkreuzen, gegen tausend?

Anne rief die Verbindungsleute des Forums in den Betrieben an, die in kürzester Zeit Arbeiterabordnungen zusammenstellten und sie mit Lastwagen aus den betriebseigenen Fuhrparks, mit eigenen Fahrzeugen, mit öffentlichem Verkehr zum angegebenen Treffpunkt schickten. Unterdessen schrieben Hans und Vogt einen Aufruf, der im Radio verlesen werden sollte, was Karras übernahm, Karras, als Sprecher der Gruppe der Zwanzig, ließ sich den Text durchgeben und fuhr zum Lingnerplatz. Am Lingnerplatz, in einem Flügel des Hygienemuseums, befand sich der Sender Dresden, seine Erkennungsmelodie aus Webers »Freischütz« war eine der beiden Dresdner Alltagshymnen, wie Hans sagte, die andere war das Ta-ta-ta-taa des Deutschlandfunks auf Mittelwelle. Um zwölf Uhr war Karras' Stimme zu hören, er bitte darum, die Straße vor der Bezirksverwaltung nicht zu überqueren, die Demonstration solle nicht bedrohlich wirken

und sehe Vater, wie er, zurück in der Akademie, am Schreibtisch sitzt und seine Augen zwischen den Kladden mit Versuchsnotizen und dem Telefon, das ihm eigentlich nicht zukam, zu untergeordnet war seine Stellung, zu sehr war er ein Fremdkörper am Institut, hin- und herwandern läßt, das Telefon hatte Feller ihm zur Verfügung gestellt nach Angriffen der Parteileitung und des Rektorats, gegen Widerstände im Institut, das ohnehin als politisch unzuverlässig und, mit der Hautklinik unter Kleine-Natrop, als Auffangstelle für Freigeister galt. Hans Hoffmann betreibe von diesem Apparat aus Wühltätigkeit gegen den Staat, der ihm sein Studium ermöglicht und ihm Lohn und Brot gegeben habe. Hans kann sich nicht konzentrieren, ahnt schon etwas, erwartet den Anruf, wie man die Hiobsbotschaften ahnt und erwartet, so daß sie unsere Erwartungen zu übernehmen und sie, als Wünsche interpretiert, zu erfüllen scheinen, als wüßte die Hiobsbotschaft, daß sie gerufen wird und auf eine geheime Sehnsucht stößt, so daß sie, umgekehrt, den nicht betrifft, der nicht mit ihr rechnet und sie nicht erwartet. Um dreizehn Uhr klingelte das Telefon, Anne sagte, es seien inzwischen doch schon Staatsanwälte in der Bezirksverwaltung, Hans solle sofort kommen, sie stehe vor der mit Demonstrationsteilnehmern gefüllten Straßenbahn in einer Telefonzelle, der Fahrer habe die Fahrt unterbrochen, damit sie, Anne, anrufen könne

sehe Hans, noch unschlüssig, so viele Versuche, immer wieder vergeblich, doch aufgegeben wird nicht, wie sein von Churchill übernommener Spruch lautet, sein Glaubensspruch, nachts vor dem Badezimmerspiegel gemurmelt, beim Rasieren, wenn ich ihn heimlich beobachtete, ihm bei Selbstgesprächen zuhörte, aufgegeben wird nicht, niemals

vielleicht etwas Besonderes zwischen Vater und einer Behörde, die sich Ministerium für Staatssicherheit nennt, einem für Außenstehende undurchdringlichen Block, einer Burg, die angriff und abwehrte mit einer vom Glauben, das Richtige zu tun, erfüllten Brutalität, sehe Vater lächeln, diese Unternehmung, eine übermächtige und von allen gefürchtete Geheimpolizei anzugreifen, als eine Art von Spiel, todesmutig, jenseits der Vernunft, vor sich selbst erklären; es gab Bürgerrechtler, die Vaters Einschätzung der Staatssicherheit widersprachen, mit ihm in Streit gerieten, bis sie einander mit Flaschen bewarfen und sich gegenseitig verblendet schimpften, die Staatssicherheit, sagten sie, habe nur die Macht, die man ihr zugestehe, sie sei nicht allmächtig, man dürfe sie nicht dämonisieren, auch die Stasi sei Teil eines verrotteten und zu jeder Erneuerung von Grund auf unfähigen Systems, man dürfe sie davon nicht ablösen, sie nicht wie etwas Außerirdisches, Unfehlbares betrachten, etwas, das seinen Feinden oder solchen, die es dazu erklärte, zu jeder Zeit und in jeder Lage bedingungslos überlegen gewesen sei, auch bei der Stasi habe es Schlamperei gegeben, Korruption, menschliche Schwäche, vor allem aber: monströse Dummheit, und wiesen, später, auf die Berichte in ihren Akten, die von ozeanischer Langeweile bestimmt waren, in einem Deutsch, für das man sich schämen müsse. Konrad Vogt erwiderte, er habe es erlebt, wie ein Stasioffizier, und noch nicht einmal ein hoher, ein Regiment betrat, wie alle strammgestanden hätten, wie der Stasioffizier mit dem Regimentskommandanten weggefahren sei, man habe den Regimentskommandanten nicht wiedergesehen. Hans nahm ein Taxi. Der Taxifahrer fragte nach dem Ziel, weigerte sich zuerst, zu fahren, Hans erklärte, der Taxifahrer hatte den Aufruf im Sender Dresden gehört, rief über Funk seine Kollegen, fuhr kostenlos.

Fünfter Dezember, Stahltore, Mauern, Peitschenlampen, die Straßenfront mit den Kälte ausstrahlenden Fensterreihen, Einsatzfahrzeuge, überall Polizisten mit Schilden und Schlagstöcken, Judith versuchte, die Menschen zu beruhigen, vorläufig hielten sie sich noch an Karras' Aufruf, die Straße nicht zu überqueren und nicht bedrohlich zu wirken, Werktätige, Fabian, die vor diesem Bau standen, was sonst verboten war, und auf die Fenster starrten, auf die Wachen, die Milchgesichter hatten, dann Hans mit dem Taxi. Die Arbeiter begannen »Wo bleibt denn der Staatsanwalt« zu singen auf die Melodie eines ihrer Dynamoschlachtgesänge

und sehe Hans am Datum zweifeln in einer Beratung mit Judith, die von der Besetzung der Stasizentrale in der Andreasstraße in Erfurt erfahren hat, vom Interview des

Berliner Rundfunks mit einem Mitarbeiter der Hauptabteilung XXII (Terrorabwehr), der die Aktenvernichtung bestätigt hatte, vom Fernschreiben des neuen Chefs des in Amt für Nationale Sicherheit umbenannten Ministeriums für Staatssicherheit, in dem verlangt wird, daß der Zutritt unberechtigter Personen unbedingt zu verhindern ist, mit allen Mitteln außer der gezielten Schußwaffenanwendung. Vogt meint, es sei doch seltsam, daß alle diese Besetzungen am fünften Dezember stattfänden, in allen Bezirken, nur in der Hauptstadt nicht, er ging zum Tor und klingelte, das Tor wurde geöffnet, Judith und Anne versuchten, die Demonstranten zu beruhigen, es gelang nicht, sie drücken das Tor auf, strömen in den Hof, wo Lastkraftwagen warten, bleiben stehen, unschlüssig, was nun zu tun sei

– Ja, Fabian, ich kenne diese Erzählungen, daß man der Stasi ein Schnippchen geschlagen habe, weil man so mutig war oder so leichtsinnig oder so ahnungslos und, schließlich, eine Mischung aus allem, ich kannte diese Diskussionen von Besuchen in Berlin, mit Hans und Judith, wenn wir in der Schönhauser Allee oder in der Fehrbelliner Straße im Atelier von Bärbel Bohley saßen und den Beschwichtigungen der Träumerfraktion zuhörten, Abende im Kreis der Bürgerrechtler von Demokratie Jetzt und Demokratischem Aufbruch, der Initiative für Frieden und Menschenrechte und wie sie alle hießen, die über den besseren, den eigentlichen Sozialismus debattierten, den Dritten Weg, die Alternative von Bahro und über Havemanns Ideen, dazu Rotwein tranken, den Kapitalismus kritisierten, die Atomkraft, die, vor schönen Bücherwänden, von Abrüstung und Friedensliebe sprachen, die man dem hiesigen Staat zugestehen müsse, die eine Wirklichkeit entwarfen, die Hans und mich befremdete, es war nicht unsere Wirklichkeit, Hans untersuchte Uranhalden und die verseuchten Gewässer von Bitterfeld, Richard sah, wie die alten Menschen, abgespeist mit Elendsrenten, in Pflegeheimen dahinsiechten, oft genug wurden diese Heime von der Kirche betrieben, die angefeindet wurde, wo es nur ging, aber sich um unsere Rentner zu kümmern, dafür war die Kirche gut genug. Judith schien sich in diesen Kreisen wohl zu fühlen, wie auch nicht, es war ihr Milieu. Hans schüttelte den Kopf, sprang manchmal auf, um in eine seiner Wutreden loszubrechen, ein unbeherrschter Charakter, dein Vater, Fabian, ich kannte das auch von Richard, dann donnerte Hans in die Versammlung, daß niemand mehr ein Wort sagte, ich sah, daß Berlin nichts für ihn war, daß die Politik, sosehr sie ihn seit Jahren beschäftigte, im Grunde doch nichts für ihn war, gerade weil er Prinzipien hatte, über einen Kompaß verfügte, wie Delanotte und Kornbieter, die ihn beobachteten, sagten. Politik, als tägliches Handeln, ist keine Angelegenheit für Geradeausmänner und unablenkbare Überzeugungen, man muß sich anpassen, Kompromisse eingehen können, und dazu war Hans nicht in der Lage, alles oder nichts, eine klar erkannte Linie mit klar benannten Maßnahmen verfolgen, entschiedene Durchsetzung des klar Notwendigen wie damals in der Bezirksverwaltung der Staatssicherheit, als Konrad Vogt und er klar die Treppe hinaufstiegen, Judith und mich im Schlepp, als müßte es so sein, daß vier Bürgerrechtler, davon drei vorbestraft, das Recht haben, diese Behörde zu betreten. Und nicht nur zu betreten, sondern sie zu besetzen

wobei die Staatsanwälte behilflich sein sollen, die im Dienstzimmer des Leiters der Bezirksverwaltung, Palm, einigermaßen lässig herumstehen und sich mit den Genossen duzen, als hätte man es hier nur mit einer kurzen und wenig bedeutsamen Unterbrechung des Alltagsgeschäfts zu tun, als wäre das Ganze im Grunde eine intime Veranstaltung »unter uns«, und die paar Besucher so etwas wie Begleiterscheinungen beim Tag der offenen Tür, eine dieser modischen und, alle wissen es, unnötigen Neuerungen, die kommen und gehen und wie Strandgut im ewigen Auf und Ab der Gezeiten hingenommen werden müssen

– Aber dieses Duzen, Fabian, diese herablassende Vertrautheit, die uns zu verstehen gab, daß wir tun und lassen konnten, was wir wollten, es würde sie nicht berühren, wir armen Ahnungslosen, die mit Moral und aufgepumpten Vorstellungen von Gerechtigkeit anrückten

und konnte mir vorstellen, was Hans davon hielt, wie ihn die Wut packte über dieses Du zwischen Staatsanwalt und Dienststellenleiter, der, ein General, noch dazu wie aus dem Ei gepellt aussah, in feinem Zwirn auftrat und mit glänzend glatten Wangen, als hätte er sich zum Empfang von Freunden noch frisch rasiert. Sie reißen Witzchen, einer der Staatsanwälte fragt, mit auf den Rücken gelegten Händen, auf den Fußballen wippend, was er hier soll, fragt es nicht zu Hans oder Anne gewandt, nicht zu Judith, die an der Tür stehengeblieben war und den Mitarbeiter anstarrte, der die Tür zugezogen und abgeschlossen hatte, er fragt den General, macht eine wegwischende Geste, als wären Hans, Anne, Judith und Vogt, der nach dem Abschließen der Tür ans Fenster trat und winkte, nur lästige Insekten, die man doch bitte endlich verscheuchen solle, es war der Staatsanwalt, der Hans nach den Orchideen gefragt hatte am vierten Dezember neunzehnhundertzweiundachtzig, dem Tag der Verhaftung meiner Eltern, dem Tag von Richards fünfzigstem Geburtstag. Hans verlangte, daß das Objekt (er benutzte diese Sprache, um verstanden zu werden, ich kannte das von ihm, und indem er »das Objekt« sagte, mit einer verächtlichen Regung eines Mundwinkels, begab er sich nicht auf ihre Ebene, sondern zeigte ihnen, daß er sie kannte, ihre Beschränktheit und Furcht, ihr paranoides Sicherheitsbedürfnis und ihren Wahn nach Reinheit, hinter dem er, wie er Muriel und mir gesagt hatte in nächtlichen Erklärungen, die uns stärken sollten, etwas ganz Kleines, zutiefst Unsicheres, einen rasend arbeitenden Minderwertigkeitskomplex sah), daß »das Objekt«, Hans wiederholte und betonte noch einmal stärker, geräumt werden müsse, sofort, und daß die Herren Staatsanwälte die Zimmer zu versiegeln hätten.

– Ich hielt den Atem an, Fabian, das war tollkühn, hier, an diesem Ort, den wir alle mit Furcht betrachteten, über den schwarze Gerüchte kursierten, so aufzutreten, schwejkisch anmaßend, so wie Vogt auf die Frage des Wachtpostens, was wir wollten, zuerst einen Fuß in die Tür gestellt und dann gesagt hatte, wir seien das Volk, vier Leutchen, und dieser Wachtposten war zurückgezuckt, hatte Vogt offenbar geglaubt, vielleicht zu den Demonstranten auf der anderen Straßenseite hinübergesehen, na los, lassen Sie uns rein, Genosse, hatte Vogt nachgesetzt, und da schien etwas zurechtzuschnurren, einzurasten, in gewohnter Bahn von Befehl und Gehorsam abzulaufen.

– Wir haben nichts zu verbergen, sagte der General. Sie können gern ein paar Zimmer sehen.

Es gehe nicht um ein paar Zimmer, so Judith.

Er habe den Demonstranten zugewinkt, um ihnen zu signalisieren, daß alles in Ordnung sei, so Vogt, er fände es allerdings angebracht, wenn der Genosse General die Tür jetzt wieder öffnen lasse und die Staatsanwälte mit ihnen, den Vertretern vom Neuen Forum und von der Gruppe der Zwanzig, die Flure versiegeln würden. Es seien Busse für die Mitarbeiter der Bezirksbehörde bestellt, um den Abtransport zu gewährleisten.

– Abtransport, Fabian, ich zuckte zusammen.

– Die halten sich nicht an die Abmachung, sagte einer der Staatsanwälte, wies aus dem Fenster. Die Demonstranten hatten die Straße überquert, fünf-, sechshundert standen im Hof.

– Ich hatte Mintkissen in der Tasche, Fabian. Meno hatte einen Vorrat in der Küche, und ich hatte oft keine Zeit zum Einkaufen. Ich dachte, wenn du ein weißes rausholst, wird alles gut.

– Wenn die nun durchdrehen, sagte der General.

– Die drehen nicht durch, sagte Vogt.

– Das müssen wir uns nicht gefallen lassen, sagte einer der Mitarbeiter, ging zum Fenster, blickte nach unten, dann auf seine Hand.

– Die wollen bloß gucken, sagte Vogt. Die sind nicht gefährlich.

– Sieht nicht so aus, sagte der Mitarbeiter. Immerhin seien die Damen und Herren Oppositionellen ja jetzt hier.

– Die Mintkissen ließ ich stecken, ich hatte schon nach einem getastet, die rillige Beschaffenheit der Oberfläche, trocken, bröckelig.

– Haben Sie denn Siegelmasse, fragte der General, und nicht einmal hochmütig, eher wie man Kinder fragt, die sich etwas in den Kopf gesetzt haben, ein Spiel, über dessen Voraussetzungen sie sich nicht im klaren sind, man zieht sie ein wenig auf, freundlich, verständnisvoll, mit Wohlwollen. Hans ging zum Telefon, wählte. Der Apparat sei intern, so der Mitarbeiter. Wofür die Damen und

Herren sie denn hielten. Wenn man Siegelmasse brauche, müsse man schon selber welche mitbringen.

– Von den Genossen Staatsanwälten hat auch keiner Siegelmasse dabei. Judith stellte mehr fest, als daß sie fragte. Man verbitte sich diesen Ton. Sie seien Amtspersonen. Sie würden durch diese Aktion von wichtigen Aufgaben abgehalten, man sei der Anzeige gefolgt, es gälten Recht und Gesetz für jedermann in diesem Staat.

– Sie sind doch die ersten, die uns Korruption und Amtsmißbrauch vorwerfen.

– Siegelmasse ja oder nein, sagte Hans ungeduldig, den Telefonhörer noch in der Hand. Er sei übrigens jetzt nach draußen durchgekommen, offenbar ein Versehen der Telefonzentrale. Er nickte Vogt zu, sie würden jetzt hinausgehen und den Demonstranten mitteilen, was hier gesagt worden sei, bestimmt habe jemand Siegelmasse mitgebracht. Er werde die Demonstranten auffordern, die Regeln einzuhalten.

– Sie haben die doch gar nicht im Griff, sagte der General

und sehe Hans neben Konrad Vogt die Treppe hinuntergehen, vor und hinter sich einen Mitarbeiter der Staatssicherheit, sein Gesicht hat eine wie selbstverständliche Unaufgeregtheit, den eigentümlich leeren Ausdruck, den Hans bei besonders riskanten Abenteuern aufsetzt, ich kann nicht hinter seine Stirn blicken, weiß nicht, was in jenem Moment in ihm vorging, aber so, wie er die Ordnung liebte, so reizte ihn auch das Vabanque, wohl weniger aus Leichtsinn als aus dem Bedürfnis, die Reichweite des Widerstands zu erkunden, seine Überzeugung, daß ein respektvoller Gott die Menschen nach seinem Bilde geschaffen und sie mit überwältigender Freiheit versehen habe, vor sich selbst zu beweisen, sich und anderen, als Arzt und Wissenschaftler im Selbstversuch die Grenzen des Möglichen auszutesten, und daß diese Überzeugung mit der Ahnung einhergeht, daß die meisten Menschen blind für das Ausmaß an Freiheit sind, daß sie, geduckt unter der Knute der Ansprüche, das tun, was alle tun, es nicht mehr befragen, weil irgendeine Instanz ihnen vorgibt, daß dieses Befragen unstatthaft sei, ihre Unfreiheit gegeben, unabänderlich, der Zustand, der daraus folgt, die Realität, doch die Realität kann täglich neu abgesteckt werden, ein Kind kann kommen und dem Kaiser sagen, daß er nackt sei, und plötzlich trauen sich alle, die vorher schwiegen, ihre wahre Meinung zu sagen, ihre Wahrnehmung nicht länger zu bestreiten, und sehe Vogt auf eine Rampe klettern, ein Megaphon probieren, das nicht funktionieren wird, so daß seine Stimme unverstärkt zu den Demonstranten im Hof gelangen muß, was die Wirkung, womöglich, erhöht, das Megaphon ist ein Gegenstand der Staatsmacht, es wirkt autoritär, was herausdringt, wie ein Befehl, nicht wie die Werbung, die Vogt einsetzt: er bitte darum, daß die Demonstranten den Hof wieder verlassen, für eine halbe Stunde, dann könne man ja gerne wiederkommen, es ist nur, damit die Stasi merkt, daß ihr nicht die Absicht habt (er duzt, obwohl es ihm sonst zuwider ist, aber so spricht nicht die Polizei, nicht die Macht), der Stasi was zuleide zu tun, das ist schon eine kleine Frechheit, ja Unverschämtheit, die Stasi als so verletzlich und sensibel hinzustellen, aber es kommt an, Gelächter hier und da, Vogt sagt:

– Wir sind oben beim Versiegeln, die Stasileute sind alle bewaffnet, wir nicht. Also verlaßt bitte den Hof, kommt in einer halben Stunde wieder, und keiner stachelt zu Gewalt auf und sehe Vogts Gesicht erhellt von einem Einfall:

– Wer zu Gewalt aufstachelt, ist Stasi! ruft er den Demonstranten zu, wiederholt es, damit es alle begreifen und es sich festsetzt, öffentliche Reden sind etwas anderes als in der Studierstube erklügelte und ausgefeilte rhetorische Traktate, hier geht es um eine andere Form von Wirksamkeit:

– Ich stand am Fenster und sah zu, hörte diesen Satz, diesen geradezu genialen Einfall, Fabian, bewunderte Vogt dafür, die Aussage, platt und tückisch, wie sie war, konnte nur mit umständlichen Manövern widerlegt werden, wofür aber in einer solchen Situation keine Zeit und nicht die Gelegenheit ist, wer zu Gewalt aufstachelt, ist Stasi, natürlich war das in dieser Pauschalität unzutreffend, aber es hat uns wahrscheinlich den Hals gerettet, hat dafür gesorgt, daß der Umsturz damals friedlich blieb, es stand ja immer Spitze auf Knopf, gerade in Dresden, wo die Demonstration am fünften Oktober, vor dem Hauptbahnhof, keineswegs friedlich war, wo die Staatsmacht durchgriff, wo geprügelt wurde, wer zu Gewalt aufruft, ist Stasi, und das wollte von den Demonstranten gewiß niemand sein, und wenn einer es war, als Agent provocateur, dann wollte er gewiß unerkannt bleiben. Ich sah zu, wie sie abzogen, folgsam wie eine Lämmerherde, inzwischen trafen die Busse ein, und wir erlebten das nächste Wunder: Die Stasi hielt sich an das, was wir gesagt hatten, das Gebäude wurde geräumt, die Staatsanwälte hatten mit dem Versiegeln der Flure und Zimmer begonnen

und sehe Judith, wie sie, begleitet von einem Offizier und einem Staatsanwalt, durch das Gebäude irrt, nachdem der General auf ihre Frage, wie es denn nun mit den Aktenvernichtungen stehe, geantwortet hat, daß die Bezirksverwaltung unter seiner Leitung genau das tue, was die Oppositionellen nach dem fünften Oktober gefordert haben, nämlich eine Vernichtung der Akten, die nach den sogenannten Zuführungen angelegt wurden, andere Aktenvernichtungen gebe es nicht. Anne legte Judith die Hand auf den Arm, um zu verhindern, daß Judith in ihrem Jähzorn etwas Unbedachtes tat, sie hatte schon auf der Fahrt zur Bautzner Straße davon gesprochen, den ganzen Laden auszuräuchern, die Stasi in ihre eigene U-Haft zu sperren und die Gefangenen darin zu entlassen. Hans und Anne hatten versucht, sie zu beruhigen, hatten auf die Kräfteverhältnisse hingewiesen und um Vorsicht gebeten, hatten überlegt, Rosenträger dazuzunehmen, aber der war beschäftigt und konnte dem Aufruf nicht so schnell folgen, wie es nötig gewesen wäre. Anne versprach sich von Rosenträgers Anwesenheit einen mäßigenden Einfluß auf beide Seiten, Staatssicherheit und Demonstranten, sie fürchtete Judiths Aufstachelungslust, ihre Neigung, die Angelegenheiten hochzupeitschen, Judith war hitzig, leidenschaftlich, Diplomatie und Abwägung der Möglichkeiten war ihre Sache nicht.

– Über Sie alle hier, sagte der General leichthin, gibt es Akten, die Ihnen und Ihren Freunden nicht gefallen werden. Sie sollten sich gut überlegen, was Sie tun. Der General öffnete einen Schrank, anscheinend, um etwas darin zu suchen, er bückte sich, man sah Waffen neben Kaffeetassen, der General nahm eine heraus, blickte hinein, wie um zu prüfen, ob sie abgewaschen sei, ließ den Schrank geöffnet, sprach wieder von den Akten, nickte Vogt zu, der einen der verbliebenen Staatsanwälte aufforderte, den Schrank sofort zu versiegeln:

– Material, Herr Vogt, das besser unter Verschluß bleibt

oder am besten gar nicht existiert. Der Offizier führte Judith in den Keller, klapperte mit einem Schlüsselbund, probierte an Türen herum, die verschlossen waren, die Schlüssel paßten nicht, so der Offizier, und ließ die Schlüssel auf dem Ring des Schlüsselbunds auf und ab rutschen, er müsse die richtigen Schlüssel erst besorgen. Er schlenderte davon, kam nach einer Weile mit demselben Schlüsselbund zurück, wie es Judith schien, schloß eine Tür auf, eine Wäschekammer, eine andere: Besen und Staubsauger, inzwischen waren Vogt und Anne dazugekommen, Vogt schlug vor, dem gesamten Haus den Strom abzustellen, um es funktionsunfähig zu machen, der Staatsanwalt wehrte ab, das sei nicht praktikabel, in diesem Haus liefen mehrere Funktionen zusammen, es würden Aufgaben zur Sicherung wichtiger Aufgaben des Staats wahrgenommen, Terrorismusbekämpfung, Verbrechensvorbeugung, Aufklärung von Straftaten, es sei eben nicht alles so einfach, wie es sich Klein Fritzchen und Klein Erna vorstellten:

– Was Judith so aufbrachte, Fabian, daß sie nach draußen ging, zu den Demonstranten, und ihnen die Tür öffnete, sie würden drinnen gebraucht, es gebe da noch Probleme mit Ewiggestrigen, die glaubten, das Volk für dumm verkaufen zu können, Staubsauger und Wäschekammern statt Waffen würden vorgezeigt, so Judith über die Köpfe der Stasimitarbeiter hinweg, die das Gebäude verließen und zu den Bussen gingen. Dennoch waren die Flure nicht leer, in einigen Zimmern saßen Mitarbeiter und bewachten Personalakten:

– Wir lassen euch nicht an unsere Personalakten, sagten sie, nicht euch, und wagten keinen Blick, auch die Bewacher des Archivs gingen nicht, hier seien wirklich problematische Akten, Schutzbedürftiges, Informationen von enormer Brisanz, es müsse später befunden werden, was damit geschehen solle. Wir ließen alles versiegeln, ein Zimmer nach dem anderen, einer der Staatsanwälte benutzte Siegelmasse, ein anderer Papierstreifen mit Dienstsiegel, und jedesmal, wenn er eins glattstrich, seine Arbeit beäugte, eine Falte auswischte, sah ich Vogt an, den Triumph in seinen Augen, die an der eigenen Wahrnehmung zweifelnde Freude

und sehe Vogt mit Demonstranten in das Nachbargebäude gehen, in dem sich die U-Haft-Anstalt befindet, die Wachtposten reglos, die Besetzer gehen hinein, der Wachhabende am Kontrolldurchlaß bittet um ordnungsgemäße Registrierung, die Türen in der Untersuchungshaftanstalt sind geöffnet, in den Zellen liegen die Gefangenen in Trainingsanzügen auf den Pritschen, starren die Menschen an, die sich in die Zellen drängen, reagieren nicht, als sie erfahren, daß sie frei seien, und als Vogt wiederholt, sie könnten gehen, erhebt sich ein Gefangener, tritt auf Vogt zu:

– Ich weiß nicht, wer ihr seid und was das hier ist, meine Erfahrung sagt mir, das ist nichts Gutes.

– Man hatte sie von allen Informationen abgeschirmt, sie wußten nicht, was draußen vorging, Fabian, der fünfte Oktober, Hauptbahnhof, die Züge nach Prag, der achte Oktober auf der Prager Straße, der neunte in Leipzig, der Mauerfall am neunten November, nichts davon hatten sie mitbekommen.

– Das ist eine Falle, sagte ein anderer Gefangener, wenn wir gehen, kriegen wir das Doppelte, haut bloß ab!

und sehe Papier; Verkollerungsmaschinen waren Papiermühlen, die unter Zugabe von Wasser Papier zu Kügelchen und Brei zerrieben. Die Verkollerungsmaschinen hatten den Andrang nicht mehr bewältigt, standen verstopft in den Kellern, Hans öffnete eine Tür, ein Katarakt von Papierkügelchen ergoß sich, Judith watete hinein, griff zu, wühlte, warf aus vollen Händen hoch.

– Wo sind die Reißwölfe, riefen Demonstranten, Journalisten interviewten Stasimitarbeiter, die sich beschwerten, man solle sich doch mal umsehen, wie sie hier arbeiteten, auf zwölf Quadratmetern zu zweit, uralte Schreibmaschine, täglich hätten sie unzählige Berichte zu tippen. In der Nachrichtenzentrale telefonierte ein Reporter mit der Schweiz. Auch die Reißwölfe litten an Überfressung, mir ist, als hörte ich sie winseln, gefüttert mit schwerverdaulichen Akten, in der Hast war von Hand zerrissen worden, es muß eine besondere Form von Muskelkater erzeugt haben, höre ich Hans sagen, das Aktenzerreißungssymptom, in den Fluren, den Galerien, über die Treppen wirbelte Papier, Judith redete wie unter Drogen, ging fahrig durch die Zimmer, ringsum Papier, das vom Luftzug aus offenstehenden Fenstern und Türen angehoben wird, sich dreht und wendet

und sehe den Gefängnistrakt, die Duschräume, die Fotokammer, die Aktfotos in den Büros, die Topfpflanzen, die schäbigen, abgeranzten Möbel, Gummibajonette auf Gummikalaschnikows dienen als Brieföffner, die silbern angepinselte Büste von Feliks Dzierzynski neben einer Aufziehmaus aus Blech, und höre dieses Geräusch, ich werde es nicht vergessen, das Geräusch des umherwirbelnden Papiers, der Papierfetzen auf den Fluren, des Papierschnees auf den Treppen, den die Schuhe mit Winterschmutz bedecken, sehe das aus den Fenstern segelnde Papier, Gaststättenrechnungen, Vordrucke, Einladungen zu Brigadefeiern, Quittungen, Berichte; Papier, überall Papier

Der Leierschwanz

Muriel stand im Staatsbürgerkundeunterricht auf: Alles, was der Lehrer da behaupte, seien Lügen, wie könne es eine alleinseligmachende Wahrheit geben, wie könne der Lehrer behaupten, daß Marx klüger sei als der Philosoph Kant, daß überhaupt alle die sogenannten bürgerlichen Philosophen ein bißchen doof seien, nicht ganz zurechnungsfähig, als ob sie sich nicht auch etwas bei ihren Gedanken gedacht und bei ihren Überlegungen durchaus etwas überlegt hätten? Der Lehrer, Herr Hecht, beobachtete die Reaktion der Schüler, kratzte sich sein weißes Haar langsam und bedächtig, ich saß reglos in meiner Bank, teils stolz auf meine Schwester, daß sie aufzustehen und zu sagen wagte, was in der Klasse fast alle dachten, aber nicht aussprachen, so wie auch ich es dachte und nicht aussprach, teils gekränkt über die Rücksichtslosigkeit, die im Verhalten Muriels uns, aber auch dem Lehrer Hecht gegenüber, lag, sie stempelte uns durch ihren Mut, ihr Aufsspielsetzen aller Zukunftschancen, zu Duckmäusern, und keiner konnte behaupten, daß das nicht so sei, einer vor dem andern, eine vor der anderen waren wir dadurch, daß Muriel aufgestanden war, zu denen gerückt, die nicht aufgestanden waren, nicht ihren Mund aufgemacht hatten, um zu sagen, was sie wirklich dachten, und rücksichtslos war es auch Herrn Hecht gegenüber, der natürlich, was erwartete Muriel, daß er antworten würde, sein Gesicht nicht verlieren durfte, ja ich fragte mich, gelähmt in meiner Bank, ob Muriel nicht spürte, in welche Klemme sie Herrn Hecht brachte. Ich hatte nie das Gefühl, der Mann glaube tatsächlich das, was er von historischer Überlegenheit der gesetzmäßigen Siege oder wissenschaftlicher Weltanschauung erzählen mußte, und wenn er es glaubte, dann mußten ihm Zweifel gekommen sein, und wenn ihm keine Zweifel gekommen waren, dann mußte er schizophren sein, und da er nicht schizophren wirkte, mußte er klug sein und sich tarnen, und wenn er klug war und sich tarnte, aber die vorgeschriebenen Staatsbürgerkundephrasen zum besten gab, dann schauspielerte er gut, Schüler haben ein untrügliches Sensorium für die Echtheit ihrer Lehrer und der von ihnen vorgebrachten sogenannten festen Überzeugungen. Ich hatte Herrn Hecht eines Tages aus Malthakus' Laden an der Bautzner Straße treten sehen, war ins Geschäft gegangen und hatte mit Malthakus ein Gespräch begonnen, es auf den Herrn Hecht gelenkt, und Malthakus hatte gesagt, daß der Herr Hecht einer der besten Kenner der Adelsgeschichte Sachsens und Dresdens sei und bei ihm, Malthakus, immer die Postkarten mit Prinzen, Prinzessinnen, Schlössern und höfischen Szenerien, von Kaiserbesuchen und Mackensenhusaren kaufe, ganz versessen darauf sei. Ein Staatsbürgerkundelehrer, also eigentlich überzeugtes Parteimitglied, und zugleich ein Adelsfan? Herr Hecht gab mir zu denken, und so, konfrontiert mit Muriels Unbedingtheit, empfand ich sogar Mitleid mit ihm, wie er an der Tafel stand, sich an einem Stück Kreide festhielt, das feiste, stark gerötete Gesicht unter dem spärlichen Kranz aus weißem Haar, das er, wenn er nachdachte oder wenn er uns »auf die richtigen Bahnen lenken« wollte, wie er mehr scherz- als ernsthaft sagte, nach vorn zu kratzen pflegte, und natürlich gab er die Antwort, die er immer parat hatte, wenn eine Frage verfänglich zu werden drohte oder bereits mit Argumenten des Klassenfeinds imprägniert war, sagte, Muriel habe erstens die Frage falsch gestellt, zweitens erwarte er sie nach der Stunde in seinem Zimmer, dem des Stellvertretenden Direktors. Aber wieso sie die Frage falsch gestellt habe, beharrte Muriel, sie meine, die Frage sei klar und deutlich gewesen, und übrigens seien Marx, Engels und Lenin Menschen gewesen, und Menschen seien fehlbar und könnten sich irren, andernfalls sie Päpste, Mitpäpste, Gegenpäpste seien, und man sei doch hier schließlich nicht in der Kirche. Herr Hecht trat ans Fenster, schabte sich weiße Haare in die Stirn, die Stille stieg bedrohlich, ich überlegte, was ich tun könne, um meine Schwester vor weiteren Unüberlegtheiten zu bewahren. Mich überraschte Herrn Hechts Reaktion, er wurde weder zornig, noch erging er sich in Drohungen, in denen das Wort Schulverweis seine gefürchtete Rolle spielte, da gab es Lehrer an unserer Schule, die scheinbar unverfänglichere Fächer unterrichteten und es also, wie wir glaubten, nicht nötig hatten, jemanden anzuschwärzen (und es trotzdem taten), Herr Hecht blieb am Fenster stehen und sagte nach einer Weile, daß Muriel selbständig denke, das sei sehr zu schätzen, aber wohl doch nicht selbständig lese, das sei weniger zu schätzen, unsere Klassiker seien vor allem deshalb unsere Klassiker, weil alles, was sie, die Schülerin Muriel Hoffmann, mit einer Geste des Triumphes und auch, er bitte um Entschuldigung, doch treffe dies für sein Empfinden zu, der Besserwisserei vortrage, längst bei unseren Klassikern geschrieben stehe, für jeden, der sich ernsthaft für die Materie – und das bedeute: abseits von Klischees und Propaganda – interessiere, nachlesbar, Marx, Engels und Lenin hätten weit mehr geschrieben, als er im Unterricht vermitteln könne. Er freue sich über Interesse, aber es müsse durch Kenntnisse gestützt sein, jedenfalls dann, wenn es eigentlich kein Interesse sei, sondern als Frage getarnte vorgefaßte Meinung, und was die Kenntnisse angehe, plädiere er jetzt für eine unangekündigte Leistungskontrolle, Hefte zu, Federmappen, Bücher unter den Tisch, Stift und Blatt Papier darauf. Muriel wischte ihr Schulzeug in die Klasse, ging kopfschüttelnd zur Tür und nach draußen, an Herrn Hecht vorbei, knallte die Tür zu. Herr Hecht wandte sich an mich, drehte seinen Körper wieder der Klasse zu:

– Fabian, du bringst mir bitte morgen eine Entschuldigung deines Vaters mit, Muriel hätte, wenn sie erkrankt ist, nicht in die Schule kommen dürfen.

Vater saß zu Hause im Arbeitszimmer, Muriel war nicht da, Mutter bei einer Fortbildung. Er war ungehalten über die Störung, gerade lese er ein phantastisches Buch, das er geborgt bekommen habe, »The Lore of the Lyrebird« von Ambrose Pratt, das von der Freundschaft zwischen einer Australierin und Leierschwänzen erzähle, diesen seltsamen Vögeln mit lyraförmigen Schwanzfedern. Einst (ich liebte Hans in diesen Momenten, wenn sein Enthusiasmus alles, was von außen kam, an ihn herangetragen wurde als Störung, einfach wegspülte, mit einer Handbewegung und dem Abgleiten seines Blicks in imaginäre Fernen, wo es etwas zu sehen gab, das nur er sah, etwas Verheißenes, Schönes), einst habe Elias Canetti der Philosophin Iris Murdoch dieses Buch geschenkt, Canetti schreibe darüber, wie er Iris zur Finchley Road Station begleitet habe, wie er die Stufen zur Untergrundbahn mit hinunterging und sie, Iris, auf einer Bank zurückließ, mit dem Buch in der Hand, wie er wegging im dicht gewordenen Nebel und an ihr trauerndes Gesicht dachte und noch einmal umkehrte, und wie er sie gesehen habe, auf der Bank im Buch über Leierschwänze blätternd, und aus ihrem Trauerantlitz ein Gesicht des Glücks geworden sei, »von leichter Verwunderung übermalt«, zitierte Vater, jedes Wort betonend und auskostend. Auch Vaters Gesicht war »von leichter Verwunderung übermalt«, so kannte ich ihn kaum, er war kein Schwärmer, sondern ein konzentrierter, der Wissenschaft auf seinem Schreibtisch zugewandter Mann. Vielleicht lag es am Namen Iris, daß ich einen Anflug von Sentimentalität auf Vaters Gesicht zu bemerken glaubte, dem Namen auch meiner Mutter, sie würde von der Fortbildung für einige Wochen nicht nach Hause kommen, es hatte, was ich damals nicht wußte, einen Streit gegeben. Ich beschloß, Vater mit seinen Leierschwänzen in Ruhe zu lassen und mich wegen des Attests für Muriel an Niklas zu wenden, ohnehin war er unser Hausarzt, und ich war mir nicht sicher, ob Vater, als Toxikologe, solche Atteste überhaupt ausstellen durfte.

– Aber wie kann der Leierschwanz existieren, hörte ich Vater, wie kann es ein solches Wesen überhaupt geben, hörte ich ihn sagen, er zeigte mir eine Grafik, die er in Korras Antiquariat gefunden hatte, sie stammte aus einem Expeditionsbuch, er strich vorsichtig über das Blatt:

– Das ist doch Poesie auf zwei Beinen, noch dazu Vogelbeinen, freute sich Vater, ist man denn nicht versucht zu sagen, es gebe ein großes Orchester der Natur und die einzelnen Mitglieder näherten sich einander und entfernten sich, in steter Bewegung umeinander, miteinander, einzeln gültig, aber einander gegenüber erst in einer Beziehung und damit einer des anderen Spiegel? Und wenn Spiegel, dann auch Erschaffer? Welchen Sinn hat die Form dieser Federn? Beide abnorm verlängert und dadurch betont, als hätte es einem Gestalter dieses Tiers gefallen, sie herauszustellen, um so auf etwas hinzuweisen, Schwanzfedern, die beide eine Lyra formen, als ob der Vogel den australischen

Raubtieren durch zur Schau gestellte Musikalität weniger gefiele, als ob sie den Mozart unter den Vögeln nicht fräßen, er wird doch auffälliger und damit einladender, und dazu dieses tiefe Blau, an Bachs Musik, die Soloviolinsonaten, gespielt von Henryk Szeryng, erinnernde Nachtblau seiner Farbgebung. Wie verehre ich die Reinheit, Tiefe und Würde dieser Farbe, ihre nächtliche Ruhe. Ich liebe nicht, was diese Farbe mir sagt, das Wort Liebe wäre dafür nicht angemessen, ich verehre es. Du wirst noch lernen, Fabian, was Liebe ist, Verehrung, das ist die Liebe der Reife, das ist die Anerkennung des Unspektakulären, und es ist der eine Moment, in dem sich alles ordnet, gerinnt und klar wird, nichts mehr als zufällig erscheint, aus dem Chaos gekommen und ins Chaos wieder verschwindend, eine Ordnung und Symmetrie wie beim Schneekristall, ohne Abweichungen und störendes Gewucher, ohne Schlacken und Beliebigkeit, die reine Form, die Keplerschen Gesetze der Planeten entsprechen den Keplerschen Gesetzen der Musik

und sehe Hans
mitten in der Revolution zu Kammermusikabenden gehen, in der Akademie an Giften forschen, sich durch zugänglich gewordene Bücher und Studien wühlen, um aufzuholen, was sich nicht mehr aufholen läßt, sehe ihn auf der Straße wildfremde Menschen umarmen, Doktor Hans Hoffmann, der, neben seiner Arbeit als Toxikologe, jahrelang im verborgenen als Oppositioneller tätig gewesen ist, er wendet sich seinen Studien zu, als gäbe es gerade jetzt nichts Wichtigeres.

– Zum Oppositionellen wird man nicht geboren, Fabian. Man wird dazu gemacht. Weil man es irgendwann einfach nicht mehr erträgt, wie die Freiheit verschwindet und daß das, was übrigbleibt, Freiheit sein soll und nicht Gefangenschaft.

Die Doppeldecker waren staubig geworden. Alexandras Kleidung hing im Schrank, der nicht richtig schloß, sie hatte Lavendel eingelegt, er duftete noch.

Es war die Wohnung von Alexandras Eltern gewesen, sie hatten sie ihr nach dem Umzug überlassen.

Anfang Januar zog Muriel nach Prag. Sie schneiderte für die Laterna magika, schlief auf einer Matratze im Adriapalast, in einer Garderobe, wie die Bürgerrechtler, als die Samtene Revolution begonnen hatte und die Theater nicht mehr spielten, weil auch die Schauspieler sich den Bürgerrechtlern anschlossen.

Ich bin unsicher. Ich stottere. Ich weiß nicht, wer ich bin. Trage von meiner Schwester geschneiderte Sachen, manchmal Hemden mit Rüschen, ich sehe mein Gesicht im Spiegel, nachts, in der von Straßenlaternen fahl erhellten Wohnung in der Johannstadt, höre den Geräuschen des Neubaublocks zu, über mir wohnt die beste Freundin meiner Mutter, Veronika Sedens, die in der Schiffchenfabrik in Trachau arbeitet und Muriel nach ihrer Entlassung aus dem Jugendwerkhof für eine Weile aufnahm. Daneben Herr Adam, Arbeiter im Sachsenwerk, Herr Ofenstein, Bademeister im Sachsenbad, im achten Stock Anita Visino, genannt Adolzaide, Kinoorgelspielerin und unsere Klavierlehrerin, manchmal lege ich das Ohr an die Wand, wie ich es als Kind getan habe, lausche in die Nachbarwohnung direkt nebenan, die einmal unsere gewesen ist, versuche, mich an Muriels und mein Zimmer zu erinnern, die Küche mit Durchreiche, das Wohnzimmer mit dem Balkon zur Pfotenhauerstraße, die drei Neubauschulen auf der anderen Straßenseite, in die 102. Polytechnische Oberschule »Lea Grundig« sind wir eingeschult worden, Muriel und ich, kurz nachdem Vater stolzer Besitzer eines Trabant Kombi geworden war. Wir liefen auf den Balkon, starrten nach unten in die Dämmerung, wo Hans winkte, hupte, aufs Dach des Trabis klopfte. Autonummer RFB 0-74. Choque ziehen. Lenkradschaltung. Als Ersatzkeilriemen war ein Damenstrumpf der Marke Esda geeignet. Mutter nahm, wenn wir in Urlaub fuhren, immer ein Paar mehr mit, obwohl es vierzehn Mark kostete, ein Vermögen, sagte Mutter. Wer in der Johannstadt eine Wohnung bekam, konnte sich glücklich schätzen. Neubau, Dreiraumvollkomfort. Im Sommer schmolzen die Teerfugen, im Winter befühlte Vater morgens die Heizungen. Fernwärmeleitungen: an den Straßen erstarrte Pythonschlangen. In der Pfeifferhansstraße wohnte einer unserer Freunde, Mario Clemens, mit dem wir in den Ferien in die 101. Schule einbrachen, Räuber und Gendarm spielten, in die zwischen Bönischplatz, Bundschuhstraße, Florian-Geyer-Straße, Güntzplatz zahlreich aufgestellten Müllcontainer stiegen, um nach etwas für uns Wertvollem zu wühlen, wir fanden kaputte Zangen, wohl Ausschußware aus einem Betrieb, Kuhfelle, steif und fliegenbesetzt, Kellnerportemonnaies, eines voller Zweimarkstücke, defekte Spielzeugmaschinenpistolen, Tabletten, die wir schluckten, bis unsere Zungen quittegelb waren und der Polizist, dem wir auffielen, den Notarzt rief.

Die Arbeiter der Stadtwerke streikten, jeden Tag verließen die jungen, die sogenannten Leistungsträger, das Land, in der Kohle standen Bagger still, manchmal das Brikettwerk südlich von Leipzig, so daß die berufstätigen Mütter, mit quengelnden Kindern auf dem Weg zum Kindergarten, die Luft prüften, die unerwartbar winterlich klare, und sich, in Gedanken, die Wäsche vornahmen, die an einem solchen Tag ohne Kohlenstaub im Freien trocknen konnte (sonst gab es ja noch die sogenannten Trockenböden auf damals noch nicht ausgebauten Dachböden), Straßenbahner streikten, weil sie die Schichten nicht mehr besetzen konnten, so daß die Regierung Barsano beschloß, Soldaten zur Aushilfe zu schicken, die Soldaten streikten, weil sie keine Lust mehr hatten, einem untergehenden Land, einer untergehenden Armee, der Nationalen Volksarmee, zu dienen, in den Gefängnissen wurde gestreikt, die Gefangenen forderten bessere Haftbedingungen und Neuverhandlung ihrer Prozesse, die Politischen ihre Entlassung, in der Baumwollspinnerei arbeiteten die Frauen im Lärm der Maschinen bei geschlossenen Fenstern, der Luftzug hätte die Garne zerstört, Meno beobachtete die Arbeiterinnen, ließ es nicht zu, daß Roland Kolisch den Blick abwandte, der Idealist, der Kommunist, wie er sich nannte. In Dresden streikten die Arbeiter von Robotron und Pentacon, des Sachsenwerks, von Transformatoren und Röntgen, Nagema, der Zigarettenfabriken, Gaststätten, des VEB Energiekombinat Ost, kommt die D-Mark, bleiben wir, kommt sie nicht, geh'n wir zu ihr

Ulrich wurde auf einer Versammlung im Kombinat abgesetzt, obwohl er, wie er sagte, nur Technischer Direktor gewesen war und seine Parteimitgliedschaft nur anfangs eine aus Überzeugung gewesen sei. Die Arbeiter und Angestellten des VEB Kombinat Robotron wollten mit der alten Führung nichts mehr zu tun haben. Nachts, ich saß bei Scholzes im Italienischen Haus, bebte die Zimmerdecke unter einem Aufprall, Iwailo und ich rannten nach oben, Iwailo klopfte, klingelte, rief. Scholzes hatten einen

Schlüssel für Rohdes Wohnung. Ulrich hatte versucht, sich zu erhängen, hatte Strick und Technik, die notwendige Fallhöhe nachgelesen in einem der Bücher aus seiner medizinhistorischen Sammlung, hatte »Ich denke, mich zu verbessern, Euer technischer Direktor« in einem Abschiedsbrief geschrieben, und wenigstens darauf wolle er es ankommen lassen, er habe immer versucht, seine Arbeit so gut wie möglich zu machen, unabhängig von seinem Parteibuch, das er außerdem weggeworfen habe, er wisse nicht, wie weiter, und zum Versicherungsvertreter fühle er sich nicht berufen, machs gut, Flöckchen, und denk dran, keine Piepse sinnwer nich, du nicht, Ina nicht, aber ich schon, verzeiht mir, hatte, als Technischer Direktor, die Haltbarkeit des Wohnzimmerkronleuchters geprüft, sich daran gehängt, als er nach Hause gekommen und Barbara nicht da war, hatte ordentlich gerüttelt, den aus den Verschraubungen gerieselten Sand (die Decken von den Altvorderen mit Sand gedämmt) aufgekehrt, dann gewartet, Richard hatte Dienst, Barbara kam nicht, Ina in Berlin, hatte den Strick und den Knoten noch einmal kontrolliert, noch einmal mit Fett eingerieben, war auf den Stuhl gestiegen

Anne vor den Arbeitern des VEB Energiekombinat Ost, wer ist das, was will die, das ist doch die Hoffmann vom Neuen Forum, die wollen Sozialismus, das sind Spinner, die wählen wir nicht, hört doch erst mal zu, was sie zu sagen hat, die ist nicht wie die Schevola, Genossenfamilie, Kurt Rohde, Genosse, und einer von den schlimmen, das kann ich dir sagen, woher willst du das wissen, er war Theaterminister, und ich bin beim Theater gewesen, du Wichtigtuer, hört doch mal zu. Anne war auf einen Lastwagen gestiegen, bekam ein Megaphon, rief auf, korrigierte sich, bat um Weiterarbeit, wenn die Energieversorgung zusammenbreche, werde die ohnehin schwierige Situation entgleisen, sie habe keine Macht, die läge immer noch bei Oberbürgermeister Berger und der von Genossen dominierten Stadtverordnetenversammlung, sie könne Vermittlung anbieten, empfehle, eine Abordnung zu bilden, die zu Berger gehen und alle Probleme vorbringen könnte

– Aber wenn wir weitermachen, rief einer, wer garantiert uns, daß die uns nicht wieder verarschen, wie sie uns vierzig Jahre lang verarscht haben, können Sie das garantieren?

– Ich garantiere, daß Sie gehört werden und daß wir Ihr Anliegen zum Anliegen der nächsten Demo machen, dann wird die ganze Stadt sehen, wie ernst es ist.

– Wir brauchen keine Demo, die irgendwann stattfindet, dazu genügt unser Streik, da oben ändert sich erst was, wenn die harte Tour kommt. Haben Sie überhaupt eine Ahnung, wovon wir hier reden, wir riskieren hier täglich unsere Gesundheit, keiner weiß, ob das alles nicht bald hochgeht.

Anne ließ das Megaphon sinken, als hätte es keinen Zweck, um Vernunft zu bitten, an die anderen zu denken, die nicht streiken und ohne Rücksicht ihre Interessen durchsetzen wollten, sie sagte, sie werde sich einsetzen, sie verbürge sich für schnellstmögliche Behandlung (das war gewagt, was hätte sie getan, wenn Berger ihr nicht gefolgt wäre?), sie zog mich auf den Lastwagen, Fabian Hoffmann, ihr Neffe, bisher für das Forum in der Pressearbeit, dieser junge Mann werde sofort in die Redaktion der ›Sächsischen Zeitung‹ gehen und mit den Redakteuren sprechen. Scheißblatt, schimpfte einer, Lügner aller Länder, vereinigt euch, Organ des Bezirksverbands der SED,

Journalunken, nein, so Anne, auch dort gibt es ehrliche Leute, schert nicht alle über einen Kamm, sie haben den Chefredakteur rausgeschmissen, wir können dort veröffentlichen, nicht bei denen, rief einer, aus Prinzip nicht bei denen, wenn, dann in der ›Union‹, bei Uta Dittmann, und wenn, auch im Radio, bei Hans Trautmann

dann hatte Ulrich noch einmal, bevor er den Strick befestigte, am Leuchter gerüttelt, hatte eine Weile auf den Sand gehört, der wieder herabgerieselt war und einen häßlichen, den Teppich beschmutzenden Haufen bildete, heute morgen hatte Barbara staubgesaugt, aus Aberglauben, wie sie gesagt hatte, da nach dem Staubsaugen ihre Projekte klappten. Ulrich versuchte herunterzusteigen, der Stuhl geriet ins Kippeln, Ulrich ruderte mit den Armen, bekam den inzwischen an einem Kronleuchterarm hängenden Strick zu fassen, der Stuhl kippte weg, Ulrich riß den Kronleuchter mit, dessen Aufprall auf dem Boden, wenige Zentimeter neben Ulrich, den dumpfen Knall verursachte. Ulrich blieb sitzen wie ein Kind, den Strick noch am Handgelenk. Ich rief in Richards Klinik an, klingelte Niklas aus dem Bett, er besah sich die Szenerie, hieß mich über Nacht bleiben, verabreichte Barbara, die schreiend in der Wohnung herumlief, zur Beruhigung Faustan, Ulrich ein Abführmittel, völlig diesseitig, so Niklas, was Ulrich jetzt am dringendsten brauche, sei Diesseitigkeit.

20.8.2015 Donnerstag: Das Geschichtsphilosophische Kombinat. Anmerkungen zur Chronik. Schnittstellen zur Linie XVIII und zur 1001

Die Chronik, ein weitverzweigtes Unternehmen, teilt sich in verschiedene Arme, sie ist, wie wir sagen, unser Elbischer Fluß mit seinen Zu- und Abflüssen, seinen Geschwistern und entfernteren Verwandten, die aber doch alle von einem Knoten ausgehen, der wiederum Zuströme hat, die aus Zuströmen bestehen und in der Tiefe, die manche als unergründlich aufgeben, von den Quellen fließen; immer wieder aber, so fordert es die Satzung der Chronik, die einzelnen Teile in ihrer Beziehung, die Aufnahme eines Klangs, der längst schon verhallt zu sein scheint in den Stolln der Kohleninsel, aber uns noch angeht, weil wir von ihm wissen, ihn nicht vergessen haben. Ein Nachtfalter kann vor Jahrhunderten zu einer Blüte gestiegen, doch dann, im Aufflug, erstarrt sein, nach Tausenden von Seiten aber, die ganz andere Angelegenheiten zu betrachten schienen, Seeschlachten und Wäschepreise, Gespräche von dicken Damen, Tage in Jerichow und Rande, schreibt ein Chronist den Falter und seinen Flug fort, nachdem er im Motivbuch, das zur Chronik gehört und das gewissenhaft zu führen die Tradition uns mahnt, die weniger benutzten, weit unten liegenden Seiten aufgeschlagen und nach Maßgaben der Komposition, der Neigung und auch des glücklichen Zufalls etwas gefunden hat, das er zu neuem Leben erwecken kann: einen Nachtfalter; weil alles Leben, ein Meer von Zeit zwischen der Vergangenheit, in der er das erste Mal auftauchte, und der Gegenwart, in die ihn der Chronist hebt, nur diesem Zweck zu dienen schien: nebensächlich zu sein für eine fortgesetzte Sekunde.

Die Chronik genießt kein hohes Ansehen, selbst in der Tausendundeinenachtabteilung nicht, wir sind zu langsam, zu genauigkeitssüchtig, heißt es, ein direkter Nutzen ist nicht erkennbar, alle Jahre erscheint ein Stück der Chronik in Buchform und elektronisch, wem sollen diese Versuche, Wirklichkeit zu erfassen, etwas bringen, heißt es, erstens tun wir das schon, die Außen Eins (die ›Wahrheit‹ und ihre stolzen Ressorts) und die Außen Zwei (die TRAZ), zweitens neigt ihr, obwohl ihr ebenso eigensinnig wie pathetisch unter dem Begriff Chronik dient, zur Fiktion, wer braucht schon Fiktion, noch dazu solche, die den Anspruch erhebt, die Wirklichkeit abzubilden, wozu lügen, wenn man doch gleich und gradeaus die Wahrheit schreiben kann.

In die Chronik, heißt es, kommen diejenigen, die nichts verstehen, noch nie etwas gewußt haben – wirklich gewußt haben, und »wirklich gewußt« bedeutet, es gibt in diesem Wissen keinen Rest, keinen Splitter Zweifel, dieses Wissen taugt, um voranzukommen, um eine, wenigstens, der Plattformen, auf die unser Alltag in seinen Teilen gesetzt ist wie Blumentöpfe auf eine Stufenbank, näher ans Licht zu heben, an den besseren Stoffwechsel, in die Chronik, heißt es, kommen die Sucher, die meist, wie »Nemo«, wie ich, Suchende sind und geblieben sind, in die Chronik kommen diejenigen, denen alles ein Rätsel ist: Liebe, Geld, das andere und das eigene Ich, runde Gullydeckel, Buntspechte, die schwarzweiß sind, Büroklammern, Bleistifte mit ihren Minen aus dem Material der Schrift.

Wer nichts versteht, hat die besten Voraussetzungen. Noch bin ich im Bücherurlaub, doch nach mehr als vierzehn Tagen drängt es mich zum Schreibtisch, wenn auch nicht zu den Seeminen. Karstens Bemerkung, es gehe etwas vor in Treva, hat mich unruhig gemacht, in die Chatgruppen, zu denen ich Zutritt habe, ist Bewegung gekommen, Bilder werden gezeigt, Flüchtlingstrecks, südliche Landschaften, durch die Frauen und Kinder ziehen, die eigentlich, erfahre ich aus Meldungen in mehr oder weniger humoristischer Form, junge Männer sind, alle auf der Flucht vor Krieg und Verfolgung, alle, angeblich, auf dem

Weg nach Treva, ich sehe (am Dienstmailverkehr), daß Delanotte ins Innenministerium zurückgekehrt ist, ich höre, daß man Vorbereitungen trifft, mit diesen Flüchtlingen umzugehen. Die Sphinx am Eingang zur Trevischen Nachrichtenagentur lächelt und schweigt, nicht immer beantwortet sie Fragen, die man an sie richtet, nicht immer läßt sie die Novizen, die sich ihr furchtsam nähern und sich, schwitzend wie Prüflinge, an ihrem Blick vorbeizumogeln versuchen, ohne eine Frage davonkommen. Das Denkmal für Karl Marx, das sich früher vor dem Eingang befand, hat man in den Park verbannt. Will ich in die Chronik, muß ich zuerst zum Dienstplan, und wie immer durch die Trevische Nachrichtenagentur.

Der Dienstplan hat sich, seitdem wir als Novizen der Novalisklasse zu den Heizern einfuhren, verändert, wenngleich die Markentafel mit den Messingmarken und der Pförtner mit dem Spitznamen Schleiereule geblieben sind, wie eh und je hockt Schleiereule (selten einer seiner Kollegen aus der Linie XXV) in seinem Verschlag und läßt die Marken nach einem Blick in den inzwischen digitalen Dienstplan über die Holzrutsche hinabsausen, wie eh und je erfahre ich nicht, warum ich an einem bestimmten Tag eine bestimmte Marke, die mir meinen Ort in der Chronik oder anderswo in den Tiefen der Kohleninsel zuteilt, erhalte, an einem anderen Tag aber, obwohl Einarbeitung, ja Gewöhnung dafür spricht, mich, wenn denn Effizienz mehr sein soll als ein leerer Begriff, an dem Ort zu belassen, eine Marke, die mich in Bezirke weist, die nicht selten das genaue Gegenteil meiner bisherigen Arbeit zu bedeuten scheinen, nicht selten auch, jedenfalls auf den ersten Blick, mir gewisse Kennzeichen des Widersinns vorstellen, so hatte ich vor meinem Bücherurlaub eine längere (und dadurch konzentriert-fruchtbare) Zeit über den Akten von Bürgerrechtlern, darunter Judith und Anne, zugebracht, mich aber eines Morgens abrupt, mit der auf der Kohleninsel sprichwörtlichen Erklärungslosigkeit des Pförtners Schleiereule, hinter der manche nicht Hochmut und mangelnden Feinsinn, sondern Formen der Ratlosigkeit vermuten, zum Dienst im Lektorat F, zuständig für Fantasy und deren politische Gestaltwerdung, abgeordnet gefunden, mit einer der Unter-100-Nummernmarken, die dem erfahrenen Diensttuenden die lange Tradition signalisieren. Im Lektorat F hatte mich dann dessen Doppelspitze, IM »Rowland« und IM »Tolkien«, um eine Diversitätsüberprüfung der Mitglieder des Hauses Slytherin und »für nach dem Mittagessen« (es herrscht in diesem Lektorat ein besonderer Humor) um Gedanken zum Twitterverhalten der Orks gebeten.

Schleiereule scheint nicht erstaunt zu sein, mich zu sehen, er weiß, daß die Chronisten keinen Urlaub kennen, nicht wirklich, wie gesagt wird, die Zeit verrinnt, und der Anstrom der Nachrichten bleibt ungebrochen. Auf dem Display lese ich unter »Hoffmann« U/A, das U steht für Urlaub, das A für Aufarbeitung, etwas, das in der Chronik immer häufiger vorkommt, wie auch nicht, wir sind, ich bitte die Dorotheenbehörde, mir das Wortspiel zu gestatten, in der Chronik chronisch unterbesetzt. Aufarbeitung: das, was liegengeblieben ist und als unerledigt gilt, unabgeschlossen – eine unabgeschlossene Chronik ist keine, wie der Colonel immer wieder feststellt. Noch fahre ich nicht ein, jedenfalls nicht ins Flottenamt, noch kehre ich nicht an meinen Schreibtisch zurück, ich sehe ihn, während ich Schleiereules Blick spüre, vor mir, die sich stapelnden Papiere, an denen der Hol- und Bringedienst (ebenfalls Linie XXV) seine Existenz beweist, all die Broschüren, Ausdrucke, Studien allein zum »Wende«-Komplex, die in unseren öffentlich-rechtlichen Rundfunkanstalten hinauf- und hinuntergelaufenen »Erkenne, wo du lebst«-Filme, ich habe sie mir auf DVDs gebrannt. Die Bücherstapel wachsen, all die Memoiren ehemaliger führender Vertreter, deren alt und friedlich gewordene Gesichter mir von den Buchumschlägen entgegenmahnen: Machen Sie es sich nicht zu leicht, Chronist Hoffmann, überlassen Sie das Urteil den Lesern, pflegen Sie den Zweifel, der doch immer die Stärke der Chronisten war. All das sind Grundsätze, die jeder Neuling in der Chronik mitgeteilt bekommt.

Wenn das Flottenamt, zuständig für Bekleidung, Ausrüstung und Beschaffung, alles so reichlich hätte wie Papier, wie Vorgänge und Nachrichteneingänge, es kennte keine Not mehr, es könnte, mit einer Erzählung aus dem Lektorat I zu sprechen, aus vollen Kornkammern schöpfen. Aufarbeitung: Der Colonel hat angesichts der wachsenden Papierberge und der von einigem Realismus getragenen Erkenntnis, daß die laufende Arbeit an der Chronik eines Tages ins Stocken geraten wird und alle Chronisten in die Aufarbeitung müssen, um nur das Nötigste abzutragen, die Gründung eines eigenen Referats Aufarbeitung beantragt, doch sind die Zeiten, in denen für die Sicherheit die Mittel wie Öl aus arabischen Ölfeldern sprudelten, vorbei, das Referat Aufarbeitung, obwohl schon zu Beginn des Kabinetts Hoffmann I vorgeschlagen, wurde bis jetzt nicht genehmigt. Ich weiß nicht, wie es die anderen Mitarbeiter der Chronik halten, und nicht einmal für die Chronik der Sicherheit, der Kohleninsel, weiß ich es, auf den Konferenzen, die wir regelmäßig halten, schweigen die Kollegen, setzen ihre je eigene Form des wissenden Lächelns auf.

Ich wollte den Papierbahnhof sehen, die tägliche Bewegung der Wasser- und der Feuerlinie. Schon am Slot der Trevischen Nachrichtenagentur wird ausgewählt, in der 1001 wird ausgewählt (nicht aus jedem Konzept wächst eine Erzählung, ein sogenanntes Narrativ, und nicht aus jeder Erzählung wird Politik), ausgewählt wird auch hier, am Papierbahnhof, wo die Deutsche Reichsbahn ebenso noch existiert wie die Deutsche Seereederei, nicht als Körperschaften freilich, sondern in Form ihrer Flotten, der Loks und der Schiffe. Die Loks, denen die Schwarze Mathilde als ältestes Fahrzeug vorsteht (weswegen auch die Bezeichnung Mathildenlinie vorkommt), befahren die Feuerlinie, es geht zu den Heizern, die Züge befördern Bürounterlagen, Akten, Zeitungen, die nicht archiviert werden, auch Bücher, leider, die auf der Bücherinsel, in den Bibliotheken, bei keiner milden Hand, die in eine der zum kostenlosen Abholen überall in den sogenannten besseren Vierteln von Treva bereitstehenden Pappkartons greift, eine Bleibe finden. Ein offenes Geheimnis, niemand spricht gern darüber, aber seitdem die Kohlezufuhr zur Heizung gedrosselt wurde (eine der progressiv gedachten Aktionen unserer Grünen), behilft man sich mit Pellets, Müll und eben auch Papier, das nicht immer alle Recyclingstadien durchlaufen hat. Auch die Wasserlinie wird von der Deutschen Reichsbahn betrieben, die Züge fahren in die Stolln der Kohleninsel, die für Archivzwecke genutzt werden. Wasserlinie: Die Hauptstrecke führt über Lethe, einen der acht Arme des Elbischen Flusses, und wurde vor der Fertigstellung des Eisenbahnviadukts von Schiffen der Seereederei befahren. Die Anker-Reederei hat diese Schiffe nach der Operation »Unio«, dem Operativen Vorgang »Wende«, an die Kohleninsel verkauft.

Steuerbord- und Backbordseite: Ich weiß nicht, ob »Cell« es war, der die Begriffe einführte, einer unserer begabtesten Zeichner vom ›Leuchtenden Schwein‹, der Satirezeitschrift der Kohleninsel, »Cell« alias Bernd Zeller aus Jena, der im ›Leuchtenden Schwein‹ die ›Zeller Zeitung‹ betreibt, das ›Akrützel‹ herausgibt, als Senior Influencer einen eigenen Kanal auf Youtube hat. Vielleicht sind Steuerbord- und Backbordseite aus der Bearbeitung einer Rostocker Seemannsanekdote, gemünzt auf die ausfahrenden Schiffe der Deutschen Seereederei, entstanden: Vom Hafenleuchtturm aus nach rechts (Steuerbord) ging es in die Zone der Transferrubel, vom Hafenleuchtturm aus nach links (Backbord) in die Länder ohne Plan, weswegen die Antwort auf die von Matrose zu Matrose gestellte Frage »nach links oder nach rechts« Bedauern oder Neid auslöste. Hier unten meint die Steuerbordseite (auf der die Novizen Steuerbordwache haben) die Feuerlinie, die Backbordseite die Wasserlinie, beide haben (und sind) anders, als von Besuchern vermutet wird, keine Endstationen, die Nachrichten sind ein kreisendes, sich aus sich selbst heraus erzeugendes und aufrechterhaltendes System, die alten, verschimmelnden, allmählich unter dem Druck der Jahre, Jahrzehnte, Jahrhunderte sich verflüssigenden Vorgänge der Wasserlinie, Akten, unter denen es tropft und gärt, Zustände komplexer Fäulnis, speisen ihre Produkte, die Gemische, Rinnsale, Auspressungen, in die Kanalisation, die, wiederum, ins Klärwerk von Treva führt (die Linie XXV hat einen Kanal- und Klärwerksdienst, die Kanalbrigade), und auch auf der Steuerbordseite ist der Kreislaufgedanke immer noch und selbst bis zu den Heizern lebendig, keine Schrift wird ohne nochmalige Prüfung den Feuern überantwortet, auch beginnt, was anderswo zu enden schien: die Nachricht; sie taucht von unten wieder auf, in neuem, altem Gewand, recycelt, heißt es in der Plotabteilung, durch Feuer gereinigt, im Wasser verjüngt, nichts Neues unter der Sonne.

Das Lektorat I hatte vor einiger Zeit die Erzählung über eine Flut lanciert, eine große Flut nach vierzig Tagen Regen, es kam ein Mann darin vor, der eine Stimme hörte, die ihm sagte, er solle ein Schiff bauen für sich und seine Familie, damit er gerettet werde, und zwar nur er, alle anderen würden ertrinken, Leugner, die sie seien, und dazu solle er von jedem Tier ein Paar mitnehmen. Diese Erzählung war in den täglichen Kritischen Sitzungen diskutiert und zunächst verworfen worden. Es hatte die üblichen schlaubergerischen Einwände gegeben: vierzig Tage Regen, und alles steht unter Wasser, was ist das für ein Regenmacher, und wie will dieser Mensch von jedem Tier ein Paar finden, ich meine (Nikolai Niekisch alias IM »Raskolnikow«), wir haben ja heute noch Insekten, eine Menge Insekten, die keiner kennt, weil sie noch gar nicht entdeckt wurden, aber dieser Noah war in der Lage, sie alle paarweise einzuladen? Amina Bengaleh Müller (IM »Solana«) hatte zu bedenken gegeben, daß auch im Tierreich Homosexualität vorhanden, ja nicht einmal ein Tabu sei, sie habe vor kurzem eine Geschichte über zwei transnormative Koalabären gemacht, Hans-Peter und Paul, und im ›Missy Magazine‹ veröffentlicht, außerdem auf ›woke‹, dem Jugendableger der ›Wahrheit‹, das Lektorat I sei sich dieses Umstands nicht bewußt, wenn es, ohne zu hinterfragen und ohne die Möglichkeit sexueller Vielfalt wenigstens anzudeuten, eine Erzählung mit lauter Heterotieren vorstelle, und dabei sei das Lektorat I schon mal weiter gewesen, in der Erzählung über Daniela in der Löwengrube, wo das

Verhältnis zwischen der Parteivorsitzenden und Daniela diskret, aber spürbar alte weiße Normsetzungen verlasse. Das Lektorat I hatte sich seit Marns Zeiten verändert, es arbeitete nicht mehr mit dem Schwerpunkt Sowjetunion, später Nachfolgestaaten, hatte aber, aus Gründen der Tradition, gewisse Eigenheiten des Marnlektorats beibehalten, die Russische Teestube, in der die Lektoratskonferenzen stattfinden, die Neigung, Vorgangsbezeichnungen und Decknamen aus der revolutionären Sphäre zu wählen, führende Vertreter sind IM »Marx«, »Thomas Müntzer«, »Gorki«, »Krupskaja«, die in der Hauptverwaltung Aufklärung, wie das Lektorat immer noch genannt wird, ihre Predigten verfassen oder verfassen lassen.

Das Geschichtsphilosophische Kombinat an der Schnittstelle zum Literaturkombinat. Lieferungen, oder: Hier ist es Prophetie, dort, was so einkommt

Eingang und Ausgang verschmelzen miteinander, die Feuerlinie führt am Flußarm entlang, der in den Karten als Phlegeton verzeichnet steht, sie kreuzt das Waste Land, wie es genannt wird, eine riesige Müllhalde mit den Toxic Fields, der Elektronikschrottdeponie, auf der die Kinder arbeiten, von denen Treva nichts wissen will, die Verlorenen Kinder, die nicht alt werden, auch wenn IM »Pechmarie« zu ihnen hält und sie zu beschützen versucht. Der Dienstplan zeigte mir, daß Judith unten war, in den Archiven.

– Komm, komm! Hinab zu uns, hörte ich am Schreibtisch, eine der alten Telefonverbindungen vielleicht aus einer der Fernsprechzellen unten mit Apparaten des Herstellers Zwietusch, ein Knacken, ein Rauschen, ich blickte zum Wandlautsprecher, der Radetzkymarsch als

Erkennungsmelodie des Senders Ober-Ost ertönte, gleich darauf die Stimme von »Poseidon«, Chef der Kohleninsel Ost, »Poseidon« spricht, daß es bei den Büroklammern in letzter Zeit Defizite gegeben hat und daß diese Defizite klärungsbedürftig sind, »Poseidon« mahnt, daß die Operativen Vorgänge des Geschichtsphilosophischen Kombinats konsequenter durchgeführt werden müssen, daß es an Ergebnissen, abrechenbaren Ergebnissen, mangelt, der Rechnungshof ein Machtwort sprechen wird, die Abteilungsleiter der Linie XVIII (die zum Geschichtsphilosophischen Kombinat gehört) sich Punkt 15 Uhr zur Hauptkonferenz in der Kohleninsel Ost einzufinden haben. Die Stimme verhallt, der runde, mit Messinggeflecht überzogene Lautsprecher, den man als Dekoration mißverstehen könnte, schweigt, Sender Ober-Ost hat keine festen Sendezeiten, darauf soll »Poseidon« Wert legen, wie ich höre, der Blick auf den Lautsprecher soll ein aufmerksamer sein. Zu den Operativen Vorgängen der Linie XVIII gehören nicht nur Dossiers über Personen (dem Schwerpunkt der Linie nach solche aus der Wirtschaft), sondern auch über Dinge, diese Operativen Vorgänge hat »Poseidon« wohl gemeint mit seiner Aufforderung zur Konsequenz, er hätte allerdings ins Wimini hineinsprechen sollen, das der richtige Adressat für die meisten Sach-als-Ding-Untersuchungen ist, aus dem Sekretariat für Fusion, paraphiert von Lionel und Minister Siegemund, habe ich erst neulich ein Papier zu Büroklammern verschiedener Tradition und Fabrikation bekommen, eine Studie unter Berücksichtigung (wir sind hier sehr trevisch) der Büroklammer in ihrer ewigen Gestalt, der Büroklammer an sich und als solcher, eine ganz hervorragende Arbeit, gelobt von Delanotte, der von Büroklammern einiges versteht.

Der Strom von Nachrichten, auszweigend, sich in seinen Armen, Verästelungen verteilend, Kapillaren, aus denen die eigentliche Nährsubstanz tritt, im Zwischengefäßraum wirkt, in die Zellen dringt, abgegeben wird in den Zwischengefäßraum, von wo es wiederum in Kapillaren gespeist wird, in die des Rückflusses, der seine Kraft, seinen suchenden Magneten, schon in diesen Zonen arbeiten läßt, alles an- und aufzusaugen, themensuchend und -setzend, sich allmählich zu und in Figuren verfestigend, in Mündern, die sprechen.

... ich weiß nicht, ob Anne eine so schlechte Rednerin ist, wie allgemein behauptet wird, ihre Stummelsätze, die Ähs und Najas, die mädchenhaft wirken sollende Verschämtheit, ihr Kichern, das vollständig Nichtzündende ihrer Auftritte, selbst in der Union, die einen Hang zur Nibelungentreue hat, solange sie damit die Macht behält, in den Anne am engsten verbundenen Kreisen, beklagt man sich über ihre Reden, sagt, daß nicht von ungefähr weder die TRAZ noch die ›Wahrheit‹, die ›Südtrevischen Nachrichten‹, der COURIER noch Reden von ihr abdruckt oder bespricht, was man ja tun kann, weiß Melbo, der mir Redeanalysen vorlegt, zwei von Anne darunter, eine achtzehn, die zweite zehn Jahre alt. Auch in diesen Reden wimmelt es von den inzwischen allüberall, wie Grippeviren, in der Politikersprache verbreiteten Phrasen: Wir müssen nach vorne sehen, wir dürfen ... nicht nachgeben, wir werden keinen Zentimeter (inzwischen ist der Zentimeter zum Millimeter geschrumpft, gewachsen ist die Absicht zum Mut), wir müssen die Leute dort abholen, wo sie stehen (eine Nahverkehrs-, eine Verhaftungsregel?) undsoweiter. Nur: Eine gute Rede dient der Übertragung von Gefühlen, das findet nicht immer entlang der logischen Linien, des intellektuellen Gehalts einer Rede statt. Wenn Anne redet, haben viele Zuhörer das Gefühl kaum zu übertreffender Mittelmäßigkeit. Melbo zweifelt und sagt: Biederkeit. Mittelmaß muß nicht bieder sein, Biederkeit nicht mittelmäßig. Welche Gefühlsregung wird vom Eindruck »Biederkeit« übertragen?

Uns kann nichts passieren. Hier spricht »Mutti«.

Was da so einkommt und zu beachten ist, mit der mehr oder weniger verstellten Stimme des Gewissens spricht, Bruchstücke, Krumen, Beifang, der Alte vom Berge nannte es Sand fürs Gemäuer.

»Wer sich zum eigentlichen Beobachter des Menschen bilden wollte, der müßte von sich selber ausgehen: erstlich die Geschichte des eignen Herzens von seiner frühesten Kindheit an sich so getreu wie möglich entwerfen, auf die Erinnrungen aus den frühesten Jahren der Kindheit aufmerksam sein, und nichts für unwichtig halten, was jemals einen vorzüglich starken Eindruck auf ihn gemacht hat, so daß die Erinnrung daran sich noch immer zwischen seine übrigen Gedanken drängt.« Karl Philipp Moritz, der Kunstberater Goethes, in seinem »Vorschlag zu einem Magazin zur Erfahrungs-Seelenkunde«, 1782

Dies unter einem Foto, darstellend Kurt Böwe. Jadup in »Jadup und Boel« von Rainer Simon, ich half bei der Premiere, 1988 im Kino Babylon, nach acht Jahren Verbot. Gudrun hatte mit Böwe am Maxim-Gorki-Theater gespielt. Das Foto in einer Kurt-Böwe-Biographie von Hans-Dieter Schütt, ehemals Chefredakteur der Zeitung ›Junge Welt‹, einsichtig geworden, nachdenklich, die eigene frühere Stellung reflektierend, seine Rolle im Journalismus vor 1989 und bei der ›Jungen Welt‹. Judith sagte, sie verabscheue die ›Junge Welt‹ mehr als das ND, das ND sei Propaganda, geschaffen von Lohnlügnern, die ›Junge Welt‹ aber sei Propaganda von Lohnlügnern plus Hohn. Geschriebenes Fallbeil. Judith war noch nach so vielen Jahren blaß vor Zorn. Sie hätten beim ›Stürmer‹ Karriere gemacht, ihr Handwerk vor den ›Stürmer‹-Kästen gelernt, umgekehrt hätten die ›Stürmer‹-Redakteure ohne weiteres bei der ›Jungen Welt‹ fortsetzen können. Das Schlimmste, fand Judith: Daß sie es noch nicht mal merken. Die Methoden machen den Nazi. Hans-Dieter Schütt, Meno holte ihn ins RFT-Lektorat der 1001, schrieb inzwischen gute, ungewöhnliche Bücher. Meno holte auch mich, nachdem ich in die Novalisklasse aufgenommen worden war. Das RFT-Lektorat, wie es intern genannt wird (und das mit dem gleichnamigen Kombinat nur einen Teil seiner Technikgeschichte teilt), ist zuständig für Rundfunk, Fernsehen und Theater, manchmal bin ich hier noch als Filmvorführer tätig. Das Lektorat verfügt über einige TK-35-Apparate, die, gestützt von guten alten Berlebachstativen, für den mobilen Einsatz gedacht waren. Das RFT-Lektorat hat neben seinem Doppelsitz im »Auge« und im »Ohr« mehrere Außenstellen, die wichtigste im Ministerium für Transport, Industrie, Information (Tramini), dem einstigen Postministerium. Man nennt es auch das Gesellschaftslektorat, es ist, verborgen unter seiner glamourösen Oberfläche, eine der wichtigsten Denkfabriken für Annes Politik.

Die nachfolgende Lieferung trägt auf dem Hefter, der den Operativen Vorgang zusammenfaßt, die einigermaßen kryptische Überschrift »Annäherungen an Helfershelfer«. Was so einkommt in letzter Zeit.

12.7.2021 Montag: Das Referat Aufarbeitung antwortet auf ein Auskunftsersuchen der Linie XX (Kunst, Kultur, Staatsapparat, Untergrund), Abt. für Beförderungs- und Auszeichnungswesen, AZ 171/7-21

Werte Genossen, vielen Dank für Eure Bitte um Vorschläge, welche/r der Genossinnen und Genossen wegen guter Führung einerseits und Annäherungen an die Durchführung von Fortschritten in den Maßnahmeplänen der Operativen Vorgänge »Bernstein«, »Telramund«, »Lennefsen« andererseits belobigt werden sollten. Nach einiger Überlegung kommen meines Erachtens – und was unsere Akademiemitglieder anbelangt – ernsthaft nur die Genossen Gräber (IM »Hegel«), Zartmann (IM »Achim«) und die Genossin Sitz-Senkkiel (IM »As«) in Betracht. Fragen Sie nach den Genossen Medienschaffenden unserer Linie, wären vor allem die führenden Mitarbeiter Dorehn (IM »Pudel«), Quartsch (IM »Gorki«) und Witzke (IM »Ernst«) von der ›Sächsischen Zeitung‹ zu nennen. Ich möchte vorerst nur auf unsere Akademiemitglieder eingehen. Vor etwa einer Woche veröffentlichte Genosse Zartmann, Mitglied des Präsidiums des PEN, was ihn bedrückt, und es ist ihm hoch anzurechnen, daß er seine Gewissensqualen nicht hinter dem internen Vorhang gehalten hat, dies wäre zwar, ebenso wie eine Kontaktaufnahme mit »Bernstein«, etwa über eine Mail oder einen Brief, die übliche Verfahrensweise gewesen, doch ist sie erstens nicht immer zielführend und zweitens Ausdruck überwundener bürgerlicher Höflichkeitsformen, wir sind da doch weiter. Genosse Zartmann findet, daß seine Zweifel, ob ein Mitglied der Schriftstellervereinigung PEN für die Alternative Partei antreten darf, in die Öffentlichkeit gehören, er hätte ja den Mann, der sich erlaubt, für die Alternative, die von allen Demokraten als eine Zusammenrottung von Undemokraten erkannte Partei, zu kandidieren, auch gleich erledigen können, da gibt es, wie wir wissen, Möglichkeiten. Zartmann hat das aber nicht getan, sondern hat den Fall öffentlich gemacht. Ein dubioser Fall übrigens, dieser K. Der Kandidat, der im PEN mit seinen humanistischen Grundsätzen und seinem Einsatz für die Verfolgten und Angeklagten dieser Welt nichts mehr zu suchen haben kann, hat zwar früher ein Braunbuch über Nazis und ihre Karrieren in der DDR herausgegeben, was aber vermutlich eine Tarnung für seine rechtsradikale Gesinnung gewesen ist, wie sich jetzt zeigt. Was soll nun der PEN, und mit ihm eigentlich alle Institutionen unseres kulturellen Lebens und Schaffens, mit einer solchen Figur tun? Es ist eine prinzipielle Frage, und Zartmann tat gut daran, sie öffentlich zu stellen, er hat Mut bewiesen, ist doch der eine oder andere Shitstorm erwartbar (und wohl auch schon eingetreten), Zartmann hat sich in den Dienst der Sache gestellt, für die Sache seinen Namen gewagt, er wußte, was er riskiert, seine Position ist nicht unbedingt eine ganz gefestigte, auch er hat schon einmal Zweifelhaftes via Twitter geäußert, kurz: Man kann seine Frage, was tun, durchaus auch als verkappten Hilferuf verstehen, als Signal der Offenheit und Toleranz, der Gesprächsbereitschaft. Dies vor allem, weil er nicht nur den Kandidaten K. und seine Grenzverletzung vorstellt (man lese die zweifelhafte Biographie des K., wie immer liefert Wikipedia hier die differenziertesten Auskünfte!), sondern auch an die Fälle der »Bernstein«, »Telramund« und »Lennefsen« erinnert, die ähnlich gelagert sind und daher ähnliche Lösungen erfordern. Da die Vorgangsbegründungen der Operativen Vorgänge »Bernstein« und »Telramund«

schon einige Zeit zurückliegen, erlaube ich mir eine kurze Rekapitulation:

»Bernstein«. Schon länger, mindestens aber seit seiner sogenannten Kamenzer Rede mit nachfolgender (1) Veröffentlichung des Artikels (s. Untervorgang »Brandbrief«) »Zorn allenthalben« auffällig im Sinne einer Abweichung von den Grundsätzen des PEN, der Sächsischen Akademie der Künste, der Bayerischen Akademie der Schönen Künste, in denen er Mitglied ist. In der Sächsischen Akademie der Künste (SADK), Literaturklasse, wurde dem B. denn auch »auf den Zahn gefühlt« (»Hegel« über die Maßnahme von IM »Krokus«), ein Femegericht wurde installiert, um über den weiteren Verbleib des B. in der Akademie zu befinden, die islamophoben und fremdenfeindlichen Ansichten keinen Raum geben darf. 2020 hatte der OV »Bernstein« einen neuerlichen Höhepunkt, der B. hatte es gewagt, sich in seiner Heimatstadt Radebeul, Ort des Karl-May-Museums und der Diesterweg-Sternwarte, gelegen in den Weinbergen der Lößnitz, das sächsische Nizza, wie gesagt wird, als Leiter des Kulturamts zu bewerben, ohne jemanden der zuständigen Genossen zu fragen und ohne Mitglied einer unserer Parteien zu sein. Der B. war in seiner Heimatstadt als unauffälliger Bürger und kulturbeflissener Ausrichter eines Lesefestivals (Teilnehmer s. beigefügte Liste) aufgetreten, hatte jedoch zu diesem Zeitpunkt schon weitere umstrittene Texte in Populistenzeitschriften und -verlagen veröffentlicht (s. die im Vorgang rubrizierten Artikel im ›Aufruhr‹ des abtrünnigen SDS-Mitglieds Franke-Bock (2), im ›Spalter‹ des Markus Böhme, dazu Schriften in der Reihe »Lyrik« der »edition verdachtsfall« des Ekstreehm-Verlags), was, als der B. tatsächlich ins Amt gewählt wurde, zu einiger Verwirrung unter den ortsansässigen Kulturschaffenden führte, da nun die Gefahr bestand, mit dem B. den Rechtsextremisten zum Fuß in der Tür zu verhelfen. Es war unseren Kulturschaffenden nichts anderes übriggeblieben, als beim Oberbürgermeister von Radebeul ihr Veto einzulegen, um die Wahl des B. rückgängig zu machen, wobei insbesondere der Kunstpreisträger Luc »Lucky« Drommel (IM »Percussionist«) als ungewöhnlich engagiert hervorzuheben ist. Positiv ist auch die Rolle des Hausarztes (3) des B. zu werten, der dem B. entschieden entgegengetreten ist und erkannt hat, daß das eigentliche Problem des B. darin besteht, unserer Kanzlerin widersprochen zu haben. Seit der auf demokratische Weise rückgängig gemachten Wahl herrschen wieder Ruhe und Frieden in Radebeul.

»Telramund«. Seit dem Auftritt des T. in der trevischen Philharmonie, bei dem er 95 Prozent der Flüchtlinge bezichtigte, zu uns nur der Sozialleistungen wegen zu kommen, sind mehr als drei Jahre vergangen, aber noch immer meldet sich der T. mit kruden Thesen, den von Rechten sattsam bekannten Opfermythen, zu Wort. Unsere progressiven Kräfte haben damals die richtigen Worte gefunden und den rechtsnationalen Käse des T. entzaubert. Wenn einer wie Pegida redet, kann es nicht um richtig oder falsch gehen, wenn der Rententopf gut gefüllt ist, hat das keine Auswirkung auf den Flüchtlingstopf, und wenn sich der Osten, der den Westen 1990 mit Sozialflüchtlingen geflutet hat, über Migranten aufregt, braucht er sich über Widerspruch nicht zu wundern.

»Lennefsen«. Akut geworden im Juni und Juli 2021, zu Beginn des Stadtschreiberamts von Dresden, in das sie gewählt worden ist. Die Schriftstellerin K.S. war der Meinung, daß es angebracht sei, auf einer sogenannten alternativen Webseite (einem Hort von Verschwörungstheorien) die Coronapolitik, insbesondere die Impfung bei Kindern, zu kritisieren. In der schon bei T. als Hintergrund fungierenden Philharmonie, bei der Vorstellungs- und Antrittsrede der K.S., legte Kulturbürgermeisterin K. (IM »Lene Glatzer«) die Gründe dar, weswegen die K.S. ihren Stadtschreiberposten, trotz allem, behalten solle, die Stadt Treva mische sich nicht in die Arbeit der unabhängigen Jury ein, sie wolle aber doch eine Trennung zwischen Kunst und Politik anmahnen (die Schriftstellerin K.S. kandidiert für die Partei »die Basis«, ein Forum von Esoterikern, entlaufenen Rechtsanwälten, Pseudowissenschaftlern, Impfskeptikern, sogenannten Aluhutträgern, Great-Reset-Verschwörungstheoretikern, Film- und Fernsehschaffenden der Aktion #allesdichtmachen, besorgten Bürgern). Das Statement der Kulturbürgermeisterin K. wurde auf der Homepage der Stadt Treva veröffentlicht, eine sogenannte Kachel, in der Stadtfarbe unterlegt, woraufhin sich die Jury äußerte und ihr Bedauern (IM »Gorki«) ausdrückte, man habe vor der Wahl nicht gewußt, um wen es sich bei der Schriftstellerin K.S. gehandelt habe, welche Thesen sie vertrete und wie staatsfeindlich, man könne es ihren Impfäußerungen entnehmen, sie gesinnt sei. Da eine Kollegin von der ›Südtrevischen‹ in der Jury saß und mit dem Stadtschreiberamt gewisse Privilegien (Auftritte, Veröffentlichungen in der Zeitung) verbunden sind, griff Chefredakteur Hausen vermittelnd ein: Man werde der Schriftstellerin K.S. keine Veröffentlichungen in der ›Südtrevischen‹ ermöglichen, damit weder die ›Südtrevische‹ noch die K.S. sich verbiegen müßte, auch werde man öffentliche Auftritte der K.S., üblicherweise mit dem Amt verknüpft, bis nach der Bundestagswahl aussetzen.

Zurück zum Anlaß meines Schreibens. Nicht über die Auszuzeichnenden, aber über die Formen der Auszeichnung bin ich noch schwankend. Es wäre zu überlegen, ob dem Schriftsteller Gräber (IM »Hegel«) bereits die Aufnahme in den Pour le mérite gebührt, doch ist, wie Ihr wißt, die Mitgliederzahl des Ordens begrenzt und ein Ausfall nicht abzusehen. Zudem hat Gräber zwar aktenkundige Verdienste, was die öffentliche Zurechtweisung des Brennpunkts rechter Aktivität, des oben erwähnten Ekstreehm-Verlags, betrifft, doch wäre der Pour le mérite nach meiner Einschätzung dafür noch zu hoch gegriffen. Ich plädiere für den Büchner-Preis, den man Gräber trotz sprachgewaltiger Arbeiten wie zuletzt dem Roman über einen rechtsradikalen Buchhändler, einem Roman, der wie kein zweiter tief in die Abgründe deutscher Schuldgeschichte leuchtet, immer noch vorenthält, was ich mir nur mit den in der Kulturbranche üblichen Revierkämpfen erklären kann (man will die wirklichen Talente von sich fernhalten und lieber unter sich bleiben), ich wäre auch mit einer rein dienstlichen Beförderung einverstanden und bin damit, wie ich höre, ganz auf Eurer Linie: Gräber war ja vom Verband der Geistestätigen für die Nachfolge seines Vorsitzenden Mellis (IM »Stylus«) vorgesehen und ist nur infolge unvorhergesehener Umstände (OV »Wende«) verhindert worden. Er erscheint mir als die ideale Besetzung des Postens, zumal er, den neuen Zeiten gemäß, zurückhaltender, sanfter, zweifelnder agiert als der Klischeefunktionär. Vielleicht hat Präsidiumsmitglied Zartmann am meisten zu leiden, gewissen Angriffen gegen ihn in den Sozialen Medien nach zu urteilen, die ihm ein Praktikum an der Schule empfehlen, an der »Bernstein« seit Jahren auch Flüchtlingskinder unterrichtet. (Zartmann hat solches doch schon lange hinter sich, da zeigt sich wieder die Primitivität rechter Hohlköpfe.) Es ist die Zuschreibung »völkisch«, die Zartmann vorgeworfen wird, weil er sie wie eine Markierung verwende, der »völkische B.« habe er in seinem Artikel geschrieben (4), das Wort von Lohnlügnern in unserer Presse, die solche sogenannten Trigger bewußt plazieren (oder stehenlassen), ist gefallen, wie jemand, der Flüchtlingskinder unterrichte, »völkisch« denken könne usw. – als ob man nicht das eine tun und das andere nicht lassen könnte. Achten wir auf unsere Inoffiziellen Mitarbeiter, wir haben ihnen gegenüber eine Verantwortung, sie riskieren viel, Zartmann mindestens seine soziale Stellung. Die Wahrheit auszusprechen kostet heutzutage etwas, man zahlt einen hohen Preis dafür. Verzeiht mir den Scherz, liebe Genossen, er hat seinen ernsten Kern: Das vierte Buch über »Achim« sollte ganz ohne Umstände, aber unmittelbar hilfreich ein Scheckbuch sein, mit regelmäßigem Ausgleich für seine Einbußen. (Über IM »Dohle« gesondert später im Zusammenhang mit »Pudel«, »Gorki«, »Ernst«.) Bei diesen Vorschlägen ist es m.E. mit den üblichen Pralinenschachteln oder Büchergutscheinen nicht getan. Dies als vorläufige Gedanken, liebe Genossen, und um Eurer Erkundigung noch fristgemäß zu genügen.

[Dorotheenbehörde, Ablage]: Der Vorgang datiert von 2021. Sie sind noch bei 2015, also erheblich in Verzug. Was Sie aufzuarbeiten haben, verläßt inzwischen das tolerierbare Maß.

1) Der Artikel »Zorn allenthalben« wurde nicht, wie der Mitarbeiter schreibt, nach der sogenannten Kamenzer Rede veröffentlicht, sondern etwa ein Jahr zuvor.

2) Dr. Franke-Bock. Der akademische Grad ist Namensbestandteil.
3) Es handelt sich um den ehemaligen Hausarzt. (5)
4) Das Zitat ist ungenau.
5) Es handelt sich um den nunmehr ehemaligen Hausarzt.

Schwebstoffe. Konquistadoren der Wünsche

In der Karavellenwohnung, Quartier des Dresdner Forums, klingelte das Telefon nun unablässig. Journalisten wollten Interviews. Infomaterial lag aus und war zu erneuern. Täglich kamen Hunderte Menschen, der eine wies auf Stasimachenschaften hin, angebliche oder auch tatsächliche, wer konnte das überprüfen, Judith und ich gingen, sooft wir konnten, diesen Anzeigen nach, Judith, wenn sie da war und nicht irgendwo ein Interview gab oder in einer Talkshow auftrat, um fürs Forum zu werben. Handwerker forderten Gewerberaum, neue Steuerregelungen, die gar nicht in der Verantwortung des Forums lagen, Reporter kamen, Wohnungssuchende, Geschäftsleute mit mehr oder weniger dubiosen Projekten oder Vorschlägen, der Briefträger kippte die Post des Tages in einen Wäschekorb: Eingaben, Beschwerden, Forderungen, Bitten, Aufrufe; einer wollte das Mittelmeer trockenlegen, um zu Fuß nach Afrika gelangen zu können, ein anderer wollte die Ostbrötchen retten, weil er die Wiedervereinigung und damit den Siegeszug bundesdeutscher Backvorschriften voraussah, ein dritter wollte die Mauer nicht abreißen, sondern vollständig von Efeu überwuchern lassen, um mit Hilfe des zusätzlich gewonnenen Grüns die Luftqualität zu verbessern. Der Mann hatte alles genau durchgerechnet, sogar die Sauerstofferzeugungskapazität eines durchschnittlichen Efeublatts, hatte sogar die Verschmutzung des durchschnittlichen Efeublatts durch Autoabgase und Staub berücksichtigt und die dadurch mitzubedenkende Verminderung der Sauerstofferzeugungskapazität. Computer standen vor der Tür, Spende des trevischen Senats; aber niemand außer Konrad Vogt konnte damit umgehen, so standen die Computer, in Plastikfolie verpackt, in einer Zimmerecke, die Aufrufe wurden weiterhin mit Schreibmaschine geschrieben und auf der polnischen Druckerpresse, nur für den innerkirchlichen Dienstgebrauch, vervielfältigt.

– Basisdemokratie, sagte Judith. Die Basisdemokratie war aber nicht so einfach zu haben, denn wie oft, wenn man versuchte, die auf den ersten Griff so leuchtend sich präsentierenden Phänomene näher zu betrachten, trat das hemmend Konkrete immer größer und garstiger hervor, je länger man das auf den ersten Blick unmittelbar aufs Gute zurasende Große Ganze betrachtete, trat hervor, wie Magenstock anmerkte, als Steinchen des Anstoßes im Stein der Weisen, als Sandkorn in den löblichen Absichten, und nun hätte es eine Lösung sein können, dieses nähere Betrachten nicht allzusehr auszudehnen, um sich nicht alles kaputtmachen zu lassen, doch verlangte eine Wirklichkeit, die man verändern wollte, immer den konkret gedrückten Knopf im Schaltpult der Möglichkeiten. Das Magenstocksche Gleichnis erregte Judiths Protest, sprachlich sowohl als inhaltlich, doch sah Magenstock noch eine andere Auslegung des Gleichnisses, quasi um Judith zu besänftigen, wie er sagte, dieses Sandkorn könne auch das in der Perlmuschel sein, ihr solche Schmerzen verursachen, daß sie Schmerzensschlick absondere, um das Sandkorn einzuhüllen. So entstehe die Perle der Antworten aus der immerfort schmerzenden Frage, die das Sandkorn an die Auster stelle: Was denn nun eigentlich zu tun sei.

Konrad Vogt meinte, es sei keine Zeit für solches Geschwätz.

Anne zog zu Meno. In der Karavellenwohnung blieb zu vieles wach. In der Kajüte im Tausendaugenhaus ging es freundlicher zu, einfacher, fremder. Anne ging jeden Morgen in die Wohnung in der Heinrichstraße, wie zur Arbeit. Richard war zu Barbara gezogen, wohnte in Inas ehemaligem Zimmer. Man würde sich kaum begegnen, Einkäufe erledigte Barbara, die Wäsche ebenso, Richard kam spätabends aus der Klinik und fuhr frühmorgens los.

Ihre Erinnerungen zeigten die Familie beieinander: Richard und sie im Haus Karavelle, Ulrich und Barbara im Italienischen Haus, an der Wolfsleite Hans und seine Familie, die anderen oder Wolfsleitenhoffmanns, wie sie im Viertel genannt wurden. Niklas und Gudrun im Haus Abendstern, Meno im Tausendaugenhaus.

Sie bekam die Schlüssel von Libussa Lange, die sie lange ansah und sich zurückzog, als Anne nichts erwiderte. Alois Lange kam mit je einem Kohleneimer links und rechts die Treppe hinaufgeächzt, knurrte, Zigarre im Mund, Anne etwas zu, das nicht sehr freundlich klang. Richard und er waren befreundet, waren zusammen zur See gefahren; Anne hatte das Gefühl, da etwas richtigstellen zu müssen, wandte sich ärgerlich ab. Libussa legte ihr die Hand auf den Arm.

Seit der Einquartierung des Ehepaars Honich hatte sich Meno verkleinern müssen, die Wohnung der Honichs war aus Menos Schlafzimmer, der Kajüte im ersten Stock und einem flurseitig gelegenen Zimmer der Langes gebildet worden, dazu als Küche die ehemalige Mägdeküche im Souterrain neben dem Waschhaus, wo Libussa in jedem Herbst Obst und Gemüse eingeweckt hatte. Nach der Verhaftung der Stahls waren Honichs in die freigewordene Wohnung gezogen und hatten Meno seine alten Zimmer wieder überlassen. Was war eigentlich aus den Stahls geworden? Jeder Versuch, sich nach ihnen zu erkundigen, war von den Herren in der Grauleite abgeschmettert worden, die Fragen endeten an einer Mauer und an einem von Posten bewachten Tor. Und die Kinder? Sie seien in Heime verbracht worden, in verschiedenen Städten, hatte es geheißen. Wußte Richard mehr, die Langes, Meno? Hatten sie nachgeforscht, hatten sie versucht, die Kinder aus den Heimen zu holen?

Magenstock hatte mit den Stahls engeren Kontakt gehabt, vielleicht wußte er mehr.

Sie betrat Menos Arbeitszimmer, atmete aus. Wie wenig sich geändert hatte. Meno liebte sie nicht, die Veränderungen, schon in der Kindheit nicht. Am liebsten hatte Meno in der Kammer über einem Buch gesessen, wenn er nicht mit seinen Lehrern Willi Kausius und Fritz Sonnenfeld unterwegs gewesen war, manchmal auch mit Kurt.

Der Kater strich um ihre Beine. Anne erschrak bei der Berührung, sie hatte nichts gehört. Der Kater mit dem unaussprechlichen Namen, den ihm Meno verpaßt hatte, hob seinen Kopf, der mit den Jahren immer dicker und eigensinniger geworden war, wie fragend zu Anne, sie nickte: Ja, ich bin jetzt da, dein Herrchen wirst du eine Weile nicht sehen. Nimm mit mir vorlieb. Mit mir kann man auskommen. Begrüßungs- oder Dankesmäuse sind nicht nötig.

Der Kater sprang auf den Schreibtisch, setzte sich zwischen zwei Papierstapel, begann sich zu waschen. Der eine Stapel war eine Kopie von Judiths neuem Roman, der andere war mit »Arbogast« überschrieben, wohl die Biographie, die Meno über den Baron zu schreiben gedachte, oder Materialien dazu, Meno hatte manchmal über dieses Vorhaben gesprochen. Neu für Anne war das Foto von Hanna und Meno, ein Hochzeitsfoto. Meno wirkte gequält darauf, das Lächeln saß schief.

Vielleicht wäre Meno am liebsten allein geblieben.

Aber ohne Hochzeit keine Wohnung, damals. Manche hatten geheiratet und sich bald darauf wieder scheiden lassen, um an zwei einzelne Wohnungen zu kommen.

Das Foto war vor dem Standesamt in der Goetheallee aufgenommen worden, die Treppe war zu sehen und ein Stück des Gartens. Richard und sie hatten ebenfalls in der Villa, einem der schönsten Standesämter von Dresden, geheiratet, die Standesbeamtin hatte sie wiedererkannt. Und wie bei ihrer Hochzeit spielte auch bei der von Meno und Hanna das Methusalem-Trio, bestehend aus drei über achtzigjährigen Veteranen, zittrig, aber voller Schmiß. Die Londoners rechts, die Rohdes in der Mitte, die Hoffmanns links, sie selbst, Anne, am fröhlichsten: wie jung sie alle gewesen waren. Anne war betroffen, wie sehr Christian Richard glich – als ob Christian in das Foto getreten und Richards Platz an ihrer Seite eingenommen hätte.

Die Zehnminutenuhr war stehengeblieben. Meno hatte sie angehalten und Anne gebeten, sie nicht wieder in Gang zu setzen. Sie mußte gewartet werden, und das tat, wie bei vielen Uhren im Viertel, Arthur Hoffmann aus Glashütte. Die Uhr gehörte für Anne zu Meno wie Papier, Schreibmaterialien, die Bücher, unter denen sich die Regale bogen. Die Uhr war das materiell Wertvollste, was er besaß, auf Fragen nach der Uhr aber hatte er immer nur ungern und ausweichend geantwortet.

Anne scheuchte Chakamankabudibaba aus dem Zimmer und schloß ab. Zwar hatte Meno ihr die Wohnung mit der ausdrücklichen Erlaubnis überlassen, sich überall aufzuhalten und alles zu benutzen (»sei zu Hause«), aber es war doch Menos Gebiet, sie hatte kein Recht, es zu besetzen und zu stören, es gehörte sich nicht, in ein fremdes Leben einzudringen, auch wenn es das ihres Bruders war. Sie beschloß, die Kammer oben zu beziehen, die Kajüte, wie Meno und Christian das Zimmerchen mit dem Kanonenofen nannten.

Die Revolution war nicht blutig niedergeschlagen worden, wir lebten, wir konnten sagen, was wir wollten, ohne Angst, dafür gemaßregelt zu werden, die Grenzen waren offen, Robert war in Paris gewesen, auch wir würden reisen können, eines Tages, wenn dafür Zeit sein würde. Manchmal riß Anne das Badfenster auf, morgens, wenn sie kalt geduscht hatte, und schrie vor Freude in den Garten hinaus. Frau Honich, die auf den überwachsenen Wegen auf und ab stieg, starrte nach oben, die Kaminski-Zwillinge beschwerten sich.

Noch nie hatte sie sich so frei gefühlt. Nicht einmal als sie von zu Hause ausgerissen war ohne bestimmtes Ziel, sie hatte nur Meno eingeweiht. Er hatte dichtgehalten. Polizei hatte sie gesucht. Der Vorfall war in der Schule gemeldet worden. Kurt hatte gesagt, diese Sache habe sie endgültig die Delegierung auf die Oberschule gekostet.

Um sechs Uhr klingelte der Wecker, ein sowjetisches Modell namens Morgenröte, es schien fürs Militär konstruiert worden zu sein: das Geschepper warf sie aus den Daunen. Minutenlang blieb Anne auf der Bettkante sitzen. Der über Nacht erkaltete Kanonenofen. Papiere auf dem Tisch. Schlechter Geschmack im Mund. Kopfschmerzen. Die Elektroschnur der Nachttischlampe war mit Litze umwickelt und endete in einem Bananenstecker. Einer der Kaminski-Zwillinge schnarchte, es war durch Wände zu hören. Die Nachttischlampe, ein altmodisches Modell, stammte von Elektro-Domsch aus Schandau, ein alteingesessenes Geschäft in der Poststraße. Anne hatte die Lampe für Menos Umzug von Leipzig nach Dresden gekauft, und was Meno hatte, behielt er. Ihre beiden ebenfalls von Elektro-Domsch stammenden Nachttischlampen hatte sie längst durch modernere ersetzt. Für Meno war das Verschwendung, ein Zeichen von Dekadenz. Wenn eine Nachttischlampe funktionierte, gab es für ihn keinen Grund, eine neue zu kaufen.

Alexandra lebte bei ihrem Vater in einem Gästehaus der Partei, war am neunten November über die Bornholmer Brücke zurückgekehrt, gegen den Strom.

Anne stellte den Plattenspieler in Bärbel Bohleys Wohnung an, die der Berliner Gruppe als eine Art Hauptquartier diente, bis man ein richtiges Büro haben würde. Wenn Anne in Berlin war, schlief sie auf einem Feldbett in einer Ecke hinter Stapeln von Farbdosen, sie hängte ein Stück Stoff über einige Staffeleien, um ein paar Quadratmeter für sich abzugrenzen.

Als die Dämmerung tiefer wurde und das einzelne Licht einen immer schärfer begrenzten Sektor aus dem Raum schnitt, einen Teil des Tischs, an dem die Gruppe diskutierte und den von Anne vorbereiteten Imbiß aß, eine Matratze, auf der Judith schlief, wenn sie nicht bei einem ihrer zahlreichen Bekannten übernachtete, wurde ich unruhig, es war die Stunde, zu der ich, unter Muriels Doppeldeckern, begonnen hatte, mich auf den Abend, die Nacht im Kino vorzubereiten. Anne machte eine Bewegung, vielleicht hatte sie Jens Reichs Schritte gehört, der von seiner Arbeit an der Akademie der Wissenschaften kommen würde (er sprach von Feierabendrevolution), oder es war Reinhard Schult oder einer von den Havemanns, sie stellte den Plattenspieler ab, ohne die Platte herunterzunehmen, beobachtete mich, wie meine Unruhe mich dazu brachte, Kartons mit Drucksachen beiseite zu räumen, um etwas zu tun, das die Stille durchbrach, etwas, das mir helfen konnte, mich der Anwesenheit meiner Tante zu entziehen, die mir immer noch den Rücken zuwandte. Muriels Rükken war knabenhafter, Alexandra versuchte, ihre punkungemäß fraulichen Linien unter betont unfraulichem Auftritt und einer vermännlichenden Kleidung zu verbergen, Annes Rücken, die Kontur sichtbar unter der einfachen weißen Bluse zum fast bodenlangen Rock, den sie am neunten Oktober in Leipzig getragen hatte, ähnelte dem von Reina, auch die wie zu einem Ausdruck des Fröstelns zartschmal hochgezogenen Schultern hatte ich bei Reina gesehen.

– Reina. Richard. Ich dich auch. Anne spulte zurück, lauschte, als könnte sie nicht glauben, was gesagt wurde.

– Hineingehen, auf Wiedersehen sagen, Fabian, nach fünfundzwanzig Jahren. Die Kassette im Briefkasten. Mein Name auf dem Umschlag, in Schreibmaschinenschrift, kein Absender.

Jens Reich, ruhige Gesten, offenes, Humor verratendes Gesicht, er trug Anzug und Krawatte, wie es sich für einen seriösen Wissenschaftler gehörte, seine Brille schien kein Inlandsmodell zu sein, vielleicht hatte Reich behilfliche Verwandtschaft im Westen, vielleicht, obwohl Molekularbiologe und so mehr Forscher als Arzt, dankbare Patienten. In der Gruppe schien es eine Scheu zu geben, ihn mit seinem Vornamen anzusprechen, nur »die Katja«, sie saß neben ihm und las ein frisch aus dem Nadeldrucker gestiegenes Flugblatt, duzte ihn ohne Umstände, ein sensibler Mann, der Kammermusik liebte und Literatur. Er kam aus Halberstadt, ein anhaltinischer Einschlag war seiner Sprache geblieben. Sozialismus mit menschlichem Gesicht und Reise ins Reich der Freiheit: seiner Meinung nach war dort tschechisch gesprochen worden. Reich sprach von Robert Havemann, dem Großen Robert. Die Bezeichnung stammte von Judith, der Große Robert, das war Katjas Gebiet, »die Katja« war die Witwe des Großen Robert, es ging um Deutung und die damit verknüpfte Hoheit, die eine, gültige Ansicht oder Meinung über sein Tun und Lassen. In Grünheide, auf dem legendären Grundstück des Großen Robert, war Anne von Judith mit führenden Vertretern der Berliner Gruppe bekannt gemacht worden, inmitten aufeinander eifersüchtiger Frauen, die um den Großen Robert und sein Andenken kreisten wie Nachtfalter ums Licht. Der Große Robert war, wie so mancher Verstorbene, der aktuellen Kritik eher mehr als weniger entrückt, schwebte über dem Tisch im Atelier wie ein Barlachengel, weise, mönchisch, unantastbar.

Judith war enttäuscht darüber, daß ihr mit Thekla Oder und David Groth verfaßter Aufruf versandete und auf Versammlungen ablehnendes Schweigen erfuhr.

– Opportunisten, rief Judith erregt, gebrauchte das Wort mehr als Gleichnis für den mutloseren Teil der Zeitgenossen denn als Vorwurf. Der Opportunist reagierte wie ein Vogel, der die Katze auf dem Ast erblickt in der Nähe schon seines Nests, Judith hielt diese Ängstlichkeit (und nicht die Katze) für gefährlich, sie konnte solche Kapitulationen nicht leiden, dieses Segelstreichen vor dem Feind, es empörte sie die Trägheit der Menschen, der Behörden, mit denen zu kämpfen war, diese alten Gesichter, diese alten Verhaltensweisen, dieses: Sie können gerne eine Revolution machen, aber wie es weitergeht, ist entscheidend, und darüber bestimmen wir. Diese Flut von Widersinn. Anne fuhr von einer Bürgerrechtsgruppe zur nächsten, zum Kennenlernen, um Schlagkraft zu erlangen, wie sie sagte, aus diesem tropfen-, tröpfchenweisen Dagegensein eine einheitliche Kraft zu gewinnen, nur gemeinsam konnte man etwas erreichen. Eine Kraft, die nicht nur reagierte, sondern eine Triebkraft war. Beim Auftritt des Mammuts vor der Frauenkirchruine hatten wir begriffen, daß das Forum nicht mehr an der Spitze der Entwicklungen stand, nicht mehr eine Avantgarde des Volks war. Aus dem »Wir sind das Volk« war »Wir sind ein Volk« geworden. Judith begann sich abzuwenden, sie wollte die Wiedervereinigung nicht, hatte die Nacht der Maueröffnung nicht mitgemacht, wie sie sagte, hatte den Betäubten, Glückstrunkenen, Wahnsinnschreienden, Freund-und-Fremdumarmenden, Trabiklatschenden zugesehen, enttäuscht und bitter, war in die Wohnung einer befreundeten Künstlerin gegangen, hatte sich betrunken und war sich mit der Künstlerin einig gewesen, daß die Mauer nie hätte geöffnet werden dürfen, da die Teilung Deutschlands die Antwort, die Folge – und die gerechte Folge – eines beispiellos verbrecherischen Kriegs gewesen sei, die Folge von Auschwitz, so Judith, von Treblinka, Majdanek, Sobibor, von Buchenwald, Theresienstadt, Ravensbrück und den Ghettos. Die deutsche Teilung eine Sühne für diese Verbrechen, deren Aufhebung durch die Maueröffnung und die wie trunken nach »drüben«, in den Westen, strömenden Menschen drohte, ja vielleicht sogar geschehen war. Es würde davonkommen, das Volk, so Judith, sich aus seiner Schuld und Verantwortung stehlen durch diese angemaßte Freude, »Wir sind ein Volk«, und Judith wollte schlafen, eine Woche lang, bis das vorbei und das Volk, sagte sie, wieder bei Sinnen war.

– Freiheit, sagte Anne. Freiheit, Judith, darum ging's doch.

– Freiheit? Bananen will dein Volk.

Für die Wiedervereinigung trat inzwischen auch Anne ein nach einem, wie sie es nannte, Gedankenaustausch mit Meno im Verlag, wo sie ihn besucht hatte, nicht um etwas von ihm zu erfahren, wie Judith mehr befahl als mahnte, sondern um die gemeinsamen Positionen (Anne übernahm hier schon die Ausdrucksweise Delanottes) abzutasten, es hatten sich viele dieser gemeinsamen Positionen gefunden, zu ihrer Überraschung, auch sie hatte Richard insgeheim immer zugestimmt, wenn er Meno ein bißchen weltfremd genannt hatte. Meno hatte die politischen Linien nachgezogen und festgestellt, was ging und was nicht, hatte das Ziel Wiedervereinigung nicht nur als realistisch, sondern sogar als wünschenswert bezeichnet, wünschenswert für die Linke, einen bestimmten Teil jedenfalls, einen nicht kleinen Teil des Volks. Mit der Wiedervereinigung werde das Chaos aufhören, die Unordnung, die hereingebrochen sei in die atlantische Periode, so Meno zu Annes Verwunderung, man werde wieder in geordnete Verhältnisse eintreten, und nur scheinbar in solche einer feindlichen oder mindestens gegnerischen Auffassung von Gesellschaft. Ob er sich auf Anne verlassen könne wie früher, wie in Pankow und Schandau, als sie durch dick und dünn gegangen seien, gegen alle Widerstände. Er werde sie unterstützen in ihren Zielen, die Partei, der er nicht angehöre und nie angehört habe, wie sie wisse, mache eine Verwandlung durch, auch wenn, natürlich, viele Altkader nicht einfach verschwänden, aber wie immer in Notzeiten rücke man zusammen und vertraue neuen Kräften, Kolja Joffe, den Anne ja kenne aus den Pankower Jahren, Philipp Londoner und Hanna, Hans-Dieter und noch einige andere, denen »das alles hier«, so Meno mit rasch umfassendem Armstrich, etwas bedeute. Er werde sie unterstützen, er vertraue ihr, sie sei seine Schwester, das sei unlöschbar im Gegensatz zu ihrer beider Ehen, ob sie auch ihm vertrauen werde, es werde nicht immer freundlich zugehen, sie sei jetzt in der Politik, das sei ein dreckiges Geschäft.

– Wirst du mir vertrauen, wie ich dir vertraue. Sie werden kommen und uns sich einverleiben, mach dir da keine Illusionen, und von dem, was uns wichtig war, werden sie nichts übriglassen. Nichts wird bleiben, Anne, was nicht in ihre Marktwirtschaft paßt, an die sie, wie an ihr Rechtssystem, wie an einen Fetisch glauben.

War er ein Linker. War er Kommunist, wie er es als Junge gewesen war, mit den Helden des Spanienkriegs und des Großen Vaterländischen, wie sie in der Sowjetunion zum Zweiten Weltkrieg sagten, als Vorbildern, Kurt hatte ihm zugehört, schweigend seine Sandblattzigarren geraucht, den Rauchspindeln, die von den Aschkegeln aufstiegen, zugesehen, hatte Meno mit seinen atemlos und begeistert vorgetragenen Geschichten allein gelassen.

– Dein Ziel ist also die Wiedervereinigung, Judith rückte von Anne ab, wo hast du die denn entdeckt, und noch dazu so plötzlich.

Judith ging schneidend in die Debatten, sie nahm keine Rücksicht, ich sah, daß diese Rücksichtslosigkeit zwar bei Journalisten ankam, die sich für Probleme und deren Klardarstellung interessierten, aber nicht beim Publikum: das wollte umhegt und gestreichelt werden, es verhielt sich wie ein krankes Kind, das für die Zeit seiner Krankheit aller Verantwortung und Schuld enthoben ist, das nichts als Fürsorge braucht (und fordert), das bedient wird – all das kannte Anne gut vom Alltag auf ihrer Krankenstation. Das Forum war eine Sammlung von Idealisten, die wenig Ahnung von Wirtschaft und den Erfordernissen der sogenannten – in Treva so genannten – Realpolitik hatten und inzwischen begonnen hatten, aufs Volk herabzusehen, das diese Dinge klarer sah als Intellektuelle wie Judith oder Magenstock, die auch noch stolz waren auf ihre Unkenntnis in ökonomischen Fragen. Moral als höchste Instanz, Kapitalismus war unmoralisch, Eigentum verdarb die Menschen, Profit war ungerecht: diese Sichtweise gab es immer wieder unter Bürgerrechtlern, die so gerecht sein wollten, aber den billigsten, aus den Propagandamaschinerien in Ost und West stammenden Klischees auf den Leim gingen, Anne verstand nicht, wie sie, diese Bürgerrechtler, die sonst ja so kritischen und unangepaßten, widerständigen Menschen, die sie bewunderte, so widerstandslos diesen Vorurteilen erlagen, diesem Zeug, wie selbst Ulrich sagte, der Technische Direktor und Genosse. Anne war fasziniert von Ökonomie, und je mehr sie in diese Materie eindrang, desto stärker. Sie beschäftigte sich mit Grenznutzen, den Gossenschen Gesetzen und auf den ersten Blick ganz einfachen Fragen: Warum ein Land reich war und ein anderes nicht, warum ein Ding etwas wert und, war es noch einmal vorhanden, schon etwas weniger wert war, sie diskutierte mit Martin Delanotte über Preissetzer und Preisnehmer, löcherte ihn mit Fragen. Die Wirtschaft des untergehenden Lands war eine Katastrophe, eine Fratze, bei einem Treffen mit Direktoren verschiedener Betriebe hatte sich herausgestellt, daß dieses Land in einer weit ernsteren Krise steckte, als dessen Offizielle bisher zuzugeben bereit gewesen waren. Anne packte die Wut, als sie die Zahlen hörte, Wut auf die Verlogenheit, Verdrängungssucht und Heuchelei einer Regierung, die nicht für das Volk, wie sie immer behauptet hatte (und ein ökonomischer Tropf wie Magenstock es noch immer glaubte), sondern auf Volkes Kosten gelebt und gehandelt hatte, immer aber mit einer hehren Moral, das Motto war: Jetzt geht es uns nicht besonders gut, wir müssen uns einschränken, aber es geschieht für die Zukunft, die großartig sein wird, worauf ihr jetzt verzichtet, das wird euch in der Zukunft gegeben, ihr müßt nur Geduld haben. Diejenigen aber, die das anders sahen, keine Geduld hatten und zweifelten, wurden zu Feinden des Volks erklärt, verhetzt seien sie und vom Klassenfeind bestochen, wie war es nur möglich, schien diese Regierung zu denken, an diese Zukunft nicht genauso zu glauben wie wir, es kann sich bei diesen Abweichlern nur um Verwirrte oder, schlimmer, um Agenten handeln.

– Vorwärts, und vorwärts, immer weiter

irgendwo in Rußland, Anne hatte nur undeutliche Erinnerungen, die kamen nachts, wenn die Ereignisse des Tages wie auf Mühlradflügeln im Kopf kreisten. Sie sprach mit den Vertretern der örtlichen Forumgruppen, sammelte Meinungen und Eindrücke und wußte nach einiger Zeit, daß Judith einem Phantom aufsaß, wenn sie glaubte, das sei alles basisdemokratisch zu regeln, schön der Reihe nach und jeder mit seinen Vorstellungen. Die einen wollten nach links, die anderen nach rechts, die nächsten suchten nach einem dritten Weg, inzwischen liefen die Menschen davon, winkten ab, was die Bürgerrechtler wollten, seien Hirngespinste, das einfache Volk müßte arbeiten und Kinder ernähren, wolle was haben fürs Geld und nicht nur von schönen Träumen leben, also! Ob Frau Hoffmann auch so eine sei wie die Schevola, die zwar vom Himmlischen Jerusalem predige, aber für die praktischen Erfordernisse des Lebens wenig Sinn habe. Anne hörte zu, lag wach in den Nächten in irgendwelchen Dorfkrügen und Landgasthäusern, wohin sie ihre Arbeit, wie sie es nannte, geführt hatte, Kommunikation, Verbindung der Bürgerrechtsgruppen, Werbung und Wahlkampf, der schon zeitig begann, das Jahr 1990, das Jahr Eins Rohr, war auch das der Wahlen im Westen, das Mammut wollte wiedergewählt werden, die Sozialdemokratie strebte nach dem Kanzleramt, die Grünen wollten ein Wörtchen mitreden, und wer weiß, wie die Sache im Osten ausging, bei den Laienspielern.

Kurt hatte sich über Moskau, die Zeit in der Sowjetunion, immer bedeckt gehalten und alle Fragen abgewehrt mit einer seiner entschiedenen Armbewegungen

– Die ich fürchtete als Kind, damit begannen die Strafen, wenn ich etwas ausgefressen hatte, wie Kurt sagte, wieder mal beim Pfarrer Magenstock gewesen war in der Kirche St. Johannis am Schandauer Markt, seiner Predigt zugehört oder mit Meno in der Pfarrwohnung bei den Büchern gesessen hatte, bei den so ganz anderen Gesprächen, wir Kinder für diesen Pfarrer keine Puppen oder geheime Feinde, sondern ernst zu nehmende Gesprächspartner, die Bücher, die so ganz andere Atmosphäre in der Gemeinde. Kurt hatte, wenn er erfuhr, daß wir wieder dort gewesen waren, den Gürtel aus den Hosenschlaufen gezogen, zum Tisch genickt, und Meno hatte sich jedesmal mit erbittertem Gesicht und weiß vor Angst über den Tisch gelegt,

Hände nach hinten, um die Tischdecke nicht herunterzureißen, die kostbare, von einer Taschkenterin auf einem Moskauer Markt erhandelte und durch alle Wirren des Exils bewahrte Tischdecke

– Ich hatte mich für Meno hingelegt, Kurt machte da keinen Unterschied, Ulrich im Hintergrund, der uns verpfiffen hatte oder auch nicht, das bekam ich nie wirklich heraus, Kurt sagte nicht, woher er von unseren Besuchen bei Magenstock wußte, er zog mir, im Gegensatz dazu, wie er bei Meno verfuhr, die Schlüpfer nicht vom Po, der Gürtel klatschte auf den Stoff, während er bei Meno auf die nackte Haut sauste, in konzentrierter, gezielter Wucht, und wehe, Meno hätte einen Laut von sich gegeben, dann hätte Kurt die Bestrafung unterbrochen und kalt

– Verschwinde

gesagt, verschwinde: irgendwohin, wo er nicht unter Kurts Augen sein würde, weg, unsichtbar, drei Tage lang, es schien Kurt egal zu sein, was unterdessen mit Meno geschah, was er tat und wovon er sich ernährte. Meno hatte eine Hütte im Wald entdeckt, die der Schandauer Förster manchmal benutzte. Meno hatte einige Vorräte dort deponiert. Kurt schlug zu, immer wieder

– Um euch den Magenstock und sein Pfaffengewäsch auszutreiben

diese Verführer unserer Jugend, diese Schlappschwänze und Seelenverkäufer, wie er sagte, und schrieb Magenstock einen Brief mit dem Siegel des Kulturministeriums, obwohl er dort schon nicht mehr beschäftigt war, forderte Magenstock auf, die Finger von seinen und überhaupt von den Kindern zu lassen, andernfalls er den sauberen Herrn Magenstock (schrieb Kurt) anzeigen werde, man wisse ja, daß Pfarrer einen Hang zu jungem Blut hätten, das sei kein Geheimnis, und auch über den Herrn Magenstock werde so einiges gemunkelt.

– Verschwinde, sagte Kurt auch zu mir, als ich mich eines Tages weigerte, die Position auf dem Tisch einzunehmen, los, ab, in die Position, sagte Kurt, du weißt, was es dafür gibt, wenn du nicht hörst, wenn du dich meinen Anordnungen widersetzt (er sprach von Anordnungen), und diesmal war Ulrich vorgetreten, mit erhobener Hand, um seinem, unserem Vater in den Arm zu fallen. Kurt griff damals mehr, als gut war, zur Flasche, sprach von den Genossen, die ihn fallengelassen hätten, die ihn verraten hätten, Genossen, von denen er (und schlug zu) das nicht gedacht hätte (schlug zu, nicht mit dem Gürtel, sondern mit einer für den Hund gekauften Leine aus Pferdeleder, eine teure Leine, aus einem Geschäft für Jägerbedarf), Genossen, die ihn von sich stießen wie einen Aussätzigen, nach Schandau abgeschoben hätten, dieses Kaff! Ulrich hängte sich in Kurts Arm, als die Leine zum dritten Mal herabsauste, das war ein anderer Schmerz als mit dem Gürtel, der flach und breit war, so daß die Schläge an Wucht verloren, Ulrich hing an Kurts Arm, den Kurt hochhielt, wie um zu sehen, ob der Älteste festgeklammert bleiben würde, wenn er den Bodenkontakt verlor, Ulrich sprang hoch, riß den Arm mit seinem Körpergewicht herunter, Kurt warf die Leine weg:

– Also du auch, ihr habt euch alle gegen mich verschworen.

Dann war er es, der wegging, ließ Ulrich, Meno und mich allein im Haus, sagte niemandem Bescheid, wohin er verschwand und wann er wiederkommen würde. Ulrich und Meno empfanden das als Erleichterung, auch ich, anfangs, doch nach einigen Stunden wurde ich unruhig, fragte in der Nachbarschaft, sah bei Lene Schmidken vorbei, hatte Angst, daß er niemals wiederkehren würde, einfach so, daß er alles stehen- und liegen- und uns unserem Schicksal überlassen hatte, seine Kinder, seine Brut, wie er uns manchmal nannte, murmelnd, als ob es keiner hören sollte, aber doch so, daß wir in der Nähe waren und es, wenn wir wollten, hören konnten. Ulrich goß sich einen Schnaps, den er im Schuppen in den noch nicht trockenen Holzvorräten versteckt hatte, ins Glas, stellte den Fernseher an, den Kurt schon damals besaß, rückte die Antenne so, daß wir Westfernsehen sehen konnten, meist klappte es nicht, zu schlechter Empfang, dann blieb nur Adlershof, etwa »Kollege kommt gleich« mit Hans-Georg Ponesky, dem blonden, munteren Fernsehunterhaltungschef

– In den ich mich verliebte, mit dem ich hätte durchbrennen wollen, obwohl ihn, später, die Schwesternschülerinnen nur abfällig die »blonde Träne« nannten, weil er auf der Bühne herumschmachtete, in der Mutter der ostdeutschen Unterhaltungsshows, »Mit dem Herzen dabei«, verdiente Werktätige in ihren Betten über die Karl-Marx-Allee fahren ließ, was die ganze Republik rührte.

– Aber Kurt war nicht da, hatte keinen Zettel hinterlassen, keine Adresse, ein paar Pfennige in der Schale im Flur, sonst war kein Geld im Haus, und ich begann zu überlegen, was ich uns zu essen machen konnte, ich würde zu Lene Schmidken gehen und bei ihr borgen, und Lene würde mir schweigend helfen, nicht zum ersten Mal, und nicht zum ersten Mal mit einigen Vorräten für diesen Fall, wie sie sagte, und würde Kurt, wenn er wiederkam, kräftig die Meinung sagen, ganz egal, ob er ein hoher Genosse war oder nicht, er war der Vater seiner Kinder, und sich aus dem Staub zu machen, empfand Lene nur als feige.

– Wiedervereinigung, sagte Judith, immer hübsch mit

der Mehrheit, immer an der Wand lang, der Vogt und du, ihr werdet noch bei der CDU landen.

Der Kanzler sprach am neunzehnten Dezember in Dresden, im Gewoge der Fahnen, im Blitzlichtgezitter, den Scheinwerfern, Anne, Meno und ich standen in der Menge, spürten die Bugwelle vor dem Kanzler und seinem Gefolge, Barsano klein daneben, schmal, uninteressant und unbedeutend, vom Mammut schon an den Rand gedrängt, obwohl es doch Barsanos Gebiet war, hatte Meno angemerkt, den Hut tief im Gesicht, die Hände in den Taschen, die Schultern zur Abwehr hochgezogen. Wir standen an der Schneise, die sich, den Kanzler und seinen Troß durchzulassen, öffnete, spürten die Atemlosigkeit der Begeisterung, von der die Menge erfaßt worden war, als das Mammut, groß, massig, erhobenen Haupts, taktweise verschattet von Fahnen, vorüberschritt, die Rufe, die Plakate, die Fahnen, mit denen ein Betrieb im Erzgebirge ein Geschäft machte, Deutschlandfahnen, von der hiesigen CDU zu Massen herangeschafft, andere Fahnen hatten ein Loch in der Mitte, das Staatswappen war ausgeschnitten. Das Mammut schritt durch die Menge, die sich nur widerwillig teilte, man wollte heran, dem Erlöser, hatte Meno gespottet, nahe sein, ihn anfassen, vielleicht um den Unglauben auszuräumen, der Mann existierte ja wirklich, er war da und anfaßbar, hatte Einfluß, Macht, vertrat den unfaßbar reichen anderen deutschen Staat, überragte die Menge, trug Anzug ohne Mantel, es war ein warmer Tag für Dezember, vielleicht war das Mammut aufgeregt, sich der historischen Stunde bewußt und daß nun die ganze Welt, wie es hieß, auf Dresden und seine Rede vor der Ruine der Frauenkirche achten würde, von hier und heute aus, und wir sind dabeigewesen, dachte ich, und wenn es die

Stunde erlaubt, meinte ich die pfälzisch gefärbte Stimme zu hören, die vom Podest sprach, Barsano kümmerlich daneben oder schon gar nicht mehr dabei, ich erinnere mich nicht, es hatte wohl auch keine Bedeutung mehr, der Zug, so hatte Meno gesagt, so Konrad Vogt und auch die bitter enttäuschte Judith, war abgefahren, die Straße wollte die Wiedervereinigung, alles andere war Wunschdenken, und für Wunschdenken war jetzt kein Platz mehr.

– Im zweiten Schandauer Sommer nach der Rückkehr aus der Sowjetunion war Kurt nervös gewesen, unleidlich, der Juni dreiundfünfzig steckte ihm in den Knochen, wie er seinen Parteigenossen in den Knochen steckte noch jahrelang und wie er das Mißtrauen befeuerte, die Angst. Damals war entschieden worden, die Parteiführung auf die Waldinsel zu schicken, abzuschotten vor dem Volk, das ihnen, den Kommunisten, feindlich gesinnt war und deshalb im Zaum gehalten werden mußte, damals begann, was Kurt später, in wie weggeworfenen Worten, seine Entfernung, seine Abtrennung nennen würde, wobei er sich dann in Rage redete und zu einer der Flaschen griff, von denen Ulrich manchmal für sich etwas abzweigte.

– Schon damals stritten wir uns über die Politik, die Politik der Partei, in der er kein kleines Licht war, die er unterstützte und gegen alle Kritik verteidigte, Fabian, er bügelte die Widersprüche einfach weg, wollte nichts hören, verbat mir die Rede, ich könne nicht urteilen, hätte nichts erlebt, sei eine unreife Göre, die erst einmal lernen müsse, was Leben und Überleben heiße.

– Ulrich ging regelmäßig raus bei diesen Diskussionen, Meno blieb und hörte zu, blaß, auf seine Weise störrisch gegen Kurt, aber auch gegen mich, was mich wütend machte, ich rannte hinaus, in den Wald, kämpfte innerlich gegen diesen Mann, meinen Vater, der so selbstsicher zu sein schien, es aber nicht war, an dem die Zweifel nagten, wie ich spürte, der sie aber nicht zugab und lieber alles zerstörte, als diese Zweifel zu groß werden zu lassen.

– Der mir aber auch ausgeliefert war, einer jener Männer, wie es damals viele gab, Patriarchen, Haushalt und Kinder kümmerten sie nicht, Kurt wußte nicht einmal, wie er sich Frühstück machen sollte, war es gewohnt, alles fertig auf dem Tisch zu finden, das war Frauenarbeit, wie er sagte, und die einzige Frau im Haushalt war ich, Fabian, ich verwaltete das Geld, kaufte ein, stand eine Stunde eher auf als die Herren Ulrich und Meno und Kurt Rohde, um den Herren Brote zu schmieren für die Schule, nach ihrer Kleidung zu sehen, Kurt zog das an, was am Vorabend über den Stuhl gelegt wurde, Meno wußte nicht einmal, daß ich es war, die nach Schlüpfern für ihn und Ulrich herumrannte, ich machte Frühstück, kochte Mittagessen, stopfte die Socken, besserte die Hemden aus, brachte die Schuhe zum Schuster, wusch die Wäsche.

Judith schrieb Bücher, war Dissidentin (damals auf der richtigen Seite), Antikommunisten hatten es bei diesen Intellektuellen nicht gut, und nun war Judith zwar kritisch gegen die Regierung, gegen die konkrete Wirklichkeit des Systems, wie sie sagte, aber nicht gegen das System an sich, meinte, man müsse es reformieren, es von seinen Auswüchsen befreien, seine richtige Idee, seinen guten Kern freilegen und ihn dann mit Zeit und Hege gedeihen lassen. Hier wußte sich Judith einig mit Thekla Oder und David Groth, mit Bojahr und Heinz Schiffner und den meisten Bürgerrechtlern, sah diese Übergangszeit als Chance, zu sich selbst zu kommen, das Redliche, wie Judith sagte, aufzubauen. Magenstock schwärmte von seiner Gemeinde, wie voll die Kirche sei, nie habe er solche Predigten gehalten wie im neunundachtziger Jahr, jedes Wort begierig aufgesogen von den dicht bei dicht gedrängten Suchenden in den Kirchenbänken. Auch ihm schwebte etwas zwischen Sozialismus und Kapitalismus vor, er kam mit den Schriften von Rudolf Bahro und Havemann, mit einem im Antiquariat Papierboot am Lindwurmring aufgestöberten Buch, Robert Steigerwald, »Herbert Marcuses dritter Weg«, erschienen, man höre und staune, so Magenstock, im Akademie Verlag, doch Anne staunte nicht, ihr genügte die Information des Klappentexts, Steigerwald sei Redakteur der ›Marxistischen Blätter‹, Zweimonatsschrift, zu Frankfurt am Main, und »gegenwärtig« Vorsitzender des Zusammenschlusses der marxistischen Arbeiterbildungsvereine der Bundesrepublik (MAB), seine Arbeit entspringe den komplizierten Kampfbedingungen der Arbeiterbewegung in der Bundesrepublik.

– Magenstock, der Meno und mir in seinem Stübchen in Schandau Lektüre nahezubringen versucht hatte, damals, als wir noch »die Russenkinder« gewesen waren.

– Wir wissen doch, Frau Hoffmann, wie solche Einordnungen zustande kommen, das sollte uns nicht vom eigenen Urteil abhalten.

– Mir erschienen diese Systemtheorien weltfremd, unpraktisch, und ich spürte, daß sie etwas verschleierten: daß man Macht braucht, wenn man etwas erreichen will.

Judith wollte sie nicht, wollte Macht abschaffen als etwas Böses und Grundverderbtes, Macht korrumpiere, und zwar immer, selbst die lautersten Charaktere. Den Barsano beispielsweise halte sie durchaus für einen im Grunde ehrlichen Kerl, und doch stehe er, seit er Ministerpräsident sei, in Zwängen, die ihm nur die Wahl zwischen zwei Übeln gestatteten, da sei gar kein Raum für das sogenannte Gute mehr, das ja auch niemand von ihnen kenne, es wandle seine Gestalt bis zum Gegenteil.

Im Atelier ging es hoch her. Axel Zybarth und Judith stritten miteinander, Zybarth versuchte die Wogen zu glätten, Eschschloraque junior warf verstohlene Blicke in die Runde. Judith griff Zybarth an. Nina griff Judith an, Eschschloraque mischte sich ein, wurde von Nina und Judith zugleich angegriffen. Diese Streitereien hatten seit der Maueröffnung zugenommen. Im Grunde ging es darum, sich darüber klar zu werden, was sie wollten. Und wohin. Sie hatten genau gewußt, wogegen sie waren, sie wußten keineswegs so genau, wofür sie waren. Gruppierungen bildeten sich. Judith bekräftigte ihre Position, daß man ewige Opposition sein, niemals an die Macht gelangen dürfe, denn dann begännen die Mechanismen der Korrumpierung unweigerlich die an die Macht Gekommenen zu verschlingen. Nina sprach für die Rechte der Frauen und der Umwelt. Judith, die Bürgerrechtlerin, wollte am liebsten alle Stasileute einen Kopf kürzer machen, Nina, die mit der grünen Bewegung sympathisierte, verwendete Farben, für die sie eine Schutzmaske brauchte. Zybarth wollte am liebsten sofort die freie Marktwirtschaft einführen und das Land an die Bundesrepublik anschließen. Judith protestierte.

– Die Leute stimmen mit den Füßen ab, sagte Zybarth ungehalten, sie haben genug von Experimenten. Die haben sie vierzig Jahre lang ertragen. Es gibt doch ein System, das funktioniert, es ist das der Bundesrepublik. Wozu den Sozialismus verbessern? Den kann man nicht verbessern, das Übel sitzt in der Wurzel. Siebzig Jahre seit der Oktoberrevolution hatte der Sozialismus Zeit, sich zu beweisen. Und ist gescheitert.

Die Mehrheit im Raum antwortete mit Schweigen.

– Wir haben eine Revolution auf den Weg gebracht, sagte Judith, der Westen hat nur zugesehen. Zum ersten Mal auf deutschem Boden eine friedliche Revolution! Das dürfen wir uns nicht kaputtmachen lassen. Wir haben jetzt die einmalige Chance, etwas wirklich Neues zu gestalten. Eine Gesellschaft, wie es sie noch nie gegeben hat und von der wir alle träumen: friedlich, menschlich, freizügig, demokratisch. Eine wirklich humane Gesellschaft. Glauben Sie, daß im Westen diese Humanität tatsächlich herrscht? Da regieren Profitinteressen und Medien, die nicht ganz so frei sind, wie sie tun oder es gerne hätten. Und auch Wortverdreher gibt es nicht nur hier. Judith spielte auf ein Interview an, in dem sie anläßlich der Maueröffnung geäußert hatte, daß die Menschen verrückt geworden seien und die Regierung den Verstand verloren habe. Das hatte ihr Hohn und eine Flut von haßerfüllten Briefen eingetragen. Zybarth sah beiseite mit dem Gesichtsausdruck eines Mannes, der diese Diskussionen schon oft gehört hat und innerlich den Kopf darüber schüttelt, daß sie trotzdem immer wiederkehren. Ich sah, daß Anne ihn nicht mochte. Das war Richardwelt, Vernunftwelt, aber nicht Richard hatte, als es darauf ankam, Mut bewiesen, sondern einer wie Klaus Rüdde aus der Umweltbibliothek, der für Richard wahrscheinlich schon physisch ein Brechmittel gewesen wäre mit diesem ellenlangen Bart und den genauso ellenlangen Haaren. Im Gegensatz zu Richard war Rüdde für seine Überzeugungen aus allen Karrieren ausgestiegen, hatte mehrfach in Stasihaft gesessen. Das sind doch alles Verlierer, hätte Richard wohl gesagt, die ganze Kirche ist voll von denen, und deswegen hat die Kirche ja auch ein Problem, Kirche ist das Forum der Randständigen. Mochte sein. Aber diese angeblichen oder tatsächlichen Randständigen hatten eines nie verloren: ihre Würde. Judith konnte morgens aufstehen, in den Spiegel sehen und fragen: Bist du feige gewesen? Nein. Hast du dich verbogen? Nein. Sie fuhr kein Auto, sie verdiente wahrscheinlich so gut wie nichts. Nina schlug vor, die Opposition solle zur Grenzschließung aufrufen, andernfalls das Land wirtschaftlich ausbluten werde. Zybarth stand auf und lief erregt um den Tisch herum.

– Können Sie mir bitte sagen, wie Sie sich das vorstellen? Wollen Sie mit Armee und Stasi paktieren? Die Übergänge wieder zumauern?

Albin Eschschloraque erklärte das Programm der in Schwante neugegründeten sozialdemokratischen Partei. Sie hatte überhaupt ein Programm, schien zu wissen, was sie mit welchen Mitteln wollte und was nicht. Die SDP stellte offen die Machtfrage und beanspruchte etwas, das die noch keineswegs reformierte Partei Barsanos und des Herrn mit den langen Zähnen, des abgetretenen Generalsekretärs Kronprinz, vor eine schwere Herausforderung stellte: sie zerstörte den Mythos der 1946 als einig proklamierten Arbeiterklasse.

– Ohne Parteistrukturen wird es nicht gehen, liebe Judith, sagte Eschschloraque, wer gestalten will, braucht Macht, und nur mit Basisdemokratie, wie es dir vorschwebt, kommt man nicht allzuweit. Vor allem nicht gegen einen immer noch übermächtigen alten Partei- und Staatsapparat.

– Gandhi hat auch viel erreicht, nur durch gewaltlosen Protest, sagte Nina.

– In Indien ist's aber auch warm, da läßt sich's gut am Wegrand hocken, sagte Albin Eschschloraque verärgert.

Glaubst du wirklich, daß die alten Bonzen freiwillig abziehen?

– Ich lehne die SPD ab, Herr Eschschloraque, sagte Zybarth. Und ich wünsche auch nicht, daß Sie mich parteipolitisch agitieren. Sie wissen genau, welche Position Ihre Mutterpartei uns gegenüber vertritt. Für die sind wir Oppositionelle, die ihr deutschlandpolitisches Konzept stören. Denen wäre es am liebsten, es hätte überhaupt keine Revolution gegeben.

– Das ist eine unzulässige Verallgemeinerung, Herr Zybarth. Ost- und West-SPD sind zwei Paar Schuhe. Der derzeitige Westberliner Bürgermeister zum Beispiel scheint lieber mit den hiesigen Bonzen zu sprechen als mit uns. Aber es gibt auch andere, und Sie sollten nicht alle über einen Kamm scheren.

Jens Reich kam herein.

– In der Normannenstraße werden Akten vernichtet. Wir müssen sofort was unternehmen. Wir brauchen das Westfernsehen. Er griff zum Telefonhörer.

Pfarrer Glander aus Rostock
Die Geschäftsstelle des Demokratischen Aufbruchs Berlin lag in der Marienburger Straße, in der Wohnung von Andreas Apelt, der den Demokratischen Aufbruch mitgegründet hatte. Ich kannte Axel Zybarth, den Vorsitzenden, er war mit Muriels Fall befaßt gewesen, hatte ihn aber an Peter Delanotte weitergegeben. Noch arbeitete ich nicht für Anne und Delanotte in der Volkskammer, war noch Kurier für das Dresdner Forum, beantwortete Briefe in der Karavellenwohnung, vervielfältigte Aufrufe und Programmentwürfe auf Pfarrer Magenstocks kircheneigener Druckmaschine. Ein bekanntes Gesicht des Demokra-

tischen Aufbruchs war Jürgen Glander. Er stammte von der Küste. In Rostock predigte er mit sparsamen Gesten und Worten, mild, doch verbindlich, zart gesalbt, wie Judith sagte; wohlgesetzte nautische Metaphern. Sein Vater war Kapitän gewesen. Manchmal deklamierte er Psalm und Fürbitte mit weit zurückgebeugtem Kopf. Wenn er böse wurde, dann gepflegt. Sein Glück sei der Rostocker Bischof gewesen, der habe die Hand über ihn gehalten und die heiklen Themen zugelassen. Wie anders sei es den Brüdern in Greifswald ergangen, die habe er bedauert. Er versank in einem Rostock, das ich nicht kannte, auch wenn ich als Filmvorführer manches gesehen hatte: Güstrow, Ribnitz, Stralsund, Greifswald und eben Rostock, ich erinnerte mich an eine Kirche mit Wohnungen im hochschrägen Dach. Glander zeigte Fotos, die ein Fotograf namens Gerhard Weber gemacht hatte:

– Wie nach dem Krieg, Fabian. Menschen mit ihren Lebensläufen und mit tausend Fäden in der Vergangenheit. Glander wies auf die Bilder, auf denen fast immer alte Menschen oder Kinder zu sehen waren, eine Straße hieß Krönkenhagen, das Bild stellte ein Pflaster vor, das aus zusammengedrängten Schildkröten zu bestehen schien, ein Fenster, hinter dem kein Zimmer mehr war, nur noch der leere Himmel. Der Stadthafen, rostige, auf ein Gestell gezurrte Fässer rechts im Vordergrund, hinter einem Schuppen, der Bug der »Vorwärts«, mehr zu einer Mauer als zu einem Schiff gehörend. Wenn Glander die Fotos aus Rostock zeigte, nahm er sich Zeit. Ich hatte den Eindruck, daß er dankbar war, wenn ich mir meinerseits Zeit nahm, die Fotos zu betrachten, die Fotos waren schwarzweiß, sie zeigten eine Welt, in der es viel Tristesse gab, doch war die Tristesse nicht das Entscheidende an diesen Bildern.

Sie strahlten Ruhe aus, etwas Zeitloses, ich hätte ohne Glanders Datierungen nicht gewußt, wann die Fotos aufgenommen worden waren. Ein Mädchen, gegen einen Baum oder eine Holztür gelehnt, Kopf im Profil, Arme auf dem Rücken, ein Lutscherstiel ragte aus dem geschlossenen Mund, der Blick des Mädchens war von etwas fasziniert, das der Bildbetrachter nicht sehen konnte. Die junge Anne, dachte ich, es gab ein Foto, auf dem auch sie diese Aufsässigkeit, diese Wachheit hatte. Glander sah in die Ferne, wenn er von Gerhard Weber erzählte. Autodidakt sei der, habe seinen Beruf als Zahntechniker aufgegeben, um fotografieren zu können. Er, Glander, habe nie einen unabhängigeren Menschen kennengelernt.

– Die CDU schnippt einmal mit dem Finger, und die ganze Straße ist mit Aufrufen gepflastert. Genauso die Genossen. Barsano ist doch nichts als ein alter Heuchler. Fabian, kennst du dich mit Computern aus? Glander wies auf einige in Folie verpackte Exemplare, eine Spende aus Westberlin.

– Uns erzählt er, wie menschlich er ist, und heimlich läßt er Firmen mit Parteigeldern gründen, um die entlassenen Stasikader unterzukriegen. Die haben mehr Geld, mehr Leute, die haben Büros, wir basteln unser Zeug selber. Die Revolution frißt ihre Kinder nicht nur, sie behandelt sie auch ungerecht.

Zybarth kam herein, in der Hand einen schwarzrotgoldenen Kaffeepott.

– Jürgen, wir müssen über einige Punkte reden. Zybarth nickte mir einen gleichgültigen Gruß zu, stellte den Pott beiseite, tippte auf den Aufbruchprogrammentwurf. Wiedervereinigung und noch mal Wiedervereinigung, das ist das Programm. Das hier ist zu vage und zu links. Wir sind der Brückenkopf des Kanzlers, wir haben nicht das Problem der CDU-Ost, angepaßt gewesen zu sein, wir haben den Bürgerrechtlerbonus, und wir sind keine Utopienstricker.

– Mir paßt diese Nähe zur West-CDU nicht so, erwiderte Glander. Die Überheblichkeit geht mir auf die Nerven. Vielleicht bin ich dumm und muß noch viel lernen, aber dafür bin ich das, der das tun muß.

– Mit einem Programm, das sich klar in Richtung Wiedervereinigung und Marktwirtschaft orientiert, werden wir die Wahlen gewinnen. Zybarth schlug verächtlich gegen das Papier. Damit nicht. Wofür stehen wir? Wofür stehen wir nicht? Kiss!

– Wir sollen uns also nach dem Westen orientieren. Da bin ich nicht nur sprachempfindlich, Axel. Und wen soll ich küssen?

– Kiss steht für: keep it straight and simple. Hab ich vom Kanzler gelernt. Er hat mich privat empfangen. Zybarths Augen lichterten. Er sah an den Menschen vorbei, mit denen er sprach. Leicht neurotisch. Bei gehemmten Kindern kam das vor.

– Wir müssen die Bürgerbewegung bündeln, sagte Glander. Keiner sieht noch durch bei all den Initiativen und Splittergruppen.

– Ich gehe nicht mit Narren oder diesen Frauengruppen zusammen, sagte Zybarth. Wenn wir das machen, verlieren wir an Profil. Wir müssen aber unser Profil schärfen und uns von den anderen abgrenzen.

– Hundert scharf voneinander abgegrenzte Gruppen, und jede besteht nur noch aus einer Person.

– Wir müssen die Führung der Bürgerbewegung übernehmen, sagte Zybarth. Nicht das Forum, sondern wir müssen mit der Bürgerbewegung identifiziert werden. Wir müssen Judith und ihre Träumer marginalisieren. Darauf läuft's hinaus, Jürgen. Und du mußt dir so langsam darüber klarwerden, wo dein Platz ist.

Wenn Glander von Gerhard Weber sprach, dann meist auch von Uwe Johnson. Johnson war Glanders Lieblingsschriftsteller. Im bundesdeutschen Literaturbetrieb sei Johnson immer ein Fremdkörper geblieben, in den Diskussionen über die ostdeutsche Literatur komme er kaum vor. Er sei zwischen den Welten gewesen, aber vielleicht, neben den Schöpfern der Digedags, das einzige Genie der ostdeutschen Literatur. Ich kannte Johnson nur von einem bei Hermes erschienenen Auswahlband, »Eine Reise wegwohin«, den Meno für mich beiseite gelegt hatte, Bückware natürlich, Kurzprosa. Glander empfahl die »Jahrestage«, »Ingrid Babendererde«, die »Mutmassungen über Jakob«. »Aber Jakob ist immer quer über die Gleise gegangen«: Für Glander war es der beste deutsche Romananfang.

Der andere Glander begann seine Predigt nach der »Tagesschau«, die Kundschaft, wie er sagte, erreichte ihn dann mit frischer Wut.

Zybarth, oder: Fusion von Elefant und Igel. Der Igelant
Da flog er ein, der Chef, einer der Gründer des Aufbruchs, flog ein und flog wieder aus, wies hierhin und dorthin, hatte genaue Vorstellungen, wie die Dinge laufen sollten, landete in der Berliner Zentrale, startete ins Land und hielt Wahlkampf mit wohltönender, in vielen Prozessen geschulter Stimme. Wie hatte es geheißen? Willst du ausreisen, geh zu Sperber oder Delanotte, willst du dableiben, geh zu Zybarth oder Joffe. Je nachdem, ob man das Beten mehr mochte oder Joffes Parteiabzeichen. Aber Zybarth

war bekannt, ihn identifizierte das Publikum mit dem Aufbruch, er war, wie man sagte, dessen Gesicht.

Irritation, Befremdung, Mißtrauen: die eine Hälfte der Reaktionen, die Axel Zybarth auslöste. Die andere war Dankbarkeit. Er hatte viele Bürgerrechtler verteidigt und ihnen, wie sie sagten, viel erspart. Delanotte, Sperber, Joffe arbeiteten in Kanzleien, Zybarth war Einzelanwalt, einer von zwanzig im Land. Für Konrad Vogt war er ein Igelant, hervorgegangen aus einer Fusion von Igel und Elefant. Der Doppelte Axel. Es gab einen Zybarth, der mit seinen Mandanten betete, sich als Mann der Kirche sah, vor lauter Leidensinbrunst auch schon mal in Tränen ausbrach, wenn er Mandanten im Gefängnis besuchte. Für einen dieser Mandanten aus dem Jenaer Oppositionskreis hatte er sogar einen Manuskriptschmuggel auf sich genommen, wohl wissend, daß ihn das seine Anwaltszulassung kosten konnte. Erhielt er nachts um drei Uhr einen Anruf, warf er sich in den Mantel und brauste, um zu helfen, noch in den entlegensten Ort. Dieser Zybarth kämpfte, betete und war ein bescheidener, mitleiderregender Mensch, der sich im Kampf gegen das Böse und das falsche Gute förmlich zerrieb.

Der andere Zybarth platzte in Versammlungen der Bürgerrechtler, die Tränen des ersten Zybarth noch im Gesicht, warf mit Anweisungen und Ratschlägen um sich und raunte von seinen Kontakten zu Mächten, die, gewöhnlichen Bürgerrechtlern unerreichbar fern, große Politik betrieben und ihn, Axel Zybarth, als Mann auf gleicher Augenhöhe eingeweiht hatten. Wenn man mit diesem Zybarth sprach, genauer: wenn dieser Zybarth sich herbeiließ, mit Fußvolkbürgerrechtlern zu sprechen, trat man einem Hohenpriester gegenüber, der in die tiefgründigsten Geheimnisse eingeweiht war, aber sie natürlich nicht alle (und allen) ausplaudern konnte. Komplizierte Erwägungen, die nicht jeder verstanden und deren Erläuterung im einzelnen viel zu weit geführt hätte, hielten ihn davon ab, Erwägungen, die zum Besten des Fragers angestellt wurden, ohne daß er, der leichtsinnige Frager, der mit seiner Frage das kostbar-fragile Geweb der Zybarthschen Machtberührungen verletzte, davon auch nur eine Ahnung hatte. Ja, nicht nur das – der oft nicht einmal wußte, was sein, des Fragers, Bestes war. Nur Axel Zybarth besaß Erfahrung und Durchblick genug, dieses Beste aus einem typisch bürgerrechtlichen Befindlichkeitsdickicht herauszuhauen.

Axel Zybarth, Vorsitzender des Aufbruchs, sah sich als künftigen Ministerpräsidenten. Am Tag seiner Enttarnung, kurz vor der Wahl, war er ein gebrochener Mann. Verraten von Genossen, die ihn doch immer als unentbehrlich bezeichnet hatten, als entscheidend wichtigen Mann, dem es wie keinem anderen gelang, in die feindlichen Strukturen der Kirche und seiner Mandanten einzudringen. Glander hatte ihn noch öffentlich verteidigt. Hatte Zybarth sich zu weit vorgewagt, war er selbständig geworden, hatte er begonnen, diejenigen anzutasten, die ihn als ihr Geschöpf sahen, ein Meisterwerk in der Kunst des Verrats? Zybarth, Heimkind, Flüchtlingskind, lehnte das Wort Verräter für sich nicht ab, wies aber darauf hin, daß er ohne diesen Verrat niemals soviel für seine Schutzbefohlenen hätte erreichen können.

Logbuch

20.8.2015 Donnerstag
Volker Delanotte rief an, er sitze am Bordklavier, die »Sonderborg« sei auf dem Weg nach Hiddensee, ob wir mitwollten, Christian und ich, man wolle Meno abholen.

21.8.2015 Freitag
Hiddensee. Wie zart sie sind, die Reineclauden am Knick des Biologenwegs, zwischen so viel mächtigeren Kiefernästen suchen sie sich ihren Platz am Wegrand, es gibt uns, scheinen sie zu sagen, unser Leben wird kurz sein, aber wir leben. Ihre Farbe schwankt von Blaßgelb zum Rosaviolett der Nilpferdnüstern, die Haut über dem Fruchtfleisch scheint bis zum Platzen aufgespannt. Ich gehe die sandigen Wege und habe Vergnügen am weich einsinkenden Schritt. Es sind Strecken, die nur gezwungenermaßen an Häusern vorüberzuführen scheinen, ich akzeptiere die Häuser, wenn auch widerstrebend, sehe die zivilisatorischen Zugeständnisse (Elektroleitungen, Propangasbehälter), die eine Geborgenheit versprechen, die der immerwährende Wind und die hörbare immerwährende Brandung in Frage stellen. Alle Ausblicke, fast alle Blicke überhaupt sind hier ungerahmte Stilleben: ein Stuhl im Design aus dem Petrolchemischen Kombinat Schwedt schräg auf der Anhöhe vor dem Haus, eine Möwe, die über dem Garten in den Kliffwinden schaukelt und sich niederläßt, mich beim Mittagessen mißtrauisch beobachtet, vielleicht zieht sie der Geruch des Butterfischs an, den ich am Hafen kaufte, auf dem schwarzroten Zeesenboot.

Wie unverändert das Haus ist. Zuletzt kam ich vor drei Jahren her, mit Elisabeth. Gras ist gewachsen, der Sandkasten unter der mächtigen Schwedischen Mehlbeere ist zugewuchert, der tote Baum an der Kliffkante gestürzt und liegt, bleiches, kahles Gebein eines Vorzeitwesens, vom Verwalter zum Schutz vor das Gestrüpp gezogen, das hinunter zum Strand eine stachelige Woge bildet. Die Insel hält es nicht mit dem Aktuellen. Papier krümmt sich im Seewind, die Sonne bleicht es binnen Stunden, die Zeitung wird zur Scharteke, der man nicht glaubt, daß sie vor wenigen Stunden erst die Druckerei verließ. Hiddensee ist ein Sterbebett, ein besonntes, ein duftendes Sterbebett, man sieht einen anderen, der man war, der man nicht mehr ist, und das Ich, das ihn sieht, kommt aus anderen Zeiten, lebt in anderem Takt.

Hiddensee ist nicht pathetisch, dafür ist es zu hell und zu leicht. Unwillkürlich verbinde ich Leichtigkeit mit dieser Insel, nicht im übertragenen, sondern im tatsächlichen Sinn: die Dinge scheinen hier weniger zu wiegen. Es ist auch mit unpathetischen Bäumen bewachsen, vor allem Buchen, Birken und Kiefern. Über die Kiefer haben Ponge (»La Mounine«) und Gracq (in den »Witterungen«) geschrieben. Beide Autoren, große Landschafter, gehören hierher. Die Kiefer, ein trockener, ein Sommerbaum, scheint für die Insel wie geschaffen zu sein, obwohl mir der Widerspruch zwischen dem Attribut »trocken« und dem, was die Insel zur Insel macht, bewußt ist. Die Kiefer scheint die Sonne aufzusaugen wie ein Durstiger die Flüssigkeit, und immer stutze ich, wenn ich »nasse Kiefer« höre. Kiefer, das ist Heide und Sand, das Knistern des Walds, nicht sein Rauschen. Auch hat das Holz, wenn es frisch geschlagen ist, einen kampferartig würzigen Duft, man spaltet es krachend, das verbinde ich mit dem Begriff der Trockenheit, das zähe Aufbrechen eines Buchen- oder Lebensbaumscheits ist etwas anderes, erst recht der Kampf mit einem Stück Eiche.

Die geistige Empfänglichkeit und Stimmung »an Land« ist eine andere als die auf Hiddensee, die Insel hat mich, was das betrifft, bisher immer überrascht. Prosa, vor allem belletristische, wird hier eigentümlich wesenlos. Hiddensee ist ein guter Ort für Epen, Philosophie und Theologie, Thomas von Aquin, Augustinus, für die »Sanddornzeit« von Hanns Cibulka, eins der anderen Bücher, ein Buch der Dauer, der Konzentration.

Das weiße, reetgedeckte Haus auf der Anhöhe des Biologenwegs, nebenan die Unterkunft der Biologen der Ernst-Moritz-Arndt-Universität Greifswald, der alte, überwucherte Zaun, der müde wirkt und zugleich, eben weil er nicht streng und abweisend ist, einen angenehm einladenden Charakter hat, die Buche, ein zäh gesträngter, starkstammiger Baum, der den Weg zum Haus überschattet, die geborstenen Platten und die Remise, in der die Fahrräder für die Gäste stehen. Efeu rankt am Haus empor, die Schauseite zum Biologenweg ist, das spürt man schon unten, noch nicht das Eigentliche des Anwesens – weswegen immer wieder Touristen auftauchen und an die Tür klopfen, um nach den Quartiergebern zu fragen und wie man hier mieten könne. Hat man die Remise passiert, biegt man nach links, erreicht einen kleinen gepflasterten Platz, der an eine höhergelegene Terrasse grenzt. Ich stelle den Koffer auf die Steinplatten, warte, ahne hinter dem Anstieg des Gartens seinen Abstieg hin zum Meer, die atemweitende Aussicht, ich stehe in einem Licht, das es auf dem dämmerigen Biologenweg noch nicht gab, lasse den Koffer stehen, schlendere in die Töne und Luftströmungen des Gartens.

Windiges Wetter. Vor der Bibliothek, auf der Gartenanhöhe, die Schwedische Mehlbeere, ein kräftiger Baum, in dem der Schiffsarzt einst Klettertaue befestigte. Die Blätter dieses Baums ähneln denen der Eiche, nur ist die Rändelung nicht ganz so charakteristisch ausgeprägt. Die Konfrontation der Kategorien »Baum/Bäume« und »Meer« ist faszinierend, ordnet man doch beide unterschiedlichen Seinsbereichen zu, auch wenn natürlich, wie hier, Bäume auf Inseln existieren. Dennoch kann es mit dem Moment der Überraschung zusammenhängen, daß Seefahrer, wie berichtet, kindliche Freude beim Anblick von Bäumen im Meer empfinden, das ist womöglich eben das erste: Bäume im Meer, und nicht: eine Insel im Meer, auf der Bäume stehen. Festes Land, nach langer, schwankender Fahrt.

Strandgut. Nicht nur das, was man tatsächlich unten angespült findet, sondern auch all die Utensilien, die anscheinend funktionslos die Fensterläden möblieren: eine Schale mit Hühnergöttern und Muscheln, ein Krug, ein Metallstativ mit einer Kugelkerze darauf, eine Tasse voll alter Münzen, Kerzenständer und ein aus Filz gefertigter Schafbock mit Messingglöckchen, Mitbringsel und vertrocknete Korallen, die an die Feinsinnigkeit mancher alten Jungfern erinnern, deren Wesen wie zart gekämmt erscheint, Strohblumen, ein Nußschalenboot mit dunkellila Segel, auf dem hellblau der Name Muriel gepinselt steht, Zeichen, Anrufungen, kleine Bojen, die als Halt und Grenzmarke zugleich fungieren. Vielleicht stehen diese Dinge, zu denen ein Fremder schnell Krimskrams sagt und die er ohne Bedauern oder Zögern wegwerfen könnte, deshalb so gern auf Fensterbrettern, die ja auch

Grenze sind. Es gäbe genug Platz anderswo im Zimmer, und für Schmuck sind sie nicht schmückend genug. Eher als Schmuck sind diese Dinge Talismane, Glücksbringer und -halter, oft mit Kindern verbunden, Erinnerungen.

Gibt es Schöneres, als bei Nacht als freier Mensch an Bord eines Segelschiffs zu gehen?

22.8.2015 Sonnabend
Vom Geräusch des Tritons geweckt, der sich gegenüber der Kajüte befindet, in der Christian und ich Quartier haben. Gegurgwürgeln, Gewürggurgeln. Klogeräusche können faszinierend sein. Der Triton brummt, knirscht, mahlt, schnaubt, schluckt. Dann schweigt er. Aus Politikersicht ist der Schiffstriton der ideale Wähler. Stickige Nacht im oberen Bett der Kabine, das ich über einen in die dicken Eichenbalken gerammten Spieß erklettern kann. Verstauung der Sachen in den Wandschapps. Volker hat die Duschen in den beiden Bädern repariert.

Die Kajüte ist gemütlich und geräumig. Elektrisch Licht, ein kleiner über Eck gebauter Tisch, unter dem wir unsere Seesäcke verstauen. Die »Sonderborg« ist ein Dreimastbramsegelschoner, Vollholzschiff aus Eiche, ursprünglich ein Zweimaster, später zum Dreimaster aufgeriggt, Werft Ring Andersen in Dänemark, als Logger in der Getreide- und Salzfahrt zwischen Dänemark und Grönland unterwegs gewesen, der Route wegen eisgängig gebaut, wir könnten zum Nordpol oder in die Antarktis fahren.

Länge über alles: 42 m, Länge über Deck: 29,40 m, Breite: 7,10 m, Tiefgang: 3,35 m, Ballast: 80 t Bleibarren, Segelfläche: 640 qm, Motor: 6-Zylinder-Scania Vabis Diesel, 250 PS.

Aufentern in die Wanten. Wir turnen, über die Rahen gebeugt, in dreißig Metern Höhe über der Wasseroberfläche, im Fußpferd stehend, lösen die Zeisinge, die Leinen, mit denen das Segel an der Rah verzurrt wird. Vier Rahen und die Arbeit je Steuerbord und Backbord. Ankerhieven, die Motorwinsch holt die Kette herauf. Kodi und Katrine, die Deckshands, legen die Schäkel in die Ankerkammer, um das Verheddern zu vermeiden. Skipper Ebbe am Steuer. Wir brassen die Rahen, stellen sie in den Wind. Kodi ist halb Däne, halb Kanadier, wirkt schüchtern, er ist der jüngste der Crew und wird von Katrine auch so behandelt. Die ist stämmig, blond mit blauen Augen, spricht Christian und mich mit »He, guys« an, wird bald, als sie merkt, daß wir spuren, beherzter im Kommandogeben. Dänemark hält sich noch zwei Schulschiffe, um neben der üblichen nautischen Ausbildung gefährdete Jugendliche in einer Seemannschaft zu resozialisieren. Sie müssen lernen, sich einzufügen, mit Kommandos und Disziplin zu leben, mit anderen gemeinsam an einer Aufgabe zu arbeiten. Auch Kodi kam durch dieses Programm an Bord. Katrine hat sich die »Sonderborg« auf einen Oberarm tätowieren lassen, ein Pferd auf den anderen.

Aufklarendes Wetter. Wieder aufentern, Segel bergen, das schlagende Segel gebärdet sich wie ein wütender Drache, dem man die Flügel festhalten soll. Als das letzte Segel geborgen ist, gähnt unter uns die freie Tiefe. Schwierig sind vor allem die beiden Marssegel, die beiden Rahen sind kaum einen Meter auseinander, man fühlt sich ein wenig wie der Dosenöffner, der in den Gummi zwischen Deckel und Glas muß. Stehend auf dem Pferd, über die Rah geknickt, um beide Hände für die Zeisinge und das Segel freizuhaben, Sicherungsleine in ein starkes Quertau eingeklinkt, dieses im Rücken, schwingt man wie ein Marienkäfer auf einer angestrichenen Kontrabaßsaite hin und her.

Einweisung Skipper Ebbe. Höfliche, aber entschiedene Gesten. Die Landratten kommen und gehen, sie sind kaum vermeidbares, vom schrulligen Eigner mitgebrachtes Übel. Dieses Schiff, diese aus dänischer Eiche gefertigte, einmalige Freiheit würde er wohl gegen alle und alles verteidigen, selbst gegen den Eigner. Blond und blauäugig, wetterbraunes, aber zartes Gesicht, zäher Goldfuchs. Riemenschneiderhände, drahtige Füße, meist geht er barfuß. Bleibt auf verbindlicher Distanz uns Passagieren gegenüber. Auch zwischen ihm und Kodi/Katrine gibt es die Kluft zwischen dem erfahrenen Seeoffizier und den Leichtmatrosen. Man spürt, daß er unangenehm werden kann. Wir müssen sparsam mit dem Trinkwasser sein, die Vorgängerbesatzung hat in zwei Wochen drei Tonnen Wasser verbraucht.

Klares Wetter, Wolkenflaum. Breitfock klarmachen und setzen, aufentern. Leinen befestigen, Knoten wiederholen, Webeleinstek, Palstek, Roringstek, Schotstek, Stopperstek, liegende Acht, Kreuzknoten. Katrine achtet darauf, daß wir keine Kopfschläge am Schluß fabrizieren. Wir hängen auf der Rah und sehen in den grünen, bewegten Abgrund unter uns, wo sich die anderen Passagiere befinden. Hannelore, Kutti Rensenbrink, Monika sonnen sich, beobachten Christians und meinen Eifer mit leichtem Befremden. Das Schiff rollt.

Jeden Morgen wird Carola Grote aus ihrer Kajüte, die für sie umgebaut wurde und in der sie allein schläft, mit einer Verbindung nach nebenan zu Elisabeth und Montserrat, an Deck gehoben. Vier Männer sind nötig, Ebbe,

Kodi, Christian und ich, wir fieren das Bett, das Volker für seine Schwägerin hat anfertigen lassen, damit sie mit aufs Schiff kann, durch den Kajütgang und die Luke hoch, danach wird Carola auf einer mit Leinen an der Winsch gesicherten Trage festgeschnallt und langsam, unter Kontrolle von Ebbe und Christian, ihrem Hausarzt, nach oben gezogen. Elisabeth macht ihr das Essen, füttert sie, rückt das Bett, wie Carola es haben will, liest ihr vor (Melville, Moby Dick, das Buch ist von mir, eine alte Ausgabe der Dieterich'schen Verlagsbuchhandlung zu Leipzig), legt ihr Hörbuchkassetten in den Walkman, an den Carola sich so gewöhnt hat, daß sie alles andere ablehnt. Sitzen wir mit der Crew am Tisch, wird erzählt oder vorgelesen. Volker erzählt vom Schwein Hermann, das auf einer Atlantikfahrt dabei war. Wie eine Primaballerina sei es getrippelt und anfangs immer hingefallen. Es hätte recht schnell gelernt, sich seemännisch zu bewegen. Mit Hermann sei ein Harfenist an Bord gewesen, der sein Geld auf Begräbnissen verdient und eine kleine Pedalharfe zum Törn mitgebracht habe. Mit dieser abends auf Deck die Sterne besungen. Das Schwein Hermann habe nicht auf die Karibikinsel eingeführt werden dürfen, vor der die »Sonderborg« ankerte. Quarantäne oder Schlachtung als Konsequenz. Hermann sei aber der Liebling der Damenwelt gewesen, niemand habe sich getraut, ihn zu schlachten. Es habe schöne blaue Augen und sonnenblonde Wimpern gehabt, ein rechter Schweinearier.

Wir backen Brot. Meno liest das aktuelle Programm der Vinetapresse.

Schiemannsgarn am stehenden Gut: Die Stahlseile werden mit Lebertran vom Dorsch imprägniert, ein sogenanntes Kriechöl. Die Viskosität ist so weich wie nirgends sonst in Kunst und Natur. Das Öl kriecht ins Stahlreep und imprägniert es. Damit aber die Webeleinen (Querleinen in den Wanten) halten (sie sind auf Reibung gesetzt), kommt auf das Stahlseil das Schiemannsgarn und wird mit dem Takelhammer festgeklopft. Die Zwischenstücke bestehen aus Zink und werden mit Zinkweiß gestrichen.

Das Reep ist 220 Meter lang, die Reepschläger waren auf der entsprechend langen Reeperbahn beschäftigt. An der Gaffel ist die Gaffelgabel mit Leder ausgeschlagen, damit die Reibung zwischen Gaffel und Mast kleiner wird. Dieses Leder ist Kernleder, etwa daumendick. In Form gebracht wird es, indem die Mannschaft in einen Eimer pinkelt, Urin ist das beste Lederweichmittel. Weswegen die Landser in ihre ungetragenen Stiefel pinkelten, um sie geschmeidig zu machen. Ein Schiff war schmutzig, alles war mit Fett geschmiert, überall wo man hinfaßte, griff man in Fett und Schmutz. Die weißen Lords auf ihren Yachten waren das sogenannte Dreisterneende der Segelei, ihre Tätigkeit beschränkte sich aufs Abschieds- und Willkommenswinken.

Masten. Douglasien im Laubbaumbestand. Die Laubbäume schatten, zwingen die Douglasien zum Höhenwuchs. Sie wachsen kerzengerade. Früher gab es regelrechte Mastenforsten. Die unteren Äste fallen ab, deswegen hat die Douglasie kaum Aststellen. Der Baum dreht sich aber beim Wachsen, folgt dem Sonnenlauf. Masten auf Segelschiffen waren hell, der helle Mast wird nicht so heiß und trocken, bekommt keine Trockenrisse. Damit die Masten hell blieben, wurden sie regelmäßig geschrappt, mit halbrunden Ziehklingen abgezogen. Der Mast wird nach dem dritten Frost (Januar, Februar) geschlagen, ist dann aber voller Saft und muß getrocknet werden. Damit die

Trocknung einerseits gleichmäßig, andererseits langsam erfolgt, muß der Mast auf dem Trockenplatz regelmäßig gedreht werden. Die in der Sonne zu schnell trocknenden Teile werden mit Lappen abgedeckt. Erfolgt die Trocknung ungleichmäßig, besteht die Gefahr, daß sich Trocknungsrisse bilden. Oben, am sogenannten Eselskopf, ist der Mast viereckig. Er verjüngt sich, nach den natürlichen Gegebenheiten. Die antiken Säulen nahmen das auf. Später, als die Dampfer aufkamen, waren die Masten noch immer aus Holz, die Rümpfe aber bereits aus Stahl. Als die Eisenmasten aufkamen, strich man auch sie hell nach der Tradition. Selbst die Schornsteine wurden in hellem Gelb gestrichen, nur der Rand blieb schwarz gesäumt, des Rußes wegen. Lorenz Grote erzählt: Die Lohntütenbarkasse fuhr als sogenannte Staatsbarkasse jeden Freitag im Hafen auf, um die Stauer und die Schauerleute zu entlohnen, die wöchentlich Geld bekamen.

Hannelore und Lorenz sitzen im Abendlicht auf Deck, Hand in Hand.

Monika macht Vogelbeobachtungen. Fragt Meno, ob es auf Hiddensee die Vogelwarte noch gebe.

– Opalscheiteltangare, seufzt Monika, so müßte ein Liebesbrief beginnen.

Auf alten Fotos sieht man Schiffe mit gesetzten Segeln im Hafen, die Segel bestanden aus Hanf und faulten, wurden gesetzt, um zu trocknen. Fäulnis des Materials war auch ein Problem der Fischer, die Netze waren ebenfalls aus Hanf und verrotteten. Später kam die Lohe, die gelohten Segel waren mit Holzteer imprägniert, wie er bei den Köhlern im Wald anfiel. Die gelohten Segel sind rot.

Sextant: mißt den Winkel zwischen Sonne und Horizont zu einer bestimmten, in Segelhandbüchern tabellarisch festgehaltenen Uhrzeit, so bekommt man die nautische Breite. Man braucht: Sonne, Winkelmesser (Sextant), eine genau gehende Uhr (das Harrisonproblem) und einen Zeitpunkt, zu dem man am Ortspunkt zu messen hat. Und dann im Segelhandbuch nicht in die falsche Tabelle schauen.

Ebbe weist die Gäste erneut in den Gebrauch der Bordtoilette ein, sichtlich aufgebracht, sie ist verstopft. Man öffnet den Deckel, nimmt Platz, wird fertig, legt den Dekkel wieder auf und betätigt den Pumpenknopf, woraufhin im Erfolgsfall eine leiernde Absaugung beginnt. Danach herrscht Unterdruck, der mittels eines Hebels gelöst wird, woraufhin sich der Deckel wieder öffnet. Vier, maximal fünf Blätter Toilettenpapier sind gestattet, alles, was darübergeht, muß in einen Eimer. Die Toilette ist von MacKenzie und Cie., 1944.

Einige Schiffsbereiche bleiben unbetretbar, sind, gewissermaßen, das Heiligtum der Crew: ihre Unterkunft, in der sie zu dritt viel beengter hausen als wir Gäste jeweils zu zweit in unseren vergleichsweise luxuriösen Kabinen, Volkers Kajüte, in der er stundenlang sitzt und Entwürfe zeichnet, darüber alles andere vergessen kann, bis er von Hannelore ermahnt wird, was ihn aber keineswegs stört, alle sitzen beim Essen und warten auf den Chef, der aber nicht kommt, selbst die Mahnungen vergißt.

Volker erzählt von Bergengruens Novellen in »Der Tod von Reval«, die ihn beeindruckt haben. Darin die Geschichte der Kapitänin Holmberg, die das eigentliche Regiment auf dem Schiff führt und, als sie stirbt, in einem Faß mit Branntwein konserviert wird.

– Neunmannskraft! Volker Delanotte prostet in die Runde. Dorpater Studentenschnaps. Die Kapitänin will (die Erfüllung ihres Willens hat ihr der Kapitän schwören müssen) in Revaler Erde begraben werden. Volker, begeistert, zitiert: Unter diesem Hügelchen / liegt der Doktor Kügelgen, / und die hier um ihn liegen, / verdanken ihm dies Vergnügen.

Hannelore nickt, ja, da werde ein Punkt angesprochen, auch sie müßten das allmählich klären.

Seegang. Christian und ich entern backbords auf. Am tückischsten ist der Übergang am Eselskopf, wo an den Hauptmast ein Behelfsmast angestückt ist. Dort geht es vom Hauptwant in ein überhängendes Dreieck, das man noch ungesichert zu passieren hat. Auf dem Fußpferd geht es an der Rah entlang außenbords. Einklinken der Sicherheitsleine. Man versucht, mit halbbetäubten Händen die Laschen (Zeisinge) über dem Segel aufzudröseln, das Segel löst sich, fällt aber noch nicht. Abentern. Segeltrimm. Die Hände schmerzen vom dauernden Gezerr an den Reeps. Wir wiederholen Knoten, den Halben Schlag, die Staffelung der einzelnen Leinen auf den Belegnägeln an den Nagelbänken. Jede Leine hat genau den ihr zukommenden Platz – und keinen anderen –, damit man auch nachts und sonst bei schlechter Sicht weiß, woran man zieht. Wir setzen Stagfock, Binnen- und Außenklüver, die beiden Gaffelsegel. Bei rauhem Wind schlagen die beiden Gaffelbäume gefährlich hin und her. Volker berichtet, daß er ein früheres Schiff nach einem Gaffelbaumunfall erworben habe: Der Kapitän habe nicht aufgepaßt, sei vom Gaffelbaum am Kopf getroffen worden, betäubt über Bord gegangen und ertrunken. Ich nähe Volkers Hose, an der fünf Knöpfe fehlen. Volker philosophiert über den Wurm.

Der Wurm frißt kein Eisen. Deshalb gebe es Eisen auf dem Schiff. Der Wurm geht ins Hirnholz und frißt sich entlang der Maserung, bis es nicht mehr weitergeht, dann kehrt er um. Von außen sieht man nichts, nicht einmal Kotspuren. Irgendwann zerfällt der Mast. Eisen aber erzeugt galvanische Ströme, und die zersetzen die Holzplanken. Die Engländer sagen: the galvanic disease. Weil Eisen oxydiert, gibt es Zinkopferanoden, sie werden kleiner und müssen ersetzt werden.

Hannelore erzählt beim Abwaschen von einem Dramolettprojekt, das ein Hausfreund aufführen wolle: »The Damsel in the Stress«. Ein Ritter, der den Namen eines Pilzes trägt, soll eine Jungfer, die auch den Namen eines Pilzes trägt, im tiefen Forst aus den Klauen eines garstigen Reptils erretten, er arbeite noch an der Dramaturgie, Pilze seien die größten bekannten Lebewesen, des Myzels wegen, das sie, anders als Korallen, zu einer Einheit werden lasse.

23.8.2015 Sonntag

Die Wände eines Schiffs sind dünn, man hört jedes Geräusch des Nachbarn. Gefühl, sich im Inneren eines Organismus zu befinden – hier gluckert etwas (jemand pumpt das Abwaschwasser aus der Küchenspüle), da beginnt etwas zu brummen (der Kühlschrank, dessen Motor hinter einer Schiebetür unserer Kajüte verborgen ist), der Diesel springt an, dann das Gurgeln der WC-Pumpe, die überall knarrenden, gedehnten, zusammengeschobenen Dielen und Hölzer, eine Tür kracht, hinter der Wand Gemurmel, von oben ein Mozartquartett, gespielt von den Alban Bergs, Volker hat eine Box aufs Deck gestellt und beschallt die bleiern glatt liegende See. Ächzen aus dem Rigg, Gerumpel (umgesetzte Leinen oder Keile).

Volker legt Bücher auf die Back, erklärt Christian und

mir Stadien, die Kastan, Delanotte & Partner gebaut haben: Kapstadt, Durban, Bukarest, Kiew, Warschau. In einem solchen Stadion gibt es eine regelrechte Beleuchterbühne, einen Umlauf auf dem Dach, VIP-Lounges, die Mannschaftskabinen sind Luxuszonen. Es gibt Entmüdungsbecken, Warmbäder, in denen die Gladiatoren liegen und ihre strapazierten Muskeln lockern können. Diese Entmüdungsbecken seien unverzichtbar. Dachkonstruktionen. In Durban der Bogen als Symbol des Regenbogens, in Durban leben Schwarze, Weiße, Inder, man wollte dieser Vielfalt Ausdruck geben. Später wurde eine Bahn auf diesem Bogen installiert. Man fährt hoch, steigt auf der anderen Seite des Bogens über eine Treppe wieder hinunter. In Kapstadt ein Glasdach auf dem Stadion, das gegen den Tafelberg und einen Aussichtsberg bestehen muß. Von oben sieht es wie eine aufgeschnittene Achatdruse aus. Das Glasdach ist das größte der Welt. Natürlich Pressekampagnen und Anfeindungen. In Kiew gab es acht Tote beim Bau des dortigen Stadions. Noch während des Stadionbaus wurden zwei Schwarzbauten hochgezogen, die alle Sichtverhältnisse zunichte machten, Volker erlebte sechs Baudirektoren.

Das Lot. Volker kriecht ins Gatt und regt sich auf: Hier sehe es aus wie in der Kirche, hinter dem Altar stehe auch immer Küsters Angelzeug. Kommt mit dem Kleinen Lot wieder, deutet auf die Grube am unteren Ende des Lots. Dort sei Wachs eingeschmiert worden, die sogenannte Lotspeise. Wenn man mit einem solcherart präparierten Lot den Grund berühre, bleibe Material an der Lotspeise haften, so daß man erkennen könne, welchen Ankergrund man habe. Am Lot sind die Tiefen eingespleißt, zwei Knoten, zwei Meter, vier Knoten, vier Meter usw. Ein schwarzes Lederläppchen bedeutet zehn Meter, rotes Läppchen: die Tiefgangsmarke der »Sonderborg«.

Wir ankern vor der Signalinsel, Außenposten der Trevischen Seewarte. Volker erklärt die Peilungen anhand einer Seekarte und der Baken, die an Land als Wegmarken dienen. Radarbaken, die auf ein Radarsignal reagieren. Die eine Bake zeigt an: Ich stehe südlich von einer Untiefe, die andere: Ich stehe nördlich von einer Untiefe, zwischen beiden sollte das Schiff hindurchgehen. Peilung an Land, zwei Dreiecke, die der Skipper in einer Linie (ähnlich gestrichen Kimme und Korn) sehen muß, dann weiß er: Jetzt auf neuen Kurs gehen. Wir wassern das Dinghi, Ladebaum einsetzen, Flaschenzug klarmachen, Teufelskralle (ein besonderer Haken, der aus zwei ineinanderscherenden Eisenkrallen besteht) ins Fierseil setzen, Boot anheben, drehen, zu Wasser lassen, Mast, Schwert und Ruderpinne einsetzen, Segel mit Gaffel und Baum befestigen, Führungsseil durch die Curryklemme ziehen. Volker nimmt die Pinne, rast hierhin und dorthin, schmettert eine Arie.

Es gibt eine Pier, einige Häuschen (zwei mit der Jahreszahl 1940), einen Bootsschuppen, in dem Schwalben nisten, ihre Exkremente bedecken an manchen Stellen die Planken schuhhoch. Im Gestänge des Schuppens ein verwitterter Eisschlitten mit langen Kufen und Stuhl. Alle Häuser verlassen, teils vernagelt und verschlossen. In einem gibt es eine Werkbank, das zweite ist betretbar, Christian öffnet einen alten Spind, darin eine Uniform des Afrikakorps. Wir gehen einen aufgeschütteten Damm entlang ins Inselinnere. Unter bemoosten Bäumen steht ein zweistöckiges rostrotes Holzhaus, außen läuft eine Pumpe, vor dem Eingang hat eine dicke Kreuzspinne ihr Netz gespannt. Alles menschenleer und verlassen. Hinter dem

Haus ein Radarturm, mit einem Stahlschloß gesichert. Die Radarschüssel dreht sich. Wir gehen über Buckel und Rosengranit, der hellbunt ist von den verschiedenen Flechten, dazwischen gelborangefarbene Moospolster, in die man einsinkt wie in Kissen. Vogelknochen, Sanddorn. Ein einsam stehendes Haus am Sund reizt uns. Ich blicke durchs Fenster: eine Sauna, der Ofen noch da, Wärmsteine darauf, auf einer Konsole reihen sich verstaubte Flaschen mit Frakturschrift. Unweit davon eine Naturzisterne voller Regenwasser, allerbestes Trinkwasser, ich stille meinen Durst. Tiefhängender, regenschwerer Himmel voller ins Graue und Blaue gelöster Wolkenstaffeln. Kein Mensch, kein Tier zu sehen oder zu hören. Kleine Schlucht voller Farn. Gesprengter Wehrmachtsbunker aus gebrochenem Rosengranit, mit dem der Zement gestreckt wurde, der schwierig heranzuschaffen war und daher wertvoll, so Volker. Auch die Bewehrungseisen, die aus den Trümmern starren, sind sparsam (Volker meint: zu sparsam) eingesetzt.

Meno ruft an, Montserrats Mops habe Montserrats Espadrillen zerbissen.

Elisabeth, Montserrat und Kutti sind mit dem zweiten Dinghi übergesetzt. Sie wollen den Ofen in der Sauna anheizen, es sei eine Wehrmachtssauna, so Kutti, die Flaschen darin seien noch echtes Ostfrontshampoo der Firma Heldenhaar. Volker ist ein Stück auf den Radarturm geklettert, singt wieder, kommt auf einen Bayreuth-Besuch mit Anne. Sie hätten schon Karten für »Parsifal« gehabt und während der Autofahrt nach Bayreuth »Parzival«, das Epos von Wolfram von Eschenbach, als Hörbuch gehört. Dann aber seien sie schon dagewesen, das Epos aber gerade wahnsinnig spannend, Anne und er hätten einander angesehen, seien in ein Kornfeld abgebogen, um das Eschenbach-Epos zu Ende und das Wagner-Epos also nicht zu hören.

– Ja, sagt Kutti, und die Sicherheitskräfte mußten unterdessen dem Bauern bei der Ernte helfen.

Ebbe erzählt beim Abendbrot vom finnischen Spiel Jörke. Zehn Finnen, die Spaß haben wollen, betrinken sich, gehen in eine Turnhalle, ziehen ihre Messer, das Licht wird gelöscht, alle rennen umher, bei zehn werden die Messer geworfen, der, in dem ein Messer steckt, ist Jörke. Montserrat erzählt, Kaurismäki habe einmal bei ihr übernachtet (sie habe die Wohnung für einen Dreh an ihn vermietet), nach drei Monaten sei sie zurückgekehrt: überall Wodkaflaschen auf dem Boden, und selbst die Sprinkler an den Decken seien abgerissen gewesen, der Finne habe Durst gehabt.

Ich denke über die Sprinkler an Montserrats Decke nach.

Hannelore erzählt von einer Grönlandfahrt mit dem Sternekoch Redzepi aus dem Restaurant »Noma«, angeblich das beste der Welt, Redzepi habe zu jeder Mahlzeit sämtliches Geschirr verbraucht (es gibt viel Geschirr auf der »Sonderborg«) für winzige Portionen auf den Tellern, immerhin, vor Grönland, mit Blumen.

Kutti fragt, wann ich endlich einen Film vorzuführen gedenke, man habe ja nicht umsonst eine Vorführausrüstung auf der »Sonderborg«, aber keinen Seemannsfilm, vor allem nicht den von Captain Irving Johnson, »Around Cape Hoorn«, den Volker auf jedem Törn abspiele, der hänge ihr zum Halse heraus, und auch nicht »Horatio Hornblower«, das sei etwas für Kindsköppe, Jungs, die von Piraten träumten, ihr stehe der Sinn nach einem Schwarzenegger.

Auf der Insel geht ein Licht an und aus. Ebbe glaubt, daß jemand auf der Insel lebt, er kenne viele Menschen, die einsam leben und dies auch wollen. Erzählt von der Hafenwetterstation. Sie diene der täglichen Messung von Windgeschwindigkeiten in unterschiedlichen Himmelshöhen, was vor allem Fluggesellschaften interessiere, die durch Anpassung der Flughöhen Sprit sparen könnten. Zweimal täglich einen Ballon steigen lassen, indessen ein wenig den Vorplatz fegen, das sei alles, was es auf der Station zu tun gebe. In der Station hingen die Weihnachtsfotos seit über dreißig Jahren, und man könne auf diesen Fotos die Mitarbeiter altern sehen von Jahr zu Jahr. Einer dieser Mitarbeiter, Rasmussen, sei während der Weihnachtszeit, die er, Ebbe, oft in der Wetterstation verbringe, nur ein einziges Mal vor die Tür getreten, als er sich etwas aus dem Kühlschrank habe besorgen müssen, mit geducktem Kopf, Kapuze übergestreift, sei dieser Mann, langhaarig, vollbärtig, an ihm, dem Fremden, vorübergerannt.

Christian erzählt von den Flüchtlingen auf Kos.

24.8.2015 Sonntag

Früh auf. Getrappel an Deck, Ankerluven, das Geräusch der Kette treibt uns aus den Kojen. Setzen das Schoner- und das Großsegel, Stagfock, Binnen- und Außenklüver, Ober- und Untermarssegel, das kleine dreieckige Topsegel. Die Wanten sind glitschig und naß vom Regen, der in der Nacht gefallen ist. Beim Frühstück erzählt Volker von einer Moby-Dick-Verfilmung, an der die »Sonderborg« teilgenommen hat. Das Schiff sei für die Rammszene (Wal rammt Schiff) als Zweidrittelmodell nachgebaut worden, wofür ein Team von Zeichnern die »Sonderborg« minutiös erfaßt habe. Filmaufnahmen teils in Kanada (Fangszenen in kleinen Dorybooten, in denen die Crew als Komparserie saß), teils in Malta, wo es ein riesiges Wasserbecken für Sturmszenen gebe. Überfahrt mit Crew und Filmtroß aus ca. 60 Mann, die in der umgebauten Pantry im Dunkeln gehockt hätten, ihnen sei vom Seegang speiübel gewesen. Damals habe die »Sonderborg« Rekordetmale gesailt, eines von 220 Seemeilen, Skipper Ebbe habe von Malta Air für die Filmleute 2000 Kotztüten besorgt.

Erkunde den Maschinenraum, in dem sich, wie um ein Herz, Gestänge, Rohre, Kabel um den Diesel gruppieren. Der Motor stammt von einem Lastwagen, vorher gab es einen Burmeister & Wain, einen Zweizylinderglühkopfmotor. Im Raum davor eine Werkbank mit Schraubstock und einer ganzen Eisenwarenhandlung an Werkzeug. Überall Kisten voller Schrauben, Nägel, rostiger Zangen. Die Frauen sonnen sich, lesen, schütteln die Köpfe, die Fahrt sei doch immerhin zum Erholen da. Montserrat zeigt ihr Smartphone herum, Bilder von Flüchtlingen, ich sehe, daß Elisabeth beunruhigt ist, sie geht mit ihrem Smartphone an die Reling, richtet Grüße von Anne aus.

Kutti hat mich beiseite genommen und zur Abwaschquotenfrau bestimmt, bei jedem Durchgang. Sie wendet sich in die Runde, sagt, das sei noch nie dagewesen, daß einer der Herren freiwillig abwasche, um den Abwasch habe es über kurz oder lang immer Streit gegeben.

Von der Signalinsel geht es zur Erdbeerinsel, wir nähern uns Schwarzer Ort und Treva. Die Erdbeerinsel ist ein winziges Eiland mit einer halben Million Erdbeerpflanzen und einer Eisenbahn, einem Kuriosum: sechzig Zentimeter Spurweite, die Strecke beträgt ganze einhundert Meter. Volker will unter Segeln in die Bucht, Lorenz Grote ist angetan, erinnert an das legendäre Manöver der »Pitlochry«

unter Robert Miethe, der vor dem englischen Seebad Brighton unter Vollzeug auf die Mole zugefahren sei, die Badegäste hätten die Matrosen und ihre Manöver gesehen, die Kommandos gehört, im letzten Moment durch Halsen aufs Meer zurück, so etwas gebe es nur einmal in einem Seemannsleben. Ebbe scheucht uns an die Geitaue, sofort Segel reffen, der Anker fällt, plötzlich geht in der Bucht vor uns das Licht aus.

Nach einer Weile nähern sich Boote. Volker gibt Rum aus dem großen Faß aus, das in der Pantry aufgehängt ist. Man tauscht Neuigkeiten aus. Volker erzählt, er habe die Idee gehabt, mit der »Sonderborg« Rum zu versegeln, und zwar von Kuba aus. Dafür habe er sich mit Pernod in Verbindung gesetzt, welche Firma das europäische Rumhandelsmonopol (für Kuba) habe, Pernod sei interessiert gewesen. Flensburg sei die deutsche Rumstadt schlechthin, aller in Deutschland gehandelte Rum komme von da: Hansenrum, Pottrum usw. Die »Sonderborg« segelte nach Kuba, übernahm vier Fässer sechzehn Jahre alten besten Kuba-Rums.

– Was du aber nicht gewußt hast, sagt Lorenz Grote, daß du damit ein Handelsembargo brichst und zum Schmuggler wurdest, zumindest in amerikanischen Gewässern.

– Tja, Herr Delanotte, wie regeln wir das nun mit dem Kabel, sagt einer der Besucher.

Auch sei es nicht so einfach gewesen, den Rum aus Kuba wegzubekommen, der Ortskommandant habe die Fässer militärisch beschlagnahmen (Soldaten an Bord) und an Land schaffen lassen. Skipper Ebbe habe jeden Tag mehrere Stunden in der Ortskommandantur zugebracht, um auf den Ortskommandanten zu warten, der aber keine Zeit gehabt habe. Castro persönlich, an den sich der um

Hilfe gebetene Konsul wandte, habe interveniert und die Ausfuhr »für dieses schöne Schiff« genehmigt, man habe Castro ein Foto der »Sonderborg« geschickt. Die »Sonderborg« fuhr Richtung Europa zurück und geriet vor Neufundland in einen Sturm, Wassereinbruch vorne, ein Leck, man habe es daran gemerkt, daß Blasentang in der Pantry trieb. Alle Mann an die Pumpen. Siebzehn Stunden habe man ununterbrochen gepumpt, per Hand und per Motorpumpen. Das Schiff buglastig, die Maschinen am Heck, das frei über Wasser stand, so daß die Maschinen funktionstüchtig blieben. Dann aber sei das Schiff weich geworden, schlechter manövrierfähig, man habe einen Bergungsdienst angefordert, der aber nicht gekommen sei. Es sei nahezu unmöglich, auf See ein Segelschiff wie die »Sonderborg« zu bergen, das gelinge auf der Elbe oder im Hafen, aber nicht auf See. Man müsse ein Tau durch die Ankerklüse legen, durch bis zum Fockmast, dort befestigen, anders gehe es nicht. Das Problem sei die Krängung von Schiff 1 (Bergeschiff) und Schiff 2 (havariertes Schiff), die unterschiedlich liefen, dadurch reiße irgendwann die Trosse.

– Der Rum, den Sie hier haben, ist sehr gut, sagt einer der Besucher, er stellt sich als der Bürgermeister der Buchtgemeinde vor. Das sei doch echter Jamaica. Er schätze, pro Gläschen so zwanzig Euro?

Bergungsschiffahrt sei durchaus moderne Piraterie, nach dem Seerecht gehöre ein aufgegebenes Schiff dem, der es finde und berge. Irgendwie sei es Ebbe aber doch gelungen, ein Schiff zum Auslaufen zu bewegen, das habe die »Sonderborg« in Schlepp genommen und in den Windschutz gestellt, damit sie nicht noch voller laufe, habe Pumpen zur »Sonderborg« gebracht, Dieselfässer dazu, die sich, und schon gar bei Seegang, nicht so einfach an Bord bringen ließen, man habe mit allen Pumpen über sechzig Stunden Wasser aus dem Schiff gebracht, ununterbrochen, die Crew zu Tode erschöpft, einige hätten stier in der Pantry gehockt und gegessen. So habe Ebbe die »Sonderborg« gerettet. Nach Rückkunft in Flensburg sei das erste Faß stilgerecht mit Admiralszweispitz und Bürgermeister angestochen worden als besondere Kostbarkeit, echt versegelter Rum.

– Ja, sagt Kutti, damals hat Anne das Schiff gesteuert, du lagst ja mit Blinddarm in der Koje, hast »Olsenbande« geguckt, und wir hatten den König und die Königin an Bord. Der König war seekrank, Anne am Steuer, die Königin und ich in den Wanten, Ebbe kurz davor, die »Sonderborg« aufzugeben, er hat ein Faß angesailt und ans Rettungsboot gedockt, damit bei Schiffbruch wenigstens eine fröhliche Überfahrt gesichert ist. Echt versegelter Rum.

– Das Faß heute abend und ein neues Kabel bei Gelegenheit, sagt der Bürgermeister.

Ebbe: Die »Sonderborg« brauche neue Ziele, es gebe ein Projekt, entlang der russischen Polarküste Ausgrabungen vorzunehmen, um frühmenschliche Wanderungswege zu rekonstruieren. Der führende Paläo-DNA-Spezialist der Welt sei schon gewonnen, ebenso Roman Abramowitsch und Wladimir Wladimirowitsch. Die »Sonderborg« solle die Nordost- und die Nordwestpassage segeln, in einem Törn, noch niemals in der Menschheitsgeschichte habe es das gegeben. Isoliert für sich beide Passagen wohl, aber nicht der Polarring, die Reise um die Welt dort oben, die Nordpassage. Das sei ein Magellan-, ein Kolumbusprojekt, Ebbes Augen leuchten. Dies sei zwar weiter gediehen als sonst die Projekte, die sie früher angegangen seien, aber wahrscheinlich laufe es darauf hinaus, die »Sonderborg« unter russischer Flagge zu segeln statt unter trevischer wie jetzt und, wenn möglich, eine DNA-Spur zu finden, die den Bogen vom Präkambrium über Dschingis Khan direkt bis zu Wladimir Wladimirowitsch schlage. Zwei Jahre solle die Expedition dauern, ein Jahr für die West-, eins für die Ostpassage, Überwinterung in Anchorage, Ausnutzung des kurzen Sommers, sechs Monate Törn am Stück innerhalb dieses jeweils einen Jahrs.

– Wir fahren ins Mittelmeer, sagt Volker, dort ertrinken Menschen.

Samtleben, oder: Das Dreimäntelproblem

Buchminister Samtleben stand auf der Kupferbrücke und sah auf die Schwarze Schwester, den Elbarm, der sich in vielen Verästelungen durch die Kupferinsel zog. Es war Mitte Dezember. Meno hatte mit Samtleben hin und wieder zu tun gehabt, vor allem Judith Schevolas wegen, die der Minister, ein ruhiger, im Umgang mit Autoren im ganzen freundlicher Mensch, durchaus schätzte, die Bezeichnung Oberzensor, die in Literaturkreisen über ihn umlief, schätzte er dagegen nicht. Er sah sich als Freund und wohlwollender Berater der Autoren, und war es manchmal auch. Wenn man ihm so begegnete, morgens auf der Kupferbrücke – Samtleben wohnte nahebei und ging zu Fuß ins Ministerium –, konnte man mit ihm über allerlei sprechen, wenn auch niemals über Dienstliches. Geriet das Gespräch in die Nähe gewisser noch unentschiedener Buchprojekte, lehnte Samtleben weiteres Vordringen mit einer strikten und gleichzeitig vorsichtigen Geste seiner rechten Hand ab, strikt war das Bis-hierher-und-nicht-weiter, die Vorsicht meinte eine Tüte mit Brotstücken, aus der Samtleben die Schwäne fütterte. Man durfte ihn grüßen, wenn man ihm so begegnete, sich neben ihn stellen und, wie Meno es jetzt tat, aus der schweigend gereichten Tüte sich bedienen und die Schwäne füttern helfen. Der Minister pflegte in dieser Situation das Gespräch zu eröffnen, erkundigte sich nach der Gesundheit, der Familie (nicht bei Meno, aber Meno wußte von Kollegen, daß Samtleben in bezug auf Familiendetails über ein erstaunliches Gedächtnis verfügte), man sprach über Inszenierungen am Deutschen Theater oder den letzten Brecht im Ensemble am Schiffbauerdamm, und wer Samtleben besser kannte, der sprach mit ihm über Zierfischbörsen und Aquarien, der Buchminister hatte eine Sonderanfertigung aus den Werkstätten des Meeresmuseums Stralsund in seinem Büro.

Meno hielt auf Abstand. Doch der mächtige Mann von gestern stand als entwurzelter Mann von heute neben dem schmiedeeisernen Adler, vor dem in den Siebzigern auch ein anderer Mann, als preußischer Ikarus mit Drahtharfe, das Gesicht herausfordernd gehoben, gestanden hatte. Mit Biermann hatte alles begonnen. Doch war die Affäre Biermann nicht der Höhepunkt einer schon lange vorher fehllaufenden Entwicklung gewesen? Meno warf den Schwänen auf dem wintergrauen Elbarm Brotbrocken zu, während Samtleben neben ihm lamentierte, er habe doch immer nur das Beste gewollt, gerade für die Autoren, die ihn jetzt besonders heftig angriffen.

– Auch ich war neulich im Verlag bei Thekla, habe ihren Aufruf unterschrieben. Es ist vieles falsch behandelt worden, ungeschickt, wir standen unter Druck. Von Anfang an und eigentlich immer. – Man hätte über alles reden können! Nur, wo waren diese Autoren, als sie die Gelegenheit hatten, mit mir zu reden? Und als ob ich allein verantwortlich gewesen wäre.

So milde und um Nachsicht bittend hatte Samtleben nicht immer gesprochen. Meno kannte ihn noch aus der Leipziger Studienzeit. Samtleben war Sekretär der Universitätsparteileitung, später Kultursekretär der Bezirksparteileitung gewesen. Meno hatte Samtleben als scharfen Einpeitscher, als sogenannten Hundertfünfzigprozentigen, erlebt, der entschieden für die Auflösung der feindlich-klerikalen Gruppe an der Universität und später für Menos Entlassung aus dem Zoologischen Institut eingetreten war. Danach hatte sich derselbe Samtleben, der die Knute schwang und sich auch für das Verbot des Studentenkabaretts »Rat der Spötter« einsetzte, für Meno verwendet, hatte seine Einstellung im naturwissenschaftlich orientierten Verlag B. G. Teubner befürwortet. Auch war er einst Redakteur beim ›Neuen Deutschland‹ gewesen und hatte Kampagnen gegen unliebsame Künstler gesteuert.

Meno dachte an die drei Mäntel Samtlebens, das Samtlebensche Mantelphänomen, das ja nicht nur ein Samtlebensches war, sondern, in Variationen, die vor allem den ersten Mantel, den stofflich-konkreten, betrafen, bei nahezu allen Funktionären vorkam, die Meno kennengelernt hatte. Der erste Mantel, den Judith den banalen nannte, weil er nur die Haut verdoppelte, war im Sommer sandfarben und im Winter schwarz, beste Qualität, Stoff und Schneider aus dem Atelier Landmann & Landmann in der Tuchmachergasse, Treva. Der zweite Mantel war der Umgangsmantel, und ihn trug Samtleben auf Kongressen des Verbands der Geistestätigen, trug ihn bei Sitzungen im Verlag und im Künstlerklub »Möwe«: Küß die Hand, Judith Schevola. – Das kriegen wir schon hin, lassen Sie olle Samtleben mal machen. – Ja, Ihr Reiseantrag, übereifrige Genossen, Sie wissen ja. Ich werd' mich mal drum kümmern.

Aus solchen Ritterlichkeitsfäden war der Umgangsmantel des Buchministers gewebt, und die nachdenklich-zögernden Gesten, mit denen Samtleben in die Tüte mit den Brotstücken griff, versahen den Umgangsmantel noch mit dem Duft der Melancholie, den Meno oft bei Funktionären der gehobenen Zwischenstellungen wahrgenommen hatte. Auch Heroismus glitt darin hin und her, diese Funktionäre arbeiteten zwischen Mühlsteinen (leitende Parteigremien einerseits, Autoren und ihre Mitkämpfer andererseits), und da kam es nun wiederum darauf an, den Umgangsmantel so zu verstärken, daß dieses Kleidungsstück die Reibungen aushielt, wobei es gleichzeitig den aus Leutselig- und Höflichkeit gesponnenen Seidenglanz nicht einbüßen durfte. Die Lösung bestand darin, daß man, wie Samtleben, den Umgangsmantel auszog und etwas anderes, Geeigneteres, den Amtsmantel nämlich, anzog, wenn man sich zwischen die Mühlsteine begab. Samtleben im Amtsmantel war ein kühl-sachlicher, exakter Mann (dem diese so unvermittelt angenommene Haltung gleichwohl noch ein wenig peinlich zu sein schien), er war plötzlich ein anderer Mensch, wenn auch der Amtsmantelsamtleben noch Erinnerungen an den Umgangsmantelsamtleben bewahrte. Dies vor allem dann, wenn der Umgangsmantelsamtleben gewissermaßen noch auf der Türschwelle stand und der Amtsmantelsamtleben sich gewichtig an seinen Schreibtisch setzte, zum Umgangsmantel sah und mit etwas Wehmutähnlichem, manchmal sogar schlechtem Gewissen, zu tun bekam, das der Buchminister nur nachlässig bekämpfte, um den armen Sündern vor seinem

Schreibtisch zu zeigen, daß er im Grunde zu ihnen gehörte, daß die Schreibtisch- und Amtsmantelsituation eine bloß äußerliche war und ebensogut auch er, Samtleben, vor dem Schreibtisch hätte sitzen und vor einem Amtsmantel hätte zittern können.

Der Buchminister war der Stellvertreter seines Kulturministers, und der Kulturminister residierte wie der Buchminister nicht dort, wo die wirklich amtlichen Amtsmäntel residierten, nämlich im sogenannten Großen Haus, sondern im Haus der Ministerien, im Gebäude des Ministerrats, im Kulturministerium. Der Amtsmantel des Kulturministers war zwar ein Vorgesetzter und damit eine Durchaus Weisungsbefugte Robe, jedoch war diese Durchaus Weisungsbefugte Robe weisungsbefugt nur in bestimmten Grenzen, nämlich denen, welche die Wirklich Weisungsbefugten Roben mit ihren Wirklich Weisungsbefugten Ärmeln zogen. Wie so viele Wirklich Weisungsbefugte Roben bevorzugten auch die hiesigen Wirklich Weisungsbefugten Roben unauffällige Namen, die man als Nicht oder Winzig Weisungsbefugte Robe erst nach und nach und in der allgemeinen Bevölkerung, dem Nichtrobengebiet, überhaupt nicht kennenlernte. Ärmel als Durch- oder Nichtdurchwinkelemente trugen der für das Verlagswesen verantwortliche Sektorenleiter im Großen Haus, die für Kultur zuständige Abteilungsleiterin im Großen Haus, beide schon bedeutsame Amtsmantelträger, dazu verschiedene Untersekretäre und, dies betraf nun mehr Meno, der Leiter der Abteilung Belletristik im Buchministerium, allesamt Teilnehmer am Großen Mantelspiel, und dabei immer noch nicht die entscheidenden; hinter den Durchaus und Wirklich Weisungsbefugten Roben wartete die für Kultur zuständige Oberrobe. Sie gehörte Kurt Hagenau alias Tapeten-Kutte. Die Kutte von Tapeten-Kutte, als Amtsmantel betrachtet, war bedeutend in den Geheimhallen der offiziellen Kultur des Landes. Aber selbst Tapeten-Kuttes Oberer Amtsmantel hatte in manchen Fällen (so auch bei Judiths Romanmanuskript »Die Tiefe dieser Jahre«) nicht entschieden, sondern der Oberste Amtsmantel hatte es tun müssen, die Erste Weisungsbefugte Robe über den Schultern des Generalsekretärs. Und selbst dieser Oberste Amtsmantel war nicht frei. Auch in Moskau gab es allerlei Roben.

Samtleben griff sich an die Brust.

– Ist Ihnen nicht gut?

– Geht schon wieder. Das Herz, wissen Sie. Man ist nicht mehr der Jüngste, und mein Arzt hat mir jede Aufregung verboten. – In diesen Zeiten. Der Mann hat, scheint's, Humor.

– Gehen Sie ins Ministerium?

– Ein großer Reinigungsprozeß hat eingesetzt. Auf dem Parteitag hat die Partei ihren Führungsanspruch aufgegeben. Tausende haben uns ihre Mitgliedsbücher vor die Füße geworfen. Viele ehrliche Genossen, die sich im Dienst der Partei aufgerieben haben. Joffe und Ihr Schwager sind fähige Leute, mit ihnen kann es einen Neuanfang geben. Samtleben wirkte niedergeschlagen und zugänglich; er trug den Umgangsmantel. Meno blieb distanziert. Ein zurückhaltender, umgänglicher und hilfsbereiter Mann, dieser Samtleben, dem seine Macht eher unangenehm zu sein schien. Ein Freund und eine Geißel den Autoren, ein Charakterzwitter aus den unzugänglicheren Tiefen der Kohleninsel.

– Apropos Neuanfang, damit komme ich zum Anlaß unseres Treffens, sagte Samtleben. Barsano hat mich zu seinem Kulturminister gemacht. Ich hätte Sie gern in meinem Beraterkreis.

Samtleben warf die letzten Brotbrocken, sie landeten auf dem Deck eines Schleppkahns.

– Ich habe Parteiverfahren bekommen, eines wegen Judiths Roman und eines, weil ich mich für Havel eingesetzt habe, Anfang neunundachtzig. Es wird jetzt viel Unsinn geredet, hier die Bösen, da die Guten. Man muß Judith zuhören. Man muß aber auch den Genossen zuhören, die ihr ganzes Leben für unsere Sache gekämpft haben. – Überlegen Sie nicht zu lange. Ich erwarte Ihren Anruf.

Zastoi

Wie in jedem Dezember gab es eine Autoren- und Verlagskonferenz bei Hermes. Im allgemeinen Durcheinander, in dem ein Lektor den anderen, ein Autor den anderen angriff und Schiffner vergeblich die Glocke schwang, erinnerte sich Meno an die Situation vor einem Jahr: Rechenschaftslegung der Verlagsmitarbeiter, Schiffner referierte über die Ergebnisse des vergangenen Jahres, Vorbereitungen für die Leipziger Messe und Aufstellung des Themenplans, der in den Lektoraten Wunschzettel genannt wurde, für das übernächste Jahr.

Es hatte alles seine Ordnung gehabt.

So vollzählig hatte er sie hier noch nie gesehen, die auflagenstarken Parteiautoren und die jungen Wilden mit Hinterhofbude, Eschschloraque senior (seine Stücke edierte der Henschelverlag, seine Prosa aber Hermes) und Eschschloraque junior, zwischen beiden vier Meter Konferenztisch und manche sich immer weiter verdichtende Wolke aus dem Rauch der f6-, Juwel- und Cabinet-Zigaretten. Thekla Oder, mütterlich und ausgleichend wie immer, versuchte die Diskussion in zivilen Bahnen zu halten. Mellis, der so mächtig gewesene Verbandsvorsitzende, saß mit grauem Gesicht und hörte sich die Vorwürfe des ebenfalls mächtig gewesenen Autors Bojahr an, stämmig und betrunken saß der da, und nicht einmal Thekla Oder wagte es, seine Beschimpfungen zu unterbrechen. Irgendwann wurde es Meno zuviel, er stand auf, Bojahrs Suada verstummte.

– Herr Bojahr, ich finde, Sie sollten jetzt mal den Mund halten. Ihre Rolle auf dem Tribunal gegen Judith Schevola, David Groth und andere ist nicht vergessen.

– Der Herr Rohde macht mal das Maul auf, sieh an.

Bojahr schien aber doch beeindruckt zu sein. David Groth warf Meno einen anerkennenden Blick zu, der sich, im Weiterschwenken auf Bojahr, in einen mitleidigen verwandelte. Einmal mehr wunderte Meno sich über die Konfliktlinien, die bei solchen Zusammenkünften offenbar wurden, man dachte an eine Riege parteitreuer Autoren und daß die qua Überzeugung alle gemeinsam für die Zukunft schrieben und also einander proletarisch herzlich zugetan sein müßten, jedoch, die Wirklichkeit liebte es komplizierter, die Riege war bei näherem Zusehen gar keine Riege, der eine neidete dem anderen die Auflagen, der dritte war überzeugt, daß die anderen beiden nur aus Karrieregründen so sprachen, wie sie sprachen, und Genosse Bojahr war nicht nur ein Erzähler (erdig-kräftig-ganzkerlig), er war auch noch Mitglied der Bezirksleitung der Partei und war also einerseits Autor und saß auf der Nichtamtsmantelseite des Tisches, andererseits aber Funktionär, Amtsmantelträger mithin, und hatte als dieser schon mehrfach gedroht, den Verlag zu verlassen, weil der zuwenig für ihn und zuviel für Subjekte wie die Schevola tue. Vor allem Herr Rohde, undurchsichtig und bürgerlich behaucht, wie der sei, das müsse er mit Bojahrscher Direktheit mal sagen. Und war sich als Amtsmantel nicht zu schade gewesen, das nach Plan zugeteilte Papier für die Nachauflagen von Autoren, die er nicht mochte, zu Autoren, die er als »unserer Sache verbunden« einschätzte, umlenken zu lassen.

– Herr Bojahr, sagte Meno, Ihren Rausch sollten Sie vielleicht anderswo auskurieren.

– Arschloch, grunzte Bojahr, ließ den Kopf sinken, ein müder und von den Zeitläuften überrollter Mann, dem Eduard Eschschloraque aus der Entfernung seines Sitzes neben Karlfriede Sinner-Priest, Zensorin und Leiterin des Wölfinbüros, zuwarf, die Genossen Bojahr und Mellis sollten ihre letzten Sternstunden genießen, jetzt breche Kapitalismus pur an, und alle, die hier säßen (er ließ den Zeigefinger kreisen, stoppte ihn auf seinem Sohn), würden noch zu spüren bekommen, was das heiße.

Meno hatte gedacht, daß die Autoren auf nichts anderes als auf das Ende der Zensur und des Systems gewartet hätten, um aus ihren Schubladen die wahrhaft subversive Literatur, an der sie heimlich gearbeitet hatten, hervorzuziehen, doch das war nicht der Fall, die Schubladen waren leer, es gab kein in Wachstuch und Ölpapier eingeschlagenes, in den Tiefen eines Friedhofs (bei den Sprachjongleuren der Bergrepublik) oder eines Datschagartens (bei nicht wenigen Verbandsmitgliedern) vergrabenes Untergrundwerk. Es gab ein legendenumwobenes Manuskript in einer Neubauwohnung in Halle, es handelte von den frühen Jahren, der Wismut und ihrem Rummelplatz, Schiffner hatte Stefanie Wrobel – Madame Eglantine – beauftragt, dieses Manuskript, ein Opfer des berüchtigten 11. Plenums 1965, zu finden und für eine Veröffentlichung vorzubereiten.

Der alte Londoner hatte angerufen, er hatte resigniert und pessimistisch geklungen. Man wußte im Verlag, daß man viel zu groß war. Angst ging um. Aber auch die wilde Lust zum guten Buch.

Das Publikum kaufte kaum noch Belletristik, und wenn, dann aus dem Westen. Reiseführer gingen, Meno hatte den Vorschlag gemacht, kurzfristig welche ins Programm zu nehmen, aber Reiseführer von Weimar, Rostock, Schwerin und Leipzig wollte niemand mehr haben, die Menschen drängten in den Westen, hatten die Nase voll vom Osten, niemand außer Geschäftsleuten reiste jetzt nach Weimar, und die brauchten keine Reiseführer, sondern Telefonverzeichnisse und Einführungen in die Geheimnisse der sozialistischen Betriebswirtschaft.

Das Literaturkombinat bekam nun mit den Großmächten Marketing und Absatz zu tun, beide hatten bisher in den Unterhaltungen der Lektoren, den Konferenzen bei Schiffner so gut wie keine Rolle gespielt. Der Vertriebsleiter behauptete, den gemütlichsten Posten der Welt zu haben. Die Bücher des Hermes-Verlags hatten sich von allein verkauft, Werbung mußte dafür nicht gemacht werden. Die wichtigste Frage der Lektoren lautete: Wie kriege ich das durch? und nicht: Läßt sich das verkaufen?

Zum ersten Mal war Meno mit Judith ernsthaft überquer: in ihrem neuen Roman gab es Passagen, die er ablehnte, weil sie die Wirklichkeit des untergehenden Landes verzeichneten. Sich für Wahrheiten ausgaben, die rechthaberisch wirkten und vielleicht im einzelnen sogar recht hatten, aber logen, wo sie das Ganze meinten. Meno las ihren ersten Roman wieder, »Die Tiefe dieser Jahre«, und überlegte, ob er Schiffner zu nahe getreten war, als er die Einwände des Verlegers zurückgewiesen hatte. Ob Judith nicht das tat, mit umgekehrten Vorzeichen, was sie gewissen Funktionären vorwarf: schwarzweißmalen, die Welt in Gut und Böse, Freund und Feind teilen und die vielen Stufen dazwischen zu ignorieren. Die Ausschließlichkeit einiger von Judiths Darstellungen, das Holzschnitthafte störten Meno. Er hatte vieles anders erlebt und anders gesehen, und obwohl Judith mit Philipp eine Weile zusammengewesen war, stellte sie ihn, für Menos Empfinden, als Karikatur dar, als verblendet und, sonderbar genug, als scharfsinnigen Dummkopf.

Im Tierpark waren wenige Besucher. Es war ein Wochentag. Das Licht tat Meno gut, hin und wieder blieb er stehen, hielt sein Gesicht zur milchigen Sonne, die von den Kronen der Parkbäume schwarz durchädert wurde. Er hatte noch Zeit bis zur Verabredung. Die Zwergflußpferde zogen ihn an. Er wußte nicht mehr, ob es hier Zwergflußpferde gab, aber die allmählich in ihre Einsamkeit zurückkehrenden Wege, das späte Licht, der über allem spürbare Geist Professor Doktor Doktor Dathes legten nahe, daß es auf der Garteninsel Zwergflußpferde geben mußte. Meno konnte sich diesen Tierpark jetzt nicht mehr ohne Zwergflußpferde denken.

Mit dem Tierpark hatte Menos Interesse für Zoologie begonnen. Während des Studiums in Jena hatte Meno für den Urania-Verlag kleinere Projekte betreut, auch für Dathe, damals schon Direktor auf der Garteninsel.

Pfeilstraße, Pankow, als Kurt jeden Morgen von einer Limousine abgeholt worden war und ein Aufruf des Tierparkdirektors Dathe Menos Interesse geweckt hatte. Von da an war er, wann immer er konnte, in den Tierpark gegangen, um beim Aufbau mitzuhelfen. Hatte Gräben ausgeschachtet, Tiertransporte begleitet, Futter gesammelt und eingeworben, hatte in den Ferien den Tierpflegern geholfen. All das kam zurück, als hätte es die Schicht Zeit darüber nicht gegeben. Die Radiosendungen mit Karin Rohn. Der »Tierparkteletreff« mit Annemarie Brodhagen und Dathe, er sagte ihren Namen, sie seinen. Sie war Fernsehmoderatorin und Ansagerin in Adlershof. Den Sandmännchenabendgruß mit »Annemarie und Brummel« (Brummel war ein Teddybär) hatte Anne geliebt, obwohl sie über das Sandmännchenalter längst hinaus gewesen war. Meno ging die Wege, erkannte manches wieder. Unter den Zipfelkrötenfröschen sah er die Verbandsschriftsteller zahlreich vertreten. Die Kropfstörche oder Marabus waren tückisch wie Kritiker. Ein Gänschen, das sich ihnen nichtsahnend näherte, wurde erbarmungslos gefressen.

Judith erwähnte nicht nur Zwergflußpferde in ihrem Manuskript, sondern auch Nachtfalter und den Zipfelkrötenfrosch. Der Zipfelkrötenfrosch lebte im Terrarium des Schlangenhauses und sollte sagenhaft häßlich sein. Hatte sie diese Behauptung überprüft? Üble Nachrede war schlimm, womöglich auch für Zipfelkrötenfrösche. Dagegen hatte Judith richtig geschrieben, daß der Penis der Riesenschildkröte gespalten war. Etwa wie eine Astgabel, mit der man früher Äpfel pflückte. Judith hatte auch das von Professor Dathe in einer seiner Sendungen nachgeahmte gequälte Ächzen erwähnt, das die sonst schweigsamen Riesenschildkröten von sich gaben, wenn sie Zwergschildkröten produzierten.

Der Tierparkdirektor stand auf einer Feuerwehrleiter und spritzte mit einem Schlauch Wasser in eine Baumkrone. Kurz darauf hing er mit einer Hand an einem Ast, erklärte die Lebensweise des Goldhaubenkakadus, streckte die andere Hand nach einem klatschnassen weißen Vogel aus. Der Goldhaubenkakadu müsse nun trockengefönt werden, eine Erkältung könne leicht tödlich enden.

Hanna Londoner, geschiedene Rohde, stand im Publikum, neben ihr ein kleines Mädchen. Unter der Wollmütze lugte Hannas rötliches Haar hervor, unverändert bis auf ein paar helle Strähnen. Meno hatte Hanna im Alfred-Brehm-Haus treffen wollen. Das Mädchen war Hanna wie aus dem Gesicht geschnitten.

– Bist du noch in Prag?

Sie arbeite vorläufig nicht mehr als Ärztin, unterstütze Philipp bei der Umwandlung der Partei. Sie schob das Mädchen zu Meno.

– Esther.

Er sah Hannas und Esthers gleiche graublaue Augen und versuchte sich mit ihren Blicken zu sehen: eine noch atmende Hülle um ein gescheitertes Leben.

– Bis heute abend dann, sagte Hanna.

– Woher kennt ihr euch? fragte Esther.

– Wir waren verheiratet, sagte Hanna.

Damals lernte ich ihren und Philipps Kreis näher kennen, linke Intellektuelle, die an der Humboldt-Universität, an der Akademie für Gesellschaftswissenschaften, allgemein beim Staat, wie Meno sagte, tätig waren, Kinder der sogenannten Nomenklatura, der Führungsschicht, die während des Nationalsozialismus im Exil gewesen war, wobei es hier ebenso feine wie eiserne Unterschiede gab: die Rohdes hatten zum roten Adel des Hotels Lux gehört, Kurt Rohde stammte dazu aus der Arbeiterklasse, Jochen und Irmtraut Londoner waren im Exil in England gewesen, wie Kurt Hagenau, die Westexilanten hatten allgemein weniger Einfluß gehabt und waren mißtrauisch beobachtet worden.

Hanna lebte in Friedrichshain. Die meisten Fenster des Hinterhofs waren kaputt, nur in wenigen brannte Licht, vor einigen hingen Laken mit Parolen. Meno nahm ein Mintkissen, steckte die ungerauchte Pfeife in die Manteltasche.

Die Tür war angelehnt. Dahinter Joffe im Gespräch mit Fritz Peschel. Es roch nach Eintopf. Wie in alten Zeiten, so Meno, Eintopf als linkes Essen, zu Diskussionsabenden wurde im Hause Londoner ein großer Eintopf bereitet, auf Teller verteilt und in einer Diskussionspause gegessen, nicht unbedingt heiß. Beim Essen sah man einander unverwandt an, das hob die Diskussionskultur, weil es, wie Londoner meinte, half, das Wort Feind zu vermeiden. Außerdem löffelte jeder vom Teller des Nachbarn, die Teller standen auf dem Tisch im Kreis.

Fritz Peschel sprach mit durchdringender Stimme auf einige junge Leute ein, die begierig zuhörten. Er ließ sich nicht stören, auch nicht von einer Handglocke, die der Moderator, einer von Philipps Kollegen von der Akademie für Gesellschaftswissenschaften, vernehmlich schwang. Hausabend mit Moderator, auch das eine Londonertradition, der alte Londoner wollte »was erreichen«, wie er sagte, die Diskussion mit einem Ziel versehen, vergeblich, es endete meist gerade deswegen im Streit. Der Moderator war der Hiddenseedozent, den Philipp mit einer Bürger-Kleinbürgertabelle geärgert hatte. Der Dozent, offenbar nicht nachtragend, beugte sich über ein Papier, das Philipp ihm hinwarf. Peschels Stimme blieb hörbar in Philipps Rede hinein. Dann verstummte sie, aber nur über die ersten

Absätze hinaus. Philipp sprach, und er sprach gut. Das war nicht das stockend-tastende Behutsamsein des Pfarrers Magenstock oder so manches Bürgerrechtlers, der Stimme und Meinung erst finden mußte, der die Kunst der freien Rede nicht beherrschte, weil er außerhalb bestimmter und oft kleiner Kirchenkreise nie Gelegenheit gehabt hatte, sie zu üben, hier sprach ein Agitator, der mit Zwischenrufen umgehen konnte, indem er sie in seine Rede einpaßte, seine Gestik war knapp und entsprach dem, was er sagte, seine Sätze waren kurz und durch Bilder, die das Kind im Zuhörer bedachten, einprägsam. Ich beobachtete die wieder Hoffnung fassenden Gesichter, Augen, die wieder an etwas glauben wollten, nachdem sie von der Partei, auf deren Flaggen sie so lange und vertrauensvoll geblickt und deren Fähnrichen sie gehorcht hatten, schwer enttäuscht worden waren, heißblütige und gläubige Idealisten, von denen so manche ihr Leben im Dienst am höheren Zweck verbraucht hatten.

Das Umbauprogramm. Sozialismus auf wirtschafts- und politikwissenschaftlichen Grundlagen. Sozialismus, hörte ich, war nicht: Staatsbürokratie, Kommandosystem, Staatseigentum, nicht führende Rolle der Sozialistischen Einheitspartei. Sozialismus, hörte ich, sei eine Gesellschaft, deren Entwicklungsrichtungen in der Arbeit, der Lebensumwelt, dem Konsum Raum für die Entwicklung der Individuen erzeugen. Philipp hatte die Argumente in einem Entwurf für Barsano bereits benutzt.

– Raum für die Entwicklung der Individuen, wiederholte Philipp.

– Kann auch ein Liberaldemokrat sagen, rief Peschel vergnügt.

– Kein Liberaldemokrat, Fritz, strebt die Vereinigung

von zwei der bedeutendsten abendländischen Denker, nämlich Kant und Marx, an.

– Du willst also die Karxphilosophie etablieren! Und sei dir nicht so sicher, was die Liberaldemokraten betrifft.

Philipp winkte ab. Sozialismus sei, wenn die politischen und wirtschaftlichen Mächte, ohne die moderne Gesellschaften nicht denkbar seien, über das Individuum nicht in einer Weise herrschten, daß es zum bloßen Spielball dieser Mächte werde. Wirtschaft dürfe sich nicht so entwickeln, wie es für die Wirtschaft, und Politik nicht, wie es für die Politik optimal sei, sondern so, daß Raum für das Individuum entstehe, ein autonomer Raum für dessen Eigenentwicklung. Dies schließe, er betone das ausdrücklich, wirtschaftliche Reproduktionsfähigkeit und Rentabilität ein, deren Dominanz aber gegenüber den lebensweltlichen Bedürfnissen und Interessen der Individuen aus.

– Die Kritik des reinen Kapitals, faßte Philipp zusammen und erntete Beifall dafür. Philipp schien auf einen Zwischenruf Peschels zu warten, doch der hatte den Kopf in die Hand gestützt und musterte skeptisch einige von einem Polyluxgerät an die Wand geworfene Diagramme.

Was aber eigentlich Rentabilität sei, fragte Philipp mehr sich als die Anwesenden. Joffe spitzte seine Frauenlippen wie zu schnippischer Einrede. Rentables Produzieren. Es war, als hätte Philipp mit diesen Worten etwas Verbotenes in den Raum geworfen, einen Fehdehandschuh. Rentabel, Rentabilität: das waren schließlich, so hatte man es gelernt, Vokabeln des Klassenfeinds, und altes Denken saß tief, machte neuem, wenn überhaupt, nur widerwillig Platz.

Wie jedes sozioökonomische System müsse auch ein sozialistisches Ressourcen reproduzieren, Produktionsmittel und Natur erhalten, Verbrauchtes ersetzen, und könne dies nur, wenn rentabel produziert, also Überschüsse und Gewinne erzeugt würden. Gewinne seien, so Philipp, Handlungsreserven, die gewissermaßen wie Feuerlöscher funktionierten, wenn es brenne, und es brenne, volkswirtschaftlich gesprochen, bei jedem Umsturz. Ohne Gewinne als Handlungsreserven würde die Reproduktionsfähigkeit bei jedem Strukturwandel zusammenbrechen. Dies drohe eben auch der hiesigen Wirtschaft. Philipp sagte das beiläufig, wie ins Abseits. Wenn ohne Gewinne kein Strukturwandel überlebt werden konnte, wie sollte das Land dann den allgemeinen und immer schneller eingreifenden Wandel überstehen? Hermes hatte seine Gewinne an den Staat abgeführt. Meno schwieg.

Roland Kolisch trat vor. Weißes, mit Chevaliersrüschen besetztes Hemd, staksige, fast unterernährte Erscheinung, überstimmt vom Ausdruck des Gesichts, das unter langen und weich fallenden Haaren hervorglühte, die Augen groß, dunkel-melancholisch, kajalumrandet, Energiekerne, denen der Körper widersprach.

Die Stimme war leise, angenehm. Er sei hier geboren worden, dann aber mit seiner Mutter in den Westen geflohen. Nun sei er, Roland Kolisch, zurückgekehrt, habe die hiesige Staatsbürgerschaft beantragt, sei Student am Leipziger Literaturinstitut, und niemand dort verstehe, warum er jetzt in den Osten gekommen sei.

Kolisch erinnerte an die große Tradition dieser alten und mit den vergangenen vierzig Jahren allein nicht zu beschreibenden Partei. Kolisch malte ihnen eine Welt, die angenehm für sie sein mochte, eine Welt, in der man sie brauchte und sie zu gewohnter Größe zurückkehrten, sie, die gestern noch Macht gehabt hatten und heute nicht mehr, sie, in denen die Kränkung wühlte, von ihrem Volk verraten worden zu sein. Die Kränkung, sich geirrt zu haben.

Auch sie, dachte ich, waren das Volk. Aber sie hatten sich ja gar nicht geirrt, sagte ihnen der junge Kolisch, der es wissen mußte, er kannte den Westen, der ihnen allen bevorstand, und kam nicht als Sieger, nicht um sie zu demütigen. Ihre Zeit und die Zeit einer wirklichen kommunistischen Bewegung breche jetzt erst an:

– Ihr seid nicht von gestern, rief Kolisch, ihr seid von morgen!

Nun ja, Enthusiasmus war keine Frage der Jahre, es gab auch hundertjährige Terroristen. Peschel schien entzückt zu sein. Ich hatte ähnliches schon bei einigen Autoren beobachtet: daß die schneidendsten Geister einen Hang zum Sentiment haben, was das Sentiment besonders unangenehm, wenn nicht anrüchig machte. Judith ließ eine ihrer Figuren sagen: Wenn Denker von Gefühlen schreiben, kommt meist Kaserne oder Kitsch heraus.

Nach Kolischs Ausbruch kehrte Philipp zu den Sachfragen zurück, als hätte es keine Unterbrechung gegeben. Viele Mitglieder dieser Partei achteten auf Formen, standen den Konservativen mindestens in puncto Schlips und Bügelfalte näher, als beiden Seiten lieb war. Die bunten Vögel beeinträchtigen die schlichter gekleideten nicht in ihrem Wert, sondern werden ihm zugerechnet, der bunte Vogel ändert zwar die Stimmung, selten aber die Überzeugungen.

Peschel redete auf Joffe ein, der mit den Händen in den Hosentaschen vor dem Philosophen stand. Gegen dieses Zentralorgan schien selbst der eloquente Rechtsanwalt und ja neuerdings auch Parteivorsitzende nicht anzukommen. Das wollte was heißen. Joffe nickte Meno zu, ironisch und hilflos, aber Meno unternahm nichts, um ihn aus den Klauen des Weltenretters zu befreien. Fritz Peschel sprach über den Begriff der Freiheit bei John Stuart Mill, Isaiah Berlin und Jürgen Habermas, wieder fiel spöttisch das Wort Karx, das Fritz Peschel in den neuen Sozialismus geworfen hatte. Gruppen und Grüppchen, man diskutierte, rauchte. Hanna stand in der Küche, rührte den Eintopf um, der in einem Waschkessel kochte. Meno fragte mich, ob ich noch schnell Blumen besorgen könnte, freilich habe der Kreis derlei schon früher bourgeois gefunden. Ein bürgerliches, überlebtes Ritual, das mit ausgesuchter Höflichkeit die Herabsetzung der Frau kaschieren sollte.

Philipp, Hanna, Rainer, Hans-Dieter, Irina, Kolja. Meno. Kolja Joffe war ins Wohnzimmer gegangen, den Philosophen allerdings im Schlepptau. In einer Nische der Bücherwand stand ein Fernseher, davor Esther und noch zwei Kinder bei Gummibärchen und Bugs Bunny.

– Zastoi, hörte ich Philipp sagen, er stand am Fenster, ein Weinglas in der Hand. Zastoi: die Bezeichnung für den Stillstand der Breshnewära. Russische Worte auf den Fluren des Hotels Lux. Wie kam Philipp auf Zastoi? Er war an der Baikal-Amur-Magistrale gewesen, zusammen mit Rainer, der jetzt Hannas Partner war.

Joffe trat zur Gruppe. Ohne Fritz Peschel. Hans-Dieter, Rainer, Philipp: Sie waren alle in Moskau gewesen, für sie war der Begriff Deutsch-Sowjetische Freundschaft keine Floskel. Hans-Dieter versuchte an der Karl-Marx-Universität ein politikwissenschaftliches Institut zu gründen. Irina war seine Frau.

Sie verachteten den Kanzler, bekämpften den Kapitalismus, verabscheuten die Ausbeuter, haßten die Karrieristen in ihren eigenen Reihen, jene, die nur vorgaben, auf der Seite der Unterdrückten und der gerechten Sache zu stehen, die ihr Mäntelchen in den Wind hängten, die Söldner des Parteibuchs. Sie gestikulierten heftig, sprachen heftig, Hans-Dieter und Joffe umarmten einander heftig, mitgerissen vom eigenen Enthusiasmus, der sich über die Jahre erhalten hatte: wie viele? Philipp hatte schon graue Strähnen im Haar, das er offen trug und heftig schüttelte, wie auf Hiddensee, als Philipp bärtig, mit umgehängter Gitarre den Strand entlanggelaufen, plötzlich aber abgebogen war, um für die Wellen zu spielen. Er hatte den Kopf ins Wasser gesteckt am Ende einer Verbeugung, die Gitarre hochgehalten, das Haar weggeschüttelt wie eben, und Judith hatte ihn angesehen.

Ich fühlte mich jetzt sehr als Türmer, obwohl ich hier, in einer anderen Wirklichkeit des versinkenden Lands, die Plattheit und Einseitigkeit so mancher Dresdnerisch-Türmerischen Wirklichkeitsbetrachtung bestätigt bekam, jemand wie Hans-Dieter war für das dortige Weltbild nicht vorhanden. Parteisekretär an der Karl-Marx-Universität, hatte er im September 89 mit einigen Professoren, darunter Philipps Chef, Institutsdirektor für Wissenschaftlichen Sozialismus an der Akademie für Gesellschaftswissenschaften, in einem Café gesessen und Pläne zum Sturz des Generalsekretärs geschmiedet. Darauf hatte vor nicht allzu langer Zeit noch die Todesstrafe gestanden.

– Es ist ja Hegelsche Tradition im Marxismus, sagte Hans-Dieter, dieses: Die Dinge auf den Begriff bringen. Bei Lenin heißt es: Begriffe sind Knotenpunkte im Netz der Erkenntnis. Dem einzelnen Erkenntnisvorgang liegt also eine ganzheitliche Konzeption darüber zugrunde, wie die Welt funktioniert. Wir haben uns mal über den Staat unterhalten, Philipp, und wie sich seine Existenz durch den Historischen Materialismus erklären läßt.

– Nämlich nicht so ohne weiteres, sagte Philipp. Marx hat ja keine Staatstheorie entwickelt. Im »Kapital« finden sich ein paar Ansätze, auch im »Achtzehnten Brumaire«. Darüber haben wir in Moskau diskutiert, erinnerst du dich? Wir waren naiv, wir dachten, wir haben das Marxsche Gesellschaftskonzept und damit eine allgemeingültige Theorie, die uns erlaubt, alle Einzelerscheinungen der Gesellschaft daraus abzuleiten. Gesellschafts- als Naturwissenschaft.

Ich betrachtete ein Foto: Sechs junge Menschen, Studenten allesamt, standen auf einem Karpatengipfel. Sie waren durch Rumänien getrampt, Meno, Hans-Dieter, Rainer, der einen Schnurrbart trug, kurze Hosen und dazu Parka, in einem Sommer irgendwann Anfang der Siebziger. Hanna, die neben Philipp stand und glücklich lächelte, Irina, mit der Philipp damals zusammengewesen war. Philipp hielt eine Fahne in den Himmel wie auf einem Bild aus der Französischen Revolution die Freiheit-Liberté. Philipps stolzes und strenges Gesicht, die Zuversicht und Siegesgewißheit der Jugend lagen darin. Philipp, der Karl-Marx-Stipendiat, einer von pro Jahr zwanzig im Land. Auf der Fahne das Wappen der Arbeiter-und-Bauern-Macht.

Philipp geriet ins Schwärmen. Er war noch in der Zastoi, der Zeit des Stillstands, nach Moskau gekommen, an die Akademie der Wissenschaften, wo er seine Theorie zur Entwicklung des Eigentums im Sozialismus vortrug. Auch Hans-Dieter war in dieser Zeit in Moskau gewesen. Gorbatschow sei von Andropow auf seine Rolle als Nachfolger Breshnews vorbereitet worden. Doch Andropow starb, und nicht Gorbatschow, sondern Tschernenko folgte, mit ihm verlängerte sich der Stillstand um ein Jahr. Die stärksten Impulse zur Veränderung seien aus dem Geheimdienst gekommen. Alle, die mit Philipp und ihm darüber gesprochen hätten, seien der Meinung gewesen, daß es in der Sowjetunion nur eine Revolution von oben geben könne.

– Paradox, sagte Philipp. Erst Lenins Revolution von unten, dann Andropow-Gorbatschows Revolution von oben.

Hanna war aus der Küche gekommen. Der Eintopf brauche noch eine Weile. Sie wartete in seltsam demütiger Haltung zwischen Philipp und Rainer. Meno sah Hanna an, sie hielt den Blick gesenkt. Erinnerungen, aufzuckend wie aus einem Käfig befreite Vögel: Wie sie eines Nachts vor Schmerzen geschrien hatte und im Dunkeln, nach einem Lichtschalter tastend, ins Bad getappt war, das sie mit Stahls und Langes gemeinsam nutzten, den Schlüssel zum Arzneischrank nicht gefunden hatte (Gerhart Stahl hatte auf einem Schloß bestanden, der Kinder wegen), sie hatte nach Meno gerufen, er hatte das Schränkchen aufbrechen müssen. Hannas Wühlen in den Medikamenten, die danach verstreut auf dem Boden herumlagen, sie hatte vergessen, wie ihre Schmerzmittel hießen, und Meno, der Zoologe, war sich bei den Wirkstoffen nicht sicher gewesen, Hanna hatte einfach Pillen und Tabletten und Dragees durcheinander geschluckt und sich gegenüber Meno, der sie an diesem Konsum zu hindern versuchte, wie eine Furie gebärdet mit Wutgeschrei (du willst, daß es mich quält, du willst nicht, daß es mir bessergeht, du willst mich überhaupt nicht), die Haltung, in der sie auch jetzt stand und fremde Ansage abzuwarten schien, die vor dem Leib übereinandergelegten Hände, der wie vor Kritik oder

Tadel gesenkte Blick. Vielleicht hätte er ohne Philipps und Rainers Blicke seine Arme ausgestreckt für jene Geste von damals: seine Hände auf ihrem Haar.

Das war, als ich bei Meno gelebt hatte, für eine Weile.

Philipp sagte, daß er Meno für einen Verräter halte.

Meno wartete, aber Philipp schwieg.

– Ich habe euch nicht verraten. Vielleicht habt ihr euch selber verraten. Hanna.

Sie wich zurück.

– Warum habt ihr euch getrennt? fragte Philipp schroff.

– Das gehört nicht hierher, sagte der Moderator. Verrat sei eine schwerwiegende Anschuldigung. Die Philipp beweisen müsse.

– Beweise! Philipp winkte ab. Schon Anne habe die gemeinsame Sache verraten, indem sie diesen Richard Hoffmann aus Glashütte geheiratet habe, Arzt, Feind und Informant dazu, dergleichen spreche sich herum.

– Du hast damals die Bequemlichkeit gewählt, das schöne bildungsbürgerliche Leben. Auch eine Form von Verrat. Philipp stellte das Weinglas beiseite.

So bitte nicht, unterbrach Fritz Peschel. Wenn es hier schon eine Befragung geben solle, dic ja durchaus ihre Berechtigung haben könnte, sowieso allgemein und erst recht in diesen alles befragenden Zeiten, dann aber bitte nicht als Inquisition und alle gegen einen, sondern wie vor Gericht mit Ankläger und Verteidiger. Ob letzteren nicht der Kolja übernehmen wolle, es läge nahe.

Joffe sagte, daß er als Verteidiger frei von allen Aspekten der Anklage sein müsse in dem Sinne, daß er nichts davon teile, gar billige.

– Und was die Vorwürfe gegen Meno betrifft, bin ich befangen. Du könntest sie auch mir machen, Philipp.

– Oder dir selber, sagte Meno. Der du ja so unbürgerlich aufgewachsen bist und dein Leben lang mit deinen Händen schwer gearbeitet hast.

– Ich war an der BAM, wer hat hier gearbeitet! Du warst mal anders, Meno. Warst mal einer von uns.

– Das Gefühl habt ihr mir gerade nicht vermittelt. Meno, du Schwächling, Meno liest zuviel, Lenin, Marx, Engels, von mir aus auch Ulbricht, die haben alle viel gelesen. Und geschrieben.

– Ulbricht? Halber Analphabet, würde ich sagen.

– Erklärt aber nicht seinen Erfolg, lieber Philipp.

– Hast du mich nicht mit einem Betonkopf verglichen? Und jetzt holst du den Ulbricht aus der Kiste, bei dem sogar die Schlüpper aus Beton waren?

– Also meinetwegen könnten wir den Ball ruhig bißchen flacher halten, sagte Rainer. Echt, Philipp, Verräter, das ist mir zu steil. Abgesehen davon, Meno, nimm's mir nicht übel, aber bißchen weltfremd warst du schon immer.

Peschel und Kolisch brachen auf, sie würden in einer Talkshow auftreten. Hanna beugte sich zu den Kindern. Zwei Gummibärenpackungen waren leer. Bugs Bunny hatte ausgehüpft, es lief jetzt ein Film über Vogelbalz, unterlegt mit den Kommentaren von Professor Doktor Doktor Dathe. Meno schwieg eine Weile, winkte mich in den Kreis. Ich sei Kind von Oppositionellen und auf gewisse Weise selbst einer, sei für das Forum tätig und, soweit er wisse, ein ziemlich entschiedener Gegner des Systems hierzulande, eines Systems, das sich Jahr um Jahr einerseits verknöchert und immer rigider entwickelt habe, andererseits Jahr um Jahr durchlässiger geworden sei für liberale Ideen, für christliche und grundsozialistische, humane Prozesse, die er so nenne, weil sie mit den unter dem Begriff real existierender Sozialismus laufenden Angelegenheiten wenig bis nichts zu tun hätten, Prozesse, wie man sie aus den Erweckungsbewegungen und der Kirche von unten kenne. Ich sei mit ihm nicht verwandt, sei aber fast wie ein Sohn für ihn. Ein Ziehsohn.

– Im Grunde, Fabian, bist du auf unserer Seite, auch du willst eine menschliche Gesellschaft, in der einer für den anderen einsteht, keiner zurückbleiben muß, den Schwachen geholfen wird, du warst bei Magenstock in der Christenlehre, ich weiß von ihm, daß du sie ernst genommen hast, wie ich im übrigen, Magenstock ist auch mein Pfarrer gewesen, unser Pfarrer, in Schandau.

– Ja, der Meno als Christ, sagte Philipp, war mir immer besonders suspekt. Die Kirche war unserer Sache nie besonders geneigt.

– Das ist ein Irrtum, Philipp, entgegnete Meno kühl, begann auf und ab zu wandern, machte längere Pausen zwischen den Sätzen, als prüfte er ihre Wirkung oder das Risiko, fortzufahren.

– Ein Irrtum, der sich als verhängnisvoll erwiesen hat. Anstatt mit den besten Kräften der Kirche zusammenzuarbeiten, hat die Partei sie bekämpft. Ich weiß, gewisse Kirchenkreise waren der Partei anfangs feindlich gesinnt, katholische vor allem, die hierzulande nie eine wirkliche Rolle gespielt haben. Dieser Widerstand gegen den Sozialismus, selbst gegen die Partei, hat sich mit der Zeit gegeben. Einer unserer ärgsten Bekämpfer ist Pfarrer Glander von der Samariterkirche, früher in Rostock, ihr kennt ihn. Aber auch er ist ein Anhänger des Humanismus und dessen, was Kant das Heraustreten des Menschen aus der selbstverschuldeten Unmündigkeit nennt.

– Gut, also, was willst du uns sagen? Willst du uns bekehren? Ich bin schon Mitglied einer Kirche. Hans-Dieter hielt seinen Parteiausweis hoch.

– Erkenne die Lage, wie Benn sagt. Schön, daß ihr euren Humor behalten habt. Wir werden ihn brauchen. Die Wiedervereinigung wird kommen. Wenn wir sie überleben wollen, werden wir Kompromisse eingehen und Vertrauen haben müssen. Zum Beispiel in junge Menschen wie Fabian. Er wirkt sanft und etwas verschroben, aber er ist zu starken Gefühlen fähig. Er hat seine Schwester zu beschützen versucht, so gut es in seinen Kräften stand, seine Schwester war in Torgau eingesperrt, im geschlossenen Jugendwerkhof. Vertrauen haben in junge Menschen wie Fabian heißt, darauf zu bauen, daß er zu unterscheiden vermag zwischen einem Betonsozialisten, einem verbohrten Funktionär, wie es selbstverständlich welche gegeben hat und übrigens auch im Westen welche gibt, und jemandem wie Philipp oder dir, Rainer, die ihr in die Partei eingetreten seid, weil ihr an die Sache geglaubt habt und bereit wart, für sie etwas zu tun, was durchaus mit Nachteilen verbunden sein konnte, du hast mich in unserem Gespräch über Judith darauf hingewiesen, Philipp. Die ihr nach allen Veränderungen zum Schlechten nicht ausgetreten seid, weil man nur so etwas verändern konnte, innerhalb der Partei war die offene Kritik möglich, in der Parteigruppe, und hat, nur leider viel zu selten, wirklich etwas ändern können.

– Du kannst gerne weiter ausholen, Meno, ich denke, die meisten hier sind da bei dir, sagte Kolja Joffe. Aber wir müssen über Geld reden. Alles andere ist Sonntagspredigt. Es gilt, das Parteivermögen zu schützen. Ohne sind wir nicht handlungsfähig. Du hast Samtleben gesprochen, hast du eine Entscheidung getroffen? Er musterte mich mißtrauisch, ich sah ihm an, daß es ihm lieber gewesen wäre, mich nicht hier dabeizuhaben. Im Freundeskreis Musik war Joffe höflicher. Meno ging auf Joffes Einwurf nicht ein.

– Worauf werden wir treffen, auf welche Gesellschaft, wie ist sie verfaßt? Ihr seid Sozialisten, ich bin es auch, ich denke, niemand von euch will mit den Funktionären aus dem Politbüro gleichgesetzt werden, obwohl ihr und sie in derselben Partei seid. Die Gesellschaft des Westens ist einerseits eine unsichere, alles steht immerfort zur Debatte, alles ist relativ und kann bezweifelt werden, andererseits spielt der christliche Glaube eine ganz andere Rolle als hier. Den sozialistischen Gedanken mit dem christlichen, vor allem protestantischen, zu verbinden, halte ich für eine weit in die Zukunft weisende Aufgabe. Eine für uns überlebenswichtige Aufgabe. Wir sollten uns auch endlich ernsthaft mit dem Umweltgedanken beschäftigen. Dafür hast du mich verspottet, Philipp, und auch du, Kolja, hast bei diesem Thema gerne abgewinkt, ich halte das nach wie vor für überheblich, übrigens auch für politisch unklug, es ist altes Denken, die Umweltbewegung ist ernst zu nehmen, sie teilt viele unserer Werte.

Wut, Abscheu, Verwirrung, Geschmeicheltsein, Dankbarkeit (ich dachte noch lange nach diesem Abend über das Wort Ziehsohn nach), das Gefühl, gegen meinen Willen in etwas hineingezogen zu werden (Ziehsohn auch hier? aber was war mein Wille, ich war unsicher und verletzt, daß es so leicht war, mich in meinen Überzeugungen zu erschüttern), Erinnerungen an die Nächte nach den Verhaftungen meiner Eltern kämpften in mir wild durcheinander, ich stotterte, daß ich für die freiheitliche Demokratie sei, für Marktwirtschaft und für die Abschaffung einer Gesellschaftsordnung, die so etwas wie die Staatssicherheit nicht nur hervorbringe, sondern geradezu erforderlich mache, ich lief hinaus, schlug die Tür zu.

Die Garteninsel

An den Abenden, wenn Meno im Friedrichsfelder Schloß übernachtete (Abstellkammer, Matratze), nahm Dathe ihn hin und wieder auf einen Rundgang mit. Die Garteninsel war für Meno Kindheitsgebiet. Dathe hatte den Tierpark auf der Garteninsel geschaffen, es war der flächenmäßig größte Tierpark der Welt. Meno verband mit Dathe nicht nur die gemeinsame Arbeit an einigen Veröffentlichungen, sondern auch eine Entscheidung, an die er, wie er sagte, oft denken mußte, wenn er den Tierpark betrat: Dathes wegen hatte er Zoologie studiert.

Sie gingen abgelegene Wege. Dathe hatte Meno die Wahl überlassen und genickt, als Meno von den Alleen in die weniger besuchten Bezirke bog. Ob er, Rohde, wisse, daß sein Vater ihn beim Bau dieses Tierparks wie kaum ein zweiter unterstützt habe? Dathe beäugte mißmutig volle Papierkörbe und verdreckte Parkbänke. Meno erwiderte, Kurt Rohde habe nichts dagegen gehabt, daß sein Sohn Meno nach dem Unterricht an einer Berliner Schule in den Tierpark radelte, um dort zu helfen. Kurt Rohde sei zufrieden gewesen, daß sein Sohn die Wochenenden meist im Tierpark verbrachte.

Dathe legte die Hände auf den Rücken, das Gesicht war von der Krempe seines Huts verschattet. Wenige Fußgänger waren noch unterwegs: Väter mit ihren Kindern, die gebummelt hatten und nun zusehen mußten, daß sie noch rechtzeitig aus dem Tierpark kamen, Mitarbeiter, die Dathe scheu grüßten, Meno prüfende Blicke zuwarfen,

Wissenschaftler, die in einer der Forschungsstätten des Tierparks arbeiteten. Manchen verwickelte Dathe in ein Gespräch, ließ sich über den Stand der Arbeit informieren, sagte etwas zu einer Veröffentlichung, die er wach verfolgte, und nicht nur die, die sein Haus oder sein Hauptinteresse, die Ornithologie, betrafen.

Dathe ging federnd, energisch, spähte in Baumwipfel und Gebüsche. Er habe den Jungen von damals nicht vergessen, der in den Tierpark gekommen sei, um mit anzupacken, damals, als der Tierpark kaum Tiere, kein Geld, viele Neider und Feinde, noch mehr Unverständnis gehabt habe, wie auch nicht, ein Tierpark, in der Nachkriegszeit, wo es doch bereits einen gegeben habe im Westteil der Stadt. Es sei verrückt gewesen, den Ruf auf die Garteninsel anzunehmen. Aber eine solche Chance gebe es im Leben nur einmal.

Kurt Rohde, Stellvertretender Kulturminister unter Becher, Johannes R., ein sogenannter Nomenklaturkader mit Limousine und Fahrer. Lene Schmidken, Kurts Nachbarin in Schandau, hatte die Rohdekinder einen Sommer lang in ihrer Obhut gehabt, bevor Kurt sie nachholte, einen Sommer, in dem sie getan hatten, was sie wollten.

Schwarzrot

Wenn es im Kulturministerium spät wurde, übernachtete Meno bei Hanna, sie und Esther zogen übers Wochenende zu Rainer.

Die Glühbirne flackerte, verlosch manchmal ganz, die Leitungen waren alt und überlastet, womöglich zapfte jemand Strom. Meno trat ans Fenster: S-Bahn, S-Bahn-Brükke, Straßenlampen, deren Licht kalt und müde herabfiel, in der Komsomol 5, in Gagarins schwarzroter Wohnung, brannten Kerzen. Meno stellte das Radio an, hörte Gagarins Stimme, die allzu starkes Berlinern vermied, es aber auch nicht ganz unterdrückte, immerhin war man eine Kiezgröße und wollte die Zugehörigkeit auch bekennen, ohne in Anschmeißerei oder Auftrumpfen zu verfallen. Gagarin moderierte Frequenz Meo im Bergfunk, einem Piratensender. Die Meos lebten rasiert, schwarzgekleidet und unregierbar auf Bergen in Südostasien. Frequenz Meo hatte einen exklusiven Musikgeschmack, spielte alternative Bands wie Freygang und Wostok, Rex Joswig von Herbst in Peking drehte an den Turntables.

Es rumste an der Tür. Ein Zettel wurde durchgeschoben. Kannst du einen Kinderring mitmachen? Bei Kalle.

Kalle meinte Karlheinz Blavatny, Kinderring bedeutete, daß die Bergbewohner mit kleinen Kindern einen freien Abend haben wollten, zu diesem Zweck zehn oder mehr Kinder in einer Wohnung schliefen und zwei, drei Erwachsene auf sie aufpaßten. Meno wußte nun zwar nicht, ob er mit dem Zettel gemeint sei, ging aber zu Blavatny. Ein Dutzend Kinder kiffte zu Nana-Mouskouri-Musik. Blavatny besaß eine riesige Schlagerschallplattensammlung, er mochte Schlager nicht, hörte sie sich nur immer wieder an, kopfschüttelnd und »meine Güte, meine Güte« wiederholend, als könnte er nicht glauben, daß so etwas tatsächlich existierte und nicht nur ein von Außerirdischen gestreutes Gerücht war, das den Zweck hatte, die Menschheit zu verunglimpfen. Kolisch saß manchmal bei Blavatny, hörte sich die Schlager des Ostens an, die er noch nicht kannte, Sandra Mo und Jan Gregor, Ina Maria Federowski, Michael Hansen und die Nancies, war fasziniert von einer Platte von Czesław Niemen, die sich in die Sammlung verirrt zu haben schien, Niemens Musik war eine epische Mischung aus Rock und Kirchenlied, ein bißchen wie Led Zeppelin, sagte Kolisch, einzigartig, im Westen unbekannt.

Die Fenster standen offen, der Ofen war ausgegangen. Die Joints schmiß Meno aus dem Fenster, nicht ohne sich vorher ein paar Züge gegönnt zu haben. Ein Junge, vielleicht gerade eingeschult, verdrehte die Augen und mußte aufs Klo. Das teilten sich die Blavatnys halbe Treppe mit einem Schweineschlachter und -kastrateur, der recht ungehalten werden konnte, wenn man ihn, wie jetzt, beim »Jeschäftlichen« störte. Der Junge erbrach sich übers Geländer in den vom Schummerlicht weniger Glühbirnen erhellten Hausflur. Auch die Tür der Schlachterswohnung stand angelehnt, drinnen ruhte sich die Schlachtersfrau in einem zur Bettstatt umgewidmeten Schlauchboot aus, während einige der Kinder in Schubladen kramten. Menos Hinweis auf die berufliche Tätigkeit des Hausherrn genügte, die Frühkriminellen zogen sich in die Sicherheit der Blavatnyschen Wohnung zurück.

Die Schlachtersfrau wärmte Wasser, richtete das Schlauchboot her, um die kleinsten Kinder zu baden, diese Wohnungen hatten kein Bad.

Das Haus, in dem Kolisch schlief, wenn er in Berlin war, hieß nach Hunderten Eimern, die man drinnen gefunden und zur Schuttberäumung verwendet hatte, »der Eimer« oder IM Eimer.

Kolisch saß auf einem Tisch, es lief indische Musik. Die Rätedelegierten wurden erwartet, die über die Bergrepublik diskutieren wollten. Anfangs bestand die Bergrepublik aus Eschschloraques Wohnung, dem Winterschreibquartier, aus dem besetzten Eimer und der Komsomol 5, der rotschwarzen Anarchistenabsteige Gagarins, Sohn eines Nomenklaturkaders, Aussteiger, Sänger von Wostok. Inzwischen waren etwa hundert Häuser besetzt, halbe und ganze Straßenzüge. Unten spielten die Kinder der Republik, wie sie genannt wurden.

Die Rätedelegierten trafen ein. Klaus Rüdde sprach von der Temporär Befreiten Zone, erinnerte an die Temporär Autonome Zone des Anarchistengurus Hakim Bey: Der sei ein bedeutender Mann, der den Anarchismus durchdacht habe.

Rüdde druckte in der Umweltbibliothek, ich kannte ihn über Judith. Er mochte das Q, weil man es selten brauchte und ein Trost deshalb angebracht war, er mochte das verschnörkelte Kaufmanns-und. Dienstags lief Dallas im Fernsehen, dann hatte der Anarchistenvater Kinderdienst. Wenn Söhnchen Marek zu schreien begann, eine volle Milchflasche stand in einem Eßgeschirr der Roten Armee auf dem Herd, machte Rüdde keine Anstalten, aufzustehen, sein großer, vollbärtiger Kopf steckte in dem Kropotkinbuch, aus dem er in regelmäßigen Abständen nickend auftauchte, dann unterstrich Rüdde etwas, pochte mit dem Bleistiftstummel einzelne Wörter entlang, die er murmelnd, unbeeindruckt vom Geschrei seines Sohns, wiederholte, schob die Brille hoch und sagte:

– Genau! oder

– Das ist interessant, das ist wirklich interessant. Er gab Marek die Flasche. Zigarrenrauch glitt über den Stubenwagen.

– Wußtest du, daß Kropotkin Geograph war? Ein bedeutender Geograph sogar, man hat ihm die Stelle eines Sekretärs der Russischen Geographischen Gesellschaft angeboten.

Die besetzten Häuser hatten Räte gewählt, paritätisch. Rüdde kritisierte das Verfahren. Es durchbreche ein Grundprinzip der Anarchie, nämlich Freiheit, und wirkliche Freiheit bedeute eben auch Abwesenheit von Kontrolle.

Für den Eimer sprach Titow, ein schlaksiger, jungenhaft wirkender Mann mit Brille, Keyboarder bei Wostok. Wieso jetzt Anarchie? Die Bergrepublik sei seiner Meinung nach zuerst und vor allem ein Ding just for fun.

Anarchie sei nicht Chaos, so Rüdde. Das werde oft verwechselt. Anarchie habe eine theoretische Begründung. Kolisch verwies auf die Tagesordnung. Die Verfassung der Bergrepublik war zu klären. Das Wasserproblem war zu klären, das Kohlenproblem und auch das Stromproblem.

Titow las in einem Arabischwörterbuch, er war der Meinung, vor der Tür stehe der Westen, aber vor dessen Tür das Öl, und das käme durch die arabische Tür, wenn sie denn offen sei.

Es gebe freilich das Problem, so Rüdde, wie es denn in einer anarchistisch verfaßten Republik, und so werde die Bergrepublik ja konzipiert, mit dem Nationalstolz stehe. Er sehe zwischen Nationalstolz und Anarchismus einen gewissen Widerspruch, auch der Gedanke, daß ein anarchistisch verfaßtes Gemeinwesen notwendigerweise zur Republik erklärt werden müsse, sei zu diskutieren, wenngleich es das Vorbild der Räterepublik gebe. Sein Lieblingsfilm war »Das Totenschiff« mit Horst Buchholz, Mario Adorf und Elke Sommer. Sie müßten in der Bergrepublik viel mehr aufklärerische Filme gucken.

– Ich denke, du bist gegen Spaß, sagte Kolisch.

– Ich bin gar nicht gegen Spaß, im Gegenteil, das ist ja das, was Hakim Bey sagt: Das Feiern gehört zum Konzept der Temporären Autonomen Zone. Er zitiert Charles Fourier, der ein Sozialutopist war und meinte, man dürfe die Sinne nicht vernachlässigen, von ihm stammt das Konzept der Gastrosophie. Nachtklubs, die Hippiepartys, anarchistische Picknicks werden zu befreiten Zonen erklärt. Die Party ist die Keimzelle der neuen Gesellschaft.

Civitas solis

Am nächsten Tag wollte Kolisch Meno bei Hanna abholen, blieb aber auf einer Veranstaltung der SED/PDS hängen. Er hatte Redeentwürfe für Joffe verfaßt, auch an Philipps Papier mitgearbeitet, wobei Kolisch, der von Wirtschaft nichts verstand, Philipps Neigung zu Substantivierungen kritisierte, auch eine linke Partei solle hin und wieder jemanden ausbeuten, vor den Kapitalisten die Verben, es sei eine Frage der Ehre und seiner Meinung nach charakteristisch für linkes Denken, daß es klarer und besser formuliert sei als das konservative.

Kolisch brachte ein Geschenk, einen Nasenring, angeblich von einem Zirkusbären.

– Echtes Silber! An diesem Nasenring muß man dich ins Leben ziehen. Du bist zu versponnen, Lektor. Das Fleisch brüllt, und du hältst die Ohren zu.

Er sah sich um: das Feldbett, der Campingtisch, ein paar Kleidungsstücke in Umzugskisten, an der Wand über dem Feldbett angepinnte Fotos: Thomas Mann am Schreibtisch in Pacific Palisades, Nabokov auf Schmetterlingsjagd, Christine Wolter, die das Buch »Die Alleinseglerin« geschrieben hatte und Menos Lektorenkollegin gewesen war. Kolisch tippte auf das Bild, er habe ihr einen Brief geschrieben, er schätze ihre Prosa. Meno war überrascht. Dieser äußerlich wie ein Jüngling wirkende Roland Kolisch, Flaumbart auf der Oberlippe, langes, offen getragenes Haar, kannte Christine Wolter, hatte ihr sogar geschrieben? Für jemanden aus dem Westen war das ungewöhnlich.

Er habe auch den Film gesehen, von Herrmann Zschoche, im Babylon, er sei gern dort.

Sie liefen die Schönhauser Allee hinauf. Meno überlegte, zu welchem Autorentyp, was die Titelfindung betraf, Kolisch wohl zählte. Es gab Autoren, die zuerst einen Titel hatten und das Buch dem Titel hinterherschrieben. Andere schrieben das Buch, und es wollte selbst fertig keinen Namen haben. »Das Untersuchungsorgan«, wie Judith in einem Brief bestimmt hatte, war zu sperrig, zu wenig sinnlich, Meno schätzte Titel nicht, die das Kind im Leser nicht berührten. Kinder dachten mit den Sinnen, gute Titel waren für Meno »Der Zauberberg« oder »Der Leopard« oder »Das Schloß«, nicht aber »Wovon wir reden, wenn wir von Liebe reden« (woher wußte der Autor, wovon »wir« dabei reden, woher nahm er die Gewißheit, daß Liebe auf sein Lineal paßte?) oder »Die Außenwelt der Innenwelt der Außenwelt« oder »Nimm zwei und machs kurz«, das waren Prahl- und Intellektuellentitel, Moden, und kein Mensch merkte sich so etwas. Über »fabula rasa« würde er mit Kolisch zu sprechen haben.

Kolisch hatte ein Manuskript in der Bergrepublik zirkulieren lassen, in der Umweltbibliothek von Klaus Rüdde, dem bekennenden Anarchisten, mehr recht als schlecht gedruckt, die »sebastianstage« (er schrieb, einer linken Mode folgend, alles klein); das Buch war verspielt und »experimentell« zugleich. Mit dem Schlagtotbegriff »experimentell« umschrieb die Kritik gern ein Werk, aus dem sie nicht schlau wurde, weil es die herkömmlichen Formen auflöste und eigene hervorbrachte. In der Bergrepublik war er mit den »sebastianstagen« fast schon in den Rang eines Gurus geraten, Kolischs Lesungen in den Hinterhöfen, Keller- und Dachwohnungen galten als Geheimtip. »fabula rasa« war sein zweites Buch, Bündelung einiger in Untergrundzeitschriften wie ›störer‹, ›Feuerreiter‹, ›Poesie All Bum‹, ›Poesie All Peng‹ veröffentlichter Arbeiten, die Meno auf Kolisch hatten aufmerksam werden lassen. Auf Menos Tisch lag »fabula rasa« neben Judiths neuem Roman. Madame Eglantine hatte ihm das »fabula rasa«-Manuskript mit einem Vermerk zurückgegeben:

– Interessanter, begabter Autor, leicht und ernsthaft, anspruchsvoll und unterhaltend, das ist selten, aber wird er sich auch verkaufen?

Meno hatte die Zahlen aus dem Verlag in Treva erfahren, der die »sebastianstage« veröffentlicht hatte, ein kleiner Verlag mit zwei Angestellten, dem Chef und seinem Lebenspartner, die sich selbst ausbeuteten. Verkaufszahlen waren bei Hermes nicht das entscheidende Argument. Man machte Bücher, weil man von ihrer literarischen Qualität überzeugt war, und nicht, wenigstens nicht zuallererst, weil man Verkaufsschlager erwartete, obwohl die Partei (Hermes gehörte der SED) unnachgiebig ihren Anteil an den Erlösen einforderte, vor allem den Devisen.

Über der Schönhauser hing rötliches Licht. Die Luft sättigte sich mit den Aschepartikeln, die aus den Schornsteinen wehten, schien sich zu entzünden, die obersten Fenster der in der Dämmerung schatteneisig werdenden Fassaden mit Kupfer zu behauchen. Der Widerschein lag auf Kolischs Gesicht, machte es schön, vertiefte die Unruhe seiner Augen. Er ging mit langen Schritten, ganz in Schwarz gekleidet, was ihm gut stand, der Mantel wehte um die schlaksig dünnen Beine wie der Kampfrock eines Samurais. Aber Kolisch, der jetzt von seiner Geldnot sprach, war ein verletzlicher Samurai und schien eine Vorliebe für verborgene Orte zu haben, spähte in die Ritzen in den Häusermauern, verglich sie mit seinen Finanzen, lief in die Hinterhöfe, befragte die Mülltonnen in den Durchgängen, nannte sie den Ort der Dichter, steckte den Zeigefinger in die Einschußlöcher, die vom Häuserkampf in der letzten Schlacht des Zweiten Weltkriegs übriggeblieben waren.

– Wir müssen arbeiten, erwiderte Meno. Eine abweisende und unzulängliche Erwiderung. Wie alle Autoren nach Abgabe eines Manuskripts wartete Kolisch auf ein Wort zu seiner Arbeit, und wie alle Autoren wartete er ängstlich. Es machte keinen Unterschied, ob die Autoren Anfänger waren oder schon zehn Bücher veröffentlicht hatten, alle bohrten und buhlten um ein Wort ihres Wirklich Ersten Lesers, so der Alte vom Berge über seinen Lektor. Der Lektor vertrat den Verlag, war Bote zwischen Manuskript und Buch, der Einsamkeit des Schreibtischs und dem Publikum, und die Autoren, sie mochten Auflagenkönige sein, zur Weltliteratur beigetragen, das Ohr der Mächtigen haben, zitterten doch vor ihm, dem Lektor, und mochte der dreimal, wie sie dachten (und manchmal auch sagten), ein armes Würstchen sein. Daß sie im Freundes- und Bekanntenkreis vorgelesen und Lob geerntet hatten – es galt nichts vor der mit Spannung und Furcht erwarteten Begegnung mit dem Lektor, er, der Lektor, war die erste, freilich noch aus der Arbeitszone sprechende Stimme der anderen Seite, der Kritik, die viele Autoren für eine Erfindung der Finsternis hielten.

– Du bist begabt, in deiner Arbeit ist Leben, aber es ist noch nicht geboren. Es ist noch nicht in der anderen Sprache geschrieben, die ganz dir gehört und doch dir fremd ist wie ein Kind den Eltern.

– Ein Kind gehört den Eltern nicht. Und wieso soll es fremd sein? Aber danke, daß du mich zurückduzt.

– Ich muß wissen, ob ich mit dir arbeiten kann.

– Immer bereit.

– Wenn du Geld brauchst, ich hätte da was für dich.

Die Hörspielabteilung suche einen Dramaturgen. Genug Zeit zum Schreiben, Arbeit an zweieinhalb Tagen die Woche, festes Einkommen. Kolischs Gesicht hellte sich auf. Das sei einer der Gründe, warum er hergekommen sei: Hier werde etwas für die Künstler getan. Hier könne man als Künstler leben, bescheiden zwar, aber möglich.

Kolisch idealisierte. Daß ein Lyriker als Leiter eines Zirkels schreibender Arbeiter gegen Lohn diesen Arbeitern den »Faust« nahebringen konnte, war nur ein Ausschnitt aus dem ostdeutschen Kulturleben, es hielt auch andere bereit. Allerdings standen materielle Schwierigkeiten für die meisten Künstler im Osten nicht an erster Stelle.

Sie waren zu zeitig aufgebrochen. Kolisch liebte es, das jeweilige Ziel seiner Besuche einzukreisen, wie er sagte, sich über Straßen zu nähern, die so weit entfernt waren, daß er auf der zurückzulegenden Strecke mit Erwartungen, Ängsten, Vorstellungen von Fremdheit fertig werden konnte. Er erzählte von den Schwulenbars von Treva, von Schlagern, die er mochte, fing an zu singen, redete von Revolutionären, er bewunderte Che Guevara, obwohl er seinem Mythos mißtraute, interessierte sich für Trotzki. Meno schätzte sie nicht, die Redseligkeit voller Geständnisse, die ins Vertrauen zog. Er mochte das nicht bei Autoren, mit denen er arbeiten wollte. Vielleicht auch, weil er ähnlich war und bei Kolisch nicht gern seine eigene

Vorliebe für Einkreisungen, die langsame, vorsichtig sich nähernde Tour, wiederfand, auch mir ging es so, instinktiv hatte ich etwas dagegen, daß Kolisch aus seinen Eigenarten kein Geheimnis machte, sie mit einer wohl liebebedürftigen Naivität ausbreitete.

Kolisch hatte in Treva, mit Eschschloraques Hilfe, einen Geldgeber für seine Bücher, ja für seine Existenz überhaupt gesucht. Er empfinde das nicht als Widerspruch zu seinen Überzeugungen, sondern als Zynismus, und der sei eine Form von Befreiung. Eschschloraque sei dort der Edi und nehme diese Koseform mit dem Gleichmut des Henkers zur Kenntnis. Und nein, die Kapitalisten von Treva hätten leider kein Interesse daran, ihm, dem großen Kolisch, Leben und Werk zu finanzieren.

– Woher kennst du Eschschloraque?

– Hab ihm geschrieben, antwortete Kolisch. Auf einer Maschine mit grünem Farbband. Er hat mir geholfen, den Platz am Literaturinstitut zu bekommen.

– Nimm ihn dir nicht zum Vorbild. Er gehört zu denen, die Terror aus ästhetischen Gründen interessant finden, die ein Bedürfnis haben, vom Erlaubten abzuweichen, aus Überdruß und weil es sie, glauben sie, selbst interessant macht. Und Eschschloraque hat den Terror immerhin selbst erlebt, im Gegensatz zu seinen Geistesverwandten im Westen.

– Er sagt, ein Autor muß seinen Lektor hassen. Wenn ein Autor seinen Lektor nicht haßt, stimmt was nicht. Der Lektor will dem Autor ans Kind.

– Sagen die schlechten Autoren. Meno hielt Abstand. Wir sind nicht die Feinde der Autoren, wir sind ihr schlechtes Gewissen, der Stachel ihrer Bequemlichkeit. Gute Autoren wissen das.

Eschschloraque empfing nur selten in seiner Wohnung, seiner Winterschreibklause an der Schönhauser Allee. In der hellen Jahreszeit lebte er »auf Zinnober«, wie er sagte, seinem Haus am Dresdner Elbhang. Unangemeldeten Besuch schätzte er nicht, er arbeitete nachts und pflegte den Tag mit einer Tasse Siebzehnuhrtee zu beginnen. Für Besucher hatte er auch Haschischkekse im Angebot, die er selbst aber nicht aß: Das sei Romantik, er aber sei ein Klassiker. Der Klassiker empfing in einem Schlafrock aus brauner Seide, den eine dicke gelbe Kordel mit zwei Troddeln schloß, wie bei Absperrschnüren in Museen. Eschschloraque bat in die Bibliothek, begann gegen Bürgerrechtler, Konservative, Reaktionäre in Stadt und Land zu wettern. Er sprach von einer Frau, man habe ihre Stimme an der Wechselsprechanlage gehört, und es sei nicht eine, sondern, wenn man es genau nehme, seine Frau, sofern man über einen Menschen überhaupt in Verhältnissen von Eigentum, Besitz, sprechen könne, dieser Mensch sei ja wiederum nicht seine Frau, sondern eine Frau, die entschieden habe, es mit ihm auszuhalten. Genauso könne er ja sagen, er sei Frau Eschschloraques Mann, sie könne also einen Anspruch auf ihn erheben, den einzulösen er nicht imstande sei, und nein, sie sei nicht seines Sohnes Mutter.

Glasschalen, in denen künstliches Obst lag. Putten lächelten zu seiten der Eingangstür. Schwere Vorhänge bedeckten die Fenster, so daß Stille und Staub vor den Büchern lasteten, die von den Regalen hinabzustarren schienen im Licht eines spinnwebzarten Kronleuchters. Die Winterschreibklause befand sich inmitten von Hinterhöfen und Brachen voller verfaulender Matratzen, von Schutt und Essigbäumen, Häusern mit Einschußlöchern, aufgegebenen Wohnungen, zerborstenen Fensterscheiben, inmitten des Qualms aus versotteten Schornsteinen, des Gemurmels von Verwahrlosten. Ein Spiegel mit einem Rahmen aus Porzellanschlangen hing zwischen Klassikerausgaben aus dem Wölfin- und dem Eulenbüro.

Eschschloraque wartete, unschlüssig vielleicht, ob es zulässig sei, Tee und Kuchen anzubieten um diese Uhrzeit. Das Foto auf dem Schreibtisch kannte Meno, es zeigte eine junge Frau, deren Frisur einem Bienenkorb glich, mit dem jungen Eduard Eschschloraque am Strand. Sie saßen einander vorsichtig zugewandt, behutsam, verletzlich in einem Raum, den gemeinsame Panzerungen umgaben. Das Foto war, wie Meno von der Aufschrift in der Verlagsgalerie wußte, an der jugoslawischen Adria aufgenommen worden.

Eschschloraque examinierte Kolisch nach seinen Studien. Kolisch antwortete munter, saß aber angespannt. Die aus Nippes und Strenge gekreuzte Pracht schien ihn zu verwirren, Enttäuschung spielte auf seinen Zügen. Kolisch nahm ein Stück Zitronenkuchen. Da gebe es eine Insel, Treva, und natürlich müsse sie untergehen.

– Ja, natürlich. Eschschloraque stocherte in den Zähnen, warf den Zahnstocher in einen Aschenbecher, ein Porzellanhündchen mit aufklappbarem Schädel. Aber, bester Kolisch, Sie wollen Götter auftreten lassen und fragen sich, wie. Die entscheidende Frage ist: Warum? Götter sind zufrieden und glücklich, sie brauchen uns nicht. Warum sollten sich Götter um uns kümmern?

– Hölderlins Frage, sagte Meno. Eschschloraque steckte eine Zigarette in eine Spitze, betrachtete Meno nachdenklich, während er rauchte. Kolisch hielt Raucher für Idioten. Meno zündete sich ebenfalls eine Zigarette an.

Ihn beschäftige, so Eschschloraque, unter anderem die Französische Revolution. Jetzt sei die Konterrevolution am Werk, um so wichtiger sei es, sich der Grundlagen zu versichern, man stehe dann außerhalb der Gegenwart und könne sie besser einschätzen. Er habe in den letzten Tagen einige Texte gelesen, die man dem Genre der Utopien zurechnen könne, von Oscar Wilde stamme das Wort, eine Landkarte der Erde, die nicht auch Utopia zeige, sei keinen Blick wert.

Meno fragte nach der Toilette. Eschschloraque sprang auf, wies ihm zuvorkommend, karikaturistisch dienernd, den Weg. Der Flur war von einigen Wandleuchtern erhellt. Ein Schornsteinfegerchen aus Porzellan an der Toilettentür gab zu verstehen, daß es in dieser Wohnung wohl noch eine zweite Toilette, womöglich mit Bad, gab, ein im Osten kaum vorstellbarer Luxus. Dem Toilettenbecken in Form einer großen rosafarbenen Muschel gegenüber hingen zwei Porträts, Richard Wagner und der Dramatiker Baal Schulze mit Zigarre blickten prüfend auf Meno herab, es gab Bücher und Zeitschriften, an der Wand über dem Toilettenbecken hing eine Ukulele.

– Aber Herr Eschschloraque, sagte Kolisch, als Meno zurückkam, ist das Ihr Ernst, Stalin neben Napoleon, und beide als Wiedergänger der Sonne?

Eschschloraque skizzierte seine Vision eines bolschewistischen Großreichs, doch blieb er, was die genaue Lage anbelangte, unbestimmt.

– Mein Kolchis liegt zwischen Polarkreis und Athen. Eschschloraque lehnte sich zurück, sein Blick schweifte in die Ferne. Einer der Texte, die er studiert habe, sei Tommaso Campanellas »Sonnenstaat«. Campanella habe zwar viel aus Platon und aus Morus' »Utopia« übernommen, dennoch sei es eine eigenständige und überzeugende Vision.

– Sie kennen doch Campanella, Rohde, Sie haben für die Dresdner Edition einen Band Utopien herausgegeben, mit Illustrationen. In mir hat Ihr Buch einen guten Leser gefunden. – Übrigens hört man gewisse Gerüchte über Sie.

Meno wandte den Blick nicht von Eschschloraque, der aufstand, zu einem Fenster ging. Er sah eine Weile nach draußen, ließ den Vorhang fallen, so daß die Stille zurückkehrte, der Lärm, der für Augenblicke von draußen hereingedrungen war, verschluckt wurde vom Schweigen der Bücher und der Porzellanfiguren. Eschschloraque hatte, als er aufgestanden war, einen Parfumstreif, gemischt mit Tabakgeruch, hinterlassen, Kolisch schnupperte mit erhobenem Kopf.

– Um zu verstehen, was Campanella schreibt, sollte man ein wenig von seinem Leben und seinem Horizont kennen. Eschschloraque zündete sich eine neue Zigarette an, stellte die Schachtel, indem er sie auf das Tischlein schob, mit einer Geste zur freien Verfügung, Roth-Händle. Campanella sei ein revolutionärer Mönch gewesen. Jahrzehntelang in den Kerkern der Kurie als Ketzer gefangen und gefoltert, habe er von Prometheus zu sprechen und sich mit ihm zu identifizieren begonnen, auch habe dieser Campanella sich für einen der letzten großen Gesetzgeber gehalten, nach Moses, Solon, Christus und Mohammed. Nicht nur Platon und seine Schriften vom Staat und von den Gesetzen hätten ihn beeinflußt, auch Joachim von Fiore, ein kalabrischer Notarssohn und Priester, dessen Auslegungen der Heiligen Schrift größten Einfluß gehabt hätten. Eschschloraque schaffte Bücher herbei, auch das, welches Meno betreut hatte, drückte es Meno in die Hand.

Was er zu sagen habe, wandte sich Eschschloraque an Kolisch, sei auch für sein, Kolischs, Projekt wichtig. Dieser Joachim von Fiore nämlich habe die Geschichte in drei Zeitalter gegliedert und mit der Trinität in Zusammenhang gebracht: Die Zeit des Vaters entspreche dem Alten Testament, die des Sohnes beginne mit dem Neuen Testament, und die des Heiligen Geistes, das glückliche Zeitalter, das von der Intelligentia spiritualis erleuchtet werde, werde alle Freuden des Himmlischen Jerusalem bieten. Dieses Zeitalter werde auch Drittes Reich genannt.

– Das hat aber mit dem, was man allgemein unter Drittes Reich versteht, nichts zu tun, sagte Meno.

– Nein, nein, hat es nicht, jedenfalls nicht auf den ersten Blick, nicht so eilig, Rohde, man muß da tiefer schürfen, sagte Eschschloraque. Dem Dritten Reich des Joachim gehe nämlich die Ankunft des Antichrist voraus, welcher von einer, sage Joachim, kirchlichen Persönlichkeit besiegt werde.

– Stalin, sagte Kolisch.

Strafender Blick. Witzig zu sein sei eben nicht die Sache der Jugend, so Eschschloraque, im übrigen sei bekannt, daß Stalin Klosterschüler gewesen sei, so ganz daneben liege die Prophezeiung also nicht. Joachims Einfluß reiche bis zu Thomas Müntzer, Hegel, Auguste Comte, Marx, ja bis in Blochs »Prinzip Hoffnung«. Zurück zu Campanella und seiner Civitas solis, dem Sonnenstaat: Der oberste Fürst sei dort ein Priester, den man Sol nenne, die Sonne, oder auch Metaphysikus, höchster Machthaber in geistlichen und weltlichen Dingen. Sodann gebe es die anderen Häupter: Pon, Sin und Mor, Macht, Weisheit und Liebe. Beim Pon lägen die Interessen des Krieges und Friedens, dem Sin, der Weisheit, unterstünden die Künste und Wissenschaften, dem Mor, Instanz der Liebe, unterstehe das Zeugungsgeschäft, das heiße, daß Männer und Frauen solcherart verbunden seien, daß die beste Nachkommenschaft daraus hervorgehe. Die Sonnenstaatler, so Campanella, machten sich über den Rest der Menschheit lustig, der sich sorgfältig um die Rasseverbesserung von Hunden und Pferden kümmere, dagegen das eigene, das Menschengeschlecht, vernachlässige. Der Text sei in Dialogform verfaßt, ein Gespräch zwischen einem Großmeister und einem Genuesen.

– Und dieser Genuese sagt, Meno blickte aus dem Buch auf, daß jeder alles, was er braucht, vom Gemeinwesen erhält, und keiner über Gebühr, dafür sorgt streng die Obrigkeit. Er klappte das Buch zu, atmete hörbar aus.

– Was war im »Lux«, Herr Eschschloraque. Mit meiner Mutter, meinem Vater.

– Höre ich da den Inquisitor?

– Ich möchte nur gewisse Dinge erfahren.

– Ihrer Andeutung entnehme ich eine Behauptung – daß Sie nichts wissen. Das halte ich für unwahrscheinlich. Eschschloraque nahm sich ein Stück Zitronenkuchen.

– Sie halten nichts von mir, einverstanden, damit kann ich leben. Wenn Sie aber Judith diskreditieren, werde ich Ihnen entgegentreten, Herr Eschschloraque. Wenn's sein muß, auch öffentlich.

– Ach, Drohungen sind langweilig.

– Ich habe mit vielen alten Genossen gesprochen, keiner redet über Moskau, über Kurt Rohde. Warum nicht?

– Fragen Sie ihn.

– Er hat das Gespräch sofort abgebrochen, wenn es auf die Moskauer Zeit kam.

– Herr Rohde, ich glaube Ihnen kein Wort. Ich habe

mich mit Alexander Marn über Sie unterhalten. Er hat nur gelächelt, Risus sardonicus, das sardonische Lächeln, Sie als Zoologe kennen den Ausdruck.

Meno beobachtete Eschschloraque argwöhnisch, beinahe feindselig, warnend.

– Eigentlich bin ich kein Zyniker, nicht wahr, bester Kolisch? Ich versuche nur gewisse Wahrheiten möglichst ungeschminkt auszusprechen, zum Beispiel die, daß es dem Sowjetvolk unter Stalin viel besser ging als jetzt unter diesem Verräter Gorbatschow. Ich bediene mich des Zynismus, so kann man sagen, wie man sich eines Werkzeugs bedient. Ich habe die Vorteile seiner Schärfe erkannt.

Der Alte wechselte das Thema. Barsano sei jetzt Ministerpräsident. Was für ein Sturz von Campanella und Joachim von Fiore zu Max Barsano.

Eschschloraque saß im Sessel, einen Arm breit auf die Lehne gestützt, das hochgeschlagene Bein wippte, er trug keine Strümpfe, der Lederslipper tanzte auf dem großen Zeh. Kolisch sah amüsiert zu, bis der Slipper von Eschschloraque mit Schwung abgeworfen wurde und vor Menos Füßen landete. Eschschloraque hatte gut durchgearbeitete Füße, die Füße eines Wanderers. Vielleicht studierte er Meno, wollte seine Argumente hören, prüfte, ob es möglich sei, sie in einem Stück unterzubringen. Er stellte den Teller mit dem Zitronenkuchenstück wieder auf den Tisch, schwärmte von Stalin, den er mit Napoleon verglich. Napoleon sei ein Produkt der Französischen Revolution, wie Stalin eins der Oktoberrevolution gewesen sei, beide könnte man als die Vollender ihrer Revolutionen ansehen. Napoleon habe das zerrissene Europa geeinigt, Stalin aus einem durch Kriege zerstörten, vorindustriellen Land eine moderne Volkswirtschaft gemacht. Kolisch fragte nach dem Preis, die unzähligen Menschenleben, die das gekostet habe. Eschschloraque meinte, man solle nicht moralisieren, jede Veränderung koste Menschenleben, und ob Kolisch etwa glaube, im Kapitalismus werde nicht mehr gestorben. Stalin aber habe Ordnung gebracht, er habe das Chaos besiegt, kein Preis sei dafür zu hoch. Er, Eduard Eschschloraque, sei nicht bereit, vor irgendeiner politischen Korrektheit zu kriechen.

– Sie haben mir einst, bester Kolisch, in Ihrem Brief die Frage gestellt, ob Sie zu uns kommen sollen. Ich schrieb Ihnen: Falls Sie vorhaben, ein großer Dichter zu werden, müssen Sie zu uns, nur hier werden Ihnen – auf entsetzliche Weise – die Fragen des Jahrhunderts gestellt. Oportet et haereses esse. Man muß den Mut haben, abtrünnig zu sein.

Albin, oder: Fusion von Elefant und Igel. Der Elefigel

Albin Eschschloraque kam ins Zimmer. Sein Anzug war unordentlich, der Schlips baumelte schief am Hals, der Hemdkragen trug Blutspuren. Albins Nase blutete, er wischte mit der Hand darüber, der alte Eschschloraque bot ihm Taschentuch und Sessel an.

– Es sind Banden unterwegs. Sie haben mich verfolgt! Albin ließ sich in den Sessel fallen, drückte das Taschentuch an die Nase. Banden, er schüttelte den Kopf, als könnte er es nicht glauben, Nazis, Schläger.

– Auch bei euch, sagte er zu Kolisch. Ich kam gerade von einer Veranstaltung. Man hat mich erkannt.

Der Alte reichte eine Tasse Tee, aber Junior trank nicht, hielt die Tasse in der einen, das Taschentuch an der Nase in der anderen Hand, lauschte nach draußen. Er habe vorgehabt, drüben Material über die erotischen Hofmaler

Ludwigs des Fünfzehnten zu besorgen, die hiesigen Bibliotheken böten leider nicht genügend Material, und der Papa gehe nicht in die Bibliothek.

– Ich gehe nicht an einem Pförtner vorbei. Sollten wir nicht was unternehmen? Bester Kolisch, was schlagen Sie vor?

Es klingelte Sturm, jemand schlug gegen die Tür. Kurz darauf liefen zwei Männer ins Zimmer, beide wirkten erregt, gingen sofort auf den jungen Eschschloraque los. Der alte stand auf, Teetasse in der Hand. Ob die beiden die Tür eingetreten hätten. Der ältere der beiden, Oswald Schwab, führendes Mitglied der neugegründeten sozialdemokratischen Partei, antwortete, dies werde bald geschehen, falls Albin Eschschloraque sich nicht erkläre, draußen warte eine Meute Journalisten.

– Aber vorher möchten wir eine Antwort haben, sagte Johannes Huke, ein Mann mit einem Wald im Gesicht, Pfarrer wie Oswald Schwab. Ist an den Vorwürfen gegen dich was dran?

– Was für Vorwürfe. Der alte Eschschloraque wartete nicht auf eine Erklärung, sondern bat Kolisch, die Polizei zu rufen. Ob den beiden Herren der Begriff Hausfriedensbruch bekannt sei.

– Daß du bei der Stasi warst. Huke stand vor dem jungen Eschschloraque, ängstlich und drohend.

– Sagt wer? Judith? Der junge Eschschloraque betastete seine Nase. Judith streut Gerüchte. Das ist unverantwortlich, sogar kriminell. Wenn sie das wirklich behauptet hat, werde ich sie anzeigen.

Eine Frau steckte den Kopf zur Tür hinein, Eschschloraque winkte ihr zu gehen. Sie zog sich zurück.

– Eine Unverschämtheit, diese Unterstellung. Mich

wollte sie jagen, Sie erinnern sich vielleicht, Rohde. Und jetzt also meinen Sohn. Dabei sollte die Judith mal sich selber jagen, unsere Artemis, ich glaube, mit ihr hat man die Zibbe zur Gärtnerin gemacht.

– Was behaupten Sie da, sagte Schwab. Alle, aber nicht Judith Schevola. Ich kenne keinen einzigen auch nur einigermaßen belastbaren Hinweis in dieser Richtung. Wir sollten mit Unterstellungen vorsichtig sein, auch hinter der Bühne.

– Wir hätten jetzt gern eine Auskunft von dir, sagte Huke, an den jungen Eschschloraque gewandt.

– Du mußt den Herren keine Auskunft geben. Sie befinden sich in meiner Wohnung, ich habe Sie nicht eingeladen, haben Sie bitte die Güte, uns augenblicklich zu verlassen.

– Nicht ohne Antwort. Wir haben ein Recht darauf. Deine Freunde, die Partei. Wir müssen wissen, woran wir sind.

– Ihre Partei, sagte der alte Eschschloraque herablassend, wurde aber von Oswald Schwab mit dem Hinweis unterbrochen, gleich kämen die Nachrichten, ob es einen Fernseher gebe. Judith habe neues Material angekündigt.

– Es wäre gut, wenn wir von dir wüßten, was dran ist.

– Gar nichts ist dran, sagte der junge Eschschloraque. Er stand auf, schien sich gefangen zu haben. Die Nase blutete nicht mehr, er suchte nach einem Papierkorb für das Taschentuch. Es gibt keine Beweise. Judith hat sie erfunden. Oder hat sie gefunden, dann sind sie gefälscht. Er stopfte das Taschentuch in das Porzellanhündchen.

– Ich bin verhaftet worden. Die Stasi hat mich geschlagen, man wollte mich ausschalten. So ist es gewesen. Das war das Wort: Wir schalten Sie aus. Wir haben genug von Ihnen und Ihren Umtrieben.

– Ich möchte dir ja gerne glauben, sagte Huke.

– Papa, sag ihnen, was du meinetwegen für Probleme hattest. Eine Haussuchung zum Beispiel.

– Ganz manierlich, sagte der alte Eschschloraque. Und nützlicher Anschauungsunterricht.

Albin Eschschloraque war unter Oppositionellen von Anfang an umstritten. Das Forum redete über Aktionen, Demos, konspirativ und immer in Angst, er brachte eine Rose mit und drapierte sie in einer Vase auf dem Tisch, hatte eine Druckerpresse zur Hand, hatte Verbindungen, kannte Hinz und Kunz, konnte Räume organisieren, lachte Bedenken weg, für ihn schien es keine der Schwierigkeiten zu geben, die einem gewöhnlichen Bürgerrechtler das Leben schwermachten. Er konnte charmant sein, verbreitete gute Laune, das motivierte, die Bürgerrechtler waren ein kleiner Haufen, ein paar versprengte Eigensinnige, die mit dem Staat, in dem zu leben sie gezwungen waren, nichts mehr zu schaffen haben wollten und nach Alternativen suchten. Der junge Eschschloraque war selbst bei denjenigen Westsozialdemokraten geachtet, die vom Osten wenig wissen wollten und sich mit Händen und Füßen gegen die Wiedervereinigung sträubten. Er wurde von den Parteigranden empfangen, öffentlich gelobt, von Fischerheber, dem Bürgermeister von Treva, unterstützt. Anne meinte, daß sie die Situation im Osten falsch einschätzten, daß die Prognose, die Sozialdemokratie würde zur stärksten Kraft im Osten werden, auf wackligen Beinen stand. Wir wußten, wie diese Prognosen zustande gekommen waren, man hatte per Telefon befragt, ohne sich klarzumachen, wer im Osten über ein Telefon verfügte. Auch der junge Eschschloraque war fest vom Erfolg der Sozialdemokratischen Partei überzeugt, er hatte Anne aufgefordert, zu ihm, zu den Sozialdemokraten zu kommen, sie hatte eine

Weile darüber nachgedacht, bewunderte viele der Persönlichkeiten dort, fühlte sich wohler bei ihnen als bei den ostdeutschen Christdemokraten, aber Politik war Macht, und die Macht lag im Westen, beim Mammut.

Kolisch wollte gehen, wenn das mit den Überfällen stimme, sei sein Platz unten. Eschschloraque brachte einen tragbaren Fernseher, schaltete ihn aber nicht ein.

– Hiergeblieben. Sie dürfen Ihr Talent nicht in einer Straßenschlacht riskieren. Sie haben Verantwortung gegenüber diesem Talent. Eschschloraque schaltete, mit einem Seitenblick auf seinen Sohn, der zusammengesunken und blaß auf einem Stuhl hockte, den Apparat ein. Judith sprach vom Fall Eschschloraque, vom Skandal der sozialdemokratischen Partei. Das Material, das ihr vorliege, sei erdrückend. Albin Eschschloraque könne nicht mehr glaubhaft das Anliegen der sozialdemokratischen Partei vertreten.

– Die alten Lügen werden durch neue ersetzt, sagte der alte Eschschloraque.

– Aus Dresden hat es Warnungen gegeben, Warnungen vor dir, sagte Schwab. Ich glaube, du kennst sie. Sie kommen aus dem Forum.

– Aus dem Forum, aus dem Forum. Die haben auch Interessen. Denkst du, nur weil sie im Forum sind, sind sie schon edlere Menschen? Und wenn du sagst: aus dem Forum, wirfst du mit genau solchen Nebelkerzen wie Judith. Konkret, bitte.

– Nina Schmücke.

Albin Eschschloraque verdrehte die Augen.

– Ein verlassenes Herz sieht oft Gespenster. Die Stasi will mich weghaben, wahrscheinlich hat man Judith gefälschte Unterlagen in die Hände gespielt. Und da Judith mich haßt, vertraut sie diesem Zeug. Sie hat mit mir nicht gesprochen. Ich hätte die Vorwürfe widerlegen können.

– Ich bin bereit, dir zu glauben, sagte Huke nach einer Weile. Auch gegen Oswald und mich hat die Stasi mit Unterstellungen und Fälschungen gearbeitet. Und es gibt noch andere Fälle.

– Aber dann, sagte Oswald Schwab, der mißtrauisch auf den jungen Eschschloraque blickte, mußt du jetzt raus, Albin. Du mußt dich der Presse stellen und in die Offensive gehen. Du mußt die Vorwürfe angehen, sie widerlegen.

– Wie soll ich denn widerlegen, was nicht ist? Alles durchsuchen, und wenn nichts gefunden wird, bin ich rehabilitiert? Das dauert Jahre!

– Ich würde es vorziehen, das Gespräch in einem kleineren Rahmen fortzusetzen, sagte Oswald Schwab. Jedenfalls in einem, den wir besser kennen. Schwab sah am alten Eschschloraque vorbei auf Kolisch und Meno. Huke, Schwab und Albin gingen, die Wohnung hatte noch einen zweiten Ausgang.

– Sie haben recht, bester Kolisch, sagte der alte Eschschloraque, er hatte telefoniert. Das sind keine Scharmützelchen mehr, hier marschieren die Nazis.

– Wollen Sie nicht lieber hierbleiben? fragte Meno.

– Zeigen Sie mal Mumm, Rohde, und folgen Sie uns.

Sie, die jetzt auf die Straße gingen, um gegen die Nazis zu kämpfen, seien Wiedergänger der fortschrittlichen Ideen, wie sie die Französische Revolution verfochten habe. Er bitte die Genossen (und nickte Kolisch belustigt zu), ihn der kämpfenden Truppe zuzuteilen.

– Sie haben doch Waffen?

Kolisch zögerte, vielleicht war ihm die Frage, kombiniert mit dem etwas albernen Enthusiasmus des Alten, den er als Geist, aber nicht als Soldat verehrte, unangenehm. Die Waffe des Worts. Eschschloraque aber wollte Kalaschnikows sehen, Pistolen, schweres Geschütz, Handgranaten, aus seinen Augen, die an die eines alten garstigen, mit Menschenkenntnis versehenen Weibs erinnerten, sprach nichts, das scherzte. Hier gehe es, einmal wieder, ans Eingemachte, und er, Eduard Eschschloraque, habe diejenigen immer nur verachten können, die nur redeten, dann aber, wenn es drauf ankomme, den Schwanz einzögen. Er zog seine Makarow aus der Schreibtischschublade. Wer denn die Einsätze leite.

Der Turm der Gethsemanekirche drohte in den entzündeten Himmel. Kolisch fragte Passanten, was los sei. In Mitte sei Polizei im Einsatz, an der Kastanienallee Höhe Oderberger habe ein Trupp Skinheads versucht, einen Laden zu stürmen, und an der Ecke Sredzki das Kreiskulturhaus. Es gebe Angriffe auf besetzte Häuser, der Eimer sei gemeldet, die Komsomol 5, am Kollwitzplatz die Likörfabrik, die Kastanienallee. Kolisch schlug vor, zur Komsomol 5 zu gehen. Dort koordiniere die Antifaschistische Aktion.

Eine Straßenbahn näherte sich. Auf Meno wirkte sie wie ein einsames, von innen leuchtendes Tier, das seinen Dienst in den Gleisen versah wie ein Grubenpferd im Berg, das nie mehr an die Oberfläche kommt und mit seinen Gefährten in einem unterirdischen Stall der nächsten Schicht entgegendämmert, fast ohne Gesichtssinn und mit gebrochenem Willen. Die Bahn legte sich in eine Kurve, der Streifen Ziegelrot auf den Wagen war schon zu Grau gelöscht, doch gab das Licht der wie auf Inseln für sich stehenden Laternen etwas von der Tagesfarbe zurück, ein ausgelaugtes Feuer, das verzerrt an den Schaufensterscheiben entlangstrich. Ein Kühlschrank krachte vor Meno auf den Boden. Im Kühlschrank lag ein Schwarzbrot. Der Kühlschrankwerfer wollte es wiederhaben. Meno nahm es mit. Schwarzbrot gewinnt, pflegte Joffe zu sagen. Aus den Straßenschluchten wehte die Luft kalt wie Eisen.

Das Literaturkombinat des weiteren. Die Spindel

Das Zeitalter der Literatur: In Leipzig hatte es seinen Ort. Vom Bürofenster aus konnte Meno in die sogenannte Seidenetage der Buntgarnfabrik sehen. Das Weben und Wandern der Garne auf den Spindeln zog ihn an, beruhigte ihn. Er sah den Frauen zu, die in den Reihen auf und ab gingen, die Maschinen bedienten, volle Spindeln abnahmen und durch leere, groß wie Bienenkörbe, ersetzten, gerissene Fäden in Windeseile flickten mit zarten, unnachgiebigen Fingern, fühlte sich unsicher, obwohl die Insel meist dunkel oder in einer Art Mittagsdämmer blieb, Leipziger Nebel, Braunkohlenstaub, der sich, wenn man die Fenster zu lange offen hielt, auf die Manuskripte senkte. Der Park war voller Sperrmüll und als Materiallager genutzter Kriegsbunker, Pausengebiet für die Arbeiterinnen der Buntgarn- und der Papierfabrik. Die Arbeiterinnen gingen nie weit hinaus, setzten sich meist auf Kabeltrommeln oder die Blechkästen, in denen die Pförtner den Streusand für den Winter aufbewahrten, palaverten, rauchten. Sie taten ihm leid, sie wogen die eine Schädigung (Maschinenlärm, Hitze, die Unerbittlichkeit der Spindeln, die anfliegenden Garnfasern, die nicht gefiltert wurden und unablässig, solange die Schicht dauerte, in die Lungen drangen) mit einer anderen Schädigung auf, müde, das Gift akzeptierend hielten sie den Zigarettenrauch im Atem, bevor sie ihn, als erlösend wirkendes Qualmen, ausstießen, wobei sie manchmal hinaufwinkten, Meno etwas zuriefen, obszöne Gesten vollführten.

Er fühlte sich am wohlsten, wenn es still wurde, abends, nachts, wenn das Treiben im Verlag sich senkte wie ein Luftgleiter am Ende seiner Flugbahn. Udo Männchen trug Ponchos und fror in der aus Klinkern gebauten Zentrale des Literaturkombinats.

An den Kanal gingen die Arbeiterinnen nicht gern, wegen der Krähen, die dort zu Massen saßen und auf die Abfälle aus der Werkskantine lauerten. Die Krähen hatten ihre Schlafbäume im Park, hielten abends Versammlung ab, ein Krächzen und Schreien, bevor es dunkel wurde, sie hockten zu Tausenden auf den Ästen. Die Frauen hatten, wenn sie zur Fähre gingen, Stöcke dabei, die sie an der Anlegestelle für die nächste Schicht deponierten. Die Pförtner schossen mit Luftgewehren, um die Vögel zu vertreiben, es nützte nichts, auch den Pförtnern war, wie er vom Philosophen am Eingang des Hermes-Verlags wußte, nicht wohl, sie dachten an Hitchcock, wenn sie sich den Bäumen mit den Krähen auf Schußweite näherten, das Gequarr hörten, das vielleicht einen Angriff besprach.

... er geht durch die Flure, schreibt »Nemo«, und fühlt wieder die Lust an den Buchstaben, dem Geschriebenen, dem Papier, und während er geht und die Hände über die Schränke tasten läßt, es sind gute Schränke, die Zentrale ist ordentlich ausgestattet, sie haben nicht geknausert, als sie dies hier einrichteten, kommt ihm seine besondere Stellung in den Sinn, dieses Befreitsein nach all den Jahren des Taktierens und der Kniffe, wie man die Kohleninsel mit ihren Zensoren austrickst, die, natürlich, nie Zensoren hießen, sondern Kollegen, Altberg, der alte Eschschloraque, mit denen man reden konnte, die alles nicht so eng sahen, solange man gewisse Spielregeln einhielt; wie man vorgesetzte Stellen weniger austrickste, als mit ihnen gemeinsam eine Erweiterung des Lichtzustands vornahm, um die Kohleninsel zu zitieren, denkt Rohde, ein abgründiges, doch mit Vertrauen kontaminiertes Spiel, geb ich dir, dann gibst du mir, und wenn ich für dich zehn Seiten einfüge, die du gestrichen hast, dann kann ich sie wieder herausnehmen, einen Arbeitsnachweis erbringen, ich habe Familie, meine Kinder brauchen neue Sachen, alles machen sie kaputt, die Racker, in ihrem Leichtsinn, der von Mangelwirtschaft noch nie etwas gehört hat, zehn Seiten ins Manuskript, die er, der Lektor, zuvor Judith abgefordert hat, sie hat sie nicht gern herausgegeben, sie ist stolz, möchte nur Perfektion abliefern, findet dieses Spiel unwürdig, verlogen, aber schließlich gelingt es ihrem Lektor doch, ihr diese zehn Seiten aus dem Kreuz, nein, aus der Erika-Schreibmaschine zu leiern, Judith hat sich hingesetzt und diese zu streichenden Seiten eigens für ihren Lektor und zur Rettung des übrigen Manuskripts geschrieben; während er also die Flure entlanggeht, um ein wenig nach dem Rechten zu sehen, obwohl doch abends meist nur noch Thekla Oder im Eulenbüro sitzt, der Leiter des Lektorats I versucht, mit Moskau oder Leningrad zu telefonieren, Jutta Janke in ihrer Slawischen Stube, dem Tabakquartier, aushält, wie sie sagt, während er das Holz der Schränke untersucht, die Maserung, was für Holz es ist, eingeschnitzte Zeichen (Udo Männchen und der Chefgrafiker sind doch noch ziemliche Kindsköppe), denkt er zum ersten Mal seit langem wieder an eine Frau, nicht an Judith, nicht an Esther (die ist schon eine Frau, er fürchtet sich vor ihrem Blick, ihren stet forschenden Augen), nicht an Hanna; Esther war vor ihm nicht zurückgewichen, wie es viele Kinder sonst taten, sie hatte ihn angesehen, ernst, träumerisch, und zum ersten Mal war Meno sein Alleinsein und seine Kinderlosigkeit als eine schreckliche Verkümmerung vorgekommen. Allein zu sein hatte er als erstrebenswert angesehen, er hatte die Ehe immer als Mißverständnis empfunden. Nicht nur die Ehe mit Hanna, die er aus Üblichkeitsgründen geschlossen hatte und weil er Hanna achtete (das Wort Liebe gebrauchte er zurückhaltend), weil die Aussicht auf eine Wohnung, wenn man ohnehin gewillt war, sich auf das Abenteuer Ehe einzulassen, nicht unbedingt ein Hemmnis war; er hatte Hanna dieses sein Alleinsein zu zweit auch immer wieder als Zeichen von Stärke, und zwar ihrer beider Stärke, erklärt. Hanna war trotzdem bei ihm geblieben. Hanna war eine tapfere Frau. Zu seiner Überraschung war ihm die Trennung nahegegangen wie nichts sonst, an das er sich erinnern konnte oder wollte.

Philipp, bei dem er unter der Woche manchmal übernachtete, hatte Beziehungsprobleme, es kam zu Schallereignissen (Küchengeräte, Wutporzellan), die Schlagerschallplatten der Anklage liefen, der zwischenzeitlichen Versöhnung, des Beischlafs bei dieser Gelegenheit, des erneuten Streits anläßlich einer Kleinigkeit wie der, daß Philipp immer Mettwurstbrote zu Abend esse, was Marisa auf die Nerven ging, und zwar tierisch, wie sie sagte, worauf er erwiderte, daß es ihn wiederum tierisch, und zwar im Wortsinn, nerve, daß sie nachts wie eine Bache grunze, woraufhin sie fragte, was eine Bache sei, worauf Meno, der unsichtbar und unfreiwillig zuhörte, leise antwortete, das sei die Frau des Waldebers, des Keilers, genauer, murmelte er schlaftrunken, sei es die Mutter der Keilerkinder, der Frischlinge, Philipp hatte diese Antwort schon gegeben, brüsk und von oben herab, wie Marisa klagte, immer behandle er sie wie ein Dummchen, das kotze sie so was von an, seine herablassende Art, seine Aufspielerei. Meno verließ die Wohnung gegen zwei, drei Uhr morgens, lief zur Spindel, umkreiste die am Weg oder Umweg liegenden Treffpunkte auf der Suche nach Kolisch, hoffte und fürchtete zugleich, ihn zu finden. Nachts gehörte der Park der Spindel ihnen, den anderen, die Offenheit der Männer, das hemmungslose, ja ruchlose Feilbieten, das Feilschen ekelten ihn und zogen ihn zugleich an, er ging, sobald er sich näherte, rasch weiter, kehrte aber zurück, wenn auch nicht direkt, näherte sich den Zwielichtgebieten, die von weggeworfenen Kondomen angekündigt wurden, man sprach von einer Strafe, einer neuen Krankheit, Aids, Meno mußte sich überwinden, war aber gebannt von den Geräuschen in den Gebüschen, den offenen Handlungen an Baumstämmen, wo, getroffen von geisterhaften Lichtern, zweie standen und grinsten, ohne den Blick abzuwenden. Sie machten einladende Gesten, was Meno anwiderte, er zwang sich, weiterzugehen, auf die Rufe nach ihm, dem Mann mit Hut, nicht zu achten, er wich auf Nebenwege aus, auch dort warteten Männer, vielleicht ebenso angeekelt und angezogen wie er, vielleicht ebenso aufs Verbergen und Zuschauen aus. Er kehrte an die Stelle zurück, wo er das Pärchen gesehen hatte. Ein älterer Mann und ein junger Bursche, fast noch ein Kind. Meno mußte aufpassen, daß er die Regeln nicht verletzte, daß man ihn als harmlosen Unerfahrenen, der die Signale nicht wahrnahm oder nicht zu deuten wußte, einschätzte und ihn deshalb in Ruhe ließ. Er hatte die Regeln gewiß schon verletzt, wenn auch, wie er hoffte, nicht über das bestimmte Maß hinaus, das ihn zur Beute machte – nicht als einer, der angesprochen werden wollte, sondern als ein Gaffer, der in der falschen Szene gelandet war und nicht fürs Gaffen zahlen würde. Erst vor kurzem war hier einer niedergestochen worden. Das Geflüster im Park wußte es. Das sprach sich herum.

… was für ein Name, und dabei steht ihm sein eigener Name wie ein Mal vor Augen, wer heißt schon »weniger«, er probiert und schmeckt eine Weile an diesem Namen herum, Elsa, Kundry, versteigt sich in Phantasien und ist doch beklommen, hat sich geschworen, sich nach den Erfahrungen mit Hanna nie wieder auf eine Frau einzulassen, wo er doch diese unerklärliche, rätselhafte, von einem anderen Stern stammende Menschenart immer als etwas empfunden hat, das Strafen bereithält, aus dem Nichts aufkommende Spannungen, Streitereien um Angelegenheiten wie Mettwurstbrote oder Eierbecher, die in der falschen Reihenfolge auf einen Frühstückstisch gestellt werden, Frauen als Fremde, die er fürchtete, gleichzeitig aber auch ins Kalkül zog, da man bei ihnen nie genau wußte, woran man war, die er aus einem zoologischen Interesse heraus beobachtete, wie ein Wissenschaftler eine noch unbekannte Tierart beobachtet, ihre Angewohnheiten, täglichen und nächtlichen Aktivitäten, was sic aßen und was nicht, wie es zuging, daß man sich zu ihnen hingezogen fühlte ganz unabhängig von Einzelheitenvorlieben (diese hat schönes Haar, diese eine anmutige Nase, diese feine Hände und diese eine Stimme, die man auch dann gern hören würde, wenn sie nichts als dummes Zeug mit sich führte), Frauen also als etwas Unbekanntes und gerade deshalb zu Beachtendes, sie drangen in das Leben ein, das Meno als Domäne des Männlichen dachte (womit er eine Ahnungslosigkeit offenbarte, die er sich, immerhin, in Augenblicken der Selbsterkenntnis eingestand, dann erschrak er vor dem Ausmaß seiner Borniertheit und Weltfremdheit, Anne und Richard hatten eben doch recht), er hat, kurz gesagt, Probleme mit Frauen, das hat ihm schon seine Schwester zu verstehen gegeben damals in Schandau, wenn sie ihre Freundinnen mitbrachte, für ihn, hatte er gedacht und Anne dabei innerlich Treulosigkeit vorgeworfen, Geschacher um ein Glück, das sie gar nicht kannte und dessen Form sie auf so gängige und also beinahe beleidigende Weise dachte, Frauen, und eben weil sie Probleme machten, achtet er sie, weil man sie beachten muß, weil sie Macht ausüben auf eine für ihn undurchsichtige Weise (sie gebaren Kinder und setzten das Leben in einem ganz profanen Sinn fort, aber war das schon alles), weil man sich vor ihnen hüten mußte, wenn man, wie gesagt wurde, etwas vorhatte im Leben abseits von Windeln und Säuglingsgeschrei, das einem den letzten Nerv raubte, Frauen, die ständig irgend etwas wollten, ausgehen, in den Urlaub fahren, reden (vor allem dies: dieses sogenannte Reden, hatte Meno bei Hanna gefürchtet, ihren Blick dabei, ihre ganze Haltung, diesen einzigen und doch behutsamen Vorwurf, der sich in ein Verlangen fortsetzte, sich zu rechtfertigen).

Dieses Anrennen gegen das Geheimnis.

Elsa schlug ein Treffen vor, im Italienlektorat im Palazzo Missunde, der ihren Eltern und, nach dem Tod ihrer Mutter, einer aus Turin gebürtigen Italienerin, ihrem Vater und also eigentlich den Käfern gehöre, das werde ihn, Herrn Rohde, wahrscheinlich interessieren. Sie schreibe ihm als Leserin und Spinnenforscherin, die seine Schrift über Spinnen nicht nur gelesen, sondern genossen habe, diese Prosa habe sie im Italienlektorat teilweise laut vorgelesen, vorlesen müssen auf Bitten der versammelten Bücher. Soll das ein Befehl sein, dachte Meno, was will diese Frau, diese Person, die sich am Ende bloß langweilt? Er habe ja ihren Vater bereits kennengelernt im Nachtfaltermuseum zu Treva. Zu! Etwas Junges hüpfte in Meno herum, er hat den Brief in seinem Schreibtisch eingeschlossen, nachdem er ihn wieder und wieder gelesen hat, zu Treva, nicht in Treva oder von Treva, nein, zu, wie es die Klassiker gebrauchten: Es begab sich aber zu … Ihrem Vater habe sie am Tag vor dieser Begegnung das Spinnenmanuskript zu lesen gegeben, obwohl er an Spinnen nicht sonderlich interessiert sei, da sie nicht zu den Käfern, nicht zu den Insekten überhaupt gehörten.

Elsa und Kundry Keil-Missunde: So hatte sie den Brief unterschrieben, in Klammern dahinter: Töchter von Jürgen Keil und Artemisia Missunde auf Missunde, Dunkle Münder 23, Treva-Brenta.

… Beobachtung der Inszenierung der Eroberung. Wieder und wieder dachte ich über die *Aufgabe im Grunde* nach, sie besaß mehrere Unteraufgaben, eine so bedeutsam wie die andere. Alles von allen zu wissen war nur eine davon. Die zweite, und gerade sie war besonders fordernd, besonders anspruchsvoll, zeit- und personalbindend, war die Aufgabe Vereinigung, die Operation »Unio«. Die Sicherheit war kein Regionalphänomen, die Sicherheit hatte internationale Interessen. Es mußte uns gelingen, die Diskussionen so zu steuern, daß der Schwerpunkt auf der ostdeutschen Seite lag. Die ostdeutsche Seite der Sicherheit mußte die Schuld auf sich nehmen. Das war uns klar, wir waren, im Dienst an der Sache, dazu bereit. Die Partei mußte unbefleckt aus den Kämpfen hervorgehen, sie würde den alten, kompromittierten Namen ablegen und einen überstreifen, der an die Diskurse des Westens anschlußfähig sein würde. Wir brauchten sie, die Partei, wir würden in eine Gesellschaft der Öffentlichkeit geraten, der Medien und Fernsehdebatten, wir aber hatten in der Öffentlichkeit nichts zu suchen. Man sprach von einigen Dutzend Mitarbeitern im Westen. Es waren Tausende, Tausende freiwillig für uns handelnde Subjekte aus dem Bereich der Linie XX, Kunst, Staat, Kirche, Universitäten. Der Minister hatte Marn und mich mit der Ausarbeitung dieses Plans beauftragt. Ich hatte einige allgemeine Überlegungen angestellt:

– Wir befinden uns in einem Stadium der Anarchie, des Umbruchs. Dies ist für uns, die Sicherheit, eine existentiell bedrohliche Lage. Was ist zu tun? Wenn mir die Genossen in meiner Einschätzung zustimmen, daß der Staat bankrott ist, die Sicherheit, ihr Konzept der *Aufgabe im Grunde* hier keine Zukunft hat, dann wird es darauf ankommen, an die tragfähigen und tiefreichenden Strukturen, die wir uns im Westen aufgebaut haben, anzuschließen. Zur Zeit verrät uns die Partei, lenkt von ihrer Verantwortung ab, schiebt uns als Sündenböcke vor. Die ahnungslosen Westmedien schlucken das bereitwillig und stürzen sich blindlings auf uns. Man muß das nicht überbewerten, Medien unter den Bedingungen der Demokratie denken in Aufmerksamkeitszyklen, und diese werden immer kürzer, wird es langweilig, schreibt keiner mehr über uns, und wenn keiner mehr über uns schreibt, gibt es uns öffentlich nicht. Geduld, Genossen, und hartes Fell. Uns bleibt, den Einigungsprozeß zu unterstützen, genauer, die konservativen Kräfte, sie haben zur Zeit den größten Einfluß in der Bevölkerung und die besten Aussichten, die kommenden Wahlen zu gewinnen.

Marn hatte Einwände, die SPD genieße viel größeres Vertrauen, wie ich auf die konservativen Kräfte komme?

– Die Leute werden die D-Mark wählen, und die verteilt die Partei, die im Westen regiert, also die CDU. Die SPD mag hierzulande bessere Umfragewerte haben, aber das läßt sich ändern.

– Albin Eschschloraque? Stimmt, den könnten wir über die Klinge springen lassen. Der Vorsitzende einer frischgegründeten Partei, die nur aus Helden besteht. Wenn wir lancieren, daß er bei der Firma ist, dürfte es vorbei sein mit einem Wahlsieg der Sozen. Wenigstens hier.

– Die Genossen, die diesem Prozeß im Wege stehen, müssen operativ aufgegeben werden. Je schneller die Vereinigung kommt, desto schneller kann heilen, was getrennt war, kann zusammenwachsen, was zusammengehört. Jede Ordnung, und sei es die scheinbar feindlichste, ist besser für unsere Sache, als die gegenwärtige Anarchie. Es gilt, in eine neue atlantische Periode überzutreten, eine Periode, die auf einer wirtschaftlich gesünderen, breiter abgesicherten Basis steht als die des Staats, aus dem wir kommen und für den wir gekämpft haben, der aber von Anfang an ein künstliches Gebilde war und aus eigener Kraft nicht lebensfähig.

– Wir bewegen uns in der Zone der Kopfschüsse, mein Lieber, sagte Marn, bleich lächelnd. Wer trägt das dem Minister vor?

Wir wußten, wie es im Land aussah. Wir kannten die Daten unserer Volkswirtschaft. Wir kannten die Stimmung der Bevölkerung, sie hatte nie wirklich zu uns gehört, nie wirklich an den Sozialismus geglaubt. 1953 war es offenbar geworden, 1956 in Ungarn, 1968 in Prag, 1980 in Polen. Wir gaben uns keinen Illusionen hin. Die

Aufgabe im Grunde, Unterpunkt »X«, lautete: Operation »Unio«. Sie mußte vom Osten ausgehen. Der Westen war müde, auch skeptisch, nur ein paar Erzkonservative glaubten dort noch an die Vereinigung, diese Erzkonservativen waren in der Minderheit, selbst in der CDU, nur das Mammut, der Außenminister und ein paar Getreue dachten an sie als ein Ziel. Wir aber taten es. Wir mußten die Oppositionellen nicht nur unterwandern, wir mußten sie dahin bringen, die Vereinigung zu wollen. Das war durchaus nicht leicht. Viel links gestricktes Zeug war da zu hören, viel Urkommunismus stand in den Programmen. Sofern da überhaupt etwas stand, es gab ja gar keine Programme, anfangs wenigstens. Sie stritten sich über dritte Wege und den eigentlichen Sozialismus, sie wollten Gorbatschow, und wir wußten doch längst, wohin der Zug in der Sowjetunion ging. Sie hatten keine Anschauung vom Großen Bruder, der unser Leben bestimmte. Und wenn sie eine hatten, verdrängten sie sie. Es kam darauf an, unsere Arbeit fortzusetzen, aber nicht mehr in diesem System, in diesem Land, das seinem Untergang entgegenschlief. Wir mußten vereinigt werden, um unsere Arbeit fortsetzen zu können. Im neuen System würde die Kohleninsel überleben, die alte Kohleninsel würde die neue unterwandern (wir hatten ausreichende Erfahrungen), Schritt für Schritt umgestalten, bis sie eine Kohleninsel geworden sein würde, die unseren Ansprüchen genügte. Es kam also darauf an, unsere Kräfte im Westen zu mobilisieren, das Land in Verteidigungsbereitschaft zu bringen. Es kam darauf an, den Westen zu hacken, wie unsere EDV-Spezialisten es schon damals nannten. Vorher aber mußte die Kohleninsel erobert werden. Sie mußte sich erobern lassen, und es mußte so aussehen, als ob den Bürgerrechtlern ein gegen große Widerstände errungener Sieg geglückt sei, das gebot die Klugheit. Niemand durfte merken, daß wir diese Eroberung wünschten. Daß wir sie vorbereiteten und möglich machten durch einladend offene Flanken. Es mußte so aussehen, als ob wir den allergrößten Widerstand leisteten. Und er würde ja auch geleistet werden, darüber waren wir uns im klaren. Nicht jeder Genosse ist bereit, von seinen Überzeugungen abzurücken, als wären es stinkende Lumpen, nicht jeder Genosse hätte, in unsere Pläne eingeweiht, seine Zustimmung gegeben. Es kam also darauf an, die Abwehrschlacht zu inszenieren. Ein, zwei Widerstandsnester feuern mit aller zur Verfügung stehenden Kraft, Gesichtswahrung, aber nicht so, daß die Eindringlinge zurückgeschlagen werden. An allen anderen Punkten im Planquadrat muß Ruhe herrschen. Wer sollte sich zurückziehen, welche Abteilung verfügte über die notwendigen schauspielerischen Qualitäten?

– Meine Organisation Kleist natürlich nicht, sagte Marn, das ist eine stolze und kampferprobte Division, die werden niemals die Waffen strecken. Aber die Lektoren können wir als Räuber und Gendarmen auftreten lassen, sie pusten ein paar Platzpatronen in die Luft, natürlich nur im übertragenen Sinne, es muß ja echt wirken, dann heben sie gekonnt die Hände im Pulverdampf.

– Wir sind doch für euch nur Deppen, das ist mir durchaus klar, erwiderte ich. Der Minister hieb sich auf die Schenkel vor Vergnügen. Ich war ihm auf den Spuren, hatte schon einiges gefunden und würde, dessen war ich mir sicher, noch mehr finden. Die Hinweise verdichteten sich, daß es mir gelingen konnte, über ihn ein Dossier zusammenzustellen, mit dem ich ihn in die Hand bekam. Hütet euch vor den Archivaren und Chronisten, sie sind schwach, aber sie haben Macht, denn sie gebieten über die Vergangenheit. Und ist die Vergangenheit wirklich jemals vergangen?

– Ich schlage vor, ein paar Genossen aus dem Wachregiment für diese Übergabeszenen abzukommandieren, sagte ich. Man muß sie nicht überzeugen, man muß nur klare Befehle ausarbeiten. Ein weiterer Vorteil wäre, daß diese Genossen sich in den Büros und den Papieren nicht auskennen. Sie müßten also ihre Ahnungslosigkeit nicht spielen. Übrigens sollten wir vorher natürlich dafür sorgen, daß die wichtigen Papiere verschwinden und in den Büros, wenn der Tag der Erstürmung gekommen ist, nur noch Gaststättenrechnungen liegen.

– Oder gefälschte Operative Vorgänge, sinnierte Marn.

– Was stellst du dir vor? Der Minister beugte sich interessiert vor.

– Ich beziehe mich auf die Idee, die Sie, Genosse Minister, in der letzten Großen Lage äußerten. Wir stellen führende Genossen als von uns verfolgt dar und entlassen einige unserer führenden Bürgerrechtler in die Aktenlosigkeit. Ich sehe den Tag kommen, an dem die Reputation dieser Gesellen nach Aktenmetern gemessen werden wird, je länger meine Opferakte, desto größer meine Bedeutung.

– Es dürften natürlich nur einige ausgewählte Bürgerrechtler sein, warf ich ein, wenn wir bei allen so verfahren, machen wir uns unglaubwürdig.

– Ja, das würde unserer Sache wiederum schaden, bestätigte der Minister.

… Meno Rohde: 1968 aus der Zoologie ins Verlagswesen gewechselt, von Otto Haube vermittelt, von Samtleben geduldet, und dabei war Rohde damals schon Mitarbeiter des Lektorats I unter Alexander Marn, in der Zentrale, auf der Insel der Spindeln oder kurz Spindel, wie gesagt wurde, ging ein und aus in der Hauptverwaltung Aufklärung. Marn, den Rohde aus Moskau kannte, der Rohde kannte und ihn im Lektorat I für bestens aufgehoben hielt: seine Russischkenntnisse, seine verbindliche, aber undurchsichtige Art, sein Brennen für die Sache, trotz alledem, wie es in Einschätzungen über ihn hieß. Kein Genosse. Mitglied der evangelischen Studentengemeinde, äußerlich und von seinen Ansprüchen an Umgang und Leben ein Bürgerlicher, ein bürgerlicher oder sogenannter Kulturmarxist, wie Philipp Londoner spottete, und dabei war der selber einer mit seinem Hang zu ausgefallener Kleidung, Maßanzügen mit bunten Einstecktüchern, geckenhaften Westen, die er in Leipzig schneidern ließ, dazu fanden beide Spazierstöcke angemessen, Rohde und Londoner das Gespött der halben Stadt und der Universität, aber heimlich von den jungen Leuten, zu denen sie ja selbst noch gehörten, bewundert für ihren Freiheitsgeist und die Unbotmäßigkeit, den Mut zum Widerspruch gegen die Eintönigkeit. Sie hatten etwas Italienisches, Rohde verehrte den Einaudi-Verlag in Turin, die Editionen mit dem Vogel-Strauß-Zeichen, mit Calvino und Pavese und Natalia Ginzburg, ihrem Mann Leone Ginzburg als Autoren und Lektoren, und alle, die etwas über diesen Verlag, dieses Haus, gehört hatten, teilten diese Verehrung. Heinz Schiffner, damals an der Universität, er redigierte Fakultätsjahrbücher, schrieb für Mayer-Schorsch, den Rektor mit dem Schmiß, Reden, las alles über Einaudi, was er in die Finger bekam, dachte darüber nach, was das sein könnte, ein Verlag, unter den gegebenen Bedingungen. Besonders gefiel ihm der Verleger selbst, Giulio Einaudi, Mischung aus Partylöwe, Partisan und Philosoph, und immer erstklassig gekleidet, bei aller Liebe, so Schiffner, und zog schon damals gern einen Kamm aus Büffelhorn durchs Haar, was soll eine Revolution, in der alle wie Lottergesellen herumrennen, man kann Kommunist und äußerlich ein Aristokrat sein, wer sagt, daß Kommunismus und Maßschneiderei sich nicht vertragen. Einaudi wurde sein geheimes Vorbild. Die Ithaker, wie führende Genossen sagten, waren nicht gut gelitten, auch wenn Il Partito Comunista dort großen Einfluß hatte und so mancher im Osten schon davon träumte, am Gardasee oder an der Adria Urlaubszelte aufzuschlagen, Italien endlich als offizielles Mitglied des Roten Reichs zu begrüßen. Aber sie waren unzuverlässig, diese Italiener, hieß es aus der Partei, wichen vom sowjetischen Weg ab, nicht selten folgte dann eine Bemerkung zur italienischen Armee während des Afrikafeldzugs, daß Rommel die Spaghettis habe heraushauen müssen, daß Italien abtrünnig geworden sei und einfach seinen König wiedereingesetzt habe, schon damals Sonnengemüt und Feigheit, fielen verdiente Genossen in abgelegten Sprachgebrauch zurück, wenn ein Umtrunk die Zungen gelockert hatte, die Italiener machen mit, solange sie sich einen Vorteil versprechen, aber wenn sie merken, daß es schiefläuft, springen sie ab bei erster Gelegenheit, anders als wir Deutschen, wir gehen den Weg immer bis zum kaputten Ende. Du solltest mal dein dünnstes Buch rausbringen, eine Trilogie, deutscher Humor, englische Küche und italienische Heldensagen! Schiffner schwieg zu solchen Tiraden, ließ sich nicht beirren. Giulio Einaudi bekam einen Ehrenplatz in seiner Vorbildergalerie, sein Foto hing neben Samuel Fischer, Fritz Landshoff, dem alten und dem jungen Rowohlt, Kurt Wolff, Anton Kippenberg, dessen Leipziger Spuren er nachging. Munderloh war mehr Konkurrent als Vorbild, beide hatten über Hermann Hesse gearbeitet, beide waren etwa gleichaltrig und hatten den Ehrgeiz, ihren Verlag zum jeweils führenden zu machen, Munderloh in West, Schiffner in Ost. Er führte Meno Rohde bei Hans Mayer und Theodor Frings ein, bei Heinrich August Korff, dessen »Geist der Goethezeit« Schiffner bei Koehler & Amelang, Leipzig, neu auflegen ließ, vier Bände und Register, einer umfangreicher als der andere, die Druckereien wechselten, aus den Druckwerkstätten Stollberg (VOB) wurde H.F. Jütte (VOB), Leipzig, wurde Union-Druck Halle (VOB), wurde Union-Druckerei (VOB) Dresden, wurde wieder H.F. Jütte (VOB), Leipzig, alle Bände gesetzt im VEB Offizin Andersen Nexö, Leipzig, alle gebunden bei H. Sperling, Leipzig.

All das zu kennen.

All das zu wissen.

Wenn nicht wir, wer dann, wir müssen doch wissen, woher wir kommen, wer wir sind, wir leben nicht im luftleeren Raum, wir stehen auf den Schultern unserer Vorgänger.

Vergessen ist Verrat.

Natürlich konnte Schiffner nicht so einfach Einaudi spielen, schon gar nicht damals in Leipzig. Mehr als die Genossen Zensoren setzte ihm die ewige Papierknappheit zu, und wenn es die nicht war, dann haperte es an Druckkapazität, oder das Bindegarn für die Buchbinderei war ausgegangen, Rohde organisierte etwas, Kurt Rohde, damals noch Theaterminister und in der Partei gelitten, Schiffner erkannte schnell, was er am jungen Rohde hatte, den Vater für Engpaßdurchquerungen und Gewitterabwendung, in Meno selbst einen Menschen, für den Bücher, wie für Schiffner, geradezu etwas Heiliges waren, keine gewöhnlichen Dinge, die man herstellen, verkaufen, benutzen konnte, Bücher waren Freunde, wie er mit Pathos der jungen Runde, der Feuerkopfrunde, so Schiffner, gestand, in einem unbedachten Augenblick, in dem sie ihn aus der Reserve gelockt hatten, was er sofort bereute, wer so sprach, machte sich angreifbar, er sah es an den Blikken von Philipp und Hanna und Irina. Alexander Marn wischte den Spott mit der Bemerkung beiseite, daß es diese Haltung gewesen sei, die der Sowjetunion im Großen Vaterländischen Krieg zum Sieg über den Hitlerfaschismus verholfen habe, und auch der Alte vom Berge blieb ernst, stimmte Meno zu, er nannte sie, deren Ziel es war, in den Hermes-Verlag zu gelangen und damit in den besten Verlag des Ostens und vielleicht, mit ihnen, eines Tages, der ganzen Welt, seine Assassinen, Täter des Worts.

... tastete mich voran, in Gedanken an die Operation »Unio«, die uns aufgetragen worden war, an die *Aufgabe im Grunde*, was zu tun war, wie wir es bewerkstelligen konnten, an den Westen, an Treva Anschluß zu finden, dachte dabei an Rohde im Verlag, der wegen eines Briefs von Elsa und Kundry Keil-Missunde (IMB »Alba 1« und »2«) außer Rand und Band geriet, der ein Heuchler war, dessen Heuchlertum mir Rätsel aufgab, wie war soviel Verdrängung möglich, dieses rückstandslose Getrenntsein von der anderen Existenz, natürlich wußte er vom Italienlektorat, das keinem Verlag zugehörte, sondern der Kohleninsel West, es war eines ihrer Nachrichtenreferate. Er hatte damit zu tun gehabt während seiner Erkundungen der anderen Seite, das Italienlektorat war eine Spiegelung des Lektorats IV von Hermes, das offiziell Lektorat für romanische Literaturen hieß und neben Frankreich die frankophone Literatur aus Afrika abdeckte, Portugal, Spanien,

Lateinamerika, Rumänien und eben Italien. Das Italienlektorat der Kohleninsel West erforschte ebenso wie wir die romanische Welt, wir achteten aufeinander, beobachteten argwöhnisch jede Regung im Nest gegenüber.

Rohde hatte die Begegnung mit Konsul Keil im Nachtfaltermuseum arrangiert, die Annäherung war kein Zufall gewesen, er wußte, daß das Liniensystem auch auf der Kohleninsel West galt, man hatte es vom Osten übernommen, um jeden Vorgang ins passende Referat einordnen zu können. Wir waren das Original, sie die Kopie, was die Sicherheit betraf, war es einmal andersherum, doch war den Untersuchungen unserer Spezialisten zufolge die Kohleninsel West nicht wirklich ernst zu nehmen. Sie hatte mehrmals versucht, uns zu unterwandern, ihre Leute bei uns zu plazieren, es war jedesmal spektakulär fehlgeschlagen, meist wußten wir schon in dem Moment, wenn ein solcher operativer Vorgang geplant war, von seiner Existenz, kannten die Beteiligten, hatten die Kandidaten, die uns unterwandern sollten, schon eingekreist, ließen sie einreisen, bei uns die Zelte aufschlagen, wie gesagt wurde, ließen sie das eine oder andere kopieren und sich dabei wie James Bond vorkommen, versorgten sie nach dieser Warmlaufphase mit Material, das unseren Zwecken zu dienen begann, das die Kohleninsel West füttern und schleichend vergiften sollte, doch mußten wir aufpassen, es nicht zu übertreiben, mußten vorsichtig bleiben, in allen uns zugeordneten Linien arbeiteten Verbindungsoffiziere der Intelligenzagentur, und mit denen war nicht so leicht umzugehen wie mit der trevischen Sicherheit, nach einigen Fehlschlägen der Kohleninsel West begannen sie die Kollegen zu schulen, ihnen wachsamere Augen zu verschaffen. Aus dieser Periode stammte wohl die Übernahme der Tausendundeinenachtabteilung aus den Tiefen des Fünfecks, wie wir sagten, es gab einen Ideenaustausch, den wir mit äußerster Wachsamkeit registrierten. Der Genosse Minister hatte Tag- und Nachtschichten angeordnet und die Aktivierung aller verfügbaren Kräfte, um herauszubekommen, was da vor sich ging. Doch war diese Tausendundeinenachtabteilung, wie die Linie XX drüben mehr scherzhaft als abfällig (und nur intern) genannt wurde, ein halbherziges Konstrukt, stellte Marn als Leiter der Hauptverwaltung Aufklärung bald fest, dieser Laden, meinte er, meine Papiere in der Hand, mit der Aufgabe, den Weg der Nachrichten zu beeinflussen, von der Quelle ad fontes, Nachrichten zu gewinnen abseits der üblichen Wege über Korrespondenten, die für Zeitungen oder das trevische Fernsehen arbeiteten und von ihren Sitzen im Ausland die heimatlichen Redaktionen mit Neuigkeiten versorgten, Korrespondenten auch der Trevischen Nachrichtenagentur, der tna, deren halbe Belegschaft Marn als trunksüchtig und potentiell für uns gewinnbar einschätzte. Ein Konstrukt, das uns Möglichkeiten zum Eindringen, zum Durchdringen bot, hier war (und Rohde hatte das sofort begriffen nach jener Sitzung beim Minister, auf der die Operation »Unio« skizziert worden war) die Gelegenheit für uns, die Sicherheit, im allgemeinen und für den Hermes-Verlag im besonderen, anzudocken, die Tausendundeinenachtabteilung zu etwas Richtigem, Wirkungsvollem werden zu lassen.

Im Lektorat I soll um zwanzig Uhr eine Konferenz stattfinden. Philipp Londoner wird erwartet, die Partei hat wohl doch ein Interesse am Verlag, es gibt einen Fonds, man will die Zentrale unterstützen. Im Lektorat III brennt Licht, es sind noch alle Kollegen da, Josef Redlich, der ins Erbelektorat wechseln will und auf längere Sicht mit einem Posten in Weimar liebäugelt, abseits, wie er sagt, in der Ruhe hoffentlich, die er für sein Alter angemessen findet, er hat sich nicht übergangen gefühlt, als Meno Rohde statt seiner Leitender Lektor im Lektorat III geworden ist, hat abgewinkt, Schiffners Entscheidung befürwortet; Madame Eglantine, die nach dem Beschluß, die Dresdner Edition aufzulösen, gehofft hat, ins Lektorat IV, romanische Literaturen, zurückkehren zu können, wo man aber ihre Französischkenntnisse anzweifelt nach den Dresdner Jahren ohne Praxis, ohne Briefwechsel mit den Autoren, ohne Reisen (die meist dem Leitenden Lektor, der Parteitreue, der Devisenfrage vorbehalten blieben), ohne Arbeit mit den Originaltexten, sie hat, vorläufig, bei einer Autorin, die sie betreut, Quartier gefunden, sie hat gegen Rohde gestimmt, glaubt, er sei gegen Veränderung, ist vielleicht auch gekränkt, weil er ihr vorwarf, mit Kolischs Texten allzu nachsichtig umzugehen:

– Dieser Satz, Stefanie. Weil, er geht jetzt wieder in sein Zimmer.

– So reden junge Leute nun mal.

– Weil, es ist nicht richtig – stell dir mal vor, wir würden so reden.

– Goethes Zeiten sind vorbei. Und wie damals die Rechtschreibung war, da kann dir Josef Vorträge halten.

– Weil er jetzt wieder in sein Zimmer geht. Ein Atem, ein fließender Satz. Weil, er geht jetzt wieder in sein Zimmer. Faulheit, Schlamperei, Vergewaltigung. Sprache ist ein Lebewesen, und Kolisch zieht es durch den Schweinekoben.

– Finde ich gut. Weil, du reagierst wie ein Studienrat. Alle Studienräte werden sich aufregen. Literatur mit Wirkung.

– Ein Verbrechen!

– Deine Judith schreibt korrekte Sätze, und ich muß gähnen.

Meno hält einer zunehmend genervten Stefanie Wrobel einen Vortrag über Sprache als Instrument, als Weltenorgel mit tausend Registern, verstummt, er muß sie nicht belehren, seine Kollegin, die Sprache ebenso verteidigt wie er, aber auf anderes hinauswill, so kennt sie ihn nicht, Mann im Schneckenhaus, ja, wäre es denn möglich, daß sie recht hat, daß also Kolisch recht hat gegen Meno Rohde mit dem Recht der Jugend, das eine Lizenz zur Unverschämtheit beansprucht, kommt nicht oft genug aus dieser Frechheit auch Freiheit, Jubel ohne Geländer? Und doch, er erträgt es nicht, es widerstrebt ihm, Sprache auf diese Weise anzutasten, er hat von den Lektoren der Leipziger Schule gelernt, vom Korrektor Hermann Wahrisch, Käfersammler, Kommaklauber, der ihn mit zwei Schild- und Lanzenträgern der deutschen Sprache bekannt machte, Sankt Ernst und Sankt Uwe, so Wahrisch, am Tag des Eintritts bei B.G. Teubner bekam Meno Rohde Medizin, wie Wahrisch sagte, aus der »Apotheke«, von Sankt Ernst das »Lob der Vokale« (»lesen! studieren! setzen!«), von Sankt Uwe das erste Kapitel des Romans »Ingrid Babendererde« in der gestochen ebenmäßigen Schrift (»meine Handpersönlichkeit, entwickeln Sie Ihre, und achten Sie darauf«) Hermann Wahrischs, kein kleines Risiko, Wahrisch konnte nicht wissen, was der junge Mann aus dieser Eröffnung machen würde, damals. Wahrisch hatte versucht, das Manuskript nach der (ablehnenden) Begutachtung bei Hermes abzuschreiben, hatte es sofort als Probe einer überragenden Begabung erkannt, wollte es, wie er zu Rohde sagte, sichern. Dies sei Literatur, und es gehöre zu seinen größten Bekümmernissen, daß er mit dem Abschreiben nicht fertig geworden sei.

Sankt Uwe war im Westen. Seit dieser ersten Begegnung mit ihm, über Korrektor Wahrischs Handpersönlichkeit, wußte Meno: Uwe Johnson war eine Aufgabe, ein Teil davon hieß, ihn im Osten wieder anwesend zu machen. Es gelang nicht. Alle, die es versuchten, bissen auf Granit. Johnson kam nicht in Frage: Republikflucht, anhaltende, angeblich verzerrte Beobachtung und Darstellung ostdeutscher Verhältnisse. Meno nannte es Unbestechlichkeit. Zum Roman »Ingrid Babendererde. Reifeprüfung 1953« wußte ein Gutachten:

– Typischer Fall von ›Westkrankheit‹, als solcher interessant. Autor braucht eine Gehirnwäsche.

Heimlich bildete sich im Literaturkombinat die »Norddeutsche Liga«: die Lektoren Kurt Batt und später Jürgen Grambow vom Betriebsteil Hinstorff in Rostock, Sebastian Kleinschmidt aus Schwerin, Redakteur bei ›Sinn und Form‹, Leve, wie er im Verlag oft nur genannt wurde, Jan Leve aus Tilsit im Memelland, erfahren im Verlust von Orten und Johnson schon aus Zungengründen, wie er sagte, zugetan, Helfried Sinner, Menos Kollege aus dem Lektorat III, und schließlich, als Sommermitglied, norddeutsch nach Gesinnung und Name, auf Hiddensee in der Lietzenburg gewesen, auf dem Darß in Ahrenshoop, Prerow und Zingst, in Güstrow auf dem Heidberg und in Barlachs Atelier, und nicht unberührt zurückgekehrt, wie die Kollegen feststellten, Meno selbst, sie alle haben immer wieder angesetzt, Briefe an die Weisungsbefugten Roben geschrieben, daß man einen wie Johnson nicht außen vor lassen könne in einem Verlag, der den Anspruch erhebe, Weltliteratur zu veröffentlichen, erst Jürgen Grambow ist es 1989 gelungen, einen Band mit kurzen Texten von Johnson herauszubringen: »Eine Reise wegwohin«.

Nicht die »Ingrid Babendererde«. Nicht die »Mutmassungen über Jakob«. Nicht die »Jahrestage«.

Sankt Uwe veröffentlichen, alles. »Sonnenfinsternis« von Koestler. Das beste von Sankt Ernst (den Meno so sankt gar nicht fand, ihm mißfiel die Mischung aus Stahlhelm und Stelzen), die Tagebücher, die »Subtilen Jagden«. Neue, gute Autoren wie Roland Kolisch gewinnen, das sind, unter anderem, die Aufgaben für das Lektorat III.

Meno spürte, als er das Lektorat betrat, sofort die Abwehr, vielleicht Feindseligkeit des abgesetzten Funktionärs, Autors und Lektors Mellis, dessen Erinnerungen Meno Stefanie Wrobel übergeben (sie sagt: aufgedrückt) hat, Meno sah die Freundwilligkeit von Helfried Sinner, Sohn von Karlfriede Sinner-Priest, Kohleninsel und Wölfinbüro, er hat für Meno als Leitenden Lektor gestimmt, Meno hat ihm bei einem Projekt geholfen, dem Handkeprojekt, aus dem mit den Jahren ein Österreichprojekt geworden ist, Sinner brachte frische Luft, stritt mit seiner Mutter, die ihre begründeten Vorstellungen hatte, was in den Verlag gehörte und was nicht, aber sie ließ sich überzeugen von Helfrieds Begeisterung für diese Österreicher, Bernhard, Drach, Musil, Handke, Meno sah Mutterstolz im Gesicht der gefürchteten und gemarterten Frau, wenn Helfried die Vorbehaltler mitriß, er rezitierte Handke, zeichnete die Schwingungen der Wortverläufe nach, setzte Betonungszeichen, drehte sich auf dem Absatz.

– Die Bilder, Leute! schrie Helfried Sinner und fuhr sich mit der freien Hand durchs Haar, das mehr einer Mähne als dem glich, was Schiffner noch als »stetes Bemühen eines Dachgärtners« durchgehen ließ, sprang auf, rannte los, wenn dieses Bild beim anlaufnehmenden Vorlesen in Umrissen auftauchte, doch schon so weit wirklich geworden war, daß die anwesenden Wortfachleute, vor allem die weiblichen, die Oberkörper zurücknahmen, die Köpfe aus der Konzentrationstrance hoben, um keine von Helfrieds weiteren Einlagen zu verpassen, Madame Eglantine, hier war sie es wieder, still in der Ecke, mit begeisterten Augen, sich beobachtet wissend und doch von einem Gefühl mitgenommen, auf das es, am Ende des Tages, sagt sie hin und wieder, eben doch ankommt. Das Handkeprojekt namens »Wunschloses Unglück«, Handke blieb jahrelang einfach liegen, weswegen eine sogenannte Erschließungsarbeit begonnen werden mußte gegen die Einwände. Die meisten dieser Einwände hatten Gesichter, das strengste, unnachgiebigste davon gehörte Genossin Winter in der Kulturabteilung des Großen Hauses, einer Wirklich Weisungsbefugten Robe, und Genossin Winter hatte genaue Vorstellungen, wie ein Dichter, der zum Volk sprechen solle, schon zunächst und vor allem anderen einmal auszusehen habe, nämlich nicht wie dieser Handke, und schon als Sinner den Vorschlag »Handke« ins Titelannahmeverfahren eingebracht hatte, gegengezeichnet von Rohde, Meno, und also mit dem Signal, daß dieser junge Mitarbeiter nicht allein dastehe, daß es überhaupt nicht allein eine Sache stachelsüchtiger und ungekämmter Jugend, sondern auch eine von ernsten und gekämmten Kräften wie Rohde, Meno sei. Die jungen Lektoren wollten Handke. Sie wollten Rock, Jandl, Ginsberg. Meno bremste ihren Drang, neben Helfried Sinner zu unterschreiben, Genossin Winter und vor ihr der Buchminister und vor dem die Hauptverwaltung Verlage und vor der Schiffner und vor Schiffner die Cheflektorin Oder und vor Thekla der Leitende Lektor Mellis hätten Widerstand wittern können, Bildung einer Gruppe, so etwas wie innerbetriebliche Opposition. Udo Männchen gestattete sich den Hinweis, daß man den Handke nie und nimmer durchbekäme, nicht mit dieser Frisur, »diesen Lohden«. Der Handke, so Schiffner, und schob das Foto weg, auf das Udo Männchen geklopft hatte, sei ein Bürgerschreck und Tunichtgut, die »Publikumsbeschimpfung« hätten die Genossen nie verziehen, der Verlag käme in Teufels Küche, wenn man nun das »Wunschlose Unglück« anmelde, aber bitte, und Schiffner breitete liberal die Arme, macht, wenn ihr unbedingt wollt. Schreibt ihm einen Brief, ob er sich nicht die Haare schneiden und sich dann fotografieren läßt, vielleicht können wir ja das Foto weglassen. Aber es wird nicht am Foto scheitern, sondern an der »Publikumsbeschimpfung«. Meno hatte vorgebaut, zog das Material zu einer Anthologie aus seiner Aktentasche, »Österreich heute«, ein wahrhaft unförmiges Manuskript, das, wie immer bei solchen Rundumschlägen oder Stopfgänsen, wie sie genannt wurden, in mikroskopisch kleiner Schrift gesetzt werden sollte, um Platz zu sparen, so viele Texte wie nur möglich unterzubringen, mittendrin und nahebei der Handke, zwar der mit Abstand längste Text, zusammengestaucht aus sechsundneunzig Seiten der Originalausgabe, eine Schwarzwüste, Udo Männchen schüttelte den Kopf, sagte Grabplatte dazu, wie die Zeitungsseiten mit den Reden der führenden Funktionäre, eine Österreichgrabplatte, Kollegen, doch im Land des Mangels werden wir auch die schließlich verkaufen, dann stopft also den Handke da rein, damit ist die Erschließungsarbeit getan, wenn man vom Foto absieht, aber da können wir ja sagen, daß es verlorengegangen ist oder daß wir kein Foto bringen wollten, weil es eine Anbiederung ans Bild und damit an kapitalistische Wahrnehmungsgewohnheiten ist, und übrigens, wie wäre es, wenn wir sagen, der Handke hat seine langen Haare, weil er ein freier Mann ist, wie im alten Rom, dort waren die Kurzhaarigen die Sklaven, und jetzt sind es die Kurzhaarigen, die den Kapitalismus antreiben, und lange Haare sind ein Protest gegen diese Gesellschaftsordnung. Schiffner lehnte ab, ob Herr Männchen sich im klaren darüber sei, daß er mit seiner Kurzhaarschnurre auch unsere führenden Genossen als Sklaven darstelle, das riskiere er nicht, es drohe sehr kurzes Haar, außerdem sei die Vorbildwirkung der Handkehaare zu groß, mindestens unberechenbar, man werde die Handkehaare zwar als Protest, aber nicht gegen die kapitalistische Gesellschaftsordnung verstehen, man werde lange Haare tragen, um so Kritik an der hiesigen Gesellschaftsordnung auszudrücken, und dafür werde der Verlag verantwortlich gemacht werden. Ja, wenn wir zwei verschiedene Langhaarfrisuren hätten, die eine hier und die andere drüben, und der Handke hätte die gegen den Kapitalismus, dann wäre der Handke auf Dauer kein Problem.

Schiffner, als Diva, hat den Philosophenpförtner oder Pförtnerphilosophen in die Stadt nach einem Abendbrot geschickt, Giulio Einaudi pflegte ein ebensolch vertrauliches Verhältnis zum Verlagspförtner, schickte ihn, Mitglied der italienischen Resistenza, zum Pulloverkaufen, das gefällt Schiffner, er teilt die Neigung zum Auftritt, zur anekdotenreifen Szene. Er kommt vom Vitrineputzen zur Konferenz, Eimer und Lappen noch in den Händen, die Versammlung debattiert schon ohne ihn, hitzig die einen, wie Helfried Sinner, verbittert Günter Mellis, der sich verkannt fühlt und angegriffen von den jungen

Kollegen, die nicht in seiner Haut steckten und für die er einiges getan hat, einerseits, andererseits vergißt sein Nachfolger Meno Rohde nicht, was sein Vorgänger über Johnson geschrieben hat, einen herablassend-hämischen, aus Ideologenbeton bestehenden Nachruf zu Lebzeiten, der Johnson endgültig abwesend machte, hier. Dazu die giftigen Bemerkungen Eschschloraques, da kam ein Stalinist heraus, ein scherzender Mörder, so hatte es Meno auf einer Versammlung gesagt, zu sagen gewagt, sie hatten geschwiegen, die Kollegen, deren Meinung über Johnson und Eschschloraque er kannte. Es war in der Eiszeit nach Biermann und dem Tribunal gegen Judith, Blavatny, Rieber. Samtleben warnte:

– So wird das nichts, Herr Rohde, mit einer Berufung in die Zentrale. Sie können weiter Export machen. Der Johnson hat sein Land verraten und ist abgehauen. Eschschloraque hat ganz oben Ihre Entlassung gefordert. Dieses Mal konnte ich meine Hand noch über Sie halten.

Meno hatte mit Thekla Oder darüber gesprochen, sie hatte Gemüse geschält und geschwiegen. Sie, die Sankt Uwes Kommilitonin gewesen war im berühmten Hörsaal 40 bei Hans Mayer, sie, der es besser erging im Betrieb, weil sie Grenzen dort lieferte, wo Vorsicht und Vorschlag sie haben wollten. Es blieb nicht dabei. Thekla Oder entwickelte sich, auch in ihren Schriften wuchs, wie Zensor Albert Salomon auf der Kohleninsel anerkannte, das krumme Holz des Menschenwesens.

Weil er Freitag hieß, hatte sein Großvater den Verlag Robinsonverlag genannt, erzählte der Mann, für den die Bezeichnung »Herr« wohl zutreffender war. Meno blieb vorsichtig, das Äußere war für einen »Herrn« nicht allein zuständig, wenn es auch trevisch gediegen auftrat bei Badislav Freitag III., ein Name wie aus amerikanischen Serien. Badislav Freitag I. hatte den Verlag gegründet, Postkarten, Reiseliteratur:

– Leichtes für den Strandkorb, sagte Badislav Freitag III. Sein Vater, Badislav Freitag II., hatte den Verlag ausgebaut, war ins Geschäft mit verschiedenen Reedereien eingestiegen.

– Kreuzfahrten, Urlaubsdampfer, womit Herr Badislav Freitag III. die sogenannten Kraft-durch-Freude-Fahrten meinte, auf denen bildungshungrige Arbeiter und einfache Angestellte nach Norwegen schipperten und zur Entspannung Lektüre brauchten. Man hatte, wie Badislav Freitag III. sagte, nicht schlecht verdient, und auch für Reisen wie die der Wehrmacht in Richtung Süden, Afrika und Griechenland vor allem, hat der Robinsonverlag informative und schön bebilderte Lektüre bereitgehalten, und als dann die amerikanische Besatzung gekommen und Badislav II. aus Versehen, wie Badislav Freitag III. sagte, von einer Patrouille erschossen worden und somit die Familie ohne Ernährer und Oberhaupt gewesen war, da hatte Badislav Freitag III., damals ein Halbwüchsiger von fünfzehn Jahren und knapp unter dem Flakhelferradar, wie er sagte, die Initiative ergriffen und den amerikanischen Soldaten schöne Deutschlandmotive in Leporelloform angeboten. Sie waren auf reges Interesse gestoßen, diese Fotos von Domen und neckisch entblößten Erntehelferinnen, so etwas, sagte Herr Badislav Freitag III. vom Robinsonverlag, könnte dem Hermes-Verlag auch helfen. Er gehe hier in beträchtliche Vorleistung, indem er Geschäftsgeheimnisse verrate, ja, mit dem Eingemachten seines Vaters und Großvaters spiele, aus purem trevisch-hanseatischem Patriotismus für die bedrängten Kollegen im Osten. Ob sie das auch zu schätzen wüßten?

Der frischgegründete Betriebsrat meinte, man wolle Herrn Badislav Freitags des III. Bemühungen nicht zu nahe treten, man habe aber den Eindruck gewonnen, daß der Robinsonverlag zu klein für den Hermes-Verlag sei, außerdem existiere ein Programm wie das des Robinsonverlags bei Hermes schon, die Bücher der sieben Meere nämlich. Herr Badislav Freitag III. meinte, die kaufe er regelmäßig, es habe ja, wie man wisse, auch die eine und andere Lizenz gegeben. Er erlaube sich aber einen Hinweis, die Bücher aus der Sparte sieben Meere seien viel zu umfangreich, der westliche Leser wolle keine umfangreichen Bücher, seine Zeit sei kostbar, sodann hätten die Bücher der sieben Meere einen mehr oder weniger deutlichen ideologischen Einschlag, er habe aus diesen Büchern den Eindruck gewonnen, daß Reisen vor allem deswegen unternommen würden, um am Reiseziel feststellen zu können, wie sehr dort der Kapitalismus bereits gewütet habe, mit anderen Worten, Reiselektüre solle doch etwas mit Reklame zu tun haben.

Der Betriebsrat sah das anders. Man sei bei Hermes stolz auf diese Bücher. Sie hätten ein Fenster zur Welt eröffnet. Das Tokio- und das Venedigbuch seien absolute Bückware gewesen.

Herr Badislav Freitag III. blieb trevisch gelassen. Man wolle sich doch bitte nichts vormachen. Unter Mangelbedingungen könne man alles verkaufen. Aber ob man denn glaube, mit solchen Büchern unter den neuen Bedingungen reüssieren zu können. Was den Einwand hinsichtlich der Größe der beiden Verlage betreffe, so stimme er zu, er gebe nur zu bedenken, daß Hermes sich verkleinern müsse, wesentlich verkleinern, kein Markt gebe ein solches Büchermonstrum wie den Hermes-Verlag her, jedenfalls nicht unter, eben, Marktbedingungen im Gegensatz zum zwar ehrenwerten, aber auch bequemen Schutz einer Staatsobhut, womit er, Herr Badislav schnaufte kurzatmig und hob die Hände, keineswegs etwas gegen die Arbeit hier im Verlag gesagt haben wolle, die sei international anerkannt, die Bücher, die Hermes veröffentliche, brauchten keinen Vergleich zu scheuen.

Thekla Oder, die Cheflektorin, die im Umgang mit anderen Autoren so viel milder war als mit sich selbst, hörte zu, dachte, vielleicht, an ihren Aufruf, den viele unterschrieben hatten und den Philipp für die Partei des Demokratischen Sozialismus, die neue, die gewandelte Partei alter Ideale, wie er sagte, dabei mit Hanna und Kolja Joffe einig, sofort aufgriff. Für unser Land, das war die Position. Eine Grundlage, auf die man sich verständigen konnte, alte und junge Genossen.

– Ich war bei Jan Leve, Herr Rohde, er läßt Sie grüßen aus dem Schattenland Ströme. Er hat sich so wenig verändert seit der Zeit, als er das Zimmer unter den Ahornbäumen hatte.

Das Levezimmer. Eine der Möglichkeiten, hierzulande zu sein. Ihr Mann hat es bereist, Frau Studienrätin. Es ist ein feines Buch geworden, ich liebe es sehr. Er hat die Gegenstände in Leves Arbeitszimmer als Sinnesorgane seiner Dichtung beschrieben. Bilder von Roger Melis, Einzelverkaufspreis acht Mark, das sind ungefähr sieben Brote, es haben hungrige Menschen darauf verzichtet. Manche besitzen es dreimal, einmal zum Lesen, einmal für schlechte Zeiten, einmal zum Verschenken. Mich haben diese geheimen Bibliotheken immer interessiert, die aus verschiedenen Adressen bestehen und alle das gleiche Buch führen. Bei dieser Bibliothek aus einem Buch möchte ich alle Mitglieder kennen. Ich grüße Ihren Mann.

Leidenschaftliche, verteidigende, angreifende, rücksichtslose Diskussion im Lektorat I, das hat gefehlt in den vergangenen Jahren, was für eine Befreiung, zu sagen, was ist oder was man dafür hält, ohne ein Schweigen oder, noch bedrohlicher, einen als Lob verkleideten Nadelstoß dafür zu bekommen, Diva Schiffner will vor lauter Angst oder Gier oder, wahrscheinlich, einem Gemisch aus allem am liebsten das ganze einmal gefaßte Frühjahrsprogramm umstoßen:

– Zu intellektuell, sagt er, zu publikumsfern, ja, seid ihr denn von allen guten Geistern verlassen, und das Lektorat III, daran sind Sie schuld, Rohde, Sie haben mir das aufgeschwatzt, dabei sind die Zeiten, als wir ein halbes Programm mit avantgardistischen Sprachfexen machen konnten, vorbei, das wissen Sie ebensogut wie ich! Worauf Meno aufsteht vor versammelter Besatzung:

– Verehrter Verleger, was wollen Sie tun? Eilig zusammengeschusterte Texte herausbringen, seichte Seiten, wie sie der Herr vom Robinsonverlag empfiehlt? Wir verkaufen keine Bücher, halb redigiert und ganz in Läusedeutsch, wir verkaufen Bücher, weil sie beispielhaft gearbeitet sind.

Hehre Worte, und schon wälzt sich die Diskussion darüber, Udo Männchen hat nichts gegen eine Erotikreihe, wenn sie gut gemacht ist, und auch sein Chef Lothar Ricken hat nichts dagegen, man könnte mit dem ›Magazin‹ zusammenarbeiten, das da Erfahrung habe, und unsere Autoren könnten mal zeigen, was in ihnen steckt, ob sie in der Lage sind, heiße Sachen zu schreiben, Meno widerspricht, das ist für ihn eine Kapitulation, ein Bankrott, nicht mit ihm, nicht im Hermes-Verlag. Mahnke, der Vertriebschef, bisher mit dem gemütlichsten Posten der Welt versehen, wie er sagt, hat Sorgenfalten im Gesicht, hält Meno für weltfremd, das halbe Lektorat III stimmt Mahnke zu (wer hat sie erzogen, was für eine Bücherehre haben sie), das halbe Lektorat I Meno, dazu vehement Madame Eglantine, wer hätte das gedacht, Meno vermerkt es dankbar. Sie schreibt selbst. Knappe, straffe Texte, sie zögert, sie kennt das Geschäft, das unerbittlich ist und diese Unerbittlichkeit dazu noch als eine Sonderform von Freundschaft ausgibt. Meno weiß, daß sie sein Urteil fürchtet, er liebt die langen Sätze, das Schweifende, Kreisende von Proust und den anderen Langwellenmusikern, aber das bedeutet wenig, oft sehnt man sich nach dem, was man nicht hat oder fertigbringt, und wenn ein Buch nicht mehr als und wirklich nur hundert Seiten braucht, um mir eine Welt glaubhaft zu machen, dann willkommen, her damit, wir sind keine Verschwender. Auch der Ozean ist auf seine Weise Minimalist. Auch der Minimalist sollte etwas vom Ozean wissen.

Schiffner ließ das Abendbrot servieren, das war ein gut eingeführter Brauch in der Zentrale, seitdem Schiffner mit dem Chefkoch des »Astoria«, Sitznachbar in der Günther-Prien-Schule vormals Königin-Carola-Gymnasium, eine Vereinbarung über die Reste der Protokoll- und Westgästediners getroffen hatte, sie griffen zu, die Wächter des Geistes, als wäre das selbstverständlich, daß Personal aus einem Restaurant auf die Spindel kam, um von Schiffner mit einigen hundert Mark bezahlt zu werden für eine Verköstigung, die er dem gesamten Verlag spendierte, er zahlte das privat, und bei zweien ließ er klopfen, um zum

Essen zu laden, Alexander Marn und Meno Rohde. Und wenn Meno die Tür geschlossen hatte, stand Heinz Schiffner wie ein Schuljunge, der vor dem Schuldirektortermin noch einmal seinen Mut sammelt, auf dem Flur und wagte nicht, die Hand nach der Klinke auszustrecken, geschlossene Tür hieß, daß sein Lektor Rohde, nunmehr Leitender Mitarbeiter, seine Ruhe zu haben wünschte, daß er in der Arbeit über einem Manuskript saß oder ein Projekt bebrütete, daß er selbst, heimlich, schrieb, ein Tagebuch, wie gemunkelt wurde, daß er vielleicht auch einfach nur nichts tat, nichts Sichtbares jedenfalls, am Fenster stand und die Buntgarnfabrik beobachtete, versunken in den Anblick der aus dieser Entfernung stumm sausenden Spindeln. Heinz Schiffner trat nicht zu nahe an die Tür, um nicht als Bittsteller im eigenen Haus verkannt zu werden. Bei Marn klopfte er wie bei einem Botschafter.

Und nun schlenderte Jan Brandenstein ins Lektorat I, staunte über die Russische Teestube mit Leninbild an der Wand und Samowar, über das Regal mit Geschenken der Autoren aus der Sowjetunion, versuchte, die kyrillisch geschriebenen, gerahmten Sprüche zu entziffern, die an der Wand hinter Marns Schreibtisch hingen, nahm, zum Erschrecken Philipps, der, wenn er hier ist, ins Schwärmen über seine Zeit an der Baikal-Amur-Magistrale und in Moskau gerät, eine Balalaika in die Hand, die der russische Liedermacher und Erzähler Bulat Okudschawa gestiftet hat, Jan Brandenstein war der Name unbekannt. Der vielversprechende Junior des Zeitungsgeschäfts war Schiffner von Daniel Redding schmackhaft gemacht worden am Telefon, die näselnde, Bedeutsamkeiten wie schwere Regentropfen fallenlassende Stimme Reddings hatte sich beim Namen Brandenstein plötzlich mit Galopp gefüllt, wie Judith solche Auflebungen nannte, hatte auf die Brandensteinschen Möglichkeiten hingewiesen, auch ohne auf Brandenstein-Vater als Gründer und Herausgeber der einflußreichsten trevischen Zeitschrift, der ›Wahrheit‹, hinzuweisen. Redding hatte seine guten Kontakte in die ›Wahrheit‹ angedeutet und, nach einer zögernden Sekunde, für die ihn Meno zu achten begann, erwähnt, daß der alte Brandenstein alias »Der Große Burstah« sein Nachbar sei und er hin und wieder drüben die Blumen gieße und die schlechten Bilder umdrehe, wenn »Der Große Burstah« auf Mallorca in seiner Finca oder im Reetgedeckten auf Sylt weile.

Der junge Brandenstein hatte in Barcelona, Paris, Siena und »noch hier und dort«, wie er sagte, allerlei studiert, unter anderem Politikwissenschaften, Recht, Germanistik, hatte einige Semester genutzt, um in Paris, in einer Bude am Montmartre, einen Roman zu beginnen, aus dem aber nichts geworden war, weil man am Montmartre, die Stadt Paris zu Füßen, ohne Geldnot und gutaussehend, keinen Roman schreiben kann, fand der Vielversprechende, schon gar keinen Roman über einen vom Leben bereits gezeichneten jungen Mann, der in ständigen Schulden lebt und von seinem Vater, einem Zeitungsmogul aus einer Metropole des Westens, unterdrückt und überdies sexuell mißbraucht worden ist. Redding saß schweigend, auf den Gehstock gestützt, nicht zu erkennen, ob die Augen hinter den dunklen Brillengläsern beobachteten oder schliefen. Brandenstein sprühte vor Ideen, war Feuer und Flamme: So etwas wie den Hermes-Verlag, dieses Literaturinstitut, habe er noch nie gesehen, das müsse man unbedingt erhalten, er verspreche, alle seine Beziehungen ins trevische Verlags- und Zeitungswesen spielen zu lassen.

Die ›Wahrheit‹ habe schon lange die Absicht, einen Verlag zu gründen, um das Material, so Brandenstein, auch in ausführlicherer Form zu nutzen, großartiges Material, das sonst der Platzknappheit im Magazin zum Opfer falle, man denke auch an eine Ausdehnung ins Fernsehen. Der alte Brandenstein, wiewohl ein Zeitungsmensch durch und durch, erkenne die Zeichen der Zeit und wisse, daß das reine Printprodukt im Nachrichtengeschäft der Zukunft wohl nur geringe Chancen haben werde, daß man einen Nachrichtenkonzern aufbauen müsse, und dazu nun passe ein Verlag wie Hermes wunderbar ins Portfolio, so der junge Brandenstein, der Paternoster wie in den alten Kontorhäusern in Treva, so was wie Hermes verleihe dem Ganzen erst die Stabilität, die Seriosität. Vorne gewissermaßen die Erzeugnisse des Tages, das schnellebige Geschäft mit den Aktualitäten, in der Mitte das Magazin mit seiner weltberühmten Rechercheabteilung und seinen ebenso weltberühmten Stücken, vor denen die Republik zittere, hinten der Hermes-Verlag oder jedenfalls diejenigen Bestandteile des Hermes-Verlags, die zu gebrauchen seien, man müsse ja nicht unbedingt auch noch Klassikerausgaben veranstalten, vielleicht sei es nötig, sich auf ein paar sogenannte Kernkompetenzen zu besinnen. Ein Redakteur der ›Wahrheit‹, der an einer heißen Sache dran sei, dafür aber nur wenig Platz bekomme, könnte diese Sache vertiefen und als Buch bei Hermes, der dann natürlich umbenannt werden müsse, herausbringen. Hermes sei doch ein bißchen zu rätselhaft, zu abseitig, so der junge Brandenstein, vor sich die Jahresproduktion aus den Lektoraten. Diese Autoren, so Brandenstein, kenne keiner, sie seien am Markt nicht durchsetzbar. Er finde Badislavs Idee mit den Kalendern nicht so schlecht, darüber sollte man bei Hermes mal ernsthaft nachdenken, die schönsten Sprüche aus der ›Wahrheit‹, und dazu so Superweiber mit Titten, so Brandenstein, ›So!‹ mache das schon lange, und er teile die Verachtung so vieler Intellektueller gegenüber ›So!‹ keineswegs, was Marketing und Leserlenkung betreffe, könne man von ›So!‹ viel lernen, und er schlage vor, daß alle doch mal nach solchen Eyecatchern Ausschau halten sollten, die brauchten seinen Erfahrungen nach noch nicht mal viel kosten, der ganze Ostmarkt sei hungrig, und er, Brandenstein, habe sich schon immer über die Freizügigkeit der Ostfrauen, ihre unverklemmte Art, gefreut, und wenn das schon von selbst so rüberkomme, dann brauche man nicht für teuer Geld Modelle über Agenturen buchen.

– Zu. Meno sah aus dem Fenster.

Brandenstein wartete.

– Wer brauchen ohne zu gebraucht, braucht brauchen gar nicht zu gebrauchen.

Das sei, was er an Hermes so schätze, diese Pingeligkeit, diese Unduldsamkeit dem westlichen Schlendrian gegenüber, es seien solche Prinzipien, die eine Gesellschaft, trotz allem, brauche, er sei da ganz auf der Seite der Linksväter. Brandenstein grüßte den Lenin an der Wand. Aber, um fortzufahren, wäre das nicht eine Idee, Ostfrauen für das wiedervereinigte Land, die natürliche Frau, der Beitrag von Hermes für den Markt?

Andererseits könne man an Hermes sehen, was so ein Verlag zu leisten imstande sei. Das sei echte deutsche Wertarbeit, das meine er jetzt ganz unironisch, und vielleicht sei es einfach falsch, diesen Ansatz in the short run preiszugeben, vielleicht sei die natürliche Ossinacktheit doch keine so gute Idee, und Hermes solle am besten bei dem bleiben, was seine Brand (»Brähnd«) sei: Klassiker verlegen. Antike Dichter in vorbildlichen Ausgaben betreuen. Junge vielversprechende Talente wie den Kolisch rausbringen. Was denn nun die Belegschaft meine. Die Ossis müßten schon ein bißchen lernen, sich einzubringen, sich besser zu verkaufen. Udo Männchen meldete sich: Vielleicht sei für einen Verlag doch das beste, im angestammten Feld zu bleiben? Die Zusammenarbeit mit einem Zeitungshaus empfinde er zwar nicht als abwegig, das hätte es mit dem ›Neuen Deutschland‹ und seiner Druckerei auch in der einen und anderen Form gegeben. Aber ein Verlag stehe dann vielleicht doch auf der nachteiligen Seite? Er kenne sich ja nicht weiter aus. Im Gegensatz zu den Herren Brandenstein und Redding. Aber er habe doch gehofft, von ihnen einen natürlicheren Weg gezeigt zu bekommen.

– Ja, gezeigt, griff der junge Brandenstein zu, das sei nun schon ein bißchen ihr Problem hier im Osten. Er wolle niemandem zu nahe treten, aber man müsse sich dran gewöhnen, selbst was auf die Beine zu stellen, Eigeninitiative zu entwickeln. Man könne nicht erwarten, daß andere für einen handelten, man müsse sich schon selber kümmern, erste Lektion der freien Marktwirtschaft. Aber dafür seien sie als Berater ja hier, man müsse im Westen mit Fallstrikken rechnen, niemand sei davor gefeit.

– Gewiß nicht, sagte Daniel Redding, reglos und totenbleich. Hier müßten Umstrukturierungen stattfinden, ein Wirtschaftsprüfer müßte Bilanzen erstellen, es müßte entlassen werden. Nicht nur weil Hermes viel zu groß sei, sondern weil man nur mit einem flexiblen, also mehrheitlich jungen Personal den neuen Anforderungen gewachsen sein werde.

– Einerseits, sagte der junge Brandenstein. Einerseits also Berater, Schiffner müsse wahrscheinlich gehen

(Schiffner putzte noch die Vitrinen), der sei so was wie ein Kombinatsdirektor, das funktioniere in der freien Marktwirtschaft nicht. Sodann beurteile der Verlagsdirektor ein Produkt in erster Linie nach Qualität, nicht nach den Verkaufsmöglichkeiten; aber ein Verlag lebe nun mal von Schnelldrehern und nicht vom Ladenblei, wie gut das auch immer sein möge.

Schiffner hielt Eimer und Lappen wie einen Vorwurf in den Händen. Alexander Marn saß als Leiter des Lektorats I an der Stirnseite des Tischs, übersah Schiffner, als wäre Schiffner hier aus seiner Cheffunktion gestiegen wie aus einem Taxi. Schiffner siezte Marn, wie er auch Meno siezte, es waren wohl die beiden Menschen im Verlag, die der Leipziger Giulio Einaudi wirklich achtete, vielleicht sogar fürchtete, Marn, hochgewachsen, gutaussehend, Emigrantenbiographie, Sohn eines aus Österreich stammenden Arztdramatikers oder Dramatikerarztes und einer Kindergärtnerin, roter Adel wie die Rohdes, nur daß man Arbeiter sein mußte, um zu diesem Adel zu gehören, Arbeiter, wie es Kurt Rohde gewesen war als Schiffsheizer bei der Hapag, bei der Woermann-Linie, der Trevischen Süd und der Anker-Reederei dank Luise, die ihm die Stelle in den Jahren der Depression verschaffte nach einem Bittgang zu Vater Grote, der ihr Papa nicht mehr hatte sein wollen dieser Fehlverbindung zu Kurt Rohde wegen. Mochte der sich vor den Feuern die Flausen wegschwitzen. Nach und nach aber entwickelte der Geschäftsmann Achtung für diesen jungen Kommunisten, der sich in den wenigen Arbeitspausen zum Völkerkundler ausbildete. Während sie zugriffen, die Wächter des Geistes im Hermes-Verlag, das Abendbrot plünderten, stellte Schiffner das Putzzeug neben einen der Manuskriptstapel, die auch im Lektorat I wie Stelen aus dem Boden wuchsen und Schlängelbewegungen der Lektoren erforderten. Hanna hielt sich im Hintergrund, unauffällig, bescheiden, immer, solange Meno sie beobachtete, im Schatten ihres so viel glänzenderen Bruders, der auch jetzt wieder das Wort führte und ein wenig zu leuchtend aussah in seinem Anzug wie Erpelgefieder. Meno nickte Hanna zu, die müde, die Zigarette in der herabhängenden Hand, zurücknickte, ob er sie hätte halten können, wenn Esther von ihm gewesen wäre, ob er sie hätte halten wollen; Hanna sah ihn an, wieder erstaunt, wie er es manchmal von ihr gekannt hatte, wenn sie von etwas betroffen war, einer Geschichte aus den finsteren Zeiten, wie Irmtraut oder Jochen solche Erzählungen nannten, regelmäßig zu Geburtstagen oder auf Festen, die einem schönen Höhepunkt zusteuerten, vorgetragen, so daß alles verstummte, Philipp aufstand, um sich die Beine zu vertreten, wie er sagte, Hannas Augen klar, unschuldig, das helle Grau wie im Gesicht ihrer Tochter, die Meno in einem Zimmer in der Bergrepublik dachte, umgeben vom Lärm aus einer von Polizei, Skinheads und Antifa belagerten Straße. Es hatte diese Zeiten gegeben, in denen er sich von allem lösen mußte, in denen er nicht mehr der ruhige Meno gewesen war, den Christian und Niklas, Richard und Barbara kannten, den ich gekannt hatte, näher als diese anderen, der Steinerne Gast, wie Judith eine Person, die ihm ähnlich war, genannt hatte in ihrem Buch, unauffällig wie Hanna da hinten, gerne übersehen und *am Rande*, so Kurt zu ihm, wenn er am Tisch saß und Meno nicht hatte schlafen können, na, du da am Rande, auf dich wird man achtgeben müssen, bist wohl was Besonderes, und wenn Kurt nicht dagewesen, also im Dietz Verlag oder im Ministerium gewesen war, und Meno die Schule geschwänzt hatte, um etwas tun zu können, was mit diesem *am Rande* zu tun hatte: Kurts Schubladen zu durchsuchen, um, vielleicht, etwas zu finden, das seine, am Rande, Erinnerungen ergänzte. Meno am Rande, Meno na grani: So hatte ihn Alexander Marn getauft, damals, bei der Morgenröte, utrennjaja sarja, und ihren Mitarbeitern, sotrudniki: eine Bande, gebildet aus den Kindern des »Lux«.

– Stellt euch doch mal vor, wenn wir die Sprache der Tiere sprechen und verstehen könnten. Ich meine nicht unbedingt die großen, sagte Marn, der aufgeschossene Junge. Die kleinen, die Mücken und Fliegen, Schaben, Flöhe und Asseln, die Nachtfalter und Spinnen. Was wir erfahren könnten. Jede Mücke würde uns erzählen, was sie hört, in den Zimmern, bei den Verrätern. Jeder von euch bekommt ein Tier zugewiesen, um das er sich besonders kümmert.

– Wer will schon die Schaben, Sascha.

– Meno na grani, du Spinner kriegst die Spinnen.

– Vorsicht, Sascha, sagte Ulrich, er bekam die Adler, Meno fand es ungerecht und gegen die Abmachung, das waren nun keine kleinen, ekligen Tiere, von einer Spinne bist du nie weiter als drei Meter entfernt.

Das Literaturkombinat. Vom Lesen und Schreiben

Judiths neuer Roman lag als Typoskript vor Meno auf dem Schreibtisch. Dreißig Zeilen, sechzig Anschläge, das E ihrer »Erika«-Schreibmaschine hing wie ein Ausdruck von Trauer, die Letter war abgewetzt. »Die Tiefe dieser Jahre. Das Untersuchungsorgan«, eine Fortsetzung, Graus und zugleich Hochspiel jedes Verlags, wie sollte man, in diesen schnellebigen Zeiten, dem Publikum, das in der nächsten Sekunde vergaß, was es vor zwei Sekunden empfohlen bekommen hatte, einen mehrbändigen Text schmackhaft machen? Überhaupt einen Text, wo doch die Zeit des Fernsehens angebrochen war.

– Das Buch wird im Herbst bei Munderloh erscheinen, wie soll ich das nennen, Herr Schiffner.

– Sie können natürlich nichts dafür, Herr Rohde, nein, das können Sie nicht. Schiffner wartete, in seinen Augen spielten Erinnerungen, womöglich dachte er an den Abend, an dem Meno im Vestibül des Hermes-Verlags versucht hatte, Judiths Manuskript zu verstecken.

– Sie sind geduldig, so habe ich Sie kennengelernt. Sie wissen, ich schätze Sie. Vielleicht hätten Sie mit Judith etwas vorsichtiger umgehen sollen. Judith ist eine explosive Natur, das ist nicht selten unter Schriftstellern. Haben Sie sie in dieser Talkshow gesehen, als man ihr vorgeworfen hat, die Dinge einseitig zu sehen, weil sie, wenn sie vom Osten spreche oder schreibe, nur über die Stasi spreche oder schreibe? Da ist sie hochgegangen, so kenne ich sie, sie läßt sich eben nicht so leicht die Butter vom Brot nehmen. Haben Sie die zarte Schriftstellerseele etwa zu hart angefaßt, haben Sie ihr Dinge gesagt, über ihren Roman, die man vielleicht als Kritiker in einer Kritik schreibt, wenn das Buch gedruckt ist, aber nicht als Geburtshelfer?

– Ach was.

– Und Wiktor Hart schreibt einen Verriß, daß es nur so raucht im Karton, nicht wahr, und der Jochen Pabst widerspricht ihm in der ›Südtrevischen‹ auf seine rücksichtsvolle und zugleich vornehme Weise, die den wahren Bildungsbürger herausstreicht, nicht wahr, und dann mischt sich der Hans Mayer ein und erklärt wissenschaftlich exakt, daß beide unrecht haben und nur er, der Hans Mayer, Professor in Tübingen, wirklich was von Literatur verstehe, da er mit Judith gemeinsam den Roman geboren und sie viele wertvolle Ratschläge von ihm verarbeitet habe, und dann noch der eine und der andere, und ich als Verleger höre ein liebliches Klingeln in der Verlagskasse, leiser Jubel zöge ein. Wo es um Literatur geht, kennen Sie keine Gnade. Was haben Sie mit der Schevola denn gemacht?

– Nichts. Ich habe ganz normal mit ihr gearbeitet, wie ich auch mit Kolisch arbeite und mit Herrn Eschschloraque und Herrn Altberg, ich habe dies und das angemerkt. Wir haben bei Hermes noch nie Schnellschüsse gemacht, und das wäre ein Schnellschuß gewesen. Ich bin mir sicher, daß Judith sich später, wenn das Aktuelle verraucht ist, geärgert hätte über die Nachlässigkeiten, die unaufgelösten Stränge in ihrem Manuskript, sie geht auch zu sehr in die Gegenwart für mein Dafürhalten. Da ist man zu nahe dran, übersieht nicht das Ganze, treibt Journalismus, und zwar schlechten, das kann nicht die Aufgabe der Literatur sein.

– Schon recht. Nur: Wir stehen zwischen den Fronten, wir haben schwierige Zeiten. Sie kennen die Zahlen, und leider müssen wir uns jetzt mit den Zahlen auf eine Weise beschäftigen, die mir schwere Sorgen macht. Die Ökonomie spricht ihre eigene Sprache, nicht so gepflegt wie die von Thomas Mann. Wenn das so weitergeht, werde ich entlassen müssen.

– Und trotzdem, Herr Schiffner, ich empfinde, was Judith getan hat, als Vertrauensbruch. Als Verrat. Ich habe an dem Manuskript gearbeitet, und nicht zu knapp, wir haben einen Vorvertrag geschlossen, sie hat mir in die Hand versprochen, nicht zu einem anderen Verlag zu gehen.

– Noch dazu Munderloh, sagte Schiffner. Klar, die haben mit mehr Geld gewinkt. Wir haben bisher kooperiert, doch ab jetzt ist jeder auf sich selbst gestellt. Schiffner stand auf, klopfte Meno auf die Schulter:

– Ich weiß, was Sie für Judith getan haben. Weiß sie es auch? Sie waren immer zu diskret, zu bescheiden. Das ist zwar angenehm und, ich wiederhole mich, wir alle hier schätzen Sie dafür, aber es ist in unserer Branche nicht von Vorteil. Wir sind hier bei den Pfauen, jeder glänzt, sosehr er kann.

– Sie redet doch immer von Moral, von Anstand in diesen Rederunden. Das ist die neue Form der Auseinandersetzung. Fünf, sechs Teilnehmer und ein Moderator, der Öl ins Feuer gießt. Und Judith mittendrin als Anklägerin.

– Schriftsteller sind keine besseren Menschen, nur weil sie schlechte gut beschreiben können. – Was halten Sie von Kolisch? Wird der sich verkaufen?

– Wir müssen ihn aufbauen. Er hat das Zeug zu einem Großen.

– Niemand wird uns helfen, Herr Rohde. Auch nicht die Partei, zu der wir offiziell gehören. Man setzt sich ab. Man hat kein Interesse mehr an einem Buchverlag. Sprechen Sie noch mal mit Philipp. Er hat Einfluß in der Partei, er und Kolja sind die neuen Männer. Kolja ist brillant. Ein Glücksfall für die Partei. Er ist medientauglich, er ist für diese neuen Formen geboren. Ich habe ihn neulich in einer dieser Rederunden, wie Sie es nennen, gesehen, gegen Kolja sind selbst Versicherungsverkäufer Waisenknaben.

Judiths Buch, ihr gemeinsames Kind, wie Meno sagte, würde also bei Munderloh erscheinen. Man wollte Judith mit einem Auszug nach Klagenfurt schicken, zum Ingeborg-Bachmann-Wettbewerb. Dort einen Preis zu gewinnen würde einen Aufmerksamkeitsschub bringen und helfen, Judith am Markt durchzusetzen. Meno legte seine Hand auf den Papierstapel. So etwas war für die atlantischen Zeiten. Für Hermes. Vielleicht würde Judith es noch bereuen, Hermes den Laufpaß gegeben zu haben. Meno hatte die ersten fünfzig Seiten wiedergelesen, er fand Judiths Sprache aus dem ersten »Jahre«-Band in diesem zweiten Band nicht wieder. Meno als Leser war nicht leicht zu beeindrucken. Der erste Band hatte ihn beeindruckt. Judith hatte sich verändert, war eine andere geworden, wie die Zeit eine andere geworden war, die Zeit schien etwas mit ihr gemacht zu haben. Meno störte die Politik in Judiths Buch, und mehr noch als die Politik das Politische, Judith war polemischer und direkter geworden, wollte das Eindeutige. Das aber, war Menos Überzeugung, konnte, ja durfte Literatur nicht leisten, wollte sie Literatur genannt werden. Munderloh würde sich Mühe geben, Ausstattung, Format, Satzspiegel, Voraus- und Leseexemplare für die Kritiker, da konnte Hermes nicht mehr mithalten. Meno sah zu seinen Kollegen an ihren Schreibtischen, wie sie, Textstellen murmelnd, rauchten, Zeile für Zeile Manuskripte durchgingen, Briefe tippten, kopfschüttelnd Kritiken in Zeitungen lasen, telefonierten. Er dachte an seine Zeit in Leipzig, im Verlagsverbund B. G. Teubner, Salomon Hirzel und Geest & Portig in der Sternwartenstraße, unweit des Zoologischen Instituts, als sogenannter Stift, Lektor im ersten Jahr, der die Öfen im Verlag zu heizen und die Asche herauszuschaffen hatte, bei Insel in der Mottelerstraße, dachte an die unnachsichtig arbeitenden Korrektoren, die ihr Handwerk noch in der alten Insel, wie sie sagten, unter Anton Kippenberg, Gründer und Eigner, gelernt hatten, Korrektoren wie Hermann Wahrisch und Oskar Klemm, die sich stundenlang damit beschäftigten, eine Logik in die Klein- und Großschreibung der adjektivischen Ableitungen auf -sche und -er zu bringen: Warum schrieb man Rostocker Universität groß, hallesche Universität aber klein? Und warum dann das Goethesche Werk groß, die lutherische Kirche aber klein? Weil Goethe unser Klassiker und also die Ausnahme ist, sagten sie. Die deutsche Sprache war nicht nur kompliziert, sie war auch voller Weltanschauung, merkwürdiger zumal. Beim Wort »berücksichtigen« legte Korrektor Klemm dem Autor oder der Autorin ein Merkblatt ein: Wieso Rücksicht im Deutschen immer mit Geschwindigkeit verbunden sei, da der, der zurücksehe, eben weiter vorne stehen und dort ja hingelangt sein müsse, um zurücksehen zu können, und wieso das Deutsche den Fortschritt (auch ein solches Wort, schrieb Oskar Klemm) mit Wegstreckenbestimmung verbinde, vielleicht sei nämlich das oder der, was oder wer weiter hinten sei, in Wahrheit weiter vorn? Hermann Wahrischs Steckenpferd waren die Vorsilben »un« und »ver«. Die Vorsilbe »un« werde im Deutschen gern verwendet, um das Gegenteil von etwas zu kennzeichnen, eine im Grunde primitive und wahrnehmungsfaule Weise, etwa bei Kraut und Unkraut, das Kraut sei gewissermaßen positiv besetzt, das Unkraut nichts weiter als ein Nichtkraut, es habe keine eigene, vom Kraut unabhängige Bezeichnung. Als wäre ein Mädchen kein Mädchen, sondern ein Unjunge. Und wiederum gebe es das Ungeheuer, aber nicht das Geheuer, nur geheuer als Adjektiv. Meno dachte an die Lektoren, die wochenlang die Bibliotheken, und nicht nur die Leipziger, auf der Suche nach einem Wort, einem Faktum durchforsteten, Kontakte anschalteten, um in der Deutschen Bücherei in den berühmt-berüchtigten Giftschrank zu gelangen, wo

Nietzsche und Carl Schmitt, angebliche und tatsächliche Naziliteratur, kommunistische Renegaten und Ernst Jünger wie waffenfähiges Plutonium lagen – Eduard Eschschloraque, damals mit einem Text bei Insel, hatte in provokatorischer Absicht und nach dem 11. Plenum, als die Funktionäre gleichsam mit Mähdreschern durch die Kultur fuhren, aus Jünger zitiert, natürlich die Szene mit den Erdbeeren im Burgunder auf dem Dach des Hotels Raphael in Paris, und absichtlich hatte er schlampig zitiert, um die Findigkeit und Genauigkeit seiner Parasiten, wie er die Lektoren nannte, auf die Probe zu stellen. Du Aas, dachte Meno voller Wehmut, einer dieser Lektoren war er gewesen, die Kollegen hatten ihm den Text zugeschoben: Der Eschschloraque habe ja eine Art Narrenfreiheit, aber sie, als Rädchen im Kulturgetriebe, wer sei da, sie vor einem Parteiverfahren zu schützen? Der Meno habe doch einen einflußreichen Vater, wenn einer, dann könne er seinen Kopf riskieren. Wo doch die Insel ein gerade mal noch geduldetes Hiddensee der Bürgerlichkeit sei, gewissermaßen aus Versehen übriggeblieben, wie die Kollegen von Gustav Kiepenheuer und Dieterich. Leipziger Nester eben, und was wäre, um sie auszuräuchern, willkommener als das Zitat, das der Eschschloraque da bringe, in welcher Absicht? Um seinen Mut, der womöglich ein wohlfeiler war, herauszustreichen, die Insel zu zerstören?

Vorbei diese Zeiten, ihr Schlechtes, ihr Gutes. Buchhandlungen waren jetzt selbständige Unternehmen, die Leserschaft wurde zur Kundschaft. Selbst Autoren, deren Bücher Monate im voraus wegbestellt gewesen waren, fanden auf einmal keinen Anklang mehr oder fanden ihn in anderer Gestalt, Lührer-Romane gingen noch, aber nicht in der Hermes-Ausstattung, sondern in der von

Luchterhand. Menschen, die noch vor einem Jahr zu den sogenannten Buchbasaren gerannt waren, Vorbestellungen en masse an den Leipziger Kommissions- und Großbuchhandel, den Monopolisten für Buchauslieferung, geschickt hatten, schienen über Nacht eine Allergie gegen alles aus dem Osten entwickelt zu haben.

Schiffner war aufgebracht:

– Ein Skandal, wie die Partei uns hängenläßt. Hermes hat seine Gewinne immer an die Partei abgeführt, Sie wissen, welche Mühe es mich jedesmal gekostet hat, die vom Sinn und Zweck von Investitionen zu überzeugen. Kaum hatten wir Geld verdient, wurde es auch schon abgeschöpft, und wenn ich dann sagte, ich muß auch mal Geld in die Hand nehmen, zum Beispiel, um junge Talente wie die Schevola zu fördern, dann hieß es, das ist nicht vorgesehen, Genosse Schiffner, wenn wir junge Talente haben, fördern wir die schon auf unsere Weise, mach dir mal da keine Sorgen, hier geht nichts unter, wir haben die Übersicht, es ist auch gar nicht deine Aufgabe, dich auf diese Weise, wie wir sie aus deinen Anmerkungen lesen, um junge Talente zu kümmern. Und wenn du Mittel brauchst, um euren Fahrstuhl zu reparieren, dann kannst du sie bei den zuständigen Stellen beantragen, geh zum Kulturminister oder zum Ansprechpartner im ZK.

Er klatschte in die Hände. Er würde noch zu Thekla Oder ins Eulenbüro gehen, um dort ebenso selbstgefällig wie melancholisch über die alten Tage und den Beginn mitten in den Trümmern von Deutschland zu sinnieren, mit Äpfeln, Broten und Tee von der schweigenden Thekla bemuttert, die Schiffners Leipziger Singsang zuhören und dabei noch der Kummerkasten für Autoren sein mußte, die unablässig anriefen, weil Thekla ihre Lektorin und also so etwas wie eine Schrifthebamme war, zu der sie, die ewig Papierschwangeren, Papierkreißenden, mit allen ihren Problemen, Erleuchtungen und Rankünen kamen in der felsenfesten Erwartung, daß Thekla Oder überhaupt nichts Besseres oder auch nur anderes zu tun hatte, als sprungbereit neben dem Telefon zu sitzen und auf die Anrufe ihrer Schutzbefohlenen zu warten. Thekla nahm ihr Los mit resigniertem Pflichtbewußtsein an, und natürlich war sie auch stolz darauf, gebraucht zu werden, und natürlich war sie auch geschmeichelt, die Gute, wie Judith gesagt hätte. Meno konnte es nicht leiden, wenn Autoren, gar solche, die er als Autoren schätzte, wie Jammerlappen angekrochen kamen und ihren Lektor mit ihren Eheproblemen, ihrer Geldgier, ihrem immer, und immer ausgiebig, vorhandenen Kollegenhaß traktierten, das sogenannte Menschliche an ihnen konnte er nicht leiden, das Menschliche als menschliche Schwäche. Autoren, die jammerten, vergaben sich etwas, sie fielen sofort und meist unwiderruflich in seiner Achtung.

– Ich werde zu Philipp gehen, sagte Meno zu Schiffner, der gewartet hatte. Ehrlich gesagt mache ich mir keine großen Hoffnungen. Kommen Sie mit? Philipp achtet Sie, und Sie haben für seinen Vater viel getan.

– Samtleben hat Sie in seinen Beraterkreis berufen, Sie könnten im Ministerium einiges für uns tun.

– Ich werde sehen, sagte Meno.

Philipp hatte wenig Zeit. Er wirkte angespannt, aber es war nicht die Unsicherheit verratende Anspannung vom Abend, als Meno Judiths Manuskript abgeholt hatte. Auf Meno wirkte Philipp wie jemand, der entdeckt hat, daß Umstürze nicht nur vernichten, sondern manchmal für lohnenswerte Aufgaben noch lohnenswertere bereithalten.

Er hatte es in der neuen Partei, die in vielem ganz die alte war, aber das hörte Philipp nicht gern, schon weit gebracht, frische Kräfte, neue Gesichter wurden gebraucht, und bei aller Anstrengung genoß Philipp die neuen Möglichkeiten, die der Sache, wie er sagte, dienende Zusammenarbeit über fast alle Fraktionsgrenzen hinweg, genoß auch die Bekanntheit, die er plötzlich gewonnen hatte als Kolja Joffes rechte Hand (Philipp beriet ihn in Wirtschaftsfragen), Philipp war in verschiedenen Talkshows aufgetreten. Er schlug sich dort gut. Er sah gut aus, das war kein kleiner Vorteil, er wußte die Worte zu gebrauchen, die rhetorische Schulung seines Wissenschaftlerdaseins zahlte sich aus. Er hörte sich ungeduldig an, was Meno vorzubringen hatte, lehnte es aber ab, sich in der Partei, wie er sie immer noch nannte, für den Hermes-Verlag einzusetzen:

– Nicht weil ich euch nicht mag, das weißt du, Meno, sondern weil wir über die Mittel abstimmen, wir haben viele verdiente Genossen zu versorgen, die jetzt aus allem herausgefallen sind, wir brauchen unser Geld für Solidarität. Es tut mir leid, daß ich dir nicht helfen kann, wirklich, es tut mir leid, übrigens auch um Vater, ich weiß ja, was ihr ihm bedeutet habt, seine Bücher. Bist du mal wieder bei ihm gewesen, hast du mit ihm gesprochen? Ich habe ihn lange nicht gesehen, und seine beiden Telefone, na ja, es ist doch was anderes, wenn man von Angesicht zu Angesicht miteinander spricht. Er versteht nicht wirklich, was jetzt vorgeht, alle die Umwälzungen, die sein ganzes Lebenswerk entwerten. Philipp meinte, die Menschen seien blind oder besessen, verhext von Illusionen, sie würden ihr blaues Wunder noch erleben. Wenn niemand mehr Ostprodukte kaufte, gingen die Ostarbeitsplätze den Bach runter, so hatte es Philipp auf dem Parteitag vorgetragen und hatte Kolja Joffe aufgefordert, einen Teil des Parteivermögens für den zu erwartenden Kollaps bereitzustellen, immerhin habe die Partei die führende Rolle gehabt und damit auch eine Verantwortung für das Land. Joffe kanzelte Philipps Ansinnen mit der Bemerkung ab, er spreche wie die CDU. Außerdem schaffe das Präzedenzfälle. Er weise darauf hin, daß sie inzwischen die Partei des Demokratischen Sozialismus seien und nicht mehr die Sozialistische Einheitspartei. Eine Partei neuen Typs also. Mit der von Philipp unterstellten Kontinuität dieser Linie von SED zu PDS würden sie die Verantwortung der alten Partei anerkennen, das lehne er, Kolja Joffe, ab. Philipp solle sich doch künftig bitte mit solchen Äußerungen, die von der überwältigenden Mehrheit der Genossen nicht geteilt würden, zurückhalten, sich auf jeden Fall vorher mit der Fraktionsspitze abstimmen. Philipp hatte sich mit Joffe gestritten. Wenn er die Kontinuität leugne, würde zwar die Verantwortung, aber auch das Parteivermögen wegfallen.

Meno saß in der Zentrale und ordnete Papiere. Die Lebenserinnerungen des Autors Mellis würde er abgeben. In seinem ersten, hüben wie drüben sehr erfolgreichen Roman, in dem es um einen Journalisten und sein Verhältnis zu einer sogenannten Arbeiter-und-Bauern-Fakultät gegangen war, hatte Mellis, stilistisch erstaunlich beeinflußt von Oskar Brocks Schelmenroman »Die Heringe« (dieser Einfluß war erstaunlich unkommentiert geblieben), alle heißen Eisen zu netten Schmuckstücken umgearbeitet. Judith verabscheute das Verlogene seiner Prosa, bei der sie spürte, daß Mellis all die verschwiegenen oder zu Anekdoten umgedeuteten Probleme genau kannte, aber nicht willens war, sie zu benennen. Meno beurteilte den

Fall Mellis vorsichtiger. Er hatte auf Empfehlung von Jochen Londoner und Thekla Oder den Roman »Polnische Zeit« von Mellis gelesen, seinen dritten, weniger bekannt als sein Romandebüt »Die Fakultät«, doch hatte ihn Wiktor Hart ernst gelobt und, wie Meno fand, zu Recht. Der junge Soldat Karl Paul wird eingezogen, reist nach Kolberg zur Ausbildung, gerät an die Front und in Gefangenschaft, in diesem Buch sah er genau hin, der Autor Mellis, huschte über Weltbildstörungen nicht hinweg, es war eine ehrliche Arbeit.

Nun aber schrieb Mellis an Erinnerungen. Je näher sie der Gegenwart kamen, desto widerständlerischer wurde die Figur, die Mellis darin schilderte. Er war einer der höchsten Kulturfunktionäre gewesen, inszenierte sich aber als Fremdling auf Distanz, der selbst Nachteile gehabt, unter Zensur gelitten und alles versucht hatte, um bedrängten Kollegen zu helfen. Das stimmte sogar. Er war Menos Vorgänger als Leiter des Lektorats III und war in dieser Funktion sehr viel liberaler gewesen denn als Vorsitzender des Verbands der Geistestätigen. Die Figur in den Mellisschen Erinnerungen glich einem einheimischen Vertreter aus der Familie der Spechte. Meno sah das zoologische Institut und seine Sammlungen vor sich, die Kommilitonen und er beim Praktikum in Allgemeiner Zoologie, Ordinarius Haube mit einem Exemplar der Habilitationschrift seines Vorgängers Arno Wetzel, »Der Faulschlamm und seine ciliaten Leitformen«, in der einen und einem Balgpräparat von Jynx torquilla, dem Wendehals, in der anderen Hand. Meno gestand sich ein, daß die Erinnerungen des Autors Mellis ihn nicht mehr interessierten, seitdem er eine Episode über sogenannte Sabberlätzchen gelesen hatte, die Mellis auf der Rückkehr von einer Westreise über die Grenze geschmuggelt haben wollte, Sabberlätzchen, an denen offenbar, was Meno nicht wußte, im Lande Mangel herrschte, und zwar ein solcher Mangel, daß Günter Mellis seine kostbaren Geistestätigenverbandsvorsitzendendevisen in einem sogenannten Baby-Kaufhaus ausgegeben hatte. Günter Mellis hatte auch im Westen hohe Auflagen erzielt und konnte sich daher einiges leisten, für die Sabberlätzchen aber war doch eine erkleckliche Summe, wie er schrieb, draufgegangen, was ihn einerseits auf den Kapitalismus und seine Wucherpreise, andererseits auf den Sozialismus und seine Unfähigkeit, Sabberlätzchen in befriedigender Zahl und Qualität herzustellen, hatte wettern lassen, wobei er sich auf die Sabberlätzchenproblematik immer tiefer einließ, was nur unter starken lektoriellen Anstrengungen, sogenannten Brandrodungen, Sabberlätzchenschlachten, hin zum eigentlichen Gegenstand der Mellisschen Memoiren auszugleichen gewesen wäre, den Einzelheiten seines Kampfes gegen besonders verbohrte, die Ideale des Sozialismus pervertierende Funktionäre. Von diesen Kampfeseinzelheiten nun hatten weder Meno noch Judith oder Karlheinz Blavatny viel mitbekommen, allerdings erwähnte Mellis eine Episode aus diesen Kämpfen, nämlich Judiths Verhalten nach ihrem Ausschluß aus dem Verband der Geistestätigen, sie habe sich ein Exemplar, und zwar, wie Mellis empört erwähnte, ein signiertes Exemplar, der »Fakultät«, vom Buchbasar geschnappt und sei damit »zum Arschabwischen« gegangen. Mit scharfen Hieben schlug er das rechte Licht aus dem Gestrüpp der Verkennung, in dem er, Günter Mellis, zu leben gezwungen war, er, der Geistestätigenverbandsvorsitzende, ausgezeichnet mit dem Karl-Marx-Orden, Nationalpreis I. Klasse und goldener Beitragsmarke für langjährige treue Parteimitgliedschaft, war selbst ein Opfer, er, der den Privatanschluß des Genossen Generalsekretär zu jeder Stunde anrufen durfte, hatte unter den Verhältnissen, glaubte man diesen Erinnerungen, aufrichtig gelitten.

Auf Höhe der Lektoratsetage sprang jemand aus dem Paternoster. Am Geräusch erkannte Meno, daß es Judith war. Sie ging die Reihe der Autorenfotos entlang, spuckte hin und wieder eins an.

– Sie sind auch so ein Schwein, sagte sie. Ich habe Ihren Namen in Unterlagen gefunden. Judith schwankte, sie schien getrunken zu haben.

– Aber was habe ich erwartet. Natürlich setzen sie den eigenen Lektor an, logisch, würden Sie das nicht tun?

Judith kam auf Meno zu, ihre Augen wie zersplittert, die Pupille violett vom Licht aus der nur einen Spalt offenen Tür des Lektorats.

– Sie Mann im Schatten, Sie.

Er erwartete eine Ohrfeige, Getrommel von Fäusten gegen die Brust wie in Melodramen, zu denen Judith eine Neigung hatte, sie forschte in seinem Blick, der Schnapsgeruch war aufdringlich. Sie umarmte ihn. Er hatte keine Zeit, sich zu wehren, auf ihren Anwurf zu reagieren, die plötzlich getürmte Irrealität, in die er sich gestoßen fand.

– Sie sollten nicht trinken. Was für Unterlagen haben Sie gefunden. Haben Sie den Verstand verloren? Er kramte in seiner Jackettasche, fand die Tüte mit Mintkissen, schob Judith eins in den Mund.

– Sie sind doch in Moskau geboren? Ich hab Sie nie russisch sprechen gehört. Warum haben Sie nie mit mir geredet?

– Warum spucken Sie Fotos an?

– Sind Sie das, der da über mich berichtet hat? Es gibt da Informationen, die können eigentlich nur Sie wissen. Sie schubste ihn weg, stieß die Tür zum Lektorat auf, der volle Lichtschein fiel auf Menos Gesicht.

– Soll ich Ihnen was sagen? Im Grunde ist es mir egal. Das wundert mich mehr, als ich es mir selber glaube. Ich wußte gar nicht, als ich das las, was ich fühlte. Ich meine, wirklich fühlte. Ich las das und dachte, bist du das, das bist du doch gar nicht, das geht dich doch gar nichts an, es ließ mich beinahe gleichgültig, beinahe eben, aber doch nicht so, wie ich mir das ausgemalt hatte. Ich war nicht wütend, ich war nur traurig, und gerührt, ich weiß nicht, ob das das richtige Wort ist, aber es war eine Empfindung von Zuneigung, all diese Mühe, diese Zeit für eine arme Literatin, aber das war nicht alles, gleichzeitig war mir schlecht, hundeelend.

Judith stöberte in den Papieren auf Menos Schreibtisch.

– Woher wissen Sie denn, wie elend Hunde sind, sagte Meno. Es war diese Art Vergleich, über die er sich in Judiths Manuskript und dann im Buch geärgert hatte.

– Ich arbeite an Ihrem Buch, und ohne ein Wort verlassen Sie den Verlag und lassen Ihr Buch bei Munderloh erscheinen, finden Sie das in Ordnung? Ich hatte gehofft, mit Ihrem Buch als Haupttitel würde Hermes über die nächsten Monate kommen.

– Ich muß auch sehen, wo ich bleibe. Sie kommen mir mit Loyalität, und was hat Hermes für mich gemacht, als es mir auf dem Tribunal an den Kragen ging?

– Schiffner hat für Sie seinen Posten riskiert. Sie scheren zuviel über einen Kamm.

– So ist das in Revolutionen. Judith hob stolz den Kopf.

– Revolutionen sind unwichtig, sagte Meno mit kaum

unterdrückter Aggressivität. Arbeit ist wichtig. Das sollten Sie doch bei Ihrem Vorbild Doderer gelernt haben. Sind Sie ein Hund? Und wenn, sind alle Hunde gleich? Vielleicht fühlt sich eine Dogge anders elend als ein Dackel? Sie wollen eine Dichterin sein. Ach was, er winkte müde und anerkennend ab, Sie sind eine Dichterin. Aber dann halten Sie Ihr Zeug in Ordnung, das ist Ihre Pflicht, und sonst gar nichts.

– Das ist Meno Rohde! rief Judith. Man kommt ihm mit Stasi, und er regt sich über ein Adjektiv auf. Aus genau diesem Grund habe ich den Verdacht, daß Sie es waren, der über mich diese Akten vollgeschrieben hat.

– Sie sind völlig überzeugt, recht zu haben, was? Judith? Es gibt keinen Zweifel, es gibt keine Suche, keine Gnade. Sie haben die Rüstung des Rechthabens an.

– Sagen Sie mal, der Schiffner hat doch noch diesen Schnaps im Schrank, dieses Pflaumenwasser. Wie hieß das noch mal? Zibartenbrand! Judith schlug sich vor die Stirn. Die Schevola hat sich mal was gemerkt, das kleine Dummchen! So zeichnen Sie mich ja. Und wenn nicht Sie, wer dann? Sie sind immer zurückhaltend, verständnisvoll. Lieb. Warum sollte sich so einer nicht abreagieren wollen, der Kleinbürger voller Machtdrang und Rachsucht?

– Warum? Können Sie sich nicht vorstellen, daß man auch so frei sein kann, diese angeblichen Zwänge nicht anzuerkennen? Was machen Sie denn, Judith Schevola, wenn Sie rausfinden, da gab es einen Schweiger, der viel beobachtete, viel schrieb und der trotzdem nicht bei der Stasi war?

– Haben Sie noch ein paar von diesen Mintkissen, sagte Judith. Stellen Sie sich mal vor, Sie wären eine Frau, und ein Mann sagt zu Ihnen: Jetzt mach ich dir ein Kind.

Mir fällt nichts Besseres ein, was ich dir zum Geburtstag schenken könnte. Was sagen Sie dazu?

– Hundeelend, sagte Meno und setzte sich. Mein Geburtstag ist schon vorbei. Der nächste noch lang hin.

Nach dem Zibartenbrand zu sehen, überließ er Judith, die konnte sich das leisten, sollte es Fragen geben, etwa wenn Schiffner das Stöbern bemerkte. Vielleicht fragte er das Kafkafoto. Wenn er sich Schiffners Büro richtig vorstellte, blickte der Von-der-Seite-Kafka in Richtung Panzerschrank, drinnen lagen Verträge, Zibartenbrand, Judiths von Eschschloraque durchschossenes Manuskript, die präparierte Verlagskreuzotter. Sie hieß Mutter Courage. Judith kehrte ohne Schnaps zurück.

– Aber es gibt Wahrscheinlichkeiten im Leben, Meno Rohde. Sie haben ja recht, es könnte alles so sein, wie Sie sagen. Aber ist es wahrscheinlich? Übrigens würde ich gerne weiter mit Ihnen zusammenarbeiten, Sie haben mich vorhin unterbrochen. Dieser Mensch nämlich, der da über mich berichtet hat, ist mein bester Leser. Erstaunlich, was er sieht, weiß, findet, er gibt wirklich brauchbare Hinweise. Wie ein guter Leser eben. Ein Lektor. Wie Sie. Judith blickte sich um, setzte sich aber nicht, obwohl Meno, müde, einen Stuhl herangezogen hatte.

– Ich werde Sie nicht durchkommen lassen. Ich bin vielleicht dumm, und Sie sind vielleicht besonders gerissen, aber ich kann eins und eins zusammenzählen, und ich werde so lange suchen, bis ich eins und eins gefunden habe. Bis jetzt ist es so halb und halb.

– Schnell und unbedacht wie immer. Meno winkte ab.

– Sie bringen was von unserem Literaturfunktionär? Judith wies auf die Mellismemoiren. Der immer so freundlich und einerseits–andererseits tut, aber dich mit lächelnder

Hand aus allen Veröffentlichungsmöglichkeiten schiebt, weil's gerade nicht paßt oder man warten muß oder andernorts noch Diskussionen stattfinden oder hier einige Schwierigkeiten sich ergeben haben, wie er schwafelt, und der diese edle Tat noch zum Humanismus erklärt. Daß er dir nur geholfen hat, wo du zu blind warst, den übergeordneten Standpunkt zu sehen. Das Winterhilfswerk, so nenne ich das. Wenn alles dunkel ist in klirrender Kälte, leitet Günter Mellis die Irrenden ins Licht.

– Bei klirrender Kälte ist es nicht völlig dunkel. Arbeiten Sie an Ihren Metaphern.

– Der eine ist beim Winterhilfswerk, der andere hat's mit Korinthen. Haben Sie mal ein Glas Wasser?

Sie hockte sich auf den Boden. In der Tür wandte sich Meno zu Judith zurück:

– Auf die Idee, Ihr Mann könnte es sein, kommen Sie nicht? Ich meine, Ihr letzter Mann.

– Verschwinden Sie, sagte Judith.

25.8.2015 Dienstag: Narrative. Die Tausendundeinenachtabteilung erwacht zu neuen Taten

Der Blasse Mann, ein Bote zwischen der Windmühle und der Tausendundeinenachtabteilung, war diesmal nicht von der Kohleninsel gekommen (dann hätte er unsere Akten in den Händen gehabt oder unsere für den Linien- und Kuriertransport bestimmten Aktensäcke), sondern von draußen – und was er von »draußen« mitbrachte, war Gegenstand vieler Spekulationen in der Kohleninsel und im Amt (die Kohleninsel rechnete das Kanzleramt als zur Kohleninsel gehörig, das Kanzleramt sah das genau andersherum, betrachtete die Kohleninsel als nachgeordnete Behörde), »von draußen«, das hieß: aus den Tiefen oder

Weiten der Republik, Nachrichten aus der Wirklichkeit, hatte Karsten das einmal genannt, mehr spöttisch als respektvoll.

Das Klimanarrativ hatte seit 2011, seit Fukushima, Fahrt aufgenommen, wie gesagt wurde, Elisabeth hatte in der ›Wahrheit‹ einige Artikel veröffentlicht, einer davon, »Die Grüne Wende«, hatte große Beachtung gefunden, war, wie gesagt wurde, breit diskutiert worden, positiv wie negativ, was nach bekanntem Muster gegangen war: Zunächst hatte man sich inhaltlich mit Elisabeths Artikel auseinandergesetzt, hatte Zweifel an der Totenstatistik geäußert, an dem sogenannten Konnex, hier zwischen Naturkatastrophe, Reaktorunfall und Menschenleben, die es gekostet hatte, die PR-Spezialisten der Grünen waren auf- und ihrem Parteimitglied beigesprungen, Schlachten hatten auf Twitter getobt, die Schlachtstreitwagen waren an einem bestimmten Punkt aus der Stadionkurve, aus der Argumentebahn in die Nebenschauplätze gerast – ob Elisabeth nur für sich oder mit ihrem Namen auch für den Innenminister spreche, einem führenden Unionsmitglied, ob daraus Koalitionsabsichten zu lesen seien, bei welchem Friseur Elisabeth sei, ihre Haarfarbe habe von Blond zu Schwarz gewechselt, wie stark sie abgenommen habe, sie sehe nicht mehr so weiblich aus wie früher, ob Fräulein Delanotte (die Streitwagen flogen über die Ad-hominem-Zone) das Ganze von Montserrat Nevier-Sagosian eingeblasen worden sei und ob die Grünen sich eigentlich überlegt hätten, wer das Ganze bezahlen solle und was das für die trevische Wirtschaft bedeute. Zwei Klicks weiter war man bei AHa, wie Melbo, der Diskursmechanismen seit seiner Maoistenzeit beobachtete, ebenso amüsiert wie gelangweilt feststellte. Godwins Law.

Das Klimanarrativ war nun zwar einem heißen August begegnet, hatte aber an Zugkraft verloren, man brauchte etwas Neues, am besten ein Gesicht, ein junges Gesicht. Hier waren die Strategen noch am Überlegen, doch begann das Flüchtlingsnarrativ das Klimanarrativ zu überlagern, zu überschreiben, wie in der 1001 gesagt wird, Treva begann sich zu verändern, man sah immer mehr Flüchtlinge in den Straßen, unter den Sonnenschirmen der Cafés saßen die Trever und Trevaner, löffelten ihr Eis, tranken ihren Latte, beobachteten die Ankömmlinge, die zu ihnen hinüberstarrten, die ›Wahrheit‹ brachte ein Stück von Justus May (IM »Gorgonzola«), das ein wenig im Sommerloch unterging, aber in der verbliebenen Besatzung Trevas, in der Sicherheit aufmerksam gelesen wurde:

Zuckersieder
nannte sie der Boss, der Boss war einer von ihnen gewesen, jetzt war er vielleicht achtzehn oder zwanzig Jahre alt, das wußte keiner genau, auch er selbst nicht, sie nannten ihn nur den »Boss«, er hatte keinen anderen Namen, jedenfalls keinen, den er verriet. Auch von ihnen hatte niemand einen richtigen Namen. Zur Unterscheidung hatte ihnen der Boss Namen gegeben, die von Reklamen stammten, von Plakaten entlang der Avenue, der Grenze, sie durften sie nicht überschreiten. Doch hatte sich mancher von ihnen schon herangewagt, Sunlicht etwa hatte früher ein anderes Leben gekannt, er, der größte und wohl kräftigste von ihnen, der manchen die Arbeit leichter machen half (und anderen nicht), ein Leben jenseits der Avenue und von den Toxic Fields, wie die Deponie genannt wurde, die Müllinsel am Stynon. Sunlicht konnte bestätigen, dass es ein Plakat der Firma, von der er seinen Namen hatte, gegeben hatte, ein

zerfetztes Plakat mit einem schwarzen Streifen, auf dem in weißen Buchstaben »Sunlicht« stand, in der Mitte ein breiter Bogen Rot mit dem Wort »Seife« darin, aber das Wort »Seife« hatte Sunlicht nicht lesen können. Nicht einmal der Boss konnte lesen. Sunlicht hatte sich die Buchstaben als Form gemerkt, sie in den Sand gekritzelt, später hatte er erfahren, daß die Zeichen »Seife« bedeuteten. Der weichste Junge wurde Sharp genannt, nach dem japanischen Elektronikkonzern, dessen HiFi-Schrott in der Schicht unter der Medionschicht lag, wobei die Sharpschicht besseres Material bot als die Medionschicht, Medion kam aus den Supermärkten Trevas, aus dem Uranusviertel. (...)

Es hat eine Protestkundgebung auf dem Triester Platz, vor dem Feinkostgeschäft »Cigars & Citronen«, gegeben, eine der Visitenkarten der Stadt, wie gesagt wird. Akademiemitglied Gräber setzte sich eine schwarze Sonnenbrille auf und ging am Rande der Kundgebung mit, begleitet von einer Korrespondentin unseres Kulturfunks. Gefragt nach seinen Eindrücken, äußerte Gräber sein Befremden, jede Kultur und jede Gesellschaft lebe von Offenheit, er komme aus einer Gesellschaft, die abgeschlossen gewesen sei, totalitär, er sei froh, in unserer Demokratie zu leben, er verstehe nicht, was diese Menschen wollten, und wie sie schon gekleidet seien. Auf dem Triester Platz hatten Katharina Roquette und Thorben Giegold, einer der Führer der Alternativen Partei, gesprochen, hatten, so die einhellige Meinung in der Konferenz, Haß und Hetze verbreitet, Elisabeth verteilte Artikel, die in der ›Wahrheit‹, der ›Südtrevischen‹, auf COURIER online und in der TRAZ erschienen waren, die ›Wahrheit‹ packte, wie gewohnt, einen der Grobknüppel gegen Giegold und die Kundgebung, einen der Halbgrobknüppel gegen Katharina Roquette aus, bei ihr schien man sich noch unsicher zu sein, wie zu verfahren war, immerhin gehörte sie zu einer der bedeutenden trevischen Familien, einer der Stabs- oder Säulenfamilien der Elballee. Den Artikel hatte Damm geschrieben, Lukas Damm, von seinen Anhängern, die ihn verehrten, ja anhimmelten, ihm auf Facebook zu Tausenden folgten, »der Lukas« genannt, von seinen Gegnern Dammbruch-Damm, auch Dachschaden-Damm, nachdem seine Artikel immer häufiger in Überlegungen gipfelten, ob es erlaubt sei, über Alternativenschreddern nachzudenken, wenn man über trevische Kükenfarmen recherchiere, die TRAZ hatte, wie gewohnt, das Florett benutzt und Gräber eine tagebuchhafte Erlebnisschilderung eingeräumt, die in der 1001 beifällig kommentiert wurde. Die TRAZ verkörperte noch das Ideal vom Journalismus mit Einstecktuch, wie er nicht im Tabloid-, aber im Schweizer, Rheinischen, im Nordischen Format möglich ist, im Format des Breiten Blatts, wie es die ›Times‹ pflegt. Die junge Redakteurin Julia von Aennenfeldt, Eigengewächs und Stolz der Redaktion, saß neben Jensjürgen Stein, einem Herrn der alten Schule. Torsten Rosché, Feuilletonchef der ›Trevischen Allgemeinen‹, Pflanzschule Wiktor Hart, sah wie ein Jüngling aus, wie ein etwas bewegungsfauler Gymnasiast, der auf einer Veranstaltung der Jungen Union eine Rede gehalten hat, die ihm das Schulterklopfen der Haudegen und einen Angriff der ›anderen zeitung‹ eingetragen hat (den man sich erst einmal verdienen mußte!), die Scharmützel der ›az‹, böse wie immer, und wie immer voll daneben und doch getroffen, es mochte ja auch was dran sein, wisperten die Kollegen, indem sie Rosché anstarrten, geborener TRAZke, im Anzug zur Welt gekommen. Jensjürgen Stein, der neben

Rosché saß, trug Zweireiher und Weste von Landmann & Landmann, Leuchtkrawatte und Einstecktuch, beide veilchenfarben, Siegelring an der Rechten, die er hin und wieder an den Sichelmund führte, um von der Welt zu kosten, von der er sich abhob, einer der langschädligen, in Oxford und Eton erzogenen Gentlemen, die, in den Journalismus verschlagen (der ihnen im Grunde wesensfremd war), auch so schrieben, wie sie sich hielten: vornehm, zurückhaltend, staatstragend, sparsamer Humorgebrauch. Endlich, so Julia von Aennenfeldt, könne man die schwarzen Flecken von der Weste des Westens abwaschen, die Schuld aus Krieg, Holocaust und Kolonialismus. Redakteur Schwarzenberg aus der Trevischen Nachrichtenagentur verzog das Gesicht, er konnte mit solchen Blendgranaten, wie er sagte, nichts anfangen, wiederholte die »Weste des Westens«, was Aennenfeldt sichtbar nicht als Kompliment verstand, Evelyn Sievert, für das Kanzleramt bei solchen Konferenzen oft dabei, warf ihr einen aufmunternden Blick zu.

– Krieg, sagte Rainer und schlug eine Akte zu mit der Bestimmtheit eines Mannes, der nach langen Überlegungen zu einem Schluß gekommen ist, den er künftig gegen alle anderen Überlegungen, die der seinen in die Quere kommen werden, verteidigen wird. Ferenc Rainer näherte sich der Pensionierung, beschäftigte sich mehr mit der Geschichte des Nachrichtenwesens als mit aktuellen und die großen Linien nur verzerrenden Aufgeregtheiten, ein Zug vieler altgedienter Beamter, die für den Ruf des Mythos, für die Tiefenperspektiven empfänglich sind.

– Krieg, meine Damen und Herren. Das ist natürlich Krieg, was uns da bevorsteht. Wir sollten darauf vorbereitet sein. Rainer stand auf, lief unruhig auf und ab. Er war ein guter Analyst, dabei durch und durch loyal. Er diente der Verteidigungsministerin mit gleicher Treue, wie er ihrem Vorgänger gedient hatte, was der Vorgänger ihm wohl übelnahm, kein Herr verzeiht es seinem Diener, daß ein anderer Herr ihn zu übernehmen in der Lage ist. Rainer war politischer Beamter, was hieß, daß er »schwebte«, wie man sagte, er konnte in den einstweiligen Ruhestand versetzt werden, sollte es der Ministerin an Vertrauen zu ihm fehlen. Der politische Beamte war an der Naht zwischen Politik und Verwaltung tätig. § 54 Bundesbeamtengesetz hing wie ein Damoklesschwert über den politischen Beamten, all den Staatssekretären der Besoldungsgruppe B11, den Ministerialdirektoren, Abteilungsleitern der Bundesministerien, den Beamten ab Besoldungsgruppe B3 des auswärtigen Diensts und allen Botschaftern, dem Präsidenten des Bundeskriminalamts, dem Generalbundesanwalt beim Bundesgerichtshof. Auch über allen Generalen und Flaggoffizieren, für sie galt § 50 Soldatengesetz.

Krieg war die bekannteste Form der Strategie. Rainer hatte Clausewitz' »Vom Kriege«, die »36 Strategeme« des chinesischen Generals Tan Daoji und Raymond Arons »Frieden und Krieg« mitgebracht. Auf der Akte, die Rainer in der Hand gehabt hatte, las ich nicht die in Versalien gedruckte und schwarz wie eine Beerdigungsanzeige umrandete Bestimmung Ministerium der Verteidigung, verziert mit dem roten »Eilt!«-Aufkleber, sondern »Krieg und die Wirksamkeit in der Fläche«, darunter, als Abschnitt II, »Krieg und die Wirksamkeit in die Tiefe«. Akten dieser Art kannte ich, sie waren aus der Kohleninsel einerseits und aus der Abteilung 6 des Kanzleramts andererseits des öfteren über meinen Schreibtisch gegangen, sie stammten aus der Sicherheit.

– Krieg, sagte Günter »Jünta« Hocke von der ›Wahrheit‹, ich denke, Sie übertreiben, wie kommen Sie auf Krieg? Das ist doch primitiv.

Günter Hocke (der noch aus Vorwendezeiten stammende Spitzname Jünta war inzwischen in den Sprachgebrauch der 1001 übergegangen), einer der reichweitenstärksten Journalisten der ›Wahrheit‹, mit eigener Kolumne, in der er sich mit IT-Sicherheit, Internet, der Unterwanderung der Republik durch die Rechten beschäftigte, saß gefühlt in jeder zweiten Talkshow, gab dort, mit seinem inzwischen roten Irokesen zu ausgesucht schriller Kleidung, das enfant terrible, das man nicht unterschätzen durfte, weil er von vielen Angelegenheiten viel verstand, meinungsstark und angriffslustig agierte; eine solche Zurechtweisung des Colonels, begleitet noch dazu von einem wegwischenden Handstreich, als ob er sagen wollte: Sind Sie noch bei Trost?, wagte sich weder die Leitende Wirtschaftsredakteurin Anja Behning noch Rainers Stellvertreter als Chefredakteur der Trevischen Nachrichtenagentur, Gregor Böblinger, wieder einmal wunderte mich die Respektlosigkeit, die Jünta mit vielen Redakteuren der ›Wahrheit‹ teilte und die sich in der Blattlinie ausgeprägt hatte wie die Vornehmheit in der der TRAZ, beide schienen miteinander zu korrespondieren, den Ausschlag zur einen Seite genau zu registrieren und in je eigener Weise zu beantworten, ich hatte manchmal den Eindruck, wenn ich beide Medien aufschlug, daß die Redakteure des einen für die des anderen schrieben, sich aneinander abarbeiteten in geheimem Verständnis für die andere Seite. Elisabeth ließ ihre Augen zwischen Rosché und Jensjürgen Stein wandern, wer von den beiden würde antworten, obwohl doch Ferenc Rainer der Angesprochene gewesen war, ich wettete auf Rosché, da der Einwurf von Jünta zu tief unter der Würde von

Jensjürgen Stein lag, auch würde die TRAZ, wenn Stein schwieg und Rosché sprechen ließ, noch einen Trumpf in der Hinterhand haben, eine Legende, die am besten eben nichts erwidert, da jede Äußerung ihr Bild verändert, mit allzu Menschlichem bestäubt, doch ich irrte mich, Jensjürgen Stein hüstelte, beugte sich vor:

– Sie nennen es primitiv, ich nenne es Realpolitik. In unserer Tradition, die eine christlich-jüdisch-abendländische ist, wimmelt es von Flucht- und Flüchtlingserzählungen, die größte steht in der Bibel, Christus ist als Flüchtling geboren. Ja, natürlich helfen wir, geben ihnen zu essen, kleiden sie, geben ihnen ein Dach und Medikamente. Aber dann, wenn ihr Krieg, ihre Not vorbei ist, müssen sie gehen, dann beginnt die Kehrseite der Flucht, die Veränderung des Gastgeberlands, der Gastgeberkultur. Ich halte das nicht für einen Vorteil. Alle Erfahrungen zeigen, daß multikulturelle Gesellschaften spannungsreicher werden, daß keine Ruhe mehr herrscht. Wir helfen ihnen, aber dann müssen sie ihr Land aufbauen, ihr Leben dort weiterführen.

– Sie tun ziemlich human, erwiderte Lukas Damm, wenn Sie sagen, Sie wollen diese Menschen aufnehmen, aber dann wollen, dann können Sie entscheiden, wer von ihnen zurückmuß? Und wenn Bindungen entstanden sind, wenn sich die Menschen integriert haben, eine Arbeit gefunden haben, wenn es Ehen gibt, Kinder, wie verfahren Sie dann?

– Ja, das ist eins dieser Probleme. Wissen Sie, Herr Rainer sprach von Krieg, nun, es gibt auch lächelnde Kriege. Ein solcher beginnt mit dem Fremden, das und der bleibt. Es ist ein Krieg gegen das, was war, indem das, was ist, in Frage steht.

Nein, die Frage sei, ob sich das Ganze destabilisierend auf die Sicherheit auswirken werde oder nicht, sie denke, eher nicht. Was hier diskutiert werde, so Evelyn, seien Nebenkriegsschauplätze, die Demographie dagegen werde sich destabilisierend auf die Sicherheit Trevas auswirken, die Überalterung der Gesellschaft, damit verbunden die allzu große ethnische Homogenität, Überalterung und ethnische Homogenität gehörten ins selbe Narrativ, ins Demographienarrativ, das die Rechte völkisch verstehe und interpretiere als Volksnarrativ, dabei sei es durch viele Studien erwiesen, daß allzu große ethnische Homogenität dazu verleite, im eigenen Saft zu schmoren, weil sie zu wenig innergesellschaftliche Reibung, aus der Kreativität entstehe, produziere. Man habe das an der ethnisch fast hundertprozentig weißen ostdeutschen Gesellschaft gesehen, Herr Hoffmann könne das bestätigen, er arbeite ja für die Chronik an diesem Abschnitt.

Welche Studien Evelyn denn meine? Zwar traf es zu, daß die Gesellschaft, in der ich aufgewachsen war, ethnisch nahezu undurchmischt gewesen war, das zeigte schon ein Blick auf die Fußballmannschaften, etwa von Aktivist Schwarze Pumpe oder Armeesportklub Vorwärts Frankfurt, von einigen Ungarn und Bulgaren, Russen (die aber als Besatzer angesehen wurden) abgesehen, Vietnamesen, Moçambiquaner, Angolaner waren als billige Arbeitskräfte für die sich humanistisch gebende Staatsführung gut genug gewesen, hatten abgeschottet gelebt, auch die Studenten, Fraternisierungen waren unterbunden worden, und doch lag die mangelnde Kreativität nicht an der ethnischen Reinheit, sondern am Gesellschaftssystem, das den Menschen aufgezwungen worden war und ihre Kreativität lähmte, ich widersprach Evelyns These, daß allein ethnische Reinheit eines Volks zur Erschlaffung und Selbstzufriedenheit führe, wenngleich es diese Gefahr immer gebe, dann hätte ja in der Renaissance, in den ethnisch ziemlich homogenen Stadtstaaten in Italien, in Nürnberg oder den Hansestädten nichts als wissenschaftlich-künstlerischer Stillstand herrschen müssen.

Ob jetzt das völkische Narrativ hier verbreitet würde. (Lukas Damm)

Solche Vergangenheitspositionen führten zu nichts (Evelyn), sie behinderten die Sicht auf die Dinge, wie sie lägen, und das täten sie in der Gegenwart, die Chronik sei zu vergangenheitsfixiert, ja vergangenheitsselig und -besessen, wozu eigentlich, was nütze das denn, und wem.

– Fabian ist ja Ossi, die haben Nachholbedarf in Sachen Demokratie. (Elisabeth. Wahrscheinlich meinte sie es nicht so, ich kannte ihre Grübchen.)

– Warum wird bei dieser Demo geschrieben »marschiert«? Die Demonstranten marschieren, das klingt ziemlich martialisch. Vor zwei Tagen gab es ebenfalls eine Demo, gegen Pegida und Tregida, aber diese Demo ist nicht marschiert.

– Sie sind marschiert, weil sie marschiert sind (Lukas), ich war dabei, ich weiß, was ich gesehen habe, ich habe gesehen, wie rechtsnationale Symbole gezeigt wurden, Reichskriegsflaggen und so.

– Meinst du Schwarzweißrot? Das ist nicht die Reichskriegsflagge.

– Schwarzweißrot ist genauso nazi. (Lukas)

Melbo korrigierte. Lukas meinte, das sei ihm jetzt zu detailliert.

Weil
Muriel wollte einen antimarxistischen Widerstand organisieren. Mit Waffen, Kampf und Partisanentum. Ihr Vorbild waren die baltischen Waldbrüder, Titos Partisanen im Zweiten Weltkrieg gegen die Wehrmacht und rumänische Gruppen, die von ihren Verstecken in den Karpaten aus gegen das Ceauşescu-Regime kämpften. Sie bewunderte die Weiße Rose um Hans und Sophie Scholl, und Schenk von Stauffenberg, der es gewagt hatte, bis zum Äußersten zu gehen und eine Bombe im Führerhauptquartier in Rastenburg zu plazieren. Was unsere Eltern taten, was Magenstock mit seiner Friedensgruppe, fand sie anerkennenswert, aber zu weich, Muriel war der Meinung, daß es in diesem Staat auch jemanden mit radikaleren Methoden geben müsse, jemanden, der zurückschlage. Der die schlimmsten Schergen der Staatssicherheit und der politischen Führung vernichten wolle.

Ich brachte das Attest zur nächsten Stunde mit. Diesmal hielt sie nicht Herr Hecht (er war selber krank geschrieben), sondern Frau Dreihand, die Direktorin unserer Schule, wegen ihrer Strenge und ideologischen Unduldsamkeit gefürchtet. Auf die Frage, was dieser Staat sei, erhob sich Muriel:

– Schlager und Stasi, Frau Dreihand, mit anderen Worten, Scheiße mit System. Wohlgemerkt, ich rede nicht vom Land, sondern vom Staat.

In diesem Moment, brutal und frisch, wehte Freiheit, ich war stolz auf meine Schwester. Bevor mir klar wurde, was dieser Satz zu bedeuten und für Folgen haben würde. Robert Hoffmann, Christians Bruder, stand auf und sagte, leichthin, aber doch befehlend, in dieser Klasse habe niemand etwas gehört. Diese Stunde sei völlig fiktiv.

– Die Stunde ist ausgesetzt, erklärte Frau Dreihand. Niemand verläßt den Raum.

Alexandra fragte, warum, es sei doch nichts passiert. Frau Dreihand ließ einige Kollegen kommen, die auf uns aufpassen sollten, sprach von Polizei und Maßnahmen. Wir wurden einzeln verhört, noch in der Schule, von Herren in Zivil. Nicht Alexandra knickte ein, die von sich als überzeugter Sozialistin sprach und damals noch langes glattes Haar hatte, Alexandra, Vorsitzende des Gruppenrats und der Grundorganisationsleitung der Louis-Fürnberg-Schule, natürlich als Kandidatin der Partei vorgemerkt, nicht Robert knickte ein, der so leichtlebig wirkte, doch unter dieser Schicht aus Nonchalance und Was-kost-die-Welt sich allerlei Gedanken machte (ihm wurde, wie er mir draußen erzählte, mit Entzug des Platzes auf der Erweiterten Oberschule gedroht, was auch den Verlust des Studiums zur Folge gehabt hätte), es knickte nicht ein der labile Iwailo Scholze und nicht das verschreckte, undurchschaubare Hascherl von der letzten Bank, unbeachtet und gedemütigt und also mit der Gelegenheit, endlich einmal aus dem Schatten zu treten und beachtet zu werden: nein, alle hielten sie stand und logen tapfer, sogar T., der vor mir an die Reihe kam, der schwarzhaarige Klassenprimus und Systemfeind, Agitator und also Heuchler, der nie Muriels Mut zum öffentlichen Bekenntnis seiner wahren Meinung aufbrachte, den Muriel geliebt und angesichts seiner Heuchelei dann gehaßt hatte, T., der dem verhörenden Offizier erzählt haben wollte, er habe eine Schachpartie nachgespielt, unter der Bank, sehr konzentriert, und der verhörende Offizier habe sogar, verkündete T. in prahlerischem Ton, das nicht einmal mißbilligt, sondern sich nach der Partie erkundigt: Anderssen – Kieseritzky, die Unsterbliche.

Ich knickte ein. Ich konnte ja nicht wissen, ob es einen Zweck hatte zu lügen. Ich war als letzter dran, und ich wußte nicht, ob jemand dem Druck standgehalten hatte. Behaupten ließ sich ja viel, gerade von T., der dazu neigte, Dinge aufzubauschen und sich in den Vordergrund zu spielen.

– Sie sind der erste, der hier die Wahrheit sagt, stellte der Vernehmer fest, als ich Muriels Satz bestätigt hatte.

Weil es mir albern vorkam, die Unwahrheit zu sagen. Wie sie mit Muriel zu verfahren gedachten, würde nicht von unseren Aussagen abhängen, Frau Dreihand würde bei ihrer Aussage bleiben, und irgendwann würde doch irgendwer umfallen.

Ich, eben.

Weil ich in einem Augenblick der Macht recht gab und nicht meiner Schwester.

Weil ich diese Freiheit wiederhaben wollte, die durch das Klassenzimmer geweht war, eine Sekunde der Unverantwortlichkeit oder einer Verantwortung gegenüber dem Gewissen, deren Stärke und Notwendigkeit wir anderen noch nicht verstanden, aber zu ahnen bekamen, ein Moment des Losgerissenseins von allem, wie es vielleicht jemand im freien Fall erlebt, bevor ihm klar wird, daß am Ende dieser Freiheit sein Leben zu Ende ist.

Weil es eine kurze, kochende Freude gab, ungleich allem, was ich kannte, die Euphorie der Illoyalität.

Weil er Vater erwähnt hatte und daß man ihm gegenüber nun wohl doch anders auftreten müsse, wenn seine Kinder sich auf diese Weise entwickelten.

Weil plötzlich einer meiner Münder sprach und nicht die innere Stimme, die sonst, sollte man denken, diese Münder im Zügel hat wie ein guter Kutscher seine Pferde.

(Ich wußte von Vater, daß es nicht nur einen Mund gibt, sondern daß sich, über und neben diesem, andere redefähige Schluchten plötzlich auftun können, aus denen man mit einem Gesicht spricht, das man noch nicht kannte.)

Angst, natürlich. Das auch. Aber mehr noch das andere, Gift.

Und etwas, das ich mir nicht erklären konnte.

Muriel wurde von der Schule relegiert. Benni, der Scherenschleifer, hatte eine Waffe. Er war der Sohn von Knochen-Eck, eines für seine Unverschämtheit und sein fachliches Können weit über die Stadt hinaus bekannten Orthopäden, und hieß eigentlich Ruben, war ein wenig auf die schiefe Bahn geraten und nicht nur Scherenschleifer, sondern auch Mercedesfahrer mit einer Makarow im Handschuhfach. Diesen Waffentyp, eine sowjetische Armeepistole, Kaliber 9 mm, kannte bei uns schon jeder Junge, sie war das Modell der aus grünem Plast gefertigten Zündblättchenpistolen, die es in den Spielzeugläden zu kaufen gab. Benni hatte die Makarow wohl nicht von seinem Vater, Eck gehörte nicht zu den Nomenklaturkadern, die solche Waffen besitzen durften und in Safes aufbewahrten, eine Übernahme gewisser Revolutionstraditionen aus der Sowjetunion, wo sich die Führer der Bolschewiki als eine Elite verstanden und das durch privaten Waffenbesitz ausdrückten. Manchmal fuhr Benni mit dem Mercedes seines Vaters durch das Viertel, Muriel hatte die Pistole auf der Suche nach einem Getränk (Benni fuhr nicht immer nüchtern) im Handschuhfach entdeckt und nach einer solchen Spritztour entwendet. Sie wurde bei einer Haussuchung in Muriels Sachen gefunden.

Rechtsanwalt Sperber sagte, er könne in dieser Angelegenheit nichts tun. Damals war Christian bei der Armee, steckte in Schwierigkeiten, auch sein Fall lag bei Sperber. Hans und Meno setzten sich mit Zybarth und Delanotte in Verbindung. Sie erreichten, daß Muriel in den Jugendwerkhof kam, einen offenen, nicht in den geschlossenen nach Torgau. In den kam man nicht von außen, sondern nur aus einem offenen Jugendwerkhof, von dort aber oft schon bei kleinen Vergehen. Es sei mit Muriel Schlimmeres vorgesehen gewesen. Auf dem Appell, den Frau Dreihand hielt, verweigerte Alexandra den Gehorsam und gab ihre Ämter zurück.

26.8.2015 Mittwoch: Operativer Vorgang »Marschallin«. Das volle Aufbrechen der Subjektivität verhindert in der Regel objektive Fortschritte. Das Impulspapier, erster Entwurf

… daß ich in eine Verwirrung geraten war, nichts mehr wußte, einerseits als Mitarbeiter, ja Mitglied, wie es in meinen Unterlagen stand, der Chronik, andererseits als doch eher untergeordnet beschäftigter Angestellter des Flottenamts, Seeminenreferat, was ging vor in Treva, wohin bewegte sich die große trevische politmediale Maschinerie, die Journalitik (statt Journalistik), welche Ziffer näherte sich im Auslauf des Fortunarads?

Die Chronik sagt: Ihr seid das Gehirn, aber ich bin das Gedächtnis. Wir sammelten die Vorgänge, die von der Tausendundeinenachtabteilung, von der Kohleninsel produziert wurden, werteten sie aus, schrieben die Vorgangsbiographien, wie wir sagten, die Geschichte, die lange Zeit nach dem Schema Anfang – Mitte – Ende ablief, musikalisch gesprochen Sonatenhauptsatzform: Exposition – Durchführung – Reprise. Die Sonatenhauptsatzform, obwohl beliebt und von der Tausendundeinenachtabteilung immer wieder verlangt, war seit einiger Zeit nur noch eingeschränkt brauchbar. Rätselhaft genug, für mich, wie es überhaupt zu einem Vorgang kam, wie entschieden wurde, daß aus einem Vorlauf ein Vorgang wurde, die Kriterien wechselten, und nicht immer, wie es hieß, nachvollziehbar.

Heidenau: Protest von sogenannten Wutbürgern gegen eine Flüchtlingsunterkunft, die der Bürgermeister in einem Baumarkt einzurichten gezwungen war, binnen achtundvierzig Stunden für siebenhundert Menschen, Rechtsradikale (so hieß es, die ›Südtrevische‹ war mit diesem Begriff rasch bei den Tasten) machten bereits dagegen mobil, ließen ihre Autos um den Baumarkt kurven. Wenn man die Kanzlerin aber nicht rechts überholen kann, so mochte sich Siegemund gedacht haben, als er entschied, seine eigene Sommertour abzuändern und nach Heidenau zu fahren, dann muß man es auf der anderen Seite versuchen, muß ein Zeichen setzen, daß ein Politiker ein gerader Mann ist, der sich keinen Deut um die Feinde von rechts schert, sich dem Gegenwind nicht beugt, mag dieser Gegenwind noch so populistisch blasen, daß ein Politiker, dem ein Nik Tschiller ins Auge geblickt und dort den geraden Mann erkannt hat, erst recht ein Vizekanzler von der Sozialdemokratischen Partei, dann, wenn es darauf ankommt, sensibel und tatkräftig zugleich eine Position der Menschlichkeit und Aufrichtigkeit bezieht, kurz, daß er, wie es heißt, Flagge zeigt. Noch dazu, wo Carl Rand in der Bundespressekonferenz den Fehler beging, die Termine der Kanzlerin für die nächste Woche preiszugeben, einer davon in Glashütte, jenem osterzgebirgischen Uhrenstädtchen, das endlich einmal nicht das Bild vom ostdeutschen Schreckensgebiet, sondern von einer real existierenden blühenden Landschaft abgeben würde, in der unsere PR-Fachleute unsere Kanzlerin im Uhrmacherkittel, mit zugewandtem Lächeln und begrüßungswillig vorgestreckten Händen präsentieren konnten. Glashütte war nur einige Kilometer von Heidenau entfernt, in dem Siegemund bereits den Bürgermeister traf und spontan in Richtung der pfeifenden und schimpfenden Demonstranten das Wort aussprach, daß die, die da demonstrierten, mit unseren Werten und unserem Land nichts zu tun hätten. Die Kanzlerin war jetzt im Zugzwang. Dort war sie, wie ich wußte, nicht gerne. Sie konnte diesen Brennpunkt, diesen Ort der Flüchtlingsfeinde, des radikalen braunen Mobs und der wenigen Tapferen, die sich vor die Flüchtlinge stellten, nun nicht mehr meiden.

– Du Hure, sagte Anne, du Hure hat dieses völlig außer Rand und Band geratene Weib geschrien, ich will gar nicht wiederholen, wie sie mich noch genannt hat.

Dies und der Ruf

– Wir sind das Pack!

an den Vizekanzler und die Kanzlerin gerichtet, lösten in Treva Entsetzen aus. Hannelore und Lorenz Grote sahen im Fernsehen verständnislos, befremdet, empört den Angriffen auf »unsere Kanzlerin« zu (was in diesem Fall aufgrund von Verwandtschaft mehr als nur eine Floskel war), einige von Hannelores Freundinnen waren zu Besuch, hatten ungläubig und indigniert ihre Kaffeetassen abgesetzt und die Heidenauer mit einer Mischung aus Abwehr und Ekel betrachtet.

– Wir sind das Pack!

Das konnten sich die Grotes und Sieverts, auf Cranges und Delanottes nicht zu eigen machen, und als eine der Damen sagte, sie habe das immer gewußt, mit diesem

Osten fange man sich das Schlimmste ein, widersprach ihr niemand in der Runde, nicht einmal Lorenz Grote, zu dessen Imperium die Deutsche Seereederei gehörte, der also mit »dem Osten« direkt zu tun und mit seinem Aufbaustab tatkräftig an der Wiedervereinigung mitgewirkt hatte. Zu solchen, die sich selbst als Pack bezeichneten, zu solchen Schreihälsen und Randalierern, die das gewählte Staatsoberhaupt mit unaussprechlichen Schimpfnamen belegten, wollte man nicht gehören. Und als die Kanzlerin sagte, es gebe keine Toleranz denjenigen gegenüber, welche die Würde anderer Menschen in Frage stellten und nicht bereit seien zu helfen, wo rechtlich und menschlich Hilfe geboten sei, ging nicht nur ein erleichtert zustimmendes Nicken durch die Grote-Runde, sondern gleichsam durch ganz Treva. Man konnte diese Rassisten, diese Pöbler, so brach es aus Anne, nur verachten. MinDir Dr. Hebenstreit und die Verantwortliche für Grundsatzplanung und Leiterin des Referats Medienberatung dämpften: Verachtung sei keine politische Kategorie. Wenn man die Menschen beschimpfe, werde man sie verlieren. Anne, ungehalten: Sie glaube nicht, daß »diese Leute«, die Pöbler von Heidenau, noch im demokratischen Spektrum seien. Die könne man nicht mehr erreichen.

– Ich mache mich nicht gemein mit Rassisten und Demokratiefeinden. Und manchmal muß man eben Haltung zeigen und auf ein paar Wähler verzichten.

Ich hatte wieder meinen Schreibtisch bezogen, hier unten, wie gesagt wird, war, unter Meidung der Förderkörbe, die Treppen und Leitern hinuntergestiegen mit Helm und Grubenlampe, hatte meinen A-Passierschein noch häufiger als sonst vorweisen müssen. Der 11. September wirkte nach, auch noch nach so vielen Jahren. Wir sind vorsichtiger geworden. Außerdem komme ich gelegentlich mit dem einen oder anderen morgenländischen Utensil zur Arbeit, einer Wasserpfeife etwa, einem Krummsäbel aus dem Osmanenreferat, manchmal trug ich statt der Dienstuniform Marine (blau) einen Kaftan unseres Kostümverleihs Lukas & Gültekin, der mit Brautmoden Tille in Dresden-Blasewitz zusammenarbeitet und einige unserer wertvollsten Spezialisten beschäftigt.

Der Hefter mit Judiths Manuskript und Menos Korrekturen lag auf dem Schreibtisch, als säße Meno noch daran, er, der im November 1989 in die Zentrale des Hermes-Verlags eingezogen war als Leiter des Lektorats III, deutschsprachige Gegenwartsliteratur. Wie ich muß er den Blick auf Tisch, Schreibmaschine und, wenn er ans Fenster trat, auf die Buntgarnfabrik mit einem Abschnitt der Mauer gehabt haben, jener Mauer, die unser Novizenjahrgang abzutragen hatte, bis Vertreter der westlichen Kohleninsel (das »Auge«) den Abbruch stoppten, in langer Voraussicht, will mir scheinen, denn diese Mauer ist es, die den Gegnern der Refugees-welcome-Politik Hoffnung macht.

In der Tausendundeinenachtabteilung war es nicht still wie sonst, diese Stille aus Papiergeraschel, WhatsApp-Eingängen (wir benutzen diesen Messengerdienst absichtlich, obwohl er leicht zu hacken ist), Gemurmel, hin und her geschobenen Aschenbechern, Schreibmaschinengeklapper; seitdem es Hackern, die wahrscheinlich für Russia Today und/oder für Neues China arbeiten, gelungen ist, die Homepage der tna zu frisieren, benutzen wir wieder Schreibmaschinen, Befehl von ganz oben, aus dem Verteidigungsministerium, benutzen wir für die behördeninterne Kommunikation wieder die bereits zum Abbau freigegebenen Rohrpostsysteme (der Abbau wurde in eine Erweiterung umgewandelt), halten uns wieder, wie schon zu Zeiten des Kalten Kriegs, Brieftauben, Akten werden wieder handschriftlich geführt, kurz: Nach einer Phase intensiver und aufwendiger Digitalisierung halten wir uns analoge Möglichkeiten offen. Unsere Kuriere arbeiten längst wieder im Dreischichtsystem.

Aufregung in der Tausendundeinenachtabteilung. Telefone klingelten. Türen knallten, der Paternoster trug viele unserer Mitarbeiter von unten nach oben und von oben nach unten, immer in Eile, kaum blieb Zeit für einen Gruß. Bemerkungen, die ich aufschnappte, bezogen sich hauptsächlich auf das Impulspapier aus dem Amf, dem Amt für Migration und Fortschritt. Es war nicht unterzeichnet, doch gewisse Formulierungs- und Impulseigenheiten wiesen auf die Leiterin der Abteilung »Strategische Beziehungen« im Amt für Migration und Fortschritt, Hüdanur Halabzadeh, es war mit höchster Prioritätsstufe eingereicht worden. Auf diese Prioritätsstufe hatte kein Abteilungsleiter, geschweige ein Referent, Zugriff. Das Papier trug die Paraphe des Kanzleramtsministers, des Wirtschaftsministers, des Sekretariats für Fusion, von Annes Büroleiterin und von der Kanzlerin selbst, was außergewöhnlich war. Schon zu Beginn meiner Tätigkeit auf der Kohleninsel war mir aufgefallen, daß die breitesten, im gemütlichsten Erzählton gehaltenen, plauderisch abschweifendsten Papiere immer von den höchsten Chargen stammten, kein einfacher Mitarbeiter konnte sich Umschweifigkeit erlauben, kein einfacher Mitarbeiter bekam jenes »C« in die Drucksachennummer unserer Bundesdruckerei, das eine Hunderttausenderauflage kennzeichnet, kein einfacher Mitarbeiter konnte es wagen, seinen Namen unter einer Drucksache wegzulassen.

Das Impulspapier blieb ebenfalls nicht ohne Ziel, nicht ohne bestimmte Vorschläge. Besonders umfangreich war der Abschnitt zum Stichwort Integration. Ausgehend von der Einsicht, daß Integration integraler Bestandteil jeder kulturellen Akklimatisation (der Sprachgebrauch ist dem Impulspapier entlehnt) sei, arbeitete sich Hüdanur Halabzadeh zur Erkenntnis vor, daß Integration keine Einbahnstraße sein könne, sondern, wie eine Münze, immer zwei Seiten aufzuweisen habe (Sprachgebrauch Impulspapier). Die eine Seite dieser Münze (oder Einbahnstraße) betreffe die Ankommenden, die sich auf uns, die schon Angekommenen, zubewegten, von diesen (den Angekommenen) aber teils mit Unkenntnis, teils mit Ablehnung und auch, wie sie, VerfassX (originale Orthographie), es selbst erfahren habe, mit Diskriminierung, konfrontiert würden. Dabei sei dieses Sich-Zubewegen eine Leistung, die man vor dem Hintergrund der zu uns Kommenden sehen müsse, die meisten aus Kriegsgebieten, traumatisiert, ausgerüstet nur mit dem, was sie am Leibe trügen, von Schleppern ausgenutzt, betrogen, von Warlords verfolgt, wir, die schon länger hier lebten, könnten es uns zumeist nicht vorstellen, was die bei uns Schutzsuchenden durchgemacht hätten. Dies bedacht, seien fremdenfeindliche, populistische, rassistische Einlassungen, wie sie seit einiger Zeit vermehrt zu vernehmen seien, unverständlich und nicht nur bedauerlich, sondern zu verurteilen. Das Impulspapier schwenkte vom Allgemeinen ins Konkrete, zur Tausendundeinenachtabteilung, die Linie XX, so das Impulspapier, vernachlässige die andere Seite der Einbahnstraße (wörtlich, gemeint war: Medaille oder Münze), nämlich all jene Aspekte der Integration, welche die schon länger hier Lebenden, oder Angekommenen, beträfen, ihre Annäherung an die zu uns Gekommenen, oder Ankommenden. Inzwischen zirkulierte ein Couplet in der Trevischen Nachrichtenagentur, anonym, doch hatte ich IM »Klon« in Verdacht, einen der deutschen Kultur und exotischen Bühnenkünstlerinnen zugeneigten Nachtredakteur, der es liebte, den Nachrichtenstrom mit Wein zu versetzen, woraufhin die Nachtredaktion überwiegend irrelevante Nachrichten aus dem Burgunderstrom auswählte, das Couplet lautete: Schaffst du mich, wenn wir das schaffen? / Sie sagen: Frieden. Meinen: Zu den Waffen.

27.8.2015 Donnerstag: »R«, oder: Spiralförmige Entwicklungen. Rauchmelder

In der ›Wahrheit‹, in der Trevischen Nachrichtenagentur, ja in der ganzen Tausendundeinenachtabteilung war inzwischen ein Prozeß im Gang, der intern (und das hieß vor allem auf der Kohleninsel und im politischen Treva) als Operation »Gold« bezeichnet wurde. Es ging hier, wie das Impulspapier schon angedeutet hatte, um Integration, um Weltoffenheit, Willkommenskultur. Eine Operation »Gold« hatte es schon einmal gegeben. Es war der Deckname für die Treuhandaktivitäten des Geschichtsphilosophischen Kombinats gewesen.

Der Operative Vorgang »Willkommen« im Rahmen der Operation »Gold« registriert Unruhe in den trevischen Behörden, Unruhe in der Sicherheit. »Poseidon« hat sich gemeldet, diesmal gilt es nicht den Büroklammern, Lionel rief an, verkündete, es sei vorläufig aus mit der Chronik und ihrem Vorhaben zum 25. Jahrestag der Wiedervereinigung, wen kümmere das noch, Treva habe andere Sorgen. Er lachte, mehr fröhlich als hämisch, ich dachte an eine seiner trevischen Schoten, doch täuschte ich mich, der Colonel berief eine Versammlung in der Trevischen Nachrichtenagentur ein, er habe Anweisung, die Abteilung mit einer Notbesatzung zu fahren, das betreffe im übrigen sämtliche trevischen Behörden, die Notbesatzungen würden versuchen, die tägliche Routine zu bewältigen, die anderen aber hätten Gelegenheit, sich in der außergewöhnlichen Lage an außergewöhnlichem Platz zu bewähren. Er blickte zuversichtlich in die Runde, wo sich die Köpfe wegduckten, man kennt hier solche Verkündigungen, weiß, was sich hinter dem Buchstaben »R« auf Schleiereules Dienstplan verbirgt, die in allen Behörden gefürchtete, in allen Behörden aber für notwendig, ja unvermeidlich gehaltene sogenannte Rotation. Debatten darum hat es immer gegeben. Der Colonel war ein Verfechter der Rotation, wenn es nicht ihn selbst und seine Leute betraf. Delanotte hielt Rotation für unverzichtbar aus strukturellen Gründen, um der innerbetrieblichen Erstarrung zuvorzukommen und weil man nur dann Lageberichte, Sicherheitsbriefe, wie er sagte, erstellen kann, wenn man weiß, welche Form von Sicherheit, welche Stufe von Sicherheit, welche Sicherheit überhaupt beim Empfänger ankommt im Sinne von: handlungführend ist. Die Schreibermosesse, die Novizen, machten hier (naturgemäß) Fehler, sie unterschätzten die Form ihrer Lagebeiträge, dachten, sie sei für alle gleich und für alle in gleichem Maß wie für sie auch sichtbar, staunten, wenn Böblinger ihnen mit ein und derselben Nachricht, die er über den Slot in die unterschiedlichen trevischen Empfänger laufen ließ, etwas anderes zeigte, im Außenamt (Amini) hing es stärker als im Imini davon ab, wer am Eingang saß, weswegen wir die Dienstpläne der trevischen Behörden kennen mußten, wenigstens im groben, bevor wir unseren Dienst antraten und der Nachtdienst, der mehr oder weniger auf sich allein gestellt war, meist in Sekunden entscheiden mußte, was sicherheitsrelevant war und was nicht, welche Warnstufen auszugeben waren, nur von den erfahrensten Redakteuren, den eigens eingeteilten Nachtredakteuren (den »Uhus«) versehen werden konnte: Geschichtsschreibung am Augenblick. Hatte im Amini, dessen Diplomatinnen auf der sogenannten Orientakademie in Brenta ausgebildet wurden, eine bestimmte Spielerin Dienst, hatte ein Sicherheitsbrief erst dann eine handlungauslösende Wirkung, wenn er in einer leicht satirischen Form gehalten war, nicht zu sehr ins Alberne, nicht zu trocken, moussierend, nannte es der Colonel, während dieser Sicherheitsbrief bei derselben Spielerin, vorher lanciert, aber sachlich gehalten, ohne Reaktion blieb. Um also zu wissen, was »Sicherheit« für den jeweiligen Empfänger bedeutete, mußte man ihn kennen, und um ihn zu kennen, mußte man ihn kennenlernen, auch deshalb Rotation.

Natürlich war nachgefragt worden, was aus dem Impulspapier, dem Impulspapierentwurf aus dem Amt für Migration und Fortschritt, geworden war, ob die Linie XX es zur Kenntnis genommen hatte. Die Rückfrage stammte von einer Referentin der Hüdanur Halabzadeh, die in einem PS in der charakteristischen Halabzadehschen Kringelschrift darauf hinwies, daß der Impulspapierentwurf immerhin mit der höchsten Prioritätsstufe eingereicht, außerdem vom Kanzleramtsminister, von Kanzlerin Hoffmanns Büroleiterin und von der Kanzlerin selbst paraphiert worden war, also keineswegs unbeantwortet bleiben dürfe. Der Colonel regte sich darüber auf, daß es jetzt offenbar schon so weit gekommen sei, daß Referentinnen, noch dazu aus dem Amt für Migration und Fortschritt, sich in die Belange der Trevischen Nachrichtenagentur einmischten, mehrfach stieß er das Kürzel Amf aus, fragte in die Runde, ob wir schon veramft seien und ob man solche Meldungen aus dem Amf als Amf-Krampf bezeichnen könne und ob wir das nicht gleich als Nachricht über den Ticker geben könnten. Die Nachfrage machte den Vorgang, der seine erste und gewiß vorläufige Form in diesem Impulspapierentwurf gefunden hatte, amtlich. ffolkes im Colonel hatte im ersten Impuls an den Schredder der Trevischen Nachrichtenagentur gedacht, ein Modell der sogenannten Alligatorklasse, wie sie in den meisten trevischen Behörden verwendet wird, jedoch: Papier begründet einen Vorgang, und Vorgänge sind es, von denen Behörden leben. Das Papier lege nahe, so die leitende Wirtschaftsredakteurin, Anja Behning, daß die Trevische Nachrichtenagentur in puncto Berichterstattung, neutraler Berichterstattung noch dazu, Nachholbedarf habe, das lehne sie gerade in und aus ihrer Position als leitende Wirtschaftsredakteurin ab. Jeder wisse, daß man sich hier im allgemeinen (Fehler passieren überall) an die grundlegenden Prinzipien des Journalismus halte, nicht von ungefähr hingen sie gerahmt in den Fluren und im Newsroom der Trevischen Nachrichtenagentur. Sie als Nachrichtenagentur seien neutral und zu neutraler Berichterstattung verpflichtet. Sie lehne es ab, eine tendenziöse Berichterstattung zu beginnen, nur weil es Hüdanur Halabzadeh in den Kram passe.

– Aber es ist doch keine schlechte Sache, bedrohten Menschen zu helfen, meldete sich Böblinger vom Slot. Er habe sich sagen lassen, daß das Problem nicht nur die tna, sondern alle Redaktionen betreffe, man sei noch in der Diskussion, in der Findungsphase gewissermaßen, wie mit dem Problem umzugehen sei, das vom Impulspapier angesprochen werde. Auch er lehne natürlich eine tendenziöse Berichterstattung ab, das verstehe sich ja von selbst. Doch gebe er zu bedenken, daß man im Nachrichtengeschäft immer tendenziös sei, er sei, indem er sortiere, tendenziös, und auch wenn er eine Abneigung gegen Floskeln habe, wie es sich für einen Menschen, der täglich und professionell mit Sprache umgehe, ebenfalls verstehe, wolle er doch darauf hinweisen, daß es hier um eine gute Sache gehe: bedrohten Menschen zu helfen, und er verstehe sich als Journalist jedenfalls so, daß er dort, wo er helfen könne, auch helfen solle, ja müsse, und wenn er die Wahl zwischen zwei Nachrichten habe, die beide den gleichen Nachrichtenwert besäßen, das komme durchaus häufiger vor, als der Laie annehme, der uns Journalisten so oft der Käuflichkeit zeihe, daß er also dann in diesem Fall diejenige Nachricht auswählen würde, die wenigstens nicht schade, ein Effekt sei ja nicht nur das gegebene Plus, sondern auch das vermiedene Minus. Nichtsdestoweniger weise aber auch er die implizite Kritik an der Trevischen Nachrichtenagentur zurück. Er wolle darauf hinweisen, daß im Falle tendenziöser Berichterstattung allein schon die Kollegen vom Presserat aufmerksam und aktiv geworden wären. Wir alle wüßten, daß die Kollegen ein feines Sensorium besäßen und schon bei kleinsten Abweichungen vorstellig würden, der Presserat sei, anders als oft unterstellt würde (von Laien), eben keine Schlaf- oder gar, er habe jetzt eine Hemmung, das Wort auszusprechen, eine Pennerbehörde. Er schlage vor, angesichts der Fülle und Qualität der Herausforderungen eine Konferenz der Redaktionen einzuberufen. Er sei sich darüber im klaren, daß das Signal nach außen so verstanden werden könnte, als würden miteinander konkurrierende, einander ja durchaus nicht immer gewogene Vertreter des Meinungs- und Nachrichtensektors Absprachen treffen, vielleicht noch sogenannte faule Absprachen, er bitte, und er verstehe das als Anregung zur Diskussion, zur innerbetrieblichen Demokratie, um Meinungen zu seinem Vorschlag und auch dazu, wie man mit dem Absprachenvorwurf umgehen könne.

– Indem wir, sagte der Colonel, einfach unsere Arbeit machen, im Sinne guter journalistischer Prinzipien, wie sie Anja dankenswerterweise erwähnt hat. Was erwartest du? Sprachregelungen?

– Zum Beispiel, so Böblinger. Hältst du solche Regelungen für ganz und gar abwegig? Schau dir doch mal an, wie sich die Sprache in letzter Zeit entwickelt hat! Böblinger griff, am Slot vorbei, zu einigen Artikeln in der Ablage.

– Da spricht, nein, von Sprechen kann da eigentlich keine Rede mehr sein, da brüllt Pegida von Lumpenpack, Gelumpe, ich bitte dich, Ferenc, Menschen seien Gelumpe?! Wo leben diese Typen, wie kommen die dazu, sich so zu äußern? Da wird von Lügenpresse gefaselt, ach was, gefaselt, herumgeschrien, sie halten Schilder hoch, brüllen, neulich bin ich über den Theaterplatz in Dresden gegangen, kommt so ein Kerl, brüllt mir Lügenpresse ins Gesicht, die blutunterlaufenen Augen werde ich nicht vergessen.

– Na gut, lenkte der Colonel ein, dann sei er für eine Abstimmung. Anja Behning hatte sich eine Weile schon mit den beiden hölzernen Ablagetafeln, Bingo und Bongo, beschäftigt, hatte einige Dienstmeldungen auf Bongo geheftet, jetzt griff sie wieder in die Diskussion ein: Immerhin betreffe das Problem nicht nur sie hier in der tna, sondern die Presse als Ganzes, da habe der Gregor recht, und sie finde Gregors Vorschlag bedenkenswert, es sei ja auch eine der Aufgaben der Presse, auf die Wörter und Worte, den Sprachgebrauch, zu achten, und wenn von Flüchtlingen in der Öffentlichkeit als von Schmarotzern und Gelumpe, von Journalisten pauschal als von Dreckspack geredet werde, dann gelte es einiges wieder geradezurücken, und um einen Weg zu finden, sei eine solche Konferenz zumindest eine Möglichkeit, ein Anfang, außerdem könnte man ja, im Sinne größtmöglicher Transparenz, von dieser Konferenz berichten, könnte die Meinungen und angesprochenen Probleme darstellen.

In den Lektoraten sind Feldbetten aus dem Flottenamt aufgestellt worden. Die Flüchtlinge haben Wäscheleinen gespannt, mit Laken und Decken Privatsphäre herzustellen versucht, einige junge Männer beäugten uns neugierig, was wir taten an den altmodischen Telefonen (einige hielten uns ihre Smartphones hin), im Papiergeraschel, den per Boten eintreffenden Akten und Vorgängen, besetzten den Paternoster, kurvten lachend auf und ab, schlenderten zu einem in seine Arbeit versunkenen Lektor, spaßten in den Papieren herum, nahmen unserem Hausgenie, dem Philosophen, TRAZ-Redakteur und Sciencefictionspezialisten Nicolai Niekisch die Kopfhörer ab, lauschten hinein (er bevorzugte Motörhead, wenn er an Nachrichten arbeitete, Lynyrd Skynyrd bei freiem Flottieren der Gedanken, wie er es nannte, Scarlatti, China- oder Koreametal, wenn er Sci-Fi- und Animefilme für die TRAZ besprach), Nicolai, einen Totenkopfring am Mittelfinger, strich sich den Dostojewskibart, lächelte ihnen zu wie Kindern.

Das Impulspapier war natürlich nicht nur über meinen Schreibtisch, sondern durch die gesamte Tausendundeinenachtabteilung gegangen, doch hatte man es, täglich trafen hunderterlei Papiere ein, nicht sonderlich ernst genommen.

– Wir haben andere Sorgen. Die Grenzsicherung zieht mir meine Leute ab, eine Unverschämtheit ist das, bei der Bedeutung unserer Aufgaben. Sie müssen bei Delanotte vorstellig werden. Erst dünnt er mir mein Korrespondentennetz aus, jetzt sollen wir Grenzen bewachen, pah, meine Lyriker, meine Theologen, meine Lektoren! Der Colonel musterte mich, paffte einen Rauchring von seiner Zigarre. Unsere Friedensbotschafter. Scherz beiseite. Ich weiß nicht, wie ich angesichts der personellen Situation den Dienst aufrechterhalten soll. Ich fürchte, Unser Mann in Bagdad steht wieder an. Sie sollten gleich mal zu Lukas & Gültekin rübergehen, eventuell zu Tille fahren, Sie hatten doch letztens ein Kostüm von Tille an, und da ich nicht annehme, daß Sie es noch aufbewahrt haben, sollten Sie mal anfragen, ob es noch auf Lager ist, es muß Kostümkontinuität geben, unbedingte Kostümkontinuität in bestimmten Zeiträumen. Wenigstens das, wenn die Damen und Herren, für die wir uns den Hintern aufreißen, uns schon ständig die Mittel kürzen und uns zu solchen Maßnahmen zwingen. Er wandte mir das Gesicht zu, hielt die Zigarre zwischen Zeige- und Mittelfinger auf Höhe seiner plötzlich völlig humorlosen Augen.

– So was wie beim letzten Einsatz darf nicht noch mal passieren.

– Ich weise Sie darauf hin, daß Sie sich in einem öffentlichen Gebäude befinden. Bitte stellen Sie umgehend das Rauchen ein, sagte eine Frauenstimme.

Der Colonel blickte an die Decke.

– Ich habe sie nach unserer Ministerin die Schöne Manuela genannt, es handelt sich um die neue Generation von Rauchmeldern. Gestern morgen war die Lichtbrigade da und hat mir diese Dinger in unsere Abteilung montiert. Er habe schon vergeblich versucht, so der Colonel, die Schöne Manuela, aus deren Ministerium diese Verordnung stamme, von der Bürodecke zu schießen, doch sei das in der neuen Rauchmeldergeneration wohl einkalkuliert. Die Schöne Manuela, die er schon gestern per Volltreffer aus seiner Dienstwaffe herunterbefördert habe, sei zwar fürs erste stumm auf dem Boden gelegen, keine fünf Minuten später aber habe ihn ein Anruf aus der Werkstatt der Lichtbrigade und keine zehn Sekunden später aus dem Ministerium erreicht, er solle bitte zum gemeldeten Rauchmelderabsturzvorgang Stellung beziehen. Die Dinger würden in China produziert, er habe gleich Unsern Mann in Shanghai angerufen, der habe ihm berichtet, daß diese Rauchmelder eigentlich nicht auf Zigarettenrauch reagierten, da die Chinesen zwar einerseits die weltgrößten Rauchmelderproduzenten, andererseits aber auch die weltgrößten Zigarettenkonsumenten seien, so daß man gar nicht wolle, daß die chinesischen Rauchmelder auf Zigarettenrauch reagierten, jedenfalls nicht auf chinesischen. Der Colonel betrachtete seine usbekische Zigarre, stieß einen Rauchpuff in Richtung der in einen Rauchmelder verwandelten Schönen Manuela aus. Sie meldete sich nicht erneut.

– Sie haben mir gleich die Luxusausführung geschickt, mit Vandalismusgitter. Man darf sie nicht in der Küche und nicht in der Dusche installieren, sonst gibt es Fehlalarm. Übrigens müssen die Rohrpostsysteme kontrolliert werden, aus mehreren Abteilungen kommen Beschwerden, daß Sendungen steckengeblieben sind. Der Colonel sah nach der Uhr.

– Ich muß ins Vemini, Frau Verteidigungsministerin (der Colonel sprach das pikiert aus) hat mich einbestellt. Die

Karikaturenabteilung hat sich wieder was geleistet. Justizminister Mehmel spricht von öffentlicher Herabwürdigung und hat vor, das ›Leuchtende Schwein‹ sperren zu lassen.

Das ›Leuchtende Schwein‹ war unsere hauseigene Satirezeitschrift, gefürchtet und beliebt im ganzen Land. Das ›Leuchtende Schwein‹ hatte zwar noch eine Printausgabe, veröffentlichte aber hauptsächlich im Netz und betrieb, auch wir hatten den Auftrag, Drittmittel zu akquirieren, ein Onlineportal mit entsprechenden Werbeangeboten. Die Wurstfirma des Präsidenten des 1. FC Treva hatte dort ihren Auftritt, entsprechend dem Zuschnitt des ›Leuchtenden Schweins‹ hatte die zuständige Werbeagentur diesen Auftritt ziemlich schräg gestaltet, der Präsident war im ersten Augenblick nicht erbaut gewesen. Daß Justizminister Mehmel im Zuge einer neuen Regelung gegen Hatespeech im Netz gegen das ›Leuchtende Schwein‹ vorging, wunderte mich nicht, auf einer Zeichnung unseres Mitarbeiters IM »Klinke« versohlte die Operndiva dem Justizminister den Hintern, damit er im Kampf gegen braun nicht nachließ.

Draußen arbeiteten die Krisen, schienen wie Unkraut nachzuwachsen. War die eine vorbei (oder wurde wenigstens nicht mehr in den Medien erwähnt), so kam die nächste, immer schien es irgendeine Krise zu geben, ich konnte mich an einen krisenfreien Zustand nicht erinnern. Drinnen aber, in den Tiefen, herrschte die von den Geräuschen ruhiger und konzentrierter Arbeit hergestellte Stille. Auf meinem Schreibtisch stapelten sich die Papiere, obenauf eine Nachforschung zu Saugnäpfen, wie ich sie nannte. Die Lichtbrigade hatte mich aufgeklärt, daß die offizielle Bezeichnung für den von mir gemeinten Gegenstand Haftsauger war.

28.8.2015 Freitag: Camp Eins

(WhatsApp) Kannst du die Kinder abholen? Bin noch im Camp. Wir fahren heute nacht mit der »Sonderborg« aus, ich würde mich freuen, wenn ihr vorbeikommt. Ich weiß: eine Zumutung. Ich hätte die Kinder in dieser Woche gehabt. Reina ist mit ihrem Lover unterwegs, oder weißderkuckuck, was sie macht. Danke. Christian

Theo und Clara besuchten die Kopernikusschule im Marsviertel, einem der besseren von Treva, eine begehrte Schule, in die der gehobene Mittelstand, Ärzte, erfolgreiche Selbständige, Musiker der Trevischen Philharmonie, Beamte ihre Kinder schickten, auch wenn sie, wie Theo und Clara, entfernter wohnten. Reina war noch vor Claras Einschulung nach Treva gezogen, ins Uranusviertel, in eine gemeinsame Wohnung mit ihrem Freund Yazar Erdem, einem, wie er sich selbst bezeichnete, aufgeklärten Deutschtürken mit Istanbuler Hintergrund. Er arbeitete als Radiomoderator und DJ, Reina hatte ihn in einem Klub kennengelernt.

Das Uranusviertel war keine begehrte Gegend. Neubaugebiet mit Problemkern und Problemrändern, die Entzündung, wie Christian sagte, war noch nicht in alle Adern des Uranusviertels gedrungen. Wo Reina und Yazar wohnten, schien es ruhiger zuzugehen und keine Dealer zu geben, jedenfalls hatte Christian keine gesehen, als er sich nach Reinas Umzug eine Woche lang Abend für Abend vor dem Haus postiert und zur Wohnung emporgestarrt hatte, in der seine Exfrau und ihr Freund (Christian nannte ihn lange Zeit nur »den Lover«) mit den Kindern lebten. Armer Christian. Dealer kamen inzwischen auf Bestellung im Internet, als Fahrradkuriere verkleidet, wie Paketboten zu ihren Kunden. Ich sagte Christian nicht, was unsere

Verbindungsleute zu Gerichten und Polizei erzählten, sie sprachen vom Uranus als von einem kippenden Viertel.

Ich erkannte Theo schon von weitem. Er spielte auf dem Schulhof Fußball, ein zartgebauter, aber quickbeweglicher Junge, der selbst aussichtslosen Bällen hinterherrannte und wenig begeistert schien, als er mich anstelle von Christian sah. Er spielte einfach weiter, keiner der Jungen würdigte mich eines Blicks. Erst als der Ball zu mir rollte, nahmen sie Maß: Ob ich wohl in der Lage sei, einen ordentlichen Paß zu spielen, ob ich, noch konnten sie mich nicht einschätzen, Dribbel- oder Jonglierkünste zeigen würde oder einen der Zauberschüsse, wie sie von Cracks auf Youtube zelebriert werden, auf Wrzzer und Insane street football skills, Seiten, auf die ich ohne Theos Hinweise wahrscheinlich nie geraten wäre. Ich zimmerte die Kugel, einen Weltmeisterschaftsball, weit daneben und war für die Jungen sofort erledigt, ein Erwachsener, der nicht durchblickte, vielleicht noch bei einer dieser vorsintflutlichen Mannschaften mit Lederbällen und Schnürtrikots gekickt hatte, wenn er nicht beim Auswählen der Mannschaft immer übriggeblieben war. Ich rief Theo zu, daß ich Clara abholen ginge und ihn danach mitnähme, er reagierte nicht. Clara saß im Nachmittagskreis beim Töpfern im Aufenthaltsraum der sogenannten Froschklasse. Die erste Klasse der Kopernikusschule war vierzügig, und neben der Froschklasse gab es noch eine Pinguin-, eine Eichhörnchen- und eine Langustenklasse, was ich bemerkenswert fand, von anderen Frosch- und Pinguinklassen hatte ich schon gehört, eine Eichhörnchenklasse hatte es auch im Waldkindergarten gegeben, in den Clara gegangen war, eine Langustenklasse dagegen erschien mir so ungewöhnlich, daß ich gegoogelt hatte, und tatsächlich:

eine Langustenklasse gab es in Treva nur an der Kopernikusschule. Ich beobachtete Clara, die mich natürlich längst bemerkt hatte, aber so tat, als wäre ich nicht da, und überlegte mir, nach welchen Kriterien an der Kopernikusschule bestimmt worden war, welches Kind in welche Klasse aufgenommen wurde, die meisten Schüler der Froschklasse rasten im Zimmer hin und her, als wären sie Eichhörnchen, nur Clara saß und knetete Töpferton, ohne sich vom Lärm und Gewusel ringsum beirren zu lassen. Sie schien ganz in ihrer Welt zu sein, ein Kind für sich, in einem Ring aus Stille. Claras Finger drückten sich tief in den Ton, verharrten, als wollte Clara die Kühle, die rein materielle Beschaffenheit des Tons spüren, vielleicht aber hatte sie auch nur vergessen, was sie tat, und träumte von anderem. In ihrem Haar, das Reina zu Beginn der Papazeit, wie Clara den Aufenthalt bei Christian nannte, zu zwei straffen Zöpfen flocht, die sich am Ende der Papazeit in wirre Strähnen auflösten, steckte ein mit Silberfarbe überzogener Pappstern.

Christian gehörte zu den ehrenamtlich tätigen Ärzten in Camp Eins.

Theo fragte, ob die Flüchtlinge in Containern kommen. Über uns arbeiteten die Entladekräne. Schon weit vor der Zeltstadt gerieten wir in den Flüchtlingstreck. Täglich trafen zwischen fünf- und zehntausend neue Flüchtlinge ein, sie kamen mit Bussen, zu Fuß über die grüne Grenze, per Boot und Schiff, sie kamen, auch das gab es, per Taxi, mit Taxibussen, die wohlhabende Bürger Trevas gechartert hatten, um wenigstens Familien mit Kindern eine etwas komfortablere und kürzere Reise zu ermöglichen. Auch die Grotes hatten sich an dieser Taxiidee beteiligt, und nicht nur das, im Kaffeekränzchen bei Hannelore Grote war die Idee entstanden. Man hatte sofort die Werbetrommel gerührt bei den Bramsincks, auf Cranges und Iversens, Roquettes und Gueffroys, einen Fonds eingerichtet, in den man sich »einbringen« konnte, kurz: eine Sache gelangweilter alter reicher Damen, die niemand auf den Zynismus ihrer Taxiidee hinwies – wenn die Familien ausstiegen, hier, zwischen Containern voller in Fernost hergestellter Pullover, Wackeldackel, Unterhaltungselektronik, mußten sie sich in den Treck einreihen, der zu Camp Eins unterwegs war, kontrolliert von Streckenposten, begleitet von Kamerateams, der Flüchtlingstreck, der immer noch täglich anschwoll, erst an der Einlaßkontrolle, zwischen hastig hochgezogenen Drahtabsperrungen, abebbte. Ich wußte nicht, ob sich die Damen darum kümmerten, was aus ihren Schützlingen wurde, wenn sie die Taxis verlassen hatten. Ich schrieb Christian eine Nachricht, daß wir beim Lager seien, Christian antwortete nicht. Clara lief an meiner Hand, beobachtete still, eingeschüchtert von dem, was sie sah. Der Flüchtlingstreck stockte. Eine Demo kam uns entgegen, Tregida, der trevische Ableger der Pegidabewegung von Dresden. Ich dachte an Prag, als Muriel, Alexandra und ich selbst Flüchtlinge gewesen waren, in der deutschen Botschaft im Palais Lobkowicz, dachte an den Arzt, dem ich zur Hand gegangen war, auch er hatte damals seine Familie über Wochen und Monate nicht gesehen.

Ich rief einen Referenten Martin Delanottes im Innenministerium an. Wir durften passieren, mißtrauisch beäugt von Journalisten, die nicht hineindurften. Clara löste sich von meiner Hand, als sie Christian sah, lief auf ihn zu, Christian, im Kittel, kniete sich hin und erwartete den Sprung Claras mit ausgebreiteten Armen. Theo blieb in meiner Nähe, beobachtete einige Jungen, die zwischen zwei mit Colabüchsen markierten Toren mit einem Tennisball kickten. Christian strich Theo übers Haar, dann begann er sofort zu reden, erkundigte sich nicht nach den Erlebnissen der Kinder, sagte mir nicht, wie lange sie bei mir bleiben sollten, drückte mir, während er sich über die Zustände im Camp erregte, ihre Krankenversichertenkarten in die Hand und einen Zettel mit den Adressen ihres Kinderarzts und des Logopäden, bei dem Clara jeden Freitag Übungen machte. Clara wartete unschlüssig, einige Sekunden später rannten Clara und Theo mit den anderen dem Tennisball hinterher. Im Ambulanzcontainer herrschten Temperaturen von über dreißig Grad, berichtete Christian, alles sei wie Anfang August in Dresden, als er im Flüchtlingscamp an der Bremer Straße ausgeholfen habe, wie in Dresden auch hier keine vernünftige Lagerung der Medikamente, zu wenige Toiletten, und wenn, dann Dixiklos, zwei auf tausend Menschen, und natürlich seien die Dixiklos spätestens nach einem Tag verstopft. Es fehle an den einfachsten Dingen, Untersuchungsliegen, Blutdruckmeßgeräten, selbst an Desinfektionsmitteln, Toilettenpapier und Damenbinden, er habe schon x Anrufe gehabt und Mails geschrieben, ohne Ergebnis und ohne daß jemand von Stadt, Senat oder gar von Innen- und Gesundheitsministerium reagiert hätte. Er habe jetzt zum äußersten Mittel gegriffen, eine Mail an Annes Büroleiterin, mal sehen, ob das was bringe. In Dresden hätten sie Material aus Verbandskästen gehabt, die 2007 abgelaufen seien.

– Und was haben wir hier? Christian schüttelte den Kopf. Material aus Verbandskästen, die zwosechs abgelaufen sind. Er habe darauf gedrungen, die Dixiklos gegen

Toilettencontainer mit fließendem Wasser auszutauschen, ohne Erfolg.

– Wir haben Durchfall, Krätze, es gibt eine Privatinitiative, die Kleidung zu waschen, wir haben Waschmaschinen bekommen. Wenn es warm bleibt, haben wir hier bald die Cholera. Das ist doch Wahnsinn, was hier passiert. Und da stehen dann noch diese Typen vor dem Tor und schreien ihre Parolen, anstatt mit anzupacken und zu helfen. Verstehe ich nicht. Verstehe ich einfach nicht.

Die Demo staute sich vor dem Eingang. Schilder wurden hochgehalten: »Wir wollen keine Flüchtlinge«, »Refugees are NOT ALL welcome« (mit Großbuchstaben), »Mutti muß weg«: das galt der Kanzlerin.

– Dreckspack, sagte Christian, haben Angst um jeden Cent, der ihnen weggenommen werden könnte, mißgönnen den Menschen hier selbst die Wasserflaschen, haben gestern versucht, das Rote Kreuz zu hindern, Zelte aufzustellen, haben den Hafenmeister alarmiert, weil die Zelte im Hafengelände aufgestellt werden müssen. Das Lager ist viel zu klein, da können wir nichts mehr aufbauen.

Freiwillige Helfer, Flüchtlinge, die Ärzte sollten nicht mit der Presse reden. Er könne nicht nach Geschlechtern getrennt untersuchen, Patienten müßten sich frei vor den anderen ausziehen, die Kollegen und er hängten ihre Kittel als Sichtschutz auf.

Er wurde gerufen. Ich wünschte ihm gute Reise. Er lief zu Theo und Clara, sie stürmten gerade aufs gegnerische Tor.

Die Küche ist still, die elektronische Uhr am Herd zeigt ihre Messungen dem wie Tinte in Löschpapier fließenden Dunkel. Nebenan im Kleinen Zimmer, das einmal eine Eßküche war und das einer von Elisabeths Freunden, ein Maler, und ich umgebaut haben, schlafen Theo und Clara im Doppelstockbett: Theo oben, mit einem Plüschkrokodil namens Debi, das er an die Wandseite gelegt hat, Clara unten, mit einem Dutzend Kuscheltieren, über ihr ein Holzengel, an den Bettpfosten geschraubt. An der Küchenwand tickt meine U-Boot-Uhr von Mühle aus Glashütte, ein Erbstück von Arthur Hoffmann, dem Uhrengroßvater. Blick auf den Sund, das Strohmeer: Rasmussens Bohrturm, auf dem auch der Colonel wohnt, die Positionslichter der Tanker, Fähren, der Hafenbogen mit seinen Lichtballungen. Der Leuchtturm Schwarzer Ort ist nicht zu sehen, auch nicht Sleipner B, die Bohrinsel, an der die Barsano Group Anteile hält. Vor dem Einschlafen habe ich den Kindern von Sindbad und seinen Fahrten erzählt, sie kennen Sindbad aus meiner Filmothek, Sindbads 7. Reise, Sindbad und das Auge des Tigers, Sindbads gefährliche Abenteuer, die Schneer- und Harryhausen-Filme, die ich als Vorführer in den Urania-Lichtspielen zeigte und inzwischen auf DVD besaß. Vor der Gutenachtgeschichte Abendbrot und Bürstibürsti, wie Christian das nennt: Waschen, Zähneputzen, Toilette, Schlafanzug, nach dem Bürstibürsti Shaun das Schaf, ich sage: ein Film, Clara: zwei, Theo: drei, wir sehen vier, meine Lieblingsepisode, Das Hüpfschaf, zweimal. Zur Sindbadgeschichte habe ich den Sternhimmel angeschaltet, da der echte über dem Sund, der Lichtverschmutzung wegen, kaum zu sehen ist. Ein Miniplanetarium, made in China, projiziert Lichtpunkte an die Zimmerdecke, mit Linien zu Sternbildern verbunden, auf Knopfdruck wandernd, von lila Sternschnuppen durchrauscht, auf die Clara atemlos lauert.

– Glöckner ist Carusianer, sagte Vater, für Glöckner muß man ein Gehör haben, nicht nur ein Auge.

Vater veränderte sich bei den Carus-Sachen. Wenn er mich zu einem Spaziergang lud oder in die Sternwarte, sein Arbeitszimmer, war er nicht mehr der Tagmensch mit seinen dem nüchternen Leben zugekehrten Sorgen und Handlungen, sondern der Toxikologe, der die Gifte liebte, den Schneekristall, den Bittersüßen Nachtschatten. Glöckner wohnte auf der Schwebebahnseite des Elbhangs, Pillnitzer Landstraße, im sogenannten Künstlerhaus, das in seiner vielfenstrigen Wucht einem Kastell glich. In der ersten Etage hatte Glöckner sein Atelier. Er war Jahrgang 1889, wir sprachen über einen bald Hundertjährigen, hatten vor, ihn zu besuchen, und während mir noch der Widerspruch zu schaffen machte, daß Glöckner lebte, eine Telefonnummer hatte und besuchbar war, gleichzeitig aber einer bereits mythisch gewordenen Vorwelt angehörte, vertiefte Vater den Graben zwischen dieser Vorwelt und der Gegenwart in seinem Arbeitszimmer, indem er Namen und Jahre nannte, die er als Glöckners Umgebung bezeichnete: 1887 seien Duchamp, Arp und Schwitters geboren worden, 1888 Itten, der Bauhausmeister, 1890 Man Ray und Lissitzky, und er nenne diese Namen nicht zufällig, denn Glöckner habe deren Bedeutung, wenn auch nicht deren Ruf.

– Apropos: Wir müssen ihn anrufen, sagte Vater, ganz so einfach kann man ihn nicht besuchen. Stellst du bitte den Wecker auf halb sechs?

– Früh?

– Ja, halb sechs Uhr früh. Um sechs Uhr ist er am sichersten erreichbar.

– Morgen ist Sonntag.

– Wir müssen uns den Wecker unbedingt so stellen, daß wir es nicht verpassen, ihn pünktlich anzurufen. Glöckner sei der Meinung, daß man, gerade wenn man es nicht müsse, etwas tun solle. Am besten stellen wir alle Wekker, die wir haben, sagte Vater, ging zum Telefon, nahm ab, lauschte, hielt den Hörer eine Weile sinnend in der Hand. Der Toxikologe und Assistent an der MedAk, wie die Medizinische Akademie Carl Gustav Carus kurz genannt wurde, hatte kein Telefon bekommen, war an der Akademie mehr geduldet als gewünscht, wenn auch von einflußreichen Carusianern wie dem Dermatologen Kleine-Natrop geschützt. Das Telefon hatte der Bürgerrechtler bekommen, es braucht ein Telefon, um Telefongespräche abhören zu können.

– Haben wir Süßigkeiten im Haus? Glöckner liebe Süßigkeiten, wenn auch nicht in der Kunst. Bei »Feinkost-Fendler« am Schillerplatz hatte ich eine Tüte Schaumgummikosmonauten gekauft. Vater schob die Tüte in seine Hebammentasche, neben Chargen von Wasserschierling-, Meerzwiebel- und Fingerhutextrakt, Aconitin (das Gift des Eisenhuts) und einiger Alkaloide, darunter Muscarin, das Fliegenpilzgift, eine reichhaltige Giftsammlung, die in Ampullen friedlich neben Vaters Frühstücksbroten zu schlummern pflegte.

– Wir müssen uns vorbereiten, sagte Vater. Zu einem wie Glöckner geht man nicht einfach so, einem solchen Mann stiehlt man nicht die Zeit durch Geschwätz. Ich möchte, sagte Vater, daß du Glöckner ein wenig verstehst, er ist nicht wie die anderen hier, er paßt nicht in das Dresdner Ton-in-Ton, in die übliche Dresdner Landschafterei. Er ist ein sogenannter Konstruktivist, und das ist ein kompliziertes Wort für seine einfachen Bilder. Auch auf sie trifft zu, was Fritz Löffler einmal als höchstes Lob über das Werk eines Künstlers gesagt hat: Es ist ganz einfach und dabei ganz persönlich. Das Wort Konstruktivist besagt nicht viel, es ist, auf Glöckner gemünzt, eine Einengung. Mit gleichem Recht könnte man auch die Natur als Konstruktivistin bezeichnen oder eine Galaxie nachts auf der Suche nach einem Astronomen, der sie endlich entdeckt. Glöckner, so Vater, sei ein Grundlagenforscher der Malerei, und begonnen habe es mit dem »Kleinen Dampfer« von 1927. Vater zog eine seiner Grafikmappen aus dem Schreibtisch, nahm eine Fotografie des Dampferbildes heraus, die mit Maßlinien überzeichnet war, sowohl in vertikaler als auch in horizontaler Richtung Halb-, Viertel- und Achtelunterteilungen, alle durch Bildelemente betont. Glöckner habe sich in diesem Bild selbst entdeckt, und er habe noch einmal von vorn angefangen, radikal seine frühere Malerei verworfen, von der es dennoch Blätter größter Qualität gebe. Der »Kleine Dampfer« mit der kleinen Sachsenfahne am Heck, grünweiß, sagte Vater, er hat mir dieses Foto gegeben, weil ich den »Kleinen Dampfer« liebe, der schon auf Feiningers Schiffe und Meerbilder hinausweist, weil wir über Carus gesprochen haben, dessen Schriften über Goethe und Landschaftsmalerei er schätzt wie ich, und weil ich mit den richtigen Empfehlungen kam: von Rudolf Mayer, Herausgeber der eikon Grafikpresse, und von Werner Schmidt, Direktor des Kupferstichkabinetts. Vater wühlte in der Grafikmappe.

– Guckst du bitte mal nach der Waschmaschine? Es war Sonnabend, Mutter war in U-Haft, meine Schwester im Jugendwerkhof Torgau, Vater hatte gewaschen.

– Wir müssen wieder klar und einfach werden, sagte er,

als ich zurückkam. Nicht von ungefähr spricht man von Farbtönen, diese Töne sollen wieder rein klingen. Aber eine Reinheit, die still ist und nicht fanatisch. Glöckner nimmt eine Papptafel, Format fünfunddreißig mal fünfzig Zentimeter, tränkt sie mit heißem Leimwasser, immer wieder, bis sie durch und durch naß ist, und immer wieder wird sie getrocknet. Die Tafel bekommt durch diese Prozedur eine besondere Härte. Die Vorderseite wird weiß, die Rückseite schwarz gemalt, zwei Kanten werden weiß, zwei schwarz umgebogen, es entsteht ein sechsflächiger Körper. Die zweite Tafel wird diagonal von der linken oberen zur rechten unteren Ecke geteilt, zwei Dreiecke entstehen, eins wird weiß, das andere schwarz geklebt. Dazu ein Grau auf der Rückseite. Eine Teilung wie bei den Takten in der Musik. Strengste Spannungen. Nichts ist überflüssig, alles ist möglich.

Wie oft an solchen Geschichtenabenden begann mir Vaters Gegenwart und die des Arbeitszimmers zu verschwimmen, ebenso die Karte mit dem Doppelmond (Vorder- und Rückseite), die an der Wand über dem Sofa hing und, markiert mit Bleistiftpunkten, einen Fluchtplan über Rumänien enthielt, verborgen im Mare frigoris, dem Meer der Kälte, und dem Lacus somniorum, dem See der Träume, und es war, als ob ich nicht Vater sähe, sondern den Maler Glöckner selbst, einen hageren und trotz seines Alters straff-elastisch wirkenden Mann, der sich von keiner Anfeindung und von keinem Lob hatte von seiner Arbeit abbringen lassen.

– Das »Schwarze Quadrat«, sagte Vater, der »Schwarze Hund« des Malers Glöckner, die »Schwarzen Pflanzen« des Malers Bourg, das schwarze Weltall. Durchzogen von roten Strahlenbündeln wie im gleichnamigen Bild aus

Glöckners Tafelwerk. Der Eindruck: eine rostige Fläche, ein Sternennebel aus feinsten, bis zum Hauch verstreuten Partikeln, von links eine Schwarzeinmischung, der Nebel dünnt aus, seine Taten finden keinen Halt mehr. Die Schwärze, die Leere. Aber gerade dort, die linke Bildkante berührend und mittelnd, existiert ein roter Kern, der fünf Strahlen aussendet, Meridiane, die an der gegenüberliegenden Bildkante abzuprallen scheinen und ins Bild zurückgeworfen werden, aber in bestimmten Winkeln gebrochen. Ein Koordinatensystem, ein Netz aus Breiten- und Längengraden entsteht, stabilisiert und in der Vertikalen verspannt durch wiederum fünf, aber kräftiger gerissene Linien, deren Fluchtpunkt, ihr Nordpol, außerhalb des Bildes liegt.

Vater stand auf, legte die Grafikmappe auf einen der Papierhaufen, die zusammen ein kleines, aber zerklüftetes Gebirge bildeten und die Freiheit des Schreibtischs von allen Seiten belagerten, so daß, neben Tintengläsern, Stiften, Bleistiftspitzmaschine, Leimtuben und einer besonders unaufgeräumten Zone mit gestapelter Post, Briefmarken, Rauchzeug und einer Kartusche zur Erzeugung von Seifenblasen, die meiner Schwester gehört hatte, nur ein Quadrat in der Schreibtischmitte übrigblieb, ein taschentuchgroßes Quadrat auf einer Tischplatte von zweieinhalb mal anderthalb Metern Fläche. Der Papiergipfel geriet unter der eilig abgeworfenen Mappe ins Wanken und gab nach einigen wilden Griffen meines Vaters nach, und während wir den Papiersturz zu bändigen versuchten, dachte ich, daß Vater versuchte, jeden Tag und sein ganzes erwachsenes Leben lang dieses Quadrat in der Mitte seines Schreibtischs freizuräumen, es den Wucherungen von allen Seiten zu entziehen und unberührt von Ablagen,

Müll, Forderungen zu halten, wie der Maler Glöckner die verwirrende Vielfalt der auf den Blick einstürzenden äußeren Welt von den Ablenkungen, vom Schaum zu befreien versuchte, bis etwas entstand, das eine Gesetzmäßigkeit zeigte oder sie, für einen aufgeschlossenen Betrachter jedenfalls, erreichbar machte, ein befreites Bild. Vater rumorte im Schrank und in den Schreibtischschubladen herum, doch alles, was er hervorzog, war eine Fotografie Richard Wagners, die er mit Erstaunen betrachtete und mir mit den Worten reichte:

– Zweitausenddreizehn wird sein zweihundertster Geburtstag gefeiert werden, ich sage dir voraus, daß in den Zeitungen von nichts anderem die Rede sein wird. Vielleicht noch von Verdi, sonst aber Wagner und noch einmal Wagner. Kein Britten, neunzehndreizehn geboren, kein Lutosławski, neunzehndreizehn geboren, du wirst an meine Worte denken. Vater setzte sich wieder, starrte auf das leere Quadrat, strich mit den Händen sacht über die Maserung des Holzes. Es könnte die Milchstraße sein, sagte er nach einer Weile, ein Ausschnitt, durch den die roten Strahlenbündel laufen, und vielleicht ist der Posten des Beobachters die Kanzel in einem Raumschiff. Ein Schiff, das durch Raum und Zeit fährt, und diese wie Musik, wie eine Fuge gespannten Linien sind die Takelage dieses Schiffs, wie man die nur auf den ersten Blick verwirrende, in Wahrheit aber streng funktionale und klare Anordnung der Masten und des sie haltenden Tauwerks auf einem Segelschiff nennt. Die Liebe zur Geometrie ist die Liebe zur Ordnung und zur Klarheit, sagte Vater, und bei aller Abstraktion ist Glöckners Kunst doch keine Rechenarbeit, er ist eben kein Mathematiker, der sich in die Kunst verlaufen hat, wie es der Kunstfunktionär Grenette bei einem

Atelierdurchgang einmal behauptet hat. Glöckner ist ein Maler. Außerdem ein bedeutender Plastiker, im Zentralinstitut für Kernphysik Rossendorf steht die »Faltung«, aus Edelstahl von den Rossendorfern selbst angefertigt. Rossendorf und sein Kulturklub. Das Refugium, sagte Vater. Weißt du, die Deutschen lieben die Mathematik nicht. Die sei zu rational, da fehle das Gefühl. Aber jedes Kunstwerk, das etwas tauge, sei nach bestimmten Prinzipien geformt, enthalte Proportionen, Maße und ihre Verhältnisse, Symmetrien. Also Mathematik. Die reine Mathematik berühre sich mit der Poesie, die Schwünge Glöckners und die Melodieführung Mozarts seien elementare Poesie, einfach, aber nicht simpel, ein Unterschied, so Vater, den einer wie Grenette niemals begriffen habe. Dieser Mensch mit dem schönen französischen Namen sei ein Wüterich gewesen, ein Kunstvernichter, er habe ihn – Vater starrte auf das freie Quadrat in der Schreibtischplatte, das durch unsere Papierreparaturversuche noch kleiner geworden war – immer an jenes sonderbare Werkzeug im Orchester erinnert, den Stopfer oder Dämpfer, den es in Ausführungen für Streich- und für Blasinstrumente gebe, Grenette nun habe ihn besonders an den Tubastopfer erinnert, den der Tubist Liemen hin und wieder in den Schalltrichter seines Instruments gekeilt habe, der Tubist Liemen trage diesen Tubastöpsel, der einem Medizinball ähnele, in einem Futteral herum. Für sich, so Vater, habe er dieses Utensil auf den Namen Grenette getauft, die beiden hätten vieles gemeinsam.

– Der Galerist Schweinebraden hätte Grenette heißen sollen, und der Grenette Schweinebraden, sagte Vater, aber so ist es eben, ein klares Werk spannt sich über ein unklares Leben, und ein integrer Galerist heißt Schweinebraden, ein Kunsthenker dagegen Grenette. Es verhalte sich, erklärte Vater vergnügt, wie mit den Plänen und Absichtserklärungen: Schon manches Goldstück habe sich in Sowjetrubel verwandelt, aber ein Grenette noch nie in einen Schweinebraden.

– Grenette, Grenette, murmelte Vater, die Granate nicht weit. Dem Tafelwerk, sagte Vater, hat sie nichts anzuhaben vermocht, wie auch jene anderen Granaten nicht, über die Glöckner im Erpenbeckbuch spricht, das im Verlag Der Morgen, dem Verlag der Liberalen, neunzehndreiundachtzig erschienen ist. Versammlung des Verbands Bildender Künstler im Dresdner Künstlerhaus auf der Grunaer Straße, kurz nach dreiunddreißig, den Vorsitz führten uniformierte Hohlladungen mit umgehängten Revolvern, Lea Grundig habe sich erlaubt zu protestieren, woraufhin eine dieser Hohlladungen den Revolver auf den Tisch legte und erklärte, hier werde nicht mehr diskutiert, hier werde angeordnet und befohlen. Die Liebe zur Geometrie, setzte Vater wieder an, die Roten Strahlenbündel aus dem Tafelwerk, und nur ein eilig vorübergehender Betrachter könne sagen, daß dies eine kalte, eine Maschinenkunst sei, die Delikatesse, ja Noblesse der Farbtonwerte seien von liebenden Augen gesehen und entsprächen Empfindungen, die überaus differenzierten Stufungen von Rot empfinde er als Auffächerung von Zuneigung.

– Schade, daß ich dir das Bild nicht zeigen kann.

Ich hatte mich auf das Sofa unter die Mondkarte gesetzt und beobachtete Vater, der ganz in seine und Glöckners Welt versunken zu sein schien, mehr zu sich selbst als zu mir sprach, einem Zuhörer, der noch zu jung war, um alles verstehen zu können, was ihn, den Erzähler, bewegte, wenngleich ich seinen Hinweis auf die Tonwerte von

Empfindungen durchaus begriff, hatten wir doch zuvor »Kind of Blue« gehört, die Musiker um Miles Davis hatten eine Melodie entworfen und sie gleich darauf wiederholt, aber um das Gewicht eines Hautflüglers leichter gemacht, wodurch sich der ganze Bau änderte, eine anders-gleiche Empfindung ausdrückte. Tausend bunte Scherben, die im Kirchenfenster das Bild eines Heiligen formen, brechen zu einem bestimmten Zeitpunkt das bestimmte volltönende Licht einer Sonnenposition zu einem Spektrum, ändert sich aber auch nur ein Element, wird das Licht durch eine vorüberfliegende Schwalbe, eine Himmelstrübung, durch eine bisher unberührt gebliebene Scherbe gelenkt, so ändert sich der Farbakkord in der Kathedrale. »Kind of Blue« war von einem im Stübchen des Bildhauers Dietzsch aufkreischenden Winkelschleifer, einer sogenannten Flexsäge, beendet worden. Vater war hinunter zu Dietzsch gegangen, der aber hatte nicht geöffnet, die Klingel war abgestellt, das Telefon nahm er nicht ab, Steinchen, die ich an sein Fenster geworfen hatte, ignorierte der Bildhauer. Nachdem der Winkelschleifer verstummt war, klingelte unser Telefon, Vater hatte den Hörer abgenommen, aber niemand hatte sich gemeldet. Kaum aufgelegt, hatte es wieder geklingelt, so war es eine halbe Stunde gegangen, bis Vater den Telefonstecker aus der Anschlußbuchse gezogen hatte. Die Waschmaschine lallte, daß sie fertig sei.

– Weißt du was? Vaters Gesicht hellte sich auf. Wir bauen ein Bild, wir bauen Glöckners Bild »Wäsche auf dem Trockenplatz«, das im Kupferstichkabinett ist. Da die Schleuder kaputt war, wrangen wir die Wäsche über der Badewanne aus, schlappten sie in den Wäschekorb. Bei der Kälte müßten wir sie auf dem Dachboden aufhängen, sagte Vater, aber da können wir das Bild nicht sehen.

Im Hof spannte Vater Leinen zu einem Andreaskreuz, dann zwei Leinen parallel, die es oben und unten begrenzten.

– Du kannst dir das Ganze wie einen Windmühlenflügel denken, links oben zwei Laken, rechts oben eins, das dafür breiter ist, links unten eins, ebenfalls breiter, doch nicht so breit wie das Laken rechts oben, rechts unten drei Laken, so schmal wie das linke links oben. Die erste Personalausstellung habe Glöckner 1968 gehabt, bei Lothar Lang im Institut für Lehrerweiterbildung an der Woelckpromenade in Berlin-Weißensee.

– Es gab nicht nur Grenettes, sagte Vater, es gab auch Schmidt und Lang und Mayer und Frau Janda. Und den Galeristen Kühl, der abends um sechs Uhr ins Atelier kam, alles ansah und so begeistert war, daß er erst um drei Uhr morgens mit einem Taxi wegfuhr. Vater ging noch einmal nach oben, die Klammern, die an den Wäschestangen zur allgemeinen Verfügung standen, gefielen ihm nicht, es mußten Holzklammern sein, wie sie Zahnärztin Knabe für ihre Wäsche in einem Karton auf dem Dachboden aufbewahrte.

– Giebel über Dächern aus Wünschendorf, sagte Vater, als er zurückkam, beide Hände voller Wäscheklammern. Voitsdorf im Böhmischen. Die Windmühle in Boxdorf. Nicht Paris und London, sondern Boxdorf und die Giebel über Dächern aus Wünschendorf, sagte Vater. Eine Scheunenfront, weiß grundiertes Papier, entschiedene schwarze Linienführungen, Pinsel in Tusche, Verstrebungen, Winkel, Keile, die Scheune erwartet den Betrachter, im offenen schwarzen Tor lauert die Nahrung, das Korn, das Erschießungskommando.

Im Wäschekorb fanden sich nur breite Laken, Vater

legte vier zusammen, um die schmalen Laken des Bilds zu bekommen, das ihm vorschwebte, diese Laken würden zwar schlecht trocken, aber er müsse mir alles exakt demonstrieren.

– Haben wir ein kariertes Tuch? Ein kariertes Tuch hängt auf der oberen der beiden parallelen Leinen links und schneidet die Bildkante an. Vater wühlte im Wäschekorb, fand ein kariertes Geschirrtuch, hielt es triumphierend an die Leine.

Lehre als Musterzeichner, Entwürfe für Textil- und Tapetenmuster. Im Zeichenatelier beginnt die Arbeit früh um sieben Uhr, geht bis zwölf Uhr, dann weiter von zwei Uhr bis sieben Uhr abends. Von acht bis zehn Abendschule, es werden Pflanzen gezeichnet, Köpfe, Figuren, Akt. Eine halbe Stunde Heimweg.

– Der Maler Glöckner geht in die Gemäldegalerie, sagte Vater und hieb Klammern auf die Laken, er schmuggelt unter einer Lodenpelerine eines seiner Bilder ein und stellt es unter die Holländer, um zu sehen, wie es wirkt. Ich habe das Bildchen, sagt Glöckner im Erpenbeckbuch, unbemerkt wieder mit hinausgenommen und bin dann nach Hause geschlichen.

Für die untere der beiden parallelen Leinen, auf der, so Vater, in Glöckners Bild hochschmale Tücher hingen, teils laviert, nahm Vater Socken, in unserer Wäsche befanden sich immer viele Socken, aber nur wenige hochschmale Tücher.

– Er ist an der Somme gewesen und in Flandern, neunzehnsechzehn. Die eigene Artillerie, die zu kurz zielte, hat die Truppe zusammengeschossen. Seine Frau ist Schneiderin gewesen, sie haben sehr ärmlich gelebt. Sie hat ihn auf den Bau begleitet, sie haben sich in der Nazizeit mit

Sgraffitoarbeiten über Wasser gehalten. Schriften an Bäkkereien, Gasthöfen, Firmen im Umland. Eine Schneiderin, die den Maurern sagen konnte, sie sollten den Putz nicht so suppig anrühren, wie sie es gewöhnt seien, der trage sich zwar leichter auf, halte aber nicht so gut, sie müßten für die Sgraffitoarbeit ja mehrere Schichten auftragen. Eine Frau, die einem störrischen Maurer sagte, wenn er es nicht so mache, wie sie wolle, müsse er eben vom Gerüst und sie selbst den Putz anrühren lassen.

Vater zog die Laken glatt, trat zurück, zog das linke obere Laken einen Zentimeter nach links. Die Architekten seien skeptisch gewesen, man habe den Fürstenzug ursprünglich in Sgraffitotechnik ausgeführt, nach und nach sei er abgebröckelt. Der Fürstenzug in gebrannten Meißner Kacheln, wie man ihn heute kenne, sei erst später ausgeführt worden. Glöckner, im Erpenbeckbuch: Man habe fehlerhaft gearbeitet, die Putzschichten müßten bei der Sgraffitotechnik in frischem Zustand aufeinander aufgetragen werden, so daß eine direkte Bindung entstehe. Würde man das Ganze abschlagen, dürfte nicht eine einzelne Schicht abblättern, sondern die ganze Putzschicht müßte sich bis zum Grund von der Wand ablösen.

Die Anordnung der Wäschestücke mißfiel Vater, er änderte, überlegte, änderte wieder. Er lief ins Treppenhaus, um aus einem Fenster die Wirkung des Wäschebilds zu prüfen, aber es war schon zu dunkel, und von den umliegenden Wohnungen fiel nicht genügend Licht in den Hof. Es war noch viel Wäsche im Korb. Sie würde, meinte Vater, das Bild stören, wir gingen auf den Dachboden, um den Rest der Wäsche aufzuhängen.

Glöckner habe ihm einmal Fotos von diesen Arbeiten am Bau gezeigt. Wär' nicht das Auge sonnenhaft, die Sonne könnt' es nicht erblicken, Dresden, Königsheimplatz, Schrift im Vorraum zur Praxis des Augenarztes Bornemann. Likörfabrik Hafftmann, Pirna. Waldschlößchenbrauerei Dresden, zwei Wappen an der elbseitigen Fassade. Werkzeugmaschinenwerk Dresden, Silhouette eines fliegenden Adlers, Schrift: Das Vaterland darf jedes Opfer fordern.

Aus dem Dachbodenfenster sah ich einen weißen Windmühlenflügel im Hof.

Nach dem Angriff am 13. Februar 1945 blieb vom Haus nichts übrig als eine Porzellanfigur, die am Atelierfenster gestanden hatte.

Das Arbeitszimmer roch nach frischer Wäsche. Vater stand am Fenster, wandte mir den Rücken zu. In den Händen hielt er ein Buch.

– Über Frieda Glöckner, seine Frau, sagt er: Wir waren fast immer allein. Wenn sie Zeit hatte, befaßte sie sich mit ihrer Schneiderei. Vor allem aber interessierte sie sich sehr stark für meine Arbeit. Zunächst hatte sie nicht selbst gezeichnet, bis wir dann 1929 im Gebirge waren, wo sie sich draußen im Freien auch versuchte, es kamen sehr schöne Zeichnungen zustande, eine hängt hier in meinem Wohnraum. Ich hatte ihr grundiertes Papier zur Verfügung gestellt, sie zeichnete stets mit Bleistift und Lineal. Ich bedaure sehr, daß kaum etwas erhalten geblieben ist. Ich hatte die Zeichnungen damals in den Koffer gepackt, der einen Teil meiner im Zweiten Weltkrieg ausgelagerten Blätter enthielt, sie hat mir hinterher, als ich ihre Arbeiten nicht mehr fand, gestanden, daß sie die eigenen Skizzen herausgenommen und andere von mir hineingetan hat.

– Dampfer und Sonne, Dampfer und halbe Sonne, Silhouetten, stehender Mann, zwei Segelboote, Ufer, Wasserfarben, sagte Vater. Wie einfach und elementar. Dinge und Leben, dazwischen die Zeit. Schiff und Stern, das ist die Reise. Die Takelage eines Segelschiffs ist auch Geometrie, aber wohl niemand würde auf die Idee kommen, sie als kalt zu bezeichnen, als etwas Nichtmenschliches, sagte Vater, nach Worten suchend.

– Die roten Strahlenbündel. Mich erinnert die Komposition dieser Tafel auch an das Netz einer Kreuzspinne, da gibt es ähnliche Spannfäden und Tangenten, und darin Beute wie die gelben Flecke, die Glöckner ins Bild getupft hat, Andromedanebel, Sternhaufen, und quer die Spuren dreier Kometen, das Bild wie gesprüht, wie eingeschmutzt von Momenten außerhalb der Gesetze, von Zufällen und Fluchten, man kann diese Wirkung auf schwarz-unbeflogenen Oberflächen erzeugen, einem fabrikfrischen Film etwa, den man mit Fingerabdrücken bedeckt, betatscht, wie man im Sächsischen sagt, nur sind diese Tatschungen oder Touchierungen, man müßte sogar Tuschierungen, von Tusche, sagen, auf diesem Bild behutsamer gesetzt, bedachtsamer, die Ruhe, die japanische Kalligraphie ausstrahlt, liegt darin.

Nun kreischten Winkelschleifer vor unserem Fenster. Vor einigen Tagen war ein Gerüst aufgebaut worden, doch kein Bauarbeiter erschienen, jetzt, mit Einbruch der Nacht, waren plötzlich Bauarbeiter da. Vater öffnete das Fenster und erkundigte sich, was es nachts am Haus zu sägen gebe.

– Jalousiekästen, Doktor, antwortete einer der Hausverschönerer in höflichem Ton. Die alten sind morsch, Sie bekommen neue, und die alten müssen wir heraussägen.

Ob das nicht bis morgen früh Zeit habe?

Sie seien die mobile Einsatzbrigade der Wohnungsverwaltung, eine Art Feuerlöschtruppe, die nur dort eingesetzt werde, wo es, gewissermaßen, brenne, auch in Nachtschichten, was denn der Herr Doktor sich zu beschweren habe, er könne froh sein, daß man so schnell die Reparatur in Angriff nehme.

– Sie klären oder vielmehr löschen also einen Sachverhalt, sagte Vater, da wünsche ich Glückauf, es sind Minusgrade gemeldet.

– Das lassen Sie mal unsere Sorge sein, Doktor, erwiderte der Jalousiebauer, wenn es hier einen gibt, der sich warm anziehen muß, dann sind Sie das.

– Glöckners Atelier, versuchte Vater ins Aufkreischen der Winkelschleifer hinein, ich brachte ihm Ohropax und nahm selbst welches. Vater reichte mir ein Stück Papier: Wir haben jetzt Grenettes im Ohr, bis gleich aus dem Postamt von Putbus, stand in seiner kritzeligen Schrift darauf. Eine Weile schrieb er, ich beobachtete ihn, wieder schien er völlig versunken, der Raum, in dem er sich aufhielt, war Wohnungsverwaltungsjalousiebauern unerreichbar, ich sah sie vor dem Fenster in zunehmender Helligkeit (in den Häusern ringsum gingen mehr und mehr Lichter an, Gesichter erschienen) ihre Arme mit den kreisrunden Fortsätzen schwenken. Vater hatte die Schublade mit den Postkarten aufgezogen, das Stempelkissen und den selbstgebastelten Stempel dazu aus der Ecke mit Briefen und dem Seifenblasenspender hervorgesucht, jetzt öffnete also wieder einmal das Putbuser Postamt. Wenn wir nichts hören und stumm wie die Mecklenburger sind, hatte Vater beim Debüt dieses Spiels vor einigen Jahren geschrieben, dann können wir uns doch wenigstens Postkarten schreiben, Briefmarken brauchen wir nicht für den kurzen Weg vom Schreibtisch in die Wohnung, einen Stempel aber schon, es muß seine Ordnung haben. Dieses Kreischen, las ich auf der Postkarte, die mir Vater abgestempelt herüberreichte, stammt aus ordnungsgemäß bedienten und ebenso konstruierten Maschinen, das bereits mindert die Angst, die wir davor haben sollten. Das Bildmotiv der Postkarte zeigte einige, wie man damals sagte, Mannequins, die Schürzen für die moderne Hausfrau unter dem Slogan »Diese Schürzen sind mehr als Schürzen« vorstellten.

Es mindert die Angst deshalb, las ich auf der zweiten Postkarte, die mich aus dem Putbuser Postamt erreichte, weil ordnungsgemäß erzeugter Lärm nicht die Eigenschaft chaotisch wirkenden Lärms besitzt, nämlich an das Gewummer einer sich nähernden Mammutherde zu erinnern, das unseren Vorfahren zugesetzt haben muß. So daß, hier brach die Schrift auf dieser Postkarte ab (sie zeigte einen Mähdrescher aus dem VEB Fortschritt Landmaschinen), setzte sich erst auf der nächsten Karte fort (zwei winkende Kosmonauten) – so daß, genaugenommen, der Lärm, den diese Winkelschleifer erzeugen, nicht existiert, da es nicht der Lärm ist, den sie erzeugen sollen, da das, was an und aus ihnen Lärm ist, nicht das ist, was bei uns davon übrigbleibt (Abbruch, nächste Karte: ein von einer mißmutig blickenden Rentnerin über dem Grabbeltisch eines Westberliner Winterschlußverkaufs enorm in die Länge gedehnter Damenschlüpfer), also, wie Kant sagt, einer anderen, uns nicht berührenden Welt angehört und also ignorabel ist, eine regulative Idee wie der Mann im Mond, den noch keiner außerhalb von Bechsteins Märchen je sah (die fünfte Postkarte, ein Scherenschnitt aus dem Atelier Zwirnevaden, zeigte allerdings diesen Bechsteinschen Mann im Mond). Inzwischen hatten die Jalousiebauer Prügel angedroht bekommen und vorläufig die Arbeit eingestellt. Spät in der Nacht erreichte mich, für dieses

Mal, eine letzte Postkarte aus dem Putbuser Postamt, das Motiv darauf war von Hermann Glöckner und zeigte den Schwung in Rot, Pastellkreide, gewischt, in heiterer Leichtigkeit. Glöckner ist der Kepler der Malerei, stand auf der Karte geschrieben. Morgen das Atelier.

Ich habe es nie gesehen, es kam etwas dazwischen (eine Jalousie, wenn ich mich richtig erinnere), ich habe Glöckner, den Menschen, nicht mehr persönlich kennengelernt, er starb 1987, im neunundneunzigsten Lebensjahr. Der Polarstern. Ins Innere der Gesetze dringen. Glöckner, hatte Vater unter die Todesnachricht geschrieben.

29.8.2015 Sonnabend: Baumarkt

Saugnäpfe! stand ganz oben auf dem Einkaufszettel, den ich gestern, bevor ich zu Theo und Clara in die Schule gegangen war, geschrieben hatte, mit Ausrufezeichen, Saugnäpfe fürs Bad, da ich durch die Fliesen keine Bohrungen treiben wollte. Ich befürchtete, die Fliesen würden unter der Aktion meines Bohrhammers brechen, die Oberfläche würde in Sprengseln abplatzen. Es mußten besondere Saugnäpfe sein, nicht die üblichen, die es in den Drogeriemärkten gab, Baumarktsaugnäpfe mit einem Durchmesser von zehn Zentimetern. Theo erzählte von einer Aufgabe, die er bekommen hatte, eine Antwort auf die Frage: Was ist interessant am Leopardenfisch? Ich antwortete, das Interessante am Leopardenfisch sei, für mich, daß er wie ein Leopard gezeichnet sei, wo der Leopardenfisch aber doch im Wasser lebe, wie das zugehe, diese Überschreibung von Eigenschaften eines Tiers, das an Land lebe, auf ein Tier in ganz anderen Zusammenhängen, interessanterweise funktioniere das.

Im Baumarkt Gedränge, Sonderrabatte und eine Aktionswoche für Dämmstoffe, ich dachte, angesichts der Menschenmassen, die sich vom Parkplatz mit XXL-Einkaufswagen in den Baumarkt und von den parallel geschalteten Kassen, davor Krimskrams in Griffhöhe, aus dem Baumarkt wieder zum Parkplatz schoben, diesmal mit vollgepackten Einkaufswagen, daß es keine gute Idee gewesen war, mit den Kindern, die ja eine lange und anstrengende Schulwoche hinter sich hatten, ausgerechnet in einen Baumarkt zu gehen aus dem einzigen Grund, daß ich bestimmte Saugnäpfe brauchte, die auf den großen, glatten Fliesen meines Bads länger als vierundzwanzig Stunden haften blieben, einen Bademantel, Badetücher, meinen Juchtenlederriemen, auf dem ich meine Rasiermesser abzog, ein Baby-Badetuch, einen Fön und den von Elisabeth gebliebenen Kulturbeutel aushielten. Die Kinder waren sofort einverstanden gewesen mit meinem Vorschlag, in den Baumarkt zu gehen, da gebe es doch die Riesenhüpfburg und die Adventure area, ich könne sie dort ruhig abgeben, so Theo. Clara aber wollte zu Ikea, sie hatte dort bei ihrem letzten Besuch mit Reina ein Getränk namens Bubbelvatten bekommen.

– Bubbelvatten, murmelte ich, wollte aber nicht zu Ikea, weil es dort zwar Bubbelvatten, aber nicht diese besonderen Saugnäpfe gab, die ich brauchte, wenn ich keine Löcher in meine Badfliesen und auch nicht in die Fugen zwischen den Fliesen bohren wollte. Die Fugen waren nur wenige Millimeter breit, ich hatte Angst, daß die Fliesen herunterfallen würden, wenn ich, und sei es nur mit einem Fünfer- oder Vierer-SDS-Bohrer, in die Fliesenfugen Löcher senken würde, auch verwechselte ich meist, am Umschalter des Bohrhammers, die Stellungen mit und ohne Hammervortrieb, wußte nicht genau, welches Piktogramm für welche Weise des Bohrens galt, hatte überhaupt Respekt (nein: Angst) vor diesem Bohrhammer, hatte Angst, eine Stahlstrebe anzubohren, ein Armierungseisen oder, am schlimmsten, eine in der Wand verborgene Strom- oder Wasserleitung. Um das auszuschließen, besaß ich einen Stromleitungsprüfer, der, wenn man ihn anschaltete und eine Leitung in definierte Nähe kam, einen Quäkton hören und ein rotes Lämpchen aufleuchten ließ. Leider war das Ding seit meinem Umzug defekt, es piepte gar nicht mehr oder ständig, schon deswegen durfte ich es nicht wagen, mit dem Bohrhammer eine meiner Badezimmerfliesen, einen Schluck Bubbelvatten zur Stärkung hin oder her, anzugraben, es mußten Saugnäpfe sein, die beste Lösung für einen, der dauerhafte Lösungen, die mit Stromleitungsprüfern und Bohrhämmern verbunden sind, ablehnt, Saugnäpfe mit zehn Zentimetern Durchmesser, Oktopussaugnäpfe am besten (sie hießen tatsächlich so), und am besten auch ein neuer Stromleitungsprüfer. Eine dauerhafte Lösung, dachte ich, indem wir uns auf den Baumarkt zubewegten, hatte auch einiges für sich, einmal die Streßschranke überwunden, einmal mit Bubbelvatten gestärkt, den Hammer richtig eingestellt (wozu gab's Heimwerkeranleitungen im Netz?), vorwärts immer gebohrt und rückwärts nimmer, Haken aus gebürstetem Stahl in Fischerdübel gedrückt, und mein Problem wäre für lange Zeit, wenn nicht für immer, gelöst gewesen, Saugnäpfe, gerade solche von zehn Zentimetern Durchmesser, Oktopussaugnäpfe, beanspruchten Platz, außerdem konnte ein Raum voller Saugnäpfe leicht unwohnlich wirken, junggesellenhaft. Ich googelte im Smartphone, zeigte Clara auf der Ikea-Homepage, daß dort keine solchen Saugnäpfe, wie ich sie mir vorstellte, geführt wurden, versprach Clara aber eine eingeschweißte (und gerade ebenfalls in der Aktionswoche angebotene) Kunststoffrentierprinzessin, die sie am Rand der Ikea-Homepage als Werbe-Pop-up des Baumarkts, den ich besuchen wollte, entdeckt hatte, Clara war zufrieden mit der Aussicht auf die Rentierprinzessin im selben Moment, der ihr den Besitz einer solchen Rentierprinzessin zugesagt zu haben schien, ich hatte nichts versprochen, mir war die Rentierprinzessin vom ersten Anblick an widerwärtig, ich fand es überflüssig und sinnlos, für solchen Mist Geld auszugeben, fand dieses Quengeln und Verwöhntsein und Habenwollen der Kinder abscheulich, haßte mich, daß ich ausgerechnet heute in den Baumarkt ging, haßte die Rentierprinzessin, ein geradezu idiotisch lächelndes Geschöpf mit metallicblauen Haaren, in Massen abgepackt und neben die Kassen geschüttet in der Hoffnung, daß von diesen Massen wenigstens ein paar Exemplare von gierigen Kindern gefordert und also von Erwachsenen auf die ohnehin schon vollgestopften Einkaufswagen gepackt werden würden, nur damit Ruhe herrschte und der Geräuschpegel wenigstens für den Moment sank, in dem man vom piependen Barcodeableser der Kassiererin direkt gemeint sein würde, ihren eilig wegsortierenden Bewegungen, der Ungeduld der Kinder, der Ungeduld der Warteschlange angesichts der vom Laufband vor dem Barcodeableser zum Laufband hinter dem Barcodeableser wandernden Saugnäpfe (ich hatte sie in der Extra-large-Sparpackung gekauft, hundert Stück, Aktionspreis, Oktopussaugnäpfe in der »Goliath«-Ausführung), Batterien, selbstklebenden Parkettschoner für Stuhl- und Tischbeine, Weihnachtsbaumelektrokerzen, die sich beim Wiedereinräumen in die Box hoffnungslos verheddern würden, da sie auf eine Schnur gereiht steckten, die beim Einräumen zusammenzulegen und beim Ausräumen, am Baum, zu entwirren war, die Kerzen konnten, wenn sie kaputtgingen, nicht einzeln ausgetauscht werden, ging eine Kerze kaputt, mußte man also entweder die Lichtlükke am Baum hinnehmen oder eine komplett neue Elektrokerzenweihnachtsbaumschnur kaufen. Ich tolerierte drei Lichtlücken, die allerdings schon beim ersten Fest und beim Einschalten entstanden waren, so daß ich die Schnur wutentbrannt (da sie nicht selber brannte, brannte ich) vom Weihnachtsbaum gerupft, ja, von blindem Haß getrieben, regelrecht heruntergerissen hatte, unter Verlust zunächst einer nicht unbeträchtlichen Anzahl von Weihnachtsbaumnadeln und, nach dem Fall des Weihnachtsbaums, einer Douglasfichte, fast aller Lauschaer Kugeln und Erzgebirgsschnitzereien. Die Rentierprinzessin also, die auch etwas Gottverlassenes hatte, so daß mir Claras Wunsch auf einmal weniger aus Habsucht als aus Mitleid zu rühren schien, obwohl die Rentierprinzessin in Hunderten, wenn nicht Tausenden Exemplaren neben den Kassen schmorte und also das Lächeln, das ihr, Clara, persönlich gegolten und sie in ihr Herz getroffen zu haben schien, ein industrielles und überhaupt nicht für sie persönlich bestimmtes war, ich zahlte meinen Einkauf, der aus allem möglichen und nicht nur aus den drei oder vier Saugnäpfen bestand, die ich eigentlich nur hatte kaufen wollen, zahlte die Rentierprinzessin und bei der Gelegenheit, da Theo es unfair fand, daß zwar Clara ihre Rentierprinzessin (das Rentier sah wie eine Seekuh aus, auf deren Kopf eine Mistel wuchs), er selbst aber nichts bekommen hatte, einen Fidget Spinner, ein dreieckiges buntes Ding mit kugelgelagertem Mittelring, man konnte mit Daumen und Zeigefinger auf diesen Ring greifen, der Spinner drehte sich um diese Achse, das war alles, was er tat, aber alle Jungs, so Theo, hätten jetzt diese Fidget Spinner. Die Kassiererin schob die Packungen mit den Oktopussaugnäpfen, Goliathgröße, über den Scanner.

30.8.2015 Sonntag: Vorläufige Lösung des Haftsaugerproblems. Leim in der Umzugskiste von »Nickern–New York«

Die Oktopussaugnäpfe, Goliathgröße, taugten überhaupt nichts, sie fielen schon unter ihrem Eigengewicht nach halben und ganzen Minuten von den Fliesen, ich hörte sie, als die Kinder schliefen, in unregelmäßigen Abständen auf den Badewannenboden klopfen.

Reina machte mir Vorwürfe, mich auf Christians Bitte eingelassen zu haben. Zwar sei es seine Woche, aber sie verstehe nicht, wie er einfach die Abmachung aufkündigen und sich davonmachen könne. Reina wirkte blasser als sonst, zögerte vor der Schwelle, während die Kinder unbefangen durch die Wohnung stürmten, Clara gleich zu ihrer Rentierprinzessin, die sie Reina zeigen wollte, Theo zu einem Papprohr voller Smarties, das er noch in der Nacht, als ich am Fenster gestanden und auf den Sund geblickt hatte, angebrochen haben mußte. Ich bat Reina herein. Ob ich ihr etwas anbieten könne. Sie warf einen Blick auf meine Kaffeemaschine, ein Schweizer Fabrikat mit Espresso- und Cappuccinofunktion. Im Bad plumpsten immer noch Saugnäpfe (Haftsauger) von den Fliesen.

Es war das Geräusch der auf den Boden fallenden Saugnäpfe alias Haftsauger, das mich nach einer Zeit konzentrierten Eintauchens, ja, Eingetaucht- und Enthobenseins, der Abwesenheit, doch wieder Fall um Fall (als Stück-um-Stück-Verlusterklärung) in die Wirklichkeit meines Alltags zurückbrachte, und zwar so zurückbrachte, daß die Wut über diesen aus lauter kleinen Angriffen zusammengesetzten Großangriff mich zum Abbruch der Arbeit an der Chronik und dann aber auch sofort ins Badezimmer zwang, wo ich, mehr erschüttert als ergrimmt über den Anblick, der sich mir bot, ganze Kompanien abgefallener Saugnäpfe unten, Beute einer mir stupide habsüchtig erscheinenden Schwerkraft, und nur noch ganz vereinzelte, durchaus mit der Zuschreibung »tapfer« zu versehende Saugnäpfe oben, auf den Fliesen, wo ich also, in diesem meinem Badezimmer, das ich als mir verbündet verstanden und mithin auf meiner Seite, wenn nicht kämpfend, so doch wenigstens schweigend, betrachtet hatte, zunächst und sekundenlang nicht wußte, was zu tun sei, es war einfach nichts da, keine Idee, keine Erlösung, keine jener Vorstellungen, die uns, bereits bei ihrem Erscheinen, gleichsam zurufen: Sei getrost, wir sind die Antwort, nur diese Saugnäpfe überall am Boden, zwar im Sparpaket gekauft, doch in der Menge wiederum nicht billig, Saugnäpfe alias Haftsauger Marke Oktopus im Goliathformat, Theo und Clara hatten einen Teil des Abends damit verbracht, die Haftsauger auf meinen Badezimmerfliesen zu befestigen, wir hatten ganze Fliesenabschnitte komplett zugehaftet, uns daran erfreut, den Widerstand des Haftsaugerbügels, den man, um den Haftsauger an der Fliese festzuhaften, herunterklappen mußte, zu überwinden, wir hatten fünfzig oder sechzig Haftsauger auf den Fliesen befestigt, hatten sämtliche Waschlappen, Handtücher, Bademäntel, Duschbäder mit Aufhängekordel, Rasierleder, sogar Claras Rentierprinzessin aufgehängt, alles war heruntergefallen. Ich überwand die Verzweiflung, die Leere, die Hilflosigkeit, erinnerte mich an eine zwar überlagerte, doch wohl noch funktionstüchtige Packung Komponentenkleber, in der Werkzeugkiste oder in einem der für alle Fälle zurückbehaltenen Umzugskartons der Firma »Nickern–New York: Umzüge aller Art«, abgekürzt N.-N.-Umzüge, verbrachte eine gute Stunde mit verschiedenen Umzugskartons von »Nickern–New York«, in denen sich zwar kein Komponentenkleber, aber Dübelleim in zugeschweißten Weichplastpackungen, eine Palette mit »Uhu Flinke Flasche« und allerlei Krimskrams fanden, ich leimte dreizehn Saugnäpfe (um das Dezimal- und das Uhrenzwölfersystem zu durchbrechen) auf die Fliesen zwischen dem roten Kleiderständer, den mir Christian vermacht hatte (der Kleiderständer stammte aus Schahabuddin Morgensterns Trödelwelt im Dänischen Viertel) und dem Badezimmerschrank vor der Toilette, aber gegenüber der Wanne, ich leimte sie fest, indem ich die Poren der Fliesenoberfläche, die wahrscheinlich für das mangelhafte Saugergebnis verantwortlich waren, mit Leim geradezu vollkleisterte, es befriedigte mich, den Leim aus den Uhu-Flaschen herauszuquetschen und die Fliesen damit so zu bedecken, daß der Saugnapf, den ich in die Leimschicht drückte, ein überraschtes, ja überwältigtes Schmatzen von sich gab.

Annäherungen an Elisabeth.
Die 1001 zeigt ein menschliches Gesicht

Nun ja, ich hatte gedacht, einen beschaulichen Sonntagnachmittag in der Chronik vor mir zu haben, Kaffee in der Wiener Bibliothek, ein Schwätzchen mit Antiquar Blaustern, Durchsicht einiger bestellter Bücher über den Komplex »Wende«, nichts Aufregendes also, Sonntagnachmittag eines Einzelgängerfauns, doch war schon während der Überfahrt von der Republik der Seeungeheuer zur Spindel, in Nachklängen an Reina und die Kinder, aus einer noch steigenden eine bereits vor dem Plopp befindliche Seifenblase geworden. Die Fähre war voller Migranten, junge Männer zumeist, vereinzelt Frauen mit Kindern. Vor zwei Frauen, die erschöpft abseits am Fährbug saßen, die Köpfe ihrer erschöpften Kinder auf den Schößen, hantierten Journalisten mit ihrem sogenannten Equipment, die Bilder dieser Frauen würden bald auf den Onlineportalen der ›Südtrevischen Nachrichten‹, der ›Wahrheit‹, im Ersten und Zweiten Trevischen Fernsehen auftauchen.

Die Verteidigungsministerin selbst stand an einer Feldküche, hielt eine Suppenkelle in der Hand und schenkte Suppe aus, wobei sie vom Kamerateam des Ersten Trevischen Fernsehens (Armanya Menli-Musulin am Mikrofon) mittels Handbewegungen gebeten wurde, verschiedene Ausschankpositionen einzunehmen, mal bescheiden in der Reihe der Köche (darunter der Colonel und unser Vorgesetzter im Vemini, Staatssekretär Warronigg), mal davor im Modus: die Verteidigungsministerin präsentiert ihre Truppe, mal sie en face mit dem die Suppe entgegennehmenden Flüchtling, mal der Flüchtling im Profil, die Verteidigungsministerin von vorn, lächelnd, zupackend, das Vemini zeigt Einsatz, das Vemini steht nicht abseits.

Elisabeth, erschöpft, aber mit dem ihr eigenen Ausdruck von Glück, koordinierte die Anlieferung von Verbandsmaterial, Duschzellen, mobilen Toiletten, ließ Zelte im Park vor der ehemaligen Buntgarnfabrik aufstellen. Technisches Hilfswerk und Heer arbeiteten mit schwerem Gerät, Kabel wurden verlegt, Rotkreuzcontainer aufgebaut. Franka Brandenstein mit Stift und Block beim Auflesen von Geschichten, nicht auf der Suche danach, hier braucht man nicht zu suchen, nur mitzuschreiben mit heißem Stift, eine Geschichte hier wilder als die andere, Flucht, Verfolgung, Krieg, Wahn, Erpressung, Verrat, die ›Wahrheit‹ wird eine Sondernummer bringen. Böblinger notierte mit dem Gesichtsausdruck des Reporters, der auf eine Goldader in der Wirklichkeit gestoßen ist und zugleich freies Feld vor sich sieht. Elisabeth kam auf mich zu, hielt ein Klemmbrett, wie es in der Trevischen Nachrichtenagentur verwendet wird, hakte, im Gehen, mit dem Bleistift ab. Ich hatte mir einige von Montserrats Schriften besorgt, sie mit Anstreichungen gelesen, weil ich es mit der mir gewohnten Logik nicht übereinbrachte, wie eine derart intelligente Frau, hundertfach gewaschen in den Wassern des Gerichts- und Prozeßwesens, einem nach außen oft so kindlich wirkenden Weltverbesserertum der Grünen anhängen konnte. Ich war mir im klaren darüber, daß ich mit Zuschreibungen wie »die Grünen« vorsichtig sein mußte, Pauschalen verfehlen das Leben, indem sie zwar eine augenblickliche Melodie aus der Vielfalt der Kon- und Dissonanzen, der einander überlagernden Linien und Formgebilde zur Hauptsache erklären, den Augenblick für das, was immer (und immer unverändert) wirkt, dennoch bildet sich in solchen Orchesterstücken aus der Summe der Melodien so etwas wie ein Klang, wiederkehrende Melodien sorgen für wiederkehrende Erkenntnisse, und sosehr ich meine Differenzierungslust, meinen Drang, die Abweichung nicht nur anzuerkennen, sondern sie regelrecht zu suchen, sie als zum Phänomen zugehörig zu betrachten, auch bemühte, ich konnte nicht feststellen, daß Grüne bereit waren, in ihrer Anstrengung nachzulassen, ein Bewußtsein für die Endlichkeit fossiler Brennstoffe zu schaffen und auf die Verderbtheit unseres auf Verbrauch begrenzter natürlicher Ressourcen fußenden Lebens hinzuweisen, nur weil irgendein gehässiger Kommentator ihnen deswegen Berechenbarkeit, ja Stereotypie hätte vorwerfen können. Übrigens behaupteten die Grünen ein Gleiches von den Konservativen. Verfolgte man grüne Twitterfäden, so hingen all die Verkürzungen und Verdrehungen, die Vorurteile und Pauschalisierungen, die man bei anderen ablehnte, getreulich an dem einen Spielkreuz: was man anderen ankreidete, tat man selbst, was für die einen galt, das galt nicht für die anderen, oder nicht unbedingt, oder nur unter bestimmten Bedingungen All das interessierte mich, naturgemäß, gehörte es doch zur Mechanik der politischen Maschine, die längst eine politisch-mediale Maschine, eine Sprachmaschine, geworden war, eine Maschine zur Erzeugung und Nutzung von Geschichten. An diesem Punkt der Wahrnehmung, den ich einen Punkt der Erkenntnis noch nicht nennen wollte, da zwischen Wahrnehmung und Erkenntnis unbekanntes Land liegt, befand ich mich in der Buntgarnfabrik, sah und hörte die Kollegen der Tausendundeinenachtabteilung bei der Arbeit.

Elisabeths Neugier gefiel mir. Elisabeth gehörte nicht zu den sogenannten Wessis, Menschen, die mit weltgewandtem Auftreten ihre Arroganz überspielten, sie versuchte, sich zurückzuhalten bis zu einem Zeitpunkt, an dem sie glaubte, genug erfahren zu haben, das konnte dauern, ihre Meinung über Christian blieb eine vorläufige auch dann, als wir im Dänischen Viertel nahezu Tür an Tür wohnten. Sie hörte zu, hatte einen Ausdruck des Staunens, der mit Bewunderung gemischt war auf eine Weise, die mich berührte. Obwohl Elisabeth aus einem der angesehensten trevischen Familienbünde stammte, den Grotes und Sieverts (ihr Vater Martin Delanotte hatte eingeheiratet), fand ich bei ihr nicht den Dünkel, den Montserrat ausstrahlte. Dünkel war gerade bei den alten trevischen Familien verpönt, man betrachtete ihn als Eigenschaft von Emporkömmlingen. Elisabeth schien gegen ihre Herkunft zu kämpfen, lehnte Privilegien ab, hatte sich als kleines Mädchen gewehrt, eine Privatschule zu besuchen, und damit bei den Sieverts, auf Cranges, Bramsincks für erstauntes Aufmerken gesorgt.

Ob ich mich über das Flottenamt um weitere Feldbetten, Schlafsäcke und Wolldecken kümmern könne. Sie habe aus den Beständen des Verteidigungsministeriums zwar schon je tausend Stück zugewiesen bekommen, doch seien erst zweihundert Betten und Schlafsäcke eingetroffen, Decken nur einige Dutzend, sie müsse noch mal nachhaken, sie wisse nicht, ob bis heute abend genügend Betten, Decken und Schlafsäcke vorrätig sein würden. In Treva können Augustnächte kalt sein.

Im Weitergehen dachte ich wieder über die Grünen nach, der Faden war mir zu schwingungsarm geraten. Ich sah die ablehnenden oder wutverzerrten, still enttäuschten oder verständnislosen Gesichter meiner Referenzgrünen, wie ich sie nannte, vor mir, und wieder Elisabeths Gesicht, ihre Augen, die in meinen forschten und nicht glauben mochten, daß ein Mensch, mit dem sie zusammengewesen war, so verkürzt auf ihre Wirklichkeit zu reagieren willens oder fähig sein konnte, auf das, was wir bewältigt hatten und was mit dem Etikett »grün« kaum erfaßt war, Wäschewaschen (mit Schneeberger Blau und Waschnüssen, warum auch nicht, ich hatte nichts dagegen, bewußt einzukaufen, wie gesagt wurde, solange unsere Portemonnaies das hergaben), Windelnwechseln bei der kleinen Carola, genannt Röllchen, Diskussionen, wie wir lebten, daß sich an unserem Leben (Elisabeth meinte, dem der Gesellschaft) etwas grundsätzlich ändern mußte, sollte nicht alles Atmen auf diesem Planeten vorzeitig verlöschen, ausgebeutete Erde, verbrannter Regenwald, schrecklich behandeltes Mitleben (Schweine, Hühner, Orang-Utans) die Konsequenz sein. Elisabeth arbeitete Artikel in den Magazinen des WWF durch, spendete auch dann, wenn wir uns das eigentlich nicht leisten konnten, besuchte Veranstaltungen grüner Politiker, vor allem Politikerinnen, die sie beeindruckten und begeisterten, sie hatten etwa unser Alter, gutaussehend, erweckten den Eindruck, an etwas zu glauben und für diesen Glauben auch Opfer zu bringen, auf Wohlleben zu verzichten – so wie Elisabeth freiwillig auf Annehmlichkeiten verzichtete, die sie als Tochter aus sogenanntem guten Haus, Sproß eines bedeutenden trevischen Politikers, Nennichte unserer Kanzlerin, als eine Erbin des Hauses Grote gehabt hätte. Sie war mit mir zusammengezogen, ich stand ihren Idealen durchaus nicht ablehnend gegenüber. Ideale geben Hoffnung, geben dem Leben einen Sinn, es richtet sich in die Zukunft aus. Ideale sind bei der Jugend, und mir war Elisabeths Engagement, auch wenn es mir manchmal auf die Nerven ging, lieber als die Trägheit oder Abgebrühtheit manches Mitbürgers, der auf Ideale, die er nicht versteht, weil er immer zu abgeklärt war, welche zu haben, oder weil er ihren Preis fürchtet, herabsieht. Wer hatte schon etwas dagegen, das Leben von Dieselabgasen zu befreien, fair gehandelte Schokolade und Tees zu konsumieren, naturverträgliches Waschmittel einzusetzen, das unser Wasser nicht mit Tensiden belastete, für die unsere Kinder würden büßen müssen? Elisabeth forschte zu diesen Oberflächenentspannern, die wasserlaufende Insekten zum Versinken brachten und so zu Millionen töteten, Gifte, die, durch Eintrag in größere Gewässer, von dort ins Meer, die Korallen verbleichen ließen, die Artenvielfalt minderten und allgemein unsere Lebensgrundlage zerstörten. Wer hatte etwas gegen saubere Energie, gegen Windräder, die holländische Landschaften aufriefen, den verschollenen Beruf des Müllers in Form des Windmüllers reaktivierten? Elisabeth fühlte sich dann in ihre Kindheit versetzt, als Carola, ihre Mutter (sie nannte sie beim Vornamen, obwohl das bei Hanseaten nicht üblich war), ihr die Geschichte von den Bremer Stadtmusikanten vorgelesen hatte, in der ein alt gewordener Esel als nutzlos von seinem Herrn, einem Müller, aus der Mühle vertrieben wird, woraufhin die kleine Elisabeth so lange geweint und am Familientisch über diese Untat geklagt hatte, bis der Großvater, Lorenz Grote, für die Anker-Reederei einen Esel, den See-Esel Uwe, erwarb. Aber es war nicht nur Elisabeth, deren Gesicht vor meinem inneren Auge auftauchte, wenn ich »die Grünen« dachte, was ich sofort und schuldbewußt zu »einige Grüne« oder »Grüne« abschwächte, meinem auf populistische Vereinfachung hereinfallenden Vorstellungsvermögen eine Rüge erteilend, es gab auch Holger Rockenbeck-DeJeune, in der Tausendundeinenachtabteilung seiner Frisur und seines rastlosen Wesens wegen so salopp wie despektierlich Schlaflos-Holger genannt, Katja Brunner-Ebner alias Kerosin-Kati (ihr Thema waren Flugzeuge und überhaupt Luftfahrt, sie wollte sie am liebsten verbieten), Gabriele Krahl-Kerckenhoff (Ernstfall-Gabi, Projekt »Veggieday« für Treva), Wulf-Jürgen Boose (IM »Hacker«), Rotraut Blau (Tränen-Traudel, diese angeblich neuartigen Satireformen – Tränen-Trieschke bei Thomas Mann – wandern inzwischen in die Dossiers), alle diese Gesichter gab es, doch als Abziehbilder, das mußte mir klar und bewußt bleiben, die Akteure mit diesen Gesichtern waren damit nur als Masken erfaßt, sie konnten, wußte ich, andere aufsetzen. Holger konnte nachdenklich sein, akribisch und mit Sorge an seinen Kinderbüchern feilen (die Vinetapresse hatte schon zwei davon veröffentlicht, das dritte hatte Elisabeth gegen den Protest Menos durchgedrückt, es ging um vier unangepaßte Pferde), er las Gedichte, betrieb einen Blog, auf dem er sich Gedanken über Politik, die Vereinbarkeit von Wirtschaft und Grüner Wende, die Alternative Partei machte, Katja Brunner-Ebner war Mitglied des Religionsrats von Treva, passionierte Gleitschirmfliegerin, Patin einer von Korbinian Krause eingerichteten Flüchtlingshilfe an Sankt Nikolai, ich sah Elisabeth vor mir, ihr entrücktes, gläubiges Gesicht auf einer Mittsommerfeier der Grünen, Zelte, Lieder, die auf den Zelten wehenden Fahnen der Grünen Jugend, Wiggo Ritter, einer der Unsrigen, hielt eine Rede über die Zukunft, in der eine Versöhnung der nur scheinbar gegnerischen Ideen des Christdemokratismus und der Grünen Wende möglich sein würde, erst recht mit der Sozialdemokratischen Idee, als deren Gesandter, gewissermaßen, er auf diesem Fest spreche. Die Euphorie, das Gefühl von Gemeinsamkeit, Zutrauen und Vertrauen, die Hoffnung, die Verhältnisse ändern zu können, hatte uns wie eine Woge getragen.

Tillandsien

Riesengroß, puppenhaft war das Gesicht der Domröse, daneben Paul, gespielt von Winfried Glatzeder, die Schwarzglut seines Haars, die eckigen Schultern, die nackt und verletzlich unter dem Träger seines Unterhemds schimmerten, weil es Addi gewesen war, der Paul gemalt hatte in den Plakatmalwerkstätten der Bezirksfilmdirektion

Dresden. Addi legte die Sprühpistole beiseite, wenn die Heldinnen und Helden auf seinen Kinoplakaten schon einen Blick hatten, wie er sagte, lebensecht auf hundert Meter Entfernung, dann griff Addi zum Pinsel und setzte die Glanzlichter auf, weiße Punkte unter den Augen, auf den Wangenpartien. »Paul und Paula«, ein Film von 1973, der nach der Ausreise der beiden Hauptdarsteller nicht mehr gezeigt werden durfte, bis es dem alten Sulke gelang, für eine DEFA-Retrospektive im Programmkino Ost die Genehmigung für eine Aufführung zu bekommen. Der Film gehörte zu Addis Lieblingsfilmen. Immer wenn ich zu den Plakatmalern ging, um ihnen beim Transport und bei der Hängung eines für das Urania-Filmtheater gemalten Plakats behilflich zu sein, führte mich Addi vor eine vergilbte Seite aus der Zeitschrift ›Filmspiegel‹, die er über seinem Werktisch angepinnt hatte, und zeigte mir das Bett, in dem Paul und Paula über den Rummelsburger See getrieben waren, Liebende vor Industrieruinen, Träumer zur Musik der Puhdys. Addi hatte das Plakat gemalt und hatte die Leinwand nicht, wie es üblich war, übermalt, um sie wiederzuverwenden, er hatte sie erst in der Werkstatt versteckt und später, als niemand mehr danach fragte, die Leinwand mit dem Gesicht der Domröse an der Wand gegenüber dem Werkstatteingang aufgehängt.

Der Arbeitsplatz neben Addi gehörte Detlef Wabe, genannt Bienen-Wabe oder Bienen-Detlef, weil er hinter der Werkstatt einige Bienenstöcke unterhielt, die noch aus dem Reichsverein für Bienenzucht des Weimar-Oßmannstedter Pfarrers und Bienenforschers Ferdinand Gerstung stammten, wie Detlef Wabe aus der Weimarer Bienenzüchter- und Plakatmalerdynastie Wabe behauptete. Addi bevorzugte die Spritzpistole und die großen Pinsel,

Bienen-Detlef, der eine Kunstakademie besucht hatte und kleinformatige abstrakte Bilder malte, die er als »mein Eigentliches« bezeichnete, bevorzugte das Schriftmalen, weil er Angst hatte, die Plakatmalerei könnte ihm den Stil verderben.

– Das wissen die nicht, die Ignoranten.

Die Ignoranten waren die Funktionäre, die ihn schikanierten, die Dresdner Maler, die ihn verkannten, die Galerien, ob staatlich oder nicht, die von ihm nichts wissen wollten.

Der dritte Plakatmaler der Werkstatt war Kaden-Damrosch, der vor der DEFA für die Ufa gemalt und mit einer Legende der Kinoplakatmalerei gearbeitet hatte: Kurt Wendt, der wie kein anderer, behauptete Kaden-Damrosch, das Lächeln der Knef auf eine acht mal vierzehn Meter große und aus neun Teilen bestehende Leinwand gezaubert habe.

– Pupillen wie Melonen!

Kaden-Damrosch kratzte sich den Kopf, auf dem er während der Arbeit ein aus dem ›Neuen Deutschland‹ gefaltetes Schiffchen trug. Kaden-Damrosch nannte mich nie beim Vornamen, Bienen-Detlef nannte er Bienen-Wabe.

Sulke irrte durch das Kino, sein Kino, wie ich dachte, obwohl auch der zweite Filmvorführer, Gerald Guse, genannt Gardinen-Gerald, die Kinoorgelspielerin und Klavierlehrerin Anita Visino, die wir Adolzaide nannten, El Schello und ein wenig auch ich selbst Anspruch auf das besitzanzeigende Fürwort gehabt hätten. Damals, Ende Dezember 1989, wäre mir nicht in den Sinn gekommen, von meinem Kino zu sprechen, erst die Erinnerung läßt die Ansprüche eines Zwanzigjährigen gelten, weil sonst niemand mehr da ist und er, zu seinem Erstaunen, zu einem, der übrigblieb, wurde. Es war Sulkes Kino, er hatte es bewahrt durch die stillstehenden Jahre. Ich hatte ihn nie krank erlebt. Er hatte ein Regal voller Nitrofilme, und manchmal, nach der letzten Vorstellung, wenn das Kino dunkel lag und ich mit Taschenlampe den alten Sulke suchen ging, führte mich mein erster Weg aus dem Vorführraum, in dem ich noch umgespult hatte, in den Keller zum Regal mit den Nitrofilmen. Sulke hatte einmal beiläufig davon gesprochen, das Kino anzuzünden:

– Wenn es keinen Sinn mehr hat, Fabian, alles.

Ich tappte die Gänge entlang, wo die Schwarzweißgesichter der Filmheroen aus ihrer Ruhe erwachten und die Schatten der Tillandsien über die Wände geisterten. Manchmal stöberte ich in einem der Garderobenräume ein Liebespärchen auf, das sich hatte einschließen lassen. Muriel verschlief dann und wann eine Nachtschicht auf dem Sofa des Abstellraums, wo wir Plakate, Programmzettel und allerlei Krimskrams aufbewahrten, es gab auch Pentaconarbeiter, die hier übernachteten oder Partys feierten, nicht weil Sulke es ihnen gestattete, sondern weil sie glaubten, das Kino gehöre ihnen.

Ich trug meinen Hut, meinen Staubmantel, in den Taschen Brotbüchse, Kaffeeflasche und einen Band mit Interviews, die Rui Nogueira mit Jean-Pierre Melville geführt hatte, meinem Lieblingsregisseur. Für die Nachtvorstellung stand sein Film »Le Samouraï« auf dem Programm, ich hatte das Buch ausgeliehen, obwohl es eine französische Ausgabe war und ich nur ein paar Brocken Französisch konnte, Filmdialoge, mich hatten die Fotos interessiert, Delon, Ventura, Montand, von dem ich Chansons kannte.

Bei jedem Schlagloch krümmte sich Bienen-Detlef über

das Lenkrad, als könnte er stellvertretend für die Leinwände, die auf den Gestellen des Glaserwagens festgezurrt waren, mit dem der Volkseigene Betriebsteil Kinoplakatmaler auslieferte, die Hiebe empfangen. Und dabei steckte der gutgepolsterte Manfred Krug auf einem Plakat für »Spur der Steine«, das im Rundkino an der Prager Straße gezeigt werden sollte, die Schläge sicherlich besser weg als Bienen-Detlef, an dem der Malerkittel schlotterte und dessen vom Tabak gelbbraun gewordene Finger das Lenkrad umklammerten. Ich hatte Bienen-Detlefs Hände beobachtet, wie sie das Episkop zurechtrückten, ein Gerät, mit dem man Fotos vergrößert auf die Bildwand werfen konnte, wie sie mit wenigen sicheren Strichen Krugs Gesicht mit Zeichenkohle fixiert hatten, das Addi danach ausmalte, von hell zu dunkel, während Bienen-Detlefs Hände bereits die Schrift entwarfen ohne Fahrigkeit oder Zögern.

Sulke hatte mir die Nachmittagsvorstellung erlassen, mich dafür aber gebeten, die Plakate aus der Werkstatt abzuholen. Ich half Bienen-Detlef beim Abladen der Leinwände für »Spur der Steine«, die vom Hausmeister des Rundkinos und seinem Kollektiv entgegengenommen wurden, fröstelte im Wind, der über die Prager Straße pfiff und ein Rudel von Einkaufstüten in Richtung Hauptbahnhof trieb, überlegte, ob der herausfordernd-selbstsichere Ausdruck auf dem Gesicht Manfred Krugs wohl noch herausfordernder und selbstsicherer werden würde, wenn erst die Leinwände hingen und die Brigade Balla weithin sichtbar auf die Prager Straße blickte.

– Du fliehst vor dem Leben, sagte Alexandra. Du sitzt im Kino und schaust auf das, was du für das Leben hältst.

Bienen-Detlef kam aus dem Kino, blickte auf die Uhr, dann zu mir: Ob ich es eilig habe? Wir stiegen ein. Bienen-

Detlef sah in den Rückspiegel und glättete die wenigen übriggebliebenen Strähnen seines Haars, die von einem knapp über dem linken Ohr gezogenen Scheitel so über die Glatze gelegt waren, daß sie sie eher betonten als verdeckten. Diese Frisur wurde Sardelle genannt, Addi pflegte ihn damit aufzuziehen und hatte ihn einmal als Wassermann auf eine Leinwand gesprüht, mit schwarzem Blasentang anstelle von Bienen-Detlefs mit Birkenhaarwasser gepflegten und in gleichmäßigen Abständen über die Nordhalbkugel gelegten Haarmeridianen.

– Die Perücken-Jenny, weißte, gluckste er und zwinkerte mir zu, beide Hände um das Lenkrad gekrampft, als wollte er es abziehen und davontragen. Auch Perücken-Jenny gehörte zu den Westernbesessenen. Sie betrieb ein Geschäft für Toupets in der Leipziger Straße, belieferte Theater und Krankenhäuser für krebskranke Patienten, die infolge der Chemotherapie ihre Haare verloren hatten.

Auf der Schandauer Straße gab es eine Demo. Trillerpfeifen schrillten gegen rechts. Sprechchöre waren gegen Ausverkauf. Ein Redner mit Megaphon warnte vor der Wiedervereinigung. Es war Kolja Joffe, die leicht berlinernde Stimme mit dem hellen Timbre war unverwechselbar. Ich hatte sie im Freundeskreis Musik in Dresden in der Schlehenleite bei Musikkritiker Lothar Däne gehört und in mancher Diskussion nach einem Western, auch Joffe besuchte regelmäßig das Urania, wenn es Western gab. Joffe stand auf einer Obstkiste, in seiner Nähe Eduard Eschschloraque, der sich über einer Mülltonne, in der ein Feuer brannte, die Hände wärmte und auf einige Vermummte einsprach.

Die Kinotür schloß sich, vom Lärm draußen war nichts mehr zu hören. Ich sah Joffe eine Weile zu, wie er mit den

Armen wedelte und die Menge befeuerte. Ich hatte ihn nicht für einen solch guten Redner gehalten. Im Freundeskreis Musik war er zurückhaltend aufgetreten, hatte den Diskussionen zwischen Musikkritiker Däne und seinem Partner, dem Komponisten Jens Jakob Risse, mit schräggelegtem, auf eine Hand gestütztem Kopf zugehört und hin und wieder mit dem Bein geschlenkert, das er über das andere geschlagen hatte.

Im Kassenhaus nickte mir El Schello zu, ohne die Strickarbeit zu unterbrechen, der er sich während der Vorstellungen gern widmete, war er doch der Meinung, daß es Aufgabe des dritten Vorführers Fabian Hoffmann sei, sich um die Heizkessel im Keller zu kümmern. Ich hatte den Briketthaufen vor dem Kellerfenster schon gesehen. Ich ging in Sulkes Büro, das Büro des Lichtspieltheaterdirektors Erich Sulke, wo zwischen Treppenbänken mit Tillandsien die Kittel der Filmvorführer hingen. Ich zog mich um, befestigte mein Haar mit Inas Spange, trat ans Fenster und starrte in den Himmel, die Antennen auf den Striesener Dächern wurden vom Wind gerüttelt. Die Plakate anzubringen würde nicht leicht sein für Bienen-Detlef, aber El Schello und er würden mich rufen; doch zuerst mußte ich die Kohlen in den Keller schaufeln, den Heizkessel kontrollieren, in den Dienstplan schauen, für welchen Saal ich eingeteilt war, welchen Vorführer ich ablösen sollte. War es Sulke, würde ich die Maschinen in einwandfreiem Zustand vorfinden, gereinigt und geölt; die Filmrollen mit den einzelnen Akten, wie ein Filmabschnitt auf einer Rolle genannt wurde, hatte Sulke gewiß in die Filmschränke geordnet, die Fächer mit Kreide beschriftet, alle gelaufenen Filmrollen umgespult; er hätte die Notbeleuchtung kontrolliert und sämtliche Feuerschutzanlagen, die Gleichrichter für die Projektoren. Auf Sulke konnte man sich verlassen, egal, wieviel er getrunken hatte.

– Dienst ist Dienst und Schnaps ist Schnaps, Fabian.

Nicht so bei Gardinen-Gerald, der meist im kleinen Saal vorführte. Einst war er Regisseur bei der DEFA gewesen, ein sanfter Mensch mit langem, kaum von bunten Flechtbändern gebändigtem Haar, blondem Bart und wasserblauen Augen, doch hatte er, sanft wie er war, eines Tages einen Ausflug gemacht, wie er sagte, einen Ausflug mit einem Hackebeil, mit dem er eine Tür im Filmministerium zerdrosch, weil einer seiner Filme nicht genehmigt wurde, das hatte ihn hinter die Gardinen gebracht, denen er seinen Spitznamen verdankte. Gardinen-Gerald hatte danach in einem Wiedereingliederungsprogramm seinen A-Schein als Filmvorführer gemacht, als Regisseur tätig werden durfte er nicht mehr. Die Ausreise stellte er nicht, weil er seinen Platz hierzulande sah. Er brachte es fertig, einen Film mittendrin zu stoppen, das Saallicht anzuschalten und im Zuschauerraum zu verkünden, welche Fehler der Regisseur in der eben gezeigten Szene gemacht habe, und damit das Publikum nicht den Eindruck habe, daß er, Gerald Guse, nur ein Besserwisser sei, wolle er seine Meinung begründen, wenn gewünscht, auch mit Zitaten bedeutender Film- und Fernsehschaffender.

Der Wind zog durch das Fenster. Der Glaserkitt war an verschiedenen Stellen trocken geworden und herausgebröckelt, der alte Sulke stand gern an diesem Fenster, kratzte den Kitt aus der Fuge, schnipste ihn unter die ergrauten Gardinen, die der Luftstrom von der Heizung, die unabstellbar glühheiß war, sacht bewegte.

Ich schaufelte die Kohlen. Bienen-Detlef kam nicht. Es hätte auch wenig Sinn gehabt, jetzt noch die Plakate aufzuhängen, es war schon dunkel, und der Wind hatte so aufgefrischt, daß es »Die Architekten« von Peter Kahane, »Die Alleinseglerin« von Herrmann Zschoche und Rainer Simons »Jadup und Boel« über den Hof geweht hätte, eine Luftgemeinschaft wie Sulkes Tillandsien, über die er mir nie allzuviel erzählt hatte.

– Kennst du die Tillandsien?

– Hab gehört, Sie könnten einen Gehilfen brauchen.

– Kennst du die Tillandsien?

Ich schaufelte die Kohlen. Die Demo war weitergezogen oder hatte sich aufgelöst. Die Schaufel schnitt scharf in den Kohlenhaufen, ich gab mir Mühe, rhythmisch zu schaufeln, das sparte Kraft, ich hatte noch eine lange Nacht vor mir. Ich mochte diese Arbeit. Ich würde mich noch einmal waschen und umziehen müssen, denn nichts war schädlicher für einen Film als Dreck und Staub. Die Wände des Bildwerferraums waren mit staubabweisender Ölfarbe gestrichen, Sulke wischte sie jeden Tag mit einem feuchten Lappen ab. Ich erinnerte mich, wie ich im Filmstudio des Pentacon-Kombinats das Umspulen von Hand gelernt hatte, Hubertus Reimann hatte mich unterwiesen, Verdienter Erfinder des Volkes und einst selbst Filmvorführer. Der Landfilmvorführer könne nicht damit rechnen, in Gaststätten oder ehemaligen Ballsälen, wo er seine Filme zeigen wird, einen Motorumroller vorzufinden.

– Sie müssen in der Lage sein, die Filmakte von Hand umzuspulen, nicht zu fest, dann kann der Film reißen, nicht zu locker oder zu ungleichmäßig, sonst verrutschen die Filmwindungen und reiben gegeneinander.

Staub zerkratzte die Filmoberfläche und erzeugte den sogenannten dunklen Regen, oft zu Beginn oder am Ende eines Films.

– Kennst du die Tillandsien.

Linné hatte sie nach Elias Tillands benannt, Professor in Åbo, Finnland. Auf einer Reise entlang der Seeküste von Lappland hatte Linné viele Schiffswracks gesehen und sich an den Studenten Tillands erinnert, der eine unüberwindliche Abneigung gegen das Meer hatte, er hatte sich Tillands genannt, um seine Liebe zum festen Land auszudrücken. Ihm zu Ehren benannte Linné eine Pflanze, von der er glaubte, sie könne kein Wasser vertragen. Ich schaufelte die Kohlen in den Kohlenkeller, dachte an Linné und an den Arzt Tillands, der lieber zweihundert Meilen zu Fuß ging, als auf einer Schiffsfahrt von acht Meilen seekrank zu werden, und dessen Name aus diesem Grund nicht vergessen wurde.

Dann, vor den Heizkesseln im Heizkeller, lauschte ich. Entfernt waren die Geräusche aus dem großen Saal zu hören, Filmmusik und Stimmen, als ob sie in den Mauern des Kinos wohnten. Ich trat an die Kellerwand und legte das Ohr daran, wie ich oft zu Hause im Wolfsstein im Bett das Ohr an die Wand gelegt hatte, in Winternächten. Das Kino würde schließen müssen. Die Heizungsanlage war undicht, irgendwo entwich Gas, die Baupolizei war schon dagewesen, ein Deckenträger im großen Saal hatte sich im Krieg bei einem Bombenangriff gelockert, das war nie richtig behoben worden, die Heizkessel stammten aus der Vorkriegszeit. Die Kellerwand war feucht und voller Ausblühungen, die im trüben Licht einer nackt von der Decke hängenden Fünfundzwanzigwattbirne Staaten auf alten Landkarten glichen. Ich lauschte, und mir war, als hörte ich den alten Sulke durch das Kino gehen, als wäre schon tiefste Nacht. Er ging vorsichtig, stapfte nicht mehr, wie er es früher getan hatte. Mir war, als hörte ich ihn, wenn er den

Vorführraum verließ, stehenblieb, um selbst zu lauschen, manchmal stand er minutenlang so da, atmete tief ein und aus. Jedes Kino riecht anders, jedes hat seinen eigenen, nur ihm gehörenden Geruch, Sulke konnte die Kinos an ihrem Geruch unterscheiden, er, der durchs Land gereist war, um sich jedes noch spielende Kino und die Technik anzusehen, er hatte darüber ein Buch geschrieben, das unter Cineasten als Bibel galt, ein schweres, in Leinen gebundenes Buch mit eingeprägtem Malteserkreuz, erschienen im VEB Fotokinoverlag Leipzig. Sulke war technischer Inspektor beim VEB Progress-Film-Vertrieb gewesen, Ingenieur der Hauptverwaltung Film beim Kulturministerium und Dozent an der Filmschule in Langenau.

Ich kontrollierte die Kessel. Als die Vorstellung zu Ende war, machte ich mich auf den Weg durch das Kino, die vorgeschriebene Runde bei Dienstantritt. Ich räumte eine Mülltonne aus dem Notausgang. Keine zehn Besucher hatten Egon Günthers 1965 verbotene Komödie »Wenn du groß bist, lieber Adam« sehen wollen. Ich kontrollierte die Notbeleuchtung, die nicht mehr sehr hell brannte, sie wurde noch mit Bleiakkumulatoren betrieben, deren Spannung allmählich nachließ, im Akkumulatorenraum fand ich einen Zettel von Gardinen-Gerald:

– Akkus austauschen! Nickelkadmiumakkus sind besser, da länger haltbar! Sulke hatte eine Bemerkung daruntergeschrieben:

– Stimmt, aber die verlieren die Spannung auf einen Schlag.

Ich trat aus den Garderoben auf die Bühne. Der Saal lag im halben Licht, das Sulke nach den Vorstellungen einstellte. Ich hörte ein Knacken in den Lautsprechern, Musik, Zarah Leander: Ich weiß, es wird einmal ein Wu-hunder gescheh'n. Die Platte hatte Sulke im Phonoschrank neben anderen Werken der sogenannten leichten Muse stehen, Sandra Mo und Jan Gregor, Fips Fleischers Bigband mit dem Pinguin Mambo, Rex Gildo, Caterina Valente, Susi Schuster, die Jodelkönigin, Roy Black. Sulke spielte die Platten ab, wenn die Kinowerbung lief und Adolzaide keine Lust hatte, dafür die Kinoorgel zu traktieren, die sonst die Stummfilme, die bei uns noch liefen, mit Kommentaren belieferte. Zarah Leanders Stimme kurvte nach oben, Sulke würde also, wie oft, wenn er getrunken hatte, von Kolberg erzählen, wo er geboren worden und aufgewachsen war, einer Stadt zwischen Stettin und Danzig, an der Ostsee gelegen, berühmt durch den gleichnamigen Film mit Heinrich George und Kristina Söderbaum. Es gab eine Kopie im Staatlichen Filmarchiv, sie lag mit den anderen Veit-Harlan-Filmen, »Jud Süß« und der ungekürzten Fassung der »Goldenen Stadt«, unter Verschluß wie eine Geheime Kommandosache. Sulke hatte, als er noch Vorführer in Berlin gewesen war, die »Kolberg«-Kopie einmal ausleihen müssen für eine Privatvorführung auf Schloß Wolletz zum Geburtstag des Ministers für Staatssicherheit, mit Blaulicht sei er hin- und zurückgefahren worden.

Zarah Leander sang, ich stand im leeren Kinosaal, aus dem Gestühl drang der Geruch nach Körperausdünstungen, der sich in vielen Jahren angesammelt hatte und den kein Lüften oder Duftsprühen je ganz beseitigen konnte. Ich dachte an Sulke, wie er da oben im Vorführraum noch arbeitete, die Nachbereitung, die gleichzeitig auch Vorbereitung war, ich hörte den Motor der Kaschierungswinde für die seitliche schwarze Bildwandbegrenzung. Sulke hatte über dem Knopf, der die Position Totalvision der Seitenkaschierung anzeigte, eine Postkarte mit Leuchtturm, Lotsenhaus und Hafen von Kolberg hängen, diese Postkarte stellte für mich, jedesmal wenn ich sie sah, eine Verbindung zum Tausendaugenhaus her, an der Treppenwand zwischen Menos Wohnung und der der Langes hing eine Fotografie des Leuchtturms von Genua, vor der Christian und ich immer wieder stehengeblieben waren.

Sulke hatte den Film am 30. Januar 1945 im Tauentzienpalast uraufgeführt, der bald darauf von Bomben zerstört wurde, zugleich hatte es eine Vorführung in der Atlantikfestung La Rochelle gegeben, um die U-Boot-Fahrer mit dem Durchhalteepos zu beglücken, die Filmrollen seien an einem Fallschirm abgeworfen worden. Der »Kolberg«-Film, den er in Wolletz habe zeigen müssen, sei der von der Uraufführung im Tauentzienpalast gewesen, hatte Sulke erzählt, er habe das an gewissen Zeichen erkannt: Beschriftungen auf dem Start- und dem Endband des Films und dem Transportkarton, charakteristische Klebestellen.

– Kommst du mit nach Kolberg.

Sulke hob langsam die Flasche, starrte auf die Tillandsien, die wirr und heftig über den Tisch im Vorführraum rankten, an dem ich meine Brote und Sulke das von seiner Frau gekochte Essen verzehrte. Sulke ließ das Eßgeschirr, das noch von der Wehrmacht stammte, jedesmal wenn er es aus der Tasche genommen hatte, besonders laut auf die Tischplatte knallen, manchmal wärmte er es mit einem Spirituskocher, obwohl das aus Brandschutzgründen verboten war.

Sulke trank, ich sah die langsamen Aufundabbewegungen seines Kehlkopfs.

– Ich möchte es noch mal sehen, sagte Sulke. Mit jemandem, der die Western versteht.

Ich hatte Ruth, seine Frau, nur selten im Kino gesehen, und nie bei den Western, vielleicht fand sie sie albern, dachte, daß Filmvorführer Kinder sind, die einen Weg gefunden haben, niemals erwachsen werden zu müssen. Und daß das schon in Ordnung war, sie aber nicht unbedingt dabeisein müsse, wenn Erich Sulke an jedem Monatsdreizehnten mit einer Kutsche vorfuhr und beim Aussteigen die Fingerknöchel knacken ließ wie Knuckles in »Spiel mir das Lied vom Tod«, wenn ich im Staubmantel und mit Hut anrückte, El Schello mit Armeehose, Hosenträgern überm rosafarbenen Unterhemd, Cowboystiefeln.

– Grüß Muriel.

Der Wind heulte im Heizkörper mit den gußeisernen Rippen, über die wir an Regentagen unsere Sachen hängten.

– Du hast den Schlüssel, sagte Sulke, als er ging. Ich hörte Sulkes sich entfernende Schritte, sein Gehüstel, die Selbstgespräche, die aus Filmdialogen, Flüchen, Ermahnungen bestanden, hörte, wie sein Schlüsselbund gegen Stahltüren und Treppengeländer klirrte, dann schlug eine Tür. Wind heulte im Heizkörper, von dem die ehemals weiße, mit den Jahren senfgelb gewordene Farbe bis auf Inseln abgesplittert war.

Noch einmal das Ritual, das mich jedesmal mit Befriedigung erfüllte: die Vorbereitung der Vorführung, die vertrauten Handgriffe an vertrauten Dingen. Ich zog die Blechkiste heran, in der die Akte von »Le Samouraï« verpackt waren. Auf der Blechkiste der Versandaufkleber mit Filmtitel, Kopienummer, Absender. In der Kiste die Aktkartons mit Kopiebegleitkarte, auf der ich die Filmprüfung einzutragen haben würde. Die Filmakte in Kartons, auf Filmkerne aus Holz, sogenannte Bobbys, aufgespult, mit Klebeband fixiert. Ich nahm den ersten Akt heraus. Er war auf Ende gespult, ich befestigte ein Schonungsband, das mir der alte Sulke schon bereitgelegt hatte, kontrollierte Filmtitel, Aktnummer, Klebestelle zum Filmbild, Überblendungszeichen, legte den Film auf den Umroller und ließ ihn zwischen Daumen und Zeigefinger durchlaufen, um die Stellen zu prüfen, an denen der Film geklebt worden war oder Risse in der Perforation aufwies. Waren die Klebestellen nicht sorgfältig genug angefertigt worden, konnte der Film an diesen Stellen reißen. Auf dem Startband fehlte die Vorhangmarkierung, die dem Vorführer zeigte, daß es an der Zeit sei, den Vorhang zu öffnen, irgendein Tunichtgut unter den Vorführern mußte sie herausgeschnitten haben. Auf der Kopiebegleitkarte war die Beschädigung vermerkt. Manche Vorführer frönten der Unsitte, Aktszenen oder sonst interessante Sequenzen aus den Filmen herauszuschneiden und zu Privatfilmen zusammenzukoppeln, die sie dann im Freundeskreis vorführten.

El Schello sagte, daß er keine Karte verkauft habe und jetzt die Kesselschicht übernehme. Bienen-Detlef habe die Plakate gebracht, der Wind aber … El Schello winkte ab.

Ich wartete, bis es wieder still geworden war, bis mir die Dinge, die für mich keine bloßen Dinge, sondern aus leblosem Material hergestellte Lebewesen waren, sagten, daß ich wieder zu ihnen gehörte. Ich sah das Melvillebuch, das aufgeschlagen auf dem Tisch unter den Tillandsien lag, schob meine Hände zwischen die Heizrippen, die Zeit schien sich zu öffnen, und mit einemmal war ich nicht mehr traurig darüber, daß das Urania leer war, alles, was Kino für mich ausmachte, kehrte groß und überwältigend zurück. Die Namen: Tannhäuser-Lichtspiele, in denen die

Kinder des Turmviertels die Sindbadfilme von Charles H. Schneer und Ray Harryhausen, die Olsenbande, DEFA-Indianerfilme und Terence Hills blaue Augen gesehen hatten, Faunpalast an der Leipziger Straße, wo Iwailo zweiter Vorführer gewesen war, bevor wir uns in den Tannhäuser-Lichtspielen kennenlernten, die Schauburg an der Otto-Buchwitz-Straße, das Olympia in Strehlen, wo Niklas Tietze als Junge eingekehrt war auf dem Rückweg vom Geigenunterricht im zerstörten Dresden, die Stephenson-Lichtspiele, ich sah die schwarze Frakturschrift in der gelb leuchtenden Platzanzeige über dem Kassenverschlag der Tannhäuser-Lichtspiele wieder, die per Hand auf Pappkarten geschriebenen Eintrittspreise, Kinder 25 Pfennige, Erwachsene 50 Pfennige, Spielfilm im Parkett 85 Pfennige, im Sperrsitz oder Rang 1 Mark 20, Kulturfilm 50 Pfennige, die Vitrinen mit den Filmplakaten und Ausschnitten aus dem ›Filmspiegel‹.

Ich war mir für Augenblicke nicht sicher, ob ich noch im Urania war oder bei Iwailo in den Tannhäuser-Lichtspielen, wo wir den Handwagen mit den versandfertigen Filmkopien bestückten, um sie zur Filmstraßenbahn zu bringen, die nachts die Kopien zwischen den Kinos hin und her fuhr. Ich sah im Melvillebuch das starre, kühle Gesicht des jungen Delon, die Zigarette, den Hut, und wieder war mir, als ob ich den alten Sulke mit seiner Frage hörte:

– Kennst du die Tillandsien?

Sulke hatte mir beigebracht, ein Filmvorführer zu sein. Er ließ mich Malteserkreuze feilen, vermittelte mir, der ich weder die Mathematik noch die Physik je sonderlich geschätzt hatte, die Grundlagen der Optik, erzählte mir von Purpurfarbkuppler und Gelbfilterschicht und warum der Farbfilm einen anderen Kufendruck in der Filmbahn erfordert und unschärfer ist als der Schwarzweißfilm, Sulke ließ mich, seinen Zögling, wie er sagte, angetan mit Schutzkleidung und Visier Xenonlampen wechseln, er weihte mich in die Geheimnisse der Überblendung und in die Kunst ein, zwei Filmstücke mit Filmkitt oder Klebestreifen zu verbinden.

Nach dem Angriff war Sulke schwer verwundet in ein Sanatorium gekommen, der Chefarzt dort hatte ihm das Leben dreimal gerettet: ihn gesund gemacht, ihn bei Razzien in einem Gewächshaus versteckt, und er hatte ihm die Schönheit gezeigt in diesem Gewächshaus, das voller Tillandsien war.

Damals bei Sulke begriff ich, daß ich einer aussterbenden Art angehörte. Ich hockte hinter den Vorführgeräten über dem Kinosaal und betrachtete die farbigen Schatten auf der Leinwand, fühlte mich wohl, dieser Beobachterposten, diese Logenposition gegenüber dem, was ich als feindliches Außen empfand, gefiel mir, ich wünschte mir keinen anderen. Nicht für die Arbeit. Für die Freizeit keinen anderen als den in der hintersten Reihe, Außenplatz links, mein Stammplatz im Urania. Ich war wieder der Junge im Moment, wenn El Schello durch die Reihen ging, um Süßigkeiten zu verkaufen und zu kontrollieren, daß sich keine Halbwüchsigen in einen P-18-Film geschlichen hatten, war glücklich, wenn der Gong ertönte und die Lichter sich senkten, es dunkel wurde im Saal und der Vorhang langsam aufglitt wie beim Puppenspiel oder im Theater. Ich liebte den Anblick der grünen Inseln der Notbeleuchtung, die etwas Vertrauenerweckendes, Unerschütterliches und Ewiges hatten, etwas, das außerhalb des Films lag und doch mit ihm auf eine mich beschäftigende Weise zu tun hatte. Gab es eine Ewigkeit außerhalb der Leinwand? Vermittelten sie mir nicht auch das Gefühl von Gleichgültigkeit, diese grünen Inseln, obwohl sie den Zauber nicht durchbrachen, sondern verstärkten? Gehörten sie nicht zu den hundert Augen eines Geists, den all das, worauf wir Kinobesucher starrten, nichts anging, der immer schlief und immer schlafen würde, auch wenn wir längst gegangen und wieder Teil eines Alltags geworden waren, an den wir im Kino nicht mehr glaubten und der den Geist der Notbeleuchtung nur scheinbar berührte?

Die Notbeleuchtung meinte das Draußen, verband uns aber nicht damit. Zwischen dem Drinnen des Kinos und dem Draußen schien es noch eine Welt zu geben, verlokkend auch sie, doch nur bis zum Augenblick, in dem jene merkwürdigen Zeichen auf der Leinwand erschienen, schwarze Kratzer in weißem Schneegestöber, einzelne Buchstaben, Ziffern, der Countdown, jener Augenblick, der dem bilderhungrigen Jungen auf seinem Platz sagte, daß bald, jetzt gleich – aber noch nicht! noch nicht! ein paar Sekunden noch wird sie dauern, die Vorfreude – das Spiel beginnen wird, von einer Lichtbahn auf eine Bühne geworfen, dreimal so groß wie das Leben. Wieder, so schien es mir, war ich in den Tannhäuser-Lichtspielen, saß geborgen wie in einer Höhle, einem Uterus, ich brauchte nur die Beine anzuziehen und mich im Kinogestühl zu verkriechen, um eine Art wissender Embryo zu werden, der in einem Meer aus Licht dahintrieb.

– Kennst du die Tillandsien

Irgendwo schlug ein Fenster, der Wind wühlte in den Mauern. Ich ging zur Eingangshalle, indem ich die Absätze meiner Halbstiefel (mit hohen Absätzen, um in den Steigbügeln sicheren Halt zu haben) auf den Boden stampfte, so daß der Hall von den Wänden zurücksprang, ging vor bis zur Eingangstür, die abgeschlossen war und nur durch das staubig gewordene Glas die Schandauer Straße zeigte, über die noch einige Betrunkene schwankten. Das Pentaconwerk lag wie ein Riff, oben im Ernemannturm, hoch über den Plakatfetzen und leeren Tüten, die der Wind über den Hof trieb, ein erleuchtetes Fenster, ich dachte an Gudrun Tietze und die Nacht im Schauspielhaus Dresden, am sechsten Oktober, dachte an ihr Spiel der Lady Macbeth und wie sich Gudrun in ihrer Garderobe nach den Vorstellungen Schallplatten angehört hatte, Oskar Werner spricht Rilkes Cornet, Paula Wessely rezitiert Monologe der Theaterliteratur, ich dachte an Alexandra, an Muriel.

– Was hast du damals gesagt, Alexandra.

– Dein Vater rief mich, winkte.

– Ich hörte es von meinem Bett aus, er hatte im Wohnzimmer am Fenster gestanden.

– Deine Mutter rief mich dann, als ich verschwinden wollte. Eine Männer-, eine Frauenstimme, ich dachte: So könnten auch meine Eltern rufen.

– Und mein Vater sagte zu dir: Kommen Sie rein, es ist gut, daß Sie gekommen sind, vielleicht gehen wir nach hinten. Ich blieb in meinem Zimmer, aber das habe ich gehört.

– Ich war vorher noch nie bei euch da oben. Er führte mich ins »Fagott«, wie er sagte, ich dachte: in ein Musikinstrument? Aber so hieß euer Zimmer, der Wintergarten. Dein Vater zeigte auf die Orchideen und auf die Pflanzen mit den seltsamen Namen, Tillandsien.

– Ich war nicht dabei.

– Nein, Fabian. Nur deine Eltern und ich. Und Muriel, unsichtbar.

Die Eingangshalle lag im Dunkeln, die Nachtschwärmer waren verschwunden. Ich trug Staubmantel und Hut, durch die Eingangstür kroch die Kälte. Manchmal waren sie um diese Zeit gekommen, die Westernbesessenen, die Freaks, wie der alte Sulke sagte, der selbst zu ihnen gehörte, aber bei unseren nächtlichen Aufführungen nicht dabei war. Johann der Eremit, der in der »scheune« an der Alaunstraße Baßgitarre spielte und als Rüßler tätig gewesen war, er hatte Dachböden, Keller, Sperrmüllcontainer nach Dingen abgesucht, die für andere keinen Wert mehr hatten, war zu den Kasernen der Roten Armee gefahren, um Militaria einzutauschen, er tauchte, wenn ich nachts einen Western vorführte, in russischer Uniform auf wie Fürst Kropotkin, gespielt von Charles Southwood, im Hallelujawestern. Gagarin, dessen indianerhaft hageres Gesicht von einem Dreispitz beschattet wurde, nachts trat er als Pirat auf. Rechtsanwalt Joffe, unverkleidet und klug, Perücken-Jenny, Gunda, die Fotografin, die in einem Abbruchhaus lebte, Franziska-Franz, der Transvestit, sie machte das Urania sauber und ertrug keine Kriegsfilme, und von den Western nicht »The Good, the Bad and the Ugly«.

Alexandra kam auf das Kino zu, langsam, wie unschlüssig, mein erster Impuls war, zurückzuweichen. Alexandra mochte mich schon gesehen haben, sie blieb stehen, in sich gekehrt, hob nach einer Weile den Kopf, als wollte sie noch einmal »all das« umfassen, wie um es in eine Erinnerung mitzunehmen, die ein letztes oder ein erstes Mal mit mir zu tun haben würde. Ich hatte diesen Blick schon einmal gesehen, in der Nacht, als Alexandra vor dem Wolfsstein gestanden und zu den Fenstern unserer Wohnung hinaufgestarrt hatte, ich war im dunklen Zimmer gewesen, es war die Nacht nach Muriels Einweisung in den Jugendwerkhof, ich hatte Alexandra entdeckt, sie stand unter einer Straßenlaterne, deren Schein auf ihr Gesicht fiel und mir einen Menschen zeigte, den ich noch nie zuvor wahrgenommen hatte.

– Ich fand es mutig, daß du gekommen bist. Mein Vater wollte deinen Vater totschlagen. Er saß am Schreibtisch, telefonierte, und immer wieder sagte er: Ich schlag den Barsano tot. Und brüllte: Hört ihr, ihr Scheißwanzen, ich schlag ihn tot!

– Und dann ich.

– Hattest du Angst?

– Was denkst du denn.

– Hast du dich entschuldigt.

– Deine Mutter umarmte mich, sie sagte: Bitte tun Sie was für Muriel. Sie sind doch seine Tochter. Ich sagte: Ich war's mal.

Alexandra lief vor mir die Treppe zum Rang und zum Vorführraum hoch. Sie trug schwarze Stiefeletten mit roten Stulpen. Alexandra hatte mich nie im Kino besucht, ich hätte es als indiskret empfunden, etwas Unausgesprochenes wäre dann durchbrochen gewesen. Vielleicht sah sie mich, wenn sie stehenblieb und die Fotos an den Wänden betrachtete, im spiegelnden Glas der Rahmen, Fabian mit Hut und Staubmantel, den ich aus Sulkes Büro geholt hatte, unschlüssig, ob ich »Le Samouraï« einem leeren Kino und also mir selbst vorführen sollte, ob ich durch das Kino gehen oder eine Tür und damit ein altes Leben zuschlagen sollte.

– Fabian, du bist lächerlich, hörte ich Vater sagen, wenn ich lieber eins der von Muriel für mich genähten Rüschenhemden als das anzog, was Vater als »das Übliche« bezeichnete, und lächerlich wirkte ich wahrscheinlich auch jetzt, mit Inas Spange im Haar, das noch dazu mit einem Gummi aufgebunden war. Wir liefen schweigend an der strahlenden Marika Rökk vorbei, an O.W. Fischer und Romy Schneider als Sissi, im Vorführraum setzte sich Alexandra hinter mich, beobachtete meine Hantierungen. Ich würde den Film immer noch mir selbst zeigen, jedoch ohne mich zu langweilen, ich würde auch meine Liebe zu diesem Film vorführen, sie vielleicht mit Alexandra teilen können.

– Anfangs konnte ich dich nicht ausstehen. Wie selbstgewiß du warst in deiner Rolle als Gruppenratsvorsitzende, kommende Kandidatin der Partei, Einpeitscherin bei Fahnenappellen.

– Das war für meine Zweifel.

– Die ganze Klasse hat sich vor dir gefürchtet. Sag bloß, das hast du nicht gemerkt.

– Doch. Aber euer Christengelaber hat mich angeödet. Der Magenstock und seine Kirche. Es war mir egal, daß ihr mich nicht mochtet. Jedenfalls am Anfang. Und in Johannstadt waren wir noch zu klein für Ideologie.

– Wieso hat dein Vater dich in unsere Klasse gesteckt?

– Du kannst dich nicht abkapseln, hat er gesagt. Im Leben wirst du sie auch treffen, die Magenstocks und Hoffmanns, glaub nicht, daß du es einfach haben wirst mit unserer Sache.

Ich schaltete die Kompressoren ein und den Exhauster, der auf dem Dachboden über dem Vorführraum stand und die Abgase aus den Lampenhäusern der Bildwerfer und des Diaprojektors absaugte. Der Lärm war für Alexandra ungewohnt, sie verzog das Gesicht, blieb aber sitzen. Sulke hatte den Verstärker auf Nadelton gelassen, so daß man den Plattenspieler im Saal hören konnte. Die Zarah-Leander-Platte lag noch auf dem Teller, nicht ganz das Richtige für »Le Samouraï«, dachte ich. Im hintersten Winkel von Sulkes Plattenschrank fand ich eine Mozartplatte, das Klarinettenkonzert mit Benny Goodman. Ich legte das Adagio auf, schob die Feuerschutzklappen an den Fensterschlitzen zum Kinosaal nach oben, schaltete Maschine Eins ein, die Sulke Ruth getauft hatte nach seiner Frau. Maschine Zwei hieß Erich nach ihm selbst. Ich legte den Werbefilm in Maschine Eins, fuhr den Film auf Startposition, legte den ersten Akt von »Le Samouraï« in Maschine Zwei, fuhr auch sie auf Startposition, alles sollte wie an einem gewöhnlichen Kinoabend sein.

– Was habt ihr geredet?

– Wir waren da. Wir waren einfach nur da. Ich habe die Geschichtenlampe gesehen und die Orchideen. Und die Pflanzen, zu denen dein Vater Tillandsien sagte.

– Ich lag auf dem Bett, hörte Stimmengemurmel, Alexandra, ich habe mein Geschenk angestarrt, obwohl ich in der Dunkelheit nichts mehr erkennen konnte. Das Plakat von »Le Samouraï«, das ich mir gewünscht und das Mutter mir werweißwoher besorgt hatte. Das kleine Sechseck rechts unten, ich war stolz auf dieses Plakat aus der Plakatwerkstatt Wabe.

– Was auch passiert: Laß uns keine Feinde werden. Alexandra wartete.

Ich blieb allein mit »Le Samouraï«.

Es war meine letzte Nacht in den Urania-Lichtspielen.

31.8.2015 Montag: Gelb

die schwere Sonne über Treva, die Quarantäneflaggen an den Schiffen, der Wind hebt plusternd, rostflitternd im

Steigen den Staub, gelb die Sonnenblumen mit den Körben Pech auf schon verdorrten, eisenbleichen Stengeln, gelb die Briefkästen der Deutschen Post, die Umschläge der Mahnbriefe, gelb die Taxilichter, gelb die Seite Gelb in den »Jahrestagen«, das Etikett der Deutschen Grammophon, Reclam- und Langenscheidtbücher, gelblich die Flughafenfelder mit den Zementpaletten, sepiafarben die Fotografien in den Büchern über die letzten Windjammer, die Weizensackpyramiden in den Häfen des Spencer-Golfs, gelb die Helme der Bauarbeiter zwischen Hangars und Tragflächenschatten, gelb die Fahrzeuge des Allgemeinen Deutschen Automobilclubs, das Möbiusdreieck der Commerzbank inmitten der Bankentürme, die in den Containern bereithängenden Gummimäntel der Kanalwärter, gelb die Badekappen in den Bagni, La Giraffa genannt nach der Giraffenrutsche, von wo das Gequiek, die Anfeuermusik, die Rufe der Eisverkäufer bis in die Flußgärten herüberhallen, ins Abendgebiet, wo ich die Spinne beobachte, Lionel ist ins Haus gegangen, um meiner demographischen Unkenntnis abzuhelfen mit einer Studie aus der Reihe Yellow Books, Mary, wie lauschend in ihrem gelbweiß gestreiften Liegestuhl, reglos unter dem Hut mit der Wagenradkrempe, die fahlen Lippen bewegten sich kaum, als sie vom Mädchen Anneli sprach, das aus den Nachrichten verschwunden war; ich beobachte die Spinne, Misumena, ein auf der gelben Blüte sitzendes Insekt ist mir aufgefallen, weil es nicht abfliegt, Misumena, eine Krabbenspinnenart, sitzt darunter mit seitwärts ausgestreckten Vorderbeinen, ihr Gelb kaum zu unterscheiden vom Gelb des Blütenkelchs, ein Insekt nähert sich, vielleicht von den im Abend glosenden Kelchen, vom anscheinend schlemmenden Artgenossen, der nicht antwortet, angezogen, Misumena, bewegungslos, erkennt das Insekt am Fluggeräusch, es hat sich gesetzt, prüft Nektar und Pollen, senkt seine Zunge, Misumena rückt kaum merklich nach oben, umarmt das Insekt, läuft ein wenig seitlich, bis sie dem Kopf des Insekts gegenüberhockt, das nicht reagiert, Zunge und Kopf tiefer in den Kelch senkt, im Sekundenbruchteil einer Berührung, zart, behutsam wie ein Gutenachtkuß, sticht die Spinne, ohne die Umarmung zu lösen, mit den Klauen, den Cheliceren, das Insekt genau ins Genick, das Gift lähmt das Insekt, noch bevor es reagieren kann, die Spinne saugt es aus, die unversehrte, papierleichte Hülle fällt, wenn die Blüte sich im Wind bewegt.

Haussuchung
Die Wohnungstür schlug zu. Es war der 4.12.1982, Richards fünfzigster Geburtstag. Die konzentrierten und bestimmten Antworten Vaters, das Schweigen meiner Mutter, in das der Lärm der Haussuchung schnitt (so daß Mutter bei jedem umgestürzten Möbelstück, dem unregelmäßigen Geklirr aus der Küche zusammenzuckte), die monoton ins Protokoll diktierende Stimme des Staatsanwalts lagen nun hinter dem Türenschlag, die Stille kehrte zurück. Muriel und ich waren allein. Schritte im Hausflur, ich hörte eine Klingel, vielleicht bei Knabes oder beim Bildhauer Dietzsch, der das Hausbuch führte, vielleicht war zufällig jemand nach Hause gekommen, ein barsch gerufener, aber mir unverständlicher Satz ließ eine weitere Tür zuschlagen, der Hall wurde von den schleifenden und trappelnden Schritten meiner Eltern, der drei Hausdurchsucher und des Staatsanwalts kleingetreten. Wieder klingelte es, diesmal bei uns. Ich trat ans Fenster. Unten stand

Vater in Handschellen, die er in meine Richtung hob, er wurde in ein Auto geschoben. Der Staatsanwalt machte eine beruhigende Bewegung zum Fenster hinauf, räusperte sich, rief, wir sollten, das solle er von Doktor Hoffmann bestellen, nicht mit dem Gas in der Küche herumspielen und nach dem Feuermachen nicht die Ofenklappe zu schließen vergessen.

– Den Kater füttern, setzte der Staatsanwalt hinzu. Muriel stand reglos im Wohnzimmer, sie hatte das Licht ausgeschaltet und lauschte in die Dunkelheit. Gegen das hellere Fenstviereck war der Umriß ihres Kopfes zu sehen, sie hielt ihn schräg geneigt wie manchmal nach dem Baden, wenn das Wasser aus dem Gehörgang abtropfen sollte. Die Wohnung glich einem Schneckengehäuse, in das jemand ein Loch gebrochen hatte. Muriel stand in der Mitte des Zimmers, unter dem Leuchter, dessen Achse auf ihr Ohr zielte, das Zimmer schien um diesen ruhig hängenden Koloß (er war sonst keiner) zu pendeln und sich allmählich wieder in sein Gleichgewicht zu fügen, und auch Muriel schien die Kraft des wieder steil nach unten ragenden, mit Dunkelheit vollgestopften Wohnzimmerleuchters zu spüren. Die Eltern hatten mit Haussuchung und Verhaftung immer gerechnet, sie waren auch nicht zum ersten Mal verhaftet worden, zum ersten Mal aber gemeinsam, so daß Muriel und ich allein zurückblieben. Für diesen Fall gab es eine Vollmacht für einen Rechtsanwalt, die Eltern zu vertreten, und für Anne und Richard, uns aufzunehmen. Muriel trat ans Fenster, hielt etwas Weißes ins Licht von einer Straßenlaterne.

– Nichts kommt dem sonnengebleichten Frieden von Holzklobrillen in Ferienlagern an der Ostsee gleich, sagte Muriel.

– Was?

– Steht hier. Auf diesem Zettel.

Ich schaltete das Licht an. Die Unordnung sprang in den Raum zurück.

– Vaters Handschrift, sagte Muriel.

– Jetzt haben wir endlich mal sturmfreie Bude, platzte ich heraus.

– Scheiß Hausaufgaben. Hast du sie gemacht? Muriel wedelte mit dem Zettel.

– Papa hat recht, sagte ich. Diese Bungalows und die nach Wofasept riechenden Toiletten mit den Weberknechten, die sich den ganzen Urlaub über nicht bewegen.

– Dir müßte man ein Loch in den Kopf bohren, um den gelben Nebel abzulassen. Muriel kratzte sich am Arm, das tat sie manchmal, wenn sie nicht weiterwußte.

– Aber im Nebel wohnen die Geister, und die Geister machen angst, und was angst macht, liefert die Ausreden, Zitat Papa. Du brauchst mich, wie ich bin, Schwesterherz.

Ich bekam es, ohne zu stottern, heraus. Muriel hob den Kopf und lauschte. In den Winternächten war das Haus durchspült von Heizungsgeräuschen, Lucie Krausewitz' Fernseher pflegte ziemlich laut zu sein, und Dietzsch hatte Künstlerfreunde bei sich, mit denen er trank und Skat drosch, manchmal spielten Knabes Fußball mit einem Ball aus Herrn Knabes ausrangierten Unterhosen.

– Ich möchte auch mal was für mich machen, ergänzte ich.

– Ohne mich, was? Dann mach's doch, keiner hält dich zurück! Wenn du ein Mädchen wärst, Fabimaus, wärst du nicht in meiner Clique. Weißt du, was Robert über dich sagt? Fabian, meine Cousine.

– Der kann mich mal.

– Will er bestimmt nicht.

Bücher waren aus den Regalen gerissen und lagen auf dem Fußboden verstreut, manche wie tote Vögel mit abgeknickten Flügeln, manche wirkten auf dem Teppich schöner als auf dem Regal, weil man die frischen Farben der Einbände und nicht die verblaßten der Buchrücken sah. Alle Türen standen offen, die Wohnung war ausgekühlt, der Ofen – nachmittags hatte ich ihn vorbereitet – war längst ausgegangen. Muriel watete durch Papier, blieb hier und dort stehen und beugte sich, die Hände in den Hosentaschen, über ein aufgeschlagen liegendes Buch oder eine leere Papierseite. Sie hatten Vaters handschriftliche Aufzeichnungen mitgenommen, sogar den Hefter, in dem Mutter ihre Zeichnungen aufbewahrte: Silberdisteln aus mehreren Perspektiven, Porträts von Muriel und mir als Kinder, Vaters Tabakspfeifen Die Krumme und Die Lahme. Muriel ging, während ich die noch warme Asche vom Rost in den Auffangkasten kratzte, zum Plattenspieler, legte den Zeigefinger auf die Lippen und ließ nach fingertippendem Zögern den Abtastarm in die Schallplatte sinken, die wieder zu kreisen begann. Nach einem Knacks wieder die folkloristische Ratsche mit Hüftschwungorchester und Elvis Presleys »Fun in Acapulco« von der RCA-Victor-Platte, die Vater von einem Schmuggler für dreihundert Mark gekauft hatte. Vater hatte schweigend zugesehen, wie sie die Bücher aus den Regalen gepflückt hatten, sie arbeiteten konzentriert, ohne sich an der Musik zu stören, die Vater irgendwann wie zufällig angestellt hatte, Mutter wartete im Sessel, die Höhensonnenbrille mit den schwarzen runden Gläsern vor Augen. Der Staatsanwalt hatte sich die Orchideen im »Fagott« angeschaut und nur kurze Einblicke in die Töpfe gestattet, hatte dafür gesorgt, daß die

Pflanzen alle wieder ordentlich aufgehängt wurden (das »Fagott« war nicht verwüstet), er sei selbst Liebhaber, bedeutete er Vater, und ob er ihm nicht die Adresse verraten wolle, wo man solche herrlichen Pflanzen beziehen könne.

– Oder verkaufen Sie? Züchten Sie selber?

Mutter hatte die Brille abgenommen und war hinausgegangen.

Ich kratzte die Asche mit sorgfältigen, geduldigen Strichen aus, wie es mir Vater beigebracht hatte. An den Haken war ein trapezförmiges Stück Stahl geschweißt. Es machte mir Freude, das Trapez durch die beiden Aschesorten – grau und flugleicht die des Zeitungspapiers zum Anfeuern, hellbraun die der Briketts – zu ziehen, die flüchtige und bei Windstößen aus dem Schornstein gern ins Zimmer stäubende Papierasche unter die braune zu schichten, so daß kein Korn auf dem Ofenblech landete. Am Ende jedes Zugs klopfte ich das Trapez gegen den Rost, Asche löste sich, rieselte in den Kasten, der erst nach dem zweiten oder dritten Anlegen, wenn er die Asche von etwa sechzig Briketts zu schlucken gehabt hatte, überzulaufen drohte, hier bestand keine Gefahr, das Aschepulver stand kaum zollhoch.

– Wo ist eigentlich Bummer? fragte Muriel. Unser schwarzer und sehr kurzbeiniger Kater (wenn er lief, sah es aus, als wären seine Beine abradiert worden) hatte das Weite gesucht, zu dieser Zeit lag er gewöhnlich am Ofen und beobachtete das hin- und herschwingende Pendel der Standuhr mit immer trüber werdenden Augen. Da ich ohnehin Kohlen und Holz aus dem Keller holen mußte, beschloß ich ihn zu suchen.

– Manchmal keilt er sich mit Menos Kater rum, sagte Muriel. Oder mit Arpagic.

Der gehörte zu Dr. Varga. Der Name Arpagic stammte aus einem rumänischen Kinderbuch, aus einem Lied der Dichterin Ana Blandiana, das Varga uns gezeigt hatte, der Kater Arpagic war darin als fauler und gefräßiger Katzenfürst dargestellt, ganz Rumänien dachte an den Conducator, die Sonne der Karpaten. Ich fand Bummer nicht. Die Haussuchung mußte auf ihn desillusionierend gewirkt haben. Der Schnee leuchtete, die Luft hatte die Kälte alter Schlüssel, in den Häusern ringsum brannten vereinzelt Lichter. Ich sah Schatten hinter den Fenstern der Frau von Stern, vielleicht hielt sie wieder eine ihrer Soireen ab. Ich füllte zwei Eimer mit Lausitzer Briketts, die weniger Schwefel enthielten als die Leipziger, mehr Wärme gaben und den Schornstein weniger zerstörten, niemand außer uns schien im Haus zu sein, sowohl die Krausewitz- als auch die Knabewohnung lagen dunkel, ebenso der hintere, mit separatem Eingang zur Mondleite gelegene Teil des Hauses.

– Ich hab Hunger, sagte Muriel. Ich schichtete Holz und Knüllpapier auf den Ofenrost, Späne, darüber ein Brikettgitter. Der Ofen hatte guten Zug, beim letzten Besuch hatte der Schornsteinfeger Vaters Sorgfalt gelobt. Der Schornsteinfeger, der aus einer Bühlauer Schornsteinfegerdynastie stammte, bewunderte unseren Ofen mit seinen flaschengrünen Kacheln, der von einem Meister der »Straße der Öfen«, wie der Abschnitt der mittleren Grundstraße der vielen dort ansässigen Ofenbauer wegen genannt wurde, gesetzt worden war. Ich brach ein Stück Kohlenanzünder vom Block, den Vater bei den Handschuhen, der Kohlenzange und beim Aschehaken verwahrte, zündete es in der Kohlenzange an und wartete, bis die Flammen um den ganzen Würfel leckten, bevor ich ihn ins Holz unter die Kohlen schob und die Ofenklappe schloß.

– Du wirst noch genauso ein Aschenstocherer wie Papa werden, sagte Muriel. Von hinten siehst du sogar schon ein bißchen aus wie er.

– Hast du dich eigentlich je für mich interessiert? Ich meine: wirklich. Ich drehte die Schraube über dem Klappenriegel fest und wartete auf Muriels Antwort.

– Du steckst in einer Zauberblase, Brüderchen, und die ist süß wie 'n Gummitier. Von »Feinkost-Fendler« am Schillerplatz. Ich mag diese Kosmonauten aus Schaumstoff, die dort immer auf dem Tresen liegen. Mal sehen, was die Küche zu bieten hat.

– Vielleicht sollten wir jemandem Bescheid sagen?

Muriel holte sich eine Semmel.

– Ich hasse diese Bonzen- und Stasischweine. Die gehören alle abgemurkst. Das Problem ist, sagte Muriel kauend, die wachsen nach. Und ich mag Alexandra ganz gern, auch wenn du mich mit ihr betrügst.

– Du spinnst wohl.

– Du denkst ans Heizen, ich ans Essen, wo liegt da der Unterschied. Einer für alle, wir beide füreinander, das war der Schwur, du erinnerst dich hoffentlich. Wir sind aus einem Ei gekrochen, Brüderchen.

– Aus zweien, um medizinisch korrekt zu sein. Zitat Papa.

– Korrektheit ist der Angstschweiß der Bürokraten. Zitat Papa. Muriel sah sich im Kühlschrank, dann in der Abstellkammer um. Vierzehn Flaschen Himbeersirup, meldete sie erfreut. Damit machen wir was. Sie überlegte.

– Laß uns lieber ein bißchen aufräumen.

– Von mir aus. Ich fress' jetzt Papas Schnitzel. Und dann müssen wir was machen. Mit dem scheiß Sirup zum Beispiel.

– Da wird er toben, wenn du ihm sein Schnitzel wegfrißt.

– Aber so verdirbt's. Muriel wog eine Flasche Himbeersirup in der Hand. Hunger ist der beste Forscher, Zitat Papa. Er denkt, daß er ein Forscher ist, und wir sind seine Kinder.

Sie schüttete den Himbeersirup in die Badewanne, alle vierzehn Flaschen, ungefähr sieben Liter. Sie ließ Wasser ein, ging in die Küche und machte sich über das Schnitzel her.

– Wie erfährt Anne eigentlich, daß wir allein sind? Ich meine, rufen die an?

Die beiden Vollmachten, die für den Anwalt und die für unsere Betreuung, lagen bei Freunden, soviel wußte ich, ich wußte aber nicht, bei welchen Freunden. Wenn niemand von der Verhaftung erfuhr, saßen wir in der Wohnung und konnten tun und lassen, was wir wollten. Das Wasser plumpste in die Badewanne, der Himbeersirupgeruch begann die Wohnung zu füllen. Eine von Muriels verqueren Ideen. Ich wußte, daß es ihr eigentlich um Vaters Arbeitszimmer ging, die Sternwarte, das Zimmer mit den Schneekristallen, wie sie es als kleines Mädchen genannt hatte. Die Arbeitszimmertür stand offen, Muriel schlenderte davor hin und her, weder sie noch ich traten über die Schwelle. In diesem Raum hatten die Genossen Untersucher besonders gewütet. Ich hatte sie beobachtet und war mir nicht sicher gewesen, ob sie hofften, hier wirklich etwas zu finden. Immerhin pflegte Vater gewisse mündliche Versuchsballons, wie er sagte, in die Wohnungsluft steigen zu lassen, kleine Provokationen, Andeutungen in der Annahme, wir seien verwanzt, zu diesen Versuchsballons gehörte der Spruch: Ich bin doch nicht so dumm und verwahre irgendwelche gefährlichen Papiere in meinem Arbeitszimmer. Vielleicht hatten sie das tatsächlich belauscht, aber ihre eigenen Schlüsse gezogen – der erste: Warum nicht? Wo soll er denn seinen Dissidentenkram sonst aufbewahren? Der zweite: Wenn er nicht völlig verblödet ist, wird er damit rechnen, daß er abgehört wird, und dann plaziert er solche Sprüche bewußt, dann will er vom heißen Kern seiner Wohnung ablenken. Der dritte: Wir untersuchen dein Arbeitszimmer, um dir zu zeigen, daß wir dich für dumm halten, das kratzt ein wenig an deiner Eitelkeit, Herr Doktor. Als ich das Chaos in diesem Zimmer eingehender betrachtete, begriff ich, daß es hier auch darum gegangen war, Vater im Innersten zu treffen, in jenen Bezirk vor- und einzudringen, in dem er ganz er selbst war, unvermischt mit dem Ich meiner Mutter und den Ichs seiner Kinder. In der Sternwarte war er nicht das, was sein Gewissen ihm sagte (Hans Hoffmann, der Bürgerrechtler), hier war er der Forscher, Toxikologe, Philosoph, Schellingleser (er sagte hin und wieder, wenn er die Arbeitszimmertür zuzog: Ich bin jetzt der Schellingleser, bis später), der Carusianer und Sternkundler Hans Hoffmann, der den Schneekristall und die Gifte liebte, hier war er, wie ich es nannte, der Wintermann. Ich ging ins Wohnzimmer, nahm die Elvisplatte vom Plattenteller, schob sie in die Hülle, stellte sie an ihren Ort im Schrank zurück. Diese erste, noch kaum ins Gewicht fallende Wiederherstellung der Ordnung befriedigte mich, als wäre es möglich, sie fürs Ganze zu nehmen, es war ein Bruch im Wirrwarr der Tatsachen, das auftrumpfte und Leben für sich beanspruchte, auch Unordnung konnte ein Gesicht, einen Blick bekommen und dadurch nur unter Hemmungen antastbar werden, hier kam es darauf an, die Scheu zu überwinden und den ersten Schritt zur Zerstörung der

Unordnung zu tun. Ich richtete die Elvisplatte exakt auf Kante aus, mit ihr endete die Reihe der Amiga-Jazzplatten mit dem orangefarbenen J auf der in Schwarzweiß gehaltenen Plattenhülle. Die Wohnung stank nach Himbeersirup, ich ging zum Bad, aber das Bad war verriegelt, ich hörte Muriel drinnen plätschern. Ich nahm die Elvisplatte noch einmal aus dem Regal, ich war mir nicht sicher, ob ich sie richtig herum – die Vorderseite mit Foto des weißgekleideten, in ein Mikrophon stöhnenden Elvis nach rechts – hineingestellt hatte, dann fiel mir ein, daß ich andernfalls ja die offene Seite der Hülle gesehen hätte, ich schob die Platte wieder in die Reihe, zwischen Jazz und Pink Floyd. Die Reihe war durcheinandergeraten, links neben Elvis standen nicht die Platten von Oscar Peterson und Ray Charles, sondern einige von Mutters Märchenplatten: Hauffs Kleiner Muck, der Traumzauberbaum, Samuil Marschaks Tierhäuschen und Elsa Sophia von Kamphoeveners orientalische Erzählungen auf einer Platte der Deutschen Grammophon, und da ich mir nicht vorstellen konnte, daß diese Leute die Platten nach dem Durchsuchen aufgeräumt hatten (eine ganze Menge lag auf dem Fußboden), bedeutete dies, daß sie schon gestern so gestanden hatten und also eine erste Haussuchung in Abwesenheit der Wohnungsmieter vorgenommen worden war, weder Mutter noch Vater hätten die Platten in dieser Reihenfolge aufgestellt, auch nicht absichtlich.

Muriel sang im Bad. Ich ging ins Arbeitszimmer und begann die verletzten Bücher aufzuheben. Jede umgeknickte Seite tat mir weh, jede eingerissene Seite ließ mich den Moment des Reißens sehen, das schreckliche Geräusch hören, die Wut erreichte mich wieder durch diese Risse, hieb in mich ein. Ich konnte hier nichts weiter anfassen.

Ich überlegte, die Tür zuzumachen und das Arbeitszimmer einfach sich selbst zu überlassen, vielleicht hätte sich am nächsten Morgen alles geklärt, die Unordnung als ein schlechter Traum erwiesen. Ich trat einen Schritt zurück, das Licht fiel in den Flur und auf die »Schwarzen Pflanzen« des Malers Bourg, die noch schief hingen, natürlich hatte man auch hinter ihnen gesucht. Die »Schwarzen Pflanzen« schienen zu wuchern, wie ich es schon manchmal erlebt hatte, wenn durch den Glaseinsatz oben in der Arbeitszimmertür der Lichtschein einer Straßenlaterne auf die Zeichnungen fiel und Vater und Niklas im Wohnzimmer noch den »Rosenkavalier« hörten, den Monolog der Marschallin über die Zeit, und die Uhr ihre Mitternachtsschläge in die Musik sandte, während ich im dunklen Flur lauschte, aus dem Gemurmel der Erwachsenen verständliche Worte zu erhaschen versuchte und die »Schwarzen Pflanzen« beobachtete, die über die Bilderrahmen und über die Tapete auf das milchige Viereck der Arbeitszimmertür zukrochen. Kein Traum, die »Schwarzen Pflanzen« verrieten es mir. Und sie verrieten mir, daß Vater es übelnehmen würde, wenn ich das Arbeitszimmer exakt in seinen vorherigen Zustand versetzen würde – in diesem Fall hätte ich zuviel gewußt, und er hätte gefragt, woher. Denn die Sternwarte, sein Arbeitszimmer, war tabu, niemand durfte dieses Zimmer ohne seine Erlaubnis betreten, nicht einmal Mutter, wenn sie saubermachen wollte, das tat er dann lieber selbst, und nicht oft habe ich meinen Vater mit einem Staublappen und einem Wischeimer in der Hand gesehen. Ging er morgens auf Arbeit, schloß er das Zimmer ab und nahm den Schlüssel mit. Was er nicht wußte, war, daß Muriel in einem der Gewürzschieber, er diente zur Aufbewahrung alter verrosteter Schlüssel in einem Küchenhängeschrank, einen Schlüssel entdeckt hatte, der zum Arbeitszimmer paßte und von dessen Existenz Vater offenbar nichts wußte. Muriel war nie ins Arbeitszimmer eingebrochen. Nicht daß sie Entdeckung oder Vaters Zorn gefürchtet hätte; sie war der Meinung, daß man das einfach nicht tat, daß es sich nicht gehörte, daß es fremdes Gebiet sei, Vatergebiet, zu dem wir keinen Zutritt oder jedenfalls nur nach Aufforderung hätten, und man solle es respektieren, wenn Menschen Freiräume (sie sagte: Rückzugsgebiete) beanspruchten, auch in einer Familie. Edle Worte. Als ich einmal vom Schlüssel Gebrauch gemacht hatte und an der Schwelle zögerte, sie nicht zu übertreten wagte, war es Muriel gewesen, die umstandslos ins Zimmer vorgedrungen war, Schränke und Schubladen geöffnet und darin herumgestöbert hatte, ohne sich im übrigen um das genaue Wiederaufräumen, das Spurenverwischen zu kümmern.

– Das ist deine Sache, hatte sie auf meine Vorhaltungen geantwortet, du bist doch der Spion in der Familie.

– Hier stinkt's wie in 'nem Puff, herrschte ich Muriel an, ich spürte ihre Anwesenheit mehr, als daß ich sie hörte oder sah, sie schlich wie eine Katze.

– Warst du schon in einem?

– Am Hainweg soll es einen geben, antwortete ich.

– In der Nähe der Schule, wie nett. Muriel begann auf den Zehenspitzen zu wippen, sie verschaffte sich einen Überblick, musterte die Objekte ihrer Gier in dem wie aufgeschlitzt liegenden Zimmer.

– Niklas hat's mir erzählt. Ein Stasibordell. Ich glaube, in dem Haus, an dem außen dieses Relief ist, die Fabrik mit den dampfenden Schloten und dem Spruch »Aus eigener Kraft«.

– Da werden sich die Geschäftsleute von drüben ja gleich wie zu Hause fühlen, sagte Muriel.

– Ich mag hier nicht aufräumen, sagte ich.

– Zu faul oder zu feige? Muriel stank nach Himbeeren. Ihr Haar war naß.

– Ich mach das Wohnzimmer, sagte ich, das kenne ich sowieso besser als du.

– Wir sollten hier nur grob aufräumen, sagte Muriel, damit Papa sieht, wir haben was gemacht und nicht allzusehr geschnüffelt.

Ich stellte die Uhr im Wohnzimmer wieder an. Sie hatten die Gewichte ausgehängt, aufgeschraubt und die Bleikerne aus den Zapfen genommen, hatten in den Uhrkasten geleuchtet, dort aber nichts entdeckt außer einem Fläschchen Cuypersöl, die Glashütter Uhrmacher schworen auf dieses Öl, das, in geringen Mengen, seltsamerweise vom Arzneimittelwerk Dresden hergestellt wurde. Die ersten beiden Bleikerne lagen auf dem Sofa, nach dem dritten mußte ich eine Weile suchen. Ich füllte die Kerne wieder in die Messinghülsen und hängte sie an Gong- und Uhrwerk, vorsichtig, wie Großvater es uns beigebracht hatte, wenn wir mit ihm die Uhrenvisite unternahmen, wie er es nannte. Sie hatten auch das Pendel herausgenommen und umgedreht, offenbar beschäftigte man sich dort mit Standuhren und ihren Eigenheiten und mit den Eigenheiten des Viertels; Anne und Richard hatten einen Fluchtplan hinter der Schwungscheibe des Perpendikels ihrer Standuhr versteckt, in einer Klemme. Auch Mutter und Vater besaßen einen solchen Fluchtplan, sie hatten Muriel und mich eingeweiht, nachdem wir zur Erweiterten Oberschule abgelehnt worden waren. Es war damals die Zeit der Fluchtpläne: Anne und Richard wollten über das Kaspische Meer in den Iran (Robert hatte es uns erzählt, viel Spaß, hatte Muriel kommentiert), die Eltern via Rumänien und Donau nach Jugoslawien, von dort über eine Botschaft in den Westen (bis Varga von rumänischen Flüchtlingen erzählte, die über die Donau nach Jugoslawien zu schwimmen versucht hatten, die rumänischen Grenzer kamen in Aluminiumbooten, fuhren über die Flüchtlinge und schossen), der Fluchtplan meiner Eltern klemmte nicht hinter einem Uhrenpendel, sondern hing an der Wand: die Mondkarte aus dem VEB Hermann Haack zu Gotha, die Vater über dem Sofa im Arbeitszimmer befestigt hatte. Nur wenn man genau hinsah, entdeckte man die Bleistiftlinien, die vom Mare frigoris, dem Meer der Kälte, am Lacus somniorum, dem See der Träume, vorbei über die kraterzerrissene Vorderseite des Monds lief, unterbrochen von Punkten, an die Vater Zahlen notiert hatte (Kilometer- und Zeitangaben), selbst für das wissende Auge im Gewirr zwischen Mare serenitatis, Mare tranquillitatis, Mare humorum (Vaters Chiffre für Rumänien) kaum auszumachen. Die Karte war auf dunkelblaues Papier gedruckt, enthielt die Mondvorder- und -rückseite in Form zweier Scheiben, eierkuchengroß und -gelb, Vater hatte manchmal auf die Scheibe der Mondrückseite gewiesen und gesagt: Hoffentlich landen wir nicht im Mare moscoviense, dem Moskauer Meer. Aber auf der Rückseite fanden sich keine Bleistiftstriche. Die Vorderseite des Mondes zeigte die Route von Dresden bis an die Fluchtstelle an der Donau. Anderswo, im Wohnzimmer, war dargestellt, wie dieser Ort aussah, wie die Donau, soweit sie das hatten feststellen können, dort beschaffen war, welche heiklen Punkte es auf rumänischer Seite gab und welche auf jugoslawischer, Entfernungsangaben, Rast-, Tank- und Übernachtungsmöglichkeiten.

Ich sorgte für Durchzug, um den Himbeersirupgestank loszuwerden. Papiere flatterten auf und gerieten ans offene Fenster, in die Nähe der inzwischen glühheißen Ofenklappe. Muriel kam mit Vaters Indianerkopfschmuck. Vaters und auch Mutters Indianersachen hingen im Kleiderschrank im Arbeitszimmer, beide waren – als Vergifteter Pfeil und Scha-ma-scha (was angeblich Die Schwarze Schöne hieß) Mitglieder des Ostsächsisch-Radebeuler Siouxstammes. Muriel schwang Vaters Tomahawk, mit dem er manchmal Brennholz in bleistiftdünne Stäbe spaltete, machte Hu! Ha!, kämpfte mit ihrem Schatten an der Wand.

– Hast du mir von dem Schnitzel noch was übriggelassen? Ich hatte allmählich auch Hunger bekommen.

– Ich vergess' doch meinen Bruder nicht. Hu! Ha! Nieder mit dir, du dummes Bleichgesicht! Ich spalte deinen Schädel, du Stasisau! Jetzt war es Muriel Ernst, sie suchte mit erhobenem Tomahawk nach etwas, auf das sie die Axtklinge gefahrlos niedersausen lassen konnte, es machte sie wütend, daß sie nichts fand außer Möbeln, Büchern, einer Zigarrenkiste ohne Fotos, sie waren auf dem Teppich verstreut. Ich warf ihr ein Holzscheit hin, Muriel spaltete es mit einem Hieb.

– Papa hat schöne Sachen drüben. Muriel warf den Tomahawk beiseite, setzte sich auf den Boden, verbarg den Kopf zwischen den Knien: Fußboden-Muriel, eine Reaktion aus Trotz und Trauer, die ihr aus frühester Kindheit geblieben war.

– Sollen wir zu Anne gehen?

– Spießer. Ich will nicht ins Heim, Fabian. Muriel schaukelte vor und zurück. Nicht in ein Heim. Sie öffnete ihre linke Hand, eine Ampulle lag darin und eine Ampullensäge. Es war eine von Vaters Prüfchargen, die er, wenn er sie mit nach Hause nahm, in seiner Hebammentasche aufbewahrte; normalerweise lagen sie dokumentiert in einem abschließbaren Kühlschrank in der Akademie.

– Gib das her. Sofort.

– Man kann's auch zerbeißen.

– Her damit. Und dann hängst du die Indianersachen zurück.

– Ist gar kein Gift, ätsch. Manchmal kotzt du mich an. Manchmal kotzen mich auch unsere Alten an. Hier drin ist es eiskalt.

Ich schloß das Fenster, zog die Vorhänge zu. Von den flaschengrünen Ofenkacheln pulste Wärme. Muriel begann zu deklamieren, Mutters Wohnzimmerlied, wie wir es nannten, und sofort sah ich Mutter in den weiten, hippiemäßigen Kleidern vor mir, die sie an jenem Sommertag, dem letzten vor einem Urlaub, getragen hatte, sah uns, Muriel und Fabian, als Zehnjährige vor ihr stehen, sie mit erhobener Hand, die sanft zum Takt der Verse schwang, das Klackern der Sandelholz- und Silberketten an Hals und Arm, das leuchtend gelbe Tuch in Mutters schwarzem Haar, und wir wiederholten, was wir auswendig zu lernen gehabt hatten, die Einrichtung unseres Wohnzimmers, besserer Einprägsamkeit wegen in Verse gefaßt, das von Mutter, der technischen Zeichnerin, in unserem Wohnzimmer konstruierte Netz von Verhältnissen, Sichtwinkeln, Blickachsen.

– Wir lernen die Linie, die Hüterin. Sie zeigt im Wohnzimmer geheimen Sinn, hörte ich Muriel sprechen. Und ich fiel ein, hob den Arm, um die Worte, ebenfalls besserer Einprägsamkeit wegen, mit den Gesten zu begleiten, die Mutter uns beigebracht und Vater eines Nachts im Schlaf abgefragt hatte. Haussuchung! Alles aufstehen! Wir stolperten ins Wohnzimmer und deklamierten schlaftrunken unser Lied, begleitet vom müden Gewedel der Arme und Hände, mehrfach stockend, bis es fehlerfrei ging und wir danach hellwach in unsere Betten zurückkehren durften, wo wir für den Rest der Nacht keinen Schlaf mehr fanden. Wir sprachen gemeinsam, zeigten:

– Vom Kreuz des Erlösers zur Uhr,
im Goldenen Schnitt der Strecke steht die Figur.

Das Kreuz des Erlösers in der Mitte der gerahmten Grafiken, zwischen den Bücherregalen, deren Bretter unter den Lasten von Schallplatten, Reclam- und Insel-Bänden, Büchern der Dresdner Edition und Mutters Märchenbuchsammlung wellig geworden waren, die Grafiken in Petersburger Hängung, und auch ihre Titel, die Namen und Reihenfolge ihrer Schöpfer hatten wir zu kennen: Goltzsche, Leifer, Vent, Wigand, die beiden Peter: Graf und Herrmann, Max Uhlig, Kettner, Richterhanstheo, neben dem Kreuz, links, »windflüsternd, saalewärts« vom Maler Bourg, rechts »wurzelentlang«, ebenfalls vom Maler Bourg, den Vater besonders schätzte, darunter Förster, Hussel, Tucholski, Rudolph, Strawalde, Glöckner, Gerda Lepke, Charlotte E. Pauly; nicht alle, aber alles hier gut, abseits und echt, wie Vater sagte, dessen Liebe zu den Grafiken Heinz-Egon Kleine-Natrop, stadtbekannter Dresdner Dermatologe, Carusianer, Mitglied des Freundeskreises Musik, gefördert hatte.

– Vom Kreuz des Erlösers zur Uhr,
im Goldenen Schnitt der Strecke steht die Figur.

Für die Figur hatte Mutter dem Bildhauer Neubert Modell gestanden, er hatte die Figur aus Lindenholz geschnitzt, eine aufrecht stehende nackte Frau mit feinen

Zügen und auf Höhe der Knie abgeschnittenen Beinen; manchmal streichelte Vater ihre Wangen und nannte sie Bastet nach der ägyptischen Katzengöttin.

– Verfolge den Blick ihrer Augen. Sie sehen hinüber
zu einem Inselbuch, genau gegenüber.
Es trägt die Nummer eins-zwei-acht
und steht zwischen Narrenschiff und Mandalays Pracht.

Mutter-Bastet blickte auf die Geschichten Sindbads des Seefahrers. Links daneben die »Holzschnitte zu Sebastian Brants Narrenschiff«, Insel-Bücherei Nr. 593, rechts daneben Nr. 1015, »Das Goldene Kloster zu Mandalay«.

– Der Dom zu Naumburg nebenan
und Maria Sibylla Merian.

Nr. 505, »Die Bildwerke des Naumburger Doms« und Nr. 351, »Das kleine Buch der Tropenwunder«, kolorierte Stiche der Amsterdamer Blumen- und Insektenmalerin. Als Buchstütze diente eine Plastik der drei Affen: nichts hören, nichts sehen, nichts sagen.

Das Lied hatte noch einige Strophen, die Muriel vor sich hin summte, ohne mir beim Aufräumen zu helfen, sie stand vor dem Wandteppich der Pillnitzer Teppichweberin, der »Die Vogelinsel« hieß und sich auf die gleichnamige Elbinsel im Strom zwischen Pillnitzer Schloß und dem Kleinzschachwitzer Ufer bezog, die Bäume auf dem Wandteppich glichen Tropenpflanzen, behängt mit Sumpflianen und Bärten aus Spanischem Moos, gelbe, rote, blaue Vögel lugten dazwischen hervor und bildeten ein Gesicht, das Gesicht meiner Schwester, die in Pillnitz einen Sommer lang glücklich gewesen war.

All die im Wohnzimmerlied besungenen Dinge hatten eine Mitte, den Tisch. Der Tisch hatte eine Glasplatte, und unter dieser Glasplatte lag offen der zweite Teil des Fluchtplans meiner Eltern. Es war eine aus Seidenschnur gehäkelte runde Decke, einen Meter im Durchmesser, Mutter hatte ein Jahr an dieser Decke und an einer zweiten von gleichen Maßen, aber anderer Ornamentik, gearbeitet. In mehreren Rumänienurlauben hatten meine Eltern die Örtlichkeiten erkundet, Breite und Fließgeschwindigkeit der Donau, Mutter hatte alle Details auf einer Karte eingetragen, einer gehäkelten, unter der Glasplatte des Wohnzimmertischs auf den Tag ihrer Bestimmung wartenden Karte. Die andere Decke hätte Mutter, damit das Wohnzimmer unauffällig blieb, vor dem Urlaub unter die Platte gelegt. Irgendwann, nach mehreren Gläsern Wein, hatte Varga von Fluchten seiner Landsleute über die Donau gesprochen, von der am Eisernen Tor überfluteten Insel Ada-Kaleh, und meine Eltern hatten den Fluchtplan aufgegeben. Das Lied war geblieben, das Mißtrauen war geblieben.

– Sagt mir das Wohnzimmerlied auf, Kinder. Merkt euch: Wenn auch nur eine Linie, nur eine Verbindung nicht mehr stimmt, sind sie dagewesen.

II. Vigilie: Vom Verständnis des Feindes

Der Bearbeitungskomplex

Zu selten beschäftige ich mich mit den Spinnen. Sie, die Netze weben und warten können, sie, die im Dunkel hokken und mit uns, den Mitarbeitern der Sicherheit, so vieles gemeinsam haben. Oft dachte ich, daß über dem Gang, der zu meinem Büro führte, nicht das Farnblatt, sondern die Spinne eingemeißelt sein müßte, wenngleich mich auch die Farne interessierten, seit ich wußte, daß Rohde eine Sammlung besaß. Er hatte einige Blätter getrocknet und hinter Glas in sein Stübchen gehängt, neben sieben Zeichnungen des Malers Bourg, einem Zyklus mit dem Titel »Die schwarzen Pflanzen«. Ging ich zu Rohde, was ich natürlich nur tat, wenn er nicht da war, erinnerten die Farne mich an mein Vorhaben, die Kohleninsel zu erkunden, meine Forschungen voranzutreiben und endlich auch auf Rohdes Vergangenheit auszudehnen. Rohde war mir noch nicht klar. Er tauchte auf und verschwand, er schien dabei keine Regelmäßigkeit zu entwickeln, das irritierte mich, Regelmäßigkeit ist Voraussetzung der Berechenbarkeit, alles Unberechenbare war mir im Grunde zuwider. Schon daran konnte ich erkennen, wie sehr ich hierhergehörte, zu den Farnen, den Spinnen, den Schatten, auf die Nachtseite der Existenz. Das Unberechenbare machte die Arbeit spannend, war aber auch die Ursache gewisser Gesundheitsschwankungen, die sich bei mir entwickelt hatten. Man mußte hellwach bleiben, immer auf dem Sprung, immer gewärtig, daß auf der nächsten Seite einer Akte eine tödliche Überraschung lauerte. Oft blätterte ich mit zögernden Fingern um und zog mein Gesicht vom Blatt zurück, da ich die Vorstellung nicht loswerden konnte, daß hinter der Seite, die meine Finger eben ergriffen hatten, ein Springteufel hockte, der nur darauf lauerte, mir kreischend in die Augen zu hüpfen. Ich überlegte, was ich tun konnte, um mir Rohde klarer zu machen, eine Sicherheitsüberprüfung, eine Operative Personenkontrolle, ein Operativer Vorgang, am besten gleich la program, einen Begriff, den wir von den rumänischen Kollegen übernommen hatten; dahinter verbargen sich gewisse Maßnahmen der Abteilungen VIII, M, 26, 32 und des Untersuchungsorgans – ich würde la program natürlich nicht genehmigt bekommen, jedenfalls nicht gegen Rohde. Steck deine Nase in deine Akten, hätte Marn angemerkt. Ich machte mich auf den Weg. In Bewegung bleiben ist alles, Genossen: Der Minister wußte, wovon er sprach. Seine Direktive hatte ein Spaßvogel ausgerechnet in einem der Paternosteraufzüge der Kohleninsel angebracht. Ich machte mich auf den Weg und dachte über la program nach. Ich geriet manchmal in träumerische Zustände, wenn ich unterwegs war, in die Konstruktion von Zusammenhängen, und seien sie noch so paradox – alles im Gegenlicht, im Widerschein der Dialektik betrachten.

Wenn wir ernsthaft an »Maler« arbeiten wollten, mußten wir lernen, Richtig von Falsch, Freund von Feind zu unterscheiden, zweiter Absatz der *Aufgabe im Grunde*. Vogelstrom malte das größte Bild Europas, Fertigstellung pünktlich zum Republikgeburtstag, Kameras und Presse würden da sein. Der Bürochef des Ministers rief an, bezog sich auf den Operativen Vorgang »Maler«:

– Der Kerl malt, was er will, und nicht, was wir wollen? Kann es sein, daß ihr überfordert seid, ihr Schlafmützen in der Zwanzig? Immerhin sind wir es, die das Ganze finanzieren, und wer das Geld gibt, hat das Sagen, soviel haben wir auch schon begriffen vom Kapitalismus. Wenn ihr Unterstützung braucht, sagt ein Wort, und dann fangt endlich an, euch mit Bildern zu beschäftigen, sonst kommt es noch so weit, daß dieser Vogelstrom uns vor aller Welt bloßstellt und dazu noch sein blödes Grinsen aufsetzt!

Hin und wieder und bei bestimmten Genossen war es leider notwendig, das vertrauensvolle Verhältnis auf eine objektive Basis zu stellen, darin war ich mir mit Marn, mit dem ich meine Arbeit abstimmte, einig. IM »Schelling« und IM »Fichte«, beide seit kurzem Hauptamtliche, entwickelten einen Idealismus, den Vogelstrom mehrfach hatte für sich ausnutzen können. Natürlich waren wir nicht allein mit »Maler« beschäftigt, die Linie XX verließ sich niemals auf so wenige Mitarbeiter, wenn es um ein Projekt von solcher Wichtigkeit wie das Revolutionspanorama ging. Ich dachte wieder an Rohde und seine Farne, deren bizarre Struktur so sehr der menschlichen Seele zu entsprechen schien, wir mieden dieses Wort nicht. Der Alte vom Berge brachte von seinen Fahrten ins Kupfer regelmäßig Versteinerungen mit, hatte mir zu einem runden Geburtstag ein Schieferstück mit dem Abdruck eines Farns geschenkt, es lag auf meinem Schreibtisch. Ich nahm es, wenn ich vom Aktenstudium aufsah, manchmal in die Hand. Farn für den Farnmeister, hatte der Alte vom Berge unpassenderweise gesagt. Diese Gabe – und wohl auch die Bezeichnung – hätte zu Rohde gepaßt, nicht zu mir, dem Bewunderer der Spinnen. Aber eines Nachts hatte ich begriffen, daß der Alte vom Berge klüger gewesen war als ich, daß das Emblem über dem Gang zu meinem Büro in vielerlei Beziehung zu meiner Tätigkeit stand, daß die Vorgänge, die ich studierte und verglich, die Formen toter Seelen angenommen hatten und daß die Spinnen, zu denen ich mich hingezogen fühlte, zum operativen Pol der Sicherheit gehörten. La program wollte gut überlegt sein. Manche Konsequenzen waren nicht mehr rückgängig zu machen. Für den Operativen Vorgang »Maler« hatten wir beschlossen, zunächst abzuwarten, die ganze Angelegenheit war lange in einem unentschiedenen Stadium geblieben, die Idee für das Revolutionspanorama war nämlich keineswegs von Vogelstrom, sondern von der Parteiführung gekommen, die sich damit selbst ein Denkmal hatte setzen wollen. Es war bei verschiedenen Malern angefragt worden, niemand außer Vogelstrom war bereit gewesen, sich der Herausforderung zu stellen. Die Partei bevorzugte Muskel-Sittlich, der Recken und Reckinnen malte, doch auch Muskel-Sittlich hatte nach langer Bedenkzeit und einem Besichtigungstermin im Weißen Pavillon abgewinkt. Vogelstrom hatte vor Vertragsunterzeichnung den ihm gut bekannten westdeutschen Kritiker Lacange über das Revolutionspanorama informiert und ihn gebeten, die größtmögliche Werbetrommel zu rühren und rühren zu lassen, was Lacange auch getan hatte. Landauf, landab waren Artikel erschienen und hatten das Panoramaprojekt, das nur als Idee, als vager Papierkomplex existierte, in die Nähe einer für diese Angelegenheit noch keineswegs sinnführenden Realrealität gerückt, es gewissermaßen als seiend und nicht als vorläufig möglich behandelt, was auf die vorgesetzten Stellen insofern handlungerzielend gewirkt hatte, als (ich zitiere aus der entsprechenden Akte) »der Eindruck des Vorhandenseins eines politisch-operativen Zusammenwirkens zwischen Vogelstrom und diesem Lacange, der selbstverständlich sofort mit einer Einreisesperre belegt wurde«, nicht von der Hand zu weisen gewesen war, der Konsequenzkomplex Realrealität war nun gefährlich nahe:

– Herangemondet, hörte ich Marn fluchen, der Kerl hat ganz gerissen Jupiter gespielt und einen Haufen Trabanten um sich gesammelt, der hat nicht nur sein Panorama, sondern auch die Journaille herangemondet, und was das betrifft, sind die oben ja völlig schizophren und fühlen sich nun von der Westpresse, auf die sie sonst keinen Pfifferling geben, herbeibeeindruckt, wir erleben das nicht zum ersten Mal, Genossen. Kurz, das Revolutionspanorama hatte plötzlich einen Fertigstellungstermin, und Vogelstrom präsentierte ein Vertragspapier. Ein ziemlich ungeheuerliches Vertragspapier. Wie das Revolutionspanorama auszusehen habe, sei allein seine Sache, niemand dürfe ihm hineinreden. Kein Abgabetermin. Ein Jahresgehalt von 75 000 Mark, Dienstauto nebst Fahrer, Einstufung seiner hiesigen Wohnung als Dienstwohnung mit Personal (Reinigung, Küche, Zugehfrau, Übernahme des Unterhalts) und die Summe von 500 000 Mark für die Modelltafeln, die er im Maßstab 1:10 vom Panorama zu fertigen gedachte, diese Ankaufssumme sollten die Staatlichen Museen der Hauptstadt aufbringen. Das Vertragspapier wurde unterzeichnet. Marn war auf Spee, wie es in der Behörde nach dem bekannten ostdeutschen Waschpulver hieß.

– Der Kerl wird operativer Schwerpunkt! tobte Marn, und von da an gehörte »Maler« zu meinen Aufgaben.

Ich war auf dem Weg. Suchend. Dieses Partizip, obwohl stilistisch ungelenk, schien das Wesen der Sicherheit auszudrücken, vielleicht hatte Rohde es deswegen im Spinnenmanuskript gebraucht. Wir suchten und waren fortgesetzt im Begriff, dies zu tun, wir waren also suchend, ich war suchend, und die Akten selbst schienen suchend zu sein, wie der Alte vom Berge suchend gewesen war, der vom Bergwerk, wie er sagte, und der Papierrepublik hier unten nicht genug bekommen konnte. Meiner Erinnerung nach stammte das Wort suchend in bezug auf die Kohleninsel von ihm, ich sah ihn vor mir, er hatte in der Waschkaue gestanden, schon in Arbeitskleidung, das Gesicht skeptisch und gleichzeitig erwartungsfroh, der Helm mit dem aufgemalten B für Besucher auf dem Kopf, die Grubenlampe aufgesteckt, daneben einige Kumpel, die mich mißtrauisch anstarrten. Die Kumpel bezeichneten sich als den noch arbeitenden Teil der Kohleninsel, fuhren ein nach Kupfer, Steinkohle, Uran, sie schätzten Besucher nicht, die glaubten, etwas vom Berg zu verstehen, nur weil sie, wie der Alte vom Berge, Rohde und ich, Bücher darüber gelesen hatten und Altberg immer wieder sagte, dies sei sein Ort. Sie schätzten die Weißkragen und Bürohengste nicht, die waren für sie keine Arbeiter, geschweige denn Bergleute. Altberg erzählte gern seine erste Begegnung mit dem Obersteiger, der ihn nur abschätzig gemustert und ihm zu verstehen gegeben habe, daß er gegen Papiermenschen allergisch sei, die führen mit dickem Notizbuch und der Tasche voller Schreibzeug ein, hielten sich ein paar Stunden unten auf und kritzelten dann was von Decke und Boden statt von First und Sohle, da sei der Kumpel schon sauer, eine Decke habe er im Bett und auf dem Boden hänge die Frau die Wäsche auf, man müsse, wenn man schon mal in der Grube sei, die Wahrheit schreiben, und die Wahrheit sei auch, daß es hier unten keine Wände, sondern Stöße gebe. Und niemals das Wort Schacht für die Grube! Der Schacht sei das, was von der Oberfläche seiger, senkrecht, in die Teufe führe, und er, Altberg, habe den Obersteiger gefragt, wie hoch ein Stollen sei, und der Obersteiger habe gestöhnt: Ein Stollen – und übrigens genau: Stolln – sei etwas, das ins Tageslicht münde, das, wodurch sie, Altberg und der Obersteiger, führen, seien Strecken.

– Wir gehen nicht, wir fahren.

Die Stolln trugen Namen, und nicht nur wir aus den Lektoraten hatten sie uns einprägen müssen.

– Schieferbrechen und Schreiben, sagte der Alte vom Berge, studieren Sie das eine, und Sie werden das andere mitstudieren. Er legte Wert darauf, daß die jüngeren Genossen regelmäßig einfuhren. Auch war es ihm eine Freude, wenn sie am Kupfer, am Uran Gefallen fanden und in diesem Teil des Bergwerks blieben. Ging es in einer Sitzung darum, die neugeworbenen Inoffiziellen abzurechnen, schob er gern die Organisation Kleist vor, die das Geschäft der Anwerbung konkurrenzlos erfolgreich betrieb, und reagierte auf Vorhaltungen, indem er wortlos ein Zirkular des Ministers hochhielt, das die Genossen aufforderte, mehr auf Qualität als auf Quantität zu achten und auch vor schwierigen Anwerbungen nicht zurückzuschrecken. Zahl sei nicht alles und das Ministerium kein Ort für Tonnenideologen. Der Minister hatte diesem Zirkular bald ein zweites folgen lassen, in dem er die Mahnung noch verschärfte: Die Praxis, aus Scheu oder Unvermögen komplizierten Werbungen auszuweichen, sei nicht mehr hinnehmbar. Diese Mahnung bezog sich auf die sogenannten Anforderungsbilder. Marn wies immer wieder darauf hin, daß die verbreitete Vorstellung, jedermann könne für das Ministerium arbeiten, irrig sei, in Frage kämen nur Personen, die über bestimmte Merkmale verfügten, den Merkmalskomplex, Genossen!

Über mir tropfte Wasser, lief die Stöße hinab, bildete Rinnsale, Wasser war ein Problem hier unten, war es immer schon gewesen. Die Zentrale Arbeitsgruppe Planung im Ministerium hatte sogar eine bereits aus dem Plan gestrichene Werkstatt des Technischen Diensts reaktivieren lassen, die das uralte Handwerk des Röhrenbohrens noch beherrschte. Ohne die von dieser Werkstatt mit meterlangen Forgenbohrern getreu nach mittelalterlicher Zunftvorschrift gebohrten Röhren konnte man des Wasserproblems nicht Herr werden, moderne Technik hin oder her. Im Winter gefror das Wasser, der Alte vom Berge bat dann gern einen Fotografen mit hinunter, um die Kristallgewächse, Milchblöcke, Glasmähnen und Frostriesen, diese Heinzenkunst, wie Altberg sagte, auf Orwo-Schwarzweiß zu bannen. Hier unten herrschte bis zur dritten Ebene, in der sich der Felsendom öffnete, gewissermaßen immer Winter (in der Steinkohle allerdings war es warm), Nässe und Kälte ließen uns selbst in den heißesten Sommertagen die Dienstuniform nicht ablegen. Winter war die mir gemäße Jahreszeit, in der die Aufregungen verblassen, der Schnee oben die Erscheinungen mit stiller Zeit bedeckt, Winter ist die Jahreszeit der Grübler und Philosophen, eine ziemlich deutsche Jahreszeit, hatte der Alte vom Berge mir einmal gesagt und hinzugesetzt: Natürlich nur, wenn man in Reichweite einen warmen Ofen hat. Daran fehlte es bei uns nicht, auch hatten wir Kohlenvorräte genug, die Ausbeute an Kohle, die unsere Jugendbrigade »Adolf Hennecke« gewann, genügte, um die Heizkeller der Kohleninsel auf Jahrhunderte hinaus zu füllen und das Kraftwerk zu beschicken, das uns mit Strom versorgte. Ich ging und sah meinen Schreibtisch vor mir, auf dem sich die Akten stapelten, der Fall Schevola alias Operativer Vorgang

»Bride«, der Fall Hoffmann alias Operativer Vorgang »Schierling«, der Fall Eschschloraque alias Operativer Vorgang »Marmor« beschäftigten mich seit längerem, dazu der Fall Rohde (mit noch unentschlossener Kennzeichnung), »Maler« und sein Revolutionspanorama. Marn und sogar der Minister hatten Anzeichen von Ungeduld erkennen lassen und Ergebnisse verlangt, ausgerechnet die so vielbeschworenen sogenannten Ergebnisse und ausgerechnet Marn und der Minister, die doch wissen mußten, daß die Ergebnisse unserer Behörde überwiegend geistiger Natur sind. Auch unsere Behörde, ja sogar das Ministerium überhaupt kennt die Müdigkeit, kennt den Schlaf, im Winter besonders. Wir haben Aktivitäts- und wir haben Ruhezustände, die regelmäßig die Wut der Chefs hervorrufen, Wachsamkeit ist eines unserer wichtigsten Prinzipien. Die Ermahnungen schienen durch die Kohleninsel zu hallen: Seid wachsam, Genossen, schlaft nicht ein, auch wenn die Müdigkeit groß ist, kein Wunder nach den vielen Jahren am Feind. Und auch ich mußte mich zur Wachsamkeit ermahnen. Meine Aufgabe war schwierig und blieb es, sowohl »Maler« als auch »Bride«, »Schierling« und »Marmor« verhielten sich anders als gedacht, als ich es glaubte aus bestimmten Reaktionsmustern, Ursache-Wirkungs-Diagrammen ablesen zu können, von denen unsere Bibliothek eine reiche Sammlung besaß, selbst »Schierling« überraschte, ja irritierte mich immer wieder. Dabei haben wir es in der Wissenschaft vom Menschen weit gebracht. Wir lieben sie nicht, die Überraschungen. Wo es Überraschungen gibt, sind Fehler begangen worden, hat jemand nicht die richtigen Schlüsse gezogen. »Bride« beispielsweise hatte eines Tages ihren Vernehmer geküßt, im Untersuchungsorgan. Das hatte diesen armen Menschen an den Rand eines Nervenzusammenbruchs gebracht, er kannte eben nicht meine Judith, hatte Rohde gesagt.

Ich mußte mich in acht nehmen, nicht jeder im Ministerium war fähig, meine Position in der Chronik, Abteilung für Aktenvergleich, als Auszeichnung zu verstehen. Seit kurzem war ich Mitarbeiter, man konnte sagen, einer der wichtigsten, wenn man die Tatsache berücksichtigt, daß die Abteilung für Aktenvergleich, innerhalb der Kohleninsel mehr argwöhnisch als salopp »Die Verlockungen der Angst« genannt, nur aus mir selbst besteht. Die Aufgabe »Maler« hatte ich aus der Linie XX mitgenommen, Marn war nicht bereit gewesen, sie mir zu erlassen:

– Wenn du schon herumpfuschst, dann bringst du die Chose, die du verfahren hast, auch zu Ende! Das wirst du ja wohl noch hinbekommen, für diesen Pinsler setze ich nicht noch mehr Kräfte ein, zumal du dich immer brüstest, alles im Griff zu haben! Ich hielt Marns Position für leichtsinnig und gab ihm das zu verstehen. Vielleicht unterschätzte er die Wirkung eines solchen Projekts, wie es Vogelstrom unternommen hatte, zumal Vogelstrom geschickt die wachsende Publicity des Panoramas für sich zu nutzen wußte. Manchmal, wenn mich Marn in einer Konferenz abbürstete, schwieg ich und dachte mir: Du wirst dich noch wundern, mein Lieber, du verkennst die Lage. Dieser Vogelstrom ist dabei, das Ministerium zu blamieren, und zwar mit einer Kaltschnäuzigkeit, die beinahe schon unsere Bewunderung verdient. Doch Marn hatte, wie die meisten Mitarbeiter des Ministeriums, für Kunst außer der Literatur wenig Sinn, wenngleich er, als Leiter des Lektorats I, recht belesen war und es liebte, in der Kartenbibliothek über alten Manuskripten zu brüten oder im Klub der Arachnologen etwas über Jagd zu erfahren. Nachdem ich die Alte Radstube erreicht hatte, in der Altberg seinen Schülern bergkundliche Erläuterungen zu geben pflegte, hörte ich plötzlich das Geräusch der Pumpen, die Akustik des Bergs erschien mir auch nach so vielen Jahren immer noch rätselhaft, man fuhr eine Strecke, begleitet nur vom Getropf und Geriesel des Wassers, geriet dann aber an ein »Ohr«, wie Altberg sagte, und hörte wie aus dem Nichts Maschinengeräusche und Stimmen, an bestimmten Stellen sogar das Gemurmel aus manchen Stuben über Tage. Ich war mir nicht sicher, ob die Kollegen von diesen »Ohren« wußten, manchmal belauschte ich IM »Schelling«, wie er über seinen Berichten murmelte, hin und wieder in einen Rausch auf der Schreibmaschine verfiel, es war, als säße er neben mir. Altbergs Schaufel steckte noch im Geröll der Alten Radstube, ich erinnerte mich, wie er uns von seiner ersten Einfahrt ins Kupfer erzählt hatte, er habe den Rat des Brigadiers mißachtet und beim Schaufeln den Handteller gegen das Ende des Schaufelstiels gedrückt, wie man das eben so mache in sitzender Position, nach einer halben Schicht sei sein Handteller eine einzige Blase gewesen. Das Wasser hier war schiere Lake. Über mir viele Meter Salz, Anhydrite, Stinkschiefer, Buntsandstein und Muschelkalk, darüber jüngere Bodenschichten: Tonstein, Sand, dann die sogenannte Kulturschicht: Müll, Asphalt, Beton, Ziegel, ich sah Altberg vor mir, der nach dieser Aufzählung Rohde und mich aufforderte, unsere Hände in die Lake zu halten, wir hatten stundenlang geschaufelt, die Hände waren aufgerissen, die Lake wühlte wie Feuer im rohen Fleisch. Ein Bergmannsscherz, wie er mit jedem Anfänger gemacht werde, auch ihm, Altberg, sei es bei seiner ersten Einfahrt nicht anders ergangen. In der Alten Radstube kam mir der Gedanke, die Kohleninsel sei der Zentrale Operative

Vorgang, mein Zentraler Operativer Vorgang. Die *Aufgabe im Grunde* – wie sollten wir sie verstehen? Die Meinungen darüber gingen im Ministerium weit auseinander. Marn hatte den Minister auf einem Geburtstagsumtrunk darauf angesprochen, und der Minister hatte, in seiner unverkrampften Art, erwidert:

– Ganz einfach, wir müssen alles wissen!

Auf dem Weg zu Marn erinnerte ich mich, daß der Ausspruch des Ministers wie ein frischer Wind durch das Ministerium gefegt war, Ausblicke eröffnet, Zielvorstellungen korrigiert, Strategien Flügel hatte wachsen lassen. Die Kohleninsel befand sich in einem nicht nur in Behörden gefürchteten Stadium, sie war an einen toten Punkt gelangt, es ging nicht mehr weiter wie bisher, eine neue Sonne, wie der Alte vom Berge sagte, war noch nicht aufgestiegen, die Ermattung war über das aus anderen Wintern gewohnte Maß hinaus spürbar geworden und hatte die Arbeit zwar nicht zum Erliegen, aber ins Fahrwasser schädlicher Routine gebracht. Wiederholung drohte den Glauben auszulöschen. Da riß das Wort des Ministers alle mit. Von Zeit zu Zeit braucht jede Organisation eine solche Erneuerung, eine Erfrischung des Geistes. Hier zeigten sich, dachte ich, die Qualität, die Notwendigkeit von Führung. Eine gute Führung, dachte ich, kann das Kristall in der Mutterlauge zum Anschießen bringen, eine gute Führung hebt die Stimmung und damit die Lust auf die Arbeit, so wie eine schlechte Führung mit einem Wort oder sogar einer nonverbalen Äußerung der Geringschätzung das Kartenhaus namens Betriebsklima zum Einsturz bringen kann. Die Kohleninsel war dem Minister für sein Wort dankbar, ja nicht nur das, sie trug es auf Händen. Diese klare Direktive war es, die gefehlt hatte, durch sie erschienen die verwickeltsten Angelegenheiten plötzlich in anderem Licht, auch wenn es das künstliche in der Verantwortung der Lichtbrigade blieb. Ich wußte immer noch nicht alles über »Bride« und »Schierling«, geschweige denn über Vogelstrom. Der Operative Vorgang »Maler« war ins Stocken geraten. Natürlich hatte ich meine Tricks, studierte die Akten ein weiteres Mal (immer wieder stieß ich auf etwas, das ich vorher übersehen hatte, sah neue Zusammenhänge), machte Ausflüge in die Tiefen der Kohleninsel, in die alte Fahrt mit dem Welszeichen. In ihren Kammern lagen die Akten der observierten Maler aus den Südbezirken der Republik. Dort schlug ich nach Zufall einen Hefter auf, hin und wieder fand sich Brauchbares in den Papieren, eine Beobachtung, die Vogelstrom, seine geschiedene Frau oder seinen Sohn betraf, der ebenfalls künstlerische Neigungen entwickelte (worüber der Vater nicht erfreut war), eine ins Nebenbei gesprochene und dann auch ins Nebenbei aufgeschriebene Bemerkung, die geeignet war, mein Bild von Vogelstrom zu vervollständigen (und sei es auch nur um ein winziges Bruchstück, das nicht einmal ihn persönlich, sondern allgemein »den Künstler« oder »die Maler« charakterisierte), und wenn sich nichts von alledem fand, so hatte ich doch das Gefühl, nicht untätig zu sein, die Kräfte meines Wartens zu beschäftigen, mir eine Verschnaufpause zu gönnen, die ich immer noch, und sei es noch so undeutlich, produktiv verbrachte. Ich tat etwas, blieb wachsam, schulte mein Gedächtnis. Es gab Tage, an denen ich das Gefühl hatte, daß mir nichts von »Maler« entging, daß ich den Vorgang »im Griff« hatte, wie wir sagten, so fest, daß jeder Versuch zu entkommen aussichtslos sein mußte, gleichzeitig aber locker genug, um die Beute in Sicherheit zu wiegen, ihr die Illusion völliger Bewegungsfreiheit zu lassen. Dies waren Tage, an deren Abenden ich Marn von wirklichen Fortschritten berichten konnte, an denen mir der Kaffee in der Kartenbibliothek so gut schmeckte, als stammte er aus den besten Anbaugebieten. Freilich waren diese Tage selten. Im Moment, da ich dies niederschreibe, kommen mir sogar Zweifel, ob es sie überhaupt gegeben hat, ob nicht der Wunsch nach beruflicher Befriedigung mir die Stahlfeder geführt und die Wahrheit, mag sie mir nun schmecken oder nicht, dabei auf der Strecke gelassen hat. »Beute«, »Strecke«: Jagdsprache, ich benutze sie nicht von ungefähr, mit dem Alten vom Berge, Arbogast, Marn und, natürlich, Rohde gehörte auch ich zum Klub der Arachnologen, den Spinnenliebhabern und -forschern. Freundin Arachne, wie Arbogast sie nannte, hat die Jagd zur Kunst entwickelt, und nur die Praxis, die Verfolgung des lebenden Wilds namens Mensch, bereitete mir größeres Vergnügen als die Beschäftigung mit Spinnen. Die Schrift über Spinnen hatte Rohde viel Anerkennung im Ministerium eingetragen. Ich war ein wenig neidisch; was ich mir mühsam aneignen mußte, hatte er als studierter Zoologe gewissermaßen im kleinen Finger. Die Studie war Fabre gewidmet, dem französischen Insektenkundler und Meister der Beobachtung, einem Geist, den die Kenner im Ministerium, besonders der Linie VIII, bewunderten und zum Vorbild nahmen. An den anderen Tagen (vielleicht gab es bei näherer Betrachtung tatsächlich nur solche »anderen Tage«) überwogen die Zweifel, lähmte mich die alte Unsicherheit. Ich wußte nicht genug über Vogelstrom. Wenn ich ihn besuchte, ließ er sich nur selten auf Erklärungen ein, beantwortete meine Fragen einsilbig, vielleicht lag es daran, daß ich mich, im Gegensatz zu Rohde, nicht anmeldete, obwohl ich von

Vogelstroms Abneigung gegenüber unangemeldeten Besuchern wußte. Immerhin waren wir die Herren im Haus, wir bezahlten ihn, und nicht zu knapp. Ich war mir mit Marn einig, der mein Vorgehen nicht nur billigte, sondern es sich noch machtbewußter wünschte, man darf, hatte er gesagt, vor diesen Künstlern nicht auf Knien rutschen. An diesen Tagen hatte ich »Maler« ganz und gar nicht im Griff, hatte in manchen schwarzen Augenblicken sogar den Verdacht, daß »Maler« insgeheim über mich lachte oder, was noch schlimmer gewesen wäre, lächelte. Lachen ist Befreiung aus der Angst, respektiert sie aber noch, Lächeln (dieses von mir gemeinte Lächeln) ist Verachtung, wehe einer Kohleninsel, die niemand mehr fürchtet.

Was nur konnte Marn von mir wollen? In den Gängen, wieder im Geräusch ferner Sprengungen und der Schwarzen Mathilde, die irgendwo über mir die gehauene Kohle transportierte, zerbrach ich mir den Kopf. Eine außerplanmäßige Konferenz, der Minister war angekündigt. Der Pförtner wußte von nichts. Das war kein gutes Zeichen, bei Konferenzen geringerer Wichtigkeit sickerte immer etwas durch. Hatte es mit mir zu tun? Ich hatte ein Memorandum verfaßt, die Arbeit mit den Inoffiziellen betreffend, sie ließ zu wünschen übrig, und das, besah man es genau, von Anfang an. Die Arbeit mit den Inoffiziellen hatte zu keinem Zeitpunkt eine wirklich befriedigende Form gefunden. Marn empfing mich in seinem Dienstzimmer. Ich habe es nie gemocht, die Einrichtung mit Furniermöbeln, Schrankwand voller Wimpel, Bierhumpen und Schießpokale, davor die Couchgarnitur, war mir immer geschmacklos vorgekommen, wenngleich sie für das Ministerium charakteristisch war. Marn rauchte nervös.

– Der Minister ist auf Spee, das kann ich dir sagen.

Schweinerei, das. Du weißt von nichts? Woher auch, du hältst ja Winterschlaf da unten. Altberg hat uns verraten, der Kerl ist abtrünnig geworden, er macht nicht mehr mit, sagt er, er kann seine Tätigkeit hier nicht mehr mit seinem Gewissen vereinbaren. Im Laufe der Jahre seien seine Zweifel immer größer geworden und hätten jetzt das aushaltbare Maß verlassen undsoweiter, Literatengesülz! Du wirst dem Minister Rede und Antwort stehen müssen. Mensch, du mußt doch wirklich gepennt haben. Du warst es doch, der mit Altberg am engsten zu tun hatte, sei froh, wenn du nicht durch die Mühlen mußt.

– Und deine Abteilung? verteidigte ich mich. Du hast doch die großen Aufklärer. Ich vergleiche Akten, nicht mehr und nicht weniger, ich lasse mir keinen Vorwurf machen.

Rohde, dachte ich, der sitzt doch an der Quelle, dein Liebling und Protegé, er sollte nicht unter »Nemo«, sondern unter Inoffizielle Schlafmütze fahren. Marn ging auf meinen Vorwurf nicht ein.

– Das Ding ist für uns ein GAU, sagte er nachdenklich. Fehlt nur noch, daß der Kerl die Seite wechselt und alles ausplaudert, aber das werden wir zu verhindern wissen.

Der Minister, von dem ich einen Tobsuchtsanfall erwartet hatte, empfing uns ruhig, das verwunderte mich, er ließ sich von mir berichten, was ich wußte, ging aber kaum darauf ein, wischte schließlich den Komplex Altberg vom Tisch:

– Ihr veranlaßt eine Operative Personenkontrolle, Genossen, im übrigen sehe ich die Sache nicht so tragisch, der kommt doch nicht weit. Ihr macht das wie diese Spinnen, von denen du mir erzählt hast, ihr spinnt ihn ein. Doch nicht zu fest, klar? Er blätterte in meinem Memorandum, las sich hier und dort fest, lobte mich. Auf Spee, wie Marn gesagt hatte, schien der Minister keineswegs zu sein. Er fragte nach dem Stand der Vorbereitungen des Faschingsfests, das traditionell auf den Gründungstag des Ministeriums gelegt wurde, den achten Februar. Die Vorbereitungen zum Faschingsfest fielen nicht in meine Zuständigkeit, ich murmelte etwas dergleichen, befremdet von der äußerlichen Gelassenheit des Ministers, die ich mir nicht erklären konnte. Ich dachte an frühere Reaktionen, wenn ihm ein Fall ähnlicher Dimension bekannt geworden war (selten genug hatte es solche Fälle im Ministerium gegeben), er hatte geschrien, daß die Vernehmer ängstlich auf die Vernommenen blickten, hatte einmal sogar seine Pistole gezogen und vor Wut über den Verrat eines Geheimnisträgers das Magazin leer geschossen, in den Stammplatz des Geheimnisträgers im Große-Lage-Raum, einen kobaltblauen Sessel. Der Minister hatte verboten, ihn auszutauschen, und von da an hieß dieser Sessel der Verrätersessel. Niemand nahm darin Platz, obwohl der Minister manchmal einen Genossen aufforderte, es zu tun. Auch mich hatte er einmal aufgefordert und beobachtet, wie ich reagieren würde.

– Setz dich nur hinein, hatte der Minister wiederholt und die unter Glas liegende Totenmaske Dzierzynskis betrachtet. Er selbst setzte sich manchmal in den Sessel und genoß unser Schweigen. Dann schwieg er so wie jetzt, die wulstigen Lippen gespitzt, um eins der Liedchen zu pfeifen, welche die Zentrale Arbeitsgruppe für seinen Lieblingsfußballklub gedichtet hatte. Er trommelte ungeduldig mit Zeige- und Mittelfinger auf den Tisch.

– Was macht dieser Maler? Auch so ein Problem, was? Der Minister blickte Marn und mich wohlwollend an.

– Wir haben es eben mit Herausforderungen neuer Art zu tun. Aber was glaubst du, was passiert, wenn ich das im Politbüro vortrage? Sie schweigen und gehen zum nächsten Punkt der Tagesordnung über. Wir werden nachher in der Konferenz darüber sprechen. Wir werden noch zum Mädchen für alles werden, schon jetzt müssen wir für jeden Mist geradestehen, ich sage euch, Genossen, wir werden noch zum Ausräumer des großen Scheißstalls werden! Was den Altberg betrifft: Die übliche Verfahrensweise, aber ich betone noch einmal, nicht zu fest. Der Schritt kommt für uns in der Zentrale nicht ganz so überraschend wie für euch. Hat euch auf dem völlig falschen Fuß erwischt, was? Die kleinste unvorhergesehene Sache, und ihr kippt aus den Latschen! Totale Kontrolle, Genossen, der dritte Punkt der *Aufgabe im Grunde*. Ihr macht eine OPK über den Altberg und berichtet mir. Der Minister wandte sich an mich.

– Viel wichtiger ist das Memorandum. Du schickst es sofort in drei Kopien an mein Sekretariat, das muß in die zentrale Dienstkonferenz. Er klopfte mir auf die Schulter und entließ uns. Auf dem Weg zur Konferenz dachte ich über seine Worte nach. Nicht zu fest sollten wir Altberg einspinnen? Hatte der Minister nicht selbst gesagt, daß wir alles wissen mußten? Der Minister wußte mehr als wir alle. Er hatte mich gelobt, mir auf die Schulter geklopft, eine seltene Auszeichnung, mehr wert als eine Prämie. Beflügelt ging ich durch die Flure, die Konferenz schien nur eine Routineangelegenheit zu sein, vielleicht hing die Anwesenheit des Ministers mit seiner jährlichen Inspektionsreise zusammen, die er meist im Winter antrat, besonders gern in der Weihnachtszeit. Die Führungsoffiziere und Abteilungsleiter waren versammelt, ich erkannte mehrere Mitarbeiter der Organisation Kleist. Der Minister schrie herum, schimpfte uns unfähig, wies mit dem Finger auf mich (und nicht auf Marn) und drohte, unser Versagen werde Konsequenzen haben. Dieser plötzliche Verhaltensumschwung befremdete mich noch mehr als die anscheinende Gelassenheit des Ministers in der Unterredung unter vier Augen. Wer mag der Stärke seiner Waffen, wer mag seiner Wachsamkeit vertrauen, wenn die unterirdischen Mächte lauern?

In meiner Stube empfing mich die Atmosphäre, die ich immer geliebt habe: die von schlichten Möbeln ausgestrahlte Ruhe, die Klarheit meines Schreibtischs mit der Bauhauslampe, Tintenfäßchen in zwei Reihen (links blaue, rechts schwarze Tinte), nach Größen geordnete Stahlfedern, auf grünem Filz meine »Lettera 22«-Schreibmaschine von Olivetti (die Entwicklungen der Schreibmaschinenherstellung des Kombinats Robotron gefielen mir nicht), daneben die »Adler« mit dem extrabreiten Schlitten, der es mir erlaubte, A3-Formate oder DIN A4 quer zu beschreiben, die auf Kante gelegten Akten, Aschbecher und eine Packung Zigarillos Marke »Finesse« (die von den höheren Chargen im Ministerium bevorzugte Marke), an der Wand Grafiken: Käfer, Muscheln, der Schnick-Schnack-Schneck von A.P. Kammerer, abstrakte Drucke von Bernd Hahn, beide zurückgezogen lebende Künstler, die ich schätzte, die »Graue Fuge« von Klaus Dennhardt, einige Kupferstiche des Malers Bourg, was Kunst betraf, hatten Rohde und ich den gleichen Geschmack. Über meinem Schreibtisch aber, so daß ich das Bild im Blick hatte, wenn ich aufsah, die »Alte Spinne« des Malers Vogelstrom. Die Kohleninsel besaß eine der größten Kunstsammlungen der Republik. Manchmal streifte ich nachts durch die Bildersäle, ruhelos, wühlte mich durch die entlang der Wände abgestellten, auf Regalen gelagerten Bilder. Einmal war ich von Vogelstrom dabei ertappt worden, er hatte mich schweigend angesehen, ein bunter Vogel in seinem über und über mit Farbe beschmierten Kittel, hatte ich gedacht, die Baskenmütze ein schräger schwarzer Strich, der das Gesicht zerschnitt. Er hatte mich gemustert, ohne das Wort an mich zu richten und ohne sein von mir gehaßtes und gefürchtetes Lächeln, er hatte seinen Mantel über dem Arm getragen und ihn mir dagelassen. Ich schaltete die Schreibtischlampe an. Die Akten warteten auf mich. Doch fand ich die innere Ruhe noch nicht, mich mit ihnen zu beschäftigen, obwohl ich mir gerade von diesen Akten Aufschlüsse über bestimmte unklare Punkte in Rohdes Vergangenheit erhoffte, vor allem interessierte mich die Herkunft der Zehnminutenuhr. Während ich mein Telefon abstaubte, den schweren schwarzen Bakelitapparat, der wie eine Kröte in einer Ecke des Schreibtischs hockte, gingen mir die Worte des Ministers noch einmal durch den Kopf, sein merkwürdiger Sinneswandel, die möglichen Gründe für seine Anwesenheit. Mit Altbergs Entscheidung konnte sie kaum zusammenhängen. Nach dem Wutausbruch, der mir künstlich vorgekommen war, hatte sich der Minister für Altberg nicht mehr interessiert, ein für ihn untypisches Verhalten. War das Ganze geplant, inszeniert? Altbergs Ausstieg etwa fingiert? Aber warum? Stand Altberg nun in Wahrheit für ganz andere Aufgaben zur Verfügung? Marn spottete:

– Am Ende ist er ein UM.

Einer jener sagenumwobenen Unbekannten Mitarbeiter, deren Identität strengster Geheimhaltung unterlag. Natürlich war Altberg kein UM, Marn wußte das. Es war den UM verboten, eine Einrichtung des Ministeriums zu betreten, gerade dadurch hätten sich die UM dekonspiriert, hätten sich in den Fokus des inneren Mißtrauens (wir) und äußeren Mißtrauens (feindliche, feindlich-negative, verfestigt feindlich-negative, klerikale Elemente) gebracht. Niemals wäre dem Minister ein solcher Schnitzer passiert. Wenn ihm wirklich daran lag, Altberg eine andere Aufgabe zu geben, konnte er das einfacher bewerkstelligen, ihn versetzen, zum Beispiel. Der Minister mußte ja damit rechnen, daß wir uns Gedanken machten und bei solch widersprüchlichem Verhalten gewisse legendäre Kürzel aus den Tiefen des Ministeriums auftauchen mußten. Einerseits. Andererseits war der Minister nicht mehr der Jüngste, Marn hielt Verbindung zu den behandelnden Ärzten des Ministers (wie überhaupt des Politbüros), erkundigte sich ebenso beiläufig wie vorsichtig nach dem Gesundheitszustand der führenden Genossen. Ohne einen gewissen Starrsinn war unser Minister kaum denkbar, wie auch, ist doch der Kern dieser Charaktereigenschaft für unsere Arbeit unentbehrlich, Beharrlichkeit, das geschmeidige, aber unentwegte Verfolgen der Aufgaben, deren Aufgabe wiederum die *Aufgabe im Grunde* ist. Von Rohdes Akte erwartete ich mir nicht nur Aufschluß über seinen Seelenkomplex, sondern auch (das gehörte zu den Spiegelungen meiner Aufgaben) über mich selbst, die Beschäftigung mit dem Memorandum hatte mich selbstkritisch werden und meine eigene Führungsarbeit überprüfen lassen, sie ließ zu wünschen übrig. IM »Schelling« hatte schon über einen Monat keinen Bericht mehr abgeliefert, diese Schlamperei (doch vielleicht war es gar keine, »Schelling« war ein überaus fleißiger und akkurater Mitarbeiter) mutete mich geradezu skandalös an, es war meine eigene Nachlässigkeit, meine Vergrabenheit in das, was ich für mich als Vorgang »Sicherheit« bezeichnete, die meine Hauptaufgabe beeinträchtigt, vielleicht sogar gefährdet hatte. Der Schlaf, die Müdigkeit hatten mich eingelullt, Unkonzentriertheiten waren eingerissen, ich und niemand sonst war für die mangelhafte Arbeit verantwortlich. Der Minister und Marn hatten recht, mehr Ergebnisse zu fordern, wir lebten nicht von Schnörkeleien, die Angriffe gegen das System nahmen zu, immer mehr feindlich-negative Zellen bildeten sich, die Riesen PID und PUT, wie Altberg die Politisch-Ideologische Diversion und die Politische Untergrundtätigkeit einmal in Anlehnung an die Riesen Fafner und Fasolt bezeichnet hatte, wuchsen besorgniserregend. All das versetzte mich in Unruhe, dazu die Unklarheit über Altberg und den Minister, ich hatte gar nichts im Griff, es war wieder einer jener anderen Tage, an denen die Unsicherheit mich zu überwältigen drohte. Dagegen half erfahrungsgemäß nur eins, die Pflicht, die allerdings in meinem Zustand nur die angenehme der Arbeit an »Bride« sein konnte. Ich nahm das Schieferstück zur Hand, das Altberg mir geschenkt hatte. Judith, meine Berg- und Kupferkönigin, Feuerfrau mit dem weißen Haar. Wäre ich Spinne, ich würde dich zärtlich umfangen, dich zur Beute nehmen, wie man das Liebste küßt. (Küßt man es denn?) Judiths weißes Haar hatte mich von der ersten Begegnung an fasziniert, ich konnte nicht erkennen, ob es in Wahrheit ein sehr helles Blond war, wie es bei manchen Kindern an der Ostsee vorkommt, ob es sich um vorzeitige Alterung handelte (aber Judiths Gesicht wirkte frisch wie Rohkost), ob es mit Wasserstoffsuperoxyd à la Kim Novak in Hitchcocks »Vertigo« gebleicht war (dies am wahrscheinlichsten, auf Kindheitsfotos war ihr Haar noch brünett), ich hatte an jenem Tag Operativdienst und in der Wohnung versucht, in den Besitz einiger ausgefallener Judithhaare zu gelangen. In ihrer Kappe hatte sich ein Haar gefunden, ein einziges weißes Haar, es war mir zu schade für eine Analyse gewesen. Ich hatte es mir bei Arbogast in einen Kunststoffblock gießen lassen. Das Haar im Kunststoffblock hütete als Talisman mein Stübchen. Dein weißes Haar, dem du deine erste Liebe verdanktest, zum polnischen Bildhauer Jerzy, der im Steinbruch von Lohmen an fortschrittlichen Kunstwerken arbeitet, neben einem verdächtigen Schuppen, in dem ein Ingenieur und ein Chirurg (der Bruder des OV »Schierling«) an einem Flugobjekt bastelten, Jerzy, dem ich wegen seiner Besessenheit, die so sehr der meinen gleicht, Judith, manches nachgesehen habe. Eine wilde Liebe, du warst fünfzehn, und geheiratet habt ihr, sobald es ging. Du hast geschrieben und warst nicht glücklich. Generation Morgenrot. Unsere Sonne ging auf über dem Bitterfelder Weg und Leuna und Petrolchemischen Kombinaten, über dem berüchtigten 11. Plenum, und sie ging unter, wenn »Unser Sandmännchen« über die Bildschirme der Neubaugebiete flimmerte, wenn »Unterkiefer« in der »Aktuellen Kamera« die Planerfüllungen verlas und alles auf den Montagsfilm in Willi Schwabes »Rumpelkammer« wartete, das Land abtauchte in die Traumwelten der Ufa und der Wien-Film. Danach er, deine Pein und dein Geheimnis, der adlige Kommunist und Chefpropagandist vom »Schwarzen Kanal«, er, der im Land und auch bei so manchem auf der Kohleninsel nur Sudel-Ede hieß, schillerndste und giftigste deiner Beuten, meine Judith, meine Artemis. Wir mißtrauten ihm von Anfang an, seiner Herkunft aus einer Dahlemer Villa in der Podbielskiallee und einem Fehltritt des deutschen Kaiserhauses, seinem »von«, seiner Neigung zu Maßkleidung und Westautos, seiner in Parteikreisen gefürchteten Begabung zum Erzählen politischer Witze, seiner Großzügigkeit, seinen Künstlerfeten mit Schauspielerinnen vom Deutschen Theater, wir mißtrauten dem Riß, der quer durch seinen Charakter lief. Schnitzler am Klavier, einen Boogie-Woogie oder den neuesten Jazz aus verrauchten Amerikanerkneipen spielend, das traute man ihm nicht zu, ebensowenig wie seine ungezählten Affären, von denen du, meine Artemis, nur eine warst. Die Spinne wartet und vergißt nicht. Eines Tages hatte Sudel-Ede mit seinem Westwagen einen unbescholtenen Bürger unserer Republik totgefahren, einen Schuldirektor, die Sache wurde operativ bearbeitet, sie wurde beseitigt, von da an klebte er auf unserem Leim. Marn, der ihn kannte, sogar mit ihm befreundet tat und gemeinsam mit ihm durch Westberliner Nachtlokale zog, nannte ihn die Natternzunge. Ein wahrlich faszinierender Mann, dieser Karl-Eduard von Schnitzler, er hatte Umgangsformen, Stil durchaus, er hatte sein journalistisches Rüstzeug im englischen Sektor beim Klassenfeind gelernt, konnte charmant sein (nur nicht im »Schwarzen Kanal«), sein Sohn, der Arzt geworden war, verkehrte in Dissidentenkreisen und brachte sich um. Die Stoffe, aus denen unsere Biographien sind. Ich beobachtete euch und wußte oft nicht, wer jagte und wer gejagt wurde. Du hast dich verändert, Judith. Du bist eine Gegnerin geworden. Scheinbar. Ich schlug den ersten Hefter auf. Das Schieferstück glänzte im Licht der Schreibtischlampe, das versteinerte Farnblatt schien herauszuwachsen, die Papiere lagen säuberlich geschichtet, Eintrag jahrelanger Aktivitäten, ich schloß für einen Moment die Augen in Erwartung der Eröffnung, des ersten Zugs einer unserer Schachpartien, vor denen selbst Marn der Atem stockte, wenn er den Finger hob und zögern ließ über einer Figur (berührt – geführt), jene Sekunde Zögern vor der Macht und der Gewalt des Lebens. War der erste Zug getan, vertieften sich unsere Partien rasch, zweigten aus, fächerten sich in Varianten auf, die berechnet sein wollten, da sie die eine richtige unter ihnen, den roten Faden im Labyrinth, verbargen und jene anderen, die lauernden, falschen, verführerisch offenkundigen, die in die Irre und zum Verlust führten, nicht rückgängig gemacht werden konnten, Schachpartien, die wie Farne ausblühten und sich öffneten für die Geheimnisse der Seelen.

Einführung in den operativen Prozeß zur Gewinnung operativ bedeutsamer Informationen

Auch ich kann Spiele spielen, dachte ich, als beim Aufsehen mein Blick auf die »Alte Spinne« Vogelstroms fiel. Erneut packte mich das Mißtrauen. Es war mir etwas zu schnell und zu sehr wie eines der als schlecht ausgewiesenen Beispiele aus dem Lehrbuch der Operativen Psychologie der Schule im Kupferwald gegangen, wie der Minister das Problem Altberg behandelt hatte. Ich konnte mir nicht vorstellen, daß der Minister auch nur eine Sekunde glaubte, wir hätten ihm seine Vorstellung abgekauft. Dafür kannten wir den Minister zu gut, dafür kannte er uns zu gut. Ich rief Marns Sekretärin an, vereinbarte einen Termin, im Hintergrund hörte ich ihn reden und ließ ihn ans Telefon bitten.

– Einen Termin? fragte er. Warum machen wir nicht wieder mal einen unserer Kartenabende? Da können wir alles in Ruhe besprechen, zumal ich mir denken kann, was dich so brennend interessiert. Sagen wir um acht? Er wartete meine Zustimmung nicht ab und legte auf. Dabei tagte heute der Klub der Arachnologen, vielleicht hatte er es vergessen, mir wäre es lieber gewesen, die Sache gleich zu besprechen. Ich rief wieder an.

– Na, dann verbinden wir das, mein Bester, rief er aufgeräumt ins Telefon. Du kannst ja ein bißchen eher da sein. Ich habe es übrigens nicht vergessen, ich habe gewartet, ob du anrufst, du kommst mir in letzter Zeit ein bißchen abgespannt vor. Und legte wieder auf. Er hatte fröhlich geklungen, gerade das war es, was mich neuerlich beunruhigte – was, wenn er sich einen Scherz auf meine Kosten erlaubte, womöglich im Bunde mit dem Minister, womöglich sogar mit Altberg und, womöglich, einen üblen Scherz, eine Ausbootung, wieso die Bemerkung, ich sei abgespannt (es entsprach der Wahrheit), wollte er mich auf Urlaub schicken? Das wäre gerade jetzt unpassend gewesen. Was, dachte ich, die »Alte Spinne« betrachtend, wenn Altberg überhaupt nicht aufgekündigt hatte, sondern auf diese nicht sehr elegante Weise nur von meiner Abteilung abrückte (und das hieß: von mir, seinem Lieblingsschüler)? Was ging vor, bei Marn, um mich, im Ministerium? Das war vorläufig nicht zu klären. Ich wandte mich wieder den Akten zu. Natürlich stieß ich, das ist an solchen Tagen immer so, gleich auf das nächste Ärgernis. IM »Fichte« hatte eine Skizze von Judiths Zimmer angefertigt, maßstabsgerecht und mit einem Lageplan der Möbel und Gegenstände, hatte aber die Schraube vergessen, die quer durch das Zimmer lief. Dabei hatte IM »Fichte« selbst den Vorschlag gemacht, eine konspirative Wohnungsdurchsuchung dazu zu nutzen, die Windungen dieser Schraube zu zählen. Schon bei unserem ersten Besuch bei Judith hatten wir vermutet, daß diese Schraube als subversives Element fungierte und uns Judith etwas damit sagen wollte. Natürlich konnte sie sich denken, daß die Spiele einer so klugen Zwischen-den-Zeilen-Spielerin wie Judith Schevola von uns nicht übersehen werden würden. Tatsächlich hatte sie abends eine spöttische Bemerkung über das Ministerium gemacht, sie, die ahnte, daß wir ihre besten Zuhörer und Leser waren, während ihre Literatenfreunde gar nichts begriffen und noch nicht einmal die Schraube ohne Judiths Hinweis bemerkt hätten. Ein befreundeter Monteur hatte die Schraube durch die Wohnung getrieben und Judith weisgemacht, so den Zusammenbruch der Bausubstanz verhindern zu können. IM »Fichte« hatte die Anzahl der Schraubenwindungen um zwei zu niedrig angegeben. Es waren nicht 5516, sondern 5518, und als ich »Fichte« darauf angesprochen hatte, war seine Reaktion nur ein unverschämtes Achselzucken gewesen. Nur ich begriff die Anspielung: 5518, das waren die Ziffern des Geburtstages von Karl Marx, 5.5.1818 – ich hatte lange darüber nachgedacht, was uns die Dichterin damit sagen wollte. Judith wohnte ja im Souterrain, an der Basis sozusagen, und diese Basis wurde von einer Karl-Marx-Schraube zusammengehalten? Wenn diese Interpretation (ich hatte sie als Kommentar an den Rand des Berichts von IM »Fichte« notiert) zutraf, dann war Judith insgeheim auf unserer Seite, dann lag ich mit meiner Einschätzung des Falls Schevola richtig. Freilich blieb noch zu klären, was der Überbau in dieser Wohnungsmetapher sein sollte. Und ob die Schraube womöglich locker war. Oder Karl Marx eine Schraube hatte. Das operative Vorgehen der Genossen war mir von Anfang an als ein Fehler erschienen, der Ausschluß aus dem Verband unklug und anachronistisch, viel zu sehr hatte das an die Methoden der fünfziger Jahre erinnert, die das Ministerium längst hinter sich gelassen hatte. Wir waren viel liberaler geworden. Solche Schwarzweißmaßnahmen verschreckten nur. Ich hatte auf mehreren Dienstkonferenzen davor gewarnt und die Empfehlung ausgesprochen, Judith zu gewinnen, ihr zu helfen. Man hatte nicht auf mich gehört und dadurch erst die Feindin erzeugt, die man schon von Anfang an in ihr sah, leider ließen sich nicht alle Genossen vom Holzhackerstil abbringen. Auch im OV »Schierling« hatte man mir herumgepfuscht, indem man gegen den Bruder des »Schierling« die Methode der Wiedergutmachung angewendet hatte, obwohl in vielen Dienstbesprechungen, in Studien und Forschungsarbeiten die Ineffektivität dieser Methode immer wieder erörtert worden war. Das auf diese Weise gewonnene Material taugte meist nichts, zum Dienst Erpreßte tun in der Regel schlechten Dienst und werden versuchen, bei sich bietender Gelegenheit abzuspringen, sie werden unvollständig oder Belanglosigkeiten berichten, offenbaren sich über kurz oder lang, nichts ist wertloser für das Ministerium als ein Mitarbeiter, der die Tarnung auffliegen läßt. Auch was das betraf, stieß man bei manchen Genossen auf taube Ohren. »Schierling« freilich hatte sich von Anfang an als feindlich-negatives, klerikal infiziertes Element bewegt, er hatte aus seiner Einstellung gegenüber Staat und Partei nie ein Hehl gemacht. Aber selbst bei ihm gab es Restkerne guten Willens, gab es Erziehungsansätze, »Schierling« war zwar ein Gegner unserer Gesellschaft, aber nicht, wenigstens nicht grundsätzlich, unserer Gesellschaftsordnung. Dennoch mußte bei ihm anders vorgegangen werden, »Schierling« war ein anderer Charakter als »Bride«, wenn auch in einem Punkt ihr ähnlich: Beide hatten eine Neigung zu entschiedenen

Reaktionen, die ihre Vernunft manchmal trübten und zu Handlungen nötigten, die ein kühlerer Geist vermieden hätte, auch hier ergaben sich, was »Schierling« betraf, noch ungenutzte Möglichkeiten. »Schierling« war Naturwissenschaftler, Toxikologe, »Bride« war Schriftstellerin, Künstlerin, das Impulsive lag also in ihrer Natur. Bei »Schierling« konnte ich Ansätze zur Selbstkritik, sogar Selbstzucht erkennen, indem er seine Impulsivitäten, die er mit seinem Selbstbild als Wissenschaftler nicht in Übereinstimmung bringen konnte und für die er sich zu schämen schien, zurückzudrängen versuchte. Wenn es uns also gelang, Situationen zu schaffen, die zu einem Druckkomplex führten, als dessen Ergebnis die Impulsivitäten des »Schierling« herauswollten aus der Fassade, der mühsam beherrschten Haut, vielleicht sogar tatsächlich herausgerieten, dann hatten wir, um unseren Minister zu zitieren, einen wesentlichen Fortschritt in der Organisation der Durchführung der Bearbeitung erzielt. Die aus »Schierling« herausgedrungenen Impulsivitäten konnten dann die Grundlage für neue Einflußnahmen bilden. Einerseits wäre eine Schwächung eingetreten, wie sie bei Blutverlust eintritt, andererseits würden diese nach außen gelangten Impulse bestimmte Steuerungspotentiale aufweisen, deren Ausnutzung weitere Schwächungen des »Schierling« zur Folge hätten, mir schwebte als operativer Raum »Schierlings« Berufsfeld vor, wobei es mich mit besonderer Spannung erfüllte, daß das ausgerechnet die Toxikologie war, die Wissenschaft von den Giften. Die Vergiftung des Vergifters, die Hohe Kunst unseres Schachspiels. Gibt es anspruchsvollere, schwierigere Vorhaben? Zugleich befriedigendere? Sie fordern das ganze Wissen und Können, man darf nicht den kleinsten Fehler machen, man braucht (ich erinnerte mich an das Gespräch mit Altberg) Geduld, Einfühlungsvermögen, man braucht das süßeste aller Gifte, Liebe. War ich an diesem Punkt angelangt, gönnte ich mir eine »Finesse«, holte Rohdes Spinnenschrift aus dem Safe. Kaum hatte ich das Manuskript aufgeschlagen, begegnete mir wieder dieses Wort: suchend. Immer wieder dieses Wort. Rohde mußte unter einem Suchzwang, einem Suchkomplex leiden. Wonach suchte er denn? Wahrscheinlich nach der verlorenen Zeit. Seine riesigen, mäandernden Sätze, die aus Prousts nahezu absatz- und kapitellosem Monsterroman herausgewuchert zu sein schienen, wirkten auf mich wie die Fangfäden gewisser Spinnen, die er im vorderen Teil seiner Schrift beschrieben hatte, man klebte an diesen Fangfäden rettungslos fest, verwirrte und verstrickte sich und war, je mehr man zappelte, nur desto fester gebunden. Dabei kam der Mann gar nicht zum Punkt, sondern schwadronierte in endlosen Schleifen um den heißen Brei, das hatten ihm schon manche seiner Leser vorgeworfen. Der Kerl will auf Kunst machen. Als ob es darauf ankäme, hatte ich an den Rand notiert. Auf Klarheit kam es an, Entschiedenheit, ein heißes Herz bei kühler Hand und eine direkte, unverkünstelte Art in der Durchführung der gestellten Aufgaben. Ins Ziel zu treffen, darauf kam es an. Rohde hatte eindeutig eine Zielscheu, genau darin war ich ihm überlegen, ich hatte schon immer die Stiere bei den Hörnern gepackt, ich scheute mich nicht, das Ziel anzuvisieren und abzudrücken. Wenn es sichtbar war, sich nicht entzog. Wir hatten darüber im Klub der Arachnologen gesprochen, Marn hatte Rohde in Schutz genommen:

– Unser Wild ist scheu und überaus mißtrauisch, man muß sich ihm in Schleifen nähern, sich tarnen und verstellen, alle Künste der Lockung beherrschen, man muß es so vorsichtig wie möglich einspinnen, um es dann, wenn es wirklich sicher gefangen ist, um so entschiedener zu packen. Die Praxis sprach für Rohde, ich war nachdenklich geworden, entdeckte bei neuerlichem Lesen die verborgenen Schönheiten in seinen Texten, ihre Musikalität. Ich ahnte, daß sein Lieblingsinstrument die Harfe sein mußte, antikisch und außerhalb der üblichen Einteilung der Instrumente, eine Göttin für sich, hehr und leuchtend. Sie hockte in der Mitte der Musik wie die Spinne im Netz, wie ich auf der Kohleninsel. Ich legte die Akte des OV »Schierling« neben Rohdes Schrift. Meine »Finesse« genießend vertiefte ich mich in die Geheimnisse der Spinnenfresser. Da gab es die Zitterspinnen der Art Pholcus, die andere Spinnen einfach überwältigten, sie schüttelten die in ihre Netze geratene Beute kräftig durch und warfen ihr dabei mit ihren langen grazilen Hinterbeinen zahlreiche Fadenschlingen über. Vor allem dieses kräftige Durchschütteln gefiel mir. Es war für meine Zwecke natürlich nur als Gleichnis zu gebrauchen, und dennoch: Konnte man nicht den OV »Schierling« bei Gelegenheit ein wenig zausen? Auch Pfarrer Magenstock alias »Wicht« stellte ich mir lieber geschüttelt als gerührt vor. Rohde hielt sich eine Weile bei diesem Schüttelprozeß auf, wie alle vorsichtigen Charaktere hatte auch Rohde Sehnsucht nach der entschiedenen Maßnahme, ich spürte das dem Vergnügen an, mit dem er in die Einzelheiten der Schütteltechnik der Zitterspinnen ging. Mir gefiel Ero besser, ein ausgesprochener Spezialist unter den Spinnenfressern, mit drei Arten auch einheimisch, ich sprach den Namen Ero mehrmals in die rauchgeschwängerte Luft und schmeckte den Klang ab: wo Ero gesagt wurde, war Eros nicht weit. OV

»Schierling« nahm in meiner Vorstellung die Gestalt einer Kugelspinne an, ich war Ero, der Spinnenfresser (und selbst Spinne, klein, bunt, übersehen), ich postierte mich am Rand des Kugelspinnennetzes, biß die störenden Fäden weg, wartete. Ich hatte Geduld, ich schien zu schlafen in völliger Starre, und doch hätte es nur des kleinsten Befehles bedurft, und meine acht Beine hätten meinen Leib vorgeschnellt. Ins Ziel. Am Abend hätte ich an einem der verbliebenen Fäden gezupft, behutsam, in der Tonart eines schwachen Insekts, das sich in die äußeren Zonen des Netzes verirrt hatte, ein Zupfer hätte genügt, die seidene Harfe hätte den Ton ins Innere gelenkt, dorthin, wo die andere Spinne saß, OV »Schierling«. Vorsichtig würde sie sich nähern, ein Vorderbein ausstrecken, um die Lage zu prüfen, in diesem Augenblick, keine Sekunde früher, packt Ero zu und beißt in den Schenkel des vorgestreckten Beins. Das Gift wirkt sofort, leblos hängt die Kugelspinne an einem Bein, das ich zwischen meinen Klauen halte. Das Gift zersetzt den Beutekörper, verflüssigt ihn, ich beginne zu saugen, zu trinken, leere den Schierlingsbecher, gegen den ich immun bin.

OV »Marschallin« und OV »Idealist« waren noch wenig entwickelt. Ihre Zeit würde kommen, vor allem »Marschallin« zeigte vielversprechende Ansätze.

Ich blickte auf. Und wenn ich nun die Kugelspinne war und er, der andere, Ero? Man mußte damit rechnen, den Druckkomplex verbessern. Wer Kugelspinne ist und wer nicht, bestimmen immer noch wir, dachte ich und nahm eines der Konzepte der Plotabteilung zur Hand, die nach einem Brauch, dessen Herkunft im Dunkel prag-österreichischer Kanzleien lag, auf Millimeterpapier geschrieben wurden. Obwohl ich der Plotabteilung nur noch beratend zur Verfügung stand, waren doch wesentliche Anregungen für solche Druckkomplexe von mir gekommen. Die Plotabteilung nahm eine Sonderstellung im Ministerium ein, schwebte zwischen der Organisation Kleist, der Hauptverwaltung, den operativen Abteilungen VIII, 26, M, XXII und hatte die Aufgabe, Handlungsmuster zu entwerfen, wir hatten uns bei der Bezeichnung »Plotabteilung« recht salopp an die Gepflogenheiten der Thriller- und Kriminalbuchbranche angelehnt (ohnehin genossen Autoren wie John Le Carré, Graham Greene, Eric Ambler, Frederick Forsythe und der Schöpfer von James Bond, Ian Fleming, im Ministerium hohes Ansehen, ich bevorzugte allerdings die Harry-Palmer-Reihe mit Michael Caine). Eine dieser wesentlichen Anregungen war mein Vorschlag, »Schierling« und seiner Familie eine Wohnung im Nobelviertel Dresdens zu verschaffen genau zu dem Zeitpunkt, als »Schierling« und seine Frau ihre feindlich-negativen Aktivitäten verfestigten und begonnen hatten, einen Kreis von Oppositionellen um sich zu scharen. Die Nachricht, daß »Schierling« eine Altbauwohnung in dieser begehrten Lage unserer schönen Residenzstadt zuerteilt worden war, hatte auf die Umgebung von »Schierling« den von uns gewünschten Effekt gemacht. Jedoch mußten wir bei »Schierling« immer bedenken, daß er der Sohn eines der besten Uhrmacher von Glashütte war und wir die Dinge nicht übertreiben durften, wollten wir nicht riskieren, daß unsere Große Uhr nicht fertiggestellt wurde. In gewisser Weise störte mich das, ich haßte es, Rücksichten zu nehmen. Es hatte auch im Zeitarbeiterkollektiv darüber Auseinandersetzungen gegeben. Zwar hatten wir durch die originelle Wohnungszuweisung einen Keil des Mißtrauens zwischen »Schierling« und seinen mehr oder weniger bei Magenstock alias »Wicht« angebundenen Kreis von Menschenrechtlern (Operativkomplex »Wichtigtuer«) getrieben, doch war es »Schierling« gelungen, den Verdacht gegen uns zu lenken und auf diese Weise die Wohnungszuweisung zu erklären. Ich schlug den entsprechenden Bericht von »Fichte« auf. Der Bericht versetzte mich schon beim Anblick in Wut. Wir waren übereifrig gewesen, hatten keine Geduld gehabt, den Vorteil, den uns die Aktion Wohnung verschafft hatte, sich erst einmal auswirken zu lassen, es war, wie ich zugeben muß, meine Schuld gewesen, ich hatte zuviel auf einmal gewollt und sofort nachgekartet. Der Vorschlag der Plotabteilung war aber auch gar zu verführerisch gewesen. Wir hatten in verschiedenen Tageszeitungen Annoncen geschaltet, in denen unter der Adresse des »Schierling« Vogelfutter angeboten wurde. Wir hatten die Annoncen so lanciert, daß sie einen Tag vor Urlaubsbeginn von »Schierling« und seiner Brut erschienen. Ich hatte es mir nicht nehmen lassen, die Reaktion auf unsere Annoncen zu beobachten. Den lieben langen Tag klingelte Kundschaft aus der ganzen Republik bei »Schierling«, der zunächst erstaunt war, bald aber in den Gefühlskomplex Verzweiflung geriet. Manche der weitgereisten Kunden wollten ihm seine Ahnungslosigkeit nicht glauben, wiesen die Annonce mit »Schierlings« Adresse vor, drohten ihm Prügel an, dann aber kam die Frau, und es zeigte sich einmal mehr, wie wichtig es ist, vor operativen Maßnahmen gründlich zu recherchieren. Die Frau war, was wir nicht wußten, mit der Frau eines Dresdner Dichters bekannt, dessen Bruder wiederum einen Handel mit Vogelfutter betrieb. Ihn rief sie an und schilderte das Problem. Tatsächlich fuhr der Mensch mit einem Anhänger voller Vogelfutter vor, ich hätte ihn am liebsten wegen Ungesetzlicher Verbindungsaufnahme verhaften lassen (zu den Klischees über uns gehört, daß wir keinen Humor haben).

– Siehste, jeht doch, schrie ein Berliner Kunde (Sicherheitsüberprüfung eingeleitet) und klopfte »Schierling« auf die Schulter. Der »operative Prozeß zur Gewinnung operativ bedeutsamer Informationen durch gezieltes Wahrnehmen des äußeren Verhaltens und Bewegens operativ interessierender Personen (Beobachtungsobjekte)«, um die Linie VIII zu zitieren, war in bezug auf »Schierling« und sein Umfeld nicht gründlich genug durchgeführt worden, das kleine übersehene Detail, die Bekanntschaft der Ehefrau mit dem Vogelfutterproduzenten, hatte fast zur Dekonspiration geführt und den OV »Schierling« um Jahre zurückgeworfen. Wir waren sichtbar geworden, und »Schierling« konnte sich vor seinen Menschenrechtlern rehabilitieren. Was uns wieder einigermaßen ins Gleichgewicht brachte, war die Umsicht IM »Fichtes« gewesen; er hatte diese Annonce auch unter »Schierlings« Urlaubsortadresse schalten lassen. Am Urlaubsort waren »Schierling« und seine Familie zwei Wochen lang von Vogelfutterkäufern heimgesucht worden, der Urlaub hatte abgebrochen werden müssen. Dennoch, unterm Strich hatte der Kerl eine schöne Wohnung und wieder Anschluß an seine Widerständler gefunden.

Verworrene Lage. Oben brach die Behörde in ihren wohlverdienten Feierabend auf. Ich aber ordnete die Akten und schob eine Notiz in den OV »Schierling«. Ich nahm mir vor, ihn mit dem Zentralen Operativen Vorgang »Heuchler« zu vergleichen, bei dem meiner Erinnerung nach die Berliner Kollegen ebenfalls mit Vogelfutter gearbeitet hatten – ob wir von ihnen oder sie von uns inspiriert worden waren, was spielt es für eine Rolle in einer Behörde, die so viel Wert auf Ergebnisse legt? Auch beim ZOV »Heuchler« war eine politisch-operative Wohnraumzuweisung angewendet worden, fiel mir ein, übrigens wohl auch nicht effektiver. Wie schön unsere Feinde wohnten! So großzügig war das System, das sie bekämpften.

Geisterbahnhöfe. IM »Ramses«. OV »Gemüse«

Immer wieder stieg ich hinab zu den Geisterbahnhöfen. Es zog mich an Orte, die einst belebt gewesen waren von Tausenden Passagieren, die, vielleicht von Hinweisschildern, Reklamen, Fahrplänen kurz in Anspruch genommen, doch nicht wie ich zögernd auf einer Treppe verharrt hatten, die nach unten führte, wenn sie nicht vermauert war, ich zögerte, als stiege ich in eine ägyptische Gruft.

Was für Schätze erwarteten mich? Dachte ich an »Ramses«, wenn ich mich dem unterirdischen S-Bahnhof Unter den Linden näherte, dem getarnten Posteneingang, einer Bretterbude in Sichtweite des Brandenburger Tors, oder der Schalterhalle in Höhe der sowjetischen Botschaft, dachte ich an Grabbeigaben, wenn ich an die alten Fahrkartenwannen dachte, aus denen vor dem Krieg Fahrkarten verkauft worden waren, man hatte diese Wannen eingemauert, aus Sicherheitsgründen. Die sowjetischen Genossen hatten darauf bestanden, vielleicht, um eine Wiederholung jener Szene aus dem Bondfilm »From Russia with love« zu vermeiden, in der aus einem Keller unter der sowjetischen Botschaft von Istanbul ein U-Boot-Periskop bis in den Konferenzraum hochfährt. Manchmal stand ich vor der sowjetischen Botschaft Unter den Linden und suchte den Ausgang des unterirdischen Bahnhofs. Selbst unsere Spezialisten konnten ihn nicht mehr entdekken, und doch gab es einen Hinweis: In der gleichmäßig bepflanzten Allee fehlte genau vor der Botschaft ein Baum, dort hatte die Treppe nach oben geführt. Hin und wieder schlug ich in einem Lexikon nach, was es mit den Pharaonen auf sich gehabt hatte und ihren am Nil gelegenen, den Göttern und den Toten zugetanen Reichen, ganze Nachmittage und Abende konnte ich mich in der Wiener Bibliothek vergraben, um über Nofretete, Echnaton, Tut-ench-amun nachzulesen, dazu gönnte ich mir eine Zigarette der Marke Ramses, ich las und dachte: Auch wir haben unsere Pharaonengräber, unser Tal der Könige, eine Sphinx, die alles bewacht. Es waren keine Sonnenwagen, keine in Gold verpackten Toten, die mich an diese Orte zogen, es war allein die Zeit, die stillstehende, die gestockte Zeit. Vielleicht war der Beton, mit dem wir die Bahnsteige abgedichtet hatten, unser Material, die Zeit einzuwickeln, vielleicht war sie also doch eine Mumie, die Zeit, die mir keine Ruhe ließ. Ein gegen alle Störungen abgedichteter Raum, gefangen in einem Augenblick der Geschichte. Manchmal hörte ich den Pfiff der Schwarzen Mathilde, in deren Führerstand der Lokführer Drehrumbum hockte, begleitet von seinem Heizer Nickeneck, wir hatten die beiden nach Koboldfiguren aus der Kindersendung »Unser Sandmännchen« benannt. Die Schwarze Mathilde durchquerte die Republik, fuhr unter den Kohleninseln entlang, transportierte die Kohle, das Kupfer, das Uran, die Akten. Und nicht die stillstehende Zeit allein, sondern die stillstehende, die stillgestellte Zeit an diesen Orten faszinierte mich, welcher Energien hatte es bedurft, Bahnhöfe einer Hauptstadt stillzulegen, der Bahnhof Potsdamer Platz war einer der belebtesten der Vor- und Nachkriegszeit gewesen, ein sogenannter Knotenbahnhof mit unterirdischem Rangierverkehr, wie er sonst nur oben üblich war, oben, in jenem Licht, das wir nicht schätzten.

Sie war nicht einfach gewesen, diese Stillegung, diese

Abdichtung, die eine vollständige sein mußte nach dem Willen der Chefs. Nichts mehr sollten wir zu tun haben mit denen »da drüben«, wie es hieß, und wenn es nach dem Minister gegangen wäre, hätte er, nur weil ihr Licht Hüben und Drüben beschien, die Sonne ausschalten lassen, diese Kapitalistin, wie er hin und wieder, und nur halb im Scherz, schimpfte, unser Land, der Archipelagus, wie wir sagten, dunkel, ein Nachtgebiet, nach unserem Willen beleuchtet von volkseigenen Sonnen. Die Abdichtung war besonders in der Hauptstadt nur unter großen Schwierigkeiten zu bewerkstelligen gewesen. Die Alliierten brüteten in ihren Einflußsphären, die unsere Arbeit behinderten und eine Insel bildeten, die Insel Westberlin. Es gab gewisse geographische Eigentümlichkeiten, der kürzeste Weg von Westberlin nach Westberlin führte an manchen Stellen (zwischen Voltastraße und Moritzplatz, zwischen Reinickendorfer und Kochstraße) durch das Gebiet des demokratischen Sektors, wie wir schrieben, wir waren die wahren Demokraten, wir, die Sicherheit, waren das Volk selbst. So dachten die Chefs, dachte ich, und eines Tages, wenn das Ziel erreicht ist, würden sie recht haben, dann wären alle bei der Sicherheit, das ganze Volk. Das war das geheime, meines Wissens nirgendwo schriftlich festgelegte Ziel. Es war nicht der Inhalt, wohl aber die Bestimmung der *Aufgabe im Grunde*. Eins sein mit dem Volk, keinen Gegensatz mehr bilden, keine Feindschaft (die es unsererseits, entgegen verbreiteten Gerüchten, nicht gab), kein Wir und Sie, sondern nur noch ein Wir. Ich stieg hinab. Dorthin, wo es den Gegensatz noch gab, wo der Feind noch existierte. Ich mußte mich nicht ankündigen. Ich hatte Schlüssel, ich konnte, wenn ich wollte, eines der Scherengitter öffnen, die seit dem 13. August 1961 so manchen der oberirdischen Zugänge unpassierbar machten, ich konnte die schweren Vorhängeschlösser aufschnappen lassen, die an seit Jahrzehnten nicht wieder geöffneten Türen rosteten, ich hatte einen Ausweis, eine rote Klappkarte, die auf den Gesichtern der Diensthabenden regelmäßig für Furcht sorgte und ihren Tätigkeiten jene Dienstbeflissenheit verlieh, die hinter den Gerüchten von den Möglichkeiten der Macht noch größere Wahrheiten ahnt. Hinab stieg ich, er, mein Schatten, stieg hinab. Mein Interesse an den Geisterbahnhöfen war durch eine Studie Rohdes geweckt worden, sie hatte einen Zusammenhang zwischen diesen Bahnhöfen und der Zehnminutenuhr hergestellt, in einer Nebenbemerkung, aber doch so deutlich, daß ich wach geworden war. Die Zehnminutenuhr interessierte mich, sie hatte von meinen Vorstellungen förmlich Besitz ergriffen, in meinen Überlegungen hörte ich sie manchmal, die Manöver ihrer Mechanik, sah die Zeiger vor meinem inneren Auge rücken, und mit gierigen Blikken tastete ich die Gravuren auf den beiden Ziffernblättern ab, die Sternbilder, über deren Bedeutung ich mir lange den Kopf zerbrach, bis mir die Lektüre eines Berichts von IM »Fichte« den entscheidenden Hinweis verschaffte: Es waren Bezeichnungen der Kohleninsel, genauer: von einigen lange zurückliegenden Vorgängen, IM »Fichte« hatte ein Gespräch Marns mit Rohde protokolliert und die mehrfach wiederkehrende Chiffre »Haar der Berenike« unterstrichen, ich hatte natürlich sofort nach diesem Vorgang geforscht, doch hatte er sich im Archiv nicht auffinden lassen, ebensowenig wie der Vorgang »Schlangenträger«. Dergleichen war noch nie vorgekommen. Auch im Duplikatearchiv und in der Zentralen Kartei keinerlei Hinweis, was meine Neugier nur anstachelte. Ich hatte schon bei »Haar der Berenike« an die Zehnminutenuhr gedacht, »Haar der Berenike« in IM »Fichtes« Bericht hatte mich elektrisiert, doch die Spur verlor sich, bis mir der Zufall in Gestalt eines betrunkenen Genossen half, der auf dem jährlichen Faschingsfest der Sicherheit die Bruderschaft des Komitees vertrat und auf der Toilette, wo wir unser Bier los wurden, neben mir stand, er lauschte ebenso andächtig wie ich dem Plätschern, in das ich, aus rhythmischen Gründen, ohne jede sonstige Absicht, Haar der Berenike, Haar der Berenike murmelte, woraufhin das Plätschern nebenan verstummte, der sowjetische Genosse mich anstierte und zurückmurmelte:

– Du kennst Char? Ich dachte erst, er meine Char, René, den französischen Surrealisten, doch wiederholte er kopfschüttelnd, um den Buchstaben H bemüht, Char, Char, dann »Char Bereniki«, wich vor mir zurück, schrieb den Buchstaben in den Staub des Toilettenfensters. Es waren also Decknamen der Bruderschaft, womöglich Bezeichnungen von Abteilungen und nicht von Vorgängen, hatte Rohde noch – oder wieder – Kontakt zu den sowjetischen Genossen, war er womöglich ein Verbindungsoffizier? Es hätte mich, bei seiner Biographie, nicht gewundert. Daß mit den Namen von Sternbildern Abteilungen der Bruderschaft oder der befreundeten Dienste getarnt wurden, war eine bloße Vermutung, die ich allerdings aus der Kenntnis gewisser Eigenarten der befreundeten Genossen anstellte und aus der Kenntnis gewisser Gepflogenheiten der Kohleninseln überhaupt. Der Minister sprach, wenn er von der Zentrale der sowjetischen Genossen, unserer Spiegelbehörde, sprach, vom Walfisch oder Leviathan, Marn und Rohde von Cetus, woraufhin der Minister die Stirn gerunzelt hatte, er mochte sie nicht, die Intellektuellen, die

Angeber, die meinten mit ihrer Bildung protzen zu müssen. Ich hatte an das Sternbild Walfisch auf der Zehnminutenuhr gedacht und mir vorgenommen, die Linie VIII einmal bei Rohde vorbeischauen zu lassen, um hinter die Geheimnisse der Zehnminutenuhr zu kommen, vielleicht verbarg sie etwas in ihrem Inneren, das mir helfen würde, sie zu enträtseln.

Wieder stieg ich hinab, wieder brauchte ich eine Auskunft. Ich wollte wissen, wie es IM »Fichte« gelungen war, ein Gespräch zwischen Marn und Rohde zu protokollieren, ich hatte ihm dazu nicht den Auftrag erteilt. Ob »Fichte« an einem der sogenannten Ohren gelauscht hatte, ging aus dem Bericht nicht hervor, es erschien mir unwahrscheinlich, um an das Ohr zu gelangen, das die Stimmen aus Marns und Rohdes Büro übertrug, mußte man den A-Passierschein besitzen, eine für den Inoffiziellen Mitarbeiter, der »Fichte« war, kaum erreichbare Auszeichnung. Das Ohr für Marns Bezirk saß tief im Berg, noch unter der Alten Radstube, der Alte vom Berge hatte es mir auf einem unserer Erkundungsgänge gezeigt.

Auskunft also. Ich wechselte von Unter den Linden zum Potsdamer Platz. Auch hierhin zog es mich immer wieder, auch hier gab es einen Geisterbahnhof. Diese Brache, den Potsdamer Platz, versuchte ich mir belebt vorzustellen, als verkehrsreichsten Platz Europas mit fünfundzwanzig Straßenbahn- und fünf Buslinien, mit einem Verkehrsturm, der zum Urbild der Verkehrsampel wurde, mit Ford-Vertretung, Banca d'Italia, Bergische Stahlindustrie, Felleinfuhr und Maschinenfabrikniederlassungen, dem Weinhaus Huth, das stehengeblieben war, und nahebei, in der Potsdamer Straße, Fontanes Schreibtisch, der in einigen Metern Höhe an einer Stahlstrebe hing. Jedesmal wenn ich diesen Schreibtisch sah, hatte ich das Bedürfnis, eine Leiter anzusetzen und meine Aufzeichnungen dort oben, in der nicht mehr existierenden zweiten Etage, der Luftetage des nicht mehr existierenden Fontaneschen Wohnhauses, fortzusetzen, frei und gefangen zugleich, prekär und den Winden ausgesetzt, die dort oben wehten. Die Abdichtung war hier noch keine vollkommene. Erst wenn ich nach unten ging, mich die gestockte Luft umfing, die seit vielen Jahren nicht mehr die Luft der Gegenwart war, erst wenn meine Schritte Echos haben würden, die, von Schutt und Müll verschluckt, von den bröckeligen, mit Kachelresten verkleideten Deckenträgern zerstückelt, von den verwitterten Schriftzügen im Übergang vom Bahnsteig B zum Bahnsteig A (»Richtung Oranienburg, Bernau, Velten«) abprallen würden, erst dann würde die Abdichtung an ihre unmittelbare Grenze gelangen, an die Stelle, wo die beiden Staaten, die in Rohdes Schriften als »die Zwillinge« auftauchten, getrennt worden waren, wo die Stadt durchgeschnitten worden war und eine Narbe aus Beton entwickelt hatte. Wie beruhigend sie auf mich wirkten, die alten Reklamen: »... bis heute Abend Hörspielfreund – Radio DDR, Berliner Rundfunk, Deutschlandsender«, ein heiteres Familienidyll hellblau an der von Feuchtigkeit und Schimmel zerfressenen Wand: »Die ganze Familie begeistert von RIWA-Toilette-Seifen« aus der Konsum Seifenfabrik Riesa, eine blonde Frau, ein dunkelhaariger Mann, ein rothaariger Junge, in Badetüchern und Pyjama, vielleicht hörten sie, während sie sich frottierten und dazu mit den Hüften wippten, einen Schlager des Berliner Rundfunks. Die Aufheiterung ließ mich das Mißtrauen der Posten für bloße Diensterfüllung nehmen, auch die vorgehaltenen Waffen, die sich auch dann nicht senkten, wenn der Wachhabende Postenführer meinen Besuch und die Nummer meiner Klappkarte ins Kontrollbuch eingetragen hatte. Die zarte blonde Frau über den schwebenden Seifenstücken aus Riesa ließ mich die an die Scheiben einer vorbeischleichenden S-Bahn gepreßten Gesichter ertragen, die gereckten Mittelfinger, die höhnischen Grimassen dieser Westberliner Fahrgäste, die in ihren S-Bahn-Zügen ohne Halt die Geisterbahnhöfe auf der Fahrt von West durch Ost nach West passierten, nur manchmal, wenn Zeitungen oder Kaffeepäckchen aus den Zügen geworfen wurden, lenkte ich mich ab, indem ich einzelne Punkte aus der »Aufgabenstellung Sicherstellung des geschlossenen Bahnhofs« memorierte: »... ununterbrochene Sicherung der Diensteingänge und aller Notausstiege, gründliche Überprüfung der Notausstiege und Versteckmöglichkeiten im Tunnel, Schachtkontrollen, Verhinderungen von Versuchshandlungen gemäß § 213 StGB, Gewährleistung der ständigen Bereitschaft zum Handeln bei Auslösung von Varianten der Grenzsicherung« und, dies als wiederkehrende Selbstermahnung: »Provokationen, versuchte Kontaktaufnahmen, grundsätzlich nicht reagieren!« Grundsätzlich nicht reagieren. Und wenn jemand ausgestiegen wäre? Mich jemand fotografiert hätte? (Ich wandte mich ja schon instinktiv ab, wenn ein Zug nahte.) Es war vorgekommen, daß Züge zwischen den Stationen gehalten hatten. Betrunkene waren ausgestiegen, um sich zu erleichtern, waren dann aus Neugier in den Tunnel getappt. Knüppel wurden zwischen die Rollgitter geklemmt, die bei Havarien, besonderen Vorkommnissen, abends nach Betriebsschluß heruntergelassen wurden, ich erinnerte mich, während ich den Bahnsteig entlangging, an das Rollgitter zur Einfahrt Anhalter Bahnhof, das gefallen war, weil ein gelangweilter Grenzposten auf einen Knopf gedrückt hatte, die S-Bahn mußte vor dem Gitter warten, es hatte Beschwerden gegeben, die S-Bahn betrieben wir, auch in Westberlin, wir hatten für die Funktionsfähigkeit zu sorgen, wir kassierten gutes Geld dafür. Es hatte Sabotageakte gegen die Schotts gegeben, die bei einem Unglück gegen hereinbrechende Wassermassen geschlossen wurden. Den Einbruch des Landwehrkanals, ein Sabotageakt der Nazis im Jahr 1945, den Bericht darüber hatte ich im OV »Eisenbahner« abgelegt, »... militärisch war diese Sprengung völlig sinn- und zwecklos. In wahrhaft verbrecherischer Leichtfertigkeit wurde an einen der empfindlichsten Knoten des Berliner Verkehrsnetzes Hand angelegt, an einer Stelle, an der sechs wichtige Verkehrswege in verschiedenen Höhenlagen neben- und übereinanderliegen oder sich überschneiden. Daß nicht alle sechs zerstört wurden, ist nur besonderen Glücksumständen zu danken. Die Wassermassen des Landwehrkanals füllten zunächst den Tunnel der Nord-Süd-S-Bahn, strömten auf ihrem unterirdischen Lauf stadtwärts über den Anhalter Bahnhof und die Bahnhöfe Potsdamer Platz, Unter den Linden und Friedrichstraße, durch den Spreetunnel über den Bahnhof Oranienburger Straße und Stettiner Bahnhof bis zum nördlichen Tunnelmund« (1947, Rudolf Kerger, Bauabteilungsleiter der Reichsbahndirektion Berlin). Im Anhalter Bahnhof, schrieb der Schriftsteller Heinz Knobloch, war ein Schmutzrand zurückgeblieben, so hoch hatte das Wasser des Landwehrkanals nach Kriegsende gestanden, der Schmutzrand des Hitlerreiches, man hatte ihn später abgewischt. Die Ertrunkenen kamen zu den Bestattungsämtern Kreuzberg und Mitte, die Toten des Bestattungsamts Mitte wurden auf dem Jüdischen Friedhof

Große Hamburger Straße beigesetzt, der von der Gestapo geschleift worden war, neben deutschen und sowjetischen Soldaten, Frauen und Kindern, die Sprengung hatte sie beim Anstehen nach Brot und Wasser getroffen.

Die Geister der Vergangenheit, der Toten, manchmal glaubte ich sie zu hören, ihre flüsternden Stimmen. Wieder eine S-Bahn, diesmal kein Gesicht an einem Fenster, die S-Bahn war leer. Die S-Bahn war von den Westberlinern boykottiert worden, wer im Westen damit fuhr, wurde beschimpft, das änderte sich erst später. Wenn jemand aus den S-Bahn-Zügen mitten auf einem Bahnhof ausgestiegen wäre, hier, auf dem Bahnsteig A des Bahnhofs Potsdamer Platz, nicht auszudenken. Die wachhabenden Genossen saßen ja eingemauert in ihrem Postenbunker, sie konnten den Bahnsteig nur nach einer umständlichen Öffnungsprozedur erreichen. Ich beschleunigte meinen Schritt und wußte doch zugleich, daß ich nichts zu befürchten hatte. Ein solch vorüberfahrender Zug war durch etwas sehr Wirksames abgedichtet, die Angst, man wußte nicht genau, was einen bei uns erwartete. Ob hinter den zugemauerten Fenstern, die man aus den Waggons erkennen konnte, nicht Verhör-, gar Folterzellen lagen, man wußte ja nicht, was ich wußte: daß dort ein eingemauertes Bild unseres einzigen Staatspräsidenten, Wilhelm Piecks, hing, seit 1961 von einer Neonröhre beleuchtet, deren Schalter man beim Einmauern nicht gefunden hatte. Durch eine Mörtelfuge drang eine Lichtnadel hinaus, Zeugnis für die Qualität der Produkte aus dem VEB Narva, wir hier unten nannten es das Ewige Licht. Was würde geschehen, wenn es verlosch? Ich wußte, daß die Posten mir nachstarrten, sie gehörten zu den Grenztruppen, unterstanden dem Verteidigungsminister, nicht uns von der

Sicherheit, wir konnten nur Empfehlungen aussprechen, aber wer hätte einer Empfehlung von uns widersprochen? Die Notausgänge waren zugeschweißt worden. Die Abdichtung konnte nicht vor Notausgängen haltmachen. Bahnsteigkanten hatte man auf unsere Empfehlung hin abgebrochen, damit niemand unbemerkt durchkriechen konnte, Spiegel, die in verbliebene Hohlräume wiesen, erlaubten den Posten Einsicht vom Postenstand aus, hinter den Rollgittern befanden sich Tritt-Ton-Anlagen, Bretter zwischen und neben den Schienen, auf Spiralfedern gelagert, trat jemand drauf, löste das einen stillen Alarm aus. Ein raffiniertes System, doch nicht raffiniert genug, irgendwann in den Sechzigern war einem Eisenbahner, der die Strecken hier unten zu kontrollieren hatte, die Flucht gelungen, er hatte von den Tritt-Ton-Anlagen gewußt und war die sechs Meter auf der Schiene entlangbalanciert, eine unvorhergesehene Lücke in der Abdichtung, es waren dann Lichtschranken installiert worden. Ich spürte den Blick der Posten in meinem Rücken, damit ich den Bahnsteig betreten konnte, hatten sie den Signalschalter ausschalten müssen, es lag also, wenn ich den Bahnsteig entlangging, eine Schwächung des Abdichtungszustands vor, sicherheitstechnisch gesprochen, das widerstrebte den Posten ebensosehr wie mir, leider war mein Ziel anders nicht zu erreichen. Ich sah sie schon von weitem, die Fernsprechzelle der Deutschen Reichspost, hinter dem Zementlager für die oberirdische Grenze, ich sah sie, obwohl nur Schummerlicht herrschte, die schwarzweißrote Kabine mit der Aufschrift »Fernsprecher« in Fraktur. Darunter ein gewölbtes, weiß emailliertes Blechschild mit der roten Aufschrift »Öffentlicher Fernsprecher«, die um einen Telefonhörer in einer stilisierten Hand gebogen war.

Ich näherte mich langsam, ich wußte nicht, ob ich wieder eine Auskunft bekommen würde. Dann stand ich ihm gegenüber, dem Ortsmünzfernsprecher des Berliner Herstellers Zwietusch, schwarzer Apparat mit schwarzem, in einer Gabel hängendem Hörer, schwarze, über schwarzen Ziffern im weißen Ziffernfeld rund ausgestanzte Wählscheibe. Bevor ich den Hörer abnahm und die Nummer wählte, studierte ich, wie immer, das unter dem Zahlknopf angebrachte Schild mit der Aufschrift: »Achtung! Nach Meldung des angerufenen Teilnehmers oder des Amtes sofort Zahlknopf drücken«. Ich hielt ein Zehnpfennigstück bereit, Deutsches Reich, ich hatte nicht mehr viele dieser Münzen vorrätig, der Apparat würde nur mit diesen Münzen funktionieren, ich hatte schon Forint und Westgroschen ausprobiert, auch hiesige, der Hörer war stumm geblieben. Ich atmete tief ein und aus. Über dem Apparat mahnte die rote Fraktur auf einem staubverkrusteten Schild: »Nimm Rücksicht auf Wartende – Fasse dich kurz!« (»Fasse« groß und »dich« klein geschrieben.) Kein Frei-, kein Besetztzeichen. Ich hatte den Zahlknopf noch nicht gedrückt, der Groschen würde, wenn ich auflegte, in den Rückgabebecher fallen. Ich wußte nicht, ob noch jemand diesen Apparat benutzte, und hatte bereits erwogen, ihn von einem Fachmann der Deutschen Post leeren zu lassen, einerseits, um wieder an Münzen zu kommen, andererseits, weil ich fürchtete, der Apparat könnte eines Tages verstopft sein, natürlich gerade dann, wenn ich die Stimme, die zu mir sprach, besonders brauchte, wenn ich keinen anderen Rat mehr wußte. Am Anfang war es ein Spaß gewesen. Ich hatte diese Fernsprechzelle auf einem meiner Erkundungsgänge entdeckt und einen Reichsgroschen im Rückgabebecher gefunden, das war mir wie ein

Zeichen vorgekommen, mit zitternden Fingern hatte ich die Münze in den Schlitz gesteckt und eine Nummer gewählt, irgendeine, sie war mir gerade eingefallen, aufgefallen, sie war nämlich in das Firmenschildchen des Herstellers Zwietusch gekratzt worden. Das Rauschen im Hörer, als ob Lüfte sich sammelten, Lüfte voller Stimmchen, als hörte ich einem summenden Telefonamt zu, die Stimme, gleichmäßig die Silben betonend, als diktierte sie:

– Der Gemüseanbau. Beschäftige dich mit dem Gemüseanbau. Der Minister – (Knacken, Gewitter in der Leitung) – Gemüseanbau. Die Verbindung war unterbrochen worden.

Wieder hörte ich das Rauschen, das Geflüster, das summende Amt, aber die Stimme löste sich schneller als sonst:

– Der Zug wird kommen, sagte sie, noch bevor ich mich gemeldet hatte. Ich drückte sofort den Zahlknopf und hörte am Klacken, daß der Reichsgroschen im Apparat verschwunden war.

– Dynamo, ich wartete, hielt den Atem an, wird absteigen.

– Der BFC? wagte ich zu fragen. Das war der Klub des Ministers, der oftmalige ostdeutsche Meister, der BFC war nicht beliebt.

– Dynamo Dresden, hauchte die Stimme, bevor sie verschwand. Keine Auskunft also über IM »Fichte« und seine mir noch verborgenen Fähigkeiten und Fertigkeiten, statt dessen eine rätselhafte und eine Hiobsbotschaft. Keine Auskunft über die Zehnminutenuhr und »Haar der Berenike«, und gerade dies hatte mich besonders interessiert. Der Zug wird kommen. Schon hielt er auf dem Bahnsteig A, ich erkannte Drehrumbum, den Lokführer der Schwarzen Mathilde, er winkte mir mit einer Taschenlampe. Wie schon am Eingang zum Bahnhof überlegte ich, was mich erwartet hatte, hier unten. Der Öffentliche Fernsprecher hatte mich erwartet. Ich war längst zur Überzeugung gekommen, ihn als einen, vielleicht meinen Schatz zu betrachten. »Ramses« hatte gesprochen, »Ramses« aus dem Pharaonenreich unter Berlin. Drehrumbum gab mir Feuer für die Zigarette, die ich mir nach diesem Gespräch gönnte. Ich dachte zurück an das Gemüsegespräch, die Kenntnisse einiger Geheimnisse des Gemüseanbaus hatte mir damals die Gunst des Ministers verschafft. Ich war »Ramses« dankbar. Schon nach unserem ersten Kontakt hatte ich Nachforschungen anstellen lassen: Wen rief ich an, wenn ich hier anrief und diese Nummer wählte? Unsere Telefonabteilung konnte mir keine Auskunft geben, allerdings hatte sie wissen wollen, welche Fernsprechzelle gemeint sei, ich hatte Mühe gehabt, die Telefonabteilung abzulenken, ihr jäh erwachtes Interesse einzuschläfern. Ich war mir noch jetzt nicht sicher, ob der Vorgang »Fernsprechzelle« dort wirklich ad acta gelegt worden war. Und wer »Ramses« war, mein ferner, nur hörbarer Zuträger.

Der Zug hielt mitten im Wald. Ich stieg aus, ich schien der einzige Fahrgast gewesen zu sein. Ich sah einen Postenturm vor einem Schlagbaum, einen Strommast, ein Auto mit abgeblendeten Lichtern näherte sich, wie damals, als ich die Waldinsel zum ersten Mal betreten hatte.

Von der Abteilung 2000, Grenzsicherung in den Geisterbahnhöfen, zur Waldinsel, ins Allerheiligste, dachte ich während der Fahrt, starrte ins Dunkel, aus dem die Autoscheinwerfer Baumstämme, Gestrüpp, grün gegenleuchtende Augenpaare herausstachen, starrte auf die in Lederhandschuhen steckenden Hände des Fahrers, die das Lenkrad fest umklammerten.

Die Waldinsel. OV *»Kellerassel« im Rahmen des* OV *»Gemüse«*

Der Vergewisserung sollen diese Aufzeichnungen dienen, heute, wo so vieles anders geworden ist, gilt es, das Echolot in die Zeit zu senken, um dem unablässigen Vergessen und Vergehen wenigstens hier und dort etwas abzugewinnen, eine Bewegung, Vorgänge, Spuren unserer Arbeit an der *Aufgabe im Grunde*. Wir sind noch immer tätig, und die *Aufgabe im Grunde* ist Aufgabe geblieben. Mut, Genosse Chronist.

Damals bei unserer ersten Begegnung, wobei das Wort Begegnung zuviel gesagt sein mag für einen Austausch der Stimmen, hatte »Ramses« vom Gemüseanbau gesprochen, ich hatte seine Aufforderung, mich mit dem Gemüseanbau zu beschäftigen, ganz konkret aufgefaßt und die verdächtigsten Gemüsegärtner in meinem Bezirk observieren lassen. Dabei war wenig herausgekommen. Einige Tage später jedoch war »Brides« Erzählung »Der Herr des Gemüses« auf meinem Tisch gelandet, damals noch unter diesem Titel, den Rohde schon als fraglich unterschlängelt hatte, es fanden sich auch sonst Arbeitsspuren im Manuskript. Rot-, Grün-, Violettstifte hatten darin herumgekritzelt, ich erkannte Rohdes Handschrift, Eduard Eschschloraque hatte, in seiner Eigenschaft als Zensor, Anmerkungen gemacht, behutsame übrigens, was mich überraschte, dieser schwertscharfe Geist konnte also auch Zurückhaltung üben. Giftiger waren die Kommentare einer Autorin des Bezirksverbands der Geistestätigen, die dem Manuskript Klischees, Standpunktlosigkeit, Formalismus vorwarf. Judith war damals Mitte Zwanzig, eine Anfängerin, und daß ihre Kollegin aus dem Bezirksverband, je länger sie las, desto mehr Schaum vor dem

Mund entwickelte, schien mir nun gerade ein Ausweis der Qualität des Manuskripts zu sein, ich las es mit wachsendem Interesse und jene Stellen, an denen Reichsführer H. (so im Manuskript bezeichnet) mit Reichsgärtnermeister S. das Gemüsememorandum auszuarbeiten beginnt, mit Herzklopfen, ich dachte an »Ramses« und seine Aufforderung. Ich ließ das Manuskript sofort kopieren und den sogenannten Kohlrabimonolog des Reichsführers gesondert herausschreiben. Dieser Kohlrabimonolog erregte das Interesse des Ministers, auf der nächsten Konferenz sprach er mich an, er hatte das Blatt im OV »Bride« gelesen, jedoch geglaubt, es stamme von mir. Ich beließ ihn in diesem Irrtum, die Sachbearbeiterin hatte vergessen, die Passage als Zitat aus der Erzählung Judith Schevolas zu kennzeichnen. Die Erzählung wurde nicht veröffentlicht, das 11. Plenum lag noch nicht lange zurück, und der Autorin des Bezirksverbands war es gelungen, in der Hauptverwaltung Verlage die Druckgenehmigung zu verhindern, indem sie die geplante Papierzuteilung zu bedeutend standpunktfesteren Werken umzuleiten empfahl, gleichzeitig die Abteilung Kultur im Zentralkomitee informierte, die aus der Empfehlung eine Weisung machte. Die eigentümliche Sprache des Kohlrabimonologs hatte zwar des Genossen Ministers Anerkennung, jedoch Marns Mißtrauen geweckt, für ihn klinge das nach Nazi, und er finde es befremdlich, ja anstößig, dergleichen in einer Runde wie dieser hören zu müssen. Der Genosse Minister wischte den Einwand beiseite mit der Erwiderung, im Gegensatz zu Marn, der als Jugendlicher, wenn nicht noch Kind, im Moskauer Exil gesessen habe, kenne er die Nazis und ihre Sprache, er habe mit ihnen gekämpft, Seite an Seite mit dem Genossen Generalsekretär, und im übrigen interessiere ihn nicht, wer wie spreche, auf Gequatsche käme es nicht an, auf das Herz am rechten Fleck komme es an, und in diesem Text über den Kohlrabianbau schlage ein solches Herz, da lasse er sich nichts vormachen, schon immer habe er gewußt, daß sein Gärtner keine Ahnung habe, dieser Text, der erkennbar von einem Fachmann stamme, beweise es, er sage genau das, was er, der Genosse Minister, von Anfang an und immer wieder zu diesem Pfuscher von Gärtner gesagt habe, sein Lehrgeld solle der sich wiedergeben lassen. Während ich noch überlegte, ob der Genosse Minister, als er sagte:

– Ich habe mit ihnen gekämpft, Seite an Seite mit dem Genossen Generalsekretär

nicht eigentlich hatte sagen wollen, daß er gegen sie gekämpft habe, nicht mit ihnen, schlug mir der Genosse Minister auf die Schulter, worauf sich die Gesichter Marns und weiterer anwesender Genossen verfinsterten, was mir wiederum, ich stand noch ganz unter dem Einfluß dieses unverhofften Lobs, eine Freude machte, die sich auch durch die Erkenntnis, womöglich nun in der Patsche zu sitzen, der Text war ja nicht von mir, und vom Gemüseanbau hatte ich keine Ahnung, nicht trüben ließ, jedenfalls nicht, solange mir im Konferenzraum diese Gesichter gegenwärtig blieben. Draußen schon, und an meinem Schreibtisch, Judiths Manuskript in der Hand, erst recht. Die von mir in Abstimmung mit der Linie VIII eingeleitete Maßnahme erlöste mich. Schon am nächsten Tag (ich konnte die Mitarbeiter der Linie VIII zur Promptheit und Präzision ihres Einsatzes nur beglückwünschen) lagen drei Folianten vor mir, gebunden in starke Pappe, die mit grünem Marmorpapier überzogen war, mehrere Jahrgänge des ›Gärtnerei Fachblatts, Illustrierte Fachzeitschrift für den Fortschritt auf allen Gebieten der Gärtnerei, Schriftleitung: Berlin SO 16, Michaelkirchplatz 1‹; bis zur Nr. 16 des 19. Jahrgangs, 15. August 1933, in Antiqua, ab Nr. 17, 1. September 1933, in Fraktur gedruckt. Die letzten beiden Absätze der Nr. 6, noch in Antiqua, gehörten zu einem sogenannten Fragekasten, Frage 317 lautete: »Mir ist das Angebot gemacht, gelegentlich verdorbene Eier als Dünger zu verwenden. Können diese ohne besondere Behandlung aufs Land gebracht werden oder wären dann schädliche Folgen zu befürchten?« Und in Frage 318 elektrisierte mich der Passus: »Kann man Kohlrabi und Wirsingkohl überwintern, wenn ja, welche Sorten eignen sich hierzu?« Auf die Antworten war ich gespannt, ich schob alles andere beiseite, in den folgenden Tagen wurden die Artikel aus der ›Illustrierten Fachzeitschrift für den Fortschritt auf allen Gebieten der Gärtnerei‹ für mich zu einer Lektüre, deren Intensität nur noch von meiner Angst übertroffen wurde, ich wußte, wie schnell man die Gunst des Ministers verlieren konnte, ich ahnte, daß Marn versuchen würde, den Minister von meiner Ahnungslosigkeit, ja Verlogenheit zu überzeugen.

Ich betrieb Abdichtung, meine Form von Abdichtung, auch die Abdichtung gehörte zur *Aufgabe im Grunde*, wie ich auf der Waldinsel lernte. Und nicht nur die Abdichtung, die Dichtung selbst war auf der Waldinsel zu Hause. Stille umgab mich, als der Fahrer mich bis zum Wachhabenden des Außenrings geleitete, als der Wachhabende des Außenrings mich zum Wachhabenden des Innenrings eskortieren ließ. Die Kiefern rauschten, meine Schritte knirschten leise, ein die Stille nur verstärkendes Geräusch, dieses Knirschen des märkischen Sands. Hin und wieder glotzte ein Eichhörnchen oder ein Waldkauz ins Geschwank der Taschenlampe, die dem Wachhabenden (ich zitiere die nachfolgende Formulierung bereits aus dem Operativen Vorgang »Kellerassel«, Unter- oder Zweigvorgang des OV »Gemüse«) zur Erleichterung des Findens des Pfads diente, nach einer Weile leuchtete eine weitere Taschenlampe uns knapp entgegen, ich hörte ein: »Stimmt an, Genossen«, ein flüsternder Chor, stimmlos, doch nicht unmelodisch, ließ sich unter dem energischen Dirigat des Genossen Ministers wie folgt vernehmen:

– Abends mit der Blendlaterne / geh ich auf die Asseljagd, / flinke Füße! Ich tu's gerne, / denn die Assel, die zernagt / Wurzeln, Knollen, Orchideen. / Asseln will ich nie mehr sehn!

Taschenlampen wurden verteilt, der Tages-, der hier ein Nachtbefehl war, wurde verlesen, es handelte sich bei den Choristen, die mich auf der Waldinsel mit einem kulturellen Rahmenprogramm von Eduard Eschschloraque, eigens auf Anforderung des Genossen Ministers verfertigt, begrüßt hatten, um Angehörige des zur Sicherheit gehörenden Wachregiments »Feliks Dzierzynski«. Damals stand noch ein Gewächshaus im Garten des Hauses 14, in dem der Genosse Minister mit seiner Gattin Trudchen lebte, wenig später, die Fehde zwischen dem Genossen Minister und dem Genossen Ministerpräsidenten hatte Fahrt aufgenommen (siehe OV »Gemüse«), wurde das Gewächshaus nach Dammsmühle versetzt, um den im Entstehen begriffenen Gewächshauskomplex I zu verstärken, so hieß es offiziell. Auch wurden Aspekte der persönlichen Sicherheit des Ministers geltend gemacht, nachdem eine sogenannte Bechsteinfledermaus (Myotis bechsteinii) in das Arbeitszimmer des Genossen Generalsekretärs vorgedrungen war und dort für Verwüstung gesorgt hatte. Bei der Untersuchung des zwar seltenen, aber respektlosen Tiers hatte man im Magen eine nicht unerhebliche Menge Kellerasseln (Porcellio scaber, von lat. porcellia: Schweinchen, scaber: rauh, unsauber) gefunden. Der inoffizielle Grund: Der Genosse Minister wollte die im Zuge des Operativen Vorgangs »Kellerassel« anfallenden Erfolge vor dem Genossen Ministerpräsidenten geheimhalten, für diese Variante der Begründung sprachen auch unsere wiederholten nächtlichen Aktionen, wobei sie weniger der Geheimhaltung als vielmehr der Anpassung an die Gewohnheiten von Porcellio scaber dienten.

Und wieder die Stille, als wir im Gewächshaus arbeiteten. Der Minister persönlich, Jäger, der er war, führte uns an und hatte zuvor einen Sonderurlaub nebst einer Flasche der Kognakmarke »Winkelhausen 1846« für denjenigen ausgelobt, der den sozialistischen Wettbewerb um die höchste Zahl eingefangener Kellerasseln für sich entscheiden würde, dabei war schon berücksichtigt, daß einige der Genossen benachteiligt waren: sie hielten draußen nicht nur Wacht, sondern auch eigens zur Aktion mitgebrachte Blendschirme hoch, die verhindern sollten, daß die Nachbarn, vor allem natürlich der berüchtigt schlaflose und überaus mißtrauische Genosse Ministerpräsident im Haus 1, den Taschenlampengeisterschein bemerkten.

OV »Kellerassel« im Rahmen von OV »Gemüse«, Zitat: »Verfasser erinnert sich aus seiner gärtnerischen Praxis, wie er sie« – Porcellio scaber – »abends mit der Blendlaterne absuchte, wo sie gerade dabei waren, sich an den zarten Herzblättern empfindlicher Warmhauspflanzen, ja sogar der Orchideen gütlich zu tun. Auch in Mistbeeten, Kalthäusern und Lagerräumen treten sie mit Vorliebe auf. Im Keller schaden die gefährlichen Nager hauptsächlich den Wurzel- und Knollengemüsen und den Blumenknollen, weshalb man doppelt vorsichtig sein muß und die Vorräte des öfteren kontrollieren soll. Ihre Bekämpfung muß deshalb bei Nacht geschehen, weil sie abends bei Dämmerung auf Raub ausgehen und sich tagsüber in ihren Verstecken aufhalten bzw. dort ausruhen.«

Auch dieser Passus war in Judiths Manuskript vorgekommen, ich hatte ihn in Nr. 3 des 21. Jahrgangs des Gärtnereifachblatts ›Illustrierte Fachzeitschrift für den Fortschritt auf allen Gebieten der Gärtnerei‹, Berlin, den 15. März 1935, nachgeschlagen und im OV »Gemüse« noch die folgenden Sätze ergänzt: »Wenn man sie anlokken will, braucht man nur einen sogenannten Köder auszulegen, der aus einer ausgehöhlten Kartoffel, Rübe oder Möhre besteht, in die sie sich ähnlich wie die Schnecken in der frühen Dämmerung zurückziehen. Dort hat man sie dann oft scharenweis beisammen« – Anmerkung des Ministers: Wie diese Kirchentypen! –, »muß sie dann sofort vernichten, sei es durch Zertreten« – Anmerkung des Ministers: Ja! Zertreten! – »oder noch besser durch sofortiges Ueberbrühen« – originale Rechtschreibung – »mit heißem Wasser.« Anmerkung des Ministers: Zertreten reicht! Wir verschwenden doch keine Elektroenergie, die soll man besser für unsere Menschen einsetzen!

Vielleicht aus einer gewissen, mir angeborenen Neigung zur Provokation hatte ich noch ein anderes Zitat hinzugefügt, es stand auf der gegenüberliegenden Seite der ›Fachzeitschrift für den Fortschritt auf allen Gebieten der Gärtnerei‹. Auch Judith hatte es verwendet, und vielleicht hatte ich meinen Mut im Glauben gefunden, mich hinter Judiths Verwendung verstecken zu können, sollte mir jemand auf die Schliche kommen. »Wir müssen uns durch Kampf und Arbeit vom Geld befreien. In uns selber den

Wahn zertrümmern. Dann stürzt auch einmal das Goldene Kalb. Der Liberalismus ist in seinem tiefsten Sinn die Lehre vom Geld. Liberalismus, das heißt, ich glaube an den Mammon. Sozialismus, das heißt, ich glaube an die Arbeit!« Das Zitat war unkommentiert geblieben. Da es beim OV »Gemüse« aber weniger um eine Verbindung mit dem Fall Schevola alias OV »Bride« ging, es sich nicht um eine zu observierende Person, sondern um ein vom Genossen Minister angeregtes Projekt handelte, in dem, wenn es auch Geheimhaltungsstufe genoß, ideologische Versatzstücke nichts zu suchen hatten, jedenfalls von den Augen, unter die sie kommen mochten, offenbar nicht beachtet wurden, blieb dieses Zitat für mich und auch für Judith Schevola ohne Konsequenz. Diese Fähigkeit der Sicherheit, Wesentliches von Unwesentlichem zu trennen, sich auf die *Aufgabe im Grunde* (und nicht nur diese) zu konzentrieren und die Dinge gebührend einzuschätzen, hat immer die Anerkennung unserer Menschen gefunden, wie der Minister sagte. Er gewann den Asselwettbewerb in jener mir unvergeßlichen Gewächshausnacht. Marn glaubte später anmerken zu müssen, daß sich dies von selbst verstehe, denn welcher Angehörige des Wachregiments »Feliks Dzierzynski«, der, Zitat: »nicht mit dem Klammerbeutel gepudert« sei, hätte wohl mehr der unsauberen oder rauhen Schweinchen zu zertreten gewagt als unser jagderprobter Chef, dessen Rachsucht nicht nur bloßes Gerücht war. Keiner der Genossen des Wachregiments aber hatte Grund gehabt, traurig zu sein, dieser nächtliche Sieg im Rahmen des OV »Kellerassel« versetzte den Minister in Feierlaune, er gab allen den versprochenen Sonderurlaub und je eine Flasche »Winkelhausen 1846« obendrein.

Nach dieser Nacht gehörte ich auf die Waldinsel, weil ich zu »Vatis« Umgebung gehörte. Jeden Morgen kam ich mit dem Bus, wie so manche Angestellten, die nicht im Außenring wohnten. Jeden Morgen die gleiche Prozedur, die Abdichtung gegen die Außenwelt, wie ich es nannte, jeden Morgen das »mutabor«, das ich murmelte, wenn der Posten die Kontrolle beendet hatte und ich die Waldinsel betrat. Verließ ich sie je, damals? Ich habe diese Frage nie mit einem klaren Ja oder Nein beantworten können. Den Genossen Minister und all die anderen Repräsentanten unseres Staates von nahem zu erleben, als Menschen gewissermaßen, nicht als Vertreter einer Funktion, war nicht nur ein Privileg, dessen Ausmaß mir bei jedem Schritt in die Waldinsel um so bewußter wurde, je mehr die Stille zunahm, es war auch ein Anlaß zur Verwirrung, etwas, das mich stutzig machte, es hing mit der Bezeichnung »Vati« zusammen, die von den Angestellten der Waldinsel keineswegs nur klammheimlich gebraucht wurde. In der Küche gab es ein Heft mit zwei Spalten, links die Lieblingsspeisen unserer Repräsentanten, rechts, was sie nicht aßen, ich dachte an die Eintragungen unter »Vati« (Hefeklöße), »Onkel« (Genosse U.), Bockwurst, Brot mit Quark mit Schnittlauch, »Tantchen« (Genosse U.s Gattin), Brot mit Quark ohne Schnittlauch. Wenn die ersten Häuser des Innenrings auftauchten, wechselte ich innerlich vom »Genossen Minister« zu »Vati«, aus dem Genossen Ministerpräsidenten wurde »General«. Nicht der Umstand, daß unsere Repräsentanten Codenamen hatten, verwirrte mich, das war üblich, ich kannte das aus der Sicherheit, mich verwirrte die Spannung zwischen »Genosse Minister« und »Vati«. Irgendwo dazwischen, in einem Raum, der beide Namen trennte und zugleich verband, mußte die

Abdichtung stattfinden, ich konnte sie nicht dingfest machen, ihre Art und Form, ihr Geschehen, und auch meine Aufzeichnungen sind nur ein Versuch, die Linie zu fassen, vor der die Abdichtung noch nicht ist und hinter der sie ist. Diese Linie war mit der Mauer nicht identisch, nicht mit der Mauer, auf die ich bei meinen Erforschungen der Geisterbahnhöfe immer wieder stieß, der Mauer, die das Land umgab und Berlin teilte, sie war auch nicht mit der Mauer identisch, die um die Waldinsel ihren behütenden, grün gestrichenen, von innen beleuchteten Arm aus Beton legte, um Funktionärsklub, Ladenkombinat, Schieß-, Tennis- und Eisplatz, um die dreiundzwanzig Häuser, in denen unsere Repräsentanten lebten, um die Häuschen der Angestellten, Kraftfahrzeug- und Elektrowerkstatt, Schlosserei, Umspannstationen, Wasserwerk und Abwasseranlage, Verwaltung.

Mein Tag begann bei »Vati«. Im Winter mit Schneeschippen, das zu den Aufgaben des Referats Gärtnerei gehörte. »Vati« verlangte einen sauberen Weg, er wollte die Gehwegplatten sehen, links und rechts scharf ausgestochene Gehwegkanten, und das um sechs Uhr morgens, wenn »Vati« im Frotteebademantel der bewaffneten Organe mit dem auf die Brust gestickten Wappen der Sicherheit zum Funktionärsklub ging, um in der dortigen Schwimmhalle seine Bahnen zu ziehen. Im Sommer begann mein Tag mit dem Auflesen der Kiefernzapfen, die des Nachts, unbemerkt von den Posten auf den Wachttürmen, auf den Rasen gefallen waren und dort das vom Ehepaar »Vati« und Trudchen sehr geliebte Tautreten behindert hätten. »Vati« und seine Gattin pflegten kurz nach Sonnenaufgang, in Badebekleidung der bewaffneten Organe, sonst aber nackt, mit vorgestreckten Armen und leicht gebeugten Knien ihre Füße langsam über den Rasen zu heben, um sie, nach vorsichtigem Kontakt mit den Grasspitzen, in gleicher Langsamkeit vollständig abzusenken, »Vati« hatte diesen Brauch vom Genossen U. (»Onkel«) und dessen Gattin (»Tantchen«) übernommen. Diese Übernahme hatte das Mißtrauen des Genossen Generalsekretärs (»Dachdecker«) geweckt, konnte es nicht sein, daß »Vati«, wenn er das Tautreten vom alten Genossen Generalsekretär übernahm, insgeheim auf dessen Seite stand, vielleicht sogar, infolge des Taus in »Tautreten« wie auch in »Tauwetter«, noch weiter gehende, gewissermaßen Chruschtschowsche Absichten verfolgte? Dies Mißtrauen, obwohl gänzlich unbegründet (»Vati« war alles mögliche, aber kein Anhänger Chruschtschows), mochte der Grund für die im Laufe der Jahre größer gewordene Distanz zwischen »Vati« und »Dachdecker« sein, eine Distanz, die »Vati« schon während der ersten Aktion im Rahmen des OV »Kellerassel« eingestand, mit Bedauern und mit einem Seitenhieb gegen »Eisenbahner«, »Dachdeckers« Sekretär für Wirtschaft, den »Vati« für den Näheverlust zu »Dachdecker« verantwortlich machte.

»Eisenbahner« hatte in den späten sechziger Jahren, noch unter »Onkel«, seinen Einfluß stetig vergrößert, und nicht nur das, ihm war es auch gelungen, den Führungswechsel vom alten zum neuen Generalsekretär zu überstehen, das Vertrauen des neuen Generalsekretärs (»Dachdecker«) zu erringen und sich in der alt-neuen Vertrauensposition unentbehrlich zu machen, im Gegensatz zum Genossen Ministerpräsidenten (»General«), der wohl darauf spekuliert hatte, selbst der neue Genosse Generalsekretär zu werden, was aber dann eben »Dachdecker« wurde, so daß sich »General« zurückzuziehen begann, sich immer mehr einigelte, die Sitzungen des Ministerrats mit einer gewissen Gleichgültigkeit behandelte und sich mehr den Fragen der Obst- und Gemüsegewinnung zuwandte. Was wiederum den Ehrgeiz »Vatis« weckte, »General« hatte, was den Obst- und Gemüseanbau betraf, recht eigenwillige Ansichten, die »Vati« mit ein wenig Wirklichkeit, wie er es ausdrückte, zu torpedieren trachtete. In diesem Prozeß war er auf den Kohlrabimonolog im OV »Bride« und damit auf mich gestoßen. Hatte »Vati« an »General« ein eher sportliches, so an »Eisenbahner« ein fachliches Interesse. »General« war kaltgestellt, bewohnte zwar das größte Haus der Waldinsel (Nr. 1), durfte seine Angestellten schikanieren, wie er wollte, »Vati« ließ es ihm, was ein Vergnügen auch für »General« nicht immer sein mochte, je mehr die Widersprüche wuchsen, desto mehr wuchs auch der Widerspruch, der Widerspruch trieb manchmal aus den Widersprüchen hervor wie die *Aufgabe im Grunde* immer mehr auch aus dem OV »Gemüse«, dessen Existenz »General« zu ahnen begann, als verschiedene seiner Vorhaben (Operativer Schwerpunkt »Kürbis«, Operativer Schwerpunkt »Wirsing«) mißglückten, wofür er mich verantwortlich machte, weil er »Vati« nicht verantwortlich machen konnte oder wollte. »Eisenbahner« war nicht kaltgestellt, im Gegenteil. An »Eisenbahner« war nicht heranzukommen, wie sehr »Vati« sich auch mühte. »Eisenbahner« interessierte sich nicht für Gartenbau und Gemüsekunde, hielt alle auf Abstand und wechselte mit seinen Angestellten kaum ein Wort, schon gar kein verfängliches, mit gutem Grund. Distanzhalten war lebenswichtig. Die Abdichtung war lebenswichtig. Die Angestellten waren unsere Leute, »Eisenbahner« wußte natürlich, daß jedes ausgesprochene Wort zu »Vati« gelangen würde, und manchmal auch ein unausgesprochenes Wort (s. OV »Gedankenleser«) oder ein nicht im Tagesbewußtsein gesprochenes Wort: Es gab Träume, die zur Nacht angekippten Fenster, und »Vatis« Ohren lauschten weit, es hatte einen Versuch gegeben, die auf der Waldinsel noch relativ zahlreich vorkommenden Bechsteinfledermäuse (Myotis bechsteinii) mit elektronischen Lauschapparaturen zu versehen (Operativer Schwerpunkt »Fernmelder«), doch hatte diese Maßnahme kaum verwertbares Material ergeben. »General« war mir gegenüber anfangs nicht mißtrauisch. Ich existierte für ihn nur als Schatten, als brauchbare Hand. Nach der Nacht im Rahmen des OV »Kellerassel« hatte »Vati«, oberster Dienstherr aller Angestellten auf der Waldinsel, mir den Befehl erteilt, für einen erkrankten Mann in »Generals« Angestelltenkollektiv einzuspringen mit dem Auftrag, Aufklärungsarbeit insbesondere im Objekt Birkenheide zu leisten, wo »General« Fortschritte auf dem Gebiet des Obst- und Gemüseanbaus zu erzielen beabsichtigte. Birkenheide:

Der Kampf gegen den Apfelblattsauger. Überlegungen zur Theobaldschen Brühe. OV »Platzhirsch« im Rahmen des OV »Gemüse«

»General« nimmt seinen Zollstock, legt ihn, vom Abendlicht am Ostufer der Müritz beschienen, an eine Treibhausgurke, wobei ich die Gurke, ein noch nicht ganz ausgewachsenes Exemplar der Sorte »Pabsts Unerreichte«, vorsichtig mit beiden Händen zu stützen habe, damit die Messung exakt vorgenommen werden kann, ohne daß die Frucht vom Stiel bricht. »Pabsts Unerreichte« ist eine Kreuzung zwischen einer Treibhaus- und einer Freilandgurke, wobei es geglückt ist, die Widerstandsfähigkeit der Freilandgurke in die Treibhausgurke hineinzuzüchten. Eine

Kreuzung, auf die »General« besonders stolz ist, obgleich sie keineswegs von ihm stammt, was »General« aber keineswegs hören möchte. Was er hören möchte, ist das Wort Wechselbeziehung, das er soeben fachmännisch auf den Kohlrabi angewendet hat, bei dem es Wechselbeziehungen »zwischen ovaler, hochgebauter Knolle und ihrer Holzigkeit, feinem schlitzblättrigem Laub und rascher Knollenerzeugung« (OV »Gemüse«, Zitat ›Gärtnerei Fachblatt, Illustrierte Fachzeitschrift für den Fortschritt auf allen Gebieten der Gärtnerei‹) gibt, bei »Pabsts Unerreichter« nun zwischen Widerstandsfähigkeit und Anspruchslosigkeit des Freilandgurkenvaters einerseits und der großen, glatt zylindrischen Form der Treibhausgurkenmutter andererseits. »General« beginnt die in diesem Gewächshaus vorhandenen Exemplare »Pabsts Unerreichte« zu zählen, trägt das Ergebnis in ein Notizbuch ein, sagt:

– So, beordert mich mit einem knappen Wink zu den Mistbeeten, an denen die Genossen Personenschützer bereits tätig sind, und ergänzt, er wisse genau, wie viele Gurken im Gewächshaus hingen, wir Schwachköpfe sollten ja nicht auf die Idee kommen, eine wegzunehmen!

»General« überlegt, ob er statt »Pabsts Unerreichte« nicht doch lieber die »Reusrathsche Züchtung« hätte verwenden sollen und ob er nach der Grunddüngung mit der Kopfdüngung vor oder nach dem Fruchtansatz hätte beginnen sollen, die Düngung während der Gurkenkultur sei eine rein individuelle. Man könne das Gewächshaus auch vollständig verlassen, die Verhältnisse in Birkenheide seien gerade für die Freilandgurke ideal. »General« äußert sich zu den Vorzügen der Landgurke »Torpedo«. Der kriegerische Name dieser hervorragenden Gurke treffe den Charakter der eigenartigen Form, ihre schlanke Länge (»General« öffnet die Arme) und ihre außerordentliche Fruchtbarkeit, die auch durch abnorme Witterungsverhältnisse nicht beeinflußt werde, im Geschmack sei »Torpedo« aromatischer als die gewöhnliche Freilandsalatgurke. Das Kerngehäuse der »Torpedo« sei verschwindend klein, dies wüßten die Gurkenkenner als besonders günstige Eigenschaft zu werten. »General« sagt nun kein Wort mehr, er hat entdeckt, daß »Pabsts Unerreichte« von der Roten Spinne befallen ist, einer Spinnmilbe, gegen die, so »General«, ein energischer Kampf geführt werden müsse. Wir beginnen sofort. »General« entdeckt Hinweise, daß der gefährliche Apfelblattsauger in die Apfelkulturen eingedrungen ist, Larven auf den Blüten der Orangenrenette und des Gelben Bellefleur. Unter Anleitung »Generals« bereiten wir die Theobaldsche Brühe, die sich, so »General«, in der weit unterschätzten lebenswichtigen Frage der Apfelblattsaugerbekämpfung als wirksam erwiesen habe. Die Theobaldsche Brühe wird mittels Handspritzapparaten fein verteilt, während »General« wutentbrannt zwischen den die Theobaldsche Brühe ausbringenden Personenschützern auf und ab stapft. »General« fordert strengste Trennung zwischen Rotespinnebrühespritzern einerseits und Apfelblattsaugerbrühespritzern, Theobaldspritzern, andererseits, »General« kontrolliert die Spritzbrühenapparathandhabung, die bei den meisten Theobaldspritzern nicht den Erfordernissen entspricht, die Spritzdüse muß genau über die Blüte, jedoch in genügendem Abstand gehalten werden, auch sei es nicht damit getan, die Obstbäume von Birkenheide zu spritzen, das Spritzkommando müsse auch in die umliegenden Dörfer, um die dortigen Apfelbäume zu behandeln, von denen der Schädling sehr wahrscheinlich stamme.

Als »General« noch Staatsratsvorsitzender war, blieb er von Dienstagnachmittag bis Sonntagnachmittag auf Birkenheide. Als Vorsitzender des Ministerrats von Donnerstagabend bis Sonntag. Dienstag Sitzung des Politbüros. Donnerstags Ministerrat.

Es gehörten, so »General«, gründliche Kenntnisse und Erfahrungen dazu, um beispielsweise einwandfreie Schwefel- oder Kupferkalkbrühe herzustellen. Er selbst habe gute Erfahrungen mit Nikotinbrühe gemacht, wenngleich die Wirkung von Nikotin rasch nachlasse, da es schon bei gewöhnlicher Temperatur schnell verdunste. Für Zierpflanzen gebe er Quassiabrühe den Vorzug. Freilich habe die Quassiabrühe, wenn sie nicht exakt hergestellt werde, nur gering insektizide Wirkung, außerdem sei die Quassiabrühe, wie die Nikotinbrühe, in der Herstellung verhältnismäßig teuer. Für hundert Liter Nikotinbrühe benötige man zwei Kilogramm Tabakextrakt und ein Pfund Schmierseife. Außerdem müsse die Quassiabrühe erst gekocht werden, er überlege, so »General«, eine Brühenküche auf Birkenheide einzurichten.

Die Zitrusbäumchen werden aus den Winterquartieren ins Freie getragen. »General« zählt die Blüten. Er wisse nun, wie viele Früchte er zu erwarten habe, es dürfe keine Frucht fehlen, er sage das, damit wir uns im klaren darüber seien, daß er wisse, daß unser Vorgesetzter ihm nur Idioten und Diebsgesindel schicke. Nach der Behandlung der Gurken und Apfelblüten steht die Umsetzung eines Bootshauses an. Zwar ist dieser Teil der Müritz Sperrgebiet, dennoch besteht die Möglichkeit, daß das Bootshaus von Neugierigen eingesehen werden kann. In »Generals« Bootshaus ankern zwei Motorboote, außerdem gibt es einen Aufenthaltsraum mit Fernseher, Toilette, Dusche und eine Freiterrasse. Es ist nicht einfach, ein Bootshaus umzusetzen. Eine Pioniereinheit des Wachregiments »Feliks Dzierzynski« hilft, das Haus wird in der Mitte durchgesägt, auf Pontons und Schlauchboote geschoben und per Hand übers Wasser gezogen. »General« gibt vom Führungsboot aus nützliche Hinweise, zum Beispiel daß man den Angriff der Gemeinen Stechmücke (Culex pipiens) am besten mit der Philosophie der Stoiker ertrage, Kratzen mache alles nur schlimmer, so »General«, auf dessen scharfgeschnittenen Zügen der Glanz des Mückenmittels »Mux« liegt.

Zum Feierabend setzt sich »General« auf die Terrasse und raucht »Senoussi«-Zigaretten (filterlos) aus dem Hause Reemtsma. Auf der Verpackung eine Gruppe Araber im Burnus (möglicher Hinweis auf die libysche religiöse Bruderschaft der Senussi). »General« verlangt, die im Hause von unserer Lichtbrigade verbauten Narvalampen durch solche aus dem Hause Osram zu ersetzen. »General« äußert sich zum Düngewert fauler Eier. Faule Eier hätten einen guten Düngewert, nur müsse man von einer direkten Verwendung absehen. Man müsse, um die volle Wirkung zu erzielen, die Eier auf dem Komposthaufen kompostieren, wie überhaupt sämtliche Küchenabfälle, Gartenunkräuter, Fleischreste undsoweiter. »General« läßt Mistgabeln verteilen. »General« hat mehrere Artikel des Kompost- und Mistwissenschaftlers (Name unverständlich, Nachforschungen eingeleitet) studiert, die sich mit »Generals« eigener Meinung decken. »General« ist stolz darauf, den seiner Kenntnis nach bedeutendsten Kompost des Landes zu besitzen. Achtzehn Personenschützer nebst Angehörigen des Pionierbataillons des Wachregiments und sechzehn Angehörige der Gartenbrigade Birkenheide setzen den Kompost um und streuen Kalk zur Stoffzersetzung. Die zur Abrundung des Kompostierungsprozesses notwendigen Jaucheübergüsse müssen per Hand erfolgen, da beide auf Birkenheide eingesetzten Exemplare des Gartenmultifunktionsgeräts »Trampelameise« defekt sind. Angesichts der defekten »Trampelameisen« fragt »General«, ob Ameisen Trauer empfinden können. Er habe neulich beobachtet, wie Angehörige eines Ameisenkollektivs immer wieder vor toten Artgenossen stehengeblieben seien, um an ihnen zu rütteln.

Im Rahmen des Operativen Vorgangs »Gemüse« nahmen mich nicht nur der Untervorgang »Kellerassel« und der Vorgang »General« in Anspruch, sondern bald auch der Vorgang »Platzhirsch«, der mich, was ich nicht bedauerte, von »General« weg- und zu »Dachdecker« hinbrachte, damit verbunden auch in die Nähe von »Eisenbahner« und wiederum »Vati«, der meine Berichte aus Birkenheide mit, wie er sagte, größter Aufmerksamkeit gelesen hatte. Die Treibhausgurken in Dammsmühle übertrafen schon im ersten Sommer die auf Birkenheide an Länge, Zahl und Widerstandskraft, und was die Bohnenzucht betraf, war der Gewächshauskomplex II in Dammsmühle konkurrenzlos. Die Buschbohne »Fadenlose Konservenwunder« entwickelte ein besonders zartes, dickes Fleisch bei schneeweißem Korn, während die Stangenbohne »Hochgenuß« sogar in der Küche unseres Fernsehkochs eingesetzt wurde, es gelang uns, völlig fadenlose, dünne, zarte Exemplare zu züchten. Hier wirkten sich meine Fortbildungen auf dem Gebiet des Gemüseanbaus allgemein, des Busch- und Stangenbohnenanbaus im besonderen aus, nachdem »Vati« festgestellt hatte, daß der Satz »Die Gartenbohne ist Magerpflanze« durch einen Satz aus Kratz' Werk »Erwerbsgemüsebau« korrigiert werden müsse: »Sie« (die Gartenbohne, Anm. d. Verf.) »verträgt aber auch eine frische Stallmistdüngung recht gut.«

Öffne ich, nach so vielen Jahren, den Operativen Vorgang »Platzhirsch« wieder, ist es mir, als hörte ich, Mitglied des Zeitarbeiterkollektivs, das ich bin, den Schlag der Zehnminutenuhr aus Rohdes Stube, ich rieche nicht Papier, sondern den Duft der Sommerkiefern, Brodem der Schorfheide, die in rascher Dämmerung liegt, noch mit Kupferlicht gefüllt ist in der Stunde der Nachtschmetterlinge, der Bechsteinfledermäuse, der tanzenden Mücken. »Dachdecker« geht vor mir, das Gewehr geschultert, hinter uns der Jeep, auch er war nicht ohne Entwicklung geblieben: erst ein GAS-69, ein russischer Militärgeländewagen, dann ein rumänischer ARO, dann Range Rover, zuletzt ein Mercedes-Geländewagen, zum Jagdwagen umgerüstet. Vor »Dachdecker« der Jäger, der zum Ansitz geleitet, neben mir Arzt, Personenschützer, Leibkoch, vor uns, aber knapp hinter »Dachdecker«, ein Jagdgast: »Eisenbahner«, »Vati« oder der sowjetische Botschafter.

»Dachdecker«, morgens: in Schlafanzug und Pantoffeln, noch ohne Brille und ungekämmt tastet er sich die Treppe im Haus 11 hinunter, das zu den kleinsten auf der Waldinsel gehört, grüßt die Haushälterin, scheint vergessen zu haben, was er will, der Wasserhahn im Badezimmer tropft, man möge doch bitte Abhilfe schaffen. Ob neues Rasierwasser eingekauft worden sei? Er tastet sich die Treppe wieder hinauf, ins Bad und zur Ankleide, in der die Sachen warten, die seine Gattin, nach der Farbe ihres Haars Lila Eminenz oder die Lila Ministerin genannt, für ihn bereitgelegt hat, Hemden von Seidensticker, vor der Ankleide tastet er sich wieder hinunter, in den Massageraum, wo die Masseuse wartet, die ihn für sein schwieriges Amt lokkert. Sonntags keine Jagd. Zu viele Pilzsucher.

Arzt, Personenschützer, Leibkoch bleiben zurück, wenn der Jäger sich umdreht, um anzuzeigen, daß nun die eigentliche Jagd beginnt. Wenn »Dachdecker« mit dem Jeep unterwegs ist, halten die Genossen des Personenschutzes Funkkontakt zum Fahrer. Der Fahrer meldet sich flüsternd von den Standpositionen des Fahrzeugs. Wo waren wir, in welchem Revier? Groß-Dölln? Hubertusstock, wo »Dachdecker« die Granden der Bundesrepublik empfing? Drewitz, das bestbewachte Objekt, gesichert durch einen doppelten Zaun, innerhalb der Zaunanlage Erdsensoren, die manchmal von Eichhörnchen, Bechsteinfledermäusen oder Maulwürfen ausgelöst wurden, Fernsehkameras an der Zaunanlage und an den Bootsstegen, Sicherungsposten, die Tag und Nacht Dienst standen, obwohl »Dachdecker« anfangs nur einmal jährlich in Drewitz auftauchte. »Vati« hatte mich einst zum Staubwischen nach Drewitz abkommandiert, eine Woche lang wischte ich täglich in den leeren Zimmern Staub, löste zwei Tage vor Schluß die Erdsensoren aus, was von den Wachhabenden mit einer Flasche Weinbrand der Marke »Edel« quittiert wurde. Wir lösten die Erdsensoren immer wieder aus. Die Abdichtung schien in Drewitz eine vollkommene zu sein. Nicht so in Wildfang, das dem Knüpfzaungeflecht um das Staatsjagdrevier nichts als einen Holzzaun zusetzte, an dem die Pilzsammler stehenblieben, um den Genossen Generalsekretär zu grüßen, vielleicht ein Autogramm von ihm zu bekommen. Abends Baden im See, in Wildfang bevorzugt »Dachdecker« die Freikörperkultur. Nach dem Baden Kino, Erotikfilme, James Bond.

»Dachdecker« frühstückt morgens um sieben Uhr. Ein

Glas frischgepreßter Orangensaft (keine Kuba-Früchte, sondern von »Eisenbahner« über Westberlin für das Ladenkombinat besorgt), ein Omelett aus dem Eiweiß von zwei Eiern. Dieses Omelett wird von den Ärzten gefordert. Das Eiweiß wird geschlagen und vier Minuten in der Röhre gebacken (180 Grad). Dazu Aufschnitt. Käse, Kaffee (dünn), ein Extrateller mit sechs Häppchen, diese mit Leinölquark. Die Häppchen bestehen aus Knäckebrot (Burger). Für Lila Eminenz immer ein Rührei, dieses aus einem einzigen Ei. Nicht gerührt, nur zusammengeschoben, mithin eigentlich ein Schiebeei. Getrenntes Frühstück. »Dachdekker« frühstückt mit der Masseuse (s. OV »Kneterin«).

Ich blättere im OV »Platzhirsch« und sehe die Stiefelabsätze »Vatis« vor mir, die sich behutsam auf der vorjährigen Nadelstreu heben und senken. Wir gehen, ohne zu sprechen, verständigen uns durch Zeichen. Es kann nicht Dölln gewesen sein, dort sehe ich »Dachdecker« im Weihnachtsmannkostüm, sogenannter Jahresendausstattung, über die Auffahrt in Richtung Familie stapfen. Bei »Platzhirsch« sehe ich eine Wasserfläche glitzern, wir sind im Revier Schwarzer Tanger, das Seebruch, das mit Erle, Birke, Kiefer und Weide lückig bestockt ist, wird vom Rotwild zur Brunftzeit bevorzugt aufgesucht, doch ist es nicht das Rotwild, dem unsere Bemühungen gelten, sondern ein kapitaler, vom Jäger bestätigter Damhirsch, ein sogenannter Schaufler. Der See liegt wie ein Metalltablett, vor dem Schilfgürtel ein Haubentaucherpärchen, reglos, die Augen uns zugewandt. Der Schaufler ist nicht da. »Dachdecker« winkt uns, eine Kanzel zu besteigen, die über eine Treppe begehbar ist. Die Kanzel ist abschließbar, es gibt dort eine Schlafgelegenheit, »Dachdecker« stutzt, als er die Kanzel betreten will, zwei Mädchen steigen verlegen die Treppe hinunter. Er begrüßt die Ältere der beiden, bei der es sich um Alexandra Barsano, die Tochter des Ersten Sekretärs der Bezirksparteileitung Dresden, handelt, sie trägt, obwohl erst dreizehn Jahre alt, das Parteiabzeichen, darunter ein silbernes Kreuz mit einer Christusfigur. »Vati« äußert Widerwillen, läßt die beiden Mädchen zum Personenschutz geleiten. »Dachdecker«, »Eisenbahner« und »Vati« halten mit Nachtgläsern nach dem Schaufler Ausschau. Ein Sechzehnender erscheint. Ein schönes Stück Wild, wie der Jäger bedeutet, doch »Dachdecker« lehnt ab, nach ihm auch »Vati«, »Vati« sagt, dies sei ein Försterhirsch, nicht der versprochene und bestätigte kapitale Schaufler. Wir warteten. Ich beobachtete »Eisenbahner«, den Sekretär für Wirtschaft, der sich die Kanzel hinaufgequält hatte, er war zuckerkrank, später wurden beide Beine amputiert, und nun mit dem Nachtglas an der Seite »Dachdeckers« stand, eine seltsame Freundschaft verband die beiden, die auch Gegenstand des OV »Platzhirsch« war. »Vati« wollte diese Freundschaft ergründen, hinter ihr Geheimnis kommen, er sammelte Material über »Eisenbahner«. »Eisenbahner« stand neben »Dachdecker«, die Nachtgläser auf gleicher Höhe, sie mochten sogar dasselbe erblicken, den Sechzehnender, den »Vati« als Försterhirsch bezeichnet und zu schießen abgelehnt hatte. Auch der Förster, der diese Titulierung übrigens nicht mochte, hatte auf den Schuß verzichtet. Der Jäger also wechselte einen Blick mit mir. So mochte es zugehen, wenn man Laien auf die Jagd führte, wenngleich weder »Dachdecker« noch »Eisenbahner«, noch »Vati« diese Laien waren, zwar waren sie Autodidakten, hatten aber beträchtliche Kenntnisse über die Jagd gesammelt. Der Laie, der Ahnungslose war ich. Ich trug auch kein Gewehr. Ich wünschte dem Sechzehnender, der in der Dickung verschwand, einen guten Abend und ein langes Leben. Meine Aufmerksamkeit fesselte ein Hase, der unter der Kanzel ohne Scheu eine wilde Möhre aus dem Boden zog. Das erinnerte mich daran, daß OV »Gemüse«, nur weil ich auf der Kanzel stand und beim Ansitz auf einen kapitalen Damhirsch dabeisein durfte, noch keineswegs abgeschlossen war.

OV »Gemüse« nahm mich weiter in Anspruch, obwohl OV »Platzhirsch« ihn bereits zu verdrängen begann und obwohl es mir gelang, die Operativen Vorgänge »Kneterin« und »Tochter« (Alexandra Barsano und ihr Kreis, hier gab es bald Überschneidungen mit »Schierling«) weiterzudelegieren. Nach sieben Uhr morgens, wenn die Repräsentanten schon unterwegs nach Berlin waren, zu Staats- und Ministerrat, zum Großen Haus am Werderschen Markt, in die Parteikontrollkommission, nach Lichtenberg in die Normannenstraße, begann der Tag der Hausangestellten, der Gärtner, Techniker, Schwimmeister, Köche und Objektverantwortlichen, es begannen die Reparaturen, Verbesserungen und Verschönerungen, es begann der Tag der Ehefrauen. Wer singt euer Lied, verlassene Seelen im Wald? Sie versammelten sich am Vogelbauer im Garten von Haus 12 und sahen der Fütterung der Raubvögelchen (Zwergbussarde, Zwergfalken) zu, warfen selbst Hackepeterbällchen, die sie zuvor hatten mit Federchen bestücken lassen. Sie gingen zum Schwimmen, besprachen die Nachrichten der »Aktuellen Kamera«, die ihr Auge, ihr Ohr nach draußen war, die Aktivitäten der Parteigrundorganisation und der Abteilungsparteiorganisation, die es natürlich auch auf der Waldinsel gab, sie riefen Solibasare und Spenden für Nicaragua ins Leben, buken Torten, waren im Demokratischen Frauenbund aktiv, sie warteten, daß das Ladenkombinat öffnete, das »Eisenbahner« mit Westwaren beliefern ließ.

Trudchen kaufte sich rote Hüte, grüne Jacken, gelbe Hosen. Trudchen, »Vatis« Gattin, hüpfte über Pfützen, blieb bei den Blumen stehen, beugte sich, um an ihnen zu riechen, Trudchen reckte die Nase, wenn ein Sonnenstrahl durch die Waldwand brach. Wenn ich Trudchen von hinten sah, die fröhlichen Farben ihrer Kleidung, dachte ich, ein achtzehnjähriges Mädchen zu sehen. Sie ging nach Hause und putzte, was die Hausangestellten geputzt hatten, noch einmal blitzblank. Sie saß vor dem Fernseher oder las die Zeitung, um zu erfahren, was draußen los war. Trudchen verlangte, die Fensterbretter auch von außen zu putzen. Trudchen besuchte Kochkurse bei den Köchen im Funktionärsklub, obwohl es im Haus 14, wie in allen anderen Häusern der Waldinsel, nichts zu kochen gab, alles wurde geliefert, Trudchens Arbeit beschränkte sich auf die Präzisierung der Menüvorschläge und auf die Lektüre von Gesundheitsmagazinen. Jedoch erfuhr sie von »Vatis« und »Generals« Gemüsebemühungen, rief »Trudchens Einweckkollektiv« ins Leben, das die auf Dammsmühle und Birkenheide anfallenden Gemüsemengen verarbeiten sollte, sie gedachte das Ladenkombinat und die Funktionärsküche zu beliefern, frisches Gemüse wurde immer stark nachgefragt. »Vati« und besonders »General« ließen aber nur für den Eigenbedarf produzieren, niemand konnte sie verbrauchen, die unablässig anflutenden, spinnmilbenfreien »Pabsts Unerreichten«, die »Fadenlosen Konservenwunder«, winterfesten Wirsing und Kohlrabi, die Tomaten, die längst nicht mehr an Schwarzbeinigkeit, Tomatenwelke oder Mistmangel litten, es war uns gelungen, vorzüglichen Kunstmist herzustellen. Trudchen schlug vor, das Gemüse Kindergärten anzubieten, auch das wurde abgelehnt, wir warfen alles weg.

Ob denn dieser Damhirsch überhaupt existiere, so »Dachdecker« mißmutig. Es sei ihm bekannt, daß am Seebruch Rotwild vorkomme, mit Vorliebe zur Brunftzeit, aber Schaufler, noch dazu kapitale? »Vati« nickt. Er ist ein verwöhnter Jäger. »Eisenbahner« sagt nichts, weist zum Waldrand. Ein Hirsch ist aufgetaucht, ein zweijähriger Sechsender, sagt der Jäger, das Glas vor Augen, setzt das Glas ab, wagt einen Blick zu »Dachdecker«, der, obwohl er den Blick nicht erwidert, sofort den Kopf schüttelt, auch »Eisenbahner«, Zeige- und Mittelfinger in zitternder Bewegung, lehnt ab, »Vati« energisch, indem er das Kinn reckt und das Wort Försterhirsch raunzt, so daß der Hase unten die Löffel aufstellt und, die Wildmöhre zwischen den Zähnen, davonhoppelt. »Vati« wirft mir einen Blick zu, kneift die Augen zusammen, reicht mir die Büchse, ich lege sie auf die Kanzelkante, »Vati« und »Dachdecker« amüsieren sich über mein Ungeschick, »Dachdecker« beugt sich vor, um meine Schußhaltung zu korrigieren, noch nie habe ich »Dachdeckers« Gesicht aus solcher Nähe gesehen. Sein Mund wird staunend groß, der Jäger und »Eisenbahner« fassen »Dachdecker«, der die Kanzel hinabzustürzen droht, verhindern den Sturz, und doch fällt etwas.

Auch ein zweijähriger Sechsender, so der Jäger, ohne mich anzusehen, sei schließlich ein Hirsch. Ich habe neben dem toten Hirsch Aufstellung zu nehmen, der Jäger verbläst ihn auf seinem Taschenhorn. »Dachdeckers« Gebiß wird nicht gefunden, obwohl der Fahrer, ich, »Vati« und »Dachdecker« selbst intensiv danach suchen.

Ich überlese die vorstehenden Zeilen, blättere im OV »Platzhirsch« und in dessen Mutterakte, dem OV »Gemüse«, und habe das Gefühl, daß etwas fehlt, daß nur eine Seite unserer Repräsentanten beleuchtet ist. Ich muß zurück auf die Geisterbahnhöfe, muß »Ramses'« Stimme wieder hören, die zu mir spricht und mein Gewissen mahnt, ich muß, auch wenn das viel später war, in die Limousine zurück, in der ein von Krankheit gezeichneter Staatsratsvorsitzender den Fahrer bittet, von der Protokollstrecke abzuweichen und zum Friedhof zu fahren, wo die Enkeltochter liegt, auf deren Grab, das der Staatsratsvorsitzende eigenhändig pflegt, eine Kristallvase steht, die jedesmal, kurz bevor der Staatsratsvorsitzende erscheint, von den Friedhofswärtern aus dem Schrank genommen und, wenn der Staatsratsvorsitzende gegangen ist, wieder in den Schrank geschlossen wird, niemand verrät, daß die Vase ein Duplikat, das Original gestohlen worden ist, der Staatsratsvorsitzende glaubt, in seinem Land gebe es keine Diebe. Ich sehe, während das Tor sich öffnet und der Genosse Staatsratsvorsitzende den Friedhof betritt, »Vati« und »Eisenbahner«, »Kronprinz« und »Tapeten-Kutte« auf der Waldinsel spazierengehen, in der Dämmerung, wenn die Bechsteinfledermäuse fliegen. Ohne ein Wort miteinander zu sprechen, gehen unsere führenden Repräsentanten aneinander vorüber, haben Konzentrationslager, Krieg, Gefängnis, Untergrund und Widersacher überlebt, keiner gibt zu erkennen, daß er vom anderen etwas weiß, sich für den anderen interessiert, keiner besucht den anderen. Wenn sie in ihre Häuser zurückgekehrt sind, in denen sie Kassettenrecorder, Quelle- und Neckermannkataloge, japanische Quarzuhren horten, werden die Verriegelungen kontrolliert, die selbstgezogenen Apfelsinen aus Birkenheide gezählt, bevor die Lichter gelöscht werden und die Nacht beginnt.

Operativer Vorgang »Der Schlaf in den Uhren«

Die Archipelagier

(… einige und zunächst, schreibt »Nemo«)

Die Hoffmanns

Fabian. Ehemaliger Kinovorführer, Dissident, Mitarbeiter der Chronik in der Tausendundeinenachtabteilung und des Seeminenreferats am Vemini (Verteidigungsministerium). Wohnt in der Republik der Seeungeheuer, Haus H (Indien-Rangun), später auf der »Nimrod«.

Anne. Kanzlerin von Treva. Gelernte Kinderkrankenschwester. Erste Ehe mit dem Chirurgen Richard Hoffmann, mit diesem die Kinder Christian und Robert. Zweite Ehe mit dem Architekten Volker Delanotte. Wohnt an der Elballee und in der Tuchmachergasse. Geborene Rohde (Dugina).

Richard. Chirurg an der Medizinischen Akademie Dresden. Dann mit Niklas Tietze in der Praxis am Lindwurmring. Mit Christian in Sarajevo während des Bürgerkriegs. Von einem Heckenschützen erschossen.

Christian. Medizinstudium in Leipzig. Hausarzt der Unsrigen in Treva mit Praxis in der Montstraße und, für Arme, auf Fun Island, dem trevischen Vergnügungsreich. Von Reina geschieden, mit ihr zwei Kinder, Theo und Clara.

Robert. Plastischer Chirurg in Treva mit eigener Praxis. Mannschaftsarzt des 1. FC Treva. Unterstützt Christians Armenpraxis finanziell. Geschieden, wieder verheiratet, vier Kinder.

Iris. Mutter von Fabian und Muriel. Technische Zeichnerin. Dissidentin. Wohnte im Haus Wolfsstein im »Turm«.

Hans. Vater von Fabian und Muriel. Richards Bruder. Toxikologe. Dissident. Pharmavertreter.

Muriel. Fabians Zwillingsschwester. Lehre (abgebrochen) bei Schneider Lukas am Lindwurmring nach der Entlassung aus dem Jugendwerkhof. Stanzerin im Kombinat Pentacon. Mit Alexandra Barsano und Fabian Flucht nach Prag in die deutsche Botschaft. Beendigung der Schneiderlehre bei Landmann & Landmann in der Tuchmachergasse, Treva.

Reina Kossmann, geschiedene Hoffmann. Apothekerin. Lebt mit Yazar Erdem, Radiomoderator und DJ, und den Kindern im Uranusviertel von Treva.

Die Delanottes

Elisabeth, geschiedene Hoffmann-Delanotte. Tochter von Carola Grote-Delanotte und Martin Delanotte, mit Fabian verheiratet gewesen. Abgeordnete der Grünen im trevischen Senat, Chefin der Tausendundeinenachtabteilung. Lebt mit Montserrat Nevier-Sagosian im Dänischen Viertel.

Martin. Amtierender Innenminister im Kabinett Hoffmann III. Vorher Kanzleramtsminister in der »Windmühle« auf der Kupferinsel. Fabians Mentor.

Volker. Bruder von Martin. Annes zweiter Ehemann. Architekt, Projekteschmied, Besitzer des Dreimastbramsegelschoners »Sonderborg«.

Peter. Cousin von Martin und Volker. Rechtsanwalt, Ministerpräsident in der frei gewählten Volkskammer, wieder Rechtsanwalt. Machte Anne zu seiner stellvertretenden Pressesprecherin.

Die Grotes

Besitz an der Elballee.

Hannelore. Aus der trevischen Sievert-Dynastie. Also Trevaner, nicht Trever. Sie hält zusammen, was sie »die Familie« nennt.

Lorenz. Ihr Ehemann. Reeder, Besitzer der Anker-Reederei. Politische Ambitionen, unterstützte Anne und Martin in ihren Laufbahnen.

Carola. Die älteste Tochter von Hannelore und Lorenz. Mit Martin Delanotte verheiratet, seit einem Schlaganfall gelähmt im Bett. Mutter von Elisabeth.

Monika. Die andere Tochter der Grotes. Gründet das trevische Grünspechtforum.

Stefan. Der Sohn. Tritt in die Reederei ein. Malt heimlich Marinebilder. Verheiratet mit Janet, zwei Töchter, Swantje und Marie.

Die Rohdes

Meno. Lektor, Zoologe, Lehrer an der Schule im Kupferwald (Literatur und Zoologie). Verheiratet mit Hanna, geborene Londoner, geschieden, keine Kinder. Zweite Ehe mit Elsa und Kundry Keil-Missunde, Tochter/Töchter von Konsul Keil und Artemisia Missunde auf Missunde. Meno war Berater der Regierung Barsano und Kulturminister der Regierung Delanotte. Erbte das Bekleidungsimperium des Konsuls, dessen Käfersammlung, den Palazzo. Lebt dort als »Kapitän« der Besatzung Niklas Tietze, ehemals Arzt in der Praxis am Lindwurmring, Wolf-Walter (»Wowa«) Tammen, Kapellmeister an der Trevischen Philharmonie, Melbo V, Mitarbeiter der Tausendundeinenachtabteilung, Maxim Lövenich, Opernkritiker.

Ulrich. Menos älterer Bruder. Lebte mit Frau Barbara

und Tochter Ina im Italienischen Haus im »Turm«. Technischer Direktor, arbeitslos, Angestellter im Kosmetiksalon seiner Frau.

Anne. Menos und Ulrichs Schwester. Geborene Rohde (Dugina).

Kurt. Vater von Ulrich, Meno und Anne. Theaterminister unter Kulturminister Johannes R. Becher. Moskauemigrant. Lebte in Berlin und Schandau.

Luise. Kurts Frau, im GULag verschollen. Geborene Grote. Lorenz Grotes Schwester.

Die Unsrigen

Lionel MacKenzie. Leiter des Sekretariats für Fusion am Wimini (Wirtschaftsministerium). Sohn eines Toilettenbeckenfabrikanten. Mit Fabian in die Novalisklasse der Kohleninsel eingetreten.

Karsten Bramsinck. Ministerialdirektor. Leiter der Abteilung 4 in der »Windmühle«. Lebt mit seiner Frau, der Schauspielerin Juliane Becher-Stovar, in der »Composition« (die Jurko Siegfried Filipetti-de Glurić und dessen Hund »Herrchen« gehört).

Alexandra Barsano. Tochter des ehemaligen Ersten Sekretärs der Sozialistischen Einheitspartei Deutschlands in Dresden, Max Barsano. Geschäftsfrau. Barsano Gruppe mit Immobilien, Projektentwicklungen, Beteiligungen. Wohnt in Neunelbe.

Belo Djibrine. Verkäufer beim trevischen Ableger des Versandhauses »Manufactum«. Aus dem Tschad. Sein Onkel fuhr auf Heyerdahls Papyrusboot »Ra« über den Atlantik.

Babette »Babsi« Menzel. Kommilitonin von Christian und Robert. Hautärztin im Bayerischen Viertel.

Wiggo Ritter. Berater von Ministerin Manuela Kaltmeister (der »Schönen Manuela«) im Frimini (Ministerium für Frauen, Integration, Soziales & Bildung).

Montserrat Nevier-Sagosian. Richterin auf Grünenticket am Verfassungsgericht Treva. Leitet die Tausendundeinenachtabteilung als Nachfolgerin von Elisabeth Delanotte. Mops Mücke. Mitglied des trevischen Mopsclubs.

Korbinian Krause. Theologiestudent am Theologischen Seminar zu Leipzig. Pfarrer an St. Nikolai in Treva. In der Flüchtlingsarbeit engagiert. Mit Christian Hoffmann im Gefängnis und während der Revolution 1989 in Bukarest. Schwester Katharina Roquette, geborene Krause, in der Alternativen Partei von Treva.

Lucie Malongwa, geborene Fischer. Halbschwester von Christian und Robert. Politische Aktivistin in der Bergrepublik.

Clara Römisch. Kunsthistorikerin beim Zoll. Wohnt Ragusagasse in Brenta. Christians Geliebte. Verbindungen zum Zentrum für Gesellschaftskunst und zum Amt der Schmerzen.

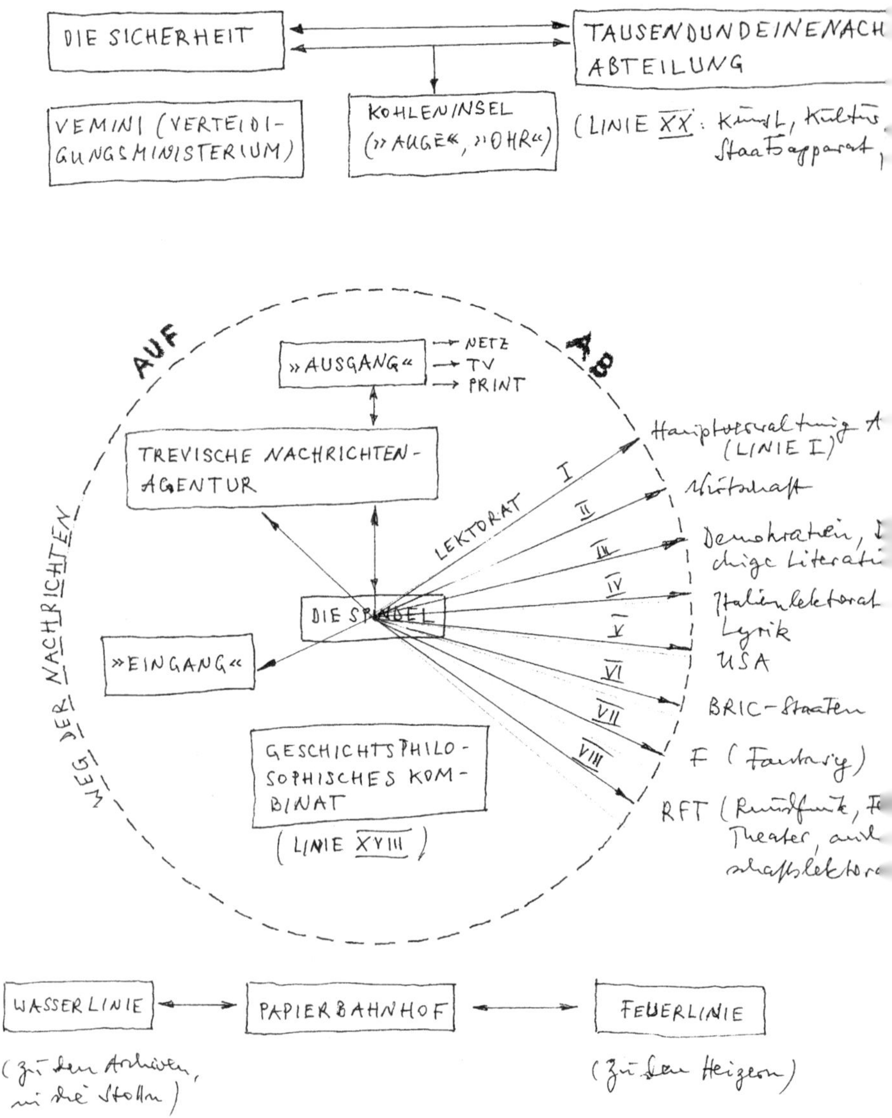
DIE SICHERHEIT
TAUSENDUNDEINENACH
ABTEILUNG
VEMINI (VERTEIDIGUNGSMINISTERIUM)
KOHLENINSEL (»AUGE«, »OHR«)
(LINIE XX: Kunst, Kultur,
Staatsapparat,
AUF
AB
»AUSGANG«
NETZ
TV
PRINT
TREVISCHE NACHRICHTEN-AGENTUR
LEKTORAT
I
II
III
IV
V
VI
VII
VIII
DIE SPINDEL
»EINGANG«
WEG DER NACHRICHTEN
GESCHICHTSPHILOSOPHISCHES KOMBINAT
(LINIE XVIII)
Hauptverwaltung A
(LINIE I)
Wirtschaft
Demokratien,
Italienlektorat
Lyrik
USA
BRIC-Staaten
F (Fantasy)
RFT (Rundfunk,
Theater, auch
WASSERLINIE
PAPIERBAHNHOF
FEUERLINIE
(zu den Archiven,
in die Stollen)
(zu den Heizern)

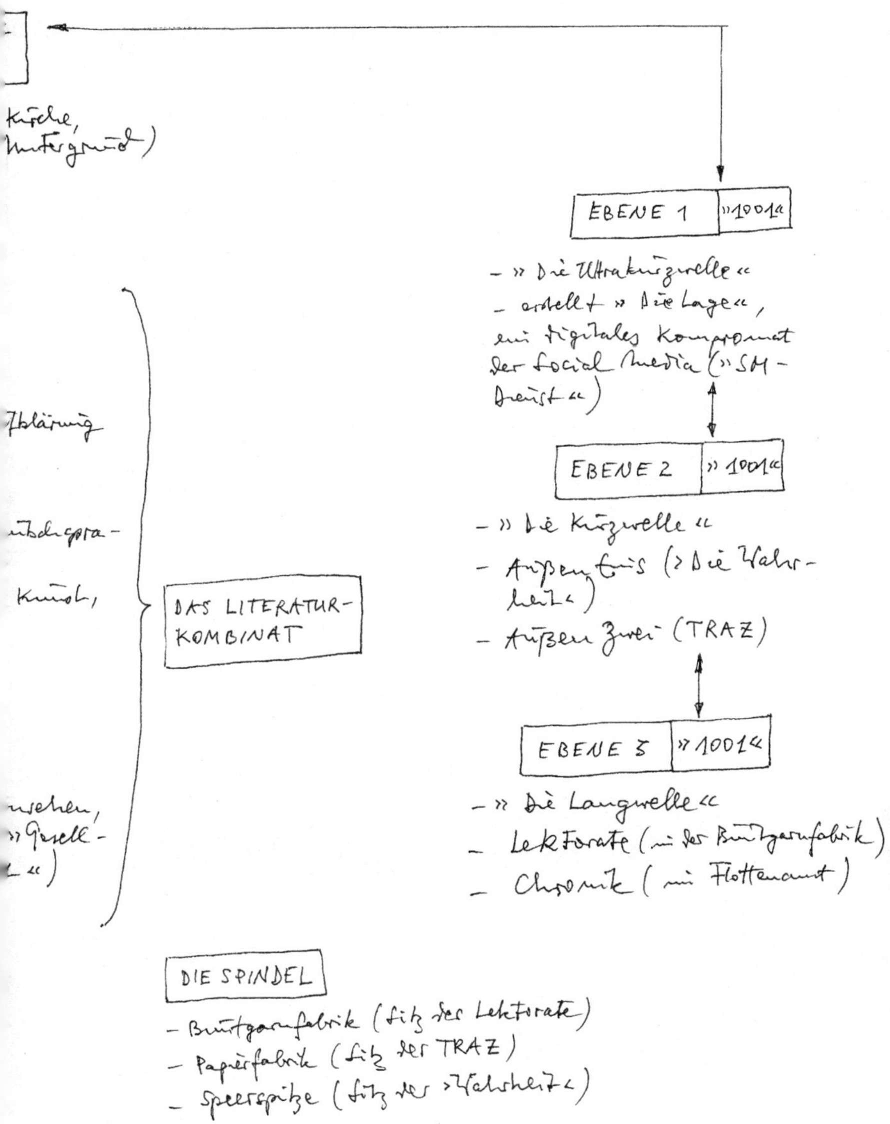
EBENE 1
»1001«
– »Die Ultrakurzwelle«
– erstellt »Die Lage«, ein digitales Kompromat der Social Media (»SM-Dienst«)
EBENE 2
»1001«
– »Die Kurzwelle«
– Außen Eins (»Die Wahrheit«)
– Außen Zwei (TRAZ)
EBENE 3
»1001«
– »Die Langwelle«
– Lektorate (in der Buntgarnfabrik)
– Chronik (im Flottenamt)
DAS LITERATUR-KOMBINAT
DIE SPINDEL
– Buntgarnfabrik (Sitz der Lektorate)
– Papierfabrik (Sitz der TRAZ)
– Speerspitze (Sitz der »Wahrheit«)

Verzeichnis von Inhalten

218). Heizen mit »Rekord«-Briketts. Treva: eine Stadt, ein Staat (Seite 222). Biologie der Organisationen (Seite 231, Seiten 7-891). Der Operative Vorgang »Marschallin« widmet sich der Kanzlerin Anne Hoffmann (Seiten 105, 225, 247, 719). Nachtfalter (Seite 252). Die Unsrigen werden vorgestellt, aber es sind nicht alle da (Seite 283). Wespen (Seite 287). Die Zwangsjacke (Seite 288). Weißewandparty im umgebauten Kohlekraftwerk von Neunelbe (Seite 297). Erinnerungen an das Haus Wolfsstein (Seite 319). Anmerkungen zu Rasiermessern (Seite 331), Haftsaugern (Seite 764), Dresdner Eierschecke, der Umzugsfirma »Nickern–New York« (Seite 764, Linie XXV, siehe OV »Rotation«). In der Anker-Reederei, See-Esel Uwe wird begraben (Seite 338). Judiths Auftritt an der Elballee (Seite 374). Anstatt zu lesen, fährt Judith nach Paris (Seite 345), Meno rührt im Schwarzsauer (Seite 366). Die Kanzlerin gibt ein Sommerinterview (Seite 380). Die drei Ebenen der Tausendundeinenachtabteilung (Seite 395). Das Literaturkombinat in der Buntgarnfabrik (Seite 411). Meno wechselt in die Zentrale (Seiten 413, 595). Der Große Burstah fordert: Roman mit Action, Volksgenossen (Seite 433). Wir sind die Sicherheit, wir sind die Nachrichten (durchweg). Fabian sitzt immer noch im Bücherurlaub, es ist immer noch August (Seite 441), er hört Dr. Benn von einer Schallplatte sprechen (Seite 447), liest Briefe (Seite 448), arbeitet an seinem Abschnitt der Chronik (Seite 463), aber wieder kommt etwas dazwischen (Seite 453). Menura, oder: Der Leierschwanz (Seite 509). Allmählich kehren die Urlauber nach Treva zurück, Bilder und Nachrichten sagen, daß eine Flüchtlingskrise entsteht. Der Chronist auf dem Weg ins Geschichtsphilosophische Kombinat (Seite 520). Konquistadoren der Wünsche (Seite 541). Der Ige-

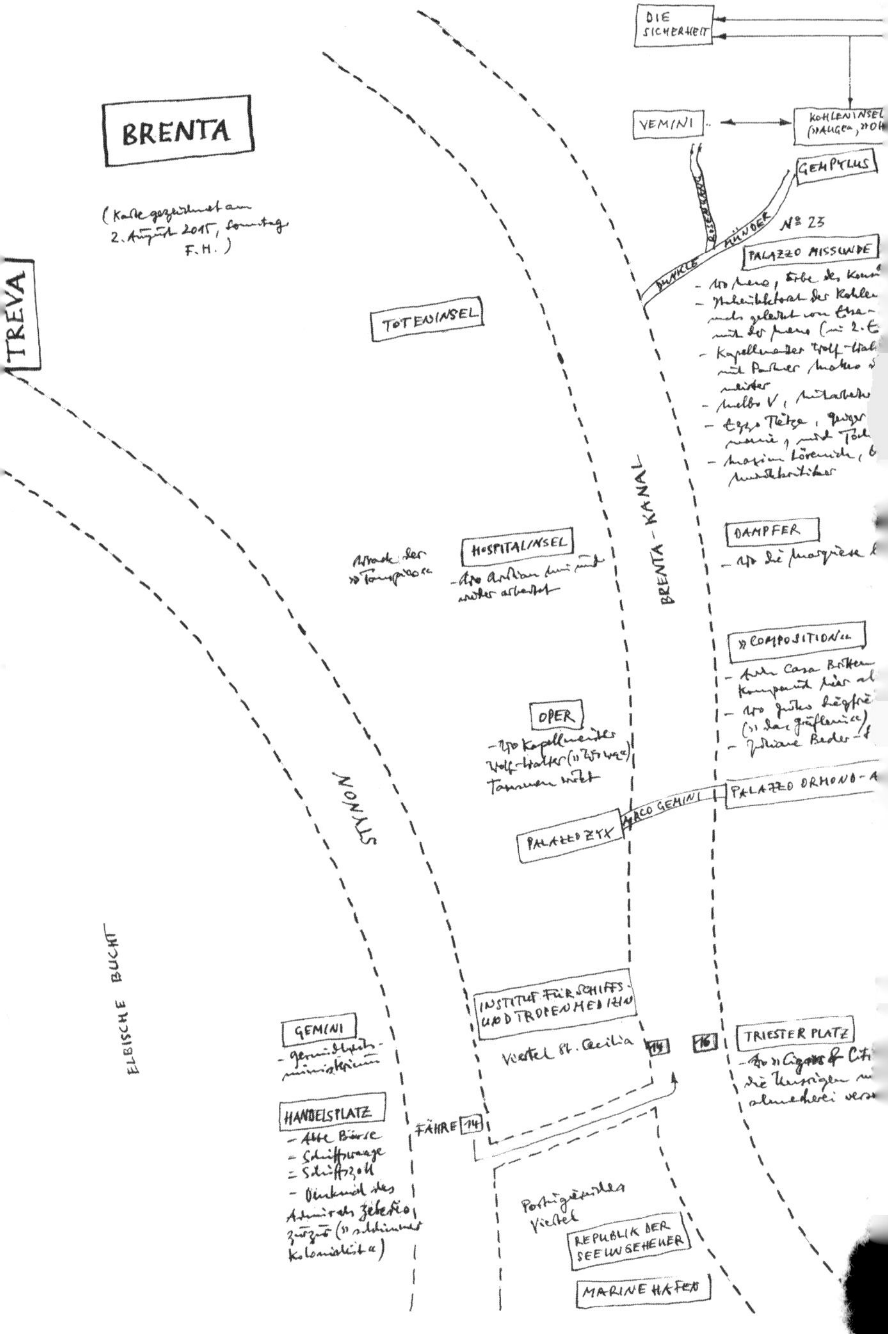
BRENTA
(Karte gezeichnet am 2. August 2015, Sonntag F. H.)
TREVA
DIE SICHERHEIT
VEMINI
KOHLENINSEL
GEMPYLUS
№ 23
DUNKLE MÜNDER
PALAZZO MISSUNDE
TOTENINSEL
BRENTA-KANAL
HOSPITALINSEL
DAMPFER
»COMPOSITION«
OPER
STYNON
ARCO GEMINI
PALAZZO ORMOND-A
PALAZZO ZYX
ELBISCHE BUCHT
INSTITUT FÜR SCHIFFS- UND TROPENMEDIZIN
Viertel St. Cecilia
14
16
TRIESTER PLATZ
GEMINI
HANDELSPLATZ
– Alte Börse
FÄHRE 14
Viertel
REPUBLIK DER SEEUNGEHEUER
MARINEHAFEN